Über dieses Buch Eine Geschichte von Liebe und Krieg – gigantisch und überwältigend wie die Gipfel des Himalaya. Ein Weltbestseller. Seinen Titel hat das Buch nach einem schneebedeckten Gipfelkranz, »der die ferne Bergkette überragt wie Türme und Türmchen eines Märchenschlosses«.
Erzählt wird die Geschichte des jungen Ash, eines Engländers, der im Schatten dieser Berge wie ein Hindu aufwächst und sich weder im Land seiner englischen Vorfahren noch im Land seiner Kindheit akzeptiert fühlt. Er verliebt sich in Anjuli, eine indische Prinzessin, und versucht in den blutigen Kolonialkriegen als Kundschafter zwischen Indern und Briten zu vermitteln. Die historische Kulisse bildet die Zeit vom Sepoy-Aufstand (1857) bis zum Ersten Afghanischen Krieg (1878–1880).
In ›Palast der Winde‹ sind Liebe und Krieg zu einem gewaltigen, erregenden Epos verwoben. Ein packender, in seiner Romantik und Leidenschaft überzeugender Roman, der sich anschließt an die epochalen Romane der modernen Literatur wie ›Vom Winde verweht‹, ›Hawaii‹ oder ›Shogun‹.
Der Roman wurde verfilmt mit Ben Cross, Amy Irving und Omar Sharif in den Hauptrollen.

Die Autorin M. M. Kaye wurde in Simla, einer in 2150 Meter Höhe gelegenen indischen Stadt im Vorhimalaya, geboren. Ihre Familie war seit Generationen fest mit dem Land verwurzelt: Großvater, Vater, Bruder und Ehemann dienten indischen Herrschern. Der Vetter des Großvaters, Sir John Kaye, verfaßte Berichte über den Sepoy-Aufstand und den Ersten Afghanischen Krieg. Die Autorin verbrachte den größten Teil ihrer Kindheit in Indien, lebte später mit ihrem Mann, einem General der englischen Armee, unter anderem in Quetta, Dehra Dun und Rajputana und verbrachte mehrere Jahre auf einem Hausboot in Kaschmir. Heute lebt sie als freie Schriftstellerin in Sussex, Südengland. Sie hat eine Reihe spannender Detektivgeschichten verfaßt. Ihre größten internationalen Erfolge errang sie mit den historischen Romanen.
Außer ›Palast der Winde‹ erschienen im Fischer Taschenbuch Verlag die Romane ›Schatten über dem Mond‹ (Bd. 8149), ›Insel im Sturm‹ (Bd. 8032), ›Die gewöhnliche Prinzessin‹ (Bd. 8351).

M. M. Kaye

Palast der Winde

Roman

Aus dem Englischen von
Emil Bastuk

Fischer
Taschenbuch
Verlag

Anmerkung des Übersetzers:
Die im Gebrauch befindlichen Landkarten Indiens sind fast sämtlich englischen Ursprungs. Um dem Leser die Orientierung zu erleichtern, wurde daher die englische Schreibweise indischer Ortsnamen etc. bis auf wenige Ausnahmen beibehalten.

Ungekürzte Ausgabe
Veröffentlicht im Fischer Taschenbuch Verlag GmbH,
Frankfurt am Main, Mai 1990

Lizenzausgabe mit freundlicher Genehmigung
der S. Fischer Verlag GmbH, Frankfurt am Main
Die Originalausgabe erschien unter dem Titel: ›The Far Pavilions‹
im Verlag Allen Lane, Penguin Books Ltd., London

Umschlaggestaltung: Friederike Simmel
unter Verwendung einer Illustration von Hannes Jähn
Druck und Bindung: Clausen & Bosse, Leck
Printed in Germany
ISBN 3-596-10358-4

Gewidmet den Offizieren und Mannschaften unterschiedlicher Abstammung und unterschiedlichen Glaubens, die mit Stolz und Hingabe seit 1846 im

Kundschafterkorps

gedient haben, darunter Leutnant Walter Hamilton, Träger des Viktoriakreuzes, mein Mann, Generalmajor Goff Hamilton und dessen Vater, Oberst Bill Hamilton.

»Meister, wir sind die Pilger, wir gehen immer noch einen Schritt weiter. Denn hinter jenem blauen schneebedeckten Gipfel, jenseits des tosenden, glitzernden Meeres, weiß auf einem Thron oder bewacht in einer Höhle, lebt vielleicht der Seher, der weiß, wozu der Mensch geboren ist ...«

JAMES ELROY FLECKER

»Nie ist's zu spät zu suchen eine neu're Welt.«

TENNYSON

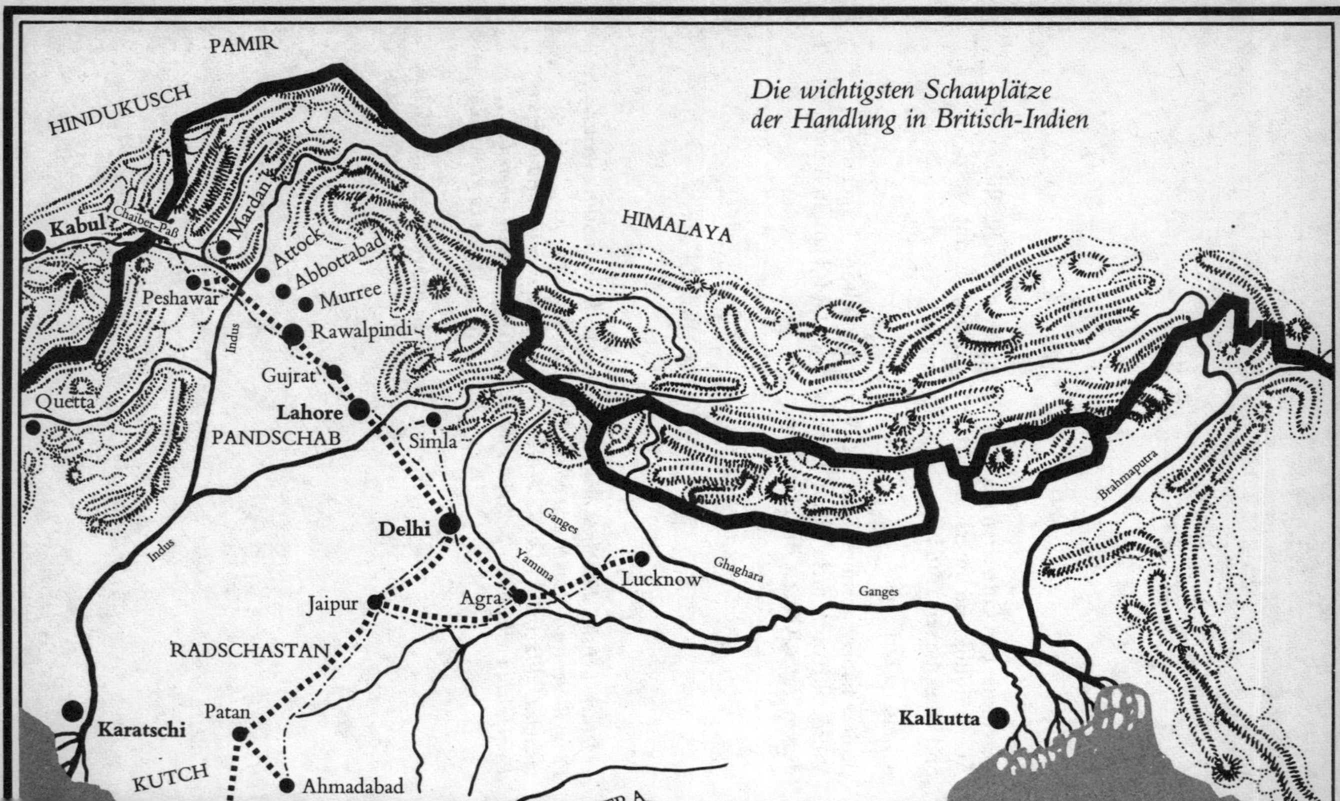
Die wichtigsten Schauplätze
der Handlung in Britisch-Indien
PAMIR
HINDUKUSCH
HIMALAYA
Kabul
Chaiber-Paß
Mardan
Attock
Abbottabad
Murree
Peshawar
Rawalpindi
Indus
Gujrat
Quetta
Lahore
PANDSCHAB
Simla
Delhi
Indus
Ganges
Yamuna
Lucknow
Ghaghara
Ganges
Brahmaputra
Jaipur
Agra
RADSCHASTAN
Patan
Karatschi
KUTCH
Ahmadabad
Kalkutta

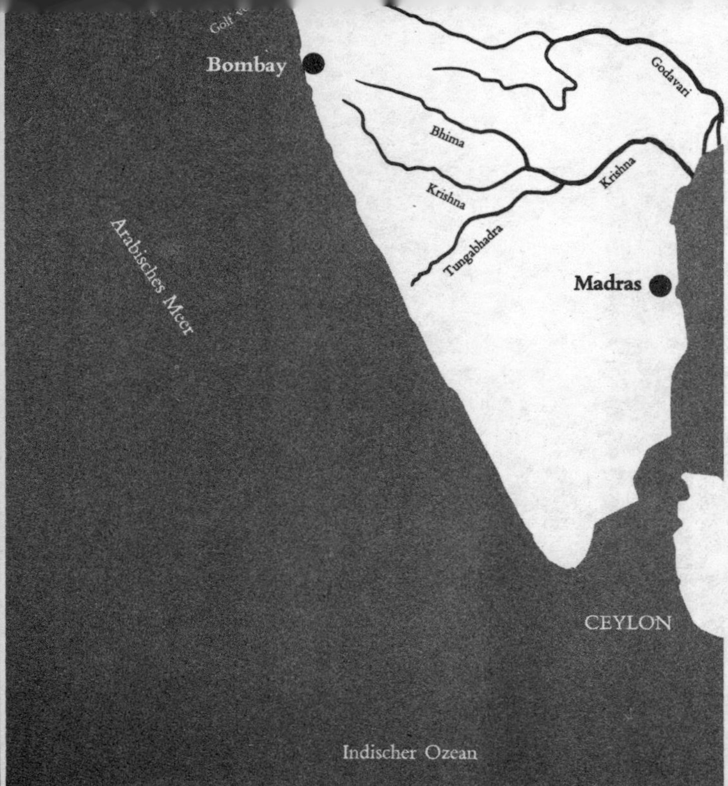

Zeittafel

1600	Gründung der East India Company in London. Ziel: Das portugiesische Handelsmonopol mit dem Fernen Osten soll gebrochen werden.
1757	Die Streitmacht der East India Company besiegt das Heer des Herrschers von Bengalen bei Plassey. Mit diesem Sieg beginnt die englische Vormachtstellung in Indien; zunächst in Bengalen; wichtigster Handelsplatz ist Kalkutta.
1764	Indische Erhebung gegen die East India Company. Die vereinigten indischen Truppen werden von der Streitmacht der Company bei Baksar geschlagen.
1798	Der neue Generalgouverneur, Lord Wellesley, leitet die britische Expansionspolitik in Indien ein.
1816–18	Wellesleys Nachfolger, Lord Hastings, setzt die Eroberungspolitik in mehreren Feldzügen fort. Die East India Company kontrolliert nun den größten Teil Indiens.
1829	Die Engländer verbieten die bei den Hindus übliche Witwenverbrennung.
1833	Abschaffung der Sklaverei im Britischen Weltreich.
1839–42	1. Afghanischer Krieg. Versuch Englands, Afghanistan zu unterwerfen, scheitert. Vernichtende Niederlage der britischen Streitmacht am Chaiber-Paß.
1857	Blutiger Aufstand der Inder gegen die englischen Besatzer. Indische Truppen in englischen Diensten meutern: (Sepoy-Aufstand). Die Rebellion wird niedergeschlagen. Die East India Company wird aufgelöst.
1858	Indien wird Kronkolonie.
1876	Erhebung Indiens zum Kaiserreich. (Viktoria Kaiserin von Indien).
1878–80	2. Afghanischer Krieg.

Erstes Buch

Der Zweig wird gebogen

I

Ashton Hilary Akbar Pelham-Martyn wurde in einem Zeltlager unweit eines Passes im Himalaja geboren und kurz darauf in einem zusammenlegbaren Wassersack aus Segeltuch getauft.

Sein erster Schrei wetteiferte kühn mit dem Gebrüll eines Leoparden, der sich etwas weiter unten am Hang befinden mußte, und sein erster Atemzug füllte die Lungen mit der eisigen Luft, die von den hohen Gipfeln blies und den Dunst der Ölfunzel, den Geruch nach Blut und Schweiß und den durchdringenden Gestank der Tragtiere mit dem frischen Duft von Schnee und aromatischen Kiefernnadeln mischte.

Als der eisige Windstoß den nachlässig verschnürten Zelteingang aufriß und die Flamme der verrußten Ölfunzel heftig zu flackern begann, hörte Isobel das lebenslustige Krähen ihres Sohnes und sagte matt: »Wie ein Siebenmonatskind schreit er eigentlich nicht, oder? Ich muß mich wohl... muß mich wohl verrechnet haben...«

So war es denn auch, und dieser Rechenfehler kam Isobel teuer zu stehen. (Schließlich muß bei weitem nicht jeder gleich mit dem Leben für eine solche Nachlässigkeit bezahlen.)

Zu ihrer Zeit – es war die von Königin Viktoria und Prinzgemahl Albert – galt Isobel Ashton als eine empörend unbürgerliche junge Frau, und als sie – Waise, ledig und in der offen bekundeten Absicht, ihrem unverheirateten Bruder den Haushalt zu führen – im Jahr der Weltausstellung an der nordwestlichen Grenze Indiens in der Garnison Peshawar eintraf, wurden nicht nur viele Augenbrauen mißbilligend hochgezogen, es fielen auch abschätzige Bemerkungen. Der Bruder William war übrigens erst kürzlich zur Heeresabteilung der Kundschafter versetzt worden.

Als Isobel dann ein Jahr später Hilary Pelham-Martyn heiratete, einen auf seinem Gebiet berühmten Sprachwissenschaftler, Ethnologen und Botaniker, und mit ihm eine offenbar unbegrenzt lange, gemächliche Forschungsreise ins Vorgebirge von Hindustan antrat, ohne festen Reiseplan und ganz ohne weibliche Bedienung, da wurden die Brauen neuerlich hochgezogen, diesmal eher noch indignierter.

Hilary war ein eingefleischter Junggeselle von mittleren Jahren. Wie er auf den Gedanken hatte verfallen können, ein wenn auch ansehnliches, so doch mit Indien ganz und gar unvertrautes Mädchen zu heiraten, nicht halb so alt wie er selber, wußte er wohl auch nicht zu sagen, geschweige denn wer anders. Daß er überhaupt hatte heiraten wollen, einerlei wen, blieb der »Gesellschaft« von Peshawar unerklärlich, während sie Isobel unterstellte, mit der Heirat handfeste Ziele verfolgt zu haben: Hilary war so vermögend, daß er sich sein Leben nach Belieben einrichten konnte, und mit seinen Veröffentlichungen hatte er sich in wissenschaftlichen Kreisen bereits einen Namen gemacht. Miß Ashton, so lautete die übereinstimmende Ansicht, hatte sich nicht übel versorgt.

In Wahrheit heiratete Isobel weder des Geldes wegen, noch um unter dem Schutze eines Mannes zu stehen. Sie hatte ein offenes Wesen, war spontan, impulsiv und unverbesserlich romantisch, und das Leben, das Hilary führte, erschien ihr als der Gipfel romantischen Daseins. Was konnte zauberhafter sein, als das sorglose Leben dessen, der fremde Gegenden durchstreifte, die Ruinen versunkener Reiche erforschte, unter offenem Himmel schlief, sich um Konventionen und Verbote der modernen Gesellschaft nicht scherte? Übrigens spielte ein weiteres Motiv mit, und dieses mag den Ausschlag gegeben haben: sie befand sich in einer unerträglichen Lage, der sie entkommen wollte.

Daß sie bei ihrer Ankunft in Indien erfahren mußte, ihr Bruder sei nicht nur entsetzt darüber, mit einer unverheirateten Schwester belastet zu werden, sondern auch ganz und gar nicht imstande, ihr ein passendes Quartier zu stellen, war eine demütigende Erfahrung. Die Kundschafter waren damals in endlose Scharmützel mit den Grenzstämmen verwickelt und kamen kaum je in ihrer Garnison in Mardan zur Ruhe; erklärlich also, daß nicht nur William, sondern auch das Regiment insgesamt Isobels Eintreffen mit Unbehagen zur Kenntnis nahmen. Es war dann vereinbart worden, Isobel vorerst im Hause von Oberst Pemberthy und seiner Frau in Peshawar unterzubringen, doch ruhte darauf kein Segen.

Pemberthys waren wohlmeinende Menschen, doch unerträgliche Langweiler. Überdies hatten sie deutlich zu erkennen gegeben, daß sie Miß Isobels Reise nach Indien ohne passende Begleitung mißbilligten, und sie bemühten sich nach Kräften, mittels Vorbild und Rat den schlechten Eindruck zu verwischen, den Isobel durch ihre Ankunft gemacht hatte. Sie merkte rasch, daß man von ihr erwartete, sich steif und hölzern und den Anstandsregeln peinlich genau entsprechend zu betragen. Dies dürfe sie keinesfalls tun, es sei nicht ratsam, jenes zu tun... Die Liste der Verbote war endlos.

Die Gattin des Obersten, Edith mit Namen, interessierte sich nicht die Spur für das Land, in welchem sie und ihr Gatte den größten Teil ihres Lebens verbrachten, sie betrachtete die Einwohner als unzivilisierte Heiden, aus denen sich mit viel Geduld und Strenge und bei etwas Glück brauchbare Dienstboten machen ließen. Ein echter Austausch mit ihnen, einerlei auf welcher Ebene, war für Mrs. Pemberthy einfach unvorstellbar, und daß Isobel in den Basaren umherwandern und das umliegende Land bis zum Indus und zum Khaibarpaß zu Pferde erkunden wollte, fand sie höchst abwegig.

»Zu sehen gibt es hier nichts«, verkündete Mrs. Pemberthy. »Und die Eingeborenen sind blutdürstige Wilde, nicht die Spur vertrauenswürdig.« Der

Gatte stimmte dieser Auffassung bei, und die acht Monate, die Isobel unter dem Dach dieser guten Menschen verbrachte, kamen ihr vor wie acht Jahre. Freundinnen fand sie nicht, denn die Damen der Garnison hatten über zierlich gehaltenen Teetassen entschieden, Miß Ashton sei leichtfertig und höchstwahrscheinlich nur nach Indien gekommen, um sich einen Mann zu angeln. Diese Beurteilung wurde so häufig wiederholt, daß auch die unverheirateten Offiziere der Garnison sie sich zu eigen machten. Sie bewunderten zwar Isobels Erscheinung, ihr freies Auftreten, ungekünsteltes Betragen und ihre Reitkünste, hüteten sich aber geradezu ängstlich davor, als die Beute einer gerissenen Männerjägerin zu erscheinen; deshalb hielten sie sich denn auch zurück. Es war daher nicht verwunderlich, daß Isobel von der Garnison Peshawar gründlich genug hatte, als Professor Pelham-Martyn auftauchte. Er befand sich in Gesellschaft seines lebenslangen Freundes und Reisebegleiters Sirdar Bahadur Akbar Khan und einer zusammengewürfelten Horde von Dienern und Helfern, samt vier versperrten, von Ponies transportierten Lederkoffern. Diese Behältnisse bargen das Manuskript über die Ursprünge des Sanskrit und einen umfassenden, verschlüsselten Bericht teils amtlichen, teils halbamtlichen Interesses über Vorgänge im Bereich der Ostindischen Handelskompanie.

Hilary Pelham-Martyn ähnelte Isobels verstorbenem Vater ungewöhnlich stark. Mr. Ashton war ein liebenswerter und skurriler Gentleman gewesen, und wurde von seiner Tochter geradezu vergöttert. Dies mag ihr spontanes Interesse für den Professor erklären; dazu kam die Hoffnung, in seiner Gesellschaft unangefochten sie selber sein und sich ungezwungen benehmen zu dürfen. Sie fand eigentlich alles ungemein anziehend an ihm – seine Lebensumstände, das intensive Interesse, das er Indien und dessen Bewohnern entgegenbrachte, seinen graustoppeligen, verkrüppelten Freund Akbar Khan, und seine absolute Gleichgültigkeit gegenüber allen Maßstäben, die für Menschen wie Pemberthys von Bedeutung waren. So sonderbar es klingt, in ihm bot sich ihr Flucht und Sicherheit zugleich, und sie steuerte auf die Ehe mit der gleichen Kühnheit zu und mit ebenso wenig Bedenken künftiger Fährnisse wegen, wie sie in Tilbury die Gordon Castle für die lange Reise nach Indien bestiegen hatte. Und diesmal wartete am Ende keine Enttäuschung.

Anzumerken ist, daß Hilary sie mehr wie eine Lieblingstochter behandelte denn als Ehefrau, was ihr durchaus recht war und viel dazu beitrug, daß das unregelmäßige Lagerleben, welches sie in den kommenden zwei Jahren mit ihm führte, einen Anstrich von Stabilität und Kontinuität bekam. Da sie nie zuvor verliebt gewesen war, hatte sie auch keinen Maßstab für das Gefühl, das sie ihrem umgänglichen und so unkonventionellen Gatten entgegenbrachte und war folglich so zufrieden, wie ein Mensch nur sein kann. Hilary gestattete ihr, im Herrensitz zu reiten, und zwei glückliche Jahre lang bereisten sie das Land, erkundeten die Vorgebirge des Himalaja, folgten der Straße, auf der der Herrscher Akbar nach Kaschmir gezogen war und verbrachten die Winter in den wärmeren Ebenen, umgeben von verfallenen Gräbern und Palästen längst vergessener Städte. Während dieser Zeit ermangelte Isobel so gut wie aller weiblichen Gesellschaft, ohne daß sie darunter gelitten hätte. Es gab immer interessante Bücher zu lesen, Hilarys botanische Sammlung war zu ordnen, Pflanzen waren zu pressen – Beschäftigungen, denen sie abends nachging, wenn ihr Mann und Akbar Khan über dem Schachbrett saßen oder hitzige Diskussionen führten, bei denen es um Politik und Religion, göttliche Vorsehung und Rassenfragen ging.

Sirdar Bahadur Akbar Khan, ein grauhaariger ehemaliger Kavallerieoffizier, war in der Schlacht von Mianee schwer verwundet worden und hatte sich auf den Besitzungen seiner Vorväter am Flusse Ravi niedergelassen, um seine Tage dort mit so friedlichen Beschäftigungen wie Pflanzenbau und dem Studium des Koran zu verbringen. Die Männer lernten einander kennen, als Hilary unweit des Heimatortes von Akbar Kahn sein Lager aufschlug, und sie empfanden schon bei der ersten Begegnung große Zuneigung füreinander. In Charakter und Lebensanschauung glichen sie einander sehr, und es kam hinzu, daß Akbar Khan sich eigentlich doch noch nicht so recht damit abfinden mochte, bis zu seinem Lebensende an ein und demselben Ort zu verweilen.

»Ich bin ein alter Mann, ich habe keine Frauen und auch keine Kinder mehr, denn meine Söhne haben im Dienst der Ostindischen Handelskompanie den Tod gefunden, und meine einzige Tochter ist verheiratet. Was also sollte mich hier halten? Laß uns zusammen reisen, denn ein Zelt ist besser als die vier Wände eines Hauses, besonders für jemanden, der wie ich sein Leben hinter sich hat«, sagte Akbar Khan.

Seither also reisten die beiden zusammen und leisteten einander Gesellschaft. Akbar Khan entdeckte bald, daß die Tätigkeit seines Freundes, das Botanisieren, das Erforschen der Ruinen und die Aufzeichnung der ländlichen Dialekte eine hervorragende Tarnung abgaben für eine ganz andere Tätigkeit: Im Auftrage gewisser Regierungsmitglieder, die den Verlautbarungen der Ostindischen Handelskompanie mißtrauten, fertigte Hilary vertrauliche Berichte an, eine Tätigkeit, die Akbar Khan durchaus billigte und zu der er wertvolle Hilfe leistete, weil die Kenntnis seiner Heimat ihn instand setzte, genau einzuschätzen, welche Bedeutung den mündlichen Äußerungen seiner Landsleute zukam. Die beiden hatten also im Laufe von Jahren ganze Aktenbündel zusammengetragen, in denen es von Fakten und Warnungen nur so wimmelte; einiges davon wurde in der britischen Presse veröffentlicht, wohl auch im Ober- und Unterhaus debattiert, jedoch war der Nutzen, der daraus entstand, gleich null, denn die Öffentlichkeit ignorierte vorsätzlich alles, was zu besorgtem Nachdenken hätte Anlaß geben können – eine Schwäche, welche die englische Öffentlichkeit mit der anderer Länder teilt, Hilary hätte sich also ebenso gut auf seine botanische Sammlung beschränken können.

Als Hilary seiner Karawane ganz überraschend eine Ehefrau hinzufügte, waren der Professor und sein Freund bereits fünf Jahre beisammen, und Akbar Khan nahm die Veränderung mit jener Gelassenheit hin, die ohne viel Aufhebens auch einem Eheweib einen Platz in der Weltordnung zubilligt. Er, als einziger von den drei Beteiligten, war auch keineswegs unangenehm überrascht, als Isobel entdeckte, daß sie schwanger war; schließlich ist es die Pflicht der Weiber, Kinder zu gebären, vorzugsweise Söhne.

»Er soll Offizier bei den Kundschaftern werden wie sein Onkel«, sagte Akbar Khan, ganz in eine Schachpartie vertieft, »vielleicht auch Gouverneur einer Provinz.«

Wie die meisten Frauen ihrer Generation war Isobel erschreckend unwissend, was die Geburt eines Kindes anging. So war ihr lange verborgen geblieben, daß sie schwanger war, und die Tatsache als solche überraschte und verärgerte sie – auf den Gedanken, Angst zu empfinden, kam sie überhaupt nicht. Ein Baby mußte das Lagerleben komplizierter machen, schließlich brauchte es ständige Aufmerksamkeit, es brauchte eine Amme, es brauchte besondere Mahlzeiten... wirklich, das war mehr als ärgerlich.

Der ebenso überraschte Hilary meinte zunächst, sie täusche sich über ihren Zustand. Als Isobel ihm aber versicherte, dies sei nicht der Fall, fragte er, wann denn das Kind geboren werden würde. Auch darüber wußte Isobel nicht im geringsten Bescheid, sie überdachte die vergangenen Monate, zählte sie an den Fingern ab, runzelte die Stirn, zählte noch einmal und stellte dann eine Prognose, die absolut unzutreffend war.

Hilary erklärte darauf: »Dann sollten wir uns Richtung Peshawar auf den Weg machen, denn dort gibt es bestimmt einen Arzt und verständige Frauen. Ich nehme an, es reicht, wenn wir einen Monat vor deiner Niederkunft dort eintreffen? Doch um ganz sicher zu gehen, wollen wir lieber schon sechs Wochen früher dort sein.«

Und so kam es denn, daß sein Sohn in der Wildnis geboren wurde, ohne Beistand eines Arztes, einer Hebamme oder auch nur jener Arzeneien, über welche die Wissenschaft damals verfügte.

Es gab im Lager zwar mehrere verschleierte weibliche Verwandte männlicher Hilfskräfte, doch geeignet, sich eines Kindes anzunehmen, war einzig Sita, die Frau von Hilarys Pferdeknecht Daya Ram, eine Frau aus den Bergen von Kangan, die doppelte Schande über sich gebracht hatte, indem sie in den vergangenen fünf Jahren ausschließlich Töchter – fünf an der Zahl – geboren und diese schon bald durch den Tod verloren hatte. Das letzte Kind war in der Vorwoche gestorben und hatte keine drei Tage gelebt.

»Es sieht ganz so aus, als könnte sie keine Söhne gebären! Die Götter haben ihr aber vielleicht genug Verstand mitgegeben, sie zu befähigen, ein Kind auf die Welt zu befördern«, sagte Daya Ram angewidert. Und so amtierte denn die bedauernswerte, eingeschüchterte, vom Schicksal so schwer geschlagene Sita bei Isobels Niederkunft als Hebamme, und fürwahr, sie besaß genügend Geschick, einem männlichen Kind ins Leben zu verhelfen.

Daß Isobel dennoch starb, war nicht Sitas Schuld, es war der Wind, welcher Isobel tötete, der Wind, der von den hohen, schneebedeckten Gipfeln hinter den Pässen herunterfegte. Er wirbelte Staub und trockene Kiefernnadeln auf, er trieb sie durch das Zelt, wo die Ölfunzel flackerte, und dieser Staub war voller Bakterien und voller Schmutz – Schmutz, den es selbstverständlich in der geschützten Garnison von Peshawar nicht gegeben hätte, wo ein englischer Arzt der jungen Mutter sich angenommen haben würde.

Als drei Tage später ein wandernder Missionar, der den Bergpfad auf dem Weg in den Pandschab herabstieg, am Lager rastete, forderte man ihn auf, das Kind zu taufen. Dies tat er in einem zusammenlegbaren Wassersack aus Segeltuch und er gab dem Knaben auf Verlangen des Vaters den Namen Ashton Hilary Akbar. Die Mutter des Kindes bekam er nicht zu sehen, er hörte nur, sie befinde sich nicht wohl, was ihn weiter nicht überraschte, weil ihm klar war, daß diese bedauernswerte Dame in einem solchen Lager nicht mit der notwendigen Pflege rechnen konnte.

Wäre er zwei Tage länger geblieben, er hätte die Bestattung von Mrs. Pelham-Martyn vornehmen können, denn vierundzwanzig Stunden nach der Taufe ihres Sohnes starb Isobel und wurde von ihrem Gatten und dessen Freund auf einer Paßhöhe beigesetzt, von der aus man auf das Zeltlager herunterblicken konnte. Wer zum Lager gehörte, nahm an der Trauerfeier teil und zeigte seinen Kummer unmißverständlich.

Hilary trauerte. Darüber hinaus fühlte er sich aber auch gekränkt. Was, um Himmels willen, sollte er nun mit dem Kind ohne Isobel anfangen? Von Babies wußte er nur, daß sie ständig heulen und zu allen Tages- und Nachtstunden gefüttert werden wollen. »Was machen wir denn bloß mit ihm?« fragte er daher Akbar Khan und starrte seinen Sohn mißbilligend an.

Akbar Khan stupste das Baby mit einem seiner knochigen Finger, und als es diesen umklammerte, lachte Akbar laut: »Ah, das ist ein starker, ein kühner Junge. Er soll Soldat werden, Offizier und Anführer vieler Berittener. Mach dir seinetwegen keine Sorgen, mein Freund, die Frau von Daya Ram wird ihn nähren, wie sie es schon vom ersten Tage an getan hat. Daß sie ihr eigenes Kind erst kürzlich verloren hat, ist gewiß dem Willen Allahs zuzuschreiben, dessen Weisheit wir achten sollten.«

Hilary widersprach: »Wir können das Kind doch nicht im Lager behalten, irgendwie muß es nach England gebracht werden. Gewiß fährt bald jemand auf Heimaturlaub. Pemberthys wissen bestimmt jemanden. Besser noch, wir schicken den jungen William. Im übrigen habe ich in England einen Bruder, und dessen Frau kann sich des Kleinen annehmen, bis ich selbst zurückkomme.«

Dies beschlossen, hielt er sich an den Rat seines Freundes und machte sich weiter keine Gedanken mehr. Und weil das Kind glänzend gedieh und kaum jemals weinte, meinte Hilary, daß es mit der Rückreise nach Peshawar wohl doch nicht so eilig sei. Man brach das Lager ab, und nachdem Isobels Name in einen schweren Felsbrocken auf ihrem Grab eingemeißelt worden war, schlugen sie den Weg ostwärts Richtung Garhwal ein.

Nach Peshawar kam Hilary überhaupt nicht mehr, und als unverbesserlich zerstreuter Mensch unterließ er es, seinen Schwager William und die anderen Verwandten in England davon zu unterrichten, daß er jetzt nicht nur Vater war, sondern auch Witwer. Erinnert wurde er an diese Tatsache nur sehr selten, dann nämlich, wenn ein an seine Frau adressierter Brief eintraf. Weil er aber stets mit anderem zu sehr beschäftigt war, um sich dieser Korrespondenz anzunehmen, verschob er deren Erledigung immer wieder auf einen späteren Zeitpunkt, was bedeutete, daß er es unweigerlich vergaß, wie er denn auch bald Isobel vergaß. Gelegentlich entfiel ihm sogar, daß er einen Sohn besaß.

»Ash-Baba«, wie das Kind anfangs von seiner Pflegemutter Sita und den übrigen Lagerbewohnern genannt wurde, verbrachte die ersten achtzehn Monate seines Lebens im Hochgebirge und machte seine Gehversuche auf den grasbewachsenen Hängen am Fuße des aufragenden Gipfels des Nanda Devi und der schneebedeckten Bergkette, aus der er emporragte. Wer ihn im Lager umherkriechen sah, hätte ihn ohne weiteres für Sitas Kind gehalten, denn Isobel hatte schwarze Haare, graue Augen und eine honigfarbene Haut gehabt und ihrem Sohn diese Farben vererbt. Auch hatte er viel von ihrer Schönheit geerbt, und Akbar Khan sagte denn auch, aus ihm werde eines Tages mal ein ansehnlicher junger Mann werden.

Man blieb nie lange am gleichen Ort, weil Hilary die Dialekte der Eingeborenen aufzeichnete und wilde Pflanzen sammelte. Endlich aber ließ es sich nicht vermeiden, daß sie dem Gebirge den Rücken kehrten. Sie reisten südwärts über Jhansi und Sattara an die üppig-grüne Küste von Coromandel mit ihren unendlich langen, weißen Stränden.

Ash-Baba vertrug die hier herrschende Hitze und die Luftfeuchtigkeit längst nicht so gut wie die kühle Luft der Berge, und Sita, die ja selbst aus dem Gebirge stammte, erzählte ihm endlose Geschichten aus ihrer Heimat, die weit im Norden in den Bergketten des Hindukusch lag. Sie berichtete von Gletschern und Lawinen, von verborgenen Flußtälern, wo es in den Gewässern von Eisforellen wimmelte, wo die Talgründe ganze Teppiche von Blumen trugen, wo im Frühjahr der Duft von Blüten die Luft sättigte, wo Äpfel und Walnüsse in trägen goldenen Sommertagen heranreiften. Solche Geschichten waren dem Kleinen am liebsten. Ihm zuliebe erdachte Sita sich ein Tal, das ihnen beiden ganz allein gehörte. Dort würden sie eines Tages aus Lehm und Brettern eine Hütte errichten und auf deren flachem Dach Mais und rote Pfefferschoten trocknen. Es würde einen Garten geben, in dem Mandeln und Pfirsiche gediehen, wo man eine Ziege halten konnte, eine Katze und einen kleinen Hund.

Weder Sita noch die anderen Hilfskräfte im Lager sprachen Englisch, und erst im Alter von vier Jahren wurde Ash klar, daß die Sprache, in welcher sein Vater ihn gelegentlich anredete, seine Muttersprache hätte sein sollen. Weil er aber Hilarys Sprachbegabung geerbt hatte, erlernte er im Lager verschiedene Dialekte: von Swab Gul lernte er Pushtu, Hindi von Ram Chand, und von den Südländern Tamil, Gudscharati und Telegu, wenngleich er es vorzog, die Sprache des Pandschab zu sprechen, wie er sie von Akbar Khan, von Sita und deren Mann hörte. Europäische Kleidung trug er fast nie, weil es dort, wo Hilary sich aufzuhalten pflegte, keine zu kaufen gab. Außerdem hätten derartige Kleidungsstücke weder zum Klima noch zum Lagerleben gepaßt. Akbar Khan und Sita schlossen, was die Kleidung des Kleinen betraf, einen Kompromiß, demzufolge er abwechselnd als Hindu oder Moslem angezogen wurde, und zwar jeweils wochenweise. Freitags jedoch war er stets als Mohammedaner gekleidet.

Den Herbst 1855 verbrachte man in den Bergen von Seoni, angeblich mit dem Studium des Dialektes der Gond beschäftigt. In Wahrheit verfaßte Hilary hier einen Bericht über jene Ereignisse, die der Annektion der Fürstentümer Nagpur, Jhansi und Tanjore durch die Ostindische Handelskompanie gefolgt waren. (Hilary nannte das rund heraus »Raub«.) Wie er die Amtsenthebung des bedauernswerten ehemaligen Hochkommissars von Nagpur, Mr. Mansel, beurteilte (der den Fehler beging, eine größere Abfindung für die Familie des verstorbenen Fürsten zu fordern und überdies gegen die Annektion als solche zu protestieren), kam in dem Bericht sehr drastisch zum Ausdruck.

Hilary war der Meinung und schrieb das auch, das System der Annektion, so wie es von der Ostindischen Handelskompanie auf Fürstentümer angewendet wurde, deren Herrscher keine männlichen Erben hinterließen (obwohl es seit Jahrhunderten Brauch war, daß in solchen Fällen ein Verwandter des Herrschers von diesem an Sohnes Statt angenommen werden durfte), sei in Wahrheit nichts als ein absolut ungerechtfertigter räuberischer Akt, in Tateinheit mit Betrug, ausgeübt an Witwen und Waisen. Die hier in Frage stehenden Fürsten – Hilary wies ausdrücklich darauf hin, daß Nagpur, Jhansi und Tanjore nur drei von zahlreichen Opfern dieses verwerflichen Vorgehens waren –, seien überdies stets loyale Partner der Ostindischen Handelskompanie gewesen, doch eben diese Loyalität sei ihnen damit vergolten worden, daß man ihren Hinterbliebenen nicht nur ihre unbestreitbaren Erbrechte genommen, sondern sie auch gleich noch aller Juwelen und Familienerbstücke beraubt habe. Im Fall des Fürstentums Tanjore, das nach dem Tod des Fürsten annektiert worden sei, habe es zwar keinen Sohn, doch immerhin eine Tochter gegeben, und der englische Statthalter, ein Mr. Forbes, habe versucht, ihre Sache zu vertreten, indem er darauf hinwies, daß der Vertrag zwischen Tanjore und der Ostindischen Handelskompanie, was die Erbfolge angehe, nur »Erben« im allgemeinen, nicht aber männliche Erben im besonderen erwähne. Daß er den Mut dazu gefunden hatte, wohl wissend, wie es jenem glücklosen Mr. Mansel ergangen war, sei zu bewundern, doch habe man seine Einlassungen rundheraus ignoriert. Indische Infanterie, die bekannten Sepoys, sei in den Palast verlegt worden, und man habe das gesamte Vermögen, mobiles wie immobiles, beschlagnahmt. Sämtliche Wertgegenstände seien mit dem Siegel der Ostindischen Handelskompanie versehen, die Truppe des verstorbenen Fürsten entwaffnet und der Grundbesitz seiner Mutter enteignet worden.

Hilary fuhr fort, es sei nun Schlimmes zu erwarten, denn dies alles wirke sich auf die Existenz zahlloser Menschen aus. Im gesamten Bezirk seien die Besitzer aller ehemals fürstlichen Liegenschaften vor den Hochkommissar bestellt worden, der von ihnen den Nachweis verlangt habe, daß sie das Land rechtsgültig erworben hätten, und wer bislang im Dienste des Herrscherhauses sein Brot verdient habe, wisse nicht, wie er sein Leben fristen solle.

Tanjore, zuvor eines der ruhigsten Gebiete innerhalb des Herrschaftsgebietes der Ostindischen Handelskompanie, hatte sich innerhalb einer einzigen Woche in einen brodelnden Unruheherd verwandelt. Die Bevölkerung hing mit Leib und Seele an ihrem Fürstenhaus und war höchst aufgebracht über dessen Entmachtung. Selbst die Sepoys weigerten sich, ihre Löhnung entgegenzunehmen. Auch in Jhansi hatte es einen Sproß aus dem Fürstengeschlecht gegeben – zwar nur einen entfernten Vetter, der aber vom Radscha immerhin an Sohnes Statt angenommen worden war –, und die zauberhaft schöne Witwe Lakshmi-Bai hatte sich auf die zeitlebens von ihrem Gemahl bewiesene Loyalität der Kompanie gegenüber berufen – auch dies ganz vergeblich. Jhansi wurde für »der englischen Krone verfallen« erklärt und der Verwaltung des Gouverneurs der Nordwestprovinzen unterstellt; alle mit dem Fürstenhause verbundenen Einrichtungen und Ämter wurden aufgelöst und die im Dienste des Fürsten stehende Truppe entwaffnet und entlassen.

Hilary schrieb: »Nichts ist so geeignet, Haß und Verbitterung unter der Bevölkerung hervorzurufen, wie dieses brutale, gewissenlose, nur als Raub zu bezeichnende Vorgehen.« Die englische Öffentlichkeit aber beschäftigten wichtigere Dinge. Der Krimkrieg erwies sich nicht nur als kostspielig, sondern auch als verlustreich, und Indien lag in weiter Ferne, war aus den Augen und aus dem Sinn. Wer nach Lektüre von Hilarys Bericht sorgenvoll den Kopf schüttelte, hatte doch Tage später alles bereits wieder vergessen. Der Oberste Rat der Ostindischen Handelskompanie nannte Hilary derweil einen »irregeleiteten Kauz« und bemühte sich, seine Identität zu erfahren und ihn daran zu hindern, die amtliche Post zu benutzen.

Beides gelang allerdings nicht; Hilary schickte seine Berichte nicht auf dem üblichen Wege, und wenn auch so mancher hohe Beamte seine Tätigkeit mit Argwohn beobachtete – insbesondere seine enge Freundschaft mit einem »Eingeborenen« –, so fehlte es doch an Beweisen gegen ihn. Verdacht allein reichte nicht aus. Hilary bewegte sich also auch fortan ungehindert im Lande und ließ sich angelegen sein, seinem Sohn einzuschärfen, daß Ungerechtigkeit das größte Verbrechen ist, das der Mensch seinem Mitmenschen antun kann, und daß man Ungerechtigkeit immer und unter allen Umständen bekämpfen muß, auch wenn keinerlei Hoffnung besteht, diesen Kampf zu gewinnen.

»Vergiß das nie, Ashton. Gerechtigkeit ist die höchste Tugend. Es heißt: Was du nicht willst, das man dir tu, das füg auch keinem andern zu, was bedeutet, sei niemals unfair. Niemals. Unter keinen Umständen und gegen niemanden. Verstehst du mich?«

Selbstverständlich verstand er nicht, er war ja noch viel zu jung. Doch diese Lektion wurde ihm täglich eingebläut, bis er schließlich begriff, was der »Burra-Sahib« meinte (er dachte niemals anders an seinen Vater als an den Burra-Sahib), um so mehr, als Onkel Akbar ihn in gleicher Weise beeinflußte, ihm einschlägige Geschichten erzählte, aus dem heiligen Buch zitierte und Beispiele dafür anführte, daß »Der Mensch größer ist als Könige«. Später, wenn er ein Mann geworden sei, werde er finden, daß all dies wahr sei. Und daher müsse er sich schon jetzt bemühen, niemals eine Ungerechtigkeit zu begehen oder zuzulassen. Derzeit würden überall im Lande viele und schreckliche Ungerechtigkeiten von Männern begangen, die zu Macht gekommen und davon wie berauscht waren.

»Warum lassen eure Leute sich das eigentlich gefallen?« wollte Hilary von Akbar wissen. »Ihr seid Millionen, und die Kompanie nicht mehr als eine Handvoll. Warum macht ihr keinen Aufstand, setzt eure gerechten Ansprüche durch?«

»Oh, das kommt schon noch. Eines Tages«, versetzte Akbar gelassen.

»Wenn es nach mir ginge, würde das bald geschehen, je eher, desto besser«, meinte Hilary, »allerdings muß man fairerweise zugeben, daß es auch eine ganze Anzahl guter Sahibs hierzulande gibt: Lawrence, Nicholson und Burns; auch Mansel und Forbes gehörten dazu und der junge Randall in Lunjore, und Hunderte von deren Sorte.« Ausgemerzt werden müßten die aufgeblasenen, geldgierigen, verstockten älteren Herrschaften, die bereits mit einem Fuß im Grabe stünden, diese Typen in Simla und Kalkutta, die sich übermäßig wichtig nähmen und vermutlich fortgesetzt unter Sonnenstich litten. Was nun das Heer betreffe, so sei kaum ein Stabsoffizier jünger als siebzig Jahre. »Ich bin kein unpatriotischer Mensch«, sagte Hilary, »aber totale Unfähigkeit, Ungerechtigkeit und schiere Dummheit in hohen Ämtern finde ich einfach nicht bewundernswert, und von allen dreien ist in der derzeitigen Verwaltung zuviel vorhanden.«

»Darüber brauchen wir nicht zu streiten«, erwiderte Akbar Khan. »Doch das wird sich ändern; die Kinder deiner Kinder werden ihre Schuld vergessen und sich nur des Ruhmes erinnern, unsere aber werden sich nur der Unterdrückung erinnern und bestreiten, daß es auch Gutes gegeben hat. Denn es gibt viel Gutes.«

»Ich weiß, ich weiß«, sagte Hilary und lächelte bekümmert. »Ich gehöre vielleicht selber zu jenen aufgeblasenen Tröpfen, die sich zu wichtig nehmen. Und ich nähme gewiß weniger Anstoß, wären jene Narren, über die ich mich beklage, Franzosen, Deutsche oder Holländer, denn dann würde ich denken: was kann man von denen schon anderes erwarten? und mich über sie erhaben fühlen. Mich ärgert ja nur, daß es Menschen meiner Nationalität sind, die hier so eine üble Rolle spielen.«

»Nur Gott ist gut«, sagte Akbar Khan trocken. »Wir, seine Geschöpfe, sind sämtlich sündhaft und unvollkommen, einerlei welche Hautfarbe wir haben. Immerhin streben manche von uns nach Gerechtigkeit, und darin liegt doch viel Hoffnung.«

Hilary verfaßte keine weiteren Berichte über die Verwaltungstätigkeit der Ostindischen Handelskompanie, des Generalgouverneurs und des Rates, sondern konzentrierte sich nunmehr auf jene Gegenstände, denen sein eigentliches Interesse seit je gegolten hatte. Seine darüber verfaßten Manuskripte wurden, anders als die chiffrierten Berichte, mit der Post geschickt, geöffnet und geprüft und hatten die Wirkung, daß man amtlicherseits zu der Auffassung kam,

Professor Pelham-Martyn sei letzten Endes doch nur ein gelehrter Exzentriker und über jeden Argwohn erhaben.

Wiederum wurde das Lager abgebrochen, man wandte den Palmen und Tempeln des Südens den Rücken und zog gemächlich nordwärts. Seinen vierten Geburtstag feierte Ashton Hilary Akbar in der befestigten Hauptstadt der Mogulen, der Stadt Delhi, wohin Hilary gereist war, um das Manuskript seines neuesten und letzten Buches zu vollenden, zu korrigieren und abzusenden. Zur Feier des Tages steckte Onkel Akbar das Geburtstagskind in sein schönstes moslemisches Gewand und führte es zum Gebet in die Moschee Juma Masjid – ein herrliches Bauwerk, das der Herrscher Shah Jehan am Ufer des Jumna gegenüber den Mauern der »Roten Festung« Lal Kila hatte errichten lassen.

Weil es ein Freitag war, war die Moschee überfüllt, und viele Menschen, die im Innenhof keinen Platz gefunden hatten, waren auf den Torbogen geklettert. Im Gedränge fielen zwei herunter und kamen zu Tode. Onkel Akbar bemerkte dazu nur: »So war es ihnen vorherbestimmt«, und fuhr fort zu beten. Ash verneigte sich, kniete nieder und erhob sich, das Vorbild der anderen Gläubigen nachahmend, und anschließend erlernte er von Onkel Akbar die Khutpa, das Gebet von Shah Jehan, welches beginnt: »O Herr! Erweise dem Glauben des Islam große Ehre, wie auch den Verkündern dieses Glaubens, durch die unaufhörliche Macht und Majestät deines Sklaven, des Sultans, des Sohnes des Sultans, des Herrschers, des Sohnes des Herrschers über zwei Erdteile und des Herrn über zwei Meere, dem, der für die Sache Gottes das Schwert führt, dem Herrscher Abdul Muzaffar Shahabuddin Muhammad Shah Jahan Ghazi...«

Ash wollte wissen, was ein Meer sei? Und warum nur zwei Meere? Und wer denn vorherbestimmt habe, daß diese beiden Männer vom Torbogen fielen und getötet wurden?

Sita nahm Revanche, indem sie ihr Ziehkind als Hindu verkleidet in einen Tempel der Stadt führte, wo ein Priester in gelben Gewändern gegen Zahlung kleiner Münze mit roter Farbe einen Fleck auf die Stirn des Knaben machte, während das Geburtstagskind zusah, wie Daya Ram eine uralte, recht unförmige steinerne Säule verehrte, die den Gott Schiwa symbolisierte.

Akbar Khan besaß in Delhi viele Freunde und hätte sich normalerweise dort gern längere Zeit aufgehalten, es entging ihm aber nicht, daß sonderbare und beunruhigende Unterströmungen in der Stadt fühlbar wurden, und die Gespräche mit seinen Freunden stimmten ihn noch besorgter. Die Stadt war erfüllt von merkwürdigen Gerüchten. In den engen, lärmerfüllten Gassen und Basaren herrschte eine gespannte, bedrohliche Atmosphäre. Akbar gewann daraus den Eindruck, daß Böses bevorstand, ein Eindruck, der ihn ängstigte.

»Irgendwas Schlimmes bereitet sich vor, das liegt förmlich in der Luft«, sagte Akbar. »Für Menschen deines Blutes, mein Freund, bedeutet das nichts Gutes, und ich möchte nicht, daß unserem Kleinen etwas zustößt. Laß uns fortgehen von hier, dorthin, wo die Luft reiner ist. Ich liebe die Städte nicht. Sie bringen Fäulnis hervor wie ein Dunghaufen Maden und Fliegen, und was hier ausgebrütet wird, ist schlimmer als beides zusammen.«

Hilary fragte gelassen: »Sprichst du von Aufstand? Der bereitet sich im halben Lande vor, und du kennst meine Einstellung: je früher er kommt, um so besser ist es. Wir brauchen dringend eine Explosion, damit die Luft gereinigt wird und jene Hohlköpfe in Kalkutta und Simla endlich mal aus ihrer Selbstzufriedenheit aufgeschreckt werden.«

»Sehr wahr, doch bei Explosionen gibt es Tote, und ich möchte nicht, daß unser Knabe für die Fehler seiner Landsleute bezahlen muß.«

»Du meinst, mein Junge«, berichtigte Hilary etwas schroff.

»Nein, ich meine unseren, obwohl er mich lieber hat als dich.«

»Nur, weil du ihn verwöhnst.«

»Keineswegs, sondern weil ich ihn liebe, und weil er das weiß. Er ist der Sohn deines Körpers, aber meines Herzens, und ich will nicht, daß er zu Schaden kommt, wenn der Sturm losbricht – und das wird er. Hast du deine englischen Freunde in der Garnison gewarnt?«

Hilary bemerkte nur, er habe das wie immer getan, doch wolle man ihm nicht glauben. Das Übel läge darin, daß nicht nur die Ratsmitglieder in Kalkutta und die Beamten in Simla nicht wüßten, was in den Köpfen der Einheimischen vorgehe, sondern daß viele Offiziere ebenso unwissend seien.

»Das war in alten Zeiten anders«, sagte Akbar Khan bedauernd. »Doch die Generäle sind jetzt alt und fett und müde, und die Offiziere werden so häufig versetzt, daß sie die Gewohnheiten ihrer Männer nicht kennen und die Unruhe nicht bemerken, die sich unter den Sepoys breitmacht. Denk an den Bericht aus Barrackpore. Der will mir nicht gefallen. Es ist wahr, nur ein einziger Sepoy rebellierte, doch als er drohte, seinen Offizier zu erschießen und den General dazu, schauten seine Kameraden stumm zu und hinderten ihn nicht daran. Trotzdem glaube ich, es war falsch, das ganze Regiment aufzulösen, nachdem man jenen Übeltäter aufgehängt hat, denn nun gibt es dreihundert Unzufriedene mehr, die der Unzufriedenheit vieler anderer Vorschub leisten. Das wird noch Ärger geben, und zwar bald.«

»Ganz deiner Meinung. Und wenn es dazu kommt, werden meine Landsleute empört und entsetzt ob solcher Undankbarkeit und Illoyalität sein, du wirst sehen.«

»Mag sein – falls wir es überleben«, gab Akbar Khan zu bedenken, »und deshalb sage ich, fort ins Gebirge.«

Hilary packte seine Kisten und verstaute sie im Haus eines Bekannten in der Garnison hinter dem Wall. Vor der Abreise aus Delhi beabsichtigte er, Briefe zu schreiben, die er seit Jahren hätte schreiben müssen, verschob das aber einmal mehr, weil Akbar Khan ungeduldig wurde und ja auch reichlich Zeit für derartige Angelegenheiten blieb, hatte man erst das friedliche, stille Bergland erreicht. Übrigens sagte er sich, daß ein oder zwei Monate nun auch keine Rolle mehr spielten, nachdem er seine Korrespondenz jahrelang vernachlässigt hatte. Er stopfte einen Haufen unbeantworteter Briefe, darunter solche, die an seine verstorbene Frau adressiert waren, in einen Karton, schrieb »Dringend« darauf und wandte sich wichtigeren Aufgaben zu.

Im Frühjahr 1856 erschien der erste Band eines von Professor H. F. Pelham-Martyn verfaßten Buches über die unbekannten Dialekte von Hindustan, das er »Dem Andenken meiner geliebten Frau Isobel« gewidmet hatte. Der zweite Band kam erst im Herbst des folgenden Jahres heraus, mit einer etwas längeren Widmung: »Gewidmet Ashton Hilary Akbar, in der Hoffnung, dieses Buch möge sein Interesse für einen Gegenstand wecken, welcher dem Verfasser endloses Vergnügen bereitet hat«. Um diese Zeit jedoch lagen sowohl Hilary als auch Akbar Khan schon seit einem halben Jahr in ihren Gräbern, und für den Verbleib von Ashton Hilary Akbar interessierte sich kein Mensch.

Man war in nördlicher Richtung durch den Dschungelgürtel des Tarai gereist und hatte das Lager in das Vorgebirge des Doon verlegt, und hier, Anfang April, als die Temperatur stieg und die Nächte keine Kühlung mehr brachten, wurden die Forscher von ihrem Unglück ereilt.

Pilger aus Hardwar, denen man gastfreundlich Unterkunft bot, schleppten die Cholera ein. Ein Pilger starb kurz vor Sonnenaufgang, seine Begleiter flohen und ließen den Leichnam zurück. Er wurde morgens von den Dienern gefunden. Gegen Abend hatten drei von Hilarys Bediensteten sich angesteckt, und die Cholera wütete so entsetzlich, daß keiner von ihnen die Nacht überlebte. Im Lager brach Panik aus. Viele packten ihre Sachen und verschwanden, ohne sich auszahlen zu lassen. Tags darauf erkrankte Akbar Khan.

Zu Hilary flüsterte er: »Geh fort, nimm den Jungen und geh fort, sonst stirbst du auch. Betrauere mich nicht, ich bin ein alter Mann, ein Krüppel ohne Frauen und Kinder. Weshalb sollte ich den Tod fürchten? Du aber hast den Knaben, und ein Knabe braucht den Vater.«

»Du warst ihm ein besserer Vater als ich«, sagte Hilary und packte die Hand seines Freundes.

Akbar Khan lächelte. »Ich weiß das, denn ihm gehört mein Herz, und ich hätte ihn gelehrt, hätte ihn gelehrt... doch es ist zu spät. Geht rasch.«

»Wir können nirgendwo hin«, sagte Hilary. »Wer ist schneller als die Schwarze Cholera? Gehen wir fort, begleitet sie uns. In Hardwar sterben täglich Tausende. Hier sind wir besser dran als in den Städten, und bald wirst du dich erholen. Du bist stark und wirst gesund werden.«

Akbar Khan jedoch starb.

Hilary beweinte seinen Freund mehr, als er seine Frau beweint hatte, und als er ihn begraben hatte, schrieb er in seinem Zelt einen Brief an seinen Bruder in England und einen Brief an seinen Anwalt, denen er einige wichtige Papiere und Bilder hinzufügte. Dann machte er aus dem Ganzen ein kleines Päckchen und wickelte es sorgsam in Wachstuch. Nachdem er das Päckchen versiegelt hatte, begann er einen dritten Brief zu schreiben, nämlich jenen längst überfälligen Brief an Isobels Bruder William, zu dem er nie gekommen war – und auch diesmal kam er nicht mehr dazu. Die Cholera, die seinen Freund dahingerafft hatte, packte auch ihn mit knochiger Hand, die Feder glitt ihm aus den Fingern und rollte zu Boden.

Als er eine Stunde später den furchtbaren Schmerzanfall überstanden hatte, faltete Hilary den unbeendeten Brief zusammen, versah ihn mühsam mit einer Adresse und wollte ihn durch seinen Träger Bux befördern lassen. Doch auch Bux lag im Sterben, und schließlich war es Sita, die dem »Burra-Sahib« etwas zu essen brachte, denn Koch und Küchenhelfer waren schon vor Stunden davongelaufen.

Sie kam in Begleitung des Kindes, doch als sie sah, wie es um den Vater bestellt war, verbot sie dem Jungen, das Zelt zu betreten.

»Du tust recht«, keuchte Hilary, »du bist eine vernünftige Frau, das war schon immer meine Meinung. Kümmere dich um ihn, Sita, bring ihn zu seinen Verwandten... er soll nicht –« diesen Satz konnte er nicht mehr beenden. Stattdessen langte er matt nach dem Bogen Papier und dem versiegelten Päckchen und schob ihr beides hin. »In der Blechdose da ist Geld. Nimm es. Das müßte reichen, damit ihr beide...«

Wieder packte ihn ein Krampf, und Sita zog sich zurück. Sie verbarg Geld und Papiere in ihrem Sari, eilte mit dem Kind zu ihrem eigenen Zelt und bettete es dort – zum ersten Mal und zu seiner maßlosen Empörung ohne die Lieder und Geschichten, die sie ihm normalerweise vor dem Schlafengehen zu erzählen pflegte.

In jener Nacht starb Hilary, und am folgenden Nachmittag hatte die Cholera vier weitere Opfer gefordert, darunter Daya Ram. Die Überlebenden – es war kaum noch eine Handvoll – plünderten die Zelte und flohen auf Pferden und Kamelen südwestwärts in den Tarai. Die frisch verwitwete Sita ließen sie zurück aus Furcht, sie könnte sich bei ihrem toten Mann angesteckt haben. Sita, und den vier Jahre alten Waisenknaben Ash-Baba.

Im Laufe der Jahre vergaß Ash vieles, doch an diese Nacht erinnerte er sich stets. Er sah das Mondlicht, spürte die Hitze, hörte das gräßliche Jaulen der Schakale und Hyänen, die sich unweit des kleinen Zelts rauften, in welchem Sita neben ihm hockte und zitternd seine Schultern streichelte in dem vergeblichen Bemühen, seine Furcht zu beschwichtigen und ihn einzuschläfern. Er hörte, wie die vollgefressenen Geier sich mit klatschenden Flügelschlägen von den Bäumen emporschwangen, auf denen sie nisteten, er roch den Gestank von Verwesung, empfand wieder jene grauenerregende, verwirrende Einsamkeit einer Lage, die er nicht begriff und die ihm niemand erklären konnte.

Bis dahin hatte er Angst nie gekannt, denn nie hatte er Anlaß gehabt, sich zu ängstigen, und Onkel Akbar hatte ihn gelehrt, daß ein Mann niemals Angst zeigt. Auch war er seinem Temperament und seiner Veranlagung nach ungewöhnlich mutig, und das Wanderleben, in dessen Verlauf er Dschungel, Wüsten und unberührte Gebirgsketten kennenlernte, hatte ihn mit dem Verhalten wilder Tiere vertraut gemacht. Doch jetzt wußte er nicht, warum Sita weinte und zitterte, warum sie ihn nicht zum »Burra-Sahib« hatte hereinlassen wollen, verstand nicht, was Onkel Akbar und den anderen zugestoßen war. Daß sie tot waren, wußte er, denn den Tod kannte er: Zusammen mit Onkel Akbar hatte er Tigern aufgelauert und gesehen, wie der Onkel sie totschoß. Ziegen und junge Büffel, die der Tiger am Vortag gerissen und teilweise gefressen hatte, dienten dabei als Köder. Für den Kochtopf wurden Böcke geschossen oder auch Enten und Rebhühner. Diese Lebewesen also waren tot gewesen, doch gewiß war Onkel Akbar nicht in der gleichen Weise tot? Es mußte doch etwas Unzerstörbares geben, was zurückblieb von einem Menschen, der mit einem umhergegangen war, Geschichten erzählt hatte, einem Menschen, den man liebte und zu dem man aufblickte. Aber wo war dieses Unzerstörbare geblieben? Alles war höchst sonderbar, und er verstand es nicht.

Sita hatte dornige Äste aus dem Gestrüpp gezerrt, das schützend das Lager umgab, und sie rund um das Zelt angehäuft. Das war klug gehandelt, denn gegen Mitternacht vertrieben ganz in der Nähe zwei Leoparden die Schakale und Hyänen von deren Beute, und vor Morgengrauen ließ sich ein Tiger vernehmen. Anderntags sah man deutlich die Spuren seiner Pranken, die bis dicht an die dürftige Barriere aus dornigen Ästen führten.

Es gab an jenem Morgen keine Milch und kaum etwas zu essen. Sita gab dem Knaben Reste von ungesäuertem Brot, machte aus ihren wenigen Habseligkeiten ein Bündel, nahm ihn bei der Hand und führte ihn fort von dem Schrecken und der Ödnis des Lagers.

2

Sita kann damals nicht älter als fünfundzwanzig gewesen sein, sah aber doppelt so alt aus, was schwerer körperlicher Arbeit, den alljährlichen Schwangerschaften und der Trauer über den vorzeitigen Tod all ihrer Kinder zuzuschreiben war. Sie konnte weder lesen noch schreiben, und gescheit hätte man sie auch nicht nennen können, doch war sie mutig, loyal und großherzig, und es wäre ihr nie in den Sinn gekommen, Hilarys Geld für sich zu behalten oder seine Anweisungen zu mißachten. Sie liebte Hilarys Sohn seit seiner Geburt; der Vater hatte ihn ihr anvertraut und ihr aufgetragen, ihn zu jenen Menschen zu bringen, zu denen er gehörte. Niemand sonst hätte sich Ash-Babas angenommen, folglich ruhte die ganze Verantwortung für ihn auf ihren Schultern, und sie nahm sich vor, ihrer Aufgabe gerecht zu werden.

Sie ahnte nicht, wer nun eigentlich die Verwandten des Kleinen und wo sie zu finden sein mochten, doch machte ihr das zunächst wenig Kummer, denn sie erinnerte sich des Hauses in der Garnison von Delhi, wo Hilary den größeren Teil seiner Habe deponiert hatte und auch an den Namen jenes Sahib, der das Haus bewohnte und der ein Oberst war. Sie wollte daher das Kind zu Abuthnot-Sahib und dessen Memsahib bringen, die gewiß alles weitere in die Wege leiten würden; und weil man zweifellos eine Ayah für den Kleinen aufnehmen müßte, würde es nicht nötig sein, daß sie, Sita, sich von ihm trennte. Delhi lag weit im Süden, doch bezweifelte Sita keinen Moment, daß sie sicher hingelangen werde, denn in der Blechdose befand sich mehr Geld, als sie je im Leben gesehen hatte. Sie fürchtete, unterwegs Aufsehen zu erregen, falls etwas von ihrem Reichtum sichtbar würde, und steckte Ash daher in seine ältesten Kleider. Auch verbot sie ihm strikt, sich auf ein Gespräch mit Fremden einzulassen.

Es wurde Mai, bevor die Stadt der Mogulen in Sicht kam. Ash war so schwer, daß Sita ihn nur noch über kurze Entfernungen tragen konnte, und er selber vermochte täglich nur wenige Meilen auf eigenen Beinen zurückzulegen. Obschon die Jahreszeit normalerweise kühles Wetter brachte, wurde es täglich wärmer, und an heißen Tagen reiste es sich noch langsamer. Ash nahm alles dies hin, ohne Fragen zu stellen, denn er war an ein Wanderleben gewöhnt, und eine ständig wechselnde Umgebung war für ihn nichts Neues. Was seinem Dasein bis dahin eine gewisse Stabilität verliehen hatte, war die ständige Anwesenheit derselben Personen gewesen: Sita, Onkel Akbar und der »Burra-Sahib«, ferner Daya Ram und Kartar Singh, Swab Gul, Tara Chand, Dunno und andere. Die waren nun bis auf Sita alle tot, doch Sita war um ihn, und dazu die ihm vertraute indische Landschaft.

Die beiden kamen nur langsam voran, sie kauften in den Dörfern an der Straße, was sie zu essen brauchten, und übernachteten möglichst im Freien, um allen Neugierigen aus dem Wege zu gehen. Als eines Abends im staubigen goldfarbenen Dunst des Sonnenunterganges Mauern, Türme und Minarette von Delhi gegen den Horizont sichtbar wurden, waren beide schon recht ermattet. Sita hatte gehofft, vor Einbruch der Dunkelheit anzukommen und die Nacht bei entfernten Verwandten ihres Mannes zu verbringen, die in einer Seitengasse des Chandi Chowk eine Kornhandlung betrieben; dort wollte sie die in ihrem Bündel mitgeführten englischen Kleidungsstücke von Ash-Baba waschen und bügeln, um ihn ordentlich gekleidet in die Garnison bringen zu können. Sie hatten an diesem Tage aber bereits sechs Meilen zurückgelegt, und die Schiffsbrücke über den Jumna, die den Zugang zur Stadt bildete, war bei Sonnenuntergang noch eine gute Viertelmeile entfernt.

Innerhalb der Stadt hätten sie eine weitere halbe Meile bis zur Kornhandlung der Verwandten gehen müssen, und unterdessen wäre es Nacht geworden. Weil Sita noch ausreichend zu essen und zu trinken bei sich führte, bettete sie den Kleinen abseits der Straße unter einen Baum, dessen Gezweig eine Ruine beschattete, und sang ihn mit dem Liedchen in Schlaf, das von den Kindern im Pandschab am meisten geliebt wird:

»Schlaf Kindchen, schlaf,
Butter, Zucker, Brot.
Butter, Zucker, Brot sind verspeist
und mein Kindchen schläft.«

Die Nacht war warm, windstill und voller Sterne, und Sita, die Arme um den Kleinen geschlungen, sah fern die Lichter der Stadt blinken wie Goldstaub auf einem Vorhang aus schwarzem Samt. Zwischen den Ruinen zerfallener älterer Stadtteile heulten Schakale, im Gezweig des Baumes über ihr krächzten Nachtvögel, Fledermäuse huschten über sie hin und einmal ließ ganz in der Nähe im hohen Elefantengras eine Hyäne ihr Lachen vernehmen, und in der Düsternis schimpfte ein Mungo vor sich hin. Das waren vertraute Geräusche, vertraut wie die Tomtoms, die aus der Stadt herüberdrangen, wie das Schrillen der Zikaden. Sita zog einen Zipfel ihres Kopftuches übers Gesicht und schlief ein.

Sie erwachte bei Tagesanbruch, jäh geweckt von ihr fremden Geräuschen: galoppierenden Hufen, Schüssen, Gebrüll. In der Morgendämmerung brauste aus der Richtung von Meerut eine Reiterkolonne heran, eingehüllt in eine Wolke aus Staub, die sich über die Ebene ausbreitete. Sie ritten wie Besessene oder Gejagte dicht an dem Baum vorbei, unter dem Sita lag, und sie sah deutlich die verstörten Augen der Reiter, die verzerrten Gesichter, die Schaumflokken an den Mäulern und Flanken der Pferde, hörte das Gebrüll der Männer, die sich aufführten wie bei einem Wettrennen und während des Reitens ihre Gewehre in die Luft abfeuerten. Es waren Sowar. Sie trugen die Uniform eines Regimentes der bengalischen Kavallerie und kamen von Meerut. Die Uniformen waren staubig und zerfetzt und wiesen dunkle Flecke auf, zweifellos Blutflecke.

Eine verirrte Kugel sirrte durchs Gezweig des Baumes, und Sita warf sich über Ash, der unterdessen von diesem Lärm erwacht war. Doch schon waren die Berittenen vorüber, und der von ihnen aufgewirbelte Staub deckte alles zu. Er drang Sita und dem Kleinen in die Kehle, ließ sie husten und keuchen. Sita bedeckte das Gesicht schützend mit ihrem Sari. Als der Staub sich verzog und Sita wieder etwas wahrnehmen konnte, waren die Reiter bei der Brücke angelangt, und sie vernahm, gedämpft zwar, doch deutlich, das dumpfe Poltern der Hufe auf den Bohlen der Schiffsbrücke.

Sita war so sehr davon überzeugt, flüchtende Soldaten gesehen zu haben, daß sie sich unverzüglich in einiger Entfernung von der Straße mit dem Kinde im hohen Elefantengras verbarg, ganz darauf gefaßt, bald das Triumphgebrüll der Verfolger zu hören.

So verbrachte sie die folgende Stunde und war immer wieder genötigt, den Kleinen zu ermahnen, sich still zu verhalten. Aus Richtung Meerut folgten zwar keine Reiter mehr, doch in der morgendlichen Stille war trotz der großen Entfernung deutlich hörbar, daß unter den Mauern von Delhi gekämpft wurde; Gewehrfeuer knatterte, Männer schrien. Dann vermischte sich dieser Lärm mit den Geräuschen des erwachenden indischen Alltages: Brunnenräder knarrten, auf den Feldern kreischten Fasane, Kraniche trompeteten am Fluß, in einem Getreidefeld schrie ein Pfau, Eichhörnchen und Webervögel lärmten im Gezweig der Bäume. Auf den Ästen des Baumes, unter dem die beiden geschlafen hatten, ließ sich eine Horde brauner Affen nieder. Wenig später erhob sich vom Strom her eine leichte Morgenbrise, und das von ihr verursachte Rascheln des Grases überdeckte alle anderen Geräusche.

»Warten wir auf einen Tiger?« fragte Ash, der gemeinsam mit Onkel Akbar so manchem Tiger aufgelauert hatte und Bescheid wußte.

»Nein, aber reden dürfen wir trotzdem nicht. Wir müssen ganz stille sein«, drängte Sita. Sie hätte weder die Angst beschreiben können, die der Anblick der brüllenden Reiter in ihr erweckt hatte, noch was genau sie eigentlich fürchtete. Und doch, ihr Herz ging doppelt so rasch wie sonst, und sie wußte, daß weder die Cholera noch jene schreckliche letzte Nacht im Lager ihr mehr Furcht eingeflößt hatten als der Anblick der Reiter. Die Cholera war etwas, das sie ebensogut kannte wie den Tod und die Gewohnheiten der wilden Tiere, dies hingegen war etwas ganz anderes, furchterregend und unerklärlich...

Nun kam ein von zwei Ochsen langsam gezogener Karren auf der Straße in Sicht, und das vertraute Knarren des gemächlich dahinrollenden Gefährtes beschwichtigte Sita ein wenig. Die Sonne stieg über den Horizont, und es war übergangslos Tag. Sita atmete jetzt ruhiger. Sie erhob sich behutsam und spähte zwischen den Grashalmen hindurch. Die Straße lag verlassen im hellen Tageslicht, nichts bewegte sich darauf, so weit Sita sehen konnte. Das war ungewöhnlich, denn die Straße von Meerut war meist stark befahren und begangen, weil es sich um einen Hauptverbindungsweg handelte, der von Rohilkund über Oude nach Delhi führte. Dies konnte Sita nicht wissen, und sie schöpfte Mut – allerdings war sie umsichtig genug, nicht sogleich hinter den brüllenden Reitern her zur Stadt aufzubrechen; besser, man wartete noch ein Weilchen ab. Ein wenig trockene Nahrung war noch vorhanden, doch hatten sie keine Milch mehr, und beide litten unter Durst.

»Warte hier«, sagte Sita zu Ash. »Ich gehe zum Fluß um Wasser. Es dauert nicht lange. Rühr dich nicht von der Stelle, mein kleiner Schatz. Sitz ganz still, und es wird dir nichts geschehen.«

Ash gehorchte ihr, denn ihre Angst hatte sich ihm mitgeteilt, und zum ersten Mal im Leben empfand er Furcht, obschon er ebensowenig wie Sita hätte sagen können, wovor.

Ash mußte lange warten, denn Sita nahm nicht den kürzesten Weg zum Fluß, der sie an die Brücke geführt hätte. Sie ging etwas flußaufwärts ans Ufer. Von hier aus konnte sie über Sandbänke und Nebenläufe des Jumna bis zum Kalkuttator sehen und überblickte die Mauer vom Arsenal bis zur Wasserfestung. Die Geräusche aus der Stadt drangen deutlich zu ihr her, und sie hatte den Eindruck, als summe die Stadt wie ein unvorstellbar großer Bienenstock, den jemand umgeworfen und damit den Zorn dieser Insekten erregt hat.

Dazwischen hörte sie vereinzelte Schüsse, manchmal auch das Knattern vieler Gewehre, und über den Dächern flatterten zahllose aufgescheuchte Vögel – Falken und Krähen in Schwärmen, erschrockene Tauben, die sich niederließen und von neuem aufschwirrten, als würden sie von Vorgängen in den Straßen aufgeschreckt. Oh ja, an diesem Morgen ereigneten sich offenbar üble Dinge in Delhi, und gewiß war es besser, sich von der Stadt fernzuhalten, bis man mit Gewißheit erfahren konnte, was dort vorging. Schlimm, daß sie so wenig Nahrung hatten, aber für das Kind würde es noch eine Weile reichen. Und Wasser wenigstens gab es ausreichend.

Sita füllte ein Messinggefäß im seichten Wasser und kehrte zu dem Platz nahe der Straße zurück, vorsichtig und meist gedeckt von dem entlang der Straße wachsenden Gebüsch; gelegentlich verbarg sie sich hinter Steinbrocken oder Baumstümpfen, um nicht beobachtet zu werden. Sie nahm sich vor, hier draußen bis zur Abenddämmerung zu warten und erst nach Dunkelwerden über die Brücke zu gehen; auf Umwegen, nicht mitten durch die Stadt, gedachte sie die Garnison zu erreichen. Das würde für Ash-Baba ein anstrengender Marsch werden, doch wenn er den ganzen Tag über ruhte... sie richtete für sie beide einen bequemeren Lagerplatz im Grase her, und obwohl es unterdessen unerträglich heiß geworden war und Ash, der seine Furcht vergessen hatte, quengelig wurde, schläferten die erzwungene Untätigkeit und die Hitze ihn gegen Mittag ein.

Auch Sita verfiel ins Dösen, eingelullt durch das vertraute Knarren der zweirädrigen Karren, die die staubige Straße befuhren und das gelegentliche Klingeln der Glöckchen an einem vorüberrollenden leichten Einspänner. Aus beidem schloß sie, daß der Verkehr auf der Straße von Meerut sich normalisiert habe und daß die Gefahr – wenn es denn überhaupt eine gegeben hatte – vorüber sei. Sie redete sich ein, die galoppierenden Reiter, die sie gesehen hatte, seien in höchster Eile mit Kundschaft zum Mogul unterwegs gewesen, und ein wichtiges Ereignis, von dem sie berichtete, habe die Stadt in die von ihr beobachtete Aufregung versetzt. Vielleicht wurde ein Fest gefeiert, oder ein Sieg, den die bengalischen Truppen der Ostindischen Handelskompanie auf einem fernen Schlachtfeld errungen hatten. Vielleicht war auch einem befreundeten Herrscher ein Sohn geboren worden, am Ende gar der Königin im fernen England?

Solche und ähnliche beschwichtigende Überlegungen dämpften ihre Angst. Auch konnte sie den Lärm in der Stadt nicht mehr hören. Wenn das Kind aufwacht, gehen wir los, überlegte Sita, doch noch während sie diesen Gedanken dachte, wurde der scheinbare Friede mit einem Schlage zerstört. Eine furchtbare Erschütterung ging wie eine unsichtbare Welle über die Ebene hin, ließ das Gras erzittern, ja, die Erde beben, und kurz darauf erfolgte ein grauenerregender Donnerschlag, der in die gedämpfte Stille des heißen Nachmittags einschlug wie der Blitz in einen Baum.

Die Heftigkeit dieses Geräusches weckte Ash aus dem Schlaf und brachte Sita auf die Beine, die, starr vor Schrecken, zwischen den Grashalmen hindurchspähend über den fernen Mauern von Delhi eine Rauchwolke erblickte, eine grauenerregende, pilzförmige Erscheinung, besonders schrecklich, weil sie vom Schein der Nachmittagssonne wie in feurige Glut getaucht war. Die Frau und das Kind konnten sich die Erscheinung nicht erklären und erfuhren auch niemals, daß sie Zeugen der Explosion des Pulvermagazins von Delhi geworden waren, das von einigen wenigen Verteidigern in die Luft gesprengt wurde, um zu verhindern, daß das Schießpulver dem aufrührerischen Pöbel in die Hände fiel.

Noch Stunden später hing die Rauchwolke über der Stadt, rosenfarben jetzt im goldenen Sonnenuntergang, und als Sita und das Kind sich schließlich aus ihrem Versteck hervorwagten, säumten die ersten Strahlen des niedrig stehenden Mondes den Umriß dieser Wolke silbern.

Sita fand, es sei ausgeschlossen, so kurz vor dem Ziel umzukehren, hätte allerdings einen anderen Weg als den ihr bekannten in die Garnison vorgezogen. Sie wußte aber von keiner Furt durch den Jumna, und die nächste Brücke war meilenweit entfernt. Es blieb nichts übrig, als die Pontonbrücke zu benutzen, und zu diesem Zweck schlossen sie sich beim Sternenschein einer Hochzeitsgesellschaft an. Während diese eingehend von den Wachen überprüft wurde, ließ man die Frau mit dem Kind als ungefährlich passieren, doch aus den Gesprächen, aus Fragen und Antworten, die zwischen den bewaffneten Posten und den Hochzeitern hin- und hergingen, erfuhr Sita wenigstens einiges von dem, was sich im Laufe des Tages ereignet hatte.

Hilary hatte Recht behalten und Akbar Khan ebenfalls. Zu viele Klagen waren auf taube Ohren gestoßen, zu viele Ungerechtigkeiten begangen worden, als daß die Menschen es noch länger hätten ertragen wollen. Ausgelöst wurden die Ereignisse durch eine Lappalie: An die bengalische Armee wurden für neue Gewehre Patronen ausgegeben, die in einer, wie es hieß, Mischung von Rinder- und Schweinefett gelagert worden waren. Die Berührung mit Schweinefett hätte jeden Hindu zum Pariah gemacht und jeden Moslem verunreinigt. Dies war aber nur ein Vorwand.

Seit es ein halbes Jahrhundert zuvor zu einer blutigen Meuterei unter den Truppen von Vellore in Madras gekommen war, die sich weigerten, eine neuartige Kopfbedeckung zu tragen, die von der Ostindischen Handelskompanie eingeführt worden war, argwöhnten die Sepoys, daß man sie ihrer Kaste berauben wolle, jener ehrwürdigsten aller hinduistischen Einrichtungen. Die Meuterei von Vellore war rasch und brutal niedergeschlagen worden, und das galt für ähnliche Aufstände in den darauf folgenden Jahren. Die Ostindische Handelskompanie war aber außerstande, die Zeichen richtig zu deuten, und als es wegen der eingefetteten Patronen unter den Soldaten zu Unruhen kam, reagierte man darauf nur mit Entrüstung.

Ein wütender Sepoy namens Mangal Pandy vom 34. Infanterieregiment stachelte seine Kameraden zur Rebellion an und verwundete den englischen Adjutanten mit einem Schuß. Man hängte ihn und entwaffnete seine Kameraden, die dieser Tat zugesehen hatten, ohne sie zu verhindern. Das Regiment wurde aufgelöst, doch ordnete der Generalgouverneur, der weitere Unruhen befürchtete, immerhin an, die neuen Patronen einzuziehen. Diese Anweisung kam aber zu spät, denn die Sepoys erblickten darin den Beweis dafür, daß sie mit ihrem Argwohn recht gehabt hatten, und die Spannung, statt abzunehmen, wuchs weiter. Überall im Lande kam es zu Brandstiftungen, doch trotz dieser explosiven Lage und ungeachtet der Tatsache, daß die Eingeweihten sehr wohl wußten, eine Katastrophe stehe unmittelbar bevor, versteifte sich der Kommandeur des 3. Kavallerieregimentes von Meerut darauf, seinen Leuten eine Lektion zu erteilen, indem er ihnen befahl, eben jene umstrittenen Patronen zu verwenden. Fünfundachtzig Kavalleristen lehnten dies entschlossen und in aller Form ab, man stellte sie vors Kriegsgericht und verurteilte sie zu lebenslanger Zwangsarbeit.

General Hewitt, ein beleibter, lethargischer Siebziger, befahl, wenn auch widerstrebend, die gesamte Brigade von Meerut zur Parade und ließ die Urteile öffentlich verlesen; den fünfundachtzig Soldaten wurde sodann die Uniform ausgezogen, und man legte ihnen Fußschellen an, mit denen sie den Weg in die Gefangenschaft antreten mußten. Diese sehr langwierige, unrühmliche Parade erwies sich als noch größerer Mißgriff, denn die Empörung über die harten Urteile und das Mitgefühl der herzudrängenden Neugierigen wurden durch den Anblick der ehemaligen Kavalleristen mit ihren Fußfesseln nur noch mehr angestachelt. Während der Nacht sannen in den Kasernen und Basaren von Meerut zornige Männer, die sich ihrer Demütigung bewußt waren, auf Rache. Am nächsten Morgen brach der so lange erwartete Sturm endlich los: Sepoys griffen wutentbrannt das Militärgefängnis an, ließen alle Gefangenen frei, fielen über die Engländer her und ermordeten alle, deren sie habhaft wurden. Die Kavalleristen von Meerut setzten die geplünderten Bungalows der Engländer in Brand und ritten nach Delhi, um auch dort den Aufstand zu entfesseln und sich Bahadur Shah zur Verfügung zu stellen, dem letzten der Mogulenherrscher, nur noch dem Namen nach König von Delhi. Eben diese Männer hatte Sita des Morgens vorbeigaloppieren sehen, und in ihnen mit angstvoller Vorahnung die Boten des Unglücks erkannt.

Wie es scheint, glaubte der Mogul ihnen anfangs nicht, denn in Meerut lagen mehrere englische Regimenter, und er erwartete, diese jede Minute als Verfolger der Aufständischen eintreffen zu sehen. Erst als keine Engländer sich blikken ließen, glaubte er, was die Soldaten des 3. Kavallerieregimentes behaupteten, daß nämlich alle Weißen in Meerut erschlagen wären. Daraufhin erging die Anweisung, auch in Delhi sämtliche Europäer niederzumachen. Einige Sahibs hatten sich in das Pulvermagazin eingeschlossen, welches sie in die Luft sprengten, als abzusehen war, daß sie es nicht verteidigen konnten. Andere wurden von ihren Soldaten niedergemacht oder fielen dem Pöbel zum Opfer, der sich den Helden von Meerut anschloß und in den Straßen der Stadt auf alle Europäer Jagd machte...

Als Sita dies hörte, zerrte sie das Kind aus dem Licht der flackernden Fackeln ins Dunkel, weil sie fürchtete, Ash könne als Engländer erkannt und schon von den Brückenwachen erschlagen werden. Das Gebrüll des Pöbels und das einstürzende Gebälk brennender Häuser machten ihr noch deutlicher, welche Gefahren in der Stadt auf sie und Ash warteten. Sie wandte sich rasch in die Dunkelheit in Richtung Wasserfestung und entdeckte einen schmalen Uferpfad, der sich zwischen dem Fluß und der Stadtmauer hinzog.

Dies war kein richtiger Weg, überall lagen Steine und andere Hindernisse herum, so daß der neben Sita hertrottende Ash schnell ermüdete. Immerhin stand der Mond jetzt hoch, und sein Licht, verbündet mit dem Feuerschein brennender Häuser, erhellte die Nacht wie ein Sonnenuntergang. Auf halbem Wege begegnete ihnen ein umherirrender Esel, den sie in Besitz nahmen. Vermutlich gehörte er einem Mann, der hier gelegentlich Gras schnitt, sein Tier nur nachlässig angebunden hatte und in die Stadt geeilt war, um sich an der Plünderung der den Europäern gehörenden Häuser und Ladengeschäfte zu beteiligen. Sita erblickte in dem Esel ein Geschenk des Himmels, und tatsächlich stand das Tier geduldig still, als sie Ash auf seinen Rücken hob und hinter ihm aufsaß. Wahrscheinlich war es an schwerere Lasten gewöhnt, denn es setzte sich sogleich in Bewegung, als sie es mit den Hacken antrieb und folgte einem kaum sichtbaren Pfad hindurch zwischen Steinen, Gebüsch und Abfallhaufen.

Die Hufe des Esels machten nur wenig Lärm, und Sitas weinfarbiger Sari war im Schatten kaum wahrzunehmen, doch in jener Nacht waren die Mauern besetzt von Männern, die argwöhnisch auf jedes Geräusch und jede Bewegung achteten. Zweimal wurden sie angerufen, und gleich darauf schlugen Gewehrkugeln zu ihren Füßen ins Gestein oder sausten über ihre Köpfe ins Wasser. Schließlich waren sie an der Wasserfestung vorüber und überquerten den schmalen Streifen offenen Geländes zwischen dem Kaschmirtor und dem dunklen, schützenden Dickicht des Kudsia Bagh.

Bis hierher verfolgte sie ein dichter aber harmloser Kugelregen, dann ritten sie zwischen Bäumen dahin und ließen Delhi hinter sich: einen schwarzen zakkigen Umriß von Mauern und Bastionen, Dächern und Baumwipfeln, überragt von den schlanken Minaretten der Moscheen und vor der Glut der in der Stadt wütenden Feuersbrünste, deutlich sichtbar wie ein Scherenschnitt. Rechter Hand strömte der Fluß, vor ihnen und zur Linken erhob sich dunkel eine Felsbarriere zwischen der Garnison und der Stadt.

In den zur Garnison gehörenden Kasernen, Bungalows und Casinos und in den Quartieren der Bediensteten brannte zu jeder Nachtzeit Licht, und der Schein dieser Lampen vor dem Nachthimmel war ein vertrauter Anblick. Aber in dieser Nacht wirkte der Lichterschein besonders hell und weniger stetig; das Licht nahm zu und ab, und man hatte den Eindruck, als brenne es auch dort. Sita vermutete, daß die Weißen um die Garnison herum große Holzstöße in Brand gesetzt hatten, um zu verhindern, daß sie im Schutz der Dunkelheit angegriffen wurden, eine Maßnahme, die Sita durchaus einleuchtete, ihre Pläne aber nicht gerade erleichterte. Überdies sah sie bewaffnete Männer auf der Straße, die von der Stadt über die Felsbarriere zur Garnison führte, einige zu Fuß, andere zu Pferd. Sita hielt sie für Aufrührer und Plünderer. Zwar wäre es wünschenswert gewesen, den Kleinen so bald wie möglich im Bungalow von Abuthnot-Sahib in Sicherheit zu bringen, doch mochte es klüger sein, im Schutz der Bäume und Büsche zu verharren, bis die Straße zur Garnison frei war.

Der Esel blieb mit einem Ruck stehen und hätte sie fast abgeworfen. Er schnaubte angstvoll durch die Nase, und als Sita ihn antreiben wollte, ging er rückwärts. Sie mußte also absteigen.

Ash, der im Dunkeln fast ebensogut sehen konnte wie der Esel, sagte: »Schau mal, da ist jemand im Gebüsch.«

Seine Stimme klang eigentlich nicht angstvoll, sondern eher sachlich interessiert, und daß er jetzt zum ersten Mal den Mund aufmachte, lag daran, daß er überhaupt wenig redete. Das Schießen und der Lärm hatten ihn zwar erregt, doch nicht übermäßig, denn Onkel Akbar hatte ihn schon mit auf die Jagd genommen, als er gerade erst gehen konnte. Was ihn ängstigte, war, genau betrachtet, Sitas Angst und ihre Unfähigkeit, ihm zu erklären, warum sich seine Lebensumstände so verändert hatten und alle, die ihm während seiner wenigen Jahre vertraut gewesen waren, ihn plötzlich verlassen hatten. Doch wie die meisten Kinder war er daran gewöhnt, daß Erwachsene sich rätselhaft benehmen und hatte sich damit abgefunden. Auch jetzt spürte er, wie Sita neuerlich von Angst gepackt wurde, und zwar jenes im Gebüsch versteckten Menschen wegen, und daß auch der Esel davor Angst hatte. Ash tätschelte dem kleinen Tier die zitternde Flanke und sagte tröstend: »Nur keine Angst, da liegt eine schlafende Frau.«

Tatsächlich lag im Gebüsch eine Frau in sonderbarer Haltung; es sah aus, als sei sie auf Händen und Knien durchs Dickicht gekrochen und ermattet eingeschlafen. Im rötlichen Licht der Brände, das auch durch das Laub der Bäume sickerte, wurde sie erkennbar als eine ungewöhnlich dicke Person in einer Krinoline aus Fischbein samt zahllosen Unterröcken, bedeckt von einem Kleid aus grau-weiß gestreiftem Drell, das sie noch beleibter erschienen ließ, als sie ohnehin war. Allerdings schlief sie nicht, sondern sie war tot, und Sita, die vor dieser stummen Gestalt zurückwich, hielt sie für eine jener weißen Frauen, die versucht hatten, dem Massaker in der Stadt zu entkommen. Vermutlich war sie hier an Herzversagen oder vor Schreck gestorben, denn eine Verletzung war an ihr nicht zu sehen. Vielleicht hatte auch sie versucht, die Garnison zu erreichen, und vielleicht verbargen sich in der Dunkelheit rings umher noch andere flüchtige Engländer oder Aufständische, die ihnen auflauerten.

Dieser Gedanke erschreckte Sita, doch sagte sie sich sogleich, daß eine Jagd auf flüchtige Weiße nicht lautlos vor sich gehen würde und ganz gewiß nicht ohne Fackeln. Die Nacht war jedoch still; nur von der Straße her wurden Geräusche laut. Also konnte man unbesorgt hier abwarten.

Sie band den Esel sorgfältig an, machte für sich und das Kind im Gras einen Lagerplatz, gab ihm den Rest vom ungesäuerten Brot zu essen, sang ihm leise ein Schlaflied und erzählte flüsternd von dem Gebirgstal, wo sie eines Tages mit ihm zwischen Obstbäumen in der Hütte mit dem flachen Dach leben, eine Ziege und eine Kuh, ein Hündchen und eine Katze halten wolle... »Und den Esel«, sagte Ash schläfrig, »den Esel müssen wir mitnehmen.«

»Gewiß nehmen wir auch den Esel mit, der soll uns das Wasser vom Fluß herauftragen, auch Holz für ein Feuer, denn in den Hochtälern sind die Nächte kühl, kühl und angenehm, und der Wind, der durch die Wälder streicht, riecht nach Kiefernzapfen und nach Schnee, und er macht sch... sch... sch...« Ash seufzte glücklich und schlief ein.

Geduldig wartete Sita Stunde um Stunde, bis der Himmel nicht mehr glutrot war, bis die Sterne verblaßten, bis sie das Nahen der Morgendämmerung spürte. Dann weckte sie das schlafende Kind und stahl sich aus dem Kudsia Bagh, um das letzte Stück ihrer langen Wanderung zur Garnison von Delhi unter die Füße zu nehmen.

Auf der Straße war jetzt niemand zu sehen, sie lag verlassen und grau unter einer dicken Staubschicht, und obschon die Luft vom Wasser her kühl herüberwehte, roch es doch nach Qualm und Fäulnis, und in der Stille wirkte auch das kleinste Geräusch sehr laut; das Knacken eines Zweiges, ihr eigenes unregelmäßiges Atmen, das Anstoßen der Eselshufe an einen Stein. Es kam ihr vor, als müsse es meilenweit zu hören sein, wie sie sich mit Kind und Esel näherte, und deshalb spornte sie das Tier zu größerer Eile an, indem sie ihm aufmunternde Worte ins Ohr flüsterte und ihm die bloßen Füße in die Flanken stieß.

Sie war mit dem Kind schon einmal hiergewesen, damals aber in einer Kutsche, und die Entfernung zwischen dem Kaschmirtor und der Garnison war ihr kurz vorgekommen. Jetzt aber schien sie endlos, und lange bevor sie die höchste Stelle der Felsbarriere erreichten, nahm der Himmel das erste morgendliche Grau an, und die schwarzen, formlosen Massen beiderseits der Straße wurden als Felsblöcke und verkümmerte, dornige Bäume erkennbar. Als die Straße sich senkte, ging es leichter, abwärts lief der Esel schneller, und die immer noch herrschende Stille beruhigte Sita. Wenn die Bewohner der Garnison so friedlich schliefen, konnte kein Unglück geschehen sein, die Unruhen dürften vorüber sein oder hatten sich gar nicht bis hierher ausgebreitet.

Um diese Tageszeit brannte nirgendwo Licht, Wege, Bungalows und Gärten lagen still in der Morgendämmerung. Plötzlich aber roch es stärker nach verbranntem Holz, und dies war nicht der vertraute Geruch von Holzkohle oder den Feuern, die mit getrocknetem Kuhdung unterhalten werden, vielmehr war es ein scharfer, beißender Geruch von qualmendem Gebälk, von Reet, von verbrannter Erde und verräucherten Ziegeln.

Noch konnte man von den Bäumen und Bungalows nicht mehr als die Umrisse erkennen, und obschon der Hufschlag des Esels auf dem festen Straßenbelag deutlich hörbar war, hielt niemand sie an. Es schien, als schliefen die Wachen.

Der Bungalow von Abuthnots lag in einer stillen Seitenstraße, wo schattige Bäume standen, und Sita fand mühelos hin. Sie stieg vor dem Gartentor ab, hob auch den Knaben vom Esel und fing an, ihr Bündel aufzuknoten.

»Was machst du?« fragte Ash neugierig. Er hoffte, das Bündel enthalte etwas zu essen, denn er war hungrig. Sita jedoch packte den Matrosenanzug aus, in welchen sie den Knaben bereits im Hause des Kornhändlers hatte kleiden wollen. Es war unpassend, daß der Sohn von »Burra-Sahib« sich den Verwandten seines Vaters in dem verstaubten Reisegewand eines arabischen Straßenjungen präsentierte, und ihr lag daran, daß er wenigstens anständig gekleidet wäre. Der Anzug war zerknautscht aber immerhin sauber, die Schuhe blankgeputzt. Die Memsahib würde wohl verstehen, daß keine Zeit zum Bügeln gewesen war und diesen Umstand entschuldigen.

Ash ließ sich resigniert und ohne Protest in den verhaßten Matrosenanzug zwängen. Seit er ihn zuletzt getragen hatte, war er erheblich gewachsen. Der Anzug beengte ihn, und als er die europäischen Schuhe anziehen sollte, brachte er sie nicht an die Füße.

»Gib dir Mühe, Schatz«, tadelte Sita, den Tränen nahe vor Erschöpfung und Ratlosigkeit. »Versuch es.«

Das nützte aber nichts, Ash mußte die Schuhe hinten heruntertreten und sie tragen wie Pantoffeln. Dem weißen Matrosenhut mit dem breiten blauen Band war die Reise auch nicht besonders gut bekommen, Sita zupfte ihn jedoch so gut es gehen wollte zurecht und befestigte das Gummiband unter dem Kinn.

»Nun bist du ganz und gar ein Sahib, Schatz meines Herzens«, flüsterte Sita und küßte ihn. Mit einem Zipfel des Sari wischte sie sich eine Träne aus den Augen, dann verwahrte sie sein abgelegtes Gewand in dem Bündel, stand auf und führte ihn die Einfahrt hinauf zum Haus.

Im ersten Morgenlicht wirkte der Garten silbrig grau, und der Bungalow war nun ganz deutlich zu erkennen. Nichts regte sich, als sie sich dem Hause näherten. Es war so still, daß man das Tappen der Pfoten eines Tieres hörte, das sich schwarz in der dunklen Öffnung des Hauseinganges zeigte, bevor es über die Veranda davonlief und den Rasen überquerte. Dies war kein Hund des Sahib, es war nicht einmal einer jener streunenden Hunde, die sich in den Basaren der Garnison umhertrieben, sondern eine Hyäne, wie man im zunehmenden Licht deutlich an den gedrungenen Schultern und den grotesk verkürzten Hinterbeinen erkennen konnte...

Sita blieb wie angewurzelt stehen, ihr Herz begann wiederum angstvoll zu klopfen. Sie hörte die Blätter rascheln, als die Hyäne im Gebüsch verschwand, sie hörte den Esel am Tor unentwegt Gras rupfen, aber aus dem Haus, auch aus dem Dienstbotenquartier dahinter, wo doch bestimmt schon jemand auf den Beinen sein mußte, drang kein Laut. Wo war der Nachtwächter, der den Bungalow hätte bewachen sollen? Ihre Aufmerksamkeit wurde von einem kleinen weißen Gegenstand erregt, der unmittelbar vor ihr auf dem kiesbestreuten Weg lag, und sie hob ihn auf. Es war ein seidener Schuh mit hohem Absatz, wie sie ihn an den Memsahibs bei großen Gesellschaften bemerkt hatte, und daß er hier wie fortgeworfen in der Einfahrt lag, bedeutete nichts Gutes.

Sita blickte erschreckt um sich und sah erst jetzt auf den Rasenflächen und in den Blumenbeeten andere Gegenstände, die dort nicht hingehörten: Bücher, zerbrochenes Geschirr, zerfetzte Kleider, einen Strumpf... Sie ließ den seidenen Schuh fallen, machte kehrt, zerrte Ash hinter sich her und verbarg sich außerhalb des Grundstückes im Schatten eines Pfefferbaumes.

»Du bleibst hier!« befahl sie mit einer Stimme, die Ash nicht an ihr kannte. »Hock dich nieder in den Schatten und mucks dich nicht. Ich sehe nach, wer im Bungalow ist, und dann hole ich dich nach. Wenn du mich liebst, gibst du keinen Laut von dir.«

»Wirst du mir etwas zu essen mitbringen?« fragte Ash drängend und fügte seufzend hinzu: »Ich habe ja solchen Hunger!«

»Ja, ja, ich bringe dir was. Ich verspreche es. Aber verhalte dich ruhig.«

Sie ging wieder durch den Garten, nahm allen Mut zusammen und stahl sich die Verandastufen hinauf und hinein in das stumme Haus. Es war niemand darin. In dunklen, menschenleeren Räumen fand sie nur zerbrochene Möbelstücke vor und die Reste, welche Plünderer hinterlassen, die alle Wertgegenstände fortschleppen und alles zerstören, was sie für wertlos halten. Auch die Dienstbotenquartiere waren verlassen, und Sita fand Hinweise dafür, daß versucht worden war, den Bungalow in Brand zu stecken. Das Feuer hatte aber nicht Fuß fassen können. In der erbrochenen Speisekammer fanden sich Lebensmittel, die niemand des Stehlens für wert gehalten hatte, vielleicht weil die Kaste, der die Plünderer angehörten, ihnen verbot, solche Dinge anzurühren.

Sita hätte unter anderen Umständen ebenfalls Bedenken gehabt, jetzt aber wickelte sie, so viel sie tragen konnte, in ein Tischtuch; Brot und kaltes Currygemüse, eine Schale Linsen, die Reste eines Reispuddings, eine Handvoll gekochter Kartoffeln, frisches Obst, eine Marmeladentorte, die Hälfte eines Pflaumenkuchens und mehrere Sorten Gebäck. Saure Milch und Büchsenfleisch ließ sie stehen. Unter einem Haufen zerschlagener Weinflaschen fand sich noch eine heile, die zwar leer war, in die sich aber aus dem Behälter vor dem Haus Wasser füllen ließ, und die sie mit einem der herumliegenden Korken verschloß. So versehen eilte sie zurück zu Ash.

Es wurde von Minute zu Minute heller und man mußte damit rechnen, daß das Gesindel aus den Basaren nach den Orgien der vergangenen Nacht bald erwachen, zurückkehren und in den Resten herumstochern würde. Es war gefährlich, auch nur einen Moment länger zu verweilen, doch mußte sie dem Jungen unbedingt den verräterischen Matrosenanzug ausziehen. Dies tat Sita mit zitternden Händen.

Ash begriff nicht, warum sie ihn erst so mühsam angekleidet hatte und nun so rasch wieder auszog, er sah aber dankerfüllt und erleichtert, daß er den Anzug nie wieder würde tragen müssen, denn Sita ließ ihn einfach unter dem Pfefferbaum liegen. Er aß gierig von dem kalten Reispudding, während Sita ihren Wasserkrug aus Messing an einem kleinen Brunnen unter zertrampelten Oleanderbüschen füllte und den Esel aus einem ledernen Eimer tränkte. Dies getan, stiegen beide wieder auf und ritten im perlgrauen Morgenlicht des neuen Tages in Richtung der großen Hauptstraße, die nach Norden gegen Kurnal und den Pandschab führt.

Der Esel hätte sich gern an die guten Straßen der Garnison gehalten, doch bei zunehmender Helligkeit erkannte Sita, daß die meisten Bungalows der Siedlung niedergebrannt waren, und daß zwischen den angesengten Bäumen hier und dort geisterhafte Rauchsäulen aufstiegen. Dieser Anblick vergrößerte noch ihre Furcht, und statt den Garnisonsbereich zu durchqueren, wandte sie sich wieder der Felsbarriere und dem drohend aufragenden Fahnenturm zu, wo, wie sie wußte, die Straße von Delhi nach Norden zur großen Hauptstraße abzweigte.

Wenn man von der Höhe der Felsbarriere zurückblickte auf den ehemals so geschäftigen Garnisonsbereich, konnte man nicht glauben, daß dies da unten nichts weiter war als eine wüste Brandstätte, denn noch verbargen die Bäume barmherzig die angerichtete Zerstörung, und die träge aufsteigenden Rauchfahnen hätten Küchenfeuer sein können, auf denen das Frühstück für die nun verschwundenen Bewohner zubereitet wurde. Jenseits der Felsbarriere fiel das Gelände zur Ebene ab, die vom silbernen Band des Jumna durchschnitten wurde, der hier zwischen weißen Sandbänken und wohlbestellten Feldern dahinfloß, während in anderthalb Meilen Entfernung die Kuppeln und Mauern von Delhi schattenhaft sichtbar wurden, dahintreibend auf den Morgennebeln, die vom Flusse aufstiegen. Vom Fahnenturm zum Kaschmirtor führte eine lange weiße schnurgerade Straße, auf der sich um diese Stunde nichts rührte, nicht einmal der Staub. Es war windstill und so ruhig, daß Sita aus großer Ferne in einem Dorf jenseits des Najafgarhkanals einen Hahn krähen hören konnte.

Die Felsbarriere war jetzt menschenleer, doch viele Anzeichen sprachen dafür, daß eine panische Flucht stattgefunden haben mußte: Kinderschuhe, Puppen, Damenhüte mit feinem Zierrat, die im dornigen Gebüsch hingen, Spielzeug, Bücher, Bündel und Schachteln, die entweder in der Dunkelheit verloren oder bei der Flucht weggeworfen worden waren. Eine leichte Kutsche lag mit gebrochenem Rad und zerschmetterter Deichsel im Graben. Auf alles hatte sich der Tau der Nacht gelegt, schimmernd wie Edelsteine. Er überzog das Gras mit einer Schicht aus Silber, doch trocknete er stellenweise bereits in der aufkommenden Wärme des heraufziehenden Tages. In den Büschen begannen die Vögel zu zwitschern.

Auch am Fahnenturm war niemand zu sehen, doch lagen hier die Überbleibsel noch zahlreicher umher. Das ganze Gelände war zertrampelt und machte den Eindruck, als hätte eine kleine Armee aus Frauen und Kindern, Offizieren, Dienern und bespannten Fahrzeugen stundenlang hier kampiert und sei erst kürzlich aufgebrochen, denn an manchen Kutschen brannten noch Laternen. Radspuren und die Eindrücke von Hufen und Füßen zeigten an, daß die Flüchtenden sich nordwärts gewandt hatten, Richtung Kurnal, und Sita wäre ihnen ohne Besinnen gefolgt, indessen...

Etwa fünfzig Schritte vom Turm entfernt, wo sich die Straße teilt und nach rechts zur großen Hauptstraße führt, stand ein verlassener zweirädriger Karren, beladen mit Frauenkleidung, wie es auf den ersten Blick schien. Und wieder, wie schon in der vergangenen Nacht, scheute der Esel und wollte nicht vorübergehen. Nur aus diesem Grund schaute Sita genauer hin und erkannte, daß es sich nicht um Kleider handelte, sondern um die Leichen von vier Sahibs in scharlachroter Uniform. Sie waren gräßlich verstümmelt, und in dem Bemühen, den Anblick zu verbergen, hatte jemand ein geblümtes Frauenkleid und einen Unterrock über sie gebreitet. Die Blumen auf dem Kleid waren Vergißmeinnicht und Rosenknospen, und der Unterrock war ehemals weiß gewesen. Jetzt aber waren beide Kleidungsstücke voll dunkelbrauner Flecken, denn die scharlachroten Uniformen waren von Säbelhieben zerfetzt und steif von getrocknetem Blut.

Unter den Falten des Kleides sah eine Hand hervor, der der Daumen fehlte, an deren Mittelfinger aber noch ein Siegelring steckte, den man vergessen hatte zu stehlen. Bei diesem Anblick und den Geruch des Todes in der Nase gab Sita die Absicht auf, sich den fliehenden Engländern anzuschließen.

Weder die Erzählungen der Hochzeiter auf der Brücke noch der Anblick der toten Memsahib im Kudsia Bagh und auch nicht die Verwüstung des Garnisonsgebietes hatten hingereicht, sie die Lage erkennen zu lassen. Sie glaubte an einen der üblichen Aufstände, an Tumult und Brandstiftung. Von derartigen Vorkommnissen hatte sie oft genug gehört, wenn sie auch niemals damit in Berührung gekommen war. Die Weißen hatten solche Aufstände stets niedergeschlagen und danach die Anstifter gehängt oder verschickt, und die Weißen waren immer noch hier mit all ihrer Macht und in größerer Zahl denn je zuvor. Die toten Männer auf dem Karren jedoch, das waren Sahibs – Offiziere im Heer der Ostindischen Handelskompanie – und die anderen Sahibs waren so von Angst und Schrecken erfüllt gewesen, daß sie sich nicht einmal die Zeit genommen hatten, ihre Kameraden zu bestatten, bevor sie flohen. Sie hatten sich damit begnügt, die Gesichter der Toten auf jenem Karren mit Weiberkleidern zu bedecken und waren weggelaufen. Mochten Krähen und Geier sie fressen und jeder vorüberkommende Taugenichts, den die Lust dazu ankam, sie ihrer Uniformen berauben. Die Weißen konnten Sita keinen Schutz mehr bieten, also mußte sie Ash-Baba wegbringen, weit weg von Delhi und den Engländern...

Sie drehten um und ritten den gleichen Weg zurück, den sie gekommen waren, durch den verhehrten Garnisonsbereich, vorüber an rauchgeschwärzten, abgedeckten Bungalows, zertrampelten Gärten, niedergebrannten Kasernen und dem Friedhof, wo die Engländer ihre Toten reihenweise in fremder Erde bestattet hatten. Die kleinen Hufe des Esels klangen wie dumpfer Trommelwirbel auf den Planken der Brücke über den Kanal, und ein Schwarm Papageien, der sich hier zur Tränke niedergelassen hatte, schwirrte wie eine grüne Explosion lärmend auf. Die Garnison lag jetzt hinter ihnen, vor ihnen das offene Land, und die Welt war nun nicht mehr grau und reglos, sondern gelb in der Morgensonne und von Lärm erfüllt, den Vögel und Eichhörnchen machten.

Jenseits des Kanals führte ein Pfad zwischen Zuckerrohrfeldern und hohem Gras hindurch, bis er auf die große Hauptstraße stieß. Diesem Pfad folgten sie aber nicht, sondern ritten auf einem Feldweg nach dem kleinen Dorf Dahipur. Ohne den Esel wären sie so weit nicht gekommen. Und als sie von der Straße her nicht mehr gesehen werden konnten, saß Sita ab und ging nebenher. Auf diese Weise entfernten sie sich noch mehrere Meilen von Delhi, bevor es zu heiß wurde. Sie kamen langsamer voran, als es möglich gewesen wäre, doch Sita war sich der Gefahren nur allzu gut bewußt und wich deshalb beharrlich jeder Ortschaft, ja jedem sichtbar werdenden Wanderer aus. Zwar hatte Ash-Baba die schwarzen Haare seiner Mutter, und seine von Natur aus dunkel getönte Haut war vom jahrelangen Lagerleben so braun wie die eines Inders geworden, doch hatte er immerhin graue Augen, und wer konnte sicher sein, daß nicht irgendein mißtrauischer Mensch ihn als weißes Kind erkennen und ihn für das Blutgeld töten würde? Auch weiß man nie, was ein Kind sagt oder tut, und sie glaubte sich erst sicher, wenn Delhi und die Meuterer von Meerut viele Tagesmärsche hinter ihr lägen.

Das halbhohe Getreide bot wenig Deckung, doch zogen sich überall durch die Ebene trockene Gräben, und es gab reichlich dorniges Gebüsch und Elefantengras, in welchem man sogar einen Esel verstecken konnte. Selbst hier mußten Engländer durchgekommen sein, denn ein Schwarm summender Schmeißfliegen deutete auf die Stelle, wo versteckt im Gras neben dem Pfad ein toter, schon ältlicher Eurasier lag. Wie die beleibte Dame im Kudsia Bagh war auch er durchs Gras gekrochen und dort gestorben, doch anders als sie wies er so schwere Verletzungen auf, daß es ein Wunder war, wie er sich noch so weit hatte schleppen können.

Daß auch andere den Versuch gemacht hatten, querfeldein zu flüchten statt über die Straße nach Kurnal, machte Sita besorgt. Der Anblick solch jämmerlicher Flüchtlinge mußte auch in entlegene, friedliche Dörfer Kunde von dem Aufstand bringen, Verachtung für die Fremden anfachen und den rebellierenden Sepoys Sympathien eintragen. Sita hatte gehofft, auf Nebenwegen schneller voranzukommen als die Nachrichten aus Delhi. Es kam ihr nun vor, als habe sie sich eine unlösbare Aufgabe gestellt, denn der Mann lag dort augenscheinlich schon seit dem Vortag tot im Gras, und gewiß hatte ihn jemand begleitet, eben jene Person, die sein Gesicht mit einem Taschentuch bedeckte, bevor sie den Leichnam den Insekten und Aasfressern überließ. Sita zerrte den widerstrebenden Esel weiter und versuchte, Ashs Aufmerksamkeit und ihre eigenen Ängste einzulullen, indem sie ihm seine Lieblingsgeschichte von dem verborgenen Tal erzählte, das sie nun bald finden und in dem sie glücklich zusammen leben wollten.

Als es dunkel wurde, befanden sie sich weit ab von den größeren Verkehrsadern, und Sita meinte, riskieren zu dürfen, in einem Dorf anzuhalten, dessen blinkende Lichter einen Basar verhießen und die Aussicht auf warmes Essen und frische Milch. Ash-Baba war müde und schläfrig, also gewiß nicht zum Schwatzen aufgelegt, und der Esel mußte getränkt und gefüttert werden. Sie selber fühlte sich äußerst matt. Ein gastfreundlicher Bauer gab ihnen für die Nacht Obdach in einem Schuppen, den Sita und das Kind mit ihrem Esel und der Kuh des Bauern teilten. Sita gab sich für die Frau eines Schmiedes aus der Gegend von Jullundur aus und sagte, sie habe ihren verwaisten Neffen abgeholt. Beim Einkauf im Basar – warme Speisen und Milch – vernahm sie angsterregende Gerüchte, eines immer schlimmer als das andere, und als Ash eingeschlafen war, mischte sie sich unter die Dorfbewohner auf dem Dreschplatz.

Sie machte sich möglichst unauffällig und hörte, daß die Neuigkeit vom Aufstand auch in dieses abgelegene Dorf gedrungen war. Soldaten, die an der Meuterei in Delhi teilgenommen hatten, waren auf dem Wege nach Sirdana und Mazafnagar hier durchgekommen und hatten erzählt, daß in Delhi endlich wieder ein Mogul herrsche und die Ostindische Handelskompanie entmachtet sei. Was Sita da aus zweiter und dritter Hand zu hören bekam, klang sehr glaubhaft, schließlich hatte sie selber die meuternden Kavalleristen auf der Straße von Meerut nach Delhi reiten gesehen. Sie glaubte also alles.

Es hieß, alle Weißen in Delhi und in Meerut seien niedergemacht worden, sowohl in den Garnisonsbereichen als in den Städten, ganz wie Sita von den Wachen an der Schiffsbrücke gehört hatte, und im übrigen meuterten alle Regimenter im ganzen Lande. Kein Fremder solle mit dem Leben davonkommen, auch die Kinder nicht. Weiße, die in der Flucht ihr Heil suchten, würden aufgespürt, und wer sich in den Dschungel retten wolle, würde verhungern oder verdursten oder von wilden Tieren zerrissen. Mit den Weißen sei es zu

Ende, sie seien zerstoben wie Spreu vor dem Winde, und keiner solle übrig bleiben und von ihrem Untergang berichten. Die Schande der Niederlage von Plassey im Jahre 1757 war gerächt (eine Prophezeiung besagte, die Herrschaft der Ostindischen Handelskompanie werde genau einhundert Jahre dauern), hundertjährige Knechtschaft gehe zu Ende, und Steuern brauche künftig niemand mehr zu bezahlen.

»Ist Esh-mitt-Sahib ebenfalls tot?« fragte jemand furchtsam und meinte damit wohl den Bezirksvorsteher, vermutlich den einzigen Weißen, den die Leute hier je zu sehen bekommen hatten.

»Ganz gewiß. Denn am Freitag ist er nach Delhi zum Commissioner-Sahib geritten, und der Sepoy mit den Narben im Gesicht sagte doch, daß alle Weißen in Delhi erschlagen wurden. Also ist er tot wie alle, die zu dieser verfluchten Menschenart gehören.«

Sita hörte aufmerksam zu, glaubte jedes Wort und besorgte im Basar eine kleine Tonschale und die Zutaten für eine braune Farbe, die an der menschlichen Haut ebenso haftet wie an Baumwolle. Die wurden über Nacht eingeweicht, und bevor noch jemand im Dorf erwachte, führte Sita den kleinen Ash hinter eine Kaktushecke, zog ihn aus und betupfte ihn von oben bis unten mit Farbe. Dabei schärfte sie ihm flüsternd ein, niemandem etwas davon zu verraten und sich zu merken, daß er fortan Ashok heiße. »Versprich mir, daß du dies nicht vergißt, mein Herzblatt – Ashok heißt du von jetzt an.«

»Ist das ein Spiel?« erkundigte Ash sich interessiert.

»Ja, ja, wir spielen, daß du ab heute Ashok bist, mein Sohn. Dein Vater ist gestorben, was leider die Wahrheit ist. Also, wie heißt du, mein Sohn?«

»Ashok.«

Sita drückte ihn liebevoll an sich, ermahnte ihn noch einmal, mit niemandem zu reden und erlaubte ihm weiterzuschlafen. Nach einem kargen Frühmahl machten sie sich auf den Weg durch die Felder, und um die Mittagszeit schienen Delhi und Meerut endlos fern wie ein böser Traum. »Wandern wir nach Norden«, schlug Sita vor. »Nach Mardan vielleicht. Im Norden sind wir sicher.«

»In unser Tal? Sind wir endlich auf dem Weg in unser Tal?«

»Noch nicht, aber eines Tages gewiß. Und auch unser Tal liegt im Norden, also ein Grund mehr, nordwärts zu wandern.«

Dies war klug gehandelt, denn das Land im Süden wurde von Gewalttaten und Feuersbrünsten heimgesucht. In Agra und Alipore, in Neemuch, Nusserabad und Lucknow, in ganz Rohilkhand, Zentralindien und Bundelkhand, in Städten und Militärbezirken überall im Lande erhoben sich die Bewohner gegen die britischen Ausbeuter.

Der Adoptivsohn des verstorbenen Fürsten von Cawnpore, den die englische Verwaltung nicht als Nachfolger anerkennen wollte, rebellierte gegen seine Bedrücker und belagerte sie zwanzig Tage in ihren unzulänglichen Befestigungen. Als sie sich gegen Zusage freien Geleites endlich ergaben, führte man sie auf Flußboote, die sie angeblich nach Allahabad bringen sollten, stattdessen aber in Brand gesteckt und vom Ufer her beschossen wurden. Wer fliehen wollte, fand keinen Pardon: die Männer wurden erschossen, Frauen und Kinder – etwa zweihundert an der Zahl – zunächst in einem kleinen Gebäude gefangengehalten, bald aber auf Befehl des Fürsten erschlagen und zerstückelt. Die Leichen warf man in einen Brunnen.

In Jhansi ereilte die englische Garnison ein ähnliches Schicksal, nachdem sie sich ebenfalls gegen die Zusicherung freien Geleites ergeben hatte, und zwar jener bildschönen Lakshmi-Bai, der Fürstenwitwe, welcher die Ostindische Handelskompanie nicht erlaubt hatte, einen Sohn zu adoptieren – Hilary hatte diesen Fall ausführlich in seinem letzten Bericht erwähnt.

»Warum lassen sich eure Leute das gefallen?« wollte er damals von Akbar Khan wissen, »warum unternehmen sie nichts dagegen?« Und nun hatte Lakshmi-Bai – nicht als einzige – etwas unternommen; sie hatte weder vergeben noch vergessen und vergalt das ihr seitens des Sehr Ehrenwerten Vorsitzers des Obersten Rates der Ostindischen Handelskompanie angetane Unrecht durch ein anderes: Nicht nur die Männer, denen man freies Geleit zugesichert hatte, wurden aneinandergefesselt vor aller Augen niedergemetzelt, sondern auch deren Frauen und Kinder, und zwar in umgekehrter Reihenfolge, die Kinder zuerst, dann die Frauen und die Männer zuletzt...

»John Company«, wie die Ostindische Handelskompanie manchmal genannt wurde, hatte Wind gesät und erntete Sturm. Doch der Sturm traf auch solche, die schuldlos und unwissend waren wie Sita und Ash-Baba, hilflos wie Spatzen umhergewirbelt von den schweren Böen eines Orkans.

3

Es war Oktober, und das Laub begann sich zu färben, als sie nach Gulkote gelangten, einem winzigen Fürstentum an der nördlichen Grenze des Pandschab, wo die am Fuße des Pir Panjal sich hinziehende Ebene ins Vorgebirge übergeht.

Die Reise war langsam vonstatten gegangen und größtenteils zu Fuß, denn Ende Mai nahmen streunende Sepoys ihnen den Esel weg, und während der heißen Jahreszeit konnte man nur in den frühen Morgenstunden vor Sonnenaufgang und abends nach Sonnenuntergang marschieren.

Die Sepoys gehörten zum 38. Infanterieregiment, das sich am gleichen Tage auflöste, als die Soldaten des 3. Kavallerieregimentes von Meerut nach Delhi galoppierten. Die Sepoys waren mit Beute beladen auf dem Heimweg und hatten viel zu erzählen. Unter anderem vom Tod der letzten Ausländer in Delhi, zwei Männern und fünfzig Frauen und Kindern, die zunächst im Königspalast gefangengehalten worden waren.

»Es ist richtig, alle Fremden aus dem Land zu jagen«, sagte einer der Sepoys, »wir Soldaten lehnten es aber ab, Frauen und Kinder niederzumachen, die nach Tagen der Dunkelhaft ohnehin halbtot waren vor Erschöpfung und Hunger. Auch am Königshof gab es Personen, die dagegen waren, denn es verstößt gegen die Gebote Mohammeds, Frauen, Kinder und Kriegsgefangene zu töten; als aber Miza Majhli für die Gefangenen eintrat und sie retten wollte, verlangte der Pöbel sein Blut, und es endete damit, daß die Knechte des Königs die Gefangenen allesamt niedermetzelten.«

»Allesamt?« fragte Sita unsicher, »können denn kleine Kinder so gefährlich sein? Hätte man nicht wenigstens das Leben der ganz Kleinen schonen sollen?«

»Ach was«, knurrte der Sepoy abweisend, »nur ein Narr verschont die Brut einer Natter!« Und Sita zitterte von neuem um ihren Ash-Baba, die junge Natter, die arglos und munter nur wenige Schritte entfernt im Straßenstaub spielte.

»Recht hat er«, stimmte ein anderer Soldat zu. »Auch die Kleinen werden mal groß und vermehren sich, und es ist nur richtig, daß wir uns ihrer entledigen, denn aus ihnen werden ja doch nur Räuber und Tyrannen.« Gleich darauf beschlagnahmte er Sitas Esel, und als sie den nicht hergeben wollte, schlug er sie mit dem Gewehrkolben, während ein anderer Ash packte und in ein Dornengestrüpp warf, weil er seiner Mutter hatte zu Hilfe kommen wollen. Ash wurde übel von den Dornen zugerichtet, und als er sich endlich weinend und in völlig zerfetzter Kleidung aus dem Gestrüpp herausarbeiten konnte, fand er Sita bewußtlos auf der Straße liegend. Die Seypos samt dem Esel waren bereits auf und davon und nur noch als winzige Gestalten in der Ferne zu erkennen.

Das war ein schlimmer Tag, doch hatten die Soldaten Sita immerhin ihr Bündel gelassen, was doch ein Trost war. Es war ihnen wohl nicht eingefallen, daß die geringe Habe einer allein wandernden Frau und eines in Lumpen gekleideten Kindes des Mitnehmens wert sein könnte, und sie erfuhren auch niemals, daß sich die gute Hälfte jener von Hilary in einer Blechschachtel verwahrten Münzen in einem Lederbeutel verstaut in jenem Bündel befand. Kaum war Sita zu sich gekommen und konnte wieder klar denken, holte sie den Lederbeutel hervor und steckte die Münzen zu den anderen, die sie, in ein Tuch gewickelt, unter ihrem Sari um die Hüften trug. Das war sehr unbequem, doch war das Geld dort besser verwahrt als im Bündel, und weil der Esel nicht mehr vorhanden war, mußte sie die Münzen ohnehin selber tragen.

Daß man ihnen den Esel genommen hatte, empfanden beide als schweren Schlag; besonders Ash, der das zierliche Tier liebgewonnen hatte, trauerte noch um ihn, als die Kratzer, die er sich in jenem Gestrüpp geholt hatte, schon längst verheilt waren. Dieser Zwischenfall und das, was Sita den Reden der Sepoys entnommen hatte, bestärkten sie indessen in der Auffassung, daß es richtig sei, alle Straßen zu vermeiden, die größere Orte miteinander verbanden, sich statt dessen an Feldwege zu halten und Obdach in abgelegenen Weilern zu suchen, wohin die Neuigkeiten aus der großen Welt, wenn überhaupt, erst mit Verspätung gelangten, und wo das Leben den seit Jahrhunderten gewohnten Gang ging.

Gelegentlich allerdings hörten sie auch in solch entlegenen Orten von kranken und halb verhungerten Weißen reden, die sich im Dschungel oder auf Geröllhalden verborgen hielten und nur zum Vorschein kamen, um Nahrung zu erbetteln. Einmal hieß es, auch in Oude und Rohilkund sei rebelliert worden, in Ferozepore und selbst im weit entfernten Sialkot sei es zu Meutereien und Massakern gekommen. Diese letzte Neuigkeit veranlaßte Sita, endgültig den Plan, Ash-Baba nach Mardan zu bringen, fallen zu lassen. Sie wußte, daß Isobels Bruder bei den Kundschaftern diente und wollte ihm das Kind übergeben. Wenn aber auch die Regimenter in Ferozepore und in Sialkot gemeutert hatten, bestand keine Hoffnung mehr, daß dies in anderen Garnisonen nicht der Fall gewesen war. Sollten wirklich noch irgendwo im Lande Engländer am Leben sein (und das schien zweifelhaft), würden auch diese über kurz oder lang zugrunde gehen, alle, ausgenommen Ash-Baba, der jetzt Ashok hieß und ihr leiblicher Sohn war.

Sita nannte ihn nie anders als »mein Sohn«, und Ash nahm das anstandslos hin. Schon nach einer Woche hatte er vergessen, daß dies ursprünglich ein

Spiel hatte sein sollen, und auch, daß es eine Zeit gegeben hatte, da er Sita nicht »Mutter« nannte.

Je weiter sie nach Norden gelangten, desto seltener hörten sie von Aufstand und Unruhen reden. Die Landbewohner interessierten sich hier nur noch für ihre eigenen Angelegenheiten, und die betrafen die Landwirtschaft. Die Junihitze wurde vom Monsun abgelöst, der die ausgedörrten Ebenen mit sturzbachartigen Regenfällen heimsuchte, Felder in Moräste verwandelte, Gräben und Bäche in Flüsse und die Reisenden so behinderte, daß sie kaum noch von der Stelle kamen. Auch konnten sie nicht mehr im Freien übernachten, mußten Obdach und Nahrung suchen und dafür bezahlen.

Sita fiel das nicht leicht, denn die Münzen waren ihr zu treuen Händen gegeben und durften nicht leichtsinnig verschwendet werden. Das Geld gehörte Ash-Baba und sollte ihm übergeben werden, sobald er erwachsen war. Auch galt es, den Eindruck zu vermeiden, man sei wohlhabend, was nur Räuber angelockt hätte; Sita durfte also immer nur mit kleiner Münze bezahlen und mußte um alles und jedes hartnäckig feilschen. Sie kaufte für Ash zum Schutz gegen den Regen einen Umhang aus einer Art Tweed, wie er hierzulande gewebt wurde, obschon ihr klar war, daß Ash es vorgezogen hätte, mit bloßem Kopf im Regen zu wandern; schließlich ging er ja auch barfuß auf der nassen Erde. – Seine Großmutter mütterlicherseits war eine Schottin aus Argyll. Und daß es ihn freute, den Regen auf der bloßen Haut zu spüren, mochte eine ererbte Vorliebe sein; vielleicht aber war es auch weiter nichts als die ganz gewöhnliche Lust aller Kinder, im Regen und Matsch zu plantschen.

Der Monsunregen wusch die Farbe fast ganz weg, die Sita auf seine Haut aufgetragen hatte, und er sah beinahe wieder so aus, wie Hilary und Akbar Khan ihn gekannt hatten. Sita entging das nicht. Sie erneuerte den Anstrich aber nicht, denn sie befanden sich bereits in den Ausläufern des Himalaja, und hier sind die Menschen von hellerer Hautfarbe als die im Süden, und man trifft durchaus auch Einheimische mit blauen, grauen oder hellbraunen Augen. Niemand also nahm Anstoß an Ashoks Hautfarbe, er war eher dunkelhäutiger als die Hindukinder, mit denen er unterwegs gelegentlich spielen durfte. Sie bangte nicht mehr so sehr um seine Sicherheit und fürchtete kaum noch, daß er sich verraten könnte, indem er vom »Burra-Sahib« sprach oder überhaupt von der Vergangenheit; das alles schien er vergessen zu haben.

Ash hatte aber nichts vergessen, nur mochte er an die Vergangenheit nicht denken, nicht davon sprechen. Er war in mancher Hinsicht ein frühreifes Kind, wie ja überhaupt die Kinder im Osten schon als Männer und Frauen gelten, wenn ihre Altersgenossen im Westen noch die unteren Schulklassen besuchen. Ash war stets als Ebenbürtiger behandelt und niemals in einer Kindergartenatmosphäre gehalten worden. Seit er kriechen konnte, durfte er sich nach Lust und Laune überall im Lager des Vaters bewegen. Sein bisheriges Leben hatte er ausschließlich unter Erwachsenen verbracht, die ihn alles in allem wie einen Erwachsenen behandelten – wenn auch als einen privilegierten, denn alle liebten ihn. Ohne den Einfluß von Hilary und Akbar Khan wäre er womöglich ein verzogenes Balg geworden, doch das hatten diese beiden Männer verhindert, jeder auf seine Art. Hilary, weil er von seinem Sohn verlangte, sich zu verhalten wie ein mit Verstand begabter Mensch (kindische Trotzanfälle und sinnloses Gebrüll duldete er nicht) und Akbar Khan, weil er in dem Knaben den künftigen Truppenführer sah, dem seine Soldaten später einmal blind in den Tod folgen sollten (und ein verzogenes Kind hätte niemals die dafür benötigten Eigenschaften entwickeln können).

Einzig Sita redete zu ihm wie zu einem Kleinkind oder sang ihm Kinderlieder vor. Akbar Khan hatte ihm beizeiten eingeschärft, er sei ein Mann und dürfe sich nicht verwöhnen lassen. Also blieben Schlafliedchen und Babysprache ein Geheimnis, von dem nur Ash und seine Ziehmutter wußten; und weil er ohnehin mit ihr dieses Geheimnis teilte, ging er wohl auch so bereitwillig darauf ein, andere Dinge geheimzuhalten und hatte deshalb sich und Sita seit dem Aufbruch von Delhi nirgendwo und mit keinem Wort verraten. Sita schärfte ihm ein, niemals den »Burra-Sahib« zu erwähnen, auch nicht Onkel Akbar und das Zeltlager, überhaupt nichts von dem, was sie hinter sich gelassen hatten, und er gehorchte, teils aus Folgsamkeit, teils, weil er immer noch benommen war und verwirrt. Daß die gewohnte Welt sich mit einem Schlage auflöste, und dies auf eine Ash ganz unbegreifliche Weise, hatte zur Folge, daß die Vergangenheit für ihn einen düsteren Anstrich bekam, daß er sich scheute zurückzublicken und sich jener grauenhaften Ereignisse zu erinnern: Onkel Akbar, in eine Grube gelegt und mit Erde beworfen; der Anblick des »Burra-Sahib«, der, über jenen Erdhaufen hingestreckt, bittere Tränen vergoß, obschon doch beide Männer ihn, Ash, zahllose Male ermahnt hatten, Tränen seien nur Weibern erlaubt.

Besser, man wandte alledem den Rücken und erinnerte sich nicht. Sita hätte ihn also gar nicht dazu anhalten müssen; hätte sie ihn aufgefordert, von Vergangenem zu sprechen, er hätte sich gewiß gesträubt und kein einziges Wort gesagt. Nun also meinte sie, er habe vergessen und dankte dem Himmel für das kurze Gedächtnis des Kindes.

Was ihr vor allem am Herzen lag, war, einen ruhigen Ort zu finden, wo sie sich niederlassen konnte, einen Ort, weit genug entfernt von den emsigen Städten und den großen Straßen, wo niemand merkliches Interesse für all das aufbrachte, was mit der Ostindischen Handelskompanie zusammenhing. Ein Ort, unbedeutend genug, um nicht die Aufmerksamkeit der neuen Behörden zu erregen, aber doch so groß, daß eine einzelne Frau mit einem kleinen Kind ankommen und bleiben konnte, ohne aufzufallen. Ein Ort, wo sie Arbeit fände und eine Heimstatt, Frieden und Behaglichkeit und ein Leben ohne Angst. Ihr Heimatdorf schied aus, denn kehrte sie dorthin zurück, würde sie endlosen zudringlichen Fragen von seiten ihrer Verwandten und jener ihres Mannes ausgesetzt sein, und die Wahrheit käme früher oder später ans Licht. Das durfte sie allein des Jungen wegen nicht wagen, aber auch um ihrer selbst willen wollte sie das vermeiden. Den Tod ihres Mannes konnte sie seinen Eltern nicht gut verschweigen, und alsbald würde man sie zwingen, das Leben einer Witwe zu führen, noch dazu das einer kinderlosen Witwe. Schlimmeres war kaum vorstellbar. Man hielt sie nämlich für schuldig, in einem früheren Leben schwere Sünden begangen zu haben, für die nun ihre Männer mit dem Tode büßen mußten.

Die Witwe darf keinen Schmuck und keine bunten Kleider tragen. Sie muß sich weiß kleiden und die Haare abscheren. Heiraten darf sie nicht wieder, vielmehr beschließt sie ihre Tage als unbezahlte Arbeitskraft der Verwandten des Gatten, verachtet, weil Frau, verabscheut, weil sie Unglück über das Haus gebracht hat. Verständlich also, daß so manche Frau – bevor dies durch Verordnung der Ostindischen Handelskompanie untersagt wurde – das Los der Satí bevorzugte und sich lieber mit dem toten Gatten verbrennen ließ, als jahrelang den schlimmsten Erniedrigungen ausgesetzt zu sein. Eine Fremde jedoch, die in einer fremden Stadt eintraf, durfte sich ausgeben für was sie wollte. Wer konnte schon wissen, daß Sita Witwe war, und wen würde das überhaupt kümmern? Auch konnte sie vorgeben, ihr Mann habe im Süden einen Broterwerb gefunden, oder – einfacher noch – er sei ihr weggelaufen. Wen scherte das schon? Als Mutter eines Sohnes durfte sie den Kopf hoch tragen und bunte Kleider anlegen, auch ihre bescheidenen Schmuckstücke. Sie brauchte den Verwandten ihres Mannes nicht als Sklavin zu dienen, und fand sie Arbeit, so würde sie diese verrichten, um sich und das Kind damit durchzubringen.

In den Monaten seit dem Aufbruch aus Delhi glaubte Sita mehrmals, einen passenden Ort gefunden zu haben, an dem sie von ihrer Wanderung ausruhen, Geborgenheit und Arbeit finden würde. Doch noch jedesmal hatte etwas sie fortgetrieben: eine Bande Sepoys, die desertiert war und das Land auf der Suche nach flüchtigen Engländern durchstreifte; der Anblick von fast verhungerten Weißen, die sich bislang bei einem gutartigen Bauern versteckt gehalten hatten und nun auf die Straße gezerrt und vom höhnenden Pöbel erschlagen wurden; ein durchziehender Reisender, der stolz die Uniform eines ermordeten Offiziers trug; ein halbes Dutzend Berittene, die mitten durch die Felder preschten...

»Bleiben wir denn nirgendwo mehr für länger?« fragte Ash sehnsüchtig.

Aus Juni wurde Juli, aus Juli August. Die fruchttragenden Ebenen lagen hinter ihnen, vor ihnen der Dschungel. Sita und Ash war der Dschungel nicht fremd; zwar war es auch hier heiß und stickig dazu, doch die dumpfschwüle Stille ängstigte sie weniger als die Schrecken, die in den Ortschaften lauerten. Sie fanden eßbare Wurzeln, Beeren, Wasser und Brennmaterial, auch Schatten und Schutz vor dem Regen.

Einmal stießen sie auf einen Tiger, als sie einem schmalen Pfad folgten. Die Bestie war aber offenbar satt und friedlich gestimmt und starrte die Eindringlinge nur an, wandte sich ohne Hast ab und verschwand im hohen Gras. Sita rührte sich erst, als das schimpfende Gekrächz eines Vogels ihr anzeigte, daß sich das Tier entfernte, dann machte sie kehrt und schlug einen Pfad ein, der nicht durch hohe Gräser führte. Erstaunlich, daß sie in jenem weglosen Gewirr aus Bäumen, Dickicht, Elefantengras, Bambus, Felsgeröll und Schlingpflanzen die Richtung nicht verloren, doch hatte Sita ein ausgesprochen gutes Orientierungsvermögen, und da sie kein bestimmtes Ziel verfolgten, sondern einfach nur ganz allgemein in nördlicher Richtung wanderten, kam es nicht so sehr darauf an, welchen Weg sie wählten.

Ende August verließen sie den Dschungel und betraten wieder offenes Land. Anfang September ließ der Monsun nach. Wieder stach die Sonne. Ganze Wolken von Moskitos schwärmten abends über Tümpeln und Wassergräben. Doch am Horizont erhoben sich klar und blau die Umrisse des Himalaja, ragten hoch hinaus über den hitzeflimmernden Dunst, und bei Nacht wurde es kühler. In den verstreuten Weilern, durch die sie kamen, hörten sie nichts von Aufstand und Unruhen, hier gab es nur wenige Fußwege und keine Fahrstraßen, das Land war spärlich besiedelt, die Ortschaften bestanden jeweils aus einer Handvoll eng beieinander stehender Hütten, umgeben von wenigen Äckern. Meist wanderten Sita und Ash durch spärliches steiniges Weideland, hinter sich den Dschungel, vor sich das Gebirge.

An klaren Tagen hatten sie stets die schneebedeckten Gipfel vor Augen, die Sita daran erinnerten, daß der Winter kam und daß es Zeit wurde, ein Dach über dem Kopf zu finden, bevor die Kälte hereinbrach. In dieser Gegend gab es für sie aber kaum Aussicht, Arbeit zu finden, und was hätte hier aus Ashok werden sollen? Und obwohl sie des ewigen Wanderns mehr als überdrüssig waren und beider Füße sich in schlechtem Zustand befanden, konnte Sita doch nichts dazu bringen, hier zu verweilen. Sie hatten eine lange Strecke Weges hinter sich gebracht, seit jenem Morgen im April, da sie aus Hilarys Lager in Richtung Delhi aufgebrochen waren, und beide brauchten dringend Ruhe. Im Oktober, die Blätter färbten sich allmählich golden, gelangten sie dann nach Gulkote, und Sita erkannte, daß dies der Ort war, nach dem sie Ausschau gehalten, ein Ort, wo man endlich bleiben konnte, ohne aufzufallen und ohne gefährdet zu sein.

Das unabhängige Fürstentum Gulkote hatte zu keiner Zeit den Appetit der Ostindischen Handelskompanie reizen können, dazu war es zu klein, zu abgelegen und vor allem zu arm. Das stehende Heer zählte nicht mehr als hundert Mann, ausgerüstet mit Krummsäbeln und verrosteten Musketen. Der Herrscher war bei seinen Untertanen beliebt und kein Feind der Engländer, also ließ man ihn in Ruhe.

Die Hauptstadt, nach welcher der ganze Staat benannt war, lag in etwas mehr als zweitausend Metern Höhe auf einem dreieckigen Plateau im Vorgebirge. Früher einmal war die Stadt befestigt gewesen, und auch jetzt noch umschloß eine Mauer ein wahres Gewimmel von Häusern. Die Ansiedlung ähnelte einem Kaninchenbau, der von einer einzigen breiten Straße durchschnitten wurde, die vom Lahori-Tor im Süden zum Roten Tor im Norden führte. Es gab drei Tempel, eine Moschee und ein Labyrinth schmaler Gassen. Hoch darüber erhob sich der befestigte Palast des Radscha – eine weitläufige Anlage, halb Burg, halb Schloß, errichtet auf einem riesigen Felsblock, etwa tausend Schritte von der Stadtmauer entfernt.

Das Herrscherhaus ging zurück auf einen Stammesfürsten der Radschputen, der während der Regierungszeit von Sikander Lodi in den Norden kam und sich mit Hilfe seines Anhanges ein eigenes Fürstentum zusammenraubte. Dieses war im Laufe der Jahrhunderte erheblich geschrumpft, und als der Pandschab unter Ranjit Singh an die Sikhs fiel, bestand Gulkote eigentlich nur noch aus einer Handvoll dörflicher Siedlungen; ein Reiter konnte bequem in einem Tagesritt das gesamte Staatsgebiet durchqueren. Daß es noch ein unabhängiger Staat war, dankte es vermutlich dem Umstand, daß seine Grenzen von einem fast undurchdringlichen Waldgürtel, einem nicht überbrückten Fluß und von unpassierbaren Geröllhalden gebildet wurden, die einem befreundeten Herrscher gehörten; im Norden gingen die zerklüfteten bewaldeten Vorberge unmittelbar über in verschneites Hochgebirge, das Gulkote nach dieser Himmelsrichtung abschirmt. Militärisch gegen eine so günstig gelegene Festung vorzugehen, wäre nicht einfach gewesen, und weil dort nichts zu holen war, hatten weder die Mogulen, noch die Maharadschas, weder die Sikhs noch die Ostindische Handelskompanie dergleichen versucht. In Gulkote also verlief das Leben unbeeinflußt von den Veränderungen, die das neunzehnte Jahrhundert anderswo bewirkte.

Am Tage von Sitas und Ashs Ankunft war die ziemlich baufällige Stadt in festlicher Stimmung, denn die Rani hatte ein Kind zur Welt gebracht, und aus diesem Anlaß ließ das Fürstenhaus unter die Bevölkerung Nahrungsmittel und Leckereien verteilen. Es war eine vergleichsweise kleine Festlichkeit, denn das Kind war ein Mädchen, doch die Einwohner nahmen den Anlaß bereitwillig zum Vorwand, einen Feiertag zu begehen; man schmauste, war guter Dinge, schmückte die wackeligen Häuser mit Fähnchen und Girlanden. Knaben brannten selbstgefertigte Feuerwerkskörper ab, vorzugsweise in den Basaren vor den Füßen der Schaulustigen, und als es dunkel geworden war, stiegen Raketen mit dünnen Leuchtspuren in den Nachthimmel und erblühten zu feurigen Blumen über Dächern, auf denen Weiber sich schaulustig drängten wie Schwärme zwitschernder Vögel.

Sita und Ash – seit Monaten an Einsamkeit und Stille gewöhnt, nur gelegentlich unterbrochen von einem Plausch mit den Bewohnern entlegener Weiler – waren von dem Lärm, dem Gedränge und der überschäumenden Fröhlichkeit ungemein angetan; sie labten sich an den Leckerbissen, die aus dem Palast kamen, bewunderten das Feuerwerk und fanden schließlich Quartier im Haus eines Obsthändlers in einer Gasse unweit des Chandi-Basars.

»Können wir nicht hierbleiben?« fragte Ash ermüdet von den Aufregungen und gesättigt von den Süßigkeiten. »Mir gefällt es hier.«

»Mir auch, Söhnchen. Ich glaube, wir bleiben. Ich werde mir Arbeit suchen, und wir wollen hier ein schönes Leben führen. Allerdings...« Sita seufzte und brach ab. Ihr Gewissen machte ihr zu schaffen, denn sie hatte die Anweisung des »Burra-Sahib« mißachtet, seinen Sohn den Verwandten zu übergeben. Was aber hätte sie denn tun sollen? Eines Tages vielleicht, wenn aus ihrem Söhnchen ein Mann geworden war... Zunächst aber galt es, das ewige Wandern zu beenden, und hier war man wenigstens im Bergland und mithin geborgen. Letzteres war Sita schon nach kurzem Aufenthalt in der Stadt klar geworden, denn nirgendwo, nicht in den Basaren, nicht im Geschwätz beisammenstehender Nichtstuer, war mit einem einzigen Wort die Rede von den Unruhen, die das Land anderswo erschütterten, kein Wort von Meuterei, Aufstand und Vertreibung der Weißen.

Gulkote interessierte sich einzig für seine eigenen Angelegenheiten, vornehmlich solche, die das Fürstenhaus betrafen. Was in der Welt außerhalb seiner Grenzen vorging, kümmerte die Leute hier wenig. Abgesehen von den ewigen Gesprächsthemen Steuern und Ernte, war derzeit hauptsächlich die Rede davon, daß die alte Rani von der Konkubine Janu verdrängt worden war, einem Tanzmädchen aus Kaschmir, dem es gelungen war, den verlebten Monarchen so hörig zu machen, daß er sie kürzlich zu seiner Gemahlin erhoben hatte.

Janu stand im Verdacht, magische Fähigkeiten zu besitzen und die Schwarze Kunst auszuüben, denn wie anders hätte es einem gewöhnlichen Tanzmädchen gelingen können, zur Rani aufzusteigen und die Mutter der eben geborenen Prinzessin aus der Gunst des Herrschers zu verdrängen, jene Rani, die seit drei Jahren unangefochten die Staatsgeschäfte führte? Janu war ebenso schön wie gewissenlos, und daß das neugeborene Fürstenkind weiblichen Geschlechtes war, wurde ihren magischen Hexenkünsten zugeschrieben. »Eine Hexe ist sie«, hieß es in der Stadt, »ganz gewiß ist sie eine Hexe. Man sagt, sie selber habe befohlen, aus Anlaß der Geburt des Kindes Nahrung und Leckereien an das Volk zu verteilen, denn sie ist beglückt darüber, daß nicht ein Sohn geboren wurde, und ihre Rivalin soll das zu spüren bekommen. Wenn sie selber jetzt einen Knaben gebiert...«

Sita hörte diesem Geschwätz zu und zwar mit Vergnügen, denn aus alledem ging hervor, daß ihr Ashok hier nicht in Gefahr war, Ashok, Sohn von Daya Ram (wie sie der Frau des Obsthändlers erklärte), welcher mit einer Zigeunerin durchgebrannt war und sie und das Kind sich selber überlassen hatte.

Mit dieser Auskunft waren alle zufrieden, und Sita fand bald Arbeit in einer Werkstatt unweit vom Tempel des Ganescha, wo sie Papierblumen und andere Dekorationen herstellen half, die als Schmuck bei Hochzeiten und sonstigen Festlichkeiten verwendet wurden. Ihr Lohn war kümmerlich, reichte aber hin, das Nötigste zu kaufen. Sita hatte geschickte Finger, und die Arbeit war ihr nicht zuwider. Nebenher verdiente sie noch ein wenig Geld, indem sie für den Obsthändler Körbe flocht oder in seinem Laden aushalf.

Kaum hatte man sich häuslich niedergelassen, vergrub Sita das von Hilary übernommene Geld im Lehmboden ihrer Behausung, stampfte die ausgehobene Erde fest und verschmierte alles mit Kuhdung, um die Spuren zu verwischen. Nun blieb noch das kleine in Wachstuch gewickelte Päckchen mit Briefen, die sie am liebsten verbrannt hätte. Zwar konnte sie nicht lesen, was da geschrieben stand, doch war ihr klar, daß darin von Ashs Abstammung und Verwandten die Rede war. Angst – aber auch Eifersucht – drängten sie dazu, die Papiere zu verbrennen, denn wenn sie gefunden wurden, konnte das für Ash den Tod bedeuten – schließlich waren die Kinder der Weißen in Delhi und Jhansi, in Cawnpore und anderswo getötet worden – und ihr eigenes Leben stand dann ebenfalls auf dem Spiel, denn sie hatte Ash gerettet und seine Identität geheimgehalten. Sollte Ash jedoch mit dem Leben davonkommen, bewiesen diese Papiere gewiß untrüglich, daß er nicht ihr Sohn war, und diesen Gedanken fand sie bereits ganz unerträglich. Dennoch brachte sie es nicht übers Herz, die Briefschaften zu vernichten. Auch sie waren ihr zu treuen Händen übergeben worden, vom »Burra-Sahib« persönlich, und verbrannte sie die Briefe, war nicht auszuschließen, daß sein erzürnter Geist oder sein Gott sie dafür bestraften. Besser war also, das Päckchen zu behalten und so zu verbergen, daß keines Menschen Auge es je entdecken würde, und falls die Termiten das Päckchen fraßen – nun, dann war dies nicht Sitas Schuld.

Sie höhlte also in einem dunklen Winkel der Hütte eine Vertiefung in der Wand aus, schob das Päckchen hinein und verschmierte alles mit Lehm und Kuhdung, wie zuvor schon das Geldversteck. Danach fühlte sie sich ungeheuer erleichtert und betrachtete Ashok endgültig als ihren leiblichen Sohn.

Die grauen Augen und die gebräunte Haut des Knaben fielen in Gulkote nicht auf, denn viele Untertanen des Radscha stammten aus Kaschmir, aus Kulu und dem Hindukusch, wie ja Sita selber eine Frau aus den Bergen war. Ash fand rasch Freunde und war bald von Hunderten anderer Knaben nicht mehr zu unterscheiden. Er streunte in den Basaren umher, lärmte, prügelte sich auf der Straße herum, und Sita war es zufrieden. Immer noch glaubte sie, was sie von den Sepoys gehört hatte: daß alle Engländer tot seien und die Herrschaft der Ostindischen Handelskompanie ein für allemal zu Ende. Delhi war weit, und Gulkote grenzte an den Pandschab, wo es verhältnismäßig wenig Unruhen gegeben hatte. Zwar schwirrten gelegentlich beunruhigende Gerüchte durch den Basar, doch was da erzählt wurde, war recht unbestimmt, längst veraltet und handelte schlimmstenfalls von dem Mißgeschick der Engländer...

Von der Armee, die in aller Eile bei Ambala aufgestellt worden war, kein Wort. Kein Wort auch von dem Gewaltmarsch der Kundschafter – achthundert Meilen in vierzehn Tagen in größter Hitze von Mardan nach Delhi –, um die Belagerer der Stadt zu unterstützen, kein Wort vom Tode Nicholsons, von der Kapitulation des letzten Moguls, der Ermordung seiner Söhne durch Hodson. Kein Wort davon, daß Lucknow noch belagert wurde, daß die große Rebellion, ausgelöst von den meuternden Kavalleristen in Meerut, keineswegs niedergeschlagen war.

Der Shaitan-ke-Hawa, der Teufelswind, blies unablässig hin über Indien, doch während Tausende den Tod fanden, vergingen im abgelegenen, geborgenen Gulkote die Tage gemächlich und friedevoll.

In jenem Oktober war Ash fünf Jahre alt geworden, und erst im Herbst des folgenden Jahres erfuhr Sita von einem Sadhu, einem wandernden heiligen Mann, was sich unterdessen in der Welt ereignet hatte. Man schrieb 1858, Delhi und Lucknow waren wieder in englischer Hand, der Nana-Sahib war flüchtig, die tapfere Rani von Jhansi in Männerkleidung an der Spitze ihrer Soldaten gefallen. Die Ostindische Handelskompanie sei zwar entmachtet, so berichtete der Sadhu, doch die Landfremden hätten das Regiment wieder fest in Händen, seien stärker denn je und übten schreckliche Vergeltung an allen, die sich am Aufstand beteiligt hatten. Anstelle der Handelskompanie regiere nunmehr die weiße Rani – Königin Viktoria – und Indien sei nunmehr britisches Kronland, habe einen britischen Vizekönig, und britische Truppen hielten das Land besetzt.

Sita redete sich ein, der Mann sei im Irrtum oder lüge ganz einfach, denn wenn sein Bericht zutraf, mußte sie Ashok zu seinen Verwandten bringen, und das ging einfach über ihre Kraft. Also konnte nicht wahr sein, was sie da gehört hatte... es durfte einfach nicht wahr sein. Zunächst wollte sie abwarten, bis sie eine Bestätigung dieser Neuigkeiten hörte. Noch war es nicht geboten, etwas zu unternehmen...

So verging der Winter, doch im Frühling trafen Nachrichten ein, die dem entsprachen, was der Sadhu gesagt hatte; gleichwohl unternahm Sita nichts. Ashok war ihr Sohn, sie wollte und konnte ihn nicht hergeben. Früher einmal wäre sie dazu bereit gewesen, bevor sie ihn notgedrungen als ihren leiblichen Sohn ausgab und er als solcher galt. Auch verletzte sie ja keine Elternrechte, Vater und Mutter waren tot, und wenn überhaupt jemand ein Recht auf den Knaben hatte, dann doch wohl sie, die ihn vom Tage seiner Geburt an geliebt und gehegt, ihn aus dem Mutterschoß ans Licht gebracht und an der eigenen Brust genährt hatte? Er kannte keine andere Mutter, er hielt sich für ihren Sohn, und sie beraubte niemanden. Niemanden! Er war nicht mehr Ash-Baba, sondern Ashok, ihr Sohn, und sie würde nunmehr die in der Wand versteckten Papiere verbrennen, kein Wort verlauten lassen, und niemand sollte je erfahren, daß es anders war.

Also blieben die beiden in Gulkote und waren glücklich dort. Trotzdem verbrannte Sita die Briefe Hilarys nicht, denn im entscheidenden Moment siegte die Angst vor dem Zorn des erzürnten Geistes von »Burra-Sahib« über die Furcht, der Inhalt der Briefschaften könnte bekannt werden.

Wieder war die Stadt festlich gestimmt und Feuerwerk wurde abgebrannt; gefeiert wurde die Geburt eines Kindes der Rani Janu, ehemals Tanzmädchen, nunmehr aber praktisch Herrscherin über ganz Gulkote, denn der Radscha war ihr in allem zu Willen, und diesmal war das Kind ein Knabe.

Den Untertanen war befohlen worden zu feiern, und sie feierten denn auch, wenn auch ohne rechte Begeisterung. Das Nautsch-Mädchen war bei den Einwohnern nicht beliebt, und daß sie einen Prinzen zur Welt gebracht hatte, erfüllte niemanden mit Freude. Nicht, daß dieser den Thron erben würde, denn die erste Rani, im Kindbett verstorben, hatte dem Gatten einen Erben hinterlassen: Lalji, »der Vielgeliebte«, acht Jahre jetzt, seines Vaters Augapfel und der Stolz seiner Untertanen. Doch das Leben in Indien ist eine unsichere Sache, und wer konnte gewiß sein, daß der Knabe zum Manne heranreifen würde? Seine Mutter hatte in fünfzehn Ehejahren nicht weniger als neun Kinder geboren, von denen alle mit Ausnahme des Lalji und einer totgeborenen Tochter noch als Kinder verstarben. Die Mutter überlebte die letzte Niederkunft nicht, und der Gatte heiratete bald darauf wieder, und zwar die Tochter eines ausländischen Söldners, ein junges, liebreizendes Mädchen, das in Gulkote die Fremde Königin genannt wurde.

Deren Vater war Russe, ein Abenteurer, der Dienst bei indischen Fürsten genommen und in deren Kriegen mitgefochten hatte. Unter Ranjit Singh, dem »Löwen des Pandschab«, brachte er es schließlich zu hohen Ehren, nahm nach dessen Tod klüglich seinen Abschied und setzte sich im Fürstentum Gulkote zur Ruhe. Angeblich war er ehemals Kosakenoffizier gewesen und wegen irgendwelcher Missetaten zu lebenslanger Haft verurteilt worden, aber entflohen und über die nördlichen Pässe nach Indien gelangt. Fest steht, daß er keine Anstalten machte, nach dem Tod von Ranjit in seine Heimat zurückzukehren, obschon sein Bleiben im Pandschab nicht mehr vonnöten war. Er lebte nun behaglich im Ruhestand von der während mehrerer Jahre zusammengerafften Beute, in Gesellschaft zahlloser Konkubinen und seiner indischen Gemahlin Kumaridevi, der Tochter eines Radschputenfürsten, den er in der Schlacht besiegt und von dem er als Teil der Beute dessen Tochter verlangt hatte. Bei der Eroberung der Stadt hatte er sich auf den ersten Blick in sie verliebt – wie sie sich in ihn.

Von dieser Fürstentochter, die noch im Kindbett starb, stammte die Fremde Königin ab. Sie wuchs zwischen unzähligen unehelichen Sprößlingen des Abenteurers auf, und die gesamte Brut platzte fast vor Stolz, als der Herrscher von Gulkote um ihre Hand anhielt, nachdem er von ihrer ungewöhnlichen Schönheit vernommen. Sie war übrigens durchaus ebenbürtig – von Mutterseite hatte sie mehr königliches Blut in den Adern als der Radscha von Gulkote.

Die Fremde Königin war eine Weile in Gulkote recht glücklich; von den Halbgeschwistern, mit denen sie aufgewachsen war, hatte sie wenig Liebe erfahren und war deshalb froh, deren Gesellschaft mit der verlotterten Pracht im Palast von Gulkote zu vertauschen. Daß die weiblichen Mitglieder des Hofes ihr nicht wohl wollten, störte sie wenig, denn an Intrigen in den Frauengemächern war sie gewöhnt; dafür war der Radscha sehr verliebt in sie und schlug ihr keinen Wunsch ab. Auch der ein Jahr später erfolgende Tod des Vaters kümmerte sie nicht sehr, denn der hatte sich mit seinen Sprößlingen kaum je befaßt. Wenn etwas sie kränkte, dann ihre Kinderlosigkeit, obschon sie, anders als die Frauen des Ostens, nicht unbedingt darauf brannte, möglichst viele Kinder zu gebären; übrigens vertraute sie darauf, daß sich mit der Zeit schon welche einstellen würden. Immerhin ärgerte es sie, daß die anderen Frauen unentwegt an diesen wunden Punkt rührten, hämisch, triumphierend, mitleidig und andeuteten, sie, das »Halbblut«, sei unfruchtbar. Also erwartete sie mit Ungeduld die ersten Anzeichen der Schwangerschaft, und selbstverständlich mußte das Kind ein Knabe sein.

Bislang hatte der Radscha nur von seiner ersten Frau Knaben, und von diesen lebte nur noch einer. Ein einziger Sohn aber war keinesfalls ausreichend, ein Fürst muß viele Söhne haben, damit die Erbfolge gesichert ist, einerlei was geschieht. Die Fremde Königin hatte daher die Pflicht, Söhne zu gebären, schließlich war sie die Erste im Palast und die Nächste an seinem Herzen, und als sie sich endlich schwanger fühlte, war sie ganz außer sich vor Wonne. Vielleicht lag es an dem fremden Blut, daß sie die Schwangerschaft nicht so gut vertrug wie andere Frauen, denn anders als die einheimischen Weiber erblühte sie nicht zu neuer Schönheit; vielmehr mußte sie häufig erbrechen, wurde blaß und hager und verlor schon in den ersten Wochen allen Reiz und auch den Mut.

Der Radscha hatte sie aufrichtig gern, fühlte sich in Gegenwart von Kranken – wie die meisten Männer – jedoch unbehaglich, ging ihr aus dem Wege und hoffte, sie werde sich bald erholen. Zum Unglück für seine Gemahlin veranstaltete gerade um diese Zeit einer der Minister ein Fest, bei dem zu Ehren des Herrschers eine Gruppe Tanzmädchen auftrat, unter diesen auch das Mädchen aus Kaschmir, jene Janu, eine verführerische, geschmeidige Gestalt mit goldbrauner Haut, eine dunkeläugige Hexe, schön und raubgierig wie ein schwarzer Panther.

Sie war zierlich, ihr Kopf reichte nur bis zum Herzen eines Mannes, und später einmal würde sie mollig sein. Jetzt aber war sie blutjung, und den Männern, die sie zur Begleitung der Trommeln und Sitars tanzen sahen, kam sie vor wie die atmende Verkörperung jener üppigen Göttinnen, die auf den Fresken von Ajanta lächeln, oder, Stein geworden, am Schwarzen Tempel von Konarak posieren. Sie besaß in reichlicher Menge jenes Etwas, das man Generationen später Sex-Appeal nannte. Und sie war nicht nur schön, sondern auch klug. Das waren unschätzbare Eigenschaften, die sie nun so gescheit zur Geltung brachte, daß sie keine vierundzwanzig Stunden später bereits im Palast wie zu Hause war, und nach einer Woche sah, wer Augen hatte, daß der Stern der Fremden Königin erlosch und daß, wer sich in Gunst erhalten wollte, einer neuen Favoritin schöntun mußte.

Selbst damals kam niemand auf den Gedanken, es könnte sich um mehr handeln als um eine flüchtige Neigung des Radscha, wie er sie schon häufig bewiesen. Janu aber war ehrgeizig. Sie hatte schon als Kind die Kunst erlernt, sich Männern angenehm zu machen. Eine Handvoll Goldmünzen und ein Schmuckstück genügten ihr nicht mehr, sie erspähte die Chance, einen Thron zu gewinnen, spielte ihre Karten geschickt und gewann. Der Radscha nahm sie zum Eheweib.

Zwei Wochen später kam die Fremde Königin nieder, gebar jedoch nicht einen Knaben, der ihr einiges von ihrem verlorenen Prestige hätte zurückgewinnen können, sondern eine Tochter, ein kleines unansehnliches, bläßliches Geschöpf.

»Weiter kann sie nichts«, sagte Janu verächtlich. »Man braucht sie bloß anzusehen: eine welke Lilie wird niemals die Mutter von Söhnen. Wenn erst einmal mein Sohn geboren ist…«

Janu bezweifelte keinen Moment, daß ihr erstes Kind ein Knabe sein werde, und so war es denn auch: ein kräftiger, munterer Bursche, auf den jeder Vater stolz gewesen wäre. Raketen stiegen in den Nachthimmel und überschütteten die Stadt mit Funkenregen, Muschelhörner gellten, Gongs dröhnten in den Tempeln, die Armen schlugen sich zu Ehren des neuen Prinzen den Bauch voll, darunter auch Ash und seine Mutter Sita, deren geschickte Finger viel von dem Papierschmuck hergestellt hatten, welcher die Stadt verschönte.

Der sechs Jahre alte Sohn von Hilary und Isobel stopfte sich mit Halwa und Jellabies voll, jubelte und ließ zusammen mit seinen Freunden Knallfrösche im Basar los. Möge dem Radscha jeden Tag ein Knabe geboren werden! Er hatte keinen Grund, sich zu beklagen, doch was Sita ihm an Nahrung vorsetzen konnte, war unfehlbar vom Einfachsten und nicht überreichlich; Süßigkeiten stahl er im Basar, immer in Gefahr, Prügel zu beziehen. Ash war ein kräftiges, für sein Alter großes Kind und behende wie ein Affe. Die karge Kost der Armen ließ ihn kein Fett ansetzen, und weil die Knaben einander unermüdlich jagten, durch die Gassen und quer über die Dächer – nicht zu reden von Expeditionen auf den Markt, von wo man mit der Diebesbeute fliehen mußte, so schnell einen die Beine trugen –, waren seine Muskeln gestählt und seine Bewegungen überaus flink.

Auf der anderen Seite der Erde, im viktorianischen England, galten die Kinder der Oberschicht und des Mittelstandes noch für viel zu zart, als daß man ihnen mehr hätte zumuten wollen, als das Erlernen des Alphabetes anhand bunter Klötzchen; auch durften sie unter der Aufsicht von Kindermädchen mit Reifen spielen, während die Kinder der Armen neben den Eltern auf dem Lande, in den Fabriken und Gruben schufteten. Ash, im fernen Gulkote, wurde nun auch ein Verdiener.

Mit sechseinhalb fing er als Stallbursche bei Duni Chand an, einem reichen Grundherrn, der ein Stadthaus nahe dem Wischnu-Tempel besaß und außerhalb der Stadt mehrere Gehöfte.

Duni Chand hielt Pferde, auf denen er über seinen Besitz ritt und nahe dem Fluß mit Falken jagte. Ashs Aufgabe war es, Futter und Wasser herbeizuschleppen, das Zaumzeug zu putzen und beim Grasmähen und Striegeln zu helfen. Es war schwere, schlecht bezahlte Arbeit, doch weil er seine Kindheit unter Pferden zugebracht hatte – Daya Ram, angeblich sein Vater, hatte ihn schon früh mit diesen Tieren vertraut gemacht –, fürchtete er sie nicht. Nicht nur machte es ihm Spaß, mit Pferden umzugehen, er war auch ungeheuer stolz auf die wenigen kleinen Münzen, die er dafür erhielt. Er war jetzt ein Mann, er verdiente sein Brot selber, und wenn er wollte, konnte er von dem Händler auf dem Markt Halwa kaufen, statt es zu stehlen. Dies war entschieden ein Aufstieg, und er teilte Sita seine Absicht mit, Stallmeister zu werden und so viel Geld zu verdienen, daß er und sie sich eines Tages aufmachen könnten, ihr verwunschenes Tal zu suchen. Mohammed Sherif, der Stallmeister, verdiente angeblich im Monat zwölf Rupien, nicht gerechnet Dustori – eine Provision, die ihm aus allen Ausgaben zufloß, welche er für den Stall tätigte, und die seinen Lohn mehr als verdoppelte.

»Bin ich erst mal Stallmeister«, sagte Ash großspurig, »beziehen wir ein eigenes Haus, halten uns eine Dienerin und du wirst nicht mehr arbeiten müssen, Mata-ji.«

Denkbar, daß Ash diesen Plan wahrgemacht und sein Leben im Dienst eines kleinen Fürsten verbracht hätte, denn als sich herausstellte, daß er so gut wie jeden Vierbeiner reiten konnte, gestattete ihm Mohammed Sherif, der den geborenen Reiter in ihm erkannte, die Pferde zu bewegen und weihte ihn überdies in manche Geheimnisse der Pferdebehandlung ein, so daß das Jahr, das Ash in den Stallungen von Duni Chand verbrachte, zu seinen glücklichen zählte. Das Schicksal, nicht ohne Zutun von Menschenhand allerdings, hatte anderes mit ihm vor. Sein Leben verlief schlagartig in eine andere Richtung, weil ein verwitterter Sandsteinblock von seinem Platz fiel.

Dies geschah an einem Aprilmorgen. Es waren fast auf den Tag drei Jahre vergangen, seit Ash und Sita das von Pest und Geiern heimgesuchte Lager im Tarai verlassen und den langen Marsch nach Delhi angetreten hatten. Lalji, der junge Thronerbe von Gulkote, ritt durch die Stadt, um am Tempel von Wischnu zu opfern. Und als er unter dem Bogen des alten Charbagh-Tores hindurchreiten wollte, das dort steht, wo der Chandi-Basar in die Straße der Kupferschmiede mündet, löste sich ein Block von der Mauerkrone, fiel herab und zerbarst mitten auf der Straße.

Ash hatte sich zwischen den Gaffern hindurchgedrängt, er stand ganz vorne, und die fast unmerkliche Bewegung im Mauergestein erregte seine Aufmerksamkeit. Er sah den Stein sich lockern, sah ihn herabgleiten, und zwar im gleichen Moment, da der Kopf des Pferdes von Lalji aus dem Schatten des Torbogens zum Vorschein kam, und ohne weiter nachzudenken (dazu blieb keine Zeit), warf er sich dem Pferd in die Zügel und brachte es zum Stehen, als der schwere Sandsteinblock in tausend scharfkantige Stücke zersprang, praktisch unter den Vorderhufen des Pferdes. Ash und das Pferd, auch einige Gaffer, wurden von den umherfliegenden Steinsplittern verletzt und Blut spritzte in den weißen Staub, auf die bunten Festgewänder der Zuschauer, auf das Prunkzaumzeug des Pferdes.

Die Zuschauer kreischten und gerieten in Panik, und das Pferd, von dem Tumult erschreckt, wäre durchgegangen, hätte Ash es nicht am Kopf gehalten und ihm beruhigend zugeredet. Als die verblüfften Begleiter des Prinzen endlich herankamen, rissen sie Ash die Zügel weg, bildeten einen Kreis um ihren jungen Herrn und stießen Ash beiseite. In dem allgemeinen Durcheinander wurden Fragen und Antworten hin und her gerufen, die Eskorte drängte die Menge zurück, man starrte die Mauerkrone an, in der jener ominöse Block jetzt fehlte; ein weißbärtiger Reiter warf Ash eine Münze zu – einen goldenen Mohur, man denke! – und rief: »Brav, mein Kleiner! Das hast du gut gemacht.«

Als sich erwies, daß niemand ernstlich verletzt war, brach die Menge in Hochrufe aus, und Jubel begleitete die Prozession auf ihrem Weg zum Tempel. Der junge Prinz saß kerzengerade zu Pferde, doch zitterten die Hände, welche die Zügel hielten, merklich. Er hatte sich auf dem scheuenden Tier gut gehalten, also durften seine künftigen Untertanen stolz auf ihn sein. Doch das schmale Gesicht unter dem mit Edelsteinen besetzten Turban war bleich und verkrampft, als er zurückblickte und in der Menge nach jenem Knaben suchte, der sich seinem Pferd in die Zügel geworfen.

Ein Fremder hatte Ash auf die Schulter gehoben, damit er dem Umzug nachblicken könne, und einen Moment lang blickten beide Knaben einander in die Augen – die schwarzen verängstigten des Prinzen in die wißbegierigen grauen des Stallburschen von Duni Chand. Dann drängte sich die Menge zwischen sie, der Zug erreichte das Ende der Straße der Kupferschmiede und kam außer Sicht.

Sita war vom Anblick der Goldmünze tief beeindruckt und mehr noch von Ashs Schilderung der Vorgänge. Nach vielem Hin und Her brachten sie die Münze zu Burgwan Lal, einem als ehrlich geltenden Juwelier, der sie in Silberschmuck umtauschte, den Sita tragen sollte, bis man wieder einmal Geld benötigte. Beide glaubten, damit sei die Sache abgetan – abgesehen davon, daß man sich die Glückwünsche der Nachbarn anhören mußte – doch erschien am folgenden Morgen bereits ein feister, hochnäsiger Palastbediensteter, begleitet von zwei ältlichen Dienern, und klopfte bei Duni Chand an. Seine Hoheit Prinz Lalji, so ließ der Höfling sich herab zu verlautbaren, wünsche auf der Stelle jenen unwürdigen Bengel im Palast zu sehen und in seinen Dienst zu nehmen.

Ash protestierte verzweifelt: »Das geht nicht, ich kann meine Mutter nicht allein lassen. Sie will bestimmt nicht –«, doch wurde er schroff unterbrochen: »Was sie will oder nicht, ist ganz unerheblich. Seine Hoheit hat befohlen, dich in den Palast zu bringen, also beeil dich. Wasch dich und zieh diese Lumpen aus.«

Ash blieb nichts übrig, als zu gehorchen. Man führte ihn in das Haus des Obsthändlers, dort legte er das einzige andere Gewand an, das er besaß, tröstete die aufgeregte Sita und redete ihr zu, sich zu beruhigen, er werde in Kürze zurück sein. Sehr bald schon.

»Weine nicht, Mutter. Dazu gibt es keinen Anlaß. Ich werde dem Prinzen sagen, daß ich lieber hier bleiben möchte, und er wird mir erlauben zurückzukommen, denn ich habe ihn vor einem Unglück bewahrt. Du wirst sehen. Übrigens – gegen meinen Willen kann mich niemand festhalten.«

Ganz überzeugt von der Richtigkeit dieser Ansicht, nahm er sie tröstend in den Arm und folgte den Hofschranzen durch das Stadttor und hinauf zum befestigten Palast der Radschas von Gulkote.

4

Zum Palast führte ein steiler Damm, der mit ausgetretenen Granitplatten belegt war. Seit Jahrhunderten schon liefen Menschen, stampften Elefanten und galoppierten Pferde darüber hinweg. Ash spürte die Kälte, die von diesen steinernen Platten ausging, als er barfuß den Dienern folgte; und als er vor sich die aus Felsblöcken gefügten Mauern aufragen sah, wurde ihm bange.

In einer Burg wie dieser wollte er nicht leben, er wollte lieber bei seinen Freunden in der Stadt sein, die Pferde von Duni Chand versorgen, von Mohammed Sherif, dem Stallmeister, alles lernen, was dieser von Pferden wußte. Der Palast wirkte auf Ash abweisend und bedrohlich, und das Badshahi Darwaza, das Königstor, minderte in keiner Weise den Eindruck von Düsterkeit, den die Anlage insgesamt auf Ash machte. Hinter den geöffneten, mit Eisen beschlagenen Holztoren wartete Dunkelheit, und im Schatten jenseits der steinernen Schwelle sah er undeutlich Wachen mit Krummsäbeln und langen Musketen. Der Damm führte unter einer mit Gitterwerk versehenen Plattform hindurch, auf der Kanonen drohend ihre Mündung abwärts richteten, und als sie einen langen Tunnel betraten, in dessen Wände Nischen, Kavernen und Galerien gehauen waren, die sich im Fels aufwärts schlängelten, wurde es unvermittelt dunkel.

Der Übergang vom warmen Sonnenlicht in die kalte Düsternis und das gespenstische Echo der Schritte, das von der gewölbten Tunneldecke zurückgeworfen wurde, verstärkten noch Ashs Beklommenheit, und als er zurückblickte und, gerahmt vom Torbogen, einen Ausschnitt der Stadt sah, die im Hitzedunst unter der Sonne hingebreitet lag, war er sehr in Versuchung, umzukehren und wegzulaufen. Plötzlich war ihm, als betrete er einen Kerker, aus dem er nie werde entkommen können; wenn er jetzt nicht umkehrte, würde er der Freiheit, seinen Freunden und allem Glück auf immer entsagen und seine Tage in einem Käfig verbringen müssen, wie der Papagei vor dem Töpferladen in seiner Gasse. Das war ein neues Erlebnis für ihn, es beunruhigte ihn sehr und ihn fröstelte. Es würde aber nicht leicht sein, so vielen aufmerksamen Wachen zu entwischen, und finge man ihn ein und brächte ihn gewaltsam in den Palast zurück, so bedeutete das eine tiefe Demütigung. Überdies war er doch begierig, das Innere des Palastes zu sehen, denn er kannte niemanden, der je darin gewesen war, und er würde mit seinen neuen Kenntnissen vor den

Freunden prahlen können. Doch dort drinnen zu bleiben, und sei es im Dienste des jungen Radscha, kam nicht in Frage, und falls jemand glaubte, ihn, Ash, dazu zwingen zu können, so irrte der gewaltig – meinte Ash. Er würde über die Mauern zurück in die Stadt flüchten, und sollte man ihn verfolgen, würde er mit der Mutter fliehen. Schließlich war die Welt groß, und irgendwo in den Bergen lag jenes versteckte Tal, sein Tal, der verborgene Ort, an dem er ungefährdet mit der Mutter leben wollte, wie es ihnen gefiel.

Der Tunnel machte jetzt eine scharfe Biegung nach rechts und endete in einem kleinen Innenhof, wo wiederum Bewaffnete standen. Außerdem gab es noch einige altertümliche, bronzene Kanonen. Jenseits des Innenhofes gelangte man durch einen weiteren Torbogen auf einen geräumigen rechteckigen Platz, wo im Schatten eines Tschenarbaumes zwei Elefanten des Radscha angebunden waren und ein Dutzend schwatzende Weiber an einem Steintrog in grünlichem Wasser Wäsche wuschen. Dahinter erst lag der eigentliche Palast, eine unvorstellbare Anhäufung von Mauern, Zinnen, hölzernen Balkonen, mit steinernen Verzierungen gesicherten Fenstern, luftigen Türmchen und geschnitzten Galerien. – Das alles war von der Stadt her nicht zu sehen, denn der äußere Wall begrenzte den Blick von unten her.

Wie alt der Kern dieser Anlage war, wußte niemand genau. Der Überlieferung zufolge hatte die Feste schon Alexander dem Großen getrotzt, als der junge Eroberer über die nördlichen Pässe nach Indien einfiel. Ein bedeutender Teil der vorhandenen Bauten stammte aus dem 15. Jahrhundert, errichtet von einem räuberischen Fürsten, der mit seinem Anhang die Gegend jenseits des Flusses ausplünderte und seine Beute in einer uneinnehmbaren Festung verwahren wollte. Damals nannte man die Burg Kala Kila, was soviel bedeutet wie Schwarze Festung – nicht etwa der Farbe wegen, denn sie war aus grauem Gestein erbaut, sondern weil sie berüchtigt war als ein Ort der Finsternis. Als das Gebiet später unter die Herrschaft eines Radschputen kam, wurde die Festung erheblich vergrößert, und der Sohn dieses Abenteurers gründete nicht nur die Stadt unterhalb der Feste und sicherte sie mit einer Mauer, sondern machte sich auch zum ersten Radscha von Gulkote und verwandelte Kala Kila in eine weitläufige, prunkvolle Residenz.

Hier also residierte der herrschende Fürst zwischen den Resten einstiger Pracht, in einem Labyrinth aus Gemächern, angefüllt mit Teppichen und staubigen Gobelins, in denen schwach die Goldfäden schimmerten, zwischen Zierrat aus Jade und gehämmertem Silber, eingelegt mit Rubinen und ungeschliffenen Türkisen. Und hier, in den Frauengemächern, hinter geschnitzten Wandschirmen, die die Empfangshalle von den Gärten mit ihren Obstbäumen und Rosensträuchern trennte, lebte Janu-Bai, nachdem ihre Rivalin, die Fremde Königin, im vergangenen Sommer an einem Fieber (manche sagten auch: an Gift) gestorben war. Und in einem weiteren kaninchenbauartigen Labyrinth von Räumen, welche einen ganzen Flügel des Palastes einnahmen, hauste der kleine Thronerbe. Lalji, wie er vertraulich bei seinem »Milchnamen« genannt wurde, verbrachte seine Tage in Gesellschaft von Dienern, unbedeutenden Chargen und Hofschranzen, die der Vater ihm als Gefolge beigegeben hatte.

Nachdem er eine verwirrende Menge von Gemächern und Vorzimmern durchschritten hatte, stand Ash schließlich vor dem Thronfolger von Gulkote, der im Schneidersitz auf einem Samtpolster hockte und einen Kakadu ärgerte, der mit gesträubtem Gefieder so gereizt dreinblickte wie sein Quälgeist. Der junge Fürst trug statt des Festtagsgewandes vom Vortag enge Hosen aus Baumwolle und einen ebenfalls eng anliegenden Achkan, einen dreiviertellangen Leibrock, und wirkte erheblich jünger als gestern auf dem weißen Hengst und umgeben von seinem Gefolge. Da war er jeder Zoll ein Fürst gewesen und hatte erheblich größer ausgesehen dank eines himmelblauen Turbans, geschmückt mit einem hohen Federbusch und einer glänzenden Spange aus blitzenden Brillanten. Jetzt hingegen sah er aus wie ein kleiner Junge, wie ein dickliches, bleichgesichtiges Kind, das jünger wirkte als Ash, obwohl es sich umgekehrt verhielt. Und wer genauer hinsah, bemerkte, daß Lalji nicht wirklich gereizt, sondern eher verängstigt war.

Ash, der gelegentlich selber seine Furcht hinter einer Maske von Jähzorn verbarg, durchschaute das auf der Stelle, und diese Einsicht half ihm, seinen ehrfürchtigen Schrecken überwinden. Die im Raume anwesenden, gelangweilt dreinschauenden Erwachsenen begriffen augenscheinlich nichts davon, und Ash fühlte sich diesem Knaben, der dermaleinst Radscha von Gulkote werden wollte, in Sympathie verbunden. Er spürte geradezu den Drang, diesen Jungen in Schutz zu nehmen gegen die stumpfsinnigen Erwachsenen, die sich so ehrfürchtig vor dem Knaben verneigten, in unterwürfigem Ton schmeichelhafte Redensarten vorbrachten und dazu kalte, tückische Mienen machten.

Das sind keine gutartigen Menschen, ging es Ash durch den Kopf, als er sie prüfend betrachtete; alle waren feist, ölig und selbstzufrieden. Ein reich gekleideter junger Stutzer mit hübschem verlebtem Gesicht und einem Diamanten im Ohr hielt demonstrativ ein seidenes Tüchlein vor die Nase, als fürchte er, der Straßenjunge könnte den Gestank der Gosse und der Pferdeställe einschleppen. Ash schaute den Prinzen an, verneigte sich tief vor ihm und legte dabei, wie die Sitte verlangte, beide Hände an die Stirne. Dann blickte er den königlichen Knaben freundlich und teilnehmend an, worauf dessen Miene sich aufhellte.

»Geht, ihr alle«, befahl er und entließ mit königlicher Gebärde sein Gefolge. »Ich gedenke, mit diesem Knaben allein zu sprechen.«

Der Stutzer mit dem Brillanten im Ohr lehnte sich vor, packte den Prinzen am Arm und flüsterte ihm etwas zu, doch der junge Fürst machte sich los und sagte gereizt: »Närrisches Zeug redest du da, Biju Ram. Warum sollte er mir ein Leid antun, wenn er mir doch gestern erst das Leben gerettet hat? Auch ist er nicht bewaffnet. Geh jetzt und laß die Torheiten.«

Der junge Mann trat zurück und verbeugte sich mit einer Unterwürfigkeit, die Lügen gestraft wurde von dem häßlichen Ausdruck, der dabei auf sein Gesicht trat. Ash merkte verblüfft, daß ihn ein haßerfüllter Blick traf. Dieser Biju Ram war es offenbar nicht gewöhnt, daß man ihn zurechtwies, er schätzte das nicht und sah in Ash die Ursache dafür – höchst ungerechtfertigt, wenn man bedenkt, daß jener noch kein Wort gesagt und überdies nicht aus eigenem Antrieb in den Palast gekommen war.

Auf den Wink des Prinzen hin zogen die Erwachsenen sich zurück und verschafften so den Knaben Gelegenheit, ungestört miteinander bekannt zu werden. Da Ash immer noch nichts sagte, brach schließlich der junge Radscha das Schweigen, indem er schroff sagte: »Ich habe meinem Vater berichtet, daß du mich vor einem Unglücksfall bewahrt hast, und er gestattet, daß ich dich als Diener aufnehme. Du wirst gut entlohnt werden, ich, ich... ich habe niemanden, mit dem ich spielen kann, nur immer Frauen und Erwachsene sind um mich... Wirst du bleiben?«

Ash war entschlossen gewesen abzulehnen, doch nun zauderte er und sagte unsicher: »Meine Mutter... ich kann sie doch nicht gut allein lassen... sie...«

»Dem ist leicht abzuhelfen. Auch sie kann im Palast wohnen und Dienerin bei meiner Schwester sein. Du liebst deine Mutter also?«

»Selbstverständlich«, sagte Ash erstaunt. »Sie ist doch meine Mutter.«

»Ah. Du bist zu beneiden. Ich habe keine Mutter. Meine Mutter war, wie du weißt, die Rani. Die echte Königin. Doch bei meiner Geburt ist sie gestorben, ich erinnere mich daher nicht an sie. Wäre sie nicht gestorben, vielleicht... Auch die Mutter meiner Schwester Anjuli starb, es heißt, sie wurde verhext oder vergiftet, doch sie war eine Fremde und kränklich, es mag also sein, daß *Die Andere* nicht hexen und nicht zum Gift Zuflucht nehmen mußte –« Er unterbrach sich, schaute forschend umher, stand plötzlich auf und sagte: »Komm mit in den Garten. Hier gibt es zu viele Ohren.«

Er setzte den Kakadu in den Käfig und schritt durch den mit einem Gobelin verhängten Ausgang an einem Halbdutzend sich verneigender Diener vorbei in einen Garten mit Nußbäumen und Springbrunnen. Ein kleiner Pavillon spiegelte sich in einem Teich, in dessen Wasser Seerosen und fette goldene Karpfen schwammen. Ash folgte Lalji dichtauf. Der Garten lag etwa fünfzig Meter über dem unteren Plateau. Auf der einen Seite bot eine niedrige steinerne Brüstung Schutz vor dem fast senkrechten Absturz. Auf den anderen Seiten wurde das Areal von den Mauern des Palastes begrenzt. Teils aus behauenem Stein, teils aus Holz mit geschnitzten Verzierungen errichtet, türmte sich das Gebäude Stockwerk um Stockwerk in den Himmel, und Hunderte von Fenstern boten Ausblick auf die Wipfel der Bäume, auf die Stadt und den fernen Horizont.

Lalji ließ sich am Rande des Teiches nieder und warf mit Kieselsteinen nach den Fischen. Nach einer Weile fragte er unvermittelt: »Hast du gesehen, wer den Stein gelockert hat?«

»Welchen Stein?« fragte Ash verblüfft.

»Den Stein, der mich am Kopf getroffen hätte, wärest du meinem Pferd nicht in die Zügel gefallen.«

»Ah, der. Den hat niemand gestoßen, der ist von allein gefallen.«

Lalji beharrte scharf flüsternd: »Doch, er wurde mit Absicht heruntergestoßen. Dunmaya, meine Amme, sagt immer, falls *Die Andere* einen Sohn gebären sollte, würde sie alles daransetzen, ihn auf den Thron zu bringen. Und ich... ich habe...« Er brach ab, er sprach das Wort nicht aus, selbst einem anderen Knaben gegenüber konnte er nicht zugeben, daß er Angst hatte. Doch im Beben seiner Stimme war die Angst unüberhörbar, und das Zittern der Finger, mit denen er Kieselsteine aufhob, sprach für sich. Ash runzelte nachdenklich die Stirn, er suchte sich ins Gedächtnis zu rufen, was er gesehen hatte, bevor der Stein ins Rutschen kam. Erst jetzt fragte er sich, warum dies gerade in jenem Moment geschehen war, und ob vielleicht doch jemand nachgeholfen hatte?

»Biju Ram behauptet, ich bilde mir das ein«, gestand Lalji leise. »Er sagt, das würde niemand wagen. Nicht einmal *Die Andere* würde es wagen. Doch als ich den Stein herabstürzen sah, fiel mir ein, was meine Amme gesagt hat, und ich dachte... Dunmaya sagt, ich darf niemandem trauen, doch du hast mich vor einem Unglück bewahrt, und wenn du bei mir bleibst, kann ich mich vielleicht sicher fühlen.«

Ash fragte verblüfft: »Sicher? Wovor sicher? Du bist der junge Radscha, du hast Diener und Wachen, und eines Tages wirst du herrschen.«

Lalji lachte kurz und freudlos. »Bis vor kurzem stimmte das. Doch mein Vater hat jetzt noch einen Sohn, das Kind *Der Anderen*. Dunmaya sagt, sie wird nicht eher Ruhe geben, als bis sie ihren Sohn an meiner Stelle weiß, denn sie begehrt den Thron für ihn und hat meinen Vater in der Hand – so.« Er ballte die Hand zur Faust, bis die Knöchel weiß hervortraten. Dann lockerte er die Faust und betrachtete den Kiesel in seiner Hand. Sein Gesicht zeigte dabei einen verzerrten, ganz unkindlichen Ausdruck. »Ich bin der Sohn, der älteste Sohn, doch würde mein Vater ihr zuliebe alles tun, alles...« Seine Worte verloren sich im Plätschern des Springbrunnens, und Ash hörte plötzlich eine Stimme, die er fast schon vergessen hatte, eine Stimme, die in einem anderen Leben und in einer anderen Sprache zu ihm sagte: »Es gibt nichts Schlimmeres als Ungerechtigkeit.« Hier drohte offenbar eine Ungerechtigkeit, und es galt, sie zu verhindern.

»Gut, ich bleibe«, sagte Ash und verzichtete heroisch auf das sorglose Leben eines Straßenjungen und eine Zukunft als Stallmeister von Duni Chand. Die unbeschwerten Jahre waren vorüber.

Abends benachrichtigte er Sita, die das Geld ausgrub und auch das Päckchen mit den Briefen, die geringe Habe zu einem Bündel verschnürte und den Weg zum Palast antrat. Am folgenden Morgen vernahm Ash, daß er offiziell zur Dienerschaft des jungen Radscha gehöre und monatlich mit fünf Rupien in Silber entlohnt werde, während seine Mutter Dienerin bei der Prinzessin Anjuli geworden sei, der kleinen Tochter der verstorbenen Fremden Königin.

Verglichen mit den übrigen Gemächern im Palast war das Sita und Ash zugewiesene Quartier recht bescheiden: drei kleine, fensterlose Kammern, deren eine als Küche diente. Da sie aber in der Stadt zusammen nur einen winzigen Raum bewohnt hatten, kam ihnen ihr neues Heim geradezu luxuriös vor, und daß die Kammern keine Fenster hatten, wurde mehr als aufgewogen, weil alle drei Türen auf einen kleinen, von einer hohen Mauer umgebenen Innenhof führten, der von ihnen allein benutzt wurde. Eine Kiefer spendete ausreichend Schatten. Sita war ganz entzückt davon und betrachtete diese Unterkunft schon bald als ihr eigentliches Heim, wenngleich sie bedauerte, daß Ashok nicht dort schlafen durfte. Ashoks Dienst verlangte, daß er in einem Vorzimmer schlief, das an das Schlafgemach des jungen Prinzen anstieß. Im übrigen mußte er diesem täglich stundenweise Gesellschaft leisten.

Man konnte solche Pflichten eigentlich nicht als Schwerarbeit bezeichnen, doch Ash wurden sie sehr bald schon lästig. Zum einen lag dies daran, daß sein junger Gebieter launenhaft und jähzornig war, zum anderen war jener junge Stutzer namens Biju Ram daran schuld, der Ash aus unerfindlichen Gründen aufs tiefste verabscheute. Lalji nannte Biju Ram mit Spitznamen »Bichchhu«, was Skorpion bedeutet; manchmal wandelte er das auch zu dem vertraulicheren »Bichchhuji« ab. Niemand sonst wagte ihn bei diesem außerordentlich treffenden Namen zu rufen, denn der Stutzer hatte einen giftigen Stachel, mit dem er bei der geringsten Provokation zu stechen liebte.

Was Ash betraf, so bedurfte es nicht einmal einer Provokation, vielmehr schien es Biju Ram Vergnügen zu machen, Ash zu hänseln. Seine Sticheleien vergällten dem Knaben das Leben; der Höfling nutzte jede Gelegenheit, Ash lächerlich zu machen und ihm Streiche zu spielen, in der unverhohlenen Absicht, ihn zu kränken und zu demütigen. Da er sich nicht nur Grausamkeiten ausdachte, sondern auch Obszönitäten, teilte Lalji die allgemeine Schadenfreude, und die anwesenden Hofschranzen brachen unfehlbar in liebedienerisches Spottgelächter aus.

Laljis Stimmungen waren häufig düster und nie vorhersehbar; das war verständlich, bedenkt man, daß er vor der Ankunft des Tanzmädchens der verzogene Liebling aller im Palast gewesen war, verwöhnt von dem ihn abgöttisch liebenden Vater und allen Frauen, von Höflingen und Dienern gleichermaßen umschmeichelt. Seine erste Stiefmutter, die Fremde Königin, hatte sich des mutterlosen Kindes so liebevoll angenommen, als sei es ihr eigenes. Da nun aber weder die Stiefmutter noch sonstwer das Kind jemals einer Erziehung unterwarfen, die diesen Namen verdiente, mußte aus einem pummeligen, liebenswerten Baby unfehlbar ein verzogener, anmaßender Knabe werden, absolut unfähig, sich den veränderten Umständen anzupassen, die eintraten, als die Favoritin einen Sohn gebar und die Fremde Königin starb. Ganz plötzlich stand der kleine Prinz nicht mehr im Mittelpunkt, selbst die Diener waren weniger beflissen, und Höflinge, die sich zuvor an Schmeicheleien überboten hatten, machten sich nun Liebkind bei der neuen Macht hinter dem Thron.

Die Gemächer des Prinzen wurden vernachlässigt, es sah geradezu schäbig aus in seiner Umgebung, und seine Befehle wurden nicht mehr ausnahmslos befolgt. Die unablässig wiederholten düsteren Prophezeiungen der treuergebenen Amme – Dunmaya war schon die Amme seiner Mutter gewesen und hatte die Rani an den Hof von Gulkote begleitet – machten das Dasein keineswegs erträglicher für ihn. Dunmaya hätte ohne zu zögern ihr Leben für den jungen Radscha gegeben, und ihre Warnungen waren womöglich begründet. Doch daß sie sie so häufig aussprach und den Vater tadelte, weil er den Sohn vernachlässigte, machte Lalji immer noch unglücklicher und trieb ihn gelegentlich zu hysterischen Ausbrüchen. Er begriff nicht, was vorging, und das machte ihn weniger zornig als ängstlich. Weil sein Stolz ihn hinderte, diese Angst zu zeigen, rettete er sich in Jähzorn, und wer ihm diente, hatte darunter zu leiden.

Ash war zwar noch sehr jung, doch durchschaute er die Situation ziemlich genau. So entschuldigte er denn manches im Verhalten des Prinzen, doch erträglicher wurde es für ihn dadurch nicht. Auch mochte er nicht so unterwürfig sein, wie der Prinz dies von all seinen Bediensteten erwartete, Graubärte und Großväter nicht ausgenommen. Anfangs war Ash tief beeindruckt von der Bedeutung der Person des Thronfolgers, ja seine eigenen Pflichten, die er, wie Kinder tun, teils ernst nahm, teils als Spiel auffaßte, kamen ihm zunächst wichtig vor. Leider erzeugte der tägliche Umgang mit seinem Gebieter nicht nur Vertrautheit, sondern auch Verachtung und endlich Langeweile, und es kam vor, daß er Lalji geradezu haßte und fortgelaufen wäre, hätte er nicht auf Sita Rücksicht genommen. Er wußte, daß sie sich hier wohl fühlte. Liefe er fort, müßte er sie mitnehmen, nicht nur weil er sie nicht verlassen wollte, sondern auch weil er fürchtete, Lalji könnte seine Flucht an ihr rächen. So war es denn das Mitgefühl mit Lalji ebenso wie die Liebe zu Sita, die ihn davon abhielten, wegzulaufen.

Die beiden Knaben hatten wenig miteinander gemein, und so manches hinderte sie daran, echte Freunde zu werden: die Kaste, die Erziehung und die Umgebung; schließlich klaffte zwischen einem Thronerben und dem Sohn einer Dienerin ein unüberbrückbarer Abgrund. Auch in Charakter und Temperament unterschieden sie sich stark voneinander, bis zu einem gewissen Grade auch durch das Alter, wenngleich sich dies noch am wenigsten bemerkbar machte. Lalji war zwar zwei Jahre älter, doch kam Ash sich oft als der in Wahrheit Ältere vor und hielt sich für verpflichtet, den Schwächeren vor den bösen Einflüssen zu schützen, die in jenem weitläufigen, baufälligen, riesigen Palast am Werke waren, Einflüsse, die auch der stumpfste Geist spüren mußte.

Stumpfen Geistes nun war Ash niemals gewesen, und wenn er anfangs Dunmayas Warnungen als das Geschwätz eines törichten alten Weibes abtat, mußte er schon bald seine Meinung ändern. Die Tage vergingen äußerlich friedvoll, augenscheinlich in trägem Müßiggang, doch unter der glatten Oberfläche gab es Strömungen von Kabalen und Gegenkabalen, und was da in den endlosen Korridoren des Palastes flüsterte und wisperte, war nicht nur der Wind.

Intrigen und brennender Ehrgeiz geisterten durch alle Gemächer, lauerten hinter jeder Tür, das konnte nicht einmal einem Kind verborgen bleiben. Und doch nahm Ash das alles nicht allzu ernst bis zu dem Tage, da er im Pavillon des prinzlichen Gartens eine Schale mit Backwerk entdeckte, das der Prinz besonders gern aß...

Lalji jagte gerade die zahme Gazelle, als Ash unversehens auf diese Schale stieß und sie mit zum Teich nahm. Er zerbröselte gedankenlos etwas Gebäck über dem Wasser, wo die fetten Karpfen gierig danach schnappten. Minuten später trieben einige mit dem Bauch nach oben zwischen den Seerosen hin, und Ash, der ungläubig hinstarrte, begriff, daß sie tot waren und woran sie verendet waren.

Lalji hatte einen »Vorkoster« und aß normalerweise nur von Speisen, welche dieser probiert hatte, doch wäre er unversehens im Pavillon auf sein Leibgebäck gestoßen, er hätte gewiß davon gegessen, gierig wie die Fische. Ash eilte an die Gartenmauer und warf das Gebäck samt Schale hinunter. Im Fluge erhaschte eine Krähe geschickt ein Stück Backwerk, und auch sie stürzte Augenblicke später leblos als schwarzer Klumpen zur Erde.

Ash erzählte keinem Menschen von diesem Vorfall. Zwar hätte es nahe gelegen, einem jeden, der zuhören wollte, davon zu berichten, doch frühe Bekanntschaft mit der Gefahr hatte ihn Vorsicht gelehrt, und sein Instinkt sagte ihm, dies sei etwas, das er lieber für sich behalten sollte. Sprach er davon zu Lalji, würde das den Knaben noch mehr ängstigen und die alte Dunmaya um den Verstand bringen; eine Untersuchung würde ohne Zweifel den Schuldigen nicht entlarven, vielmehr würde man einen Sündenbock suchen und finden. Ash wußte bereits aus Erfahrung, daß im Palast auf Gerechtigkeit nicht zu zählen war, wenn es um Dinge ging, welche die Interessen von Janu berührten, um so weniger, als sie ihre Position dank der Geburt eines zweiten Sohnes noch hatte festigen können.

Er kam nicht auf den Gedanken, daß er selber den Sündenbock hätte abgeben sollen, auch nicht darauf, daß das Gebäck nicht für den jungen Radscha, sondern für ihn selber in den Pavillon gestellt worden sein mochte.

Er ließ nichts merken, denn Kinder müssen die Welt nun einmal hinnehmen, wie sie sie vorfinden, müssen akzeptieren, daß die Erwachsenen allmächtig sind, wenn auch nicht unbedingt allwissend. Er verdrängte also den Vorfall so gut es gehen wollte aus seinem Gedächtnis und nahm im übrigen den Dienst im Palast als unvermeidliches Übel hin, das eben ertragen werden mußte, bis der Prinz alt genug war, seine Gesellschaft zu entbehren. Immerhin hatte er unterdessen reichlich zu essen und war sauber gekleidet, wenn auch die versprochene Löhnung ausblieb. Das ehemalige Tanzmädchen plünderte in ihrer Geldgier die Staatskasse. Ash führte also ein recht ödes Dasein, was sich erst änderte, als er einen Mungo zähmte, der im Hof von Sita sein Wesen trieb, und den er Tuku nannte.

Tuku war das erste Lebewesen, das er sein eigen nennen durfte; zwar wußte er, daß er Sitas Herz besaß, doch konnte er nicht sooft mit ihr beisammen sein, wie er wünschte. Sie hatte Pflichten und war nur zu bestimmten Tageszeiten frei. Tuku hingegen folgte Ash, sei es laufend, sei es auf der Schulter seines Herrn. Bei Nacht schlief er zusammengerollt auf der Brust des Knaben, und er kam, wenn man ihn rief. Ash liebte das geschmeidige, furchtlose Tierchen und meinte, Tuku empfinde diese Liebe und erwidere sie. Es entstand eine ihn zutiefst befriedigende Gemeinschaft zwischen ihnen, und die währte länger als ein halbes Jahr. Dann, als Lalji eines Tages in besonders düsterer Stimmung war, verlangte er, mit Tuku zu spielen, und da er das Tierchen unbarmherzig quälte, wurde er dafür mit einem Biß in die Hand belohnt. Was nun folgte, war für Ash wie ein Alptraum, der ihn monatelang quälte und den er sein Lebtag nie ganz vergaß.

Lalji schrie beim Anblick seines blutenden Fingers vor Entsetzen laut auf und befahl einem Diener, den Mungo auf der Stelle zu töten. Dies geschah, bevor Ash eingreifen konnte. Ein Schlag mit der Säbelschneide brach dem Tier die Wirbelsäule, es zuckte und winselte, dann entfloh das Leben, und Ash hielt ein schlaffes Bündelchen Fell in der Hand.

Unmöglich, daß Tuku tot sein sollte, eben noch hatte er den buschigen Schwanz geputzt und keckernd über Laljis Bosheiten geschimpft, und jetzt –

Lalji sagte wütend: »Sieh mich nicht so an! Was ist schon dabei? Es war nur ein Tier, ein wildes, bissiges Tier. Du siehst, wie es mich gebissen hat!«

»Du hast es geärgert«, flüsterte Ash böse. »Du selber bist das wilde, jähzornige Tier.« Er hätte am liebsten geweint, geschrien, gekreischt. Wut stieg in ihm auf, er ließ den kleinen Tierleichnam fallen und stürzte sich auf Lalji.

Eine Prügelei wurde nicht daraus, eher ein würdeloses Gerangel, bei welchem der junge Radscha trat und spuckte und kreischte, bis Diener von allen Seiten herzueilten und die Knaben mit Gewalt trennten.

Ash, von den Fäusten der entsetzten Diener festgehalten, rief mit wildem Trotz im Blick: »Hier bleibe ich nicht mehr! Keine Minute bleibe ich mehr bei dir! Ich gehe und komme nicht zurück!«

»Und ich sage, du bleibst!« schrie Lalji, außer sich vor Wut. »Ohne meine Erlaubnis tust du keinen Schritt aus dem Palast, und solltest du es wagen, wirst du sehen, daß du nicht kannst. Dafür werde ich sorgen!«

Biju Ram, der, in einem halbherzig unternommenen Versuch, das Leben des jungen Prinzen zu schützen, eine Reiterpistole mit langem Lauf ergriffen hatte, die zum Glück nicht geladen war, machte damit eine lässige Bewegung in Richtung auf Ash und sagte matt: »Hoheit sollte diesen Pferdejungen brandmarken wie ein Pferd oder einen rebellischen Sklaven. Falls er flieht, würde jedermann ihn als dein Eigentum erkennen und zurückbringen.«

Möglich, daß dieser Vorschlag nicht ernst gemeint war, doch Lalji war buchstäblich blind vor Zorn, er konnte nicht klar denken, und so griff er ihn spontan auf. Leider lag der einzige Mensch aus Laljis näherer Umgebung, der in einem solchen Fall zu Mäßigung hätte raten können, am Fieber erkrankt zu Bett, und so wurde das Vorhaben denn unverzüglich ausgeführt, und zwar von Biju Ram höchstpersönlich. Im Winter war es im Palast bitterkalt, und im Gemach des Prinzen glomm ein Holzkohlefeuer in seinem eisernen Behälter.

Biju Ram ließ sein gewohntes albernes Kichern vernehmen und hielt den Lauf der Reiterpistole mit der Mündung in die Glut. Ash war noch keine acht Jahre, doch bedurfte es vier starker Männer, ihn festzuhalten, denn er war kräftig und geschmeidig, und als er begriff, was ihm bevorstand, wehrte er sich wie eine Wildkatze, biß und kratzte und brachte seinen vier Gegnern zahlreiche Wunden bei. Doch der Kampf war aussichtslos, das Ende vorhersehbar.

Biju Ram hatte die Absicht, ihm das Brandmal auf die Stirn zu drücken, was womöglich den Tod bedeutet hätte. Lalji indessen bewahrte bei all seinem Zorn doch eine gewisse Überlegung und vergaß nicht, daß seinem Vater ein solches Verfahren unpassend erscheinen könnte; also hielt er es für klüger, das Brandmal an einer weniger auffallenden Stelle des Körpers anzubringen, wo der Radscha es nicht gleich bemerken würde. Biju Ram wurde also angewiesen, die glühende Pistolenmündung auf die nackte Brust des Opfers zu drükken. Man hörte ein häßliches Zischen, es stank nach verbranntem Fleisch, und obschon Ash sich vorgenommen hatte, lieber zu sterben, als Biju Ram die Genugtuung zu bereiten, ihn schreien zu hören, konnte er sich doch nicht beherrschen. Sein Schmerzensschrei entlockte dem Höfling ein weiteres albernes Kichern, doch auf Lalji übte dieser Schrei eine ganz unerwartete Wirkung aus. Sein besseres Ich fühlte sich angesprochen, er warf sich auf Biju Ram, drängte ihn beiseite und klagte laut, alles sei seine eigene Schuld, Ashok sei kein Vorwurf zu machen. In diesem Moment verlor Ash das Bewußtsein.

»Er stirbt!« rief der Prinz, ganz überwältigt von Reue. »Du hast ihn getötet, Bichchhu. Los, tut was, holt einen Arzt, holt Dunmaya! Oh Ashok, bitte, bitte, bleib am Leben!«

Ash war weit davon entfernt zu sterben und kam bald wieder zu sich. Das häßliche Brandmal heilte dank der geschickten Behandlung durch Sita und Dunmaya und seiner guten Konstitution, doch behielt er die Narbe für den Rest seines Lebens. Sie war nicht kreisrund, sondern halbmondförmig, denn Ash war seitwärts zurückgewichen, als er die Glut näherkommen fühlte, die Pistolenmündung hatte sich also nicht gleichmäßig ins Fleisch gedrückt, und bevor Biju Ram diesen Schönheitsfehler korrigieren konnte, warf Lalji sich bereits zwischen die beiden. Biju Ram bemerkte dazu: »Ich hätte dir ein Brandmal in Gestalt der Sonne aufgedrückt, doch das wäre wohl der Ehre zuviel gewesen für dich. Es ist nur passend, daß ein Feigling wie du mit dem Mond gezeichnet wird.« Das sagte er aber vorsichtshalber nicht in Gegenwart Laljis, der nicht gern an diesen Zwischenfall erinnert werden wollte.

So merkwürdig es klingt, die Knaben wurden nach diesem Vorfall engere Freunde, denn Ash begriff sehr wohl die Schwere seines Verbrechens und wußte, daß er in früherer Zeit dafür erwürgt oder von den Elefanten des Radscha zu Tode getrampelt worden wäre. Auch jetzt noch hätte er mindestens mit dem Verlust einer seiner Gliedmaßen oder eines Auges zu rechnen gehabt, denn den Thronerben gewaltsam anzugreifen, war kein leichtes Vergehen, und erwachsene Männer hatten für weit harmlosere Übeltaten mit dem Leben bezahlt. Er war also erleichtert, weil seine Abstrafung so milde ausgefallen war und staunte geradezu darüber, daß der Prinz zu seinen Gunsten eingegriffen hatte. Und nicht nur das, Lalji hatte vor aller Ohren bekannt, im Unrecht gewesen zu sein, und dies machte großen Eindruck auf Ash, denn er wußte nur zu gut, was ein derartiges Eingeständnis den Prinzen gekostet haben mußte.

Tukus Tod schmerzte ihn schier unerträglich, doch zähmte er keinen zweiten Mungo und nahm auch kein anderes Tier zu sich, denn er wußte, Lalji war nicht zu trauen. Wenn er sein Herz an ein anderes Tier hängte, bot er dem Prinzen die Möglichkeit, ihn bei der nächsten Gelegenheit wieder schwer zu kränken, sollte er einen Wutanfall bekommen oder Ash auch nur ärgern wollen. Gleichwohl und eigentlich ganz gegen seinen Willen lief ihm ein Ersatz für Tuku zu, diesmal kein Tier, sondern ein kleiner Mensch: Anjuli-Bai, die scheue, vernachlässigte kleine Tochter der glücklosen Fremden Königin.

Zu Laljis guten Seiten – und er hatte einige, die unter anderen Umständen seine schlechten Eigenschaften hätten überwiegen können – gehörte, daß er seine kleine Halbschwester stets liebevoll behandelte. Die Kleine war oft in seinem Teil des Palastes zu finden, denn in ihrem Alter war sie noch nicht in die Frauengemächer verbannt, sondern durfte sich nach Lust und Laune herumtreiben. Sie war klein und mager, wirkte halb verhungert, und ihre Kleider waren schäbiger als die der Kinder von respektablen Landleuten. Dies hatte sie dem ehemaligen Tanzmädchen zu verdanken, der Favoritin, der es nicht im Traum einfiel, an die Tochter der toten Rivalin Geld zu verschwenden oder ihr den gehörigen Respekt erweisen zu lassen.

Janu-Bai mußte immerhin fürchten, daß dieses Kind einiges von jenem Charme und jener Grazie geerbt hatte, welche den Radscha ehemals so bezaubert hatten, und ihr lag sehr daran zu verhindern, daß er zu seiner Tochter eine Neigung faßte; sie verbannte das Kind daher in einen entlegenen Teil des Palastes und ließ es von unbezahlten Dienern versorgen, die nicht nur ihre Pflichten vernachlässigten, sondern das magere Haushaltsgeld auch noch in die eigene Tasche steckten.

Der Radscha fragte selten nach seiner Tochter, und mit der Zeit vergaß er wohl, daß er eine hatte. Janu-Bai versicherte ihm, das Kind sei in besten Händen und setzte wie nebenbei hinzu, leider sei die Kleine keine Schönheit, und es werde schwer halten, sie an den Mann zu bringen. Mit gespieltem Mitgefühl seufzte sie: »Sie ist so klein und blickt so säuerlich drein!« und nannte sie »Kairi«, was unreife Mangofrucht bedeutet. Dieser Spottname wurde sogleich von allen Hofschranzen aufgenommen, und das befriedigte Janu sehr.

»Kairi-Bai« also hielt sich lieber bei ihrem Bruder auf, als in den ihr zugewiesenen Räumen, denn dort war es nicht nur heller, sondern auch behaglicher, und der Halbbruder schenkte ihr auch Süßigkeiten und erlaubte ihr, mit dem Kakadu, der zahmen Gazelle und den Äffchen zu spielen. Auch waren Laljis Diener freundlicher zu ihr als die Frauen, die sie bedienten. Insbesondere zu seinem jüngsten Diener Ashok faßte sie eine heftige Neigung; der entdeckte sie eines Nachmittags weinend allein im Garten, gebissen von einem kleinen Affen, den sie am Schwanz gezogen hatte. Er brachte sie zu Sita, die sie tröstete und streichelte, die Wunde verband und ihr eine Zuckerstange schenkte. Dann erzählte sie Anjuli die Geschichte von Rama, dessen schöne Gemahlin vom Herrscher der Dämonen von Lanka geraubt worden und mit der Hilfe des Affengottes Hanuman zurückgeholt worden war. »Reiß also nie einen Affen am Schwanz, denn du beleidigst nicht nur ihn damit, sondern du kränkst auch Hanuman. Und jetzt laß uns Gänseblümchen pflücken und ein Kränzchen winden – ich zeig dir, wie man's macht – und das bringst du zu seinem Tempel und zeigst ihm damit, daß du bereust und daß es dir leid tut. Mein Sohn Ashok wird dich begleiten.«

Diese Erzählung und die Anfertigung des Blumengebindes lenkten das Kind von seinem Schmerz ab, und die Kleine zog beglückt mit Ash los, ein Händchen vertrauensvoll in seiner Hand, um sich bei Hanuman zu entschuldigen, der seinen Tempel unweit der Elefantenställe hatte; hier, an einem etwas düsteren Ort, war das Standbild des Affengottes aufgerichtet worden.

Fortan war sie häufig in der Behausung von Sita, allerdings schloß sie sich weniger an diese an als an Ash, dem sie hartnäckig auf den Fersen blieb. Sie trottete hinter ihm drein wie ein Pariahündchen, das sich einen Herrn erwählt hat und sich weder durch Flüche noch durch Tritte vertreiben läßt. Übrigens hatte sie von Ash nichts Derartiges zu gewärtigen, denn Sita ermahnte ihn, das vereinsamte kleine Mädchen besonders gütig zu behandeln, nicht nur, weil sie eine Prinzessin war, mutterlos und vernachlässigt, sondern auch, weil sie an einem Tage geboren wurde, der für Ash ausnehmend glückverheißend war, nämlich am gleichen Tag des gleichen Monats wie er, dem Tag, der zugleich auch sein Ankunftstag in Gulkote gewesen war.

Dies mehr als alles andere gab ihm das Gefühl, daß er irgendwie für Kairi verantwortlich war. Also fand er sich damit ab, daß sie sich an ihn hängte, und er unterließ es als einziger, sie bei ihrem Spottnamen zu nennen. Entweder rief er sie Juli (so nannte sie sich selber, denn drei Silben hintereinander konnte sie noch nicht aussprechen), gelegentlich aber auch »Larla«, was soviel bedeutet wie Schatz, und er behandelte sie nachsichtig und liebevoll, etwa wie ein zudringliches Kätzchen, und schützte sie so gut er konnte vor den Hänseleien und Unverschämtheiten, denen sie von seiten der Dienerschaft ausgesetzt war.

Diese rächte sich, indem sie Ash ein Kindermädchen nannte und ihn mit dem Spottnamen »Ayah-ji« belegte; doch hier kam ihm ganz unerwartet Lalji zu Hilfe, indem er die Diener schroff anfuhr: sie sollten nicht vergessen, daß Anjuli-Bai immerhin seine Schwester sei. Danach fand man sich mit der Situation ab. Das Kind war ohnedies eine Person ohne Bedeutung, es würde vermutlich sterben, bevor es herangewachsen war, denn es war mager und unansehnlich und würde die üblichen Kinderkrankheiten kaum überstehen; was den jungen Ashok betraf, so war auch der für niemanden von Bedeutung, nicht einmal der Prinz legte mehr Wert auf seine Gesellschaft – so schien es jedenfalls.

Darin allerdings irrte man. Lalji hatte immer noch großes Vertrauen zu Ash (er selber konnte sich das nicht recht erklären) und wollte ihn keinesfalls ziehen lassen. Tuku und alles, was mit dessen Tode zusammenhing, kam nie zur Sprache. Ash entdeckte aber bald, daß Lalji es ernst gemeint hatte, als er sagte, er wolle dafür sorgen, daß Ash den Palast nicht mehr verlasse. Es gab nur das eine große Tor, das Badshahi Darwaza, und Ash durfte es nicht mehr passieren, es sei denn in Begleitung von Palastbediensteten, die darauf achteten, daß er sich nicht aus ihrer Sichtweite entfernte und mit ihnen zurückkam.

Ash bekam von den Torwachen zu hören: »Wir haben Befehl, dich nicht hinauszulassen«, als er den ersten Versuch machte, den Palast zu verlassen, und in den folgenden Tagen war es immer das gleiche. Als er Lalji zur Rede stellte, erwiderte dieser: »Warum solltest du das Verlangen haben, hinauszugehen? Hast du es hier nicht gut? Falls du einen Wunsch hast, teile ihn Ram Dass mit, und er wird dir besorgen lassen, was du möchtest. Es ist nicht notwendig, daß du selber in die Basare gehst.«

»Ich möchte aber meine Freunde besuchen«, wandte Ash ein.

»Und bin ich etwa nicht dein Freund?« lautete die Gegenfrage.

Darauf gab es keine Antwort, und Ash erfuhr nicht, wer den Befehl gegeben hatte, ihn nicht aus dem Palast zu lassen: der Radscha oder Lalji selber? (Der bestritt dies, was aber nicht der Wahrheit entsprechen mußte.) Vielleicht war es auch Janu-Bai, die ihre eigenen Gründe dafür hatte? Doch wer den Befehl auch gegeben hatte, zurückgenommen wurde er nicht, und Ash war sich dessen jederzeit bewußt. Er war ein Gefangener in diesen Mauern, innerhalb derer er sich allerdings so gut wie frei bewegen konnte, und da die Anlage riesig war, konnte man nicht eigentlich sagen, daß Ash in seiner Bewegungsfreiheit eingeschränkt sei. Auch fehlte es ihm nicht an Freunden, denn in jenem Jahr fand er mindestens einen guten Verbündeten unter dem engeren Gefolge des Prinzen.

Gleichwohl bedrückte ihn, daß er seine Freiheit entbehren mußte, denn von den Mauern, den halb zerfallenen Türmen und den hölzernen Pavillons sah er die Welt vor sich hingebreitet liegen wie eine farbige Landkarte, die mit Freiheit und fernen Horizonten lockte. Im Südwesten die Stadt, dahinter die weite Hochebene, die in der Ferne steil zum Fluß abfiel, der die Grenze zum Pandschab bildete; an klaren Tagen sah man sogar bis in die Tiefebene. Dorthin allerdings schaute er selten, denn die Vorberge begannen im Norden, sie zogen sich von Osten nach Westen, und hinter ihnen erhob sich das eigentliche Gebirge, das riesige, zerklüftete Massiv, Palast der Winde genannt, herrlich schön und geheimnisvoll, bestanden mit Nadelwäldern, Rhododendren und Zedern, und bekrönt von ewigem Schnee.

Ash wußte nicht, daß er im Angesicht dieser Schneeberge geboren war, auch nicht, daß er seine ersten Lebensjahre im Himalaja verbracht hatte, dessen Gipfel sich bei Sonnenuntergang, wenn er einschlief, rosenrot färbten, bei Nacht silbern im Schein des Mondes glänzten und in der Frühe milde aprikosenfarben leuchteten, bis sie bei steigender Sonne in blendendem Weiß erstrahlten, wenn er erwachte. Doch die Berge hatten einen Platz in seinem Gedächtnis, so wie andere Kinder, ohne es zu wissen, sich der Tapete ihres

Kinderzimmers erinnern. Betrachtete er die Berge jetzt, so war ihm gewiß, daß irgendwo in ihren Schluchten jenes Tal zu finden sein müsse, von dem Sita ihm vor dem Einschlafen zu erzählen pflegte: ihrer beider ganz eigenes Tal, jener verborgene, sichere Ort, an den sie eines Tages nach langen Märschen über Bergpfade und Pässe gelangen würden, wo der Wind zwischen schwarzem Gestein und grünen Gletschern brauste, und wo das eisige Glitzern des Schnees die Augen blendete.

Sita erwähnte ihr gemeinsames Tal kaum noch; untertags war sie beschäftigt, und Ash verbrachte die Nächte in dem vom Prinzen bewohnten Teil des Palastes. Doch das alte Märchen behauptete in seiner Phantasie unerschütterlich seinen Platz, und er hatte vergessen – oder auch nie gewußt –, daß es sich um einen erdachten Ort handelte. Für ihn gab es dieses Tal wirklich, und wann immer er sich davonstehlen konnte, des Morgens oder des Abends, öfters noch während der trägen Mittagsstunden, wenn jedermann im Palast döste und die Sonne heiß auf die Festungsmauern brannte, kletterte er auf einen winzigen überdachten Balkon, der an der Mauer des Mor Minar förmlich klebte, des Reiherturms, wie er genannt wurde. Da lag Ash auf den warmen Steinplatten, starrte ins Gebirge hinaus und schmiedete Pläne.

Daß es diesen Balkon überhaupt gab, wußten nur er und Kairi, und entdeckt hatten sie ihn durch einen glücklichen Zufall. Er war nämlich durch die Mauer des Turmes vor allen Blicken geschützt und von nirgendwo im Palastbereich zu sehen. Der Mor Minar gehörte zum alten Kern der Befestigung, war Wachturm und Ausguck gewesen zum Vorgebirge hin. Dach und Stiege waren längst eingestürzt, der Zugang von Steinbrocken versperrt. Der Balkon war erst später angebracht worden, vielleicht auf Wunsch einer längst verstorbenen Rani, denn er war mehr eine Art Lustlaube, ein eleganter, winziger Pavillon aus Marmor und Sandstein, gekrönt von einer gebuckelten Kuppel im Hindustil und so kunstvoll gemeißelt, daß er wie gefrorene Seide wirkte.

Die verrosteten Scharniere wiesen nur Reste von Holz auf, Überbleibsel der einstigen Tür, doch das in Stein ausgeführte Geländer des Balkons war noch vorhanden, bis auf jenen Teil, der früher einmal eine Fensteröffnung enthalten haben mochte, durch welche jene Rani und ihre Damen die Aussicht aufs Gebirge genossen. Die Vorderseite des Balkons war also praktisch nicht mehr vorhanden, es standen nur die zierlich verschnörkelten Seitenteile samt der Plattform, und darunter war nichts – erst zehn Meter tiefer begann der Fels, stellenweise mit Gebüsch bewachsen, der wiederum fast hundert Meter tief abfiel, bevor er in das Plateau überging. Im Gebüsch auf dem Felsen hatten Bergziegen Pfade ausgetreten, doch Menschen kamen selten so hoch herauf, und auch dann hätten sie den Balkon wohl kaum bemerkt, denn er hatte dieselbe Farbe angenommen wie das Gemäuer des Mor Minar.

Auf der Jagd nach einem übermütigen Krallenaffen waren Ash und Kairi in das Geröll vor dem Eingang des zerfallenen Turmes geraten, wagten sich bis in das Gemäuer vor und erspähten das Äffchen auf halber Höhe des Turmes. Früher einmal mochte es Stuben in diesem Turm gegeben haben, denn noch waren Spuren einer Treppe zu sehen, wenngleich von den Zwischendecken nichts übrig war. Aus der Wand ragten hier und dort Steine vor, die man nicht mehr als Stiegen bezeichnen konnte, und von denen manche so schmal waren, daß sie kaum dem Affen Halt boten. Doch wo ein Affe seinen Weg findet, kann auch ein wagemutiges Kind folgen, und Ash hatte sich lange genug auf den Dächern der Stadt im Klettern geübt. Er war völlig schwindelfrei, und auch Kairi konnte klettern wie ein Eichhörnchen. Nachdem sie die Stümpfe der Stiegen von all dem Unrat gesäubert hatten, den Generationen von Käuzen und Elstern dort abgelagert hatten, erwiesen sich diese Vorsprünge als gute Kletterhilfen. Die Kinder kletterten also hinauf und folgten dem Affen durch einen Türbogen hinaus auf jenen überdachten, mit Steinornamenten geschmückten Balkon, der schwindelerregend über der Tiefe hing, unzugänglich und schutzbietend wie ein Schwalbennest.

Ash war von dieser Entdeckung ganz entzückt. Endlich besaß er einen geheimen Ort, an den er sich im Notfall zurückziehen, von wo aus er in die Ferne schauen, von der Zukunft träumen und an dem er allein sein konnte. Der Wind, der säuselnd durch die Steinornamente der Bögen fuhr und die Plattform ständig gefegt hielt, war eine wahre Wohltat nach der bedrückenden Atmosphäre im Palast, wo unentwegt gewispert und geflüstert wurde, wo es nach Verrat und Intrigen, Kabalen und gewissenlosem Ehrgeiz förmlich roch. Hinzu kam, daß ihm keiner diesen Platz streitig machte, denn außer Affen und Eulen, Krähen und den kleinen, gelbbrüstigen Nachtigallen hatte seit gewiß fünfzig Jahren niemand den Fuß hierher gesetzt, und sehr wahrscheinlich wußte auch kein Mensch mehr von dem Vorhandensein dieses Balkons.

Vor die Wahl gestellt, hätte Ash den Balkon geopfert für die Erlaubnis, jederzeit unbewacht in die Stadt gehen zu können, und er wäre nicht ausgerissen, schon Sitas wegen nicht. Da er jene Wahl aber nicht hatte, genoß er es ganz besonders, einen Zufluchtsort zu besitzen, an den er vor dem ewigen Klatsch, dem Gezänk, den Wutausbrüchen und Launen seiner Umgebung flüchten konnte. Sitas bescheidenes Quartier bot diese Zuflucht nicht, denn dort schauten die Diener zu allererst nach, wenn sie auf die Suche nach ihm geschickt wurden. Er brauchte also wirklich einen allen anderen unbekannten Platz, wo man ihn nicht aufspüren konnte, um ihm einen überflüssigen Gang aufzutragen oder ihn einer müßigen Frage wegen zum Prinzen zu rufen. Daß er den Balkon entdeckte, erleichterte ihm das Dasein beträchtlich, und die Freundschaft mit Koda Dad Khan, dem Oberstallmeister, und dessen jüngstem Sohn Zarin versöhnte ihn fast damit, daß er ständig im Palast leben mußte...

Koda Dad war Afghane und schon als junger Mensch in den Pandschab eingewandert, um hier sein Glück zu machen. Der Zufall führte ihn nach Gulkote, wo seine Fertigkeit im Umgang mit Falken das Wohlgefallen des jungen Radscha erregte, der erst zwei Monate zuvor die Nachfolge auf dem Thron des Vaters angetreten hatte. Das war nun mehr als dreißig Jahre her, und abgesehen von einigen Ausflügen ins Grenzgebiet, war Koda Dad nicht mehr in seiner Heimat gewesen, vielmehr im Dienste des Radscha von Gulkote verblieben und nun als Oberstallmeister ein Mann von Bedeutung im Staat. Über Pferde wußte er alles, was der Mensch nur wissen kann, es hieß, er spreche ihre Sprache, und der störrischste Gaul werde lammfromm, wenn Koda Dad mit ihm rede. Er war mit der Flinte so geschickt wie im Sattel, und seine Kenntnis der Falken und der Falknerei waren nicht geringer als sein Pferdeverstand. Der Radscha, selber ein Kenner auf beiden Gebieten, erfragte und befolgte seine Ratschläge. Von dem ersten Ausflug ins Grenzgebiet brachte er ein Weib mit, welches ihm drei Söhne gebar, und Koda Dad konnte bereits mit Stolz auf mehrere Enkelsöhne weisen; gelegentlich äußerte er sich über diese Wunderkinder zu Ash: »Sie gleichen mir, als ich in ihrem Alter war. Jedenfalls behauptet das meine Mutter, die sie häufig sieht. Sie ist in der Nähe von Mardan zu Hause, wo mein Sohn Awal Shah bei den Reitern dient – übrigens auch mein Sohn Afzal.«

Koda Dads Söhne dienten also unter den Engländern, und zwar bei eben jenen Kundschaftern, bei denen auch Ashs Onkel William gedient hatte, und nur Zarin Khan, der jüngste, lebte noch bei den Eltern, hatte allerdings ebenfalls keinen anderen Wunsch, als Soldat zu werden.

Zarin war beinahe sechs Jahre älter als Ash und nach asiatischen Maßstäben ein ausgewachsener Mann. Abgesehen vom Größenunterschied glichen sich die beiden jedoch auffallend, denn Zarin war, wie viele Afghanen, hellhäutig und grauäugig. Man hätte sie leicht für Brüder halten können, und Koda Dad behandelte sie auch so, redete einen wie den anderen als »mein Sohn« an und versetzte beiden, wenn er es für geboten hielt, ganz unparteiisch Kopfnüsse. Ash empfand dies als Auszeichnung, denn Koda Dad war die Reinkarnation eines Freundes und Helden seiner Kindertage – des schattenhaften, doch unvergessenen Onkels Akbar, weise, gütig, allwissend.

Von Koda Dad lernte Ash, mit Falken zu jagen und ein wildes Pferd zu zähmen, auch, wie man im Galopp mit der Lanzenspitze einen Zeltpfahl aus dem Boden hebt, bei zehn Schüssen auf ein bewegliches Ziel nur einmal fehlt und ein unbewegliches mit jedem Schuß trifft. Auch lehrte Koda Dad ihn, daß es klug ist, sich in jeder Lage zu beherrschen und gefährlich, seinen Impulsen nachzugeben, und sich zu unüberlegtem Handeln hinreißen zu lassen. Zum Exempel diente ihm dabei Ashs Angriff auf den jungen Prinzen und die laut geäußerte Drohung, den Palast zu verlassen. »Hättest du den Mund gehalten, du hättest jederzeit davongehen können, statt hier wie ein Gefangener zu leben«, sagte Koda Dad streng.

Auch Zarin nahm sich des Knaben an und behandelte ihn freundschaftlich wie einen jüngeren Bruder, er machte ihm Mut, knuffte ihn, wenn nötig, und, was das beste war, er begleitete ihn gelegentlich auf den erlaubten Ausgängen, was fast so war, als hätte Ash allein gehen dürfen. Zwar wurde auch Zarin eingeschärft, darauf zu achten, daß Ash nicht davonliefe, doch verwandelte er sich nie, wie andere Bedienstete des Prinzen, in einen Gefangenenwärter, vielmehr hatte Ash das Gefühl, frei zu sein, wenn Zarin ihn begleitete.

Ash hatte alles Pushtu verlernt, das er im Lager seines Vaters als Kind aufgeschnappt hatte. Nun lernte er es neu, denn Pushtu war die Muttersprache von Koda Dad und Zarin, und – wie Jungen einmal sind – wünschte er sich, seinen bewunderten Vorbildern in allem zu gleichen. Pushtu allerdings sprach er ausschließlich in Gesellschaft dieser beiden, was sie amüsierte, Sita hingegen ärgerte, denn sie war auf den alten Afghanen bald ebenso eifersüchtig wie vormals auf Akbar Khan. »Er verehrt die Götter nicht«, tadelte sie streng. »Und es ist bekannt, daß alle Afghanen Räuber sind. Diebe und Räuber und Mörder. Ich bedauere tief, Ashok, daß du deine Zeit in Gesellschaft solcher Barbaren vertust. Sie werden dir nur schlechte Gewohnheiten beibringen.«

»Ist es etwa schlecht, reiten und mit dem Falken jagen zu lernen, Mutter?« entgegnete Ash, der meinte, diese Fertigkeiten machten kleinere Übergriffe wie Mord und Raub mehr als wett, und dem niemals einleuchtete, weshalb ausgerechnet Rinder heilig sein sollten, was immer auch Sita sagen mochte; auch Ermahnungen der Priester halfen da nicht. Pferde, nun ja, das wäre etwas anderes, auch Elefanten oder Tiger, das hätte er begriffen. Aber Kühe...!

Für einen Knaben war es nicht leicht, die vielen Gottheiten auseinanderzuhalten. Brahma, Wischnu, Indra und Schiwa, stets dieselben und doch nicht dieselben: Mitra, die am Tage herrscht, und Kali mit Blut und Totenschädeln, zugleich aber auch als Parvati gütig und schön. Krischna, der Geliebte, Hanuman, der Affe, und der kugelbäuchige Ganescha mit dem Elefantenkopf, sonderbarerweise ein Sohn von Schiwa und Parvati. Diese und Hunderte von anderen Gottheiten mußten unentwegt beschwichtigt werden, zu welchem Behufe man ihren Priestern Geschenke machte. Koda Dad hingegen behauptete, es gebe nur einen einzigen Gott, und Mohammed sei sein Prophet. Dies war einfacher, doch nicht immer war zu unterscheiden, wen Koda Dad nun wirklich meinte, Gott oder Mohammed, denn Koda Dad zufolge bewohnte Gott den Himmel, doch wer ihn anbeten wollte, mußte dabei das Gesicht nach Mekka wenden, jener Stadt, in welcher Mohammed geboren war. Koda Dad sprach zwar verächtlich von Götzen und Götzendienst, doch erwähnte er einen Stein in Mekka, der allen Moslems heilig war und von ihnen nicht weniger verehrt wurde als die Steinbilder Wischnus von den Hindus. Ash sah da so recht keinen Unterschied – Götze war schließlich Götze.

Nach längerem Nachdenken und in der Absicht, weder Sita zu kränken noch Koda Dad, beschloß er, sich ein eigenes Gottessymbol zu wählen, wozu er sich berechtigt fühlte, nachdem er in einem Tempel der Stadt einen Priester die Götter hatte folgendermaßen anrufen hören:

> »Oh Herr, vergib drei Sünden, denen ich unvollkommener Mensch erliege:
> Obwohl du überall bist, bete ich dich an diesem Orte an.
> Obwohl du keine Gestalt hast, verehre ich dich in dieser Gestalt.
> Obwohl du meiner Anbetung nicht bedarfst, biete ich dir mein Gebet und meine Verehrung dar.
> Herr, vergib mir diese drei Sünden, deren ich unvollkommener Mensch mich schuldig mache.«

Ash fand das ungemein einleuchtend, und nach kurzem Überlegen wählte er unter den schneebedeckten Bergen, die er von dem Balkon aus vor Augen hatte, einen Gipfelkranz, der die ferne Bergkette überragte wie Türme und Türmchen eines Märchenschlosses. Diese Gipfel nannten die Einheimischen Hawa Mahal, Palast der Winde. Die Berge schienen ihm verehrungswürdiger als jener häßliche, mit rötlichem Lehm gefärbte Lingam, dem Sita opferte; auch konnte er sich in Richtung des Gebirges verneigen, wenn er seine Gebete sprach, wie Koda Dad sich in Richtung Mekka verneigte. Und irgendwer mußte die Berge erschaffen haben, so meinte Ash. Vielleicht war es der Gleiche, den auch Sita und ihre Priester und Koda Dad und die Seinen anbeteten. Falls sich die Kraft des Höheren Wesens in jenen Bergen offenbarte, war es jedenfalls anbetungswürdig. Und er empfand sie als seine ganz eigenen, selbst erwählten Beschützer, Fürbitter und Wohltäter. Und nach dem Hawa Mahal gewendet, flüsterte Ash: »Oh Herr, du bist überall, doch bete ich von diesem Ort hier zu dir...«

Nachdem er es sich zu eigen gemacht, gewann jenes gezackte Massiv einen ganz eigenen Charakter für Ash, bis es ihm endlich vorkam, als sei es lebendig, eine Gottheit mit hundert Gesichtern, die sich, anders als die Steinbilder von Wischnu und der Stein von Mekka, mit jedem Wechsel des Wetters und der Jahreszeit ein anderes Aussehen gab, ja eigentlich in jeder Stunde des Tages anders aussah. Lodernde Flamme im Morgenrot, strahlendes Silber in der Mittagssonne, rosig und goldfarben bei Sonnenuntergang, fliederfarben und lavendelblau bei Nacht. Grau in den Wolken, düster vor dem bestirnten Himmel. Und während des Monsuns machte sie sich hinter unzähligen Nebelschleiern und einem Regenvorhang unsichtbar.

Wenn er jetzt seinen Balkon aufsuchte, brachte Ash regelmäßig als Opfergabe Blumen oder eine Handvoll Körner mit, die er seiner Gottheit zu Ehren auf dem Rand der Plattform niederlegte. Vögel und Eichhörnchen wußten die Körner zu schätzen, sie wurden überraschend zutraulich, kletterten über den reglos liegenden Körper des Knaben hinweg, als wäre auch er Teil der steinernen Ornamente. Bald verlangten sie nach Nahrung, so zudringlich wie professionelle Bettler.

»Wo hast du nur gesteckt, Piara«, schimpfte Sita. »Man sucht nach dir, und ich habe gesagt, du bist gewiß bei dem Tunichtgut von Afghanen und seinen Falken, oder in den Ställen bei seinem Taugenichts von Sohn. Es schickt sich einfach nicht für jemand, der zum Gefolge des Prinzen gehört, mit solchen Personen zu verkehren.«

»Die Bedienten des jungen Radscha scheinen zu glauben, ich wäre dein Hüter«, beklagte sich Koda Dad Khan. »Sie kommen her und fragen: wo steckt der Bengel? Was macht er? Warum ist er nicht hier?«

Und Lalji nörgelte: »Wo warst du nur wieder? Biju und Mohan haben überall nach dir gesucht. Ich erlaube nicht, daß du dich einfach davonmachst. Du bist mein Diener. Ich wollte mit dir Chaupur spielen.«

Ash gebrauchte dann Ausreden, er sei in den Gärten spazieren gegangen, bei den Elefanten gewesen, dann spielte man Chaupur, und die Angelegenheit war vergessen – bis zum nächsten Mal. Der Palast war tatsächlich so groß, daß man spurlos darin verschwinden konnte, und Lalji wußte, daß der Junge am Ende doch gefunden werden würde, denn er durfte die Anlage ja nicht verlassen. Sein Instinkt riet ihm aber, Ashok ständig in seiner Nähe zu halten, denn hier war ein Mensch, den weder Bestechung noch Nötigung je zum Verräter machen würden. Daß unterdessen keine »Zwischenfälle« mehr vorgekommen waren, bestärkte ihn allerdings in der Meinung, Dunmayas Angst um sein Leben sei ihrer überhitzten Phantasie zuzuschreiben und Biju Ram habe womöglich recht mit der Behauptung, nicht einmal das ehemalige Tanzmädchen wolle ihm übel. Traf dies zu, entfiel auch jeder Anlaß, Ashok noch um sich zu dulden, den er übrigens weniger unterhaltsam fand als Pran oder Mohan oder Biju Ram, die vielleicht nicht vertrauenswürdig und dazu doppelt so alt waren wie er (Biju Ram war gerade zwanzig geworden), die ihn dafür aber mit Skandalgeschichten aus den Frauengemächern unterhielten oder ihn in mancherlei angenehme Laster einweihten. Der Prinz hätte Ashok gewiß weggeschickt, hätte er nicht in ihm eine Art Talisman gesehen, denn er gewahrte im vorwurfsvollen Blick des Jüngeren oft so etwas wie Tadel. Und daß er sich grundsätzlich weigerte, über Bijus gewagte Scherze zu lachen und Punwas unterhaltsamen Grausamkeiten Beifall zu zollen, konnte Lalji nur als Zurechtweisung auffassen, die sein Selbstgefühl kränkte. Auch war Lalji seit neuestem eifersüchtig auf Ash.

Den Anlaß dazu gab Anjuli, wenn auch einen geringen, denn schließlich war sie nur ein albernes kleines Ding, noch dazu häßlich. Wäre sie hübsch und ansprechend gewesen, Lalji hätte in ihr eine Rivalin um die Gunst des Vaters erblickt und sie gehaßt, wie er das Tanzmädchen haßte und deren ältesten Sohn, seinen Halbbruder Nandu, doch unter den gegebenen Umständen erinnerte er sich der Güte, welche die Fremde Königin ihm stets erwiesen, und entgalt sie ihrer Tochter, indem er Ashok als inoffiziellen Unterweiser, Bärenführer und Beschützer der unreifen Mangofrucht agieren ließ, der »Kairi-Bai«. Mehr mißfiel ihm, daß einer seiner Gefolgsleute, Hira Lal, eine Neigung zu Ashok faßte, und noch mehr mißfiel ihm, daß Koda Dad Khan, der von allen jüngeren Männern im Palast verehrt wurde, den Jungen ebenfalls liebgewonnen hatte. Denn Koda Dad fand beim Herrscher Gehör und hatte den Jungen vor ihm gelobt.

Der Herrscher von Gulkote war ein dicker, träger Mann, dem die Liebe zum Wein, zu den Frauen und zum Opium alle Kraft geraubt und das Aussehen eines Greises verliehen hatten, obschon er erst Mitte Fünfzig war. Seinen Ältesten mochte er recht gern, und der Gedanke, irgendwer könnte seinem Erben nicht wohlwollen, hätte ihn erzürnt. Er hätte den Betreffenden ohne zu zögern töten lassen, nicht ausgenommen das Tanzmädchen, wäre bewiesen worden, daß sie dem Jungen ans Leben wollte. Mit zunehmendem Alter und Umfang scheute er jedoch mehr und mehr vor jeder Aufregung zurück, und er merkte bald, daß er unweigerlich Ärger mit Janu-Bai bekam, wenn er auf seinen Sohn hörte. Deshalb schränkte er um des lieben Friedens willen den Umgang mit Lalji möglichst ein, und Lalji seinerseits, der den Vater brennend und eifersüchtig liebte, war verbittert über diese Zurückweisung, wie er auch gekränkt war, wenn der Vater bei seinen seltenen und kurzen Besuchen das Wort an jemand anderen richtete als an ihn.

Der Radscha redete Ash nur an, weil Koda Dad zu ihm gesagt hatte, es könne sich lohnen, den Jungen auszubilden, auch habe er, soweit ihm, Koda Dad bekannt, einmal das Leben Laljis gerettet und verdiene infolgedessen eine gewisse Bevorzugung. Der Radscha behandelte daraufhin Ash besonders gnädig und ließ sich von ihm begleiten, wenn er mit Falken Wildgänse jagte, die in der Ebene reichlich anzutreffen waren. Lalji reagierte darauf unfehlbar verärgert, er schmollte und rächte sich auf allerlei kleinliche Weise an Ash, etwa indem er ihn zwang, stundenlang in seiner Nähe auszuharren, ohne essen oder trinken zu dürfen, bis Ash schließlich vor Erschöpfung ganz schwindlig war oder, schlimmer noch, indem er in Gegenwart von Ash sinnlose Grausamkeiten an hilflosen Tieren verübte, und ihn sodann dafür prügeln ließ, wenn Ash seinem Abscheu Luft machte.

Laljis Schranzen spürten solche Launen ihres Herrn sehr deutlich und ließen sich angelegen sein, dem aufdringlichen Pferdejungen, dessen Aufstieg ihnen seit je zuwider gewesen war, das Leben schwer zu machen; einzig Hira Lal, der den etwas nebulösen Rang eines Stallmeisters des Thronanwärters innehatte, beteiligte sich nicht daran.

Er als einziger verhielt sich Ash gegenüber freundlich und mißbilligte stets unverkennbar Biju Rams sadistische Streiche, lachte auch niemals über dessen schmutzige Witze. Statt dessen gähnte er und spielte ostentativ mit einer schwarzen Perle, die er im Ohr trug, und zwar mit so zerstreuter Miene, daß er es fertigbrachte, zugleich Langeweile, Ekel und Resignation zum Ausdruck zu bringen. Diese Geste vollführte er gewohnheitsmäßig, doch bei solchen Anlässen geriet Biju Ram darüber jedesmal in Wut. Er argwöhnte (zu Recht übrigens), daß Hira Lal die schwarze Perle nur trug, um Biju Rams Ohrschmuck lächerlich wirken zu lassen, denn Hira Lals Perle war ein kostbares Exemplar, geformt wie eine Birne, und sie schimmerte rauchfarben wie Taubengefieder. Verglichen damit wirkte der Brillant in Biju Rams Ohr grell und billig.

Hira Lal hatte keinerlei dienstliche Obliegenheiten und sah immer so aus, als sei er kurz davor einzuschlafen, doch die von schweren Lidern verhängten, träge blickenden Augen nahmen viel mehr wahr, als man vermutete, und es entging ihnen so gut wie nichts. Er war gutartig und umgänglich, und seine Trägheit wurde im Palast gutmütig bespöttelt, was ihn zu einer Art Hofnarren machte, dessen Äußerungen niemand ernst nahm. Zu Ash sagte er: »Laß dich nicht von ihnen unterkriegen, mein Junge. Sie langweilen sich, sie haben nichts als Stroh im Kopf, und weil sie nicht wissen, wie sie sich amüsieren sollen, verlegen sie sich darauf, Wehrlose zu quälen. Wenn sie sehen, daß andere Qualen leiden, kommen sie sich bedeutend vor, auch wenn der andere weiter nichts ist als ein Kind oder eine gezähmte Gazelle. Wenn du dir nicht anmerken läßt, daß du darunter leidest, werden sie es bald leid, dich zu schikanieren. Habe ich nicht recht, Bichchhu-ji?«

Daß er diesen Spitznamen benutzte, war für Biju Ram eine besondere Kränkung. Er giftete Hira Lal aus zusammengekniffenen Augen an, während die übrigen Hofschranzen sich mit undeutlich gemurmelten Einwänden und einem Stirnrunzeln begnügten. Lalji tat stets so, als bemerke er nichts davon, denn er wußte, er konnte Hira Lal nicht loswerden, war dieser doch vom Radscha selber seinem Gefolge zugeteilt worden (auf Veranlassung des Tanzmädchens, wie Lalji vermutete). Es war also angebracht, solche Vorfälle einfach zu ignorieren. Auch war nicht zu bestreiten, daß der Stallmeister – sei er nun ein Spion oder nicht – geistreich und unterhaltsam sein konnte. Er erfand Spiele und konnte Anekdoten erzählen, die den trübsten Tag im Fluge dahingehen ließen. Ohne Hira Lal wäre das Leben für Lalji erheblich eintöniger gewesen.

Ash war Hira Lal dankbar, er profitierte von dessen Ratschlägen und fand, daß sie richtig waren. Er lernte, seine Gefühle zu verbergen und Strafen stoisch zu ertragen. Doch wenngleich er es mit der Zeit fertigbrachte, unbeeindruckt zu erscheinen, waren seine Empfindungen doch vorhanden, ja, sie wurden nur stärker, weil er sie unterdrückte, ihnen kein Ventil verschaffen konnte, und so fraßen sie sich um so tiefer in ihn ein. Immerhin verdankte er Hira Lal die Einsicht, daß Lalji eher zu bemitleiden als zu verabscheuen sei, und daß er, Ash, in Wahrheit in einer beneidenswerten Lage war, verglichen mit der des verwirrten jungen Prinzen.

Hira Lal erklärte ihm: »Wenn Lalji dich schikaniert, tut er es nur, weil er sich dafür rächen will, daß ihm die Liebe entzogen wird, nach der er sich sehnt. Hätte er niemals Liebe erfahren, wäre es weniger schlimm für ihn – viele Kinder wachsen ungeliebt auf und wissen nicht, daß sie etwas entbehren. Er aber hat Liebe gekannt, und er fühlt, was es heißt, darauf verzichten zu müssen. Das ist es, was ihn so unglücklich macht. Wenn er dich neckt und quält, kannst du dich von deiner Mutter trösten lassen, die deine Wunden lindert und beweint, er aber hat niemanden, der ihn tröstet, ausgenommen die alte Hexe Dunmaya, die nichts als düstere Prophezeiungen von sich gibt und ihm Furcht vor seinem eigenen Schatten macht. Hab Geduld mit ihm, Ashok, und bedenke, daß du besser dran bist als er.«

Ash mühte sich um Geduld, doch fiel ihm das schwer. Immerhin half es ihm, zu wissen, in welch übler Lage der Thronfolger sich befand, und dafür war er Hira Lal dankbar.

Im Jahr darauf wurde Lalji verheiratet, und im Trubel der Festvorbereitungen traten persönliche Rivalitäten vorübergehend zurück. Maler und Stukkateure hielten Einzug mit Gehilfen und Handwerkszeug, der Palast verwandelte sich in einen summenden Bienenstock, Wände und Türbögen, verstaubt und unansehnlich, weil lange vernachlässigt, gewannen ein prachtvolles Aussehen, wurden vergoldet und neu gestrichen. Das Tanzmädchen, wie zu erwarten eifersüchtig wegen der Aufmerksamkeit, die plötzlich ihrem Stiefsohn zuteil wurde, hatte abwechselnd geschmollt und Szenen gemacht, und die Verwandten der Braut verursachten praktisch am Vorabend der Eheschließung noch einen großen Aufruhr, indem sie den zuvor festgelegten Preis für die Braut verdoppelten, was den Vater des Bräutigams so entrüstete, daß er die Heirat im letzten Moment noch absagen wollte; doch weil das alle Beteiligten mit Schande bedeckt hätte, gelangte man nach stundenlangen, hartnäckigen Verhandlungen dann doch noch zu einem Kompromiß, und die Vorbereitungen konnten weitergehen.

Die Braut war acht Jahre alt, Tochter eines Radscha aus den Bergen, und sollte nach der Eheschließung weiter bei den Eltern leben, bis sie alt genug sein würde, die Ehe zu vollziehen. Das alles hatte aber keinen Einfluß darauf, daß die Vorbereitungen für die Hochzeit mit allem Aufwand betrieben wurden. Es war eine umständliche und mühsame Angelegenheit, und sie kostete den Radscha schweres Geld, das besser dazu verwendet worden wäre, das Los seiner Untertanen zu erleichtern und etwa die Straßen von Gulkote herrichten zu lassen, was allerdings keinem der beteiligten Herrscher auch nur flüchtig in den Sinn kam, und, wäre dies der Fall gewesen, von beiden sofort verworfen worden wäre, denn eine großartige Hochzeitsfeier bot denn doch wesentlich mehr Zerstreuung und Amüsement als soziale Wohltaten.

Ganz Gulkote nahm teil an der Zeremonie und genoß die den Armen gespendeten Gaben in Form von Geld und Nahrungsmitteln wie auch den Anblick der entfalteten Pracht. Feuerwerk, Musik, eine Prozession bei Fackelschein zum Tempel der Stadt, tänzelnde Pferde und brokatbedeckte geschmückte Elefanten, auf deren silbernen Sitzen die mit Juwelen geschmückten Gäste Platz fanden, versetzten die Zuschauer in einen Freudentaumel und leerten die Staatskasse. Dem Radscha machte dies nichts aus, doch das Tanzmädchen beklagte verdrossen die großen Ausgaben und ließ sich nur durch Geschenke beschwichtigen, die dem Kronschatz entnommen wurden und im wesentlichen aus Rubinen und Brillanten bestanden.

5

Ash genoß die Hochzeitsfeierlichkeiten ebenso wie alle anderen, und zum ersten Mal in ihrem jungen Leben nahm auf Anweisung des Radscha die vierjährige Kairi als Prinzessin von Gulkote an einem Staatsakt teil.

Als Schwester des Thronfolgers oblag es ihr, der Braut die ersten Geschenke zu überreichen, und das tat sie, gekleidet in ein ungewohnt kostbares Gewand, geschmückt mit Juwelen, die sie anfangs durch ihre Farben und ihren Strahlenglanz in Wonne versetzten, sie aber bald ermüdeten, denn sie waren schwer, und die ungeschliffenen Kanten verursachten Kratzer auf der Haut. Immerhin genoß sie es, durch solchen Schmuck ausgezeichnet zu sein, denn bislang besaß sie weiter nichts als einen sogenannten Glücksbringer (ehemals Besitztum ihrer Mutter und Teil aus einem ganzen Satz solcher Stücke chinesischer Herkunft), den sie an einem Faden um den Hals trug: ein kleiner Fisch aus Perlmutt. Es gefiel ihr, wenigstens einmal eine Persönlichkeit von Bedeutung zu sein, und sie spielte ihre Rolle mit dem gehörigen Ernst.

Die Festlichkeiten währten eine ganze Woche; danach kehrte die Braut zu ihren Eltern zurück, und man nahm Kairi ihre Prachtgewänder und Juwelen wieder weg. Sie verschwanden in einer der zahllosen Schatztruhen des Radscha, und nur die verschlissenen Dekorationen, die welkenden Kränze, der schale Geruch von Räucherkerzen und verdorrenden Blumen zeugten noch davon, daß ein großes Fest stattgefunden hatte. Der Palast und sein Herrscher versanken neuerlich in Lethargie, und die Rani Janu-Bai nahm sich vor, ihre eigenen Söhne durch weit prächtigere Heiraten ins rechte Licht zu rücken.

Lalji mußte erkennen, daß die neue Würde als Ehemann seine Bedeutung am Hofe keineswegs erhöhte und daß er sich die mühseligen, anstrengenden Zeremonien eigentlich hätte ersparen können. Seine Frau, fand er, war ein albernes junges Ding, nicht mal besonders hübsch, und er konnte nur hoffen, daß sie mit den Jahren ansehlicher würde. Dunmaya sagte ihm dies vorher, doch Dunmaya war bereit, das Blaue vom Himmel zu lügen, wenn sie sich davon versprechen konnte, ihren Liebling zu erfreuen. Als die Hochzeitsgäste abgereist waren, nahm auch der Radscha kein weiteres Interesse mehr an seinem Sohn Lalji, dem die Zeit wiederum unerträglich lang wurde und der gereizter und unglücklicher war denn je. Deshalb zankte er unentwegt mit seinem kleinen Hofstaat und vergällte Ash das Leben so sehr, daß dieser in den trostlosen

Monaten, die der Hochzeit folgten, zum ersten Mal ernstlich zu Sita davon sprach, Gulkote zu verlassen.

Sita war von diesem Vorschlag entsetzt, nicht so sehr ihretwegen, denn für Ashok hätte sie jedes Opfer gebracht, sondern weil sie sich nicht vorstellen konnte, daß es ihm anderswo besser ergehen könnte. Auch meinte sie, es handele sich da um eine flüchtige Laune, hervorgerufen durch die schlechte Behandlung, die ihrem Söhnchen durch den Prinzen zuteil wurde, eine ganz verständliche Reaktion also, die aber vorübergehen würde. Sita wußte sehr wohl, wie mißlich Laljis Lage war, denn im Palast blieb so gut wie nichts geheim. Es erboste sie zwar, daß Lalji seine Launen an ihrem Sohn ausließ, doch ähnlich wie Hira Lal empfand sie Mitgefühl mit dem mutterlosen, vernachlässigten Knaben, dessen Vater zu bequem war, sich seiner anzunehmen, und dessen Stiefmutter nichts lieber gesehen hätte als seinen vorzeitigen Tod. Daß er zu Wutausbrüchen und Grausamkeiten neigte, war so unverständlich nicht. Er sah sich in einem Netz widriger Umstände gefangen und reagierte entsprechend. Ashok sollte also gefälligst lernen, mit ihm auszukommen und ihm zu verzeihen. Überdies stand für sie fest, daß der Prinz ihn freiwillig nicht ziehen lassen würde, und an Flucht durfte er nicht denken; die konnte nicht gelingen, und falls sie doch gelang, wohin sollte er sich wenden? Wo konnte man so geborgen und wohlversorgt leben wie am Hofe dieses Herrschers, wo konnte man den Status und die Entlohnung von Hofbediensteten erwarten?

»Du bekommst also wirklich Lohn, Mutter?« fragte Ash bitter. »Ich jedenfalls bekomme keinen, obschon man mir welchen versprochen hat. Nahrung und Kleidung, das schon, aber niemals Geld. Und bitte ich um Lohn, heißt es: Später. Ein andermal. Nächsten Monat. Ich besitze keinen Pfennig!«

»Aber Piara, wir haben Obdach, Nahrung und Kleidung«, stellte Sita ihm vor. »Ein Feuer, an dem wir uns wärmen können, und vergiß nicht, eines Tages wird Lalji Herrscher sein, und dann bekommst du deinen Lohn und stehst dem Thron nahe. Er ist doch noch ein Kind, Ashok, ein unglückliches Kind, und deshalb ist er gelegentlich ungerecht. Wird er erwachsen, wird er auch klüger. Du wirst schon sehen. Hab Geduld und warte noch ein Weilchen.«

»Wie lange noch? Ein Jahr? Zwei Jahre? Drei? Ach, Mutter –«

»Ich weiß, mein Sohn, ich weiß. Aber ich... ich bin auch nicht mehr so jung und...«

Sie beendete den Satz nicht, doch Ash, der sie scharf ansah, bemerkte erstmals mit einem Anflug von Furcht, daß sie in letzter Zeit abgemagert und ergraut war, ja, daß ihr Haar jetzt mehr silbern war als schwarz. Auch wirkte sie matt, und er fragte sich, ob sie in dem von Kairi bewohnten Teil des Palastes nicht viel zu schwer arbeiten müsse. Er wollte Kairi bitten, dafür zu sorgen, daß seine Mutter nicht überanstrengt und ausgenutzt wurde. Im Moment allerdings, das wurde ihm klar, war er es, der ihr Kummer machte, und deshalb nahm er sie fest in die Arme, drückte sie reumütig an sich und versicherte, er werde selbstverständlich bleiben – er habe es nicht ernst gemeint, und so lange es ihr im Palast gefalle, wollten sie nicht fortgehen.

Er erwähnte dieses Thema nicht mehr, vielmehr stellte er sich, als fühle er sich beim Prinzen wohl und verbarg nach Kräften seinen Ärger und seine Unzufriedenheit. Als er Kairi vorhielt, seine Mutter müsse sich bei ihr zu Tode schuften, bekam er zur Antwort, Sitas Arbeit sei keineswegs schwer. »Sie ermüdet vielleicht nur darum so rasch, weil sie schon alt ist«, mutmaßte Kairi nachdenklich. »Du weißt, alte Damen werden leicht müde. Dunmaya redet von nichts anderem, als daß sie sich matt fühlt.«

Doch Sita war nicht alt, nicht so alt wie die runzlige, weißhaarige Dunmaya, und deshalb bekam Ash es wieder mit der Angst. Dieser Angst wegen sprach er schroff zu Kairi, er nannte sie ein dummes hirnloses Kind ohne alles Verständnis, er wisse überhaupt nicht, weshalb er seine Zeit an sie verschwende und ihr erlaube, ihm wie ein räudiges Kätzchen nachzulaufen und ihn keinen Moment in Frieden zu lassen. »Miau! Miau! – Mädchen!« fauchte Ash mit männlicher Verachtung und fügte noch an, er sei dankbar dafür, nicht auch noch mit Schwestern geschlagen zu sein. Daraufhin brach Kairi in Tränen aus und beruhigte sich erst, als er ihr erlaubte, einen Strang aus Seidenfäden um sein Handgelenk zu winden, das ihn zu ihrem »Armbandbruder« machte. Gemäß einem alten Brauch bedeuteten Übergabe und Annahme eines solchen Armbandes, daß der Mann der Frau beistehen muß, so als wäre sie in Wahrheit seine leibliche Schwester.

Kairis hartnäckige Anhänglichkeit reizte Ash zwar immer von neuem, doch wurde er mit der Zeit diesem kleinen Wesen aufrichtig zugetan und betrachtete es geradezu als sein Eigentum, etwas, was er seit dem Tod von Tuku hatte entbehren müssen. Kairi war als Schoßtierchen sogar noch ergiebiger als Tuku, denn sie konnte sprechen. Und wie Tuku liebte sie ihn, folgte ihm auf Schritt und Tritt, machte sich von ihm abhängig und füllte mit der Zeit jenen Platz in seinem Herzen aus, der seit dem Tode des kleinen Mungo verwaist gewesen war. Der Gedanke, ein Lebewesen hätscheln und schützen zu können, ohne fürchten zu müssen, daß diesem deshalb von Lalji oder sonstwem ein Leid geschehe, tat ihm wohl. Immerhin ermahnte er Kairi, ihre Anhänglichkeit an ihn nicht allzu offen zu zeigen. »Ich bin nur der Diener deines Bruders, und es könnte ihm und anderen mißfallen«, sagte er.

So jung sie war, begriff sie das doch, und fortan sprach sie ihn kaum noch unmittelbar an, es sei denn, sie waren allein oder bei Sita. Sie erdachten ein System der Verständigung in Form eines Gesprächs mit Dritten, und ihr gegenseitiges Einverständnis vertiefte sich bald so sehr, daß sie mühelos heraushörten, ob ein beiläufig an Lalji oder einen Höfling, öfter noch an den Kakadu oder einen Affen gerichteter Satz einen geheimen Sinn enthielt, der für den anderen gedacht war. Dieses Spiel erfüllte beide mit Entzücken, und sie beherrschten es bald so perfekt, daß niemand – ausgenommen Hira Lal, dem ja beinahe nichts entging – auf den Gedanken kam, das muntere Geschwätz der Kleinen und gelegentliche Äußerungen Ashoks könnten eine doppelte Bedeutung haben und der Verständigung zwischen den Kindern dienen. Auf solche Weise konnten sie sich ganz offen verabreden, an bestimmten Orten zusammenzutreffen, deren Namen eine nur ihnen bekannte Bezeichnung hatte: entweder in Sitas Innenhof oder öfter noch auf dem Balkon, wo sie Vögel und Eichhörnchen fütterten, die Vorgänge im Palast erörterten oder, in vertrautem Schweigen beieinander sitzend, auf die fernen, schneebedeckten Gipfel schauten.

In diesem Jahr verlor Ash einen seiner wenigen Freunde. Zarin rückte, wie seine beiden Brüder, zu den berittenen Kundschaftern ein.

Koda Dad meinte dazu: »Was ich von Schießen und Säbelfechten verstehe, habe ich ihm beigebracht, und ein geborener Reiter ist er ohnedies. Zeit, daß er seinen eigenen Weg macht. Ein Mann muß in den Krieg ziehen, das ist einmal seine Bestimmung, und in den Grenzgebieten gibt es ständig Krieg.«

Koda Dad hatte dafür gesorgt, daß sein Sohn das beste Pferd bekam, das man in Gulkote auftreiben konnte, denn viele wollten den Kundschaftern beitreten, und nur die besten Reiter und die vortrefflichsten Schützen hatten Aussicht, aufgenommen zu werden. Weder Ash noch Zarin bezweifelten auch nur einen Moment, daß man ihn nehmen würde, und Zarin ritt voll Zuversicht davon, nachdem er Ash versprochen hatte, ihn in seinem ersten Urlaub zu besuchen.

»Und wenn du erwachsen bist, sollst auch du nach Mardan kommen und ein Reiter werden«, versprach Zarin. »Zusammen wollen wir Attacke reiten und Städte plündern. Lerne also alles, was mein Vater dich lehren kann, damit du mir keine Schande machst, wenn du als Rekrut einrückst.«

Das Leben im Palast wurde nach der Abreise Zarins noch trostloser für Ash, und als man aus Mardan hörte, daß er bei der Kavallerie angenommen war und nun zu den Kundschaftern gehörte, nahm Ashs Rastlosigkeit noch zu und festigte sich sein Vorsatz, dem Vorbild des Freundes nachzueifern und Soldat zu werden. In dieser Absicht versäumte er keine Gelegenheit, mit Koda Dad auszureiten und zu jagen, obschon Sita ihr Bestes tat, ihm seine Pläne auszureden. Allein die Erwähnung der Kundschafter versetzte sie in Schrecken, und ihre Abneigung gegen Koda Dad und die Seinen wuchs, weil sie mit jenem Regiment verbunden waren. Die Entdeckung, daß es selbst hier, im entlegenen Gulkote, Menschen gab, die ihren Ashok mit seinem englischen Onkel in Verbindung bringen könnten, und daß er sich ausgerechnet mit denen angefreundet hatte, trieb sie zu immer neuen Versuchen, ein solches Unglück zu verhindern.

So etwa behauptete sie, Soldaten seien brutale und schlecht entlohnte Männer, die ein gefährliches, ungeordnetes Leben führten, auf bloßer Erde im Zelt schlafen müßten, ohne Obdach und Geborgenheit im Kreise einer Familie. »Warum nur, Ashok, willst du ausgerechnet Soldat werden?« fragte sie immer wieder.

Das Thema regte sie so auf, daß Ash es nicht mehr erwähnte und so tat, als meine er es nicht ernst. Er bildete sich ein, ihr Mißfallen rühre daher, daß der Vorschlag von Koda Dad und Zarin ausgegangen war, die sie beide nicht leiden mochte. Ash ahnte nicht, daß ihr Widerstreben noch ganz andere Gründe hatte. Auch wenn er Sita gegenüber davon schwieg, besprach er sich doch häufig mit Koda Dad und auch mit Kairi darüber, die wegen ihres zarten Alters eine bewundernde, unkritische Zuhörerin abgab.

Er konnte darauf rechnen, daß sie ihm ohne Unterbrechung stundenlang lauschte, einerlei wovon er sprach, und er entdeckte, daß er ihr nichts zu erklären brauchte, denn sie schien ihn instinktiv zu verstehen. Er bezweifelte allerdings, daß sie behielt, was er sagte, ausgenommen seine Erzählungen über das von Sita erfundene Tal in den Bergen. Von diesem Tal zu hören, liebte Kairi über alles, und es war bereits ebenso wirklich für sie wie für Ash. Sie hielt es für selbstverständlich, daß auch sie mitgehen und beim Bau der Hütte helfen würde. Im Geiste entwarfen die Kinder dieses Haus Raum für Raum, sie machten Anbauten und Verschönerungen, sie verwandelten die Hütte in einen Palast, bis sie das ganze – von dieser Pracht abgestoßen – mit einer Handbewegung fortwischten und von vorn begannen und diesmal eine winzige Hütte mit niedriger Decke und einem Reetdach erstehen ließen. »Und auch das wird schon eine Menge Geld kosten«, meinte Kairi ängstlich, »viele, viele Zehnrupienstücke« – weiter als bis zehn konnte sie noch nicht zählen.

Einmal brachte sie ihm eine Vier-Anna-Münze aus Silber, als Startkapital gleichsam, und sagte dazu, nun müsse man anfangen, für das Haus zu sparen. Diese Münze stellte mehr Geldwert dar, als Ash seit langem in der Hand gehabt hatte, und für ihn, mehr noch als für Kairi, bedeutete sie geradezu einen Schatz. Er hätte gern ein Dutzend Dinge dafür erworben, versteckte die Münze indessen unter einer lockeren Steinplatte auf dem Balkon am Turm und sagte dabei, alles, was sie zusammenkratzen könnten, solle dort angehäuft werden. Daraus wurde nichts, denn im Palast war an Geld einfach nicht heranzukommen. Zwar gab es immer ausreichend zu essen und auch Kleidung, falls man glaubhaft machen konnte, daß man welche brauchte, doch wenn Ash an die Zeiten dachte, da er als Pferdejunge in den Ställen von Duni Chand gearbeitet und Geld verdient hatte, packte ihn Wehmut.

Er empfand es als entwürdigend, daß er nicht einmal imstande war, Kairis kleine Gabe mit einer wenigstens gleichgroßen aufzuwiegen, und so nahm er sich nur um so fester vor, den Kundschaftern beizutreten, sollte er je dazu die Erlaubnis des jungen Prinzen erhalten und das Vorurteil seiner Mutter gegen das Soldatenleben zerstreuen können. Von Koda Dad hörte er, daß die berittenen Kundschafter nach einem Silladar genannten System rekrutiert wurden, was bedeutete, daß der Rekrut sein Pferd stellen und ferner genügend Geld besitzen mußte, um seine Ausrüstung zu bezahlen. Diese Summe erhielt er bei seiner Entlassung zurück. Zarin besaß sowohl ein Pferd als das nötige Geld. Ash hingegen sah keine Aussicht, auch nur eines von beidem zu erlangen.

»Wenn ich heirate, gebe ich dir alles, was du brauchst«, tröstete ihn Kairi, deren Verlobung in den Frauengemächern bereits erörtert wurde.

»Und was nützt mir das?« versetzte Ash undankbar. »Dann ist es viel zu spät. Du wirst in *Jahren* noch nicht heiraten, du bist doch noch ein Kind!«

»Ich werde bald sechs, und Aruna meint, das ist alt genug zum Heiraten.«

»Dann bringt man dich anderswohin, vielleicht viele Tagesmärsche weit weg, und einerlei, wie reich du bist, du kannst kein Geld nach Gulkote schikken«, sagte Ash, entschlossen alles schwarz zu sehen. »Überdies wird dein Gatte dir vielleicht gar kein Geld geben.«

»Bestimmt tut er das. Als Maharani habe ich ganze Haufen von Rupien – wie Janu-Bai. Dazu Brillanten und Perlen und Elefanten und –«

»Und einen feisten alten Mann, der dich prügelt, der viele Jahre früher stirbt als du, und du mußt eine Sati sein und dich mit ihm verbrennen lassen.«

»Sag sowas nicht!« Kairis Stimme bebte, ihr Gesichtchen wurde ganz blaß, denn das Tor der Sati mit seinem Fries aus roten Handabdrücken erfüllte sie seit je mit Entsetzen. Sie ertrug es nicht, diese tragischen Erinnerungen an unzählige Frauen zu sehen, die jene Abdrücke hinterlassen hatten – Gattinnen und Konkubinen, die lebend mit den Leichnamen der Radschas von Gulkote verbrannt worden waren. Die Unglücklichen mußten zuvor die Hände in rote Farbe tauchen und die Handflächen auf die Steine des Sati-Tores pressen – dann taten sie ihren letzten Gang zum Verbrennungsort. Zarte, kleine Hände, manche nicht größer als ihre eigenen. Die Engländer hatten diesen barbarischen Brauch der Witwenverbrennung abgeschafft, doch war allgemein bekannt, daß in entlegenen, unabhängigen Staaten, wo Weiße sich selten blicken ließen, dieser Brauch noch üblich war; gut die Hälfte der Bewohner von Gulkote erinnerten sich, daß Kairis Großmutter, die alte Rani, gemeinsam mit drei Nebenfrauen und siebzehn Damen aus den Frauengemächern mit dem Leichnam des Radscha verbrannt worden war.

»Ich an deiner Stelle würde überhaupt nicht heiraten, Juli«, sagte Ash nachdenklich. »Es ist viel zu gefährlich.«

Bislang waren nur sehr wenige Europäer in Gulkote gewesen; zwar gehörte der Staat offiziell zu jenem Territorium, das seit dem Sepoyaufstand von 1857 unter britischer Herrschaft stand, doch der Mangel an befestigten Straßen und Brücken schreckte Reisende ab, und da es in Gulkote keinerlei Unruhen gegeben hatte, verdiente es zunächst nicht die besondere Aufmerksamkeit der Behörden, die anderswo auf dem Subkontinent Dringenderes zu erledigen hatten. Der Radscha schickte im Herbst 1859 vorsichtshalber seinen Ersten Minister und eine Abordnung von Notabeln zu den neuen Herrschern, um mit ihnen ein Bündnis auszuhandeln, doch erst im Frühjahr 1863 machte Colonel Frederick Byng vom Politischen Departement dem Herrscher von Gulkote eine formelle Visite. Er wurde von etlichen rangniederen Beamten begleitet und von Sikh-Kavallerie unter dem Kommando eines englischen Offiziers eskortiert.

Dieser Besuch fand bei den Untertanen des Herrschers lebhaftes Interesse, denn außer der schillernden Gestalt des abenteuernden Kosaken Sergei Wodwitschenko samt seiner glücklosen Tochter, jener halbblütigen Fremden Königin, hatten sie keine Europäer näher kennengelernt. Man war neugierig darauf, wie die Weißen aussahen und wie sie sich betrugen, und mehr als begierig, an den Festlichkeiten teilzuhaben, die jenen zu Ehren gewiß veranstaltet werden würden. Es sollte eine richtige Staatsaffäre werden, und niemand war gespannter darauf als Ash, obschon Sita ihm zu verstehen gab, daß sie Besuche von Ausländern aufs schärfste mißbilligte und sich bemühte, ihn von allen Veranstaltungen fernzuhalten, ja, sie verlangte von ihm, dem Hofe überhaupt fernzubleiben, während die Fremden sich dort aufhielten.

»Was haben sie nur hier zu suchen? Warum wollen sie sich uns durchaus aufdrängen?« klagte Sita. »Wir brauchen hier keine Landfremden, die uns vorschreiben, was wir zu tun und zu lassen haben. Sie stiften nur Unruhe und Verwirrung – und stellen allerlei dumme, unnütze Fragen. Versprich mir, daß du dich von ihnen fernhältst, Ashok.«

Ash war von der Dringlichkeit ihrer Ermahnungen einigermaßen verblüfft; er hatte übrigens niemals jenen hochgewachsenen grauhaarigen Mann vergessen, der ihm wieder und wieder eingeschärft hatte, daß es nichts Schlimmeres gebe als Ungerechtigkeit... an mehr konnte er sich eigentlich nicht erinnern, höchstens noch an ein Gesicht, aus dem das Leben und alle Farbe gewichen waren, beleuchtet vom flackernden Licht einer Öllampe. Das war eine eher unangenehme Erinnerung, die ihm wieder das nächtliche Knurren und Heulen der Schakale ins Gedächtnis rief, ein Geräusch, das aus irgendeinem Grunde ein so starkes Gefühl der Furcht in ihm hinterlassen hatte, daß es ihn auch heute noch kalt überlief, wenn er Schakale heulen hörte. Er wußte allerdings seit langem, daß seine Mutter von der Vergangenheit nicht gern sprach, ja, daß sie es rund heraus ablehnte, davon zu erzählen. War sie vielleicht schlecht von Landfremden behandelt worden und wollte sie deshalb verhindern, daß er mit den Engländern in Berührung kam? Sie konnte allerdings nicht wirklich erwarten, daß er sich für die Dauer des Staatsbesuches seinen Pflichten bei Hofe einfach entzog, das war schon deshalb unmöglich, weil Lalji Wert darauf legte, bei dieser Gelegenheit seinen gesamten Hofstaat um sich zu haben.

Am Vorabend des Besuches von Colonel Byng allerdings erkrankte Ash auf rätselhafte Weise, nachdem er ein von der Mutter bereitetes Mahl zu sich genommen hatte und lag tagelang teilnahmslos auf seinem Bett in einem ihrer Räume, von einem Unwohlsein in Kopf und Magen befallen. Sita pflegte ihn hingebungsvoll, sie bejammerte laut, daß sie ihm ungenießbare Speisen vorgesetzt hatte, ließ allerdings den von Hira Lal geschickten Arzt nicht ans Krankenbett des Sohnes, sondern beharrte darauf, ihm Kräuterabsud zu verabreichen, der den Jungen fortgesetzt in einer Art Dämmerschlaf hielt. Als er endlich wieder auf die Beine kam, waren die Besucher fort, und er mußte sich mit Berichten von den Festlichkeiten begnügen, die ihm von Kairi, Koda Dad und Hira Lal gegeben wurden.

Hira Lal sagte spöttisch: »Viel hast du nicht verpaßt. Der Colonel ist alt und feist, seine Beamten sind junge Esel, einzig der Begleitoffizier kann einigermaßen unsere Sprache sprechen. Seine Sikhs nannten ihn einen Weißen Teufel, und das war als Kompliment gemeint. Geht es dir wieder gut? Kairi-Bai behauptet, du seiest vergiftet worden, weil man dich hindern wollte, an den Festlichkeiten teilzunehmen, aber wir sagten ihr, sie solle nicht albern sein, denn wen interessiert schon, was du siehst? Lalji bestimmt nicht, einerlei was seine törichte kleine Schwester darüber denkt. Unser geliebter junger Thronfolger fühlt sich dieser Tage zu bedeutend, um sich den Kopf mit solchen Lappalien zu beschweren.«

Und so war es auch. Als Thronerben fiel Lalji bei den zu Ehren des Colonel veranstalteten Festlichkeiten eine wichtige Rolle zu, und er genoß es sehr, endlich einmal im Rampenlicht zu stehen. Alles war viel unterhaltsamer und weniger anstregend gewesen als die Feiern anläßlich seiner eigenen Hochzeit, und weil sein Vater es darauf anlegte, die Barbaren durch Prunkentfaltung zu blenden, durfte Lalji Gewänder und Juwelen von größerer Pracht anlegen als bei seiner Vermählung. Lalji liebte es sehr, sich herauszustaffieren, hatte aber selten Gelegenheit dazu. Folglich stolzierte er genüßlich wie ein Pfau neben seinem Vater her, gekleidet in enge Röcke, steif von Gold- und Silberfäden, auf dem Kopf einen kostbaren Turban, Perlen und Edelsteine an Hals und Brust, dazu einen Säbel, dessen Heft mit Brillanten besetzt war und der in einer Scheide aus perlenbesticktem Samt steckte.

Der fette Engländer, der die Landessprache nur radebrechte, schmeichelte Lalji, indem er ihn behandelte wie einen Erwachsenen. Der Radscha stellte auch den Erstgeborenen des Tanzmädchens vor, doch machte Nandu keinen guten Eindruck auf die Besucher, denn er war ein verzogenes Balg. Er heulte und kreischte, bis dem Radscha schließlich die Geduld riß und er ihn noch während des ersten großen Empfanges entfernen ließ. Danach durfte Nandu nicht mehr in Erscheinung treten, und daher war einzig Lalji während des vier Tage währenden Staatsbesuches an der Seite seines Vaters zu sehen gewesen – stehend, sitzend, reitend. Als alles vorüber war, nahm man ihm nicht, wie erwartet, die prachtvollen Gewänder und Juwelen wieder weg, sondern beließ sie ihm, und der Vater behandelte ihn seither mit auffallender Huld und sah ihn oft und gern um sich.

Lalji also war glücklicher als je zuvor, und das zeigte sich auf hunderterlei Weise. Er neckte seine Schwester nicht mehr und hörte auf, seine zahmen Tiere zu quälen, er behandelte seine Umgebung liebenswürdig und war durchwegs heiter. Das war eine Veränderung zum Guten, und einzig Hira Lal sah düster in die Zukunft. Aber der war als Zyniker bekannt. Die anderen Mitglieder des kleinen Hofstaates genossen den Klimawechsel, den sie auf die Erhellung des Gemütszustandes ihres jungen Herrn zurückführten und sahen darin den Beweis dafür, daß der Knabe endlich erwachsen wurde und fähig, auf die gewohnten Kindereien zu verzichten. Auch sie überraschte es angenehm, daß der Radscha seinen Sohn fortan dauernd in seiner Nähe zu sehen wünschte; man hatte damit gerechnet, daß diese verblüffende Vorliebe für den Sohn mit der Abreise der Gäste ihr Ende fände und vermerkte erstaunt, daß der Prinz jetzt einen großen Teil des Tages bei seinem Vater verbrachte und mit den Staatsgeschäften vertraut gemacht wurde. Das alles war für die Feinde des Tanzmädchens – und deren gab es viele – ein höchst befriedigender Zustand; sie erblickten darin Anzeichen, daß die Favoritin an Gunst verlor (zumal ihr letztgeborenes Kind nicht nur kränklich war, sondern überdies ein Mädchen). Doch stellte sich bald heraus, daß man sie wiederum unterschätzte.

Janu-Rani bekam einen wahrhaft königlichen Wutanfall, als sie sehen mußte, wie ihr heulender Sohn aus der Großen Halle entfernt wurde, und daß der Erbe, Nandus von ihr gehaßter Halbbruder, einen so guten Eindruck machte. Zwei Tage hindurch raste sie, die folgenden sieben Tage schmollte sie, doch – oh Wunder – ohne sichtbare Wirkung. Der Radscha reagierte darauf, indem er ihre Gemächer mied und in seinem Teil des Palastes blieb, bis sie ihre Fassung zurückgewonnen hatte. Diese seine Verhaltensweise versetzte sie ebenso in Angst, wie sie Janus Feinde entzückte.

Janu blickte in den Spiegel und gestand sich ein, was sie bislang nicht hatte wahrhaben wollen: sie war nicht mehr geschmeidig und schön, vielmehr wurde sie dick. Die Zeit, die Geburten und das gute Leben verlangten ihren Tribut, und von der verführerischen, goldhäutigen jungen Tänzerin war kaum noch etwas geblieben, vielmehr sah sie im Spiegel eine kleine pummelige, zur Fettleibigkeit neigende Frau, deren Haut stark dunkelte. Immerhin besaß sie noch ihre Gewitztheit und verstand zu charmieren. Nachdem sie Bilanz gemacht, führte Janu eine Versöhnung mit dem Herrscher herbei, und zwar so geschickt, daß sie schon bald wieder fest im Sattel saß. Sie vergaß aber nicht den Schrecken, den sie, wenn auch nur kurz, durchlebt hatte, und machte sich zur Überraschung aller Höflinge daran, die Freundschaft ihres Stiefsohnes Lalji zu gewinnen.

Das war nicht leicht, denn der Junge verfolgte Janu, die den Platz der Fremden Königin usurpiert und seinen Vater zu ihrem Sklaven gemacht hatte, mit einem eifersüchtigen Haß, der tief verwurzelt war. Leider war er aber auch seit je der Schmeichelei zugänglich, und das Tanzmädchen nutzte diese Schwäche; sie machte ihm die gewähltesten Komplimente und die üppigsten Geschenke. Auch redete sie – anders als früher – dem Herrscher zu, seinen Ältesten näher an sich zu ziehen, und am Ende erlangte sie, wenn schon nicht die Freundschaft Laljis, so doch einen Waffenstillstand.

Koda Dad, den der augenscheinliche Sinneswandel der Rani absolut kalt ließ, sagte: »Man sollte Lalji an den Tiger von Teetagunje erinnern, der sich als Vegetarier aufspielte und das Kind des Büffels zur Tafel lud.«

Auch am Hofe herrschte eine gewisse Skepsis, und man glaubte nicht, daß die Veränderung von Dauer sein könnte. Doch die Wochen vergingen, und das Verhältnis zwischen der Rani und ihrem Stiefsohn verschlechterte sich nicht. Da verlor man das Interesse und akzeptierte diesen zunächst ungewohnten Zustand als den normalen. Der Radscha war es zufrieden, und der Prinz war ebenso entzückt wie sein eigener kleiner Hofstaat – ausgenommen die alte Dunmaya, die es nicht über sich brachte, dem Tanzmädchen zu trauen, und Hira Lal, der endlich einmal einer Meinung mit ihr war. »Einer Schlange und einer Hure ist nicht zu trauen«, zitierte er spöttisch.

Auch Ash profitierte vorübergehend von diesem Klimawechsel, denn der neue, glücklichere und heiterere Lalji verspürte den Wunsch, gutzumachen, was er dem Knaben angetan, der ihm immerhin einst das Leben gerettet hatte. Allerdings glaubte er jetzt nicht mehr, daß seine Stiefmutter bei jenem Vorfall die Hand im Spiel gehabt hatte. Es war, das fühlte er jetzt mit Gewißheit, nichts gewesen als ein Zufall, und deshalb war es im Grunde überflüssig, Ashok im Palast zu halten, und noch überflüssiger, ihn in seiner Freiheit zu beschränken. Was lag näher, als ihm volle Bewegungsfreiheit zu gestatten? Doch war Lalji ein Trotzkopf, und sein Stolz verbot es ihm, eine Anweisung zurückzunehmen, die er einmal gegeben. Allerdings nahm er sich vor, Ashok künftig liebenswürdiger zu behandeln.

Zunächst entstand denn auch der Eindruck, Ash sei wieder als Vertrauter und Gesellschafter des Prinzen in seine ursprüngliche Stellung zurückgekehrt, doch war das nicht von Dauer. Ash wußte beim besten Willen nicht, wieso er zum zweiten Mal die Gunst seines jungen Herrn verscherzte, ebensowenig wie er verstanden hatte, weshalb Lalji ihn zuvor erneut begünstigte. Doch nun geschah es, daß Lalji ihm ganz unvermittelt und ohne Begründung neuerlich seine Huld entzog, ja ihn mit zunehmender und geradezu unvernünftiger Feindseligkeit kränkte. Ob ein Schmuckstück verlegt, ein Gegenstand zerbrochen, ein Vorhang beschädigt wurde oder ein Papagei erkrankte – an allem war Ashok schuld und wurde dafür gebührend bestraft.

»Warum hat er es gerade auf mich abgesehen?« klagte Ash, der, wenn überhaupt, sein Herz vor Koda Dad ausschüttete. »Was habe ich nur getan? Das ist ungerecht! Weshalb behandelt er mich so? Was ist nur los mit ihm?«

Koda Dad sagte achselzuckend: »Das weiß nur Allah. Mag sein, jemand ist eifersüchtig gewesen, weil du wieder in Gunst kamst und hat dich bei ihm verleumdet. Die Freundschaft von Fürsten erweckt Neid und Mißgunst, und es gibt so manchen, der dich nicht leiden mag – zum Beispiel einer, den sie Bichchhu nennen.«

»Ach der! Biju Ram hat mich noch nie ausstehen können, allerdings weiß ich den Grund dafür nicht, denn getan habe ich ihm nichts, und ich habe ihm auch nie im Weg gestanden.«

»So gewiß wäre ich meiner Sache an deiner Stelle nicht.«

Und als Ash ihn fragend anblickte, setzte er hinzu: »Ist dir nie der Gedanke gekommen, daß er im Solde der Rani stehen könnte?«

»Biju? – aber wie denn...«, stammelte Ash entsetzt. »Der kann doch unmöglich... Lalji überschüttet ihn mit Gunstbeweisen und Geschenken... der würde doch nie...«

»Und warum nicht? Hat er den Spottnamen Skorpion nicht von Lalji selber? Und mit gutem Grunde? Ich sage dir, Biju Ram hat ebenso kaltes Blut wie sein Namensvetter. Bei uns daheim jenseits des Khaibar gibt es ein Sprichwort, das lautet: ›Schlangen, Skorpione und Shinwari besitzen kein Herz, das man zähmen könnte‹, und auf die Shinwari trifft das weiß der Himmel zu. Höre, mein Sohn: In der Stadt und auch hier im Palast heißt es, daß dieser Mann eine Kreatur der Rani ist, die ihn für seine Arbeit gut bezahlt. Falls das stimmt – und ich zweifle eigentlich nicht daran – haben beide allen Grund, dich zu hassen.«

»Das ist wahr«, sagte Ash fast unhörbar, und ihn fröstelte; ihm war, als wanke der Boden unter ihm. »Armer Lalji...«

»Oh ja, armer Lalji«, bestätigte Koda Dad nüchtern. »Aber habe ich dir nicht mehr als einmal gesagt, daß Prinzen nicht unbedingt auf Rosen gebettet sind?«

»Schon, aber er ist doch jetzt soviel glücklicher, auch freundlicher, und es geht ihm überhaupt besser. Alle behandelt er liebenswürdiger, bloß mich nicht. Ganz plötzlich bin ich der einzige, zu dem er bösartig ist. Und er straft mich für Dinge, an denen mich keine Schuld trifft. Das ist ungerecht, Koda Dad, ungerecht ist das!«

»Bah, du redest wie ein Kind! Die Menschen sind nun mal ungerecht, junge wie alte. Das solltest du allmählich gelernt haben, mein Sohn. Was meint denn Hira Lal dazu?«

Hira Lal zupfte aber bloß an seiner Perle und sagte: »Du weißt ja, ich erwarte nichts Gutes.« Und weil er sich weiter nicht auslassen wollte, konnte man seinen Beitrag eigentlich nicht nützlich nennen.

Kurz darauf beschuldigte man Ash, Laljis Lieblingsbogen beschädigt zu haben, als dieser beim Scheibenschießen zerbrach. Ash bestritt das, er habe den Bogen nicht angerührt, doch glaubte man ihm nicht und ließ ihn prügeln. Danach bat er um die Gnade, aus dem Dienste des Prinzen ausscheiden und den Palast verlassen zu dürfen. Dies wurde ihm verweigert. Und nicht nur das: er müsse auch in Zukunft im Dienste des Prinzen bleiben und dürfe den Palast überhaupt nicht mehr verlassen; auch dürfe er nicht mehr mit Lalji oder dem Radscha zur Jagd in die Umgebung ausreiten oder mit Koda Dad oder sonstwem in die Stadt gehen. Endlich verwandelte sich der Palast in jenen Kerker, als der er Ash erschienen war, als er zum ersten Mal das Tor durchschritt: es hatte sich hinter ihm geschlossen, und an Flucht war nicht mehr zu denken.

Als die kalte Jahreszeit kam, erkältete Sita sich, und ein rauher, trockener Husten blieb ihr davon zurück. Das war nichts Neues, sie hatte auch zuvor schon an Erkältungen gelitten, nur schien sie sich diesmal nicht davon erholen zu können. Gleichwohl wollte sie sich vom Arzt nicht behandeln lassen, sondern versicherte Ash, der saubere, scharfe Winterwind, der die dumpfe Schwüle des Monsun vertreibe, werde auch ihr helfen. Dabei war es längst nicht mehr schwül, und der vom Gebirge wehende Wind roch kühl und würzig nach Kiefernnadeln und Schnee.

Aus Mardan kamen Neuigkeiten von Zarin, aber leider keine guten.

Die Kundschafter waren in Kämpfe mit den Grenzstämmen verwickelt gewesen, und dabei war sein Bruder Afzal gefallen. »Das ist Allahs Wille«, sagte Koda Dad dazu. »Was geschrieben steht, steht geschrieben. Er war der Liebling seiner Mutter...«

Es wurde für Ash ein trauriger Herbst, und noch trauriger wäre er gewesen ohne seine unerschütterliche Verbündete Kairi-Bai. Kairi ließ sich weder von stummer Mißbilligung, noch von ausdrücklichen Verboten davon abhalten,

Ash täglich auf dem Balkon des Turmes zu treffen und brachte oftmals Leckereien mit, die sie ihrem Bruder stahl oder selber nicht verzehrte. Sie verstand es sehr geschickt, sich der Aufsicht ihrer Bedienten zu entziehen.

Wenn die beiden Kinder auf dem Balkon saßen, das Gesicht dem Palast der Winde zugewandt, schmiedeten sie unermüdlich Pläne, das heißt, Ash entwikkelte einen Fluchtplan um den anderen, und Kairi hörte ihm dabei zu. Doch beide wußten, daß das nicht ernst gemeint war, denn Ash konnte seine Mutter, mit deren Gesundheit es merklich bergab ging, nicht allein lassen. Sie, die ehemals unermüdlich arbeitete, saß jetzt oft untätig im Hof an den Stamm der Kiefer gelehnt, die Hände müßig im Schoß. Die Kinder achteten darauf, in ihrer Gegenwart niemals zu erwähnen, wie schwer Ash es seit neuestem am Hofe hatte. Und es bedrückte ihn so manches, nicht zum wenigsten die Kenntnis, daß ein Komplott gegen das Leben des Erben von Gulkote geschmiedet wurde.

Für ein Kind sind drei Jahre eine lange Zeit, und Ash hatte den Vorfall mit dem vergifteten Gebäck im Garten fast vergessen, als etwas Ähnliches ihn daran erinnerte.

Auf einer Marmorbank nahe dem Teich mit den Seerosen fand Lalji eines Tages ganz überraschend das von ihm besonders geliebte Halwa mit Nüssen, und als er es sah, stürzte er sich darauf in der Annahme, es sei von einem seiner Höflinge dort vergessen worden. Im gleichen Moment schoß Ash die Erinnerung an die mit den Bäuchen nach oben treibenden Goldkarpfen durch den Sinn, und er riß dem Prinzen das Konfekt aus der Hand.

Er hatte rein instinktiv gehandelt, und als er nun von Lalji wütend zur Rede gestellt wurde, sah er sich in einer Zwickmühle. Er hatte jenen ersten Vorfall nie erwähnt, und tat er es jetzt, mußte es unglaubhaft klingen, schlimmer noch, man konnte ihm vorwerfen, einen Mordversuch am Prinzen vertuscht zu haben. Die Wahrheit würde ihm nichts nützen, er rettete sich also in eine Lüge und behauptete, das Konfekt gehöre ihm selber, sei aber ungenießbar, da von einem Menschen niedrigster Kaste berührt, und er habe es dort hingelegt in der Absicht, die Tauben damit zu füttern. Lalji wich vor diesem unrein gewordenen Gegenstand entsetzt zurück und beschimpfte Ash dafür, daß er ihn in den Garten eingeschleppt habe. Die drei Jahre alte Erinnerung trog Ash übrigens nicht: als er abends einer Krähe ein Stück Konfekt hinwarf, verendete sie daran. Doch weil er beim ersten Vorfall dieser Art geschwiegen hatte, konnte er jetzt nicht reden.

In der folgenden Woche kam es zu einem weiteren aufregenden Zwischenfall. Diesmal fand sich eine Kobra in Laljis Schlafgemach. Ein Dutzend Diener beschwor, die Schlange sei nicht dagewesen, als der Prinz sich zur Ruhe legte, doch in den frühen Morgenstunden war sie ohne Zweifel vorhanden. Ash, aus irgendeinem Grunde erwacht, hörte es Zwei schlagen. Sein Schlafkissen lag auf der Schwelle zum Gemach des Prinzen und niemand, auch eine Schlange nicht, hätte unbemerkt hineingelangen können. Als er so hellwach lauschend lag, vernahm er ein Geräusch, das nicht zu verkennen war: das trockene Rascheln der Schuppen einer Schlange auf einer von Teppichen nicht bedeckten Stelle des Fußbodens.

Wie alle Europäer fürchtete auch Ash sich vor Schlangen, und sein Instinkt drängte ihn, sich still zu verhalten und die Aufmerksamkeit des Tieres nicht zu erregen. Doch das Geräusch kam aus dem Schlafgemach des Prinzen, und Ash kannte Lalji als unruhigen Schläfer, der sich wälzte und die Glieder so abrupt im Schlaf bewegte, daß eine Schlange sich jederzeit angegriffen fühlen konnte. Ash stand angstbebend auf, ging in den durch einen Vorhang abgetrennten Nebenraum, nahm die dort stehende brennende Öllampe auf und weckte die Diener.

Die Schlange war gerade dabei, Obst und Säfte zu bezüngeln, welche auf einem niedrigen Tischchen neben Laljis Bett standen. Sie wurde sogleich erschlagen, begleitet von Laljis zeterndem Geschrei und dem sinnlosen Getümmel, verursacht durch Höflinge, Palastwachen und Dienerschaft. Niemand konnte sich erklären, wie die Schlange in Laljis Gemach gelangt war, es sei denn durch den Abfluß im Badezimmer, und einzig Dunmaya erblickte in diesem Vorfall ein Komplott; man trachtete ihrem Liebling nach dem Leben.

Sita, als sie davon hörte, bemerkte nur: »Das ist eine törichte Greisin. Wer würde schon wagen, eine lebende Kobra einzufangen und durch den Palast zu tragen? Wer es täte, würde dabei gesehen, denn diese Schlange muß groß gewesen sein. Und gibt es wirklich jemanden im Lande, der einem Knaben wie Lalji nach dem Leben trachtet? Die Rani gewiß nicht, jedermann weiß, wie lieb sie ihn gewonnen hat. Sie behandelt ihn wie ihren eigenen Sohn, und ich sage dir: Auch ein Kind, das man nicht selber geboren hat, kann man lieben wie ein leibliches. Dunmaya liebt den Prinzen auch wie ihr eigenes Kind, obschon sie nicht seine Mutter ist. Aber sie ist eben verrückt und wittert überall Verschwörungen gegen ihn.«

Ash blieb stumm. Er erzählte weder von dem verjährten Vorfall mit dem Gebäck, noch von dem vergifteten Konfekt und nichts von dem, was Koda Dad über die Rani und Biju Ram geäußert hatte. Er wußte, so scheußliche Geschichten würden Sita nur Angst machen, und es war besser, sie hörte davon nichts. Leider kam schon bald der Tag, da es sich nicht vermeiden ließ, mit ihr darüber zu sprechen, denn Kairi entdeckte zufällig etwas, das ihrer beider Leben so einschneidend veränderte wie damals die Cholera, die Hilary und Akbar Khan dahinraffte.

Prinzessin Anjuli – Kairi-Bai, die unreife Mangofrucht – war damals gerade sechs Jahre alt und hätte, in einem Land des Westens geboren, noch als Kleinkind gegolten. Doch war sie nicht nur im Osten geboren worden, sondern auch an einem indischen Fürstenhof, und allzu frühe Erfahrungen mit Intrigen und Kabalen hatten sie über ihr Alter hinaus scharfsichtig und gescheit gemacht.

Eingedenk der Tatsache, daß Ash bei ihrem Bruder in Ungnade war, richtete sie nie mehr im Beisein von anderen das Wort an ihn, ja, sie vermied auch, ihn anzusehen. Beide bedienten sich nach wie vor ihrer geheimen Verständigungsmittel, indem sie Dritten gegenüber bestimmte Wörter benutzten, deren Bedeutung außer ihnen niemand kannte, und Kairi war daher in der Lage, ohne sich zu verraten, drei Tage nach dem Vorfall mit der Schlange Ash ein dringendes Signal zu geben. Dieses war zwischen ihnen für äußerste Notfälle vereinbart, und Ash nahm die erste Gelegenheit wahr, sich davonzustehlen und auf den Balkon zu klettern, wo Kairi bereits auf ihn wartete, kalkweiß und in Tränen aufgelöst.

»Du bist selber schuld«, schluchzte sie. »Janu sagte: ›Er hat das Konfekt weggeworfen und ihn vor der Schlange gerettet.‹ Ich wollte nicht horchen, wirklich nicht, aber Mian Mittau hatte sich in Janus Garten verflogen, und ich mußte ihn einfangen, unbedingt. Und als sie kam, hatte ich Angst, sie könnte mich sehen und versteckte mich hinter dem Pavillon. Da hörte ich, was sie sagte. Ach, Ashok! Sie ist so schlecht! Schlecht und böse! Sie wollte Lalji töten, und nun ist sie wütend auf dich, wegen der Kobra und wegen des Konfektes. Sie sagte: ›Er weiß zuviel, man muß ihn rasch beseitigen, einerlei wie. Wenn man ihn findet, haben die Geier und die Krähen ihn schon halb aufgefressen, und überhaupt, wen schert schon, was aus einem Gassenjungen wird?‹ Damit meint sie dich, Ashok, dich! Man soll deine Leiche über die Mauer werfen, dann denken alle, du wärest abgestürzt. Es ist alles wahr, was ich sage, Ashok, man will dich töten. Was sollen wir nur machen, ach, was sollen wir nur tun?«

Kairi warf sich mit einem wahren Jammergeheul auf ihn, und Ash schloß sie in die Arme. Ganz mechanisch wiegte er sie hin und her, während seine Gedanken sich jagten. Juli konnte sich so etwas nicht ausdenken, also stimmte alles. Janu-Rani verfolgte seit je den Plan, Lalji zu töten und ihren Sohn an seine Stelle zu setzen, und wenigstens dreimal hatte Ash sie daran gehindert – viermal sogar, falls sie wußte, daß er auch vor Jahren das Gebäck beseitigt hatte. Ob sie es wußte? Gesehen hatte ihn dabei gewiß niemand. Aber das blieb sich gleich. Janu hatte sich vorgenommen, nicht noch einmal mit ihren Plänen an ihm zu scheitern, und er, Ash, war leichter zu beseitigen als Lalji, denn wer würde sich schon die Mühe machen zu untersuchen, auf welche Weise der Sohn einer Dienerin aus der Umgebung jener vernachlässigten Kairi-Bai ums Leben gekommen oder verschwunden war? Weil er Lalji weder von dem ersten noch dem zweiten Versuch, ihn mit Konfekt zu vergiften, gesprochen hatte, war es jetzt zu spät dafür, zumal Lalji sich eingeredet hatte, der Mauerstein sei damals nur zufällig gefallen, und sich sogar dazu verstieg, die alte Dunmaya als üble Verleumderin mit Abschneiden der Zunge zu bedrohen, weil sie den Vorfall mit der Kobra ein Komplott nannte. Vom jungen Prinzen also war keine Hilfe zu erwarten.

Ash dachte verzweifelt: Juli hat recht, es war ein Fehler, Lalji nichts von den vergifteten Kuchen zu sagen, ihm nicht die toten Fische, die verendete Krähe zu zeigen. Jetzt habe ich keine Beweise mehr, und hätte ich welche, sie würden mir nichts nützen, denn Lalji glaubt fest an die Freundschaft der Rani, und ich kann nicht beweisen, daß sie dahintersteckt und nicht weitersagen, was Juli belauscht hat, denn darüber würde Lalji nur lachen und sagen, die Kleine will sich wichtig machen. Die Rani allerdings wüßte, daß Kairi richtig gehört hat und würde auch Kairi töten lassen... und auch Sita, falls diese etwa Fragen stellen sollte.

Unter der Kuppel über dem Balkon dunkelte es bereits. Kairi war vom Weinen total erschöpft, sie lag reglos und stumm, eingewiegt von jener gleichmäßigen Bewegung, mit der Ash sie beschwichtigte, während er über ihren Kopf hinweg zu den fernen Schneebergen starrte. Der Oktober war fast vorüber, die Tage wurden kürzer, und der Wind kündete den kommenden Winter an. Die Sonne war fast untergegangen, und die fernen Gipfel wirkten wie ein Fries aus blassem Rosa und Bernstein vor einem opalenen Himmel, an dem ein einziger Stern leuchtete, strahlend wie einer der Brillanten von Janu-Rani.

Ash fröstelte. Er ließ Kairi los und sagte knapp: »Wir müssen fort von hier. Bald ist es so dunkel, daß man nichts mehr sieht. Auch sucht man mich vielleicht.« Er brach aber erst auf, als der Schnee von Purpur in Violett überging und nur noch der Sternenturm, der höchste Gipfel vom Palast der Winde, durch die untergehende Sonne angestrahlt wurde.

Ash hatte keinen Opferreis mitgebracht. Statt dessen löste er von Kairis Handgelenk ein Kränzchen aus späten Rosenknospen und streute sie aus in der Hoffnung, der Palast der Winde werde ein Einsehen mit seiner Not haben und ihm verzeihen, daß er keine andere Gabe opferte. »Hilf mir«, betete Ash zu seiner ganz persönlichen Gottheit, »hilf, bitte! Ich will nicht sterben...«

Das Licht schwand von den Gipfeln, die Bergkette zeichnete sich nur noch als fliederfarbene Kontur vor dem dunkelnden Himmel ab, und statt des einzelnen Sternes sah man Tausende. Der auffrischende Abendwind trug die Rosenknospen fort, und das tröstete Ash, denn er meinte, der Palast der Winde nehme seine Gabe an. Beide Kinder stiegen mühsam in dem zerfallenen Gemäuer ab und strebten Hand in Hand Sitas kleinem Hofe zu; dabei hielten sie scharf Ausschau und achteten auf jedes Geräusch, jeden Schatten, der anzeigte, daß ihnen im Dunkeln jemand auflauerte.

Sita war mit der Zubereitung der Abendmahlzeit beschäftigt, und Ash ließ Kairi in ihrer Obhut, während er durch jenes Labyrinth von Korridoren und Innenhöfen eilte, die ein gutes Drittel der Anlage ausmachten. Sein Herz hämmerte, und ihn fröstelte an jener Stelle zwischen den Schulterblättern, die sich dazu eignet, ein Messer hineinzustoßen. Mit großer Erleichterung stellte er fest, daß man ihn nicht vermißt hatte. Lalji war ein Geschenk der Rani übergeben worden, ein Schachbrett mit kostbaren Figuren, und er spielte gerade eine Partie mit Biju Ram.

Ein halbes Dutzend Schranzen umstand die beiden Spieler und zollte liebedienerisch jedem Zuge ihres Herrn lauten Beifall. Am anderen Ende des Gemaches saß eine einsame Gestalt unter einer Hängelampe, vertieft in ein Buch, und achtete nicht auf die Schachspieler. Ash kam auf Zehenspitzen näher, er bat Hira Lal flüsternd um ein Wort unter vier Augen, doch dessen träger Blick glitt prüfend über Ashs Gesicht, bevor er den Kopf schüttelnd bemerkte: »Nein, sprich hier zu mir«, und sich wieder in sein Buch vertiefte.

Er flüsterte nicht, doch waren seine Worte außer von Ash von niemandem sonst zu verstehen. »Falls du etwas Wichtiges zu sagen hast, dürfen wir uns nicht entfernen, denn es würde uns jemand folgen, um ausfindig zu machen, was wir für uns behalten wollen. Kehre jenen dort den Rücken, damit sie dein Gesicht nicht sehen, und flüstere nicht, sondern sprich wie immer. Niemand wird glauben, daß wir hier ganz offen über geheime Dinge reden, sag also alles, was du zu sagen hast.«

Ash gehorchte. Er brauchte dringend Rat, und außer Hira Lal hatte er am Hof des Prinzen keinen Freund. Er mußte sich ihm anvertrauen, anders würde er die Nacht nicht überleben. Er wußte nicht, wieviele Diener des Prinzen im Solde des Tanzmädchens standen – womöglich jeder zweite, vielleicht gar alle. Hira Lal aber gewiß nicht. Sein Instinkt sagte ihm, daß er sich auf Hira Lal verlassen könne, und sein Gefühl trog ihn nicht. Hira Lal lauschte ohne zu unterbrechen. Seine schlanken Finger spielten zerstreut mit der Perle im Ohr, und er ließ die Blicke schweifen wie jemand, der sich etwas anhören muß, was ihn langweilt. Dies war für die Hofschranzen bestimmt. Als Ash zu Ende berichtet hatte, sagte er jedoch: »Gut, daß du mich eingeweiht hast. Ich sorge dafür, daß dir heute Nacht nichts geschieht. Die Rani aber ist gefährlich, und sie zahlt gut dafür, wenn man ihr zu Willen ist. Du mußt fort von Gulkote, samt deiner Mutter. Das ist die einzige Lösung.«

»Ich kann doch nicht«, sagte Ash, mühsam die Fassung bewahrend. »Der Prinz erlaubt es nicht, und die Wachen lassen mich allein nicht passieren.«

»Du wirst den Prinzen nicht um Erlaubnis bitten, und was die Torwachen angeht, findet sich schon ein Weg. Geh morgen zum Stallmeister und sag ihm, was du mir gesagt hast. Koda Dad ist ein kluger Mann, und er wird sich etwas einfallen lassen. Jetzt haben wir lange genug miteinander gesprochen. Biju Ram hat bereits zweimal zu uns hergeschaut.«

Er gähnte ausgiebig, klappte hörbar sein Buch zu, erhob sich und sagte für alle hörbar: »Pferde – meinethalben, aber von Falken möchte ich nichts hören. Du darfst nicht erwarten, daß ich mich für Geschöpfe interessiere, die beißen, stinken und Federn und Flöhe verbreiten. Werde erwachsen, Knabe, lies die Werke der Dichter, vielleicht erleuchtet das deinen Geist – wenn du denn einen hast.«

Er warf Ash nachlässig das Buch hin und gesellte sich zu der Gruppe um die Schachspieler. Er hielt aber Wort. Einer der Leibwächter des Radscha teilte in dieser Nacht mit Ash das Lager unter dem Vorwand, der Herrscher mißbillige aufs äußerste den Mangel an Wachsamkeit, von dem die Anwesenheit einer Schlange im Schlafgemach seines Sohnes unmißverständlich Zeugnis ablege.

In jener Nacht ereignete sich nichts Auffälliges, doch schlief Ash unruhig und eilte so bald als angängig am folgenden Morgen zu Koda Dad. Doch Hira Lal war ihm bereits zuvorgekommen.

»Alles ist vorbereitet«, empfing ihn Koda Dad und gebot ihm mit einer Handbewegung Schweigen. »Du mußt noch heute Abend fort, und da man dich nicht durchs Tor läßt, kletterst du über die Mauer. Dafür braucht es weiter nichts als ein Seil, allerdings ein langes, denn der Absturz ist tief. Zum Glück gibt es genug Seile im Stall, also deshalb keine Sorge. Schwierig wird nur der Abstieg von den Felsen. Die Ziegenpfade sind schon bei Tage schwer zu finden und erst recht im Dunkeln. Doch glücklicherweise scheint der Mond.«

»Aber meine Mutter...?« stammelte Ash. »Sie ist nicht kräftig genug, sie kann unmöglich...«

»Selbstverständlich nicht. Sie geht durchs Tor. Es besteht keine Anweisung, sie daran zu hindern. Sie soll sagen, daß sie Einkäufe im Basar zu machen hat und über Nacht bei einer Bekannten in der Stadt bleiben will. Niemand wird ihr Fragen stellen, und sobald sie fort ist, mußt du dich krank stellen und zwar so, daß du nicht genötigt wirst, die kommende Nacht auf deinem üblichen Platz vor Laljis Schlafgemach zu verbringen. Du mußt nur tüchtig husten und tun, als wärest du erkältet, dann schickt er dich von allein fort, denn er fürchtet sich vor Ansteckung. Sobald im Palast Ruhe herrscht, werde ich selber dich über die Mauer abseilen, und dann mußt du dich sputen. Kann deine Mutter reiten?«

»Ich weiß nicht, eigentlich... ich glaube nicht.«

»Nun, einerlei. Ihr beide zusammen wiegt weniger als ein ausgewachsener Mann; sie kann hinter dir sitzen. Hira Lal veranlaßt, daß unter den Bäumen am Grab von Lal Beg außerhalb der Stadt ein Pferd für dich bereitsteht. Du kennst den Ort. In die Stadt kannst du nicht hinein, denn des Nachts werden die Tore geschlossen. Deine Mutter muß also schon nachmittags hinausgehen, wenn viele Leute unterwegs sind und sie nicht auffällt. Sie soll Lebensmittel mitnehmen und auch warme Kleidung, denn es wird Winter und die Nächte sind kalt. Sobald du auf dem Pferd sitzt, reite nach Norden, denn man wird annehmen, du flüchtest in südlicher Richtung, weil es dort wärmer ist und es mehr Nahrung gibt. Hast du Glück, sucht man am ersten Tag überhaupt nicht nach dir, denn der Prinz wird glauben, du seiest noch krank, und bis er seinen Irrtum erkennt, mußt du schon weit fort sein. Allerdings mußt du dich weniger vor Lalji fürchten als vor der Rani. Die wird gleich wissen, weshalb du geflohen bist, und deshalb um so mehr danach trachten, dich töten zu lassen, weil sie weiß, was du weißt und fürchtet, du könntest es ausplaudern. Das Tanzmädchen ist eine ruchlose, gefährliche Feindin, denk immer daran.«

Ashs junges Gesicht erbleichte und er sagte heiser: »Juli weiß ebenfalls Bescheid – ich meine, Kairi-Bai. Und wenn die Rani herausbekommt, wer mir ihre Pläne verraten hat, wird sie auch Juli töten wollen. Ich muß sie mitnehmen.«

»Schweige!« sagte Koda Dad schroff. »Du redest daher wie ein Kind, Ashok. Jetzt heißt es denken und handeln wie ein Mann. Sag Kairi-Bai, sie soll den Mund halten, und nicht einmal das Tanzmädchen wird sie verdächtigen, denn dieses Kind flattert umher wie ein Sperling und erregt niemandes Aufmerksamkeit. Entführst du aber die Tochter des Radscha, wird er eine solche Kränkung seiner Ehre niemals ungesühnt lassen. Er wird dich jagen bis an dein Lebensende, und in ganz Indien findest du niemanden, der ihm darin nicht recht gäbe und ihm dabei hülfe. Also kein Wort mehr von solchen Torheiten.«

Ash wurde rot. »Verzeih mir. Ich habe unbedacht geredet.«

»Das ist seit je deine größte Schwäche«, knurrte Koda Dad. »Erst handeln, dann überlegen. Wie oft habe ich dir gesagt, daß du es umgekehrt halten mußt? Und jetzt denk darüber nach, ob es irgendwo an der Nordseite eine gute Stelle gibt, wo wir dich von der Mauer abseilen können, denn dort unten liegt viel Geröll, und zwischen den Büschen weiden Ziegen. Allerdings ist es gefährlich, denn du wirst unfehlbar gesehen, wenn jemand aus einem der Fenster schaut oder über die Mauer blickt.«

»Es gibt einen sicheren Abgang«, sagte Ash zögernd. »Von einem Balkon aus...«

Zum ersten Mal also ging er bei Dunkelheit zum Balkon, und das war zugleich das letzte Mal.

Von Kairi hatte er sich schon während des Tages verabschiedet, als Sita aus dem Palast in die Stadt gegangen war und erwartete also nicht, sie noch einmal zu sehen. Doch fand er sie auf dem Balkon, ein winziger verlorener Schatten in der mondhellen Nacht.

Sie kam seinem Tadel eilig zuvor: »Niemand weiß, wo ich bin, alle glauben, ich schlafe. Ich habe eine Puppe in mein Bett gelegt. Beide Frauen schnarchten, als ich mich davonschlich und hörten mich nicht. Glaub mir, es ist wahr. Ich will dir noch ein Geschenk geben, denn du bist mein Armbandbruder, und du verläßt mich. Hier, Ashok, das ist für dich. Es soll dir Glück bringen.«

Sie streckte die schmale Handfläche aus, und im Mondlicht glitzerte der winzige, aus Perlmutt geschnitzte Fisch. Ash wußte, dies war alles, was sie besaß, ihr einziges Schmuckstück, ihr teuerster Schatz, den sie über alles liebte. So betrachtet, hätte niemand ihm ein kostbareres Geschenk machen können, und er nahm es zögernd entgegen, zutiefst angerührt von diesem Opfer.

»Das ist zuviel, Juli. Und ich habe kein Geschenk für dich.« Es beschämte ihn plötzlich tief, daß er ihr nichts schenken konnte. »Ich besitze nichts, gar nichts«, sagte er bitter.

»Aber jetzt gehört dir der Fisch«, tröstete ihn Kairi.

»Ja, jetzt gehört mir der Fisch.«

Er schaute auf den Fisch in seiner Hand, konnte ihn aber nicht genau sehen, denn Tränen hinderten ihn daran. Ein Mann weint nicht, niemals! Einer Eingebung folgend, brach er die Schnitzerei der Länge nach in zwei Teile und gab ihr eine Hälfte zurück. »Da, jetzt haben wir jeder einen Talisman, und wenn ich eines Tages zurückkomme, setzen wir die Teile zusammen und –«

»Schluß jetzt«, unterbrach Koda Dad rauh. »Zurück ins Bett, Kairi-Baba. Entdeckt man, daß du fort bist, wird Alarm geschlagen und wir sind entdeckt.

Der Junge muß schleunigst weg, denn vor Monduntergang muß er noch einen weiten Weg hinter sich bringen. Verabschiedet euch.«

Kairi verzog schmerzlich das Gesicht und die Tränen, die über ihre Wangen rollten, machten es ihr unmöglich zu sprechen. Ash wurde ganz verlegen und sagte hastig: »Weine nicht, Juli, ich komme wieder, ich verspreche es.«

Er umarmte sie kurz und heftig, dann schubste er sie Hira Lal zu, der im Schatten stand und bat ihn dringlich: »Bitte, Hira Lal, sorge dafür, daß sie heil zurückkommt. Ihre Dienerinnen dürfen nicht merken, daß sie heute Nacht fort war, denn die Rani könnte davon hören, und wenn man entdeckt...–«

»Ja doch, Junge, ich sorge schon dafür. Geh jetzt endlich!«

Hira Lal trat hinaus ins Mondlicht. Die graue Seide seines engen Rockes war von gleicher Farbe wie der Nachthimmel, und die Haut der Hände und des Gesichtes unterschieden sich in der Farbe kaum vom Mauerwerk des Turmes. Ash kam er in diesem Augenblick vor wie eine Erscheinung, und gleich darauf war ihm, als bleibe ihm nur die Erinnerung an ihn. Der Gedanke machte ihn frösteln, denn erst jetzt wurde ihm klar, was er diesem Manne zu danken hatte, der ihm so viel Freundschaft bewiesen. Auch daß er Koda Dad und Kairi zu großem Dank verpflichtet war und auch anderen, die ihm freundlich begegnet waren, Falkner, Pferdeknechte, Elefantentreiber und früher einmal seine Spielkameraden in dieser Stadt. Sonderbar, daß ihm erst jetzt, da er Gulkote verlassen sollte, klar wurde, wieviel Gutes er hier neben vielen Widrigkeiten doch erlebt hatte.

Die große schwarze Perle, die wie ein Tropfen an Hira Lals Ohr hing, schimmerte matt im Mondlicht, als der Mann sich bewegte und erglühte plötzlich wie ein Opal. Ash starrte wie gebannt hin und bezwang mit Mühe seine Tränen. Wann, wenn überhaupt, würde er diese Perle wiedersehen?

Hira Lal mahnte: »Rasch jetzt, Junge. Es wird spät, du hast keine Zeit zu verlieren. Geh – und Gott sei mit dir.«

»Ich habe die Schlinge schon heruntergelassen. Stell die Füße hinein und halt dich fest«, befahl Koda Dad. »Wenn du unten ankommst, suche erst festen Halt, bevor du absteigst. Der Weg ist beschwerlich, doch wenn du acht gibst und nicht ausrutschst auf dem Ziegenpfad, wirst du es schaffen. Möge Allah der Allerbarmer geben, daß du mit der Mutter an einen sicheren Ort gelangst. Vergiß uns nicht. Lebwohl, mein Sohn, Khuda Hafiz, Gott schütze dich.«

Er umarmte den Jungen, und Ash verneigte sich so tief, daß er die Füße seines Beschützers berührte. Dann wandte er sich ab und tat, als befestige er sein Bündel. Koda Dad sollte nicht sehen, daß ihm Tränen in den Augen standen. Hinter sich hörte er Kairis kindlich hilfloses, kummervolles Wimmern. Ein Blick nach unten erfüllte ihn ganz plötzlich mit Furcht vor der Tiefe, vor den schroffen Klippen mit dem mageren Gestrüpp, die steil zum Plateau abstürzten.

»Nicht nach unten sehen, sondern nach oben!« ermahnte ihn Koda Dad.

Ash zwang sich, den Blick von dem Abgrund zu wenden, und im Aufsehen gewahrte er in der monderhellten Nacht den Palast der Winde, dessen glitzernde Spitzen hoch und erhaben gegen den Himmel standen. Er hielt den Blick auf die Berge gerichtet, tastete mit einem Fuß nach der Schlinge im Seil, klammerte sich daran und wurde Hand über Hand vom Balkon herabgelassen; er drehte sich mit dem Seil im leeren Raum, daß ihm schwindlig wurde, Tränen brannten in seinen Augen, und er hörte Kairi vernehmlich in der nächtlichen Stille schluchzen: »Lebe wohl, Ashok, lebe wohl. Du kommst doch bestimmt wieder? Khuda Hafiz... Khuda Hafiz... Jeete Raho, Jeete Raho. Mögest du ein langes Leben haben!«

Als sie sich über den Balkon hinauslehnte, fielen ihre Tränen auf sein Gesicht. Endlich berührte er mit den Zehen das Geröll am Fuße der Mauer, suchte festen Halt und ließ das Seil los, welches sogleich hochgezogen wurde. Zum letzten Male winkte er den drei Freunden zu, die von dort oben herabschauten, dann wandte er sich ab und zwängte sich auf der Suche nach einem Pfad durch dorniges Gestrüpp.

6

Vom Fuß der Mauer bis hinunter zum Plateau waren es nicht mehr als zweihundert Meter, doch brauchte Ash beinahe eine ganze Stunde, um diese Entfernung zu bewältigen. Einmal geriet er auf glatten Schiefer und brauchte eine Weile, bis er Halt fand und wieder sicheren Grund unter den Füßen spürte. Danach bewegte er sich noch vorsichtiger und kam endlich, wenn auch außer Atem und zerkratzt, samt seinem Bündel auf ebenes Gelände.

Über sich erblickte er die steil aufragende Burgmauer und die dunkle Masse des Pfauenturmes. Der Balkon war aber nicht mehr sichtbar, er lag im Schatten, und Ash wußte, daß jetzt niemand mehr dort war. Möglich, daß fortan keiner mehr hingehen würde, ausgenommen vielleicht Juli, einer sentimentalen Regung folgend. Doch glaubte er nicht, daß sie es oft tun würde. Schließlich war sie ein Kind, sie würde bald vergessen, und keiner würde mehr den Weg zum Balkon kennen, wie ja auch vor ihm und Juli niemand von dem Balkon gewußt hatte. Alles würde sich verändern. Lalji würde zum Manne heranreifen, das Tanzmädchen alt und feist werden, ihre Reize und damit ihre Macht verlieren, Koda Dad würde sich zur Ruhe setzen, und jemand anderer sein Amt übernehmen. Auch Hira Lal würde alt werden, der Radscha eines Tages sterben und Lalji Herrscher über Gulkote werden. Einzig der Palast der Winde würde unverändert bleiben, Monate, Jahre, Jahrhunderte mochten vergehen, und wenn die Stadt und die Festung längst zerfallen waren, würde der Palast der Winde immer noch stehen, unverändert, unveränderlich.

Ash kniete auf den felsigen Grund hin und neigte sich ein letztes Mal vor dem Gipfelkranz, berührte mit der Stirn den Boden, wie Koda Dad, wenn er zu Allah betete. Dann erhob er sich, warf sein Bündel über die Schulter und wanderte durch das vom Mond erhellte Land zu dem Hain außerhalb der Stadt.

Sita war zur Stelle, und Hira Lal enttäuschte ihn nicht. Im Schatten, wo Sita angstvoll wartete, sah Ash ein kräftiges Pferd aus heimischer Zucht. Sita hatte am Nachmittag im Basar Kleidung und Nahrung gekauft und zu einem schweren Bündel verschnürt. Das Pferd wurde von einem Fremden gehalten, der Ash jetzt ein Päckchen in die Hand drückte und sagte: »Das schickt dir Hira Lal. Er meint, du könntest auf deiner Reise Geld brauchen. Das Tier ist wertvoller als es aussieht«, fuhr er fort und zog den Sattelgurt fest. »Es schafft viele Meilen an einem Tag, und du kannst es zwei, drei Stunden hintereinander traben lassen, denn es ist gewöhnt, einen leichten Wagen zu ziehen und ermüdet nicht leicht. Am besten nimmst du diesen Weg –« er kniete hin und zeichnete mit dem Zeigefinger eine Landkarte in den Staub. »Über den Fluß führt keine Brücke, und die Fähre zu benutzen, ist für dich nicht ratsam. Aber hier, weiter im Süden, setzt eine kleine Fähre über, die nur die Einheimischen kennen. Auch am anderen Ufer mußt du noch vorsichtig sein, denn Hira Lal sagt, die Rani wird dich auch über die Grenzen von Gulkote hinaus verfolgen lassen. Die Götter mögen euch schützen, reitet rasch.« Als Ash die Zügel nahm, gab der Fremde dem Tier einen Klaps auf das Hinterteil.

Es war für Ash sehr von Vorteil, daß er nicht nur einen guten Blick für die Beschaffenheit des Geländes hatte, sondern auch häufig mit Lalji, dem Radscha oder Koda Dad auf die Jagd geritten war. Er kannte die Gegend; anderenfalls hätte er sich im Laufe der Nacht gewiß ein Dutzendmal verirrt. Beim Mondschein fiel es ihm so nicht schwer, der Richtung zu folgen, die der Mann ihm gewiesen hatte. Als es zu tagen begann, gewahrte er an einem Abhang einen aus Steinen gebildeten Kreis. Hier hatte der Radscha einstmals in Ashs Beisein einen Leoparden erlegt. Sie waren also auf dem richtigen Weg!

Die Aufregung des vergangenen Tages hatte Sita schwer mitgenommen. Hinter ihm sitzend, schlummerte sie fest, den Kopf an seine Schulter gelehnt und mit dem Tuch eines Turbans an ihn gebunden, damit sie nicht vom Pferd fiel. Als sie endlich beim ersten Morgenlicht erwachte, wurde in der Ferne zwischen zwei Hügeln der Fluß sichtbar. Sita bestand darauf, das Morgenmahl einzunehmen, bevor sie auf die Fähre ritten, denn es würde nur Verdacht erwecken, wenn sie ungeduldig zu früher Stunde darauf warteten, übergesetzt zu werden. »Und weil man gewiß bei allen Leuten in der Umgebung herumfragen wird, ob uns jemand gesehen hat, verkleiden wir dich als Mädchen, mein Sohn«, fuhr sie fort. »Unsere Verfolger, werden nach einem Knaben und einer alten Frau suchen, die zu Fuß unterwegs sind, nicht nach zwei berittenen Frauen.«

Gekleidet in einen von Sitas Saris, geschmückt mit billigen Messingspangen, machte Ash sich als Mädchen recht gut. Sita ermahnte ihn, den Kopf bescheiden zu senken, das Gesicht mit dem Sari teilweise zu verdecken und das Reden ihr zu überlassen. Schwierigkeiten machte eigentlich nur das Pferd, denn es scheute davor zurück, den undichten Boden des Flachbootes zu betreten, das einzig als Transportmittel zur Verfügung stand, und der Fährmann verlangte noch dazu eine schwindelerregende Summe für diesen Dienst. Zwar enthielt Hira Lals Päckchen fünf Rupien in Silber- und Kupfermünzen, doch Sita dachte nicht im Traum daran, Geld zu verschwenden oder auch nur zuzugeben, daß sie soviel besaß. Also feilschte sie mit dem Fährmann, bis sie sich auf eine beide befriedigende Summe einigten, und das Pferd wurde schließlich auch an Bord gebracht.

Vom anderen Ufer zurückblickend, seufzte Sita: »Jetzt sind wir in Sicherheit!« Doch Ash gedachte der Warnungen Koda Dads und jenes Mannes, der ihm das Pferd übergeben hatte. Er hatte bis jetzt nur den ersten Wurf gewonnen, das wußte er. Die Rani würde von neuem würfeln, sie würde nicht aufgeben, würde jede List gebrauchen, und weil ihm das nur allzu deutlich vor Augen stand, wandte er sich nordwärts, dem unwirtlichen Vorgebirge zu, das bald schon von Schnee bedeckt sein würde. Er mied den warmen Süden mit den fruchttragenden Feldern, denn dort würde man ihn suchen.

Ash kam es vor, als sei unendlich viel Zeit vergangen, ein ganzes Leben fast, seit er mit Sita in Gulkote angekommen war und dort Frieden, Freiheit und Geborgenheit zu finden hoffte. Im Palast hatte es aber wenig Frieden und fast keine Freiheit gegeben und schon gar keine Geborgenheit; und nun waren sie neuerlich obdachlos und gejagt und auf der Suche nach einem sicheren Versteck. Irgendwo mußten doch Menschen wohnen, die weder grausam noch zudringlich und ungerecht waren, unter denen man in Frieden leben und seinen eigenen Angelegenheiten ungestört nachgehen konnte? Irgendwo wird man uns doch wohl in Ruhe lassen, dachte Ash verzweifelt.

Er hatte nur drei Stunden Schlaf gehabt, seit er von der Drohung der Rani erfuhr. Er war jetzt elf Jahre alt und sehr müde.

Die Nächte wurden kälter, je weiter sie nach Norden kamen, und Ash merkte, daß seine Mutter stärker hustete. Möglich allerdings, daß es ihm nur mehr auffiel, weil er jetzt ständig mit ihr zusammen war. Eingedenk der Warnung von Hira Lal verkaufte Ash das Pferd, nachdem sie die Grenze von Gulkote hinter sich gelassen hatten, denn zu Fuß fielen sie weniger auf. Doch bald schon bedauerte er das, denn Sita war so schwach, daß sie täglich nur kurze Strecken zurücklegen konnten, manchmal nicht mehr als eine Meile.

Erst jetzt bemerkte er, wie gebrechlich sie geworden war, und das machte ihm Sorge. Allerdings brauchten sie nicht immer zu marschieren, denn mit dem Erlös aus dem Verkauf des Pferdes und dem Geld von Hira Lal konnten sie es sich leisten, gelegentlich auf ein Fuhrwerk aufzusteigen. Solche Fahrten legte man notgedrungen in Gesellschaft anderer Reisender zurück. Da gab es natürlich Gelegenheit zu ausführlichen Unterhaltungen, und mitunter wurden von Mitreisenden oder Kutschern zudringliche Fragen gestellt. Das konnte gefährlich werden. So war es sicherer, die Reise zu Fuß fortzusetzen, wenn das auch langsamer ging.

Als Tag um Tag verstrich, ohne Anzeichen dafür, daß man ihnen nachsetzte, verlor sich Sitas Ängstlichkeit, und auch Ash fing an zu glauben, er habe die Rani überlistet. Es wurde Zeit, Pläne für die Zukunft zu machen. Es lag auf der Hand, daß man nicht unentwegt weiterwandern konnte, der Geldvorrat war nicht unerschöpflich, und Sita brauchte dringend Obdach und ein ruhiges Lager – möglichst ein eigenes Dach über dem Kopf und nicht jede Nacht ein anderes oder manchmal nur den Himmel, wenn sich kein Unterschlupf bot. Er mußte Arbeit finden und eine Hütte, in der sie beide wohnen konnten, und zwar je eher, desto besser, denn jetzt war es auch während der Mittagsstunden empfindlich kühl, und nordwärts im Gebirge lag schon Schnee. Sie waren weit genug von Gulkote entfernt und durften wagen, an einem Ort zu bleiben – die

Rani sah wohl ein, daß Ash ihr keinen Schaden mehr tun konnte, denn wer interessierte sich hier schon für die Vorgänge in einem kleinen entlegenen Fürstentum oder schenkte den Erzählungen eines Landstreichers wie Ash Glauben?

Ash unterschätzte dabei aber nicht nur die Findigkeit der Beauftragten der Rani, er kannte auch nicht die wahre Ursache für ihre Entschlossenheit, ihn zu vernichten. Sie fürchtete nämlich weniger den alten Radscha als vielmehr die englischen Behörden...

Früher einmal, in den glücklicheren Zeiten der Unabhängigkeit, wäre Janu-Rani damit zufrieden gewesen, den jungen Ashok nicht mehr innerhalb der Grenzen ihres Fürstentums zu wissen. Diese Zeiten waren aber vorüber, denn die Engländer herrschten im gesamten Land. Sie krönten und stürzten Herrscher nach Belieben. Weil Janu immer noch die Absicht hatte, ihren Sohn auf den Thron zu bringen, mußte sie zuvor dessen Halbbruder beseitigen. Daß ihr mehrere Anschläge auf sein Leben mißlungen waren, störte sie weiter nicht, es gab noch andere Möglichkeiten, und am Ende würde sie ihr Ziel erreichen. Doch niemand außer ihren engsten Vertrauten durfte davon wissen, und daß einer von Laljis Dienern – ein Bettlerknabe, den er persönlich in den Palast gerufen hatte und der vermutlich sein Spion war – ihre Pläne kannte, ließ ihr keine Ruhe. Es war daher erforderlich, ihn zu beseitigen, bevor er sich dem Radscha anvertrauen konnte, der aus unerfindlichen Gründen eine Neigung für ihn hegte und ihm deshalb vielleicht sogar Glauben schenkte. Sie gab die nötigen Anweisungen, doch bevor man sie ausführen konnte, waren der Junge und seine Mutter entwischt. Das machte Janu-Rani nicht nur wütend, es machte ihr auch Angst.

Auch Lalji war wütend, und er schickte Suchtrupps aus, die den Jungen einfangen und zurückbringen sollten. Als sich aber keine Spur von ihm finden ließ, tat er die Sache ab und meinte: gut, daß wir diesen Ashok los sind, eine Meinung, der die Rani sich nur zu gern angeschlossen hätte. Ihr war aber der unwillkommene Besuch von Colonel Byng vom Politischen Departement noch gut in Erinnerung. Ihr Gatte hatte ihn mit allen Ehren empfangen müssen; auch war ihr zu Ohren gekommen, daß die englische Verwaltung so manchen Fürsten abgesetzt hatte, weil er Verwandte oder Rivalen hatte umbringen lassen. Sollte jener Ashok eines Tages erfahren, daß der Thronerbe von Gulkote ein vorzeitiges Ende gefunden hatte, mochte er sich an die englischen Behörden wenden, und es könnte eine Untersuchung geben. Und wer wollte schon sagen, was bei einer gründlichen amtlichen Untersuchung herauskommen würde? Der Junge durfte folglich nicht am Leben bleiben, denn er stellte für sie persönlich eine Gefahr dar und stand der Thronfolge ihres leiblichen Sohnes im Wege. Daher befahl sie: »Man muß ihn ausfindig machen, einerlei was das kostet, und seine Mutter ebenfalls, denn ihr hat er sich gewiß anvertraut. Ehe diese beiden nicht tot sind, können wir gegen den Prinzen Lalji nichts unternehmen.«

Ash fand Arbeit bei einem Schmied an der großen Heerstraße und einen Unterschlupf für sich und Sita im Lagerraum hinter der Schmiede. Die Arbeit war beschwerlich und wurde schlecht bezahlt, die Kammer fensterlos, klein und unmöbliert. Immerhin war ein Anfang gemacht, und mit dem Rest von Hira Lals Geld kauften sie ein gebrauchtes Bett, eine Steppdecke und Kochgerät. Sita vergrub den Erlös aus dem Pferdeverkauf in einem Loch unter dem Bett und versteckte in Ashs Abwesenheit das in Wachstuch geschlagene Päckchen mit den Briefschaften und die Beutel mit Hilarys Geld in einer Höhlung in der Wand. Diese Dinge hatte sie aus Gulkote mitgebracht. Sie selber suchte sich, was gar nicht zu ihr paßte, keine Arbeit, sondern war es zufrieden, in der Sonne vor der Tür zu sitzen, die kargen Mahlzeiten für sich und den Jungen zu bereiten und abends zuzuhören, wenn er von der Arbeit des Tages berichtete. Sie hatte sich nie viel vom Leben erwartet und trauerte dem Palast nicht nach; dort hatte sie ihren Jungen zu selten zu Gesicht bekommen und sehr wohl gewußt, daß er sich unglücklich fühlte.

Tatsächlich fühlte Ash sich hier wohler als im Dienste des Prinzen, denn das wenige, was er verdiente, wurde ihm zumindest in barer Münze auf die Hand gezahlt. Er fühlte sich jetzt als erwachsener Mann, und wenn er auch seine hochfliegenden Pläne keinesfalls aufgegeben hatte, wäre er doch ein Jahr oder zwei im Dorf geblieben. Indessen, Anfang des Jahres stellten zwei Fremde Erkundigungen nach einer alten Frau und einem Knaben an – die Frau stamme aus den Bergen, so sagten sie, und der Knabe habe graue Augen und sei vielleicht als Mädchen verkleidet. Man suche nach diesem Gaunerpaar, weil es aus dem Staatsschatz von Gulkote Juwelen entwendet habe, und auf die Ergreifung der Diebe sei eine Prämie von fünfhundert Rupien ausgesetzt; wer Hinweise geben könne, die zu ihrer Festnahme führten, dürfe mit einer Belohnung von fünfzig Rupien rechnen.

Die beiden Männer waren spät abends im Ort angekommen, und zum Glück für Ashok wurden sie vom Dorfältesten aufgenommen, mit dessen Sohn er befreundet war. Der Junge hörte, was die Erwachsenen miteinander redeten, und weil es am Ort außer Ashok und Sita niemanden gab, auf den die Beschreibung der Männer zutraf, schlich er sich hinaus und weckte Ash, der auf der Schwelle vor Sitas Tür schlief. Eine halbe Stunde später huschten die beiden im matten Sternenlicht einen Feldweg entlang zur Hauptstraße, wo Ashok hoffte, von einem Ochsengefährt mitgenommen zu werden, denn daß Sita nicht schnell und weit gehen konnte, war ihm nur allzu klar. Sie hatten Glück und wurden bis an den Rand einer kleinen benachbarten Stadt mitgenommen, fünf Meilen oder noch weiter, und schlugen sich wieder seitab der Straße durch die Felder, diesmal in südlicher Richtung, weil Ashok hoffte, seine Verfolger dergestalt irrezuführen.

In den folgenden zwei Monaten lebten sie von der Hand in den Mund, in ständiger Angst vor Verfolgern, und wagten nie, sich irgendwo aufzuhalten, wo sie Aufmerksamkeit hätten erregen können. Größere Orte schienen sicherer als Dörfer oder Weiler, wo jeder Fremde auffällt, doch war es nicht leicht, Arbeit zu finden und teuer, das Leben zu fristen. Der geringe Geldbestand schmolz dahin, und die dumpfige Luft in den Städten bekam Sita schlecht, sie sehnte sich nach den Bergen. Die Ebene hatte sie nie gelockt, und jetzt ängstigte sie sich förmlich davor. Als Ashok eines Abends mit Zimmerleuten auf einem Holzplatz ins Gespräch kam, hörte er auch hier die Geschichte von den beiden Juwelendieben, auf deren Ergreifung eine hohe Belohnung stand, und er verlor den Mut. Würden sie denn niemals den Verfolgern entkommen?

Sita flehte: »Laß uns wieder nach Norden wandern, in die Berge. Im Gebirge sind wir sicher, es gibt dort nur wenige Straßen und viele Verstecke. Wo soll man denn hier Zuflucht finden, in diesem flachen Land, durchzogen von hundert Wegen, die überall hinführen?«

Also wandten sie sich wieder nordwärts, zu Fuß diesmal, und sehr langsam. Plätze auf einem Fuhrwerk konnten sie sich nicht mehr leisten, es reichte kaum noch für die tägliche Nahrung und selten nur für ein geschütztes Nachtlager. In den Städten schliefen sie auf der Straße, im offenen Lande unter Bäumen. Und dann kam ein Tag, da konnte Sita nicht mehr weiter…

Die Nacht hatten sie im Schutze eines Felsüberhanges verbracht, am Ufer des Jhelum, im Angesicht der verschneiten Berge von Kaschmir, und als der Tag über der taunassen Ebene graute, ragte die Mauer des Gebirges hoch über dem Nebel auf, rosig angehaucht vom ersten Frühlicht. In der klaren Morgenluft schienen die Berge nur wenige Meilen entfernt, nicht weiter als einen tüchtigen Tagesmarsch, doch Sita, die, auf einen Ellenbogen gestützt, sehnsüchtig hinschaute, wußte, daß sie nie mehr dort hinkommen würde.

Das Frühmahl bestand aus nichts als trockenen Getreideflocken, aufgespart für den Notfall, von Ash zwischen Steinen zermahlen und mit Wasser zu einem Brei verrührt. Sita konnte aber nicht schlucken, und als er aufbrechen wollte – das Versteck war nicht sicher genug – schüttelte sie nur den Kopf.

»Ich kann nicht mehr, Piara, ich bin zu matt, zu matt…«

»Ich weiß, Mutter, auch ich bin erschöpft, doch bleiben können wir hier nicht. Es ist zu gefährlich, nirgendwo in der Nähe ist ein geschützter Platz, und wenn uns jemand sieht, sitzen wir in der Falle wie Ratten. Und es wird nicht lange dauern, bis man uns findet. Ich…« Eigentlich wollte er sie mit dem verschonen, was er wußte, um sie nicht noch mehr zu ängstigen, doch es kam darauf an, daß sie begriff, sie durften nicht bleiben. »Ich habe dir nichts davon gesagt, doch als wir gestern in der Herberge waren, erkannte ich einen Mann aus Gulkote. Deshalb konnten wir dort nicht bleiben. Wir müssen stromab gehen, bis wir eine Furt finden oder einen Fährmann, der uns übersetzt. Am anderen Ufer können wir ein Weilchen rasten. Stütz dich auf mich, Mutter, es ist nur ein kurzer Weg.«

»Ich kann nicht, mein Herz, du mußt allein weiter. Ohne mich kommst du schneller voran und bist auch weniger in Gefahr. Man sucht einen Knaben und eine alte Frau. Wir hätten uns längst trennen müssen – nur habe ich es nicht übers Herz gebracht.«

»Was für ein Unsinn«, sagte Ash empört. »Ich kann dich nicht allein lassen, wer würde für dich sorgen? Bitte, Mutter, steh auf, wir gehen ganz langsam.«

Er kniete neben sie hin, umfaßte ihre kalten Hände und redete ihr zu. »Du willst doch in die Berge, nicht wahr? Nun – schau hin, dort sind sie schon. Sobald wir da sind, wirst du dich besser fühlen, und wir machen uns auf die Suche nach unserem Tal. Du hast doch das Tal nicht vergessen, mit dem Mandelbaum und der Ziege und...« Seine Stimme bebte, und er versuchte, ihr aufzuhelfen. »Es ist nicht mehr weit, bestimmt nicht!«

Sita wußte jedoch, daß sie am Ende ihres Weges angelangt war. Sie war todmatt, und das wenige an Kraft, was ihr verblieb, mußte hinreichen, eine Pflicht zu erfüllen. Das fiel ihr bitter schwer, und es mußte rasch geschehen. Also machte sie sich von Ash los und zog mit zitternden Händen die vier kleinen, schweren, waschledernen Beutel aus dem Sari, die sie in ein Tuch eingeschlagen um die Hüften trug, und als sie sie betrachtete, rollten Tränen über ihre Wangen. Daß Ashok sich für ihren leiblichen Sohn hielt, bedeutete ihr so viel, daß sie es kaum fertigbrachte, ihm die Wahrheit zu sagen, obschon sie damit vielleicht sein Leben retten konnte. Doch es mußte sein. Einen anderen Weg, ihn zu retten, sah sie nicht, und auch dieser mochte aussichtslos sein...

»Ich bin nicht deine Mutter, und du bist nicht mein Sohn«, flüsterte Sita, und es kostete sie große Mühe, diese Worte zu sagen. »Du bist der Sohn eines Engländers... ein Sahib...«

Ash begriff nicht, und ihre Tränen ängstigten ihn mehr als alles, was er in Gulkote und auch in den fürchterlichen Wochen seither erlebt hatte: Der Tod von Tuku, das Gift und die Schlange, die Schrecken der Verfolgung – nichts war so schlimm gewesen wie dies. Er nahm sie fest in die Arme, er flehte sie an, nicht zu weinen und sagte, er wolle sie tragen, wenn sie denn nicht gehen könne, er sei stark, und wenn sie den Arm um seinen Hals lege, könne er es gewiß. Ihre Worte kamen ihm sinnlos vor, und erst der Anblick des Geldes ernüchterte ihn. Nie im Leben hatte er soviel Geld beisammen gesehen, und zunächst drängte sich ihm nur der Gedanke auf, daß man es sich nun leisten konnte, ein Fuhrwerk zur Weiterreise zu benutzen, ja, man konnte sogar eines kaufen, falls nötig. Die Mutter brauchte nicht mehr zu Fuß zu gehen, man konnte die Verfolger abschütteln, konnte Ärzte bezahlen und Arznei kaufen, und sie würde gesund werden. Sie waren reich! »Warum hast du mir das nicht vorher gesagt, Mutter?«

»Du solltest nicht wissen, daß du nicht mein Sohn bist, nicht mein leiblicher Sohn –« schluchzte Sita. »Ich hätte alles Geld weggeworfen, hätte ich es nur gewagt, doch ich hatte Angst... vielleicht würdest du es eines Tages brauchen. Und dieser Tag ist nun gekommen. Die Häscher der Rani sind uns auf den Fersen, und du kannst ihnen nur entkommen, wenn du mich zurückläßt und bei deinen Verwandten Zuflucht findest, denn dort wird sie dich in Ruhe lassen, dort bist du in Sicherheit. Anders geht es nicht...«

»Von welchen Verwandten sprichst du nur? Du hast immer gesagt, wir haben keine, und selbstverständlich bin ich dein Sohn! Du darfst so etwas nicht sagen, und daß du es tust, liegt nur daran, daß du krank bist und hungrig, aber jetzt können wir Nahrung kaufen, auch einen Wagen und ein Pferd, und –«

»Hör mir zu, Ashok!« Angst und das Bewußtsein, keine Zeit verlieren zu dürfen, gaben ihrer Stimme Schärfe, und sie umklammerte Ashs Handgelenke mit überraschender Kraft. »Du kannst jetzt nicht einkaufen gehen. Wenn man sieht, daß du Geld hast, wird man dich beschuldigen, es gestohlen zu haben, denn ein Knabe wie du kann unmöglich eine solche Summe zu Recht besitzen. Du mußt es verstecken wie ich, und erst deinen Verwandten darfst du es zeigen. In jenem Päckchen sind viele beschriebene Papiere, und hier ist ein Brief. Suche jemanden, der englisch lesen kann, und man wird dir sagen, an wen du dich wenden mußt. Dein Vater hat dies aufgeschrieben, bevor er starb, und ich hätte ihm gehorcht und dich zu seinen Verwandten gebracht, wäre nicht der Aufstand gewesen und hätte man in Delhi nicht alle Weißen ermordet. Doch die Papiere und das Geld habe ich für dich aufgehoben und getan, was dein Vater mir aufgetragen hat: Ich habe für dich gesorgt. ›Kümmere dich um den Jungen, Sita‹, das waren seine Worte, und ich habe es getan... aber aus Liebe. Nur... deine Mutter bin ich nicht. Auch sie war eine Engländerin, doch starb sie bei deiner Geburt, und ich nahm dich aus ihren Armen und gab dir die Brust... vom ersten Tage an habe ich dich aufgezogen und geliebt, vom ersten Tage an... aber jetzt kann ich nicht mehr. Also muß ich dich zu deinen Verwandten schicken, denn bei denen bist du in Sicherheit. Und weil ich nicht weiterkann, mußt du allein gehen. Verstehst du jetzt?«

»Nein«, sagte Ash. »Du bist und bleibst meine Mutter, und ich verlasse dich nicht. Das kannst du nicht verlangen! Im übrigen glaube ich nichts von alledem, was du da sagst, und selbst wenn es die Wahrheit ist: wir können alle diese Papiere verbrennen, dann bin ich weiterhin dein Sohn.«

»Bist du wirklich mein Sohn, so wirst du mir gehorchen. Ich bitte nicht darum, ich befehle es dir. Bleibe bei mir, wenn du willst, bis ich gestorben bin. Lange dauert es nicht mehr. Danach nimm das Geld und die Papiere an dich. Vernichte sie nicht. Wenn du mich liebst, schwörst du mir, sie nicht zu vernichten, sondern mit ihrer Hilfe deine Verwandten zu finden. Und wenn du es nicht aus Liebe zu mir tun willst, dann tu es, weil ich... weil ich dir die Mutter war. Versprichst du es mir, Ashok?«

»Ich verspreche es«, flüsterte Ash. Sie konnte doch unmöglich sterben? Das alles war nicht Wirklichkeit. Könnte er doch nur Hilfe herbeiholen, einen Arzt, oder wenigstens warmes Essen, das würde ihr neue Kraft geben. Und doch – sie wirkte so krank, und was, wenn er ins nächste Dorf ginge und dort festgehalten würde?

Das durfte er nicht wagen, Sita war zu schwach, sich zu rühren, sie würde verdursten oder verhungern. Aber wenn er am Ort blieb, würden sie alle beide sterben. Man würde sie bald genug entdecken, denn die Stelle, an der sie sich befanden, war von überallher einzusehen, die Ebene war ohne Baum und Strauch, das Ufer kahl. Nie hätte er einen solchen Lagerplatz gewählt, doch als er aus der Herberge vor dem Mann aus Gulkote flüchtete, war es schon dämmerig, und da er sich nicht auf die Hauptstraße wagte, war er hierher geraten, in offenes Gelände. Die Felsen am Ufer hatte er kurz nach Mondaufgang erreicht und war nur geblieben, weil Sita nicht weiterkonnte. Ihm war durchaus bewußt gewesen, daß er bei Tagesanbruch ein besseres Versteck finden mußte. Doch nun leckte die Sonne bereits den Morgennebel auf, das Vorgebirge wurde sichtbar und die verschneiten Gipfel glommen nicht mehr rosig und bernsteinfarben, sondern erglänzten in strahlendem Weiß. Der Tag war angebrochen, und seine Mutter lag im Sterben.

Es kann nicht wahr sein, ich will nicht, daß es wahr ist! dachte Ash und umklammerte Sita, als könnte er sie schützen. Doch ganz plötzlich kam ihm die Erkenntnis, daß alles wirklich war, daß sie ihn verließ. Kummer, Verzweiflung und Trauer zerrissen ihm das Herz, er barg das Gesicht an ihrer Schulter und schluchzte wie ein Kind, keuchend und krampfartig. Er spürte, wie die mageren Hände Sitas ihn besänftigend streichelten, hörte die geliebte Stimme dicht an seinem Ohr Trostworte murmeln, hörte sie sagen, daß er nicht weinen dürfe, denn er sei jetzt ein Mann, er müsse stark sein und kühn, er müsse seine Feinde überlisten und ein Burra-Sahib Bahadur werden wie sein Vater und Khan Bahadur Akbar Khan, dessen Name er trage. Erinnere er sich denn nicht seines Onkels Akbar, der ihn mitgenommen habe auf die Tigerjagd? Er sei damals noch ein Baby gewesen, habe aber keine Furcht gezeigt, und alle seien so stolz auf ihn gewesen. Also müsse er auch jetzt furchtlos sein und sich klarmachen, daß auf einen jeden am Ende der Tod warte, auf den Radscha wie auf den Bettler, den Brahmanen wie den Unberührbaren, auf Männer wie Frauen. Ein jeder verlasse diese Welt und werde von neuem geboren...

»Ich sterbe nicht, Piara, ich ruhe nur und warte auf meine Wiedergeburt. Wenn die Götter uns gnädig sind, werden wir einander im nächsten Leben wieder begegnen, oh ja, darauf zähle ich... vielleicht in jenem Tal...«

Und nun sprach sie von dem Tal, mühsam nach Worten ringend, kaum hörbar, und als Ashs Tränen allmählich versiegten, stimmte sie jenes Wiegenlied an, mit dem sie ihn ehedem in Schlaf zu singen pflegte:

»Schlaf Kindchen, schlaf,
Butter, Zucker, Brot.
Butter, Zucker, Brot sind verspeist
und mein Kindchen schläft.«

Ihre Stimme verlor sich so allmählich, daß Ash erst nach einer Weile merkte: er war allein.

Die langen blauen Schatten des Morgens verkürzten sich gegen Mittag und wurden allmählich, bei vorschreitendem Nachmittag, wieder länger; die Sonne näherte sich dem fernen Horizont.

In der Ebene hörte man Rebhühner krächzen, Wildenten quakten am Fluß, und die Sumpfschildkröten, die tagsüber am Ufer ihr Sonnenbad genommen, ließen sich ins Wasser plumpsen. Bald würde es dunkeln, und es wurde Zeit aufzubrechen. Ich habe versprochen, weiterzugehen, dachte Ash benommen, und was habe ich hier noch zu suchen?

Er erhob sich mühsam mit steifen Gelenken, denn er hatte den Tag über hockend neben Sitas Leichnam verbracht, ihre verarbeitete, erstarrende Hand in der seinen haltend. Seine Muskeln waren verspannt, sein Sinn benommen von Trauer, Kummer und Schock. Wann er zuletzt gegessen hatte, wußte er nicht mehr, er war auch nicht hungrig, nur sehr durstig.

Die untergehende Sonne ließ das Wasser des Flusses funkeln, als Ash am Ufer hinkniete und gierig trank; dann badete er die brennenden Augen und kühlte den schmerzenden Kopf. Seit Sita gestorben war, hatte er nicht mehr geweint, und auch jetzt weinte er nicht, denn jener Knabe, der bei Tagesanbruch so bitterlich geschluchzt hatte, lebte nicht mehr. Noch zählte er keine zwölf Jahre, doch ein Kind würde er nie mehr sein. In der kurzen Spanne eines Nachmittages war er erwachsen geworden und hatte seine Kindheit endgültig hinter sich gelassen. Denn an diesem Tage verlor er nicht nur die Mutter, sondern auch seine Identität. Einen Ashok, Sohn der Sita, Weib des Pferdeknechtes Daya Ram, hatte es in Wahrheit nie gegeben. Es gab nur einen Knaben, dessen Eltern tot waren, der den eigenen Namen nicht kannte und nicht wußte, wo seine Verwandten finden. Ein englischer Knabe – ein Fremder im Lande. Er gehörte nicht hierher, dies war nicht seine Heimat...

Das kühle Wasser klärte seinen Kopf, und er überlegte, was zu tun sei. Bei dem Gedanken, seine Mutter einfach liegen zu lassen und fortzugehen, überkam ihn die Erinnerung an eine schwüle Nacht und das grausige Geheul von Schakalen und Hyänen im Mondlicht; diese Erinnerung ließ ihn erschauern.

Draußen im Fluß sah er etwas treiben – ein Baumstamm vielleicht, den die Strömung mit sich führte –, und bei diesem Anblick fiel ihm ein, daß es dort, woher Sita stammte, üblich war, die Toten zu verbrennen und ihre Asche über das Wasser zu streuen, das sie dem Meere zuführte.

Einen Scheiterhaufen konnte er für Sita nicht errichten, dazu fehlte es an Brennbarem, doch gab es immerhin den Fluß, jenen kühlen, tiefen, majestätisch strömenden Fluß, entsprungen in ihren heimatlichen Bergen, der sie sanft aufnehmen und dem Meere zutragen würde. Die untergehende Sonne funkelte prächtiger darauf als Flammen. Er kehrte zurück zu dem Felsüberhang, wikkelte Sita in ihre Decke, wie um sie warmzuhalten, trug sie ans Wasser, watete eine Strecke hinein, bis der Fluß tief genug war, sie aufzunehmen und zu tragen. Sie war schon ganz starr und überraschend leicht, es ging alles viel einfacher, als er vermutet hatte. Als er sie freigab, trieb sie im Wasser davon, an der Oberfläche gehalten von der Decke.

Die Strömung zog sie in die Mitte des Flusses, und dann sah er sie stromab treiben, bis ihr Umriß im glitzernden Widerschein der Abendsonne unsichtbar wurde. Als das Licht weniger blendete, der Fluß nicht mehr golden glänzte, sondern opalen schimmerte, war sie nicht mehr zu sehen.

Ash watete ans Ufer zurück, frierend, weil er so lange im kalten Wasser gestanden hatte. Er biß die Zähne zusammen. Er war jetzt hungrig, brachte es aber nicht über sich, von dem Brei zu essen, den er am Morgen für Sita angerührt hatte, und den sie nicht zu schlucken vermochte. Er warf ihn weg, obschon er wußte, daß er bald Nahrung brauchte, wollte er nicht zu schwach sein, den Weg fortzusetzen, wie er es Sita versprochen hatte... Er wog die Beutel mit den Gold- und Silbermünzen in der Hand, auch das Päckchen mit den Briefschaften. Er hätte gern alles an Ort und Stelle gelassen. Doch durfte er das nicht. Das alles war sein Eigentum, und er mußte es mitnehmen. Er entnahm einem der Beutel eine einzige Rupie, dann wickelte er alles in den Stoffgürtel, den Sita eigens gefertigt hatte, befestigte ihn um den Leib, unsichtbar unter seinen zerlumpten Kleidern. Den einzelnen Brief, mit der für ihn unlesbaren Handschrift, verbarg er in seinem Turban. Nun deutete nichts in der flachen Mulde unter dem Felsüberhang mehr darauf hin, daß jemand hier gewesen war... ausgenommen Fußspuren und der schwache Abdruck Sitas an der Stelle, wo sie geschlafen hatte und endlich gestorben war. Er berührte die Stelle behutsam, so als sei Sita noch dort und als fürchte er, sie zu wecken.

Im gleichen Augenblick erhob sich die abendliche Brise, sie strich über das Wasser des Flusses und glättete den silbrigen Sand mit einem kleinen Wirbel.

Ashton Hilary Akbar Pelham-Martyn nahm sein Bündel, wandte der Vergangenheit den Rücken und machte sich in der kalten Abenddämmerung auf, jene zu suchen, denen er angehörte.

7

»Der Brief ist an einen Captain-Sahib gerichtet«, sagte der Schreiber im Basar und blickte durch zerkratzte Brillengläser auf Hilarys letzten Brief, »an einen Captain-Sahib bei den Kundschaftern. Sieh her – dort steht es: Mardan. Das ist unweit von Hoti Mardan, nördlich von Malakand. Noch hinter Attock und dem Indus, jenseits des Kabul.«

»Die Kundschafter«, flüsterte Ash benommen. Hätte er es nur gewagt, er wäre längst in Mardan gewesen, doch vermutete er, daß die Beauftragten der Rani ihm dort auflauern würden, denn in Gulkote wußte man, daß er mit dem Sohn von Koda Dad befreundet war. Die Häscher dürften unterdessen aber zu dem Schluß gekommen sein, daß Ash zu schlau war, ihnen dort in die Falle zu gehen, und gewiß suchten sie anderswo nach ihm. Doch auch wenn sie ihm dort noch auflauerten, war die Lage jetzt insofern eine andere, als sie es nicht mehr mit einem hilflosen Straßenjungen zu tun hatten, der darauf angewiesen war, bei einem gemeinen Kavalleristen der Kundschafter Unterschlupf zu finden, sondern mit einem Sahib, der den Schutz aller Sahibs genoß. Und das galt nicht nur für ihn selber, sondern auch für Zarin und notfalls auch für Koda Dad.

»Die Kundschafter«, wiederholte Ash leise. Und plötzlich funkelten seine Augen vor Erregung und der Nebel tiefster Verzweiflung hob sich wie Frühdunst. Endlich nahm sein Leben eine Wendung zum Guten.

»So nennt sich das Regiment, das in Mardan in Garnison liegt«, erklärte der Schreiber wichtigtuerisch, »und der Name des Sahib lautet As-esh-taan. Captain Ash-tarn. Das übrige –« er wollte den Brief aufmachen, doch Ash nahm ihn an sich und sagte dabei, er habe nur den Namen des Sahib und die Adresse wissen wollen, alles übrige sei unwichtig.

Der Schreiber sagte belehrend: »Falls es ein Empfehlungsbrief ist, solltest du den Inhalt kennen. Wenn Nachteiliges drin steht, kann man den Brief zerreißen und sagen, er sei verlorengegangen. Eine gute Empfehlung hingegen läßt sich auch gut verkaufen. Im Basar bekommt man dafür einen anständigen Preis. Willst du dich bei dem Sahib um eine Stellung bewerben?«

»Nein... ich besuche den Bruder einer Verwandten, der bei ihm in Dienst ist«, log Ash zungenfertig. »Er hat mir die Adresse zwar gesagt, aber ich habe sie vergessen, und Englisch lesen kann ich nicht.«

Er bezahlte die halbe Anna, wie ausgemacht, prägte sich den Namen und die

Adresse noch einmal ein und steckte den Brief wieder in den Turban. Für die andere halbe Anna kaufte er sodann geröstete Nüsse und eine Stange geschältes Zuckerrohr.

Ash hatte unterdessen eine weite Reise zurückgelegt; seit er allein war, kam er wesentlich schneller vorwärts. Wie recht hatte doch Sita, als sie sagte, er wäre allein weniger gefährdet, denn er hörte immer wieder, daß in den Orten, durch die er kam, Erkundigungen nach ihnen beiden eingezogen worden waren. So wuße er, daß die Jagd noch im Gange war. Weil seine Verfolger aber meinten, daß er die Mutter niemals verlassen würde, suchten sie nach einer Frau aus den Bergen in Begleitung eines grauäugigen Knaben und achteten nicht auf einen zerlumpten Gassenjungen, dessen Augen- und Hautfarbe im Nordwesten des Landes, wo die Berge des Khaibar den Horizont verstellten, nicht auffielen.

Ihn selber also hatte niemand aufgehalten und ausgefragt. Weil er aber auf keine Weise auffallen wollte, unterließ er es, in kleineren Orten, wo dies Neugier geweckt hätte, jemanden um eine Übersetzung seines Briefes zu bitten. Erst in einer Stadt, in der es mehr als ein Dutzend Schriftkundige gab, meinte er, dies Wagnis eingehen zu können, und nun erwies sich, daß der Adressat ein Offizier bei den Kundschaftern, also in Zarins Regiment war. Das war beinahe zu schön, um wahr zu sein.

Ash erinnerte sich, daß die Mutter gesagt hatte, sie wisse nicht, was in dem Brief geschrieben stehe. Allerdings meinte er, sie müsse wohl doch eine ungefähre Ahnung gehabt und deshalb seinen Umgang mit Koda Dad und dessen Sohn und überhaupt seinen Plan, selber bei den Kundschaftern einzutreten, mißbilligt haben. Aber am Ende war doch sie es gewesen, die ihn auf den Weg nach Mardan gewiesen hatte, wo er Zarin treffen und Reiter bei den Kundschaftern werden wollte – vielleicht gar Offizier, falls dieser Captain-Sahib wirklich ein Verwandter war und Bereitschaft zeigte, ihn zu fördern. Das allerdings sollte er nie erfahren, denn William Ashton war bereits tot.

Die Kundschafter hatten im Herbst des vergangenen Jahres an dem Feldzug gegen feindliche Grenzstämme in Ambeyla teilgenommen, und William, der von der Existenz eines Neffen immer noch nichts wußte, war gefallen, kurz nachdem der Sohn seiner Schwester aus dem Palast von Gulkote entwich. Jetzt war der Frühling gekommen, die Mandelbäume blühten, die Weiden hatten Knospen angesetzt, und Ash wanderte auf der Straße, die von Attock nach Peshawar führt.

Die Wasser des Kabul waren rot gefärbt von der Erde, die der Frühjahrsregen vom Khaibar spülte und der schmelzende Schnee aus dem fernen Afghanistan mitführte, und alle Furten waren unpassierbar. Ash mußte den Fluß daher auf der Schiffsbrücke von Nowshera überqueren. Mit der Fähre bei Attock über den Indus zu setzen, hatte er wohlweislich vermieden, denn ihm fiel rechtzeitig ein, daß ein einzelner Mann mühelos jeden beobachten konnte, der dort passierte. Tatsächlich gab es solch einen Beobachter, einen unauffälligen Reisenden, der offenkundig nicht in Eile war, sich mit dem Fährmann anfreundete und seine Tage damit verbrachte, die Leute zu mustern, die übergesetzt wurden. Statt dessen setzte Ash fünf Meilen stromab auf dem Floß eines Bauern über und gelangte später wieder auf die Straße nach Peshawar. In Nowshera war das Glück ihm wiederum günstig, denn er fand einen Bauern, der ihn auf seinem Karren mitnahm, wo Ash sich unter dem Vorgeben, er sei sehr müde, zwischen Kohlköpfen ein Lager machte und ungesehen über eine weitere Schiffsbrücke gelangte. Noch am Abend des gleichen Tages erreichte er – staubig, mit zerschundenen Füßen und recht matt – die Garnison von Mardan und fragte nach dem Sowar Zarin Khan von den Kundschaftern.

Nach monatelangen schweren Kämpfen im Gebiet von Yusafzai waren die Kundschafter in die Garnisonen zurückgekehrt, und achtzehn Monate harten Dienstes ließen Zarin kaum noch als den fröhlichen Jüngling erkennen, als der er leichten Herzens von Gulkote fortgeritten. Er war größer und in den Schultern breiter geworden, und anstelle des sprießenden Bärtchens, an das Ash sich noch erinnerte, trug er nunmehr einen dichten Schnauzbart. Doch war er noch immer der alte Zarin und freute sich, Ashok zu sehen.

»Von meinem Vater weiß ich, daß du nicht mehr in Gulkote bist«, sagte Zarin und umarmte Ash, »und da ahnte ich gleich, eines Tages wirst du herkommen. Als Sowar kannst du erst eintreten, wenn du ganz erwachsen bist, aber ich will mit meinem Bruder reden. Er ist nach der Schlacht bei Ambeyla befördert worden und findet schon was für dich. Ist deine Mutter bei dir?«

»Sie ist tot«, antwortete Ash tonlos. Nicht einmal zu einem so vertrauten alten Freund wie Zarin konnte er von Sita sprechen. Zarin schien das gleich zu verstehen, denn er fragte weiter nicht, sondern sagte nur: »Es tut mir leid. Sie war dir eine gute Mutter. Und selbst der Verlust einer schlechten Mutter tut weh, denn ein jeder von uns hat nur eine einzige.«

»Ich habe aber anscheinend zwei gehabt«, sagte Ash trübe. Er trat zu Zarin ans Feuer, um sich zu wärmen und berichtete: von der Flucht aus Gulkote und von dem, was Sita ihm ganz zuletzt eröffnet hatte. Zum Beweis reichte er dann Zarin jenen Brief, der an den toten Offizier der Kundschafter gerichtet war.

Zarin konnte die Schrift ebenfalls nicht lesen, doch auch ihn überzeugte sogleich der Anblick des Geldes, denn die Sprache der Münzen versteht man überall. Insgesamt waren es mehr als zweihundert, meist Goldmünzen: Sovereigns und Mohurs. Daß Sita jahrelang ein solches Vermögen mit sich herumgetragen hatte, machte die Geschichte sehr überzeugend.

Zarin betrachtete zweifelnd den Brief, den Ash ihm gereicht, und sagte: »Den zeigen wir am besten meinem Bruder. Der wird vielleicht Rat wissen. Mir ist die Angelegenheit zu dunkel, ich kann dir nicht raten.«

Zarins Bruder, der Jemadar, hatte keinerlei Zweifel; er sah überhaupt nur eine einzige Möglichkeit: Da Ashton-Sahib nicht mehr am Leben war, mußte man die Sache vor Colonel Brown-Sahib bringen, den Kommandeur, und der würde schon wissen, was da zu tun war. Er selber, Awal Shah, sei bereit, sogleich mit dem Jungen zum Regimentsstab zu gehen, denn falls diese ungewöhnliche Geschichte sich bestätigte, mußten Geld und Papiere unverzüglich an einem sicheren Ort verwahrt werden.

»Du, Zarin, schweigst gegenüber jedermann, denn falls die Rani von Gulkote den Tod dieses Knaben wünscht, wird sie sich an jedem rächen, der ihm bei der Flucht behilflich war, und sie wird sogleich unseren Vater verdächtigen, wenn sie erfährt, daß Ashok bei uns ist. Es ist also für alle Beteiligten wichtig, daß Ashoks Spur sich verliert. Wenn ich jetzt zum Kommandeur gehe, folgt Ashok mir in einigem Abstand, damit niemand denkt, wir gehören zusammen. Du wartest dann draußen, bis man dich ruft.«

Zarins Bruder stopfte alle Beweismittel in die Taschen und ging forschen Schrittes davon, in den Sonnenuntergang hinein. Ash folgte in gehörigem Abstand und saß eine halbe Stunde wartend auf einer Grabenböschung; er warf Steinchen ins Wasser und behielt die Fenster des Stabsgebäudes im Auge. Die Schatten wurden länger und auf die staubige Garnisonsstraße senkte sich die herbe, vom Rauch der Holzfeuer und glosenden Kuhfladen durchsetzte Abendluft dieses Frühlingstages.

Er wußte es nicht, doch war dies die letzte Stunde seiner Unabhängigkeit. Es war auf Jahre hinaus die letzte von Frieden, Müßiggang und Freiheit erfüllte Stunde, und hätte er das geahnt, er hätte vielleicht sein Sita gegebenes Versprechen gebrochen und sich davongemacht, solange noch Zeit war. Doch hätte ihm das wenig genützt, denn dem hochdekorierten Colonel Sam Brown, Kommandeur der Kundschafter, wäre er nicht entkommen. Dieser packte gerade jene vor sieben Jahren in Wachstuch eingeschlagenen Schriftstücke aus, nachdem er zuvor den unbeendeten, von Professor Pelham-Martyn an seinen Schwager William Ashton gerichteten Brief gelesen hatte. Es war also für Hilarys Sohn zu spät zu fliehen.

Drei Wochen später fand Ash sich in Bombay wieder, angetan mit viel zu warmen, ihm unbehaglichen europäischen Kleidern, an den Füßen noch unbequemere europäische Stiefel, und auf dem Wege ins Land seiner Väter.

Die Passage war von den Offizierskameraden seines Onkels gebucht und bezahlt worden. Zunächst hatten sich alle geweigert zu glauben, der Straßenbengel könnte ein Neffe des bedauernswerten William sein. Sie ließen sich dann aber doch durch die beweiskräftigen Dokumente überzeugen, (vor allem von einer Daguerrotypie Isobels, der Ash verblüffend ähnelte und einer weiteren, die ihn vierjährig auf dem Schoße seiner Amme Sita sitzend zeigte – beide wurden von Zarin anstandslos identifiziert). Einmal von seiner Identität überzeugt, konnten die Offiziere sich gar nicht genug tun, den Neffen eines beliebten Kameraden zu verwöhnen. Der Neffe allerdings zeigte nicht die Spur von Dankbarkeit.

Ash hielt das Sita gegebene Versprechen, indem er Geld und Papiere aushändigte, und wenn es nach ihm gegangen wäre, er wäre bei Zarin und Awal Shah als Pferdejunge und Futtermacher geblieben, bis er alt genug war, ins Regiment einzutreten. Warum ließ man ihn nicht gewähren? Warum stoße ich, so dachte er, fortwährend und überall auf Leute, die mir Weisungen erteilen, denen ich nicht folgen mag, die meine Bewegungsfreiheit einschränken und sich über meine Wünsche einfach hinwegsetzen? Und warum gibt es andere, die keine Skrupel haben, mich umzubringen, bloß weil eine ehrgeizige bösartige Frauensperson meinen Tod wünscht und mich in ganz Indien suchen läßt? Ich hatte mit diesen Schergen doch niemals Streit! Das war einfach ungerecht.

In den Basaren von Gulkote hatte er sich wohlgefühlt und niemals den Wunsch verspürt, in den Palast überzusiedeln. Doch man ließ ihm keine Wahl. Und jetzt sollte er also wiederum seine Freunde und das, was ihn seine Heimat dünkte, verlassen, und im Land seiner Väter leben, und abermals ließ man ihm keine Wahl und hörte nicht auf seine Einwände. Wieder war er in eine Falle geraten, ganz wie damals beim Betreten des Palastes, und auch jetzt war es zu spät zur Flucht, auch jetzt schlossen sich die Tore hinter ihm. Vielleicht durfte er als Erwachsener endlich einmal tun, wie ihm beliebte, was ihm allerdings jetzt schon unwahrscheinlich vorkam, wimmelte es doch in der Welt offenbar von Tyrannen, gedungenen Mördern und aufdringlichen Leuten, die sich in alles und jedes einmischten. Immerhin schworen die Sahibs, er werde nach Indien zurückkehren dürfen, wenn er seine Jahre in England abgedient habe.

Der Oberst sagte, man habe die Verwandten seines Vaters telegrafisch unterrichtet, und sie seien bereit, ihn, Ash, ausbilden und zu einem Sahib erziehen zu lassen. Arbeite er strebsam und bestehe alle Prüfungen (was das wohl sein mochte?), dürfe er als Offizier zu den Kundschaftern nach Mardan zurückkehren, und diese Aussicht war es, mehr jedenfalls als sein Sita gegebenes Versprechen oder die Angst vor den Häschern der Rani, die Ash zögern ließ, einen Ausbruchsversuch zu machen. Auch beruhigte ihn der Umstand, daß er gemeinsam mit einem Sahib reisen würde, der sich von zwei indischen Dienern begleiten ließ, was bedeutete, daß Ash nicht ganz ohne vertrauten Umgang sein würde. Dies war übrigens das Ergebnis einer beiläufig von Awal Shah gemachten Bemerkung.

Er sagte nämlich im Gespräch mit dem Kommandeur: »Eigentlich ist es sehr schade, daß der Junge auf diese Weise unsere Sprache und unsere Gebräuche vergessen wird. Ein Sahib, der denkt und spricht wie wir, der sich unbedenklich als Pathan oder Pandschabi ausgeben kann, würde dem Regiment von größtem Nutzen sein. In England wird er wie alle Sahibs, und das ist für das Regiment ein wirklicher Verlust.«

Dem Kommandeur leuchtete das auf der Stelle ein. Zwar mußte jeder im indischen Kolonialdienst tätige Engländer einen oder mehrere Dialekte beherrschen, doch kaum einer hätte mit seinen Kenntnissen für einen Einheimischen durchgehen können. Die wenigen, die das vermochten, waren gemischten Blutes und daher ausgeschlossen von der höheren Laufbahn, beim Militär wie in der Verwaltung. Selbst ein so genialer Offizier wie Oberst George Skinner, jener weithin berühmte »Sikundar-Sahib«, bekam im bengalischen Heer kein Offizierspatent, weil er eine indische Mutter hatte. William Ashtons Neffe hingegen war ein echter Inder (nur der Abstammung nach nicht) und einer der ganz wenigen, bei denen das Einheimische nicht nur aufgesetzt wirkte. Als solcher konnte er künftig in einem Lande unschätzbar sein, wo nur genaue Tatsachenkenntnis Katastrophen verhinderte und das Überleben gewährleistete. Awal Shah war folglich zuzustimmen: so vielversprechendes Material durfte nicht vergeudet werden.

Der Kommandeur brütete über dieser Frage, bis er eine geniale Antwort darauf fand. Der Bezirksvorsteher, Colonel Ronald Anderson, aus Gesundheitsgründen zwangspensioniert, sollte am kommenden Donnerstag in die Heimat abreisen, begleitet von seinem Träger Ala Yar, einem Pathan, und seinem Koch Mahdu, der aus den Bergen jenseits von Abbottabad stammte; beide dienten bereits mehr als zwanzig Jahre bei Anderson. Dieser war sowohl mit John Nicholson befreundet als auch mit Sir Henry Lawrence und hatte in seiner Jugend etliche Jahre beim Stabe des glücklosen Macnaghton in Afghanistan gedient. Er sprach ein halbes Dutzend Dialekte, liebte und kannte die Provinzen an der Nordwestgrenze und auch das Gebiet jenseits der Grenze. Ash würde unter seiner Aufsicht nicht nur während der Reise gut aufgehoben sein, sondern der Pensionär Anderson könnte ihn auch in allen Schulferien bei sich haben, vorausgesetzt, die Verwandten von Ash wären einverstanden und er, Anderson, selber auch. Dies ausfindig zu machen, zögerte der Kommandeur keinen Moment. Er trug dem ungern scheidenden Anderson die ganze Geschichte noch selbigen Tages vor, und dieser war davon so fasziniert, daß er sich ohne weiteres einverstanden erklärte.

Zarin versicherte dem zweifelnden Ash ein übers andere Mal: »Selbstverständlich kommst du zurück. Nur mußt du zuvor viel lernen, und angeblich kann man das nur in England. Ich selber allerdings – nun, reden wir nicht davon. Noch wichtiger aber ist es, am Leben zu bleiben, und ob dir das auf die Dauer hier gelingt, ist ungewiß, solange auf deinen Kopf eine Prämie ausgesetzt ist. Man kann nicht darauf bauen, daß die Leute der Rani deine Spur verloren haben, aber übers Meer können sie dir nicht folgen, soviel steht fest. Und lange vor deiner Rückkehr werden dich alle vergessen haben. Ich und mein Bruder haben Stillschweigen schwören müssen, nicht einmal unseren Vater dürfen wir wissen lassen, daß du hier warst, denn Briefe können abgefangen und von Neugierigen gelesen werden. Später, wenn die Aufregung sich gelegt hat und der Colonel-Sahib meint, es sei nicht mehr gefährlich, schreibe ich dir nach England. Und du bist ja nicht allein dort, Anderson-Sahib ist ein guter Mensch, man kann ihm vertrauen, und er und seine Diener sorgen schon dafür, daß du uns nicht ganz vergißt, wenn du lernst, ein Sahib zu werden – die Jahre gehen rasch vorüber, Ashok, glaub mir.«

Darin allerdings irrte Zarin, denn die Jahre gingen keineswegs rasch vorüber, vielmehr krochen sie dahin, jede Woche wie ein Monat, jeder Monat wie ein Jahr. Doch was Colonel Anderson anging, hatte Zarin recht. Dieser alte Kolonialbeamte schloß den Jungen in sein Herz und brachte ihm bereits auf der qualvoll langen Reise eine Menge Englisch bei, nachdem er ihm zu bedenken gegeben hatte, wie wenig vorteilhaft, ja geradezu erniedrigend es sei, ein fremdes Land zu betreten, ohne der dortigen Sprache mächtig zu sein.

Ash begriff, worauf der alte Herr hinauswollte, und dank der vom Vater ererbten Sprachbegabung hätte schon ein Jahr später niemand mehr vermutet, daß er bis vor kurzem eine andere Sprache gesprochen hatte. Dank der jungen Menschen eigenen Lust nachzuahmen, sprach er bereits mit der eigentümlichen Betonung der englischen Oberschicht, ganz so wie seine pedantischen Erzieher und die ältlichen Pelham-Martyns. Allerdings fühlte er sich, so sehr er sich bemühte, niemals als einer von ihnen, und auch ihnen fiel es schwer, Ash als Angehörigen zu akzeptieren. Also blieb er ein Fremder in einem fremden Lande, und England wurde ihm niemals Heimat, denn seine Heimat war Hindustan, und immer noch war er Sitas Sohn und würde es bleiben.

Das neue Leben brachte endlose Überraschungen, und zwar nicht nur befremdliche, sondern geradezu abstoßende. In den Augen der Engländer waren das Lappalien, doch auf Ash, der die religiöse Erziehung genossen hatte, die im Volke seiner Mutter üblich war, wirkten sie geradezu unglaublich abstoßend. So aß man beispielsweise Schweine- und Rindfleisch! – Das eine war ein Ekel, das andere ein unaussprechliches Sakrileg, denn das Schwein ist ein unreines Tier, das Rind aber heilig.

Ebenso widerwärtig war ihm die Gewohnheit der Engländer, statt eines Zweiges, den man brach, gebrauchte und fortwarf, eine Zahnbürste mehr als einmal zu benutzen. Schließlich ist Speichel, wie jedermann weiß, die Quelle aller Seuchen. Die Engländer wußten davon offenbar nichts, und bis Ash kapitulierte und sich Bräuchen fügte, die ihm barbarisch vorkamen, gab es manchen Ärger.

Das erste Jahr war für alle Beteiligten das schwerste, nicht zuletzt für Ashs Verwandtschaft, die das Auftreten eines jungen »Heiden« aus dem fernen Indien ebenso entsetzte wie seine Gewohnheiten. Streng konservativ und typische Produkte der insularen Inzucht, scheuten sie davor zurück, Hilarys Sohn den prüfenden Augen von Bekannten und Nachbarn zu präsentieren. Man änderte auch in aller Eile den ursprünglichen Plan, Ash in eine jener berühmten alten Privatschulen zu schicken, wo bereits sieben Generationen von Pelham-Martyns erzogen worden waren, sondern nahm statt dessen einen Hauslehrer auf, zu dessen Unterstützung wöchentlich einmal ein ältlicher Geistlicher und ein ehemaliger Dozent der Universität Oxford in Erscheinung traten, um ihn »in die passende Form« zu bringen. Daß Colonel Anderson sich Ashs während der Ferien anzunehmen bereit war, empfanden Ashs Verwandte als große Erleichterung.

Pelham Abbas, der Landsitz von Hilarys älterem Bruder Sir Matthew Pelham-Martyn, war ein eindrucksvoller Besitz. Das geräumige Wohnhaus war im Stil Queen Annes erbaut, umgeben von terrassierten Rasenflächen, ummauerten Gärten, Stallungen und Gewächshäusern. Es gab auch einen Zierteich und eine weitläufige Parkanlage, wo Ash nach Herzenslust reiten durfte, einen mit Forellen besetzten Bach und jenseits eines Waldgürtels, in dem Fasane gehalten wurden, eine Farm, die das Herrenhaus versorgte. Das Wohnhaus war angefüllt mit Stilmöbeln und Ahnenbildern, und die Familie, die schon gefürchtet hatte, das ganze Ensemble werde den unzivilisierten jungen Neffen einschüchtern, war unangenehm überrascht, weil er das Haus kalt und unbehaglich fand und gar nicht zu vergleichen mit einem indischen Palast, dessen Name niemand richtig aussprechen konnte und in dem er Jahre seines Lebens zugebracht haben wollte.

Dies war also die erste Überraschung, und es folgten weitere, durchaus nicht nur unangenehme. Daß der Junge ein glänzender Reiter und ein treffsicherer Schütze war, hatte niemand erwartet, und dafür war man dankbar. Sein Vetter Humphrey meinte denn auch: »Solange er jagt und reitet, ist er passabel. Schade nur, daß er so spät zu uns kommt. Den richtigen Geist hat er nicht, und den werden wir ihm auch nicht mehr beibringen können.«

Ashs Denkweise blieb denn auch exotisch und brachte ihn häufig in unangenehme Lagen; so etwa seine Weigerung, Rindfleisch zu essen. Es war wohl das stärkste und letzte Überbleibsel von Sitas Erziehung, das er trotz guten Willens nur schwer ablegte, obwohl er deshalb endlose Strafpredigten und den Zorn seiner Lehrer und Verwandten zu erdulden hatte. Ferner wollte er nicht einsehen, daß es unpassend war, Willie Higgins, dem Schuhputzer, das Reiten beizubringen, oder die zwölfjährige Küchenmagd Annie Mott, mager, überarbeitet und halb verhungert, zu seiner Teemahlzeit einzuladen. »Es ist schließlich meine Teemahlzeit, nicht wahr, Tante Millicent?« sagte er, oder auch: »Onkel Matthew hat mir Blue Moon geschenkt, und auf meinem eigenen Pferd darf ich wohl doch...«

»Es sind Dienstboten, mein Junge, und Dienstboten behandelt man nicht wie Gleichgestellte. Sie würden das falsch auffassen«, erklärte Tante Millicent gereizt, weil dieser unmögliche Abkömmling ihres exzentrischen Schwagers es wagte, mit ihr zu streiten. Das sah Hilary ähnlich. Er war immer ein schwarzes Schaf gewesen, und selbst nach seinem Tode verursachte er noch Ärger.

»Als Diener von Lalji habe ich trotzdem dessen Pferde geritten«, beharrte Ash.

»Das war in Indien, Ashton. Wir sind hier in England, und du mußt lernen, dich richtig zu benehmen. In England spielt man nicht mit Dienstboten, man lädt sie auch nicht an den Tisch. Und Annie bekommt in der Küche ausreichend zu essen.«

»Nein, kriegt sie nicht, sie hat immer Hunger, und es ist ungerecht, weil Mrs. Mott –«

»Das reicht jetzt, Ashton. Ich habe Nein gesagt, und wenn das nicht genügt, sorge ich dafür, daß du die Küche nicht mehr betrittst und mit dem Personal nicht mehr reden darfst. Verstehst du mich?«

Ash verstand nicht. Seine Verwandten allerdings verstanden ebenfalls nichts. Als er Englisch nicht nur sprechen, sondern auch schreiben gelernt hatte, schenkte ihm der Onkel in lobenswerter Absicht einige Bücher über Indien, um seinen Fleiß anzuspornen und etwas Abwechslung in seine Lektüre zu bringen. Der Onkel meinte, Ash werde sich dafür gewiß besonders interessieren. Unter den Büchern waren auch solche, die Hilary verfaßt hatte, außerdem aufregende Geschichten wie »Die Eroberung Bengalens« und Sleemans »Darstellung der Ausrottung der Straßenräuber« sowie Sir John Kayes »Geschichte des Sepoyaufstandes«. Und wirklich, Ash zeigte großes Interesse, wenn auch nicht von jener Art, die dem Onkel vorschwebte. Die Bücher seines Vaters fand er zu trocken und gelehrt, und als Sir Matthew ihn, nichts Böses ahnend, um seine Meinung über die anderen Werke befragte, bekam er unliebsame Auskünfte.

»Du hast aber ausdrücklich nach meiner Meinung gefragt«, wehrte sich Ash empört, »und so lautet sie nun mal. Bedenke bitte, das Land gehörte schließlich den Indern, und sie haben euch – ich meine uns – nie was zuleide getan. Ich finde das alles höchst ungerecht.«

Echt Hilary, dachte Sir Matthew gereizt und entgegnete: »Im Gegenteil, die Inder haben sich schändlich aufgeführt, einander gegenseitig umgebracht, unterdrückt und bekriegt, harmlose Reisende zu Ehren obskurer Götzen erwürgt, Witwen lebend verbrannt und, ganz allgemein gesprochen, sich Handel und Fortschritt in den Weg gestellt. Solche Untaten durfte man ihnen nicht durchgehen lassen, und England als christliche Nation hatte die Pflicht, den leidenden Millionen Indiens Frieden und Ruhe zu bringen.«

»Weshalb hatte ausgerechnet England diese Pflicht?« wollte Ash wissen und war echt verblüfft. »Indien und ihr – ich meine wir – haben doch nichts miteinander zu schaffen. Indien ist doch kein benachbarter Staat, es liegt am anderen Ende der Welt!«

Sir Matthew rang um Geduld. »Mein Junge, du hast deine Bücher nicht gründlich genug gelesen. Sonst wüßtest du, daß man uns dort Handelsniederlassungen eingeräumt hat. Und der Handel ist nicht nur für uns lebensnotwendig, sondern für die gesamte Menschheit. Wir durften nicht zulassen, daß der Handel immer wieder von Neuem durch blutige Kriege zwischen rivalisierenden Fürsten gestört wurde. Es mußte für Ordnung gesorgt werden, und das haben wir getan. Mit Gottes Hilfe haben wir dem unglücklichen Lande Frieden und Wohlstand gebracht und Menschen am Fortschritt teilhaben lassen, die jahrhundertelang von gierigen Priestern und streitsüchtigen Kriegsherren aufs schimpflichste und grausamste unterdrückt wurden. Wir können darauf stolz sein, um so mehr, als es uns ein gutes Stück Arbeit und viele Menschenleben gekostet hat. Doch der Fortschritt ist nicht aufzuhalten, wir leben im 19. Jahrhundert, die Welt ist nicht mehr so groß, daß man ganze Teile davon in einem Zustand der Barbarei und in mittelalterlichem Chaos belassen dürfte.«

Ash sah plötzlich den Palast der Winde vor sich und die unendliche Weite des Plateaus, wo er, Lalji und Koda Dad mit Falken gejagt hatten, und bei dem Gedanken, es könnte eines Tages keine wilde, unberührte Landschaft mehr geben, in die man sich vor dem retten könnte, was sein Onkel Matthew »Fortschritt« nannte, wurde ihm schwer ums Herz. Fortschritt schien ihm wenig wünschenswert, nach allem, was er hier davon gesehen hatte, und er spürte keine Lust mehr, das Gespräch fortzusetzen, weil er wußte, daß er sich mit seinem Onkel über solche Dinge nicht verständigen konnte.

Anders als sein Onkel sah Ash auf Pelham Abbas so manches, was reformbedürftig war: Vergeudung und Überfluß, nie endender Zank unter dem Personal; die »bessere« Dienerschaft tyrannisierte unbarmherzig die niederen Hilfskräfte; für stundenlange schwere Arbeit wurden Hungerlöhne bezahlt in der aufrichtigen Überzeugung, sie seien mehr als ausreichend. Wäscherinnen, Küchenmädchen, Schuhputzer, überhaupt alle Dienstboten, die »niedrige« Schwerarbeit verrichteten, waren in unbeheizten Dachstuben einquartiert. Die Hausmädchen liefen hundertmal am Tag mit heißem Wasser, schweren Tabletts und Eimern voll Spülicht lange steile Treppen hinauf und hinunter, ständig in der Angst, ohne Zeugnis und Aussicht auf Arbeit von einer Stunde auf die andere entlassen zu werden, sollte ihnen ein Mißgeschick passieren.

Für Ash bestand der Hauptunterschied im Status der Dienerschaft von Pelham Abbas und dem der Diener im Palast von Gulkote darin, daß letztere ein viel angenehmeres und auch trägeres Leben führten. Was würde wohl sein Onkel sagen, wenn Hira Lal oder Koda Dad – beide klug und unkorrumpierbar – plötzlich vor Pelham Abbas erschienen, begleitet von Kanonen, Kriegselefanten und den Soldaten von Gulkote, sein Eigentum in Besitz nahmen und ein Regime einführten, das ihren eigenen Vorstellungen entsprach? Würde Onkel Matthew sich ihrer Herrschaft bereitwillig unterordnen, fügsam ihre Weisungen befolgen, weil sie sein Besitztum und seine Geschäfte besser zu verwalten imstande waren als er selber? Da hatte Ash doch Zweifel. Alle Menschen machten gern ihre eigenen Fehler und lehnten die Einmischung von Fremden ab (und seien die noch so wohlmeinend und tüchtig).

Ihm selber ging es ja ebenso. Er hatte nicht nach England kommen und ein Sahib werden wollen. Lieber wäre er in Mardan geblieben und wie Zarin ein Sowar geworden. Doch hatte man nicht nach seinen Wünschen gefragt, und er meinte folglich, die Gefühle der Unterdrückten besser zu kennen als sein Onkel Matthew, der so herablassend sagen konnte, England wolle »den leidenden Millionen Indiens die Wohltaten von Frieden und Wohlstand bescheren«.

Wahrscheinlich bin ich in ihren Augen auch einer von den leidenden Millionen, dachte Ash bitter, aber lieber wäre ich Kuli in Indien als ein Sahib hier, wo man mir alles und jedes vorschreibt.

Die Ferien wurden für ihn zur Oase in einer Wüste aus fremdartigem Lernstoff, und er meinte, sein neues Leben ohne sie nicht ertragen zu können. Zwar durfte er im Park reiten, ja, er wurde dazu förmlich angehalten, doch niemals allein, sondern stets in Begleitung eines Reitknechtes oder seines Hauslehrers. Und weil der Park von einer hohen Mauer eingefaßt war, kam er sich dabei vor wie ein Gefangener oder wenigstens wie ein Anstaltsinsasse, denn hinaus durfte er nicht. Und doch war diese Einschränkung seiner Bewegungsfreiheit nicht das Schlimmste, denn er war sie vom Palast her schon gewohnt. Schlimmer war, daß er keine Freunde hatte, und auch Sita fehlte ihm. Und

Lalji war immerhin ein Knabe gewesen, während seine hiesigen Gefängniswärter ältlich waren. Das genau geregelte und steife Ritual des Tageslaufs auf einem englischen Landsitz war ihm schier unerträglich nach dem abwechslungsreichen, bunten Leben an einem indischen Fürstenhof. Sein Taschengeld war wie der Lohn der Dienstboten nicht der Rede wert, und allein dieser Umstand schloß jeden Gedanken an Flucht aus, ganz abgesehen davon, daß England eine Insel und Indien sechstausend Meilen entfernt war. Es blieb ihm also nur übrig, auszuhalten und den Tag zu erwarten, da er zurückkehren und bei den Kundschaftern eintreten durfte. Allein deshalb war er gehorsam und lernte emsig, und zum Lohn dafür durfte er schließlich das langweilige Pelham Abbas mit der exklusiven Privatschule vertauschen, auf die schon seine Vorväter gegangen waren.

Nichts, was er bis dahin erlebt hatte, war dazu angetan, ihn auf das Dasein in einer englischen Privatschule vorzubereiten; alles und jedes dort widerte ihn aufs Äußerste an: die strenge Reglementierung, die Eintönigkeit, die Unmöglichkeit, auch nur eine Stunde mit sich allein zu sein, der Zwang zur Anpassung, die Tyrannei, der die Schwächeren unterworfen wurden, und der Druck, den man gegen alle ausübte, die nicht die Ansichten der Mehrheit teilten, der Zwang, sich für diese oder jene Sportart zu begeistern, und die Vergötzung, die den Anführern der Sportmannschaften zuteil wurde. Ash redete nie von sich, doch da einer seiner Vornamen Akbar lautete, setzte man ihm mit Fragen zu, und er mußte notgedrungen einiges von seiner Vergangenheit erzählen; das trug ihm denn auch prompt den Spitznamen »Pandy« ein, ein Name, mit dem jahrelang alle Inder von den britischen Truppen belegt wurden, und der auf Mangal Pandy zurückging, der mit seinem Schuß den Aufstand der Sepoys auslöste.

»Der junge Pandy Martyn« wurde also als ein ausländischer Barbar behandelt, dem beizubringen war, wie man sich in einem zivilisierten Lande aufführt, und das war ein schmerzhafter Vorgang. Ash war nicht bereit, sich zu fügen und attackierte seine Quälgeister mit Zähnen, Fingernägeln und Füßen, wie es in den Basaren von Gulkote üblich war, eine Selbstverteidigung, die nicht nur als unzivilisiert betrachtet wurde, sondern als »unsportlich«, wenngleich es nicht »unsportlich« zu sein schien, daß die anderen zu fünft und sechst über ihn herfielen, nachdem sich herausgestellt hatte, daß er mit zweien zugleich mühelos fertig wurde. Gegen die Übermacht war nicht aufzukommen, und eine Weile erwog er ernsthaft zu fliehen, doch sah er ein, daß dies zu nichts führen würde. Auch *das* mußte erduldet werden, so wie er die – ihm im Nachhinein geradezu milde erscheinenden – Übel von Pelham Abbas ertragen hatte. Immerhin konnte er diesen verfluchten Ausländern zeigen, daß er wenigstens auf dem Sportplatz seinen Mann stand wie nur einer von ihnen, ja, daß er sie mühelos übertraf.

Die Schießübungen mit Koda Dad hatten das ihm angeborene scharfe Auge noch weiter geschärft, und die Mitschüler erkannten bald, daß sie der »junge Pandy« in jeder Art von Sport übertraf, was ihre Einstellung zu ihm rasch und gründlich änderte, vor allem, seit er Boxen gelernt hatte. Nach einiger Zeit kam er in die erste Fußballmannschaft und wurde von den Jüngeren als eine Art Held bewundert; seine gleichaltrigen Mitschüler allerdings wurden nie recht warm mit ihm. Er war nicht gerade abweisend, doch teilte er offensichtlich nicht ihre Überzeugung von der Überlegenheit der angelsächsischen Rasse, glaubte nicht daran, daß nur Personen »von guter Herkunft« zählten, und noch weniger stimmte er ihnen darin zu, daß Großbritannien von Gott den Auftrag erhalten habe, alle farbigen (und daher unaufgeklärten) Völker zu regieren.

Nicht einmal Colonel Anderson, der doch ein kluger und verständiger Mensch war, fühlte in diesen Dingen ähnlich wie Ash, sondern neigte mehr den Auffassungen von Onkel Matthew zu. Auch er bedeutete Ash, daß die Welt seit Erfindung der Dampfmaschine immer kleiner und dank der Fortschritte der Medizin immer menschenreicher werde. Nationen und Individuen könnten nicht mehr nach Belieben handeln, das müsse in Anarchie enden und im Chaos. »Wenn du ein Leben ganz für dich führen und keine Einmischung dulden willst, mußt du auf eine einsame Insel gehen, Ash. Und es dürfte schwer halten, eine zu finden, mein Junge«, sagte er.

Das Klima Englands war dem Colonel nicht ganz so zuträglich, wie man sich das erhofft hatte, und er mußte sich damit abfinden, das Leben eines Invaliden zu führen. Gleichwohl nahm er viel Anteil an Ashs Entwicklung, der den größten Teil seiner Schulferien nach wie vor in Andersons Haus verbrachte. Dieses lag am Rande von Torquay und war recht bescheiden, verglichen mit dem Landsitz Pelham Abbas, doch hätte Ash liebend gern die ganzen Ferien dort verbracht, denn jene Zeit, die er notgedrungen bei seinem Onkel verleben mußte, war für beide recht unerquicklich. Sir Matthew mußte feststellen, daß ihm Ash, abgesehen von seinen sportlichen Erfolgen, seiner Starrköpfigkeit wegen nur wenig Ehre machte, während Ash seinerseits seinen Verwandten und deren Freunden mit Verständnislosigkeit und Gereiztheit begegnete. Warum fragte man ihn eigentlich immer wieder um seine Meinung, wenn man von seinen Antworten stets gekränkt war? »Was meinst du dazu, Ashton?« mochte eine gutgemeinte Frage sein, doch war sie zugleich ungemein töricht, wenn man darauf keine ehrliche Antwort hören wollte. Nie würde er die Engländer begreifen, nie sich in England daheim fühlen.

Colonel Anderson stellte niemals törichte Fragen, das Gespräch mit ihm war stets anregend und erforderte Aufmerksamkeit. Er liebte Indien mit jener Ausschließlichkeit, mit der gewisse Männer ihren Beruf lieben – oder ihre Frau – und redete stundenlang über indische Kultur, Politik, Indiens besondere Probleme und darüber, daß, wer das Land verwalten wolle, sich gründliche Kenntnisse zulegen und mit Umsicht und Geschick regieren müsse. Das alles sagte er entweder auf Hindustani oder Pushtu, und da weder Ala Yar noch Mahdu mit Ash jemals englisch sprachen, konnte Anderson nach Mardan berichten, daß der Junge beide Sprachen so gut beherrsche wie ehedem.

Im Winter 1866 wurde Anderson so krank, daß Ash das Weihnachtsfest auf

Pelham Abbas verbringen mußte, und bei dieser Gelegenheit erfuhr seine Erziehung – wenn man das so nennen kann – eine Ergänzung. Er wurde von einem erst kürzlich aufgenommenen Hausmädchen namens Lily Briggs verführt. Sie war eine muntere Blondine, fünf Jahre älter als Ash, und es war ihretwegen unter den männlichen Dienstboten schon zu heftigen Rivalitäten gekommen.

Lily hatte eine lockere Zunge und war den Männern nicht abgeneigt. Sie pflegte spät abends, nur mit einem Morgenrock bekleidet, zu Ash ins Zimmer zu kommen, angeblich um nachzusehen, ob das Fenster offenstand und die Vorhänge zugezogen waren. Die schweren, weizenblonden Flechten reichten ihr bis fast an die Knie, und eines Abends setzte sie sich zu Ash ans Bett und flocht die Zöpfe auf. Sie könne auf ihrem Haar sitzen, sagte sie, und wolle ihm das zeigen. Von da an ging alles sehr rasch, und Ash wußte nicht recht, wie sie in sein Bett gekommen war oder wer von beiden das Licht gelöscht hatte. Jedenfalls war alles ungeheuer aufregend. Seine Unerfahrenheit wurde mehr als wettgemacht durch Lilys Sachkenntnis, und Ash erwies sich als ein so gelehriger Schüler, daß sie großes Vergnügen an ihm fand und es zuwege brachte, auch die folgenden sechs Nächte in seinem Bett zu verbringen. Auch die siebente Nacht wäre wohl nach diesem Muster verlaufen, wären die beiden nicht von Mrs. Parrott, der Haushälterin, entdeckt worden, und zwar in flagrante delicto – allerdings benutzte Mrs. Parrott diesen terminus technicus nicht, als sie Tante Millicent davon berichtete.

Lily Briggs wurde fristlos und ohne Zeugnis entlassen, Ash erhielt von Onkel Matthew Schläge und wurde über die Übel der Fleischeslust belehrt. Obendrein trug er bei einer Prügelei mit dem leidenschaftlichsten Anbeter Lilys ein blaues Auge und eine Platzwunde an der Lippe davon. Der Rest dieser Ferien verging ohne weitere Zwischenfälle, und die darauf folgenden Ferien verbrachte er wieder bei Colonel Anderson.

Ein- bis zweimal jährlich traf ein Brief von Zarin ein, doch stand darin wenig Neues. Zarin selber konnte nicht schreiben, und der Basarschreiber erging sich in umständlichen Anfragen nach Gesundheit und Fortkommen des Adressaten, flocht blumige Anrufungen der Götter ein, deren Segen er für Ash erflehte etc.

Ganz nebenbei erfuhr Ash immerhin, daß Zarin eine entfernte Verwandte zur Frau nehmen wollte; daß ein junger Leutnant namens Ommaney während eines Platzkonzertes von einem Fanatiker ermordet worden war, und daß die Kundschafter sich mit den Utman Khel herumgeschlagen hatten, die Ortschaften brandschatzten, welche auf britischem Territorium lagen.

Zarins Mutter starb während dieser Jahre, und Koda Dad Khan gab sein Amt als Oberstallmeister in Gulkote auf und verließ den Ort. Der Radscha hatte diesen alten vertrauenswürdigen Diener nicht ziehen lassen wollen, doch schützte Koda Dad angegriffene Gesundheit vor und sagte, er wolle seine Tage unter den Stammesverwandten in seinem Heimatdorf beschließen. In Wahrheit mißtraute er aber Janu-Bai, die durchblicken ließ, daß sie ihn verdächtigte,

Ash bei dessen Flucht behilflich gewesen zu sein. Sie versuchte nach Kräften, den Radscha gegen Koda Dad einzunehmen, allerdings vergeblich. Der Radscha schätzte den alten Mann hoch und wies seine Gattin schroff zurecht; Koda Dad wußte, er hatte von ihr nichts zu fürchten, solange er die Gunst des Herrschers genoß.

Doch eines Tages faßte der Radscha den Vorsatz, höchstselbst nach Kalkutta zu reisen, um dort beim Vizekönig seine Ansprüche auf den benachbarten Staat Karidarra anzumelden, dessen Herrscher, mit dem er entfernt verwandt war, ohne Erben zu hinterlassen, verstorben war. Er kündigte an, sein Ältester werde ihn begleiten, und in seiner Abwesenheit solle die Rani das Regiment führen – eine Torheit, durch die nach Meinung Koda Dads nicht nur er selber, sondern auch andere Personen zu Schaden kommen würden. Der Oberstallmeister gehörte nicht zu dem Gefolge, das den Herrscher begleiten sollte, und als Koda Dad dies bekannt wurde, wußte er: es war Zeit, Gulkote zu verlassen.

Er bedauerte dies übrigens nicht; seine Frau lebte nicht mehr, seine Söhne dienten im Norden bei den Engländern. Was also sollte ihn hier noch halten? Einige Freunde, seine Pferde und Falken. Weiter nichts. Der Radscha erwies sich als sehr großzügig. Er schenkte Koda Dad zum Abschied das beste Pferd aus dem königlichen Stall, seinen Lieblingsfalken und so viele Goldmünzen, daß der Alte einem behaglichen Lebensabend entgegenreiten konnte. »Es ist klug, daß du uns verläßt«, sagte Hira Lal zu ihm. »Wäre nicht der Prinz, der, weiß der Himmel, wenigstens einen Diener braucht, der nicht im Solde des Tanzmädchens steht, ich folgte deinem Beispiel. Doch reise ich immerhin mit dem Radscha nach Kalkutta, und überdies bin ich meines Wissens nicht in Verdacht geraten, denn ich war sehr vorsichtig.«

Und doch, er war wohl nicht vorsichtig genug gewesen. Er bedachte nicht, daß der verzogene, eitle, leicht beeinflußbare Lalji niemals zwischen seinen Freunden und seinen Feinden unterscheiden gelernt hatte und unweigerlich jene bevorzugte, die ihm schmeichelten. Biju Ram und Puran, seine Lieblinge, standen beide im Solde der Rani und mißtrauten Hira Lal. Auf der langen Reise nach Kalkutta verschwand Hira Lal spurlos; man nahm an, er habe nachts der Schwüle wegen sein Zelt verlassen und sei von einem Tiger angefallen und fortgeschleppt worden. Anzeichen eines Kampfes gab es nicht, doch etwas vom Lagerplatz entfernt fand man blutgetränkte Fetzen seiner Kleidung an einem Dornbusch, und es war bekannt, daß ein menschenfressender Tiger in dieser Gegend sein Wesen trieb. Zwar bot der Radscha hundert Rupien für die Auffindung der Leiche, doch das Gelände war dicht mit Elefantengras und dornigem Dickicht bewachsen und von Schluchten durchzogen; so fand man keine Spur von Hira Lal.

Der also blieb verschwunden. Koda Dads Freunde schrieben keine Briefe, und er erfuhr nichts davon, hörte überhaupt nichts aus Gulkote. Und das galt auch für Ash, denn Koda Dad war seine letzte Verbindung zu jenem Fürstentum gewesen. Die Vergangenheit geriet allmählich in Vergessenheit, das Leben in England nahm ihn mehr und mehr in Anspruch. Er hatte zu arbeiten und sich beim Sport zu bewähren, die Schultage mußten ertragen, die Ferien durften genossen werden, und mit der Zeit verblaßte die Erinnerung an Gulkote, sie wurde unwirklich, und er dachte nur noch selten an jene Jahre zurück, wenngleich er niemals ein sonderbares Gefühl des Verlustes und der Leere loswurde, eine Ahnung davon, daß er kein ganzer Mensch war, daß etwas Lebensnotwendiges ihm fehlte. Seit wann dieser leise Schmerz in ihm war, wußte er nicht, er ging dem auch nicht auf den Grund, denn er fürchtete, dabei auf Sitas Tod zu stoßen. Er war aber überzeugt, daß dieser Schmerz verschwinden werde, sobald er in seine Heimat zurückkehrte, zu Zarin und Koda Dad, und bis dahin richtete er sich eben ein, wie jemand, dem ein Arm fehlt oder ein Bein, und der lernt, damit zu leben und nicht darauf acht zu haben.

Mit Gleichaltrigen freundete er sich nicht an und war bei ihnen nicht beliebt; man hielt ihn für einen Sonderling und Einzelgänger. Immerhin war er geachtet in einer Welt, in der Gelehrsamkeit und Wissen weniger galten als die Fähigkeit, schneller zu laufen und einen Ball treffsicherer zu werfen als andere. Im letzten Schuljahr tat er sich besonders beim Kricket hervor und bestand die Aufnahmeprüfung für die Militärakademie Sandhurst mit Leichtigkeit.

Nachdem er auf der Schule zu den Älteren gehört hatte, war er auf der Akademie nun wieder bei den Jüngsten. Das war eine Art Degradierung; insgesamt jedoch gefiel es ihm hier besser, und er lebte sich auch leichter ein. Einige seiner Jahrgangskameraden rieten ihm, sich nicht zum Truppendienst nach Indien zu melden, weil man seit neuestem Offizierspatente nicht mehr kaufen konnte. Auch die Söhne reicher Väter mußten ihre Befähigung nachweisen und konnten nicht mehr nur deshalb auf Beförderung rechnen, weil sie Geld hatten. Unter solchen Umständen würden Gentlemen kaum noch Interesse an der Offizierslaufbahn haben, und Ashs Ratgeber prophezeiten (zu Recht, wie sich erwies), daß die Zahl der Offiziersschüler stark zurückgehen werde; sie selber waren die letzten gewesen, die vor der neuen Verordnung in die Kriegsschule eintraten. Es würde künftig schon in den Traditionsregimentern nicht mehr einfach sein, aber geradezu unvorstellbar war der Gedanke, mit hergelaufenen Provinzlern in obskuren Regimentern um die Beförderung rivalisieren zu müssen.

»Daran kann dir doch nicht gelegen sein? Schließlich fehlt es dir nicht an Geld, warum also willst du in einer abgelegenen Weltgegend unter Schwarzen leben, in Gesellschaft von lauter Niemanden und zweitklassigen Leuten? Mein Vater sagt...«

Ash erwiderte darauf hitzig, wenn das wirklich die Ansicht des Sprechers, seines Vaters und seiner Freunde sei, dann sollten die Engländer sich, je eher, desto besser, aus Indien zurückziehen, denn erstklassige Inder seien doch wohl besser imstande, das Land zu regieren als zweitklassige Ausländer.

»Pandy sitzt schon wieder auf seinem Elefanten!« höhnten die Kameraden (der Spitzname war ihm geblieben), doch einer der älteren Instrukteure, der zufällig diesen Wortwechsel hörte, neigte der Meinung von Ash zu und berichtete dem Kommandeur.

»Aus denen spricht der Geist der alten Leibgarde«, sagte der Instrukteur. »Deren Offiziere waren nicht weniger als die Hindus von einem wahren Kastengeist besessen. Ein eingeborener Offizier war für sie eine Art Paria. Der alte Cardigan lehnte es ab, am gleichen Tisch mit ihnen zu essen. Aber wenn wir ein Weltreich regieren wollen, müssen wir unsere besten Leute nach draußen schicken, nicht den Ausschuß. Zum Glück gibt es unter unseren Besten noch welche, die willens sind, das auf sich zu nehmen.«

»Und zählen Sie den jungen Pandy Martyn auch dazu?« fragte der Kommandeur skeptisch. »Ich weiß nicht recht. Mir kommt er unberechenbar vor. Von Disziplin hält er nichts, obschon er sich anscheinend gut einfügt. Ich traue diesem Typ nicht. Im Heer ist für Radikale kein Platz – bei der Truppe in Indien schon gar nicht. Solche Leute sind geradezu gefährlich, und wenn ich zu bestimmen hätte, ich würde keinen aufnehmen, auch den jungen Pandy nicht.«

»Ach was, aus dem wird mal ein Nicholson. Mindestens ein Hodson.«

»Gerade das befürchte ich ja – oder sagen wir, ich würde es befürchten, wenn ich dort draußen sein Vorgesetzter wäre. Diese beiden Männer waren nichts als Abenteurer, brauchbare, gewiß, doch nur unter den damals gegebenen Umständen. Ein Glück, daß die rechtzeitig gestorben sind. Aus allem, was man hört, ergibt sich doch, daß beide unerträglich gewesen sind.«

»Vielleicht haben Sie recht«, sagte der Instrukteur lahm und begann, sein Interesse an der Sache zu verlieren.

Ash schloß auch in Sandhurst keine Freundschaften, war aber einigermaßen beliebt und wurde sehr bewundert, wiederum seiner körperlichen Geschicklichkeit wegen. Er zeichnete sich in mehreren Sportarten aus, holte Preise für die Kriegsschule beim Reiten und Schießen, und beendete als 27. von 204 seine Ausbildung.

Zur Abschiedsparade erschienen Onkel Matthew und Tante Millicent, Vetter Humphrey und zwei ältliche weibliche Verwandte. Colonel Anderson war nicht anwesend. Er starb eine Woche zuvor und hinterließ kleine Legate für seine indischen Diener, genügend Geld für ihre Passage nach Indien, und einen Brief an Ash, dem er auftrug, dafür zu sorgen, daß die beiden sicher heimgelangten. Haus und Einrichtung fielen an einen Neffen, Ash, Ala Yar und Mahdu verbrachten ihren letzten Monat in England auf Pelham Abbas. Ende Juni schifften sie sich nach Bombay ein, die Jahre des Exils waren für alle drei vorüber, und vor ihnen lag die Heimat.

»Ich freue mich schon auf Lahore«, sagte Mahdu. »In England gibt es Städte, die größer sind, aber Lahore ist unvergleichlich.«

»Peshawar und Kabul ebenfalls«, knurrte Ala Yar. »Es wird eine Freude sein, endlich wieder im Basar einzukaufen und die Morgenluft am Khaibar zu atmen.«

Ash sagte nichts. Er lehnte an der Reeling, sah den schaumigen Streifen Wasser zwischen Schiff und Küste breiter werden und das Leben sich vor ihm auftun wie eine endlose, sonnenbeschienene Ebene, die bis an unvorstellbare Horizonte reichte, eine Ebene, die er nach Gutdünken bereisen konnte, auf Wegen, die er selber wählte und wo er nach Belieben verweilte.

Endlich war er frei. Er kehrte in die Heimat zurück, und was er anfing mit seinem Leben, stand bei ihm. Zunächst wollte er bei den Kundschaftern eintreten, mit Zarin und den übrigen in den wilden Bergen an der Nordwestgrenze dienen. Eines Tages könnte er das Regiment führen, vielleicht gar eine Division. Womöglich – wer wollte das sagen? – würde er eines Tages Oberkommandierender der Truppen in Indien werden, Jung-i-Lat Sahib – doch bis dahin war noch Zeit, das lag in ferner Zukunft...

Zweites Buch

Belinda

8

Ash kam im Spätsommer 1871 nach Indien zurück.

Das Jahr war für Millionen Menschen ereignisreich verlaufen, Paris hatte vor den Preußen kapituliert, deren König in Versailles zum deutschen Kaiser ausgerufen wurde, und Frankreich war wieder Republik. In England waren endlich die Gewerkschaften vom Parlament anerkannt worden und Offiziersstellen gingen nicht mehr an den Meistbietenden, sondern an den Fähigsten – ein lange währender Mißbrauch war damit abgeschafft. Das alles aber beeindruckte Ashton Hilary Akbar sehr viel weniger als die Tatsache, daß er nach jahrelangem Exil in die Heimat zurückkehrte.

Nach Hause. Neunzehn Jahre alt – und verlobt.

Bis vor kurzem hatte Ash wenig mit Mädchen im Sinn gehabt, denn verglichen mit Lily Briggs kamen ihm die wohlerzogenen braven Schwestern und Kusinen seiner Mitschüler farblos und spröde vor, und er war ihnen aus dem Wege gegangen. Lily fand Nachfolgerinnen, die aber keinen bleibenden Eindruck bei ihm hinterließen; er erinnerte sich kaum der Namen und Gesichter, denn sein Herz hatte keine angerührt. Als Kadett war er ganz zu Unrecht als Weiberfeind verschrien, weil er Teegesellschaften und Tanzveranstaltungen fernblieb, was er damit begründete, daß er »für Frauen keine Zeit« habe. Doch die Seereise von London nach Bombay bot Zeit im Überfluß, und Miß Belinda Harlowe war nicht nur eine junge Dame, sondern mit Abstand die Hübscheste an Bord.

Nichts von Sprödigkeit oder Farblosigkeit. Sie war so rosig, weißhäutig und goldhaarig wie die Lily in Ashs romantischer Phantasie, lustig wie Dolly Develaine vom Sommertheater und verführerisch wie Ivy Markins, die Putzmacherin aus Camberley, die ihre Gunst Ash bereitwillig zugewandt hatte. Auch war sie liebreizend, unschuldig und jung (zwei Jahre jünger als Ash). Ihr bezauberndes, eigenwilliges Gesicht wurde umrahmt von blaßgelben Locken, ihre Nase war gerade und krauste sich entzückend, wenn sie lachte, und die großen kornblumenblauen Augen waren voll Teilnahme und funkelten vor Lebensfreude. Der Mund animierte zum Küssen, zumal zwei Grübchen die Mundwinkel zierten.

Diese Attribute wären für Ash von vergleichsweise geringem Interesse gewesen (er hätte in ihr selbstverständlich das hübsche Mädchen bewundert), hätte er nicht entdeckt, daß Miß Harlowe wie er in Indien geboren worden war und daß sie bei der Aussicht, dorthin zurückzukehren, vor Freude fast außer sich geriet. Dies wurde eines Abends beim Essen deutlich, als man bereits zehn Tage auf See war, gleichsam als Erwiderung auf die beständigen Klagen älterer Damen – Belindas Mutter darunter –, die nur sehr widerwillig in den Osten reisten. Sie zählten alles auf, was ihnen an Indien mißfiel – die Hitze, der Staub, die Seuchen, der beklagenswerte Zustand der Straßen, die Mühsal des Reisens im Lande –, doch Belinda protestierte lachend:

»Ach, Mama, wie kannst du nur so reden! Das Land ist doch zauberhaft! Ich erinnere mich so gut daran – an unseren wunderhübschen kühlen Bungalow mit der Purpurklematis vor der Veranda, an die prachtvollen Blumen im Garten, manche glichen gesprenkelten Lilien, und auf den hohen scharlachroten Blüten saßen immer Schmetterlinge. Denk doch, wie ich auf dem Pony geritten bin, denk an die Kamele! Und der Tragsessel, wenn wir sommers im Gebirge waren! Denk an die riesigen Kiefern, an die wilden gelben Rosen, die so süß duften... und an den Schnee, an die unzähligen schneebedeckten Gipfel. Du kannst dir nicht vorstellen, wie scheußlich ich Nelbury fand und das Haus von Tante Lizzie, deren Dienstboten mich nicht verwöhnten wie Abdul und meine Aya, sondern immer was an mir auszusetzen hatten. Ich kann es gar nicht erwarten, daß wir ankommen.«

Diese arglosen Äußerungen mißfielen einer gewissen Mrs. Chiverton, die offenbar meinte, ein Spätzchen wie die kleine Harlowe habe sich in das Gespräch von Erwachsenen nicht einzumischen, und sie bemerkte säuerlich, niemand, der die Schrecken des Aufstandes miterlebt habe, könne je wieder einem Inder trauen; sie beneide die liebe Belinda geradezu darum, daß sie nichts von den Gefahren zu ahnen scheine, denen empfindsame englische Damen ausgesetzt seien, die nun einmal, ihrer Pflicht gehorchend, in jenem barbarischen Lande lebten. Belinda ließ sich davon nicht einschüchtern, musterte vielmehr mit funkelnden Augen die am Tische sitzenden Herren und sagte liebreizend: »Bedenken Sie doch nur, wieviele tapfere Männer uns beschützen werden! Da kann man sich doch nicht fürchten? Überdies wird sich Derartiges gewiß nicht wiederholen – meinen Sie nicht auch, Mr. Pelham-Martyn?« Und sie lehnte sich fragend etwas vor, denn Ash, der ihr am Tische gegenübersaß, hatte voller Interesse zugehört.

»Ich weiß nicht«, antwortete er, unverbesserlich ehrlich. »Das kommt wohl ganz auf uns an.«

»Auf uns?« wiederholte Mrs. Chiverton in einem Ton, dem Ash nur entnehmen konnte, daß sie seine Äußerung nicht nur entschieden zurückwies, sondern – da er ein sehr junger Offizier war – geradezu beleidigend fand.

Ash zögerte, denn er wollte die Dame nicht noch mehr kränken, doch Miß Harlowe fürchtete nichts dergleichen. »Er meint: Wenn wir die Inder gerecht behandeln, haben sie keinen Grund, sich gegen uns zu erheben.« Und zu Ash gewendet: »So meinten Sie es doch?«

Ash hatte es zwar nicht wörtlich so gemeint, doch weil Belinda das Wort »gerecht« gebraucht hatte, sah er in ihr nicht mehr nur ein hübsches Mädchen.

Obwohl sie nie unbeaufsichtigt und ständig von Bewunderern umgeben war – und die Verhältnisse an Bord beengt, was eine Unterhaltung unter vier Augen so gut wie unmöglich machte –, suchte er hinfort das Gespräch mit ihr, erzählte selber von jenem Lande, wohin sie beide mit so hochgespannten Erwartungen und großen Hoffnungen reisten, und hörte zu, wenn sie erzählte.

Mrs. Harlowe, Belindas Mutter, war eine beleibte, wohlmeinende, etwas hirnlose Matrone, ehemals so hübsch, wie ihre Tochter jetzt. Klima und Lebensbedingungen in Indien, ihr Mißtrauen gegenüber den »Eingeborenen« und die Angst vor einem weiteren Aufstand beeinträchtigten indessen ihre Gesundheit und ihre gute Laune. Hitze und aufeinanderfolgende Schwangerschaften verunstalteten ihre ehemalige Schönheit, ihr Gatte war, obwohl über sechzig, immer noch Major in einem indischen Infanterieregiment, drei der sieben Kinder, die sie ihm geboren hatte, waren früh gestorben, und im Vorjahr hatte sie schließlich die Zwillinge Harry und Teddy nach England bringen und ihrer Schwester Lizzie überlassen müssen, weil Indien bei den Engländern nach wie vor als lebensgefährlicher Aufenthaltsort für Kinder galt. Überall im Lande sah man auf den Friedhöfen der Garnisonen Gräber von Kindern, die an Cholera, Hitzschlag, Typhus oder Schlangenbissen gestorben waren.

Mrs. Harlowe wäre zwar gern bei ihren geliebten Zwillingen in England geblieben, doch kam sie nach eingehenden Unterhaltungen mit ihrer Schwester zu der Einsicht, es sei ihre Pflicht, nach Indien zurückzukehren, nicht nur als Gattin des Majors, sondern auch als Mutter Belindas, die bereits im Alter von sieben Jahren in die Obhut ihrer Tante Lizzie gegeben worden war. Das lag nun zehn Jahre zurück, und die Tante machte deutlich, daß die nunmehr siebzehnjährige Belinda in einem Provinznest wie Nelbury nicht darauf rechnen durfte, eine gute Partie zu machen, während es in Britisch-Indien von passenden Junggesellen geradezu wimmelte; Vernunft wie Fairness geboten also, Belinda die Chance zu geben, dort einen passenden Mann kennenzulernen und zu heiraten. Danach mochte die Mutter nach England zurückkehren und sich den geliebten Söhnen widmen, anfangs im Hause der Schwester, später dann im eigenen Heim, sobald Archie zum Regimentskommandeur befördert oder pensioniert wäre.

Dieses Programm durfte auf allgemeine Zustimmung rechnen (ausgenommen vielleicht die des Majors Harlowe), und daß die Tante recht gehabt hatte mit ihren Mutmaßungen bestätigte sich aufs Schönste im Laufe der Schiffsreise, als nicht weniger denn elf der neunundzwanzig männlichen Passagiere der hübschen Belinda artig den Hof machten. In der Mehrzahl handelte es sich dabei zwar um grüne Jungen, das war nicht zu bestreiten – unvermögende Leutnants, junge Beamte oder Handelsgehilfen –, und die anderen mitreisenden Damen waren ausnahmslos nicht von der Art, die auf Männer anziehend wirkt, doch unter Belindas Bewunderern befanden sich immerhin ein Hauptmann der Infanterie, Mitte Dreißig, ein reicher ältlicher Witwer, Seniorpartner in einer Firma, die Jute exportierte, und der junge Leutnant Pelham-Marty, nicht nur der Neffe eines Baronets, sondern einziger Erbe eines recht erheblichen Vermögens, das ihm sein Vater hinterlassen hatte, ein Gelehrter von Weltruf.

Mrs. Harlowe hätte vom finanziellen Standpunkt die Bewerbung des Witwers – eines gewissen Joseph Tilbery – am liebsten gesehen; der machte Belinda zwar unmißverständlich die Cour, doch ohne sich bislang erklärt zu haben. Belinda selbst fand jenen Tilbery wie auch den Hauptmann der Infanterie recht altmodisch. Die jüngeren Offiziere und Beamten entsprachen mehr ihrem Geschmack, mit denen flirtete sie und genoß das ganz unverhohlen. Sie spielte einen gegen den anderen aus und konnte sich nichts Schöneres denken, als jung und hübsch und bewundert zu sein.

Diese schon etwas überhitzte Atmosphäre wurde noch weiter angeheizt, als unterwegs seine Trauung stattfand – eine Schiffstrauung. Zugegeben, weder Braut noch Bräutigam zeichneten sich durch Jugendlichkeit und Anmut aus, reisten überdies im Zwischendeck und waren Belinda bis dahin nicht vor Augen gekommen, doch der Kapitän machte von seinem Privileg als Alleinherrscher Gebrauch und traute den vom Heimaturlaub zurückkehrenden Sergeanten Alfred Biggs mit Miß Mabel Timmings, die zu ihrem Bruder reiste, der am Bau der Eisenbahn von Bombay nach Baroda beschäftigt war. Die Trauung fand im Salon Erster Klasse statt, und wer nur irgend konnte, wohnte dieser Zeremonie bei. Es folgten Trinksprüche, zu denen Champagnergläser geleert wurden. (Den Champagner stiftete der Kapitän.) Anschließend tanzten alle Passagiere ohne Ansehen der Klasse an Deck, und nicht weniger denn drei von Belindas Verehrern forderten sie bei dieser Gelegenheit auf, dem Beispiel der Neuvermählten zu folgen und den Rest der Fahrt als Hochzeitsreise zu absolvieren.

Kein Wunder, daß Belinda dadurch bei den mitreisenden Damen nicht gerade beliebter wurde, doch achtete sie nicht darauf. Zehn lange Jahre hatte sie im Hause der Tante praktisch eingesperrt gelebt, Schulaufgaben gemacht, endlos Schondeckchen gehäkelt und weiter nichts gesagt, als »Ja, Tante Lizzie, Nein, Tante Lizzie«. Unter junge Leute war sie ganz selten gekommen, selbstverständlich aufs Strengste beaufsichtigt, und das waren dann die Söhne von Freundinnen der Tante, tölpelhafte Schulknaben, mit denen sie schon als Kind gespielt hatte, und die sie behandelten wie eine Schwester. Nach diesem erstikkenden, dumpfen Leben genoß Belinda die köstliche Freiheit auf dem Ozeandampfer und die Bewunderung eines guten Dutzend ihr bis dahin fremder, meist junger Männer in vollen Zügen. Es war ein so berauschendes Erlebnis für sie, ja sie fühlte sich davon so beglückt, wie der Mensch sich vielleicht nur ein einziges Mal im Leben fühlen darf. Ihr war nun aufgegeben, sich für einen dieser Bewunderer zu entscheiden, und als man in Alexandria anlegte, hatte sie ihre Wahl getroffen.

Ashton Pelham-Martyn sah nicht so hübsch aus wie George Garforth (ein zwar linkischer, schüchterner junger Mensch, der aber ein klassisches Profil und einen Lockenkopf besaß wie Byron), auch war er nicht so witzig und unterhaltsam wie Leutnant Augustus Blain und nicht so vermögend wie Joseph Tilbery von der Firma Tilbery, Patterson & Co. Er war ein eher schweigsamer junger Mensch, außer wenn die Rede auf Indien kam. Und Belinda brachte die Rede bei jeder Gelegenheit darauf, die ihr die übrigen Bewunderer ließen, denn im Gespräch mit Ash erwachten ihre schönsten Kindheitserinnerungen, Indien wurde dann zu einem verzauberten Lande für sie beide. Belinda merkte wohl, daß er charmant sein konnte, wenn er es darauf anlegte, und er hatte ein gewisses Etwas, das sie ungeheuer anzog, etwas Aufregendes, etwas, das ihn von allen anderen unterschied, und das auch in gewisser Weise beunruhigend war, etwas, das an den Unterschied zwischen einem ungezähmten und einem abgerichteten Falken denken ließ. Überdies sah er, etwas düster und hager, doch unbestreitbar gut aus, und war von einer romantisch geheimnisvollen Aura umgeben; es hieß, er sei an einem indischen Fürstenhofe aufgewachsen, und die Klatschtante Chiverton unterließ nicht anzudeuten, seine dunkel getönte Haut, seine schwarzen Haare und die dichten schwarzen Wimpern rührten möglicherweise von einer Rassenmischung her. Doch nahm das niemand ernst, denn jedermann kannte Mrs. Chiverton als neidisches Schandmaul und wußte, sie wäre überglücklich gewesen, hätte dieses angebliche Halbblut ihrer eigenen unansehnlichen Tochter auch nur ein wenig den Hof gemacht.

Belinda also beglückte den jungen Pelham-Martyn mit ihrem strahlendsten Lächeln, was ihn rettungslos in sie verliebt machte, und ihm genügend Mut eingab, am letzten Tage der Überfahrt bei Mrs. Harlowe um die Hand ihrer Tochter anzuhalten.

Ash befürchtete, seiner Jugend wegen abgewiesen zu werden, auch weil er sich als dieser jungen Schönen nicht würdig empfand, und war daher entzückt, von Mrs. Harlowe zu hören, daß sie keine Einwände habe und auch der Major gewiß einverstanden sei, zumal er, der Gatte, prinzipiell der Auffassung sei, man müsse möglichst jung heiraten. Dies nun entsprach ganz und gar nicht der Wahrheit, denn Major Harlowe mißbilligte, wie die meisten altgedienten Offiziere, frühe Heiraten bei Untergebenen, denn diese legten sich damit selber einen Stein in ihren Karriereweg und wurden im Dienst praktisch unbrauchbar, weil sie sich anfangs nur für ihr Privatleben interessierten und später ständig Familienangelegenheiten im Kopf hatten, die sie von ihren eigentlichen Pflichten ablenkten.

Der Major selber war gegen vierzig gewesen, als er heiratete, fast doppelt so alt wie seine Frau. Diese kannte die wahren Ansichten ihres Gatten selbstverständlich genau, gab jedoch unbedenklich an seiner Statt eine Zusage, denn sie hatte sich eingeredet, ihr Archie könnte keinen dringenderen Wunsch haben, als seine Älteste vorteilhaft unter die Haube gebracht zu sehen. Die jungen Leute waren schließlich nicht auf die Löhnung des Leutnants angewiesen. Ashton besaß ein erkleckliches eigenes Einkommen aus den Zinsen der Erbschaft, die ihm in zwei Jahren unbeschränkt zufallen sollte. Archie mußte einfach einwilligen. Ashton war noch nicht zwanzig, nun wohl, doch wer Augen hatte zu sehen, der mußte merken, daß dieser junge Mensch weit über seine Jahre reif war, gesetzt, manierlich, Belinda absolut ergeben und in jedem Sinne passend.

Mrs. Harlowe zerquetschte einige Tränen, und eine halbe Stunde später, bei Sonnenuntergang, wiederholte Ashton seinen Antrag auf dem verlassenen Vorschiff, während die Passagiere sich zum Essen umkleideten, vor seiner Braut, und Belinda nahm an.

Die Verlobung sollte geheim bleiben, doch irgendwie sickerte doch wieder alles durch, und noch bei der Abendtafel mußte Ashton die Glückwünsche seiner unterlegenen Rivalen entgegennehmen und die eisigen Blicke mehrerer gekränkter Damen erdulden; diese nannten die junge Belinda bereits seit Wochen eine kokette Person und mußten nun einsehen, daß auch die Mutter nicht jene zwar alberne, aber gutartige Matrone war, für die man sie gehalten hatte, sondern eine schamlose, ränkevolle Hexe, zu jeder Untat bereit, wenn es galt, ihre Tochter an den passenden Mann zu bringen und sei dieser noch ein Baby.

Mr. Tilbery und der Hauptmann von der Infanterie verhielten sich abweisend und still. Nur George Garforth protestierte. Er erschien blaß wie ein Leintuch bei Tische und machte sich daran, seinen Kummer zu ertränken. Davon wurde ihm zum Glück so übel, daß er nicht mehr, wie angedroht, imstande war, dem glücklicheren Bewerber die Beute im Duell zu entreißen. Belinda zog sich früh zurück, George wurde in seine Kajüte geschleppt, und Ash verbrachte die Nacht einsam an Deck, hingestreckt in einen Sessel und berauscht von Glück und Champagner zu den Sternen aufblickend.

Das waren wunderbare Stunden. Die ihm aus der Kindheit vertrauten Sternbilder über sich, spürte er, daß er diese Nacht nie vergessen werde, komme was wolle, und daß er auch nie wieder so glücklich sein würde. Seine erste Liebesaffäre war schändlich gescheitert, und er brauchte ein halbes Jahr, um einzusehen, daß Lily Briggs keine goldhaarige Göttin gewesen war, die ihn mit ihrer Huld beglückt, sondern eine liederliche Schlampe, die zu ihrem Vergnügen einen Schulknaben verführt hatte. Doch würde er sie gewiß nie ganz vergessen, war sie doch die erste Frau, mit der er geschlafen hatte. Ihre Nachfolgerinnen waren für ihn nichts als austauschbare Sexualobjekte gewesen, deren Namen und Gesichter er nicht behielt, und er bedauerte, sich überhaupt mit ihnen eingelassen zu haben. Irgendwie kam es ihm vor, als habe er Belinda mit ihnen betrogen, doch brauchte sie nie etwas davon zu erfahren, denn schließlich gab es eine Menge anderes, worüber er sich mit ihr unterhalten konnte: seine phantastische Kindheit, die Geheimnisse, die Gefahren und das Zauberhafte all dieser Jahre.

Er hätte auch früher schon davon erzählt, wäre es nur möglich gewesen, doch war Belinda ständig von ihren Bewunderern umgeben. Gelegentlich hätte er gern den einen oder anderen davon und schließlich das gesamte Rudel einschließlich jenes alten Narren Tilbery mit Wonne umgebracht. Und doch, unter all diesen hatte sie ausgerechnet ihn erwählt, also war er der glücklichste

Mensch, und morgen – nein, heute bereits, denn Mitternacht war vorüber! – würde er endlich wieder die Heimat betreten. Bald würde er über den Ravi setzen, würde die Berge sehen, würde Zarin begegnen...

Zarin –?

Ob Zarin sich in den vergangenen Jahren wohl sehr verändert hatte? Würde er ihn überhaupt wiedererkennen? In den wenigen, nichtssagenden Briefen war vom wirklichen Zarin so gut wie nichts enthalten gewesen. Ash wußte, Zarin war jetzt ein Daffadar, ein Sergeant in der Kavallerie, zudem Vater dreier Kinder, aber mehr wußte er nicht. Was sonst noch in den Briefen stand, abgesehen von blumigen Nichtigkeiten, bezog sich auf dienstliche Vorkommnisse im Regiment. Wie Zarin dazu stand, schrieb er nicht. Ob man die alte Freundschaft dort fortsetzen konnte, wo sie sieben Jahre zuvor unterbrochen worden war?

Daß dies unmöglich sein könnte, fiel ihm erst jetzt ein, doch der leise Zweifel, den er spürte, verfestigte sich rasch, als ihm klar wurde, daß sie jetzt im genau umgekehrten Verhältnis zueinander standen wie früher: er selber kehrte als Offizier zurück, während Zarin, sein älterer Bruder, den er so bewundert hatte, und dem nachzueifern er so bestrebt gewesen war, nun seinem Kommando unterstehen würde. Würde das die Lage einschneidend ändern? Was ihn anging, so wollte er alles tun, das zu verhindern, doch die Umstände, das Reglement, gewisse Bräuche beim Regiment würden schwer ins Gewicht fallen. Kam hinzu, daß er nicht allein, sondern Offizier unter Offizieren war, und nun auch noch Belinda... nein, Belinda nicht, Belinda liebte ihn, also würde sie ebenso empfinden wie er. Immerhin, für ihn und Zarin mochte es anfangs nicht leicht werden...

Er wünschte, er könnte Zarin irgendwo anders begegnen als ausgerechnet in der Garnison von Mardan unter den wachsamen Blicken von Menschen, die seine Vergangenheit kannten und genau darauf achten würden, wie er sich betrug. Jetzt war es zu spät, eine solche Zusammenkunft zu arrangieren. Es galt nun, umsichtig zu sein, nicht blindlings über Hürden zu setzen (seine größte Untugend, wie Koda Dad ihm versichert hatte, hierin ganz einig mit seinem Onkel Matthew). Aber bis dahin mußte noch die lange Reise nach Norden zurückgelegt und von Ala Yar und Mahdu Abschied genommen werden...

Als er an diese beiden dachte, befielen ihn Gewissensbisse, denn ihm wurde klar, daß er sie Belindas wegen sehr vernachlässigt hatte. Nur noch gelegentlich in aller Frühe war er mit dem einen oder anderen an Deck spazierengegangen; nur sehr selten noch hatte er mit Ala Yar ein paar Worte gewechselt, wenn dieser Ashs Sachen herauslegte oder Manschettenknöpfe in seinem Hemd befestigte. Das ließ sich nicht mehr gutmachen, denn morgen schon – nein, heute! – galt es Abschied von ihnen zu nehmen. Jeder mußte fortan seinen eigenen Weg gehen, doch Ash wußte mit Bestimmtheit, daß er die beiden nie vergessen würde. Sie stellten das Bindeglied her zwischen seinen Kindertagen und der neuen Welt, die bei Sonnenaufgang erschaffen werden sollte, dieses neue Leben, das sehr bald beginnen würde, denn schon verblaßten die Sterne, und im Osten nahm der Himmel einen schwach grünlichen Schimmer an: der Morgen zog herauf.

Bombay lag noch unter dem Horizont, doch die Morgenbrise brachte die Dünste dieser großen Stadt übers Wasser, und Ash schnupperte: Es roch nach Staub und Kloake, überfüllten Basaren und faulenden Pflanzen, nach Mandelblüten, Jasmin, Ringelblumen und Orangenblüten. Es roch nach Heimat.

9

Der Daffadar Zarin Khan von den Kundschaftern hatte »wegen dringender privater Angelegenheiten« drei Wochen Urlaub genommen und reiste auf eigene Kosten nach Bombay, um beim Einlaufen eines ganz bestimmten Schiffes anwesend zu sein; auch brachte er für Ash einen Träger mit, einen gewissen Gul Baz, einen Pathan, den Awal Shah für diesen Posten sorgfältig ausgewählt hatte.

Die Jahre waren anscheinend spurlos an Zarin vorübergegangen, ein flüchtiger Beobachter hätte in dem Mann, der am Pier auf das Schiff wartete, den gleichen Mann gesehen, der fast sieben Jahre zuvor einem untröstlichen Knaben Lebewohl winkte. Er war noch ein wenig größer jetzt und in den Schultern noch etwas breiter, auch der Bart war buschiger. Allerdings gewahrte man um Mund und Augen Falten, die damals dort nicht zu sehen waren, und statt der sandfarbenen Uniform samt Gamaschen, in denen er steckte, als Ash von ihm Abschied nahm, trug er jetzt das Feiertagsgewand eines Pathan: bauschige Hosen, einen geblümten Leibrock und ein weites, blendend weißes Hemd.

Auf dem glühend heißen Pier drängten sich Kulis und Hafenbeamte, Anreißer sämtlicher Hotels, Freunde und Verwandte der Ankommenden, und der Lärm war entsprechend. Die Schlepper bugsierten das Schiff an den Pier, und Zarin musterte scharf die Gesichter der Reisenden, die an der Reeling standen; dabei kam ihm erst jetzt der Gedanke, daß zwar Ashok ihn mühelos erspähen, er selber aber möglicherweise Mühe haben könnte, einen Mann zu erkennen, den er nur als Knaben gekannt hatte. Doch im gleichen Moment hielt er die Luft an und atmete sodann erleichtert aus. Ja, das war er, das war gewiß Ashok, kein Zweifel.

Er war weniger groß, als Zarin erwartet hatte, etwa 178 Zentimeter, doch das reichte allemal, um so mehr als er schlank war und gut aussah, wie eben die Menschen aus dem Norden oder die Pathan. Der Kleidung nach war Ash ein Sahib, doch Hautfarbe und Haare hätten einen Asiaten vermuten lassen – auf der endlosen Seereise war er neuerlich tief gebräunt. Richtig bekleidet kann er sich jederzeit für einen Pathan oder Bergbewohner ausgeben, dachte Zarin grinsend, vorausgesetzt er hat sich nicht während all dieser Jahre in anderer Weise verändert.

Das allerdings würde man erst nach einer Weile ausfindig machen können.

Ash hatte ihm zwar häufig geschrieben, ziemlich bald schon in Urdu (das Colonel Anderson ihm beigebracht hatte), doch Zarin mußte sich alles von einem Schreiber übersetzen lassen, und dabei ging wohl doch so manches verloren. Immerhin waren seine Briefe der Beweis dafür, daß der Junge seine Freunde nicht vergessen hatte, und nun mußte man eben sehen, ob es möglich sein würde, die Beziehung fortzusetzen, wenn auch auf einer veränderten Basis. Er sah gleich, daß Ash nicht darauf gefaßt war, hier empfangen zu werden, denn anders als seine Mitreisenden hielt er nicht Ausschau nach bestimmten Personen, sondern richtete den Blick auf die Dächer und üppigen Gärten der schönen, buntschillernden Stadt. Doch selbst auf diese Entfernung konnte Zarin den Ausdruck auf dem Gesicht von Ash entziffern, und er fand ihn zufriedenstellend. Der da stand, war Ashok, nicht ein Fremder, und er kehrte heim.

»Das da ist Pelham-Sahib«, sagte er zu Gul Baz und deutete auf Ash. Er wollte eigentlich seinem Freund winken, unterließ es aber, denn eben jetzt stellte sich eine Frau neben Ashok, eine ganz junge Frau, die seinen Arm ergriff und sich an ihn drängte, als habe sie ein Recht auf ihn. Sie lachte ihn an und zog seine Aufmerksamkeit auf sich. Ashok wandte sich ihr sogleich zu und seine Miene veränderte sich. Zarin runzelte bei diesem Anblick die Stirne. Eine Memsahib... eine junge Memsahib... das war eine Komplikation, die er in seine Rechnung nicht miteinbezogen hatte.

Es waren die Memsahibs, die von Anfang an im Herrschaftsgebiet des Raj zwischen den weißen und den farbigen Männern Mißtrauen gesät und Grenzen gezogen hatten. Ganz zu Anfang, als die bengalische Armee von der Ostindischen Handelskompanie aufgestellt wurde, gab es im Lande nur sehr wenig Memsahibs, denn das Klima galt als ungesund, und Dauer und Unbequemlichkeiten einer Reise mit dem Segelschiff waren Frauen eigentlich kaum zuzumuten. Die Sahibs, denen ihre Frauen fehlten, versorgten sich folglich mit eingeborenen Konkubinen oder heirateten auch Eingeborene, was bedeutete, daß sie Land und Leute wirklich kennenlernten und die jeweiligen Sprachen beherrschten. Damals waren weiße und farbige Männer oft wie Freunde und Brüder gewesen, voll gegenseitiger Hochachtung. Doch seit der Erfindung der Dampfmaschine war die Seereise kürzer und viel bequemer geworden, und die Memsahibs strömten nach Indien und brachten Snobismus, Beschränktheit und Intoleranz mit.

Inder, die bisher als Ebenbürtige behandelt worden waren, sahen sich zu »Eingeborenen« degradiert, ein Wort, das nicht im Sinne des Lexikons benutzt wurde, sondern zum Schimpfwort verkam, das Menschen einer minderwertigen – weil farbigen – Rasse bezeichnete. Die Memsahibs wünschten keinen gesellschaftlichen Umgang mit »Eingeborenen«, ließen sich allerdings dazu herab, die Gastlichkeit indischer Fürsten anzunehmen und berühmten sich, mit ihrem eingeborenen Personal endlos Geduld zu üben. Es kam aber fast nie vor, daß sie Inder zu sich nach Hause einluden oder sich die Mühe machten, auch nur deren Bekanntschaft zu suchen; nur wenige interessierten sich für Geschichte und Kultur jenes Landes, das die meisten barbarisch und heidnisch nannten. Die weißen Männer durften keine Inderinnen mehr heiraten, sich auch keine indischen Mätressen mehr halten, und niemand wurde von den Memsahibs auch nur annähernd so verächtlich behandelt wie die zahllosen Eurasier, die in glücklicheren Zeiten von den Sahibs mit »Eingeborenen« gezeugt worden waren; wer auch nur den geringsten Grund für die Annahme lieferte, »mit dem Teerpinsel in Berührung gekommen zu sein«, wurde demonstrativ geschnitten. Selbstverständlich waren nicht alle Weißen so, doch die wenigen Ausnahmen konnte man in der bigotten Mehrheit kaum wahrnehmen; als der gesellschaftliche Kontakt zwischen den Rassen abnahm, schwanden auch Verständnis und Sympathie füreinander, und an ihre Stelle traten Abneigung und Mißtrauen.

Als Zarin Khan auf dem heißen Pier im Hafen von Bombay stand und zusah, wie sein alter Herzensfreund behutsam einer blonden Frau über die Gangway half, sank ihm das Herz. Was die Jahre in England aus Ashok gemacht haben mochten, ahnte er nicht, doch mit dieser Komplikation hatte er, wie gesagt, nicht gerechnet, und er konnte nur hoffen, daß es sich um eine flüchtige Laune handelte, die in wenigen Wochen ihr Ende fand. Allerdings mißfiel ihm der Gesichtsausdruck einer beleibten Memsahib hinter dem jungen Mädchen – es lag darin zuviel Besitzerstolz –, in welcher er gleich darauf die Gattin von Harlowe-Sahib erkannte, dem stellvertretenden Kommandeur des derzeit in Peshawar stationierten Regiments. Das verhieß nichts Gutes, denn von Mardan nach Peshawar brauchte ein guter Reiter keine vier Stunden, also konnte das Mädchen seinen Ashok zappeln lassen und das gerade jetzt, wo dieser seine ganze Aufmerksamkeit auf andere Dinge zu richten hatte. Zarin zog die Augenbrauen zusammen – ob Ashok sich wohl darüber freute, daß er ihn abholte?

Major Harlowe war zur Ankunft der Seinen nicht herbeigeeilt, denn die Regimenter im Grenzgebiet bereiteten sich auf die Herbstmanöver vor, und er war viel zu beschäftigt, als daß er um diese Zeit hätte Urlaub nehmen können. Immerhin hatte er seinen Träger geschickt, dazu die Ayah seiner Frau, die sich auf der Bahnfahrt nach Norden um Mutter und Tochter Harlowe kümmern sollten. Im übrigen bezweifelte Harlowe nicht, daß seine Damen unterwegs Bekanntschaften gemacht hatten und sich auf der Reise nicht langweilen würden.

»Wie soll es denn langweilig werden, wenn Ash bei uns ist?« rief Belinda und sah sich mit glänzenden Augen um. »Und gibt es nicht eine Menge zu sehen? Dschungel und Tiger und Elefanten – seht doch nur mal das entzückende Baby! Splitternackt bis auf einen Armreif! Stellt euch mal vor, ihr ginget in England mit einem Baby spazieren und es trüge bloß einen Armreifen! Warum hat Mr. Tilbery all diese Blumengirlanden um den Hals? Er sieht zu komisch aus, richtig begraben unter Blumen und Flitter. Auch Mrs. Chiverton bekommt Blumen, seht doch... Ash, der Eingeborene da drüben starrt dich fortgesetzt an, der Große unter dem Turban mit den goldenen Zipfeln. Bestimmt kennt er dich.«

Ash wandte sich um und erstarrte. Zarin...

Die Jahre spulten sich zurück, und plötzlich war er wieder der Knabe, dem Zarin erklärte, weshalb er nach England müsse, und der ihm zugleich versicherte, er werde heimkehren, »die Jahre gehen schnell vorüber, Ashok!« Sie waren nicht schnell vorübergegangen, aber vorübergegangen waren sie. Er war heimgekehrt und hier, wie versprochen, wartete Zarin. Er wollte ihm zurufen, doch saß ihm ein Kloß im Halse, und er konnte nur töricht lächeln.

»Was ist denn, Ash?« Belinda zupfte ihn am Ärmel. »Wie siehst du denn aus? Wer ist der Mann?«

Ash sagte mit Mühe: »Zarin, es ist Zarin.«

Er schob sie beiseite, er rannte los und ließ Belinda stehen, die einigermaßen fassungslos mit ansehen mußte, daß ihr Verlobter einen fremden Eingeborenen vor aller Augen mit einer Innigkeit begrüßte, die man selbst bei Franzosen übertrieben gefunden hätte. Die umarmten einander ja richtig! Belinda wandte sich ab, peinlich berührt, und fing einen spöttischen Blick der jungen Amy Chiverton auf, der die Szene nicht entgangen war.

»Mama hat immer gesagt: irgendwas an Pelham-Martyn ist nicht ganz, wie es sein sollte«, bemerkte die junge Dame nun auch noch schadenfroh. »Der Mensch dort ist vielleicht ein Verwandter von ihm, vielleicht gar ein Halbbruder? Jedenfalls sind sie sich sehr ähnlich. Ach, ich hab ja ganz vergessen, daß Sie mit ihm verlobt sind, entschuldigen Sie bitte, das war sehr taktlos von mir. Selbstverständlich war es ein Scherz. Gewiß ist es ein alter Diener, der ihn hier erwartet, unsere sind ja auch gekommen. Und Ihre gewiß ebenfalls?«

Belinda dachte: alter Diener? Wer umarmt einen alten Diener so? Das tut man doch nicht, und alt ist der Mensch keineswegs. Sie schaute wieder scharf hin und erkannte mit einem gewissen Erschauern, daß Amy Chiverton in einer Hinsicht jedenfalls nicht irrte: Die Männer ähnelten einander wirklich, und falls Ashton seinen Bart wachsen ließe, könnten sie für Brüder gehalten werden...

»Aber Belinda!« tadelte ihre herbeieilende Mutter, nachdem sie sich von Colonel Philpot samt Gattin verabschiedet hatte, die Kajütennachbarn gewesen waren, »wie oft soll ich dir noch sagen, daß du nicht ohne Schirm in der Sonne stehen darfst? Du wirst deinen Teint ruinieren! Wo ist Ashton?«

»Er... er kümmert sich ums Gepäck«, log Belinda, nahm die Mutter beim Arm und führte sie zur Zollbaracke. »Er kommt gleich zurück, laß uns im Schatten warten.«

Die Vorstellung, Mama könnte sehen, wie Ashton jenen Eingeborenen umarmte, schien ihr unerträglich. Zwar würde Mama nicht im Traume einfallen, etwas in der Art zu äußern wie Amy Chiverton, doch mißbilligen würde sie ein solches Gebaren ohne Zweifel, und im Moment wollte Belinda einfach nichts mehr zu diesem Vorfall hören. Ashton hatte gewiß eine zureichende Erklärung für sein Verhalten, doch hätte er sie nicht einfach so stehen lassen dürfen. Es war nicht recht von ihm, sie sich selber zu überlassen, mitten unter fremden Menschen in diesem Gedränge, wo sie von Kulis herumgestoßen wurde wie eine Person ohne Bedeutung. Falls er etwa beabsichtigte, sie künftig so zu behandeln –

Tränen des Zorns traten ihr in die Augen, und das bunte Gewimmel um sie her verlor plötzlich allen Zauber, sie bemerkte nur noch Hitze, Lärm und Unbehagen und spürte, daß das Mieder ihres geblümten Musselinkleides naß war von Schweiß und wenig kleidsam an ihren Schulterblättern klebte. Ash betrug sich einfach unverzeihlich, und Indien war scheußlich.

Ash hingegen hatte sie im Moment völlig vergessen, wie er auch vergessen hatte, daß er ein Sahib und ein Offizier war, als er Zarin freudestrahlend umarmte.

»Zarin! Zarin! Warum hat mir keiner gesagt, daß du mich abholen würdest?«

»Es wußte keiner davon. Ich habe Urlaub genommen und niemandem verraten, daß ich herkommen wollte.«

»Auch Awal Shah nicht? Wie geht es ihm? Hast du mich gleich erkannt? Habe ich mich sehr verändert? Du bist ganz unverändert, Zarin, ganz der Alte. Nun, ein wenig verändert vielleicht doch, aber nicht nennenswert. Wie geht es dem Vater? Ist er wohlauf? Werde ich ihn in Mardan sehen?«

»Ich glaube kaum. Sein Dorf liegt gut zehn Kilometer jenseits der Grenze, und er rührt sich nur selten von der Stelle. Er ist alt geworden.«

»Dann müssen wir Urlaub nehmen und ihn besuchen. Ach, Zarin, welche Freude, dich zu sehen, wie gut, wieder daheim zu sein!«

»Auch ich freue mich. Manchmal habe ich gedacht, du wirst uns ganz fremd und möchtest nicht mehr heimkommen, doch jetzt sehe ich, du bist noch derselbe Ashok, mit dem ich im Palast von Gulkote Drachen steigen ließ und Melonen stahl. Ich hätte wissen müssen, daß du derselbe bleibst. Sind dir die Jahre in England lang geworden?«

»Ja«, sagte Ash kurz, »aber das ist jetzt vorbei, Gott sei Dank. Erzähl mir von dir, vom Regiment.«

Nun ging die Rede von den Kundschaftern, denen angeblich ein Winterfeldzug gegen Grenzstämme bevorstand, die Dörfer überfielen und Frauen und Rinder raubten. Dann stellte Zarin den Träger Gul Baz vor und lernte seinerseits Ala Yar und Mahdu kennen. Manch einer von Ashs Mitreisenden sah staunend auf das kleine Grüppchen Eingeborener, das den jungen Pelham-Martyn umringte. Der plauderte plötzlich ungemein lebhaft, während er auf der Reise alles andere als redselig gewesen war, ja, man hatte ihn eher für einen Langweiler gehalten. Allerdings ließ sein Erfolg bei der kleinen Harlowe darauf schließen, daß wohl doch mehr an ihm war, als man auf den ersten Blick erkennen konnte. Jetzt jedenfalls zeigte er nicht die Spur von Zurückhaltung, und diejenigen seiner Reisegenossen, die jene Szene aus der Nähe betrachteten, runzelten mißbilligend die Brauen und fühlten sich irgendwie beleidigt.

Die Menge begann sich zu verlaufen, der Haufen ausgeladener Gepäckstücke wurde kleiner, und immer noch warteten Belinda und ihre Mutter ungeduldig auf Ash. Die Reisegefährten der letzten Wochen wurden von Kutschen in die Stadt entführt, die Sonne knallte auf das Wellblechdach des Zollschuppens, und die Temperatur stieg. Ash hingegen hatte alles Gefühl für den Gang der Zeit verloren. Es gab so viel zu erzählen und anzuhören, und als Zarin endlich Gul Baz um das Gepäck schickte, erklärte Ala Yar, er und Mahdu wollten Ash nach Mardan begleiten.

Ala Yar sagte: »Einen neuen Träger brauchst du nicht, denn ich habe Anderson-Sahib vor seinem Tode versprochen, für dich zu sorgen. Auch Mahdu möchte in deinen Dienst treten, wir haben das auf der Reise beredet. Zwar sind wir alt, aber müßiggehen wollen wir beide nicht. Und bei einem anderen Sahib in Dienst treten, den wir nicht kennen, mögen wir nicht. Darum werde ich dein Träger sein und Mahdu dein Koch. Lohn verlangen wir nicht, denn Anderson-Sahib hat für uns gut gesorgt, und Ansprüche stellen wir nicht. Ein paar Rupien sind genug für uns.«

Die beiden alten Herren ließen sich durch keine Einwände dazu bewegen, ihren Entschluß zu ändern, und als Zarin sagte, ein junger Offizier müsse in der Messe speisen und brauche keinen eigenen Koch, sagte Mahdu ungerührt, dann wolle er eben als Butler fungieren. Was mache das schon aus? Er und Ala Yar seien nun schon viele Jahre gemeinsam in Diensten, seien aneinander gewöhnt und auch an Ashton-Sahib. Sie wollten beisammen bleiben.

Ash kam dies sehr gelegen, denn die Trennung von ihnen war die einzige Trübung seiner Wiedersehensfreude, und er stimmte gern ihren Vorschlägen zu. Gul Baz sollte als Hilfskraft für die beiden aufgenommen werden. Zarin sagte: »Ich schicke ihn gleich zum Bahnhof, damit er Plätze in der Nähe deines Abteils für uns besorgt... nein, gemeinsam dürfen wir nicht reisen, du nicht mit uns, wir nicht mit dir, das wäre nicht passend. Du bist jetzt ein Sahib, Ashok, und wenn du dich nicht beträgst wie ein solcher, kriegen wir alle Ärger, denn dafür hat kaum jemand Verständnis.«

»Er hat recht«, stimmte Ala Yar zu. »Und wir müssen auch an die Memsahibs denken.«

»Ach, zum Teufel mit –« Ash brach plötzlich ab. »Belinda! Um Himmels willen, die habe ich ganz vergessen! Hört mal – wir treffen uns am Bahnhof, Zarin. Gul Baz soll meine Sachen bringen. Ala Yar hat die Schlüssel, nicht wahr? Du kennst mein Gepäck. Ich muß weg –«

Er rannte dorthin zurück, wo er Belinda hatte stehen lassen, fand sie aber nicht mehr vor, wie er auch keinen der Schiffspassagiere mehr entdeckte. Ein Zollbeamter gab die Auskunft, zwei Damen seien soeben fortgegangen, nachdem sie fast eine Stunde hier gewartet hätten. Wohin, wisse er nicht, vermutlich wären sie ins Hotel auf dem Malabar gefahren oder in den Yacht Club. Ash könne vielleicht Näheres von einem der wartenden Kutscher erfahren. Beide Damen hätten, so setzte der Beamte nicht gerade wohlwollend hinzu, einen verstörten Eindruck gemacht.

Ash rief eine Tonga und nahm die Verfolgung auf, doch das Pony war kein Rennpferd, und es gelang ihm nicht, die Damen einzuholen. Den ganzen Nachmittag über fuhr er kreuz und quer durch Bombay auf der Suche nach ihnen, doch vergeblich. Was blieb ihm also übrig, als sie am Bahnhof zu erwarten!

Der Postzug sollte erst spät abends abfahren, also lungerte er bedrückt stundenlang am Eingang herum und verfluchte sich als einen selbstischen, rücksichtslosen Klotz, unwert eines so liebreizenden Geschöpfes wie Belinda. Erst am vergangenen Abend hatte er sich geschworen, sie in alle Ewigkeit zu lieben und sie nach Kräften glücklich zu machen – und gleich bei der ersten Prüfung versagte er. Was dachte sie wohl von ihm und, vor allem, wo steckte sie bloß?

Belinda war unterdessen mit ihrer Mutter längst im Haus von Bekannten unweit des Hafens angelangt und verbrachte dort den Tag. Die Mutter meinte, es sei zu heiß für eine Stadtbesichtigung, und allein durfte Belinda nicht aus dem Haus, das verstand sich von selbst. Nach dem Abendessen begab man sich zum Bahnhof und entdeckte Ash auf dem Bahnsteig, zu seinem Pech wiederum nicht allein. Es war für ihn wirklich ein Unglückstag: nur fünf Minuten früher hätten sie ihn noch ganz verloren vor dem Fahrkartenschalter getroffen. Ala Yar war mit Zarin und Mahdu zu Freunden in der Stadt gefahren und hatte es Gul Baz überlassen, die nötigen Vorkehrungen zu treffen, und alle drei kamen knapp fünf Minuten vor dem Eintreffen der Damen Harlowe zurück. Belinda, die ihren Verlobten neuerlich in angeregter Unterhaltung mit vier Eingeborenen antraf, schloß daraus verständlicherweise, daß er den Tag über mit ihnen beisammen gewesen sei, was hieß, daß er deren Gesellschaft der ihren vorzog und keinen Versuch gemacht hatte, sie zu finden.

Wut und ungeweinte Tränen preßten ihr die Kehle zusammen, und hätte sie einen Verlobungsring besessen, sie hätte ihn Ash vor die Füße geworfen, ungeachtet der Tatsache, daß es auf dem Bahnsteig von Leuten wimmelte, Reisenden und Gepäckträgern und fliegenden Händlern. Da sie solcherart nicht reagieren konnte, wäre das Nächstbeste gewesen, hocherhobenen Hauptes an ihm vorüberzuschweben, ohne ihm einen Blick zu gönnen, doch da spielte ihr das Schicksal eine Waffe zu, die zu benutzen sich unter solchen Umständen wohl kaum eine Frau versagt hätte.

Auf lange Sicht erwies sich dies als einer jener trivial anmutenden Zufälle, die Charakter und Lebensweg vieler Menschen ändern, wenngleich niemand, auch Belinda nicht, das voraussehen konnte. Sie erblickte darin nur eine Gelegenheit, Ash zu maßregeln, und ergriff sie. So kam es, daß George Garforth – jener Lockenkopf mit dem klassischen Profil –, der verzweifelt sein Abteil suchte, mit allen Anzeichen des Entzückens von einer jungen Dame begrüßt wurde, an die er ohnehin sein Herz verloren hatte. Von solcher Begrüßung förmlich umgeworfen, verlor er nun auch noch den Verstand.

Eine Mischung von Schüchternheit, Liebe und einem akuten Minderwertigkeitsgefühl hatte ihn bislang gehindert, sich Belinda zu offenbaren, die, wenn sie sein Profil auch bewunderte, ihn im übrigen stocklangweilig fand und Amy Chiverton von Herzen zustimmte, als diese boshaft bemerkte, »der arme George hätte eine gute Schneiderpuppe abgegeben«. Sein Aussehen hätte ihm genügend Selbstvertrauen verleihen, wenn nicht gar ihn überheblich machen müssen, doch George Garforth fehlte beides, er war geradezu peinlich unsicher, manchmal auch unglaublich tölpelhaft, er drängte sich im unpassenden Moment vor, zog sich dann, knallroten Gesichtes und völlig niedergeschmettert zurück und verschlimmerte damit noch das Peinliche seines Auftretens. Ash, der ihn eigentlich ganz gern hatte, bemerkte einmal: »George hat leider eine zu dünne Haut, alles geht bei ihm ins rohe Fleisch.«

Und Belinda hatte ihn ins rohe Fleisch getroffen. George versuchte ein einziges Mal, ihre Aufmerksamkeit auf sich zu ziehen, aber so ungeschickt, daß auch das gutartigste Mädchen darüber verbittert gewesen wäre, und sie sah sich genötigt, ihn so schroff zurückzuweisen, daß er sich errötend, gedemütigt und verletzt zurückzog. Aber nun, ganz plötzlich, ging sie mit ausgestreckter Hand auf ihn zu, sie schenkte ihm ihr schönstes Lächeln, war so liebreizend, daß der arme George zur Salzsäule erstarrte und sodann ganz mechanisch hinter sich blickte, um zu sehen, wem diese Begrüßung gelten könnte?

»Ah, Mr. Garforth, welch angenehme Überraschung. Sie benutzen ebenfalls diesen Zug? Wie reizend. Es reist sich so viel angenehmer in Gesellschaft von Freunden.«

George stierte sie an und traute seinen Ohren nicht, dann ließ er einen Stoß Post fallen, den er im Arm hielt, weil er, wie ein Ertrinkender, dem ein Tau zugeworfen wird, ihre ausgestreckte Hand zu ergreifen suchte. Das Blut wich aus seinem Gesicht, er war unfähig, auch nur zu stammeln, doch selbst das schien seine Göttin nicht im mindesten zu kränken. Sie entwand zwar ihre Hand seinem Klammergriff, hängte sich dafür aber vertraulich bei ihm ein und ließ sich von ihm zu ihrem Abteil begleiten.

»Hätte ich gewußt, daß auch Sie diesen Zug benutzen, ich hätte mir keine Sorgen gemacht«, fuhr Belinda munter fort. »Ich gestehe, es hat mich ein ganz kleines bißchen gekränkt, daß Sie sich heute Vormittag nicht verabschiedet haben. Ich habe mich nach Ihnen umgesehen, doch in der Hitze und in dem Gedränge...«

»Wirklich?« brachte George endlich heraus, »Sie haben... wirklich?«

Man näherte sich Ash und seinen wenig vertrauenerweckenden Freunden. Also lachte Belinda in das bleiche Gesicht ihres Begleiters, drückte ein wenig seinen Arm und sagte schmelzend: »Wirklich!«

Das Blut stieg George zu Kopfe, er holte so tief Atem, daß sich die Lungen zum Bersten füllten und sein ganzer Körper in einen prickelnden Zustand geriet, wie er ihn selbst nach dem Genuß berauschenden Weines nie empfunden hatte. Er fühlte sich plötzlich in die Höhe und die Breite wachsen, und zum ersten Mal im Leben war er voller Selbstvertrauen.

»Na sowas!« sagte er und lachte laut heraus. Ash drehte sich um und sah die beiden Arm in Arm, leichtsinnig und sorglos. Er trat herzu, und Belinda sagte lässig: »Guten Abend, Ashton«, und das kaum merkliche Neigen des Kopfes, von dem diese wenigen Worte begleitet wurden, war viel verletzender, als hätte sie ihn geschnitten.

Ash begab sich zu Harlowes Abteil und mußte seine Entschuldigungen und Erklärungen bei der Mutter von Belinda anbringen, denn sie selbst war viel zu sehr mit George beschäftigt, um auf das zu achten, was er vorbrachte – sie bemerkte nur sanftmütig, es bestehe wahrlich kein Anlaß für ihn, sich so umständlich zu rechtfertigen, das Ganze sei doch nicht der Rede wert.

In den darauf folgenden Tagen erging es ihm noch übler, denn Belinda verlegte sich darauf, ihn mit einer Höflichkeit zu behandeln, die ihn schier zum Wahnsinn trieb. Sobald er sich in ihrem Abteil präsentierte oder sich ihr während der häufigen und ausgedehnten Aufenthalte unterwegs auf dem Bahnsteig näherte, speiste sie ihn mit betont höflichen Floskeln ab. Nicht ein einziges Mal forderte sie ihn auf, im Abteil Platz zu nehmen, nicht ein Mal geruhte sie, während der Aufenthalte mit ihm am Zug auf und ab zu spazieren. Ihr Verhalten kränkte ihn und ängstigte ihre Mutter. George hingegen war wie umgewandelt. Niemand, der ihn an Bord des Schiffes gesehen hatte, hätte glauben mögen, daß sich der linkische, kaum sprachmächtige und überempfindliche Jüngling so blitzschnell in jenen redegewandten, selbstsicheren, jungen Mann verwandelt hatte, der hoch aufgerichtet in stolzer Haltung mit Belinda am Arm längs des Zuges promenierte oder ganz allein die Unterhaltung im Abteil bestritt.

Ash war viel zu niedergedrückt und zu sehr von Reue geplagt, um an dem Verhalten seiner Herzliebsten Anstoß zu nehmen. Er bemerkte auch nicht, daß George immer eifersüchtiger und kecker wurde, denn er war überzeugt, so gut wie alle Verbrechen begangen zu haben, die ein liebender Bräutigam an seiner lieben Braut verüben kann, und mit jeder Strafe einverstanden – außer damit, seine Liebste zu verlieren. Zarin fand rasch heraus, daß er die Stimmung seines Freundes nicht bessern konnte, ließ ihn in Ruhe und tröstete sich im Gespräch mit seinen Landsleuten. Er gab die Hoffnung nicht auf, sein Freund werde doch endlich zur Vernunft kommen. Die Reise, auf die beide sich gefreut hatten, wurde dergestalt zu einem langwierigen, beschwerlichen Unternehmen, und Ash schenkte der vorüberziehenden Landschaft nicht die mindeste Aufmerksamkeit, obschon er sie seit sieben Jahren nicht gesehen und während dieser sieben Jahre nichts inniger gewünscht hatte, als wieder in ihr zu leben und umherzuschweifen.

Baumbestandene Schluchten und das satte Grün des Südens gingen über in ödes, trockenes Gebiet, wo Sand und Geröll vorherrschten, dann fuhr man durch Dschungel und neuerlich durch Ackerland, vorüber an verlorenen Weilern, an den Ruinen längst verfallener Städte, entlang breiten, gewundenen Strömen, wo Krokodile und Schlammschildkröten auf Sandbänken in der Sonne lagen und weiße Reiher im flachen Wasser fischten. Bei Nacht leuchteten Glühwürmchen im Elefantengras und im Dickicht, Pfauen begrüßten schreiend den anbrechenden Tag, und der gelbe Himmel spiegelte sich in Teichen und Gräben voller Wasserlilien. Ash aber lag auf dem Rücken und stierte an die Decke, er überlegte, mit welchen Worten er Belindas Herz erweichen könnte, oder antwortete unwillig auf Fragen seiner Mitreisenden, eines enthusistischen jungen Beamten aus dem Politischen Departement und eines ältlichen Forstbeamten.

Auch Mrs. Harlowe fand an der Reise kein Vergnügen, wie nicht anders zu erwarten. Ihre Erfahrung hatte sie gelehrt, daß Reisen in Indien, einerlei mit welchem Transportmittel, eine heiße, staubige, unbequeme Sache war; doch worunter sie diesmal litt, waren nicht die erwarteten Beschwerlichkeiten, sondern Belinda und Ashton, deren Benehmen erkennen ließ, daß beide noch recht kindisch waren. Viele Mädchen heirateten mit Siebzehn, sie selber war nicht älter gewesen, doch heirateten sie erwachsene Männer, von denen mit Recht anzunehmen war, daß sie es verstanden, ihre jungen Frauen zu behüten. Ashton dagegen war noch ein verantwortungsloser Knabe. Das hatte sich erwiesen, als er einfach weglief und Belinda schutzlos im Menschengedränge des Hafens zurückließ, um sich stundenlang mit einer Horde Eingeborener zu amüsieren.

Was er zu seiner Entschuldigung vorzubringen hatte, machte alles nur schlimmer. Seine Erklärung, einer dieser Eingeborenen (noch dazu ein bloßer Sergeant, nicht einmal ein indischer Offizier) sei ein alter Freund, der die Reise vom Khaibar nach Bombay eigens unternommen habe, um ihn abzuholen, und daß er darüber ganz die Zeit vergessen habe, mochte aufrichtig sein, bewies aber auch, daß es ihm an Klugheit und Takt mangelte, und Mrs. Harlowe konnte sehr wohl verstehen, daß ihre Tochter eine so ungeschickte Entschuldigung zurückwies. Ashton hätte es eigentlich besser wissen müssen, und er hätte auch wissen müssen, daß es sich nicht gehört, freundschaftlichen Umgang mit Sepoys und Dienern zu pflegen. Das war einfach unpassend und zeigte nur, daß er sich noch nicht richtig benehmen konnte und daß sie selber ihn viel zu wenig kannte. Sie hatte sich erlaubt, Vernunft und Vorsicht in den Wind zu schlagen einzig in der Absicht, ihre Tochter rasch an einen vermögenden Mann von guter Herkunft zu verheiraten. Nun aber flirtete Belinda schamlos mit einem anderen jungen Mann, der weder von guter Herkunft noch vermögend war, und Mrs. Harlowe war außer sich. Das alles war höchst beunruhigend, und was Archie sagen würde, wenn er davon hörte, wagte sie sich nicht auszumalen...

Die arme, törichte, von Gewissensbissen geplagte Mrs. Harlowe rettete sich in Tränen und Schwindelanfälle, und drei Tage dieser Aufführung reichten hin, Belinda vor Augen zu führen, daß ihr Zorn gegen Ash nicht groß genug war, sie endlose Stunden allein mit der Mutter im heißen, staubigen Eisenbahnabteil ertragen zu lassen. Das unaufhörliche Gejammer über Ashton, verfrühte Verlobungen und was der Papa wohl zu alledem zu sagen haben würde, machte Belinda mürbe. Gewiß, Ashton hatte sich abscheulich benommen, er war nun aber genügend bestraft. Übrigens wurde sie der wachsenden Zudringlichkeiten sowie des Beschützergehabes von seiten George Garforths überdrüssig. Sie fand es an der Zeit, ihn in die Schranken zu weisen.

Als der Zug das nächste Mal hielt und Ash wie gewöhnlich bescheiden anklopfte, ließ man ihn ein, und der glücklose George sah sich plötzlich in der

Rolle des überflüssigen Dritten, dazu verurteilt, mit der Mutter seiner Göttin mühsam Konversation zu machen. Ash und Belinda genossen den Rest dieser Reise, sieht man davon ab, daß es in Delhi zu einem kleinen Zank kam. Hier endete die Eisenbahn, und wer in nördlicher Richtung weiter wollte, mußte die Reise mit der Postkutsche, im Tragsessel, auf dem Ochsenkarren oder zu Fuß fortsetzen. Man fand Unterkunft im Posthaus, und nach zwei Tagen, die der Stadtbesichtigung gewidmet waren, entfernte Ash sich für längere Zeit.

Er machte mit seinen Freunden einen Stadtbummel, doch zum Glück bemerkten die Damen Harlowe dies nicht, denn Ash war klüger geworden. Er rechtfertigte seine Abwesenheit durch die Überreichung eines sehr hübschen mit Perlen besetzten Brillantringes, den er, wie er sagte, mit viel Mühe und Zeitaufwand gesucht habe. Nur eine Handvoll Passagiere, die mit dem Postzug aus Bombay gekommen waren, wollten weiter nordwärts in den Pandschab, und man setzte die Reise in bespannten Postwagen fort, die aussahen wie Kisten auf Rädern. Diesmal hatte Ash nur einen Reisegefährten in seiner Kutsche, doch war es leider George Garforth. Ash hätte es vorgezogen, allein oder in einem vollbesetzten Wagen zu fahren.

George dachte gar nicht daran, die Hoffnung aufzugeben, die Belinda während der ersten Reisetage in ihm geweckt hatte; daß sie sich mit Ashton Pelham-Martyn für verlobt hielt, änderte nichts an seinen Gefühlen für sie (außer daß er nun auch noch an Eifersucht und Verzweiflung litt), und da er nicht einsehen wollte, warum er mit ihrem Verlobten nicht über sein Herzweh reden sollte, mußte Ash diesem liebeskranken Rivalen stundenlang zuhören und wurde häufig an den Rand seiner Beherrschung gebracht.

Beklagenswert, daß Belinda bei George einen so unaufhaltsamen Redefluß zum Strömen gebracht hatte. George war einfach nicht mehr zu halten, und weil Ash keine Möglichkeit sah, ihm das auf zivilisierte Weise zu verwehren, verbrachte er einen großen Teil des Tages in Gesellschaft von Zarin, Ala Yar und Mahdu, dies nicht nur, weil er ihre Gesellschaft der von Garforth vorzog, sondern auch weil es unmöglich geworden war, mit Belinda allein zu sein; die Mama hatte eine alte Bekannte, eine Mrs. Viccary, aufgefordert, die Kutsche mit ihr zu teilen.

Die Anwesenheit einer dritten, noch dazu ältlichen Dame machte Ashtons Hoffnung endgültig zunichte, er könne hin und wieder eine Stunde in der Kutsche der Damen verbringen oder mit Belinda ein Weilchen auf einer der Poststationen unter vier Augen reden, wenn während des Pferdewechsels ausgeruht und gegessen wurde. Doch trotz dieser Enttäuschung erweckte Mr. Viccary, anders als man erwarten sollte, seine Abneigung keineswegs, denn sie war eine reizende Person, klug, tolerant und verständnisvoll, schloß rasch Freundschaften und interessierte sich aufrichtig für andere Menschen. Dies machte sie zu einer guten Gsprächspartnerin, zumal sie verstand, anteilnehmend zuzuhören. Nicht lange, und Ash erzählte ihr mehr von seiner Vergangenheit als er Belinda je offenbarte, was ihn überraschte, Mrs. Viccary jedoch nicht.

Edith Viccary war es gewohnt, daß man sich ihr anvertraute. Ihre ganze Art und ihr Verhalten ließen sofort ahnen, daß sie solches Vertrauen niemals mißbrauchen würde, was wohl die Voraussetzung dafür war, daß nicht wenige ihr Herz bei ihr ausschütteten. Nachdem sie von seiner künftigen Schwiegermutter eine wortreiche Schilderung der Herkunft, der Verwandten und der beruflichen Aussichten des jungen Pelham-Martyn bekommen hatte, machte sie sich daran, ihn selber auszuhorchen, zumal sie seine heiße Zuneigung zu dieser seiner zweiten Heimat nicht nur begriff, sondern sogar teilte, denn auch sie war hier geboren worden. Anders als er hatte sie auch den größten Teil ihres Lebens in Indien verbracht; zwar war sie mit acht Jahren heimgeschickt worden nach England, jedoch als eine junge Dame von sechzehn Jahren zu ihren Eltern nach Delhi zurückgekehrt, und hier, in der Hauptstadt der Mogulen, lernte sie im Jahr darauf einen jungen Techniker namens Charles Viccary kennen, den sie heiratete.

Das geschah im Winter 1849. Ihr Mann hatte seither beruflich in so gut wie allen Teilen des Subkontinents zu tun gehabt, und sie begleitete ihn stets. Männer ihrer wie seiner Familie waren seit drei Generationen in Indien tätig, anfangs bei der Ostindischen Handelskompanie, später im Dienste der englischen Krone. Je mehr Mrs. Viccary vom Lande und seinen Menschen kennenlernte, desto mehr gewann sie beide lieb. Sie war mit Indern befreundet und stolz auf diese Freundschaften. Anders als Mrs. Harlowe hatte sie sich vorgenommen, mindestens vier der im Lande gebräuchlichen Sprachen zu erlernen und sprach diese nun wirklich fließend. Sie verlor ihr einziges Kind durch die Cholera, und beim Aufstand der Sepoy im Jahre 1857 kamen nicht nur ihre Eltern, sondern auch ihre Schwester Sarah und deren drei Kinder in dem schrecklichen Frauengefängnis von Cawnpore ums Leben; trotzdem verzweifelte sie nicht. Sie bewahrte ihr Augenmaß und ihren Sinn für Gerechtigkeit, und selbst in der bitteren Zeit nach dem Aufstand lehnte sie es ab, blind zu hassen.

Sie stand nicht allein mit dieser Haltung, doch Ash hatte bislang niemals eine weiße Frau dieser Art kennengelernt. Als er bei der Stadtbesichtigung mit Mrs. Harlowe und anderen Schaulustigen vom gleichen Schlage erleben mußte, wie sie sich in der Moschee des Juma Masjid laut unterhielten und sogar lachten, obschon dort Gläubige ihre Andacht verrichteten, war ihm der Verdacht gekommen, solches Betragen sei bezeichnend für alle englischen Memsahibs in Indien. Um so dankbarer war er Mrs. Viccary dafür, daß sie den lebenden Gegenbeweis zu diesem dummdreisten Gebaren darstellte. Allein dafür hätte er ihr vieles nachgesehen, auch, daß sie ihn unfreiwillig daran hinderte, auf der Reise nach Norden so häufig mit Belinda beisammen zu sein, wie er gewünscht hätte.

Abgesehen davon vergingen die Reisetage recht angenehm. Ash genoß die Gesellschaft von Zarin, das vertraute Gespräch mit dem Freund, während die bekannte Landschaft an dem Fenster der Kutsche vorüberzog, er verzehrte mit Behagen die Speisen, die Gul Baz bei Händlern in den Dörfern kaufte – Curry und Linsen, Reis, Fladen ungesäuerten Brotes und klebriges Konfekt, alles meist auf grünen Blättern serviert. Dazu trank man Milch oder klares Wasser aus Brunnen, die in jeder Ortschaft vorhanden waren. Die Namen von Städten und Flüssen, der Anblick kleiner und größerer Dörfer waren ihm ganz vertraut, denn hier war er nach der Flucht aus Gulkote mit Sita durchgekommen.

Karnal, Ambala, Ludhiana, Jullundur, Amrozar und Lahore, die Flüsse Sutlej und Ravi... er kannte sie alle. Vom Vormittag bis in den späten Nachmittag war es unbehaglich heiß, und der Anstrich der Kutsche warf Blasen in der Hitze. Doch je weiter die mageren Ponies die Wägelchen durch die fruchtbaren Felder des Pandschab zogen, desto kühler und erquickender wurde die Luft, und als Ash eines frühen Morgens auf die Landstraße ging, um sich die Beine zu vertreten, gewahrte er im Norden die unendlich lange, gezackte Kette der Berge, die sich blaßrosa vor dem grünlichen, kühlen Himmel abzeichneten, und er wußte: das waren die Schneegipfel des Himalaja.

Bei diesem Anblick war ihm, als stehe sein Herz still, und Tränen traten ihm in die Augen. Am liebsten hätte er zugleich gelacht und geweint und laut gejubelt oder gebetet, wie Zarin und Ala Yar und ihre Glaubensgenossen. Nur würde er sich nicht nach Mekka wenden, sondern zu den Bergen, in deren Schatten er geboren war, dem Palast der Winde zu, den er bereits als Kind verehrt hatte. Weit hinten ragte er auf, und der Tarakalas, der Sternenturm, empfing die ersten Sonnenstrahlen. Und irgendwo dort mußte auch jenes Tal liegen, nach dem Sita sich so gesehnt hatte und das er eines Tages gewiß entdecken würde.

Man hatte am Vorabend außerhalb eines Dorfes Rast gemacht. Ganz in der Nähe verkaufte ein Händler Lebensmittel. Ash kaufte gekochten Reis, und im Gedenken an die Opfergaben, die er auf dem Balkon des Pfauenturms von Gulkote dargebracht, streute er die Körner auf den taunassen Boden. Vielleicht brachte ihm das Glück. Eine Nebelkrähe und ein ausgehungerter Straßenköter stürzten sich auf das Festmahl, und der Anblick des Hundes brachte ihn mit einem Ruck in die Gegenwart zurück. Gulkote und der Palast waren Vergangenheit, und es war Ashton Pelham-Martyn und nicht Ashok, der ein halbes Dutzend Brotfladen kaufte und an den hungernden Hund verfütterte; und es war der Sohn Isobels, nicht der Sitas, der die Kutsche bestieg, die Hände in die Taschen schob und sich ein Liedchen pfiff, als die Sonne über den Horizont heraufkam und die Ebene mit strahlender Helligkeit überflutete.

Ala Yar schnupperte in den Wind wie ein altes Roß, das den Stall wittert und sagte: »Ah, hier endlich riecht es heimatlich. Es wäre nicht schlimm, wenn die Kutschen jetzt zusammenbrächen, denn von hier aus könnten wir den Rest des Weges zu Fuß zurücklegen.« (Ala Yar mißtraute den Postkutschen und war überzeugt, daß die häufigen Aufenthalte nur eingelegt wurden, weil die Kutscher ihr Handwerk nicht verstanden.)

Die Gharis (Kutschen) blieben heil, doch gingen zwei Tage verloren, weil der Regen ein Stück Straße weggeschwemmt hatte. Die Reisenden sahen sich genötigt, im nächsten Posthaus abzuwarten, bis die Straße passierbar war.

Wäre George Garforth nicht mit von der Partie gewesen, Ash hätte gewiß nicht der Versuchung widerstanden, mit Zarin und Ala Yar allein weiterzuwandern. Aber er hatte nicht vergessen, wie sehr Belinda diesen George nach der Abreise aus Bombay bevorzugt hatte und auch nicht, daß George seine Abwesenheit bedenkenlos genutzt hatte, als Ash sich in Delhi vorübergehend unentschuldigt entfernte; Zarin mußte also mit ansehen, wie Ash in jenen zwei Wartetagen fast jede Stunde bei Belinda verbrachte.

Mr. Garforth hatte ebenfalls gehofft, Gelegenheit zu finden, mit Belinda zu plaudern, doch sah er sich wieder einmal genötigt, die Gesellschaft von Mrs. Harlowe zu ertragen. Immerhin machte er sich ihr höchst angenehm, indem er ihr das Garn hielt, damit sie ein Knäuel wickeln konnte, und erzählte dabei von seiner Kindheit. Mrs. Harlowe fand seit je, daß George ein höchst ansehnlicher junger Mann sei, dessen man sich nicht zu schämen brauchte, doch ersetzten ein klassisches Profil und schmelzend braune Augen noch kein Vermögen, und so waren – jedenfalls für den Moment – die Aussichten des jungen Mannes nicht vielversprechend.

Als Angestellter einer Firma, die mit Bier, Wein und Spirituosen handelte, bezog er nur ein bescheidenes Gehalt, und seine gesellschaftliche Stellung war demgemäß gering zu veranschlagen. Einzig in Kalkutta, Bombay und Madras rangierte der Handel an erster Stelle; anderswo im Lande stufte die anglo-indische Gesellschaft den Boxwallah (dies die verächtliche Bezeichnung für alle, die im Handel tätig waren) tief unter den Mitgliedern der herrschenden beiden Klassen ein, den Offizieren und den Beamten. In Peshawar, einer typischen Garnisonsstadt, zählte ein junger Boxwallah so gut wie nichts – was Mrs. Harlowe höchst bedauerlich fand, denn andernfalls hätte sie George Garforth als Schwiegersohn allemal jenem Ashton Pelham-Martyn vorgezogen, der irgendwie... irgendwie... wie er nun eigentlich auf sie wirkte, konnte sie nur schwer erklären. Unterwegs hatte er den Eindruck eines verläßlichen jungen Mannes gemacht; daß er reich war (oder doch mindestens wohlhabend), daß der Onkel nur einen einzigen Sohn besaß, Ashton also die Chance hatte, eines Tages den Titel Baronet zu erben, machte ihn in ihren Augen zu einem begehrenswerten Heiratskandidaten für ihre Tochter, doch seit jenem gräßlichen Tag in Bombay nagten Zweifel an ihrer Seele.

Wäre George nur annähernd so passend gewesen wie Ashton, sie hätte sich um Belindas Zukunft keine Sorgen mehr gemacht. George war zwar ein ungewöhnlich gut aussehender Mann, im übrigen aber durchaus normal und unkompliziert, und seine Eltern waren offenbar wohlhabend, wenn auch nicht reich. Den Beschreibungen seines elterlichen Hauses ließ sich jedenfalls entnehmen, daß er an einen Lebenszuschnitt gewöhnt war, den sie selber niemals erreicht hatte. Zwei Kutschen hielten die Eltern, man denke! Vielleicht war er doch passender, als es den Anschein hatte? Sein Vater, so hatte er berichtet, habe irisches Blut, während seine Großmutter mütterlicherseits eine Griechin von Adel gewesen sei (das klassische Profil verdankte er wohl ihr). Ursprünglich habe er Offizier werden wollen, doch die Mutter sei so sehr dagegen gewesen, daß er sich schließlich ihrem Wunsche gebeugt und den Beruf des Kaufmannes ergriffen habe. Der von Romantik überhauchte Osten sprach seinen Sinn für das Exotische an, und er war daher bei der Firma Brown & MacDonald eingetreten, obschon man ihn dort schlechter bezahlte, als in einer gut dotierten, mit wenig Arbeit verbundenen Stellung, welche die Verwandten ihm in England hätten verschaffen wollen. Er gestand Mrs. Harlowe, zwar liebe er selbstverständlich Eltern und Verwandte, doch ziehe er es vor, auf eigenen Füßen zu stehen, auch wenn das heiße, ganz unten anfangen zu müssen; diese Haltung billigte Mrs. Harlowe nun von ganzem Herzen.

Was war er doch für ein lieber Junge. Ashton hingegen erwähnte seine Eltern nie, und das wenige, was er ihr von seiner Kindheit berichtet hatte, klang so sonderbar, daß sie ihm das Wort abschnitt und ihm (selbstverständlich taktvoll!) andeutete, je weniger er davon erzähle, desto besser für sie alle, denn man könne das möglicherweise... nun... mißverstehen. Eine Hindu-Pflegemutter, verheiratet mit einem ordinären Pferdeburschen, die er »Mutter« nannte, als wäre sie es wirklich gewesen! Bei dem Gedanken, dies könnte bekannt und herumgetratscht werden, schauderte es Mrs. Harlowe, und sie verwünschte die Voreiligkeit, mit der sie Belindas Verlobung zugestimmt hatte. Nie hätte sie sich dazu hinreißen lassen, wäre sie in Gedanken nicht ständig bei den geliebten Zwillingen Harry und Teddy gewesen und ganz besessen von dem Wunsche, sie baldmöglichst wiederzusehen. Wer begriff schon, wie furchtbar es war, jahrelang von seinen Kindern getrennt zu sein! Nicht einmal Archie begriff das. Sie wollte doch weiter nichts, als Belinda gut verheiraten, und deshalb durfte Archie ihr doch nicht böse sein? Schließlich hatte sie nur das Beste gewollt. Auch das Beste für Harry und Teddy...

Gegen Abend des zweiten Wartetages war die Straße instandgesetzt, die Reisenden sammelten sich und fuhren weiter. Kurz nach Mondaufgang rollten die Kutschen auf dem letzten Streckenabschnitt Richtung Jhelum, das eine beachtliche britische Garnison beherbergte.

Der Fluß Jhelum führte Hochwasser. Die schweren Regenfälle im fernen Kaschmir hatten den Wasserstand stark steigen lassen, und der Anblick des reißenden, dunkel gefärbten Stromes erinnerte Ash in nichts an jenen gemächlich strömenden Fluß, dem er vor vielen Jahren den Leichnam Sitas übergeben hatte. Stadt und Garnison lagen am jenseitigen Ufer, doch hatten an diesem Tage Feldübungen stattgefunden, und deshalb warteten am diesseitigen Ufer noch einige britische Offiziere darauf, von Booten übergesetzt zu werden. Belinda beäugte diese Gestalten mit lebhaftem Interesse und fand, sie sähen doch ganz anders (und viel aufregender!) aus, als die stocksteifen Bürger von Nelbury, die, so betrachtet, geradezu einer anderen Spezies anzugehören schienen als jene in fröhliche Farben gekleideten jungen Offiziere, die in glühenden Sommern und bitterkalten Wintern, durch Kriegstaten und ein hartes Leben zu einem Typ geformt worden waren, den man als solchen auf den ersten Blick ebenso leicht erkannte wie etwa den texanischen Cowboy oder den Indianer in Kriegsbemalung.

Allein der Anblick dieser jungen Helden reichte hin, Belinda aufzumuntern, nachdem sie sich in den letzten Tagen einigermaßen mutlos gefühlt hatte. Die Eintönigkeit und die Beschwerlichkeiten der langen, staubigen Reise hatten sie bedrückt. Die jungen Offiziere am Ufer aber waren der lebende Beweis dafür, daß man sich nicht völlig aus der zivilisierten Welt mit ihren Zerstreuungen entfernt hatte. Kein hübsches Mädchen mußte fürchten, vernachlässigt zu werden, wo sich so viele Männer darum rissen, sie zur Partnerin beim Tanz oder Picknick zu gewinnen, und fast bedauerte sie, sich Ashton versprochen zu haben. Allerdings war sie in ihn verliebt, wollte ihn folglich heiraten, wenn auch nicht gleich. Wie schön wäre es, noch einige Jahre ungebunden zu sein und sich von Dutzenden junger Männer den Hof machen zu lassen, statt von einem einzigen. Noch dazu würde sie von Ash getrennt sein, denn seine Garnison war in Mardan, und er würde sie gewiß nicht öfter als einmal in der Woche besuchen können, wenn überhaupt so oft. Durch ihr Verlöbnis gebunden, durfte sie nicht mit anderen Männern ausgehen, das hätte einen Skandal verursacht.

Belinda bewunderte seufzend die scharlachroten Waffenröcke und die buschigen Schnauzbärte der jungen Herren, ja, sie musterte auch die älteren, denn sie nahm nicht an, daß ihr Vater unter ihnen sein könnte. Sie hätte ihn übrigens auch nicht erkannt, denn der Siebenjährigen war er wie ein Riese vorgekommen, während jener eher kleine, ältliche Herr, der jetzt neben der Kutsche auftauchte, wenig imponierend wirkte. Als sie die Mutter »Archie!« rufen hörte und diesen Fremden umarmen sah, bekam sie förmlich einen Schock. War dies wirklich der angsterregende Tyrann, den die selbstherrliche Tante Lizzie und die beredte, füllige Mama meinten, wenn sie sagten: »Dein Papa würde das nie erlauben!«?

Belinda war also von ihrem Vater enttäuscht, der Vater hingegen keineswegs von seiner Tochter. Sie ähnele, so eröffnete er ihr, aufs Haar ihrer Mutter, als jene im gleichen Alter gewesen sei, und er bedauere außerordentlich, daß die Brigade schon so bald ins Manöver rücken müsse, denn Belinda werde sich in Peshawar ohne all die lustigen jungen Herren langweilen. Zu Weihnachten allerdings wolle man zurück sein, und danach werde sie nicht zu klagen haben, denn Peshawar sei eine außerordentlich unterhaltsame Garnisonsstadt. Der Major zwickte seine Tochter in die Wange und fügte hinzu: er sehe schon, daß sehr bald die jungen Burschen Schlange stehen würden, um sein hübsches kleines Kätzchen zum Tanzen und Reiten zu entführen – welche Bemerkung Belinda betreten erröten machte und ihrer Mutter das stumme Stoßgebet entlockte, Mrs. Viccary möge sie nicht verraten und Ashton nicht auftauchen, bevor sie dem Major alles erklären konnte. Höchst ärgerlich, daß Archie ihnen ausgerechnet bis Jhelum entgegenkam, denn sie hatte darauf gebaut, ihm ihre Eröffnungen zu einem von ihr für geeignet gehaltenen Augenblick innerhalb ihrer vier Wände machen zu können, bevor er Mr. Pelham-Martyn kennenlernte, der sich in Nowshera von ihnen trennen wollte.

Die nächste Viertelstunde war denn auch recht nervenaufreibend, doch sagte Mrs. Viccary nichts Unbedachtes, und Ash trat sozusagen in Begleitung von George Garforth auf, was es Mrs. Harlowe ermöglichte, beide junge Herren als Reisebekanntschaften vorzustellen und sie abzuwimmeln unter dem Vorwand, sie und die liebe Belinda und der Vater hätten einander nach so langer Trennung viel zu erzählen, das sähen sie doch gewiß ein...?

Ash sah zumindest ein, daß dies weder die Zeit noch der Ort war, sich dem Major als künftiger Schwiegersohn zu präsentieren, und so verzehrte er im Posthaus ein Mahl von vier Gängen, während Zarin sich um Transportmittel und Unterkünfte für den Rest des Weges kümmerte. George wanderte derweil ruhelos auf der Veranda auf und ab in der Hoffnung, einen letzten Blick aus Belindas blauen Augen zu erhaschen.

Als Harlowes endlich abgefahren waren, setzte er sich zu Ash an den Tisch und klagte: »Ich verstehe Sie nicht. Ich an Ihrer Stelle ginge dem alten Herrn jetzt nicht von den Fersen, ich würde meine Ansprüche anmelden und aller Welt bekanntmachen, daß ich welche habe. Sie verdienen diesen Engel nicht, und es geschähe Ihnen recht, würde er Ihnen weggeschnappt. In Peshawar sind bestimmt gleich ein ganzes Dutzend Bewerber hinter ihr her.«

»Auf dem Schiff waren es mindestens ebenso viele«, entgegnete Ash phlegmatisch, »und wenn Sie glauben, es sei gescheit, ausgerechnet hier einen völlig fremden Menschen um die Hand seiner Tochter zu bitten, dann sind Sie im Irrtum. Er hat sie seit Jahren nicht gesehen! Man kann doch unmöglich mit solch einem Antrag herausrücken, kaum daß sie wieder da ist, noch dazu in einem überfüllten Posthaus. Reden Sie also keinen Schwachsinn.«

»Ja, ich glaube wirklich, ich verliere den Verstand«, ächzte George und schlug mit der Faust gegen die Stirne wie ein großer Tragöde. »Und doch, ich liebe sie, ich kann mir nicht helfen! Ich weiß, es ist hoffnungslos, aber das hilft nichts, ich liebe sie trotzdem, und sollten Sie ihr je –«

»Mann, hören Sie schon auf«, unterbrach ihn Ash ungeduldig. »Eben erst sagten Sie, Belinda würde mich bei erster Gelegenheit sitzenlassen, erinnern Sie sich? Also was denn nun! Lassen Sie sich vom Aufwärter was zu essen geben, und stören Sie mich nicht bei meiner Mahlzeit.«

Er fühlte durchaus mit dem abgewiesenen Freier, um so mehr, als er selbst vom Glück begünstigt war. Sein Ehrgefühl gebot ihm, George freundschaftlich zu behandeln. Dessen dramatische Auftritte gingen ihm aber mit der Zeit doch auf die Nerven, und Ash dachte mit Grausen daran, daß George ihm gewiß über den Weg laufen würde, sollte er bei Harlowes Besuch machen. Daß Belinda anderen Sinnes werden könnte, fürchtete Ash nicht. Sie hatte ihn ihrer Liebe versichert, und daran zu zweifeln, wäre ihm als ein Mangel an Vertrauen und als Kränkung erschienen, die sie beide treffen mußte. Man ersieht daraus, daß er noch recht jung war und sehr idealistisch.

Auch war er so wenig eitel, daß es ihn nicht kränkte noch überraschte, daß ihm weder Belinda noch ihre Mutter besondere Aufmerksamkeit zollten, wenn sie entlang der Straße von Jhelum nach Nowshera in den Posthäusern zusammentrafen, wo Pferde gewechselt wurden, wo man rastete, speiste und übernachtete; auch ärgerte es ihn nicht, daß keine der Damen Anstalten traf, ihn näher mit seinem künftigen Schwiegervater bekannt zu machen. Da mochte George sagen, was er wollte (und er redete eine Menge in der Postkutsche, in die sich die beiden Herren teilen mußten), Ash fand es nach wie vor einleuchtend, daß eine Tochter, die jahrelang vom Vater getrennt gewesen ist, diesen nicht gleich mit der Eröffnung betrüben will, daß sie ihn schon bald wieder verlassen wird, um zu heiraten. Waren die Damen erst einmal im eigenen Hause und hatten die Unbequemlichkeiten der Reise endgültig überwunden, würde Belinda ihm gewiß schreiben und ihn wissen lassen, wann sein Besuch erwünscht war. Dann konnte er von Peshawar hinüberreiten, alles mit dem Vater bereden und – wer weiß? vielleicht im Frühjahr schon heiraten.

Dieser Einfall war ihm übrigens erst kürzlich gekommen, denn bislang war er davon ausgegangen, daß Belindas Vater darauf bestehen würde, die Heirat hinauszuschieben, bis Ash volljährig war, und dagegen hätte er nichts einwenden können. Doch seit seiner Begegnung mit dem Major war Ash anderen Sinnes geworden. Auch er hatte sich Belindas Vater etwas eindrucksvoller vorgestellt, jedenfalls nicht so leibarm und – dies muß nun doch gesagt werden – unbedeutend. Seit der Begegnung in Jhelum verstand er, wie Mrs. Harlowe riskieren konnte, auf eigene Rechnung und Gefahr seiner Verlobung mit Belinda zuzustimmen, statt (was Ash für wahrscheinlich gehalten hatte) ihm zu sagen, die Entscheidung müsse der Major treffen. Dieser sah ganz so aus, als gehöre er zu den Männern, die sich von den weiblichen Mitgliedern ihrer Familie leiten lassen, und es war – dies einmal vorausgesetzt – nicht einzusehen, weshalb die Damen ihn nicht auch sollten überreden können, einer baldigen Heirat zuzustimmen. Das war eine ungemein angenehme Aussicht, und Ash gab sich denn auch wonnevollen Tagträumen hin.

Der Major seinerseits nahm weiter keine Notiz von dem jungen Leutnant; seine Tochter hatte offenbar zwei recht präsentable Verehrer gefunden, das reichte ihm. Er hörte, wie seine Frau die beiden Herren vorstellte und vergaß gleich darauf ihre Namen. Begegnete man einander unterwegs, nickte er grüßend und neckte seine Tochter damit, daß sie bereits zwei Kavaliere habe.

Die Straße schlängelte sich durch die öde Salzsteppe zwischen Jhelum und der großen Garnisonsstadt Rawalpindi, vorbei an den Ruinen von Taxila, zwischen Hügeln aus nacktem Gestein, mit dem die Ebene übersät war wie mit den Gerippen verhungerter Rinder, und endete am Indus, unmittelbar unterhalb der düster drohenden Festung Attock. Die Reisenden entlohnten ihre Kutscher und setzten auf einer Fähre über den Indus. Und weiter ging es, wiederum in Postkutschen, entlang dem Ufer des Kabul. Die Herbstregen hatten den Fluß in einen reißenden, rostfarbigen Strom verwandelt, doch die Uferebene war ausgedörrt und staubig. Beiderseits des Flusses gegen die Berge zu erstreckte sich das löwenfarbige, mit Steinen übersäte Land, Bäume und Felder waren von der Gluthitze des Sommers zu einem gleichförmigen Gold verbrannt.

Die Berge rückten näher, der Horizont war nicht mehr endlos, sondern begrenzt von düsteren Felsformationen, die stündlich ihre Farbe wechselten: eben noch weit entfernt, bläulich und durchsichtig wirkend wie Glas, bald darauf ganz nahe gerückt, rostbraun und von den schwarzen Schatten unzähliger Schluchten durchzogen. Dahinter das Grenzgebirge und die Bergkette von Malakand, eine steingewordene Brandung, die sich am Rande des Plateaus brach und den Zugang zu einem kargen Lande versperrte, bewohnt von ruhelosen Stämmen, die kein Gesetz kannten außer dem der Gewalt, in befestigten Ortschaften lebten, Blutrache übten und ständig im Kriege lagen, entweder miteinander oder mit den Engländern. Dies war die Nordwestgrenze, das Tor nach Indien, durch das vor Zeiten Alexander von Mazedonien mit seinen Soldaten eingefallen war. Jenseits der wenig einladenden Pässe lag das Königreich von Sher Ali, dem Emir von Afghanistan, und wiederum dahinter begann das Reich der Zaren.

Belinda kam die Gegend besonders trostlos und deprimierend vor, doch herrschte lebhafter Verkehr auf der Straße nach Peshawar, und wenn sie aus dem Fenster schaute, gewahrte sie nicht nur die gewohnten Bauernkarren und die stapfenden Fußgänger, sondern gelegentlich auch einen Weißen zu Pferde oder in einem leichten Jagdwagen. Einmal passierten sie eine Kolonne britischer Soldaten auf dem Marsch, gefolgt von Elefanten, welche die Bagage trugen; dicker Staub lag auf den scharlachroten Röcken und bedeckte alles mit einer graubraunen Schicht.

Auch Kamele waren zu sehen, an die sie sich aus ihren Kindertagen erinnerte. Sie schwankten in langen Reihen daher, wie Proviantboote in schwerer See, beladen mit gewaltigen Lasten. Sie überragten bei weitem die unvermeidlichen Ziegen- und Rinderherden, die von Dorf zu Dorf getrieben wurden. Vor Nowshera wurde der Verkehr immer dichter, und die Kutscher trieben ihre Tiere zu einem Endspurt an, um vor den anderen in die Stadt zu gelangen; ohne Rücksicht auf die Passanten jagten sie die abgehetzten Ponies über die Straße und wirbelten unbeschreibliche Mengen Staub auf, an dem die Passagiere fast erstickten. Die Stadt war nicht groß, das Posthaus eine der üblichen Relaisstationen, und erst als Ash sich verabschieden kam, wurde Belinda klar, daß sie sich hier von ihm trennen sollte.

Da stand er nun im Schein der sinkenden Sonne, den Hut in der Hand, seine Blicke sprachen von Liebe, doch er brachte nichts von dem über die Lippen, was er sich ausgedacht, denn Belindas Eltern waren zugegen, und Ash erkannte an der sterilen Aufgeregtheit der Mama und an der höflichen Gleichgültigkeit des Vaters, daß bislang die Verlobung überhaupt noch nicht erwähnt worden war. Ihm blieb also nichts übrig, als Belinda die Hand zu drücken und ihr zu versichern, daß er bei erster Gelegenheit von Peshawar herüberreiten und ihr seine Aufwartung machen wolle. Mrs. Harlowe versicherte, man werde ihn mit Vergnügen empfangen, wenngleich die nächste Woche mit Auspacken und Einleben vergehen werde... vielleicht im kommenden Monat? Der Gatte bemerkte zerstreut: »Aber gewiß, gewiß doch...« und setzte hinzu, in der Weihnachtszeit bekämen die jungen Offiziere meist ein paar Tage Urlaub, und Mr. – wie war doch der Name? – werde gewiß auch welchen bekommen; dann solle es ihm eine Freude sein, ihn zu sehen. Belinda errötete lieblich und sagte leise, sie hoffe doch, Mr. Pelham-Martyn noch vor Weihnachten zu sehen, und im gleichen Moment meldete der Kutscher, der die Pferde gewechselt hatte, er sei bereit abzufahren.

Major Harlowe verstaute die Seinen also wieder in dem rollenden Kasten, die Türen schepperten, eine Peitsche knallte und ab ging die Post in einer Staubwolke. Ash stand belämmert auf der Straße und verwünschte sich dafür, daß er nicht den Mut aufgebracht hatte, Belinda vor aller Augen zum Abschied zu küssen und damit klarzumachen, wie die Dinge standen. Daß Mrs. Harlowe ihn auf »irgendwann im nächsten Monat« vertröstet hatte, war schon schlimm genug, doch die Bemerkung des Majors, er dürfe gewiß an Weihnachten auf ein paar Tage Urlaub rechnen, gab ihm noch mehr zu denken; bislang hatte er geglaubt, er werde bereits zwei oder drei Tage nach seinem Eintreffen in Peshawar Urlaub bekommen und Belinda besuchen können. Ihm war gar nicht eingefallen, daß man einem neu angekommenen grünen Leutnant solchen Urlaub verweigern könnte, es sei denn, er hätte einleuchtende Gründe vorzubringen, und solange Major Harlowe von der Verlobung nichts wußte, konnte Ash sie schlecht seinem Kommandeur gegenüber als Grund für ein Urlaubsgesuch nennen. Seine Hoffnung war, der Major könnte ihn auffordern, nach Peshawar zu kommen, sobald er von seiner Frau informiert wurde, oder er käme selber nach Mardan. Doch das hing davon ab, wie er die Neuigkeit aufnahm, und Ash war plötzlich gar nicht mehr so gewiß, daß der Major sein Einverständnis geben würde.

Zarin erschien jetzt neben ihm und sagte: »Das Regiment hat eine kleine Kutsche geschickt, die uns nicht alle aufnehmen kann. Ich habe also Gul Baz gesagt, er soll mit Mahdu und dem Gepäck voranfahren. Es wird spät, und bis Mardan ist der Weg noch weit. Komm, fahren wir.«

10

Die Nacht bricht im Osten rasch herein, denn Dämmerung, den allmählichen Übergang vom Tage zur Nacht, gibt es hier nicht. Als Ash und seine Begleiter die Schiffsbrücke bei Nowshera passierten, glänzte das Wasser noch golden in der Abendsonne, doch wenig später, noch weit vor Mardan, stand der Mond hoch am Himmel und die Schatten der sternförmigen Festung, die Hodson vor dem Sepoyaufstand hatte anlegen lassen, fielen schwarz auf die milchig weiße Ebene.

Vor Zeiten, als das Fünfströmeland, der Pandschab, noch den Sikh gehörte, und außer der persönlichen Schutztruppe des Vertreters der Ostindischen Handelskompanie in Lahore keine fremden Soldaten im Lande stationiert waren, entwarf Sir Henry Lawrence, ein höchst befähigter Verwaltungsbeamter, der später während des Aufstandes bei der Belagerung von Lucknow den Heldentod starb, ein sinnreiches Konzept für eine bewegliche Eliteformation, die jederzeit an jedem Krisenherd eingesetzt werden konnte.

Diese »Feuerwehr« aus Berittenen und Fußsoldaten sollte nach ganz neuen Gesichtspunkten ausgebildet und geführt werden: Sorgsam ausgesuchte Mannschaften unter ebenso sorgsam ausgewählten Offizieren, bekleidet mit bequemen khakifarbigen Uniformen, die den Träger im staubigen Bergland mit dem Boden verschmelzen ließen, sollten – ganz gegen alle Tradition – nicht nur militärische Aufgaben übernehmen, sondern auch Feindaufklärung betreiben. Ebenfalls von der Tradition abweichend, nannte Sir Henry sie das »Kundschaftercorps« und übertrug das Kommando einem gewissen Harry Lumsden, einem jungen, aber außergewöhlich fähigen Mann von hervorragendem Mut und ausgezeichnetem Charakter. Dieser rechtfertigte das in ihn gesetzte Vertrauen voll und ganz.

Zunächst lag der Stab der Kundschafter in Peshawar; Hauptaufgabe war, die räuberischen Grenzstämme niederzuhalten, die friedliche Dörfer überfielen und Frauen und Vieh in die unwirtlichen Berge trieben. Der Fürst der Sikh konnte dies nicht verhindern; er herrschte nur dem Namen nach im Pandschab, und die eigentliche Verwaltung lag in den Händen einiger englischer Beamter. Die Kundschafter nahmen schon bald an den Kämpfen im Süden teil, sie zeichneten sich bei Ferzapore, Mooltan und Lahore und auch in den blutigen Gefechten des zweiten Sikh-Krieges aus.

Erst nach dem Ende dieses Feldzuges – als die Ostindische Handelskompanie ganz offiziell den Pandschab annektierte – kehrten Kundschafter an die Grenze zurück, wenn auch nicht in die Garnison von Peshawar. Die Grenze war jetzt befriedet, und man suchte einen neuen Standort unweit des Flusses Kalpani, wo die von Swat und Buner kommenden Straßen zusammentreffen, und statt der gewohnten Zelte bezog man in der Ebene von Yusafzai das aus Lehmziegeln gebaute Fort von Mardan. Als Hodson hier mit den Arbeiten an der Festung beginnen ließ, sah die Gegend trostlos aus, wie trostlos, läßt sich einem 1854 an die Eltern geschriebenen Brief seiner Frau Sophia entnehmen: »Stellt euch eine ungeheuer große Ebene vor, flach wie ein Billardtisch, aber nicht so grün, denn das einzige, was darauf wächst, ist sehr vereinzelt dorniges Gebüsch, das nicht höher wird als einen halben Meter. So sieht es im Süden und Westen aus, soweit der Blick reicht. Im Norden der ewige Schnee des Himalaja und das Vorgebirge, das fast bis an unser Fort heranreicht.«

Die Landschaft war unverändert, doch das Korps der Kundschafter zählte viel mehr Männer, und in der Festung hatte man Bäume gepflanzt, die Schatten spendeten. An diesem Abend im August duftete es in Hodsons ehemaligem Garten, den er für seine Frau und sein einziges, früh verstorbenes Kind hatte anlegen lassen, nach Jasmin und Rosen. Auf dem Friedhof schimmerten hell ein Dutzend Steine über den Gräbern der Gefallenen von Ambeyla, und in der Nähe bezeichnete ein großer Maulbeerbaum den Punkt, an dem drei Wege aufeinanderstießen. An dieser Stelle hatte der Kommandeur des bengalischen Infanterieregimentes, Colonel Spottiswood, sich erschossen, als seine geliebte Truppe sich weigerte, den Kundschaftern im Jahre des Unheils 1857 zu Hilfe zu kommen.

Die vertrauten Gerüche und Geräusche der Garnison empfand Ash wie eine Begrüßung. Es roch nach Pferden und Holzfeuern, nach Wasser auf gedörrter Erde, nach stark gewürzten Speisen, die auf Holzkohle schmorten. Angepflockte Pferde stampften mit den Hufen, Ketten klirrten, und die gedämpfte Unterhaltung der Männer am Ende eines langen Tages klang wie das Summen von Bienen. Im Offizierskasino sang ein halbes Dutzend Stimmen, von einem blechern klingenden Klavier begleitet, einen bekannten Schlager, und im Basar wurde eintönig ein Tom-Tom bearbeitet, ein passender Kontrapunkt zum Klagegeheul, das streunende Hunde an den Mond richteten. In einem Tempel quäkte ein Muschelhorn, und jenseits des Flusses, im milchigen Dunst über der Ebene, heulte ein Rudel Schakale.

»Gut, daß wir wieder da sind«, sagte Zarin und sog witternd die Luft ein. »Hier ist es besser als im Süden, in der Hitze und dem Lärm der Eisenbahn.«

Ash erwiderte nichts. Er schaute um sich, und ihm wurde klar, daß diese winzige, von Menschenhand geschaffene Oase zwischen den Vorbergen des Himalaja und der weiten Ebene auf Jahre hinaus seine Heimat sein sollte. Von hier aus würde er mit dem Regiment ausreiten, um die Grenze zu befrieden; in den Bergen, die im Mondlicht wie zerknüllte Fetzen aussahen, würde er kämpfen und in einem guten Dutzend Garnisonen zwischen Delhi und Peshawar hin und wieder an einer Jagd, einem Pferderennen, einem Ball teilnehmen. Doch wohin das Vergnügen oder die Pflicht ihn auch rufen würden, so lange er bei den Kundschaftern diente, würde er stets nach Mardan zurückkehren...

Er wandte sich Zarin zu und wollte etwas sagen, doch da löste sich aus dem Schatten der Bäume eine Gestalt, trat in das Mondlicht und brachte die Kutsche zum Halten.

»Wer ist da?« fragte Ash im heimischen Dialekt, doch noch ehe diese Worte ganz ausgesprochen waren, kam ihm die Erinnerung an eine andere mondererhellte Nacht; er sprang aus der Kutsche und warf sich in den Staub der Straße, um mit der Stirn die Füße des Greises zu berühren, der neben dem Kutschpferd stand.

»Koda Dad! – du bist es, mein Vater!« Seine Stimme brach fast, und die Vergangenheit stand ihm vor Augen wie von grellen Blitzen erhellt.

Der alte Mann umarmte ihn. »Du hast mich also nicht vergessen, mein Sohn! Das ist gut, denn ich hätte dich nicht erkannt. Aus dem Jungen ist ein kräftiger Mann geworden, fast so groß wie ich. Oder bin ich im Alter geschrumpft? Meine Söhne haben mir sagen lassen, daß du kommst, also warten Awal Shah und ich hier an der Straße auf euch, den dritten Abend schon, denn wir wußten nicht genau, wann ihr eintrefft.«

Awal Shah trat aus dem Schatten hervor und grüßte militärisch. Der Vater und Zarin mochten ja vergessen, daß Ash nun Offizier war, doch der Jemadar Awal Shah tat das gewiß nicht.

»Salaam, Sahib«, sprach er. »Niemand wußte, wann die Postkutsche kommt, und mein Vater wünschte dich zu sehen, er wollte dich sprechen, bevor du dich beim Colonel-Sahib vorstellst. Deshalb haben wir gewartet.«

»Ja, ja«, nickte Koda Dad. »Morgen ist es dann zu spät. Morgen bist du ein Offizier, hast viele Pflichten und kannst über deine Zeit nicht verfügen. Heute Abend aber bist du noch der alte Ashok und kannst für einen alten Mann eine halbe Stunde erübrigen.«

»Mit Freuden, mein Vater. Zarin, der Kutscher soll warten. Gehen wir in dein Quartier, Jemadar-Sahib?«

»Nein, das wäre unklug und nicht passend. Hier, hinter den Bäumen können wir ungesehen sitzen und reden. Wir haben zu essen mitgebracht.«

Der Jemadar ging voran zu einer kleinen Lichtung, auf der die Reste von Feuern zu sehen waren; zwischen den Wurzeln eines Baumes glühten schwach einige Holzkohlen. Ash sah zugedeckte Kochtöpfe und eine Wasserpfeife. Koda Dad hockte sich auf den Boden und grunzte zufrieden, als er sah, daß Ash seinem Beispiel folgte, denn nur wenige Europäer finden diese typisch östliche Haltung bequem; ihre Kleidung behindert sie, und sie sind auch nicht gewöhnt, beim Essen und beim Gespräch diese Stellung einzunehmen. Doch ebenso wie Awal Shah und der Kommandeur der Kundschafter, hatte Colonel Anderson seine eigenen Vorstellungen von der Ausbildung Ashton Pelham-Martyns, und keiner hatte vergessen, daß der Junge diese Gewohnheit beibehalten mußte, sollte sie ihm später nützlich sein.

»Mein Sohn Zarin hat seinem Bruder aus Delhi Nachricht zukommen lassen, daß du nicht als Fremder zu uns zurückkehrst. Deshalb bin ich von jenseits der Grenze gekommen, dich willkommen zu heißen«, begann Koda Dad und tat einen tiefen Zug aus der Wasserpfeife.

»Und wie, wenn ich nun ganz und gar ein Sahib geworden wäre?« fragte Ash, nahm einen Fladen Brot, häufte Pilaw darauf und aß mit Appetit.

»Dann wäre ich nicht gekommen, denn dann gäbe es zwischen uns nichts zu bereden. Doch so, wie die Dinge stehen, müssen wir miteinander sprechen.«

Ash, den diese Rede beunruhigte, fragte scharf: »Welche Dinge? Hast du schlechte Nachrichten? Bist du in Schwierigkeiten?«

»Nein, nein. Nur – Zarin und Ala Yar sagen beide, daß du noch in mancher Hinsicht der alte Ashok bist, den wir aus Gulkote kennen. Das ist einerseits gut, andererseits –« Der alte Mann sah seine Söhne an, die wie zu einer unausgesprochenen Frage Antwort nickten. Ash ließ den Blick von Koda Dad zu Zarin und Awal Shah wandern und fragte, als er auf ihren Gesichtern die gleiche Miene gewahrte: »Nun? Was andererseits?«

»Reg dich nicht auf«, sagte Koda Dad gelassen. »Es geht nur darum, daß ihr euch hier in Mardan oder auch anderswo, wohin die Kundschafter geschickt werden, nicht mehr wie früher benehmen könnt. Du, Ashok, bist Offizier und Zarin ist Daffadar. Ihr könnt und dürft euch nicht mehr wie Blutsbrüder verhalten. Das würde nur Gerede verursachen. Auch könnte man denken, du bevorzugst Zarin, und das vertragen die Soldaten nicht; bei den Kundschaftern dienen Pathaner verschiedener Klans, auch Männer unterschiedlichen Glaubens, Sikhs und Hindus, und sie alle werden von den Offizieren gleich behandelt. Das ist nur richtig und gerecht. Daher dürfen Zarin und du nur miteinander umgehen wie früher, wenn ihr allein seid oder auf Urlaub. Hier und jetzt aber, beim Regiment, da geht das nicht. Sind wir uns darin einig?«

Dieser letzte Satz kam ebenso gelassen heraus wie die anderen, doch weniger als Frage denn als Befehl. Das erinnerte Ash an die Tage, da der Oberstallmeister zu einem einsamen, kleinen Jungen gesprochen hatte, der im Dienste eines verwöhnten Prinzen stand, und ihn, wenn nötig, mit Kopfnüssen traktiert, ihn aber auch in seinem Unglück getröstet, ihn in jeder Beziehung wie einen Sohn behandelt hatte. Ash hörte das wohl heraus und reagierte darauf im gleichen Sinn, wenn auch widerwillig. Es schien ihm abwegig, daß er Zarin nicht als Freund und Bruder behandeln durfte, ohne sich einem Tadel auszusetzen. Doch fand er vieles abwegig, was seine Vorgesetzten taten, und wußte, es war sinnlos, sich dagegen aufzulehnen. Unter den gegebenen Umständen war es wohl sinnvoll, Koda Dads Anweisung zu befolgen, er sagte also nur: »Wir sind uns einig. Aber –«

»Kein aber«, unterbrach Awal Shah ihn schroff. »Mein Vater und ich haben das beredet und stimmen überein. Zarin ebenfalls. Was vergangen ist, ist vergangen und soll am besten vergessen sein. Den Hindujungen aus Gulkote gibt es nicht mehr, statt dessen gibt es einen Sahib – einen Offizier der Kundschafter. Daran kannst du nichts ändern. In einer Haut findet sich stets nur Platz für einen Menschen, nicht für zwei.«

»Ich fühle aber zwei Seelen in meiner Brust«, versetzte Ash trocken. »Das danke ich deinem Bruder, der mich überredet hat, in England ein Sahib zu werden, bei den Verwandten meines Vaters. Nun, ich habe gelernt, ein Sahib zu sein und bin doch immer noch Ashok. Daran kann ich nichts ändern, denn elf Jahre lang war ich ein Kind dieses Landes. Ich bin diesem Land so verbunden, als flösse indisches Blut in meinen Adern. Also werde ich immer zwischen zwei Welten hin und her gerissen sein – und das ist wahrlich nicht sehr behaglich.«

Seine Stimme klang bitter, darum legte Koda Dad ihm tröstend eine Hand auf die Schulter und sagte sanft: »Ich verstehe das. Und doch wird es für dich leichter sein, wenn du deine beiden Ichs getrennt hältst und niemals versuchst, beide zugleich sein zu wollen. Und wer weiß – eines Tages entdeckst du vielleicht, daß du ein Dritter bist, weder Ashok noch Pelham-Sahib, sondern ein Anderer und Ganzer. Du selber. Und jetzt laßt uns von anderem sprechen. Gebt mir die Pfeife.«

Awal Shah reichte ihm die Wasserpfeife, und das vertraute Gluckern und der Duft des heimischen Tabaks versetzten Ash zurück in längst vergangene Zeiten in Koda Dads Quartier im Palast von Gulkote. Doch als die Pfeife kreiste, sprach der Alte nicht von Vergangenheit, sondern von Gegenwart und Zukunft. Was er sagte, handelte von der Grenze, wo seit kurzem ungewöhnliche Ruhe herrschte, und während sie so redeten, stieg der Mond über den Bäumen herauf und dämpfte die rote Glut der Kohlen mit kaltem, hellem Licht. Von der Straße her klangen die Glöckchen des Ponys, das den Stall witterte und ungeduldig mit dem Kopf schüttelte, dann hüstelte der Kutscher verhalten, um daran zu erinnern, daß er bereits fast eine Stunde wartete.

Koda Dad sagte: »Es wird spät, und wenn ich noch etwas Schlaf finden will, muß ich mich bald hinlegen. Morgen vor Sonnenaufgang breche ich auf. Nein, nein, versuche nicht, mich umzustimmen, Ashok. Ich wollte dich nur sehen, und jetzt gehe ich wieder heim.« Er stützte sich schwer auf die Schulter von Ash und erhob sich. »Alte Männer sind wie Pferde. Sie fühlen sich am wohlsten im eigenen Stall. Lebwohl, mein Sohn. Es hat mir gut getan, dich zu sehen. Bekommst du Urlaub, wird Zarin dich zu einem Besuch bei mir über die Grenze führen.«

Er umarmte Ash und entfernte sich steifen Schrittes, nachdem er die Hilfe seines Ältesten abgelehnt hatte. Awal Shah sprach noch kurz mit Zarin, grüßte Ash militärisch und folgte dem Vater.

Zarin trat das Feuer aus, sammelte das Kochgerät ein, nahm die Wasserpfeife und sagte: »Auch ich muß gehen. Der Urlaub ist vorüber. Mein Vater hat recht – es wäre nicht gut, kämen wir gleichzeitig zurück. Die Kutsche bringt dich zum Stab, du mußt dich beim Adjutanten melden. Wir werden einander sehen – doch nur im Dienst.«

»Und im Urlaub.«

»Gewiß. Haben wir Urlaub, dürfen wir tun, was uns beliebt. Hier aber sind wir im Dienste der indischen Regierung. Salaam, Sahib.«

Er verschwand im Schatten der Bäume, und Ash ging zur Landstraße, wo die Kutsche im Mondlicht stand. Sie brachte ihn gleich darauf in die Festung zum Adjutanten.

Die ersten Tage in Mardan waren für Ash keine glücklichen, und vermutlich war das nicht ohne Einfluß auf die künftigen Ereignisse, denn es festigte sich gleich anfangs sein Widerwille gegen den militärischen Betrieb mit seinen Regeln und Vorschriften und seine kritische Haltung gegenüber den willkürlich erscheinenden Anordnungen der Vorgesetzten.

Das war eigentlich vorauszusehen gewesen, und daß er dies nicht getan hatte, war wohl nicht nur Ashs eigene Schuld. Mindestens drei weitere Beteiligte waren dafür verantwortlich zu machen: Onkel Matthew, weil er ihn nicht davor gewarnt hatte, sich zu verloben, bevor er beim Regiment eintraf; Colonel Anderson, der ihm zwar viele gute Ratschläge erteilt, als eingefleischter Junggeselle aber das Thema Heirat überhaupt nicht berührt hatte; und Mrs. Harlowe, die nicht so übereilt ihre und ihres Gatten Zustimmung zur Verlobung hätte geben dürfen, sondern das Projekt in Ruhe hätte prüfen müssen. Man konnte Ash nicht verübeln, daß er meinte, man hindere junge Offiziere grundlos an einer Eheschließung. Er wußte nicht, daß man sie für zu unerfahren hielt; und da es in seinem Fall nicht an Geld mangelte, sah er keinen stichhaltigen Einwand gegen eine Heirat.

Die Enttäuschung ließ nicht auf sich warten, denn die schlimmsten Befürchtungen seiner Schwiegermutter in spe wurden übertroffen. Der Major betrachtete das ganze Projekt mit Abneigung. Auch der Kommandeur der Kundschafter äußerte sich ähnlich, als er davon hörte, und zwar von Major Harlowe, der zwei Tage nach seiner Rückkehr von Peshawar herüberritt, um den Kommandeur zu informieren; es wurde also nichts aus dem Besuch bei Belinda, den Ash sich für die nahe Zukunft erträumt hatte.

Die beiden Stabsoffiziere waren sich völlig einig darüber, daß es jungen Offizieren im höchsten Grade unbekömmlich sei zu heiraten, bevor sie gleichsam die Weisheitszähne hatten. Ash wurde zum Rapport bestellt und bekam eine peinliche Lektion erteilt, die ihn nicht nur verletzte und beschämte, sondern schlimmer, ihn als grünen Jungen erscheinen ließ. Man verbot ihm nicht den Umgang mit Belinda – das wäre womöglich weniger kränkend gewesen – aber Major Harlowe machte ihm unmißverständlich klar, daß von Verlobung keine Rede sein konnte, weder öffentlich noch geheim, und daß dieses Thema auf Jahre hinaus kein Gesprächsgegenstand sein dürfe; später würden die jungen Leute wohl zu Verstand kommen, das Leben mit reiferen Augen ansehen, und (dies verstand sich stillschweigend von selber) Belinda würde mit einem älteren passenden Gatten verheiratet sein.

Falls darüber klares Einvernehmen bestehe, habe der Major nichts gegen Besuche von Mr. Pelham-Martyn in seinem Hause einzuwenden, sollte er zufällig einmal in Peshawar sein.

»Sie dürfen mich nicht für hartherzig halten, mein Junge«, sagte Belindas Vater. »Ich kann mir gut vorstellen, wie Ihnen zumute ist. Aber so geht es nun mal nicht, wirklich nicht. Ich weiß, Sie sind finanziell in der Lage, eine Familie zu gründen, doch seid ihr alle beide zum Heiraten noch zu jung. Mindestens Sie sind zu jung, wenn schon Bella nicht. Zunächst einmal müssen Sie Ihr Handwerk erlernen, und wenn Sie klug sind, warten Sie mindestens noch zehn Jahre, bevor Sie sich mit Kinderwagen und Unterröcken belasten. Das ist jedenfalls mein Rat.«

Und der Kommandeur pflichtete dem bei. Als Ash den Versuch machte, seine Auffassung darzulegen, wies man ihn schroff zurecht; fühle er sich nicht fähig, ohne Miß Harlowe zu leben, passe er augenscheinlich nicht zu den Kundschaftern. Dann solle er sich nur baldmöglichst zu einem Truppenteil versetzen lassen, der geringere Forderungen an seine Offiziere stelle. Da nun aber einmal von so etwas wie einem Verlöbnis die Rede gehe, wolle man ihm gestatten, am folgenden Wochenende nach Peshawar zu reiten und seine Angelegenheiten mit Miß Harlowe ins reine zu bringen.

Ash hatte mit Widerstand gerechnet, er war sogar bereit gewesen, eine lange Verlobungszeit hinzunehmen, doch war ihm nie in den Sinn gekommen, Belindas Vater und sein Kommandeur könnten sich rundheraus weigern, zur Kenntnis zu nehmen, daß ein Verlöbnis bestand. Er war weder ein Glücksjäger noch ein vermögensloser Niemand! Verglichen mit seinen Offizierskameraden mußte er für ausnehmend wohlhabend gelten, und er fand es ausgesprochen ungerecht, daß man seinen Antrag an Belinda einfach als nicht existent behandelte.

Ganz plötzlich fühlte er, das Leben sei für ihn ohne Belinda unerträglich, und deshalb müsse er sie entführen. Brannten sie gemeinsam durch, mußte der Vater der Heirat zustimmen, wollte er einen Skandal vermeiden, und falls die Kundschafter ihn dann nicht mehr haben wollten – bitte sehr, es gab noch andere Regimenter in Indien.

Ash konnte sich an Einzelheiten dieser ersten Woche in Mardan später kaum erinnern, es gab allzuviel zu lernen und zu tun. Tagsüber war er ganz in Anspruch genommen, doch bei Nacht fand er keinen Schlaf, denn nur bei Nacht hatte er Zeit und Muße, an Belinda zu denken.

So lag er denn wach und schmiedete abenteuerliche Pläne, und schlief er endlich ein, sah er sich im Traum zwischen niedrigen kahlen Hügeln über eine steinige Ebene preschen, hinter sich auf dem Pferd ein Mädchen, das ihn umklammerte und zu immer größerer Eile antrieb, ein Mädchen, dessen Gesicht er nicht sah, das aber selbstverständlich nur Belinda sein konnte, obwohl die Haare, die hinter ihr im Wind flatterten wie eine Mähne und es ihm unmöglich machten, seine Verfolger zu erkennen, schwarz waren und nicht blond. Er hörte die donnernden Hufschläge ihm nachsetzender Pferde näher und näher kommen, er erwachte in Angstschweiß gebadet und merkte, daß es nicht Hufschläge waren, die da dröhnten, sondern sein eigenes Herz, das trommelte, als habe er ein scharfes Wettrennen hinter sich.

Auch beunruhigte ihn, daß sich das nagende Gefühl der Leere nicht verlor, das er aus den Jahren seines Exils kannte, obschon er doch jetzt wieder im

Lande seiner Geburt war und gelegentlich mit Zarin und Koda Dad sprechen konnte. Diese Leere quälte ihn noch immer, doch war er überzeugt, daß sie vergehen würde, wäre nur Belinda bereit, ihrem Vater zu trotzen und Ash mit oder ohne väterliche Einwilligung zu heiraten. Dann würden diese Unruhe, diese Beklemmung und Rastlosigkeit ein für alle Mal verschwinden. Die Nächte also waren es, die ihm die Woche so lang erscheinen ließen. Und doch, der Sonnabend war da, bevor er es merkte.

Von Gul Baz begleitet, ritt er noch vor Sonnenaufgang von Mardan fort. Eine Meile hinter Nowshera frühstückten sie an der Straße ungesäuertes Brot und Linsencurry, das ein Händler feilhielt. In den Bäumen längs der Chaussee kreischten Papageien, und Gul Baz, obwohl nun schon dreißig Jahre alt, vergaß seine Würde und stimmte ein lustiges Lied an. Ash spürte neuen Lebensmut und war ganz plötzlich voller Zuversicht. Auf irgendeine Weise würden seine Probleme sich schon lösen, und wenn er morgen auf dem Rückweg wieder hier vorüberkam, würde die Zukunft klar vor ihm liegen, alles würde geregelt sein.

Ash hatte Belinda geschrieben, er hoffe gegen Mittag in Peshawar anzukommen, und bat in einem zweiten, sehr formellen Brief Mrs. Harlowe, ihn zu empfangen. Als er vor dem Bungalow des Majors vom Pferd stieg, ein wenig früher als angekündigt, fand er nur einen feisten mohammedanischen Diener vor, der ihm eröffnete, der Sahib sei tags zuvor mit dem Regiment ausgerückt, die Damen seien einkaufen gegangen und kämen gewiß vor drei Uhr am Nachmittag nicht zurück, denn sie planten, den Lunch bei der Gattin des stellvertretenden Comissioners zu nehmen. Doch habe er ein Briefchen für Ash...

Belinda schrieb, sie bedauere sehr, doch die Einladung zum Lunch lasse sich nicht rückgängig machen, und der Gang in die Stadt sei leider sehr dringend, denn Mohan Lal habe gerade neue Ware hereinbekommen, Kleiderstoffe aus Kalkutta, und da dürfe man nicht säumen. Ash habe dafür gewiß Verständnis? Die Mama erwarte ihn um vier zum Tee.

Dieses Briefchen enthielt drei Schreibfehler und war augenscheinlich in Eile abgefaßt worden, doch war dies der erste Brief, den Ash von Belinda erhielt, und da sie mit »In Liebe, Deine« unterzeichnete, steckte er ihn sorgfältig in die Brusttasche. Er hinterließ, daß er pünktlich zum Tee erscheinen wolle, saß wieder auf und ritt gemächlich zum Posthaus. Er nahm ein Zimmer für die Nacht, übergab Gul Baz die Reitpferde und ließ sich von einer Droschke zum Clubhaus fahren. Dort würde es wenigstens kühl sein und vermutlich auch ruhig – was man vom Posthaus wahrlich nicht behaupten konnte. Doch erwies sich dieses Vorhaben als wenig glücklich.

Zwar war das Clubhaus wirklich kühl und behaglich und bis auf das Personal und zwei ältliche Engländerinnen, die in einer Ecke beim Kaffee saßen, leer. Ash setzte sich an einen entfernten Tisch, trank ein Glas Bier und blätterte in einem uralten Exemplar des ›Punch‹; die quäkenden Stimmen der Damen machten es ihm aber unmöglich, sich zu konzentrieren, also ging er in die Bar, wo er sich mutterseelenallein fand, denn die Truppe war ja im Manöver. So blieb er sich selber und seinen nicht gerade heiteren Gedanken überlassen.

Wie verwirrt er war, läßt sich daran ermessen, daß er nach einer Viertelstunde geradezu erleichtert war, als George Garforth hereinkam, dem er normalerweise aus dem Weg gegangen wäre; und keine fünf Minuten, da bereute er auch schon, hier sitzen geblieben zu sein. Denn George, der sich von Ash zu einem Drink einladen ließ, revanchierte sich auf seine Weise dafür, indem er ausführlich schilderte, welche Erfolge Belinda in der hiesigen Gesellschaft zu verzeichnen habe, und daß sie von heiratswütigen Junggesellen förmlich belagert werde, die, so meinte George, ein so junges, unschuldiges Geschöpf mit ihren widerwärtigen Anträgen eigentlich verschonen sollten.

»Wenn man bedenkt, daß sowohl Foley als auch Robinson mehr als doppelt so alt sind wie sie, kann einem nur übel werden. Was nun Claude Parberry angeht, so sieht man ihm auf hundert Meter seine Durchtriebenheit an, und ich würde meiner Schwester niemals gestatten, mit ihm auszureiten. Daß Belindas Mutter ihr das nicht verbietet, begreife ich nicht. Auch nicht, daß Sie es ihr nicht verbieten.«

Er glotzte Ash böse an, tat einen ordentlichen Schluck aus dem Glas und fuhr etwas heiterer fort, zufällig wisse er genau, daß Belinda die Avancen dieser Offiziere lästig seien – Gentlemen könne er sie wohl nicht nennen –, doch habe das arme Kind nicht genügend Lebenserfahrung, sie so abblitzen zu lassen, wie sie es verdienten. Gäbe sie ihm nur das Recht, diese Verehrer in ihre Schranken zu weisen, er würde es mit Freuden tun, doch leider... Immerhin, so setzte er streitsüchtig hinzu, wolle er Ash warnen: es könne doch noch dahin kommen.

»Sie dürfen ruhig wissen, daß Belinda Ihren Ring nicht trägt. Daher betrachte ich sie nicht als gebunden und werde mich nach Kräften bemühen, sie für mich einzunehmen. In der Liebe und im Krieg sind alle Mittel erlaubt – Sie wissen schon. Und ich war schließlich schon früher als Sie in Belinda verliebt. Noch ein Glas?«

Ash lehnte ab; er habe das Essen bestellt und wolle es nicht kalt werden lassen. George ließ sich nicht abwimmeln, er sagte, auch ihm sei etwas flau im Magen, und er wolle mithalten. Die Mahlzeit verlief nicht gerade angeregt. Ash sagte kein Wort, dafür schwieg George keinen Moment, und wenn man ihm glauben durfte, war er bei Harlowes jederzeit herzlich willkommen. Nicht nur begleitete er die Damen bei ihren Einkäufen, er hatte Belinda auch bereits auf ein Picknick mitgenommen. Noch heute Abend wolle er gemeinsam mit ihnen essen und sie anschließend auf den Ball führen, der jeden Samstagabend im Club stattfand.

»Belinda meint, ich sei bei weitem der beste Tänzer«, bemerkte er selbstzufrieden. »Und ich darf wohl sagen –« hier brach er ab, denn ihm war augenscheinlich ein ganz neuer und nicht sehr angenehmer Einfall gekommen. »Ach, Sie sind heute Abend gewiß ebenfalls hier. Nun, viele Leute werden Sie nicht antreffen. Wenn die Offiziere da sind, herrscht ein tolles Gedränge, doch so lange die bei Kajuri im Manöver liegen, sind die wöchentlichen Bälle eher eine zahme Angelegenheit. Warum hat Belinda eigentlich nicht erwähnt, daß Sie kommen? Nun, Sie tanzen vielleicht nicht? Manche Männer haben fürs Tanzen ja nichts übrig, ich hingegen…«

Und immer so weiter während einer Mahlzeit von vier Gängen. Ash war sehr erleichtert, als Garforth sich endlich entfernte. Im Club herrschte nach der Mahlzeit schläfrige Stille; Ash setzte sich wieder in die Halle, blätterte im Punch und beobachtete die Uhr, deren Zeiger über das Zifferblatt krochen. Endlich war es Zeit aufzubrechen.

Mrs. Harlowe erwartete ihn im Salon, sie gab sich Mühe, freundlich zu sein, fing aber gleich an, sinnloses Zeug zu plappern. Es wurde deutlich, daß sie nicht beabsichtigte, über persönliche Dinge zu sprechen und entschlossen war, Ashtons Besuch als eine Höflichkeitsvisite zu behandeln. Als endlich Belinda hereintrippelte, geriet sie schon außer Atem. Belinda war ganz in weißes Musselin gekleidet und sah bezaubernd jung und hübsch aus.

Im Türrahmen dieses mediokren Bungalows mit seinen Gardinen, den geknüpften Teppichen und den üblichen Messingschalen wirkte Belinda wie eine frisch erblühte Rose aus einem englischen Garten, und Ash vergaß die Etikette, vergaß die Anwesenheit der Mutter, übersah deren abwehrende Gebärde und nahm Belinda in die Arme. Er hätte sie auch geküßt, hätte sie nicht das Gesicht abgewendet und sich von ihm losgemacht.

»Aber Ashton!« Belinda wich errötend zurück und richtete ihre Frisur; offenbar wußte sie nicht: sollte sie lachen oder beleidigt sein? »Was soll nur Mama denken? Wenn du dich so gräßlich beträgst, muß ich mich zurückziehen. Setz dich jetzt hin, und sei vernünftig. Nein, nicht hierher, dorthin, zu Mama. Wir möchten hören, wie es dir in Mardan gefällt, bei deinem Regiment.«

Ash wollte schon sagen, er sei nicht gekommen, um über solche Lappalien zu reden, wurde daran aber durch Mrs. Harlowe gehindert, die jetzt den Tee auftragen ließ; so lange der Diener damit beschäftigt war, mußte Ash sich darauf beschränken, kurz von seinem neuen Leben zu berichten. Belinda schenkte den Tee ein, und der Diener reichte Plätzchen und Sandwiches herum.

Ash hörte sich selber beim Reden zu und hatte das Gefühl, er träume diesen Tag, nichts sei wirklich. Seine Zukunft mit Belinda stand auf dem Spiel, und doch saß er hier, nahm Tee in kleinen Schlucken, knabberte an Sandwiches und redete Banalitäten, als gäbe es nichts Wichtigeres. Der Alptraum hatte schon begonnen, als er hier eintraf und hören mußte, Belinda sei einkaufen gegangen. Dann folgte das läppische Geschwätz von George Garforth und anschließend die endlose Warterei, bis es endlich Zeit für den Tee war, dann das hirnlose Geplapper von Mrs. Harlowe und nun dies. Das Zimmer kam ihm plötzlich vor wie mit unsichtbarem Leim gefüllt, in dem er hilflos zappelte wie eine Fliege in der Marmelade, während Mrs. Harlowe von der Zenana-Mission redete und Belinda eifrig aufzählte, wie sie sich in der vergangenen Woche amüsiert hatte und ihn ausdrücklich auf die Visitenkarten hinwies, welche auf dem Kaminsims prangten.

Ash warf einen kurzen Blick darauf und sagte knapp: »Ich traf George Garforth im Club. Er erzählte mir, er habe dich in der letzten Woche häufig gesehen?«

Belinda lachte nur und zog eine Schnute. »Nun, das stimmt, aber doch nur, weil die interessanteren Männer derzeit im Manöver sind. Er ist praktisch der einzige, bei dem man sicher sein kann, daß er einem beim Tanzen nicht auf den Rocksaum tritt. Tanzt du eigentlich gern, Ashton? Ich hoffe doch, denn ich tanze für mein Leben gern.«

»Dann kannst du es heute Abend ja mal mit mir versuchen. Wie ich höre, gibt es im Club einen Ball, und wenn ich mich als Tänzer auch nicht mit George Garforth vergleichen will, so werde ich mir doch Mühe geben, nicht auf deinen Saum zu treten.«

»Ach –« Belinda brach ab und blickte hilfeflehend die Mutter an.

Die bedauernswerte Mrs. Harlowe, die der Lage ganz und gar nicht gewachsen war, lud daraufhin Ash ein, am Ball teilzunehmen, doch war es klar, daß sie eigentlich diese Absicht nicht gehabt hatte. Sie hatte Ash nur zum Tee gebeten, weil sie meinte, die jungen Leute sollten sich im Garten aussprechen und die Verlobung rückgängig machen; daß dies für beide Teile das Beste war, lag wohl auf der Hand. Belinda konnte sodann Ash den Ring zurückgeben, und danach würde der arme Junge keinen dringenderen Wunsch haben, als aus Peshawar zu verschwinden; auf keinen Fall würde er Lust haben, schon nach einer Stunde wieder zum Abendessen zu erscheinen. Sie begriff nicht, wie sie diese Einladung hatte aussprechen können; hoffentlich war der junge Mensch gescheit genug abzulehnen.

Ash enttäuschte sie, er nahm ohne zu zögern an, weil er irrigerweise Mrs. Harlowe noch auf seiner Seite wähnte, bereit, seinen Antrag weiterhin zu unterstützen. Als die Dame vorschlug, Belinda solle ihm den Garten zeigen, sah er darin nur einen weiteren Beweis für ihre guten Absichten. Wieder strömte der Lebensmut in ihn zurück, wie schon am frühen Morgen auf der Straße nach Peshawar. Er folgte Belinda hinaus und küßte sie hinter einer schützenden Hecke aus Pfeffersträuchern. Liebe und Optimismus beflügelten ihn. Doch was nun folgte, war schlimmer als alles, was er in den trüben Tagen nach dem Rapport bei Major Harlowe und seinem Kommandeur erduldet und sich ausgemalt hatte...

Belinda erwiderte zwar seinen Kuß, doch gleich darauf gab sie ihm den Ring zurück und klärte ihn darüber auf, daß ihre Eltern sich einem Verlöbnis widersetzten. Ash mußte hören, daß Mrs. Harlowe nicht mehr seine Partei ergriff und sogar zur Gegenpartei übergelaufen war und das Verlöbnis als einen Mißgriff bezeichnete. Es war nicht daran zu denken, daß Vater oder Mutter anderen Sinnes werden könnten, und weil Belinda erst in vier Jahren mündig wurde, war es sinnlos, zu protestieren oder zu streiten.

Als Ash vorschlug, gemeinsam durchzugehen, blickte sie ihn nur entsetzt und verständnislos an, dann lehnte sie es entschieden ab, darüber auch nur ein Wort zu verlieren. »Mir würde nicht im Traum einfallen, etwas so Albernes, so Skandalöses zu tun. Du mußt doch verrückt sein, an so etwas auch nur zu denken. Man würde dich aus deinem Regiment ausstoßen, jedermann wüßte den Grund dafür, es gäbe einen höchst ordinären Skandal, und du wärest mit Schande überhäuft. Und ich ebenfalls. Ich könnte mich nirgendwo mehr blikken lassen, und daß du überhaupt einen solchen Vorschlag machen kannst, finde ich widerwärtig.«

Belinda brach in Tränen aus, und Ash konnte sie nur daran hindern, ins Haus zu flüchten, indem er sie unterwürfig um Verzeihung bat. Sie erklärte sich schließlich bereit, ihm zu verzeihen, doch war der Schaden angerichtet, und unter vier Augen wollte sie ihn nicht mehr sehen. »Nicht, daß ich dich nicht mehr liebe«, sagte sie. »Ich liebe dich nach wie vor und würde dich morgen heiraten, wenn Papa es erlaubte. Aber weiß ich denn, was ich empfinden werde, wenn ich einundzwanzig bin? Oder ob du mich dann immer noch liebst?«

»Ich werde dich ewig lieben!« schwor Ash feurig.

»Nun denn! Wenn dem so ist, und auch ich dich dann noch liebe, heiraten wir eben in vier Jahren, denn dann steht fest, daß wir füreinander geschaffen sind.«

Ash behauptete, das wisse er auch jetzt schon, er sei auch bereit, unbegrenzte Zeit auf sie zu warten, wenn sie sich ihm nur in Treue anverloben wolle. Belinda lehnte aber ab, irgendwelche Gelöbnisse zu machen. Auch den Ring wollte sie nicht mehr tragen. Ash solle ihn aufheben und vielleicht, eines Tages, wenn sie beide reifer wären, wenn ihre Eltern und sein Kommandeur nichts mehr dagegen einzuwenden und sie beide immer noch die Absicht hätten, nun, dann –

»Wenn – wenn – wenn –« fauchte Ash, »was anderes hast du mir nicht zu sagen? ›Wenn meine Eltern einverstanden sind. Wenn dein Kommandeur nichts dagegen hat...‹ Und wir? Haben wir denn gar nichts dabei mitzureden? Ist es denn nicht *unser* Leben, *unsere* Liebe, *unsere* Zukunft, die hier zur Debatte stehen? Wenn du mich wirklich liebst –«

Er brach ab, besiegt. Belinda blickte gekränkt und verstört drein, und es war klar, daß, sollte Ash in dieser Tonart fortfahren, nur Zank und Tränen die Folge sein konnten, wenn nicht gar ein unheilbarer Bruch. Diesen Gedanken konnte er nicht ertragen, also ergriff er ihr Händchen, drückte einen Kuß darauf und sagte reumütig: »Verzeih, mein Liebling, das hätte ich nicht sagen dürfen. Ich weiß, du liebst mich und hast an all diesem keine Schuld. Ich werde den Ring aufbewahren, und wenn ich eines Tages deiner wert bin, will ich dich bitten, ihn von mir anzunehmen. Ist es so recht?«

»Aber gewiß doch, Ashton, du weißt es. Und mir tut es ja auch so leid. Aber Papa sagt – ach was, reden wir nicht mehr davon, es nützt ja doch nichts.«

Belinda betupfte die Augen mit einem Spitzentüchlein und wirkte so verloren, daß Ash sie am liebsten neuerlich geküßt hätte, doch erlaubte sie es nicht:

nachdem sie den Ring zurückgegeben, sei sie ihm nicht mehr anverlobt, ein Kuß infolgedessen nicht schicklich. Sie hoffe aber, man könne gut befreundet bleiben, und er möge sie doch auf jeden Fall heute abend zum Tanze führen, denn gewiß sei er ein glänzender Tänzer, das spüre sie; überdies sei ein überzähliger Begleiter immer nützlich. So endete das Gespräch denn in diesem ernüchternden Ton, und Ash führte Belinda ins Haus, düsteren Gesichts und mit dem Wunsch, sich die Kehle durchzuschneiden oder sich wenigstens schwer zu betrinken.

Daß man ihn als überzähligen Begleiter nützlich fand, konnte den Aufruhr nicht dämpfen, der in der Brust des abgewiesenen Freiers tobte, doch brachte er es nicht über sich, auch nur einen Augenblick auf die Gegenwart Belindas zu verzichten, also schluckte er seinen Stolz hinunter und kam mit zum Ball.

Er erwartete sich kein Vergnügen, doch zu seiner Überraschung gefiel es ihm. Belinda tanzte dreimal mit ihm, sie lobte gnädig seine Fertigkeit im Walzer, und von diesem Lob ermutigt, erbat er sich als Andenken an diesen Abend die gelbe Rosenknospe, die sie im Ausschnitt trug. Das lehnte sie ab (wie sie die gleichlautende Bitte von George Garforth abgelehnt hatte, denn Mama würde es merken), doch ließ sie sich von Ash auf die mit Lampions beleuchtete Terrasse führen, was ihn darüber tröstete, daß sie auch mit George dreimal getanzt und einer Bohnenstange ohne Kinn – offenbar jemand vom Stab eines Generals – zwei Walzer und den letzten Tanz gewährt hatte. Doch Belinda sah in der Balltoilette so bezaubernd aus, daß Ash sich ihrer ganz unwert fühlte und sich heftiger verliebte denn je – falls dies möglich war. Daß er auf sie warten sollte – und sei es sieben Jahre, wie Jakob auf Rachel –, empfand er plötzlich nicht mehr als ungerecht, sondern als geradezu gerechtfertigt und richtig. Solch strahlende Beute mußte errungen sein, die nahm man nicht im Vorübergehen mit.

Mrs. Harlowe, die schon befürchtet hatte, der abgewiesene Bewerber werde eine düstere Stimmung an ihrem Tisch verbreiten, sah erleichtert, daß er die besten Manieren zeigte und zum Erfolg des Abends beitrug; man fand ihn höchst charmant und meinte, er gereiche einem jeden Ball zur Zierde. Was Belinda anging, so merkte sie wohl, daß Ash auf die anwesenden jungen Damen starken Eindruck machte. Seiner Ergebenheit sicher, fand sie Genugtuung in der Gewißheit, etwas zu besitzen, was anderen begehrenswert schien, und als sie ihm zum Abschied die Hand drückte und ihn vielsagend aus blauen Augen ansah, trat er beschwingten Schrittes den Weg zum Posthaus an.

Auch die Mama war überraschend gnädig gestimmt und sagte, sie hoffe doch, er werde seine Aufwartung machen, sollte er wieder einmal in Peshawar sein; leider sei es am folgenden Tag, bereits getroffener Verabredungen wegen, unmöglich, ihn zu sehen. Das verstimmte Ash aber nicht im mindesten, denn als er den Gegenstand betrachtete, den Belinda ihm beim Abschied verstohlen in die Hand gedrückt hatte, entdeckte er, daß es die gelbe Rosenknospe von ihrem Ausschnitt war.

11

Im Abendlicht wirkte Mardan vertraut, und Ash stellte überrascht fest, daß es ihn freute, wieder hier zu sein. Geräusche und Gerüche der Stallungen, das kleine sternförmige Fort, die Kette der Hügel von Yusafzai, rosenrot im Sonnenuntergang, muteten ihn heimatlich an. Eigentlich wurde er erst später zurückerwartet, doch saß Ala Yar schon auf der Veranda, bereit zum Gespräch oder auch zum gemeinsamen Schweigen, ganz wie Ash gestimmt war.

In den folgenden Monaten fand Ash wenig Zeit, über seine Liebesaffäre zu brüten, und es gab Tage – manchmal mehrere hintereinander –, da dachte er überhaupt nicht daran. Träumte er von Belinda, so erinnerte er sich doch tags darauf nicht mehr an Einzelheiten dieser Träume. Statt dessen entdeckte er, was schon andere vor ihm entdeckt hatten, nämlich daß der Dienst in der indischen Armee und insbesondere bei den Kundschaftern erheblich von allem abwich, was man ihm auf der Militärakademie beigebracht hatte. Die Abweichungen waren ganz nach seinem Geschmack, und wäre Belinda nicht gewesen, er hätte keinen Grund zur Klage gehabt, vielmehr allen Anlaß, zufrieden zu sein.

Als Neuling bei den Kundschaftern mußte er täglich eine bestimmte Stundenzahl mit dem Studium von Pushtu und Hindustani zubringen; Pushtu wurde entlang der Grenze gesprochen, während Hindustani in ganz Indien und besonders bei der indischen Armee als Umgangssprache in Gebrauch war. Zwar sprach er beides fließend, doch schrieb er es nicht so gut, wie er es mündlich beherrschte. Also nahm er Unterricht bei einem Schriftkundigen und machte denn auch, Sohn Hilarys, der er war, rasche Fortschritte. Hier sollte man einfügen, daß ihm dies nichts nützte, denn er fiel bei der Sprachprüfung durch, was seinen Lehrer so wütend machte, daß er schnurstracks zum Kommandeur ging und zornig behauptete, Pelham-Sahib könne unmöglich durchgefallen sein, nie zuvor habe er einen begabteren Schüler gehabt. Die Prüfer müßten sich geirrt haben, oder das Ganze sei vielleicht eine Verwechslung? Die Prüfungsarbeiten wurden nicht zurückgegeben, doch der Kommandeur hatte einen guten Bekannten bei der Kommission in Kalkutta, und nachdem er diesem versprochen hatte, nichts zu unternehmen, einerlei, was er ausfindig mache, erfuhr er die Beurteilung von Ashs Prüfungsarbeit: *Fehlerlos. Dieser Offizier hat offenbar unerlaubte Hilfsmittel benutzt.*

Der Bekannte aus Kalkutta riet dem Kommandeur, der Junge solle nächstens ein paar Fehler machen, doch Ash nahm an keiner Prüfung mehr teil.

Im November begann das Schwadronsexerzieren, und Ash zog aus seiner heißen Stube in ein Zelt jenseits des Flusses in die Ebene. Das freie Leben, lange Stunden im Sattel und die kalten Nächte im Zelt waren mehr nach seinem Geschmack als die Routine des Garnisonslebens. Nach Sonnenuntergang, wenn die müden Reiter gegessen hatten und die Offiziere, vom anstrengenden Dienst und der frischen Luft, ermattet eingeschlafen waren, setzte Ash sich zu einer der Gruppen an den Feuern und hörte, was da gesprochen wurde.

Für ihn war dies der schönste Teil des Tages; er erfuhr über seine Untergebenen mehr, als er beim normalen Dienstbetrieb je erfahren hätte; nicht nur lernte er ihre Familienverhältnisse kennen, sondern auch, worin sie sich in ihrem Charakter unterschieden. Männer, die müßig und entspannt beim Feuer sitzen, zeigen Eigenschaften, die im Dienst nicht sichtbar werden, und wenn bei niederbrennendem Feuer die Gesichter kaum noch zu unterscheiden waren, kamen Dinge zur Sprache, die normalerweise in Gegenwart eines Engländers nicht besprochen wurden. Es war da von allem Erdenklichen die Rede, von Stammesangelegenheiten und Fragen der Religion, und einmal wollte ein Pathan, der mit einem Missionar ins Gespräch gekommen war (zur heillosen Verwirrung beider), von Ash erklärt haben, was der dreieinige Gott sei. »Der Missionar sagt, auch er glaubt an einen einzigen Gott, doch sein Gott ist drei Götter in einem. Wie kann das sein?«

Ash überlegte einen Moment, dann nahm er den Deckel einer Keksdose auf, den jemand als Teller benutzt hatte, ließ in drei der vier Ecken einen Tropfen Wasser fallen und sagte: »Du siehst hier drei Dinge, nicht wahr? Jedes ein Teil für sich.« Als alle hingesehen und zugestimmt hatten, hielt er den Deckel so schräg, daß die drei Tropfen in einen zusammenliefen, der größer war als die drei einzelnen. »Nun sagt mir, was davon gehört zu welchem der drei Dinge? Jetzt ist nur noch eines da, und doch enthält dieses eine die drei einzelnen.« Man klatschte Beifall, der Deckel wurde herumgereicht, betrachtet, man argumentierte, und fortan galt Ash als Weiser.

Er bedauerte, daß man die Zelte abbrach und wieder in die Garnison einrückte, doch wenn man einmal davon absieht, daß er gehofft hatte, den Winter als verheirateter Mann zu verbringen, genoß er die erste kalte Jahreszeit in Mardan sehr. Mit seinen Offizierskameraden kam er gut aus, und bei den Mannschaften war er ungemein beliebt. Sie alle wußten etwas von seiner Vergangenheit und beobachteten seine Laufbahn so teilnahmsvoll, als wäre er einer der ihren. (Weder Zarin noch Awal Shah hatten ein einziges Wort verlauten lassen; wie solche Kenntnis sich verbreitete, blieb rätselhaft.)

Sein Zug galt bald als der tüchtigste und disziplinierteste der Schwadron, und Ash wurde dafür gelobt – zu Unrecht, denn dies verdankte sich mehr seiner Herkunft und seinen privaten Umständen als besonderer Charakterstärke oder Führereigenschaft. Die Männer wußten, daß »Pelham-Sahib« nicht nur redete wie sie, sondern auch dachte wie sie und versuchten daher nicht, ihn hinters Licht zu führen wie andere Sahibs. Auch wußten sie, daß sie ihm ihre privaten Sorgen oder Streitigkeiten unterbreiten konnten, denn er verstand, bestimmte Faktoren zu berücksichtigen, deren Bedeutung einem im Westen geborenen und aufgewachsenen Menschen immer verschlossen bleiben wird. Und als er einmal mit seinem Zug einen Erkundungsritt unternahm, hatte er Gelegenheit, ein Urteil zu fällen, von dem man noch jahrelang im Grenzgebiet mit Bewunderung sprach.

Man hatte der Truppe aufgetragen, unterwegs nebenbei nach einem grauen Polopony zu suchen, das einem in Risalpur stationierten Offizier gestohlen worden war, und als in mondheller Nacht ein Missionsarzt auf einem grauen Pferd vorüberritt, wurde er von dem Posten angerufen. Der Gaul scheute und ging durch, und der Posten, der meinte, einen Dieb vor sich zu haben, der mit seiner Beute flüchten wolle, schoß hinter ihm her. Zum Glück traf er nicht. Allerdings fehlte er nur knapp, und der ältliche, etwas cholerische Arzt wurde recht zornig und beschwerte sich über das Verhalten des Postens. Der Mann wurde für den folgenden Morgen zum Rapport befohlen, und Ash als Gerichtsherr verurteilte ihn zu fünfzehn Tagen Haft samt Verlust der Löhnung: Zwei Tage dafür, daß er auf einen Sahib geschossen, den Rest dafür, daß er gefehlt hatte. Man zollte diesem Urteil viel Beifall. Auch als der Kommandeur die Strafe später aufhob, weil der Sowar in gutem Glauben gehandelt habe, beeinträchtigte das in keiner Weise den Ruhm, den das Urteil Ash eintrug, denn daß das Strafmaß seine Kompetenz überstieg, war allen Soldaten klar und sie begriffen ohne weiteres, daß er damit nur einen schlechten Schützen tadeln wollte. Seine Vorgesetzten sahen das jedoch ganz anders.

Der Schwadronsführer meinte: »Auf diesen jungen Burschen müsssen wir ein Auge haben. Er hat große Fähigkeiten, aber ihm fehlt jegliches Augenmaß.«

Leutnant Battye stimmte zu: »Übereilt, unberaten, sprunghaft. Da haben Sie recht. Aber der lernt noch.«

»Mag sein. Manchmal allerdings zweifle ich daran. Hätte er nur einen kühleren Kopf und wäre beständiger, er wäre für unsere Truppe geradezu ideal. Leider neigt er zu übereilten Handlungen, und das macht mir Sorgen, Wigram.«

»Warum nur? Seine Leute bewundern ihn ausnahmslos und tun alles, was er von ihnen verlangt.«

»Stimmt. Sie verehren ihn wie einen Götzen und würden ihm überallhin folgen.«

»Und das macht Ihnen Sorgen?« Der Leutnant verstand seinen Vorgesetzten nicht.

Dieser zupfte bedrückt an seinem Schnauzbart und erwiderte ratlos und gereizt: »Das sollte es eigentlich nicht, und trotzdem – ganz unter uns: Im Ernstfall würde er blindlings über die Hürde springen und seine Leute in eine Lage bringen, aus der er sie und sich nicht mehr befreien kann. Er ist mutig, sehr sogar, das gebe ich zu, möglicherweise zu mutig. Ich habe den Eindruck, daß er sich zu sehr von seinen Gefühlen leiten läßt und zu wenig... Und noch etwas: Wenn es ernst wird, zu wem, meinen Sie, würde er halten: zu England oder zu den Indern?«

»Gütiger Himmel«, ächzte der Leutnant entsetzt, »soll das heißen, Sie halten ihn für einen potentiellen Hochverräter?«

»Nein, nein, selbstverständlich nicht. Nicht wirklich. Aber ein Bursche wie er... mit seiner Vergangenheit... ich will sagen, er könnte die Lage anders beurteilen als wir. Für Menschen wie uns gibt es da keine Zweifel, wir haben es leicht, wir gehen immer davon aus, daß unsere Auffassung die richtige ist, eben weil es die unsere ist. Aber auf welcher Seite steht er? Das ist die Frage!«

»Das leuchtet mir nicht ein«, sagte der Leutnant etwas ratlos, »er ist doch kein Eingeborener, er hat doch kein indisches Blut? Seine Eltern sind reinblütige Engländer. Daß er im Lande geboren ist, hat doch nichts zu sagen, das gilt für viele von uns, auch für Sie...«

»Stimmt, nur habe ich mich nie für einen Inder gehalten. Er aber doch, und da liegt der Unterschied. Nun, man wird ja sehen. Nur denke ich eben manchmal, es war ein schwerer Fehler, ihn wieder ins Land zu lassen.«

»Das hätte man nicht verhindern können«, sagte der Leutnant überzeugt. »Er wäre notfalls zu Fuß gekommen oder geschwommen, denn er betrachtet Indien offenbar als seine Heimat.«

»Genau, was ich sage. Aber Indien ist nicht seine Heimat, und das wird er eines Tages merken, und wenn er es merkt, wird ihm klarwerden, daß er nirgendwohin gehört. Wissen Sie, Wigram, ich möchte um keinen Preis in seiner Haut stecken. Wäre er hier auf eigene Rechnung und Gefahr, es würde mich nicht kümmern, so aber hat die Truppe die Verantwortung für ihn, denn wir haben ihn angefordert. Deshalb mache ich mir Gedanken. Übrigens, damit Sie klar sehen – ich mag ihn gut leiden.«

»Ja, er ist in Ordnung, ein bißchen zurückhaltend, das schon, man kommt nicht recht an ihn heran, irgendwo ist da eine Grenze. Aber er ist der beste Sportler, den wir seit Jahren hier gehabt haben, und beim nächsten Sportfest der Brigade werden wir's den andern schon zeigen.«

Weder Awal Shah noch Zarin gehörten zu der Schwadron von Ash. Er sah sie in Mardan nur selten. Dafür gingen sie wann immer möglich gemeinsam auf die Jagd. Konnte keiner von ihnen Ash begleiten, nahm er einen seiner Sowars mit – Malik Shah oder Lal Mast. Sie stammten von jenseits des Panjkora, und er war gern in ihrer Gesellschaft, denn er lernte viel von ihnen.

Malik Shah war ein ausgezeichneter Fährtenleser und verstand es, sich so nahe an eine Herde Bergziegen heranzupirschen, daß sie ihn erst bemerkten, wenn er auf Schußweite heran war, und sein Vetter Lal Mast (die Verwandtschaft war so entfernt, daß man sie kaum verfolgen konnte) tat es ihm darin beinahe gleich. Ash verbrachte viele Stunden mit ihnen in den Bergen, wenn Zarin verhindert war mitzukommen, doch lernte er nie, sich so geschickt und lautlos zu bewegen wie sie, auch gelang es ihm nicht, wie sie so mit der Landschaft zu verschmelzen, daß jeder Beobachter geschworen hätte, im Umkreis von Meilen sei kein menschliches Wesen zu entdecken.

»Das muß man lernen, wenn man ganz jung ist«, tröstete Malik Shah, als der Bock, an den man sich heranpirschte, schreckte und davonstob. »Bei mir daheim hängt das Leben oft davon ab, ob man sich ein paar Grashalme, einen Stein oder ein Stück Holz zunutze machen kann, denn wir sind alle gute Schützen und jeder hat Feinde. Bei dir ist das was anderes, Sahib. Du hast nie reglos wie ein Klotz liegen oder geräuschlos wie eine Schlange über den Fels gleiten müssen, weil dir deine Feinde auflauern. Du hast dich selber nie an deine Feinde anschleichen müssen. Mit einem Gewehr wie diesem (er klopfte auf den Schaft seines Militärgewehrs) wäre ich daheim der Herr über mein Tal und eine ganze Menge Bergdörfer. Warte hier, Sahib, ich treibe den Bock dort zwischen den Büschen durch auf dich zu. Dann kannst du ihn nicht verfehlen.«

Ash fand in entlegenen Dörfern Freunde und verbrachte so manche Nacht in der Hütte von Dorfältesten jenseits der Grenze, wo man noch nie einen Weißen zu Gesicht bekommen hatte. Die Leute seines Zuges stammten fast alle aus dem Grenzgebiet, sie gehörten zum Stamme der Yusafzai, Orakzai und Khattak, einige Afridis waren auch dabei. Bei den Kundschaftern dienten aber auch Sikh, Hindus und Muslim aus dem Pandschab, Gurkhas aus Nepal, Durganen und Farsiwanen (Perser). Gelegentlich jagte Ash im Süden, am jenseitigen Ufer des Indus in Gesellschaft von Risalder Kirwan Singh, einem Sikh, oder mit Bika Ram, einem Hindu-Sergeanten, beides aufgeschlossene, lebenslustige Männer, die ihn an die sorglose Jugendzeit erinnerten, als er mit den Gassenjungen von Gulkote im Basar umherstreunte. Oh ja, es war eine schöne Zeit für ihn oder hätte es doch sein können – wäre nicht Belinda gewesen.

Wäre es nach Ash gegangen, er hätte jede freie Stunde in Peshawar verbracht in der Hoffnung, von Belinda in Gnaden aufgenommen zu werden. Major Harlowe erlaubte ihm aber nur einmal im Monat einen formellen Besuch zum Tee; selbst Mrs. Viccary, die er bei solchen Anlässen mehrmals traf und die ihn ihrerseits zum Essen einlud, fand, der Major tue recht daran; klagte Ash ihr sein Leid, forderte sie ihn auf, sich in die Lage eines besorgten Vaters zu versetzen. Nur zu Weihnachten (dem Fest der Liebe!) wurde diese Regelung etwas weniger streng gehandhabt, doch da war die Brigade schon zurück aus dem Manöver, und Belinda stürzte sich in einen wahren Wirbel von Vergnügungen – Bälle, Parties, Rennen.

Ash kam aus Mardan herüber, um sein Weihnachtsgeschenk abzuliefern und sich als Teilnehmer am Pferderennen einzutragen, das er zu Belindas Entzücken denn auch mit einer Kopflänge gewann. Es schien fast, als gewinne er dadurch in ihren Augen an Wert, und seine Belohnung bestand darin, daß er zweimal beim anschließenden Ball mit ihr den Walzer tanzen durfte. Ash genoß diesen Abend sehr, zumal er sich angeregt mit Mrs. Viccary unterhielt, mit einigen anderen jungen Damen tanzte, deren Müttern er sich so angenehm machte, daß man ihn aufforderte, an weiteren Tanzveranstaltungen teilzunehmen. Das war schmeichelhaft. Allerdings tanzte er in diesem Jahr in Peshawar nicht noch einmal. Neujahr 1872 verbrachte er mit Zarin bei Koda Dad in einer völlig anderen Umgebung. Beide hatten zwei Tage Urlaub genommen.

In jenem Jahr waren der Januar und Februar ungewöhnlich kalt; die Berge im Grenzgebiet lagen unter einer Schneedecke, man trug Pelzjacken über der Uniformbluse, und Ala Yar unterhielt ständig ein Feuer in Ashtons Zimmer im Fort, wo er täglich Unterricht im Lesen und Schreiben exotischer Dialekte nahm. Als es April wurde, setzten Weiden und Pappeln entlang der Chaussee nach Peshawar Knospen an, und die Mandelbäume blühten. Der Frühling kam und ging, und die Grenze blieb ruhig. Äußerlich deutete nichts darauf hin, daß die Stämme untereinander oder mit den Engländern in Unfrieden lebten.

Die Kundschafter führten einen neuen Sport ein – Polo genannt. Auf dem Exerzierfeld wurden wie eh und je Rekruten ausgebildet und Übungen abgehalten, und der Dienstbetrieb wurde Ash so vertraut wie der Blick aus seinem Fenster. Der Tag begann mit einem Becher Tee, gesüßt mit Rohrzucker und dem feinen Aroma von Holzrauch; Ala Yar brachte Ash den Tee morgens ans Bett. Während er sich wusch und rasierte, berichtete der alte Mann von den Ereignissen des Vortages und erzählte, was es in der Stadt und an der Grenze Neues gab und welche Gerüchte im Basar kursierten. Es folgte ein Übungsschießen auf dem Schießstand, danach das Frühstück, Besichtigung der Ställe, Erledigung von Papierkram und gelegentlich eine Sitzung des Durbar – so nannte man eine Art Parlament des Regimentes, dem Beschwerden, Urlaubsgesuche und interne Streitigkeiten vorgelegt wurden. Es wurde präsidiert vom Rat der fünf Ältesten, dem Panchayat. Diese Einrichtung entsprach der Selbstverwaltung indischer Dorfgemeinschaften, wo sie seit unvordenklichen Zeiten in Kraft war. Im Regiment bestand der Panchayat aus dem Kommandeur, seinem Stellvertreter, dem Adjutanten und zwei indischen Stabsoffizieren. Die Mannschaften wohnten den Beratungen bei, aber nicht etwa als Zuschauer, sondern als interessierte Partei, die darauf sah, daß Gerechtigkeit geübt wurde; unter dem Silladar genannten System war jeder Regimentsangehörige so etwas wie ein Kleinaktionär, gehörten ihm doch sein Pferd und seine Ausrüstung, so wie dem Handwerksgesellen sein Werkzeug gehört. Keiner der Männer, die bei den Kundschaftern dienten, stammte aus landlosen Familien, vielmehr gehörten sie alle zur Klasse der Landeigentümer. Sie dienten um der Ehre willen und weil sie geborene Krieger waren (auch der Beute wegen, wenn es welche gab), und sobald sie genug davon hatten, schieden sie aus, bewirtschafteten ihren eigenen Grund und Boden und schickten ihre Söhne ins Regiment.

Seine dienstfreie Zeit verbrachte Ash meist auf der Jagd oder beim Polospiel. Auch mit Falken jagte er gelegentlich. Einmal in der Woche schrieb er Belinda einen Brief (antworten durfte sie nicht), und einmal im Monat machte er den erlaubten Nachmittagsbesuch bei Harlowes.

Anfangs meinte er noch, er könne die strengen Regeln, die der Major setzte, umgehen, indem er an allen möglichen gesellschaftlichen Veranstaltungen in Peshawar teilnahm, die auch von Belinda besucht wurden – Bälle im Club, Jagdausflüge oder Pferderennen –, doch dabei kam nichts heraus: Belinda wurde scharf bewacht, und er fand keine Gelegenheit, mit ihr zu sprechen. Zuzusehen, wie sie mit anderen ausritt oder tanzte (George Garforth schien übrigens immer noch von ihr bevorzugt zu werden), war ihm so unerträglich, daß er geradezu erleichtert war, als sein Kommandeur – der von diesen Ausflügen hörte – ihm verbot, öfter als einmal im Monat nach Peshawar zu reiten.

Ash wurde von wilder Eifersucht auf George Garforth gepackt – eine völlig überflüssige Kraftverschwendung. George ging bei Harlowes aus und ein, er durfte Belinda zum Tanze abholen oder mit ihr ausreiten, denn die Eltern wußten, es bestand keine Gefahr, daß Belinda sich in ihn verliebte; normalerweise suchte Belinda überhaupt keinen Umgang mit ihm, denn seine gesellschaftliche Stellung in Peshawar war denkbar unbedeutend. Nur weil er angekommen war, als die Brigade im Manöver lag, hatte sie mit ihm vorlieb genommen, und im übrigen war er seines vorteilhaften Aussehens wegen bei allen jungen Damen beliebt. Sein stark gewachsenes Selbstvertrauen und eine Großmutter von Adel (angeblich entstammte sie einem Liebesverhältnis zwischen einer schönen griechischen Gräfin und Lord Byron) hoben ihn aus der Menge der Niemande etwas hervor, und es war durchaus verständlich, daß Belinda Vergnügen daran fand, so ausschließlich von einem Mann bewundert zu werden, den auch andere junge Damen anziehend fanden. Noch dazu war er, wie sie Ash erzählt hatte, ein wirklich glänzender Tänzer.

Sie war also auch nach der Rückkehr der Truppe in die Garnison häufig in Begleitung von George zu sehen, denn ihr Vater hatte nicht nur nichts dagegen einzuwenden, daß sie dazu einen harmlosen jungen Mann wählte, den sie ganz gewiß nie heiraten würde, er hoffte auch, der Umgang mit George würde ihr endlich den Spaß an jener albernen Verlobung verderben. Was Georges Gefühle angeht, so verschwendete der Major darauf keine Gedanken. Er war der Meinung, daß jeder junge Mann sich irgendwann einmal verliebt und daß ihm dabei das Herz bricht. Dies war durchaus normal, und manchen brach das Herz auch mehrmals. Was Ash von alledem hielt und ob er nicht vielleicht darunter litt, war ihm einerlei. Daß der Junge mit neunzehn Jahren heiraten wollte, zeigte nur, daß er nicht bei Verstand war. Oder aber er war in seiner Jugend unguten Einflüssen ausgesetzt gewesen. Als Eingeborener nämlich hätte er mit Fünfzehn heiraten können, ohne daß jemand sich was dabei gedacht hätte. Doch war Ash immerhin Engländer und hatte sich gefälligst wie ein Engländer aufzuführen.

Ash gab sich auch alle Mühe, doch es wurde ihm schwer. Eben jene Eigenschaften, die ihn neun Jahre zuvor in den Augen von Awal Shah, Colonel Anderson und dem damaligen Kommandeur der Kundschafter zu einem potentiell wertvollen Angehörigen der Truppe machten, hatten auch ihre Schattenseiten, wie sich nun zeigte. Ash beneidete seine Offizierskameraden um ihr ungetrübtes Selbstvertrauen. Für die gab es nur richtig oder falsch, notwendig oder überflüssig, vernünftig oder unsinnig – sie hatten auf alles eine fertige Antwort. Für Ash aber war das anders, denn er betrachtete die Dinge nicht nur vom Standpunkt des Absolventen einer englischen Militärakademie, sondern auch, je nachdem, vom Standpunkt Malik Shahs, Lance-Nails oder Chaudri Rams. So etwas machte das Leben nicht einfacher, sondern komplizierter, denn wenn er beispielsweise über das Dienstvergehen eines seiner Leute zu urteilen hatte, in dessen Denkprozeß er sich mühelos versetzen konnte, fiel es Ash nicht leicht, die Strafe schnell und nach dem üblichen Schema zu verhängen (schließlich konnte er leicht nachvollziehen, aufgrund welcher Gedanken und Gemütsbewegungen der Übeltäter sich sein Vergehen eingehandelt hatte).

Oft genug empfand Ash Sympathie für den Straffälligen und das einzig, weil er sich als Einheimischer fühlte. Die Völker des Ostens denken anders als die des Westens, eine Tatsache, die so manchen Missionar und so manchen eifrigen Verwaltungsbeamten zur Verzweiflung brachte. Solche Enttäuschten verurteilten dann gern ganze Völker als unmoralisch und korrupt, bloß weil deren Gewohnheiten und Bräuche, ihre Gesetze und Wertmaßstäbe andere sind als die im christlichen Abendland.

Sein Lehrer machte Ash dies an einem Beispiel deutlich:

»Ein Sahib wird eine Frage immer wahrheitsgetreu beantworten, ohne zu überlegen, ob es nicht besser wäre, die Unwahrheit zu sagen. Bei uns ist es gerade umgekehrt, und damit vermeidet man so manchen Streit. Hierzulande weiß man, daß die Wahrheit ein besonders gefährliches Ding sein kann und daß man daher sehr sparsam mit ihr umgehen muß; die Wahrheit streut man nicht aus wie Körner vor die Hühner, man geht behutsam mit ihr um.«

Seine anderen Schüler, denen man in Elternhaus und Schule eingeschärft hatte, es sei eine Todsünde zu lügen, waren entsetzt, von einem Lehrer zu hören, daß man in Indien das Lügen für statthaft hält (noch dazu mit einer Begründung, die den Engländern hinterhältig und zynisch vorkam). Mit der Zeit würden sie allerdings notgedrungen dazulernen müssen, wie vor ihnen schon andere Offiziere, Beamte und Kaufleute. Und je mehr Wissen und Verständnis sie erwarben, desto nützlicher wurden sie jenem Imperium, das von London aus regiert wurde. Allerdings bestand so gut wie keine Aussicht, daß sie mehr als einen winzigen Bruchteil jener Denkprozesse durchschauen lernten, die den Asiaten eigen sind; mehr als die Spitze des Eisberges würde kaum einer von ihnen zu sehen bekommen. Einige wenige mochten wohl einsichtiger werden, viele würden glauben, Einblicke zu haben, doch die Mehrheit würde niemals dazu fähig sein und auch kein Verlangen danach haben. Engländer und Inder waren durch Umwelteinflüsse, Brauchtum, Kultur, Religion und Abstammung voneinander getrennt, und es gab über den Abgrund, der da klaffte, nur sehr wenige Stege, noch dazu waren diese zerbrechlich und erwiesen sich oft ganz unerwartet als nicht tragfähig, weil man sie zu stark belastete.

Für Ash wäre das Leben einfacher gewesen, hätte er sich wie die besten seiner Kameraden darauf konzentriert, Brücken der Verständigung zu bauen und zu benutzen, statt mit einem Fuß an je einem Ufer zu stehen, immer in Gefahr, das Gleichgewicht zu verlieren, und nie imstande, seine ganze Kraft entweder hier oder dort einzusetzen. Es war keine beneidenswerte Lage, und er genoß sie denn auch keineswegs.

Am glücklichsten fühlte er sich allein unterwegs mit Zarin, wenngleich auch Zarin nicht mehr der Alte war. Umstände, auf die keiner von beiden Einfluß hatte, veränderten die Beziehung, von der beide gehofft hatten, sie unverändert fortführen zu können. Zarin konnte sich nicht davon freimachen, daß Ash ein Sahib und sein Vorgesetzter war, und das errichtete zwischen ihnen eine Schranke, wenn auch keine unüberwindliche; Ash bemerkte sie kaum. Nach den Jahren in England, der Stellung im Regiment und so mancher Äußerung wegen, die Ash tat, war Zarin nicht mehr sicher, wie der Freund sich in dieser oder jener Lage wohl verhalten würde, und daher hielt er sich etwas zurück. Ashok war immerhin zugleich »Pelham-Sahib«, und wie konnte man denn wissen, mit wem von beiden man gegebenenfalls zu tun hatte – mit dem Sohn Sitas oder mit dem englischen Offizier?

In Zarins Gegenwart wäre Ash gern nichts als der Sohn Sitas gewesen, doch mußte auch er einsehen, daß die Beziehung nicht unverändert bleiben konnte. Der große ältere Bruder und der kleine Junge aus Gulkote, der in jenem seinen Helden verehrte, gehörten beide der Vergangenheit an. Sie waren erwachsen geworden und einander ebenbürtig. Die Freundschaft bestand, doch ihre Qualität war verändert, und versteckte Vorbehalte waren darin enthalten, die es zuvor nicht gegeben hatte.

Unverändert blieb einzig Koda Dad. Ash besuchte ihn so oft er konnte, er verbrachte viele Stunden mit ihm, im Sattel oder auf der Falkenbeize, hockte reglos neben ihm am Feuer und hörte sich an, was der alte Mann über Vergangenes und Gegenwärtiges zu sagen hatte. Nur bei Koda Dad fühlte Ash sich völlig unbefangen; er hätte zwar heftig bestritten, daß zwischen ihm und Zarin eine Veränderung stattgefunden hatte, doch war ihm diese sehr wohl bewußt, es gab da etwas, »eine Wolke, nicht größer als eine Hand«.

Weder Ala Yar noch Mahdu (und auch Awal Shah nicht) behandelten ihn jemals als etwas anderes denn einen Sahib, kannte ihn doch keiner aus jenen Tagen, da er noch Sitas Sohn Ashok war. Koda Dad hingegen hatte mit Weißen nie näheren Kontakt gehabt und in seinem ganzen Leben höchstens ein halbes Dutzend Sahibs gesehen. Er kannte sie nur vom Hörensagen, war ihrem Einfluß niemals direkt ausgesetzt gewesen, und daß Ashok englische Eltern hatte und aufgrund seiner Abstammung ein Sahib war, änderte an Koda Dads Haltung ihm gegenüber nicht das geringste. Der Junge war nach wie vor der Junge, den er kannte, mochte er auch englische Eltern haben. Für Koda Dad blieb Ash stets Ashok, war er nie »Pelham-Sahib«.

Mit dem Einsetzen der heißen Jahreszeit änderte sich der Dienstbetrieb. Offiziere und Mannschaften standen vor Tagesanbruch auf, um die kühlen Stunden zu nutzen. Den Vor- und den Nachmittag blieb man im Quartier und rückte erst gegen Abend bei sinkender Sonne wieder aus. Ash machte in Peshawar keine Besuche mehr, denn Mrs. Harlowe und Tochter waren in die kühleren Berge geflüchtet, und so mußte er sich auf eine (einseitige) Korrespondenz beschränken. Ein einziges Mal wurde Belinda gestattet zu antworten, doch das gestelzte Briefchen, augenscheinlich unter Aufsicht der Mutter verfaßt, sagte ihm weiter nichts, als daß Belinda sich in Murree glänzend amüsierte, und gerade das wollte er nicht unbedingt wissen. Sie selber erwähnte keinen Namen, doch erfuhr Ash zufällig von einem Offizier in Razmak, daß die Firma Brown & MacDonald, bei der George angestellt war, in Murree eine Filiale unterhielt, und daß eben dieser dorthin versetzt worden war, nachdem ihn in Peshawar der Hitzschlag getroffen hatte.

Die Vorstellung, sein Rivale begleite Belinda zum Picknick unter duftenden Kiefern oder zum Sommerball, war für Ash unerträglich, doch was sollte er machen? Als er um Hitzeurlaub einkam und Murree als Urlaubsort angab, fertigte ihn der Adjutant schroff ab: Urlaub könne er auch in Kaschmir machen – und dorthin gelange er am besten über Abbottabad, nicht über Murree! Dabei werde er sich besser erholen, als wenn er am Teetisch Männchen mache.

Auch Zarin brachte ihm kein Mitgefühl entgegen. Seiner Meinung nach war es würdelos und eine Zeitverschwendung, einer Frau nachzujammern, die einen weder heiraten, noch mit einem ins Bett gehen wollte. Er riet Ash, in den nächsten fünf Jahren ans Heiraten nicht zu denken und schlug ihm vor, eines der besseren Freudenhäuser von Peshawar oder Rawalpindi aufzusuchen.

Ash war sehr in Versuchung, darauf einzugehen, und es hätte ihm gewiß gut getan, denn die jungen Offiziere lebten schier wie die Mönche. Seine Offizierskameraden hielten ihren Geschlechtstrieb im Zaum, indem sie sich körperlich bis zur Erschöpfung verausgabten; manche riskierten Ansteckung und Beraubung, wenn sie verstohlen die Bordelle im Basar besuchten, und wieder andere verkehrten mit eingeborenen Knaben, wie es bei den Gebirgsbewohnern üblich war, die an solchen Praktiken keinen Anstoß nahmen. Ash neigte aber nicht zur Homosexualität, und weil er in Belinda verliebt war, blieb ihm der Ausweg versagt, sich anderswo gegen Geld schadlos zu halten – nicht einmal bei Madumah, der Hübschesten und Gescheitesten aller Kasbi in Peshawar. Stattdessen ritt er zum Angeln ins Kangantal.

Im September war es nachts schon kühler, wenn auch bei Tage noch unerträglich heiß. Mitte Oktober aber roch die Luft frisch, Wildenten und Krickenten stellten sich in den Sümpfen und an den Nebenläufen des Flusses ein, Wildgänse zogen hoch am Himmel dahin auf dem Wege zu ihren Winterweiden im mittleren und südlichen Indien. Zarin wurde zum Jemadar befördert, und Belinda kam mit der Mama nach Peshawar zurück.

Ash ritt hin und nahm den Tee bei Harlowes. Seit dem Frühjahr – fast einem halben Jahr! – hatte er Belinda nicht gesehen, und ihm kam es vor, als seien nicht sechs Monate vergangen, sondern sechs Jahre. Und das war gar nicht so abwegig, denn Belinda schien um Jahre gereift. Zwar war sie so hübsch wie vordem, doch wirkte sie nicht mehr wie ein übermütiges, sorgloses Schulmädchen, das eben erst die Bücher weggelegt hat und erstmals die Freiheit in vollen Zügen genießt. Sie gab sich gesetzter und schien genau zu wissen, was sie wollte. Sie war nach wie vor recht munter, doch Ash vermißte das Spontane an ihr. Die graziösen, anmutigen Bewegungen, die ihr einst ganz unbefangen und selbstverständlich gelangen, fand er jetzt etwas gekünstelt.

Diese Veränderungen an ihr erschreckten ihn, und er konnte sich beim besten Willen nicht einreden, daß Belinda sich in seiner Gegenwart nach einer so langen Trennung etwas gehemmt und schüchtern fühlte, daß sie schon bald wieder lieb und zutraulich sein werde und daß er sich nur einbilde, sie sei verändert.

Einen Hoffnungsschimmer erblickte er nur in dem Umstand, daß George Garforth, der ebenfalls zum Tee gebeten war, noch weniger von Belinda beachtet wurde als er. Andererseits war nicht zu verkennen, daß George sich in Mrs. Harlowes Salon wie zu Hause fühlte und mit ihr auf bestem Fuße stand (sie redete ihn mehrmals mit »mein lieber Junge« an). Belinda als Tochter der Gastgeberin war genötigt, sich hauptsächlich einem beleibten älteren Zivilisten zu widmen, der auf den schönen Namen Podmore-Smyth hörte und mit ihrem Vater befreundet war.

Man wüßte gern, wie das Leben von Ash verlaufen wäre, hätte er Belinda nie kennengelernt oder sie wenigstens nicht dazu provoziert, mit George Garforth zu flirten. Nur einer der drei Beteiligten, deren Schicksalsfäden sich ineinander verflochten hatten, mußte unter dieser Verbindung nicht leiden, und George und Belinda wurden – wenn auch ohne Absicht – die Ursache für eine Entwicklung, die Ashs Zukunft eine andere Richtung gab; beide waren nämlich für den Gemütszustand verantwortlich, in welchem Ash aus Peshawar heimritt, und ihretwegen unternahm er später bei Mondschein auch noch einen Spaziergang.

Er ging früh zu Bett, schlief auch bald ein, träumte aber den gleichen Traum, den er bereits in seiner ersten Woche in Mardan unter Qualen geträumt hatte. Wieder galoppierte er um sein – und Belindas – Leben. Er jagte über kahle, flache Hügel und eine steinige Ebene, hörte trommelnde Hufe näherkommen und stellte erwachend fest, daß er sein eigenes Herz pochen hörte...

Die Nacht war kühl, doch er war schweißnaß. Nun warf er die Decke weg, wartete, daß sein Herz sich beruhige und horchte unwillkürlich in die Nacht, ob seine Verfolger sich hören ließen. Draußen lag die Festung im Mondlicht. Schakale und Hyänen blieben stumm und, von den Wachen abgesehen, schien die gesamte Garnison zu schlafen. Ash trat auf die Veranda hinaus. Von Ruhelosigkeit gepackt, schlüpfte er in seinen Mantel und in die schweren Ledersandalen, wie man sie im Grenzgebiet trägt. Er ging hinaus in die Nacht, um seiner Rastlosigkeit durch Bewegung Herr zu werden. Der Posten erkannte ihn und ließ ihn passieren, ohne die Parole zu erfragen, und Ash wandte sich dem Exerzierfeld zu, das an offenes Land grenzte. Vor sich auf der staubigen Straße sah er seinen Schatten.

Um einen Überraschungsangriff auf die Festung zu verhindern, waren in weiter Runde Außenposten aufgestellt, doch Ash kannte deren Positionen genau und konnte sie mühelos umgehen. Bald schon befand er sich außerhalb des Festungsbereiches und ging raschen Schrittes den Bergen entgegen. Die Ebene war von trockenen Rinnen durchzogen, mit Kameldorn bestanden und sehr steinig. Hier und dort trat der kahle Fels zutage und die schweren, mit Eisen beschlagenen Ledersandalen verursachten in der nächtlichen Stille übermäßigen Lärm. Ash wurde dadurch in seinen Gedanken gestört; schließlich stieß er auf einen Ziegenpfad, und hier, im knöcheltiefen Staub, wurden seine Schritte unhörbar.

Der Pfad schlängelte sich über die Ebene, anscheinend richtungslos, wie Ziegen wandern, und er folgte ihm wohl eine Meile weit. Dann kletterte er auf eine kleine Kuppe und setzte sich auf einen Stein, der da im Grase lag und sich als Rastplatz bot. Er saß dort nur wenig erhöht, doch gerade hoch genug über der Ebene, um den Eindruck zu haben, über eine weite, im Mondlicht getauchte Fläche zu blicken, und, gegen den Fels gelehnt, gedeckt durch die Stengel des Elefantengrases, war es ihm, als säße er wie ehedem auf dem Balkon im Palast von Gulkote.

Tags zuvor hatte es ein wenig geregnet, und die Luft war so durchsichtig, daß selbst das ferne Gebirge sehr nahe schien, einen Tagesmarsch höchstens, vielleicht nur eine Stunde entfernt. Bei diesem Anblick hörte Ash auf, an George und Belinda zu denken, und stattdessen gedachte er einer lange zurückliegenden Nacht, da er ebenfalls bei Mondschein über eine Ebene jenem Hain an der Straße unweit von Gulkote entgegenwanderte. Was mochte aus Hira Lal geworden sein? Er wäre ihm gern begegnet, hätte gern wenigstens einen Teil seiner Schuld abgetragen, das Pferd bezahlen und das Geld zurückgeben wollen. Er mußte demnächst einmal Urlaub nehmen und... Plötzlich wurde er in die Gegenwart zurückgerufen; sein Blick wurde wachsam und scharf.

Dort draußen im flachen Land bewegte sich etwas; Rinder konnten das nicht sein, denn es gab kein Dorf in der Nähe. Also mußte es Wild sein, schwer zu erkennen im Mondlicht. Die Umrisse näherten sich, doch was es auch war, es bewegte sich auf ihn zu, und da kein Wind seine Witterung weitertrug, würde er bald genug wissen, womit er es da zu tun hatte. Er brauchte sich nur still zu verhalten, dann würden diese Geschöpfe nahe an ihm vorüberziehen; seine Kleidung hob sich kaum von der Farbe des Gesteins ab, und blieb er reglos, würden auch die scharfen Augen wilder Tiere ihn nicht wahrnehmen.

Anfangs betrachtete er diese Erscheinungen nur mit mäßiger Neugier, doch das änderte sich, als im Mondlicht etwas blinkte, das zweifellos nicht Horn, sondern Metall war. Was er da beobachtete, war nicht Wild; das waren Menschen, und zwar Menschen mit Musketen.

Jetzt konnte er deutlich erkennen, daß es sich um drei Männer handelte, und seine Spannung ließ nach. Er hatte flüchtig geglaubt, es mit Räubern zu tun zu haben, die von jenseits der Grenze kamen, um ein schlafendes Dorf zu überfallen und Vieh und Weiber zu rauben. Drei Männer indessen waren nicht gefährlich, es mochte sich um Powindahs handeln, Nomaden, die wie Zigeuner in

Zelten hausten und immer unterwegs waren. Allerdings kam ihm das unwahrscheinlich vor, denn seit Beginn der kühleren Jahreszeit wanderte kaum noch jemand bei Nacht. Doch wer sie auch waren, Ash wollte nichts mit ihnen zu schaffen haben, denn wer zu nächtlicher Stunde im Gelände umherstreifte, hatte gewiß keine guten Absichten, und Rinderdiebe oder andere Bösewichte pflegten zu schießen, bevor sie Fragen stellten. Er verhielt sich also still und war dankbar dafür, daß der Mond hinter ihm stand und die Näherkommenden blendete.

In der Gewißheit, nicht gesehen zu werden, wenn er unbeweglich sitzen blieb, beobachtete er sie neugierig und sogar ein wenig ungeduldig. Ihn fröstelte, und er wünschte, diese Fremden möchten sich etwas mehr beeilen, denn solange sie nicht außer Sichtweite waren, mußte er an Ort und Stelle bleiben. Ash gähnte und war gleich darauf hellwach.

Er hatte ein Geräusch gehört, ein sehr feines Geräusch, doch war es nicht von jenen dreien verursacht worden, die er im Blick hatte, vielmehr kam es von irgendwo in seinem Rücken, vielleicht zwanzig bis dreißig Meter entfernt. Allerdings trug der Schall in der windstillen Nacht sehr weit. Das Geräusch war von einem rutschenden Stein verursacht worden. Es war ringsumher tellerflach, und von allein kam hier kein Stein ins Rutschen. Er hielt lauschend den Atem an, und schon hörte er es wieder, diesmal unmißverständlich: eine Sandale von der Art, wie er sie trug, stieß an einen Stein. Mindestens ein Mann näherte sich aus anderer Richtung seiner Kuppe.

Ash gingen mehrere Vermutungen durch den Sinn; keine davon war sehr angenehm. Entlang der Grenze war Blutrache der Brauch, und es konnte sein, daß verfeindete Parteien einander hier auflauerten. Womöglich war aber auch er selber als Opfer ausersehen, hatte jemand ihn beobachtet und verfolgt, der den Kundschaftern übelwollte. Jedenfalls war es ein Fehler, unbewaffnet in die Nacht hinauszugehen. Doch war es nutzlos, dies nachträglich zu bedauern; schon wieder klirrte Eisen an Stein; Ash wandte sich behutsam in die neue Richtung und wartete gespannt.

Unterhalb der Kuppe raschelte es im Gestrüpp und gleich darauf wurde ein einzelner Mann sichtbar, der vorübereilte, ohne nach rechts und links zu blikken. Er ging so rasch, daß Ash weiter nichts sah als eine hochgewachsene Gestalt, in eine Decke gehüllt, Hals und Gesicht gegen die Nachtkälte mit einem Tuch geschützt. Gleich darauf sah Ah nur noch einen Umriß im Mondlicht. Der Mann hatte sicher keine Flinte bei sich, sondern höchstens ein langes Messer, das die Decke verbarg. Kein Zweifel, er hatte Ash nicht bemerkt, er vermutete hier auch niemanden. Und doch haftete ihm etwas Verstohlenes an. Seine Haltung ließ darauf schließen, daß er in Eile war und Verfolger fürchtete.

Die Männer, insgesamt vier, trafen etwa fünfzig Meter von der Kuppe entfernt aufeinander und redeten einige Minuten im Stehen. Dann hockten sie nieder, um sich weiter miteinander zu besprechen. Ash sah Funken aus einem Feuerstein sprühen, dann glomm Zunder und eine Pfeife wurde in Brand gesetzt und herumgereicht. Ash war zu weit entfernt, um mehr als ein undeutliches Murmeln zu vernehmen, gelegentlich auch ein kurzes Lachen, doch rührte er sich von der Stelle, würden sie ihn unfehlbar bemerken und gewiß nicht erfreut darüber sein, daß man sie beobachtete. Daß sie sich um diese Zeit an diesem Ort trafen, bewies nur allzu deutlich, daß ihre Angelegenheiten das Tageslicht scheuten, und Ash fand es geraten zu bleiben, wo er war.

So blieb er fast eine Stunde sitzen. Ihn fror erbärmlich, und er schalt sich einen Narren, weil er diesen nächtlichen Spaziergang unternommen hatte. Schließlich aber standen alle vier auf und gingen ihrer Wege: drei in die Berge, der vierte auf dem gleichen Weg zurück, am Fuße der Kuppe vorbei. Diesmal schien ihm der Mond direkt ins Gesicht, doch sein Halstuch gab nur eine Adlernase und tiefliegende Augen frei. Trotzdem kam Ash etwas an dieser Gestalt bekannt vor. Er kannte diesen Mann, das wußte er bestimmt, doch bevor ihm einfallen wollte, wer es sein könnte, war jener vorüber.

Ash wartete einige Augenblicke, bevor er sich umwandte und ihm nachsah. Er schritt eilends Richtung Mardan, und erst als er nicht mehr zu sehen war, erhob sich Ash, steif und durchgefroren, und trat den langen Rückweg zur Festung an. An Belinda verschwendete er keinen Gedanken mehr.

Als er im strahlenden Sonnenschein des folgenden Herbsttages an den Vorfall dachte, dem das Mondlicht etwas Unheimliches verliehen hatte, kam ihm das Ganze harmlos vor. Die vier Männer hatten einander vermutlich nur getroffen, um dringende Stammesangelegenheiten zu besprechen, und daß sie dies bei Nacht taten, ging schließlich niemand etwas an. Ash nahm sich vor, nicht mehr daran zu denken, und das wäre wohl auch gelungen, hätte er nicht sechs Tage später gegen Abend eine zufällige Begegnung gehabt...

An jenem Abend wurde nicht Polo gespielt, also nahm er sein Jagdgewehr und ging auf Rebhuhnjagd in die Sümpfe. Auf dem Rückweg begegnete er nahe den Stallungen einem Kavalleristen aus der eigenen Schwadron, den er erst erkannte, als er auf gleicher Höhe mit ihm war. Er erwiderte den Gruß des Soldaten, blieb plötzlich stehen und ging ihm nach. Eine Erinnerung überkam ihn. Etwas an der Art, wie der Mann ging und dabei eine Schulter hob, erregte Ashs Aufmerksamkeit. Und noch etwas: eine verheilte Narbe zog sich mitten durch die rechte Braue des Mannes, und diese Narbe hatte Ash, ohne es zu merken, in dem Gesicht wahrgenommen, das er in der hellen Mondnacht kurz gesehen hatte.

»Dilasah Khan?«

»Sahib?« Der Mann kehrte um. Er war ein Afridi-Pathan, und sein Stamm stand wie so viele andere theoretisch unter der Herrschaft des Emir von Afghanistan; doch in der Praxis gehorchte er nur den eigenen Gesetzen. Ash war dies bekannt, und er vermutete, daß Dilasah Khan Stammesangehörige getroffen hatte, die ihm Neuigkeiten aus seinem Dorf brachten, vermutlich im Zusammenhang mit einer Stammesfehde, von der Männer betroffen waren, die mit ihm bei den Kundschaftern dienten.

Das Herrschaftsgebiet der Engländer war neutraler Boden, auf dem solche Fehden nicht ausgetragen werden durften, doch gleich hinter der Grenze galt das nicht mehr... Wie auch immer, der Mann hatte gegen keine Vorschrift verstoßen, und ihn zur Rede zu stellen hinsichtlich einer Sache, die er augenscheinlich verheimlichen wollte, war nicht anständig. Weil er selber unter solchen Einmischungen zu leiden gehabt hatte und sie daher verabscheute, sagte Ash nicht, was er ursprünglich zu sagen beabsichtigt hatte. Dies war vielleicht falsch, denn hätte er Dilasah Angst gemacht, hätte jener womöglich sein Vorhaben aufgegeben und damit, neben anderem, auch sein eigenes Leben gerettet. Allerdings glaubte er fest daran, daß alles vorherbestimmt ist und hätte sich daher wohl nicht davon überzeugen lassen, daß er durch sein Tun oder Unterlassen ändern konnte, was geschrieben steht.

Wie dem auch sei, Ash erwähnte nicht, daß er Dilasah bei Nacht dort draußen gesehen hatte, sondern sagte nur etwas die Reitausbildung betreffendes und ließ den Mann weitergehen. Der Vorfall wollte ihm aber fortan nicht mehr aus dem Sinn und peinigte ihn wie eine Fliege, die immer wieder versucht, sich einem dösenden Mann aufs Gesicht zu setzen. Aus diesem Grunde achtete er aufmerksamer, als er das sonst getan hätte, auf jenen Dilasah, und was er da bemerkte, gefiel ihm nicht. Der Mann war ein guter Soldat und ein überdurchschnittlicher Reiter, er gab in keiner Weise zu Beanstandungen Anlaß, doch hatte er etwas an sich, das Ash nicht anders denn verschlagen nennen konnte, etwas wie Unterwürfigkeit (was man bei den Männern aus den Bergen so gut wie nie antrifft). Auch wandte er die Augen ab, wenn man ihn ansah.

Bei einer Dienstbesprechung sagte Ash zum Schwadronsführer: »Ich traue diesem Dilasah nicht; einen Blick, wie er ihn hat, kenne ich von Pferden, die ich nicht geschenkt haben möchte, auch nicht mit einem Sack Tee als Draufgabe.«

»Dilasah?« fragte sein Vorgesetzter. »Na, hören Sie mal! Was soll der denn ausgefressen haben?«

»Nichts, bloß... wenn ich ihn sehe, kribbelt es zwischen meinen Schulterblättern. Neulich nachts habe ich ihn beobachtet...«

Ash beschrieb den Vorfall, doch der Schwadronsführer gab achselzuckend die gleiche Erklärung, die auch Ash eingefallen war und tat die Sache damit ab: »Ich wette, seine Leute haben mit ihren Nachbarn Streit, und man hat ihn gewarnt. Wenn er auf Urlaub geht, soll er aufpassen, weil sein Vetter Habib eben den Sohn vom Dorfältesten des Nachbardorfes abgemurkst hat und dessen Verwandte ihrerseits nun alle Verwandte von Habib kaltmachen möchten. Wollen Sie wetten?«

»Das habe ich anfangs auch gedacht, aber es kann nicht stimmen, denn er ist ihnen entgegengegangen. Also müssen sie verabredet gewesen sein.«

»Und warum nicht? Wahrscheinlich hat man ihn wissen lassen, daß es Neuigkeiten für ihn gibt, und wenn es sich um Blutrache handelt, wurden bestimmt keine Einzelheiten übermittelt.«

»Sie haben wahrscheinlich recht, und doch – ich finde, wir sollten ein Auge auf den Burschen haben.«

»Tun Sie das«, stimmte der Vorgesetzte etwas herablassend zu, als wolle er sagen: meinethalben darfst du mit den Nachbarskindern spielen. Ash errötete und ließ das Thema fallen. Doch er vergaß es nicht, vielmehr bat er Ala Yar, Erkundigungen über den Sowar Dilasah Khan einzuziehen.

Ala Yar berichtete: »Bei der Kavallerie dienen außer ihm noch fünf Männer seines Stammes, Afridis, die bei den Kundschaftern der Ehre wegen dienen und weil sie Krieger sind. Vielleicht auch, weil ihr Klan schon stark dezimiert ist durch Stammesfehden und man sie hier nicht hinterrücks ermorden kann. Du hast in deinem Zug selber zwei davon: Malik Shah und Lal Mast.«

»Ja, ich weiß, beide sind gute Leute, meine besten. Mit Malik war ich oft auf der Jagd, und Lal Mast –«

Ala Yar machte eine abwehrende Geste. »Höre mich an, ich bin noch nicht zu Ende. Der Klan, zu dem sie gehören, ist klein, sie sind also alle irgendwie blutsverwandt. Und doch kann keiner der Fünf diesen Dilasah leiden. Sie nennen ihn betrügerisch und verschlagen und mißtrauen ihm – wie du.«

»Warum?«

»Ach, das geht bis in die Kindheit zurück. Du weißt doch: ein Kind lügt oder betrügt oder verpetzt die andern bei den Eltern und ist deshalb unbeliebt. Das hält sich, auch wenn sie allesamt erwachsen sind. Die anderen haben es nicht gern gesehen, daß er hierher zur Truppe kam und sagen, sie verstehen es nicht, denn es sehe ihm nicht ähnlich. Doch hat er ein gutes Pferd mitgebracht und versteht zu reiten, auch ist er ein treffsicherer Schütze; er hat sich im Wettbewerb mit anderen durchgesetzt, seine Offiziere halten ihn für einen guten Mann, seine Verwandten haben nichts gegen ihn vorzubringen und halten zu ihm, weil er nun mal zur Familie gehört. Und doch kann keiner ihn leiden, denn er hat im Laufe der Zeit jedem von ihnen einen üblen Streich gespielt – Kindereien, aber man vergißt das nicht. Wenn du nächstens mit Malik oder Lal Mast auf die Jagd gehst, frag sie.«

Das tat Ash, doch erfuhr er auch nicht mehr als von Ala Yar. »Dilasah? Der ist eine Schlange«, sagte Malik Shah. »Sein Blut kreist langsam, und seine Zunge verspritzt Gift. Als wir Kinder waren –« Und er erzählte von einer Begebenheit, bei der alle Beteiligten zu Schaden kamen, ausgenommen Dilasah, der alles ausgedacht, dann seine Kameraden verraten und sich selber mit geschickten Lügen aus der Schlinge gezogen hatte. Es war zu merken, daß Malik Shah das immer noch wurmte, doch gab er zu, daß Dilasah nach einem Jahr bei den Kundschaftern kaum wiederzuerkennen sei. »Er ist ein guter Soldat, und sollten wir Kundschafter in den Kampf ziehen, wird er sich bewähren und sogar der Familie Ehre machen. Trotzdem finde ich es sonderbar, daß er sich zum Dienst gemeldet und sich der Disziplin unterworfen hat, denn das sieht ihm nicht ähnlich. Doch wer weiß, vielleicht hat er einige Leben auf dem Gewissen und fühlt sich in den Bergen nicht sicher. Hier aber, unter uns, droht ihm keine Gefahr, und er wäre nicht der erste, der es so macht.«

Malik lachte und Ash, der wußte, daß es sich so verhielt, fragte nicht weiter. Doch es verging keine Woche, da stellte sich heraus, weshalb Dilasah Khan den Kundschaftern beigetreten war und auch, daß das Mißtrauen, das Ash und seine entfernten Vettern hegten, nur zu begründet war.

12

Dilasah verschwand in einer mondlosen Nacht aus Mardan; er nahm außer seinem eigenen noch einen zweiten Karabiner mit. Niemand sah ihn sich davonstehlen, denn wenn er es darauf anlegte, konnte er sich ebenso unsichtbar machen wie Malik.

Ihm war die letzte Wache vor Sonnenaufgang zugeteilt. Er schlug den zweiten Posten, mit dem er gemeinsam den Dienst versah, bewußtlos, tötete ihn aber nicht. Das lag wohl weniger daran, daß Dilasah Achtung vor einem Menschenleben hatte, sondern vielmehr daran, daß er nicht in eine weitere Fehde samt Blutrache verwickelt werden wollte. So versetzte er seinem Kameraden eben nur einen Hieb auf den Kopf und erreichte damit, daß es geraume Zeit dauerte, bis der arme Teufel Meldung machen konnte. Verständlich, daß er auf einen derartigen Angriff nicht gefaßt gewesen war, er erinnerte sich nicht einmal daran, niedergeschlagen worden zu sein; doch kein Zweifel, Dilasah hatte ihn mit dem Gewehrkolben über den Kopf geschlagen, ihn sodann mit dem eigenen Turban geknebelt und gefesselt und in ein Gebüsch geschleift. Dann machte er sich davon, und es verging gewiß eine Stunde, bevor der Gefesselte zu sich kam und jemanden durch sein Stöhnen auf sich aufmerksam machen konnte. So viel Vorsprung also hatte Dilasah mindestens. Berittene Patrouillen, die man hinter ihm herschickte, fanden ihn nicht.

Als es dunkelte, hatte man immer noch keine Spur von ihm gefunden, und am folgenden Morgen wollte der Kommandeur wissen, wieviele Angehörige seines Klans beim Regiment standen. Sie wurden zum Rapport bestellt und mußten alle Uniformteile und Ausrüstungsstücke abgeben, die Eigentum des Regimentes waren. Sie gehorchten schweigend. Vor jedem häufte sich ein kleines Bündel. Dann stellten sie sich an der Wand auf und nahmen Haltung an.

»Geht und tretet mir erst wieder unter die Augen, wenn ihr die beiden Karabiner vorweisen könnt«, befahl der Kommandeur.

Die Männer gehorchten wortlos, und niemand fand an dem Befehl des Kommandeurs etwas auszusetzen, ausgenommen Ash, für den diese Anweisung den Tiefpunkt einer ohnedies strapaziösen Woche darstellte.

»So darf man das nicht machen!« beschwerte er sich heftig bei seinem Schwadronsführer, kreidebleich vor Zorn. »Diese Männer trifft nicht die geringste Schuld, sie haben damit nichts zu schaffen! Sie konnten den Kerl allesamt nicht leiden!«

»Sie gehören nun aber mal dem selben Klan an«, erklärte ihm der Vorgesetzte geduldig, »und der Alte ist ein Fuchs, der weiß genau, was er tut. Er will die Karabiner zurückhaben, denn wir können nicht riskieren, daß derartige Waffen gegen uns verwendet werden, und wir dürfen auch nicht zulassen, daß jemand, der so was macht wie dieser Dilasah, ungeschoren davon kommt. Das könnte andere auf den gleichen Gedanken bringen. Nein, nein, der Chef hat schon ganz richtig gehandelt. Es geht hier um einen Ehrenpunkt. Dilasah hat seinem Klan Schande gemacht, und seine Verwandten bringen die Karabiner zurück, in ihrem ureigensten Interesse. Sie werden schon sehen. Vermutlich ahnen sie, wo er sich versteckt hält, und sehr wahrscheinlich dauert es keine zwei Tage, bis sie mit den Waffen zurückkommen.«

»Und wenn schon«, widersprach Ash. »Das ändert nichts daran, daß man ihnen die Uniform ausgezogen und sie ausgestoßen hat. Sie sind vor aller Augen bestraft und gedemütigt worden für eine Tat, die sie nicht begangen haben. Gäbe es auch nur eine Spur von Gerechtigkeit, so hätte man mich bestrafen müssen oder Sie! Ich habe gewußt, daß der Bursche Übles im Sinne hatte, und Sie wußten es auch, denn ich habe Sie gewarnt. Aber Sie haben meine Warnung abgetan als Kinderei. Ich hätte die Möglichkeit gehabt, etwas zu tun, um das Unheil zu verhindern, aber Malik und die anderen hatten diese Möglichkeit nicht. Es ist und bleibt eine verdammte Ungerechtigkeit.«

Dem Schwadronsführer riß der Geduldsfaden: »Hören Sie endlich auf mit dem Unsinn, Pandy. Sie benehmen sich ja kindisch! Was ist bloß los mit Ihnen? Sie laufen schon seit Tagen rum wie ein gereizter Bär. Sie sind doch nicht etwa krank?«

»Es geht mir glänzend, danke der Nachfrage. Aber Ungerechtigkeit kann ich nun mal nicht ertragen. Ich werde mich beim Kommandeur melden.«

»Ich hätte dazu jetzt keine besondere Lust, er ist nämlich schlechter Laune. Und wenn Sie gehört haben, was er zu sagen hat, werden Sie sich wünschen, Sie wären nicht hingegangen.«

Ash war aber Vernunftgründen nicht mehr zugänglich, und das nicht nur, weil Dilasah desertiert und seine Stammesgenossen ausgestoßen worden waren. Das war nur der letzte und keinesfalls übelste Vorfall in einer Woche, auf die er später als die schwärzeste seines Lebens zurückblickte. Danach traf es ihn nie wieder so schlimm, denn er änderte sich…

Den Anfang machte ein Brief, dessen Adresse von unbekannter Hand geschrieben war, so daß er ihn nichts ahnend im Kasino aufmachte und las; vermutlich wieder eine Einladung zum Essen oder zu einem Ball. Der Brief war von Mrs. Harlowe, die ihn wissen ließ, Belinda habe sich verlobt und werde heiraten. Das traf ihn wie die erste Schockwelle eines Erdbebens.

Belinda, so schrieb Mrs. Harlowe, sei überglücklich und hoffe, er werde nichts unternehmen, ihr neues Glück zu trüben, vielmehr vernünftig sein und keine dramatischen Schritte tun. Es könnte ihm doch nicht entgangen sein, daß er und Belinda ganz und gar nicht zueinander paßten; er sei übrigens zum Heiraten noch viel zu jung. Ambrose sei in jeder Weise ein für Belinda passenderer

Gatte, und sie erwarte von Ashton, daß er selbstlos genug sei, sich über Belindas Glück zu freuen und ihr alles Gute zu wünschen. Sie schreibe dies auf ausdrücklichen Wunsch ihrer Tochter, die, nach allem, was zwischen ihnen geredet worden sei, es besser fände, ihn durch die Mutter unterrichten zu lassen...

Ash saß so lange reglos und starrte auf den Brief, daß einer seiner Freunde sich erkundigte, ob ihm nicht wohl sei, und erst als er die Frage zum dritten Mal stellte, bekam er eine Antwort.

»Nein, das heißt ja. Es ist nichts«, sagte Ash verwirrt.

»Schlechte Neuigkeiten?« fragte Wigram anteilnehmend.

»Ach wo – ich habe Kopfschmerzen. Wahrscheinlich einen leichten Sonnenstich. Ich lege mich etwas hin.« Und dann setzte er ganz überraschend hinzu: »Ich kann das nicht glauben.«

»Was nicht glauben? Hör mal, mein Lieber, geh mal beim Krankenrevier vorbei. Du siehst aus wie ein wandelnder Leichnam. Falls du einen Sonnenstich –«

»Ach, laß den Blödsinn«, versetzte Ash unfreundlich, ging auf seine Stube und las, auf dem Bettrand sitzend, noch einmal den Brief von Mrs. Harlowe.

Er las ihn wieder und wieder und fand ihn jedes Mal weniger glaubwürdig. Hätte Belinda sich wirklich in einen anderen verliebt, so hätte er das bei ihrem letzten Beisammensein gewiß gespürt, und das waren knapp drei Wochen her. Nichts, was sie sagte, deutete auf einen derartigen Sinneswandel hin, und er wollte nicht glauben, daß sie nach allem, was zwischen ihnen vorgefallen war, ihre Mutter beauftragt hatte, einen solchen Brief zu schreiben. Enthielte der Brief die Wahrheit, hätte sie ihm dies selbst eröffnet, denn aufrichtig war sie immer gewesen. Ambrose – wer zum Teufel war dieser Ambrose? Das war nichts als ein Komplott der Eltern, geschmiedet in der Absicht, ihn von Belinda zu trennen. Oder aber sie nötigten Belinda gegen deren Willen zu einer Ehe, die ihr widerstrebte.

Der Brief traf an einem Freitag ein, und erst in der folgenden Woche durfte Ash wieder einen Besuch bei Belinda machen, doch mißachtete er diesen Befehl und ritt schon am nächsten Tag nach Peshawar.

Wie schon bei seinem ersten Besuch traf er auch diesmal außer dem Diener niemanden an; die Damen und der Sahib seien zum Lunch außer Haus und kämen erst während des Nachmittags zurück. Wie beim ersten Mal begab sich Ash in den Club, und hier wiederholte sich, was bereits damals geschehen war: zwar wimmelte es drinnen und draußen von Leuten, die hier zum Wochenende verabredet waren, doch der erste, der Ash in den Weg lief, war George Garforth.

»Ash!« rief George und packte ihn beim Arm. »Ich muß unbedingt mit Ihnen reden, kommen Sie, wir trinken was –«

Ash hatte keine Lust, sich mit jemandem zu unterhalten, außer mit Belinda, doch zwei Umstände hinderten ihn, George abzuschütteln: Zum ersten war George sichtlich angetrunken, und zum zweiten war er, wenn überhaupt jemand, über diese angebliche neue Verlobung Belindas informiert. Allerdings ahnte er nichts Gutes, weil George schon am Vormittag betrunken war.

»Sie sind genau der Mann, den ich jetzt brauche«, brabbelte George mit schwerer Zunge. »Ich muß mit Ihnen reden, Sie sind der einzige... aber nicht hier... hier sitzen zu viele hochnäsige Pinsel rum und sperren die Ohren auf. Kommen Sie in meinen Bungalow zum Tiffin...«

Der Vorschlag hatte einiges für sich, denn Ash lag nicht daran, in Gegenwart der Gäste des Clubs anhören zu müssen, was George zu sagen hatte; gewiß betraf es Belinda. Übrigens war es geboten, George aus der Öffentlichkeit zu entfernen, denn sein Betragen erregte schon unliebsames Aufsehen. Es wurde getuschelt, und mißbilligende Blicke trafen ihn. George würde wohl in kürzester Frist vom Sekretär des Clubs oder einem gekränkten Gast hinausgewiesen werden – eine Schande, die einen so übermäßig empfindsamen Menschen wie George schwerer treffen mußte, als der Anlaß rechtfertigte. Ash winkte eine Tonga heran, und die Herren fuhren zu Garforths Bungalow, einem recht großen Haus, das auch Georges Büro beherbergte und der Firma gehörte.

Die eigentliche Wohnung war bescheiden, sie bestand aus einem kleinen, nach hinten gelegenen Schlafzimmer mit anschließendem Bad sowie einem Teil der Veranda (abgeteilt mit einem Bambusvorhang), der ihm als Speise- und Wohnzimmer dienen mußte. Es sah hier ähnlich trostlos aus wie in den Posthäusern, doch brachte der Diener immerhin ein Essen von drei Gängen auf den Tisch, dazu zwei Flaschen Bier (von der eigenen Firma), und Ash fand zu seiner Überraschung die Mahlzeit durchaus passabel. Sein Gastgeber wies alle Speisen mit einer angewiderten Gebärde von sich, er saß zusammengesunken auf seinem Stuhl und überhäufte den Diener mit gemurmelten Verwünschungen. Erst als das Essen abgetragen und der Diener draußen war, ging eine erstaunliche Verwandlung mit ihm vor.

Kaum war der Bambusvorhang heruntergelassen, warf George sich mit dem Oberkörper über den Tisch, stützte den Kopf in die Hände und schluchzte laut.

Ash zog sich in den staubigen Hof zurück, wo ein einzelner Baum Schatten spendete. Er wäre gern wieder in den Club gegangen, brachte es aber nicht über sich, George in diesem Zustand allein zu lassen, obschon er ziemlich sicher war, daß Kummer wie Trunkenheit ihre Ursache in Belindas Verlöbnis hatten. Eigentlich hatte Ash keine Lust mehr, von George Einzelheiten zu erfahren. Er setzte sich auf eine Baumwurzel, ärgerte sich über sich selber und über George und wartete. Das heftige Schluchzen war unangenehm anzuhören, doch endete es schließlich und George schnaubte die Nase. Man hörte ihn nach rückwärts ins Schlafzimmer gehen und mit Wasser planschen.

Ash nahm wieder seinen Platz auf der Veranda ein, und George erschien dort gleich darauf mit tropfnassem Haar, ein Handtuch über den Schultern. Er goß sich schwarzen Kaffee aus der Kanne ein, die der Diener hingestellt hatte, ließ sich schwer in einen Sessel sinken, nahm kleine Schlucke aus seiner Tasse und machte alles in allem einen völlig demoralisierten Eindruck. Von dem beredten, umgänglichen jungen Mann, der ein Jahr lang auf Bällen und bei Teegesellschaften geglänzt hatte, keine Spur mehr. Auch sein gutes Aussehen hatte gelitten, das Gesicht war bleich und unrasiert, die Augen gerötet und vom Weinen geschwollen, das nasse Haar lag in Strähnen am Kopf, und von der byronschen Lockenpracht war nichts mehr zu sehen.

Dieser Anblick erweichte Ash, und er fand sich damit ab, den Vertrauten und Tröster zu spielen. Er goß ebenfalls Kaffee in eine Tasse und sagte, wenn auch nicht ohne Mühe: »Erzählen Sie mir alles. Es handelt sich wohl um diese Verlobung?«

»Welche Verlobung?« fragte George tonlos.

Ashs Herz machte einen Satz, das Blut stieg ihm zu Kopfe und er verschüttete Kaffee. Also hatte er doch recht. Mrs. Harlowe log, es war alles nicht wahr.

»Belindas Verlobung selbstverständlich. Ist das nicht – ich meine...« er konnte vor lauter Erleichterung nicht zusammenhängend reden. »Ich hörte, sie soll sich verlobt haben und demnächst heiraten?«

»Ach das –« George tat das mit einer Handbewegung ab – eine Lappalie.

»Es stimmt also nicht? Ihre Mutter –«

»Die Mutter hat das nicht eingefädelt, glaube ich. Sie mochte mich gern, und wenn es nach ihr gegangen wäre... aber Belinda! Ich hätte das nie für möglich gehalten. Ach nein, das stimmt wohl nicht, ich habe sicher nichts gesagt, weil ich es eben doch für möglich hielt. Und herauskommen mußte es ja doch mal...«

»Was mußte herauskommen? Wovon reden Sie, zum Kuckuck! Ist Belinda nun verlobt oder nicht?«

»Wer? Ach so, Belinda. Ja, die hat sich verlobt. Nach dem Ball Anfang vorigen Monats, glaube ich. Hören Sie, ich möchte mich gern mit Ihnen beraten, ich weiß nämlich nicht, was ich machen soll. Soll ich hierbleiben und die Sache durchstehen oder aufgeben... nein, hierbleiben kann ich unmöglich, ich will auch nicht, lieber schieße ich mich tot. Sie erzählt es bestimmt überall herum, sie hat schon getratscht. Es muß Ihnen doch aufgefallen sein, wie man geflüstert und geglotzt hat, als ich mich im Club sehen ließ? Und das wird immer schlimmer. Nein, ich kann nicht –«

Ash hörte nicht mehr hin. Er stellte die Kaffeetasse mit merklich zitternder Hand ab und setzte sich. Er wollte nichts mehr hören, mit niemandem mehr reden, schon gar nicht mit George. Und doch...

Er sagte schroff: »Das kann nicht stimmen, der Ball liegt jetzt sechs Wochen zurück, und ich habe Belinda seither gesehen. Ich war zum Tee eingeladen, und sie hätte es mir gesagt, oder ihre Mutter hätte es gesagt. Irgendwer jedenfalls.«

»Es sollte nicht vorzeitig bekannt werden, nicht bevor seine Beförderung im Amtsblatt stand. Schließlich ist es eine große Sache, einen Residenten zu heiraten.«

»Einen Residenten? Aber –« Ash verstummte. George war wohl doch betrunkener, als es den Anschein hatte. Der Posten eines Residenten gehörte zu den begehrtesten in der Zivilverwaltung, und nur wer sich jahrelang in seinem Departement bewährt hatte, durfte mit der Amtsbezeichnung »Resident« die Regierung in einem der Staaten Indiens vertreten.

»In Bholapore oder irgendwo dort im Süden«, sagte George gleichgültig. »Letzte Woche stand es in der Zeitung.«

»Bholapore«, wiederholte Ash töricht. »Hören Sie mal, Sie sind betrunken, Sie reden Unsinn. Wie kann jemand wie Belinda mit so einem Menschen überhaupt bekannt werden? Geschweige denn sich verloben?«

»Sie hat es jedenfalls fertiggebracht«, sagte George in einem Ton, als schere ihn das keinen Deut. »Er ist mit ihrem Vater befreundet, Sie kennen ihn doch, so ein feister Bursche – rotes Gesicht und grauer Backenbart. Als Sie das letzte Mal zum Tee waren, saß er doch auch da herum, und Belinda konnte sich gar nicht genug tun seinetwegen.«

»Podmore-Smyth!« keuchte Ash entsetzt.

»Richtig, so heißt er. Ein aufgeblasener Langweiler, aber angeblich eine glänzende Partie. Demnächst wird er geadelt, und er bringt es sicher noch zum Stellvertretenden Generalgouverneur. Er hat letztes Jahr seine Frau verloren, seine Töchter sind älter als Belinda, aber das alles ficht sie nicht an. Geld hat er selbstverständlich haufenweise, sein Vater gehört zu den Leuten, die sich in Kalkutta eine goldene Nase verdient haben, er schwimmt im Geld. Und sie möchte sicher gern Lady Podmore-Smyth sein oder Ihre Exzellenz, die Gattin des Gouverneurs. Vielleicht eines Tages gar Baronin Podmore von Pups.« George lachte hohl und goß Kaffee nach.

Ash versetzte heftig: »Ich glaube Ihnen nicht, Sie denken sich das aus. Belinda würde nie... Sie kennen sie nicht so gut wie ich. Sie ist lieb und aufrichtig und –«

»Oh ja, aufrichtig schon«, stimmte George bitter zu. Seine Lippen bebten, und wieder drohte ein Tränenstrom.

Ash sagte, ohne ihn zu beachten: »Ist sie wirklich mit dem Kerl verlobt, dann hat man sie dazu gezwungen. Dahinter stecken nur die Eltern, dieser völlig vertrocknete alte Kracher von Vater und die schwachsinnige, geschwätzige Mama. Na, wenn die glauben, sie könnten Belinda und mir das Leben verderben, dann täuschen sie sich.«

»Täuschen tun *Sie* sich, mein Lieber. Die Eltern wollten nicht ran an den Speck, aber Belinda hat sie herumgekriegt. Sie ist ein gieriges Persönchen, das sollten Sie allmählich wissen. Aber Sie kennen Belinda ja überhaupt nicht. Ich übrigens auch nicht. Ich dachte, ich kenne sie und hätte nie geglaubt... Ach du lieber Gott, was soll ich nur machen?«

Tränen liefen ihm über die Wangen, und er machte keinen Versuch, sie zurückzuhalten. Er saß bloß da, zusammengesunken und starrte vor sich hin, das Gesicht schlaff, die Finger nervös mit der Tasse spielend. Er bot einen peinlichen Anblick, und daß er sein Elend so zur Schau stellte, reizte Ash. Mit welchem Recht führte der sich so auf? Belinda war schließlich nicht mit ihm verlobt gewesen. Ash rief ihm das mit scharfen Worten ins Gedächtnis und empfand dabei eine perverse Genugtuung. Obwohl er kein Blatt vor den Mund nahm, reagierte George nur müde.

»Darum geht es doch nicht. Sie begreifen auch gar nichts. Selbstverständlich wußte ich, daß sie mich nicht heiraten wollte. Ein Idiot bin ich schließlich nicht. Ich war zu jung, und meine Aussichten sind nicht großartig. Und ich besitze nichts – überhaupt nichts, und gerade darum habe ich mir das alles ausgedacht. Um interessant zu wirken. Und sie hat es herausbekommen! Aber mir ist nie der Gedanke gekommen, sie könnte sich so verhalten, wie sie es getan hat.«

»Was hat Sie herausbekommen?« fragte Ash ratlos. »Jetzt reißen Sie sich endlich zusammen, George, und sagen Sie mir, was Belinda entdeckt hat!«

»Daß ich lauter Lügengeschichten erzählt habe. Belindas Mutter ist ganz dick mit einer Mrs. Gidney in Bombay befreundet und die...«

Was nun folgte, war eine recht gewöhnliche, wenn auch trübe Geschichte, die den Beteiligten wenig Ehre machte. Es kam auf vielen Umwegen heraus, daß Georges Großmutter nicht nur keine Griechin von Adel, sondern eine Inderin von niederer Kaste war, die für kurze Zeit das Leben seines Großvaters geteilt hatte, der als Sergeant in Agra stand. Aus dieser Verbindung ging eine Tochter hervor, die in ein Heim für Waisen und ausgesetzte eurasische Kinder kam. Mit fünfzehn Jahren mußte sie als Hausmädchen in Dienst gehen und heiratete bald darauf einen gewissen Alfred Garforth, der als Korporal im Regiment ihres Arbeitgebers diente. Deren Sohn George wurde in Bareilly geboren und überlebte den Aufstand von 1857, bei dem seine Eltern und Geschwister auf grausige Weise niedergemetzelt wurden.

George war an jenem Tage zufällig bei einem befreundeten Ladenbesitzer zu Besuch, der ebenfalls dem Massaker entging und ihn bei sich aufnahm. In den folgenden Jahren mußte George erfahren, daß »Halbblut« ein Schandmal war; mehrere Kinder seines Alters waren Mischlinge und wurden unbarmherzig von jenen gehänselt, die weiße Eltern und Großeltern vorweisen konnten. Auch die indischen Kinder, deren Vorfahren dunkelhäutig waren, verachteten die Mischlinge.

Diese Unglücklichen wurden mit kränkenden Spottnamen belegt und von den Kindern im Basar übel verhöhnt. Leider war George nicht nur ein ausgesprochen liebreizendes Kind, sondern auch ein sehr scheues, was ihn bei Erwachsenen zwar beliebt machte, seine Altersgenossen aber reizte, ihn zu prügeln, was sie denn auch gern und oft taten.

George begann zu stottern und faßte einen glühenden Haß auf das Militär (das Waisenhaus war der Kaserne angeschlossen). Seine Beschützer, die Ladeninhaber Fred und Annie Mullens schickten ihn nach England aufs Internat, er brauchte also nicht im Militärwaisenhaus zu wohnen. Die Schule wurde von Kindern besucht, deren Eltern in den Kolonien lebten, und sie waren meist selbst dort geboren. Das war großes Pech für George, denn auch diese Kinder sprachen verächtlich von Mischlingen, und einen von besonders dunkler Hautfarbe peinigten sie aus diesem Grunde bis aufs Blut – George, zu seiner

Schande, immer vorneweg. Außer dem Direktor – und auch das blieb ungewiß – kannte niemand in der Schule seine Familienverhältnisse, er erfand daher einen eigenen Stammbaum für sich.

Dieser war anfangs recht bescheiden, doch schmückte George ihn im Laufe der Jahre mehr und mehr aus, fügte Großeltern und Urgroßeltern an und noch weitere recht pittoreske Vorfahren. Und weil er stets in der Angst lebte, seine Haut könne doch noch nachdunkeln (seine blonden Kinderlocken hatten sich auch dunkel gefärbt), legte er sich einen irischen Vater (die Iren haben häufig schwarzes Haar) und eine griechische Großmutter zu, um ganz sicher zu gehen. Als er später bemerken mußte, daß viele Kellner und Kleinhändler in Soho aus Griechenland stammten, konnte er zwar die Nationalität dieser erfundenen Großmutter nicht mehr ändern, doch erhob er sie immerhin in den Adelsstand.

Kurz vor dem Ende seiner Schulzeit besorgte ihm sein Gönner Mullens, der bei Brown & MacDonald einen Bekannten hatte, dort eine Lehrstelle, in der Annahme seinem Schützling damit einen großen Gefallen zu erweisen. George wäre aus eigenem Willen nie nach Indien zurückgekehrt, doch fehlte es ihm an Mut und an den Mitteln, das Angebot abzulehnen. Als er nach seiner Lehrzeit nach Peshawar beordert wurde, tröstete er sich damit, daß zwischen Peshawar und Bareilly mehr als vierhundert Meilen liegen und daß er Mullens nicht mehr besuchen mußte, denn der alte Mullens war kürzlich gestorben und seine Witwe nach Rangun übersiedelt, wo ihr Schwiegersohn im Holzhandel reüssierte.

Mullens, bis zuletzt erfüllt von christlicher Nächstenliebe, hinterließ George fünfzig Pfund und seine goldene Uhr. George gab das Geld für anständige Kleidung aus und erzählte seiner Zimmerwirtin, die Uhr stamme von seinem irischen Großvater O'Garforth von Schloß Garforth...

»Daß das je herauskommen könnte, habe ich für unmöglich gehalten«, gestand George weinerlich. »Aber Mrs. Gidney hat eine Freundin, deren Mann auch mit Holz handelt und den Schwiegersohn von Mullens kennt. Und als eines Tages wieder die alten Geschichten aufgewärmt wurden vom Aufstand und so, da hat die alte Mullens erzählt, wie sie mich aufgenommen und für meine Ausbildung bezahlt haben, daß ich ihnen diese Stellung hier verdanke und daß es mir geht geht, kurz alles. Ein Photo hatte sie auch noch von mir. Ich hatte ganz vergessen, daß ich ihnen in meinem letzten Schuljahr eins geschickt hatte. Briefe habe ich ihnen selbstverständlich auch geschrieben. Nun ja...«

Mrs. Gidney also hielt es für ihre Pflicht, ihre liebe Freundin, Mrs. Harlowe, zu »warnen«, und die Majorsgattin teilte verständlicherweise diese Neuigkeiten ihrer Tochter mit. Die beiden ältlichen Damen waren von Georges Lügen einigermaßen schockiert, Belinda aber geriet in rasende Wut, nicht so sehr, weil man sie belogen, sondern, wie sie fand, lächerlich gemacht hatte. Schließlich waren sie und ihre Mutter es gewesen, die George Zutritt zur Gesellschaft von Peshawar verschafft hatten; sein gutes Aussehen wäre ihm auch ohne die

Damen nützlich gewesen, doch die Rückendeckung durch Harlowes durfte als Garantie für gutes Herkommen gelten; anders hätte George nicht so reüssieren können. Übrigens hatte Belinda halb und halb an die Romanze geglaubt, welche die erfundene Großmutter mit Lord Byron gehabt haben sollte (diese Geschichte stammte nicht von George, das muß man gerechterweise erwähnen), und während sie an einer unehelich geborenen Großmutter von so glänzender Abkunft nichts auszusetzen hatte – im Gegenteil! –, fand sie ein Hinduweib von niedriger Kaste einfach abscheulich. Dadurch wurde Georges Mutter zum Halbblut, zu einer unehelich geborenen Eurasierin, die einen Korporal heiratete; George war mithin zu einem ganzen Viertel Inder, noch dazu einer von niederer Kaste. Und diesen Menschen hatte Belinda in die Gesellschaft eingeführt, mit dem hatte sie getanzt und Tee getrunken, ihn sogar angelächelt. Nun würden alle anderen jungen Mädchen sie auslachen, und das konnte sie nicht überleben.

»Sie war so wütend«, flüsterte George, »sie hat so gräßliche Sachen gesagt – alle Mischlinge sind Lügner, sie will mich nie wieder sehen, und falls ich es je wagen sollte, sie anzureden, dann könnte ich mich auf etwas gefaßt machen. Daß ein Mensch so grausam sein kann! Und hübsch sah sie dabei auch nicht aus, eher schon häßlich. Und ihre Stimme erst!... Ihre Mutter sagte immer wieder: das meinst du nicht im Ernst, Belinda, das kann dein Ernst nicht sein. Aber es war ihr ernst! Und jetzt fängt sie an auszupacken. Ich merke es daran, daß die Leute mich anstarren wie ein Ungeziefer... Was soll ich bloß machen, Ash? Ich möchte mich umbringen, aber mir fehlt der Mut. Und hierbleiben kann ich nicht. Was meinen Sie: würde mein Prinzipal mich anderswo hinschicken, wenn ich alles gestehe? Wenn ich ihn anflehte?«

Darauf antwortete Ash nicht. Er war benommen, ihm war übel, und immer noch konnte er es nicht glauben. Er konnte und wollte so etwas von Belinda nicht glauben. Von George, ja. Was der da von sich erzählte, erklärte so manches: seine Überempfindlichkeit, den Mangel an Selbstvertrauen, den plötzlichen Übergang von Schüchternheit und Gehemmtheit im Reden zu geschwätziger Zudringlichkeit, kaum daß Belinda ihren Charme an ihm ausprobierte und Mrs. Harlowe ihn mit Güte und Nachsicht behandelte. Da fing er an zu glauben, er sei jemand. Es leuchtete ein, daß er nach Entlarvung all seiner Lügen total zusammengebrochen war. Doch so, wie er es schilderte, konnte Belinda sich einfach nicht benommen haben. Gewiß phantasierte George sich wieder etwas zusammen und sein schlechtes Gewissen legte ihr Worte in den Mund, die er im stillen auf sich selber anwendete. Weil er fürchtete, sie könnte so etwas sagen, strafte er sich mit der Einbildung, sie habe tatsächlich all dies ausgesprochen – und möglicherweise gehörte auch diese unglaubhafte Verlobung mit jenem feisten Podmore-Smyth zu Georges masochistischen Phantasien, an die Ash erst glauben wollte, wenn er die Bestätigung aus Belindas eigenem Munde vernahm. Sollte sich erweisen, daß ihre Eltern sie zwingen wollten, einen senilen, lüsternen Greis zu heiraten, dann wollte er sie dafür anprangern.

Er stand auf, schob den Bambusvorhang zur Seite und befahl dem Diener, eine Tonga zu besorgen.

»Sie gehen doch nicht etwa schon? Bitte, lassen Sie mich jetzt nicht allein, ich... ich betrinke mich bloß wieder, und alles wird noch schlimmer. Schnaps macht mich mutig, es könnte sein, ich tue mir was an, oder ich gehe in den Club, wie heute Vormittag, und mache mich zum Narren.«

»Dann trinken Sie gefälligst nichts«, fuhr Ash ihn an. »Und hören Sie endlich auf, sich zu bemitleiden. Sie haben einen Haufen Lügen über Ihre Großmutter erzählt – was ist das schon groß? Wen interessiert Ihre Großmutter? Sie sind immer noch Sie, oder etwa nicht? Reiner Blödsinn zu glauben, man hätte Sie nur gern gehabt, weil man Ihre griechische oder italienische Großmutter, oder was sie auch immer gewesen sein soll, so interessant fand. Und die Vorstellung, Belinda oder sonst wer würde Klatsch über Sie verbreiten, ist abwegig. Sie haben das alles bei sich maßlos übertrieben, Ihr Selbstmitleid ist so grenzenlos, daß es Ihnen den Verstand raubt.«

»Sie haben nicht gehört, wie Belinda mich beschimpft hat. Wenn Sie dabeigewesen wären –« schluchzte George.

»Ich kann mir denken, daß sie wütend war, weil Sie ihr einen Haufen Lügen aufgetischt haben und daß sie Sie strafen wollte. Gebrauchen Sie doch mal Ihren Kopf und hören Sie auf, wie ein hysterisches Karnickel zu reagieren. Falls Belinda die ist, für die ich sie halte, wird sie um Ihretwillen den Mund halten, und wenn sie die ist, für die Sie sie halten, tut Sie es erst recht, im eigenen Interesse. Und das gleiche gilt für die Mutter und deren Freundin, denn denen liegt auch nichts daran, daß man erfährt, wie sie sich haben täuschen lassen.«

Georges Miene heiterte sich ein wenig auf. »So habe ich das noch gar nicht betrachtet, tja...« dann sackte er wieder in sich zusammen. »Aber heute Vormittag, im Club, hat mich kein Mensch angeredet, bloß Mrs. Viccary. Alle anderen haben nur geglotzt und gekichert...«

»Jetzt hören Sie endlich auf, Mann! Wenn Sie schon samstags früh blau wie ein Veilchen im Club erscheinen, dürfen Sie sich nicht wundern, daß das auffällt. Hören Sie auf, Tragödie zu spielen und erhalten Sie sich Ihren Sinn für Proportionen.«

Glöckchen und Hufschlag kündigten an, daß die Tonga kam, Ash stand auf und nahm seine Mütze. George sagte melancholisch: »Ich hatte gehofft, Sie blieben noch etwas und könnten mir raten. Ganz allein mit meinen Gedanken hier zu sitzen ist gräßlich, ich spräche gern mit jemand darüber...«

»Sie tun seit einer geschlagenen Stunde nichts anderes. Und mein Rat lautet: Reden Sie nicht mehr von Ihren Großeltern und tun Sie, als wäre nichts vorgefallen. Betragen Sie sich unauffällig und provozieren Sie niemanden. Falls Sie den Mund halten, wird niemand je etwas davon erfahren.«

»Das... das glauben Sie wirklich?« stammelte George. »Vielleicht haben Sie ja recht, vielleicht kommt nichts heraus... ich könnte das nicht ertragen. Aber wenn es doch rauskommt, sagen Sie ehrlich, was täten Sie an meiner Stelle?«

»Erschießen täte ich mich«, sagte Ash unfreundlich. »Adieu.«

Er sprang die Stufen der Veranda herunter, ließ sich zum Club fahren, bestieg sein Pferd und ritt zu Harlowes. Hier schien ihm das Glück zu winken, denn Belinda war daheim und ruhte, die Eltern aber waren noch abwesend. Der aus seinem Mittagsschlaf geschreckte Diener wollte Belinda nicht stören, doch Ash ging so drohend auf ihn los, daß er ihr eilends meldete, ein Sahib verlange sie zu sprechen und lasse sich nicht abweisen. Als Belinda gleich darauf in den Salon trat, sah Ash sofort, daß sie erwartete, jemand anderen vorzufinden. Sie tänzelte munter herein, erstarrte, als sie ihn sah, und das Lächeln verschwand aus ihrem Gesicht. Sie riß die Augen auf, teils vor Zorn, teils in ängstlicher Erwartung.

»Was willst denn du hier, Ashton!«

Ash war davon so niedergeschmettert, daß er ebenso unsicher wie George stammelte: »Ich... ich mußte dich einfach sehen, Liebste. Deine Mutter hat mir geschrieben... daß du dich verlobt hast. Das ist doch nicht wahr – oder?«

Belinda gab darauf keine Antwort, sondern sagte stattdessen: »Du hättest nicht kommen dürfen, das weißt du auch sehr gut. Geh bitte, Ashton, Papa wird nur zornig, wenn er dich hier sieht. Abdul hätte dich nicht hereinlassen dürfen. Geh jetzt, bitte.«

»Ist es wahr?« beharrte Ash und überhörte ihre Bitte.

Belinda stampfte mit dem Füßchen auf. »Ich habe gesagt, du sollst gehen! Du hast kein Recht, hier einzudringen und mir mit Fragen zuzusetzen, wenn ich allein bin und –« sie wich zurück, als Ash auf sie zuging, doch rührte er sie nicht an, vielmehr verschloß er die Tür und steckte den Schlüssel ein. Dann stellte er sich zwischen sie und die Gartentür, so daß sie nicht flüchten konnte. Belinda machte Anstalten, nach dem Diener zu rufen, überlegte es sich aber anders, denn es wäre ihr peinlich gewesen, vor dem Personal eine Szene zu machen. Mit Ashton zu reden, war ihr zwar zuwider, doch schien dies das kleinere Übel, und weil es sich auf Dauer gesehen wohl doch nicht vermeiden ließ, mochte es denn auch gleich geschehen. Sie lächelte also und sagte einschmeichelnd: »Bitte mach keine Szene, Ashton. Ich weiß, daß du diese Angelegenheit nicht gut aufnehmen kannst, und deshalb bat ich Mama, dir zu schreiben, denn ich wollte nicht diejenige sein, die dir Schmerzen zufügt. Doch wirst du unterdessen gewiß eingesehen haben, daß wir beide jung und unerfahren waren und eine Kinderei begangen haben, ganz wie Papa sagt.«

»Du hast also die Absicht, diesen Podmore zu heiraten?« fragte Ash steinern.

»Falls du Mr. Podmore-Smyth meinst, ja. Und sprich bitte nicht in diesem Ton mit mir, denn –«

»Aber Liebste, du kannst dich unmöglich zu solch einer Verbindung zwingen lassen! Glaubst du denn, ich verstünde nicht, daß dein Vater dahintersteckt? Du liebst mich, du wolltest mich heiraten, und nun zwingt er dich –

dazu. Warum setzt du dich nicht zur Wehr, Belinda? Siehst du denn nicht, wie unglücklich du werden mußt?«

»Ich sehe bloß, daß du nicht die geringste Ahnung davon hast, wie die Dinge wirklich liegen«, sagte Belinda gereizt. »Wenn du es unbedingt wissen willst: Papa ist ganz dagegen. Und auch Mama. Aber ich bin nicht mehr siebzehn, dieses Jahr werde ich neunzehn, bin also alt genug, um zu wissen, was ich will, und daher konnten alle beide mich nicht umstimmen, denn Ambrose –«

»Willst du etwa behaupten, du seiest in ihn verliebt?« unterbrach Ash schroff.

»Selbstverständlich bin ich das. Oder denkst du etwa, ich würde ihn heiraten, wenn ich ihn nicht liebte?«

»Das ist doch ausgeschlossen! Diesen feisten, aufgeblasenen Frosch, der dein Vater sein könnte –«

Belinda wurde knallrot, und Ash hörte George sagen, sie habe gar nicht mehr hübsch, sondern eher häßlich ausgesehen. Das tat sie auch jetzt, und ihre Stimme klang keifend und schrill.

»Er ist nicht so alt wie mein Vater, und wie kannst du es wagen, so mit mir zu reden? Du bist bloß eifersüchtig, weil er ein Mann von Welt ist, reif und interessant und erfolgreich, jemand, auf den ich mich verlassen, zu dem ich aufsehen kann, kein alberner, unreifer Knabe wie –« Sie unterbrach sich, biß auf die Unterlippe und zwang sich, ruhiger zu sprechen. »Verzeih, Ashton, aber wenn ich solche Einwände höre, werde ich ganz böse. Erinnere dich, wie böse du selber wurdest, als Papa ähnliche Einwände gegen dich vorbrachte. Du hast damals gesagt, das Alter spielt keine Rolle, weißt du noch? Und das stimmt. Ambrose versteht mich, er ist gütig und großzügig und gescheit, und alle sagen, er hat das Zeug zum Gouverneur. Vielleicht wird er eines Tages gar Vizekönig.«

»Und reich ist er wohl außerdem.«

Belinda bemerkte den Spott nicht, sondern sagte strahlend: »Ja, das ist er außerdem. Schau mal, was für hübsche Geschenke er mir gemacht hat.«

Sie streckte mit ungespieltem Vergnügen die linke Hand aus, und Ash sah ein Armband, besetzt mit Brillanten, jeder einzelne mindestens doppelt so groß wie der in jenem hübschen, aber dezenten Ring, den er ihr vor anderthalb Jahren in Delhi gekauft hatte. Es kam ihm vor, als wären seither Jahrzehnte vergangen, jedenfalls Zeit genug für Belinda, einen Mann zu wählen, der ihr Vater hätte sein können, einen dicken, reichen, erfolggewohnten Witwer, der Brillanten zu verschenken hatte, sie zur Lady Podmore-Smyth machen und sie zugleich mit zwei Stieftöchtern beglücken konnte, die mindestens so alt waren wie sie.

Was sollte man da noch sagen? Die Brillanten an Belindas Hand bewiesen klar, daß alles, was er sich zu sagen vorgenommen hatte, an sie verschwendet sein würde, und daß ihm weiter nichts blieb, als sie zu beglückwünschen und zu gehen. Merkwürdig – da hatte er geplant, sein ganzes Leben mit ihr zu verbringen, und nun sah er sie vermutlich zum letzten Mal. Sie war so blühend und hübsch wie je, doch was in diesem blonden Lockenkopf vorging, hatte er nie geahnt, das wurde ihm nun bewußt. Er hatte sich in jemand verliebt, den es nur in seiner Phantasie gab.

Er sagte also bedächtig: »Ich habe es wohl ebenso gemacht wie George, habe mir alles mögliche ausgedacht und eingebildet, um mir das Leben angenehmer zu machen.«

Belinda erstarrte, wurde wieder knallrot und rief mit schriller, keifender Stimme: »Erwähne diesen Menschen nicht vor mir! Der ist nichts als ein ordinärer Heuchler. Was der von seiner griechischen Groß-«

Etwas in Ashtons Miene gebot ihr Einhalt, und sie unterbrach sich mit einem grellen Lachen, das so häßlich klang wie ihr Gerede. »Ach richtig, davon weißt du ja nichts. Also hör zu. Seine Großmutter war ebensowenig Griechin wie meine, sie war eine Eingeborene aus dem Basar, und wenn George glaubt, ich würde das für mich behalten, dann irrt er sehr.«

Ash sagte stockend: »Das ist nicht dein Ernst, das kannst du nicht...«

Wieder lachte Belinda, und ihre Augen funkelten tückisch. »Und ob ich kann! Ich habe es schon weitererzählt. Oder meinst du etwa, ich warte ab, bis jemand anderes dahinterkommt und es herumtratscht? Meinst du, ich will, daß die Leute hinter unserem Rücken über mich und Mama lachen oder uns gar bemitleiden, weil wir auf ihn hereingefallen sind? Lieber will ich sterben! Da erzähle ich es besser selber. Ich werde sagen, ich hätte immer schon einen Verdacht gehabt und ihn schließlich überführt und –«

Ihre Stimme bebte vor Haß und verletzter Eitelkeit. Ash starrte sie nur entsetzt an. Der Rosenmund spie unaufhaltsam Bosheiten aus, und es schien, als könne sie nicht mehr aufhören. Wäre er älter und klüger und nicht selber betroffen gewesen, er hätte wohl erkannt, um was es sich handelte. Er hatte es mit einem ungezogenen, verwöhnten Kind zu tun, dem man alles und jedes durchgehen ließ und das verzogen war bis zu einem Grade, daß jugendlicher Übermut sich in Arroganz und Eitelkeit verkehrten und jeder Widerstand, jede eingebildete Kränkung das Ausmaß einer unverzeihlichen Beleidigung annahmen.

Belinda war jung und nicht sehr gescheit. Sie hatte die Komplimente ihrer Verehrer wortwörtlich genommen, und nachdem sie ein volles Jahr lang die anerkannt Schönste gewesen war, nahm sie Anbetung, Neid und Verehrung für den ihr zukommenden Tribut. Sie hatte in ihren eigenen Augen ganz übermäßig an Wert gewonnen, und daß die jungen Damen, die sie bislang beneidet hatten, sich über sie lustig machen könnten, sobald sie entdeckten, was es mit Belindas Verehrer George auf sich hatte, war ihr unerträglich. Wie konnte dieser George es nur wagen, sie zu belügen – sie so bloßzustellen? Das etwa empfand sie, als er durch Mrs. Gidney entlarvt worden war. Welche leidvollen Erfahrungen George zu seinen Lügen getrieben hatten und wie gedemütigt er sich jetzt vorkommen mußte, das interessierte Miß Belinda Harlowe nicht die Spur. Sie interessierte nur, welche Folgen das für ihr Prestige haben konnte.

Außer George und ihrer Mutter gegenüber hatte Belinda ihrem angestauten Haß und ihrer verletzten Eitelkeit bislang nicht Luft machen können; daß sie nun auch Ash über Georges Hinterlist ins Bild setzen konnte, ohne sich Zwang antun zu müssen, war ihr eine große Erleichterung. Ash hingegen hörte aus diesem wütenden Redeschwall nur heraus, daß nichts von dem wirklich vorhanden war, um dessentwillen er sie geliebt hatte: Güte, Unschuld, Liebreiz. Die da so keifte, besaß keine dieser Eigenschaften, vielmehr sah er vor sich eine gierige Frauensperson, die bereit war, einen feisten alten Mann zu heiraten, brachte ihr das nur Vermögen und eine gesellschaftliche Stellung ein. Sie war eine herzlose Heuchlerin, die bedenkenlos einen Mann wegen der von seinen Vorfahren begangenen Sünden verurteilte, eine wahre Giftspritze, bereit, skrupellos den Ruf eines Menschen zu ruinieren, einzig um ihren eigenen Ruf zu schützen.

Er hatte kein Wort gesagt, auch nicht den Versuch gemacht, diesen Wortschwall zu unterbrechen, doch sein Ekel war wohl deutlich von seiner Miene abzulesen, denn Belindas Stimme wurde noch schriller, und flink wie eine Katze holte sie mit der Hand aus und versetzte Ash eine so heftige Ohrfeige, daß er zurückwich.

Beide waren von dieser Tat überrascht und starrten einander entgeistert an, unfähig, etwas zu sagen. Schließlich sagte Ash: »Ich danke dir sehr.« Belinda brach in Tränen aus, rannte zur Tür, doch war die verschlossen.

Ausgerechnet in diesem Augenblick hörte man Räder auf dem Kies, welche die recht ungelegene Heimkehr des Ehepaares Harlowe ankündigten, und die folgenden zehn Minuten waren, milde ausgedrückt, etwas chaotisch. Als Ash endlich die Tür aufschließen konnte, bekam Belinda einen hysterischen Anfall, und die heimkehrenden Eltern erblickten eine verweinte Tochter, die kreischend aus dem Salon in ihr Zimmer flüchtete und die Tür mit einem Knall zuwarf, der das ganze Haus erschütterte.

Als erster gewann der Major die Fassung zurück, und was er Ash über dessen Betragen und Charakter zu sagen hatte, hörte sich nicht schmeichelhaft an. Mrs. Harlowe trug zu diesem Gespräch nichts bei, denn sie eilte vonhinnen, die gekränkte Tochter zu trösten. Des Majors Monolog wurde begleitet vom Geheul der Tochter und den dringlichen Fragen der Mutter, was jener »fürchterliche Bengel« denn nun wieder angestellt habe – gedämpft selbstverständlich durch die Wand.

Der Major schloß: »Ich werde Ihren Kommandeur informieren, und falls ich Sie je bei dem Versuch ertappen sollte, sich an meine Tochter heranzumachen, werde ich Ihnen die Prügel verabreichen, die Sie reichlich verdient haben.«

Ash hatte keine Gelegenheit, selbst etwas zu sagen, und es gab ja auch nichts zu sagen, was die Lage nicht noch verschlimmert hätte. Höchstens hätte er kniefällig um Verzeihung bitten können, doch hätte das nichts geändert. Diese Absicht hatte Ash aber keinesfalls, vielmehr fand er, wenn sich jemand zu entschuldigen habe, so Harlowes. Er befestigte das Urteil des Majors noch, indem er diesen wütenden Menschen mit dem Ausdruck größter Verachtung von oben bis unten in einer Weise maß, die seinem Onkel Matthew alle Ehre gemacht hätte, und wortlos das Haus verließ.

»So ein unleidlicher junger Köter«, fauchte der Major in begreiflichem Zorn, begab sich in sein Zimmer und entwarf in starken Formulierungen einen Brief an Ashtons Kommandeur, während der junge Mensch auf dem Rückweg nach Mardan von Wut, Ekel und tiefster Erbitterung geschüttelt wurde.

Was ihn so gemein dünkte, war weniger, daß Belinda einen anderen heiraten wollte, dafür gab es mildernde Umstände: Im viktorianischen Zeitalter fand man es durchaus passend, junge Mädchen mit alten Männern zu verheiraten, die Ehe zwischen einer Siebzehnjährigen und einem Vierziger war etwas Alltägliches. Mr. Podmore-Smyth mochte nicht in bester körperlicher Verfassung sein, das wurde aber aufgewogen durch Reichtum, Ansehen und Erfolg. Seine Bewerbung schmeichelte Belinda vermutlich, und da sie die geschilderten Eigenschaften bewunderte, redete sie sich schließlich ein, daß sie mehr für ihn empfinde, ihn gar liebe. Schließlich war sie jung und leicht zu beeindrukken und seit je impulsiv. Diese Verbindung also hätte Ash ihr verziehen, doch unverzeihlich fand er, wie sie sich in der Angelegenheit mit George benahm.

Gewiß, George hatte alberne Lügengeschichten erzählt, doch Belinda rächte sich dafür auf eine grausame, ungerechte Weise. George hatte diese Geschichten ja nicht erfunden, um eine Ehe mit Belinda zu erschleichen. Er wußte genau, daß weder Belinda noch die Eltern ihn als möglichen Ehemann und Schwiegersohn betrachteten; alles, was er erhoffen konnte, war, sich in ihren Augen interessant zu machen und Zugang zu der engstirnigen Gesellschaft der Garnison zu finden. Nun aber wollte Belinda ihn vor eben dieser Gesellschaft als lügenhaften Mischling bloßstellen, wohl wissend, daß man ihm zwar seine Lügen, nie aber seine Abkunft nachsehen würde. Das bedeutete seinen Ruin, denn Indien ist zwar groß, aber Anglo-Indien ist ein Dorf, und diese Geschichte würde ihn verfolgen, wo immer er Zuflucht suchte. Überall würde er auf jemand stoßen, der Bescheid wußte. Die tugendhaften Matronen würden hinter dem Fächer tuscheln, die jungen Mädchen ihn schneiden, die Männer ihn verlachen und ihm den Zutritt zum Club verwehren.

Das ist so ungerecht, protestierte Ash hitzig bei sich. Kommt es denn darauf an, wer meine Großmutter war? Ja, genau genommen, wer meine Eltern sind? Er bereute, sich nicht so weit bezwungen zu haben, bei Belindas Vater für George einzutreten. Er hätte diesem alten Knallfrosch sagen müssen, was die liebe Belinda in Sachen George zu unternehmen gedachte und daß dies verhindert werden müßte. Nun war es wohl zu spät, denn sie selber hatte ja damit geprahlt, ihn bloßgestellt zu haben, und womöglich fand das auch noch die Billigung des Vaters. Ihre Mutter und jene Klatschtante Gidney waren augenscheinlich einverstanden, also waren es vermutlich auch ihre sonstigen Freunde und Bekannten. Sie allesamt würden das kleine Luder Belinda bemitleiden und sich wie die Hyänen auf den armen George stürzen. Bei dieser Vorstellung wurde Ash buchstäblich übel, so sehr zuwider waren ihm Ungerechtigkeit und Bosheit.

Er kam also in schlimmer Laune und zutiefst enttäuscht nach Mardan zurück, und wenige Tage später desertierte Dilasah, ließ zwei Militärkarabiner mitgehen, und seine fünf Klanbrüder, darunter Malik Shah und Lal Mast, wurden unehrenhaft aus dem Regiment ausgestoßen mit dem Befehl, gefälligst die Waffen zurückzubringen oder sich nie wieder in Mardan sehen zu lassen!

Es war Ashtons Absicht, beim Kommandeur gegen diesen Befehl zu protestieren, doch kam er nicht dazu, denn der Brief von Major Harlowe war unterdessen angelangt. Der Kommandeur bestellte Ash zum Rapport. Was er von Major Harlowe zu hören bekommen hatte, war nichts im Vergleich zu dem, was der Kommandeur ihm sagte, doch nahm er davon so gut wie nichts wahr, denn er war ganz und gar davon besessen, daß fünf Männern des Regimentes, die sich tadellos geführt hatten, eine schwere Ungerechtigkeit widerfahren war, nur weil Dilasah Khan desertiert war und sie weitläufig mit ihm verwandt waren. Daß sie ihn nicht leiden konnten, ihm ganz gewiß nicht geholfen hatten, hinderte offensichtlich nicht, daß man sie wie Verbrecher aus dem Regiment verstieß. Also konnte er gar nicht abwarten, daß der Major zu Ende kam, er wollte endlich seinen Protest anbringen. Den Kommandeur, dem seine Unaufmerksamkeit nicht entging, versetzte das in noch üblere Laune.

»Falls jemand für die Desertion von Dilasah bestraft werden muß, dann ich«, beharrte Ash, »denn mir war bekannt, daß da irgendwas nicht stimmte. Ich hätte dafür sorgen müssen, daß er keine Gelegenheit fand zu desertieren. Malik und die anderen haben mit der Sache nichts zu schaffen, und man darf ihnen nicht in dieser Form die Ehre rauben, das ist ungerecht. Daß Dilasah zu ihrem Stamm gehört, dafür können sie nichts. Und es ist ungerecht –«

Weiter kam er nicht. Der Kommandeur teilte ihm in einem einzigen vernichtenden Satz mit, was andere ihm schon früher, wenn auch umständlicher, zu sagen versucht hatten, und schickte ihn hinaus. Ash beklagte sich bei Zarin, doch auch hier stieß er nicht auf Sympathie, denn Zarin fand, der Kommandeur habe sehr schlau gehandelt. Und Awal Shah war der gleichen Meinung.

»Wie anders sollen wir die Gewehre zurückbekommen?« wollte er von Ash wissen. »Unsere Patrouillen haben die ganze Gegend abgesucht und keine Spur entdecken können. Dilasahs eigene Leute mögen sehr wohl seine Gedanken kennen und wissen, wohin er sich wendet. In zwei, drei Tagen sind sie mit den Gewehren wieder da. Damit ist dann ihre und unsere Ehre wiederhergestellt.«

Zarin pflichtete grunzend bei, und Koda Dad, der zufällig bei seinen Söhnen zu Besuch war, stimmte diesen nicht nur zu, sondern tadelte Ash überdies scharf.

»Du redest wie ein Sahib. In solch einem Fall von Ungerechtigkeit zu sprechen, ist töricht. Der Kommandeur-Sahib ist weise, denn er denkt nicht wie ein Engländer, sondern wie ein Pathan in dieser Sache, während du – der du einmal Ashok warst! – sie betrachtest, als wärest du nie wer anders als Pelham-Sahib gewesen. Habe ich dir nicht hundertmal gesagt, nur Kinder beklagen laut die Ungerechtigkeit dieser Welt – Kinder und Weiße? Endlich zeigst du dich als der, der du wirklich bist«, schloß er beißend. »Als echter Sahib.«

Ash kehrte gekränkt, ungetröstet und unvermindert wütend in sein Quartier zurück. Doch auch die schlimmste Torheit hätte er noch unterlassen, wäre nicht George gewesen, George und Belinda...

Abends stieß er im Kasino auf einen Offizierskameraden, der eben erst vom Stab in Peshawar zurückgekommen war und ihn fragte: »Weißt du schon das Neueste von Garforth?«

»Nein, und ich möchte nichts davon hören«, wies Ash ihn barsch zurück. Daß die Geschichte sich so schnell verbreitete, überraschte ihn, und der Gedanke, sie aus zweiter oder dritter Hand hören zu müssen, war ihm ekelhaft.

»Wieso das? Du konntest ihn doch recht gut leiden?«

Ash überhörte die Frage, wandte Cooke-Collis den Rücken und bestellte einen doppelten Branntwein. Cooke-Collis gab aber so schnell nicht auf. »Ich nehme auch einen«, sagte er. »Ich habe es, weiß der Himmel, nötig. Scheußliche Sache das. Und wenn es jemand trifft, den man kennt, um so schlimmer, auch wenn man nicht näher mit ihm befreundet war wie ich. Selbstverständlich waren wir miteinander bekannt, denn er wurde ja überall eingeladen, und man begegnete ihm auf allen Veranstaltungen. Bei den Damen recht beliebt, obschon bloß unbedeutender Boxwallah. Ich habe nichts gegen Boxwallahs, versteh mich recht, bestimmt reizende Menschen. Aber Garforth war der einzige, der einem überall in den Weg lief, und hören zu müssen, daß er –«

»– daß er ein Mischling ist«, setzte Ashton ungeduldig fort, »hat dir einen richtigen Schock versetzt, was? Aber meiner Meinung nach ist das absolut uninteressant, es geht niemanden was an, also rede nicht weiter davon.«

»Ein Mischling war er? Tatsächlich? So sah er nicht aus. Das ist mir ja ganz neu.«

»Na, was ist denn sonst noch mit ihm los?« fragte Ash, wütend auf sich selber, weil er George unnötigerweise verraten hatte und Cooke-Collis das sofort herumtratschen würde.

»Er hat sich heute Nachmittag erschossen.«

»Was?« krächzte Ash. »Das kann ich nicht glauben.«

»Oh doch, es stimmt. Leider. Was der Grund ist, ahne ich nicht. Es scheint, daß man ihn gestern Abend im Club geschnitten hat. Heute früh wurde er brieflich von Leuten ausgeladen, die ihn zuvor eingeladen hatten. Mittags nahm er zwei Flaschen Branntwein aus dem Laden mit, trank sie leer und schoß sich tot. So ein armer Hund. Ich hab's von Billy Carddock gehört, der traf den Arzt, als er gerade von Garforth kam. In der Firma wußte keiner, warum er das gemacht hat.«

Ash wurde grau im Gesicht. Ich hätte es wissen müssen, dachte er. Er hat mich gefragt, was ich an seiner Stelle täte, und ich sagte... sagte... Es schauderte ihn, und diesen unerträglichen Gedanken beiseite drängend, sagte er laut:

»Belindas wegen hat er es getan. Belindas wegen und wegen all dieser beschränkten, bigotten, kleinbürgerlichen Snobs, die sich um ihn rissen, weil sie dachten, seine Großmutter sei eine Gräfin, und die ihn geschnitten haben, als sich herausstellte, daß sie aus dem Basar von Agra kam. Diese –« zum Glück verstand der junge Cooke-Collis das Ende dieses im einheimischen Dialekt gesprochenen Satzes nicht, doch war es so obszön, daß der eingeborene Aufwärter die Zigarrenkiste fallen ließ und ein Major, der in Hörweite stand, sich scharf verwahrte.

»So können Sie im Kasino nicht reden, Ashton. Falls Sie das Bedürfnis haben, sich schweinisch auszudrücken, gehen Sie gefälligst woanders hin.«

»Keine Sorge«, sagte Ash täuschend fügsam, »ich gehe schon.«

Er leerte sein Glas und warf es hinter sich an die Wand, wie man es in früheren Tagen mit den Gläsern tat, die man auf das Wohl der Herrscherin leerte. Das Klirren brachte alle Gespräche zum Verstummen, und in der eintretenden Stille machte Ash auf dem Absatz kehrt und ging hinaus.

»So ein junger Esel«, sagte der Major ungerührt, »dem muß ich morgen mal den Kopf waschen.«

Am Morgen war Ash aber nicht anwesend.

Seine Stube war leer, das Bett unberührt, und der Posten, der um Mitternacht aufgezogen war, meldete, Pelham-Sahib habe die Festung verlassen mit der Begründung, er wolle etwas spazieren gehen, denn er finde keinen Schlaf. Er habe eine Pelzjacke und eine Pumphose getragen wie die Pathanen, aber keine Waffe, soweit der Posten habe sehen können. Seine Pferde standen im Stall, und Ala Yar, den man befragte, stellte fest, daß außer der Pelzjacke, einem Paar Sandalen hiesiger Machart und etwas Geld weiter nichts fehle als eine komplette Pathantracht und ein afghanischer Dolch, den der Sahib stets in einem verschlossenen Kasten auf seinem Schrank verwahre. Der Kasten sei nicht am üblichen Ort gewesen, als er das Frühstück brachte, sondern auf dem Fußboden, geöffnet und leer. Der fehlende Geldbetrag sei gering, wenige Rupien nur, also gewiß nicht gestohlen, denn die goldenen Manschettenknöpfe und zwei silberne Haarbürsten lägen unberührt und für jeden sichtbar auf der Kommode. Er sei der Meinung, sein Sahib sei sehr bedrückt gewesen und habe womöglich den Vater von Awal Shah und Zarin Khan aufgesucht, der am Vortag von einem Besuch bei seinen Söhnen wieder heimgeritten sei.

»Koda Dad ist für meinen Sahib wie ein Vater«, sagte Ala Yar. »Er liebt ihn sehr, doch gestern hat es eine Meinungsverschiedenheit zwischen ihnen gegeben, und es mag sein, daß mein Sahib seinen Frieden mit dem alten Mann machen will. Hat er das getan, kommt er gewiß zurück. Jenseits der Grenze wird er nicht zu Schaden kommen.«

»Schön und gut«, versetzte der Adjutant, »aber er hat jenseits der Grenze nichts zu suchen, heute nicht und überhaupt zu keiner Zeit! (Er vergaß ganz, daß er zu einem Eingeborenen sprach.) Wenn ich den jungen Lümmel in die Finger kriege –« Er brach ab und schickte Ala Yar weg, der das Frühstückstablett, das er in der Aufregung vergessen hatte, noch schnell aus Ashs Stube holte. Erst jetzt sah er, daß darunter ein Brief lag; im ersten Frühlicht hatte das weiße Papier sich nicht von dem weißen Tuch abgehoben, das Ala Yar täglich durch ein frisches ersetzte.

Ala Yar hatte während seiner Jahre in England etwas Englisch lesen gelernt, entzifferte also mit Mühe die Adresse und brachte den Brief zum Kommandeur.

Ash war tatsächlich über die Grenze gegangen, nicht aber auf Besuch zu Koda Dad, sondern in der Absicht, sich Malik Shah, Lal Mast und ihren Vettern zuzugesellen, die den Auftrag hatten, Dilasah aufzuspüren und die beiden Karabiner zurückzubringen. Patrouillen, die man nach Ash aussandte, fanden ihn nicht. Er verschwand so spurlos wie Dilasah, und man hörte fast zwei Jahre nichts von ihm.

Am Nachmittag erbat Zarin beim Kommandeur die Erlaubnis, selbst auf die Suche nach Pelham-Sahib zu gehen. Dies wurde ihm abgeschlagen. Statt seiner ging Ala Yar, nachdem er sich zuvor lange mit Mahdu besprochen und kurz mit Zarin gestritten hatte.

»Ich bin der Diener des Sahib und aus seinen Diensten nicht entlassen«, begründete Ala Yar seinen Schritt. »Auch habe ich Colonel Anderson versprochen, auf den Jungen zu achten. Du darfst ihn nicht suchen gehen, also tue ich es. Weiter ist nichts.«

»Ich würde gehen, wenn ich nur dürfte«, knurrte Zarin, »doch bin auch ich im Dienst – im Dienst der Regierung. Und ich darf nicht, wie ich möchte.«

»Ich weiß, und deshalb gehe ich an deiner Statt.«

»Du bist ein alter Narr«, versetzte Zarin wütend.

»Mag sein«, entgegnete Ala Yar milde.

Er ging eine Stunde vor Sonnenuntergang aus Mardan fort, und Mahdu begleitete ihn eine Meile auf dem Pfad, der nach Afghanistan führte; dann blieb er stehen und blickte Ala Yar nach, der vor der riesigen, öden Kulisse von Ebene und Grenzbergen kleiner und kleiner wurde, bis das staubige, purpurfarbene Licht der untergehenden Sonne ihn ganz und gar verschluckte.

Drittes Buch

Zeitlose Welt

13

»Dort, links von dem trockenen Bachbett sind Menschen«, sagte einer der Posten und spähte hinaus in die mondhelle Ebene. »Sieh nur, sie kommen her.«

Sein Kamerad sah in die Richtung, in die der andere deutete, und lachte gleich darauf kopfschüttelnd. »Das sind Gazellen. Wegen der Dürre trauen sie sich bis auf einen Steinwurf weit an Menschen heran. Aber wenn uns die Wolken da hinten nicht im Stich lassen, gibt es bald wieder reichlich Gras.«

Der Sommer 1874 war besonders schlimm gewesen. Der Monsun kam spät, und die Ebene um Mardan war ausgedörrt; auf der goldbraunen Erde fand sich kein Grashalm. Staubwolken wirbelten zwischen dornigem Gestrüpp, die Flüsse führten kaum noch Wasser, sie waren Rinnsale zwischen silberweißem Sand.

Auch in den Bergen wuchs kein Gras, und das Wild zog auf der Suche nach Nahrung in entfernte Hochtäler. Geblieben waren nur Gazellen und Wildschweine, die bei Nacht die Felder heimsuchten und gelegentlich in den Festungsbereich eindrangen, wo sie Hodsons Garten verwüsteten und die Blätter des Maulbeerbaumes anknabberten, der dort stand, wo Colonel Spottiswood sich vor siebzehn Jahren erschossen hatte.

Die Wachtposten waren so daran gewöhnt, auf dem Exerzierplatz dunkle Schatten sich bewegen zu sehen, daß sie nicht mehr nach der Parole fragten und auch nicht schossen, wenn sie nicht gegeben wurde. Überdies war die Grenze im Bezirk von Mardan schon so lange befriedet, daß man nichts Schlimmes gewärtigte. Mehr als fünf Jahre hatte es keine »Grenzzwischenfälle« mehr gegeben, und die Kundschafter machten reinen Friedensdienst. Unter dem Kommando von Jemadar Siffat Khan stellten sie die Eskorte für den britischen Gesandten nach Kashgar, und zwei Männer dieser Eskorte brachten im Jahr darauf innerhalb von sechzig Tagen den unterfertigten Vertrag von Kashgar nach Kalkutta. Ein Sepoy von den Fußkundschaftern geleitete einen Boten vom Oxus über Badakshan und Kabul nach Indien, und ein Sowar, unterwegs nach Persien mit einem englischen Offizier in besonderem Auftrag, fand den Tod, als er das Gepäck vor Straßenräubern auf der Chaussee nach Teheran schützte. Das Regiment nahm an ausgedehnten Manövern bei Hasan Abdal teil und rückte erst wieder im Februar in die Garnison von Mardan ein, wo der übliche Trott von neuem begann. Man betete während der heißen Jahreszeit inständig um Regen, um Erlösung von der unbarmherzigen Hitze.

Der September war noch ebenso glutheiß wie der Juli, doch jetzt ging der Oktober seinem Ende zu, und das Thermometer auf der Veranda des Kasinos sank merklich, von Tag zu Tag mehr. Man konnte mittags wieder im Freien sein, und der von den Bergen herüberwehende Morgenwind brachte erfrischende Kühle. Doch abgesehen von wenigen unergiebigen Schauern waren die Herbstregen ausgeblieben; an diesem Abend standen erstmals Wolken am Himmel.

»Diesmal lassen sie uns, so Allah will, nicht im Stich«, sagte der Wachtposten fromm. »Der Wind steht hinter ihnen, und ich rieche schon den Regen.«

»Ich auch«, sagte der andere. Beide Männer sogen genießerisch die Luft ein. Plötzlich wirbelte eine Böe Staub auf, sie wandten sich weg und gingen weiter ihre Runde.

Bei Mondaufgang hatten die ersten vereinzelten Böen eingesetzt, doch jetzt blies es stetig und mit zunehmender Stärke. Wolkenbänke zogen herauf und verdeckten den Mond. Eine Viertelstunde später fielen die ersten schweren Tropfen aus der Finsternis, Vorboten eines Platzregens, der den Staub eines langen trockenen Sommers schlagartig in Morast verwandelte und jeden vertrockneten Bach, jeden Graben und jede Rinne im Gelände zu einem reißenden Fluß machte.

Im Schutze der Dunkelheit und des prasselnden Regens passierte jene Handvoll Männer, die von den Wachen für Gazellen gehalten worden waren, unerkannt die Außenposten. Dann stießen sie unversehens auf die Torwache der Festung; weil sie gegen Wind und Regen ankämpfen mußten, hielten sie den Kopf gesenkt und achteten nicht genug auf den Weg.

Eigentlich hatten sie in jener Nacht noch nicht gesehen werden wollen, sondern gehofft, unbemerkt zu den Stallungen zu gelangen und sich dort bis zum Morgengrauen auszuruhen. So allerdings hielt die Wache sie an, der Offizier vom Dienst wurde gerufen, später der Adjutant, der im Kasino Whist spielte. Zu guter Letzt holte man auch noch den Stellvertreter des Kommandeurs aus dem Bett, der zeitig schlafen gegangen war. Auch der Kommandeur hatte sich früh zurückgezogen, allerdings nicht zum Schlafen. Er schrieb gerade seinen wöchentlichen Brief nach Hause, als zwei Offiziere hereinkamen und eine Gestalt mitbrachten, die einen so traurigen Anblick bot, wie man ihn hier noch nicht gesehen hatte. Es war ein hagerer, bärtiger Stammesangehöriger aus den Bergen, der einen Verband um den Kopf trug. Aus der zerfetzten Decke, die von seinen Schultern hing, troff es in kleinen Rinnsalen auf den kostbaren Schiras des Kommandeurs. Auch aus dem Verband tropfte es, aber rot. Die Decke, die völlig durchnäßt am Körper dieser Vogelscheuche klebte, vermochte nicht zu verbergen, daß darunter etwas versteckt war. Der Mann ließ einen Arm sinken und zwei Karabiner fielen zu Boden, genau in den Lichtkreis der Öllampe, die auf dem Schreibtisch stand.

»Da sind sie, Sir«, keuchte Ash. »Tut mir leid... daß es so lange... gedauert hat, aber so einfach wie... wir uns das dachten... war es nicht...«

Der Kommandeur starrte ihn sprachlos an. Er konnte nicht glauben, daß er den jungen Mann vor sich hatte, der vor beinahe zwei Jahren so wütend aus seinem Büro gegangen war. Was er da sah, war ein Mann, ein hagerer, hochgewachsener Mann, drahtig und muskulös, von einem harten, entbehrungsreichen Leben gezeichnet. Die Augen lagen tief im Kopf, er war zerlumpt, ungepflegt und verwundet und konnte sich vor Erschöpfung kaum auf den Beinen halten. Doch blieb er aufrecht und sprach seit langer Zeit zum ersten Mal wieder Englisch.

»Ich bitte um Entschuldigung dafür, Sir... daß Sie uns so zu sehen bekommen.« Die Worte kamen undeutlich heraus, so erschöpft war er. »Wir wollten eigentlich... die Nacht bei Zarin verbringen... uns erst anständig herrichten... morgen früh... aber der Regen –« Die Worte wollten nicht mehr kommen, und er schloß mit einer ganz und gar orientalischen Handbewegung.

Der Kommandeur fragte den Adjutanten: »Sind die anderen draußen?«

»Jawohl, Sir. Bis auf Malik Shah.«

»Der ist tot«, sagte Ash matt.

»Und Dilasah Khan?«

»Auch tot. Die Munition haben wir fast vollständig zurückgebracht... viele Patronen hat er nicht verschossen. Lal Mast hat sie.« Ash fixierte die beiden Karabiner eine Weile und sagte dann bitter: »Ich hoffe nur, sie sind es wert. Drei Menschenleben haben sie gekostet. Soviel ist nichts wert.«

»Auch die Ehre nicht?« fragte der Kommandeur, immer noch kurz angebunden.

»Ah – Ehre!« Ash lachte freudlos. »Malik und Ala Yar... Ala Yar.« Seine Stimme versagte, und seine Augen füllten sich mit Tränen. Er sagte schroff: »Darf ich abtreten, Sir?« stürzte im gleichen Moment wie ein gefällter Baum und lag der Länge nach bewußtlos auf dem Teppich über den beiden Karabinern, die zwei Jahre zuvor gestohlen und jetzt wieder herbeigeschafft worden waren um den Preis von drei Menschenleben. Eines davon das Ala Yars...

»Selbstverständlich wird er kassiert«, sagte der Stellvertreter des Kommandeurs.

Das war aber mehr eine Frage als eine Feststellung, und sein Vorgesetzter, der gedankenverloren ein Löschblatt bekritzelte, blickte abrupt auf.

»Tja... eigentlich schade um ihn«, fuhr der Major fort, und es klang, als verteidige er sich. »Genau betrachtet ist es doch eine tolle Leistung. Ich habe mit Lal Mast und den anderen gesprochen und alle –«

»Denken Sie mal an, das habe ich auch schon getan!« versetzte der Kommandeur schroff. »Und wenn Sie hier etwa in der Rolle des Verteidigers auftreten wollen, können Sie sich das sparen.«

Zwei Tage war es her, seit Ash und seine Gefährten in die Festung getaumelt waren. Der Regen trommelte noch immer ohne Unterlaß auf die flachen Dächer; Traufen und Gullies flossen über und vergrößerten den bereits knietiefen Teich, der die vormals staubigen Wege und den vertrockneten Rasen überschwemmte. Malik Shahs Angehörige sollten eine Pension bekommen, seine vier Stammesgenossen waren mit allen Ehren wieder ins Regiment aufgenommen worden und hatten rückwirkend den Sold für zwei Jahre empfangen. Nur Leutnant Pelham-Martyn befand sich – theoretisch wenigstens – unter strengem Arrest, weil er dreiundzwanzig Monate und zwei Tage unerlaubt der Truppe ferngeblieben war. In Wirklichkeit lag er im Krankenrevier unter der Obhut von Dr. Ambrose Kelly. Die Kopfverletzung hatte Wundfieber zur Folge. Darüber, wie es mit ihm weitergehen sollte, wurde noch immer beraten.

»Heißt das, Sie sind meiner Meinung, Sir?« fragte der Major verdutzt.

»Selbstverständlich, was sonst? Warum bin ich wohl gestern nach Peshawar geritten? Sie glauben doch nicht, daß ich mich stundenlang mit dem Commissioner und diesen eingebildeten Stabsoffizieren bloß zum Spaß herumärgere? Ashton ist ein ungehorsames Subjekt, aber viel zu wertvoll, als daß man auf ihn verzichten könnte. Überlegen Sie doch mal: was ist für einen Militär, der in einem Lande wie diesem entweder einen Feldzug führen oder Ordnung halten soll, das Wichtigste? Informationen! Zeitige und genaue Informationen sind wertvoller als Kanonen und Granaten, und deshalb lege ich mich für diesen jungen Idioten so ins Zeug. Ich glaube, bei einer anderen Einheit würde das nicht gelingen, aber die Kundschafter sind eben was Besonderes. Wir haben uns nie an die Regeln gehalten, und wenn einer unserer Offiziere sich zwei Jahre jenseits der Grenze aufhalten kann, ohne als Engländer erkannt und als Spion erschossen zu werden, dann ist er sein Gewicht in Gold wert. So einfach ist das. Verdient hat er allerdings das Kriegsgericht. Und Degradierung.«

»Was sollen wir aber mit ihm machen?« fragte der Major ratlos. »Wir können doch nicht einfach so tun, als wäre nichts passiert und ihn hier seinen Dienst versehen lassen?«

»Nein, selbstverständlich nicht. Er muß sobald wie möglich weg von hier. Ich möchte ihn für ungefähr zwei Jahre zu einer anderen Einheit versetzen lassen, möglichst einer rein englischen, da lernt er dann kaltes Blut bewahren und ist zur Abwechslung mal nur mit seinen Landsleuten zusammen. Er muß eine Weile von der Grenze weg und von seinen Freunden. Es würde ihm nicht schaden, längere Zeit im Süden zu verbringen.«

»Dort kommt er bestimmt in noch größere Schwierigkeiten«, meinte der Major pessimistisch. »Er ist schließlich als Hindu aufgewachsen, oder?«

»Na und? Hier kann er jetzt nicht bleiben, soviel steht fest... Darunter würde die Disziplin leiden.«

Und so kam es denn, daß Ashton Pelham-Martyn im Winter nach Rawalpindi versetzt wurde.

Wäre es nach seinem Kommandeur gegangen, man hätte ihn noch viel weiter weg versetzt. Rawalpindi gehört zwar nicht mehr zum eigentlichen Grenzgebiet (das im Nordwesten bei Hasan Abdal beginnt, wo einstmals die Mogulenherrscher auf dem Wege nach Kaschmir Rast machten), liegt aber nur 113 Meilen südöstlich von Mardan. Der Zweck der Übung bestand aber darin, den Missetäter schleunigst aus seinem Regiment zu entfernen, und weil die Brigade in Rawalpindi gerade eine Planstelle unbesetzt hatte (Ash wäre überrascht gewesen, hätte er geahnt, was seinetwegen alles in die Wege geleitet wurde, um seine unübliche Versetzung genehmigt zu bekommen), so mußte es eben diese sein. Man versprach dem Kommandeur der Kundschafter, daß sein Leutnant bei nächster Gelegenheit weiter nach Süden versetzt werden solle und daß man ihm unter keinen Umständen gestatten werde, den Fuß ins Grenzgebiet oder über den Indus zu setzen.

Sollte ihn wirklich jemand drei Jahre zuvor im Posthaus von Rawalpindi gesehen haben, unterwegs von Bombay nach Mardan, er hätte ihn nicht wiedererkannt, denn Ash hatte sich bis zur Unkenntlichkeit verändert und das nicht nur äußerlich. Nach europäischen Maßstäben hätte man den kleinen Jungen in Gulkote für frühreif gehalten; die Stadt und die Hofgesellschaft nahmen wenig Rücksicht auf das noch zarte Gemüt von Kindern. So lernte Ash früh das Leben, den Tod und das Böse kennen. Später dann, in England, als Knabe unter Gleichaltrigen, wirkte er merkwürdig jung, denn er bewahrte sich lange die vereinfachende Betrachtungsweise der Kinder und sah nicht ein – vielleicht wollte er das auch nicht –, daß es auf jede Frage mehr als nur zwei Antworten gibt.

Als er damals im Winter nach Rawalpindi kam, war er erst einundzwanzig Jahre alt, doch war er nun endlich erwachsen geworden. Zwar verloren sich gewisse Grundeinstellungen des Kindes und Knaben nie ganz – trotz aller Ermahnungen von Koda Dad unterschied Ash zeitlebens »gerecht« von »ungerecht« –, doch hatte er jenseits der Grenze viel gelernt, nicht zuletzt, sich zu beherrschen, nachzudenken, bevor er den Mund aufmachte, seine Ungeduld zu zügeln und – überraschend genug – zu lachen.

Die äußerliche Veränderung war auffallender. Zwar war er wieder glatt rasiert, doch der knabenhafte Ausdruck kehrte dadurch nicht mehr in sein Gesicht zurück, das jetzt tiefe, gar nicht zu seiner Jugend passende Falten aufwies, welche Trauer, Strapazen und Hunger dort eingegraben hatten. Auch zog sich eine wüste Narbe von der linken Schläfe bis zum Haaransatz. Die Braue war gespalten, was ihm einen etwas sonderbaren, aber keineswegs unattraktiven Ausdruck verlieh. Aus Ash war ein ungemein gut aussehender Mann geworden, ein auf nicht näher zu bezeichnende Weise gefährlich wirkender Mann, jemand, mit dem man rechnen mußte...

Ash kam nach Rawalpindi, begleitet von Gul Baz und dem stark gealterten Mahdu. Man wies ihm die Hälfte eines ziemlich heruntergekommenen Bungalows zu, der hauptsächlich zur Aufbewahrung von Akten bestimmt war. Das Quartier war eng und unbequem, doch verglichen mit den Löchern, in denen er die Nächte der vergangenen zwei Jahre zugebracht hatte, kam es ihm luxuriös vor. Weil er sich daran gewöhnt hatte, monatelang auf engstem Raum mit anderen zu hausen, hatte er auch nichts dagegen, einen Bungalow zu teilen. Es herrschte Mangel an Unterkünften, und er hatte immerhin das Glück, nicht im Zelt wohnen zu müssen, und noch mehr Glück hatte er bei der Zuteilung seines Mitbewohners, wenngleich er selber diesen um vier Jahre jüngeren, linkischen Neuankömmling, der noch dazu schlechte Verse schrieb, wohl kaum zum Hausgenossen gewählt hätte. Erstaunlicherweise kamen sie glänzend miteinander aus, und zwar vom ersten Moment an, und es erwies sich, daß sie viele gemeinsame Interessen hatten.

Walter Richard Pollock Hamilton vom 70. Infanterieregiment war damals nur ein Jahr jünger als jener Ash, der in Bombay an Land ging. Und ebenso wie Ash sah er in Indien ein wunderschönes, geheimnisvolles Land, das unendlich viele Möglichkeiten bot, aufregende Abenteuer zu erleben. Er war ein angenehmer junger Mensch, gutartig, dabei aufgeweckt und sehr romantisch. Er hatte sich – wie seinerzeit Ash – auf der Überfahrt unsterblich in eine sechzehnjährige Blondine verliebt. Das Mädchen flirtete recht gern mit dem schlanken hübschen Jungen, doch als Bewerber wurde er seiner Jugend wegen unbesehen abgewiesen, und zwei Tage nach der Abfahrt von Bombay verlobte sich sein Schwarm mit einem Herrn, der mindestens doppelt so alt war wie sie. »Mindestens dreißig!« erzählte Walter angeekelt. »Noch dazu Zivilist! Irgend so ein langweiliger Mensch aus dem Politischen Departement. Kannst du dir das vorstellen?«

»Nur allzu gut. Belinda...«

Als er die Geschichte jetzt erzählte, klang sie nicht mehr tragisch, und wenn ein Rest Bitterkeit zurückgeblieben war, dann Garforths wegen. Zurückblikkend betrachtete Ash seine Verlobung nicht nur als eine törichte und unerhebliche Sache, die sie ja tatsächlich gewesen war, sondern er sah auch die komischen Seiten daran. Als er Walter davon erzählte, fehlte dem Bericht auch der geringste Beigeschmack von Tragödie, ja am Ende war ihm so zum Lachen, daß das Gespenst von Belinda endgültig gebannt war und das Verlöbnis zu den längst vergessenen alten Liebesaffären abgelegt werden konnte. Walters kokette Maid folgte Belinda auf dem Fuße, und er machte schnurstracks ein deftiges Gedicht, betitelt *Ode auf liebeskranke Subalternoffiziere*. Seine empfindsamen Verwandten, die feinsinnigere Produkte von ihrem »lieben Wally« gewohnt waren, wären entsetzt gewesen.

Wally hielt sich für einen bedeutenden Dichter, und einzig in dieser Hinsicht ließ ihn sein Sinn für Humor im Stich. Seine Briefe enthielten die jämmerlichsten Verse, wurden aber im Familienkreis herumgereicht und lösten bei Tanten und ähnlich unqualifizierten Kritikern die größte Bewunderung aus; man fand seine Verse ebenso gut wie die »unseres lieben Tennyson« und sagte das auch. Die Ode indessen unterschied sich von Wallys bisherigen Produktionen ganz auffallend; Ash übertrug sie in Urdu und ließ sie von einem ihm bekannten Sänger, der aus Kaschmir stammte, vertonen. Die Ode war im Basar von Rawalpindi bald sehr populär und die deftigsten Partien wurden noch jahrelang im ganzen Pandschab gern gesungen.

Wally selbst war übrigens ein recht guter Sänger, doch bevorzugte er fromme Hymnen. Er hatte jahrelang im Chor seiner Schule gesungen, und wenn er den Drang verspürte, seinen Gefühlen musikalisch Luft zu machen – was oft geschah, denn er war meist guter Laune –, stimmte er eine der mehr kriegerischen christlichen Hymnen an, wie sie im angelsächsischen Raum gang und gäbe sind. Er dachte sich dabei nichts Böses, kämpferisches Christentum paßte zu ihm, und er fand die Melodien mitreißend. Es leuchtete ihm nicht ein, daß solche Gesänge nur auf das Innere einer Kirche beschränkt bleiben sollten. Er stimmte die Lobgesänge auf Banner und Kriegstrompeten und die Krieger, die auszogen, die Medianiter zu zerschmettern, an, wann immer und wo immer es ihm gefiel. Seine Vorliebe für derartige Gesänge hatte denn auch zur Folge, daß als erstes morgens sein schöner Bariton sich hören ließ. Begleitet von gurgelndem Badewasser forderte er die Gläubigen auf, »vertrauensvoll für Gott zu streiten und die Krone des Sieges zu erringen – Hallelujah!«. Auch bei abendlichen Ausritten ließ er diese Hymnen erschallen, und als er bei einem harten Polospiel das entscheidende Tor zwei Minuten vor Schluß erzielte, begleitete er das mit einem triumphierend heraustrompeteten »Tragt das Banner vor uns her in die Schlacht!«.

Diese und ähnliche Eigenheiten seines Mitbewohners waren für Ash eine ständige Quelle des Vergnügens, wenngleich zu vermuten steht, daß er sie nur bei Wally so lustig fand und sie bei anderen als affektiert empfunden hätte. Aber Wally war eben Wally – fidus Achates, der getreue Freund.

Abgesehen von Zarin, der ihm eigentlich ein älterer Bruder gewesen war, hatte Ash nie einen richtigen Freund gehabt. Es schien, daß er sich mit keinem seiner Landsleute wirklich anfreunden konnte. In der Schule, auf der Kriegsakademie und später beim Regiment war er stets ein Einzelgänger gewesen, mehr Beobachter als Teilnehmer. Selbst in seiner Zeit als angesehener und beliebter Sportler hatte niemand behaupten können, ihm wirklich nahegekommen zu sein, obschon so mancher sich darum bemühte. Es war ihm aber auch ganz einerlei gewesen, ob man ihn leiden mochte oder nicht. Tatsächlich war er nicht unbeliebt, mehr aber auch nicht, und das war größtenteils seine eigene Schuld. Nun aber entdeckte er ganz unerwartet den Freund, der ihm in früheren Jahren gefehlt hatte.

Von Anfang an war er in Walters Gegenwart ganz unbefangen, er fühlte sich so vertraut mit ihm, daß er ihm sogar von der Jagd nach Dilasah erzählte, und vom Tode Maliks und Ala Yars – etwas, worüber er nicht einmal mit Zarin gesprochen hatte. Er berichtete von der grausamen Rache, die die Verfolger an dem Dieb und Mörder genommen hatten, von dem ungeheuer strapaziösen Rückweg durch Gebiete, die von feindlichen Stämmen beherrscht wurden und die ihrerseits die Verfolger jagten. Und er erzählte von dem Hinterhalt, den die Utman Khel unmittelbar vor der Grenze gelegt hatten, weil sie die Waffen gesehen hatten und danach gierten; ein Hinterhalt übrigens, dem Ash und seine Kameraden nur mit knapper Not entkamen, Ash und Lal Mast verwundet.

Diesen Bericht hatte auch der Kommandeur der Kundschafter erhalten (etwas kürzer selbstverständlich), als er die vier Vettern von Dilasah Khan ausfragte, nicht aber von Ash, der damals zu krank war, um vernommen werden zu können, und der später nur auf die Fragen antwortete, die man ihm stellte, und das so knapp als möglich. Sein zu den Akten genommener Bericht über die Ereignisse während jener zwei Jahre klang unglaublich langweilig und farblos. In Wahrheit war die Geschichte voll von exotischen Abenteuern gewesen; Walter – der selber das Zeug zum Helden hatte – lauschte gebannt und verehrte fortan in Ash einen Helden. Niemand kam ihm gleich, und selbstverständlich reichte kein Regiment an die Kundschafter heran.

Walter hatte seit je Soldat werden wollen. Die Helden seiner Kindheit waren Joshua und David, Alexander der Große und Robert der Teufel. Er träumte einzig von kriegerischem Ruhm. Das waren geheime Tagträume, und er hatte nie geglaubt, sich jemandem offenbaren zu können. Doch zu Ash sprach er nun davon ohne jede Verlegenheit, und er ließ sich auch von Ash damit necken, ohne ihm das übel zu nehmen.

»Leider bist du zu spät zur Welt gekommen, Wally«, sagte Ash. »Du hättest ein fahrender Ritter werden oder unter Heinrich bei Agincourt kämpfen müssen. Jetzt gibt es keine Welten mehr zu erobern, und der moderne Krieg ist alles andere als ritterlich.«

»Vielleicht ist das in Europa so, aber in Indien? Deshalb bin ich doch hier.«

»Da irrst du dich sehr.«

»Und ich habe doch recht! Schließlich werden hier die Kanonen noch von Elefanten gezogen, und in deinem Regiment zu dienen, empfinden die Soldaten als Ehre. Eure Sowars und Sepoys sind keine Gezogenen, kein städtischer Pöbel aus den Elendsvierteln von Lahore und Peshawar. Es sind Landeigner, die aus Abenteuerlust und um der Ehre willen dienen, das ist doch großartig.«

»Ich sehe schon, du bist ein unverbesserlicher Idealist«, sagte Ash trocken.

»Und du bist ein elender Zyniker, jawohl, das bist du. Hast du nie gewünscht, eine uneinnehmbare Festung zu stürmen oder eine unhaltbare Stellung zu verteidigen? Ich schon. Ich möchte eine Reiterattacke anführen, auf verlorenem Posten kämpfen. Ich möchte, daß man sich an mich erinnert wie an Philip Sidney oder Sir John Moore. Oder an den da, an ›Nikalseyne‹.«

Die beiden Freunde ritten in offenem Gelände westlich der Stadt, und Wally deutete mit ausgestrecktem Arm auf eine Felsenkuppe am Horizont, die von einem Obelisk aus Granit geschmückt wurde, zu Ehren von John Nicholson errichtet, der vor siebzehn Jahren bei der Schlacht um Delhi gefallen war, als er einen Reiterangriff kommandierte. »So möchte ich fallen – ruhmreich in der Schlacht, den Säbel in der Faust, an der Spitze meiner Soldaten.«

Ash bemerkte nüchtern, Nicholsons Soldaten hätten ihren Anführer im Stich gelassen und dieser selbst habe mindestens drei Tage in einem grausigen Todeskampf zugebracht, bevor er endlich starb.

»Und wenn schon. Daran erinnert sich später niemand.« Wallys Augen funkelten, und er errötete wie ein junges Mädchen, als er fortfuhr: »Schon Alexander der Große sagte: ›Es ist ein herrlich Ding, mutvoll zu leben und unsterblichen Ruhm zu ernten.‹ Das las ich mit zehn Jahren und habe es nie vergessen, das ist genau –«

Er brach ab und erschauerte. Seine Zähne klapperten. Ash sagte: »Jemand ist über dein Grab gegangen, und das geschieht dir recht. Ich selber habe nur den Wunsch, mich keiner Gefahr auszusetzen und ein hohes Alter zu erreichen, je ereignisloser desto besser.«

»Blödsinn!« widersprach der Freund unerschüttert in seiner Überzeugung, Ash sei ein Held. »Übrigens wird es kühl. Los – wer ist als erster an der Chaussee?«

Ash wußte, was Heldenverehrung ist. Als Mitglied der Ersten Schulmannschaft war ihm reichlich davon zuteil geworden, auch später, als er an Wettkämpfen auf der Kriegsakademie teilnahm. Und noch viel früher von einem kleinen Mädchen, »einem unansehnlichen kleinen Ding, das aussieht wie eine unreife Mangofrucht«. Er hatte sich nie etwas daraus gemacht, im Gegenteil, er fand das ärgerlich oder peinlich, gelegentlich beides zugleich. Wallys Bewunderung aber war etwas anderes, sie erwärmte sein Herz, denn er nahm sie als den Tribut eines Freundes, nicht als sklavische Vergötzung körperlicher Gewandtheit und sportlicher Fertigkeiten ohne Rücksicht darauf, ob der, der solche Fertigkeiten besaß, ein bewundernswerter Mensch war oder ein übler Charakter oder schlicht ein Langweiler.

Die beiden wurden in Rawalpindi als »die Unzertrennlichen« bekannt, und sah man einen ohne den anderen, hieß es unfehlbar: »He David, wo hast du Jonathan gelassen?« oder auch: »Na, das ist ja wirklich Wally! Wenn Pandy nicht dabei ist, erkennt man dich ja kaum, du siehst aus, als wärst du nur halb angezogen.« Solche und ähnliche närrische Bemerkungen erregten anfangs die mißbilligende Aufmerksamkeit einiger Stabsoffiziere, die zwar nichts dagegen hatten, daß junge Offiziere sich einheimische Mätressen hielten oder verstohlen zu den Huren in den Basar gingen (immer vorausgesetzt, dies geschah unauffällig), die aber einen Horror vor der sogenannten widernatürlichen Unzucht hatten.

Diese alten Kracher sahen mit scheelen Augen auf jede Freundschaft zwischen jungen Männern und dachten gleich an das Schlimmste. Eine gründliche Untersuchung förderte aber nichts Einschlägiges zwischen den beiden jungen Herren zutage. In dieser Hinsicht waren alle beide augenscheinlich »normal«, wie unter anderen Lalun, die begehrteste und teuerste Kurtisane der Stadt, bezeugen konnte. Nicht, daß Ash und Walter sich häufig in ihrem Salon blicken ließen, ihr Geschmack ging in andere Richtung; Lalun und andere ihrer Art boten den beiden lediglich die Möglichkeit, Erfahrungen zu sammeln. Gemeinsam unternahmen sie Ausritte, spielten Polo, gingen in der Ebene und in den Vorbergen auf Jagd, angelten oder schwammen im Fluß und gaben mehr Geld für Pferde aus, als sie sich leisten konnten.

Beide lasen gierig – sie hatten einen unstillbaren Lesehunger, sie verschlangen Militärgeschichte, Memoiren, Gedichte, Essays und die Romane von De Quincey, Dickens, Thackeray und Walter Scott, lasen Gibbons Verfall und Untergang des Römischen Reiches, Balzacs ›Menschliche Komödie‹ und Darwins ›Entstehung der Arten‹, ferner Tacitus und den Koran und soviel einheimische Literatur, wie sie nur zu fassen bekamen. Ihr Geschmack war durch nichts eingeengt und alles war Wasser auf ihre Mühle. Ash half Wally bei seinen Sprachstudien – er lernte Pushtu und Hindustani – und erzählte stundenlang von Indien und dessen Völkern, nicht von Britisch-Indien mit seinen Garnisonen und Clubs, von der künstlichen Welt mit ihren Pferdeausstellungen und Erholungsorten in den Bergen, sondern von dem wirklichen Indien, jener Mischung aus Glanz und Elend, Schlechtigkeit und Großmut, dem Land der Götter, des Goldes und der Hungersnöte, abschreckend wie ein verwesender Leichnam und von unglaublicher Schönheit...

Ash gestand: »Indien ist für mich immer noch meine Heimat, ich fühle mich hierher gehörig. Allerdings habe ich erfahren, daß auf solche Gefühle nicht viel zu geben ist, es sei denn, man wird tatsächlich als zugehörig betrachtet, und das werde ich nicht – ausgenommen von Koda Dad, manchmal auch von Fremden, die nicht wissen, wer ich bin. Für die anderen bin und bleibe ich der Sahib. Allerdings hielt ich mich als Knabe für einen Hindu und war es wohl auch fast sieben Jahre lang – für ein Kind ist das ein ganzes Leben. Damals wäre es weder mir noch sonstwem in den Sinn gekommen, ich könnte was anderes sein, aber heute würde ein Hindu der oberen Kasten nicht mit mir am Tisch sitzen wollen, und viele müßten Speisen wegwerfen, auf die mein Schatten gefallen ist, und baden, wenn ich sie anrührte. Selbst Hindus der niedersten Kaste würden von mir benutztes Geschirr zerbrechen, damit kein anderer unrein wird, der es nach mir benutzt. Bei den Mohammedanern ist das selbstverständlich anders, doch als wir hinter Dilasah Khan her waren und ich wie einer der ihren redete, kämpfte und auch dachte, hat doch keiner, der mich kannte, je vergessen, wer ich in Wahrheit bin. Ich selber allerdings kann und kann mich nicht als Sahib sehen, und deshalb würde man mich im Außenministerium vermutlich unter »staatenlos« führen. Ich bin Bürger keines Landes.«

»Das Paradies der Narren, nur wenigen ist's nicht bekannt«, zitierte Wally.

»Was ist das?«

»Das Nirgendwo – sagt Milton.«

»Ja, da könntest du recht haben. Als Paradies möchte ich es allerdings nicht bezeichnen.«

»Es könnte gewisse Vorzüge haben«, meinte Wally.

»Mag sein, doch will mir keiner einfallen.«

Eines Nachts, die Brigade war im Manöver, saßen die beiden zwischen den Ruinen von Taxila; der Mond schien, und Ash sprach von Sita, was er bislang noch nie getan hatte. Auch nicht zu Koda Dad oder Zarin, die sie doch gekannt hatten.

»... du siehst also«, schloß er nachdenklich, »die Leute mögen sagen, was sie wollen, sie war meine wirkliche Mutter. Die andere kenne ich nicht und kann irgendwie auch nicht daran glauben, daß es sie gegeben hat, obschon ich Bilder von ihr kenne. Sie war wohl recht hübsch, und das war Mata-ja – Sita – nun gewiß nicht. Mir allerdings kam sie immer wunderschön vor, und ich vermute, ihretwegen fühle ich mich hier und nicht in England zu Hause. Engländer reden nie von ihren Müttern, das gilt für weibisch oder schlapp oder wie immer man sich dort ausdrückt – ich habe es vergessen.«

»Beides«, bestätigte Wally und fügte selbstgefällig hinzu: »Ich allerdings kann mir das leisten. Als Ire, wohlgemerkt. Von uns wird Sentimentalität erwartet. Das ist recht angenehm. Deine Pflegemutter muß eine bemerkenswerte Frau gewesen sein.«

»Das war sie, aber ich habe es erst viel später begriffen. Als Kind nimmt man so vieles für selbstverständlich. Nie habe ich jemand getroffen, der mutiger war als sie. Ich rede von echtem Mut, das heißt, sie hatte immer Angst. Heute weiß ich das, damals wußte ich es nicht. Dabei war sie zierlich, so klein, daß ich sie –«

Er brach ab und starrte vor sich hin; ihm ging durch den Sinn, wie leicht es dem Elfjährigen gefallen war, ihren Leichnam in den Fluß zu tragen...

Der Nachtwind verbreitete den Rauch der Holzfeuer. Der Duft von Kiefern, die in den nahen Vorbergen wuchsen, lag in der Luft. Sie wirkten im Mondlicht wie gefalteter Samt. Vielleicht war es ihr Anblick, der Sita heraufbeschwor. Ash fuhr versonnen fort: »Sie pflegte von einem Tal im Gebirge zu erzählen, ihrem Zuhause offensichtlich. Sie stammte nämlich aus den Bergen, weißt du. Dort also wollten wir hin, wir wollten uns eine Hütte bauen, Obstbäume pflanzen, eine Ziege und einen Esel halten. Ich wollte, ich wüßte, wo dieses Tal liegt.«

»Hat sie es dir nie gesagt?«

»Mag sein, doch wenn, dann erinnere ich mich nicht mehr. Ich stelle mir vor, es liegt irgendwo am Pir Panjal, dann wieder ist mir so, als müßte es unter dem Palast der Winde liegen. Von diesen Gipfeln hast du nie gehört, wie? Es sind die höchsten in einer Bergkette, die man von Gulkote aus sieht, eine gezackte Krone aus schneebedeckten Gipfeln. An sie habe ich als Kind meine Gebete gerichtet. Albern, was?«

»Keineswegs. Kennst du Aurora Leigh? – ›Die Erde birst vor Himmel, und jeder Busch brennt von Gott, doch nur wer sieht, legt seine Schuhe ab.‹ Du gehörst zu denen, die ihre Schuhe ablegen, weiter nichts. Und du bist nicht der einzige, Millionen müssen ebenso empfunden haben, denn überall auf der Welt gibt es Berge, die für heilig gelten. Denk an David: *Levavi oculos* –«

Ash lachte: »Ulkig, daß du gerade das erwähnst. Wenn wir in der Kirche singen mußten, dachte ich immer an den Palast der Winde.« Er wandte das Gesicht den Vorbergen und der Gebirgskette zu, die sich fern als dunkler Saum vom Horizont abhob, und zitierte gedämpft: »Ich erhebe meine Blicke zu den Bergen, von wo mir Hilfe kommen wird... Weißt du, Wally, anfangs in England, als ich noch ganz verwirrt war, suchte ich zu bestimmen, in welcher Richtung der Himalaja liegt, weil ich mich beim Gebet in jene Richtung verneigen wollte, wie Koda Dad und Zarin sich immer in Richtung Mekka verneigen. Meine Tante war entsetzt, daran erinnere ich mich gut. Zum Vikar sagte sie, nicht nur sei ich ein Heide, ich sei auch ein Teufelsanbeter.«

»Das kann ich mir gut vorstellen«, bemerkte Wally. »Ich hingegen hatte mehr Glück. Meine Verwandten haben jahrelang nicht gemerkt, daß ich zu meinem Taufpaten betete, der mir vorkam wie der Liebe Gott, denn er trug einen langen weißen Bart, hatte eine breite goldene Uhrkette und wurde von jedermann gefürchtet. Als ich schließlich herausbekam, daß er nicht der Liebe Gott war, hat mich das richtig erschüttert. Schließlich hatte ich meine Gebete jahrelang an die verkehrte Adresse gerichtet! Meine inbrünstigen Bitten waren sozusagen die Gosse runtergegangen. Das erschien mir als furchtbares Mißgeschick.«

Ashs Gelächter weckte die Bewohner des Nachbarzeltes, und eine zornige Stimme bat sich Ruhe aus.

Wally grinste nur und sagte leise: »Im Ernst, was mir so großen Kummer machte, war, daß alles verschwendet schien. Seither bin ich zu der Ansicht gekommen, daß nur die Absicht zählt. Meine Gebete waren ganz aufrichtig gemeint, deine sicher auch, und daß sie an den falschen Empfänger gingen, hat der Allmächtige weder dir noch mir verübelt, nehme ich an.«

»Hoffentlich hast du recht. Betest du noch, Wally?«

»Aber sicher doch«, sagte Wally ehrlich überrascht. »Du etwa nicht?«

»Manchmal. Allerdings weiß ich nicht genau, zu wem.« Ash stand auf und klopfte Staub und trockenes Gras von der Hose. »Los, Galahad, zu Bett. Die elende Feldübung fängt um drei Uhr früh an.«

Es war nicht erstaunlich, daß Wally sich in den Kopf setzte, bei den Kundschaftern einzutreten. Allerdings konnte er vorerst nichts unternehmen. Er mußte warten, bis er zum Leutnant befördert wurde. Weil Ash nicht wußte, ob eine Empfehlung von ihm Wally nutzen oder schaden würde, wandte er eine mehr indirekte Methode an; er machte Wally mit Leutnant Wigram bekannt, der mehrmals dienstlich in Rawalpindi zu tun hatte, und später stellte er Wally Zarin vor.

Während der Junihitze nahm Zarin einen kurzen Urlaub und brachte Ash Neuigkeiten vom Regiment, von Vater und Bruder und von der Grenze. Lange durfte er nicht bleiben, der Monsun konnte jeden Tag einsetzen, und weil dann die Furten unpassierbar wurden, hätte er sehr lange für den Rückweg gebraucht. Immerhin bekam er von Ashoks Freund einen vorzüglichen Eindruck. Ash sorgte dafür, daß Zarin sich davon überzeugen konnte, wie gut Wally zu schießen und zu reiten verstand und arrangierte ein Gespräch zwischen den beiden. Zarin sollte hören, daß Wally auch in seinen Sprachstudien, dank Ashs unüblicher Unterrichtsmethode und durch die konventionellen Lektionen, die er von einem Munshi bekam, gute Fortschritte gemacht hatte. Ash selber lobte Wally nicht, dafür aber sagte Mahdu zu Zarin:

»Das ist ein sehr guter Sahib, einer von der alten Art, wie Anderson-Sahib, als er jung war. Höflich und liebenswürdig, dabei stolz wie ein König und mutig. Unser Junge ist wie ausgewechselt, seit er diesen Freund hat, er lacht wieder und ist zu Scherzen aufgelegt... Ja, es sind zwei recht liebe Jungen.«

Zarin respektierte das Urteil des Alten, und Wally besorgte den Rest. Auch Wigram beobachtete, hörte zu und kam zu einem positiven Urteil. Er und Zarin berichteten in diesem Sinne in Mardan, und das Ergebnis war, daß die Kundschafter, stets auf der Suche nach erstklassigen Leuten, den jungen Walter Hamilton vom 70. Infanterieregiment für spätere Verwendung vormerkten.

Die Hitze war in jenem Jahr weniger teuflisch als im Vorjahr, doch Wally erlebte sie zum ersten Mal und durchlitt alle Qualen, die ein Neuling bei so stark steigenden Temperaturen leidet. Hitzepickel, Furunkel, Durchfall und fiebrige Infektionen packten ihn eins nach dem anderen, und schließlich traf ihn auch noch der Hitzschlag. Tagelang mußte er in einem verdunkelten Raum zubringen. Und zeitweise war er davon überzeugt, er müsse sterben, ohne auch nur die geringste aller erträumten Taten verrichtet zu haben. Auf Anraten des Arztes schickte der Kommandeur ihn zur Erholung ins Gebirge, und Ash brachte es fertig, Urlaub zu erwirken und ihn zu begleiten.

Von Mahdu und Gul Baz begleitet, brachen sie per Tonga nach Murree auf, wo sie Zimmer in einem der Hotels bestellt hatten, in denen Europäer vor der mörderischen Hitze des Sommers Zuflucht suchten.

Wally feierte seine Errettung aus Todesnot, indem er sich in drei Mädchen zugleich verliebte: in eine hübsche junge Dame, die mit ihrer Mutter stets am Nebentisch speiste, und in ein Zwillingspärchen, Töchter eines Richters am Obersten Gerichtshof, der für die beiden ein Sommerhaus im Park des Hotels gemietet hatte. Weil er sich für keine der drei entscheiden konnte, wurde nichts Ernsthaftes daraus, doch inspirierten sie ihn zu einer Folge von beklagenswert schlechten Liebesgedichten, und er nahm so viele Einladungen zu Tanz, Tees und Diners an, daß aus der anbefohlenen Erholung nichts geworden wäre, hätte Ash nicht energisch eingegriffen. Ash seinerseits hatte nicht die geringste Lust, seinen Urlaub damit zu verbringen, »spatzenhirnigen Mädchen und Strohwitwen« die Zeit zu vertreiben und sagte das unverblümt. Er fügte auch gleich hinzu, er fände, die von Wally Erwählten gehörten zu den fadesten Geschöpfen östlich von Suez; sie hätten die ihnen gewidmeten scheußlichen Gedichte reichlich verdient.

Der gereizte Dichter entgegnete ihm: »Du hast eben keine Seele. Und wenn du dich weiterhin als Weiberfeind gerierst, bloß weil du vor Jahren von einer albernen Gans einen Korb bekommen hast, zeugt das nicht von viel Verstand. Höchste Zeit, daß du dir Berta oder Bella oder Belinda oder wie immer sie heißt, aus dem Kopf schlägst und endlich merkst, daß es noch andere Frauen auf der Welt gibt – bezaubernde Frauen. Heiraten mußt du sie selbstverständlich nicht gleich alle«, räumte er großzügig ein. »Meiner Meinung nach darf der Soldat nicht heiraten, bevor er fünfunddreißig ist.«

»Ah«, spottete Ash, »durch Schaden wird man klug. Nun, wenn das so ist, wollen wir uns doch lieber gar nicht erst der Versuchung aussetzen.«

Folglich reisten sie weiter nach Kaschmir, ließen allerdings ihr großes Gepäck in Murree zurück. Den Weg nach Barmullah legten sie auf Ponies zurück, am Wulasee jagten sie Enten und in den Bergen oberhalb des Sees gingen sie auf Bärenjagd.

Wally war zum ersten Mal im Hochgebirge, und als er die weißen Schroffen des Nanga Parbat sah, des Nackten Berges, der steil und majestätisch die schneebedeckte Bergkette überragte, die das berühmte Tal von Lalla Ruk einschließt, verstand er, daß Ash als Knabe voller Ehrfurcht zum Palast der Winde gebetet hatte. Die ganze Gegend hier erschien ihm von wunderbarer Schönheit; Seen, auf denen Lotusblumen schwammen, gewundene Flüsse, die Ufer mit Weiden bestanden, riesige Kastanien- und Zedernwälder, die bis zum Schiefer und zu den Gletschern an der Schneegrenze reichten. Er wäre am liebsten geblieben, und als die Tonga sie am letzten Tag des Urlaubs vor ihrem Bungalow absetzte, kam beiden Rawalpindi besonders heiß, staubig und abstoßend vor.

Immerhin hatten die Bergluft und die Bewegung im Freien Wally gut getan, er war gesund, fühlte sich wohl und erkrankte im Verlauf der Hitzeperiode nicht noch einmal.

Ash machte die Hitze wenig aus, was ihm zusetzte, war der Papierkrieg, und davon gab es in Rawalpindi reichlich. Zarin kam zu einem kurzen Besuch und berichtete, die Kundschafter sollten für den ältesten Sohn der Königin in Lahore die Eskorte stellen – der Kronprinz plane, während der kühleren Jahreszeit Indien einen Besuch abzustatten.

»Das ist eine große Ehre für uns«, sagte Zarin, »und ich bedauere sehr, daß du nicht daran teilhaben kannst. Wie lange mußt du hier noch an einem Schreibtisch sitzen? Bald wird es ein Jahr, und drei Jahre ist es fast her, seit du bei uns den letzten Dienst getan hast. Das ist viel zu lange. Höchste Zeit, daß du wiederkommst.«

Ashtons Vorgesetzte waren nicht dieser Meinung. Man hatte seinem Kommandeur versprochen, den jungen Mann bei erster passender Gelegenheit noch weiter nach dem Süden zu versetzen, und elf Monate nach dessen Eintreffen in Rawalpindi, als die Hitze nachließ, besann man sich auf dieses Versprechen.

Der Sekretär des Gouverneurs vom Pandschab ersuchte das Regiment von Rawalpindi, einen geeigneten Offizier zu benennen, der die beiden Schwestern des Maharadscha von Karidkote nach Radschputana begleiten solle, wo sie dem Rana von Bhithor vermählt werden sollten. Aufgabe dieses Offiziers werde es sein, dafür zu sorgen, daß die Prinzessinnen in allen britischen Garnisonen, welche sie auf dieser Reise passierten, mit den gebührenden Ehren empfangen würden und unterwegs keine Bequemlichkeiten zu entbehren hätten. In Bhithor habe er sich darum zu kümmern, daß der vereinbarte Preis für die Bräute ordnungsgemäß erlegt und daß sie vermählt würden; sodann habe er deren Gefolge sicher zurück an die Grenze von Karidkote zu bringen. In Anbetracht aller zu berücksichtigenden Umstände, insbesondere da das Gefolge zahlreich sei, müsse der Offizier nicht nur fließend mehrere Sprachen sprechen, sondern Sitten und Gebräuche des Landes gründlich kennen.

Dieser letzte Satz war es, der seinem Vorgesetzten den Namen des Leutnants Pelham-Martyn in Erinnerung brachte; daß dieser Auftrag ihn weit von der Nordwestgrenze wegführen würde, kam noch hinzu. Ash selber wurde um seine Meinung nicht befragt. Man ließ ihn kommen und erteilte ihm die notwendigen Befehle.

Ash berichtete seinem Freund Wally angewidert: »Man braucht eine Mischung aus Schäferhund, Furier und Amme zwecks Beaufsichtigung zweier quiekender Weiber und eines Haufens Hofschranzen, und ich bin genau der passende Mann dazu. Naja, für diesmal wird es mit dem Polospiel nichts, aber so ist es nun mal in Friedenszeiten beim Militär.«

»Wenn du mich fragst«, sagte Wally, »ich finde, du bist ein richtiger Glückspilz. Ich wollte, man gäbe mir so einen Auftrag. Stell dir doch mal vor, eine Lustreise durch Indien, in Begleitung von zwei lieblichen Prinzessinnen!«

»Bestimmt sind es kuhäugige Schlampen«, widersprach Ash säuerlich, »fett, verwöhnt, bepickelt und ganz sicher nicht älter als Schulmädchen.«

»Blödsinn! Alle Prinzessinnen sind schön, sollten es wenigstens sein. Ich kann sie mir gut vorstellen: Ringe an den Fingern, Glöckchen an den Zehen und Haare wie Rapunzel – nein, die war ja blond, oder? Deine sind brünett. Ich finde Brünette anbetungswürdig. Könntest du vielleicht fragen, ob ich dich begleiten darf? Als eine Art rechte Hand? Oberkoch und Tellerwäscher? Du brauchst doch bestimmt einen Gehilfen.«

»So nötig wie ein Loch im Knie.«

Zwei Wochen später verabschiedete er sich von Wally und machte sich, begleitet von Mahdu und Gul Baz, seinem Pferdeburschen Kulu Ram, einem Futtermacher und einem Dutzend niederer Hilfskräfte auf den Weg nach Deenagunj, einer Ortschaft in Britisch-Indien, wo die Hochzeitsgesellschaft ihn erwartete, derzeit noch unter der Obhut des Bezirksoffiziers.

14

Deenagunj lag in einer hügeligen Landschaft, einen Tagesmarsch von der Grenze des unabhängigen Fürstentums Karidkote und etwa zwanzig Meilen von der nächsten britischen Garnison entfernt.

Der Ort war kaum mehr als ein großes Dorf und unterschied sich in nichts von Orten dieser Größe im nördlichen Teil jenes Gebietes, das von den Flüssen Chenab, Ravi und Beas bewässert wird. Es zählte kaum mehr als zweitausend Bewohner. Derzeit allerdings war diese Zahl katastrophal angestiegen, denn das vom Sekretär des Gouverneurs angekündigte »zahlreiche Gefolge« war kaum zu zählen.

Der Maharadscha fand es passend, seine Schwestern von etwa 8000 Personen begleiten zu lassen, und als Ash eintraf, sah er, daß die Ortschaft eher ein Anhängsel des wandernden Hoflagers war als umgekehrt. Im Basar gab es keine Lebensmittel mehr zu kaufen, es fehlte an Wasser und Futter, die beiden Ortsältesten waren total verwirrt und der Bezirksoffizier, der eigentlich die Aufsicht führen sollte, lag an Malaria danieder.

Eine solche Situation hätte auch einen älteren und erfahreneren Mann als Ash entnerven können, doch hatte der Stab in Rawalpindi, ohne es zu wissen, genau den richtigen Mann für diesen Auftrag gewählt (und den Leutnant für die Dauer seiner Mission in den Rang eines Hauptmannes erhoben). Wer wie er von Kindheit an mit den Basaren vertraut war, mit den Intrigen, dem Durcheinander und der Verschwendung am Hofe indischer Fürsten, der nahm den Lärm und Tumult nicht gleich für eine Katastrophe. Ash ließ sich von dem Getümmel nicht verblüffen. Er erinnerte sich noch gut an Laljis Hochzeit, den dabei getriebenen Aufwand und an das Heer von Hofbediensteten, das die Braut nach Gulkote begleitet hatte und wie ein Schwarm Heuschrecken über die Stadt hergefallen war. Laljis Braut war nur die Tochter eines unbedeutenden Radschas aus den Bergen gewesen, während der Bruder der Prinzessinnen von Karidkote immerhin ein richtiger Maharadscha war, Herrscher eines unabhängigen Staates. Mithin war nur zu erwarten, daß ihre Begleitung entsprechend umfangreicher ausfallen würde. Es bedurfte lediglich eines Mannes, der Entscheidungen traf und Befehle erteilte, und Ash hatte nicht umsonst bei den Kundschaftern gedient und war nicht vergeblich bei Koda Dad und dessen Söhnen in die Lehre gegangen. Hier fühlte er sich durchaus auf vertrautem Boden.

Gul Baz mußte jemanden auftreiben, der Ash zum Bezirksoffizier führen konnte, und bald schon drängten sie sich durchs Getümmel, geführt von einem ältlichen Individuum in einer Phantasieuniform – vermutlich des Heeres von Karidkote –, der sich freie Bahn schuf, indem er mit der Scheide seines rostigen Säbels auf die umherwimmelnden Menschen und Tiere losdrosch.

Der Bezirksoffizier lag im Schatten eines Baumes im Zelt auf seiner Pritsche. Er wurde von einem Fieberanfall geschüttelt und begrüßte seine Ablösung mit unverhohlener Erleichterung. Mr. Carter, so sein Name, war noch neu im Bezirk, litt zum ersten Mal an Malaria, und glaubte – was nur zu verständlich war –, er durchlebe einen Alptraum. Der nicht abreißende Strom von Gesuchen, Beschwerden und Anschuldigungen, das Chaos, die Hitze und der Lärm – insbesondere der Lärm! – bewirkten, daß er sich vorkam, als sei sein Kopf ein Amboß, auf den man unablässig einhämmerte, und der Anblick von Ash, der ihn ablösen sollte, war ihm so willkommen wie dem Durstenden in der Wüste der Anblick von Wasser.

»Tut mir leid«, krächzte er, »daß Sie... es steht wohl nicht alles zum besten hier... undisziplinierter Haufen... am besten, man treibt sie weiter. Leider ist gestern Abend auch noch der junge Prinz eingetroffen.. ein Rotzbengel, Jhoti heißt er, der Bruder der Prinzessinnen...«

Er suchte nach Kräften, Ash ein Bild der Lage und vor allem von Rang und Bedeutung der anwesenden Persönlichkeiten zu geben, doch konnte er weder seine Gedanken sammeln, noch ohne Mühe sprechen, also schickte er nach einem eingeborenen Schreiber, der ein Verzeichnis der Mitgift herunterplapperte, welche in eisenbeschlagenen Kisten mitgeführt wurde, sowie den Geldbetrag nannte, der für die Reise zur Verfügung stand, eine Liste mit den Namen der Diener, Dienerinnen, Tragtiere, Zelte, Vorräte und Begleitpersonen vorwies, allerdings auch gleich bemerkte, die Zahlen wären vielleicht nicht genau, es könnten mehr Personen sein, als hier aufgeführt. Schon die Listen zeigten, daß es sich um einen Massenaufmarsch handelte, denn zur Begleitung gehörten eine Batterie Kanonen und zwei Regimenter des Maharadscha samt fünfundzwanzig Elefanten, fünfhundert Kamelen, unzähligen Pferden und etwa sechstausend Zivilpersonen, die den Troß im weitesten Sinne bildeten.

Mr. Carter krächzte: »Völlig überflüssig alle diese Leute, reine Protzerei, aber er ist erst siebzehn, ich meine, der Maharadscha. Sein Vater ist vor zwei Jahren gestorben, und jetzt will er es den anderen Fürsten mal so richtig zeigen. Uns natürlich auch. Reine Verschwendung, aber was soll man machen. Ein schwieriger junger Mann... höchst kitzlige Sache...«

Der junge Maharadscha hatte seine Schwestern bis an die Grenze begleitet und war dann auf die Jagd gegangen. Es blieb dem Bezirksoffizier überlassen, mit diesem unübersehbaren Menschenhaufen fertig zu werden. Carter sollte sie nach Deenagunj begleiten und sie dort der Obhut von Hauptmann Pelham-Martyn übergeben. Leider hatten weder der Gouverneur des Pandschab, noch die Herren vom Stab in Rawalpindi auch nur annähernd eine Vorstellung von der Größenordnung dieser Gesellschaft. Auch wußten sie nicht, daß in letzter Minute der zehnjährige Bruder des Maharadscha dazustoßen würde, Jhoti mit Namen.

»Wozu der mitkommt... ahne ich nicht«, murmelte Carter. »Gräßliche Komplikation, habe erst gestern Abend davon erfahren... noch größere Verantwortung. Na, das ist jetzt Ihre Sache, Gott sei Dank. Tut mir aufrichtig leid...«

Es waren noch eine Reihe von Formalitäten zu erledigen, und das nahm fast den Rest des Tages in Anspruch. Der Kranke wollte unbedingt abreisen, nicht nur, weil er sich krank fühlte und nach Ruhe und frischer Luft gierte, sondern auch weil er wußte, daß ein geteiltes Kommando nur Unheil verursacht. Die Dinge gingen ihn nichts mehr an, folglich galt es, das Feld zu räumen, je schneller desto besser. Seine Diener verstauten ihn in einem Tragsessel, und ab ging es in der staubigen Spätnachmittagssonne; Ash übernahm das Kommando allein.

Der erste Abend war chaotisch. Kaum war Carters Tragsessel den Blicken entschwunden, stürzte eine Meute Bittsteller auf seinen Nachfolger, verlangte Geld, erstattete Anzeige wegen Diebstahl, Körperverletzung und anderer Delikte und beschwerte sich lautstark über alles und jedes: Die Quartiere waren unzumutbar, Kameltreiber und Elefantenpfleger rauften um Futterzuteilungen. Ihr Verhalten war verständlich, denn der Sahib, der die Nachfolge von Carter-Sahib angetreten hatte, schien jung und unerfahren und sowohl das Gefolge der Bräute als auch die Dorfältesten hatten den Eindruck, die Regierung habe, eigens um sie zu kränken, einen absolut unfähigen Beauftragten geschickt. Sie suchten anfangs ihren Vorteil daraus zu schlagen, doch innerhalb von Minuten mußten sie ihren Irrtum einsehen.

In einem Brief an Wally beschrieb Ash das nun folgende so: »Ich hielt ihnen eine kleine Rede, und anschließend wurden wir uns dann sehr bald einig.« Das war gewiß eine zutreffende Beschreibung, nur ersieht man daraus nicht, welche Wirkung seine Worte und seine Persönlichkeit bei den lärmenden Gefolgsleuten des Maharadscha auslösten. Nie zuvor war ihnen ein Sahib begegnet, der so fließend und treffend ihre Sprache zu sprechen verstand, und auch keiner, der mit einigen wenigen Sätzen Autorität und Vernunft zum Durchbruch verhalf. Die Engländer, die sie kannten, waren entweder höfliche Beamte, die sich redlich bemühten, Standpunkte zu vertreten, die ihnen unverständlich waren, oder unhöfliche Leute, die zu brüllen anfingen, wenn sie glaubten, auf Widerstand zu stoßen. Pelham-Sahib gehörte zu keiner dieser beiden Kategorien, vielmehr redete er wie einer der erfahrensten Ältesten, der sich auf die Menschen versteht und die Bräuche des Landes kennt und gewohnt ist, daß man ihm gehorcht. Es war zu merken, daß Ash bei den Versammlungen des Parlaments der Kundschafter viel gelernt hatte.

Man hörte ihm zu und billigte, was er sagte. Hier sprach jemand, der sie verstand und den sie ihrerseits verstanden. Als am nächsten Morgen die Zelte abgebrochen wurden und man sich auf den Marsch machte, waren die Forderungen der Ortsansässigen beglichen, schwelender Streit geschlichtet, und Ash hatte sich in aller Form mit den ranghöchsten Personen der engeren Begleitung der Hoheiten bekannt gemacht, ohne sich allerdings mehr als einen flüchtigen Eindruck verschaffen zu können, denn die Hindu verdecken bei der traditionellen Begrüßung mit den zusammengelegten Händen weitgehend das Gesicht. Er würde sie später alle genauer kennenlernen müssen, doch zunächst galt es, den Zug in Bewegung zu bringen. Carter hatte Ash den guten Rat erteilt, mit größter Geschwindigkeit zu marschieren, um zu verhindern, daß der Zug sich irgendwo festsetzte und sich unbeliebt machte wie in Deenagunj. Etwa achttausend Menschen und gegen zwölftausend Tiere waren schlimmer als ein Heuschreckenschwarm und nur sorgsame Planung konnte verhindern, daß der Zug, wo er durchkam, eine Katastrophe verursachte.

Während des ersten Tagesmarsches konnte Ash sich also um einzelne Personen, die seiner Obhut anvertraut waren, kaum kümmern, denn er ritt ununterbrochen längs des Zuges hin und her, suchte dessen Umfang zu erkunden und dessen mögliche Marschgeschwindigkeit festzulegen und wirkte genauso, wie er es Wally gegenüber vorhergesagt hatte – wie ein Schäferhund. Schwer war diese Tätigkeit insofern nicht, als der Zug nur kriechend vorankam. Die Menschenschlange war eine gute Meile lang, sie stapfte gemächlich durch den Staub, die Elefanten gaben das Tempo an, man rastete nach Belieben, wartete auf Nachzügler, schöpfte Wasser aus Brunnen an der Straße... Ein gutes Drittel der Elefanten waren Tragtiere, vier waren Staatselefanten, die übrigen transportierten einen Teil der Soldaten von Karidkote samt deren Waffenarsenal, darunter die eisernen Kanonen.

Die vier Staatselefanten trugen prachtvolle, aus Gold und Silber gehämmerte Sessel für die Prinzessinnen und ihre Damen, den jüngeren Bruder und die höchsten Würdenträger des Zuges. Am Hochzeitstage sollten diese Persönlichkeiten auf den Sesseln Platz nehmen, eigentlich sogar die Reise darauf zurücklegen, doch schwankten diese dank der Gangart der Elefanten beträchtlich und die jüngste der Bräute (zugleich die ranghöchste, weil eine richtige Schwester des Maharadscha) klagte über Übelkeit und verlangte, daß sowohl sie als ihre Schwester, von der sie sich nicht trennen wollte, auf einen von Ochsen gezogenen Wagen umsteigen durften, der mit einer Plane und gestickten Vorhängen versehen war.

Der Obereunuche erklärte: »Ihre Hoheit ist sehr nervös«, und entschuldigte sich bei Ash für diesen Austausch der Transportmittel. »Sie war noch nie außerhalb der Frauengemächer, sie sehnt sich nach Hause und fürchtet sich sehr.«

An diesem ersten Tage kam man nur neun Meilen voran, tatsächlich waren es sogar nur drei Meilen Luftlinie, denn die Straße wand sich zwischen niedrigen, mit dornigem Gestrüpp bestandenen Hügeln hin. Es war vorherzusehen, daß man an manchen Tagen noch geringere Entfernungen zurücklegen würde, und als Ash gegen Abend die Karte studierte und eine Wochenstrecke von fünfzig bis sechzig Meilen zugrundelegte, wurde ihm klar, daß es Monate dauern würde, bevor er nach Rawalpindi zurückkehren konnte. Dieser Umstand bedrückte ihn aber nicht im geringsten, denn ein Nomadenleben im Freien mit ständigem Szenenwechsel entsprach durchaus seinem Geschmack, und daß er keinem Vorgesetzten gehorchen mußte, sondern selber mehrere tausend Personen kommandierte, empfand er als belebend.

Gegen Mitte des folgenden Tages fiel ihm wieder ein, daß der jüngere Bruder des Maharadscha im Zuge war, doch als er anfragte, ob er dem jungen Prinzen seine Aufwartung machen dürfe, hieß es, Seine Hoheit befinde sich unwohl (zu viele Süßigkeiten); er möge doch noch einige Tage damit warten. Man wolle den Sahib informieren, sobald der Knabe ganz wohl sei. Unterdessen aber solle es ihm als besonderer Gnadenerweis gestattet sein, sich den Prinzessinnen zu präsentieren.

Die Bräute bewohnten das geräumigste aller Zelte, und da es stets als erstes aufgerichtet wurde, gruppierten die anderen sich in mehreren Ringen darum herum, wobei der innere Ring von Damen und Eunuchen bewohnt wurde, der folgende von hohen Palastbeamten, von Wachen, dem jungen Prinzen und seiner Dienerschaft. Eigentlich hätte in diesem Ring auch das Zelt von Ash stehen sollen, doch zog er eine ruhige, weniger zentrale Lage vor, nämlich am äußeren Rande des Lagerplatzes, und so war die Entfernung zum Zelt der Bräute an diesem Abend beträchtlich. Zwei Offiziere der Leibwache und ein älterer Herr, der ihm am Vorabend als der Rao-Sahib, Bruder des verstorbenen Maharadscha und Onkel der Prinzessinnen vorgestellt worden war, begleiteten ihn.

Den Brauch des Purdah – das heißt die Verschleierung und Absonderung der Frauen – haben die Hindu Indiens von den islamischen Eroberern übernommen, er wurzelt also nicht eigentlich in der Tradition, und es war darum nicht so erstaunlich, daß man Ash mit seinen beiden Schutzbefohlenen bekannt machte. Als ein Sahib und Fremder, insbesondere als Vertreter der fernen Königin, dem es oblag, für Sicherheit und Bequemlichkeit auf der Reise zu sorgen, durfte er eine Vorzugsbehandlung erwarten, und man erwies ihm sogar die Ehre, mit den Prinzessinnen sprechen zu dürfen, ein Privileg, das sonst nur nahe Verwandte der Hoheiten genossen. Das Gespräch war nur kurz, auch fand es praktisch in der Öffentlichkeit statt, denn es waren anwesend jener Onkel, ferner ein weiterer Verwandter namens Maldeo Rai, eine Hofdame, eine entfernte Kusine namens Unpora-Bai, mehrere Dienerinnen, ein Eunuche und ein halbes Dutzend Kinder. Man wahrte die Form, indem die Bräute und Unpora-Bai das Gesicht mit einem Zipfel des bestickten und mit Fransen geschmückten Sari verdeckten, so daß nur Augen und Stirn freiblieben. Die Saris von feinster durchsichtiger Benares-Seide ließen das Ganze jedoch zur reinen Geste geraten, denn Ash bekam einen ziemlich zutreffenden Eindruck von ihrem Aussehen.

An Wally schrieb er: »Du hattest ganz recht, die Prinzessinnen sind bildhübsch, zumindest die jüngere. Sie ist noch nicht Vierzehn und gleicht verblüffend der Miniatur der Frau von Shah Jehan, für die er den Tadsch Mahal errichten ließ. Ich bekam sie gut zu sehen, als ein Kind an ihrem Sari zupfte. Eine liebreizendere Person ist mir nie vor Augen gekommen, und ich danke Gott dafür, daß du nicht hier bist, denn du würdest dich auf der Stelle in sie verlieben und wärest nicht zu bremsen. Du würdest auf dem Marsch nach Bhithor ein Gedicht nach dem anderen machen, Herz auf Schmerz und Erz auf Sterz reimen, und das könnte ich bestimmt nicht ertragen. Zum Glück bin ich ein eingefleischter Weiberfeind. Die Schwester hielt sich zurück, sie ist schon recht alt, bestimmt Achtzehn, also nach hiesigen Begriffen eine alte Jungfer, und warum man sie nicht schon vor Jahren verheiratet hat, ist mir unbegreiflich. Mag sein, sie ist die Tochter einer Konkubine oder einer zweiten Frau, und soweit ich sehen konnte, entspricht sie nicht dem indischen Schönheitsideal. Meinem übrigens auch nicht. Viel zu groß und ein eckiges Gesicht. Ich selbst ziehe ovale Gesichter vor. Ihre Augen allerdings sind prachtvoll, nicht schwarz, wie die der Schwester, sondern wie Moorwasser mit kleinen goldenen Punkten drin. Möchtest du nicht an meiner Stelle sein?«

Ash mochte sich immerhin als Frauenfeind bezeichnen; die Attraktivität der beiden Prinzessinnen von Karidkote gab seiner Mission aber doch besondere Würze. Allerdings hatte er wenig davon, denn er würde die beiden wohl so gut wie nie mehr zu Gesicht bekommen. Immerhin, der Gedanke, zwei bezaubernde junge Geschöpfe auf ihrem Hochzeitszug zu eskortieren und nicht, wie angenommen, »zwei Schlampen«, gab dem Ganzen einen romantischen Anstrich, ja, versöhnte ihn mit dem Lärm und Dreck und den Unbequemlichkeiten des enormen Lagers, das allnächtlich aufgeschlagen werden mußte. Als er zu seinem Zelt zurückwanderte, summte er ein Liedchen vor sich hin, das von der Dame handelt, die nach Banbury Cross reiste: »Mit Ringen an den Fingern und Glöckchen an den Zehen«. Er rief sich die Namen der Schönen ins Gedächtnis, von denen in Tods ›Rajasthan‹ die Rede ist: die vierzehnjährige Hamedu, Gattin des Humayan; die liebliche Padmini, »die schönste der Schönen im Erdenrund«, um deren Schönheit willen Chitor zum ersten Mal zerstört wurde; Mumtaz Mahal, »die Zierde des Palastes«, zu deren Angedenken ihr trauernder Gatte den Tadsch Mahal hatte erbauen lassen, jenes Wunderwerk aus weißem Marmor. Vielleicht hatte Wally recht und alle Prinzessinnen waren schön?

Ash interessierte sich viel zu sehr für die Bräute, um den übrigen Persönlichkeiten mehr als einen flüchtigen Blick zu gönnen, was sich durchaus gelohnt hätte. Auch tags darauf sah er kaum jemanden vom Hochzeitszug, weil dieser am Rande einer Stadt mit britischer Garnison kampieren sollte. Folglich ritt Ash voraus, um sich mit dem Kommandeur zu beraten, und nahm das Abendessen im Offizierskasino ein.

Anders als Wally fand sein Gastgeber, ein Offizier, Ash sei nur zu bemitleiden, und das sprach er bei Portwein und Zigarren auch ganz unverblümt aus. »Ich beneide Sie nicht um diesen Auftrag, zum Glück kann mir so etwas nicht passieren. Ich kann mir nicht vorstellen, daß man in dieser Gesellschaft reist, ohne mindestens zwanzigmal am Tag ins Fettnäpfchen zu treten, und wie Sie damit fertig werden, ist mir ein Rätsel.«

»Fertig werden?« fragte Ash. »Womit?«

»Na, mit diesem Kastenwesen und so. Bei den Moslems mag das ja noch angehen, denen ist es egal, mit wem sie zu Tisch sitzen, wer kocht und wer aufträgt, und religiöse Tabus haben sie scheint's keine. Aber zu meinem Leidwesen habe ich lernen müssen, daß die Kastenzugehörigkeit bei den Hindus eine knifflige Sache ist; ihre Religion kennt so viele Bräuche und Verbote, daß man als Fremder wie auf rohen Eiern gehen muß, will man nicht irgendwo anekken. Wenn man sie nicht gerade beleidigt, kränkt man sie mindestens. Ich sage Ihnen offen, ich komme damit nicht zurecht.«

Um zu erklären, was er meinte, erzählte er die Geschichte eines Sepoy, der im Gefecht verwundet und als tot zurückgelassen wurde. Er kam aber wieder zu sich und wanderte tagelang im Dschungel umher, hungernd und fast verdurstend. Schließlich stieß er auf ein Mädchen, das Ziegen hütete. Die gab ihm einen Becher Milch, der ihm gewiß das Leben rettete, denn er war am Ende. Später traf er zufällig Angehörige seines Regimentes, die ihn ins Spital brachten, und dort blieb er monatelang, bis er wieder dienstfähig war. Jahre später bekam er Heimaturlaub und erzählte zu Hause, was ihm widerfahren war. Der Vater sagte sogleich, seine Beschreibung der Ziegenhirtin lasse darauf schließen, daß sie eine »Unberührbare« gewesen sei. In diesem Falle dürfe der Sohn nicht unter seinem Dach wohnen, denn alles würde dadurch unrein. Es half kein Einwand, nicht nur seine Verwandten, sondern das ganze Dorf wich vor ihm zurück wie vor einem Aussätzigen. Erst nach kostspieligen Zeremonien (der Priester nahm ihm alle Ersparnisse ab) wurde er für »gereinigt« erklärt und durfte das väterliche Haus wieder betreten.

»Und das alles, weil der arme Hund, fast wahnsinnig vor Durst, einen Becher Milch getrunken hat, den ihm ein Mädchen reichte, das vielleicht eine Unberührbare war. Er sollte also lieber sterben als sich verunreinigen – noch dazu war das ja keineswegs erwiesen. Was soll man dazu sagen? Und ich versichere Ihnen, die Geschichte ist wahr, mein Vetter hat sie von dem Sepoy selber gehört. Aber das wissen Sie wahrscheinlich längst selber.«

Ash wußte es seit Jahren. Er sagte das aber nicht, sondern bemerkte nur, das fanatische Festhalten am Buchstaben der Regeln und die an Besessenheit grenzende Angst vor Verunreinigung finde man im allgemeinen nur bei den Priestern (die davon profitierten) und im Mittelstand, dem unteren wie dem oberen. Der Adel sei da schon großzügiger, und Personen von königlichem Geblüt, die sich ohnehin allen anderen Menschen weit überlegen dünkten, legten die Vorschriften willkürlich aus – vermutlich in dem Bewußtsein, jederzeit einen Brahmanen dafür bezahlen zu können, daß er den Schaden bei den Göttern wieder einrenkte. »Nicht, daß sie weniger borniert wären«, sagte Ash, »doch glauben sie an das von Gott verliehene Recht der Herrscher, was auch nicht überraschen kann, bedenkt man, daß mehrere Herrscherhäuser behaupten, von den Göttern unmittelbar abzustammen – oder von der Sonne oder dem Mond. Wer das glaubt, kann sich anderen Menschen nicht gleich fühlen, kann also Dinge tun, die Menschen mit gewöhnlichen Vorfahren niemals zu tun wagten. Nicht, daß die Großen unreligiös wären – weit gefehlt. Sie sind ebenso religiös wie die anderen, nur vielleicht nicht ganz so bigott.«

»Da könnten Sie recht haben«, meinte der Kommandant. »Auch muß ich zugeben, daß ich keinen Herrscher persönlich kenne. Noch etwas Portwein?«

Dann kam man auf Pferde zu sprechen und auf die Sauhatz, und Ash kam erst gegen Mitternacht zurück in sein Zelt.

Der nächste Tag war naß und windig, Ash konnte also ausschlafen, denn bei solchen Wetterverhältnissen dauerte es länger als gewöhnlich, das Lager abzubrechen. Und des Wetters wegen hatte er wiederum wenig Gelegenheit, nähere Bekanntschaft mit seinen Schützlingen zu machen, die, anders als er selber, unter Decken und Umhängen verborgen, Schutz vor dem Regen suchten. Das beunruhigte ihn weiter nicht, denn es blieb reichlich Zeit, Versäumtes nachzuholen, und er trabte zufrieden dahin, auch wenn es sich auf dem nassen Sattel nicht bequem saß; er zog den Kopf ein, um sich vor dem Wind zu schützen, der an seinem durchfeuchteten Umhang zerrte, und fand das alles tausendmal angenehmer, als in Rawalpindi am Schreibtisch zu sitzen. Daß es bei diesem Auftrag so gut wie keinerlei Papierkram zu erledigen gab, empfand er als besondere Wohltat; auch vermutete er, etwa aufkommende Streitigkeiten leicht auf ähnliche Weise schlichten zu können, wie das vor dem Parlament der Kundschafter üblich war.

Darin allerdings irrte er, wie sich noch am gleichen Abend erwies; nicht nur wurde ihm eine Angelegenheit unterbreitet, mit der er völlig unvertraut war, sie ließ sich auch keineswegs einfach regeln, vielmehr war sie ausgesprochen gefährlich.

Daß er auf Derartiges nicht vorbereitet war, hatte er sich selber zuzuschreiben, wenngleich ein Teil der Schuld in mangelnder Zusammenarbeit zwischen dem Stab in Rawalpindi und dem Kommandeur der Kundschafter und in der unzulänglichen Einweisung durch das Politische Departement sowie in der Krankheit von Mr. Carter zu suchen war. Doch war es im Grunde Ashtons Einstellung zu dieser Mission – die er angewidert als eine Kombination von Wachhund und Anstandsdame »für ein paar Schlampen und einen Haufen kreischender Weiber« abgetan hatte – die ihn dazu verführte, in einen alten Fehler zurückzufallen: er vernachlässigte seine Schularbeiten.

Niemand anderes als er hatte es zu verantworten, daß er mit der Geschichte jenes Staates nicht vertraut war, dessen Prinzessinnen er auf ihrem Hochzeitszug hüten sollte; in Rawalpindi hatte man ihn nicht unterrichtet, weil man annahm, Mr. Carter, der Bezirksoffizier, werde das erledigen. Daß ihn ein Malariaanfall daran hindern würde, konnte niemand vorhersehen. Im Ergebnis jedenfalls erwies sich nun, daß Ash seine Mission mit engelhafter Arglosigkeit, verursacht durch völlige Unkenntnis, übernommen hatte und nicht ahnte, welche Fallgruben am Wege auf ihn lauerten. Nicht einmal die Mitteilung, der jüngere Bruder des Maharadscha sei im letzten Moment zum Zuge gestoßen und mache die Reise mit, ließ ihn stutzen. Warum sollte der Knabe seine

Schwestern nicht auf ihrem Hochzeitszuge begleiten? Jhotis Anwesenheit schien ihm unwichtig, und er beschränkte sich darauf, täglich nach dessen Befinden zu fragen. In dieser Nacht aber erwartete ihn die Meldung, der junge Prinz sei völlig genesen und wünsche Ash zu sehen.

Der Regen hatte schon vor Stunden aufgehört, und der Himmel war wieder klar, als Ash, aus gegebenem Anlaß in Paradeuniform, durch das von Fackeln erleuchtete Lager zu dem Zelt unweit dem der Prinzessinnen geführt wurde. Vor dem Zelt versah ein Posten mit Krummschwert seinen mehr zeremoniellen Dienst, und ein gähnender Diener wartete darauf, Ash zum Prinzen zu führen. Draußen flackerte eine einzige Sturmlaterne, doch als Ash das Zelt betrat, war er wie geblendet: hier drinnen brannten ein halbes Dutzend Lampen europäischer Herkunft, die eigentlich mit seidenen Schirmen hätten abgedeckt sein sollen. Sie verbreiteten ihr grelles Licht auf niedrige Tische, die im Halbkreis um einen Berg von Polstern standen, auf denen ein blasser, dicklicher Knabe saß.

Trotz seiner Fettleibigkeit und seiner Blässe war er ein recht gut aussehendes Kind, und Ash, der die Lider zusammenkniff, mußte an Lalji denken, als er diesen zum ersten Mal in Gulkote gegenübergetreten war. Dieser Knabe dürfte im gleichen Alter sein wie Lalji damals und hätte dessen Bruder sein können. Allerdings fand Ash, daß Lalji weniger sympathisch gewirkt hatte. Der wäre gewiß nicht aufgestanden, um einen Besucher zu grüßen, wie Jhoti das jetzt tat. Die Ähnlichkeit lag im wesentlichen in der Kleidung und im Gesichtsausdruck, denn Lalji war ähnlich gekleidet gewesen und hatte ebenso gereizt und verbittert dreingeschaut – und verängstigt.

Ash, der sich tief verneigte, um den Gruß des Knaben zu erwidern, ging durch den Sinn, daß, wenn man wie Wally verallgemeinerte, nicht nur alle Prinzessinnen schön, sondern auch alle kleinen Prinzen fett, gereizt und verängstigt waren. Mindestens alle, die er bisher kennengelernt hatte.

Das Unsinnige dieser Überlegung ließ ihn lächeln, und er lächelte auch noch, als er sich aufrichtete... und direkt in das Gesicht eines Mannes blickte, das er nach all diesen Jahren sogleich erkannte und zwar mit einem Schrecken, der ihn erstarren ließ. Dieses Gesicht gehörte einem Mann, der unmittelbar hinter dem Prinzen stand, keine drei Schritte entfernt, und in dessen Augen er den gleichen Ausdruck von Verschlagenheit, Berechnung und Bosheit bemerkte, der auch schon darin gelegen hatte, als der Mann noch der bevorzugte Höfling von Lalji und der Spion des Tanzmädchens war.

Es war Biju Ram.

Das Lächeln erstarrte auf Ashs Lippen, und er spürte, wie sein Herzschlag jäh aussetzte. Das war doch ausgeschlossen – er mußte sich irren. Und doch wußte er, es war kein Irrtum. Und im gleichen Moment wußte er auch, warum der Knabe Jhoti ihn an Lalji erinnerte: Jhoti war entweder Laljis Bruder oder ein Vetter ersten Grades.

Nandu konnte es nicht sein, dafür war er zu jung. Doch hatte das Tanzmädchen noch mindestens zwei weitere Kinder geboren, – oder konnte dies Laljis Sohn sein?... Unwahrscheinlich. Also doch ein Vetter? Ein Kind oder Enkel eines Bruders des alten Radscha von Gulkote?

Ash bemerkte, daß man ihn neugierig ansah und daß in den schmalen Augen von Biju Ram kein Funkeln des Wiedererkennens stand. Daß er verschlagen aussah und boshaft, war bei ihm normal, und was den berechnenden Ausdruck anging, so bedeutete er wohl nur, daß Biju Ram versuchte, den neuen Sahib einzuordnen, daß er überlegte, ob man ihn bestechen müßte. Unter keinen Umständen hätte er in Ash den Pferdejungen erkennen können, der vor vielen Jahren dem Prinzen Lalji von Gulkote das Leben gerettet hatte.

Ash zwang sich, den Blick abzuwenden und auf die höflichen Fragen des jungen Prinzen zu antworten. Sein Herz schlug wieder gleichmäßig, er konnte gelassen im Zelt umherblicken und sich überzeugen, daß er von den Anwesenden keinen kannte. Nichts konnte den Knaben Ashok in dem Hauptmann Pelham-Martyn von den Kundschaftern verraten, da kaum noch etwas daran erinnerte. Biju Ram hingegen hatte sich wenig verändert. Er war dicker, das wohl, er wurde auch schon grau, und die Falten, die das ausschweifende Leben im Gesicht des jungen Mannes bereits angedeutet hatten, waren jetzt tief eingekerbt, aber das war auch alles. Er war immer noch glatt und gepflegt und trug im einen Ohr den großen Brillanten. Aber was hatte er hier zu suchen? Gab es eine Verbindung zwischen dem Thronfolger von Gulkote und dem zehnjährigen Jhoti? Und wovor oder vor wem fürchtete der Knabe sich?

Ash hatte Furcht zu oft gesehen, um sie nicht zu erkennen, die Symptome waren eindeutig: weit aufgerissene, glänzende Augen; verstohlene, schnelle Blicke beiseite und über die Schulter; verkrampfte Halsmuskeln und ruckartige Kopfbewegungen; ein unbeherrschbares Zittern der Finger, ein unwillkürliches Fäusteballen.

So hatte auch Lalji ausgesehen, und mit gutem Grund. Dieses Kind hier aber war kein Thronerbe, es war nur ein jüngerer Bruder, wer also sollte ihm nach dem Leben trachten? Wahrscheinlicher war schon, daß er sich ohne Erlaubnis dem Zuge angeschlossen hatte und erst zu ahnen begann, welche Konsequenzen das für ihn haben könnte.

Ash dachte: Er ist vermutlich nur ein verzogenes Balg, hat sich zu weit vorgewagt und fürchtet Prügel. Falls er wirklich die Schule schwänzt, hat gewiß Biju Ram ihn dazu angestiftet. Ich muß mich genau über die Familie informieren, das hätte ich längst tun sollen...

Der kleine Prinz stellte seinen Hofstaat vor. Ash wechselte die bei solchen Gelegenheiten üblichen Floskeln mit Biju Ram und ging zum nächsten Höfling. Zehn Minuten nur dauerte diese Zusammenkunft, dann stand Ash wieder draußen in der Dunkelheit. Ihn schauderte etwas, nicht nur, weil es hier draußen nach der Wärme im Zelt kühl war. Er atmete tief und wie erlöst auf, als wäre er einer Falle entkommen. Er merkte beschämt, daß seine Handflächen schmerzten, weil er die Nägel hineingegraben hatte – erst jetzt fiel ihm auf, daß er die Hände zu Fäusten geballt hielt.

Sein Zelt war diesmal unter einem Banjanbaum aufgestellt worden, etwa fünfzig Meter vom Lager entfernt und gedeckt durch die Zelte seiner Diener. Auf dem Weg dorthin verwarf er seine Absicht, einen Schreiber von Karidkote zu rufen, denn Mahdu saß noch draußen mit seiner Wasserpfeife, und Ash glaubte, der Alte wisse unterdessen über das Herrscherhaus von Karidkote ebensoviel wie irgendeiner von dessen Untertanen. Mahdu klatschte gern, und weil er sich mit vielen Leuten unterhielt, die Ash nicht zu Gesicht bekam, hörte er alles mögliche, was die Sahibs nicht erfuhren.

Ash blieb also neben dem Alten stehen und sagte leise: »Komm in mein Zelt, Cha-Cha (Onkel), ich brauche deinen Rat. Du kannst mir gewiß eine Menge sagen. Gib mir deine Hand, ich trage die Wasserpfeife.«

In Ashs Zelt brannte eine abgeblendete Sturmlaterne, doch saß er lieber im Freien unter dem kleinen Vordach des Zeltes, von wo aus er durch das Gezweig des Baumes auf die Ebene blicken konnte, die matt von den Sternen beschienen wurde. Mahdu hockte sich bequem nieder. Ash hingegen, seiner Paradeuniform wegen, mußte auf einem Feldstuhl sitzen.

»Und was möchtest du wissen, Beta (Sohn)?« fragte der Alte, wobei er die vertraute alte Anrede benutzte, was nur noch sehr selten geschah.

Ash antwortete nicht gleich, sondern schwieg eine Weile, lauschte dem friedlichen Gluckern der Wasserpfeife und ordnete seine Gedanken. Schließlich sagte er langsam: »Zunächst möchte ich wissen, ob es eine Verbindung gibt zwischen dem Maharadscha von Karidkote, dessen Töchter wir zu ihrer Hochzeit begleiten, und einem gewissen Radscha von Gulkote. Eine solche Verbindung muß es geben, dessen bin ich mir sicher.«

»Aber selbstverständlich! Sie sind ein und derselbe!« sagte Mahdu erstaunt. »Das Gebiet des Herrschers von Karidarra, eines Vetters von ihm, grenzte an das Fürstentum Gulkote, und als der Herrscher von Karidarra ohne Erben starb, erhob der Vetter Anspruch darauf. Er ist deshalb selber nach Kalkutta gereist. Weil es keine näheren Blutsverwandten gab, wurde sein Anspruch anerkannt, die beiden Fürstentümer wurden vereinigt und bekamen den neuen Namen Karidkote. Wie kommt es, daß du dies nicht weißt?«

»Weil ich blind bin und töricht.« Ashs Stimme war kaum mehr als ein Flüstern, doch lag darin so viel Bitterkeit, daß Mahdu ganz betroffen war. »Ich war wütend, weil ich annahm, der Stab in Rawalpindi habe mir diesen Auftrag nur erteilt, um mich möglichst weit von meinen Freunden und von der Grenze zu entfernen, und der Zorn hat mich blind gemacht. Ich habe mich nicht im geringsten dafür interessiert, mit wem ich es zu tun haben würde.«

»Und warum solltest du? Was gehen diese Fürsten dich an?« fragte der Alte, immer noch ganz betroffen davon, wie verbittert die Stimme seines Herrn klang. Von dessen Jahren in Gulkote wußte er nichts. Colonel Anderson hatte angeordnet, niemanden ins Vertrauen zu ziehen, weil er meinte, je weniger Leute Kenntnis von Ashs Vergangenheit hätten, desto besser für den Jungen, dessen Leben sehr wohl davon abhängen konnte, daß seine Spur für immer verwischt blieb. Ash war ausdrücklich verboten worden, Mahdu oder Ala Yar

Einzelheiten seiner Vergangenheit zu erzählen, und er wollte das auch jetzt nicht nachholen. Statt dessen sagte er: »Man muß immer ganz genau wissen, mit wem man es zu tun hat. Andernfalls könnte es sein, daß man unbeabsichtigt jemanden beleidigt. Heute wurde mir deutlich vor Augen geführt, daß ich nichts weiß, aber auch gar nichts. Wann ist der alte Radscha gestorben, Mahdu? Und wer ist dieser alte Herr, den man seinen Bruder nennt?«

»Der Rao-Sahib? Der ist nur ein Halbbruder, zwei Jahre älter als der verstorbene Radscha, aber als Sohn einer Konkubine von der Erbfolge ausgeschlossen. Er ist in der Herrscherfamilie sehr geachtet. Der Thron fiel, als der alte Radscha vor drei Jahren starb, an den jüngeren Sohn, den Sohn der Rani. Jetzt herrscht also der Bruder der Prinzessinnen.«

»Lalji also«, flüsterte Ash.

»Wer?«

»Der älteste Sohn. Lalji ist sein Milchname. Aber der müßte jetzt –« Ash verstummte, denn ihm fiel ein, daß der Bezirksoffizier von dem jungen Herrscher als einem »Knaben von knapp siebzehn Jahren« gesprochen hatte.

»Nein, nein. Der Herrscher ist nicht der Sohn der ersten Frau, er ist der zweite Sohn. Der Älteste starb schon vor seinem Vater, er stürzte sich zu Tode. Beim Spielen mit einem Affen auf der Mauer des Palastes. Ein Unfall«, schloß Mahdu, fügte aber seufzend hinzu: »Jedenfalls heißt es so.«

Ein Unfall? dachte Ash. Einer jener Unfälle, die sich auch vorher schon mehrmals beinahe ereignet hatten. War er von Biju Ram die Mauer hinabgestoßen worden? Oder von Panwa... Armer Lalji! Ash schauderte es, als er sich die grausigen letzten Sekunden ausmalte, den tiefen Sturz von der Mauer auf die Klippen. Armer Lalji, armer kleiner Prinz. Man hatte ihn also doch noch beseitigt, das Tanzmädchen hatte triumphiert. Maharadscha des neuen Staates Karidkote war nun also ihr Sohn Nandu, jenes verzogene, schreiende und strampelnde Jüngelchen, das man gelegentlich des Besuches von Colonel Byng aus der Halle hatte entfernen müssen. Lalji aber war tot...

Mahdu fuhr nachdenklich fort: »Die Familie hat in den letzten Jahren augenscheinlich viel Unheil getroffen.« Er sog an seiner Pfeife. »Auch der alte Maharadscha kam bei einem Sturz ums Leben. Man sagt, er stürzte bei der Falkenjagd. Pferd und Reiter brachen den Hals. Das Pferd soll von einer Biene gestochen worden sein. Seine junge Frau war sehr betrübt – sagte ich schon, daß er kurz vor seinem Tode noch einmal heiratete? – ja, also es war seine vierte Frau, zwei sind gestorben. Eine schöne junge Frau, wie man sagt, die Tochter eines reichen Zemindar...« Die Pfeife gluckerte, und das kam Ash vor wie ein boshaftes glucksendes Lachen, voll von tückischen Andeutungen. Mahdu fuhr leise fort: »Die dritte Rani soll deshalb sehr zornig gewesen sein und gedroht haben, sich zu töten. Das war aber unnötig, denn als der Herrscher starb, wurde seine junge Witwe mit ihm verbrannt.«

»Aber das ist verboten, es verstößt gegen das Gesetz!« widersprach Ash schroff.

»Mag sein, Sohn, doch die Fürsten machen ihre eigenen Gesetze, und in vielen Staaten regiert die nackte Willkür. Hört man endlich von derlei Dingen, ist es zu spät. Die junge Frau war längst verbrannt, als das außerhalb des Landes bekannt wurde. Die ältere Rani hat sich angeblich ebenfalls verbrennen wollen, wurde aber durch ihre Dienerinnen daran gehindert. Man schloß sie ein und benachrichtigte den Bezirksoffizier. Der war gerade auf einer Inspektionsreise und kam nicht mehr rechtzeitig, um die Verbrennung der jungen Rani zu verhindern.«

»Welcher Glücksfall für die alte Rani – die danach gewiß Einfluß auf die Regierung von Karidkote nahm?« fragte Ash trocken.

»Ja, es scheint so«, gab Mahdu zu, »was einen wundernehmen muß, denn man sagt, sie sei nur ein ehemaliges Tanzmädchen aus Kaschmir gewesen. Immerhin hat sie praktisch zwei Jahre lang das Land regiert und ist als Maharani gestorben.«

»Was denn, sie ist tot?« rief Ash überrascht. Das kam ihm ganz ausgeschlossen vor. Er hatte Janu-Bai nie mit eigenen Augen gesehen, doch ihre Persönlichkeit war im ganzen Palast so dominierend gewesen, daß Ash nicht glauben mochte, diese skrupellose, gewalttätige Frau, die den alten Radscha beherrschte, Lalji beseitigen ließ – und alles daransetzte, auch ihn, Ash, zu beseitigen –, könne nicht mehr am Leben sein. Das war ja, als wäre die alte Festung eingestürzt, die ihm doch absolut unzerstörbar vorgekommen war... »Und weiß man, woran sie starb, Onkel?« fragte er.

Mahdu blickte Ash von der Seite an, und in seinen großen weisen Augen glomm der Widerschein der Tabaksglut in der Pfeife; er sagte bedächtig: »Sie bekam Streit mit ihrem ältesten Sohn und ist bald darauf gestorben, an vergifteten Trauben.«

Ash sog scharf die Luft ein. »Soll das heißen...? Nein, das glaube ich nicht. Nicht die eigene Mutter.«

»Sagte ich, er habe es getan? Oh nein.« Mahdu machte eine abwehrende Handbewegung. »Man hat selbstverständlich eine gründliche Untersuchung durchgeführt, und es ergab sich, daß niemand schuld war. Sie selber hatte die Trauben vergiftet, weil sie damit die Krähen ausrotten wollte, die ihr im Palastgarten lästig wurden. Sie hat dann versehentlich selber davon gegessen...«

Wieder gurgelte die Wasserpfeife höhnisch, doch war Mahdu noch nicht zu Ende. »Ich sagte doch, der Herrscher von Karidkote ist vom Unglück verfolgt. Erst starb sein älterer Bruder, danach sein Vater, zwei Jahre darauf auch die Mutter. Zuvor verlor er noch einige jüngere Geschwister durch Krankheiten, hauptsächlich durch die Cholera, die auch viele Erwachsene tötete. Jetzt hat der Maharadscha nur noch einen einzigen Bruder, den kleinen Prinzen hier im Lager. Und nur eine Schwester, nämlich die jüngere der beiden Prinzessinnen, die weit fort verheiratet werden. Die ältere ist nur eine Halbschwester, das Kind der zweiten Frau seines Vaters, angeblich einer Fremden.«

Juli! dachte Ash. Jene hochgewachsene verschleierte Frau, der er zwei Tage zuvor im Zelt der Bräute gegenübergestanden hatte, war Anjuli, das vernachlässigte Kind, von dem das Tanzmädchen verächtlich als der unreifen Mangofrucht zu sprechen pflegte und die fortan nur noch Kairi-Bai genannt wurde. Juli also, und er hatte es nicht gewußt.

Er starrte lange schweigend in den bestirnten Himmel und ließ die Vergangenheit an sich vorüberziehen. Das Lager war längst schlafen gegangen, die Stimmen von Menschen und Tieren verstummt, nur die Blätter des Banjanbaumes wisperten im milden Nachtwind, und Mahdus Wasserpfeife gluckste in Einklang mit dem monotonen Dröhnen ferner Tom-Toms. In der Ebene heulten Schakale. Ash vernahm nichts von alledem, denn er war in Gedanken weit weg, er sprach mit einem kleinen Mädchen auf dem Balkon eines zerfallenen Turmes, von wo aus man den schneebedeckten Palast der Winde sah.

Wie nur hatte er sie so vergessen können, da sie doch in den Jahren, die er am Hof von Gulkote verbrachte, aus seinem Leben nicht wegzudenken gewesen war? Nein, vergessen hatte er sie nicht, nur die Erinnerung an sie verdrängt, er hatte nicht an sie denken wollen, vielleicht weil er glaubte, sie sei ohnehin immer für ihn da...

Als Mahdu gegangen war, schloß Ash die Kassette auf, die er von seinem ersten Taschengeld gekauft hatte und in der er seither seine kostbarsten Besitztümer verwahrte: einen kleinen silbernen Ring, den Sita getragen hatte; den letzten unbeendeten Brief seines Vaters; die Uhr, die Colonel Anderson ihm zur Ankunft in Pelham Abbas überreicht hatte; seine ersten Manschettenknöpfe und anderes. Er suchte etwas, leerte schließlich den Inhalt der Kassette auf sein Feldbett aus, und richtig, da war es. Ein klein gefaltetes Blatt Papier, schon vergilbend.

Er legte es unter die Lampe, faltete es auseinander und betrachtete den Inhalt: ein Splitter aus Perlmutt, die Hälfte eines geschnitzten Fisches. Chinesische Schnitzerei. Jemand – vielleicht die Fremde Königin? – hatte ein Loch durch das Auge gebohrt und eine feine Seidenschnur hindurchgeführt, an der man den Fisch wie ein Medaillon um den Hals tragen konnte, wie Juli es getan hatte. Dies war Julis kostbarster Besitz gewesen, und den hatte sie ihm zum Andenken geschenkt mit der Bitte, sie nicht zu vergessen. Und er? Er hatte kaum noch an sie gedacht... es gab so viel anderes, Dringlicheres zu bedenken. Seit Koda Dad nicht mehr in Gulkote war, hatte er von dort auch keine Nachrichten mehr erhalten, denn niemand – auch Hira Lal nicht – wußte, was aus ihm, Ash, geworden war, wo er sich aufhielt.

Ash schlief in jener Nacht wenig. Er lag auf dem Rücken, starrte in die Finsternis und hundert unbedeutende Einzelheiten, die im Laufe der Jahre seinem Gedächtnis entfallen waren, traten ihm vor Augen. Nächtliches Feuerwerk zu Ehren der Geburt des Sohnes von Janu-Rani – eben jenes Nandu, des Maharadscha von Karidkote. Namen und Gesichter der Knaben, mit denen er in den Straßen von Gulkote gespielt hatte – Gopi und Chitu, Jajat und Shoki und Dutzende mehr. Der Tod seines Mungos Tuku. Hira Lal, der ihn ermahnte, Geduld mit Lalji zu haben, denn er, Ashok, sei besser dran als sein Herr. Juli, die ihm eine Silbermünze brachte, den Grundstock für die Hütte, die sie gemeinsam in Sitas Tal errichten wollten. Der Balkon am Turm, wo sie die

Münze gemeinsam unter einer lockeren Platte verbargen. Sie hatten von Zeit zu Zeit weitere Münzen diesem Schatze hinzufügen wollen, doch nie war es dazu gekommen, und gewiß war die Münze noch dort, es sei denn, Juli hätte sie mitgenommen und aufbewahrt – so wie er seinen halbierten Talisman, der jahrelang vergessen am Boden der Kassette gelegen hatte.

Als er endlich einschlief, verblaßten die Sterne schon, und das letzte, was ihm durch den Sinn ging, war ein Satz, den er sich selber sagen hörte, doch er wußte nicht, wann und aus welchem Anlaß:

»Ich an deiner Stelle würde überhaupt nicht heiraten, Juli, es ist viel zu gefährlich.«

Weshalb gefährlich? dachte Ash noch im Einschlafen.

15

Der Zug durchquerte einen Fluß mit viel Lärm und anfeuerndem Geschrei; wie nicht anders zu erwarten, blieb einer der ungefügen Wagen mitten in der Furt stecken und mußte von einem Elefanten herausgezogen werden.

Mulraj, der Anführer der Truppen von Karidkote, war mit Ash vorausgeritten, um zu erkunden, ob die Furt passierbar sei, und nun saßen die beiden am jenseitigen, höher gelegenen Ufer und sahen zu, wie der endlose Zug sich herüberwälzte.

Mulraj bemerkte: »Wenn sie sich nicht beeilen, wird es dunkel, ehe die letzten herüber sind. Wie ungeschickt sie sich anstellen!«

Ash nickte zerstreut, im Blick die Männer, die knietief durchs Wasser wateten. Drei Tage war es her, seit er Biju Ram gesehen und anschließend erfahren hatte, daß das Fürstentum Karidkote auch das Gulkote seiner Kindheit umfaßte. Seither achtete er scharf auf die Menschen, die in seine Obhut gegeben waren und hatte manches Gesicht erkannt. Allein von den Elefantentreibern, die in Gulkote dienten, erkannte er ein halbes Dutzend, ferner erkannte er Pferdeknechte, einige Hofbedienstete und Palastbeamte, die ihn Tage zuvor nicht im geringsten interessiert hatten. Im Lichte seiner neu gewonnenen Kenntnisse schaute er sich die Leute jetzt sehr viel genauer an. Sogar jener Elefant, der da den Wagen herauszog und den sein Mahout ermahnte, recht behutsam zu sein, war ein alter Bekannter, dem er so manches Stück Zuckerrohr mitgebracht hatte – Premkulli hieß er... Der Widerschein der sinkenden Sonne glitzerte golden auf dem Wasser und blendete Ash; er konnte nichts mehr erkennen und wendete sich Mulraj zu, mit dem es einiges zu besprechen gab.

Als erste waren die Diener über den Fluß gekommen, gefolgt vom Troß, denn es galt, am anderen Ufer die Zelte aufzurichten. Feuer mußten angezündet, Mahlzeiten zubereitet werden. Die Bräute und ihr Gefolge ließen sich hingegen Zeit, sie wollten nicht eintreffen, bevor alles für sie vorbereitet war. Heute hatten sie in einem Hain unweit der Furt gerastet und auch gespeist. Noch warteten sie auf der anderen Flußseite. Als der Bote eintraf, hatten die Vögel bereits ihre Schlafplätze aufgesucht und die Sonne versank hinter dem Horizont, ehe man sich in Bewegung setzte. Begleitet von dreißig Soldaten näherten sie sich im letzten ungewissen Tageslicht der Furt.

Für gewöhnlich folgte dem geschmückten Wagen der Bräute ein weiterer mit Ochsen bespannter Wagen, der die Hofdamen transportierte. Diesmal war er aus unerfindlichen Gründen zurückgeblieben, und als der Brautwagen langsam ins niedrige Wasser der Furt rollte, wurde er nur von einer Handvoll Soldaten und Dienern begleitet, sowie dem Onkel der Bräute, der das letzte Stück Weges zu Fuß zurücklegen wollte. Er hatte seinen Tragsessel vorangeschickt, mußte nun aber entdecken, daß das Wasser nicht ganz so flach war, wie er vermutete.

Ash hatte sein Pferd kommen lassen und ritt bereits das Ufer hinab, als er vom Fluß her Schreien und Verwünschungen hörte. Er richtete sich in den Steigbügeln auf und konnte bei einfallender Dunkelheit gerade noch erkennen, daß einer der Ochsen mitten im Fluß gestürzt war und seinen Treiber abgeworfen hatte. Das Tier, von den Zugseilen behindert, trat wild um sich, weil es nicht ersaufen wollte, und schon neigte die Kutsche sich gefährlich zur Seite. Hinter den zugezogenen Vorhängen hörte man eine der Insassinnen quietschen, ringsumher vollführte ein Dutzend Männer nutzlose Gebärden, während der Ochse das bräutliche Gefährt mehr und mehr in tieferes Wasser zog.

Wer unmittelbar am Fluß stand, konnte kaum erkennen, was da eigentlich vorging, es war schon zu dunkel. Ash jedoch hatte vom erhöhten Ufer her noch einen guten Überblick und galoppierte hinunter, zwischen den Gaffern hindurch in die Furt. Die keuchenden, schimpfenden Männer machten ihm Platz, er ritt heran, riß die Vorhänge beiseite und bekam eine durchnäßte, kreischende Frau zu fassen, die er gerade noch entschlossen aus dem Wagen zog, als dieser umkippte – ein Rad war gebrochen.

»Rasch, Juli, komm heraus!« Ash merkte nicht, daß er die im Wagen verbliebene Insassin beim Namen rief, um sich in dem allgemeinen Lärm und dem bedrohlichen Gurgeln des Wassers Gehör zu verschaffen, das durch den halb versunkenen Wagen strömte. Seine Worte verhallten jedoch ungehört, und das zierliche Persönchen, das er im Arm hielt, klammerte sich angstvoll an ihn und kreischte unaufhörlich aus Leibeskräften. Er machte sich mit einem Ruck von ihr frei, reichte sie an den zunächst Stehenden weiter – das war zum Glück ihr Onkel, es hätte aber ebensogut ein Ochsentreiber sein können, denn Ash hatte weiter nichts im Sinn, als vom Pferd ins Wasser zu springen, das ihm bis zur Brust reichte.

»Komm endlich raus, Mädchen!« schrie er.

In der Dunkelheit vor ihm planschte es vernehmlich und zwischen den Vorhängen erschien eine Hand. Ash packte zu, zerrte die Frau mit aller Kraft heraus, nahm sie auf die Arme und trug sie ans Ufer.

Sie war nicht so leicht und zerbrechlich wie die kleinere Schwester, die sie ihm so entschlossen entgegengeschoben hatte, auch kreischte sie nicht und klammerte sich nicht an ihn. Sie gab keinen Laut von sich, doch spürte er, wie rasch sie atmete, denn ihr Busen drückte gegen seine Brust, und die Formen, die er mit den Händen spürte, der schlanke warme Leib, verrieten die voll entwickelte Frau.

Er atmete schwer, als er ans Ufer gelangte, aber nicht, weil seine Gefühle aufgerührt waren, sondern weil er eine gute Zentnerlast hatte schleppen müssen, bis an die Knie im Wasser, umringt von neugierigen, lärmenden Zuschauern. Am Ufer angelangt, sah er zunächst niemanden, dem er sie hätte übergeben können. Er rief nach Fackeln, beorderte die Hofdamen herbei und stand wartend in der Düsternis, die triefendnasse Anjuli auf den Armen. Sein Bursche lief nach dem Pferd und viel zu viele Helfer gingen daran, das Unglücksgefährt samt dem Ochsen aus dem Wasser zu ziehen, damit endlich der Wagen mit den Hofdamen passieren konnte.

Die Sterne traten einer um den anderen hervor, der Abendwind blies kühl vom Wasser her und die Frau in seinen Armen fröstelte. Ash ließ eine Decke bringen und wickelte Anjuli hinein. Einen Zipfel zog er über ihr Gesicht, um sie vor den Blicken der Neugierigen zu schützen, denn nun wurden ringsumher Fackeln angezündet und man hörte endlich auch das Ächzen des Wagens, der die Hofdamen brachte.

Nach dem Geheul zu urteilen, befand die jüngere Braut sich bereits in Gesellschaft ihrer Damen; sie kreischte nicht mehr, schluchzte aber noch hysterisch. Ash fragte nicht weiter nach ihr, ihm taten die Arme weh, er setzte Anjuli ohne Umstände zwischen die Damen und trat zurück. Der Wagen holperte weiter, dem Lager entgegen. Erst jetzt kam es Ash zu Bewußtsein, daß er völlig durchnäßt war; die Nachtluft war ausgesprochen kühl.

Mulraj, der nun aus der Dunkelheit auf ihn zutrat, sagte: »Ich beglückwünsche dich, Sahib, das war eine Heldentat. Ich verdanke dir mein Leben, und nicht ich allein. Wärest du nicht gewesen, die Bräute wären vielleicht ertrunken, und wer weiß, wie der Herrscher uns bestraft hätte.«

»Dummheiten«, entgegnete Ash. »Es bestand keinen Moment die Gefahr des Ertrinkens. Die Damen sind nur naß geworden. Hier kann man nirgendwo im Fluß ertrinken, er ist nicht tief genug.«

»Der Ochsentreiber ist aber ertrunken«, bemerkte Mulraj trocken. »Die Strömung hat ihn in tiefes Wasser gezogen, und er konnte wohl nicht schwimmen. Auch die Prinzessinnen wären ertrunken, denn die Vorhänge hätten sie behindert. Ihr Glück war, daß du zu Pferde saßest und alles gesehen hast, mehr aber noch, daß du ein Sahib bist, denn nicht ein einziger Mann – ausgenommen ihr Onkel, doch der ist alt und ungeschickt – hätte gewagt, die Schwestern des Maharadscha anzurühren, und als ich endlich merkte, was da vorging und im Sattel saß, war alles vorüber. Man sollte die Hände, die diese Tat verrichtet haben, mit Goldmünzen füllen.«

»Ein heißes Bad und trockene Sachen wären mir jetzt lieber«, versetzte Ash lachend. »Falls wirklich jemand Lob verdient, dann Anjuli-Bai, denn sie hat nicht den Kopf verloren, hat nicht gekreischt und versucht, sich zu befreien, sondern ihrer jüngeren Schwester aus dem Wagen geholfen, obschon sie wußte, daß er voll Wasser lief. Wo bleibt denn nur mein Pferd? Heda! Kulu Ram!«

»Hier, Sahib«, sagte eine Stimme neben ihm. Die Hufe seines Pferdes hatten im Sand der Böschung kein Geräusch gemacht. Ash saß auf, grüßte Mulraj, berührte mit den Hacken die Weichen des Pferdes und ritt zwischen Pampasgras und dornigem Gestrüpp dem orangefarbigen Schein zu, der über dem Lager stand.

Er legte sich früh schlafen. Der nächste Tag nahm ihn sehr in Anspruch. Schon zeitig ritt er mit Jhoti, Mulraj und Tarak Nath – einem der vom Lager gewählten Ältesten – sowie einem halben Dutzend bewaffneter Reiter voraus, um die nächste Furt zu erkunden. Daß der junge Prinz mitkam, überraschte ihn; er hatte die Erlaubnis dazu offenbar Mulraj abgeschmeichelt. Er fiel aber keinem lästig, denn er war ein ausgezeichneter Reiter, stellte keine Ansprüche und war sehr umgänglich. Ash kam der Gedanke, es könnte dem Jungen gut tun, sich einmal ohne sein Gefolge in frischer Luft zu tummeln; dieser Tag bekam ihm jedenfalls gut, er sah längst nicht mehr so ungesund und bleich aus.

Die Furt war unpassierbar, was bedeutete, daß man zwei weitere Stellen daraufhin prüfen mußte, ob sie eine Überquerung des Flusses erlaubten, und so kamen sie erst bei Sonnenuntergang ins Lager zurück. Ash wollte den Aufbruch am nächsten Tag zu früher Stunde befehlen, doch wurde nichts daraus, denn Shushila-Bai, die jüngere Prinzessin, ließ sagen, sie sei leidend und gedenke sich in den kommenden zwei bis drei Tagen nicht von der Stelle zu rühren, vielleicht auch für länger nicht.

Dieser ihr Entschluß kam weniger ungelegen, als das noch zwei Tage zuvor der Fall gewesen wäre, denn es gab reichlich Futter und Wasser in unbegrenzter Menge. Kam hinzu, daß Ash nichts dagegen hatte, ein paar Tage am Ort zu bleiben, denn in der Ebene wimmelte es von jagdbarem Wild, und nahe dem Ufer gab es Rebhühner. Mit Mulraj auf die Jagd zu gehen, wird eine schöne Abwechslung sein, dachte er.

Nachdem er die Nachricht erhalten hatte, die Prinzessin Shushila sei leidend, überraschte es ihn sehr, als bald darauf ein Bote ihn in höflichsten Wendungen aufforderte, den Schwestern des Maharadscha die Ehre eines Besuches zu erweisen. Der Bote war kein Geringerer als der Onkel der Damen, im Lager liebevoll »Kaka-ji Rao« (Onkel väterlicherseits) genannt. Ash durfte also nicht ablehnen, obschon es spät war und er lieber schlafengegangen wäre. Nun, das war nicht zu ändern, er legte also die Paradeuniform an und steckte, einer Eingebung folgend, die Hälfte des Perlmutterfisches in die Tasche, bevor er Rao-Sahib durch das erleuchtete Lager folgte.

Das Empfangszelt der Prinzessinnen war geräumig und bequem, ausgeschlagen mit rostfarbigem Tuch, das hübsche Stickereien aufwies und mit winzigen, kreisrunden Spiegeln besteckt war, die das Licht der Öllampen widerspiegelten und sich anmutig blinkend bewegten, wenn der Nachtwind die Zeltleinwand blähte. Auf dem Boden waren persische Teppiche ausgebreitet, mit Seide bezogene Polster boten sich als Sitzgelegenheiten an, auch standen niedrige Tischchen umher, aus Sandelholz geschnitzt und mit Elfenbein eingelegt. Obst und Konfekt war auf silbernen Schalen angerichtet. Anwesend waren – außer Ash und dem Onkel – nur die ältliche Anstandsdame Unpora-Bai, zwei Dienerinnen, die sich im halbdunklen Hintergrund hielten, die beiden Bräute und ihr kleiner Bruder Jhoti.

Die Prinzessinnen waren wie üblich gekleidet, mit einem bedeutenden Unterschied allerdings – beide waren unverschleiert. Der kleine Prinz, der vortrat und Ash feierlich begrüßte, erklärte ihm das gleich: »Weil du ihr Leben gerettet hast. Wärest du nicht gewesen, sie wären beide ertrunken. Noch heute abend hätte man sie verbrannt, ihre Asche dem Fluß übergeben, und wir übrigen hätten morgen den Rückweg angetreten mit geschwärzten Gesichtern. Wir haben dir viel zu danken. Von nun an sollst du sein wie unser Bruder.«

Er tat die Versicherung von Ash, daß keine wirkliche Gefahr bestanden habe, mit einer Handbewegung ab, die Schwestern standen auf, um sich vor ihm zu verneigen, Unpora-Bai gab hinter ihrem Schleier beifällige Geräusche von sich, und der Onkel bemerkte, Bescheidenheit sei eine preiswürdigere Tugend als Tapferkeit und es sei offenkundig, daß Pelham-Sahib beide in hohem Maße besitze. Sodann trug eine Dienerin auf einem silbernen Tablett zwei Girlanden herbei, gefertigt aus Flitter und verziert mit goldbestickten Medaillons. Shushila trat vor Ash hin und hängte ihm eine Girlande um, Anjuli folgte ihrem Beispiel. Mit dem Glitzerkram um den Hals, der sich befremdlich von der khakifarbenen Uniformjacke abhob, wirkte Ash wie ein viel zu bunt dekorierter General. Man bat ihn, Platz zu nehmen, bot Erfrischungen an und speiste gemeinsam mit ihm (wenn auch nicht vom gleichen Geschirr), ein einzigartiger Gunstbeweis.

Nachdem Shushila ihre Schüchternheit überwunden hatte, verbrachte man eine angenehme Stunde, plaudernd, Konfekt knabbernd, Eisgetränke schlürfend. Selbst Unpora-Bai trug ihr Teil zur Unterhaltung bei, wenn sie auch verschleiert blieb. Es hielt ziemlich schwer, die jüngere Prinzessin zum Reden zu bringen, doch wenn Ash es darauf anlegte, konnte er ungemein charmant sein, und es gelang ihm, das nervöse junge Mädchen wenigstens soweit aus ihrer Befangenheit zu lösen, daß sie ihn erst anlächelte, dann von Herzen lachte und zu schwatzen begann, als kenne sie ihn schon ihr ganzes Leben lang und als sei er wirklich ihr Bruder. Erst als ihm das gelungen war, wandte er die Blicke Anjuli-Bai zu, und was er da gewahrte, überraschte ihn überaus.

Als er eingetreten war, saß Anjuli ein wenig hinter ihrer Schwester im Schatten einer Hängelampe. Auch als sie zu ihm trat und ihm die Girlande umhängte, konnte er ihr Gesicht nicht gut sehen, denn sie hielt den Kopf gesenkt und ihr Sari war so gefaltet, daß er ihr Antlitz, soviel davon zu sehen war, beschattete. Als man dann Platz genommen hatte, konnte er ihr nicht gleich seine Aufmerksamkeit schenken, weil er sich ganz darauf konzentrierte, die jüngere Prinzessin genügend aufzulockern, damit sie am Gespräch mit dem Onkel und dem Bruder teilnahm. Anjuli sagte zunächst nichts, doch wirkte ihr Schweigen nicht zaghaft-nervös wie das der Halbschwester. Sie machte auch nicht den Eindruck, als sei sie uninteressiert an dem, was da geredet wurde. Sie saß vielmehr schweigend, beobachtend, gelegentlich nickend oder lächelnd verneinend den Kopf schüttelnd dabei, und Ash erinnerte sich daran, daß »Kairi-Bai« stets eine gute Zuhörerin gewesen war...

Als er sie endlich ansah, glaubte er zunächst, sich geirrt zu haben. Dies war nicht Kairi. Aus dem mageren, unansehnlichen, schäbig gekleideten winzigen Geschöpf, das nie genug zu essen bekam und das ihm wie ein hungriges Kätzchen nachzusteigen pflegte (so hatte er sie einmal genannt!), konnte unmöglich diese Frau geworden sein. Mahdu mußte sich geirrt haben, dies war eine andere, nicht die Tochter der zweiten Frau des Radscha, der Fremden Königin.

Sie hielt den Kopf nicht mehr gesenkt, der Sari verrutschte etwas, und es wurde deutlich, daß sie gemischten Blutes war. Man sah es an der Farbe der Haut, am Knochenbau des Gesichtes, an den langen, anmutigen Gliedmaßen, den Schultern und Hüften, den hoch angesetzten Wangenknochen, dem betonten Kinn, der breiten Stirn, daran, daß die Augen weit auseinander standen und die Farbe von Moorwasser hatten, an der zierlichen Stupsnase, dem anmutigen, generösen Mund, zu groß nach den gängigen Maßstäben, denen die Halbschwester auf bewundernswerte Weise entsprach.

Shushila-Bai dagegen war zierlich und so zerbrechlich wie ein Tanagra-Püppchen oder die Miniatur einer legendären indischen Schönen: die Haut golden, die Augen kohlschwarz, das Gesicht ein fehlerloses Oval, der Mund eine Rosenknospe. Diese zierliche und vollkommene Schönheit legte den Gedanken nahe, sie sei aus anderem Stoff gemacht als die Halbschwester, die schräg hinter ihr saß und nicht ganz so groß war, wie sie Ash anfangs vorgekommen war, denn als sie vor ihm stand, überragte er sie um einen halben Kopf. Doch Ash war groß, und verglichen mit ihm war Shushila winzig, in ihren absatzlosen Seidenpantöffelchen knapp eineinhalb Meter hoch.

Die Ältere war keine zierliche Asiatin, doch bewies das noch nicht, daß sie die Tochter der Fremden Königin war.

Dann fiel sein Blick auf den nackten Arm mit der wie Elfenbein getönten Haut, und da, gleich über dem goldenen Armband, sah er die halbmondförmige Narbe, die der Biß des Affen vor Jahren verursacht hatte. Ja, es ist Juli, dachte Ash, eine erwachsene, eine zur Schönheit herangewachsene Juli.

Vor langer Zeit, in seinem ersten Schuljahr, war Ash in einem Stück von Marlowe auf die Zeile gestoßen, die Faust beim Anblick der Schönen Helena spricht: »Oh, du bist anmutiger als die Abendluft, gekleidet in die Schönheit von tausend Sternen.« Er hatte diese Worte nie vergessen. Damals wie heute hörte er die treffendste Beschreibung von Schönheit heraus. Als er später diese Worte an Lily Briggs richtete, sagte diese kichernd: »Du bist mir aber einer!« Und Belinda reagierte im gleichen Sinne, wenn auch mit etwas anderen Worten. Keine aber ähnelte auch nur entfernt Anjuli-Bai, der Halbschwester des Maharadscha von Karidkote, deren Erscheinung, so dachte Ash plötzlich, dem Dichter vorgeschwebt haben mochte.

Beim Anblick von Juli war ihm, als sähe er erstmals im Leben echte Schönheit, als habe er bis dahin nicht gewußt, was das sei. Lily war auf eine zerzauste

Weise attraktiv, Belinda ohne Zweifel hübsch gewesen, hübscher jedenfalls als andere, die er gekannt hatte. Doch sein weibliches Schönheitsideal war bereits in Indien geprägt worden und – ihm unbewußt – auch vom viktorianischen Geschmack. Unzählige Bilder, Postkarten und Illustrationen jener Ära zeigen, daß man große Augen und einen knospenden Mund in einem ovalen Gesicht bevorzugte, ganz zu schweigen von schmalen, abfallenden Schultern und einer Wespentaille. Das Zeitalter der Göttinnen à la Du Maurier, die ein ganz neues Schönheitsideal einführten, war noch nicht angebrochen, und es kam Ash gar nicht in den Sinn, daß ein Gesicht, das dem indischen – und viktorianischen – Ideal ganz entgegengesetzt war, viel fesselnder sein, daß es den gefälligen Liebreiz, den er bislang bewundert hatte, fade erscheinen lassen könnte. Zwar entsprach auch jetzt noch ein zierlich gebautes Persönchen wie Shushila mehr seinem Geschmack, doch Anjuli, die ihrer russischen Urgroßmutter ähnelte, war wie eine Offenbarung für ihn, und er konnte die Augen nicht abwenden. Seine Blicke spürend und darob in Verlegenheit geratend, drehte sie sich ein wenig beiseite und zog den Zipfel des Sari so weit in die Stirn, daß das Gesicht wieder beschattet war. Ash wurde seine Unhöflichkeit bewußt und auch, daß Jhoti eine Frage an ihn gerichtet hatte, die er nicht verstand. Er wandte sich also rasch dem Prinzen zu und plauderte während der nächsten Minuten angeregt mit ihm über Falkenjagd, und erst als die Prinzessinnen neckend ihren Onkel baten, er möge doch erlauben, daß auch sie am Ufer mit Falken jagten, konnte er sich Anjuli neuerlich zuwenden.

Die ältlichen Dienerinnen dösten vor sich hin und gähnten verstohlen, denn es war spät. Ash wußte, es war Zeit, sich zu verabschieden, doch vorher wollte er noch eine Probe machen. Er faßte unauffällig in die Tasche und tat gleich darauf, als nehme er etwas vom Teppich auf.

»Du hast etwas verloren, Prinzessin«, sagte er und reichte Anjuli einen winzigen Gegenstand. »Ich glaube jedenfalls, dies gehört dir?«

Er erwartete, daß sie überrascht oder erstaunt dreinblicke – eher noch letzteres, denn wie sollte sie sich nach all den Jahren jenes Talismans erinnern oder des Knaben, dem sie ihn geschenkt? Doch geschah keins von beiden. Als er sie ansprach, sah sie ihn an und nahm lächelnd und einen Dank murmelnd die winzige Perlmuttschnitzerei von seiner Handfläche.

»Ja, Sahib, es gehört mir, ich kann mir gar nicht vorstellen –« Sie verstummte jäh, die Hand an ihrem Hals. Ash wußte im gleichen Moment, daß er irrte: Nicht nur erinnerte Juli sich genau, sondern sie trug die andere Hälfte des Fisches am Hals, trug ihn stets, befestigt an einer feinen seidenen Schnur. Und soeben hatte sie bemerkt, daß er da noch hing.

Ash wurde sich einer beunruhigenden Verwirrung seiner Gefühle bewußt, die er nicht näher untersuchen wollte, entschuldigte sich für sein langes Verweilen bei Shushila-Bai und bat, sich entfernen zu dürfen. Der Onkel stimmte lebhaft zu, er erhob sich auch gleich; es sei in der Tat Zeit, zur Ruhe zu gehen. Junge Leute brauchten wenig Schlaf, er jedoch könne auf den seinen nicht verzichten. »Es war ein sehr unterhaltsamer Abend, wir müssen öfter zusammenkommen«, sagte er.

Anjuli sagte nichts, sie regte sich auch nicht, saß vielmehr unbeweglich, die ihr überreichte Hälfte des Talismans in der geballten Hand und starrte Ash aus weitaufgerissenen Augen ungläubig an. Ash bereute schon seine impulsive Handlung, wich ihrem Blick aus, als er sich verabschiedete und war wütend auf sich, als er durchs Lager zu seinem Zelt ging. Er hätte diese Schnitzerei wegwerfen sollen, zumindest hätte er sie Juli nicht geben dürfen. Das war unvernünftig. Ihm dämmerte, daß er etwas in Gang gesetzt hatte, dessen Ausgang nicht abzusehen war, wie jemand, der gedankenlos mit Schneebällen auf eine Wächte wirft und damit eine Lawine auslöst, die tief im Tal ein ganzes Dorf verschüttet.

Was, wenn Juli die wunderbare Rückkehr der verlorenen Fischhälfte erwähnte? Er ahnte nicht, wer dieser Tage ihr Vertrauen genoß, inwiefern sie sich verändert hatte. Auch wußte er nicht, wem ihre Loyalität galt, denn jene traurige kleine Kairi-Bai aus den Tagen von Gulkote ähnelte in nichts der juwelengeschmückten Prinzessin von Karidkote, die mit äußerster Prachtentfaltung ihrer Hochzeit entgegenzog. Unverkennbar hatten ihre Verhältnisse sich zum Guten gewendet. Er selber wollte um keinen Preis mit dem Knaben identifiziert werden, der einstmals ein Diener ihres Bruders gewesen war. Janu-Rani mochte gestorben sein, Biju Ram aber war noch quicklebendig und vermutlich nicht weniger gefährlich als früher. Er jedenfalls hatte den Knaben Ashok gewiß nicht vergessen, und hörte er von der Wiederkehr des Talismans, mochte er es mit der Angst bekommen und sich vornehmen, mit diesem Sahib zu verfahren wie er und Janu-Rani vor Jahren mit Ashok hatten verfahren wollen.

Bei diesem Gedanken wurde Ash flau im Magen, und er spürte den unbezwinglichen Drang, hinter sich zu blicken. Wieder hatte er sich wie ein Narr aufgeführt, wie so oft schon impulsiv gehandelt, ohne die Folgen seiner Handlungsweise zu bedenken. Dabei hatte er sich geschworen, das nie wieder tun zu wollen!

Er verschnürte den Zelteingang von innen und legte den Revolver unter sein Kopfkissen. Außerdem nahm er sich vor, künftig den Platz für sein Zelt sorgfältig auszuwählen; derzeit konnte man sich ihm von der Seite nähern, ohne daß Mahdu oder Gul Baz etwas merkten. Fortan sollten deren Zelte und die seiner Diener im Halbkreis um das seine stehen, die Zeltschnüre miteinander verknüpft und die Pferde links und rechts angepflockt werden, statt wie bisher hinter den Zelten. Gleich morgen früh kümmere ich mich darum, nahm er sich vor.

Doch war es längst noch nicht Morgen, als er davon erwachte, daß eine Hand die Verschnürung des Zelteinganges aufzunesteln suchte.

Ash war seit je ein leichter Schläfer und erwachte beim kleinsten Geräusch. Er lag reglos und horchte. Da, wieder. Jemand suchte sich Zugang zum Zelt zu verschaffen, und zwar keiner von seinen eigenen Leuten, denn die hätten gesprochen oder sich geräuspert, um auf sich aufmerksam zu machen. Es konnte kein Schakal sein, auch kein streunender Köter, denn das Geräusch kam aus halber Höhe. Ash langte den Revolver unter dem Kissen hervor und spannte gerade den Hahn, als er wieder ein leichtes Kratzen und sodann ein Flüstern vernahm: »Sahib, Sahib.«

»Wer da? Was willst du?«

»Nichts Übles, Sahib, nur ein Wort –« der Sprecher klapperte mit den Zähnen, sei es, weil er fror oder weil er Angst hatte.

Ash sagte barsch: »So sprich, ich höre.«

»Meine Herrin, die Prinzessin Anjuli –«

»Still.«

Ash löste den Knoten, öffnete das Zelt und sah eine Frau, verschleiert und in zahllose Umschlagtücher eingehüllt, offenbar eine Dienerin vom Hof. Er selber trug nur baumwollene Hosen, und bei diesem Anblick wich die Frau entsetzt zurück – ein halbnackter Sahib mit Revolver war ihr nie zuvor begegnet.

»Nun, was willst du?« fragte Ash unwirsch. Er liebte es nicht, um diese Zeit gestört zu werden und schämte sich der Angst, die er im Augenblick des Erwachens verspürt hatte. »Was möchte deine Herrin so dringend wissen?«

»Sie bittet dich, ihr zu sagen, von wem du eine gewisse Schnitzerei hast und ob du Näheres über den Besitzer weißt. Auch über seine Mutter. Sage ihr, wo er zu finden ist. Das ist alles.«

Und das reicht wohl auch, dachte Ash grimmig. Wollte nur Juli diese Auskünfte haben oder kam die Frau im Auftrag von Biju Ram, der schon davon gehört hatte, daß der halbe Fisch wieder aufgetaucht war?

Er sagte daher barsch: »Ich kann deiner Prinzessin nicht helfen, Weib. Sage ihr, ich bedauere, ich weiß von nichts.«

Er machte Anstalten, das Zelt zu verschnüren doch packte die Frau ihn am Arm und flüsterte atemlos: »Das ist nicht wahr. Du mußt wissen, von wem du es hast, und, Sahib – sag mir um Himmels willen eines: leben sie? Sind sie gesund?«

Ash schüttelte ihre Hand ab. Der eben aufgehende Mond stand im letzten Viertel, doch war es hell genug, um Ash den Umriß jener Hand erkennen zu lassen. Er packte das Gelenk und riß das Tuch weg, welches das Gesicht der Frau verbarg. Sie machte einen verzweifelten Versuch, sich zu befreien, hielt aber ganz still, als sie merkte, daß dies unmöglich war. Sie starrte ihn an und atmete rasch.

»Welche Ehre, Hoheit«, sagte Ash und verneigte sich leise lachend. »Aber ist das klug? Ich bin für Damenbesuch nicht passend gekleidet, wie du sehen kannst, und erblickte man dich um diese Stunde an diesem Ort, es erginge uns beiden schlecht. Auch darfst du nicht ohne Begleitung durch das Lager gehen, es ist zu gefährlich. Du hättest lieber eine deiner Dienerinnen schicken sollen. Ich rate dir, geh rasch zurück, bevor jemand dich vermißt und die Wachen alarmiert.«

»Falls du für dich selber fürchtest«, sagte Anjuli, »so ist das unnötig, denn ich schlafe allein und niemand merkt, daß ich nicht da bin. Müßte ich um meinetwillen Angst haben, wäre ich nicht gekommen.«

Sie flüsterte kaum hörbar, und doch lag so viel Verachtung in ihrer Stimme, daß Ash das Blut ins Gesicht stieg und er ihr Handgelenk schmerzhaft drückte, wie um sie zu strafen.

»Du kleines Luder«, sagte er kaum vernehmlich auf Englisch, trat dann leise lachend zurück, ließ ihr Handgelenk los und sagte: »Ganz recht, ich fürchte mich. Falls du keine Angst hast, Prinzessin, um so schlimmer für dich. Weder deine Brüder noch dein Onkel würden deine Eskapade auf die leichte Schulter nehmen, und dein Bräutigam schon gar nicht. Man würde darin eine Beeinträchtigung deiner Ehre sehen, und weil ich nicht scharf darauf bin, eines nachts ein Messer in den Rücken zu bekommen, bitte ich dich dringend, geh, so rasch du kannst.«

»Nicht, bevor du mir sagst, was ich wissen will«, widersprach Anjuli verstockt. »Ich bleibe, bis ich alles gehört habe, obwohl ich ebenso gut weiß wie du, daß es mir schlecht ergehen wird, falls jemand etwas merkt. Das würde mein schlimmster Feind mir nicht wünschen, und du hast mir immerhin das Leben gerettet, bist also nicht mein Feind. Sage mir, was ich hören will, und ich lasse dich fortan in Frieden. Das verspreche ich dir.«

»Und weshalb möchtest du das wissen?«

»Was du mir heute abend gegeben hast, ist die Hälfte eines Talismans, die ich vor vielen Jahren einem Freund geschenkt habe. Und als ich sie erkannte –« Hinter ihr entstand ein unbestimmtes Geräusch, und sie drehte sich blitzschnell um. »Ist dort jemand?«

»Nur eine Hyäne«, sagte Ash.

Das unförmige, lächerlich anzusehende Geschöpf, das auf Nahrungssuche durchs Lager strich, hoppelte vorüber und verschwand. Die Prinzessin holte erleichtert Luft und sagte unsicher: »Ich dachte schon – ich dachte, man wäre mir gefolgt...«

»Du hast also doch Angst«, bemerkte Ash unfreundlich. »Also, wenn schon geredet werden muß, komm ins Zelt. Das ist auch nicht gefährlicher, als wenn du hier draußen stehst, wo man dich sehen kann.«

Sie hörte ihn im Dunkeln umhertasten, ein Streichholz flammte auf, der Docht der Sturmlampe fing Feuer. Ash schob ihr einen Feldstuhl hin, ohne darauf zu achten, ob sie darauf Platz nahm, zog seinen Morgenrock an und schlüpfte in Pantoffeln. Als er den Gürtel verknotete, bemerkte er: »Besser, ich ziehe etwas an, falls man uns doch noch zusammen entdecken sollte. Setz dich doch. Nein? Aber du hast nichts dagegen, daß ich mich hinsetze?« Er ließ sich auf seinem Bett nieder und blickte erwartungsvoll zu ihr auf.

Hinter ihm tickte hörbar die Uhr. Er tat nichts, um das Schweigen zu brechen. Ein Falter, der sich herein verirrt hatte, flatterte um die Lampe und warf unruhige Schatten an die Wand des Zeltes.

»Ich...« Anjuli konnte schon nicht mehr weiter; sie nahm die Unterlippe zwischen die Zähne, eine Angewohnheit, die Ash sehr vertraut vorkam. Schon als Kind pflegte sie dies zu tun, und seine Mutter hatte sie dafür gescholten, weil das die schöne Form des Mundes verunstaltete.

»Nur zu«, forderte er sie unlustig auf.

»Ich sagte doch schon: Vor vielen Jahren habe ich jene Schnitzerei einem Freund geschenkt, und ich möchte hören, wie du in ihren Besitz gelangt bist, denn ich – ich muß wissen, was aus diesem Freund und seiner Mutter geworden ist und wo sie jetzt sind. Ist denn das so schwer zu begreifen?«

»Nein, aber das reicht mir nicht. Es muß mehr dahinterstecken, sonst hättest du dich nicht hergewagt. Ich will alles wissen. Und bevor ich dir antworte, mußt du mir sagen, wem du das weitererzählst.«

»Wie? Wem sollte ich das weitererzählen? Ich verstehe nicht.«

»Nein? Denk einmal nach – es könnten doch andere auch noch wissen wollen, wo dieser Freund von dir geblieben ist.«

Anjuli schüttelte den Kopf. »Nein, jetzt nicht mehr. Früher einmal – ja. Es gab einmal eine schlechte Frau, die ihm übel wollte, die seinen Tod wünschte. Doch lebt sie nicht mehr und kann ihm nicht mehr schaden. Sie hatte ihn wohl auch schon seit langem vergessen. Von seinen eigenen Freunden lebt in Gulkote keiner mehr, ich weiß nicht, wo sie geblieben sind und was aus ihnen geworden ist. Auch sie sind vielleicht nicht mehr am Leben oder sie haben ihn vergessen, wie alle...«

»Alle, außer dir«, sagte Ash gedehnt.

»Außer mir. Aber er... er war mir wie ein Bruder, ein wahrer Bruder, mehr Bruder als meine blutsverwandten Brüder. An meine Mutter erinnere ich mich nicht. Schon vor ihrem Tode war sie in Ungnade gefallen; die neue Frau meines Vaters hielt mich von ihm fern, er war mir entfremdet. Selbst die Hofdamen wußten, daß sie mich vernachlässigen durften. Nur zwei waren gut zu mir: eine meiner Dienerinnen und deren Sohn Ashok. Er war einige Jahre älter als ich und stand im Dienste meines Halbbruders, des jungen Prinzen. Ohne Ashok und seine Mutter wäre ich ganz ohne Freunde gewesen, und du kannst dir nicht vorstellen, was dem Kind, das ich damals war, ihre Freundschaft bedeutete...«

Ihre Stimme wurde unsicher, und Ash schaute weg, denn er sah Tränen in ihren Augen und schämte sich wieder sehr, weil er das kleine Mädchen vergessen hatte, das seine Mutter liebte und in ihm den Freund und Beschützer sah, das er in Gulkote sich selber überlassen und aus dem Gedächtnis verdrängt hatte...

Anjuli fuhr fort: »Außer diesen liebte ich niemanden, und als sie fortgingen, war mir, als sollte ich vor Kummer und Herzeleid sterben. Sie mußten fliehen... ich will dich mit dieser Geschichte aber nicht langweilen, du kennst sie gewiß, denn wie sonst wärest du in den Besitz des halben Fisches gelangt? Ich will nur noch sagen, daß ich Ashok zum Andenken diese Schnitzerei als Talisman schenkte und daß er ihn in zwei Stücke brach, mir eines zurückgab und versprach, eines Tages wiederzukommen. Dann wollten wir die Teile zusammensetzen. Ich habe aber nie erfahren, was aus ihm geworden ist, ob ihm und seiner Mutter die Flucht gelang, und oft fürchtete ich, beide seien tot, denn ich konnte mir nicht erklären, daß sie nie etwas von sich hören ließen oder daß Ashok nicht wiederkäme – er hatte es doch versprochen. Und als du mir heute abend nicht meine Hälfte des Fisches zurückgabst, sondern seine, wußte ich: er ist am Leben und hat dir aufgetragen, ihn mir zu bringen. Darum bin ich gekommen, als alle schliefen, und bitte dich, mir zu sagen, was du weißt.«

Der Falter war nun in den Lampenzylinder gefallen und die Flamme flackerte. Ein zweites ungeschicktes Insekt flog wieder und wieder gegen die Lampe und verursachte dabei ein eintöniges Geräusch, das nun, da Anjuli schwieg, in der Stille überlaut wie dumpfes Trommeln klang. Ash stand auf, er drehte am Docht der Lampe, kehrte Anjuli den Rücken, augenscheinlich ganz vertieft in seine Beschäftigung. Er redete immer noch nicht, und als das Schweigen länger und länger währte, sagte sie mühsam: »Sie sind also tot?«

Ash erwiderte, ohne sich umzudrehen: »Seine Mutter starb vor Jahren, bald nach der Flucht aus Gulkote.«

»Und Ashok?« fragte sie und wiederholte die Frage gleich nochmal.

»Der ist hier«, sagte Ash endlich, wandte sich ihr zu, so daß sie jetzt ganz im Licht, er aber noch im Schatten stand.

»Hier im Lager?« Anjuli konnte es nicht fassen. »Aber warum kommt er dann nicht... wo ist er? Was tut er? Sag ihm –«

»Erkennst du mich nicht, Juli?«

»Dich erkennen?« Juli war verwirrt. »Treib nicht dein Spiel mit mir, Sahib. Es kränkt mich.«

Sie rang verzweifelt die Hände. Ash sagte drängend: »Ich treibe nicht mein Spiel mit dir, Juli, schau mich an...« Er hielt die Lampe so, daß das Licht auf sein Gesicht fiel. »Betrachte mich genau – haben ich mich so verändert? Erkennst du mich wirklich nicht?«

Anjuli wich starren Blickes zurück. »Nein, nein, nein.« Sie flüsterte es kaum hörbar.

»O doch, du erkennst mich. So sehr kann ich mich nicht verändert haben. Ich war damals immerhin elf Jahre alt. Du selber warst ein Kind, sechs Jahre, oder sieben? Dich hätte ich nie erkannt. Doch hast du noch die Narbe, wo der Affe dich biß. Erinnerst du dich, wie meine Mutter dich gewaschen und verbunden hat? Wie sie dir von Rama und Sita erzählte, und wie Hanuman und die Affen ihnen zu Hilfe kamen? Hinterher führte ich dich zum Tempel von Hanuman bei den Elefanten. Erinnerst du dich nicht mehr daran, wie Laljis Äffchen fortlief, wie wir ihm in den Mor Minar folgten und den Balkon entdeckten?«

»Nein«, hauchte Anjuli, »das kann nicht sein, es ist eine Täuschung.«

»Warum sollte ich dich täuschen wollen? Frag mich, was du willst, frag mich etwas, das nur Ashok wissen kann, und falls ich die Antwort nicht weiß –«

»Du könntest alles von ihm selber gehört haben«, fiel Anjuli ihm ins Wort.

»Du wiederholst nur, was er dir erzählt hat. Ja, so muß es sein!«

»Meinst du? Aber zu welchem Zwecke sollte ich? Was hätte ich dadurch zu gewinnen? Warum sollte ich dich belügen wollen?«

»Du bist ein Sahib – ein Engländer! Wie also kannst du zugleich Ashok sein? Ich kannte seine Mutter. Sita hieß sie und war meine Dienerin.«

Ash stellte die Lampe hin und nahm wieder auf dem Feldbett Platz. Dann sagte er nachdenklich: »Das hat er lange Zeit selber geglaubt. Doch war es nicht so. Als sie im Sterben lag, vertraute Sita ihm an, daß seine Mutter eine Engländerin war, verheiratet mit einem Engländer, sie aber nur seine Amme und Pflegemutter, die Frau des Pferdeknechtes seines Vaters. Er – ich wollte davon nichts wissen, denn sie war mir immer die Mutter gewesen. Doch deshalb blieb die Wahrheit doch die Wahrheit. Ich bin der Ashok, der ich war. Falls du mir nicht glaubst, frage Koda Dad, der jetzt in seiner Heimat bei den Yusafzais lebt, und an den du dich gewiß erinnerst. Frag seinen Sohn Zarin in Mardan, wo er als Jemadar bei den Kundschaftern dient. Die werden dir bestätigen, daß wahr ist, was ich sage.«

»Ah, nein!« Ihr versagte die Stimme, sie wandte sich weg, lehnte gegen den Mittelpfosten des Zeltes und weinte, als solle ihr das Herz brechen.

Dies war viellleicht die einzige Reaktion, mit der er nicht gerechnet hatte, und sie verwirrte ihn nicht nur, sie bereitete ihm Verlegenheit, er fühlte sich hilflos und geradezu entrüstet.

Was gab es denn da zu heulen? Weiber! dachte Ash – nicht zum ersten Mal übrigens! – und wünschte schon, er hätte den Mund gehalten. Das war seine Absicht gewesen, allerdings erst, nachdem ihm der Verdacht gekommen war, andere als Anjuli-Bai könnten wissen wollen, was aus Ashok geworden war, und daß es vermutlich ein schwerer Fehler sein würde, die Erinnerung an jenen längst vergessenen Knaben aufzufrischen. Daß Juli sich nach all diesen Jahren seiner und Sitas mit so viel Liebe erinnerte, brachte seinen Vorsatz ins Wanken, ihm schien es grausam, ihr die Wahrheit vorzuenthalten. Mochte sie glauben, er sei gekommen, sein Versprechen einzulösen, wenn sie das tröstete; daß er sie praktisch bis heute vergessen hatte, brauchte sie nicht zu erfahren. Er hatte angenommen, sie werde sich darüber freuen, mindestens aufgeregt sein – und was tat sie: sie war entsetzt und weinte!

Was konnte sie denn anderes erwarten? Was hätte er denn tun sollen? Ihr eine Lügengeschichte auftischen von einem Fremden, der ihm den Fisch geschenkt? Oder hätte er sie ohne jede Auskunft wegschicken sollen – was sie allerdings für ihr Benehmen verdient hätte, das sie alle beide in eine solch peinliche Lage brachte. Er betrachtete mit gerunzelter Stirn die Insekten, die derweil die Lampe umschwirrten, und verschloß die Ohren, so gut es gehen wollte, vor ihrem Schluchzen.

Die Uhr auf seinem Tisch schlug drei. Ash fuhr zusammen, als er den hellen kurzen Ton hörte, nicht, weil es schon so spät war, sondern weil seine Nerven zum Zerreißen gespannt waren, ohne daß ihm dies bewußt geworden war. Wie nervös er war, wurde ihm erst deutlich, als er sich zusammenschrecken fühlte. Die Gefahr der Lage trat ihm deutlich vor Augen. Juli hatte ein wahnwitziges Risiko mit ihrem Besuch bei ihm auf sich genommen, und daß sie es mit einer Handbewegung abtat, änderte daran nichts. Sollte man nach ihr suchen und sie bei ihm finden – die Folgen waren nicht auszudenken.

Schon zum zweiten Mal in dieser Nacht stellte Ash sich vor, daß man ihn ohne weiteres beseitigen könnte (Juli ebenfalls), ohne daß jemand davon erfuhr. Er wurde deshalb immer gereizter. Das war typisch für die Frauen: erst bringen sie einen in eine lebensgefährliche Lage, dann machen sie alles noch schlimmer, indem sie in eine Tränenflut ausbrechen! Am liebsten hätte er sie geschüttelt. War ihr denn nicht klar –

Er sah sie immer noch stirnrunzelnd an, doch änderte sich jetzt seine Stimmung. Sie weinte lautlos, und ihre Haltung erinnerte ihn an die kleine Kairi, die ebenso weinte, als er Abschied von ihr nahm. Auch damals weinte sie um ihn – denn er war in Gefahr und mußte fliehen –, sie vergoß nicht ihretwegen Tränen, da sie nun einsam und ohne Freunde zurückbleiben würde. Und jetzt hatte er sie wiederum zum Weinen gebracht. Arme Juli – arme kleine Kairi-Bai. Er trat neben sie und sagte unbeholfen: »Weine nicht, Juli, es gibt keinen Grund zu weinen.«

Ihre Antwort bestand in einem Kopfschütteln, das Zustimmung oder Ablehnung bedeuten konnte, und diese verzweifelte Bewegung schnitt ihm ins Herz. Er nahm sie in die Arme, preßte sie an sich und flüsterte tröstend: »Weine nicht, Juli, bitte, weine nicht, ich bin ja da, ich bin wieder da. Es gibt keinen Grund zu weinen...«

Zunächst widerstrebte ihr schlanker, bebender Körper nicht, ihr Kopf ruhte reglos an seiner Schulter, und er fühlte, wie ihre Tränen den seidenen Morgenrock näßten. Dann erstarrte sie ruckartig in seinem Arm und machte sich los. Ihr Gesicht war nicht mehr schön, im Lampenschein wirkte es verzerrt, die Augen vom Weinen geschwollen und gerötet. Sie sah ihn wortlos an, mit einem kalten, verächtlichen Blick, der ihn traf wie ein Peitschenhieb. Dann wandte sie sich weg, riß den Zelteingang auf, trat hinaus in die Nacht und verschwand im Schatten, den die Zelte im Mondlicht warfen.

Sinnlos, ihr zu folgen. Ash versuchte es erst gar nicht. Er lauschte in die Nacht, und als er im Lager keine Anrufe hörte, setzte er sich wieder hin, völlig benommen und atemlos.

»Nein«, flüsterte er vor sich, »so etwas gibt es nicht, so rasch geht das nicht, nicht von einem Atemzug zum anderen. Das ist ausgeschlossen!«

Doch wußte er, es war keineswegs ausgeschlossen, vielmehr war es soeben passiert – und zwar ihm.

16

Dem Wunsche der jüngeren Prinzessin folgend, wurde das Lager am folgenden Morgen nicht abgebrochen, vielmehr wurde bekanntgegeben, daß man mindestens drei Tage verweilen wolle – eine Rast, die allen willkommen war, weil sie Gelegenheit bot, Wäsche zu waschen, erlesenere Mahlzeiten zu bereiten und an Zelten, Zaumzeug und Gurtwerk Reparaturen vorzunehmen.

Schon sah man an den Ufern Wäscherinnen; Mahouts führten ihre Elefanten zum Baden, und im seichten Wasser planschte eine Schar von Kindern. Futtermacher begaben sich auf die Suche nach frischem Gras, Jagdgesellschaften brachen auf. Jhoti und Shushila brachten den Onkel dazu, daß er eine Falkenjagd veranstalten ließ, bei der die Prinzessinnen unverschleiert zusehen durften.

Leicht war es Kaka-ji nicht gefallen, die Erlaubnis zu geben, doch tat er es schließlich, nachdem sichergestellt war, daß die Prinzessinnen vom Lager aus nicht gesehen werden konnten. Zu den Jägern gehörten Mulraj und Ash, einige Falkner, drei Hofdamen sowie eine Eskorte aus Palastwachen und Dienerinnen, ferner Biju Ram (aus dem Gefolge von Jhoti) und der Onkel selber, der betonte, er müsse ein väterliches Auge auf seine jungen Schützlinge halten – was niemanden darüber hinwegtäuschte, daß der alte Herr in Wirklichkeit aus Leidenschaft für die Falkenjagd teilnahm. Man merkte ihm an, daß er noch lieber ohne die Nichten seinem Vergnügen nachgegangen wäre.

Ash erklärte er das überraschend vertraulich: »Nicht, daß sie nicht reiten könnten, aber von der Falkenjagd verstehen sie nichts, das ist Männersache. Das Handgelenk einer Frau ist nicht stark genug, den Falken zu tragen, Shushilas wenigstens nicht. Anjuli-Bai wäre stark genug, aber sie liebt die Jagd nicht. Shushila andererseits ermüdet leicht, und ich weiß wirklich nicht, warum sich die beiden darauf versteifen, mitzukommen.«

Jhoti, der dem Gespräch zuhörte, bemerkte: »Kairi wollte nicht, aber Shushu sagte, dann ginge sie auch nicht mit. Und dabei fing sie an zu weinen; sie habe den Lärm und den Gestank des Lagers so satt und wolle um jeden Preis für eine Weile an die frische Luft. Du weißt, wie sie ist, Onkel. Also hat Kairi gleich zugestimmt. Da kommen sie ja. Gut, jetzt kann es losgehen.«

Man ritt im Trabe in die Ebene hinaus, weil die Hofdamen, die nicht reiten konnten, nur langsam mit dem Wagen folgten und weil Prinzessin Shushila, anders als der Onkel behauptet hatte, nicht gerade glänzend zu Pferde saß, vielmehr ihr Pferd von einem ältlichen Bedienten führen ließ.

Beide Damen trugen leichte Kopftücher, welche nur die Augen freiließen, doch kaum außer Sicht des Lagers, lockerten sie die Tücher und nahmen sie ab. Ash bemerkte mit Interesse, daß außer Jhoti und Kaka-ji kein Mann sie jemals direkt anblickte, auch nicht, wenn er auf eine Frage antwortete. Nicht einmal Mulraj tat das, obschon er mit dem Herrscherhause verwandt war. Dies zeugte eindrucksvoll von guten Manieren. Ash allerdings hielt sich nicht daran. Man hatte ihm schließlich gesagt, er gehöre fortan zur Familie, also durfte er wohl das Privileg eines Ehrenbruders nutzen und so lange schauen wie er wollte. Das tat er denn auch. Aber öfter als Shushila sah er Anjuli an, obschon die Jüngere, erregt von der Jagd und wie berauscht vom Geschmack der Freiheit, durchaus sehenswert war: eine wahre Märchenprinzessin, ganz Gold, Rose und Ebenholz und vor Vergnügen strahlend.

Jhoti sagte munter: »Paß auf, heute abend ist sie bestimmt krank. Sie wird immer krank, wenn sie sich aufregt. Sie ist wie eine Wippe: Entweder hoch in der Luft oder ganz unten im Schmutz – bauz. Ich finde Mädchen albern – du nicht? Und so was soll man nun heiraten.«

»Hm«, machte Ash, der nicht zugehört hatte.

Jhoti schwatzte munter weiter: »Meine Mutter hatte schon eine Heirat für mich arrangiert, doch mein Bruder Nandu hat sie abgesagt, als meine Mutter gestorben war, und das war mir sehr recht, denn heiraten wollte ich nicht. Allerdings tat er es, um mich zu ärgern, das weiß ich wohl. Er wollte mir einen Streich spielen, aber es wurde eine gute Tat daraus, gegen seinen Willen. So ein törichter Kauz! Doch Heiraten werde ich wohl eines Tages trotzdem müssen. Wer Söhne haben will, braucht eine Frau. Hat deine Frau dir schon Söhne geboren?«

Wieder antwortete Ash mit einem mehrdeutigen Grunzen, und statt seiner antwortete Mulraj, der auf der anderen Seite neben dem Prinzen ritt: »Der Sahib hat keine Frau, Prinz. Bei seinem Volk ist es Brauch, erst spät zu heiraten. Man wartet damit, bis man alt und weise geworden ist. Stimmt es nicht, Sahib?«

»Humm«, machte Ash, »verzeih, ich habe nicht zugehört.«

Mulraj lachte und machte eine vielsagende Gebärde. »Du hörst selber, Prinz, er hat nicht zugehört. Seine Gedanken sind heute weit weg. Wo sind sie nur, Sahib? Bedrückt dich etwas?«

»Nein, selbstverständlich nicht«, versicherte Ash eilig, »es geht mir nur was im Kopf herum...«

»Das sieht man. Drei Vögel hast du schon übersehen – da fliegt der vierte, eine schöne fette Taube – nein, das war zu spät, der Prinz ist dir zuvorgekommen.«

Tatsächlich hatte Jhoti als erster die Taube erspäht. Mulraj hatte noch nicht zu Ende gesprochen, da stieg sein Falke auf, und Jhoti galoppierte eifrig davon.

»Er hat guten Unterricht gehabt«, sagte Mulraj anerkennend und blickte dem davonsprengenden Knaben nach, »und reiten kann er wie ein Radschput. Nur sein Sattel... da gefällt mir etwas nicht. Entschuldige mich, Sahib.«

Und er galoppierte hinterher. Ash blieb mit seinen Gedannken allein und war dankbar dafür. An diesem Morgen wäre er lieber für sich geblieben, auch interessierte ihn die Falkenjagd heute nicht sehr, obschon auch er guten Unterricht erhalten und der Falke auf seiner Hand ein Geschenk von Kaka-ji war. Normalerweise hätte ihm nichts größere Freude gemacht, als in solchem Gelände zu jagen, doch war er in Gedanken mit anderem beschäftigt.

Es schien, daß die jüngere Prinzessin ein gut Teil der gewohnten Scheu abgelegt hatte, denn sie plauderte recht munter mit ihm und akzeptierte ihn als Freund, wohingegen Anjuli beharrlich schwieg, und diesmal bezeichnete ihr Schweigen deutlich Distanz; nicht einmal ansehen wollte sie ihn. Als er versuchte, sie ins Gespräch zu ziehen, antwortete sie auf Fragen mit einer unbestimmten Kopfbewegung, bestenfalls mit einem höflichen Lächeln, ihre Blicke aber gingen an ihm vorbei oder durch ihn hindurch. Ihr Gesicht war bläßlich und etwas verquollen. Sie hatte wohl nicht ausgeschlafen – kein Wunder, denn als sie sein Zelt verließ, war es später als drei Uhr früh gewesen. Häßlich allerdings würde sie wohl nie aussehen, denn ihre Schönheit gründete in der Knochenstruktur; das etwas kantige Gesicht würde auf die immer gleiche frappierende Weise über dem schlanken Hals schweben, die Augen immer weit auseinanderstehen, die Oberlippe immer eine Spur zu kurz sein. Heute jedoch wirkte sie neben ihrer Schwester beinahe farblos, und er fragte sich, warum das den Reiz nicht verminderte, den ihr Anblick auf ihn ausübte.

Vor Monaten hatte er zu Wally noch gesagt, er werde sich nie wieder verlieben, er sei davon für immer kuriert, sei immun dagegen, wie jemand gegen Pocken immun ist, der sie überstanden hat. Noch vor acht Stunden hätte er diese Behauptung guten Glaubens wiederholt, und er begriff nicht, wie sich das hatte ändern können. Dem Kind Juli gegenüber hatte er sich als Beschützer gefühlt, es war daran nichts Sentimentales, keine Zuneigung im eigentlichen Sinne (kleine Jungen empfinden die für noch jüngere Mädchen nur selten), und hätte er wählen können, er hätte einen Spielkameraden gleichen Geschlechtes und Alters bevorzugt. Auch wußte er bereits, wer sie war, als er sie ans Ufer trug, sie eine beträchtliche Zeit im Arm hielt bei anbrechender Dunkelheit – und was hatte er da verspürt? Ungeduld und Gereiztheit, nichts weiter.

Als er später, beim Besuch im Zelt der Damen, zu seiner Verblüffung entdecken mußte, daß er sie schön fand, ging sein Herz nicht schneller, geriet sein Blut nicht in Wallung, und als sie zu ihm ins Zelt kam, war er mißtrauisch, abwechselnd gereizt und sentimental, und am Ende zornig und verlegen. Warum also änderte sich für ihn die Welt in den wenigen Minuten, da sie weinend an seiner Schulter lehnte, warum bewirkte das der Anblick eines von Tränen entstellten nassen Gesichtes? Das war unerklärlich – doch war es geschehen.

Eben noch war er wütend auf sie, weil sie so unvorsichtig war, in sein Zelt zu kommen. Er wünschte nur, sie möge zu heulen aufhören und sich trollen; eine halbe Minute später wußte er mit absoluter Bestimmtheit, was dieses nagende Gefühl der Leere gewesen war, das ihn jahrelang geplagt hatte. Es war wie weggeblasen, er fühlte sich als ein Ganzer, denn er hatte gefunden, was ihm fehlte. Hier war es, in seinen Armen, Juli war es, seine Juli. Nicht ein Teil seiner Vergangenheit, doch seit eben und in alle Zukunft ein Teil seines Herzens.

Was er unternehmen sollte oder könnte, ahnte er nicht. Die Klugheit gebot, sich Juli aus dem Sinn zu schlagen, nicht mit ihr zu sprechen, ihr auszuweichen, denn andernfalls konnte das Resultat für alle beide katastrophal sein, das hatte er schon in der Nacht begriffen und begriff es jetzt bei Tage womöglich noch deutlicher. Prinzessin Anjuli war die Tochter eines regierenden Fürsten, Halbschwester eines anderen Herrschers und zur Gattin eines dritten Herrschers bestimmt. Daran ließ sich nichts ändern, und das Klügste – das einzig Mögliche! – wäre, die Vorfälle der letzten Nacht zu vergessen und dafür dankbar zu sein, daß er sie offensichtlich mit einem Wort oder einer Geste so tief gekränkt hatte, daß sie nichts mehr mit ihm zu tun haben wollte.

Weise Zurückhaltung war aber nie Ashs Stärke gewesen und Vorsicht schon gar nicht. Er konnte nichts anderes denken, als daß er mit ihr reden wollte, auch wenn dies – selbst mit ihrer Einwilligung – schwierig, ohne diese aber geradezu unmöglich war. Irgendwie jedoch mußte es ihm gelingen, es mußte einfach. Der Zug würde noch Wochen unterwegs sein; bislang hatte er das Tempo nach Kräften beschleunigt, doch war das nicht zwingend notwendig.

Von nun an mochte man sich gemächlicher voranbewegen, länger auf den Rastplätzen verweilen – wenigstens einen ganzen oder auch zwei Tage –, und allein das würde die Reise um Wochen verlängern. Um Juli daran zu hindern, ihm aus dem Wege zu gehen, war es notwendig, die Freundschaft zu Shushila, zu Jhoti und Kaka-ji zu pflegen, die ihn zu sich ins Empfangszelt bitten würden, wo Juli sich ihnen zugesellen mußte, ob sie wollte oder nicht. Ihre jüngere Schwester machte sich ganz von ihr abhängig, der konnte sie so leicht nichts abschlagen, zumal sie in diesem Falle keine einleuchtenden Gründe für ihr Fernbleiben vorzubringen hatte, es sei denn, sie sagte die Wahrheit, und daran glaubte Ash nicht.

»Hai mai«, seufzte Ash und merkte erst, daß er es laut getan hatte, als Kaka-ji sein Pferd neben das seine lenkte und fragte: »Was macht dir solchen Kummer?«

»Ach, nichts von Bedeutung, Rao-Sahib«, sagte Ash errötend.

»Nein?« neckte Kaka-ji ihn sanft. »Aus den Symptomen hätte ich geschlossen, daß du verliebt bist und dein Herz in Rawalpindi gelassen hast. Denn so blicken, sprechen und seufzen nur junge Männer, die an ihre Liebste denken.«

»Du triffst es nur allzu genau, Rao-Sahib«, sagte Ash leichthin.

»Oh, auch ich war einmal jung, wenn man das auch nicht glauben möchte bei dem Anblick, den ich jetzt biete.«

Ash lachte. »Hast du je geheiratet, Rao-Sahib?«

»O ja, gewiß. Damals war ich viel jünger als du bist. Doch starb meine Frau fünf Jahre darauf an der Cholera, nachdem sie mir zwei Töchter geboren hatte. Jetzt habe ich sieben Enkelkinder, lauter Mädchen, leider. Aber mit der Zeit werde ich von ihnen viele Urenkel bekommen, und vielleicht lauter Knaben. Das hoffe ich jedenfalls.«

»Du hättest wieder heiraten sollen«, tadelte Ash.

»Das meinten alle meine Freunde und auch meine Verwandten. Damals jedoch lag mir nicht daran, noch eine Frau unter mein Dach zu nehmen, wo es bereits von Weibern wimmelte. Und erst später – viel später – begegnete mir eine, die ich liebte...«

Das klang so kummervoll, daß Ash lachend bemerkte: »Wer dich reden hört, muß ja denken, es wäre dir nie Schlimmeres widerfahren?«

»Und so war es auch. Sie gehörte nicht meiner Kaste an, ich wußte gleich, ich durfte nicht an sie denken, die Familie und die Priester würden dagegen sein. Während ich noch zauderte, wurde sie von ihrem Vater an einen anderen verheiratet, der über diese Dinge weniger streng dachte als ich, und ich mußte entdecken, daß keine andere Frau in meinem Herzen ihren Platz einnehmen, ihr Gesicht aus meinem Bewußtsein verdrängen konnte. Darum habe ich nicht wieder geheiratet, und das mag gut sein, denn Frauen sind zänkisch und laut, und wer so alt ist wie ich, wünscht Stille und Frieden.«

»Und Muße für die Falkenjagd«, schmunzelte Ash.

»Wahr, wahr. Wenngleich die Geschicklichkeit mit zunehmendem Alter nachläßt. Laß sehen, wie gut du es verstehst, Sahib –«

Von Liebe war nicht mehr die Rede, vielmehr konzentrierte Ash sich auf die Jagd und wurde in der folgenden Stunde mehrmals von Kaka-ji für seine Geschicklichkeit im Ansetzen des Merlin-Falken gelobt. Das Mittagsmahl fand unter Bäumen am Rande eines lagunenartigen Rastplatzes statt, und danach legten die Damen sich unter einem improvisierten Baldachin zur Ruhe. Die Männer ließen sich behaglich im Schatten nieder, um den heißesten Teil des Tages zu verschlafen.

Die frische Morgenbrise war nur noch ein matter Hauch, der zwar noch das Laub wispern ließ, den Staub aber nicht mehr aufrührte; das Zwitschern der Vögel und das Keckern der gestreiften Eichhörnchen verstummte. Irgendwo ließ ein Taubenpaar sein monotones dumpfes Gurren vernehmen, das sich angenehm mit dem Wispern der Blätter mischte, und wenn einer der Falken sich rührte, klingelte ein Glöckchen. Diese Mischung sanfter Geräusche hätte jeden normalen Erwachsenen schläfrig gemacht, und einzig Jhoti, der wie fast alle Zehnjährigen den Nachmittagsschlaf für pure Zeitverschwendung hielt, war hellwach und unruhig. Allerdings schliefen nicht alle Erwachsenen – Hauptmann Pelham-Martyn beispielsweise war wach.

Bequem zwischen den Wurzeln eines alten Baumes ruhend, dessen Stamm eine angenehme Stütze bot, überlegte Ash, wie er sich gegenüber Juli verhalten solle, lauschte zugleich aber mit halbem Ohr dem Gespräch zweier Menschen, die er nicht sah und die wohl auch nicht ahnten, daß jemand hinter ihnen saß, vom Stamm des gleichen Baumes verdeckt; womöglich glaubten sie auch, er schlafe. Das Gespräch war für Ash uninteressant, doch war ihm zu entnehmen, daß einer der Sprecher Jhoti war, der auf eigene Faust mit seinem Falken am anderen Ufer der Lagune jagen wollte und dem ein Erwachsener abriet. Ash, der keine Ursache sah, seine Anwesenheit bekannt zu machen, wäre er doch mit Sicherheit in diesen Streit einbezogen worden, weil jeder der Beteiligten ihn gebeten hätte, seine Partei zu ergreifen, Ash also regte sich nicht, sondern hoffte, die beiden würden gehen und ihm seine Ruhe lassen. Obwohl sie mit gedämpfter Stimme redeten, konnte er nicht konzentriert denken, und er hörte mit wachsender Gereiztheit zu.

»Ich will aber!« beharrte Jhoti. »Soll ich einen ganzen Nachmittag verschlafen? Du brauchst ja nicht mitzukommen, wenn du nicht willst. Ich reite ohnehin lieber allein, ich habe es satt, daß immer jemand auf mich achtet, als wäre ich ein Baby. Und Gian Chand brauche ich auch nicht, ich kann den Falken ebenso gut werfen wie er. Er muß mir nicht immer zeigen, wie ich es machen soll.«

»Ja doch, mein Prinz, gewiß«, beschwichtigte der andere flüsternd. »Das wissen wir alle. Doch darfst du nie ohne Begleitung sein, das schickt sich nicht, und Seine Hoheit, dein Bruder, würde es niemals erlauben. Wenn du älter bist, vielleicht –«

Jhoti unterbrach heftig: »Ich bin jetzt schon alt genug. Und du weißt genau, mein Bruder vergällt mir jede Freude. Das war immer schon so. Weil er wußte, daß ich mit den Schwestern nach Bhithor reisen wollte, hat er es verboten, nur um mich zu ärgern. Aber ich habe ihn hinters Licht geführt!«

»Sehr wahr, mein Prinz, doch es war unbedacht gehandelt, das habe ich dir gleich gesagt. Es mag sein, daß wir es noch bereuen, denn vielleicht läßt er dich zurückholen und die, die dich begleitet haben, werden bestraft. Dein Einfall hat mich bereits in eine gefährliche Lage gebracht, und es kostet mich den Kopf, wenn dir auf dieser Reise etwas zustößt.«

»Bah, kindisches Gerede. Du selbst hast gesagt, er wird mich nicht zurückholen lassen, weil das unliebsames Aufsehen erregt. Er würde sein Gesicht verlieren, wenn man merkte, daß ich ihn überlistet habe. Auch warst du in seinem Dienst, bevor du in meinen tratest.«

»Nein, Prinz, ich stand im Dienste deiner Mutter, der Maharani. Ihm habe ich nur gedient, weil sie es so befahl, und dir diene ich, weil sie auch dies befohlen hat. Oh, welch eine edle Frau war sie, die Maharani!«

»Das brauchst du mir nicht zu erzählen«, sagte Jhoti eifersüchtig. »Sie war schließlich meine Mutter, und mich hatte sie am liebsten, das weiß ich. Aber du hast früher zum Gefolge von Nandu gehört und kannst deshalb so tun, als hättest du mich nur begleitet, um auf mich aufzupassen.«

Der andere antwortete mit einem Kichern, das Ash sofort erkannte und das ihn die Ohren spitzen ließ. Auch nach all diesen Jahren erinnerte er sich dieses Kicherns, das Biju Ram hören ließ, wenn Lalji scherzte oder Obszönitäten äußerte oder wenn er sah, daß ein Geschöpf – einerlei, ob Tier oder Mensch – gepeinigt wurde.

»Und weshalb lachst du?« fragte Jhoti schrill.

»Pssst, Prinz, du weckst ja die Schläfer. Ich lachte, weil ich mir vorstellte, was dein Bruder wohl für ein Gesicht machen würde, wenn ich ihm das sagte. Er würde mir nicht glauben, obschon die Götter wissen, es ist die Wahrheit. Du hast ihm bewiesen, daß du selbständig denken und handeln kannst, daß man dich nicht anbinden darf wie seine gezähmten Elstern, daß du keine alten Weiber um dich duldest, die unentwegt mahnen: ›Tu dies nicht, tu das nicht, überanstrenge dich nicht, sei vorsichtig.‹ Oh ja, du bist der echte Sohn deiner Mutter. Die hat ihren Weg immer selber gewählt und sich nie dreinreden lassen – auch von deinem Vater nicht.«

»Auch ich werde mir nicht dreinreden lassen«, prahlte Jhoti, »und ich lasse mich nicht mehr herumkommandieren. Ich gehe jetzt mit meinem eigenen Falken auf die Jagd, jetzt gleich. Ich denke nicht daran, den Tag hier zu verschlafen, und niemand soll mich dazu zwingen, auch du nicht.«

»Laß mich deinen Reitknecht wecken und Gian Chand. Die können auf dich achten.«

»Wage es nicht! Und dich habe ich für meinen Freund gehalten! Warum hilfst du mir, meinem Bruder zu entkommen, wenn du dich jetzt ebenso benimmst wie er und mir alle Freude verdirbst? Du bist wie alle. ›Tu dies nicht, tu das nicht, nimm dich in acht!‹«

»Mein Prinz, ich flehe dich an –«

»Nein, ich reite, und zwar allein!«

Biju Ram seufzte resignierend: »Nun, wenn du denn alle Begleitung ablehnst, tu mir den Gefallen und reite nicht auf Bulbul. Der ist heute übermütig und will nicht gehorchen. Nimm Mela, die ist ruhig und folgsam. Und bitte, reite nicht zu weit fort und nicht zu schnell. Bleib, wo wir dich im Auge behalten können, galoppiere nicht, denn wenn du stürztest –«

Jhoti geriet bei diesem Einwand außer sich. »Ich! Stürzen? Nie im ganzen Leben bin ich vom Pferd gefallen!«

»Einmal ist immer das erste Mal«, zitierte Biju Ram und kicherte wieder.

Jhoti lachte, und Ash hörte gleich darauf, daß die beiden sich entfernten. Der Nachmittagsfriede kehrte zurück, und doch wurde es Ash unbehaglich. Was er da belauscht hatte, klang irgendwie nicht geheuer. Warum zum Beispiel schlug Biju Ram sich ausgerechnet auf die Seite des jüngeren Sohnes, weshalb ging er so weit, diesen gegen den ausdrücklichen Befehl des Herrschers außer Landes zu schmuggeln? Daß er dies nicht aus Menschenliebe tat, durfte man wohl unterstellen – es sei denn, er habe sich in den vergangenen zehn Jahren bis zur Unkenntlichkeit verändert, woran Ash nicht glauben mochte. Biju Ram wußte früher genau, auf welcher Seite sein Brot gebuttert war, und man durfte annehmen, daß er es auch jetzt wußte. Andererseits war er jahrelang Janu-Ranis Kreatur gewesen, und falls an Mahdus Andeutungen, das Hinscheiden der Rani betreffend, etwas Wahres sein sollte, war es denkbar, daß er sich mit dem jüngeren Sohn gegen den Muttermörder verbunden hatte. Doch nur, so dachte Ash, wenn gute Aussichten bestehen, daß dieser jüngere Sohn ihn eines Tages reichlich dafür entschädigt.

War es denkbar, daß man plante, Nandu zu beseitigen, den neuen Maharadscha, und an seiner Stelle Jhoti auf den Thron zu setzen? Traf dies zu, erklärte das Biju Rams Verhalten, auch seine Sorge, dem Jungen könnte etwas zustoßen. Dann war es auch kein Wunder, daß er Jhoti nach Kräften verwöhnte, denn falls wirklich ein Komplott gegen den Maharadscha bestand, war denkbar, daß dieser davon wußte und versuchen würde, seinen Bruder aus dem Wege zu räumen, um den Verschwörern den Thronfolger zu nehmen, um den sie sich sammelten. Sollte es Biju Rams Auftrag sein, den Erben an einem sicheren Ort zu behüten, bis der Herrscher beseitigt war, mußte es sein Hauptanliegen sein, dafür zu sorgen, daß dem Jungen unterdessen nichts zustieß.

Ash verschränkte die Hände um die Knie, stützte das Kinn darauf und konzentrierte sich ganz auf Biju Ram und Karidkote. Sollte er den Bezirksoffizier warnen? Oder, besser noch, den britischen Residenten in Karidkote (denn gewiß gab es dort unterdessen einen). Doch welche Beweise hatte er? Es reichte nicht zu sagen: Ich kenne Biju Ram seit Jahren und weiß daher, daß Nandu ermordet werden soll, denn anders ist nicht zu erklären, daß Biju Ram Jhotis Freundschaft sucht. Er weiß, Jhoti soll schon bald Maharadscha werden. Das würde niemand glauben. Auch brauchte es nicht zu stimmen. Das ganze konnte sehr wohl seiner Einbildung entsprungen sein. Obschon... was Mahdu erzählt hatte... Aber auch das konnten bloße Gerüchte sein, Geschwätz irgendwelcher Müßiggänger am Hofe, und ebensowenig vertrauenswürdig wie sein eigener Argwohn. Nein, er konnte nichts unternehmen. Die inneren Angelegenheiten von Karidkote gingen ihn schließlich nichts an.

Ash gähnte, streckte sich aus und gedachte, an den Stamm gelehnt, dem Beispiel seiner Jagdgenossen zu folgen und den Nachmittag zu verschlafen. Doch Ruhe war ihm nicht vergönnt. Der durch den Staub gedämpfte Hufschlag war kaum zu hören, doch Ash war noch munter genug, um ihn wahrzunehmen, und er drehte rechtzeitig den Kopf, um Jhoti zu sehen, der in verhaltenem Schritt, um die Schläfer nicht zu wecken, vorüberritt, auf dem Handgelenk den Falken mit der Lederkappe über dem Kopf. Er saß auf dem Hengst Bulbul und war ohne Begleitung, hatte also seinen Willen gegen den Biju Rams durchgesetzt.

Ash fand es verständlich, daß der Knabe sich der Aufsicht entziehen wollte, doch als er ihm nachsah, wie er sich von der Lagune entfernte und in die Ebene hinausritt, teilte er Biju Rams Bedenken. Vermutlich ritt Jhoti zum ersten Mal ganz allein; bislang war er gewiß immer von einem oder mehreren Dienern begleitet worden, deren einer vorausritt, um zu verhindern, daß der Junge unversehens in einen Sumpf geriet oder in zugewehte Brunnenlöcher, die häufig nur von einer dünnen Staubschicht bedeckt waren.

Ash dachte also: Das ist viel zu gefährlich, er darf nicht allein reiten. Und hatte Mahdu nicht erzählt, sein Vater sei bei einem Reitunfall zu Tode gekommen? Sein Pferd sei in ein zugewehtes Wasserloch geraten und Pferd und Reiter hätten den Hals gebrochen? Und das auf der Falkenjagd... Getrieben von Unruhe stand Ash auf und ging zu seinem Pferd Kardinal, das etwas entfernt angepflockt stand.

Von Biju Ram war nichts zu sehen. Falkner, Pferdeburschen und Wachen schliefen fest, nur Mulraj sah Ash vorübergehen und fragte gedämpft, wohin er denn so eilig wolle. Ash blieb stehen und erklärte sein Vorhaben. Mulraj blickte bestürzt drein.

»Ich reite mit dir«, sagte er entschlossen. »Wir können vorgeben, die Gegend erkunden zu wollen, während die anderen schlafen. Wir haben eben rein zufällig den gleichen Weg eingeschlagen wie Jhoti. Dann denkt er nicht, daß man ihn gängeln will. Komm, laß uns eilen.«

Ashs Besorgnis schien auf Mulraj übergegriffen zu haben, denn auch er lief eilig zu seinem Pferd. Die Pferde waren schnell gesattelt. Zunächst jedoch ritten die Männer wie Jhoti im Schritt durch den Hain, um niemand zu wecken, und erst als sie die Bäume im Rücken hatten, galoppierten sie los. Anfangs war von Jhoti nichts zu sehen, denn die Hitze flimmerte über dem Land und verbarg ihn vor ihren Blicken. Bald aber gewahrten sie den einzelnen Reiter in der Ferne und verlangsamten die Gangart ihrer Pferde.

Bulbul warf immer wieder den Kopf hoch und wollte seitwärts ausbrechen, doch schien es, als beherrsche Jhoti das Pferd. Er ritt ganz gemächlich durch mit Gebüsch bestandenes Gelände, wohl in der Absicht, einen Hasen aufzuscheuchen oder ein Rebhuhn, und Ash atmete erleichtert auf. Der Junge war vernünftiger, als er angenommen hatte und durfte mit Recht von sich behaupten, alt genug zu sein, um keiner Aufsicht mehr zu bedürfen. Ganz überflüssig, daß er und Mulraj wie ein paar ängstliche Kindermädchen hinter ihrem Schützling herjagten, denn der war kein Wickelkind mehr und mit dem Pferd gut vertraut. Konnte man ihn dazu bringen, seinen Körper zu stählen und weniger Konfekt zu schlecken, würde er sein Kinderfett verlieren und eines Tages ein glänzender Reiter sein. Er verstand auch, mit dem Falken umzugehen, wie ja Mulraj schon früher gesagt hatte.

»Wir sind hier ganz überflüssig«, sagte Ash gereizt. »Der Junge weiß genau, was er tut. Wir führen uns auf wie zwei überängstliche alte Weiber! Gerade darüber ärgert er sich, und ich kann ihm das nicht verdenken.«

»Sieh doch, er hat ein Rebhuhn aufgescheucht – nein, zwei Tauben!«

»Krickenten«, sagte Ash, dessen Blick schärfer war. »Zwischen den Büschen muß es Gras geben.«

Sie sahen Jhoti anhalten, hörten ihn laut »Hai-ai« rufen, als er den Falken in die Luft warf, und einen Moment verharrten sie so, Jhoti in den Bügeln stehend, über ihm der Falke, mit den Flügeln schlagend, wie ein Schwimmer, der das Wasser tritt. Dann erspähte der Falke seine Beute und schnellte davon wie ein Pfeil von der Bogensehne. Jhoti ließ sich in den Sattel zurückfallen und wurde um Haaresbreite abgeworfen, denn das Pferd ging durch und raste durchs Gebüsch, hinaus in die mit Steinen übersäte Ebene.

»Ja was, um Himmels willen –« rief Ash verdutzt, doch beendete er den Satz nicht, sondern sprengte zugleich mit Mulraj hinter dem Durchgänger her, gebrauchte Sporen und Peitsche, um ihn einzuholen.

Man konnte sich ja denken, was geschehen war: Jhoti, der niemanden wekken wollte, hatte sein Pferd selber gesattelt, hatte den Gurt nicht stramm genug angezogen, denn man sah, wie der Sattel seitlich abrutschte. Jhoti rutschte mit ihm, so daß er nicht mehr imstande war, den durchgehenden Bulbul zu zügeln. Doch war der Junge aus gutem Holz geschnitzt – er hatte das Blut der Radschputen in sich, und Besseres gibt es nicht –, und auch seine Mutter, wenngleich von niederer Herkunft, hatte viel Mut und Geistesgegenwart besessen und beides ihrem Sohn vererbt. Als er spürte, daß der Sattel nach rechts abrutschte, stellte er sich in den linken Bügel und warf sich über den Hals des Pferdes, den er umklammerte wie ein Affe. Der Sattel löste sich ganz, geriet im Fallen zwischen die Pferdehufe und verschreckte Bulbul noch mehr.

»Shabash, Radscha-Sahib!« brüllte Ash. »Sehr brav! Du hältst dich ausgezeichnet!«

Er sah, wie Jhoti flüchtig hinter sich blickte und sich ein Lächeln abquälte. Dabei war sein Gesicht leichenblaß vor Schreck, doch stand ein entschlossener Ausdruck darin und Stolz! Er würde sich nicht abwerfen lassen, wenn es sich irgend vermeiden ließ. Überdies würde er wenigstens einen Arm oder ein Bein brechen, wenn er jetzt losließ, womöglich das Rückgrat, denn der Boden war beinhart und die Büsche voller Dornen. Man konnte sich die Augen ausstechen, wenn man unglücklich fiel. Ihm blieb nichts übrig, als sich anzuklammern, und das tat er mit der Zähigkeit eines Blutegels. Weil er aber das Gesicht an Bulbuls Mähne preßte, konnte er nicht sehen, was Ash und Mulraj nun erblickten: die tödliche Falle, die ihn erwartete. Eine tiefe Rinne, gegraben von vielen Monsunregen, trocken jetzt und auf der Sohle mit Geröll und Felsbrokken übersät.

Auch das Pferd sah die Rinne nicht, denn Pferde, die durchgehen, sind in ihrer Angst völlig blind und rennen schnurstracks gegen die nächste Mauer oder stürzen sich in einen Abgrund, wenn ein solches Hindernis ihren Fluchtweg blockiert. Bulbul hatte einen großen Vorsprung vor seinen Verfolgern, und sein Reiter wog leicht. Immerhin wandte er sich jetzt nach links, wohl dem Druck von Jhotis Kopf gegen seinen Hals folgend, und das kam Ash und Mulraj zugute, die nicht nur schnurgerade weiterritten, sondern auch auf schnelleren Pferden saßen. Ashs Kardinal war erst kürzlich in Rawalpindi bei zwei Rennen siegreich gewesen, und Mulrajs Stute galt als das wertvollste Pferd im ganzen Zuge.

Der Abstand zwischen den Reitern verkürzte sich Meter um Meter. Keine zehn Schritte von der Rinne entfernt, konnte Mulraj endlich die Zügel loslassen und sich, seine Stute allein mit den Knien dirigierend, zur Seite werfen, den Jungen um die Taille packen und vom Pferd reißen. Ash versuchte im gleichen

Moment, von der anderen Seite Bulbuls Zügel zu packen und ihn zum Stehen zu bringen.

Mulraj war ein hervorragender Reiter. Im Sattel war ihm niemand überlegen; hätte er allerdings an diesem Tage ein anderes Pferd geritten, die Tragödie wäre kaum zu vermeiden gewesen. Doch Mulraj und seine Stute waren seit Jahren miteinander vertraut, und manchmal schien es, als seien beide eine Einheit – ein Zentaur. Mulraj hatte alles genau bedacht, er näherte sich Bulbul von links und ritt bereits parallel zur Rinne. Nur darum konnte er die Stute vom Abgrund weglenken.

Ash hingegen vermochte Kardinal nicht mehr zu zügeln – Bulbul und Kardinal stürzten kopfüber in die Rinne, zwischen Fels und Geröll, mehr als drei Meter tief.

17

Es dauerte eine Weile, bis Ash wieder zu Bewußtsein kam. Das war ein Segen für ihn, denn außer einer Gehirnerschütterung und unzähligen Rissen und Schrammen hatte er das Schlüsselbein sowie zwei Rippen gebrochen und ein Handgelenk verstaucht. Die Fahrt im holpernden Ochsenwagen und die sich anschließende Verarztung seiner Brüche ohne Betäubung wäre für ihn kein Vergnügen gewesen. Es war also sein Glück, daß beides vorüber war, bevor er das Bewußtsein wiedererlangte.

Ein weiterer Glücksfall bestand darin, daß der Leibarzt von Kaka-ji sich glänzend auf das Einrichten von gebrochenen Knochen verstand, denn wäre Ash dem Arzt der Prinzessin Shushila in die Hände gefallen, die dessen Dienste sogleich anbot, wäre es ihm übel ergangen. Der Hofarzt war ein altmodischer Mann, der auf Kräuter, Erdstrahlung und Beschwörungen vertraute, insbesondere auf Opfergaben an bestimmte Götter, eine Mischung aus Fladen und Urin von Kühen.

Kaka-ji hingegen, obschon selber Hindu, glaubte an solchen Firlefanz nicht, wenn es sich um Knochenbrüche handelte. Er gab seiner Nichte taktvoll zu verstehen, die Dienste ihres Arztes würden nicht benötigt, sein eigener Arzt Gobind Dass werde sich des Patienten annehmen. Gobind tat dies denn auch mit vollem Erfolg. Er verstand seine Sache glänzend und wäre von kaum einem in Europa ausgebildeten Mediziner darin übertroffen worden. Unterstützt von Mahdu, Gul Baz und Geeta, einer ausgezeichneten Pflegerin im Dienste von Anjuli-Bai, brachte er den Patienten durch die Krisis, die der Bewußtlosigkeit folgte. Zwei volle Tage mußte er mit Gewalt daran gehindert werden, im Fieberwahn um sich zu schlagen und sich dadurch selbst Schaden zuzufügen.

Während dieser Tage wußte Ash kaum, was um ihn her vorging; nur einmal – es war des Nachts – hörte er jemand fragen: »Wird er sterben?« und sah, als er flüchtig die Augen aufmachte, zwischen sich und der Lampe eine Frau stehen. Er konnte sie nicht erkennen, doch murmelte er: »Tut mir leid, Juli, ich wollte dich nicht kränken. Du –« Doch die Zunge wurde ihm schwer, und er vergaß, was er hatte sagen wollen oder zu wem. Auch war die Frau gar nicht mehr da, vielmehr blickte er in eine schirmlose Lampe, schloß die Lider und versank wieder in Schwärze.

Am dritten Tage ließ das Fieber nach. Er schlief ganze vierundzwanzig

Stunden durch. Als er erwachte, war es wieder Nacht, die Lampe brannte, doch war sie abgeschirmt; er sah nicht wovon, sah nur einen breiten schwarzen Schatten über dem Bett. Ash fragte sich, weshalb er das Licht nicht ausgelöscht hatte und bemerkte jetzt erst, daß er sehr durstig war. Sein Mund war trocken wie die Wüste. Als er sich bewegte, übermannten ihn so stechende Schmerzen, daß er laut stöhnte. Sogleich bewegte sich der Schatten, der über sein Bett fiel, und Mahdu sagte beschwichtigend: »Ruhig, Kind, ich bin bei dir... lieg still, mein Sohn.«

Der Alte sprach wie zu einem Kinde, das aus bösen Träumen erwacht. Ash starrte ihn an, erstaunt über diesen Ton und darüber, den Alten um diese Stunde in seinem Zelt zu sehen.

»Was machst denn du in meinem Zelt, Onkel?« Der Klang der eigenen Stimme war für Ash ebenso überraschend wie die Anwesenheit Mahdus, denn Ash brachte kaum mehr als ein Krächzen zustande. Mahdu aber warf die Hände hoch und rief: »Gelobt sei Allah! Er erkennt mich! Gul Baz, schick sofort zum Hakim. Der Sahib ist zu sich gekommen. Geh schnell. Gelobt sei Allah, der Allerbarmer!«

Tränen rollten über die Wangen des Alten und glitzerten im Licht der Lampe. Ash sagte matt: »Benimm dich nicht wie eine Eule, Onkel. Warum sollte ich dich nicht erkennen? Hör auf, dich wie ein Narr aufzuführen und gib mir zu trinken.«

Zu trinken bekam er dann aber von Gobind Dass, der schon herbeieilte und dem Getränk wohl etwas beimischte, denn Ash schlief sogleich wieder ein, und als er das nächste Mal erwachte, war es später Nachmittag.

Der Zelteingang war geöffnet, und Ash sah die Sonne niedrig über dem Horizont stehen. Sie warf lange Schatten, und am jenseitigen Rande der staubigen Ebene zeichneten sich kaum sichtbar die Berge ab, schon rosig gefärbt. Vor dem Zelt saß ein Mann, der müßig, rechte Hand gegen linke, mit Würfeln spielte, und Ash erkannte Mulraj und war erleichtert, daß dieser nicht auch in die Wasserrinne gestürzt war. Sein Bewußtsein war nicht mehr umnebelt, er erinnerte sich gut dessen, was geschehen war. Er stellte auch befriedigt fest, daß er kein Bein gebrochen hatte, daß die linke Schulter im Verband lag und nicht die rechte, was bewies, daß es ihm gelungen war, sich nach links fallen zu lassen. Er wußte noch gut, daß er im Augenblick, da Kardinal über den Rand der Rinne vorschnellte, dachte: ich darf den rechten Arm nicht verletzen! Ich muß nach links fallen!, und es befriedigte ihn, daß ihm dies gelungen war.

Mulraj betrachtete zufrieden grunzend das Ergebnis seiner Würfelei, warf dann einen Blick ins Zelt und sah, daß Ash ihn wach und bei offenbar klarem Bewußtsein anblickte.

»Ah«, sagte er, sammelte die Würfel auf und trat zu Ash ans Bett. »Endlich bist du wach. Das wurde auch Zeit. Wie fühlst du dich?«

»Hunger habe ich«, sagte Ash und grinste wie ein Gespenst.

»Ein gutes Zeichen. Der Hakim von Rao-Sahib soll gleich kommen. Er erlaubt dir vielleicht einen Becher Brühe oder etwas warme Milch.«

Er lachte, als Ash eine Grimasse zog, und hätte sich wohl auch gleich auf die Suche nach einem Diener gemacht, hätte Ash ihn nicht mit seinem gesunden Arm festgehalten und gefragt: »Was ist mit Jhoti? Ist er heil und gesund?«

Es schien, als zögere Mulraj etwas, dann aber sagte er, ja, der Knabe sei wohlauf, Ash solle sich keine Gedanken machen. »Kümmere dich um dein eigenes Wohlergehen, du mußt bald gesund werden, denn ohne dich können wir nicht weiter. Wir sind nun fast eine ganze Woche hier.«

»Eine Woche?«

»Du warst einen Tag und eine Nacht ohne Bewußtsein, und drei Tage lang hast du wie ein Verrückter phantasiert. Und seither schläfst du wie ein Säugling.«

»Gütiger Gott, kein Wunder, daß ich Hunger habe. Was ist den Pferden passiert?«

»Bulbul hat den Hals gebrochen.«

»Und meines?«

»Habe ich erschossen«, sagte Mulraj knapp.

Ash sagte darauf nichts, doch Mulraj entging nicht das verräterische Zucken seiner Wimpern. Er sagte sanft: »Was sollte ich machen, beide Vorderbeine waren gebrochen.«

»Ich bin schuld«, sagte Ash mühsam. »Ich hätte wissen müssen, daß ich Jhotis Gaul nicht abdrängen konnte, es war zu spät...«

Ein anderer hätte ihn vielleicht mit Lügen getröstet, Mulraj aber mochte Ash sehr gern und belog ihn deshalb nicht. Er nickte nur und meinte: »Solche Fehler kommen vor, doch es ist nun mal geschehen, und man soll nicht beweinen, was man nicht ungeschehen machen kann. Vergiß es, Pelham-Sahib, und danke den Göttern dafür, daß du noch lebst, denn eine Zeitlang haben wir alle geglaubt, du stirbst uns.«

Ash wurde durch diese Worte an etwas erinnert. Er runzelte die Stirne, weil es ihn anstrengte, sich zu besinnen, dann fragte er: »War letzte Nacht eine Frau bei mir im Zelt?«

»O ja, die Pflegerin der Prinzessin. Sie war jede Nacht hier und wird noch öfter kommen, denn sie versteht sich darauf, gezerrte Sehnen und Muskeln zu kneten. Du schuldest ihr großen Dank und dem Hakim Gobind noch mehr.«

»Ah«, sagte Ash enttäuscht und schloß die Lider, weil ihn die Sonne blendete.

Alles in allem erholte er sich bemerkenswert schnell, nicht zuletzt seiner guten körperlichen Verfassung und Gobinds Heilkunst wegen. Die zwei entbehrungsreichen Jahre jenseits der Grenze im Nordwesten hatten ihn in einer Weise körperlich abgehärtet, wie sonst nichts es vermocht hätte. Die etwas exotische Pflege und die unhygienischen Lagerverhältnisse – Staub, Fliegen, das Fehlen der primitivsten sanitären Einrichtungen, der ständige Lärm, was alles einen westlichen Arzt entsetzt hätte – kamen Ash wie der pure Luxus vor, wenn er bedachte, welchen Qualen Verwundete und Erkrankte im Gebiet der

Bergstämme ausgesetzt waren. Er hielt sich für vom Glück begünstigt, und das mit Recht, wie Kaka-ji bestätigte; ebensowohl hätte er tot oder lebenslang ein Krüppel sein können.

Kaka-ji schimpfte Ash richtig aus: »Was für eine unglaubliche Torheit! Warum nicht *ein* Pferd zu Tode stürzen lassen, statt zwei und noch einen Menschen dazu? Nur ein Wunder hat dich gerettet! Aber so seid ihr nun mal, ihr jungen Leute, gedankenlos. Und doch, du hast tapfer gehandelt, Sahib, und ich würde nur allzu gern die Weisheit und Bedachtsamkeit meines Alters hingeben für ein bißchen von deiner Tollkühnheit und deinem Mut.«

Kaka-ji Rao war keineswegs Ashs einziger Besucher. Es kamen die vom Lager gewählten Ältesten Tarak Nath und Jabar Singh, auch ein entfernter Vetter von Kaka-ji namens Maldeo Rai und noch andere, viel zu viele, wie Mahdu und Gul Baz mißbilligend bemerkten; sie mühten sich nach Kräften, die Zahl der Besucher klein zu halten. Auch Gobind empfahl Ruhe, wurde aber anderen Sinnes, als er beobachtete, daß es den Kranken anregte, über Karidkote zu reden und alles über die Verhältnisse im Lager zu hören.

Am häufigsten kam Jhoti ihn besuchen. Der Junge hockte mit untergeschlagenen Beinen am Boden und schwatzte Stunde um Stunde, und von ihm bekam Ash denn auch bestätigt, was bislang ein undeutlicher Verdacht gewesen war. Biju Ram – jahrelang Favorit der Janu-Rani und dadurch Empfänger vieler Geschenke und Bestechungsgelder – war ins Unglück geraten.

Nach dem Tode des Tanzmädchens fanden sich alle, die hoch in ihrer Gunst gestanden, von ihrem Sohn Nandu auf unwichtige Posten abgeschoben und ihres Einflusses beraubt, was Biju Ram ungemein verdroß, war er doch im Schatten der Rani übermäßig selbstherrlich geworden. Offenbar hatte er die Dummheit begangen, sich anmerken zu lassen, wie ihm zumute war. Es kam zu einem Streit, Nandu drohte, ihn einsperren und sein Vermögen einziehen zu lassen, und Biju Ram konnte das nur verhindern, indem er den britischen Residenten zu Hilfe rief.

Colonel Pycroft also sprach mit Nandu, der kein gutes Haar an dem Lakai seiner verstorbenen Mutter ließ, aber endlich bereit war, gegen eine blumige Entschuldigung und eine bedeutende Geldsumme alles zu verzeihen. Daß Biju Ram nicht daran glaubte, war nur zu verständlich, und als kaum eine Woche nach diesem für ihn demütigenden Vorfall der Herrscher seinem jüngeren Bruder untersagte, am Hochzeitszuge seiner Schwestern nach Bhithor teilzunehmen, machte er sich unverzüglich daran, den Jungen gegen seinen Bruder aufzuhetzen und seine und Jhotis Flucht ins Werk zu setzen.

Auch hierin hatte Ash recht vermutet. Der Plan stammte von Biju Ram, und die Ausführung hatte er gemeinsam mit zwei alten, nun ebenfalls in Ungnade gefallenen Freunden übernommen.

»Angeblich geschah alles meinetwegen«, erzählte Jhoti. »Biju Ram sagte, er und Mohun und Pran Krishna wüßten als treue Diener meiner Mutter genau, sie hätte gewollt, daß ich am Hochzeitszuge meiner Schwestern teilnehme, aber das ist selbstverständlich nicht der wahre Grund.«

»Nein? Was wäre denn der?« Ash betrachtete seinen jugendlichen Besucher mit wachsender Achtung. Jhoti war jung, aber nicht leicht hinters Licht zu führen.

»Der Grund ist der Streit zwischen Biju Ram und Nandu. Nandu kann Widerspruch nicht vertragen, und wenn er auch tut, als hätte er Biju Ram verziehen, so ist das doch nicht wahr. Biju Ram meinte deshalb ganz richtig, je eher er aus Karidkote verschwinde, desto besser für ihn, und er will möglichst lange fortbleiben. Er hofft, Nandu vergißt unterdessen seinen Ärger. Aber da irrt er sich. Pran und Mohun sind mitgekommen, weil sie sich ebenfalls außer Landes sicherer fühlen, seit sie als ehemalige Schützlinge meiner Mutter in Ungnade sind. Sie haben alles Geld, das sie besitzen, bei sich für den Fall, daß sie nicht mehr nach Karidkote zurück können. Auch ich würde am liebsten nicht wieder umkehren, und es mag sein, daß ich mit Kairi und Shu-shu in Bhithor bleibe. Vielleicht aber brenne ich auch durch und werde Räuberhauptmann wie Kale Khan.«

Ash dämpfte seinen Optimismus: »Kale Khan wurde aufgehängt.«

Es lag nicht in seiner Absicht, den rebellischen Eifer des Knaben noch anzustacheln. Im übrigen würden Biju Ram und dessen Kumpane wohl alles daransetzen, den Aufenthalt von Jhoti in Bhithor in die Länge zu ziehen und zu bleiben, so lange der Rana das irgend tolerierte. Es sei denn, die Nachricht vom vorzeitigen Tode Nandus erreichte sie noch vor der Ankunft in Bhithor, dann würden sie mit dem neuen Maharadscha in Eilmärschen heimkehren.

Jhoti redete aber nicht oft von Karidkote, sondern wollte von Ash hören, wie das Leben an der Nordwestgrenze sich anließe, lieber noch, wie es in England aussah. Seine Besuche waren anstrengend, denn er nötigte Ash, viel zu sprechen, und das war mühsam für ihn. Ash hätte auf diese einseitige Unterhaltung gern verzichtet, doch wußte er Jhoti bei sich gut aufgehoben; ein Gespräch mit Mulraj hatte ihm weiteren Anlaß zur Besorgnis geliefert...

Eigentlich wollte Mulraj die Sache erst zur Sprache bringen, wenn Ash völlig genesen war und in der Lage, die Dinge in die Hand zu nehmen; doch sah er sich genötigt, früher damit herauszurücken, denn Ash beharrte darauf, den Unfall und seine Ursachen mit ihm genauestens zu bereden.

Ash fragte stirnrunzelnd: »Ich verstehe nach wie vor nicht, daß der Sattel sich lösen konnte. Vermutlich hat Jhoti den Gurt nicht fest genug angezogen, es sei denn, jemand anderes hat das besorgt – Biju Ram vielleicht oder ein Pferdeknecht?«

Mulraj antwortete nicht gleich darauf, und Ash merkte, daß der Ältere das Thema gern gemieden hätte. Ash wollte sich aber nicht mehr als schonungsbedürftiger Invalide behandeln lassen und wiederholte seine Frage einigermaßen schroff. Mulraj schickte sich achselzuckend ins Unvermeidliche: »Der Junge behauptet, das Pferd selber gesattelt zu haben. Biju Ram habe es abgelehnt, ihm zu helfen und sei weggegangen in der Meinung, Jhoti könne das Pferd allein nicht satteln, mithin auch nicht ohne Begleiter ausreiten. Er würde einen Pferdeburschen wecken müssen, der würde einen Diener wecken, und Jhoti würde diese Begleiter nicht mehr abschütteln können.«

»So ein Esel«, bemerkte Ash. »Das wird ihm eine Lehre sein.«

»Eine Lehre?« fragte Mulraj trocken. »Was soll er lernen: zu prüfen, ob der Gurt stramm sitzt? Oder soll er immer erst die Unterseite des Sattels genau inspizieren?«

»Was soll denn das heißen?« Ash war weniger von den Worten als vom Ausdruck im Gesicht Mulrajs betroffen.

»Das soll heißen: Der Gurt saß stramm, doch das Gurtband war durchgescheuert… und das innerhalb weniger Stunden. Zufällig hatte ich nämlich morgens den Sattel geprüft. Du erinnerst dich? Gerade hattest du eine Taube übersehen, weil du so zerstreut warst, und Jhoti setzte hinterher. Da sagte ich: mit seinem Sattel ist etwas nicht in Ordnung und ritt ihm nach.«

»Ja, ich erinnere mich jetzt. Du sagtest so etwas, das stimmt. Sprich weiter.«

Mulraj fuhr fort: »Als wir die Taube und den Falken eingeholt hatten, waren wir allein miteinander, Jhoti und ich, und ich selber zog den Gurt nach. Ich sage dir, Sahib, dem Gurt fehlte nichts, abgesehen davon, daß er nicht stramm genug angezogen war. Und doch, ein paar Stunden später ist er so durchgescheuert, daß er reißt, als das Pferd durchgeht.«

»Unmöglich.«

»Stimmt«, sagte Mulraj düster. »Unmöglich. Und doch war es so. Dafür gibt es nur zwei Erklärungen: Entweder war es nicht derselbe Gurt, sondern er wurde durch einen schadhaften ersetzt, oder – und das halte ich für wahrscheinlicher – jemand hat sich mit einem Messer daran zu schaffen gemacht, als wir beim Essen saßen und zwar so geschickt, daß man den Gurt noch strammziehen konnte. Erst bei starker Beanspruchung mußte er reißen – etwa, wenn das Pferd durchging.«

Ash starrte ihn finster an und bemerkte dazu, viel hätte nicht passieren können, wäre der Junge in Begleitung von anderen Reitern gewesen, und wer hätte wissen können, daß er allein ausreiten wollte? Doch nur Biju Ram. Und der hatte sich bemüht, ihm sein Vorhaben auszureden.

Mulraj stimmte achselzuckend zu, sagte aber auch, es gäbe so manches, wovon der Sahib nichts wisse, so etwa, daß Jhoti die Gewohnheit habe, dem Falken im Galopp zu folgen und es verabscheue, wenn man dabei hinter ihm drein reite. Es wäre also einerlei gewesen, ob er in Begleitung geritten wäre oder nicht, denn er hätte dem Falken unfehlbar nachgesetzt. Alle anderen hätten ihm nachgesehen und abgewartet; hätte das Pferd gescheut, wäre der Gurt gerissen. »Weil der Junge nicht viel wiegt, wäre ein durchgehendes Pferd nicht leicht einzuholen gewesen. Jhoti wäre gestürzt, bevor man ihm hätte zu Hilfe kommen können. Wer auf diesem Boden abgeworfen wird, kann leicht tot sein, noch dazu ein Kind. Nur haben diejenigen, die diesen Plan ausheckten, nicht bedacht, wie mutig und geistesgegenwärtig Jhoti ist, und daß eben ein

Kind sich anders als ein Erwachsener noch an der Mähne des Pferdes festhalten kann.«

Ash knurrte unwirsch und fragte gereizt, wieso denn »sie«, wer auch immer »sie« sein mochten, darauf rechnen konnten, daß das Pferd durchgehen würde? Denn das sei doch der entscheidende Punkt.

Mulraj stand seufzend auf, blickte auf Ash herunter, schob beide Hände in den Gürtel und sah plötzlich sehr grimmig drein. Er sagte leise: »Richtig. Aber dafür war gesorgt. Auch ich konnte mir nicht erklären, warum das Pferd durchging, denn wenn Jhoti den Falken wirft, stellt er sich immer in die Bügel und stößt einen Schrei aus. Daran war Bulbul gewöhnt. Und doch, wir haben beide gesehen, wie der Gaul davonstob, als hätte ein Schuß ihn getroffen... Du erinnerst dich?«

Ash nickte, und diese unbedachte Bewegung verursachte ihm Schmerzen, so daß er gereizter als nötig entgegnete: »Ganz recht, und ich erinnere mich genau, daß weit und breit niemand zu sehen war. Auch hörte man keinen Schuß. Wenn du mich fragst, bildest du dir –« Plötzlich unterbrach er sich; ihm kam die gleiche Erinnerung, die ihn ursprünglich veranlaßt hatte, Jhoti nachzueilen. Mahdu hatte, als er vom Tod des alten Radscha auf der Falkenjagd erzählte, zweifelnd angefügt: »Angeblich wurde das Pferd von einer Biene gestochen.«

Mulraj schien Ashs Gedankengang gefolgt zu sein, denn er sagte: »So hast auch du diese alte Geschichte gehört. Mag sein, sie stimmt sogar, wer will das wissen? Diesmal aber wollte ich Gewißheit, und deshalb holte ich nicht selber Hilfe, nachdem ich dich unter deinem Pferd hervorgezogen hatte, sondern schickte Jhoti. Das war ein Wagnis, zugegeben, doch benutzte er meine Dulhan, ein ganz ungewöhnliches Pferd, wie du selber weißt, das auch einem Kind nichts zuleide tut. Als Jhoti fortgeritten war, suchte ich nach dem verlorenen Sattel –«

»Weiter«, sagte Ash gespannt, denn Mulraj schaute über die Schulter, als lausche er. »Das ist nur Mahdu. Der ist in der Nähe und hustet, falls wer kommt. Hören kann er dich nicht.«

Mulraj nickte, anscheinend zufrieden, doch sprach er im folgenden so gedämpft, daß ihn außerhalb des Zeltes auch ein hellhöriger Lauscher nicht verstanden hätte. »Diesmal war es keine Biene, sondern ein zweispitziger Dorn, den Jhoti dem Pferd in den Rücken trieb, als er sich in den Sattel fallen ließ, nachdem er den Falken geworfen hatte. Der Dorn war so ins Sattelfutter eingelassen, daß er bei der normalen Reitbewegung nach und nach durch den inneren Rand gedrückt werden mußte und am Ende dem Pferd ins Fleisch. Wenn du wieder auf den Beinen bist, zeige ich dir, wie man so was macht. Es ist ein uralter Trick, noch dazu ein ganz gemeiner, denn man kann nie ausschließen, daß solch ein Dorn ganz zufällig dorthin gerät. Wer hat solche Dornen nicht schon selber von Zeit zu Zeit aus seinen Kleidern, Mänteln und Satteldecken entfernt? Und doch wette ich, was du willst, daß dieser Dorn nicht durch Zufall dorthin geraten ist. Der Dorn allein, oder der gerissene Gurt allein, bitte, das könnte Zufall sein, aber beides zusammen? Nie.«

Die nun eintretende Stille wurde nur durch das Summen großer Fliegen unterbrochen, und als Ash endlich sprach, war seine Stimme frei von Skepsis.

»Was hast du unternommen?«

»Nichts. Ich gebe mir nur Mühe, den Jungen im Auge zu behalten, was, wie du weißt, nicht leicht ist, denn er hat seine eigenen Leute um sich, und ich gehöre nicht dazu. Ich ließ den Sattel liegen und erwähnte nichts von dem Dorn – den brauchte ich nicht gesehen zu haben. Weil wir aber beide sahen, daß der Sattelgurt riß, habe ich davon viel Aufhebens gemacht, als wir wieder im Lager waren. Ich habe den Pferdeknecht verflucht und darauf bestanden, daß er weggejagt wird. Hätte ich das unterlassen, hätte ich Verdacht erregt bei denen, die hinter diesem Anschlag stecken, und das wollte ich nicht.«

»Heißt das, du hast niemandem ein Wort davon gesagt?« fragte Ash ungläubig.

»Wem denn? Woher soll ich wissen, wer in dieses Komplott eingeweiht ist oder worauf es eigentlich abzielt? Du, Sahib, kennst Karidkote nicht, du ahnst nicht, wieviele Intrigen an einem Fürstenhof gesponnen werden. Selbst hier im Lager geht das weiter. Ich wollte dir von diesen Dingen erst erzählen, wenn du gesund bist, denn es ist nicht gut, wenn ein Kranker Sorgen hat. Aber jetzt bin ich doch froh darum, daß ich es getan habe – zwei Köpfe sind besser als einer, und gemeinsam können wir uns vielleicht ausdenken, wie wir den Knaben vor seinen Feinden schützen.«

An diesem Tage konnten sie die Beratung nicht aufnehmen, denn Gobind und Kaka-ji machten Visite. Gobind erklärte, sein Patient sei stark angegriffen und dürfe niemanden mehr empfangen, und Ash verbrachte den Rest des Tages und einen guten Teil der Nacht damit, sich Jhotis wegen Sorgen zu machen. Das war endlich mal was anderes, als unablässig an Juli zu denken, doch beschleunigte es seine Genesung nicht und besänftigte auch nicht seinen Unmut. Er fand es unerträglich, gerade jetzt an sein Bett gefesselt zu sein, und darum ermunterte er Jhoti, ihn so oft und so lange zu besuchen, wie er wollte. Daran hielt er fest, einerlei, wie sehr Gobind, Mahdu und Kaka-ji ihn dafür auch schalten.

18

»Du hast uns recht große Ungelegenheiten bereitet, weißt du das?« sagte Jhoti geschwätzig.

»Verzeih, Hoheit«, murmelte Ash, legte die Hände mit einer Gebärde gespielter Demut zusammen und sagte unterwürfig, er bemühe sich nach Kräften, baldmöglich gesund zu werden; in ein paar Tagen sei er gewiß wieder auf den Beinen.

»Ach wo, das meine ich nicht«, sagte Jhoti. »Ich dachte an die Priester.«

»Priester...?« Ash sah ihn verständnislos an.

»Ganz recht. Die sind meinen Schwestern sehr böse. Mir und Mulraj auch, und am meisten sind sie meinem Onkel böse. Und weißt du auch weshalb? Weil du, als du uns besuchen kamst, mit uns auf dem gleichen Teppich saßest. Außerdem haben wir, als wir dir Obst und Konfekt anboten, nicht nur so getan, als ob wir äßen, sondern haben wirklich mit dir gegessen. Das hat ihnen kein bißchen gefallen, denn sie sind sehr streng und haben furchtbar darüber gemault.«

»Ach nein.« Ash runzelte die Stirn. »Nun, ich hätte das bedenken müssen. Soll das heißen, daß ich nicht mehr zu euch ins Zelt eingeladen werden darf?«

»Keine Spur«, sagte Jhoti gelassen. »Als sie meinen Onkel dafür tadelten, wurde er noch wütender als sie und sagte, sie sollten gefälligst daran denken, daß du uns vor Schande und Unglück bewahrt hast – es wäre doch für uns alle ganz schlimm gewesen, wenn Shu-shu ertrunken wäre –, und daß er im übrigen die ganze Verantwortung dafür übernimmt. Darauf konnten sie nichts mehr sagen, denn sie kennen ihn als einen frommen Hindu, der viele Stunden am Tage meditiert, den Armen spendet und den Tempeln Geschenke macht. Außerdem ist er der Bruder unseres Vaters. Ich war übrigens auch sehr böse – mit Biju Ram.«

»Und warum das?«

»Er wollte genau wissen, was wir bei deinem Besuch alles gemacht haben. Ich antwortete ihm, und er ging hin und verpetzte uns bei den Priestern. Er will das nur getan haben, um mich zu schützen, denn er sagt, wenn Nandu davon erfährt, wird er es herumerzählen, um mir zu schaden. Als ob ich mir etwas daraus machte, was Nandu oder der Pöbel im Basar von mir denken! Biju Ram steckt seine Nase aber auch in alles. Er tut, als wäre er mein Kindermädchen, aber ich leide es nicht! Ah, hier kommt mein Onkel dich besuchen. Salaam, Kaka-ji.«

Kaka-ji sagte tadelnd: »Natürlich finde ich dich hier, und natürlich ermüdest du wieder den Kranken mit deinem Besuch. Geh, mein Kind, Mulraj erwartet dich zu einem Ausritt.«

Er scheuchte den Neffen weg und drohte dem Kranken mit dem ausgestreckten Finger. »Du hast zuviel Geduld mit dem Knaben«, sagte er streng. »Wie oft muß ich das noch sagen?«

»Ich weiß es nicht«, grinste Ash. »Bist du nur gekommen, mich zu schelten, Rao-Sahib?«

»Du hast es verdient.«

»Da gebe ich dir recht, denn eben höre ich, daß ich dir bei den Priestern Ungelegenheiten gemacht habe.«

»Ach was, der Junge schwatzt zuviel«, meinte Kaka-ji verstimmt. »Das hätte er dir nicht sagen sollen. Ich habe alles auf mich genommen, und die Sache ist erledigt.«

»Wirklich? Ich möchte keinen Anlaß zu Streit geben zwischen dir und –«

»Ich sage, die Sache ist erledigt«, unterbrach Kaka-ji entschieden. »Tu mir den Gefallen und vergiß sie. Und verbiete Jhoti, dich zu belästigen. Es ist verkehrt, ihm zu erlauben, dich zu ermüden. Du machst dir mit ihm zuviel Mühe.«

Dies traf zu, aber anders als der Onkel es meinte. Ash wollte darüber jedoch nicht streiten. Er macht sich Jhotis wegen nach wie vor große Sorgen, und die wurden nicht geringer, weil Kaka-ji selber bei seinen häufigen Besuchen diese und jene Andeutung fallen ließ.

Der alte Herr war von den besten Absichten geleitet und wäre entsetzt gewesen, hätte er geahnt, daß seine Bemühungen, dem Kranken die Langeweile zu vertreiben, diesen mehr beunruhigten als alles, was Jhoti zu sagen und zu fragen wußte. Kein Zweifel, Jhotis Onkel redete gern, und der durch Verbände und Schienen ans Bett gefesselte Pelham-Sahib war der ideale Zuhörer. Kaka-ji hatte kaum je einen besseren gehabt, und Ash hatte nie zuvor so reichlich Informationen bezogen wie jetzt, da er einfach den Mund hielt und interessiert dreinblickte. Über Nandu, den Maharadscha von Karidkote, etwa erfuhr Ash sehr viel mehr, als Kaka-ji vermutlich preisgeben wollte. Der alte Herr konnte einfach seinen Redeschwall nicht bremsen, und selbst wenn er diskret wurde, ließ er noch eine Menge durchblicken.

Janu-Rani war ohne Zweifel eine gescheite Frau gewesen, als Mutter jedoch vergaß sie alle Klugheit. Sie verzog ihre Söhne unmäßig, sie ließ nicht zu, daß sie ermahnt oder gar gestraft wurden; insbesondere ihr Ältester, Nandu, war auf unglaubliche Weise verwöhnt worden, zumal der Vater einfach zu faul war einzugreifen. »Mein Bruder mochte Kinder nicht, auch seine eigenen nicht. Solange sie sich anständig benahmen, durften sie anwesend sein, weinten sie aber oder störten ihn anderweitig, ließ er sie entfernen und wollte sie manchmal tagelang nicht sehen. Das hielt er für eine Strafe, doch so empfand das nur

Lalji, sein Erstgeborener, der vor Jahren gestorben ist. Lalji hat ihn, glaube ich, sehr geliebt und hätte alles getan, ihm zu gefallen. Die Jüngeren waren zu selten um ihn, als daß sie ihn hätten liebgewinnen können. Jhoti hätte mit der Zeit im Herzen seines Vaters vielleicht Laljis Platz eingenommen, Nandu aber nicht, der war ein schlechter Reiter...«

Auch dies, so schien es, war Schuld der Rani; dem Jungen konnte man es nicht ankreiden, denn schon mit drei Jahren wurde er zum ersten Mal von seinem Pony abgeworfen. Keinen Schmerz gewöhnt, schrie der Junge vor Angst und Pein – er hatte einige Kratzer abbekommen –, was die Rani bewog, ihm das Reiten ganz zu verbieten. Er habe sich schwer verletzt und hätte leicht zu Tode kommen können, behauptete sie. »Auch heute noch besteigt er kein Pferd. Er sitzt auf dem Elefanten oder in der Kutsche, wie ein Weib«, sagte der Onkel.

Janu wäre mit dem Jüngeren gewiß ebenso verfahren, wäre der nicht aus anderem Holz geschnitzt gewesen, denn auch Jhoti schrie fürchterlich, als er den ersten Sturz tat. Aber als er sich ausgeheult hatte, wollte er unbedingt wieder aufs Pferd und ließ nicht zu, daß der Pferdebursche es am Zügel führte – was seinen Vater, der zusah, entzückte. Nandu hingegen, so erzählte der Onkel, sei weniger entzückt gewesen. »Zwischen den beiden herrschte immer so etwas wie Eifersucht. Nicht ungewöhnlich übrigens, wenn ein Bruder Fähigkeiten zeigt, die dem anderen abgehen.«

Nandu wurde in vieler Hinsicht vom Glück begünstigt, wie es schien. Zum ersten war er der Liebling seiner Mutter, ihr Ältester. Der Tod seines Halbbruders Lalji machte ihn sodann zum Thronerben, und jetzt war er Maharadscha von Karidkote. Doch war er immer noch eifersüchtig und in jeder Hinsicht der echte Sohn des Tanzmädchens, seiner Mutter in Charakter und Körperbau nachgeschlagen. Wie sie litt er an unbeherrschten Wutausbrüchen, die ihm abzugewöhnen nie jemand versuchte, denn seine Mutter fand, das passe gut zu einem Herrscher; und die Dienerschaft fürchtete sich. Der Vater, der ihn selten sah, wußte nichts davon. Bei körperlichen Übungen tat Nandu sich nicht hervor, er war auch nicht dafür gebaut: er war klein und pummelig wie die Mutter. Allerdings sah er längst nicht so gut aus, und für einen Bewohner des Nordens war er erstaunlich dunkelhäutig. Die Bewohner von Karidkote nannten ihn verächtlich einen Kala-admi, einen schwarzen Mann. Ritt Jhoti vorüber, jubelte man ihm zu, fuhr Nandu in seiner Kutsche vorbei, schwieg man.

»Eifersucht ist etwas Häßliches«, bemerkte der Onkel dazu, »doch nur wenige können sagen, daß sie frei davon sind. In meiner Jugend habe ich oft daran gelitten, und obschon ich alt bin und von nutzlosen Gefühlen frei sein sollte, spüre ich gelegentlich doch noch ihre Klauen. Ich fürchte daher für Jhoti, denn sein Bruder ist nicht nur eifersüchtig, er ist auch mächtig...«

Der alte Herr unterbrach sich und wählte eine kandierte Pflaume aus der Schachtel, die er dem Kranken mitgebracht hatte. Dieser erkundigte sich in gespielt lässigem Ton: »Du traust ihm zu, daß er Jhoti aus dem Wege schafft?«

»Aber nein! Niemals! Du darfst nicht glauben – ich habe nicht gemeint –« Kaka-ji verschluckte sich an der Pflaume und mußte einen Schluck Wasser nehmen. Ash begriff, daß es falsch war, den alten Herrn anzutreiben und ihm Worte in den Mund zu legen. Mit solchen Methoden war nichts zu erreichen, viel besser, man ließ ihn schwatzen, ohne ihm zu soufflieren. Doch was fürchtete er für Jhoti? Wie weit würde der Maharadscha gehen, um einen Bruder zu strafen, auf den er eifersüchtig war und der die Frechheit besaß, seinem Willen zuwiderzuhandeln?

Denn daß Jhoti gegen den Willen des Bruders im Lager war, wußte Ash. Allerdings legte der Umstand, daß er sich begleitet von mindestens acht Personen und mit großem Gepäck dem Zug hatte anschließen können, die Vermutung nahe, daß er in seiner Bewegungsfreiheit nicht eingeschränkt war. An dieser Angelegenheit war Ash so manches unerklärlich. Nicht alles entsprach der Vorstellung, die man sich von einem jugendlichen Tyrannen macht, der aus purer Bosheit dem jüngeren Bruder verbietet, die Schwestern zu ihrer Hochzeit zu begleiten und der die Ermordung des Bruders plant, als er hört, daß dieser seinen Befehlen zuwider gehandelt hat. Immerhin gab der zeitliche Ablauf zu denken…

Der Maharadscha hatte gewiß erst Tage nach Jhotis Ungehorsam von dessen Ausflug gehört (Ausflug war das eigentlich nicht mehr zu nennen!). Sehr wahrscheinlich war sogar erheblich mehr Zeit verstrichen, denn von Kaka-ji hörte Ash, daß Nandu die Schwestern nicht aus brüderlicher Höflichkeit bis zur Grenze begleitet hatte, sondern weil das in seine Pläne paßte: er wollte im Nordosten in den Bergen jagen, und da hatten sie einen Teil des Weges gemeinsam. Nandu nahm nur ein kleines Gefolge mit, er wollte zwei Wochen bleiben, jede Nacht anderswo lagern, immer dem Wild auf den Fersen. Er unternahm solche Ausflüge selten, doch wenn es geschah, machte er sich von allen Staatsgeschäften bis zu seiner Rückkehr frei. Man belästigte ihn dann ungern mit Botschaften, und weil die Jagdgesellschaft nicht am Ort blieb, dürfte es eine Weile gedauert haben, bis er vom Ungehorsam des kleinen Bruders hörte. Jhoti muß das gewußt haben, überlegte Ash, und bestimmt wußten es jene, die ihn auf seiner Flucht aus Karidkote begleiteten, denn wie ergeben sie ihm auch sein mochten, gewiß wollte keiner das Risiko eingehen, an der Grenze aufgehalten oder knapp hinter der Grenze eingeholt und dem Maharadscha vorgeführt zu werden, bevor dessen erster Zorn verraucht war.

Ash fand, es sei unklug von Jhoti und seinen Begleitern gewesen, sich dem Zuge anzuschließen, Kaka-ji aber war anderer Meinung. Es handele sich bei seinem Gefolge um Leute, die ihm treu ergeben und ihm von seiner Mutter, der verstorbenen Maharani, zugeteilt worden seien; nicht nur sei es ihre Pflicht, ihm zu gehorchen, es sei auch zu ihrem Vorteil, denn ihr Wohlergehen sei von dem seinen abhängig.

»Kommt hinzu«, fuhr Kaka-ji fort, »daß Jhoti recht dickköpfig sein kann. Nach allem, was ich gehört habe, drohte er, allein loszureiten, als seine Leute versuchten, ihm das auszureden. Und das durften sie selbstverständlich nicht zulassen. Schließlich war er in ihre Obhut gegeben, und hätten sie ihn gehen lassen, wäre das für sie eine große Schande gewesen. Allerdings hätten sie es wohl doch nicht gewagt, ihn zu begleiten, hätten sie nicht gewußt, daß sein Bruder zu spät davon hören würde, um sie ergreifen zu lassen, bevor sie zu uns stießen. Hier können sie sich zunächst sicher fühlen, denn sie befinden sich außerhalb seines Herrschaftsbereiches und unterstehen auch deinem besonderen Schutz, Sahib. Sie sagen sich, der Maharadscha kann nicht vorhersehen, wie du darauf reagieren würdest, wenn er ein Kind mit Gewalt von seinen Geschwistern trennt und es nach Karidkote zurückbringen läßt, um es zu strafen – denn jedermann würde wissen, daß Jhoti nicht aus freien Stücken umkehrt. Seine Diener hoffen also, der Maharadscha sieht ein, daß er nichts gewinnt, wenn er den Jungen entführen läßt. Er braucht schließlich nur zu warten, bis die Hochzeit vorüber ist, dann muß Jhoti mit den anderen nach Hause ziehen. Bis dahin allerdings dürfte der Zorn seines Bruders sich gelegt haben, und er wird weniger ärgerlich auf etwas reagieren, das, genau betrachtet, eben doch nur ein Knabenstreich ist.«

Kaka-jis Worte klangen optimistisch, doch der Ton, in dem er sie sprach, strafte diesen Optimismus Lügen, und er wechselte das Thema. Immerhin hatte er Ash reichlich Stoff zum Nachdenken geliefert, der ihn nachts beschäftigte, wenn seine unbequeme Lage den Schlaf verscheuchte.

In Rawalpindi war in der üblichen bürokratischen Manier von weiter nichts die Rede gewesen, als daß er sich um die Versorgung des Zuges, die Einhaltung des Protokolls und etwaige Angriffe auf das Lager in abgelegenen Landesteilen zu kümmern haben werde (letzteres war ganz unwahrscheinlich). Von den Komplikationen, denen er sich nun gegenübersah, hatten seine Vorgesetzten nicht die geringste Ahnung, und er selber wußte sich zunächst keinen Rat.

Aus diesem Grunde mußte er geradezu dankbar dafür sein, daß seine Verletzungen ihn ans Bett fesselten, denn so hatte er nicht nur reichlich Muße zum Nachdenken, er war auch nicht genötigt, sogleich etwas zu unternehmen. Was hätte er jetzt auch anderes tun sollen, als Jhoti zu ermuntern, ihn so oft wie möglich zu besuchen und sich im übrigen darauf zu verlassen, daß Mulraj während der restlichen Zeit den Knaben nicht aus den Augen ließ? Blieb immer noch die Nacht... Doch vermutlich war Jhoti in der Nacht weniger gefährdet als bei Tage, denn er schlief inmitten seines Gefolges, das, wenn man Kaka-ji glauben durfte, ihm treu ergeben war. Und wenn vielleicht auch nicht seiner Person, so zumindest doch seinen Interessen, die auch die ihren sind, dachte Ash zynisch.

Auf den ersten Blick schien es, daß diese Männer viel gewagt hatten, um dem Knaben wenigstens für eine begrenzte Zeit seinen Willen zu lassen. Möglicherweise wurden schon bald Suchkommandos ausgeschickt, um ihn einzufangen? Und was würde geschehen, wenn sie nach der Hochzeit alle wieder heimkehrten? Wie stellten sie sich eigentlich den Empfang vor, den der Maharadscha ihnen sodann bereiten würde ? Glaubten sie, wie Kaka-ji sich offenbar einreden wollte, der Zorn des Herrschers sei bis dahin verraucht und er werde diese Episode als einen Knabenstreich abtun? Oder bestand da ein anderer Plan?... Vielleicht sollte Nandu, der ja noch keinen Erben gezeugt hatte, ermordet werden? Dann würde Jhoti der Nachfolger seines Bruders sein...

Aber es war nicht Nandu gewesen, der ums Haar ermordet worden wäre, sondern Jhoti. Noch dazu hier im Lager. Allerdings war, seit der Zug von Deenagunj unter Ashs Führung aufgebrochen war, niemand ihm gefolgt oder dazugestoßen, soweit er in Erfahrung bringen konnte – und er hatte selbstverständlich Erkundigungen angestellt. Auch war aus Karidkote kein Bote eingetroffen. Daraus ergab sich, daß der Mordversuch nicht im Zusammenhang mit der Flucht des Knaben stehen konnte, vielmehr das Werk einer der rivalisierenden Gruppierungen sein mußte. Offenbar gab es Parteigänger Nandus im Lager, die, wie Ash, zu dem Schluß gelangt waren, bei Jhotis Flucht handele es sich eben doch um mehr als einen Knabenstreich. Und um kein Risiko einzugehen, hatten sie anscheinend beschlossen, den potentiellen Thronerben vorsichtshalber zu beseitigen.

Könnte ich doch nur mit Juli reden! dachte Ash. Wenn überhaupt jemand, so wußte sie, was innerhalb der Mauern und hinter den geschnitzten Paravents des Palastes vorging, was in dem Labyrinth aus unzähligen Räumen und Korridoren und in den Frauengemächern ausgebrütet und getuschelt wurde... Juli würde das alles wissen, aber es gab keinen Weg, sich ihr zu nähern. Kaka-ji hatte es sichtlich mit der Angst bekommen, also konnte hier nur Mulraj helfen. Mulraj würde wissen, wen er zu verdächtigen hatte, denn der Verschwörer mußte sich unter der kleinen Jagdgesellschaft befunden haben, die zur Falkenjagd ausgeritten war. Es waren nicht viele gewesen, und wer ein Alibi nachweisen konnte, den durfte man von Anfang an ausschließen.

Mulraj indessen war alles andere als optimistisch. »Nicht viele?« fragte er. »Dir mag es ja so vorgekommen sein, aber du warst mit deinen Gedanken woanders an jenem Tage, du hast weder das Wild gesehen, das wir aufstöberten, noch, wieviele Personen bei dieser Gesellschaft dabei waren. Oder weißt du es? Nun, es waren genau einhundertachtzehn, zwei Drittel davon Hofbedienstete, das heißt Leute im Solde des Maharadscha. Und was nützte es, sie auszufragen? Wir würden nur Lügen zu hören bekommen, und die Mörder wären gewarnt.«

»Und warum nicht?« erwiderte Ash, den Mulrajs Ablehnung verstimmte, gereizt. »Wissen sie, daß uns bekannt ist, daß sie Jhoti nach dem Leben trachten, überlegen sie es sich vielleicht, bevor sie einen zweiten Versuch wagen. Ist ihnen klar, daß wir ein Auge auf sie haben, erscheint ihnen das vielleicht als zu gefährlich.«

»Ganz recht«, bemerkte Mulraj. »So könntest du es machen, hättest du es mit Leuten deines Volkes zu tun. Ich kenne nur wenige Sahibs persönlich, höre aber, daß sie die Gewohnheit haben, schnurstracks auf ihr Ziel loszugehen, ohne nach rechts und links zu blicken. Bei uns ist das anders. Du würdest diejenigen, die den Knabe ermorden wollen, nicht abschrecken, sondern sie nur vorsichtiger machen. Sind sie gewarnt, wenden sie Methoden an, vor denen man sich weniger gut schützen kann.«

»Woran denkst du?«

»An Gift. An ein Messer. Oder eine Kugel. Etwas, was zuverlässig wirkt.«

»Das würde niemand wagen. Wir befinden uns auf britischem Hoheitsgebiet. Man würde eine Untersuchung anstellen. Die Behörden –«

Mulraj lachte abschätzig und sagte, man würde selbstverständlich diskreter operieren. Schlichter Mord könne nur angewendet werden, wenn man zugleich einen Sündenbock parat habe und auch ein einleuchtendes Motiv anzugeben wisse, eines, das meilenweit vom wahren Motiv entfernt sei und doch für die Wahrheit genommen werden könne. Beides, so meinte er, sei durchaus machbar, doch immerhin nicht ohne erhebliche Vorbereitungen. Diejenigen, die Jhoti nach dem Leben trachteten, wünschten keine Untersuchung welcher Art auch immer; ein Unfall würde ihnen dienlicher sein.

»Und ich zweifle keinen Moment daran, daß sie einen zweiten Unfall vorbereiten, vorausgesetzt, sie glauben, niemand habe den ersten durchschaut. Auch meine ich, daß wir einen solchen zweiten Unfall verhindern können, weil wir jetzt von der Gefahr wissen. Wir könnten sogar entdecken, wer für den Anschlag verantwortlich ist und welche Motive er hat. Dann könnten wir dem Übel ein Ende bereiten. Darin sehe ich unsere beste Chance, auch die einzige übrigens.«

Ash mußte ihm beipflichten. Sein Verstand sagte ihm, daß Mulraj recht hatte, und da er als Kranker nichts unternehmen konnte, blieb ihm nur übrig, soviel Informationen über Charakter und Gewohnheiten von Jhotis älterem Bruder zu sammeln, als er irgend bekommen konnte. Das klang einfach, erwies sich aber als schwierig. Als seine Genesung Fortschritte machte, kamen immer mehr Besucher, die weiter nichts wollten als schwatzen. Dabei erfuhr Ash zwar so manches über die Zustände in Karidkote und am Hofe, doch über den Herrscher hörte er kaum Neues, vielmehr wurde er daran gehindert, wie bisher unter vier Augen mit Kaka-ji oder Mulraj zu sprechen. Nicht etwa, daß diese Herren nun darauf brannten, ausführlich über den Herrscher zu reden...

Jhoti seinerseits war stets bereit, über seinen Bruder zu reden, doch tat er das in so abfälligen Wendungen, daß man es nicht zulassen durfte – es war einfach zu gefährlich. Blieb die Pflegerin Geeta, eine hagere, pockennarbige Alte, die nach Gobinds Anweisung das verstauchte Handgelenk, Muskeln und Sehnen massierte und einen Teil der Nacht im Zelt von Ash verbrachte, schweigend in einem Winkel hockend für den Fall, daß der Patient erwachte und Schmerzen litte.

Sie war entfernt mit der ersten Frau des verstorbenen Radscha verwandt, also durfte man annehmen, daß sie wußte, was in den Frauengemächern geredet wurde, und sie hätte eine erstklassige Informationsquelle sein müssen.

Doch war sie das nicht, dafür war sie einfach zu scheu. Das ging so weit, daß nicht einmal ein Befehl der Prinzessin Shushila sie dazu bewegen konnte, bei Tageslicht das Zelt von Ash zu betreten, vielmehr tat sie es nur zu später Stunde und dann bis zur Unkenntlichkeit verschleiert, damit ja kein Fremder ihr Gesicht erblicke. Ash, der es kannte, konnte sich beim besten Willen nicht vorstellen, daß irgendwer diesem verrunzelten, abweisenden Gesicht auch nur die geringste Aufmerksamkeit schenken würde. Er bedauerte allerdings nicht, daß sie kam, denn er konnte nur schwer einschlafen und ihre geschickten Finger verursachten ihm eine sehr willkommene Ermattung, die ihn einschlummern ließ. Zum Sprechen bringen konnte er sie allerdings nicht, er mochte es anstellen, wie er wollte. Ihre knochigen Finger gebrauchte sie voller Selbstvertrauen, doch im übrigen war sie zu schüchtern, fürchtete den Sahib auch viel zu sehr, um auf seine Fragen mit mehr als einsilbigen Antworten oder einem albernen Kichern zu reagieren.

Ash gab den Versuch also auf. Da er keinen Zugang mehr zu Informationen aus erster Hand hatte, behalf er sich mit Mahdu. Der verstand es, Unmengen Klatsch bei allen möglichen Bekannten im Lager aufzuschnappen. Diesen breitete er vor Ash aus, wenn die Lampe angezündet wurde und der letzte Besucher gegangen war. Er sog dabei gedankenvoll an der Wasserpfeife und gab jeden Satz erst nach sorgfältiger Überlegung von sich. Derweil zogen die Rauchfahnen der Lagerfeuer und der Geruch von Speisen über die Ebene, und Gul Baz wachte vor dem Zelt, um etwaige Lauscher abzuschrecken.

Was Mahdu zu berichten hatte, war, wie nicht anders zu erwarten, im wesentlichen müßiger Klatsch, Vermutungen, Skandalgeschichten, Gerüchte aus dem Basar, alles in allem nicht viel Substantielles. Und doch fand sich unter dem Haufen Spreu das eine oder andere Korn, und Ash konnte sich mit der Zeit ein recht zutreffendes Bild von den Zuständen im früheren Gulkote machen und ein noch genaueres von Charakter und Anlagen des derzeitigen Herrschers. Zahllose Anekdoten handelten von seiner Eitelkeit und Prunksucht, andere deuteten auf kaltblütige Berechnung und Tücke, was beides er schon als Kind gezeigt, mit den Jahren aber feiner ausgebildet hatte. War auch nur einiges von dem, was Ash da mosaikartig zusammensetzte, zutreffend, so ergab sich ein keineswegs anheimelndes Bild.

Zwei Dinge folgten unbezweifelbar aus allem, was ihm zugetragen wurde: Nandu konnte keine Niederlage ertragen, und wer ihm mißfiel, mußte mit dem Schlimmsten rechnen. Den Beweis lieferte unter anderem das Verhängnis, das einen gezähmten Leoparden ereilte. Er war einer von zweien, die zur Jagd abgerichtet worden waren. Beide wurden bei einer Hatz auf einen Bock angesetzt, und Nandu wettete auf einen von beiden zwanzig Goldstücke: der würde den Bock als erster anspringen und reißen. Der Leopard tat dies aber nicht, Nandu verlor die Wette und die Selbstbeherrschung, er ließ eine Kanne Petroleum bringen und verbrannte das unglückliche Tier bei lebendigem Leibe.

Diese Geschichte beruhte, anders als viele andere, nicht auf Hörensagen, vielmehr gab es im Lager mehrere Personen, die den Leoparden hatten brennen sehen. Zwar verlautete später, der Leopardenpfleger sei aus dem Lande geflohen, doch glaubte das niemand, »vielmehr meinen alle, er sei noch in der gleichen Nacht ermordet worden«, sagte Mahdu. »Einen Beweis dafür gibt es allerdings nicht. Man hat ihn zwar nie mehr gesehen, was aber nicht bedeuten muß, daß er tot ist. Vielleicht ist er geflohen, weil er um sein Leben fürchtete. Wer weiß?«

»Vermutlich weiß es der Maharadscha«, sagte Ash grimmig.

Mahdu nickte zustimmend. »Das ist wohl so. Der Maharadscha ist noch jung, doch schon sehr gefürchtet von seinen Untertanen. Man darf aber nicht glauben, daß er überall verhaßt ist, denn in Karidkote hat man für Schwächlinge nichts übrig, und es freut so manchen, daß der neue Herrscher sich als gewissenlos und listig erweist, denn man verspricht sich davon, daß er verhindert, daß die Engländer das Land annektieren – so wie sie andere Fürstentümer eingezogen haben. Viele bewundern eben jene Eigenschaften an ihm, die ihn zu einem schlechten Menschen machen.«

»Und viele andere verabscheuen ihn wohl so sehr, daß sie sich gegen ihn verschwören und einen anderen auf den Thron setzen wollen?« fragte Ash.

»Meinst du Jhoti?« Mahdu spitzte die Lippen und schaute zweifelnd drein. »Mag sein, doch habe ich keine Andeutung in dieser Richtung gehört, und ich selber glaube nicht, daß auch die ärgsten Querulanten sich wünschen, in solchen Zeiten von einem Kind regiert zu werden.«

»Das wäre auch nicht der Fall, gerade darum geht es ja. Regieren würden die Berater des Prinzen, und das sind eben die, die sich verschwören würden, ihn auf den Thron zu setzen. Sie und nicht Jhoti würden Karidkote regieren.«

»Biju Ram«, murmelte Mahdu, als wöge er diesen Namen.

»Wie kommst du gerade auf den? Was hast du über ihn gehört?« fragte Ash scharf.

»Nichts Gutes. Niemand mag ihn, und er hat alle möglichen Spitznamen: Skorpion, Schakal, Spion und Kuppler und Dutzende andere. Angeblich ist er die Kreatur der verstorbenen Maharani gewesen, und es gibt da ein Gerücht... allerdings ist das alles lange her und heute ohne Bedeutung.«

»Was ist das für ein Gerücht?«

Mahdu antwortete nur mit einem Achselzucken und sog an der Pfeife. Er hockte brütend da wie ein uralter Papagei, und die Wasserpfeife gluckerte. Er wollte sich weiter nicht äußern, doch als Gul Baz seinen Herrn für die Nacht herrichtete und Mahdu sich verabschiedete, sagte er kurz:

»Ich erkundige mich noch wegen der Sache, über die wir nicht gesprochen haben.« Dann trat er seine allnächtliche Runde um die Lagerfeuer an, um dem Klatsch zu lauschen.

Der Lagerklatsch erbrachte aber weiter nichts Neues, und Ash wurde klar, daß er eine andere Quelle brauchte, jemand, der zum Herrscherhaus gehörte, vorzugsweise die Prinzessin Anjuli. Juli war nur wenige Monate älter als Nandu, und als fast Gleichaltrige mußte sie einfach seinen Charakter treffender beurteilen können als sonstwer im Lager. Auch kannte sie Biju Ram seit Jahren und hatte Lalji gewiß nicht vergessen...

Ash sagte zum x-ten Male vor sich hin: »Ach, könnte ich doch nur mit ihr reden! Juli weiß gewiß Bescheid. Irgendwie muß ich das fertigbringen, es kann doch nicht absolut unmöglich sein? Sobald ich wieder auf den Beinen bin...«

So lange allerdings mußte er nicht warten.

19

Wenige Tage später kam Jhoti zu Ash und sagte: »Meine Schwester, die Prinzessin Shushila, wünscht dich zu sehen, Sahib.«

»Ach nein«, sagte Ash lustlos. »Und weshalb, wenn man fragen darf?«

»Nun, sie möchte wohl schwatzen. Eigentlich wollte sie mit mir herkommen, doch der Onkel sagte, das schickt sich nicht. Er wolle mit Gobind reden, und wenn der keine Bedenken habe, solle man dich heute Nachmittag ins Empfangszelt tragen, und dort werden wir alle miteinander essen und plaudern.«

Ash war plötzlich ganz bei der Sache. »Und hat Gobind Bedenken?«

»Nein. Er sagt, man kann dich in einer Sänfte tragen. Ich sagte zu meiner Schwester, ich glaubte, du würdest keine Lust haben, sie zu besuchen, denn Mädchen kichern immer bloß albern wie Papageien und wissen nichts Vernünftiges zu reden, aber sie sagte, sie will nicht selber reden, sondern du sollst reden. Mein Onkel meint, sie langweilt und fürchtet sich, und weil du ihr von fremden Ländern erzählen kannst, lenkt sie das ab und heitert sie auf, und dann fürchtet sie sich weniger. Shu-Shu hat überhaupt keinen Mut, nicht das kleinste bißchen. Sogar vor Mäusen hat sie Angst.«

»Und deine andere Schwester?«

»Ach, Kairi ist da ganz anders, aber sie ist ja auch schon alt. Und ihre Mutter war eine Fremde. Auch ist sie sehr kräftig und groß, eine gute Handbreit größer als Nandu. Nandu sagt, sie hätte eigentlich ein Mann werden sollen, und das wäre mir durchaus recht, denn dann wäre sie der Maharadscha. Kairi hätte mir nie verboten, mit dem Hochzeitszug zu reiten wie Nandu – dieser feiste, tückische Protz.«

Ash hätte gern mehr über Kairi-Bai gehört, doch durfte er nicht zulassen, daß Jhoti in seiner Gegenwart den Herrscher beleidigte, zumal mindestens zwei seiner Diener in Rufweite warteten. Er wich also auf ein weniger bedrohliches Thema aus und beantwortete den Vormittag über gelangweilt endlose Fragen nach Kricket und Fußball und ähnlichem englischen Zeitvertreib, bis endlich Biju Ram den Jungen zum Mittagessen holte.

Biju Ram hielt sich nicht lange im Zelt auf, doch schon diese wenigen Minuten dünkten Ash endlos. In Paradeuniform, unverkennbar der Sahib, noch dazu in einem überfüllten Zelt und bei künstlichem Licht, konnte man sich dem verschlagenen, feindseligen Blick Biju Rams in Gottes Namen aussetzen, doch bei hellem Tageslicht, hilflos auf einem Feldbett liegend in das vertraute Gesicht seines Todfeindes zu blicken und die glatten Komplimente und blumigen Genesungswünsche von diesen Lippen träufeln zu hören, wurde Ash nicht leicht; der Mann würde ihn am Ende gar noch erkennen.

Biju Ram hatte sich so wenig verändert, daß bei seinem Anblick der Abgrund, der zwischen Vergangenheit und Gegenwart klaffte, sich beinahe schloß. Ash war es, als sei ein Knabe namens Ashok gerade eben noch das bevorzugte Ziel von Biju Rams Hänseleien und Grausamkeiten gewesen, die Lalji und seine Schranzen zum Lachen brachten. Das konnte er doch nicht vergessen haben? Seine Augen blickten so verschlagen wie je, doch stand keine Spur von Wiedererkennen darin; nahm man seine blumigen Komplimente ernst, war er sogar dankbar dafür, daß Ash geholfen hatte, Jhoti das Leben zu retten. Sollte er wirklich beim Maharadscha in Ungnade sein und die Verschwörer anführen, konnte das alles aufrichtig gemeint sein, denn der lebende Jhoti war eine Trumpfkarte in seinem Spiel, während ein toter Jhoti den Männern, die ihm bei seiner Flucht aus Karidkote behilflich gewesen waren, zum Verhängnis werden konnte.

Ash fand, das Sonderbarste an dieser Sache sei, daß er und Biju Ram ein gemeinsames Interesse hatten, wenn auch aus grundverschiedenen Motiven. Er hätte auf einen solchen Verbündeten gern verzichtet, doch war unbestreitbar, daß Biju Rams Ehrgeiz, verbunden mit der Angst um die eigene Haut, einen besseren Schutz für Jhoti abgeben mochten, als Mulraj oder Ash ihn je hätten bieten können. Gleichwohl reichte der Anblick dieses Menschen hin, ihm einen Schauer über den Rücken zu jagen. Allerdings tröstete es ihn außerordentlich, daß er in wenigen Stunden Juli wiedersehen sollte.

Daß sie nach Kräften bestrebt sein würde, einer Begegnung auszuweichen, bezweifelte er nicht, doch ebensowenig zweifelte er daran, daß es ihr nicht gelingen konnte. Dafür würde schon Shushila sorgen, die sich ganz und gar an die ältere Schwester klammerte und ohne deren Beistand keinen Schritt tat. Es überraschte ihn daher nicht, beide Damen ins Zelt kommen zu sehen, nachdem man ihn hereingetragen hatte. In Erstaunen versetzte ihn allerdings, daß Juli seinem Blick nicht auswich. Sie sah ihm mit ebenso viel Teilnahme in die Augen wie er ihr.

Sie erwiderte seinen Gruß ohne die geringste Verlegenheit. Als sie auf traditionelle Weise die zusammengelegten Handflächen an die Stirne führte, kamen ihm die winzige Seitwärtsneigung des Kopfes und die Form ihrer Hände – feste, zupackende Hände, ganz anders als die schmalgliedrigen zarten Hände indischer Frauen – so vertraut vor, daß er sich fragte, warum er sie nicht gleich anfangs erkannt hatte.

Er war darauf vorbereitet, daß sie ihn abweisend behandeln würde und hatte überlegt, wie er sich verhalten sollte. Doch war jetzt in ihren Blicken nichts Kaltes und Abweisendes, auch keine Furcht, sondern eigentlich nur Anteilnahme. Augenscheinlich hatte sie begriffen, daß er Ashok war oder doch gewesen war und suchte jetzt in den Zügen eines fremden Engländers das Gesicht des Hinduknaben, mit dem sie vor Jahren so vertraut gewesen war. Im Laufe des Abends merkte er auch, daß sie weniger auf seine Worte achtete, als seiner Stimme lauschte, wobei sie diese möglicherweise mit der des Knaben verglich, der auf dem Balkon so oft zu ihr gesprochen hatte.

Ash wußte später kaum noch, was er zu Beginn des Abends zur Unterhaltung beisteuerte, und fürchtete, er habe zusammenhangloses Zeug geredet. Er konnte sich einfach nicht konzentrieren, denn Juli saß nur einen Schritt von ihm entfernt. Sie war stets ein bedächtiges kleines Mädchen gewesen, frühreif, aber ganz unaufdringlich, und der Ernst war ihr geblieben. Es war nicht zu übersehen, daß sie ein beengtes, sehr mühevolles Leben führte und daß sie ihren eigenen Gefühlen und Wünschen keine Bedeutung beimaß, weil die Bedürfnisse anderer Vorrang hatten und sie bis zur Ausschließlichkeit beanspruchten. Juli war also ein Mensch, der nichts von sich hermachte und von der eigenen Schönheit nichts ahnte. Sie trug für Shushila all die Verantwortung, die eigentlich der Mutter oder einer ergebenen Kinderfrau zugekommen wäre, nicht aber der älteren Halbschwester.

Daß ihre Schönheit weder ihr selber noch den Ihren bewußt wurde, wunderte Ash nicht. Ihre Reize wichen gar zu sehr vom indischen Schönheitsideal ab. Sorge machte ihm hingegen, daß sie sich bis zur Ausschließlichkeit Shushila zu widmen schien, wenngleich er nicht verstand, weshalb gerade dies ihn beunruhigte. Vor Shushila mußte er doch wohl keine Angst haben? Er wies diesen Gedanken ab, kaum daß er ihn gedacht, und kam statt dessen zu dem Schluß, es beleidige ihn, ansehen zu müssen, wie Juli sich hinter der Tochter des Tanzmädchens auf den zweiten Platz verweisen ließ. Juli nahm sich dieses launenhaften, nervösen, bildhübschen Kindes so selbstlos an, daß ihn darüber Zorn ankam. Immer wieder ließ sie sich durch Shushilas Tränen zu Handlungen nötigen, die ihr eigentlich widerstrebten. Und doch ließen weder Julis resolutes Kinn noch ihre breite Stirne auf Schwäche schließen, und als die Kutsche in der Furt umstürzte, zeigte sie erstaunlich viel Mut und Geistesgegenwart.

Er hatte Mühe, sie nicht fortwährend anzustarren. Erst als Jhoti ihn am Ärmel zupfte und durchdringend flüsternd fragte, warum er denn andauernd Kairi anstarre, wurde ihm das Unkluge seines Benehmens bewußt; danach nahm er sich zusammen. Der vom Onkel genehmigte einstündige Besuch verlief angenehm und war eine willkommene Abwechslung, lag Ash doch Tag für Tag auf seinem Feldbett und hatte die Aussicht, die sich ihm von da aus bot, herzlich satt: vertrocknete Bäume in einer Einöde. Als er seinen Aufbruch befahl, sagte Shushila: »Morgen kommst du uns doch wieder besuchen?« Und obwohl sie ein Fragezeichen andeutete, war es in Wahrheit doch ein Befehl. Zu Ashs Überraschung schloß der Onkel sich dieser Bitte an, wenngleich aus durchsichtigen Motiven. Kaka-ji hatte es satt, den Klagen seiner Nichte zu lauschen, hatte es satt, ihre Ängste zu beschwichtigen, an die sie während der Anwesenheit dieses Fremden nicht dachte, und die sie weniger beschäftigten, wenn sie sich über Jhotis Rettung und Pelham-Sahibs Sturz erregen konnte.

Doch in den letzten Tagen gab es keine Aufregungen. So begann Shushila sich zu langweilen und wurde deshalb wieder von ihren Angstvorstellungen geplagt.

Seine Nichte Kairi hingegen hatte ihre Pflichten. Selbst hier im Lager gab es für sie ständig zu tun, sie mußte die Dienerschaft beaufsichtigen, endlose Klagen anhören und Abhilfe schaffen, die Hofdamen beschäftigen, Zank schlichten, Mahlzeiten anordnen, Kochen und Nähen – es war eine nie endende Tretmühle. Bei Shushila war das ganz anders. Sie war gewöhnt, stets und ständig bedient zu werden und fand das Leben im Lager schwer erträglich. War man unterwegs, gab es immerhin einige Abwechslung. Man merkte wenigstens, daß man einem Ziel zustrebte, wenn auch einem, vor dem sie sich fürchtete. Seit Pelham-Sahib aber darniederlag, verweilte man für ihren Geschmack schon viel zu lange am gleichen Ort, und die verwöhnte Prinzessin fand nicht genügend Zerstreuung. Noch dazu war ihr Bewegungsraum auf das Zelt beschränkt, in dem es bei Tage heiß, nachts aber kühl und zugig war.

Anjuli versuchte nach Kräften, ihrer Schwester die Zeit zu vertreiben, doch Spiele wie Chaupur und Pachesi langweilten sie bald, von Musik bekam sie Kopfschmerzen, und sie weinte, weil sie nicht heiraten wollte. Ihre Kusine Umi, die Enkelin von Kaka-ji, war im Kindbett gestorben. Deshalb fürchtete Shushila die Ehe. Sie wollte nicht in der Fremde sterben, am liebsten überhaupt nicht.

Kaka-ji war wie sein verstorbener Bruder ein friedliebender Mensch, doch die Tränen, Angstausbrüche und Launen seiner jüngeren Nichte brachten ihn um seine Geduld, und er war deshalb bereit, allem zuzustimmen, was sie ablenkte. Unter anderen Umständen hätte er einem nicht zur Familie gehörenden Manne einen so ungezwungenen Umgang mit den Nichten nicht erlaubt, aber die Umstände waren eben alles andere als normal. Man befand sich praktisch in der Wildnis, und hier galten andere Regeln. Der Mann war überdies Ausländer, und man schuldete ihm großen Dank. Wenn Shushila seine Schilderungen von England unterhielten und ablenkten, ihr das Heimweh und die Angst vor dem Kommenden vertrieben, dann hatte er dagegen nichts einzuwenden. Alleinsein würde sie niemals mit ihm, es waren immer mindestens ein halbes Dutzend Personen anwesend, und deshalb zögerte er nicht, sich Shushilas Aufforderung anzuschließen und den Sahib schon für den folgenden Tag wieder einzuladen. Übrigens konnte dieser in seinem derzeitigen Zustand ohne Hilfe nicht aus der Sänfte steigen und stellte mithin keine Gefahr für die Ehre einer Frau dar.

Der Sahib gehorchte, und von da an wurde es zur Gewohnheit, daß er jeden Abend ins Empfangszelt getragen wurde, wo er in Gesellschaft von Jhoti und Kaka-ji, manchmal auch von Mulraj oder Maldeo Rai mit den Prinzessinnen und ihren Damen scherzte und plauderte, auch harmlose Spiele spielte, bei denen Konfekt und Ähnliches zu gewinnen war. Das alles vertrieb die Zeit und milderte Shushilas Nervosität; sie amüsierte sich über seine Beschreibung Englands und der Engländer köstlich.

Man kicherte, als er schilderte, wie Damen und Herren paarweise zu Musikbegleitung umeinanderhüpften, wie die Bewohner Londons sich mühsam ihren Weg im Nebel suchten, wie Familien am Strand von Brighton in der Sonne saßen; auch die Beschreibung der lachhaft unbequemen Damenbekleidung verursachte große Belustigung: hochhackige enge Schnürstiefelchen, noch engere Korsagen, die ihre Trägerinnen schier erstickten, zahllose gebauschte Unterröcke übereinander, Hüte, die mit langen Hutnadeln an kunstvoll von Draht gestützten Frisuren befestigt wurden und mit Blumen, Federn oder Pelz verziert waren, manchmal sogar mit einem ausgestopften Vogel.

Nur Anjuli redete wenig. Dafür hörte sie zu, lachte gelegentlich, und obwohl Ash seine Worte an die ganze Gesellschaft zu richten schien, galten sie doch fast ausschließlich Anjuli. Anjuli war es, die er zu unterhalten suchte, ihretwegen schilderte er sein eigenes Leben in England, um sie wissen zu lassen, wie er nach seiner Flucht aus Gulkote hatte leben müssen.

Er fand es erstaunlich leicht, Dinge auszusprechen, die für sie eine andere Bedeutung haben mußten als für die übrigen, denn dank ihrer besonderen Kenntnisse konnte sie seinen Erzählungen entnehmen, was anderen verborgen blieb, und oft gab sie ihm durch ein Lächeln oder eine Kopfbewegung zu verstehen, daß sie eine Anspielung begriffen hatte. Es war, als wäre die Uhr zurückgestellt worden und als unterhielten sie sich wieder wie einst in Gegenwart von Lalji und seinen Hofschranzen in einer ganz eigenen, nur ihnen bekannten Sprache, denn in dieser Hinsicht – der einzigen übrigens – bestand zwischen ihnen noch das gleiche Verständnis wie ehemals zwischen den beiden Kindern.

Damals war Anjuli noch sehr klein gewesen, und bis vor kurzem hatte Ash völlig vergessen, wie sie ihre für den anderen bestimmten Worte jeweils an Lalji, einen seiner Affen oder die Elstern richteten. Auf diese Weise verabredeten sie Treffen, teilten einander Neuigkeiten mit, und sie konnten Zeit, Ort und anderes genau bestimmen, indem sie eine Vase oder ein Polster verrückten, mit dem Händen unauffällig Zeichen gaben oder sich räusperten. Sogar das Wort, mit dem sie den Balkon bezeichneten, fiel ihm wieder ein: Zamurrad (Smaragd) – so hieß der verwöhnte Pfau, der mit seinem Harem in Laljis Garten wohnte. Es hatte zahllose Möglichkeiten für sie gegeben, dieses Wort in die Unterhaltung einfließen zu lassen.

Für Sitas Wohnung hatte es ebenfalls ein besonderes Wort gegeben, das ihm aber entfallen war. Auch die Signale beherrschte er nicht mehr. Er erinnerte sich zwar noch gewisser Bewegungen, doch was sie bedeuteten, hatte er im Laufe der Jahre vergessen. Beim besten Willen wollten sie ihm nicht mehr einfallen. Erst als er nicht mehr versuchte, sich an das Wort für Sitas Wohnung zu erinnern, fiel es ihm eines Abends unerwartet ein. Hanuman. Selbstverständlich, das war das Codewort, Hanuman der Affengott, dessen unzählige Untertanen, einer den anderen am Schwanz haltend, eine lebende Brücke über den See von Lanka gebildet hatten, über die Rama zu seiner Sita gelangte, die von einem Dämon auf der Insel im See gefangengehalten wurde.

Ob Juli das noch wußte? Konnte sie sich so weit zurückerinnern? Sie konnte, sie erinnerte sich besser als er – viel besser sogar. Sie reagierte auf seine verschleierten Andeutungen und zeigte deutlich, daß sie noch sehr gut wußte, wie sie sich in Gesellschaft anderer miteinander verständigt hatten. Vielleicht konnte er davon Gebrauch machen und Vorteil daraus ziehen? Ein Versuch kann nicht schaden, dachte Ash, und er probierte es am nächsten Abend. Diesmal aber blieb die erwartete Reaktion aus; Juli wich zwar seinem Blick nicht aus, ließ aber durch nichts erkennen, daß sie ihn verstanden hatte.

Ash kehrte ermattet und niedergeschlagen in sein Zelt zurück, war barsch zu Mahdu und mit Gul Baz kurz angebunden. Als die Pflegerin zu später Stunde am Zelteingang kratzte, schickte er sie fort, er brauche keine Massage mehr und wolle niemanden sehen. Um es ihr ganz deutlich zu machen, löschte er die Lampe, denn er wußte, im Dunkeln konnte sie ihre Arbeit nicht verrichten und würde folglich ohne Widerrede gehen – nicht, daß er Widerrede von ihr erwartete. Doch schien sie hartnäckiger, als er geglaubt, denn der Zelteingang wurde geöffnet, und im Mondlicht sah er die vermummte Gestalt.

Ash stützte sich auf einen Ellenbogen und wiederholte, er brauche sie nicht, und sie möge ihn zufrieden lassen. Darauf erwiderte die Frau sanft: »Aber du selber hast mich hergebeten.« Ash war, als steige ihm das Herz in die Kehle, er konnte weder sprechen, noch Luft holen. Gleich darauf pochte es so wild, daß er glaubte, man müsse es hören. »Juli!«

Ein leises, geisterhaftes Lachen, ein vertrautes Lachen mit einem allerdings unvertrauten Unterton, und schon streckte er die unversehrte Hand aus, packte die grobe Baumwolle und hielt sie fest, als fürchte er, Juli könnte so plötzlich verschwinden wie sie gekommen war.

»Wolltest du nicht, daß ich komme?« fragte Juli. »Du erwähntest Hanuman. Damit meinten wir deinen kleinen Hof.«

»Den Hof meiner Mutter«, berichtigte Ash unwillkürlich.

»Auch den deinen. Und weil sie nicht mehr lebt, konntest du damit doch nur dein Zelt meinen. Stimmt das nicht?«

»Doch. Aber du warst damals ein Kind, ein Baby! Wie kannst du dich daran erinnern?«

»Das ist nicht schwer. Als ihr beide geflüchtet wart, hatte ich weiter nichts als meine Erinnerungen an euch.«

Das sagte sie ganz nüchtern, doch dieser Satz stellte ihm erstmals ganz deutlich vor Augen, wie einsam die folgenden Jahre für sie gewesen sein mußten, und wieder spürte er einen Kloß in der Kehle, der ihn am Reden hinderte.

Anjuli konnte sein Gesicht nicht sehen, doch schien sie zu wissen, was er dachte, denn sie sagte sanft: »Gräme dich nicht, auch ich habe gelernt, mich nicht zu grämen.«

Das mochte sein, doch er grämte sich trotzdem, grämte sich ganz unerträglich. Mit Entsetzen gedachte er des Kindes Juli, alleingelassen und vernachlässigt, mit nichts als Erinnerungen und der Hoffnung, daß er eines Tages zurückkehren werde. Wann mochte sie aufgehört haben zu hoffen, daß er sein Versprechen hielt?

Anjuli sagte: »Auch du hast dich erinnert.«

Das stimmte aber nicht ganz. Wäre nicht Biju Ram gewesen, er wüßte vermutlich auch jetzt noch nicht, wer sie war, und gewiß hätte er sich nicht der alten geheimen Verständigungsmittel erinnert. Ash räusperte sich und sagte mit Mühe: »Ja, aber ich zweifelte, daß du dich würdest erinnern können... ob du noch verstehen würdest.« Und erst jetzt wurde ihm bewußt, wie töricht, wie unbeschreiblich egoistisch er gehandelt hatte. »Du hättest nicht kommen dürfen, es ist zu gefährlich.«

»Warum batest du mich dann darum?«

»Weil mir nicht im Traum einfiel, daß du wirklich kommen könntest.«

»Das war ganz einfach. Ich brauchte mir nur einen von Geetas alten Umhängen zu nehmen und zu sagen, ich wollte an ihrer Statt gehen. Sie liebt mich, denn ich habe ihr vor Jahren einen Dienst erwiesen. Und ich war schon einmal hier.«

»Also warst du es – in der Nacht nach meinem Unfall. Ich wußte es, doch Mulraj sagte, es sei die Pflegerin gewesen und –«

»Er wußte nicht Bescheid«, berichtigte Anjuli. »Ich begleitete Geeta, denn ich war böse auf dich, weil du... weil du dich benommen hast wie ein Sahib. Und weil du jahrelang nicht an mich gedacht hast, während ich –«

»Ich weiß. Juli, verzeih mir. Ich glaubte, du würdest nie wieder mit mir sprechen wollen.«

»Das hätte ich vielleicht auch nicht, wärest du nicht gestürzt. Doch ich fürchtete, du lägest im Sterben, also ließ ich mich von Geeta mitnehmen. Ich war öfter hier und habe draußen im Dunkeln vor dem Zelt gesessen, wenn sie dich hier drinnen massierte.«

»Aber weshalb, Juli? Warum?« Er packte ihr Umschlagtuch und zerrte daran. Anjuli sagte gedehnt: »Ich wollte wohl deine Stimme hören. Ich wollte gewiß sein, daß du wirklich der bist, der zu sein du behauptest.«

»Ashok.«

»Ja. Mein Bruder Ashok. Mein einziger Bruder.«

»Dein –?«

»Mein Armbandbruder. Hast du das vergessen? Ich nicht. Ashok war mir stets mehr Bruder als Lalji – oder Nandu oder Jhoti, er war mir wie der einzige Bruder.«

»Wirklich?« fragte Ash plötzlich bestürzt. »Und bist du gewiß, daß ich jener Ashok bin?«

»Selbstverständlich. Sonst wäre ich nicht hier.«

Ash zerrte sie an dem Baumwolltuch näher zu sich und sagte ungeduldig: »Leg das Ding ab und zünde Licht an, ich will dich sehen.« Anjuli aber lachte nur leise und schüttelte den Kopf. »Nein, das wäre wirklich gefährlich und überdies töricht. Käme jetzt wer, würde er mich für Geeta halten, und weil die so gut wie nie spricht, wäre ich sicher. Laß mich jetzt los. Ich setze mich zu dir.

Wir können eine Weile plaudern. Im Dunkeln ist es leichter, wir können einer des anderen Gesicht nicht sehen und uns einbilden, wieder Ashok und Juli zu sein, nicht Pelham-Sahib, der Engländer, und Prinzessin Anjuli-Bai, die –«

Sie unterbrach sich und ließ sich, ohne den Satz zu beenden, auf dem Teppich vor dem Feldbett nieder, ein bleicher, formloser Umriß, der ein Gespenst sein mochte oder ein Kleiderbündel.

Als Ash sich später erinnern wollte, worüber sie gesprochen hatten, kam es ihm vor, als hätten sie über alles und jedes geredet. Doch kaum war sie gegangen, fielen ihm hundert Fragen ein, die er nicht gestellt hatte, und er hätte viel darum gegeben, Juli zurückrufen zu können. Doch wußte er, er würde sie wiedersehen, und das tröstete ihn sehr. Wie lange sie geblieben war, ahnte er nicht, denn über dem Erzählen hatte er die Zeit vergessen. Der Mond war höher und höher gestiegen, schließlich beleuchtete er das netzförmige Geflecht im Umhang Julis, das ihre Augen verbarg, und er sah deren Glanz, wenn sie lächelte oder den Kopf bewegte. Wenig später beleuchtete der Mond das Innere des Zeltdaches, dann erreichte er seinen höchsten Stand und irgendwann ging er unter. Nun herrschte ringsum Dunkelheit und im Ausschnitt des geöffneten Zelteinganges standen einzelne Sterne.

Sie flüsterten, um Ashs Diener nicht zu wecken, und hätte Geeta sich nicht endlich ein Herz gefaßt und wäre auf die Suche nach ihrer ausbleibenden Herrin gegangen, sie hätten sich wohl bis Tagesanbruch verplaudert, ohne es zu merken. Doch Geetas Stimme störte sie auf, sie erkannten mit Schrecken, wie spät es war und wie groß die Gefahr; keiner von beiden hatte gehört, daß Geeta vor das Zelt trat, während sie miteinander flüsterten, also hätte sie auch jemand anderes überraschen können.

Anjuli sprang auf und sagte leise vom Zelteingang her: »Gute Nacht, Bruder, schlafe wohl. Ich komme schon, Geeta.«

»Du kommst doch wieder?«

»Wenn möglich, ja. Wenn nicht, sehen wir einander im Empfangszelt. Oft.«

»Was nützt mir das? Dort kann ich nicht mit dir reden!«

»O doch, du kannst. So wie früher, und wie heute Abend. Es ist spät, Bruder, ich gehe.«

»Warte, Juli –« er streckte die Hand ins Dunkel, doch erreichte er Juli nicht mehr, vielmehr sah er die Sterne im Zelteingang, und wenn er auch keine Schritte vernahm, wußte er doch, Juli und Geeta waren fort.

20

Ash lehnte sich in die Kissen zurück, starrte in den nächtlichen Himmel und versank ins Brüten – Bruder hatte sie gesagt. Dachte sie wirklich an ihn als einen Bruder? Offenbar tat sie es. Und falls ihr das erlaubte, ihn zu besuchen, mußte er es zufrieden sein. Er hingegen dachte an sie nicht als an eine Schwester, wenngleich er sich eingestehen mußte, daß er sie immer als eben diese behandelt hatte. Und doch, das letzte, was er jetzt wünschte, war schwesterliche Zuneigung, obwohl er sich auch wieder sagen mußte, daß sie einigermaßen sicher waren, solange Juli ihn als Bruder betrachtete; sollte sich in ihrer Beziehung etwas ändern, wären die Konsequenzen nicht auszudenken.

Er lag lange wach, machte Pläne und verwarf sie wieder, und als er endlich einschlief, wußte er mit Sicherheit nur: Vorsicht war geboten. Er mußte ganz behutsam operieren, Julis wegen noch mehr als seinetwegen, obschon ihm klar war, daß er in eine bedrohliche Lage geraten würde, sollte irgendwer argwöhnen, daß seine Gefühle für eine der seiner Obhut anvertrauten Bräute alles andere als brüderliche waren.

Mulraj hatte ihm klargemacht, daß man Jhoti auf dem Wege nach Bhithor mühelos beseitigen konnte, ohne daß das größeres Aufsehen oder gar eine Untersuchung durch die Behörden zur Folge haben mußte, und das gleiche galt für Ash – um das zu erkennen, bedurfte es keiner weiteren Erläuterung. In Indien konnte man auf mannigfache Weise zu Tode kommen, und starb er unterwegs in einer abgelegenen Gegend, wo kein englischer Arzt rechtzeitig zur Stelle sein konnte, um eine Leichenschau vorzunehmen, so riskierten seine Mörder wenig. Hyänen und Schakale würden seine Leiche ganz einfach gefressen haben, bevor auch nur die geringste Chance einer Untersuchung der Angelegenheit bestand. Tröstlich war allein der Gedanke, daß man ihn rasch töten würde, aus Sicherheitsgründen. Bei Juli hingegen war das weniger gewiß.

Ash mußte an den Leoparden denken, den Nandu lebendig verbrannt hatte, weil der ihn eine verlorene Wette kostete. Ihn schauderte, als er sich ausmalte, was alles man Juli antun könnte. Auf keinen Fall durfte sie das Wagnis eingehen, noch einmal zu ihm ins Zelt zu kommen. Man würde sich an einem anderen Orte treffen müssen, denn treffen wollte er sie – unter vier Augen, nicht nur in Gegenwart ihrer Verwandten und Hofdamen im Empfangszelt. Aber das erforderte äußerste Umsicht...

Als er so weit gekommen war mit seinen Überlegungen, schlief er ein. Im hellen Lichte eines neuen Tages erwacht, neuerlich zur Untätigkeit verurteilt, stieß er seinen Entschluß um. Bei Tageslicht erschienen die Gefahren, die des Nachts so bedrohlich wirkten, viel weniger furchterregend, und als er gegen Abend ins Empfangszelt getragen wurde, und Juli lächelnd die vertraute Begrüßung andeuten sah, waren seine Vorsätze vergessen, und er wünschte, sie möge wenigstens noch einmal kommen, damit er ihr erklären konnte, warum sie ihn nie wieder in seinem Zelt besuchen dürfe. Es schien ihm ganz ausgeschlossen, ihr das mit geheimen Zeichen und Worten mitzuteilen.

Drei Stunden später saß sie an seinem Bett, während die alte Geeta im Schatten vor dem Zelt Wache hielt, zitternd vor Angst und Stoßgebete an alle möglichen Götter richtend. Es gelang ihm jedoch nicht, Juli klarzumachen, daß sie mit diesen Besuchen ein unvertretbares Risiko einging.

»Fürchtest du, Geeta könnte reden? Ich versichere dir, sie tut es nicht. Und sie ist so schwerhörig, daß sie nichts von dem versteht, was wir sagen, auch wenn wir viel lauter sprächen.«

»Darum geht es nicht, das weißt du ganz genau«, sagte Ash. »Es geht einzig und allein darum, daß du hier bist, obwohl du nicht hier sein darfst. Was würdest du sagen, wenn man dich entdeckte?«

Anjuli lachte ihn aus; es bestehe nicht die geringste Gefahr, daß man sie hier entdecke, aber selbst wenn dies geschähe, wäre das nicht weiter schlimm. »Denn wir alle sind uns doch darüber einig, daß du unser Bruder bist: du hast meine Schwester und mich aus dem Fluß gerettet und schwere Verletzungen erlitten, als du unseren Bruder vor dem tödlichen Sturz bewahren wolltest. Warum sollte die Schwester nicht den kranken Bruder besuchen dürfen? Zumal sie es bei Dunkelheit tut, wo sie nicht von Fremden gesehen werden kann, noch dazu begleitet von einer alten, ehrbaren Witwe?«

»Ich bin aber nicht dein Bruder«, wehrte Ash sich gereizt. Er hätte gern hinzugefügt, daß er es auch nicht sein wolle; doch schien dies nicht der geeignete Moment, also sagte er: »Du redest wie ein Kind. Wärest du noch ein Kind, es hättte weiter keine Folgen. Du bist aber eine erwachsene Frau, also schickt es sich nicht für dich, mich allein in meinem Zelt zu besuchen. Das weißt du auch sehr wohl.«

»O ja«, stimmte Anjuli zu, und wenngleich Ash in der Dunkelheit und dank des Umhanges, den sie trug, ihr Gesicht nicht sehen konnte, hörte er ihrer Stimme an, daß sie lächelte. »Ganz so närrisch bin ich nicht. Immerhin kann ich mich so närrisch stellen, falls man mich entdecken sollte. Ich wiederhole einfach, was ich eben zu dir gesagt habe; man wird mich schelten und mir verbieten, dich je wieder hier zu besuchen, aber mehr kann mir nicht passieren.«

»Dir vielleicht nicht, aber mir. Würde mir jemand glauben, daß ein Mann den nächtlichen Besuch einer Frau in seinem Zelt als ganz und gar harmlose Angelegenheit betrachtet?«

»Aber du bist jetzt kein Mann«, sagte Juli sanft.

»Was soll denn das heißen?« fragte Ash wütend.

»Nicht in dem Sinne, wie du es meinst«, beschwichtigte Anjuli, »aber mein

Onkel hat selber gesagt, einer Frau drohe keine Gefahr von einem Invaliden, der sich nicht rühren kann, weil er gespießt und verschnürt ist wie eine gebratene Gans.«

»Recht schönen Dank«, sagte Ash sarkastisch.

»Es stimmt aber doch. Bist du genesen, wird alles anders, doch derzeit kannst du meine Tugend nicht gefährden, auch wenn du es wolltest.«

Darauf fiel Ash keine passende Antwort ein, obgleich er genau wußte: so einfach ist das nicht! Selbst der tolerante Kaka-ji würde das nicht so nachsichtig betrachten. Doch war sein Wunsch, Juli bei sich zu haben, übermächtig. Er schickte sie nicht weg und verbot ihr nicht wiederzukommen. In dieser Nacht blieb sie nicht lange und bestand auch darauf, daß Geeta ihn massierte. Während der Behandlung übernahm sie selber die Wache vor dem Zelt, und anschließend glitten beide Frauen lautlos davon. Ash verbrachte wiederum eine fast schlaflose Nacht.

Ihm lag nicht daran, den Aufbruch des Zuges zu beschleunigen, doch längeres Verweilen hatte einen erheblichen Nachteil: das Futter wurde knapp. Eine Lage, wie er sie bei seiner Ankunft in Deenagunj vorgefunden hatte, wollte er nicht heraufbeschwören. Auch war ihm klar, daß eine so große Menge lagernder Menschen und Tiere die ganze Gegend auf lange Zeit verunreinigen mußte. Die Brise, die in sein Zelt fuhr, führte bereits abschreckende Gerüche mit sich. Immerhin – so lange man hier verweilte, konnte Juli ihn besuchen, war man wieder unterwegs, würde das schwieriger werden. Allein deshalb wäre er so lange geblieben wie irgend möglich, doch die Verantwortung für das Wohlbefinden seiner Schutzbefohlenen nötigte ihn, sich schon folgenden Tages mit Mulraj und Gobind zu beraten. Er sagte, er fühle sich durchaus reisefähig, zwar könne er noch nicht reiten, doch auf einem Elefanten oder in einem Ochsenwagen könne er die Reise fortsetzen.

Gobind hatte Bedenken, gab aber nach, als Ash ihm versprach, sich in einer Sänfte tragen zu lassen; sodann erging der Befehl, den Aufbruch für den kommenden Tag vorzubereiten.

Diese Anordnung wurde von allen mit Freude aufgenommen, nur nicht von Prinzessin Shushila, die noch vor wenigen Tagen darüber geklagt hatte, daß man nicht von der Stelle komme. Jetzt hingegen wurde sie durch den Trubel der Reisevorbereitungen an das erinnert, was sie am Ende der Reise erwartete, sie schluchzte und rang die Hände, umklammerte trostsuchend die Schwester, behauptete, sich krank zu fühlen und den Gedanken, in dem stickigen Wagen zu reisen, einfach nicht ertragen zu können.

Am Abend vor dem Aufbruch versammelte man sich nicht noch einmal im Empfangszelt; Geeta kam spät zu Ash ins Zelt und überwand sich dazu, ihm zuzuflüstern, Anjuli-Bai bedauere, doch könne sie diesen und den folgenden Abend Ash nicht besuchen. In der darauffolgenden Woche allerdings kam sie allnächtlich mit Geeta in sein Zelt, wenn auch immer nur zu kurzen Besuchen; nach der Massage zog Geeta sich zurück und erwartete ihre Herrin, die noch mit dem Sahib plauderte.

Die alte Wittib mochte schwerhörig sein, doch ihre Augen waren gut, und ihre Angst machte sie zur vortrefflichen Wächterin. Ihr entging nicht die geringste Bewegung. Kam jemand dem Zelt zu nahe, hustete sie nervös, und die beiden Menschen im Zelt verstummten augenblicks. Doch regelrecht gestört wurden sie von niemandem; Ashs Diener, die niemanden ungeprüft in seine Nähe kommen ließen, waren an Geeta gewöhnt, und weil sie wußten, wie scheu die Alte war, wunderte es sie nicht, daß sie sich von einer zweiten Dienerin begleiten ließ. Da beide Frauen stets gleichzeitig eintrafen und weggingen, machten sie sich weiter keine Gedanken.

Die trauten Zusammenkünfte im Empfangszelt fanden nicht mehr allabendlich statt, denn Prinzessin Shushila war nach einem Reisetag im stickigen, rumpelnden Ochsenwagen häufig zu ermattet. Wo überhaupt Straßen vorhanden waren, waren das meist ausgefahrene Feldwege zwischen Ortschaften; es war oft vorzuziehen, neben solchen Straßen im Gelände zu fahren. Überall lag Staub, den die Zugtiere aufwirbelten und der durch die kleinsten Ritzen drang, also auch durch die Vorhänge, die den Wagen der Prinzessinnen abschirmten. Er setzte sich überall fest, in Kleidern, Polstern, Haaren, und auf der Haut bildete er eine graue, feinkörnige Schicht.

Shushila hustete, weinte und klagte unentwegt über den Staub, die Unbequemlichkeiten und das Holpern des Wagens und peinigte Anjuli damit schier unerträglich, so daß sie am Ende manchen Reisetages auch am Ende ihrer Geduld war. Am liebsten hätte sie die kleine Schwester dann tüchtig durchgeschüttelt. Sie tat dies aber nicht, weil sie Shushila liebte und weil sie schon früh gelernt hatte, sich zu beherrschen. Überdies war sie es seit Jahren gewöhnt, die Launen der Jüngeren zu ertragen. Sie nahm klaglos Bürden auf sich, die so mancher Erwachsene als zu beschwerlich abgeworfen hätte.

Als Ashok und Sita aus Gulkote flohen, war Anjuli sechs Jahre alt. Die folgenden Monate waren schlimm für sie. Zufällig aber gelang es ihr eines Tages, die kleine Shushila, die zahnte und deshalb stundenlang schrie und von niemand beruhigt werden konnte, zu beschwichtigen. Julis Erfolg beruhte vermutlich darauf, daß sie das Kind aufnahm, als es bereits vom eigenen Geschrei total erschöpft war und gleich darauf von allein aufgehört hätte zu plärren. Die Kinderfrau sah die Sache jedoch anders, und Janu-Rani – um ihre Söhne zwar stets in Sorge, einer Tochter gegenüber aber recht gleichgültig – ordnete an, daß Kairi-Bai sich künftig nützlich zu machen habe, indem sie sich ihrer kleinen Schwester annehme.

Kein Zweifel, es verschaffte dem Tanzmädchen einige Genugtuung, die Tochter der Fremden Königin ihrem eigenen Sprößling dienstbar zu machen. Kairi-Bai aber empfand es als Erleichterung, endlich eine Aufgabe zu haben. Nun war ihr Tag nicht mehr unausgefüllt, denn das jüngste Kind der Rani war kränklich und quengelig, und die Dienerinnen überließen es Kairi nur allzugern, obschon diese erst sechs Jahre alt war. Kairi-Bai also war fortan beschäftigt, und daß Shushila im Laufe der Jahre in ihr weniger die ältere Schwester als vielmehr eine Mischung aus Pflegerin, Spielgefährtin und Leibeigener erblickte, war eigentlich nicht verwunderlich.

Tatsächlich füllte Kairi alle diese Rollen aus, aber dafür wurde sie auch belohnt: mit Liebe. Es war dies eine selbstsüchtige, besitzergreifende Liebe, aber Liebe immerhin, und die hatte sie bis dahin entbehren müssen – denn an die Fremde Königin, ihre Mutter, erinnerte sie sich nicht; Ashok war zwar freundlich zu ihr gewesen, und von Sita war sie verständnisvoll, ja liebevoll behandelt worden, doch wußte sie genau, daß diese beiden nur einander liebten, während Shushila sie nicht nur liebte, sondern auch brauchte. Gebraucht zu werden, war ebenfalls eine neue Erfahrung für Kairi, und eine so wohltuende überdies, daß sie willig all ihre Zeit dem Kind widmete und Dienste verrichtete, die eigentlich andere hätten leisten müssen.

Hätte man Kairi freie Hand gelassen, es wäre ihr möglicherweise geglückt, aus Shushila eine einigermaßen gesunde und lebenstüchtige junge Frau zu machen, doch war sie selbstverständlich außerstande, den verderblichen Einfluß aufzuwiegen, der von den Frauengemächern ausging. Dort wollten alle sich bei Janu-Rani beliebt machen und versuchten dies auf dem Wege über die kleine Shushila; sie wetteiferten also darin, das Kind zu verziehen.

Das Tanzmädchen behandelte die Kleine je nach Lust und Laune. Ihre Launen waren absolut unberechenbar, daher wußte die kleine Shushila nie, was sie von der Mutter zu erwarten hatte – Liebkosungen oder Klapse. Dies erzeugte in ihr eine tiefgreifende Unsicherheit, verstärkt noch dadurch, daß sie die Mutter mehr bewunderte als fürchtete. Weil sie sich nach deren Zärtlichkeit übermäßig sehnte, wurde sie von gelegentlichen Liebkosungen nicht für die viel häufigeren Abweisungen entschädigt. Dies wiederum hatte zur Folge, daß sie sich aus Leibeskräften an alles klammerte, was Geborgenheit und Sicherheit verhieß: an die Abgeschlossenheit und den Schutz, den die Frauengemächer boten, an Gesichter und Stimmen, die diese kleine Welt ausmachten, an den ewig gleichen Ablauf des Tages. Was außerhalb der Frauengemächer vorging, erregte ihre Neugier nicht, und sie verspürte keine Neigung, den Palast von Gulkote zu verlassen.

Kairi, die sie hatte heranwachsen sehen, wußte dies sehr wohl und kannte auch die Gründe dafür. Shushila dagegen konnte ihre Ängste weder bannen, noch sie durchschauen. Ihre Empfindungen zu analysieren war sie außerstande, sie vermochte das ebensowenig wie die Frauen ihrer Umgebung, die sie verwöhnten und sie in ihrem hysterischen und egoistischen Verhalten nur bestärkten. Einzig Kairi-Bai, aus bitterer Erfahrung klug geworden, erkannte, daß hysterische Anfälle, Migräne und ähnliches von Shushila selbst herbeigeführt wurden und im Grunde weiter nichts waren als ihre Art, sich an der Mutter für mangelnde Aufmerksamkeit zu rächen. Hierher gehörte auch, daß Shushila sich vor allem Unbekannten fürchtete und niedere Bedienstete, die sich nicht wehren konnten, auf grausame Weise demütigte.

Kairi, der es völlig an Eitelkeit fehlte, leuchtete ohne weiteres ein, daß Shushila ihre Mutter viel mehr lieben mußte als die unansehnliche ältere Halbschwester, obschon Janu-Rani – sieht man davon ab, daß sie das Kind zur Welt brachte – nie auch nur das geringste getan hatte, um solche Liebe zu verdienen, während Kairi der Kleinen mit nie erlahmendem Eifer diente, sie tröstete, ermutigte, mit ihr spielte, ihr Verständnis und Liebe entgegenbrachte. Allerdings zeigte sich erst, als Janu-Rani gestorben war, wie abgöttisch Shu-shu ihre Mutter geliebt hatte.

Shushila führte sich nach dem Tode der Mutter so aberwitzig auf, daß man in den Frauengemächern überzeugt war, sie werde an gebrochenem Herzen sterben. Sie heulte und kreischte, wollte sich aus dem Fenster stürzen, fiel über Kairi her und zerkratzte ihr das Gesicht wie eine Wildkatze, weil diese sie an ihrem Amoklauf hinderte. Als man sie daraufhin in einen Raum mit vergitterten Fenstern sperrte, wies sie alle Speisen zurück. Fünf Tage lang hielt sie das durch, womit sie bewies, daß sie wesentlich zäher war, als man ihrer zerbrechlichen Erscheinung und ihrer häufigen Krankheiten wegen vermutet hatte. Kairis gutes Zureden stieß auf taube Ohren, und schließlich war es Nandu, der dem Theater ein Ende machte, indem er seine Schwester in einer Weise beschimpfte, wie das nur ein zorniger Bruder tun durfte. Wunderbarerweise hatte er damit Erfolg, einesteils, weil er als älterer Bruder und Maharadscha Autorität besaß, vor allem aber, weil er ein Mann war und als solcher eben ein ganz wunderbares, allmächtiges Geschöpf, dessen Wünsche ein Wesen, das eben doch weiter nichts war als eine Frau, unbedingt zu respektieren hatte. Jede indische Frau lernte als oberstes Gebot das des Gehorsams, und nirgendwo im Lande lebten Frauen – ob nun allein oder gemeinsam in Frauengemächern –, die nicht der unanfechtbaren Autorität eines Mannes unterstanden. Shushila also beugte sich demütig den Anordnungen des Bruders, dessen Zorn bewirkte, was Kairi-Bais liebevoller Geduld nicht gelungen war. Und so kehrte wieder Friede in die Frauengemächer ein.

Nandus selbstherrliche Handlungsweise hatte nun die unerwartete Folge, daß Shu-shu die abgöttische Verehrung, die sie bislang der Mutter gewidmet hatte, auf ihn übertrug, und in den Frauengemächern, wo man erwartet, teils auch befürchtet hatte, nach dem Tode der Rani werde der Einfluß der älteren Halbschwester auf die junge Prinzessin noch zunehmen, sah man befriedigt, daß dies nicht geschah.

Durch den Tod der Rani trat auch für Kairi-Bai eine Veränderung ein; und zwar eine zum Besseren, denn Nandu hatte ein ausgeprägtes Gefühl für Prestige. Er empfand es als Mißachtung der eigenen Person, wenn seine nächsten Angehörigen nicht mit allem Respekt behandelt wurden, und Kairi-Bai war schließlich eine echte Prinzessin und seine Halbschwester.

Kairi-Bai machte sich niemals über ihre Zukunft Gedanken, denn sie hatte früh gelernt, daß es zuträglich war, nicht über den Tag hinauszudenken; die Zukunft lag in den Händen der Götter. Immerhin hielt sie es für gewiß, daß sie eines Tages verheiratet würde, das war schließlich das Los aller Mädchen. Ihr Vater jedoch war zu träge, um in dieser Hinsicht etwas zu unternehmen, und die Stiefmutter gönnte ihr keine passende Partie. Sie fürchtete den Herrscher allerdings genug, um davor zurückzuschrecken, Anjuli an einen Niemand zu verheiraten. Die Frage der Heirat blieb also zunächst unbeantwortet, und mit der Zeit wurde es immer unwahrscheinlicher, daß ein passender Gatte für Kairi gefunden würde. Sie war nämlich schon recht alt, eigentlich viel zu alt zum Heiraten.

Der Vater starb, bald darauf die Stiefmutter, und doch änderte sich an diesem Sachverhalt nichts, denn nun verhinderte Nandus Stolz, daß er seine Halbschwester an jemanden verheiratete, der geringeren Ranges war als sie. Auch lehnte er es ab, sie früher zu verheiraten als seine Vollschwester: Shushila mußte als erste Hochzeit halten und einem regierenden Herrscher vermählt werden. War dies geschehen, konnte er Kairi an eine nicht ganz so erhabene Persönlichkeit verheiraten, obschon er wußte, daß dies nicht leicht sein würde. Kairi war schon alt und keine Schönheit –, eine hochgewachsene, hagere Person mit kantigen Zügen, einem großen Mund und den Händen einer Bäuerin – oder einer Europäerin. Immerhin war sie die Tochter seines Vaters.

Die kleine Shushila hingegen versprach eine außergewöhnliche Schönheit zu werden. Bald schon hatten sich Bewerber um ihre Hand eingestellt – allerdings war noch keiner unter ihnen, der den Ansprüchen ihres Bruders genügte. Entweder war ihr Rang oder ihr Vermögen zu gering; in zwei Fällen, wo Rang und Reichtum ausreichten, lagen die Fürstentümer zu nahe an Karidkote.

Nandu erinnerte sich gut daran, wie sein Vater sich das Staatsgebiet von Karidarra angeeignet hatte, und er wollte vermeiden, daß die Abkommen Shushilas eines Tages mit ähnlicher Begründung Ansprüche auf sein eigenes Land erheben könnten. Also handelte er in dieser ganzen Angelegenheit mit großer Umsicht. Als der Rana von Bhithor als Bewerber auftrat, nahm er dessen Antrag an, obschon man die Partie nicht gerade glänzend nennen konnte, denn Bhithor war ein kleines, rückständiges Fürstentum mit geringen Einkünften und der Rana ein ältlicher Mann, zweimal verwitwet schon, Vater von sieben Kindern, sämtlich Töchter. Beide Frauen waren im Kindbett gestorben, wobei dem Tod der zweiten angeblich durch ein bißchen Gift nachgeholfen worden war. Die fünf überlebenden Töchter waren alle erheblich älter als Shushila. Immerhin war der Stammbaum des Rana von Bhithor edler als der von Nandu, und seine Geschenke konnte man als eindrucksvoll bezeichnen. Ausschlaggebend aber war, daß sein Land mehr als fünfhundert Meilen in südlicher Richtung von Karidkote entfernt lag, also viel zu weit, als daß ein künftiger Rana von Bhithor daran denken konnte, Anspruch auf Karidkote zu erheben. Nandu fand die Verbindung vernünftig und zufriedenstellend. Seine kleine Schwester aber war entsetzt.

Shushila wußte, daß sie eines Tages würde heiraten müssen, doch seit die Heirat vereinbart worden war, litt sie unter den schlimmsten Angstzuständen. Sie zitterte bei der Vorstellung, die gewohnte Umgebung und die vertrauten Gesichter entbehren zu müssen, und der Gedanke, hunderte von Meilen einem fremden Mann entgegenzureisen – noch dazu einem ältlichen Witwer –, schreckte sie unmäßig. Dem konnte sie sich nicht aussetzen, nein, sie konnte nicht, sie wollte nicht – lieber sterben als dies.

Wiederum erfüllte ihr hysterisches Geheul die Frauengemächer, und diesmal konnte sogar Nandu mit seinen schlimmsten Schimpfreden nichts ausrichten. Selbst die Drohung, sie prügeln zu lassen, wenn sie nicht gehorche, blieb ohne Erfolg. Nandu verstand eben, anders als Anjuli, nicht, daß Shushila vor einer viel schlimmeren Todesart zurückschrak, nämlich davor, lebendig verbrannt zu werden. Dies war der tiefere Grund ihres Widerstrebens, und verglichen damit war es geradezu ein Genuß, geprügelt zu werden.

Anjuli erklärte das Ash bei einem ihrer Besuche folgendermaßen: »Schuld daran war das Tanzmädchen. Janu hatte befohlen, ihre Tochter in allem zu unterweisen, was eine hochgeborene Frau wissen muß, und zwar betraf das nicht nur die Religion und alle damit verbundenen Zeremonien, sondern auch die Etikette und die Pflichten der Gattin gegenüber dem Gatten. Der Unterricht begann, sobald Shushila sprechen konnte, und schon mit fünf Jahren zeigte man ihr den Fries der blutigen Hände am Tor der Satis – du erinnerst dich? Man sagte ihr dabei, sollte sie je Witwe werden, müsse sie sich mit dem Leichnam ihres Mannes verbrennen lassen. Und damit sie lernte, Hitze zu ertragen, ohne mit der Wimper zu zucken, mußte sie einen Finger in kochenden Reis stecken.«

Ash gab darauf eine nicht druckreife Antwort, zwar auf Englisch, doch bedurfte Anjuli keiner Übersetzung. Der Ton sagte alles. Sie nickte zustimmend. Dann fuhr sie versonnen fort: »Das war grausam, und es erfüllte seinen Zweck in keiner Weise, Shu-shu ängstigte sich nur noch mehr. Sie fürchtete fortan Schmerzen wie die Hölle. Sie erträgt auch jetzt nicht den geringsten Schmerz.«

Ash bemerkte boshaft, Janu-Rani habe das augenscheinlich auch nicht gekonnt, denn sie habe ihr eigenes Rezept nicht befolgt, als der Maharadscha starb. Er glaubte nicht daran, daß irgendwer sie gegen ihren Willen habe einsperren oder sie daran hindern können zu tun, was sie sich fest vorgenommen hatte.

»Du hast recht. Sie wollte sich nicht verbrennen lassen. Sie war über die neuerliche Heirat meines Vaters schrecklich erbittert. Sie haßte diese jüngere Frau so sehr, daß sie sich nicht gemeinsam mit ihr verbrennen lassen wollte – ihrer beider Asche hätte sich vermischt.«

Ash knurrte nur und bemerkte, das klinge recht hübsch, er glaube aber keinen Moment, daß sie auch nur erwogen habe, sich verbrennen zu lassen. Was nun Shushila angehe, so brauche die sich doch wohl keine derartigen Gedanken zu machen, denn die Engländer hätten die Witwenverbrennung ausdrücklich verboten.

»Englische Gesetze!« sagte Anjuli verächtlich. »Bist du wirklich so sehr Engländer geworden, daß du glaubst, es reicht, wenn eure Leute sagen: Das ist verboten, um mit solch uralten Bräuchen Schluß zu machen? Bah! Witwen haben sich seit Jahrhunderten mit ihren verstorbenen Männern verbrennen lassen. Die Tradition wird nicht durch den Federstrich der Engländer aus der Welt geschafft! Wo viele Engländer leben, mit Polizei und Militär, da mag es geschehen, daß man ihnen gehorcht, aber anderswo hört man nicht auf sie. Das Land ist so groß, daß eine Handvoll Ausländer es nicht kontrollieren kann. Dieser Brauch wird erst abgeschafft, wenn die Witwen selber sich weigern, ihn einzuhalten.«

Anjuli wußte, daß Shushila sich niemals sträuben würde. Die ihr in so zartem Alter erteilte Belehrung hatte sie tief beeindruckt, und obwohl der Gedanke an den Feuertod sie unbeschreiblich ängstigte, würde ihr nie einfallen, sich dem zu entziehen, denn sie wußte, daß weder ihr Vater noch einer seiner Vorfahren allein verbrannt worden war – man brauchte nur an den Fries der Satis zu denken! Ihr Vater hatte den Flammentod mit seiner letzten Frau, Lakshmi-Bai, einer hergelaufenen kleinen Intrigantin, geteilt. Das war nun mal die Pflicht einer Fürstenwitwe, der man sich nicht entziehen konnte.

Wäre ihr künftiger Gatte in ihrem Alter oder wenig älter gewesen als sie, Shushila wäre vielleicht weniger ablehnend gewesen. Der Rana jedoch zählte bald vierzig Jahre, konnte also praktisch jeden Tag sterben, und dann würden ihre schlimmsten Befürchtungen sich erfüllen und sie lebendig verbrannt. Das Fleisch des Fingers, den sie in den kochenden Reis hatte stecken müssen, war völlig verschrumpelt, und sie lernte, ihn zu verstecken; sie faltete den Rand des Sari darum, und niemand dachte sich etwas dabei. Zwar war der Finger taub und schmerzunempfindlich geworden, doch vergaß sie nie, wie weh er anfangs getan hatte, und wenn schon ein einziger Finger so unerträgliche Schmerzen verursachte, was empfand man erst, wenn der ganze Leib brannte?

Diese Angstvorstellung also war es, die sie darauf beharren ließ, weder den Rana zu heiraten noch sonstwen.

Hätte sie dies alles Nandu erklärt, er hätte vielleicht Anteilnahme gezeigt, seine Absicht hätte er allerdings nicht geändert. Doch brachte sie es nicht über sich einzugestehen, daß es nicht die Ehe war, vor der sie sich fürchtete, sondern das Schicksal der Witwe. Als Prinzessin aus königlichem Geblüt durfte sie nicht davor zurückschrecken, ein Los hinzunehmen, mit dem Millionen schlichter Frauen sich abfanden. Solche Feigheit hätte ihr nur Schande eintragen können. Anjuli wußte dies alles, ohne daß Shu-shu sich ihr anvertraute; sie liebte die Jüngere genug und kannte die Beweggründe, die der hysterischen, hartnäckigen Weigerung zugrundelagen, den Gatten zu heiraten, den Nandu für sie erkoren hatte.

Man hatte also im Palast schlimme Tage durchleben müssen, nicht zum wenigsten Anjuli. Geduld und Sympathie gegenüber der Braut waren bald genug erschöpft, und als deren Gejammer nicht nachließ, verlor man jedes Mitleid mit ihr. Da Drohungen, Bestechung und Bitten nichts ausrichteten, machte Nandu sein Versprechen wahr und ließ die Schwester tüchtig prügeln. Das half, denn – wie Anjuli schon gesagt hatte – Shushila konnte körperliche Schmerzen nicht ertragen, und wenn die Prügel verglichen mit dem Feuertod auch das reine Zuckerlecken waren, so lag jenes Mißgeschick in ferner Zukunft

– und ließ sich, wer weiß, vielleicht vermeiden –, während sie die grausamen Streiche mit dem Bambusrohr, die das zarte Fleisch anschwellen ließen, hier und jetzt trafen und nicht auszuhalten waren. Sie gab auf der Stelle nach. Doch nicht, ohne Bedingungen zu stellen: Sie wolle dem Bruder gehorchen und den Rana heiraten, aber nur, wenn Kairi sie begleite und bei ihr bliebe. Dann allerdings verspreche sie, sich zu fügen, eine pflichtgetreue Gattin zu werden und Bruder und Gatten nach Kräften zu erfreuen. Andernfalls...

Die Aussicht auf weitere derartige Auftritte entnervte Nandu, der gescheit genug war zu erkennen, daß die zierliche Erscheinung und die Schönheit Shushilas nicht das einzige Erbteil von der Mutter waren: in dem verzogenen, übernervösen und mit einer lebhaften Phantasie begabten Geschöpfchen war auch etwas von der stählernen Entschlossenheit Janus, und trieb man sie zu weit, würde sie sich töten, nicht gerade mit dem Messer oder mit Gift oder anderen Mitteln, die schmerzhaft waren, sondern, indem sie sich aus dem Fenster oder in einen Brunnen stürzte – was sie vermutlich für einen raschen, schmerzlosen Tod hielt. Wenn sie wollte, konnte sie sehr halsstarrig sein, und zwang man sie gegen ihren Willen zur Heirat, war nicht abzusehen, was sie tun würde, hatte sie einmal das Land verlassen. Es war also weitaus besser, sie ging freiwillig. Und wenn man den Rana dazu bringen konnte, zwei Frauen statt nur einer zu nehmen, wurde damit gleich auch noch ein anderes Problem befriedigend gelöst: Kairi-Bai bekam einen Gatten.

Die Beauftragten des Rana erklärten ihr Einverständnis, und Nandu empfand die Genugtuung dessen, der zwei Fliegen mit einer Klappe schlägt. Allerdings überstieg die Mitgift, die Kairi-Bai einbringen sollte, Nandus Vorstellungen bei weitem. Man feilschte lange darum, gelegentlich artete der Streit sogar in würdelosen Zank aus. Schließlich aber willigte man in die Forderungen des Rana ein, denn Nandus Günstlinge machten ihm klar, daß Kairi ihre Herkunft, ihr Alter und ihren Mangel an Schönheit durch eine entsprechende Mitgift ausgleichen müsse und die Kosten einer Doppelhochzeit seien um etwa den gleichen Betrag geringer, den Kairis Mitgift mehr koste.

Dies traf zu. Nandu sparte an Juwelen und Geschmeide für Kairi mit der Begründung, es sei nur passend, daß deren Ausstattung weniger kostbar sei als die von Shushila-Bai, welche schließlich die Erste Braut sei. Auch war die Begleitung, die er nur einer Braut nach Bhithor hätte mitgeben müssen, ebenso zahlreich wie die für zwei Bräute, denn es handelte sich ja in Wahrheit nicht um ein Brautgeleit im engeren Sinne, sondern, wie Mr. Carter schon zu Ash gesagt hatte, um eine Zurschaustellung des Reichtums des Maharadschas von Karidkote.

Die Vorbereitungen nahmen viel Zeit in Anspruch, denn der Rana selber blieb in Bhithor, und seine Beauftragten konnten die zweite Braut nicht akzeptieren, ohne zuvor seine Einwilligung einzuholen. Boten ritten zwischen den weit voneinander entfernt liegenden Fürstentümern hin und her, was lange dauerte, obwohl überall frische Pferde bereitstanden, und es verstrichen Monate, bevor Nandus Schwestern aufbrechen konnten.

Anjuli war um ihre Meinung nicht befragt worden. Über ihre Zukunft entschieden der Halbbruder und die Halbschwester und deren Günstlinge, und sie selber konnte dagegen nichts unternehmen. Übrigens wäre es ihr nicht im Traum eingefallen, ihre Shushila im Stich zu lassen. Shu-shu brauchte sie jetzt mehr denn je. Undenkbar, sie allein ziehen zu lassen. Dieser Gedanke lag Anjuli unendlich fern. Auch an den künftigen gemeinsamen Gatten hatte sie kaum gedacht oder daran, welche Gefühle sie einem Manne entgegenbringen könnte, der sie nur gleichsam als Draufgabe auf die jüngere Halbschwester nahm. Daß sie sich von diesem Handel kein Glück versprechen konnte, traf sie wenig, denn von einer Ehe hatte sie sich nie viel erwartet. Sie erblickte darin eine Art Spiel, in dem vom anderen Geschlecht mit gezinkten Karten gespielt wurde; keine Frau durfte den Mann selber wählen, aber war sie einmal die Seine, mußte sie ihn verehren wie einen Gott, ihm dienen bis ans Ende ihres Lebens, ihm gehorchen und sich mit ihm verbrennen lassen, sollte er vor ihr sterben – da mochte er grausam und ungerecht und so abstoßend sein, wie er wollte. Ein Mann, der das Gesicht seiner Braut zum ersten Mal entschleierte und von ihrem Anblick enttäuscht war, konnte sich bei anderen Frauen schadlos halten, doch eine enttäuschte Braut durfte sich nur mit dem Gefühl erfüllter Pflichten und mit Kindern trösten.

Es war also sinnlos, auf eine glückliche Ehe zu rechnen, und Anjuli hatte dies denn auch nie getan. Man muß allerdings zugeben, daß sie es zum Teil deshalb unterließ, weil sie ganz versteckt in ihrem Bewußtsein die Hoffnung nährte, Ashok und seine Mutter könnten doch eines Tages zurückkehren. Dann würde sie mit ihnen in jenes Tal im Gebirge ziehen und dort mit ihnen leben.

Die Hoffnung war nie ganz und gar geschwunden, wenngleich sie von Jahr zu Jahr geringer wurde. So lange sie aber unverheiratet blieb, meinte sie, noch bestehe die Möglichkeit zu entkommen, und als sie heranwuchs, ohne daß je die Rede davon war, sie zu verheiraten, begann sie zu hoffen, daß es so bleiben könnte.

Für Shushila würde das alles selbstverständlich ganz anders sein. Shu-shu würde einmal ebenso schön werden wie ihre Mutter, das stand von Anfang an fest. Auch war sie eine hochgeborene Persönlichkeit, würde also früh verheiratet werden. Anjuli hatte sich damit abgefunden, daß sie dann endgültig von ihrem Schützling getrennt würde, und als sie hörte, daß sie – ganz im Gegenteil – Shushila begleiten sollte, versöhnte sie das mit manchem. Zum Beispiel damit, daß sie ihren Traum vom Tal in den Bergen endgültig begraben mußte und daß sie nicht mehr in Karidkote, sondern weit im Süden leben sollte, im heißen Klima, wo kein Mensch je einen Rhododendronwald, Kiefern oder Zedern gesehen hatte und wo es keine Berge gab, keinen Schnee...

Den Palast der Winde sollte sie also nie mehr sehen, nie mehr den Duft der Kiefernnadeln riechen, wenn der Wind von Norden kam. Und sollte Ashok doch noch sein Versprechen halten und zurückkommen, würde er sie nicht mehr vorfinden.

21

Im Lager fand kaum jemand Gelegenheit auszuschlafen; es gab zu viel zu tun, die Tiere mußten versorgt, Feuer entfacht, Mahlzeiten zubereitet werden. Andere wieder, wie Mahdu und Kaka-ji, mußten ihre Gebete verrichten.

Mahdu machte es kurz, Kaka-ji hingegen brauchte lange dazu. Der alte Mann war sich der Existenz Gottes sehr bewußt, wenn er auch gestand, nicht zu ahnen, ob Gott sich seiner, Kaka-jis Existenz, bewußt sei. »Aber man muß hoffen«, sagte er. »So lange man lebt, muß man hoffen.« Der Unsichtbare war ihm stets gegenwärtig, und weil er auch auf Reisen seine Andacht nicht vernachlässigen wollte, erhob er sich schon vor Sonnenaufgang, um ungestört zwei Stunden meditieren zu können.

Seine Nichte Shushila gehörte zu den wenigen Langschläfern. Anjuli-Bai hingegen stand beinahe ebenso früh auf wie der Onkel, wenn auch aus anderen Gründen. Zum einen geschah es aus Gewohnheit, zum anderen aber tat sie es in den ersten Stadien der Reise, weil sie sich noch am Anblick der Berge erfreuen wollte.

Eine Zeitlang waren die schneebedeckten Gipfel des Himalaja bei Tagesanbruch noch deutlich sichtbar, sie schwammen silbrig und heiter in der kühlen, klaren Morgenluft. Mittags verbarg sie der Staub, doch gegen Sonnenuntergang traten sie wieder hervor, rosig vor dem grünlichen Abendhimmel. Im Laufe der Wochen wichen die schneebedeckten Bergketten weiter zurück und waren schließlich nicht mehr zu sehen. Anjuli hielt nicht mehr nach ihnen Ausschau.

Es kam der Tag, da man den Pandschab mit seinen fünf Strömen, den freundlichen Dörfern, dem fruchtbaren Ackerland und damit auch Britisch-Indien hinter sich ließ. Man zog nun durch Radschputana, das durch den Autor Tod berühmt gewordene Radschastan, das Land der Könige, wo die Abkommen kriegerischer Fürsten regierten, deren Taten mit Blut, Gewalt und Prunkentfaltung die Geschichte Hindustans geformt hatten und deren Namen klangen wie Kriegstrompeten: Bikaner, Jodhpur, Gwalior und Alwar, Jaipur, Bhurtpore, Kotah und Tonk; Bundi, Dholpur, Indore...

Diese Länder unterschieden sich sehr vom fruchtbaren, dicht besiedelten Pandschab. Städte und Dörfer lagen nicht mehr dicht beieinander, sondern weit verstreut. Das Land selber war meist flach und öde. Der Horizont schien grenzenlos, es gab kaum Schatten, das Licht war härter als im Norden, und die

Menschen, wie um die Farblosigkeit der Landschaft auszugleichen, bemalten ihre Behausungen zuckrig rosa oder blendend weiß, schmückten Tore und Mauern mit fröhlichen Fresken, auf denen Kriegselefanten und legendäre Krieger dargestellt waren. Selbst die Hörner der Rinder waren bunt bemalt, und die Frauen auf dem Lande trugen statt des Sari weite Röcke. Ihre Farben waren Blau, Scharlach, Kirschrot, Orange, Grasgrün und Safran, verziert mit schwarzen Kanten. Mit den eng sitzenden grellfarbigen Miedern und den Kopftüchern in kontrastierenden Farben wirkten sie wie Schwärme bunter Papageien; ihr Gang war königlich, sie trugen Töpfe, Wassergefäße und schwere Futterkörbe anmutig auf dem Kopfe, und alle ihre Bewegungen waren begleitet vom Klirren der Silberkettchen an Hand- und Fußgelenken.

»Wie Tanzmädchen sehen sie aus«, schnaufte Mahdu verachtungsvoll.

»Wie Huris«, verbesserte Ash, »auch wie Peonien oder Tulpen.« Die ausgedörrte Landschaft fand er deprimierend, und gerade deshalb billigte er, daß die Frauen sich so bunt trugen. Auch erwies sich, daß diese auf den ersten Blick von nichts als Sand und Geröll beherrschte Landschaft mehr Wild beherbergte, als man seit den Wochen im Pandschab zu Gesicht bekommen hatte. Ganze Rudel von Ziegenantilopen und Gazellen streiften über die Ebene, in den spärlichen Gebüschen wohnten Rebhühner, Schnepfen und Tauben. Einmal erblickte Ash in der Morgendämmerung eine ganze Wolke Wildhühner, die Tausende zählen mußte. Sie stoben von einer Wasserstelle auf, die sich irgendwo mitten in der baumlosen Sandwüste befand. Dieser Anblick war nicht nur ein ästhetischer Genuß für ihn, er erfüllte ihn auch mit Dank dafür, daß er – anders als orthodoxe Hindus wie Kaka-ji – nicht gezwungen war, vegetarische Diät zu halten.

Ein Bote traf im Lager ein und brachte einen ganzen Stoß Post für Hauptmann Pelham-Martyn. Das meiste davon konnte Ash nach flüchtigem Blick ohne weiteres fortwerfen, doch waren immerhin zwei Briefe dabei, auf deren Inhalt er gespannt war: Wenige Zeilen von Zarin und ein langer Brief von Wally, der keinen Hehl daraus machte, daß er Ash beneidete und gern an seiner Stelle wäre: in Rawalpindi sei es unerträglich langweilig.

»Ich habe Dir doch gesagt, daß Deine kleinen Mädchen Schönheiten sind, und das alles ist an Dich verschwendet.« Es folgte die in höchsten Tönen gehaltene Beschreibung einer gewissen Laura Wendover, die bedauerlicherweise – oder zum Glück – einem Zivilingenieur verlobt war, ferner ein längeres Gedicht auf den Tod eines Kameraden, der an Darmkatarrh gestorben war. Es begann mit der Zeile: »Weh uns, der Tag war noch nicht angebrochen –« Auf den ersten Vers folgten sechs weitere, einer immer fürchterlicher als der vorhergehende.

Ash verleibte sich zwei dieser Verse ein, bevor er das Blatt zusammenknüllte und fortwarf. Der Wind wirbelte es davon, und Ash fragte sich, wie wohl jemand, der Wally nicht kannte und diesen Erguß fände, sich den Poeten vorstelle? Der schwülstige Stil gab jedenfalls kein zutreffendes Bild von Wally, während sein sechsseitiger Brief Ash den Schreiber lebhaft vor Augen stellte; es war, als höre er ihn sprechen, er lachte beim Lesen und Wiederlesen still vor sich hin und wünschte sich fast zurück nach Rawalpindi.

Zarins Brief hingegen fand bequem auf einem einzigen Blatt Papier Platz und war ein recht sonderbares Dokument. Zum einen war es auf Englisch abgefaßt, die erste Überraschung, denn Zarin wußte genau, dies war unnötig; er hatte zuvor schon an Ash nach Rawalpindi in arabischen Schriftzeichen geschrieben. Der Brief war, wie auch die anderen, einem Basarschreiber diktiert worden und enthielt außer den gewohnten blumigen Segenswünschen nur ganz uninteressante Einzelheiten über den Dienstbetrieb bei den Kundschaftern. Er endete mit der Mitteilung, Zarins Mutter erfreue sich bester Gesundheit und der Sahib möge darauf achten, daß es auch seiner eigenen Mutter an nichts fehle, insbesondere möge sie sich in acht nehmen vor Schlangen und Skorpionen, von denen es im wilden Radschputana bekanntlich wimmele.

Zarins Mutter war bereits seit Jahren tot, also kam Ash zu dem Schluß, auch Zarin habe endlich entdeckt, daß Gulkote und Karidkote dasselbe waren. Dieser Satz sollte folglich eine Warnung darstellen. Daß er seine Mutter erwähnte, würde Ash aufmerken lassen und ihn wachsam machen – es sei denn, Ash habe diese Entdeckung bereits selber gemacht –, und der Hinweis auf Skorpione stellte eine weitere Warnung dar, nämlich vor Biju Ram, der »Bichchu« genannt worden war, was Skorpion bedeutet; daß Zarin Englisch schrieb, zeigte an, daß der Brief nicht von Leuten verstanden werden sollte, für die er nicht bestimmt war.

Letzteres war eine weise Vorsichtsmaßnahme gewesen, denn eine genaue Prüfung ergab, daß alle ihm ausgehändigten Briefe geöffnet worden waren – eine unerfreuliche Überraschung, die ihn jedoch nicht übermäßig beunruhigte, denn er wußte, niemand im Lager konnte genug Englisch, um die Briefe zu verstehen. Doch bewies es, daß Zarin Grund hatte, ihn zu warnen.

Ash legte Wallys Erguß beiseite, riß den Brief von Zarin in Fetzen und befaßte sich mit einem Händler, der bereit war, für die Elefanten Zuckerrohr zu liefern.

Knapp eine Woche war seit dem Aufbruch vergangen, und Ash fand, er könne nun wieder reiten. Er war es leid, in der Sänfte getragen zu werden und brannte darauf, das Pferd zu erproben, das Maldeo Rai ihm im Namen der Ältesten zum Geschenk gemacht hatte als Ersatz für Kardinal. Es war ein feuriger Araber, Baj Raj mit Namen, was Königlicher Hengst bedeutet.

Daß er schon wieder reiten konnte, war der Kunst Gobinds und Geetas zu danken; der erste Tag im Sattel war anstrengender, als er zugeben wollte, dann ging es von Tag zu Tag besser, und in der darauffolgenden Woche fühlte er sich zu Pferde so wohl wie zuvor. Daß er frei war von Schmerzen und Verbänden, brachte allerdings auch einen fühlbaren Nachteil: er bedurfte nicht mehr der Behandlung durch Geeta, und seit diese ihn nicht mehr regelmäßig besuchte, wurde es für Juli gefährlich, ihn aufzusuchen.

Vorläufig bot sich keine andere Gelegenheit, einander zu sehen, als die zur Gewohnheit gewordenen Zusammenkünfte im Empfangszelt, nach Meinung von Ash ein höchst unbefriedigender Zustand, denn er kam sich vor wie jemand, der draußen im Kalten steht und durch's Fenster in ein Zimmer schaut, wo ein wärmendes Feuer brennt. Auch fanden die abendlichen Zusammenkünfte nur statt, wenn Shushila sich dazu imstande fühlte, und Kaka-ji hätte sie am liebsten ganz abgeschafft, seit der Sahib genesen war, doch tat er das nicht, denn für ihn stellten sie eine ebenso angenehme Zerstreuung dar wie für Shushila. Ash indessen hatte sich daran gewöhnt, mit Juli allein zu sein, und er wollte das nicht missen. Irgendeinen Weg mußte es doch geben, diese Zusammenkünfte fortzusetzen?

Wiederum zerbrach er sich nachts den Kopf, machte Pläne, wog Risiken ab – unnötigerweise, wie sich zeigte, denn Jhoti half ihm ganz unbeabsichtigt aus seinen Schwierigkeiten, indem er sich bei dem Onkel darüber beklagte, daß mit seinen Schwestern rein gar nichts mehr anzufangen sei, sie würden immer langweiliger, und selbst Kairi, die doch nie krank sei, habe es schon zweimal abgelehnt, Schach mit ihm zu spielen, weil sie angeblich Kopfschmerzen hatte. Und ob denn das ein Wunder sei? Wenn sie nicht in ihrem Zelt säßen, hockten sie in dem verhängten Wagen, wo die Luft erstickend sei, körperliche Bewegung hätten sie überhaupt nicht, denn mehr als ein Dutzend Schritte legten sie am Tage nicht zurück. Und wenn es so weitergehe, werde Kairi in ebenso schlechtem Zustand in Bhithor eintreffen wie Shu-shu – kränklich und niemandem von Nutzen.

Was Shu-shu anlange, so werde sie das Reiseziel überhaupt nie erreichen, wenn sich nicht bald etwas ändere, denn nicht nur klage sie über zahllose Leiden, sie esse auch nicht mehr, müsse also über kurz oder lang einschrumpfen und sterben; das lasse für den Rana nur Kairi übrig, die er vermutlich nicht haben wolle. Jhoti blickte noch weiter in die Zukunft: Man werde sodann unverrichteter Dinge nach Karidkote zurückkehren, habe für nichts und wieder nichts große Kosten verursacht, und Nandu werde darüber so außer sich geraten, daß er ihnen allesamt den Kopf abschlagen ließe – sie mindestens aber einsperre. Bestenfalls träfe ihn vor Wut der Schlag.

Dieser Gedanke heiterte ihn wieder auf, doch was er zuvor gesagt hatte, fand bei Kaka-ji durchaus Gehör; der alte Herr war besorgt, um so mehr, als er bei gründlicher Musterung der Nichten nicht umhin konnte zuzugeben, daß Jhoti richtig gesehen hatte. Kairi-Bai wirkte so matt und lustlos, wie er sie noch nie zuvor gesehen hatte. Das war schlimm, denn was sollte aus Shu-shu werden, wenn Kairi erkrankte? Keines der anderen Weiber konnte Kairi ersetzen, und es war nicht zu übersehen, daß es ihr zunehmend schwerer wurde, die Launen der jüngeren Halbschwester einigermaßen unter Kontrolle zu halten. Diese sah alles andere als wohl aus; Kaka-ji fand, sie magere zusehends ab, was ihr nicht stand. Sie gleiche mehr und mehr einem... nun ja, einem braunen Äffchen mit übermäßig großen Augen.

Dieser Eindruck verursachte ihm einen Schock, denn Shushila war in seinen Augen bislang immer eine Schönheit gewesen, und obwohl er nicht befürchtete, sie könnte vor der Ankunft in Bhithor sterben – wie ihr Bruder so düster prophezeite –, wäre es ein fast ebenso großer Verlust, sollte sie unterwegs ihre Schönheit einbüßen. Nicht nur hatte man dem Rana eine bildschöne Braut in Aussicht gestellt, sondern ihm auch noch die Halbschwester aufgeschwatzt, und es war nicht vorherzusehen, was er tun würde, fühlte er sich übervorteilt bei diesem Handel. Also mußte etwas geschehen, und zwar gleich. Kaka-ji wollte sich unverzüglich mit Pelham-Sahib beraten, und er fand in ihm einen aufmerksamen, teilnahmsvollen Zuhörer.

Ash hätte sich nichts Besseres wünschen können, und er ergriff denn auch mit beiden Händen die Chance, die sich ihm da bot. Beide Prinzessinnen, so sagte er, müßten Bewegung in frischer Luft haben. Er denke da an einen täglichen Ausritt, vorzugsweise am Ende der Tagesreise, während die Zelte aufgestellt wurden. Es sei dann schon kühl und der Aufenthalt im Freien erquikkend. Etwas dieser Art werde den Prinzessinnen wohltun, um so mehr, als sie den ganzen Tag auf dem staubigen, rüttelnden Wagen verbringen mußten; ein abendlicher Ritt werde nicht nur die verkrampften Muskeln lockern, sondern ihnen auch Appetit machen und einen gesunden Schlaf bescheren. Für Prinzessin Shushila lasse sich gewiß ein lammfrommes Roß finden; Bewachung sei überflüssig, denn Kaka-ji, Mulraj und er selber könnten den Schutz übernehmen. Auch könne es sich als nützlich erweisen, den Schwestern durch Jhoti Reitunterricht erteilen zu lassen. Mit der Zeit werde am Ende auch aus Shushila noch eine Reiterin, fähig, den Rest der Reise im Sattel zurückzulegen und nicht auf den holpernden Wagen angewiesen.

Indem er all seine diplomatischen Künste spielen ließ, brachte Ash den Onkel dazu, den ganzen Plan von Anfang bis Ende für seine eigene Erfindung zu halten, und Ash hatte weiter nichts zu tun, als diesen Plan zu billigen. Abends – nach einer Beratung mit Gobind, der meinte, mäßige körperliche Bewegung sei den Damen ebenso zuträglich wie Anregungs- und Abführmittel – unterbreitete der alte Herr das Projekt Mulraj und trug ihm auf, passende Pferde zu beschaffen und alle etwa nötigen Arrangements zu treffen.

Jhoti hörte mit Vergnügen, daß er sich vor Shushila mit seinen Künsten brüsten und ihr Unterricht erteilen dürfe. Schon am folgenden Tage setzte man die Absicht in die Tat um. Das Resultat war erfreulich, vor allem für Ash, denn der abendliche Ausritt war sehr viel ergiebiger als die Zusammenkünfte im Empfangszelt; erstens bot sich Gelegenheit zu Gesprächen zu zweit und zweitens waren die Hofdamen nicht dabei.

Man verfuhr nun folgendermaßen: Der Brautwagen hielt etwa eine Meile vor dem in Aussicht genommenen Rastplatz; Ash, Jhoti, Mulraj und Kaka-ji ritten zurück zu den Damen und führten deren Pferde mit – ein bedächtiges, folgsames Roß für Shushila und ein etwas lebhafteres Pferd für Anjuli.

Manchmal brachten sie auch die Falken mit, und zeigte sich Wild, wohl auch die Jagdflinte. Meist aber ritten sie einzig zum Vergnügen und um den Damen Bewegung zu machen. Ash und Juli konnten gemeinsam vorausreiten und die Gegend erkunden, ohne Mißtrauen zu erregen, denn Shu-shu liebte eine langsame Gangart, Jhoti als ihr Lehrer hielt sich dicht bei ihr, Mulraj übernahm den Schutz dieser Gruppe, und Kaka-ji leistete ihm Gesellschaft, denn auch ihm lag nicht daran, abends noch Strapazen auf sich zu nehmen. So konnten Ash und Juli denn wieder nach Herzenslust ungestört plaudern, ohne befürchten zu müssen, daß man sie belauschte. Im offenen Gelände waren sie sicher, und Ash konnte Juli so lange ansehen, wie er wollte, statt nur im Dunkeln ihre Stimme zu hören, noch dazu gedämpft durch den Umhang.

Jhoti bestand darauf, daß Shushila Männerkleidung zum Reiten anlegte, denn er behauptete, im Sari könne man nicht bequem, geschweige denn gut reiten. Kaka-ji widersprach, wurde aber von Shu-shu umgestimmt, die jede Art Verkleidung liebte. Mulraj, der einen Sari ebenfalls nicht für die passende Reitkleidung hielt, wies daraufhin, daß sie, sollten sie Fremden begegnen, weniger Aufmerksamkeit erregten, wenn man sie allesamt für Männer hielt, die noch einen abendlichen Ausritt machten.

In ihrer geborgten Männerkleidung sah Shushila wie ein hübscher Knabe aus, Anjuli wie ein ansehnlicher Jüngling. Kaka-ji mußte zugeben, daß diese Art der Kleidung durchaus nicht unschicklich wirkte und gewiß praktisch war. Es entging ihm allerdings, daß dank der Verkleidung plötzlich ein ganz lockerer Umgangston eintrat, ein Phänomen, das man auf jedem Kostümfest beobachten kann, denn wer einen falschen Bart anklebt oder in eine Krinoline schlüpft, hält sich für unkenntlich und verliert seine Hemmungen.

Eben der Umstand, daß man verkleidet war, ermöglichte es Anjuli, mit Ash einem Schakal nachzusetzen oder vorzureiten, um zu sehen, was jenseits der nächsten Bodenwelle liegen mochte, ohne daß irgendwer – sie selber eingeschlossen – daran etwas bedenklich fand. Kaum hatte sie den fließenden Sari abgelegt, der sie als Mitglied des weiblichen Geschlechts kennzeichnete, vergaß Kaka-ji völlig, wer sie war; für ihn wurde sie zu einer anonymen jungen Person, der man eine gewisse Freiheit lassen durfte. Selbstverständlich in allen Züchten, wozu war er schließlich mit von der Partie und hatte auf alles ein Auge?

Kaka-ji gratulierte sich dazu, auf diesen Einfall gekommen zu sein, denn Gesundheit und Stimmung der beiden Damen hoben sich merklich. Shushila sah schon nicht mehr so abgezehrt aus und würde bald ihre altgewohnte Schönheit zurückgewinnen, und von ihren Hofdamen hörte er, daß sie wieder mit Appetit aß und längst nicht mehr so nervös war. Auch sah er mit eigenen Augen, daß ihr die Reitstunden ebenso viel Spaß machten wie Jhoti. Wenn er Jhoti mit schriller Stimme ermunternde Anweisungen rufen und Shu-shu darüber lachen hörte, schwoll er förmlich an vor Stolz. Das alles war seinem Erfindungsreichtum zu danken!

Von Ash ließ sich Ähnliches sagen, doch fand er ein Haar in der Suppe. Die abendlichen Ausritte dauerten ihm nicht lange genug. Die Nächte und die langen, staubgefüllten Tage waren für ihn nichts anderes mehr als das Vorspiel zu der einzigen Stunde, die er mit Juli verbringen durfte, und nicht einmal darauf konnte er rechnen, denn Vorsicht und Höflichkeit ließen es ratsam scheinen, wenigstens einen Teil dieser Zeit in Gesellschaft der anderen zu verbringen.

Auch wurde so manchesmal keine volle Stunde daraus, denn Jhoti, Mulraj und Kaka-ji saßen wie Ash den ganzen Tag im Sattel und waren manchmal recht müde –, Ash hätte es selbstverständlich niemals zugegeben. Dann wurde der Ausritt um eine Viertelstunde verkürzt, zuweilen gar um eine halbe. Ash war auch für die kurzen Ausritte herzlich dankbar – für jede Minute.

Während der Zug in südlicher Richtung Radschputana durchwanderte – einem riesigen, bunten Zirkus oder einem unersättlichen Heuschreckenschwarm gleich, wie es Ash manchmal vorkam –, wurde es zunehmend wärmer. Ash sah vorher, daß man bei hoch stehender Sonne bald nicht mehr würde marschieren können. Es war allerdings noch zu früh, Maßnahmen einzuleiten, denn bisher war die Hitze auch mittags noch erträglich, die Nächte brachten sogar etwas Kühlung.

Aus Tagen wurden Wochen, ohne daß man es recht merkte, und Ash genoß einen jeden Tag, obwohl er ständig alle Hände voll zu tun hatte. Es galt Futter und Nahrungsmittel zu beschaffen, Flurschäden zu vermeiden oder zu bezahlen, jede Menge Streit im Lager zu schlichten, und mehr als einmal mußten Überfälle von bewaffneten Wegelagerern abgewehrt werden. Dieses und hunderterlei anderes hielt ihn unablässig in Atem, und doch hätte er mit keinem Menschen tauschen mögen, denn die nie abreißenden, stets wechselnden Forderungen, die man an ihn stellte, regten ihn an, und der Umstand, daß auf Jhoti bereits ein Mordanschlag verübt worden und gewiß ein weiterer in Vorbereitung war, wirkte wie ein scharfes Gewürz, das verhinderte, daß seine tägliche Kost ihm schal schmeckte. Und am Ende des Reisetages erwartete ihn Juli, mit der er bei untergehender Sonne reiten durfte. In dieser Stunde vergaß er des Tages Mühe und die Gefahr, die Jhoti drohte: »Pelham-Sahib« durfte wieder Ashok sein.

An einem dieser Abende – einem heißen, windstillen Abend nach einem noch heißeren Tag – vernahm er die Geschichte von Hira Lal, der den alten Radscha von Gulkote nach Kalkutta begleitete und unterwegs spurlos verschwand, angeblich zerfleischt von einer menschenfressenden Tigerin, die in jener Gegend ihr Wesen trieb und bereits mehr als ein Dutzend Bauern angefallen hatte. Als Beweis diente ein blutbefleckter Fetzen seiner Kleidung, der sich in einem Dornengestrüpp verfangen hatte. Tatzenabdrücke oder Schleifspuren waren aber nicht entdeckt worden, und ein ortsansässiger Jäger ließ taktlos verlauten, er glaube nicht, daß die Tigerin hier am Werke gewesen sei – eine Meinung, die sich als zutreffend erwies, denn man hörte, daß eben jene Bestie in der gleichen Nacht, als Hira Lal verschwand, fünfundzwanzig Meilen entfernt einen Hirten angefallen hatte.

Anjuli fuhr fort: »In Gulkote glaubte die Geschichte selbstverständlich auch kein Mensch, und viele sagten, die Rani habe ihn beseitigen lassen. Allerdings sagte das niemand laut, man flüsterte nur. Ich selber glaube es übrigens auch, denn sie war außer sich vor Wut darüber, daß mein Vater Lalji mit auf die Reise nach Kalkutta nahm, um vom Vizekönig das Fürstentum Karidarra zu fordern. Alle aber wußten, daß Hira Lal ihn dazu überredet hatte. Während der

Abwesenheit des Vaters hielt Hira Lal das Leben Laljis offensichtlich für besonders gefährdet. Auf Lalji war die Rani immer eifersüchtig.«

»Und sie hat ihn denn wohl auch auf dem Gewissen«, bemerkte Ash düster. »Und Hira Lal dazu. Man möchte beinahe hoffen, daß es wirklich so etwas wie eine Hölle gibt, mit einer besonderen Abteilung für Menschen wie Janu-Rani.«

»Sag so etwas nicht«, bat Anjuli bebend, »das darf man sich nicht wünschen. Die Götter sind gerecht, und ich glaube, sie hat hier auf Erden für alles Böse bezahlt, das sie angerichtet, vielleicht sogar für mehr als das, denn sie starb keinen leichten Tod. Am Ende schrie sie immerfort, Nandu selbst habe sie vergiftet. Ich mag das nicht glauben, ein Sohn kann so etwas nicht tun. Aber wenn sie es selber glaubte, muß es furchtbar für sie gewesen sein, in dieser Überzeugung zu sterben. Janu-Rani bedarf keiner Hölle nach dem Tode, die hatte sie schon auf Erden. Auch wissen wir, daß, wer hier in diesem Leben Schlechtes tut, als niedrige Kreatur wiedergeboren wird. In ihrem nächsten Leben wird sie abermals bestraft werden, und vielleicht wird sie in vielen weiteren Leben ihre Missetaten abzubüßen haben.«

»Nimm, was dir gefällt und zahle den Preis, sagte Gott«, zitierte Ash. »Glaubst du wirklich daran, Juli?«

»Daran, daß wir für alles bezahlen müssen? O ja.«

»Nein, daran, daß wir immer wieder geboren werden. Daß du und ich schon viele Male gelebt haben und noch viele Male leben werden.«

»Warum nicht? Wer einmal geboren wird, kann doch auch öfter geboren werden? Die Upanischaden sagen, daß es so ist; sie lehren, daß nur, wer wie Brahma wird, wer ›den Weg der Götter betritt‹, nicht wieder auf die Erde zurückkehren muß. Daraus folgt, daß weder du noch ich aus dem Kreislauf des Wiedergeborenwerdens ausscheiden können, und da wir alle beide kein heiligmäßiges Leben anstreben – jedenfalls jetzt noch nicht –, werden wir gewiß wiedergeboren.«

»Vielleicht als Wurm oder Ratte oder als aussätziger Köter?«

»Nur, wenn wir schwere Sünden auf uns laden. Sind wir gut und gerecht und geben den Armen –«

»... und den Priestern!« warf Ash ein. »Vergiß die Priester nicht!«

»Und den Priestern«, bestätigte Anjuli ernsthaft, »dann werden vielleicht auch wir als Mächtige wiedergeboren. Du als ein Fürst und berühmter Krieger, vielleicht auch als Mahatma, und ich als Königin oder als Nonne.«

»Gott behüte!« Ash mußte lachen.

Anjuli aber lachte nicht, vielmehr blickte sie ganz sachlich drein, als sie nun sagte – nachdenklich und wie zu sich selber: »Ich habe ganz vergessen, daß ich ja selber schon in diesem Leben eine Fürstin sein werde... die Rani von Bhithor...«

Ihre Stimme erstarb zu einem Flüstern, und sie ritten schweigend weiter. Dann hielt Ash sein Pferd an, um den Sonnenuntergang zu betrachten. Er spürte, daß Juli neben ihm hielt, er schaute sie nicht an, wußte sie aber ganz nahe, wußte, daß ein schwacher Glanz wie von verblaßten Rosenblättern auf ihren Wangen lag, und daß er die Hand nur ein wenig auszustrecken brauchte, um die ihre zu berühren. Die Sonne glitt hinter den Horizont, und im hohen Gras klagte laut ein Pfau in die Stille. Ash hörte Juli neben sich tief Luft holen und seufzen, und er fragte scharf und ohne sie anzusehen: »Woran denkst du?«

»An den Palast der Winde«, sagte sie zu seiner Überraschung. »Sonderbar zu denken, daß ich den nie wieder sehen soll. Und auch dich nicht mehr, wenn diese Reise beendet ist.«

Wieder schrie der Pfau grell in die einfallende Dunkelheit.

Und wie ein Echo drang Jhotis Ruf zu ihnen: es sei Zeit umzukehren. Also kehrten sie um und gesellten sich zu den anderen.

Auf dem Ritt zum Lager war Ash auffallend schweigsam. Zum ersten Mal zog er in jener Nacht Bilanz, suchte sich über seine Gefühle klarzuwerden und zu einem Entschluß hinsichtlich Julis zu kommen. Was wollte er tun? Was konnte er tun?

Den armen Gul Baz setzte er in Verwirrung, indem er ihm sagte, er wolle einen Spaziergang von mehreren Stunden Dauer und ohne Begleitung unternehmen. Er schritt hinaus in die Dunkelheit, bewaffnet nur mit einem eisenbeschlagenen Stock, wie ihn die Landbevölkerung benutzt.

Mahdu riet: »Laß ihn gehen, Gul Baz. Er ist jung, und zum Schlafen ist es zu heiß. Auch hat er, wie ich glaube, Sorgen, und die Nachtluft mag sie ihm vertreiben. Geh zu Bett und sage Kunwar, daß ich die Nacht über wachen will. Wir müssen nicht alle beide aufbleiben, bis der Sahib zurückkommt.«

Er mußte viel länger warten, als er vermutet hatte, denn der Sahib kehrte erst bei Tagesanbruch zurück. Längst schlief der Alte an einen Pfahl des Zeltes gelehnt in der Gewißheit, daß Ash ihn wecken müsse, wollte er das Zelt betreten. Er war unbesorgt um das Wohl eines Mannes, der an der Grenze gelernt hatte, wie man auf sich achtet. Sorge machte ihm nur der Gemütszustand seines Herrn, den der alte Mann viel besser kannte, als Ash für möglich hielt.

Bevor er in Schlaf versank, sprach Mahdu bei sich: »Wenn ich nicht sehr irre, hat mein Junge sich verliebt... und zwar in eine, die er täglich sieht, aber nicht bekommen kann, also entweder in eine der beiden Prinzessinnen oder in eine ihrer Hofdamen, das wäre ja auch denkbar. Aber wer sie auch ist, er gerät in Gefahr und wird enttäuscht werden. Hoffentlich bringt ihn die Nachtluft zur Vernunft, bevor er sich zu weit einläßt...«

Ash begriff sehr wohl. Er sah die Gefahr vom ersten Moment an, er unterschätzte sie auch nicht, schob aber den Gedanken daran immer wieder von sich. Er sträubte sich vorauszusehen, wohin sein Abenteuer führen und wo es enden mußte.

Tatsächlich konnte man sein Verhalten mit dem eines Schlafwandlers vergleichen, und als Juli ihn daran erinnerte, daß sie bald eine Fürstin sein werde – die Zweite Rani von Bhithor –, wirkte das auf ihn wie ein Guß eiskalten Wassers ins Gesicht, brachte ihn zu der Erkenntnis, daß er zwar auf einem breiten, bequemen Wege wandelte, doch am Rande eines Abgrundes.

Ihre Worte erinnerten ihn auch noch an etwas anderes, das er vorsätzlich nicht zur Kenntnis nahm: die Tage vergingen wie im Fluge, und mehr als zwei Drittel des Weges lagen schon hinter ihnen. Radschputana hatte man bereits zur Hälfte durchquert, die Wüste von Bikanir umgangen, Ratangarh und Sokar im Süden passiert; dann war man nach Nordosten geschwenkt, über steinige Erhebungen, die den großen Sambharsee und den Zugang nach Jaipur bewachen. Nachdem man den Luni überschritten hatte und gleich darauf zwei Zuflüsse des Banas, ging es wieder in südliche Richtung, und das Ziel lag nicht mehr fern. Und dann... dann würde er an den Hochzeitsfeierlichkeiten teilnehmen, würde zusehen, wie Juli siebenmal mit dem Rana von Bhithor das heilige Feuer umschritt. Anschließend würde er allein nach dem Pandschab reiten in der Gewißheit, sie auf immer verloren zu haben.

Das war nicht auszudenken und mußte doch ausgedacht werden.

Die Nacht war mondlos, doch konnte Ash seit je im Dunkeln sehen wie eine Katze, und die Jahre im Gebiet der Bergstämme hatten ein übriges getan; wo andere sich nur tastend vorwagten, trat er sicher auf. Der Stock sollte ihm nicht als Waffe dienen, sondern als Stütze, denn er erwartete nicht, überfallen zu werden. Und daß er sich in unbekannter Gegend verirren würde, war nicht zu befürchten, denn er hatte abends zu Pferde die Gegend erkundet und wußte, daß etwa eine halbe Meile von seinem Zelt entfernt zwischen Dornbüschen und Pampasgras eine Art Weg in das dahinter liegende, offene Gelände führte. Er würde diese Stelle auch im Dunkeln nicht verfehlen, zumal die Lichter des Lagers wie ein Leuchtfeuer am Himmel standen und meilenweit zu sehen waren.

Der Boden unter seinen Füßen war trocken und fest, und als seine Augen sich an die Dunkelheit gewöhnt hatten, ging er im matten Licht der Sterne rasch dahin, geleitet einzig von der Absicht, sich möglichst weit vom Lager zu entfernen, denn er wollte von Menschen und Tieren nichts mehr hören und riechen, wollte vom Anblick der Öllampen und Küchenfeuer nicht abgelenkt werden, wenn er seine Gedanken ganz auf Juli und sich konzentrierte.

Bislang hatten seine Pflichten ihn immer daran gehindert, eingehend über seine persönlichen Angelegenheiten nachzudenken, denn er konnte sich nicht leisten, die Zügel schleifen zu lassen, mußte vielmehr jederzeit bereit sein einzugreifen, ob es sich nun um wichtige Dinge handelte oder um Lappalien, denn wenn auftretende Schwierigkeiten nicht auf der Stelle beseitigt wurden, mußte es zum Chaos kommen. Juli hingegen stellte ihn vor Schwierigkeiten rein privater Natur, also mußte er sie vorderhand verdrängen, sich später damit befassen; es hatte ja keine Eile, er traf sie täglich – heute Abend, morgen Abend und am übernächsten Abend wieder... es war reichlich Zeit...

Nun aber, ganz plötzlich, ließ sich nichts mehr verschieben, die Zeit wurde knapp und wenn etwas entschieden werden sollte, dann mußte es bald geschehen, so oder so.

Der Lärm des Lagers klang gedämpfter an sein Ohr, war schließlich überhaupt nicht mehr zu hören, und die Stille umfing ihn. Es war so still, daß Ash zum ersten Mal seit Wochen nur den Wind vernahm und die Geräusche der Nacht, Grashalme raschelten in der Brise, eine Eule rief hohl, ein kleines Tier auf nächtlicher Jagd schlüpfte durch das Gras. Eine Zikade zirpte, ein Fledermausflügel strich über ihn hinweg, und in der Ferne ertönte der Nachtgesang Indiens – das Heulen der Schakale.

Eine Meile weit etwa blieb das Land flach wie ein Teller, dann stieg es abrupt auf, Ash überquerte eine langgestreckte Bodenfalte, die sich wie das felsige Rückgrat der nackten Erde wölbte, und als er dahinter wieder bergab schritt, war vom Lager nichts mehr zu sehen, nichts deutete darauf hin, daß hier Menschen lebten. Das Land weitere sich vor seinem Blick, und über ihm standen die Sterne; weiterzugehen war überflüssig. Und doch ging er immer weiter, ganz mechanisch Schritt vor Schritt, und er wäre wohl noch eine Stunde so gegangen, wäre er nicht auf einen ausgetrockneten Wasserlauf gestoßen voller Felsbrocken und Geröll, vom Wasser glatt gewaschen und gefährlich zu betreten.

Beim schwachen Licht der Sterne hindurchzugehen hätte bedeutet, ein gebrochenes oder verstauchtes Fußgelenk riskieren, also suchte er eine sandige Stelle und hockte sich in der klassischen indischen Meditationshaltung nieder, um über Juli nachzudenken... jedenfalls hatte er die Absicht. Stattdessen kam ihm, er wußte nicht warum, Lily Briggs in den Sinn, und nicht nur sie, sondern auch ihre drei Nachfolgerinnen: die Soubrette vom Sommertheater, die rothaarige Kellnerin und jene kesse Putzmacherin aus Chamberley, deren Namen er längst vergessen hatte.

Deren Gesichter also kamen ihm ungebeten vor Augen und lächelten ihn schelmisch an. Vier junge Frauen, alle älter und erfahrener als er, alle von ausgesprochen erotischem Reiz. Doch keine von ihnen war besitzgierig gewesen, und es war tatsächlich höchst sonderbar, daß er eine Belinda Harlowe heiraten wollte, mit der Seele einer Hökerin, nur weil sie, anders als die anderen, alles zu verkörpern schien, was gut, liebreizend und jungfräulich ist und überdies eine »Dame« war, das wahre Gegenteil jener großmütigen Geschöpfe, deren Körper er so gut gekannt, deren Seele ihm aber unbekannt geblieben war, weil er sie nicht hatte kennen wollen. Und es dauerte ein ganzes Jahr, bis er begriff, daß er auch Belinda nicht im mindesten kannte und daß, was er an ihr bewunderte, nur in seiner Phantasie vorhanden war, daß er ihr Eigenschaften angedichtet hatte, die sich nicht besaß.

Arme Belinda, dachte Ash rückblickend und rief sich jene von ihm selber gebastelte Gestalt aus Papiermaché ins Gedächtnis, jene Verkörperung aller Tugenden, und nebenher auch gleich noch den albernen jungen Fant, der er damals gewesen. Daß sie seinem Idealbild, das er sich von ihr gemacht hatte, nicht entsprach, war nicht ihre Schuld, keine Frau hätte das gekonnt. Die wirkliche Belinda war kein Engel, sie war eine ganz gewöhnliche, etwas törichte junge Frau, zufällig hübsch und unmäßig eitel, verdorben durch Schmeichelei. Das sah er jetzt sehr scharf, und er begriff auch, daß man ihr nicht besonders ankreiden durfte, was viele Mädchen ihres Alters taten: einen reichen, lebensklugen Mann heiraten wie Mr. Podmore-Smyth und einen bedauernswerten Anbeter wie den armen George bösartig abweisen. Er selber würde heute vermutlich das erstere achselzuckend einen vernünftigen, nüchternen Entschluß nennen und das zweite für typisch weibliche Bosheit halten, hervorgerufen durch verletzte Eitelkeit. Da es aber Belinda war, die sich so verhielt, fühlte er sich persönlich zutiefst davon betroffen, und sein Widerwille war so stark gewesen, daß er zeitweise nicht ganz bei Verstand war.

Selbst jetzt noch empfand er starken Ekel, wenn er bedachte, was sie George angetan hatte. Er sah George immer noch vor sich, sah sein Gesicht an jenem letzten Nachmittag in Peshawar. Belindas Aussehen hingegen entzog sich ihm, er wußte nur noch: ihre Haare waren blond gewesen, die Augen blau, doch wie sie im ganzen gewirkt, wie sie gesprochen, sich bewegt, gelacht hatte, das sah er nicht mehr. Sie war verblaßt wie eine alte Daguerrotypie, die in der Sonne gelegen hat, und wenn er bedachte, wie furchtbar er ihretwegen gelitten, fand er es geradezu beunruhigend, daß Lily Briggs sich ihm viel deutlicher eingeprägt hatte. Im Grunde war es aber nicht ganz so überraschend, wenn er bedachte, daß Lily ihn ermunterte, ihren bloßen warmen Leib Handbreit um Handbreit zu erforschen, während seine Hochachtung vor Belinda ihn daran gehindert hatte, mehr zu tun, als sie gelegentlich samt Rüschen und geschützt durch ein enges Korsett vorsichtig in die Arme zu schließen und so behutsam zu küssen wie ein russischer Bauer seine Ikone.

Sinnlichkeit hatte in seiner Beziehung zu Belinda keinen Platz gehabt, in allen seinen früheren Beziehungen aber hatte sie die Hauptrolle gespielt. Weil er diese beiden Extreme kannte, glaubte er, alles über Frauen zu wissen, und das brachte ihn zu der Überzeugung, er sei dagegen gefeit, sich zu verlieben (eine verständliche Reaktion unter den Umständen, doch keine sehr originelle). Doch jetzt hatte er sich, wie so mancher enttäuschte Liebende vor ihm, wiederum verliebt. Und zwar zum ersten und einzigen Mal mit ganzer Seele und unsterblich.

Diese Entdeckung machte ihn nicht froh, er hätte sich das lieber erspart; und stünde er vor der Wahl, er würde auch jetzt noch dieser Liebe aus dem Wege gehen, denn er sah nicht, wie er Unheil von sich oder Juli abwenden sollte, wenn er seiner Neigung folgte. Wahrscheinlich würden sie alle beide unglücklich werden. Was ihn betraf, so blieb ihm keine Wahl. Seit er ihr seine Hälfte des geschnitzten Fisches gegeben und sie in die Arme geschlossen hatte, war es dafür zu spät. Er wußte, sie gehörten zusammen wie die Hälften des Talismans, und er fühlte, daß nicht nur dieser heil geworden war, sondern auch er selber. Ash war unbeschreiblich glücklich. Er konnte das nicht ändern, auch nicht, wenn er gewollt hätte. Er konnte es auch nicht analysieren oder wegerklären. Es war einfach da, wie das Licht, das er sah, die Luft, die er atmete. Ein unverlierbarer Teil seiner selbst...

Juli ähnelte anderen Frauen, die er kannte, so wenig wie ein blauer Tag im Himalaja einem grauen über der Ebene von Salisbury. Ihr konnte er alles sagen, es gab nichts, was sie nicht verstand. Sie jetzt verlieren hieße, Herz und Seele verlieren. Und welcher Mensch kann ohne Herz leben und ohne Hoffnung für das Heil seiner Seele?

Ich kann sie nicht aufgeben, dachte Ash. Ich kann nicht, ich kann nicht.

Ein Ziegenmelker ließ sich in der Nähe auf einem Felsbrocken nieder, ohne zu merken, daß die reglose Gestalt gleich daneben ein Mensch war, und ein jagender Mungo hob witternd die Nüstern: dieser Mensch war nicht gefährlich, und er kam neugierig näher. Ash merkte nichts davon; er war in seine eigene Welt eingeschlossen und so in seine Gedanken verloren, daß er nicht einmal ins Lager geeilt wäre, hätten Räuber es überfallen; die Einsicht, daß er auf Juli nicht verzichten konnte, war nur ein erster Schritt auf einem gefährlichen, langen Weg, und erst als er ihn getan hatte, erkannte er, wie furchterregend die Hindernisse waren, die sich vor ihm auftürmten.

Daß Juli sich ihm zugehörig fühlte, wußte er, ohne daß sie es aussprach, ebenso wie er wußte, daß sie ihm näher als irgendein anderer Mensch war – und es immer gewesen war. Das war aber nicht Liebe. Und wenn sie auch jetzt nichts anderes für ihn empfand als die rührende Anhänglichkeit, die das kleine Mädchen ihm bezeigt hatte, das unermüdlich hinter ihm hertrottete und ihn für den klügsten und besten aller Brüder hielt, dann war das nicht ausreichend; wenn er da keine Änderung herbeiführen konnte, würde er sie gewiß verlieren...

Sah sie den Bruder in ihm, konnte er sie nicht bitten, ihr Schicksal mit dem seinen zu verbinden und die Folgen auf sich zu nehmen, nicht die Schande, die Entbehrungen, die unvorhersehbaren Gefahren, die drohten. Seine eigenen Gefühle für sie waren alles andere als brüderlich, er begehrte sie als Frau. Doch auch wenn es ihr ebenso ging, war dies nur ein erster Schritt, denn immer noch war sie Anjuli-Bai, eine Prinzessin, und eine Hindu. Den Rangunterschied mochte sie gering achten, doch was die Kaste anging, konnte die Kluft sich als unüberbrückbar erweisen.

Ashs Pflegemutter war eine fromme Hindufrau gewesen, und er war von ihr in den religiösen Bräuchen genau unterwiesen worden. Er hatte die Rig-Veda gelesen und wußte von dem Opfer des Puruscha, des ersten Menschen, dessen Selbstverstümmelung der Ursprung der Schöpfung war und auch der vier Kasten der Hindu. Aus seinem Atem waren die Brahmanen hervorgegangen, die Priesterkaste; aus seinen Armen die Krieger, aus seinen Hüften die Bauern und Händler und aus seinen Füßen die dienende Kaste, die Sudra. Alle anderen waren »Unberührbare«, deren Existenz alles verunreinigte. Für den Hindu war infolgedessen die Kastenzugehörigkeit das Allerwichtigste, denn diese bestimmte über den sozialen Status, auch den Beruf und berührte auf die eine oder andere Weise alle Aspekte seines Daseins. Und die Kastenzugehörigkeit war nicht veränderbar. Wer in der untersten Kaste geboren war, als Sudra, blieb es, so lange er lebte; er mochte so reich und mächtig werden, wie er wollte, er konnte aus seiner Kaste nicht aufsteigen, und seine Abkommen würden es ebenfalls nicht können, so viele Generationen auch aufeinander folgten. Nur ein in frommem Lebenswandel und mit guten Werken verbrachtes Leben konnte ihm ermöglichen, in einem nächsten Leben als Angehöriger einer höheren Kaste geboren zu werden. Doch davon abgesehen, gab es keine Möglichkeit, seinem Schicksal zu entgehen.

Sita stammte von Bauern ab, Bergbewohnern, die behaupteten, das Blut der Radschputen in sich zu haben. Auch ihr Mann war ein Bauer gewesen, und sie hatte Ash erzogen, als wäre er ihr eigenes Kind. Julis Mutter war ein Halbblut, in den Augen orthodoxer Hindus daher durch Blutmischung befleckt. Ihr Vater aber entstammte der Kriegerkaste, und viele Angehörige dieser Kaste glaubten, höher zu stehen als die Priester und den ersten Rang beanspruchen zu dürfen. Überdies war er ein Herrscher, ein Radschput und ein Radscha. Darum betrachtete er sich als über alle Kasten erhaben, und hätte er eine Unberührbare heiraten wollen, er hätte seinen Willen ungestraft durchsetzen können. Doch allein aus Gründen der Kaste würde er niemals in dem Pflegekind einer Dienerin – noch weniger im Sohn eines Professor Pelham-Martyn – den passenden Gatten für die Tochter der Fremden Königin gesehen haben. Genauso dachte sein Sohn Nandu, da gab es keinen Zweifel, und es spielte auch keine Rolle, daß dessen Mutter von niedriger Herkunft war, auch nicht, daß der ungeklärte Status der Halbschwester Anjuli-Bai zu einem so ausgedehnten Streit mit den Abgesandten von Bhithor geführt hatte, daß man sie am Ende nur gegen ein enormes Draufgeld und eine prachtvolle Mitgift als Gattin eines Rana akzeptierte.

In der jetzigen Phase allerdings war es ganz einerlei, wie Nandu sich zu Ash als Schwager stellen würde, denn die Heiratsverträge waren unterzeichnet, die Verlobungsgeschenke ausgetauscht, die Schwestern praktisch bereits Eigentum des Rana. Die Hochzeitszeremonien würden nur noch symbolisch einen Handel besiegeln, der bereits geschlossen war und daher bindend. Nur ein Wunder konnte einen Ausweg eröffnen, der ohne Gefahr zu begehen war und keinen Skandal verursachte. An Wunder aber mochte Ash nicht glauben.

Konnte er Juli nicht überreden, mit ihm zu fliehen, würde die Hochzeit stattfinden. War sie mit dem Rana erst einmal verheiratet, durfte er sie nie wieder sehen, nie mehr mit ihr sprechen. Sie würde in der unzugänglichen Welt der Frauengemächer verschwinden und ihm ebenso verloren sein, als wäre sie tot. Er würde ihr weder schreiben, noch von ihr hören können – es sei denn über Kaka-ji, aber das war unwahrscheinlich, denn es schickte sich für den Onkel nicht, zu einem anderen Mann von der Gattin des Rana zu sprechen, und die einzigen Mitteilungen, die von ihm zu erwarten standen, waren solche, die Ash nicht zu hören wünschte – daß Anjuli-Bai Mutter geworden oder gestorben war.

Beides kam ihm so ungeheuerlich vor, daß er sich duckte wie vor einem

Schlag. Der Mungo, der sich endlich nahe genug herangetraut hatte, um dieses reglose Geschöpf zu beschnuppern, verschwand wütend keckernd in den Schatten.

Ash bemerkte das Tier nicht, doch dieser Laut erinnerte ihn an Tuku, seinen eigenen Mungo. Erstaunlich, daß er nach all diesen Jahren den Namen noch wußte, und er sah auch das selbstgefällige Grinsen Biju Rams beim Anblick des kleinen Leichnams. Doch auch diese Erinnerung führte geradenwegs wieder zu Kairi-Bai, die die von Tukus Tod gerissene Lücke füllte.

Kaum eine seiner Erinnerungen an den Palast von Gulkote hatte nicht mit ihr zu tun; zwar behandelte er sie stets mit einer Mischung aus Gereiztheit und Herablassung, doch war sie aus seinem Tag nicht wegzudenken gewesen, und ohne sie hätte er den Palast lebend nicht verlassen. Oh ja, er stand tief in ihrer Schuld und wie hatte er ihr gedankt? Nun, er hätte damit danken können, daß er das Versprechen vergaß, zu ihr zurückzukehren, denn er mußte sich eingestehen, daß es besser für sie gewesen wäre, sie hätte ihn tot geglaubt. Schon als Kind – so erinnerte er sich – hatte sie als unvermeidlich hingenommen, was geschrieben stand – es war der Wille der Götter –, und wäre er nicht wiedergekommen, sie hätte ein bequemes und sicheres Dasein als die Gattin eines regierenden Fürsten führen können. Wenn sie aber mit ihm flüchtete, was erwartete sie dann? Mit einem Ausländer, einem jungen Offizier der Kundschafter! Und wie weit würde man sie fliehen lassen? Da kam er endlich auf den wunden Punkt...

Wohl nicht sehr weit, dachte Ash grimmig.

Er konnte nicht die Augen davor verschließen, daß jeder im Lager, überhaupt jeder Mensch im ganzen Land, eine solche Handlung mißbilligen und einen schändlichen Verrat darin sehen würde. Die Flucht wäre eine schwere Beleidigung des Staates Bhithor, und eine untilgbare Schande für Karidkote und den Herrscher Nandu.

Die Engländer würden die Sache ebenso ernst nehmen, wenn auch auf andere Weise. Juli würde man mit einem Achselzucken abtun (»Was kann man von einer verschleierten kleinen Schnepfe schon erwarten?«), doch mit Hauptmann Pelham-Martyn würde man kein Erbarmen haben. Er mißbrauchte das in ihn gesetzte Vertrauen und blamierte die eigenen Leute, wenn er mit einer »Eingeborenen« durchging, die seiner Obhut anvertraut war und die er ihrem künftigen Gatten zuführen sollte.

Kassieren würde man mich, dachte Ash.

Noch im Vorjahr hatte er damit gerechnet, in der Sache Dilasah Khan und der geraubten Karabiner vors Kriegsgericht gestellt zu werden. Daß er dem nur um Haaresbreite entgangen war, wußte er nur zu gut. Brannte er aber mit Juli durch, dann gab es kein Pardon. Das Kriegsgericht würde ihn unehrenhaft aus dem Heer ausstoßen: »Ihre Majestät benötigt die Dienste dieses Offiziers nicht mehr.«

Nie mehr dürfte er sich in Mardan blicken lassen, nie mehr Zarin, Awal Shah oder Koda Dad sehen. Nicht seine Soldaten, nicht seine Offizierskameraden von den Kundschaftern, nicht den alten Mahdu – alle wären für ihn verloren. Und Wally. Nicht einmal dieser unverbesserliche Heldenverehrer würde das schlucken.

Wally faselte gern von Liebe und Romantik, doch seine Pflichtauffassung war eindeutig. Er würde nur den Vertrauensbruch sehen. Eine heilige Pflicht war verletzt worden, denn für Wally war jede Pflicht heilig. Und nie würde es ihm in den Sinn kommen, eine Frau höher zu stellen als seine Ehre. Wie Lovelace würde er sagen: »Ich könnte dich nicht lieben, Weib, wenn Ehre mir nicht mehr bedeutete als Liebe.«

Auch ihn also würde er verlieren. Ash schrak vor diesem Gedanken zurück wie vor körperlichem Schmerz. Wallys Bewunderung und Freundschaft bedeuteten ihm so viel, daß nichts deren Verlust würde aufwiegen können. Und noch etwas – würde Juli denn in England leben wollen, wo er selber sich so wenig heimisch gefühlt hatte?

Für die in Indien lebenden Engländer war England unfehlbar ihr Zuhause. Ash aber hatte es nie so empfunden, und rückblickend wurde ihm klar, daß er dort nie und nimmer würde leben können und wollen, auch mit Juli nicht. In Indien aber konnten sie nicht bleiben; einmal ganz abgesehen davon, daß sie von Engländern wie Indern gesellschaftlich geächtet werden würden, drohten ihnen Vergeltungsmaßnahmen der Herrscher von Bhithor und Karidkote.

An der Meinung seiner Mitmenschen und seiner gesellschaftlichen Stellung war Ash nie gelegen gewesen, das also wäre zu ertragen, doch den drohenden Gefahren konnte er Juli nicht aussetzen, folglich mußten sie das Land verlassen und anderswo leben, wenn nicht in England, dann in Amerika... Nein, im Norden der USA würde man in Juli eine »Farbige« sehen und sie entsprechend demütigen.

Südamerika? Italien? Spanien?

Doch wußte er im Innersten, daß es einerlei war, wo sie sich niederließen, es würde für beide immer das gleiche sein: Exil. Denn ihre Heimat war Indien, seine wie Julis. Verließen sie Indien, gingen sie in die Verbannung, wie er es schon einmal getan hatte, als Zwölfjähriger in der Obhut von Colonel Anderson.

Nur diesmal würde er wissen: es gibt keine Heimkehr.

22

Die Nacht war beinahe vorüber, als Ash sich endlich erhob, steif vom langen Niederhocken. Er klopfte den Sand aus den Kleidern, ergriff den Stock und machte sich auf den Rückweg.

Er hatte nicht so lange ausbleiben wollen, und erst als eine frische Brise durch den ausgetrockneten Wasserlauf strich, Sand zwischen dem Geröll aufwirbelte und ihm in die Augen trieb, wurde ihm bewußt, daß es schon früher Morgen sein mußte, denn dieser Wind erhob sich in der dunkelsten Stunde vor Tagesanbruch über Radschputana und legte sich bei Sonnenaufgang.

Auf der Bodenwelle stehend, die ihm vorher die Sicht auf das Lager versperrt hatte, gewahrte er, daß die zahllosen Öllampen und Küchenfeuer erloschen waren, die zuvor ihren rötlichen Schein gegen den Himmel geworfen hatten. Der Standort des Lagers wurde nur durch einige wenige Lichtpunkte bezeichnet. Er war dafür dankbar, denn es war jetzt erheblich dunkler als zur Zeit seines abendlichen Aufbruches. Die Sterne schimmerten nur noch matt, die schmale Mondsichel schwamm blaß und zitronenfarben im Nachthimmel und verbreitete keine Helligkeit.

Die Dunkelheit zwang ihn zu einer behutsamen Gangart, wollte er nicht über Steine stolpern oder in Löcher geraten. Obwohl dies erhebliche Aufmerksamkeit verlangte, beschäftigte er sich in Gedanken doch weiter mit dem Problem, das ihn vor Stunden in die Nacht hinausgetrieben hatte und das er ungelöst wieder mit sich nahm. Anfangs hatte er gemeint, es gehe nur darum, Ordnung in seine Gedanken zu bringen und gleichsam seinen Kurs festzulegen; erst als ihm klar geworden war, daß er Juli nicht aufgeben wollte, und darüber nachsann, wie und wo er mit ihr leben könnte, traten ihm die übermächtigen Hindernisse vor Augen, denen sie sich gegenübersehen würden und die sie überwinden müßten. Auf dem Rückweg kam es ihm so vor, als werde die Lage bei jedem Schritt verworrener.

Sollten sie einen Fluchtversuch wagen, würde man sie verfolgen. Dabei galt es zu bedenken, daß sie sich nicht in Britisch-Indien, sondern in Radschputana befanden, im »Land der Könige«, einem Gebiet, das von unabhängigen Fürsten regiert wurde. Hier galt das englische Gesetz wenig. Die erblichen Herrscher gaben zwar vor, loyal zur britischen Königin zu stehen, doch sie handelten nach Gutdünken, und ihr Rang schützte sie vor Verfolgung durch die Justiz. Die Regierung in London gab ihnen Berater in der Person von Residenten, politischen Beamten und Generalbevollmächtigten bei, die bestimmen durften, wieviele Salutschüsse bei welchen Zeremonien abgefeuert wurden. Im übrigen übte man englischerseits betonte Zurückhaltung, es sei denn, man wurde zum Eingreifen geradezu gezwungen. In solchen Staaten hatten eine durchgegangene Prinzessin und ihr Liebhaber keine Aussicht, ungeschoren zu bleiben.

Wurde ihre Flucht bekannt, durften sie nirgendwo auf Unterstützung rechnen, vielmehr würde die gesamte Bevölkerung sich an der Jagd auf sie beteiligen und keiner der Staaten von Radschputana ihnen Asyl gewähren. Es blieb also nichts, als einen geeigneten Moment abzuwarten und zu hoffen, daß schon etwas geschehen werde – möglichst ein Wunder. Aber womit habe ich verdient, daß ein Wunder geschieht? fragte er sich.

Darauf fand er keine Antwort. Und als eine halbe Stunde später wirklich etwas geschah, war es nicht das erhoffte Wunder, sondern eine Bestätigung aller seiner Befürchtungen und ein Beweis dafür – wenn es eines solchen bedurft hätte –, daß die Gefahren, die er befürchtete, keineswegs Phantasiegebilde waren.

Weil es immer noch schwierig war, in der Dunkelheit den Weg zu finden, hielt er die Blicke gesenkt, denn ihm kam nicht in den Sinn, daß irgendwer sich dafür interessierte, was er nachts unternahm – abgesehen von Mahdu und seinen eigenen Dienern –, oder daß man ihn überfallen könnte.

Der Schuß, als er fiel, überraschte ihn folglich, und es kam ihm nicht gleich zu Bewußtsein, daß er ihm gegolten haben könnte. Die Kugel traf den Stock und riß ihn im gleichen Moment aus seiner Hand, als er den Knall vernahm, und nur der Instinkt brachte ihn dazu, sich flach hinzuwerfen. Aber auch jetzt glaubte er noch, er sei einem Jäger ins Schußfeld geraten, also hob er den Kopf und rief laut und wütend ins Dunkel.

Die Antwort war ein zweiter Schuß, der ihn nur um ein geringes verfehlte. Er spürte die Kugel an seinem Kopf vorbeisausen, und diesmal reagierte er mit keinem Laut. Der erste Schuß mochte ein Zufall gewesen sein, dieser galt ihm und war gezielt. Er hatte das Mündungsfeuer gesehen, keine zwanzig Meter entfernt, der Schütze hatte also seinen Ruf vernommen und konnte nicht glauben, ein Tier angeschossen zu haben. Und wie zur Bestätigung hörte er gleich darauf, daß das Gewehrschloß aufgerissen und neue Patronen eingelegt wurden.

Dieses Geräusch war furchterregend, und weil Ash wußte, daß der Schütze kaltblütig und überlegt handelte, fröstelte ihn. Zugleich aber wich auch der Nebel aus seinem Hirn; er reagierte schneller und präziser als seit Tagen. Die Unschlüssigkeit, die ihn in den vergangenen Stunden gequält hatte, verflog, und er überdachte seine Lage ebenso kühl wie auf dem Manöverfeld vor Mardan.

Der Unbekannte war gewiß kein streunender Räuber, der aus purem Übermut oder aus Bosheit auf einen Fremden schoß, denn Gewehrpatronen waren so kostbar, daß man sie nur zu einem lohnenden Zweck verschoß, und er hatte nichts bei sich, das des Stehlens wert gewesen wäre. Der Schütze wußte ferner, daß sein Opfer unbewaffnet war, denn obwohl er zwei Schüsse abgegeben hatte, nahm er sich nicht die Mühe, die Stellung zu wechseln, sondern blieb aufrecht stehen, von hohen Gräsern zwar gedeckt, aber keineswegs verborgen; dort hatte er augenscheinlich seiner Beute aufgelauert.

Auch dies wurde Ash jetzt klar, denn einzig an dieser Stelle zwang die Bodenbeschaffenheit ihn, einen bestimmten Weg einzuhalten, und wer ihm auflauerte, wußte, daß er hier vorübermußte. Da hieß es nur Geduld haben, und die hatte jemand aufgebracht. Selbst im Dunkeln hielt es nicht schwer, das Ziel zu treffen, denn die Entfernung war denkbar gering. Auch war Ash sehr langsam gegangen, hatte sich nicht bemüht, lautlos aufzutreten, und wäre der Stock nicht gewesen, die erste Kugel hätte ihn getötet oder doch schwer verwundet.

Der Schütze aber wußte nichts von dem Stock, und da er Ash hatte fallen sehen, durfte er annehmen, daß sein Opfer entweder im Sterben lag oder verwundet war – vermutlich letzteres. Daß Ash gerufen hatte, war falsch gewesen. Andererseits schreien viele Männer, wenn sie getroffen werden, und weil er seither keinen Laut mehr von sich gegeben hatte, mochte der Mörder ihn für tot halten und nicht eine dritte Kugel an eine Leiche verschwenden wollen. Groß war die Aussicht nicht, daß dem so war, doch Ashs einzige Chance bestand darin, daß der Mann mit einiger Gewißheit annehmen durfte, nicht gefehlt zu haben. Nutzte Ash dies nicht aus, würde es sein Ende bedeuten.

Knappe fünf Minuten rührte der Schütze sich nicht von der Stelle, sondern blieb reglos im hohen Gras stehen. Endlich schlich er heran, blieb nach jedem Schritt stehen und sicherte wie ein Reh.

Er war kaum mehr als ein schwacher Schatten vor Gras und Gebüsch, doch wurde es nun zusehends heller. Eben noch unbestimmbare dunkle Flecke in der Landschaft nahmen Form an, entpuppten sich als Felsblock oder Gebüsch, und Ash erkannte einen Gewehrlauf, der auf ihn gerichtet war. Die Art, wie das Gewehr gehalten wurde, sagte ihm, daß da noch ein Finger am Abzug lag und daß er nicht atmen und sich nicht regen durfte, wollte er mit dem Leben davonkommen.

Mit Anbruch des Tages hatte die Brise sich gelegt. Es war so still, daß Ash hören konnte, wie Schuhsohlen auf Sand oder Stein traten, und gleich darauf vernahm er auch die kurzen, hastigen Atemzüge seines Angreifers. Der Mann war keinen Meter mehr entfernt, doch immer noch nicht nahe genug, denn er hielt das Gewehr unverwandt auf Ash gerichtet, und sollte der sich rühren, würde die dritte Kugel ihn aus nächster Nähe unfehlbar treffen. Der Mann stand lauschend still. Daß er den Herzschlag seines Opfers überhörte, verstand Ash nicht. Ihm selber dröhnte es in den Ohren wie Hammerschläge. Doch der Angreifer merkte nichts, denn gleich darauf trat er heran und stieß mit dem Fuß gegen den augenscheinlich Toten, und als der sich nicht rührte, trat er noch einmal zu, diesmal kräftig.

Der Fuß war noch in der Luft, da packte eine Hand das Gelenk des anderen

Fußes mit eisernem Griff und riß daran, so daß der Schütze das Gleichgewicht verlor.

Ein Schuß löste sich, die Kugel traf ins Gestein und füllte die Luft mit Splittern, die wie Hornissen summten. Einer streifte Ash an der Stirne, so daß ihm Blut in die Augen lief. Das hinderte ihn, seinen Angreifer im Affekt zu töten, denn dessen Tritt hatte ihn in eine bisher ungekannte Wut versetzt. Er wünschte weiter nichts, als diesen Mann zu vernichten.

Sein Gegner mochte mit dem Gewehr in der Hand gefährlich sein, waffenlos war er Ash nicht gewachsen, denn nicht nur war er kleiner und fettleibig, sondern auch in schlechter körperlicher Verfassung, wie sich an seinem Keuchen und den schlaffen Muskeln erkennen ließ. Immerhin kämpfte er um sein Leben. Er kratzte und biß wie eine in die Enge getriebene Ratte. Beide Männer rollten über den Boden, bis der eine sich plötzlich losriß. Ash, dem das Blut in seinen Augen die Sicht nahm, bekam ihn nicht mehr zu fassen, sondern hatte nur noch einen Fetzen von dessen Kleidern in den Fingern, als der Mann sich keuchend und schluchzend wie ein verängstigtes Tier ins Gebüsch flüchtete.

Ihm zu folgen war sinnlos, denn als Ash sich endlich das Blut aus den Augen gewischt hatte, war der Mann weg. Zwar war die Dunkelheit dem Morgengrauen gewichen, doch war es noch nicht hell genug, die Spur des Flüchtigen im Grase aufzunehmen, und einzig auf das Gehör zu vertrauen, war ebenfalls zwecklos, denn Ash selber mußte notwendigerweise Lärm machen, wenn er durchs Gebüsch brach. Es blieb also nur, so rasch wie möglich ins Lager zu gehen und dort Untersuchungen anzustellen.

Er wickelte den Fetzen um die Stirn, um das Blut zu stillen, und nahm seinen Stock und das Gewehr auf. Der Stock war gesplittert und nichts mehr wert, das Gewehr aber war ein Beweisstück. Man müßte dessen Eigentümer leicht ermitteln können, denn es handelte sich um ein modernes Jagdgewehr von der Art, wie er selber eines benutzte. Es dürfte nicht viele Leute im Lager geben, die eine solche Waffe besaßen, und weil nur jemand, der damit vertraut war, sie für einen Mordanschlag benutzen konnte, hatte man diesen Auftrag gewiß keinem Diener übertragen.

Ash zweifelte nicht daran, daß der Schütze aus dem Lager gekommen war. Die Waffe würde den Beweis liefern. Immerhin machte es ihm starken Eindruck, daß er einen Feind besaß, der ihm nicht nur ans Leben wollte, sondern ihn so aufmerksam bewachte, daß er sich einen unvorhergesehenen nächtlichen Ausflug seines Opfers zunutze machen konnte, um einen Plan auszuführen, der vermutlich von langer Hand vorbereitet war: den Hauptmann Ashton Pelham-Martyn zu töten.

Sonderbarerweise fragte er sich erst jetzt, wer wohl diese Absicht haben könnte, doch hatte der häßliche Zwischenfall, angefangen vom ersten Schuß bis zu dem Moment, da sein Angreifer sich ihm entwand, keine Viertelstunde gedauert, und während dieser Zeit fand Ash keine Gelegenheit, über die Identität des Mörders nachzusinnen. Jetzt allerdings bekam diese Frage erhebliches

Gewicht, und als Ash die Ereignisse der vergangenen zwei Monate in Gedanken Revue passieren ließ, wunderte er sich, nie geargwöhnt zu haben, daß man es auch auf ihn abgesehen haben könnte – schließlich waren der oder die auf Jhoti angesetzten Mörder noch mit von der Partie. Sicher wollten sie sich an ihm dafür rächen, daß er ihr Vorhaben vereitelt und fortan ein wachsames Auge auf den Jungen gehabt hatte. Ferner mußte Juli mit in die Überlegungen einbezogen werden...

Man durfte nicht ausschließen, daß außer der alten Geeta auch noch andere von Julis nächtlichen Besuchen in seinem Zelt wußten. Falls dies zutraf, mochte jemand es für seine Pflicht halten, Julis Ehre an ihm zu rächen, denn man würde ohne weiteres annehmen, daß er sie verführt habe. Ferner bestand die Möglichkeit, daß jemand – Biju Ram? – endlich doch den Knaben Ashok in ihm erkannt hatte, indem er eine Verbindung von den Kundschaftern über Zarin, Koda Dad und den Hof von Gulkote bis zu jenem ehemaligen Diener des Prinzen Lalji herstellte.

Letzteres wollte Ash nicht recht einleuchten. Die Spur war erkaltet, Lalji und Janu-Rani waren tot, also konnte eigentlich niemand am Hof des jetzigen Karidkote noch ein Interesse an seinem Tode haben oder sich einen Vorteil davon versprechen. Doch wenn auch diese Möglichkeit ausschied, konnte er mehrere Feinde mit unterschiedlichen Motiven im Lager haben, und als ihm klar wurde, daß er es möglicherweise mit mehreren potentiellen Attentätern zu tun hatte, vermied er es, auf dem Rest des Weges einem möglichen Scharfschützen ein Ziel zu bieten; überdies schwor er sich, niemals wieder ohne seinen Revolver aus dem Zelt zu gehen.

Als er dort ankam, breitete sich die Morgenröte über das Land, und der friedlich schnarchende Mahdu erwachte nicht, als Ash über ihn hinwegstieg. Die an der Zeltstange hängende Petroleumlampe war ausgebrannt. Ash brauchte jetzt kein Lampenlicht mehr. Er schob den beschädigten Stock und die Flinte unters Bett, zog Schuhe und Mantel aus, legte sich angekleidet hin und schlief sogleich ein.

Ash fand es überflüssig, den alten Mahdu zu wecken, und kam gar nicht auf den Gedanken, dieser könnte sich zu Tode erschrecken, wenn er das Blut auf dem Gesicht seines Herrn sah. Ash hatte nicht in den Spiegel geblickt und ahnte nicht, wie schlimm er aussah. Als Mahdu dann eine halbe Stunde später erwachte und das Zelt betrat, um zu sehen, ob der Sahib zurück sei, glaubte er, eine Leiche vor sich zu haben und wäre fast am Herzschlag gestorben.

Vom Geräusch der Atemzüge beruhigt, taumelte er hinaus und holte Gul Baz, der nach kurzer Prüfung des Gesichts seines Herrn meinte, man müsse sich nicht sorgen, der Sahib sei nicht schwer verletzt.

»Er hat sich geprügelt«, sagte Gul Baz tröstend. »Auf den Wangen hat er Kratzspuren von Fingernägeln, das Tuch auf seiner Stirn ist kaum von Blut getränkt, und er schläft ganz friedlich. Laß ihn schlafen. Später machen wir ihm eine Packung aus rohem Fleisch aufs Auge, damit die Schwellung zurückgeht.«

Das Auge hatte unterdessen alle Farben des Regenbogens angenommen. Das rohe Fleisch half vielleicht – vielleicht auch nicht. Die übrigen Verletzungen waren ebenfalls bedeutungslos und heilten schnell. Nach einer Woche sah man Ash nicht mehr an, daß er in ein Handgemenge verwickelt gewesen war, abgesehen von einer Verfärbung der einen Augenpartie und einer schmalen Narbe auf der Stirn, die man auch für eine Falte halten konnte. Ashs Angreifer mußte ähnliche Wunden davongetragen haben. Dies würde erlauben, ihn ausfindig zu machen.

Allerdings hatte Ash nicht bedacht, wie riesig dieses Lager war und daß bei einer solchen Zahl von Menschen, wie sie hier versammelt waren, täglich mehrere irgendwelche Verletzungen erlitten. Die meisten Schnittwunden und Schrammen waren auf Fahrlässigkeit zurückzuführen, doch in vielen Fällen waren sie auch das Resultat von Schlägereien. Mahdu berichtete: »Gunga Dass hat angeblich sein Geld bei den Huren gelassen und ist von seiner Frau und seiner Mutter schwer geprügelt worden. Sie haben ihm einen Wasserkrug über den Schädel geschlagen. Dann haben wir da noch Ram Lall, und der...«

Von solchen Vorkommnissen gab es viel zu viele. Mulraj bemerkte dazu: »Hätten wir nur hundert Männer in diesem Lager, wäre es etwas anderes, doch wir haben Tausende, und selbst wenn wir unseren Mann fänden, würde er ein Dutzend Zeugen beibringen, die die Wahrheit seiner Ausreden beschwören. Und wie sollten wir ihnen das Gegenteil beweisen?«

Einzig der Eigentümer der Flinte ließ sich ohne weiteres ermitteln; es handelte sich um ein modernes Jagdgewehr, das auf vierhundert Meter genau traf. Ash hatte angenommen, daß es von dieser Art nur wenige im Lager gab, und damit hatte er mehr als recht: es gab nur ein einziges, nämlich seines.

Daß er beinahe mit seiner eigenen Flinte erschossen worden wäre, wurmte ihn fast mehr als der Mordanschlag selbst. Diese Frechheit war eine Beleidigung, und er schwor sich, den Mordschützen, sollte er ihn je zu fassen bekommen, eigenhändig zu verprügeln. Am meisten machte ihn betroffen, daß jemand das Gewehr aus seinem Zelt hatte stehlen können, gleichsam unter Mahdus Augen. Keiner seiner Diener hatte etwas bemerkt. Dies bewies, daß er in Wahrheit nicht vor einem Anschlag geschützt war, und weiter bewies es, was er schon vermutet hatte: er wurde von einem oder mehreren Leuten beobachtet.

Der Attentäter hatte offenbar gesehen, daß er zu später Stunde unbewaffnet aus dem Zelt ging, hatte erlauscht, daß er mehrere Stunden ausbleiben wollte und sich die Gelegenheit listig zunutze gemacht. Er mußte gewartet haben, bis die Diener schlafen gingen und Mahdu, der als einziger Wache hielt, ebenfalls einschlief. Dann war er von rückwärts ins Zelt gekrochen und hatte das Gewehr gestohlen. Die Lampe brannte selbstverständlich, doch nur schwach, sie verbreitete eben ausreichend Licht, um dem Dieb zu ermöglichen, sich lautlos zu bewegen. Einmal im Besitz des Gewehrs, schlich er sich davon, wie er gekommen war, ging in der gleichen Richtung wie Ash und lauerte an der Stelle, die Ash auf dem Rückweg zwangsläufig passieren mußte.

Wieder fragte Ash sich, wieviele Menschen wohl beobachtet hatten, daß Juli zu ihm ins Zelt gekommen war, und der bloße Verdacht flößte ihm kalte Angst und üble Vorahnungen ein. Hatte man ihm Julis wegen nach dem Leben getrachtet, war es ein schwerer Fehler gewesen, den Anschlag überhaupt zu erwähnen – noch dazu mit Mahdu, Gul Baz und Mulraj ausführlich darüber zu sprechen und nach möglichen Motiven zu forschen. Er hätte lieber den Mund halten und sagen sollen, er sei im Dunkeln hingefallen und habe sich dabei diese Andenken an seinen nächtlichen Spaziergang eingehandelt.

Doch war er nicht in der Stimmung gewesen, sich Lügengeschichten auszudenken oder zu überlegen, ob es dienlich sei, die Wahrheit zu sagen, als er – aus seinem Tiefschlaf erwachend – die besorgten Gesichter von Mahdu und Gul Baz über sich gebeugt sah. Er berichtete nur, was vorgefallen war, und als er sein Gesicht im Spiegel sah, gab er Befehl, nach jemandem zu suchen, der ähnlich zugerichtet war wie er... einem mittelgroßen, eher fetten Mann und guten Schützen.

An dieser Stelle – er wollte gerade unter das Bett langen und das Gewehr hervorholen – lenkte ein Vorschlag von Gul Baz ihn ab: man könnte bei den Wäscherinnen nachfragen, ob jemand zerrissene und blutbefleckte Kleidungsstücke zum Waschen bekommen habe. Ash stimmte zu, und als er das Wort waschen hörte, fiel ihm ein, daß er dringend baden wollte und außerdem essen, denn seit dem vergangenen Abend hatte er nichts zu sich genommen, und mittlerweile war es Nachmittag.

Beide Diener machten sich daran, seine Anordnungen zu befolgen, und gerade, als er neuerlich nach dem Gewehr unterm Bett griff, wurde das Badewasser eingegossen. Er schaute es sich also nicht weiter an, sondern reichte es Mulraj und setzte das Gespräch mit ihm fort, wobei ihn während des Badens ein Vorhang von seinem Besucher trennte.

Mulraj meinte auch, es könnte nur wenige derartige Flinten im Lager geben, und man werde den Eigentümer leicht ausfindig machen. »Mit der gleichen Flinte schießt du auf Böcke«, sagte er dabei. »Es ist ein englisches Fabrikat.« Und damit schob er die Waffe wieder unter das Bett. Ihn interessierte mehr der Stock, und er sagte denn auch, der Sahib sei in der Tat unter einem Glücksstern geboren, denn die Kugel habe einen jener schmalen eisernen Ringe getroffen, die den Bambus verstärkten, und zwar mit solcher Wucht, daß der Ring flachgedrückt und der Bambus zersplittert sei. Im Weggehen sagte er noch: »Die Götter haben es gut mit dir gemeint«, und versprach, sogleich Erkundigungen einzuziehen. Erst nach einer halben Stunde, als Ash sich angekleidet und gegessen hatte, nahm er sich das Gewehr selber vor und erkannte es als sein eigenes; da kam denn alle Reue zu spät.

Es ging nicht an, Mulraj, ja nicht einmal Mahdu zu eröffnen, daß er es sich anders überlegt habe und nicht wünsche, daß sie den Attentäter noch suchten, denn sie würden nach seinen Gründen fragen, und die Wahrheit durfte er nicht sagen. Sie sollten nicht wissen, daß er fürchtete, sie könnten das Motiv entdekken, das dem Attentat zugrundelag, ein Motiv, das nichts mit Jhoti zu tun hatte, ja nicht einmal mit der Tatsache, daß Pelham-Sahib einstmals der Diener Ashok gewesen war, sondern einzig mit der Prinzessin Anjuli-Bai und der Ehre der Fürstentümer Karidkote und Bhithor...

Er hörte also mit Erleichterung, daß sowohl Mulraj als auch Mahdu sagten, unter den vielen tausend Männern im Lager sei sein Angreifer unmöglich zu entdecken. Und es war ihm ebenfalls ganz recht, daß Gul Baz berichtete, die Wäscherinnen hätten jeden Tag ganze Körbe voll blutfleckiger, zerrissener Kleider zu waschen; das sei nichts Ungewöhnliches auf einem Zug vom Umfang des ihrigen.

So geschickt man derartige Erkundigungen auch anstellte, sie mußten Neugier wecken, und Ash dankte dem Himmel dafür, daß er Gul Baz ein Beweisstück nicht ausgehändigt hatte, jenen Fetzen nämlich, mit dem er sich die Stirn verbunden hatte, ohne weiter darauf zu achten, was das wohl wäre. Es war der ganze vordere Teil eines Umhanges, der in seinen Händen zurückblieb, als der Attentäter floh – ein Mischgewebe aus Seide und Baumwolle in zweierlei Grautönen, das möglicherweise zu identifizieren war. Zum Glück, wie er jetzt erkannte, hatte er den Fetzen einfach weggeworfen, als er nach dem Gewehr suchte, und niemand hatte darauf geachtet. Je weniger Menschen davon wußten, desto besser.

Er nahm sich vor, nichts zu erwähnen, falls er auf neue Beweisstücke träfe. Hatte er Glück, würde die übereilt angeordnete Untersuchung kein Ergebnis haben und bald vergessen sein – außer von ihm selber, denn er wollte nach wie vor wissen, wer den Mordversuch begangen hatte. Das aber mußte er auf eigene Faust ausfindig machen. Ein Gutes hatte dieser Vorfall jedenfalls: Hinsichtlich Julis mußte er zu einem Entschluß kommen... und dafür sollte er wohl dankbar sein.

Die abwegigen, nebelhaften Hoffnungen, die er so lange gehegt und die sich erst gestern zu einem dringenden Problem verdichtet hatten, das eine sofortige Lösung forderte – die Befürchtungen und verworrenen Pläne, mit denen er sich eine Nacht herumschlug, ohne zu einem Ergebnis zu kommen – all das erschien jetzt in einem ganz anderen Lichte dank einer Kugel, abgefeuert aus seinem eigenen Gewehr: nichts anderes hätte ihm nachdrücklicher vor Augen führen können, daß er mit Recht um Juli bangte.

Was seine eigene Stellung im Lager betraf, war Ash keineswegs blind; er wußte sich ständig gefährdet. Anders als viele seiner Landsleute hatte er den Sepoyaufstand nicht vergessen und erkannte sehr genau, daß die englische Königin in Indien wenig beliebt war. Indien respektierte die Macht, es fand sich mit den Realitäten ab und war bereit, eine Lage hinzunehmen, wenn auch ungern, die derzeit kaum zu ändern war, und man schickte sich sogar recht gut darein. Es glich aber auch einem Bambushain, dessen Stämme sich in jedem Winde biegen, ohne jemals zu brechen; zwischen denen der Tiger schläft, der jederzeit erwachen und töten kann.

Seine Stellung im Lager als einziger Europäer und Vertreter der Königin war prekär. Er hatte gewisse Vorsichtsmaßnahmen getroffen, so etwa mit der

Wahl des Standplatzes seines eigenen Zeltes und der Zelte seiner Diener und der Stelle, an der man die Pferde anpflockte. Auch schlief er mit dem Revolver unter dem Kopfkissen, und neben seinem Bett auf einem niedrigen Tisch lag sein afghanischer Dolch. Auch wurde sein Zelt ständig bewacht, wenn er sich nicht darin aufhielt. Trotz alledem war jemand eingedrungen und hatte seine Büchse gestohlen – unbemerkt. Man beobachtete ihn, man folgte ihm, man lauerte ihm auf, so mühelos, als wäre er ein Kind oder ein Schaf. Künftig würde er sich mehr vorsehen. Natürlich wußte er, der Vorteil lag beim Feind, der für seine Aktionen Ort und Zeitpunkt wählen konnte, während er, das auserkorene Opfer, zwar gewarnt war, doch nicht unentwegt wachsam sein und jedermann beargwöhnen konnte. Weil er nicht wußte, wen er verdächtigen sollte, würde er irgendwann einmal unachtsam sein und dann...

Ash stellte sich nicht seinen eigenen blutigen Leichnam am Boden liegend vor, sondern Julis. Juli durfte nicht sterben. Er durfte auch Julis Heirat mit dem Rana nicht verhindern, und wer weiß – sie mochte in der Ehe ja so etwas wie Glück finden, wenn in nichts anderem, dann vielleicht in ihren Kindern. Allerdings schnitt ihm diese Vorstellung nach wie vor schmerzhaft ins Herz. Sich Juli tot zu denken, war allerdings noch schlimmer. In Bhithor würde sie Shushila zur Gesellschaft haben, und als Zweite Rani einen gewissen Einfluß und erhebliches Ansehen. Sie würde ein Leben in Luxus führen, umgeben von Dienerinnen und Hofdamen, und das mußte nicht unerträglich sein. Die Berge würden ihr fehlen, aber allmählich würde auch die Erinnerung daran verblassen, und mit der Zeit vergäße sie auch den Balkon im Palast von Gulkote. Und Ashok.

Juli würde ihr Schicksal annehmen und es klaglos ertragen. Und kam es schlimmer, war es immer noch besser als der Tod, denn so lange er lebt, hofft der Mensch. Vielleicht ergab sich Gelegenheit, das Leben doch noch nach eigenem Wunsch zu gestalten, vielleicht nahm es eine unerwartete Wendung, und aus der Niederlage wurde ein Sieg. Sterben aber, begraben oder verbrannt werden – das war etwas für Greise, nichts für eine schöne junge, kräftige Frau wie Juli. Flüchtete sie jetzt mit ihm, mußte der Tod sie rasch ereilen.

Die Flucht hätte früher ausgeführt werden müssen, noch in Britisch-Indien. Aber das zu bedauern, war jetzt nutzlos. Selbst wenn sie geflohen wären, das Unvermeidliche wäre nur hinausgeschoben worden. Ash erinnerte sich noch sehr gut, daß die Häscher des Tanzmädchens Sita und ihn durch den gesamten befriedeten Pandschab verfolgt hatten, wo es in fast jedem Ort einen Polizeiposten und viele britische Garnisonen gab, und gewiß hätten sie ihn noch gefaßt, wäre er nicht von den Kundschaftern und Colonel Anderson in einen Sahib verwandelt und außer Landes gebracht worden.

Juli würde man leichter aufspüren als einen kleinen Straßenjungen. Sie hatten keinerlei Aussichten, lebend das Land zu verlassen. Es würde endlose Verzögerungen geben, Beamte würden zaudern und Einwände erheben, und unterdessen würde Nandu zuschlagen – darauf jedenfalls durfte man mit Gewißheit rechnen. Nichts, was Ash über den jungen Herrscher von Karidkote gehört hatte, erlaubte dieVermutung, er werde es seiner Halbschwester nachsehen, daß sie ihn solcherart der Schande preisgab. Er würde auf der Stelle alles ins Werk setzen, um diesen Fleck auf seiner Ehre zu tilgen. Und wenn Nandu sich nicht aus Leibeskräften ins Zeug legte, blieb immer noch der Rana.

Ob nun in Britisch-Indien oder anderswo, man würde Juli hetzen wie Wölfe eine flüchtige Beute hetzen und sie töten, bevor Ash auch nur daran denken konnte, sie außer Landes zu schaffen. Tod oder Ehe mit dem Rana? Nie würde er erfahren, was Juli gewählt hätte, hätte sie entscheiden dürfen. Ob sie ihn so liebte, daß sie den Tod der Verheiratung mit einem anderen Gatten vorzöge? Oder sah sie in Ash noch immer nur den Lieblingsbruder? Doch wie sie auch wählte, für ihn wäre sie verloren.

Ash stützte den Kopf in die Hände und sah vor sich eine Zukunft – trostlos und leer, ohne allen Sinn. Abends blieb er dem Ausritt fern; er habe zu tun, ließ er sich entschuldigen.

Als er ein zweites Mal fernblieb, wurden diese Ausritte eingestellt, allerdings erfuhr er das nicht. Shushila bat ihn mehrmals ins Empfangszelt, doch schützte er Unwohlsein vor. Ganz aus diesem Kreis zurückziehen durfte er sich nicht, das wußte er wohl, doch Juli wieder und wieder zu sehen, war undenkbar; lieber wollte er Krankheit und Arbeit vorschützen, ja, sich für ungehobelt halten lassen.

Je seltener sie einander sahen, um so besser für beide – insbesondere für sie, falls man ihm ihretwegen nach dem Leben trachtete. Doch seit er sich nicht mehr auf den abendlichen Ausritt freuen konnte, war der Tag endlos für ihn, die Beaufsichtigung des Lagers eine Qual, und er fand es immer schwerer, sich zu beherrschen und geduldig die endlosen Klagen anzuhören, die man ihm tagtäglich vortrug. Zwar waren Mulraj und seine Offiziere und so bedeutende Persönlichkeiten wie Kaka-ji als Schiedsmänner tätig, doch Ash galt allen als letzte Instanz, und nur allzu viele Streitfälle wurden ihm unterbreitet.

Aus Streit wurden Schlägereien, es wurde gestohlen, betrogen, Verträge wurden gebrochen, Anschuldigungen jeder Art erhoben, und die Liste der Verbrechen reichte von Mord bis zur Verwendung falscher Maße und Gewichte. Ash hörte sich stundenlang die Aussagen von Zeugen und Gegenzeugen an und mehr als einmal ertappte er sich dabei, daß er kein einziges Wort verstand, weil er nicht zuhörte, und daß er keine Ahnung hatte, worum es da im einzelnen ging. Also mußte alles noch einmal vorgetragen werden, oder der Fall wurde »zur weiteren Beratung« vertagt. Und schon kam der nächste an die Reihe, und wieder hörte Ash nicht zu.

Der Vorsatz, nicht an seine eigenen Probleme zu denken, schien seine Denkfähigkeit insgesamt zu lähmen, allerdings kam wohl auch Erschöpfung hinzu. Er fand kaum Schlaf, war ständig müde, dazu wurde es von Tag zu Tag heißer, und schon blies der Louh, jener heiße Wind, der nach der kalten Jahreszeit über Radschputana hinwegfegt und alle Feuchtigkeit aus der Erde, aus Gewässern und den menschlichen Körpern saugt. Wenn später der Wasserstand in den Flüssen noch weiter sank, das Land weithin ausgedörrt war, würden die Staubstürme kommen, dichte braune, erstickende Wolken, die die Sonne verdunkelten und aus Mittag Nacht machten. Bis dahin war es noch lange, doch boten sie Ash einen Grund, zur Eile zu treiben. Allein, unter den herrschenden Umständen waren solche Aufforderungen reine Kraftverschwendung, denn man marschierte ohnedies nur noch in den frühen Morgenstunden.

Abends ritten Erkundungstrupps aus, um für den kommenden Tag einen geeigneten Rastplatz ausfindig zu machen. Die Zelte wurden im ersten Frühlicht abgebaut, damit der Zug vor Tagesanbruch in der vergleichsweise kühlen Morgenluft vorwärtskriechen konnte. Man erreichte die nächste Raststelle in der Regel, bevor die Sonne unerträglich heiß zu werden begann. Oft genug lagen nicht mehr als fünf Meilen zwischen zwei Rastplätzen, manchmal auch weniger. Wasser und Schatten wurden immer rarer. Zeltleinwand, die Schatten von Wagen und Strohhaufen boten nur geringen Schutz vor der Hitze, und einzig die Tiere, im Freien angepflockt und Hitzequalen ausgesetzt, waren dankbar für den glutheißen Wind, der wenigstens die Fliegen fernhielt. Mit abnehmendem Reisetempo wurden Männer und Frauen zänkisch, unduldsam und reizbar. Indessen, auch wenn es immer langsamer voranging, jeder Tag brachte die Grenze von Bhithor näher. Bald würde man am Ziel sein.

Ash konnte es nicht schnell genug gehen; die Reise sollte endlich vorüber sein, wünschte er sich – er, der noch vor kurzem gewünscht hatte, sie möge nie enden. Die körperlichen Strapazen reichten hin, jedermann reizbar zu machen, doch gekoppelt mit höchster Nervosität und den täglichen Scherereien des Lagerlebens wurden sie unerträglich. Überdies fühlte Ash sich seit neuestem nicht mehr sicher; drei Tage nach dem Mordanschlag wurde am hellichten Tage in sein Zelt eingebrochen – der Zug war erstmals bereits bei Dunkelheit aufgebrochen, um der Hitze zu entgehen und rastete, als die Sonne hoch stand.

Der Rastplatz befand sich unweit eines flachen, stehenden Gewässers, augenscheinlich ein von Menschen angelegtes Reservoir, vor Jahrhunderten ausgehoben, um eine längst vergessene Stadt zu versorgen, deren Spuren ringsum noch zu sehen waren – niedrige Hügelgräber, bröckelnde Sandsteinblöcke und die Reste von Mauern, kaum höher als das raschelnde löwenfarbige Gras, aufgesprengt von den Wurzeln knorriger Bäume.

Wie üblich stand das Zelt von Ash am Rande des Lagerplatzes unter einem Baum, die Zelte seiner Diener im Halbkreis dahinter. Das hüfthohe Gras wurde im Umkreis von etwa zwanzig Metern niedergetrampelt, damit niemand sich ungesehen nähern konnte, und doch war dies während der heißesten Tageszeit jemandem gelungen.

Nicht weniger als zwei seiner Leute hielten um diese Zeit im Schatten eines Baumes Wache. Von dort hatten sie das Zelt im Blick. Daß keiner von beiden etwas merkte, war allerdings nicht sehr überraschend – beide waren seit vier Uhr früh auf den Beinen, nach einer ausgiebigen Mahlzeit satt und von der Hitze und dem glühendheißen Wind schläfrig. Beide dösten immer wieder ein, ganz überzeugt, allein ihre Anwesenheit genüge, einen Übeltäter fernzuhalten, und sie hörten auch nichts Verdächtiges, denn das Rascheln von trockenem Laub und Gräsern übertönte so manches.

Ash war anderswo beschäftigt und fand, als er ins Zelt kam, ein Chaos vor: die Schlösser seiner Behälter waren erbrochen, der Inhalt über den Boden verstreut. Das Bettzeug war heruntergerissen worden, man hatte offenbar in großer Eile das ganze Zelt durchsucht, dabei aber so gründlich, daß es ihn stutzig machte. Jedes einzelne Möbel war verstellt worden, jede Matte aufgerollt, um etwa darunter Vergrabenes zu finden. Die Matratze war aufgeschlitzt, die Kissenbezüge waren abgestreift. Die Diebe hatten nichts gefunden, denn in dem Zelt gab es außer einer Handvoll Kleingeld weder Reichtümer noch Waffen; Ash trug neuerdings seinen Revolver stets bei sich und hatte sein Gewehr und die Jagdflinte samt der beiden Kassetten mit dem Bargeld Mahdu anvertraut, der sie in einer unansehnlichen Bettrolle verbarg, die er in seinem Gepäck mitführte.

Man konnte es, wenn man wollte, trostreich finden, daß die Sorgfalt, mit der gesucht worden war, darauf hindeutete, der Dieb sei wirklich nur hinter Geld hergewesen, also nicht der gleiche, der kürzlich die Flinte gestohlen hatte. Ash schöpfte daraus so viel Trost, wie er konnte. Zwar blieb es ärgerlich, daß jemand am hellichten Tage und angesichts zweier Wächter sein Zelt hatte betreten, durchsuchen und sich ungesehen davonmachen können. Wenigstens hatte der Schnüffler keine Waffen gefunden, mit denen neuerlich ein Anschlag auf Ash verübt werden konnte, womöglich in der Absicht, den Anschein zu erwecken, er habe Selbstmord begangen oder seine Diener hätten ihn beseitigt, falls man ihn tot auffand, erschossen mit der eigenen Waffe.

Letzteres wollte ihm am meisten einleuchten, denn jedermann wußte, daß sein Zelt abseits vom Lager stand und man sich ihm nicht unbemerkt nähern konnte; also würde niemand außer seinen eigenen Leuten sein Zelt betreten und die Waffe stehlen können. Diese Schlußfolgerung mußte überzeugen, denn daß jemand aus dem Lager, wo es unzählige Feuerwaffen der unterschiedlichsten Art gab, die ohne Mühe zu stehlen waren, sich ausgerechnet darauf verlegen sollte, unter tausend Schwierigkeiten die Flinte des Sahibs zu stehlen, war absurd. Die Frage hieße dann nur: wer von den Dienern des Sahibs war der Mörder?

Ash hätte über diesen dummen Vorfall gern mit Mulraj gesprochen, und wäre er überzeugt gewesen, daß der Dieb es nur auf Geld abgesehen hatte, er hätte es getan. Er war aber nicht überzeugt, also redete er nicht darüber. Zu Mahdu und Gul Baz sagte er, man solle die Sache mit keinem Wort erwähnen, und Gul Baz brachte das Zelt eigenhändig in Ordnung. Zu Mahdu sagte er im Vertrauen, er wünsche nur, die Reise wäre zu Ende und man wäre schon wieder in Rawalpindi. »Ich habe Radschputana satt und mehr noch diesen ganzen Hochzeitstag. Irgendwas liegt in der Luft. Ich kann nicht erklären was. Aber es ist etwas Böses, das den Sahib bedroht – und andere auch. Beten wir, daß wir diese Karidkoter loswerden und nordwärts ziehen, bevor es über uns kommt.«

Ash dachte ähnlich, mit einem Unterschied allerdings: Er gab sich keiner Selbsttäuschung hin und wußte, was er vom Himmel erflehen mußte: Geduld und Selbstbeherrschung.

Er brachte die Tage hinter sich, indem er unermüdlich tätig blieb, was ihn hinderte, an Juli zu denken. Doch nachts sah die Sache anders aus; er mochte sich bei Tag schinden, wie er wollte, kaum legte er sich zu Bett, erschien ihr Gesicht vor seinem inneren Auge, und er konnte es nicht vertreiben. Er warf sich auf dem Bett herum und starrte ins Dunkel, machte Licht und verfaßte überflüssige Berichte, addierte ganze Kolonnen von Zahlen, das alles, nur um nicht an sie denken zu müssen, und wenn Gul Baz ihm vor Tagesanbruch den Tee ins Zelt brachte, fand er Ash oft genug am Tisch eingeschlafen.

Wenn die Welt noch in perlgraues Licht getaucht war und Mensch und Tier widerstrebend zu einem neuen Tage erwachten, stieg Ash zerschlagen auf sein Pferd und tat, was er konnte, den Aufbruch zu beschleunigen, während seine Diener das Zelt abbauten und es mitsamt aller Bagage auf einem Ochsenwagen verstauten, auf dem Mahdu sich sodann inmitten zahlloser Küchenutensilien niederließ, auf besagter Betttrolle thronend. Noch lag nächtliche Kühle über dem Boden; es ging kein Wind, denn der Louh erhob sich erst mit der aufsteigenden Sonne. Allerdings hatte niemand Muße, die Kühle zu genießen, denn der Aufbruch erfolgte mit dem unvermeidlichen Getöse, und die von Fackeln, Öllampen und Küchenfeuern ausgehende Hitze machte schon diese frühe Stunde zu einer Vorhölle.

In der Luftlinie lag Bhithor nicht mehr weit entfernt. Aber man zog jetzt nicht mehr durch ebenes Gelände, sondern zwischen Hügeln dahin, deren sanft geneigte Hänge rutschig waren. Teils waren sie mit Gras bewachsen, teils trat nacktes Gestein zutage. Die Kämme der Hügel bestanden aus bloßem Fels. Wer zu Fuß ging, hatte da weiter keine Schwierigkeiten, er konnte immer der Nase nach gehen und viele Meilen Umwege sparen, doch für Ochsenwagen war das unmöglich. Der Zug wand sich also in Schlangenlinien zwischen diesen Erhebungen hindurch, immer der Talsohle folgend. Oft genug führte der Weg ebensoweit zurück, wie man zuvor vorangekommen war, und es schien, man marschiere in einem Irrgarten. Diese Art der Fortbewegung ging allen auf die Nerven, und als man endlich die hügelige Landschaft hinter sich hatte und wieder in ebenes Gelände gelangte, wunderte sich keiner darüber, daß die jüngere Prinzessin kategorisch eine Rast von mindestens drei Tagen verlangte; sie wolle nun keinen Schritt weiter. Sie wisse sehr wohl, daß man nur wenige Tagesmärsche von der Grenze entfernt halte, doch sei sie nicht gewillt, jenes Land in einem Zustand totaler Erschöpfung zu betreten; gestatte man ihr nicht einige Nächte ausgiebigen Schlafes, werde sie zusammenbrechen.

Ihr Ultimatum kam im richtigen Moment, denn am Ende dieser Tagesstrecke hatte man einen Fluß erreicht, an dessen Ufern Bäume wuchsen, und niemand, Ash ausgenommen, hatte gegen eine längere Rast etwas einzuwenden. Der Ort eignete sich vortrefflich zum Lagerplatz. Zwar war der Wasserspiegel des Flusses stark gesunken, er war eigentlich nichts weiter als ein Bach zwischen glitzernden Sandbänken, doch führte er immer noch genügend Wasser, um den Bedarf des Zuges zu decken. Am jenseitigen Ufer sah man mehrere Dörfer, von Ackerland umgeben, und die Bewohner lieferten nur allzugern Korn und Gemüse, Milch, Eier und Zuckerrohr, und das umliegende Land bot ausreichend Futter für die Tiere. Auch gab es Wild, und der Fluß war fischreich. Ein besserer Lagerplatz ließ sich kaum denken, und deshalb stieß Ash, als er darauf drängte, folgenden Tages den Marsch fortzusetzen, auf allgemeinen Widerspruch.

»Kommt es denn auf ein paar Tage mehr oder weniger an?« fragte Kaka-ji und fächelte sich Luft zu. »Grund zur Eile haben wir nicht. Es wird uns allen gut tun, eine Weile zu verschnaufen. Auch dir, Sahib. Du siehst seit Tagen sehr schlecht aus, bist abgemagert und schlechter Stimmung, du lachst nicht mehr, sprichst nicht mehr mit uns und reitest auch nicht mehr aus. Nein, nein...« er wies mit erhobener Hand Ashs Entschuldigungen ab, »es ist die Hitze. Die Hitze und der heiße Wind. Wir leiden ja alle darunter. Du wie Mulraj, obwohl ihr stark seid, ich, der ich alt bin, und Jhoti, weil er ein Kind ist und so tut, als mache ihm die Hitze übel und nicht die vielen Süßigkeiten, die er fortwährend ißt. Auch Shushila fühlt sich krank; das tut sie übrigens gern, doch diesmal ist es, glaube ich, die Angst. Shu-shu fürchtet sich vor dem, was ihr bevorsteht, und weil wir schon bald in Bhithor ankommen werden, möchte sie die Ankunft um jeden Preis verzögern.«

Mulraj sagte achselzuckend: »Vorwürfe mußt du dir schon selber machen.« Seine Stimme klang ungewöhnlich scharf und abweisend. »Du kennst Shushila-Bai. Hätte man sie abgelenkt und zerstreut, statt sie ihren Gedanken zu überlassen, sie hätte die Hitze leichter ertragen. Aber seit du abends nicht mehr mit uns ausgeritten und auch nicht mehr ins Empfangszelt gekommen bist, hat sie keinen Spaß mehr an diesen Zerstreuungen gehabt und sich ganz ihren Befürchtungen hingegeben.«

Ash war unbehaglich zumute: »Du weißt, wieviel Arbeit ich habe. Es gab reichlich –« er unterbrach sich und fragte stirnrunzelnd: »Was höre ich da von Jhoti? Er leistet euch abends keine Gesellschaft mehr? Warum nicht?«

»Anfangs blieb er wohl weg, weil du nicht mehr kamst, und seit er krank ist, kann er nicht mehr.«

»Krank? Seit wann ist er krank? Warum sagt mir das niemand?« Mulraj krauste die Stirne und schaute verblüfft drein, dann sagte er zwischen zusammengepreßten Zähnen und mit verengten Lidern: »Du hörst überhaupt nicht mehr zu, wenn man dir etwas sagt. Ich hätte das wissen müssen, als du dich nicht nach ihm erkundigtest und ihn nicht besuchen kamst.«

Dann fuhr er mit veränderter, wieder freundlicher Stimme fort: »Ich selber habe dir vor vier Tagen gesagt, daß er krank ist, und am Morgen darauf noch einmal. Als du nicht antwortetest, sondern nur nicktest, dachte ich, du wolltest damit nicht behelligt werden. Aber ich hätte es besser wissen müssen. Was ist nur los mit dir, Sahib? Du bist so verändert seit jenem Mordanschlag. Ich weiß recht gut, wie unangenehm es ist, wenn man darauf wartet, ein Messer oder eine Kugel in den Rücken zu kriegen. Ist es das, Sahib? Oder bedrückt dich was anderes? Falls ich dir helfen kann, sag es mir.«

Ash errötete und sagte hastig: »Ja, danke, ich weiß. Aber es ist nur die Hitze, und niemand kann daran etwas ändern. Jetzt sage mir, wie es Jhoti geht. Kaka-ji-Rao hat nebenher angedeutet, er leide unter der Hitze.«

»Nicht unter der Hitze«, sagte Mulraj trocken, »sondern an Datura – scheint mir. Ich kann mich aber täuschen.«

Datura heißt eine Pflanze, die in vielen Teilen Indiens wild wächst, vornehmlich im Süden. Die Blüte ist weiß und ähnelt der der Lilie. Sie duftet süß und ist sehr schön. Die runden grünen Samen allerdings werden »Todesäpfel« genannt, denn sie sind ungemein giftig und dienen, weil mühelos zu haben, seit Jahrhunderten als Mittel, unliebsame Ehegatten oder ältliche Verwandte loszuwerden. Sie sind ein weit verbreitetes Gift. Man kann den Samen zu Pulver zerstampfen und so gut wie allen Speisen beimischen (meist gibt man das Gift ins Brot), und je nach der verabreichten Menge stirbt der Vergiftete schnell oder langsam. Mulraj meinte, Jhoti habe eine ganze Menge gegessen, das meiste aber erbrochen. Deshalb sei er noch am Leben. Er wohne jetzt im Zelte der Schwestern und erhole sich dank der Pflege von Geeta.

»Aber wie kam das Gift in sein Essen?« wollte Ash wissen. »Hast du seinen Koch gefragt und seine Diener? Die essen gewiß alle das gleiche? Er kann doch nicht als einziger erkrankt sein?«

Und doch war es so. Das Gift hatte sich wohl in kandierten Früchten befunden, die in seinem Zelt herumlagen und für die Jhoti eine besondere Schwäche hatte. Zum Glück hatte er alle auf einmal gegessen, und von einer solchen Menge wäre jedem Kind übel geworden, einerlei, ob das Zeug vergiftet war oder nicht. Und glücklicherweise war auch einer der Diener, als er Jhoti erbrechen hörte, so geistesgegenwärtig gewesen, Gobind zu holen, statt den Kopf zu verlieren wie alle übrigen.

»Und Gobind tippt auf Datura?« fragte Ash.

Mulraj machte eine verneinende Handbewegung. »Er schließt es nicht aus. Der Junge hatte, wie schon gesagt, alle Früchte restlos gegessen, sogar den Honig aufgeleckt, in den sie gebettet waren. Es war also nichts übrig. Seine Leute behaupten, krank sei er nur, weil er das klebrige Zeug in Unmassen verschlungen hat.«

Gobind schien aber daran zu zweifeln. Er äußerte seinen Argwohn zwar nicht, behandelte Jhoti aber, als wäre dieser vergiftet und erkundigte sich unter der Hand, woher die Süßigkeiten stammten. Zu Mulraj sagte er später, es sei aussichtslos, herauszubekommen, wer der Spender war. Auch wenn das Zeug nicht vergiftet war, würde sich niemand dazu bekennen wollen – Jhoti war immerhin krank davon geworden. Nicht überraschend also, daß Nachfragen kein Resultat erbrachten.

»Jemand muß aber dabei gewesen sein, als Jhoti das Zeug aß? Hat Gobind danach gefragt?«

»Selbstverständlich. Doch die betreffenden Personen nahmen an, der Prinz habe das Zuckerzeug selber gekauft. Ich weiß nur, daß Gobind glaubt, das Kind sei vergiftet worden – vermutlich mit Datura – und er meint, Jhoti wäre gestorben, hätte er nicht so gierig geschlungen. So aber hat der zuckrige Sirup die Darmwände verklebt und verhindert, daß das Gift ins Blut gelangte; von dem Übermaß an klebriger Süße wurde ihm schlecht, und weil er alles erbrochen hat, lebt er noch. So jedenfalls lautet die Erklärung von Gobind. Beweisen ließe sich seine Annahme allerdings nicht, sagt er. Nachdem ich mit ihm geredet hatte, gab ich Jhoti in die Obhut seiner Schwestern. Die ältere ist eine vernünftige Person, und daß Shushila-Bai endlich mal an etwas anderes denken muß als an ihre Privatangelegenheiten und die Hitze, kann ihr nur gut tun.«

Ash wandte ein: »Das Zelt von Jhoti wird doch aber bewacht, wie kann da jemand –« Ihm fiel ein, daß auch sein eigenes Zelt bewacht wurde und dennoch zweimal unbemerkt durchsucht worden war. Er fuhr sich durchs Haar und schaute gehetzt und ärgerlich drein.

»Wir hätten den ersten Anschlag auf Jhoti bekanntmachen sollen«, sagte er, »dann hätten die Mörder gewußt, daß wir Bescheid wissen und keinen zweiten Versuch unternommen. Aber du wolltest nicht hören, und nun siehst du, was die Folge ist. Dies ist der zweite Versuch. Und diesmal müßtest du endlich allen Bescheid sagen.«

»Zum Beispiel dir«, bemerkte Mulraj trocken. »Doch du hast offenbar an anderes zu denken gehabt und überhaupt nicht zugehört.«

Ash erwiderte nichts darauf; er wußte, in letzter Zeit hatte er oft nur so getan, als höre er zu, denn er war oft taumelig vor Erschöpfung, und was man dann zu ihm sagte, verstand er nicht. Bislang hatte er sich das wenig zu Herzen genommen, weil er glaubte, Wichtiges immer noch von Unwichtigem unterscheiden zu können, und vergaß er etwas, hieß das nur, die Sache war eine Lappalie. Und doch: was Mulraj ihm von Jhotis Erkrankung gesagt hatte, war überhaupt nicht in sein Bewußtsein gedrungen. Was sonst mochte er noch überhört haben? Was mochten ihm andere berichtet haben, während er wie im Traum seinen Obliegenheiten nachging, immer darauf bedacht, nicht an seine eigenen Probleme und möglichst überhaupt nicht zu denken?

Mulraj, der ihn scharf anblickte, bemerkte erst jetzt, wie abgemagert und gealtert Ash war – beides war auch Kaka-ji aufgefallen. Doch Mulraj hatte ebenso wie Ash Dringenderes zu bedenken.

»Entschuldige«, sagte er deshalb im Weggehen, »meine letzte Bemerkung war ungehörig.«

»Ich habe es verdient«, gestand Ash reumütig. »Ich müßte mich bei dir entschuldigen, ich benehme mich ja schon wie George.«

»Wie George? Wer ist George?« fragte Mulraj verdutzt.

»Ach, ein Bekannter von mir. Der hatte einen Hang zum Dramatischen. Eine schlechte Angewohnheit. Was machen wir nun mit Jhoti?«

23

Es ergab sich, daß man zum Schutze Jhotis kaum mehr tun konnte, als man bisher schon getan hatte.

Man konnte ihm keine Leibwache beigeben, die ihm auf Schritt und Tritt folgte. Außerdem stand nicht fest, ob Mulrajs Leute durchweg vertrauenswürdig waren – so ungern Mulraj dies zugab. Schließlich war Nandu der erbliche Herrscher und Lenker ihrer Geschicke, und sie waren in erster Linie ihm verpflichtet. Kam hinzu, daß er gewiß den gut bezahlte, der einen Auftrag für ihn ausführte – zum Beispiel einen unliebsamen Thronanwärter beseitigte.

Mulraj war kein Zyniker, er machte sich aber auch nichts vor. Jeder Mensch hat seinen Preis, und eben deshalb hatte er geraten, den ersten Mordanschlag auf Jhoti zu verschweigen und darauf gehofft, seine Wachsamkeit würde einen zweiten abwenden.

Doch schien es, daß seine Hoffnungen und Gebete nicht erhört worden waren, und weil der zweite Anschlag weder von ihm selber, noch von Ash verhindert werden konnte, sondern nur durch Zufall mißlang, meinte auch er, man dürfe ihn nicht vertuschen. Damit war nun nichts mehr zu gewinnen. Man hatte zwar kaum Beweise, aber wenn man Jhoti klarmachen konnte, daß er in Gefahr schwebte, würde er künftig nicht mehr wahllos alles mögliche essen und trinken. Ash, der diesen Kurs ursprünglich verfochten hatte, widersprach jetzt. Denn wieder sah er vor sich ein Gesicht aus der Vergangenheit, nicht das von George diesmal, sondern das verängstigte Gesicht von Lalji, Jhotis Halbbruder, dem Thronanwärter von Gulkote.

Auch Lalji war von Mordanschlägen bedroht gewesen und hatte nie gewußt, wem er vertrauen durfte. Er war gewarnt worden (Dunmaya, seine alte Amme, hörte nie auf, ihn zu warnen), und doch rettete ihn das nicht, vielmehr machte es ihm sein kurzes Leben zur Qual, und er reagierte, begreiflich bei einem Kind, auf seine unerträglichen Angstvorstellungen mit Ausbrüchen von Rachsucht, Wut und Grausamkeit.

Auch Jhoti kannte die Furcht. Als Ash ihn das erste Mal zu sehen bekam, hatte er deutlich Angst in dem dicklichen, bleichen Knabengesicht gesehen. Damals bestand Anlaß sich zu fürchten, denn er war eben erst seinem Bruder entronnen. Allerdings erwartete er wohl nicht, ermordet zu werden, sondern rechnete nur mit einer Strafe. Erführe er jetzt aber…

»Es hat keinen Zweck, das können wir so nicht machen«, sagte Ash daher schroff. »Es wäre zu grausam. Schließlich ist er noch ein Kind, und wenn er hört, daß im Lager Mörder sind, die es auf ihn abgesehen und schon zwei Mordversuche unternommen haben, verliert er den Verstand. Er wird sich vor allem und jedem fürchten, niemandem mehr trauen, nichts mehr essen und trinken, nicht schlafen, nicht ausreiten. Einem Kind kann man das nicht zumuten. Aber seine Schwestern und Kaka-ji sollten wir aufklären. Die können dafür sorgen, daß alle Speisen, die er bekommt, vorgekostet werden. Gobind soll ihm verbieten, Süßigkeiten zu essen, überhaupt alles, was er zufällig findet; man könne nie wissen, ob es nicht verdorben sei und ihm wieder Übelkeit verursache. Gobind wird das schon richtig machen, und Kaka-ji und die Prinzessinnen müssen eben ein Auge auf ihn haben. Weiter läßt sich nichts tun.«

Mulraj zog gedankenverloren an seiner Unterlippe und stimmte zu: dem Kind gegenüber sei es liebevoller gehandelt, es nicht zu verängstigen, doch wenn man ihm verschweigen wolle, was ihm drohe, dürfe man auch Kaka-ji und Shushila-Bai nichts verraten – Shushila schon gar nicht, denn die könne nichts für sich behalten. Die würde geradezu hysterisch werden und innerhalb weniger Stunden sei die Geschichte im Lager herum. Kaka-ji hinwiederum sei zu alt und gebrechlich, dem dürfe man nicht mit solchen Sachen kommen; geschwätzig sei er überdies, und er könne sich auch nicht verstellen. Blieb Anjuli-Bai.

»Jhoti mag sie, und sie ihn auch«, sagte Mulraj. »Ich kenne sie als eine vernünftige Person, die nicht leicht den Kopf verliert und Gefahren ins Auge sehen kann. Erinnere dich, wie sie sich benahm, als ihr Wagen in der Furt umstürzte; sie hat nicht gekreischt und gestrampelt, sondern zunächst ihrer Schwester aus dem Wagen geholfen. Sie wäre gewiß bereit, ihrem Bruder beizustehen. Man erlegt ihr als Frau damit zwar eine schwere Verantwortung auf, aber wir sind auf Hilfe angewiesen und anderswo bekommen wir keine her. Anjuli-Bai können wir wenigstens vertrauen«, schloß er grimmig, »was man von anderen im Lager nicht so ohne weiteres sagen kann.«

Ja, Juli kann man vertrauen, dachte Ash. Sie würde den Kleinen nach besten Kräften beschützen, nicht den Kopf verlieren, nicht schwatzen. Sie war die geeignete Person, Hilfe zu leisten, und es war falsch gewesen, sie nicht gleich nach Jhotis Reitunfall einzuweihen. Er hatte sich das damals fest vorgenommen und es aus unerklärlichen Gründen unterlassen.

Nun fiel ihm noch etwas ein: »Anjuli-Bai ist nie allein, wie kannst du sie ins Vertrauen ziehen?«

»Ich?« fragte Mulraj ganz erstaunt. »Nein, Sahib, das mußt du schon selber tun. Mich würde man belauschen. Du aber könntest abends mit uns ausreiten, ihr beide reitet voran, wie auch früher schon, du weihst sie ein, und kein Mensch findet etwas dabei. Anders geht es nicht.«

Und darum fand Ash sich trotz aller guten Vorsätze am folgenden Abend neben Juli zu Pferde.

Tatsächlich war er ihr schon tags zuvor begegnet, weil er nach dem Gespräch mit Mulraj Jhoti einen Besuch abstattete, und Jhoti sich noch in der Obhut der Schwestern befand. Im Zelt wimmelte es von Besuchern, denn im Osten glaubt man nicht, daß Abschirmung und Ruhe dem Heilungsprozeß dienlich sind; außer den Prinzessinnen und ihren Hofdamen waren auch Kaka-ji und Maldeo Rai anwesend.

Jhoti sah wohler aus als erwartet, er erholte sich gut, ließ in seiner Begrüßung aber einen Vorwurf spüren. Offenbar verübelte er Ash, daß dieser jetzt erst kam und war nur zu versöhnen, als Ash wahrheitswidrig behauptete, Gobind habe den Besuch erst erlaubt, seit es dem Patienten besser gehe. Er blieb nicht lange und hatte keine Gelegenheit, mit Juli zu sprechen. Sie sah blaß und müde aus. In ihren Augen las er Verständnislosigkeit und Kränkung, ähnlich wie in Jhotis Blick, und sein Herz zog sich schmerzhaft zusammen.

Er sah nicht noch einmal hin, denn er fürchtete, in Anwesenheit all dieser Menschen die Beherrschung zu verlieren, Juli zu umarmen und ihr zu gestehen, daß er sie liebe und nur fortgeblieben sei, um sie nicht zu gefährden. Stattdessen redete er Shushila an und wußte später nicht mehr, wer das Thema Ausritt angeschnitten hatte und was dazu verabredet worden war. Nur, daß er einwilligte mitzureiten. Er bereute es schon, als er aus dem Zelt ging.

Er wollte sich einreden, es geschehe einzig Jhotis wegen. Juli werde tausend Mittel wissen, ihn zu schützen, also müsse sie aufgeklärt werden.

Das Argument stach aber nicht, und das wußte er wohl. Nicht, daß Juli nicht würde helfen können, nein, sie konnte ihren Bruder besser schützen als sonstwer, und ihre Hilfe war unbezahlbar, doch gab es eine Grenze, über die auch Juli nicht hinausgehen konnte, und zwar im buchstäblichen Sinne. In wenigen Tagen würde man nach Bhithor kommen, es folgte die Hochzeitsfeier, und danach war Jhoti ihrer Hilfe beraubt; warum also sie jetzt noch einweihen? Was konnte sie in den wenigen ihr verbleibenden Tagen noch ausrichten.

Ich hätte es ihr längst sagen sollen, sagte sich Ash. Aber eben dies hatte er nicht getan, und jetzt war es zu spät, es würde nichts mehr nützen. Er mußte den abendlichen Ausritt absagen, durfte sie nicht noch einmal sehen, das würde alles nur schlimmer machen. Er wollte nicht mitreiten.

Und doch wußte er, daß er es tun würde. Die Versuchung, Juli zu sehen, war zu groß. Noch einmal mit ihr sprechen, zum allerletzten Mal...

In dieser Nacht schlief er sogleich ein und erwachte ungemein erfrischt. Die Zukunft, wenn er es genau bedachte, lag ebenso düster wie gestern vor seinen Blicken, doch hatte der drückende Nebel aus Ermattung und Verzweiflung sich gehoben, und das Leben kam ihm nicht mehr so unerträglich vor.

Sogar das Wetter hatte sich gebessert. Als die Sonne immer höher stieg und die Temperatur ebenfalls, knatterten die Zeltvorhänge nicht mehr im Wind, auch Gräser und Bäume raschelten nicht mehr zermürbend und die wirbelnden Staubfahnen waren verschwunden. Endlich einmal war der Louh ausgeblieben; man fühlte sich so befreit, als wäre eine unaufhörlich geschlagene Trommel verstummt. Die Menschen waren weniger gereizt, überhaupt herrschte im Lager eine ganz veränderte Stimmung. Daß der Wind sich gelegt hatte, wurde als ebensolcher Segen empfunden wie die Aussicht auf einige Rasttage an einer Stelle, wo es sowohl Wasser als auch Schatten gab. Man genoß beides, und obschon gegen Nachmittag die Luft erstickend wurde und ganze Fliegenschwärme, bislang vom Wind fortgeblasen, sich überall niederließen, war es doch ein geringer Preis, den man für diesen ruhigen, stillen Tag zahlte.

Am Spätnachmittag regte sich immer noch kein Lufthauch, doch die Schatten wurden länger und die Hitzeschleier, die tagsüber den Umriß der Ufer verschwimmen ließen, verzogen sich, über das Wasser fuhr ein Lüftchen und wagte sich sogar zwischen die Zelte. »Draußen in der Ebene wird es kühler sein«, sagte Kaka-ji.

Dem war aber nicht so. Von den Bäumen und Äckern, die bis an den Fluß reichten einmal abgesehen, war das Gelände flach und steinig, die mäßig hohen Hügel ringsum hatten sich über Tag mit Hitze vollgesogen und strahlten diese nun ab wie Bügeleisen, die man vom Herd nimmt.

Den Reitern kam es vor, als näherten sie sich einem glühenden Ofen, als sie sich aus der mäßigeren Hitze und dem Schatten am Ufer entfernten, und die Ochsen, welche den Wagen zogen, trotteten nur unlustig voran. Eine Böe, die erste des Tages, wirbelte eine Staubsäule auf und jagte sie, mit Blättern untermischt, wie einen gespenstischen Riesenkreisel vor sich her. Gleich darauf erhob sich eine zweite, sank aber zwischen den Steinen in sich zusammen. Im übrigen herrschte Stille, und abgesehen von diesen Staubteufeln rührte sich weit und breit nichts.

Mulraj hatte als Ausgangspunkt für den Ausritt einen Ort gewählt, der eine Meile außerhalb des Lagers lag; am Vormittag war er mit einigen seiner Offiziere und einem Einheimischen auf Erkundung geritten und hatte nebenbei einiges Wild für die Küche geschossen. Dabei hatte er diesen Platz gefunden, der ihm geeignet schien, weil er vom Lager und den Dörfern aus nicht einzusehen und auch weit vom nächsten Weg entfernt war. Der Einheimische sagte, früher einmal hätten hier Menschen gelebt, doch sei das lange her; der Fluß habe seinen Lauf geändert und es sei kein Wasser mehr dagewesen. Niemand jage mehr in dieser Gegend. Man träfe des Abends kein Wild an, weil es gegen Sonnenuntergang zum Wasser und weiter in die Felder ziehe.

Die Prinzessinnen und eine von Shushilas Hofdamen verließen das Lager im Ochsenwagen; ihre Pferde wurden von einem älteren Reitknecht nachgeführt, den wiederum zwei graubärtige Leibwächter begleiteten. Ash, Kaka-ji und Mulraj ritten voraus. Jhoti hatte mitkommen wollen. Er fühle sich wohl genug, sagte er, Gobind zeigte ihm jedoch ein fesselndes neues Spiel, das mit bunten Pflöckchen gespielt wurde, und so blieb Jhoti im letzten Moment doch zurück, weil er plötzlich fand, es sei zum Reiten zu heiß. Shu-shu und Kairi sollten ohne ihn fahren.

Der Wagen hielt in einem von Felsen gebildeten natürlichen Halbrund. Die Begleiter wandten sich diskret weg, als die Damen ausstiegen und die Reitgesellschaft ins ebene Gelände vondannen ritt. Ash hatte befürchtet, Shushila könnte wegen der Abwesenheit Jhotis darauf bestehen, daß alle beieinander blieben. Zum Glück erwies Kaka-ji sich als trefflicher Ersatzmann. Der alte Herr trottete neben ihr her und machte ihr die artigsten Komplimente, gab auch diesen und jenen nützlichen Rat und schwätzte über Vorfälle im Lager, während Mulraj sich wie üblich in der Nähe hielt. Für Ash und Juli war es daher so leicht wie ehedem voranzureiten, doch kam Ash nicht dazu, von Jhoti zu sprechen, denn kaum waren sie außer Hörweite, begann Juli:

»Warum hast du dich so lange von uns ferngehalten? Es kann nicht die Arbeit gewesen sein, die dich verhinderte, und krank warst du auch nicht. Geeta hat sich erkundigt. Irgend etwas stimmt nicht, Ashok, was ist es?«

Ash war überrascht und zauderte. Juli fragte immer sehr direkt, das hätte er bedenken und eine Antwort bereit haben müssen, die sie zufriedenstellte. Jetzt konnte er sich keine mehr ausdenken, auch war er versucht, ihr die Wahrheit zu sagen. Dieser Impuls war plötzlich so stark, daß er die Zähne zusammenbeißen mußte, um sich am Reden zu hindern. Dies entging Anjuli nicht, denn zwischen ihren Brauen erschien eine Falte.

Ash war gerührt von der Trauer in ihrem Gesicht und dachte: Wüßte ich nicht schon, daß ich sie liebe, jetzt spätestens merkte ich es allein an dem Schmerz, den mir diese kleine Verfinsterung ihres Gesichts verursacht. Wieder hätte er alles darum gegeben, ihre Stirn glätten und ihr sagen zu dürfen, daß er sie liebe und sie nach Kräften vor allem Ungemach bewahren wolle. Weil er sich das aber verbot, flüchtete er sich in Zorn und sagte wütend, er habe Wichtigeres zu tun, als herumzusitzen und Konversation zu machen; sie habe es vielleicht nicht bemerkt, doch sei bereits zweimal versucht worden, ihren Halbbruder zu ermorden, das zweite Mal mit Gift, vor wenigen Tagen.

Auf diese Art hatte er ihr das nicht beibringen wollen, und als er sah, wie sie vor Schreck erbleichte, schämte er sich. Doch die Worte waren nun mal gesagt, und weil man den Schlag nicht nachträglich mildern konnte, erzählte er ihr alles genau und ohne etwas auszulassen. Darauf sagte sie nur: »Das hättest du mir gleich sagen müssen, nicht erst jetzt, wo mir nur noch wenige Tage bleiben.«

Das war genau, was er selber dachte, wenngleich es ihm nicht sofort eingefallen war. Mulraj übrigens auch nicht, es sei denn, Mulraj war jede Hilfe willkommen, von wie kurzer Dauer auch immer. Anjuli aber beurteilte die Lage sogleich richtig, und die Falte grub sich noch tiefer zwischen ihre Brauen, wenn jetzt auch nicht mehr Ashs, sondern Jhotis wegen. Sie wirkte bleich und angegriffen. Er sah erst jetzt die dunklen Schatten unter ihren Augen. Ob sie ebenfalls keinen Schlaf fand?

»Entschuldige, Juli«, sagte er und dachte sogleich: das ist wirklich eine alberne Ausdrucksweise. Mit einer so mechanisch höflichen Floskel konnte man aufwarten, wenn man versehentlich eine Teetasse umstieß oder jemand im Gedränge anrempelte. Doch was sollte er sagen? Er bedauerte das alles wirklich zutiefst und von Herzen, und er bedauerte noch viel mehr als nur die Sache mit Jhoti. Das Schlimmste war wohl, daß er ihr die Hälfte jenes Talismans zurückgegeben hatte, denn andernfalls...

Shushilas Lachen wurde vom Wind bis zu ihnen getragen, und wenn sie nicht schneller ritten, würden sie bald eingeholt sein. Unwillkürlich hatte er die Gangart verlangsamt, als er ihr berichtete. Er sagte drängend: »Komm!« Sie galoppierten auf eine Lücke zwischen den Hügeln zu und fanden sich gleich dahinter in einem schattigen Tal.

Hier war der Boden weniger steinig, die umgebenden Hänge aber aus Fels. Gestürzte Blöcke bildeten Höhlen, deren einige früher einmal Menschen oder Viehherden als Behausung gedient hatten, denn der Fels wies Spuren von Feuern auf und der Boden Reste von Kuhfladen, die getrocknet und von Käfern schon fast beseitigt waren. Ash schaute sich prüfend um, doch deutete nichts auf die Anwesenheit von Menschen. Er zügelte sein Pferd. Obwohl niemand sie hier hören konnte, schwieg er, und auch Anjuli sagte nichts.

Der Schatten, den der Hügel zur Rechten warf, bedeckte das Tal zu zwei Dritteln, und obwohl die zunächst gelegenen Kuppen noch im hellen Licht standen und die Tageshitze zurückstrahlten, war es hier doch kühler als draußen in der Ebene. Der Wind, der Staubsäulen aufwirbelte, wehte jetzt stärker, und als er durch den Talkessel strich, trocknete er den Schweiß zwischen den Schulterblättern und machte der heißen, brütenden Stille ein Ende. Vor ihnen färbte der Himmel sich schon grün im Abendlicht, und die Kuppen sahen nicht mehr löwenfarben aus. Sie strahlten in allen Rotschattierungen, wo das Sonnenlicht noch hinreichte und sich die Schatten schon verdichteten, waren sie tiefblau und violett. Doch dafür hatte Ash keinen Blick...

Er schaute Juli an in dem Bewußtsein, daß er nie wieder mit ihr allein sein und sie nach Herzenslust ansehen könnte, auch wenn er sie in den kommenden Tagen und während der Hochzeit noch oft genug zu Gesicht bekommen würde.

Sie trug wie stets auf diesen Ausritten Männerkleidung, Hosen und einen dreiviertellangen engen Leibrock. Ein Turban aus Musselin bedeckte die Haare und ließ die Stirn fast frei. Diese strenge Kopfbedeckung unterstrich die Schönheit ihrer Züge, lenkte die Aufmerksamkeit auf die anmutige Linie von Wangen und Kinn und unterstrich den weiten Abstand zwischen den Augen. Die dunkle Farbe des Turbans – ein Rubinrot – brachte den Elfenbeinton der Haut besonders zu Wirkung und entsprach in der Schattierung genau der Farbe der Lippen und dem Kastenmal zwischen den Brauen. Sie saß hoch aufgerichtet im Sattel, die Schultern schlank und schmal, doch eckig, ganz anders als die hängenden Schultern von Shushila.

Ein zufällig Vorüberkommender hätte Juli für einen ansehnlichen Jüngling gehalten, denn sie trug den Kopf wie ein Mann und nicht bescheiden gesenkt, wie es einer wohlerzogenen Frau zukam. Ash fand, daß diese Kleidung ihre weibliche Anmut mehr hervorhob als der weichfallende Sari. Der strenge Schnitt des Rockes ließ ihren Busen erkennen, der unter dem Sari verborgen blieb, die schmale Taille und die runden Hüften gehörten nicht einem Jüngling, die Hände allerdings hätten Knabenhände sein können. Ash fand, daß vieles von ihrem Charakter sich in diesen Händen ausdrückte. Er schaute sie an, wie sie jetzt reglos auf der Mähne des Pferdes lagen, die Zügel um die kräftigen Finger geschlungen. Verläßliche Hände...

Jhoti hatte er ganz vergessen. Anjuli aber nicht, und als sie sprach, klang es, als rede sie zu sich selber: »Dahinter steckt Nandu, denn wer sonst könnte von Jhotis Tod einen Nutzen haben? Wer hätte ein Motiv, ihn zu töten? Im Lager wimmelt es von Nandus Gefolgsleuten, wenn ich auch nicht glauben mag, daß alle bereit wären, ein Kind zu ermorden. Aber dazu braucht man nur einen, vielleicht zwei, und solange wir nicht wissen, wer die sind, wie sollen wir Jhoti schützen? Wir müssen einige absolut verläßliche Männer auswählen und dafür sorgen, daß einer davon immer um ihn ist.«

Dann wandte sie sich Ash zu. »Wer außer dir und Mulraj und Gobind Dass weiß davon?«

»Niemand.« Ash erklärte, aus welchen Gründen man den ersten Anschlag vertuscht und erst jetzt sie und Gobind ins Bild gesetzt hatte. Anjuli nickte und sagte nachdenklich: »Ja, das war schon richtig. Wenn Shu-shu davon erfährt, bekommt sie es mit der Angst. Sie würde nicht glauben, daß Nandu es nur auf Jhoti abgesehen hat, sondern annehmen, er wolle die ganze Familie ausrotten. Mein Onkel würde dir glauben, aber was könnte er tun? Und wüßte er Bescheid, er könnte sich vor Shu-shu nicht verstellen, auch vor Jhoti nicht. Doch gibt es Menschen, denen wir vertrauen können, Geeta zum Beispiel. Auch Jhotis Leibdiener Ramji, der ihm seit seiner Geburt dient und dessen Frau, die zu meinen Dienerinnen gehört. Und Ramji seinerseits weiß bestimmt, wem von den anderen Dienern man trauen darf. Laß uns jetzt nachdenken...«

Sie ließen die Pferde nach Belieben umhergehen, von einem Büschel vertrockneten Grases zum nächsten und überlegten unterdessen, wie man den Mord an einem Kinde verhindern könnte. Hinter ihnen wurde der Himmel immer dunkler. Plötzlich fuhr neuerlich eine Böe durch den Talkessel, diesmal aber eine sehr viel stärkere. Sie führte eine dichte Staubwolke heran und riß Juli den Turban vom Kopf. Ihr Haar löste sich, wurde vom Wind gezaust wie Algen in starker Strömung, die Pferde warfen den Kopf zurück und schnaubten.

»Höchste Zeit umzukehren«, sagte Ash. »Binde dein Haar fest, sonst kannst du nichts sehen. Hier –«

Er holte sein Taschentuch hervor, reichte es ihr, wendete sein Pferd und sagte halblaut auf Englisch: »Gütiger Gott!«

Beide waren zu sehr in Gedanken gewesen, um auf ihre Umgebung zu achten. Keiner bemerkte, wie verdächtig rasch die Dunkelheit eingefallen war. Vor ihnen war der Himmel klar und hell gewesen, und auch jetzt lag das Licht noch golden auf den höchsten Hügelkuppen. Hinter ihnen aber war alles düster. Ein dunkelbrauner bauschiger Vorhang schien von einem Ende des Horizonts zum anderen gespannt und näherte sich so rasend schnell, daß er schon den Eingang zum Talkessel erreichte. Der Wind, der ihn vor sich hertrieb, war nicht mehr eine Folge von Böen, sondern ein ausgewachsener Sturm, man roch schon den Staub und sah, wie der Himmel sich braun färbte. Das kommt ja viel zu früh! dachte Ash benommen, um einen vollen Monat zu früh! Er stierte in den näherkommenden Staubsturm und traute seinen Augen nicht.

Juli sagte nur: »Shushila!« und es klang, als unterdrücke sie ein Schluchzen.

Sie ließ die Hände sinken. Das Taschentuch, das sie um ihr Haar hatte binden wollen, entfiel ihren Händen und wurde fortgewirbelt. Dann packte sie die Zügel und sprengte schnurstracks gegen die Mauer aus Dunkelheit, welche jenen Teil der Ebene zu versperren schien, wo sie Shushila zurückgelassen hatten. Ash indessen hatte sich gefaßt und verlegte ihr den Weg. Bislang hatte er Baj Raj höchstens ganz leicht mit den Sporen gekitzelt, doch gebrauchte er sie jetzt wirklich. Der Hengst holte Anjulis Stute schnell ein und drängte sie ab, zurück in den Talkessel.

»Nein!« rief Anjuli, »nein, ich muß zu Shushila!«

Sie suchte ihr Pferd anzuspornen, doch Ash schlug ihr mit der Peitsche über die Handgelenke und schrie: »Sei keine Törin! Mulraj kümmert sich schon um sie!« Und wieder benutzte er die Peitsche. Diesmal schlug er das Pferd, das aber aus eigenem Antrieb in dieselbe Richtung strebte wie Ash, denn es war nie zuvor einem solchen Unwetter ausgesetzt gewesen. Anjuli begriff, daß Ashok recht hatte: in das Zentrum eines solchen Sturmes hineinzureiten, wäre der helle Wahnsinn, man wäre selber hilflos gewesen und hätte niemandem beistehen können. Schließlich war Mulraj bei Shu-shu. Er und die anderen würden alles notwendige tun, wahrscheinlich waren sie längst im Lager und in Sicherheit.

Anjuli hatte nie zuvor einen Staubsturm gesehen, sie begriff aber instinktiv, daß man Schutz davor suchen müsse, also beugte sie sich tief über den Hals des Pferdes, um diesem die Last zu erleichtern und sich selber vor dem Wind zu schützen. Ihr Haar wirbelte in langen Strähnen um den Kopf. Sie folgte so gut sie konnte Ash, der auf dem Herweg eine Höhle bemerkt hatte, deren Eingang noch im vollen Licht lag, andernfalls wäre sie ihm nicht aufgefallen. Sie mußte ungefähr eine Meile voraus liegen. Man hatte die Pferde in jene Richtung gehen lassen und etwa die halbe Entfernung auf diese Weise schon zurückgelegt.

Ash hatte, ohne es eigentlich zu bemerken, mit dem geübten Auge des Kundschafters erkannt, daß der Eingang der Höhle mit Lehmziegeln teilweise vermauert war und Zugang nur für einen einzelnen Menschen oder ein Tier bot; das schwarze Rechteck des offenen Einganges und der gebleichte Lehm hoben sich vom Fels deutlich ab, und Ash hatte längere Zeit hingeschaut, weil er sich davon überzeugen wollte, daß niemand in der Höhle war. Es rührte sich aber weder im Talkessel, noch zwischen den Hügeln etwas, und weil es jetzt Zeit wurde, die Abendmahlzeit zu bereiten, hätten etwa hier hausende Menschen schon Feuer entzündet. Dies war nicht geschehen. Die Schatten wurden länger. Ash richtete seine ganze Aufmerksamkeit wieder auf Juli, und erst als ihm klar wurde, daß sie in ein Unwetter geraten waren, fiel ihm die Höhle wieder ein.

Es gab andere, näher gelegene Höhlen, doch war unmöglich zu sagen, ob diese tief genug waren, um Schutz zu bieten gegen einen solchen Sandsturm, wohingegen eine Höhle, deren Eingang vermauert worden war, vermutlich groß genug war, eine solche Mühe zu lohnen, also auch mehr Schutz vor dem stäubenden Sand bieten würde. Es kam nur darauf an, hinzugelangen; schon wirbelten Blätter und Grashalme durch die Luft, die mit jeder Sekunde dicker und undurchdringlicher wurde.

Wäre die Talsohle nicht frei von Geröll gewesen, sie wären wohl nicht mehr rechtzeitig ans Ziel gelangt, die Pferde wären gestürzt oder Buschwerk hätte sie aufgehalten. So aber bestand das eigentliche Kunststück darin, die Pferde unterhalb der Höhle zum Stehen zu bringen. Ash, der voranritt, riß den Hengst im letzten Moment mit aller Macht zurück, so daß er auf die Hinterhand stieg, ließ sich aus dem Sattel fallen und erwischte gerade noch Anjulis Pferd, das sie aus Leibeskräften zu zügeln suchte.

Die Stute kam ebenfalls zum Stehen. Anjuli taumelte aus dem Sattel, fing sich aber gleich und lief hinter dem Hengst her, der mit schleifenden Zügeln ziellos im Kreis ging. Sie führte ihn durch den schmalen Eingang in die Höhle, und gleich darauf folgte Ash mit Anjulis Stute.

Es war zu dunkel, um einen Eindruck von der Beschaffenheit der Höhle zu bekommen, doch das Echo der Hufschläge deutete darauf hin, daß sie geräumig war. Es war allerhöchste Zeit. Noch beim Betreten der Höhle hatte der Sturm sie eingeholt, sich wie ein brauner Vorhang vor den Eingang gelegt, und ein wahrer Malstrom aus wirbelndem Sand tobte hexenhaft heulend durch den Talkessel und nahm das letzte Licht.

Dieses Heulen war auch hier drinnen zu hören, ein hohler, greller Ton, der von überall zugleich zu kommen schien. Staub drang zum Eingang herein, und die Luft war kaum noch zu atmen. Anjuli hustete erstickend.

Sie hörte, daß Ash ihr etwas zurief, verstand seine Worte aber nicht, denn sie lösten ein vielfaches Echo aus. Dann fühlte sie seine Hand auf ihrem Arm und hörte ihn sagen: »Zieh deinen Rock über den Kopf und geh so weit hinein in die Höhle, wie du kannst.« Er wischte ihr seidiges Haar weg, das er zwischen den Lippen fühlte, und sagte: »Gib acht, Larla, daß du nicht stolperst und fällst.«

Der vertraute alte Kosename kam ihm ungewollt über die Lippen. Er wußte nicht, daß er ihn gebrauchte, denn er hatte an anderes zu denken, vornehmlich an die Pferde, die rückwärts gehend dem Staub zu entkommen trachteten. Sie konnten jeden Moment in Panik geraten, im Dunkeln auskeilen und sich selber verletzen, wenn nicht gar Juli oder ihn. Und lahmten die Pferde, würde man zu Fuß ins Lager zurückgehen müssen. Was unterdessen dort geschah, daran wollte er lieber nicht denken. Es hatte ja auch keinen Sinn, sich um Dinge zu sorgen, auf die er keinen Einfluß nehmen konnte. Er konnte jetzt nur die beiden Pferde beruhigen.

Sein Taschentuch hatte er Juli gegeben, es blieb also nichts übrig, als das Hemd in Streifen zu reißen, und das tat er denn auch, erst mit den Zähnen, dann mit den Händen. Er befestigte einen Tuchstreifen vor Nase und Mund. So, durch einen Filter, atmete es sich leichter. Die Augen hielt er geschlossen, um sie vor Staubkörnern zu schützen. Er tastete sich zu den Pferden hin, redete beruhigend auf sie ein, nahm die Zügel hoch, damit sie nicht darüber stolperten, und band ihnen schließlich mit weiteren Streifen von seinem Hemd locker die Vorderbeine über den Fesseln zusammen, wie das in Indien seit je üblich ist; die Tiere können sich gerade genug bewegen, um Futter zu suchen, sich aber nicht weit entfernen.

Dies getan, machte er sich daran, die Höhle zu erkunden, um zu sehen, wie tief sie in den Berg führte, ob die Luft weiter drinnen besser war und einigermaßen frei von Staub.

Der Wind fuhr schräg in den Talkessel, er stand nicht auf dem Eingang der Höhle, auch tat ein Felsvorsprung oberhalb des Zuganges ein übriges, dem Wind die volle Wirkung zu nehmen. Doch den Eingang selber konnte man nicht abdichten, Staub wurde hereingedrückt wie Dampf aus der Tülle eines Wasserkessels. Je weiter man vom Eingang wegkam, desto besser. Ash tastete sich der Wand entlang in die Dunkelheit. Nach etwa zwanzig Metern berührte er etwas Metallisches: in die Wand waren eiserne Haken getrieben worden, vermutlich von eben jenem Menschen, der auch den Eingang vermauert hatte. Ash begriff nicht, wozu sie dienen sollten. Es waren insgesamt fünf in absteigender Linie nebeneinander. Übrigens mochte es weiter oben in der Wand noch mehr geben, die er nur nicht erreichen konnte. Vier jedenfalls waren in brauchbarer Höhe angebracht. Ash segnete in Gedanken den Unbekannten, der das getan, denn das Eisen war zwar stark angerostet und ein Haken brach unter seinem Zugriff ab, doch die anderen konnten ihm von Nutzen sein; in diesem Teil der Höhle war die Luft erheblich besser, man vermochte hier freier zu atmen.

Er tastete sich zu den Pferden zurück, mache Baj Raj los, führte ihn tiefer in die Höhle und band ihn an einen jener Haken. Er redete noch einmal beruhigend auf das Tier ein, bis es aufhörte, zu zittern und ruhig stand. Als Ash auch die Stute an einen Haken gebunden hatte, wischte er den Staub von den Lidern und öffnete sie einen Spaltbreit, um zu sehen, ob der Sturm nachließ. Der Eingang hob sich aber kaum von der Dunkelheit in der Höhle ab, und der Wind fuhr immer noch mit dem Getöse und der Geschwindigkeit eines Expreßzuges durch den Talkessel.

Das kann noch lange dauern, dachte Ash und wünschte, er hätte aufmerksamer zugehört, als die Einheimischen über das Klima von Radschputana sprachen und auch Sandstürme erwähnten. Doch nach übereinstimmender Ansicht war damit erst in vier Wochen zu rechnen, also fragte er weiter nicht nach, sondern gab sich damit zufrieden, daß der Zug davon frühestens nach den Hochzeitsfeierlichkeiten betroffen werden würde, und dann könnte man weitersehen. Nun bereute er, nicht wenigstens gefragt zu haben, wie lange es für gewöhnlich dauere, bis ein solcher Sturm sich ausgetobt habe: Stunden oder nur Minuten?

Es kam ihm vor, als heule dieser Sturm schon seit einer guten Stunde. Das konnte aber unmöglich der Fall sein, wie er sich jetzt ausrechnete. Zehn Minuten etwa hatte es gedauert, bis er, Streifen seines Hemdes als Schutzmaske vor dem Gesicht, die Haken entdeckt und die Pferde hierher geführt hatte. Höchstenfalls eine Viertelstunde. Doch selbst aller Staub in Radschputana konnte einem Sturm wie diesem unmöglich länger als eine Viertelstunde Nahrung geben. Es sei denn, der Wind kreiselte – und auch das war etwas, was er nicht wußte. Irgendwann einmal mußte er sich legen, soviel war gewiß. Verlor er an Gewalt, senkte sich der Staub wieder, und alles war vorüber. Aber nicht vor Einbruch der Nacht, wenn es so weiterging.

Ash hatte eine Uhr bei sich, doch da er seit dem Ausritt aus dem Lager nicht mehr darauf geschaut hatte und in der Dunkelheit nichts erkennen konnte, nützte sie ihm nichts. Nun kam ihm der Gedanke, es müsse nicht allein der Sandsturm sein, der es fast unmöglich machte, den Eingang zu erkennen; vielleicht war es draußen schon dunkel, denn eine Dämmerung wie in Europa gab es hier nicht. Die Nacht fiel plötzlich ein, und das hieß, den Rückweg im Finstern durch unbekanntes Gelände suchen, einen Weg, der sich zwischen den Hügeln hindurchwand wie durch ein Labyrinth.

Mulraj wird nach uns suchen lassen, überlegte Ash, mehr hoffend als zuversichtlich; wahrscheinlicher war, daß Mulraj und seine Leute im Lager alle Hände voll zu tun hatten, denn dort dürfte ein unvorstellbares Chaos herrschen. Vor Tagesanbruch würde man nach ihnen nicht suchen lassen, und mit etwas Glück würden er und Juli dann ohnehin zurück sein. Solange es stürmte, mußten sie jedenfalls hier bleiben.

Er löste den Filter von Mund und Nase und prüfte die Luft. Sie war sehr viel besser als erwartet; und weiter hinten in der Höhle würde sie noch besser sein, zumal in den von der Haupthöhle abzweigenden Seitenhöhlen, die es, dem Echo nach zu schließen, ebenfalls geben mußte. Auch war es hier angenehm kühl. Die Hitze drang nicht so tief in den Boden ein, und verglichen mit der Außentemperatur war es geradezu kühl – hoffentlich erkältete Juli sich nicht. Schließlich trug sie nur den engen Leibrock aus feiner Baumwolle und vermutlich nichts darunter.

Er rief sie, und wiederum füllte ein vielfaches Echo die Höhle. Es war, als riefen ein Dutzend Stimmen von überall her zugleich, manche nah, manche fern, und zu verstehen war kein Wort. Das Echo verstummte, der Wind aber heulte weiter, so daß Ash nicht wußte: hatte Juli ihm geantwortet oder nicht? Plötzlich sah er ein Dutzend Schreckensbilder zugleich – was konnte ihr nicht alles zugestoßen sein! Sein Herz zog sich angstvoll zusammen. Er hatte zwar gesagt, sie solle vorsichtig sein, was aber, wenn im Felsboden eine Spalte klaffte? Oder ein Brunnen? War nicht denkbar, daß man sich in einem Labyrinth von Höhlen befand, in welchem ein tastender Wanderer ohne Licht sich rettungslos verirren mußte? Und weiter angenommen, es gab hier Schlangen...?

Von Angst gejagt, stürzte er voran in die Dunkelheit, mit den Händen tastend und rufend: »Wo bist du? Antworte, Juli!« Wie zum Hohn antwortete das Echo von rundum und machte zusammen mit dem Tosen des Sturmes einen betäubenden Lärm: Juli... Juli... Juli...

Er glaubte, sie antworten zu hören, wußte aber nicht, von wo. Er hätte sein Seelenheil in diesem Moment für Licht und Stille verkauft. So sehr er auch lauschte, er hörte nichts als das Heulen des Sturmes und das Echo seiner Stimme, das ihn schier zum Irrsinn trieb, er taumelte blindlings mit ausgestreckten Armen in die Schwärze und fühlte nur Fels, Erde, Leere.

Offenbar war er, ohne es zu merken, der Wand entlang um eine Biegung gegangen, denn plötzlich ebbte das Getöse des Windes ab, so als wäre hinter ihm eine Tür geschlossen worden, und die Luft war frei von Staub. Er hörte kein Geräusch, die Schwärze war immer noch undurchdringlich, doch er wußte plötzlich: Juli hatte ihm geantwortet, sie war hier, denn in der abgestandenen Luft roch es schwach nach Rosenblättern. Er ging in die Richtung dieses Duftes und schloß Juli in die Arme.

Arme, Schultern, Busen und die schmale Taille lagen glatt und nackt an seiner bloßen Brust, denn den Rock, den sie zum Schutze vor dem Staub über den Kopf gezogen hatte, hatte sie heruntergerissen, als sie nach ihm rief, und nicht wiedergefunden. Ihre Wange war naß von Tränen, als er sie gegen die seine preßte, sie atmete stoßweise und keuchend, als wäre sie lange gelaufen. Sie hatte seinen Ruf gehört, war ihm nachgegangen, weil sie ihn für einen Hilferuf hielt, hatte die Richtung verloren oder sie des Echos wegen nie gekannt; so suchte sie ihn schluchzend und rufend in der Dunkelheit und stieß sich immer wieder an kantigem Gestein. Sie klammerten sich minutenlang aneinander, wortlos, reglos, dann küßte Ash sie.

24

Wäre der Sandsturm nicht so rasend schnell heraufgezogen... hätten sie ihn zeitiger bemerkt... wäre die Höhle kleiner gewesen und hätten sie dort etwas sehen oder hören können...

Solche Gedanken kamen Ash später, und er fragte sich, ob dann wohl alles anders verlaufen wäre? Möglich. Falls allerdings Onkel Akbar, sein Pate, recht hatte, dann nicht. Onkel Akbar und Koda Dad hatten ihm immer wieder versichert, der Mensch werde mit einer Bestimmung geboren, der er nicht entgehen könne.

»Was geschrieben steht, steht geschrieben.« Wie oft hatte er Koda Dad dies sagen hören? Und vor ihm hatte Onkel Akbar dasselbe gesagt – einmal, als sie vor dem Tiger standen, den der Onkel nach stundenlangem Ansitz geschossen hatte, ein andermal im Hofe der Moschee von Delhi, als zwei Gläubige im Gedränge von der Mauer zu Tode stürzten und Ash eine Erklärung verlangte. Im Augenblick allerdings schien es müßig, den Widerspruch zwischen freier Willensbetätigung und Vorherbestimmung näher zu untersuchen, denn Tatsache war: er hatte den Sturm nicht rechtzeitig heraufkommen sehen, und weil die Höhle, in der er mit Juli Zuflucht suchte, dunkel, weitläufig und voller Echos war, ließ ihn der Gedanke, Juli könne etwas zugestoßen sein, vor Angst außer sich geraten.

Hätte er nicht den Kopf verloren, er wäre seinen guten Vorsätzen vielleicht treu geblieben; sie hätten das Ende des Sturmes abgewartet, ohne einander zu berühren und wären zum Lager aufgebrochen, sobald der Wind sich legte. Hätten sie dies getan, sie hätten Kaka-ji und den Ochsenwagen verfehlt, wären arglos zurückgekehrt, zum Gegenstand eines Skandals geworden und hätten die schlimmsten Vorwürfe zu hören bekommen.

Tatsächlich wußten sie nicht, wie lange der Sturm tobte, es mochte eine Stunde vergangen sein oder auch zwei. Sie ahnten nicht, wieviel Zeit verstrich, und nicht einmal die Stille oder der Umstand, daß sie einander flüsternd verstanden, bewirkte, daß sie sich dessen bewußt wurden.

»Dies habe ich nicht gewollt«, murmelte Ash, und es war die Wahrheit. Doch die geringe Chance, zu unterlassen, was er sich verboten hatte, wurde zunichte, als Juli die Arme um ihn schlang und sich an ihn preßte. Dann hatte er sie geküßt.

Nicht zärtlich, sondern hart und gewaltsam, doch obschon er ihre Lippen zerbiß und ihr den Atem benahm, wich sie nicht zurück, sondern drängte sich nur enger an ihn. Es lag etwas von Verzweiflung darin, wie sie sich aneinander preßten, wie Feinde fast, willens, Schmerzen zuzufügen und vom anderen zu empfangen.

Als die Angst verging, entspannte sich Julis Körper, und sie lag locker und sanft in seinem Arm. An die Stelle von Verzweiflung trat allgemach Wonne, die alle Nerven und Fasern ihres Körpers durchdrang. Ihre Tränen waren wie Salz auf Ashs Zunge. Er fühlte, daß ihr Haar sein Gesicht einhüllte, lange seidige Strähnen, die nach Rosen dufteten und wie Federn an ihm hafteten, als hätten sie einen eigenen Willen. Ihr Mund war nicht mehr verkrampft von Angst, die Lippen gierig und unglaublich süß; er küßte sie wieder und wieder, bis sie sich schließlich unter seinem Munde öffneten und er vor Begierde bebte.

Er hätte sie auf der Stelle dort auf den Boden gebettet, doch hörte er auf, sie zu küssen und stellte statt dessen eine Frage, die unter diesen Umständen recht überflüssig war. Doch er war in der tintenschwarzen Dunkelheit von Panik überkommen worden, und weil er wußte, daß es Juli nicht anders ging, mußte er sich überzeugen, daß ihre leidenschaftliche Erwiderung seiner Küsse nicht das Resultat des überstandenen Schreckens war. Deshalb zwang er sich, in schroffem Ton zu fragen: »Liebst du mich, Juli?«

Das vielfache Echo warf seine Worte zurück: Liebst du mich? liebst... liebst... Anjuli lachte leise, doch so zärtlich, daß sein Herzschlag aussetzte, und flüsterte ihm ins Ohr, leise genug, um kein Echo hervorzurufen: »Wie kannst du so fragen, wenn du doch wissen mußt, daß ich dich mein Leben lang geliebt habe. Ja, immer schon, von Anfang an.«

Ash umklammerte ihre glatten Schultern, schüttelte sie grob und fragte: »Als deinen Bruder, ja, aber was soll mir das? Ich will dich zur Geliebten, zur Frau. Ich will dich ganz, ganz für mich, auf immer. Liebst du mich so? Tust du das, Juli?«

Sie schmiegte die Wange an den Rücken der Hand, die ihre Schulter gepackt hielt, strich sanft darüber und sagte deutlich betont, so als rezitiere sie ein Gedicht oder spreche ein Glaubensbekenntnis: »Ich liebe dich und habe dich immer geliebt. Und ich werde dich immer lieben. Liebte ich dich anfangs als Bruder, so wartete ich doch nicht auf einen Bruder, während ich heranwuchs und Frau wurde, sondern auf einen Liebenden. Und – und –« Sie schmiegte ihre Wange jetzt an die seine, und er spürte ihre starren Brustwarzen wie Fingerspitzen auf seiner bloßen Haut. »Eines weißt du nicht – als du wiederkamst, liebte ich dich, bevor ich wußte, wer du bist. Als du mich aus dem umgestürzten Wagen zogst und ich in deinen Armen lag, während wir auf meine Frauen warteten, konnte ich kaum atmen, so heftig klopfte mein Herz. Und ich schämte mich, denn ich hielt dich für einen Fremden. Doch mein Blut erwachte, als du mich so hieltest, und ich wünschte, du möchtest mich enger an dich pressen – so –« Sie zog ihn enger an sich, küßte seine Wange und wisperte bebend: »Ah, mein Geliebter, liebe mich, liebe mich jetzt, bevor es zu spät ist.«

Das Flüstern endete in einem Seufzen, als Ash ihre Schulter losließ, sie um den Leib faßte und mit ihr auf den Boden sank. Der trockene, silbrig glänzende Sand war glatt und weich, und Julis schwarzes Haar breitete sich darüber wie ein seidenes Kissen. Sie spürte, wie Ash das einzige Kleidungsstück entfernte, das sie noch am Leibe trug, wie seine Hände über sie hinstrichen, warm, fest, ihrer Sache sicher. Nur einen flüchtigen Moment empfand sie Angst, das ging aber so rasch vorüber, wie es gekommen war, und als er sagte: »Jetzt tue ich dir weh«, umklammerte sie ihn nur desto fester und gab keinen Laut von sich, als er mit liebender Grausamkeit ihre Jungfernschaft zerstörte.

»Das habe ich nie gewollt«, murmelte Ash – doch da waren Stunden vergangen – wie viele, wußte keiner von beiden – und es war wieder und wieder geschehen...

»Ich schon«, flüsterte Juli, die ganz entspannt in seiner Ellenbogenbeuge lag, den Kopf an seine Schulter gebettet.

»Seit wann, Larla?«

Juli antwortete nicht gleich, und Ash dachte bereits an anderes; es war eine müßige Frage, denn er machte schon Pläne. Er suchte sich die Meßtischblätter vorzustellen, die er auf dem Marsch fast täglich eingehend betrachtete und überlegte, welches der günstigste Fluchtweg sei. Je schneller sie aus Radschputana herauskamen und überhaupt aus dem Süden, desto besser. Pferde hatten sie, aber kein Geld... Geld brauchten sie unbedingt, doch ins Lager zurück konnten sie nicht. Er spürte, wie Juli den Kopf bewegte, und der kühle Edelstein in ihrem Ohr erinnerte ihn daran, daß sie heute einen Rubinschmuck trug, taubenblutfarben und in Gold gefaßt, nicht nur im Ohr, sondern auch an ihrem Leibrock als Knöpfe. Fing man es geschickt an, konnte man dafür eine schöne Summe Geldes bekommen, überdies die Stücke einzeln verkaufen, je nach Bedarf.

»Seit einem Monat etwa«, beantwortete sie endlich seine Frage, »wenn auch nicht so. Konnte ich denn ahnen, daß die Götter einen Sandsturm senden würden, vor dem wir gemeinsam in einer Höhle Zuflucht suchen müssen? Du wirst mich für schamlos halten, aber ich hatte mir vorgenommen, zu dir ins Zelt zu kommen und dich darum zu bitten... falls du nicht bereit gewesen wärest, mich zu nehmen... ich war verzweifelt und dachte, wenn nur...«

Ash, unvermutet aus seinem Planen aufgeschreckt, fragte: »Wovon sprichst du?«

»Vom Rana«, sagte Juli bebend. »Den Gedanken, mein Mädchentum an ihn zu verlieren, an einen Fremden, den ich weder kenne noch liebe und der auch mich nicht liebt, sondern nur von seinen Rechten Gebrauch machen würde... um seine Lust zu stillen und Söhne zu zeugen, ein alter Mann und ein ganz fremder obendrein...«

Wieder erbebte sie krampfhaft; Ash preßte sie an sich und sagte: »Nicht doch, Larla, du brauchst nicht mehr an ihn zu denken. Nie mehr.«

»Und doch muß ich!« widersprach Juli mit unsicherer Stimme. »Nein – laß mich jetzt reden. Du mußt verstehen. Ich wußte von allem Anfang an, daß ich mich ihm würde unterwerfen müssen, auch daß er mich gebrauchen würde, selbst wenn er mich nicht begehrenswert findet. Ich bin eine Frau, und er will unbedingt Söhne haben. Dem konnte ich nicht entgehen. Aber daß er der Erste und auch der Letzte sein sollte, daß ich ohne Liebe genommen werde und mich mit Widerwillen hingebe, daß ich nie wissen würde, wie es ist, bei einem zu liegen, den ich liebe und es zu genießen, Frau zu sein – das war es, was ich nicht ertragen konnte, und aus diesem Grunde, geliebtes Herz, wollte ich dich bitten, mich davor zu bewahren, wenn es denn sein müßte. Jetzt aber hast du es aus Eigenem getan, und ich bin glücklich darüber. Niemand kann mir diese Stunden nehmen, niemand sie beschmutzen. Und wer weiß – die Götter sind mir vielleicht noch einmal gnädig –, und ich habe vorhin empfangen. Ich werde darum beten, daß mein erstgeborener Sohn der deine ist. Doch auch wenn dieses Gebet nicht erhört wird, habe ich jedenfalls die Liebe kennengelernt, und weil ich sie kenne, werde ich auch die fremde Lust und die Beschämung erdulden können; es wird mir nicht viel ausmachen.«

»Davon kann überhaupt nicht die Rede sein!« sagte Ash heftig. Er fuhr mit allen Fingern durch ihr Haar und bog ihren Kopf zurück, um sie zu küssen, die Augen, die Stirn, die Schläfen, Kinn, Mund und Wangen. Und zwischen den Küssen sagte er: »Meine Liebste... meine närrische Geliebte... glaubst du wirklich, ich würde dich gehen lassen? Zuvor – ja. Jetzt nicht mehr. Ich konnte ja nicht wissen...«

Er erzählte ihr nun, daß er vorgehabt hatte, sie zur Flucht mit ihm zu bereden, sich aber dagegen entschieden habe, weil er die Gefahr für zu groß hielt – für sie mehr noch als für sich selber –, doch daß seit dem Sandsturm alles sich geändert habe. Dies war das Wunder, das er herbeigesehnt und auf das er nicht mehr zu hoffen gewagt hatte, denn nun bot sich die Möglichkeit zu fliehen, ohne daß man Verdacht faßte und ihnen folgte. Sie hatten jeder ein Pferd, und wenn sie aufbrachen, sobald der Wind sich legte, würden sie noch in dieser Nacht ein gutes Stück Weges zurücklegen und bei Tagesanbruch für etwa ausgesandte Suchtrupps nicht mehr erreichbar sein. Im Lager mußte Chaos herrschen, und es würde unmöglich sein, schon vor Tagesanbruch nach ihnen suchen zu lassen. Fand man sie nicht, würde man glauben, sie wären im Sandsturm umgekommen und lägen irgendwo in einer Sandwehe zwischen den Hügeln – tot. Man würde auch nicht lange nach ihren Leichen suchen, denn der Sturm hatte die Landschaft gewiß sehr verändert, viele trockene Wasserläufe würden zugeweht sein...

»Nach ein, zwei Tagen geben sie es auf und ziehen weiter nach Bhithor, sie können gar nicht anders, allein schon wegen der Hitze. Nicht einmal um Geld brauchen wir uns zu sorgen, denn wir können meine Uhr verkaufen und deinen Schmuck – die Ohrringe und die Knöpfe von deinem Rock. Davon können wir monatelang leben, vielleicht gar jahrelang. Irgendwo, wo keiner uns kennt. In Oudh oder im nördlichen Vorgebirge oder im Tal von Kulu. Ich finde Arbeit, und sobald man uns vergessen hat –«

Anjuli schüttelte den Kopf. »Niemals werden sie uns vergessen. Mich vielleicht, denn ich bin für niemanden von Wert. Aber du... Du könntest dich ein Jahr verborgen halten, vielleicht auch zehn Jahre, doch wenn du dein Gesicht zeigst, entweder in Indien oder auch in England, etwa wenn du dein Erbe beanspruchst, bist du immer noch ein desertierter Offizier der Armee deiner Königin. Dafür wird man dich bestrafen, und alles wird herauskommen.«

»Ja«, sagte Ash nachdenklich, »damit hast du recht.« Seine Stimme klang so überrascht, als mache er da eine ganz neue Entdeckung. Im Rausch der vergangenen Stunden hatte er die Kundschafter wahrhaftig völlig vergessen. »Zurück könnte ich nicht, dafür wären wir dann aber zusammen.«

Er hielt ein, denn Anjuli legte ihm die Hand auf den Mund.

»Nein, Ashok«, bat sie flüsternd. »Sag nichts mehr, bitte, sag nichts mehr, denn ich darf nicht mit dir gehen... ich kann nicht. Ich kann Shushila nicht verlassen, ich habe ihr versprochen, bei ihr zu bleiben, ich habe ihr mein Wort gegeben und kann es nicht brechen...«

Ash wollte ihr anfangs nicht glauben, doch immer, wenn er zu sprechen anhob, drückte sie die Finger fester auf seine Lippen, und man hörte nur ihre Stimme im Dunkeln, erklärend, flehend. Jedes einzelne Wort ein Hammerschlag. Shu-shu liebte sie und war ganz abhängig von ihr, hatte sich mit der Heirat nur einverstanden erklärt, weil Anjuli versprach, bei ihr zu bleiben. Unmöglich dürfe sie die jüngere Schwester jetzt verlassen und allein dem ungewohnten neuen Leben aussetzen. Ashok wisse nicht, wie verängstigt, unglücklich und heimwehkrank Shu-shu sei, wie sehr ihr vor der Ehe mit einem ältlichen Mann in ganz neuer Umgebung graue, wo alles ganz anders sein würde, als sie es bisher gewohnt war und liebte. Shu-shu sei noch ein Kind, ein ängstliches, verirrtes Kind...

»Könnte ich in dem Bewußtsein, sie im Stich gelassen zu haben, je glücklich werden?« fragte Anjuli. »Sie ist meine kleine Schwester, und ich liebe sie. Auch sie liebt mich, sie vertraut mir, sie braucht mich, hat mich gebraucht, seit sie ein Baby war. Shu-shu hat mir in den Jahren, da ich gar nichts hatte, ihre Liebe geschenkt, und ließe ich sie jetzt allein, da sie mich mehr braucht denn je zuvor, würde ich mich mein Lebtag schuldig fühlen und mir das nie verzeihen. Nie könnte ich vergessen, daß ich weggelaufen bin und sie allein gelassen habe, daß ich mein Wort gebrochen, sie verraten habe...«

Ash packte ihr Handgelenk und entfernte die Finger von seinen Lippen. »Aber liebe ich dich denn nicht? Brauche ich dich nicht auch? Bedeutet dir das nichts? Liebst du sie soviel mehr als mich? Ja?«

Anjuli schluchzte: »Du weißt, ich liebe dich mehr als mein Leben. Mehr als alles in der Welt, mehr als ich sagen kann – so sehr, daß ich mich dir aus freiem Willen angeboten hätte! Habe ich dir das nicht bewiesen? Doch du, Ashok, bist stark, du wirst weiterleben, wirst dies alles hinter dir lassen, wirst auch ohne mich ein gutes Leben haben. Und eines Tages...«

»Niemals. Niemals, niemals!« fiel Ash ihr ins Wort.

»Oh doch. Und auch ich werde leben, denn wir sind beide stark genug.

Shu-shu aber ist nicht stark, sie wird sterben, wenn ich nicht da bin, sie in ihrem Kummer zu trösten.«

»Be-wakufi!« sagte Ash grob. »Sie dürfte wesentlich stärker sein, als du glaubst, und wenn sie auch in mancher Beziehung ein Kind ist, ist sie in anderer Hinsicht auch die Tochter ihrer Mutter. Ach, Juli, Geliebte, ich weiß, du liebst sie und sie ist deine Schwester, doch bei aller Scheu und allem Charme ist sie ein verzogenes, egoistisches und anspruchsvolles Geschöpf, das seinen Willen haben möchte, und du hast ihr schon viel zu lange den Willen getan und dich von ihr tyrannisieren lassen. Höchste Zeit, daß du sie auf eigenen Füßen stehen läßt, daß sie begreift, sie ist nicht mehr deine kleine Schwester, sondern ein erwachsenes Mädchen, das demnächst heiratet und in knapp einem Jahr Mutter wird. Sie wird daran nicht sterben, glaub mir.«

Anjuli schwieg ein Weilchen und sagte dann sonderbar tonlos: »Wenn Shushu hört, daß ich im Sandsturm umgekommen bin und sie allein nach Bhithor weiterziehen muß, gerät sie vor Kummer und Angst außer sich. Niemand wäre imstande, sie zu beruhigen. Nandu – der einzige, der es zuwege bringen könnte – ist nicht da. Ich sage dir, ich kenne sie, du aber kennst sie nicht. Ich liebe sie, was aber nicht heißt, daß ich für ihre Schwächen blind bin, auch für meine eigenen nicht. Ich weiß, sie ist verwöhnt, selbstsüchtig und eigensinnig und Janu-Ranis Tochter. Ich weiß aber auch, daß sie sanft ist, liebevoll und zärtlich und voller Vertrauen, und ich lehne es ab, sie dem Tode auszusetzen. Könntest du mich lieben, wenn ich das täte? Ich wäre egoistisch, treulos und grausam, setzte ich das Leben und den Verstand meiner Schwester aufs Spiel, nur weil ich meinem eigenen Glück nachjage.«

»Und meinem«, vervollständigte Ash von Schmerz gepeinigt den Satz. »Bedeutet dir das nichts?«

Es nützte alles nichts. Er mochte sagen, was er wollte. Er brachte alle Argumente vor, die ihm einfielen, schließlich nahm er sie wieder, fiel über sie her wie ein wildes Tier, allerdings immer noch geschickt genug, um sie zur Reaktion zu bringen: sie fühlte halb Schmerz, halb eine alles durchdringende Wonne... Doch als es vorüber war, und beide ermattet und nach Atem ringend nebeneinander lagen, konnte sie immer noch sagen: »Ich kann sie nicht im Stich lassen.« Und da wußte Ash: Shushila hatte gewonnen, er war besiegt. Er ließ die Arme sinken, wandte sich beiseite, starrte ins Dunkel, keiner von beiden sprach.

Es herrschte jetzt tiefe Stille. Nur die eigenen Atemzüge und ein metallenes Klirren aus dem vorderen Teil der Höhle, wo eines der Pferde sich rastlos bewegte, waren zu hören. Es dauerte eine Weile, bis Ash begriff, was das bedeutete: der Wind hatte sich gelegt und das wohl schon vor einer Weile, denn er erinnerte sich nicht mehr, wann zuletzt er das vibrierende Dröhnen vernommen hatte. Seit mindestens einer Stunde nicht, eher noch länger. Und es war daher geboten, je eher desto besser aufzubrechen, denn es war klüger, im Dunkeln ins Lager zurückzukehren und darauf zu vertrauen, daß in dem herrschenden Durcheinander niemand sie bemerkte.

Für Juli war es schon schlimm genug, mit einem Mann allein stundenlang abwesend gewesen zu sein; immerhin konnte der Sandsturm als Erklärung herhalten. Kehrten sie sobald als möglich zurück, konnte ein Skandal noch vermieden werden, weil jedermann sich sagen würde, ein Sandsturm ist nicht der geeignete Rahmen für verliebtes Getändel, auch dürften alle vollauf mit sich selber zu tun haben. Mit etwas Glück konnte Juli darauf rechnen, daß man sie bloß dafür schalt, daß sie der Schwester und dem Onkel so weit vorausgeritten war; weiter würde man nichts argwöhnen... Plötzlich kam ihm ein Gedanke, der ihn aufschreckte, und er sagte scharf: »Du kannst das schon darum nicht tun, weil er es merken wird.«

»Was nicht tun?« fragte Anjuli, »und wer wird etwas merken?«

»Der Rana. Sobald er sich zu dir legt, merkt er, daß du keine Jungfrau mehr bist und dann ist die Hölle los. Der begnügt sich nicht mit dem, was ein anderer übrig gelassen hat. Er wird wissen wollen, wann und mit wem, und wenn du es verschweigst, läßt er es aus dir herausprügeln und schickt dich mit abgeschnittener Nasenspitze und ohne deine Aussteuer Nandu zurück. Und wenn du deinem reizenden Bruder in die Hände gerätst, wird der dafür sorgen, daß du eines langsamen, qualvollen Todes stirbst, oder er läßt dir die Füße abhacken und dich als warnendes Exempel am Leben. Und inwiefern kann das Shushila nützen? Du kannst das nicht machen, Juli, du hast die Brücken hinter dir verbrannt und kannst nicht umkehren.«

»Ich muß und ich werde«, sagte Juli heiser. »Er wird es nicht merken, denn...« Ihre Stimme zitterte, doch nahm sie sich zusammen. »Denn es gibt da gewisse Mittel...«

»Was für Mittel? Du weißt nicht, wovon du redest. Woher willst du sowas wissen?«

»Du meinst, ich kenne keine Hurenkniffe? O doch.« Er hörte, daß sie mühsam schluckte. »Du vergißt, ich wurde von Dienerinnen erzogen, die in den Frauengemächern eines Palastes ein und aus gingen, und der Radscha hat viele Nebenfrauen, Konkubinen, die alle Künste und Kniffe kennen, mit denen man einen Mann an sich fesselt oder irreführt; und weil sie sonst kein Gesprächsthema haben, wird immer nur davon geredet, auch meinen sie, alle Frauen haben ein Recht darauf, in diese Dinge eingeweiht zu werden...« Die junge, süße Stimme verstummte, fuhr aber nach einer Pause in festem Ton fort: »Ich sage das nicht gern, doch wüßte ich nicht, daß ich im entscheidenden Moment den Rana täuschen kann, ich hätte mich dir nicht hingegeben.«

Diese Worte fielen wie eisige Tropfen in die Dunkelheit, und als sie ringsum ein mattes Echo weckten, fühlte Ash sein Herz erkalten und sagte mit bewußter Grausamkeit: »Du hast wohl auch bedacht, was aus dem Kind werden soll – meinem Kind –, falls du eines bekommst? Der Rana ist nach dem Gesetz sein Vater, und was, wenn er aus ihm einen zweiten Lalji macht oder einen Nandu? Oder Skorpione wie Biju Ram zu seinen Erziehern und Beratern? Abartige, Zuhälter, Menschen, die das Böse lieben? Hast du auch das alles bedacht?«

Anjuli erwiderte gefaßt: »Nicht mein Vater hat Biju Ram seinem Lalji beigegeben, sondern das Tanzmädchen. Ich glaube, es ist die Mutter, die das Kind in den allerersten Jahren auf den richtigen Weg führt, denn sie umsorgt es, solange es klein ist, nicht der Vater. Sollten die Götter mich mit einem Kind von dir beglücken, werde ich nicht versagen, das schwöre ich dir. Ich sorge dafür, daß aus ihm ein Prinz wird, auf den wir stolz sein können.«

»Und was nützt mir das, wenn ich ihn nie zu sehen bekomme? Wenn ich vielleicht nicht einmal von seiner Existenz erfahre?«

Er glaubte, sie werde ihm nicht antworten, doch tat sie es nach einem Weilchen flüsternd. »Verzeih mir, ich... ich habe nur an mich gedacht, daran, daß das Kind mir ein Trost sein wird... Das war eigensüchtig...« sie schluchzte verhalten, fuhr aber gleich darauf mit fester Stimme fort: »Doch ist es nun einmal geschehen, und du hast keine Macht mehr darüber.«

»O nein, noch habe ich Macht darüber! Du kannst mit mir fliehen, wenn schon nicht um meinetwillen, dann um des Kindes willen. Versprich mir, daß du zu mir kommst, falls du unser Kind zur Welt bringst. Das wirst du doch wohl können? Ich will einfach nicht glauben, daß Shu-shu dir mehr bedeutet als unser Kind, daß du die Zukunft unseres Kindes ihr zum Opfer bringst! Versprich es mir, Larla!«

Antworten tat nur das Echo, denn Anjuli schwieg. Doch ihr Schweigen wiederholte nur, was sie schon zuvor zu ihm gesagt: sie hatte Shu-shu bereits ihr Wort gegeben. Und das gegebene Wort ist heilig...

Ash stieg ein Kloß in die Kehle, doch der Zorn brachte ihn noch einmal zum Reden, und er zwang sich, gegen jenes hartnäckige Schweigen böse Worte zu schleudern: »Kannst du dir vorstellen, daß ich mit dem Gedanken leben soll, mein Kind, mein Kind sei das Eigentum eines Fremden, der damit tun kann, was ihm beliebt?«

»Du.... du wirst noch andere Kinder haben«, flüsterte Anjuli.

»Niemals!«

» – und von denen werde ich nichts wissen«, fuhr sie fort, als habe er nichts gesagt. »Mag sein, du hast schon welche? Denn Männer sind unachtsam mit ihrem Samen. Sie denken sich nichts dabei, bei Huren zu liegen und bei leichtsinnigen Frauen und kümmern sich nicht um die Folgen. Kannst du behaupten, du habest bis heute bei keiner Frau gelegen...?« Sie verstummte, und als er nichts erwiderte, setzte sie traurig fort: »Nein, gewiß war ich nicht die erste. Es war vielleicht mehr als eine, viele womöglich. Und wenn das so ist, woher willst du wissen, daß nicht irgendwo in der Welt ein Kind lebt, das dich Vater nennen könnte? Männer kaufen sich ihr Vergnügen, das ist nun einmal der Brauch; ist es vorüber und haben sie bezahlt, gehen sie fort und denken sich nichts dabei. Du sagst jetzt, du wirst niemals heiraten – und vielleicht tust du es ja auch nicht –, doch ist es nicht deine Art, wie ein Asket zu leben. Früher oder später wirst du bei anderen Frauen liegen und – wer weiß – Kinder zeugen, ohne es zu wissen, ohne dir etwas dabei zu denken. Ich aber, falls ich empfangen habe, ich werde für das Kind sorgen. Monatelang werde ich es in meinem Leib tragen, es wird mir Beschwerlichkeiten machen, ich werde riskieren zu sterben, mindestens große Schmerzen erdulden, wenn ich es gebäre. Und du wirst mir doch nicht das Kind neiden, für das ich einen so hohen Preis bezahlen muß? Das kannst du nicht.«

Kannst du nicht, schluchzte das Echo. Und er konnte es wirklich nicht. Juli hatte recht. Männer gingen mit ihrem Samen achtlos um und beanspruchten überdies das Recht, unter den Früchten ihrer Beilager zu wählen – diese verleugneten sie, jene beachteten sie nicht, für wieder andere wollten sie als Väter anerkannt sein. Es war Ash nie in den Sinn gekommen, er könne Vater sein, und als ihm das so vor Augen gestellt wurde, erkannte er mit Grausen, daß dies nicht nur möglich war, sondern daß er niemals etwas unternommen hatte, eine Schwängerung zu verhüten, denn er war stets der Meinung gewesen (wenn er je daran gedacht hatte!), dies sei Sache der Frauen.

O ja, es war durchaus denkbar, daß irgendwo im Basar von Rawalpindi, in einer verräucherten Hütte in den Bergen oder auch in den ärmeren Vierteln von London ein Kind von ihm umherlief. Und wenn das so war, hatte er einfach kein Recht, Ansprüche auf ein Kind zu machen, das Juli unter Schmerzen und Lebensgefahr gebar. Er konnte ja nicht einmal im Ernst behaupten, einen besseren Vater abzugeben als der ihm unbekannte Rana!

Er hätte gern etwas gesagt, doch fehlten ihm die Worte; die Schleimhaut seines Mundes zog sich zusammen, als habe er Saures gegessen. Es gab nichts zu sagen. Das Echo war verklungen, wieder hatte sich Stille herabgesenkt, er spürte Bewegung neben sich im Dunkeln und wußte: Juli zog die engen Reithosen an, die er ihr abgestreift hatte. Wie lange war das her? Ihm schien plötzlich ein ganzes Leben seither vergangen, er fühlte sich erkalten, und ihm war, als sei er ganz ausgelaugt. Die Luft hier drinnen war so kalt, daß ihn fröstelte, und das lächerliche Zähneklappern, das ihn befiel, machte ihn endlich darauf aufmerksam, daß man Julis Rock finden mußte, auch die Reste seines Hemdes, andernfalls würde es unvermeidlich einen Skandal geben, denn beide kämen praktisch halbnackt im Lager an. Er zog Reithosen und Stiefel an, schloß den Gürtel, prüfte, ob er nichts aus den Taschen verloren hatte und sagte kurz angebunden ins Dunkel:

»Wo hast du deinen Rock gelassen?«

»Ich weiß nicht...« Er spürte ihre Erschöpfung ebenso deutlich wie seine eigene. »Ich hielt ihn vor das Gesicht und ließ ihn fallen, als ich dich rufen hörte.«

»Ohne Rock kannst du nicht ins Lager reiten, das steht mal fest«, sagte er brüsk. »Wir müssen im Kreise gehen und den Boden abtasten, bis wir ihn finden. Gib mir die Hand, damit wir einander nicht auch noch im Dunkeln verlieren.«

Ihre Hand fühlte sich kalt und sonderbar unpersönlich an. Sie umfaßte seine Hand nicht, blieb völlig passiv, und er hielt ihre wie die einer Fremden, berührte sie einzig, um in der Finsternis nicht die Verbindung zu verlieren; sie bewegten sich langsam und tastend an der Wand der Höhle entlang.

Es dauerte fast eine Stunde, bis sie den Rock fanden. Die Reste des Hemdes waren leichter zu finden, Ash hatte es bei den Pferden abgestreift, und seit der Sturm nicht mehr wütete, sah man den Ausgang der Höhle als ein graues, scharf umrissenes Rechteck, das als Anhaltspunkt dienen konnte.

Tief drinnen in der Höhle war es kalt gewesen, draußen hingegen war es noch immer erstickend heiß, es roch nach Staub, und die wenigen Sterne, die sichtbar wurden, schimmerten wie hinter einem Schleier, matt und unscharf. Der Mond war entweder von den Hügeln oder von Staubwolken verborgen, der Talkessel lag im Schatten; nach der absoluten Dunkelheit in der Höhle wirkten Erde und Himmel jedoch erstaunlich hell, und Ash erkannte erst nach einer Weile den Grund dafür: nicht nur lag das Land unter einer Schicht hellen Staubes und feinen Sandes, sondern es tagte bereits.

Diese Entdeckung war eine böse Überraschung. Er hatte nicht geglaubt, es könnte schon so spät sein. So viele Stunden konnten unmöglich vergangen sein, ohne daß er es bemerkt hatte. Er hätte ihren Aufenthalt in der Höhle auf zwei oder drei, höchstens vier Stunden geschätzt, statt dessen war fast die ganze Nacht vorüber und sein Plan, Juli bei noch herrschendem Durcheinander ins Lager zu schmuggeln, war gescheitert. Denn wenn sie jetzt losritten, konnten sie nicht vor Tageslicht ankommen. Kein Wunder, daß der Mond sich nicht mehr sehen ließ, der mußte vor Stunden untergegangen sein. Die Sterne verblaßten bereits, und trotz des Staubes roch man schon die Luft des Morgens, jenen schwachen, unbeschreiblichen Duft, der den kommenden Tag so unfehlbar ankündigt wie das zunehmende Licht und das Krähen der Hähne.

»Eil dich«, befahl er knapp und ließ Baj Raj angaloppieren. Julis Stute stolperte aber gleich darauf und fiel in einen gemächlichen, ungleichmäßigen Trab, also mußte er anhalten und umkehren.

»Wahrscheinlich nur ein Steinchen«, sagte Anjuli und saß ab, doch bei näherer Betrachtung war es dann ein scharfer Steinsplitter, und Ash, der kein Messer hatte, brauchte im ungewissen Morgendämmer zehn geschlagene Minuten, ihn aus dem Huf zu entfernen. Und auch dann noch hinkte das Tier, denn der Schnitt war tief.

Ash kam zu einem Entschluß: »Nimm Baj Raj und reite voran, ich komme nach. Überhaupt wird es das Beste sein, du kommst allein ins Lager. Du kannst dann sagen, wir hätten uns im Sturm verloren, du hättest in einer Höhle Schutz gesucht und seiest beim ersten Frühlicht losgeritten. Das klingt ganz gut. Sag, du weißt nicht, wo ich bin.«

»Wenn ich auf deinem Pferd reite und du auf meinem? Das würde mir kein Mensch glauben«, sagte Juli verächtlich. »Ebensowenig wie man mir glauben würde, daß du mich verloren hast.«

Ash knurrte: »Da könntest du recht haben. Wir müßten dafür schon eine sehr gute Erklärung anbieten können, und im Moment fällt mir keine ein. Je weniger wir lügen, desto besser.«

»Wir brauchen nicht zu lügen«, sagte Anjuli kurz. »Wir sagen die Wahrheit.«

»Die ganze?« fragte Ash trocken.

Anjuli stieg statt zu antworten auf ihr Pferd, und sie ritten weiter, diesmal im Schritt. Obwohl es immer noch nicht hell und außer dem Knirschen des Lederzeuges und dem dumpfen Pochen der Hufe im Staub nichts zu hören war, wußte Ash, daß sie weinte, lautlos, mit weit geöffneten Augen wie damals Kairi-Bai, wenn ihr etwas Schlimmes zugestoßen war.

Arme kleine Kairi-Bai. Arme Juli. Beiden war er nicht gerecht geworden, die eine hatte er vergessen, der anderen machte er Vorwürfe, weil sie sich für ihr trostloses Schicksal durch einen Augenblick des Glücks hatten entschädigen wollen, und das heimlich. Heimlich nicht um ihretwillen, sondern Shushilas wegen – denn wenn der Rana Juli mit Schande überhäuft heimschickte, was sollte dann aus der zarten, selbstsüchtigen, hysterischen Schwester werden? Es war ungerecht, ihr Vorwürfe zu machen. Doch der Absturz aus den Liebeswonnen und das Scheitern aller seiner Hoffnungen hatte ihn zu schwer getroffen; der häßliche Gedanke, daß Dienerinnen und Konkubinen ihren Schülerinnen sexuelle Praktiken beibrachten, machte ihm so übel, daß er einen grauenhaften Moment lang argwöhnte, die Lust, die er empfunden, sei noch gesteigert worden durch etwas, was Juli selber »Hurenkniffe« genannt hatte; war ihre Reaktion überhaupt echt gewesen oder hatte sie die vorgetäuscht, um sein Vergnügen zu steigern?

Dieser Argwohn war aber auch schon verschwunden, kaum daß er sich einstellte. Was sie miteinander so eng verband, daß er in diesem Moment, ohne es zu sehen, wußte, sie weine, hätte ihm auch gesagt, daß sie ihn täusche, als er bei ihr lag, und doch – es blieb eine Kühle zurück, genug, um ihn am Sprechen zu hindern. Immerhin schämte er sich dafür, daß er sie kränkte, daß er schwieg, statt sie um Verzeihung zu bitten, daß er die Hand nicht nach ihr ausstreckte, sie zu trösten.

Es war dies das trübe Ende einer Episode, um deretwillen Juli viel gewagt hatte, die sie als goldene Erinnerung bewahren wollte und die ihr die Jahre ohne Liebe ertragen helfen sollte, die sie vor sich sah. Er wußte, ließ er sie so gehen, ohne etwas zu sagen, ohne ihre Hand zu nehmen, würde er das bis an sein Lebensende bereuen. Und doch brachte er im Augenblick keines von beidem zustande, denn seine eigene Enttäuschung schmeckte er unerträglich bitter im Munde. Ermattung und das Gefühl, total versagt zu haben, lasteten so schwer auf ihm, daß er ganz benommen und sonderbar teilnahmslos war – ein Boxer, der soviel Schläge eingesteckt hat, daß er, auf den Knien am Boden liegend, zwar weiß, er muß auf die Füße, bevor man ihn auszählt, aber nicht imstande ist, die Anstrengung zu machen. Gleich wollte er zu Juli sprechen, ihr sagen, wie sehr er alles bedauere, daß er sie liebe und stets lieben werde, obschon sie ihn nicht genug liebe, um Shushila seinetwegen aufzugeben... sonderbar zu denken, daß Janu-Rani zwar tot war, aber doch noch die Macht besaß, durch ihre Tochter einen Schlag gegen sie beide zu führen, ihr Glück und ihr künftiges Leben zu zerstören...

Der letzte Stern verglomm in einer Welle fahlen Lichtes, die langsam über den Horizont heraufkam, die Dunkelheit über dem flachen Land aufsog, aus

Schwarz ein Perlgrau machte, in dem Felsblöcke und Büsche keine Schatten warfen. Die Hügel lagen jetzt hinter ihnen und vor ihnen, in der Ferne, stieß eine Felsnadel in den Himmel, ein dunkler Umriß, der sich von dem allgemeinen Grau abhob. Dort befand sich jenes natürliche Halbrund, wo der Wagen mit seiner Begleitung abends zuvor gehalten hatte. Ash erkannte es erleichtert, denn gestern hatte er die Gegend nicht sehr aufmerksam betrachtet und wußte nicht recht, wo er sich befand. Doch jener hohe, wie eine Nadel geformte Fels war nicht zu verkennen in diesem baum- und farblosen Land, wo die Umrisse der Hügel keine Orientierungspunkte boten; waren sie dort angekommen, konnten sie den Weg ins Lager nicht mehr verfehlen. Doch schon färbte sich der Himmel im Osten gelb; jetzt wird bald der Tag anbrechen, dachte Ash grimmig, und man wird uns klar erkennen können – verschmutzt, mit zerrissenen Kleidern und immer noch weit vom Lager entfernt.

Als er zu Anjuli hinschaute, sah er, daß sie sich vor Müdigkeit kaum im Sattel hielt, nicht des Weges achtete, sondern dem Pferd erlaubte, sich zwischen den Steinen und dem Dornengestrüpp selbst einen Pfad zu suchen. Ihr Rock war zerknautscht, und der Versuch, die Masse des Haares ohne Kamm, nur mit den Fingern zu einem Zopf zu flechten, hatte keinen großen Erfolg gehabt. Sie hielt den Kopf abgewendet, denn er sollte sie nicht weinen sehen, doch auch wenn er dies nicht instinktiv gewußt hätte, das zunehmende Licht mußte sie verraten; ihre Wangen glänzten feucht.

Vielleicht machte die stillschweigende Gleichgestimmtheit ihr bewußt, daß er sie anblickte, denn sie richtete sich auf, hob eine Hand, wie um das Haar zurückzustreichen, und wischte die verräterischen Tränen mit einer Geste vom Gesicht, so ungekünstelt, daß sie jeden anderen getäuscht hätte.

Ash aber ließ sich nicht täuschen. Er fühlte, wie Liebe sein Herz zusammenkrampfte. Aus dieser kleinen, unscheinbaren Geste sprach so viel Tapferkeit und auch daraus, wie Juli sich Haltung gab. Sie bat nicht um sein Mitleid, sie würde ihren Schmerz verbergen, der Zukunft mutig ins Auge sehen, ohne zu klagen.

In Julis Adern floß das kostbare Blut der Radschputen, dessen Feuer und Wildheit gemischt war mit dem Blut des Großvaters, des Kosaken Sergej Wodwitschenko, jenes selbstherrlichen, aristokratischen Glücksritters, der sein Schwert demjenigen lieh, der am besten bezahlte; der im Dienste von Ranjit-Singh und Holkar und Scindia von Gwalior Schlachten geschlagen und seiner Enkelin die goldgefleckten Augen und die betonten Wangenknochen vererbt hatte, Anjuli, Prinzessin von Karidkote.

Radschput und Kosak – eine befremdliche Mischung, nicht alltäglich. Doch daraus war Juli hervorgegangen, eine liebesfähige, treue, leidenschaftliche Frau, die noch dazu Mut und jene besondere Charakterstärke besaß, die seltener und wertvoller ist als Mut, dazu die Kraft, ihr gegebenes Wort zu halten, auch wenn das bedeutete, das eigene Glück zu opfern.

Ash hatte ihr einmal sein Wort gegeben und es vergessen. Dafür gab es mildernde Umstände, schließlich war er damals erst knappe elf Jahre alt gewesen.

Doch wußte er, und dies schuf ihm ein gewisses Unbehagen, daß sie an seiner Stelle ein gegebenes Versprechen nicht vergessen, ein gegebenes Wort nicht gebrochen hätte. Juli nahm wie Wally solche Dinge sehr genau, bedrückend genau, und Ash fand, die beiden seien sich in mancher Hinsicht erstaunlich ähnlich.

Er schnitt eine Grimasse, die Selbstverachtung ausdrückte, und streckte ihr die Hand hin. Jetzt aber war es dafür zu spät, sie zügelte das Pferd und deutete auf etwas, das sich bewegte. Aus den Schatten eines Felsvorsprunges tauchte es auf, wie ein höckeriges Tier der Vorzeit und bewegte sich schlingernd fort. Es war der Ochsenwagen.

»Sieh doch, das ist Shu-shu!« rief Anjuli. »Die sind also auch hier draußen geblieben.«

Es war aber nicht Shu-shu, sondern Kaka-ji und der Kutscher. Ash stellte sich in den Bügeln auf und rief, sprengte davon und überließ es Anjuli, langsam zu folgen, hustend vom Staub, den der galoppierende Baj Raj aufwirbelte. Als Juli sie einholte, hatte Kaka-ji bereits seine Geschichte erzählt und auch einiges von ihrer beider Abenteuer vernommen; vorsichtige Andeutungen konnte Ash sich sparen, denn ein Blick auf Anjuli war für den alten Herrn ausreichend.

»Arré-bap!« rief er. »Sofort setzt du dich in den Wagen, Kind.« Er half ihr absitzen, dann erst gewahrte er, daß Ashs Hemd zerfetzt war, ein skandalöser Anblick.

Als er die beiden abgerissenen Gestalten genügend lange gemustert hatte, sagte Kaka-ji: »Wir wollen so tun, als hätten wir die Nacht alle miteinander verbracht. Nein«, wehrte er alle Einwände mit einer Handbewegung ab, half seiner Nichte in den Karren und sagte zu dem Ochsentreiber: »Falls jemand fragt, Budoo, der Sahib und die Prinzessin kamen gleich, nachdem der Sandsturm losbrach. Die Prinzessin suchte Schutz auf dem Karren, wir drei Männer aber legten uns darunter. Höre ich irgendwelchen Klatsch anderer Art, dann weiß ich, wer ihn in Umlauf gesetzt hat und wen ich bestrafen muß. Hast du verstanden?«

»Hukum jhai, Rao-Sahib«, murmelte der Ochsentreiber gleichmütig und hob grüßend die Handfläche an die Stirne. Es war dies ein älterer Mann, der den Posten bekommen hatte, nachdem der andere Treiber in der Furt ertrunken war. Da er seit Jahren der Familie diente, durfte man ihm zutrauen, daß er den Mund hielt.

Dann wandte Kaka-ji sich an Ash und sagte streng: »Und du, Sahib, ziehst diesen Fetzen aus und nimmst statt dessen mein Hemd. Im Wagen sind Umschlagtücher, die ich benutzen kann, du aber darfst unter keinen Umständen halbnackt ins Lager reiten. Das schickt sich nicht. Je weniger Aufsehen wir machen, desto besser. Also keine Widerrede.«

Ash hatte nicht die Absicht zu widersprechen. Kaka-ji stieg zu seiner Nichte in den Wagen und befahl dem Treiber loszufahren. Die Ochsen hörten auf wiederzukäuen und trotteten gehorsam los. Ash führte die Stute am langen

Zügel und ritt seitlich vom Karren, um nicht den Staub schlucken zu müssen.

Er hörte zu, wie Kaka-ji seiner Nichte von den Vorfällen der letzten Nacht berichtete, und dabei wurde ihm klar, daß man in doppelter Hinsicht vom Glück begünstigt war: Der Onkel schien mehr daran interessiert, von seinen eigenen Erlebnissen zu erzählen als von Juli zu hören, wie es ihr ergangen war; er hatte ohne rechte Aufmerksamkeit den trockenen Bericht angehört, den Ash ihm gab und erzählte bei erster Gelegenheit, wie es ihm und den übrigen ergangen war. Offenbar hatten weder er, noch Shushila, noch Mulraj bemerkt, daß ein Unwetter heraufzog; daß sie dann doch noch gewarnt wurden, lag daran, daß Mulraj, ganz wie Ash, zufällig zurückblickte und gewahrte, daß der Himmel hinter ihnen trüb braun wurde. Auch der Ochsentreiber und die Begleitmannschaft waren ahnungslos geblieben, denn sie hockten zwischen zwei Felsen, ließen die Pfeife kreisen und schwatzten – vor sich den klaren Himmel und geschützt vor dem Wind, ohne Aussicht auf den östlichen Horizont. Das Unwetter war noch ziemlich weit entfernt, als Mulraj es gewahrte, doch es zog so rasch herauf, daß man sich nicht um Juli und Ash kümmern konnte, wollte man das Lager erreichen, bevor der Sturm losbrach.

Kaka-ji sprach es zwar nicht unverblümt aus, doch Ash verstand deutlich, daß im Ernstfall nur eine der beiden Bräute für Karidkote und Bhithor von Wert war und im Falle der Gefahr unter allen Umständen gerettet werden mußte: die junge, liebliche Shu-shu, deren Schönheit – samt der beträchtlichen Draufgabe – den Rana dafür entschädigen würde, daß er die wenig ansehnliche, noch dazu gemischtblütige Halbschwester obendrein heiraten mußte. Sollte Kairi-Bai unterwegs etwas zustoßen, würden weder Nandu noch der Rana ihr eine Träne nachweinen, doch Shushilas Tod wäre für alle ein schwerer Verlust, denn der Rana würde eine überlebende Kairi-Bai niemals an Shushilas Stelle als Gemahlin akzeptieren.

Dann würde die Hochzeit ausfallen, und die enormen Summen, die Nandu für Geschenke und Bestechung, für Schmuck und Aussteuer seiner Schwestern ausgegeben hatte, nicht zu reden von den Unsummen, die der Zug verschlang, der die beiden Bräute nach dem Süden geleitete, wären nutzlos vertan. Nandu würde vor Wut außer sich geraten, Köpfe würden rollen, das wußte Mulraj so gut wie Kaka-ji und auch, daß sie beide zu den ersten Opfern gehören würden. Als jene drohende braune Wolke über den Horizont heraufzog, war also keine Zeit, sich Gedanken über das Wohlergehen von Kairi-Bai und Pelham-Sahib zu machen, die würden eben selber zurechtkommen müssen. Wichtig war einzig und allein, Shushila ins Lager zu schaffen, bevor das Unwetter losbrach; zwar mochte sie dort in ihrem Zelt ebensowenig in Sicherheit sein wie hier draußen im Freien zwischen den Hügeln, doch würde man die beiden Herren wenigstens nicht fragen, was die Braut hier draußen zu suchen gehabt habe.

Mulraj entschloß sich angesichts der drohenden Gefahr dazu, alle Rücksichten fahren zu lassen, ließ Shushila hinter sich aufsitzen und sprengte vondannen; Kaka-ji überließ er ihr Pferd. Als die Begleitmannschaft ihren Kommandanten vorübersprengen sah, die Prinzessin hinter sich mit fliegendem Haar und an ihn geklammert wie ein Äffchen, erwartete sie ein Wort der Erklärung, doch preschte er ohne zu halten an ihnen vorbei dem Lager zu. Nun bemerkten auch sie das heraufziehende Wetter, sie ließen sich nicht lange von Kaka-ji beschreiben, was ihnen bevorstand, vielmehr galoppierten sie hinter Mulraj her, die übrigen Frauen mit sich nehmend.

Kaka-ji blieb zurück. Er hatte sein eigenes Pferd und das von Shushila abgegeben und blieb beim Wagen; der Ochsentreiber sah sogleich, daß er mit dem langsamen Gespann das Lager nicht erreichen würde und führte es an eine geschützte Stelle zwischen den Felsen. Kaka-ji hielt besorgt Ausschau nach Juli und Ash und sagte zu dem Ochsentreiber: »Wir warten hier auf die Prinzessin und Pelham-Sahib, denn sie müssen jeden Moment hier sein, und wenn sie uns nicht vorfinden, werden sie das Schlimmste befürchten. Auch ist es nicht schicklich, daß die Prinzessin nur von Pelham-Sahib begleitet ins Lager zurückkehrt. Sie müssen sogleich kommen.«

Doch verging die Zeit, ohne daß die beiden sich blicken ließen. Der alte Budoo schob den Wagen, so weit es gehen wollte, in den Schutz eines Felsüberhanges und machte aus Umschlagtüchern, Polstern und Teppichen eine Art Windschutz, besser gesagt Sandschutz. Schon roch es nach Staub, man hörte den Sturm bereits heranheulen, doch immer noch schaute Kaka-ji erwartungsvoll nach Westen in der Hoffnung, die beiden Reiter heranjagen zu sehen. Erst als die vorderste Sandwelle auf den Felsvorsprung herunterprasselte, der ihnen Schutz bot, kletterte er zu Budoo in den Wagen. Dort ließen die beiden Alten, halb erstickt und hustend, das Unwetter über sich ergehen.

Kaka-ji verstand es, sehr lebhaft zu schildern, was er durchgemacht hatte, doch auch er hätte nicht sagen können, wie lange der Sandsturm tobte, denn als er schließlich nachließ, waren die Alten vor Erschöpfung eingeschlafen und erwachten erst, als der Himmel sich hell färbte. Er habe die Absicht gehabt, so behauptete er, sogleich nach seiner Nichte und dem Sahib zu suchen, um deren Wohlergehen er fürchtete, denn er habe vermutet, sie seien im Freien ohne jeden Schutz vom Unwetter überrascht worden. Doch dann, kaum daß er sich aufgemacht, habe er den Sahib rufen hören.

An Ashs Schilderung zu zweifeln, sah er keinen Grund, er fragte auch seine Nichte nicht weiter aus. Weil er aus eigener Erfahrung wußte, wie es ist, wenn man von einem Staubsturm überrascht wird, kam er nicht auf den Gedanken, zwischen den beiden könnte Unziemliches vorgefallen sein. Kaka-ji meinte, ein Staubsturm sei eine bessere Versicherung gegen Unzucht als ein Dutzend Anstandsdamen; immerhin schärfte er Anjuli ein, niemand dürfe wissen, daß sie die Nacht nicht im Wagen verbracht habe, auch Shushila nicht.

»Du wirst demnächst verheiratet«, sagte er, »und da ist es höchst unpassend, mit einem Mann allein zu sein, auch wenn es der Sahib ist. Zuviele geschwätzige Mäuler würden sich ein Fest daraus machen, Klatsch zu verbreiten, und falls schlimme Gerüchte über dich in Umlauf kämen, würden der Rana und auch dein Bruder sehr ungehalten sein. Du sagst also, daß ihr beide knapp vor Ausbruch des Sturmes den Wagen noch erreicht habt und daß du darin Schutz fandest, während wir drei Männer darunter lagen. Ich, der Sahib und Budoo werden dasselbe sagen.«

Dazu konnte Anjuli nur wortlos nicken, sie war zum Sprechen zu matt. Ja, sie war sogar zu müde, um sich über ihr Glück zu freuen: Sie hatte Ashok geliebt und wurde durch den Onkel vor dem schlimmsten Skandal gerettet. Sie war zu müde zum Denken...

Nun tagte es, die Sonne stieg goldglänzend herauf, erste Strahlen drangen durch die gestickten Vorhänge des Wagens und ließen erkennen, daß das Wageninnere voller Staub war. Juli schlummerte ein und wachte auch nicht auf, als man im Lager ankam.

Von Kaka-ji mit der Meldung geweckt, Shushila gehe es gut, taumelte sie aus dem Wagen in die wartenden Arme von Geeta. Juli wurde sogleich zu Bett gebracht.

25

Das Eintreffen des Wagens erregte im Lager milde Neugier, mehr aber auch nicht. Ash hatte richtig vermutet: das Unwetter hatte im Lager so sehr gewütet, daß ein einzelnes ungewöhnliches Vorkommnis in zahllosen anderen unterging, die jedermanns Aufmerksamkeit in Anspruch nahmen.

Selbst Mulrajs Ankunft mit der jungen Braut am Abend zuvor hatte kaum Aufsehen gemacht, denn alle waren bereits fieberhaft damit beschäftigt, das Schlimmste zu verhüten. Man straffte die Zeltschnüre, schlug die Pflöcke tiefer in den Boden, alles, was weggeweht zu werden drohte, wurde, so gut es gehen wollte, befestigt. Die Treiber kümmerten sich um ihre Tiere, insbesondere die Elefanten mußten aus der Nähe des Lagers fortgebracht werden; sie wateten durch den Fluß und wurden am anderen Ufer in einem Palmenhain angebunden.

Man achtete also kaum auf Mulraj, der mit Shushila hinter sich ins Lager sprengte, als das Unwetter gerade zu toben begann. Man verkroch sich, so gut es ging, hielt Tücher vors Gesicht, klammerte sich an Zeltschnüre und wehrte sich so gut es gehen wollte gegen den tosenden Sturm und die erstickenden Staubwolken.

Als sich der Sturm schließlich legte, war der angerichtete Schaden so beträchtlich, daß man an nichts anderes dachte als an die nötigsten Instandsetzungsarbeiten, und als bei Tagesanbruch die Prinzessin Anjuli mit ihrem Onkel im Wagen eintraf, war Erleichterung das vorherrschende Gefühl; neugierige Fragen blieben aus. Man hatte, wie Ash richtig vermutete, an anderes zu denken, und als er selber ins Lager ritt, die lahmende Stute am Zügel, beachtete das außer seinen eigenen Dienern kein Mensch.

Sein Zelt stand noch, doch anders als Anjuli war ihm an diesem Tage kein Schlaf vergönnt, denn das im Lager angerichtete Chaos war noch größer, als er erwartet hatte, und wer zupacken konnte, hatte alle Hände voll zu tun, ob Mann oder Frau, Ash und Mulraj nicht ausgenommen.

Bedachte man, wieviele Menschen zu diesem Brautzug gehörten, war es wirklich ein Wunder, daß nur drei Tote zu beklagen waren. Zwar waren mehrere hundert Personen verletzt worden, doch niemand hatte mehr als Schrammen und Beulen davongetragen. Den Tieren war es da schon schlechter ergangen; in ihrer Angst, halb erstickt am Staub, hatten sie sich gegenseitig schlimme Verletzungen beigebracht. Es gab Knochenbrüche, einige Tiere waren zu Tode getrampelt worden, und eine ganz erkleckliche Anzahl hatte sich losgerissen und war davongerannt. Ob man sie würde einfangen können, war ungewiß.

Als er die gebrochenen Zeltpfähle, die gerissenen Schnüre, die unendlich vielen Sandwehen betrachtete, die sich an jedem Hindernis gebildet hatten, dankte Ash seinem Schöpfer dafür, daß man am Fluß kampierte; zwar war von dessen Ufern und Sandbänken eine Menge Sand ins Lager geweht worden, doch litt man wenigstens nicht an Wassermangel. Mangel an Wasser bei der herrschenden Hitze und den chaotischen Verhältnissen im Lager wäre wohl zuviel gewesen. Also war Ash von Herzen dankbar. Er suchte Mulraj auf, um mit ihm zu besprechen, was zu tun sei.

Viele Zelte waren einfach fortgeweht worden, andere über den Bewohnern zusammengestürzt. Zum Glück hatten die Leibwachen genug Verstand gehabt, das große Empfangszelt abzubrechen und damit jenes Zelt zu verstärken, in dem Shushila und ihre Damen wohnten. Diese und auch Jhoti, der bei ihnen war, hatten von allen Beteiligten am wenigsten zu leiden gehabt und waren nie wirklich in Gefahr. Das war ihnen aber nicht klar, und sie konnten sich nicht genugtun, von den Schrecken zu berichten, die sie ausgestanden hatten. Anjuli, die sich schon auf zudringliche Fragen gefaßt gemacht hatte, hörte denn auch erleichtert die Greuelmärchen an, die es ihr ersparten zu lügen, ja überhaupt etwas zu sagen, denn man wünschte weiter nichts, als daß sie zuhörte.

Shu-shu sagte zu ihr: »Du hast wirklich Glück gehabt, daß du nicht im Lager warst, sondern draußen im Wagen«, womit sie eine vorherrschende Meinung ausdrückte. Nur Jhoti bedauerte seine Schwester, weil ihr all die Aufregungen entgangen waren.

»Es war unbeschreiblich, Kairi! Das Zelt schwankte und knatterte, überall drang der Staub ein. Ich steckte Shu-shu unter meine Bettdecke und breitete noch alle Tücher über sie, die ich finden konnte, und sie heulte und schluchzte und meinte, das Zelt werde einstürzen und uns alle unter sich begraben, so daß wir ersticken müßten. Sie hat sich fürchterlich angestellt.«

»Geheult habe ich nicht!« verwahrte Shu-shu sich zornig.

»O doch, wie ein Schakal – wie ein ganzes Rudel Schakale!«

»Nein, hab ich nicht!«

»Doch hast du!« Nun entartete die Unterhaltung zu einem kleinen Zank, und weder jetzt noch später fragte irgendwer Anjuli, wo und wie sie die Nacht überstanden habe und wie es ihr und Kaka-ji ergangen sei.

Von abendlichen Ausritten und Zusammenkünften im Empfangszelt war nicht mehr die Rede. Ash und Mulraj hatten viel zu viel zu tun, und Jhoti, der ihnen unermüdlich schwatzend auf ihren Inspektionsgängen durch das Lager folgte, ganz überzeugt, wertvolle Hilfe zu leisten, war davon abends so müde, daß er sich auf sein Bett freute. So machte denn nur Kaka-ji hin und wieder seinen Nichten einen Besuch, blieb aber nicht lange, denn ohne die anderen langweilte er sich.

Das Wetter, wie um den angerichteten Schaden gutzumachen, besserte sich ganz überraschend. Am Tage stieg das Thermometer nicht mehr über 32 Grad, nachts wurde es kühl. Weil aber niemand sich vom nächsten Unwetter überraschen lassen wollte, schufteten alle wie die Galeerensklaven, um die Schäden auszubessern und den Aufbruch vorzubereiten. Und das nicht nur aus Angst vor einem weiteren Sandsturm, sondern weil alle dieses Nomadenleben satt hatten, sich nach einem Ort sehnten, an dem man bleiben konnte, und nach den Fleischtöpfen von Bhithor und dem großen Hochzeitsfest gierten.

Die meisten der durchgegangenen Tiere wurden wieder eingefangen und mit Futter versorgt. Die Nahrungsmittel gingen zwar zu Ende, doch reichten sie wohl gerade noch bis ans Reiseziel. Ash ritt im weiten Umkreis umher und kaufte, was das Land noch hergab. Im Lager war man eifrig bei der Arbeit, hämmerte und sägte, Zeltgestänge und Fuhrwerke wurden ausgebessert; doch es war abzusehen, daß man beim besten Willen vor Ablauf einer weiteren Woche nicht würde aufbrechen können.

Tatsächlich vergingen noch volle acht Tage, und während dieser Zeit bekam Ash seine Anjuli nicht ein einziges Mal zu Gesicht. Auch Shushila nicht. Er war zu beschäftigt, hörte allerdings das eine oder andere von Kaka-ji und Jhoti; zu ihnen sagte er, er werde die Prinzessinnen besuchen, sobald der Zug wieder in Bewegung sei. Er wollte seinen Frieden mit Juli machen; das konnte er, einerlei wieviele Personen dabei anwesend waren, denn sie verstand Wörter und Gesten, die andere nicht verstanden. Der Gedanke, von ihr zu scheiden, ohne sie wissen zu lassen, daß er tief bedauerte, so unfreundlich gegen sie gewesen zu sein, schien ihm unerträglich; auch sollte sie wissen, daß er sie immer lieben werde. Unmöglich konnte er sie mit der bitteren Erinnerung an sein abweisendes Verhalten ziehen lassen. Hätte er dies nicht gutzumachen gehabt, er wäre ihr bis zuletzt ferngeblieben, allein schon um sich – und ihr – neuerliche Schmerzen zu ersparen.

Ash vermutete, er werde schon bald aufgefordert werden, sich im Empfangszelt einzufinden, doch hatte es nicht den Anschein, und als er Kaka-ji beiläufig darauf ansprach, tat der alte Herr das mit einem Achselzucken ab: es sei nicht notwendig, daß er sich bemühe. »Du würdest dich gräßlich langweilen. Meine Nichten bereiten sich auf die Ankunft in Bhithor vor und reden von nichts anderem als von Kleidern und Schmuck, die sie tragen wollen.«

Das klang nicht wie Juli, und Ash widerstand denn auch nicht der Versuchung, seine Meinung zu sagen. Kaka-ji stimmte kichernd zu und sagte, in Wahrheit denke selbstverständlich nur Shu-shu an diese Dinge, er vermute aber, daß Kairi sie darin unterstütze, um sie abzulenken, »und daran tut sie sehr recht, denn wir alle profitieren davon, wenn Kairi sie am Weinen und Jammern hindern kann.«

Jhoti war ebenfalls dieser Ansicht, wenn er sich auch weniger gewählt ausdrückte und von »diesem ewigen Getue mit den albernen Kleidern« redete, während Mulraj durchblicken ließ, nun, da man Bhithor so nahe sei, sollten er selber und der Sahib dem Empfangszelt lieber fernbleiben, denn der Rana nehme es mit der Etikette sehr genau.

Da er auf indirekte Weise nicht zum Erfolg kam, ließ Ash geradezu anfragen, wann sein Besuch bei den Prinzessinnen willkommen sei, worauf ihm eine blumenreiche, aber ausweichende Antwort zuteil wurde, aus der sich entnehmen ließ, daß Shushila-Bai im Moment leidend sei und auf die Ehre seines Besuches bis auf weiteres verzichten müsse. Diese bittere Pille war mit vielen Komplimenten verzuckert, aber eine Ablehnung war es eben doch. Fand Juli ebenso wie Mulraj, es sei richtiger, jetzt, so kurz vor dem Reiseziel, strenges Purdah zu wahren? Oder wollte sie ihn wirklich nicht noch einmal sehen? Beides bedeutete, daß er sich nicht mehr mit ihr würde versöhnen können und daß die Art, wie sie sich getrennt hatten, eine Wunde hinterlassen würde, die, solange er lebte, nicht verheilen konnte. Eine Strafe – und eine gerechte dazu.

Doch schätzte er Anjuli falsch ein. Unversöhnlichkeit war keiner ihrer Charakterzüge; sie machte es ihm nicht zum Vorwurf, daß er sich so abweisend gegen sie betragen hatte. Sie kannte die Gründe dafür, als hätte er sie ihr dargelegt, und verstand ihn gut genug, um zu wissen, daß er diese Gemütsaufwallung zutiefst bedauerte. Auch, daß er sich fragte, ob sie ihm grolle. Nun, sie konnte ihm zeigen, daß sie nicht grollte, und das auf einfache Weise.

Eines Abends, am Ende eines ermüdenden Reisetages, den Ash im Sattel verbracht hatte, gab ein Hofbediensteter einen Korb Orangen im Auftrage der Prinzessin Anjuli bei ihm ab. Die Prinzessin bedauere, des Befindens ihrer Schwester wegen seinen Besuch nicht empfangen zu können und lasse ausrichten, sie hoffe, der Sahib befinde sich wohl und freue sich über die Früchte. Ash betrachtete die Orangen, und sein Herz begann wie rasend zu pochen; ihm wurde fast schwindlig und nur mit Mühe unterdrückte er den Wunsch, dem Mann den Korb aus den Händen zu reißen und sofort nach der Botschaft zu suchen, die gewiß unter den Früchten versteckt war. Er beherrschte sich, entlohnte den Diener, trug den Korb ins Zelt, leerte den Inhalt auf seinem Bett aus – und fand nichts.

Aber irgendwas mußte doch da versteckt sein, denn warum sollte ihm Juli sonst ein so konventionelles Geschenk machen? Das paßte nicht zu ihr, und was sie ihm durch den Überbringer hatte ausrichten lassen, enthielt keine geheime Bedeutung. Ash nahm eine Orange nach der anderen zur Hand. Die Schale der fünften wies einen winzigen Einschnitt wie von einem scharfen Messer auf, er brach sie entzwei – und war erleichtert. Das Elend, an dem er seit Tagen gelitten hatte, die Schuldgefühle und der Selbsthaß wichen von ihm, als er sah, was Juli ihm da schickte; Hoffnung kehrte in sein Herz zurück, Schwäche und Ermattung fielen von ihm ab.

Sie hatte nichts geschrieben. Das war auch überflüssig, denn was sie ihm schenkte, sagte mehr, als ein Brief hätte sagen können. Es war die Hälfte des geschnitzten Fisches, des Talismans, den sie ihm geschenkt hatte, als er aus Gulkote fliehen mußte.

Ash betrachtete ihn lange versonnen, ohne ihn eigentlich wahrzunehmen. Er durchlebte noch einmal jene Nacht, die Stille, die Furcht, das Flüstern, drängende Stimmen, Mondlicht auf den schneebedeckten Gipfeln des Palastes der Winde, das auch den Balkon in seinen kalten Schein tauchte, die Perle im

Ohr von Hira Lal aufblitzen ließ und jene winzige Schnitzerei, Julis kostbarsten Besitz, schimmernd wie Silber.

Sie machte ihm dieses Geschenk, weil er ihr Armbandbruder war; es sollte ihm Glück bringen. Und weil sie ihn liebte. Er brach den Fisch der Länge nach in zwei Teile, gab ihr eines zurück und sagte, eines Tages, wenn er wieder käme, wollten sie die Teile zusammenfügen und den Fisch heilen. Und nun schickte sie ihm seinen Teil zurück, wohl wissend, daß er begriff, was sie damit ausdrücken wollte... er und sie waren Teile eines Ganzen; solange sie am Leben waren, bestand Hoffnung, daß sie eines Tages zusammenkommen würden, eines späten Tages, wenn es niemanden mehr kümmerte, was sie taten oder ließen. Bestenfalls war dies eine schwache Hoffnung, doch auch die allergeringste Hoffnung belebte Ash wie ein Trunk Wasser den vom Durst gequälten Wanderer in der Wüste. Auch wenn sie nie in Erfüllung ging, war der Fisch doch ein greifbarer Beweis dafür, daß Juli ihn noch liebte, daß sie ihm alles verziehen hatte.

Ash berührte die Schnitzerei so zart, als sei sie lebendig, und betrachtete sie durch einen Tränenschleier. Erst als seine Tränen getrocknet waren, erkannte er, daß Juli ihm nicht seine Hälfte geschickt hatte, sondern ihre, jene Hälfte, die sie jahrelang zwischen ihren Brüsten getragen hatte und die noch nach ihrer Haut duftete: ein ganz schwacher Duft von Rosenblütenblättern. Das war also die zweite Botschaft, intim und zärtlich wie ein Kuß; er drückte sie an die Wange und fühlte sich ungemein getröstet.

Gul Baz gab diskret hüstelnd seine Anwesenheit zu erkennen. Er brachte das Abendessen, und Ash steckte den Talisman in die Tasche, legte die Orangen hastig in den Korb zurück und machte sich – erstmals wieder mit Appetit – ans Essen.

Hinderte ihn das Wetter nicht daran, aß er am liebsten im Freien, und heute Abend war der Tisch unter dem Kikarbaum gedeckt, dessen mimosenähnliche Blüten ihre Pollen über die Speisen und auf Ashs Haar verstäubten. Noch färbte die untergehende Sonne den Himmel rot, doch als abgetragen war und Ash Kaffee getrunken hatte, schimmerten bereits die Sterne. Er rauchte eine Zigarette und dachte an Juli; er gab ihr und sich selber ein Versprechen: Nie würde er eine andere heiraten, und auch falls er Juli nicht wiedersähe, wollte er an sie als an seine Gemahlin denken. Für sie beide sollte die traditionelle Formel gelten: »Und bleibt unzertrennlich euer Leben lang.«

Hinter ihm brannte eine Lampe im Zelt, und er hörte, wie Gul Baz alles für die Nacht vorbereitete. Einem plötzlichen Einfall folgend, trug er ihm auf, Mahdu zu sagen, er brauche die kleine Kassette, die er, seit man ihm das Gewehr gestohlen hatte, Mahdu in Obhut gegeben hatte. Der brachte selber die Kassette und blieb ein Weilchen, um zu plaudern und zu rauchen. Als er gegangen war, trat Ash ins Zelt, stellte die Kassette auf den Tisch und holte den Talisman aus der Tasche.

Der Strang aus feiner Seide, an dem Juli ihn getragen hatte, war entfernt worden. Nur so konnte sie den Splitter in der Orange verbergen. Ash mußte eine neue Schnur suchen. Es war keine zur Hand, also mußte er anderntags Gul Baz beauftragen, etwas Geeignetes zu besorgen; bis dahin sollte der Talisman dort ruhen, wo die andere Hälfte jahrelang so sicher aufgehoben gewesen war, behütet und vergessen.

Er öffnete die Kassette mit einem Schlüssel, den er an seinem Schlüsselbund trug und war überrascht, als der Deckel ihm förmlich entgegensprang; doch fiel ihm dann ein, daß er jenen blutgetränkten Fetzen nach dem Mordanschlag in aller Eile in die Kassette gezwängt und den Deckel mit Gewalt zugedrückt hatte. Erst jetzt dachte er wieder an dieses blutgetränkte Gewebe, das er vor neugierigen Augen verborgen hatte und vernichten wollte.

Damals war die Kassette der am besten geeignete Platz, den Fetzen aufzuheben und vor Gul Baz zu verbergen, der die Schlüssel zu allen anderen Behältern verwahrte; also stopfte er den Stoff hinein in der Absicht, ihn bei erster Gelegenheit zu vernichten, zu verbrennen oder einfach unterwegs wegzuwerfen. Später aber gab er Mahdu die Kassette in Verwahrung, zusammen mit allem Geld, seinen Gewehren und der Munition und dachte nicht mehr daran.

Er betrachtete den Fetzen jetzt angewidert und fragte sich, wem er gehören mochte und wie er ihn loswerden sollte. Verbrennen konnte er ihn immer noch nicht, ohne die Neugier seiner Diener zu erregen, die bestimmt nachsehen würden, ob das Zelt Feuer gefangen habe. Auch konnte er ihn nicht einfach auf dem Boden liegen lassen, wo er mit anderem Kehricht von Gul Baz beseitigt würde, denn er konnte sich daran erinnern, den Stoff schon einmal erblickt zu haben. Am besten, er steckte ihn in die Tasche, machte einen kleinen Abendspaziergang außerhalb des Lagers und warf das Ding weg.

Er machte ein Knäuel daraus, um es in die Tasche zu schieben, und dabei fiel ihm etwas auf, das er auch zuvor schon, wenn auch nicht bewußt, wahrgenommen hatte. Irgendwo da drinnen war ein kleiner harter Gegenstand zu fühlen, ein Knopf vielleicht oder eines jener Bleiklötzchen, die von indischen Schneidern benutzt werden, um Säume zu begradigen.

Ash hatte dieses Beweisstück überhaupt nur flüchtig betrachtet, denn als er sich vornahm, es vor allen Blicken zu verbergen, konnte er es gar nicht rasch genug loswerden, sonst hätten seine Diener oder auch Mulraj bestimmt Fragen gestellt, die er nicht beantworten wollte. Jetzt also breitete er das Stück zum ersten Mal auf dem Tisch aus und musterte es genauer.

Der Stoff war ganz und gar mit Blut beschmiert und steif und brüchig davon. Die Wunde an seiner Stirn hatte heftig geblutet. Immerhin war zu erkennen, daß es sich um kostbares, handgewebtes Material handelte, ein Gemisch aus grauer Baumwolle und grauer Seide, dünn und nicht gefüttert. Gerissen war nicht das Gewebe, sondern die Naht; was er da vor sich sah, war das ganze linke Vorderteil eines Leibrockes; Kragen und Ärmel fehlten. Am Rande klafften Knopflöcher, auf der Innenseite war eine kleine Brusttasche angebracht, an einem etwas ungewöhnlichen Platz, nämlich unterhalb des Ärmelloches. Die Tasche war mit zwei Klappen versehen, damit nichts herausfallen konnte, und eine Prüfung ergab, daß sie überdies vernäht war, wohl um zu garantieren, daß der kleine harte Gegenstand auf keinen Fall verlorengehen konnte. Vermutlich ein Edelstein, dachte Ash, noch dazu ein wertvoller, andernfalls hätte der Eigentümer sich nicht eigens eine Tasche dafür anbringen lassen und ihn stets mit sich herumgetragen. Die Nähte waren steif von Blut, und als er daran riß, stellte er sich vor, was der Attentäter wohl gedacht haben mochte, als er den Verlust entdeckte. Das war für den Herrn im grauen Rock vermutlich ein kostspieliges Abenteuer gewesen; vielleicht war ihm das ja eine Lehre. So erklärte sich auch der Einbruch in das Zelt und die gründliche Durchsuchung. Damals hatte ihn das verblüfft, denn es lag ja auf der Hand, daß der Dieb auf der Suche nach etwas gewesen war, das viel kleiner sein mußte als ein Gewehr oder eine Schachtel mit Patronen oder auch nur ein Säckchen voller Geldmünzen. Und hätte Ash die Kassette nicht wenige Stunden vorher Mahdu gegeben, der Mörder hätte gefunden, was er suchte.

Ash nahm eine Nagelschere zu Hilfe und dachte dabei: Ich hätte gleich am frühen Morgen an den Ort des Überfalles gehen und ihm dort auflauern müssen. Bestimmt ist der Lump hingelaufen, als er seinen Verlust bemerkte, und hat die ganze Gegend Zentimeter um Zentimeter abgesucht – recht ist ihm geschehen. Das nennt man ausgleichende Gerechtigkeit. Damals allerdings war ihm das nicht eingefallen, ahnte er doch nicht, daß der Mann etwas Kostbares eingebüßt hatte; auch wäre er in jedem Falle zu spät gekommen, denn er war erst am Nachmittag erwacht. Hinterher hatte man immer gut reden.

Ash schnitt jetzt einfach ein Loch in die Tasche; er hatte es satt, sich mit der Naht zu quälen. Das Schmuckstück, das darin verwahrt wurde, rollte vom Tisch auf den Boden in den Lichtkreis der Sturmlampe, die am Zeltpfosten hing: Eine birnenförmige Perle von sanft irisierendem Taubengrau. Es war der Ohrring von Hira Lal.

Ash atmete tief aus und blieb eine ganze Weile reglos stehen, bevor er sich bückte und die Perle aufhob. Unglaublich, daß er gerade vor einer Stunde – erstmals nach all diesen Jahren – an diesen Stein gedacht und ihn deutlich vor seinem inneren Auge gesehen hatte. Die berühmte schwarze Perle, die Biju Ram stets in Wut versetzte, weil er – mit Recht – argwöhnte, Hira Lal trage sie in der Absicht, sich über den Ohrring von Biju Ram lustig zu machen; verglichen mit dieser einzigartigen Kostbarkeit wirkte dessen Brillant billig und grell.

Die Perle schimmerte im Licht der Lampe, als wäre sie lebendig, und bei ihrem Anblick wurde es Ash zur unumstößlichen Gewißheit, wer Hira Lal getötet und wer den Mord befohlen hatte.

Biju Ram hatte an jener denkwürdigen Reise nach Kalkutta gewiß als Laljis Begleiter teilgenommen; er haßte Hira Lal und neidete ihm die Perle. Den Mordplan dürfte Janu-Rani vermutlich bis in die kleinsten Einzelheiten ausgeheckt haben, bevor die Reisenden aufbrachen. Biju Ram mußte nur zuwarten, bis man in das Land der Tiger gelangte – den Einheimischen sollte möglichst ein menschenfressender Tiger bekannt sein –, und dann den Plan ausführen.

Janu hätte aber wissen müssen, daß Biju Ram es nicht über sich bringen würde, seinem Opfer diesen unbezahlbaren Edelstein zu belassen; auch wenn er ihn niemals würde tragen können, weil er sonst als Mörder entlarvt worden wäre. Schönheit und Seltenheit des Steines hatten offenbar bei allen Erwägungen die Oberhand behalten, Biju Ram ging bewußt ein Risiko ein, nahm den Stein an sich und trug ihn seither mit sich herum.

Bestimmt gab es noch Personen, die diesen Stein auf den ersten Blick erkennen würden; denn wer ihn je gesehen hatte, dürfte seinesgleichen nicht noch einmal vor Augen bekommen haben. Nur die Gier – oder der Haß? – konnten Biju Ram dazu verführt haben, dieses ihn überführende Beweisstück aufzuheben. Kein Wunder, daß er Ashs Zelt auf den Kopf stellte, um den Stein wiederzufinden. Das kleine Ding war so gefährlich wie eine Krait, jene kleine braune Schlange, deren Gift auf der Stelle tötet.

Ash wog das Juwel nachdenklich in der Hand und fragte sich, wie es kam, daß er den Mann, mit dem er im Dunkeln gerungen hatte, damals nicht auf der Stelle erkannte. Im Rückblick wollte ihm scheinen, daß vieles darauf hingewiesen hatte, wer der Meuchelmörder gewesen war. Kleinigkeiten, die aber unverkennbar waren: Größe und Körperbeschaffenheit und vor allem der Geruch. Biju Ram benutzte stets Parfüm, und der Mann, der ihm auflauerte, roch nach Veilchenwurzeln. Allerdings hatte Ash damals weiter nichts im Sinn gehabt, als den Mann zu töten, und erst jetzt erinnerte er sich dieses Geruchs und zugleich fiel ihm ein, daß Biju Ram sich nicht mehr so geckenhaft kleidete wie früher, sondern – augenscheinlich in bewußter (oder unbewußter?) Nachahmung seines Opfers Grautöne bevorzugte –, ausschließlich Grau.

Der blutbefleckte Fetzen auf dem Tisch roch unangenehm – wenn auch nicht nach Veilchenwurzeln. Ash warf ihn zum Zelt hinaus; sollte ihn finden, wer wollte, mochte Fragen stellen, wer wollte, denn er wußte nun, mit Juli hatte das nichts zu tun. Sie war in diese Angelegenheit nicht verwickelt, und hätte er ihretwegen nicht ein schlechtes Gewissen gehabt, er hätte das wahre Motiv des Mordanschlags längst erkannt, seinen Freunden keine Beweisstücke vorenthalten und selber den Kopf nicht in den Sand gesteckt vor Angst, eine Untersuchung könnte Juli bloßstellen.

Das Motiv lag auf der Hand, nur hatte er die Sache vom verkehrten Ende angesehen, und erst Hira Lals Perle gab ihm seine gewohnte Denkschärfe zurück. Es war, als habe man ihm einen Spiegel in die Hand gedrückt und er könne plötzlich lesen, was ihm bisher, weil verkehrt herum geschrieben, unentzifferbar gewesen war.

Biju Ram interessierte sich nicht im geringsten für Anjuli-Bai, er hatte auch in Pelham-Sahib nicht den kleinen Jungen erkannt, den er vormals grausam zu hänseln pflegte, sondern er wollte schlicht und einfach Pelham-Sahib töten, so wie Janu-Rani den kleinen Ashok hatte töten lassen wollen – weil er sich einmischte, einmischte in eine Verschwörung gegen den Thronfolger. So einfach war das, aber er hatte es nicht erkannt, weil eine vorgefaßte Meinung ihn daran hinderte.

Da er wußte, daß Biju Ram die Kreatur der verstorbenen Rani war und daß diese ihn Jhoti beigegeben hatte, versteifte Ash sich darauf, in Biju Ram immer noch das Werkzeug des Tanzmädchens zu sehen, und Jhoti war deren Sohn. Aber Nandu war auch ihr Sohn. Das Gerücht wollte nun aber wissen, Nandu selber habe seine Mutter ermorden lassen, und später – dies war kein Gerücht, sondern bezeugt – hatte er Streit mit Biju Ram gehabt. Es herrschte geradezu Feindschaft zwischen den beiden und zwar in solchem Maße, daß Biju Ram den Befehl Nandus, den Bruder Jhoti nicht mit auf den Brautzug zu nehmen, mißachtete und ihm zur Flucht verhalf. Indem er den Ausreißer persönlich begleitete, verbrannte er die letzte Brücke hinter sich.

Ausgehend von dem Faktum, daß man Biju Ram ebensowenig trauen konnte wie einem Skorpion, und alle ihm bekannten Einzelheiten in Erwägung ziehend, war Ash zu dem Schluß gelangt, sein alter Todfeind plane, Nandu ermorden zu lassen und Jhoti zum Thron zu verhelfen. Da Jhoti seines Alters wegen auf Jahre hinaus eine bloße Marionette sein würde, böte sich den Verschwörern genügend Gelegenheit, ihre eigenen Ziele zu verfolgen und sich ausgiebig zu bereichern. Diese Schlußfolgerung drängte sich geradezu auf, denn sie paßte zu allen Ash bekannten Tatsachen. Eine nur hatte er übersehen und hätte sie doch in Rechnung stellen müssen: Biju Ram wußte stets, wo sein Vorteil lag, und als er sah, daß Nandu in Wahrheit die Herrschaft ausübte und nicht mehr das Tanzmädchen, hatte er die Partei gewechselt.

Betrachtete man die Sache so, dann ergab sich ein ganz anderes Bild, etwa wie wenn man ein Kaleidoskop schüttelt. Es waren noch die gleichen Einzelteilchen, aber anders angeordnet, und Ash verstand jetzt, warum es in aller Öffentlichkeit zwischen Nandu und Biju Ram zum Bruch hatte kommen müssen, warum man Jhoti erst verbot, mit nach Bhithor zu ziehen, ihm dann aber die Flucht ermöglichte. Und warum man ihn nicht längst zurückgeholt hatte.

Das hätte mir früher einfallen müssen, dachte Ash bitter. Damit hatte er recht, denn die Beweggründe waren allzu deutlich, und hätte er die Beweise eingehend geprüft, statt sich mit dem Augenschein zufriedenzugeben, er wäre längst im Bild gewesen. Es war ihm kein Trost, daß auch andere sich hatten täuschen lassen, denn er wenigstens hätte das Manöver durchschauen müssen. Waren dies die Folgen der Verliebtheit, hatte die amtliche Betrachtungsweise etwa doch etwas für sich, die ihm Major Harlowe und sein Kommandeur so unverblümt auseinandersetzten, als er Belinda heiraten wollte: ein junger Offizier, »der wegen eines Unterrockes den Kopf verliert«, sei dem Heer nicht von Nutzen, er möge ausscheiden und Rüben züchten?

Ash setzte sich auf sein Bett und dachte über die neue Lage nach, was mehr als überfällig war.

Nandu sah in seinem Bruder einen Rivalen, einen möglichen Unruhestifter, folglich wollte er ihn beseitigen. Der Tod seiner Mutter hatte aber bereits allzuviel Argwohn erregt, und falls nun auch Jhoti ganz unerwartet stürbe, dürfte der britische Resident, der ja schon nach Janu-Ranis Tod unangenehme Fragen gestellt hatte, noch argwöhnischer werden. Und was mochte dann alles herauskommen? Da war es schon besser, Jhoti erlitt außerhalb der Staatsgrenze von Karidkote einen tödlichen Unfall; und ein besonders geschickter Schachzug war es, daß der Junge gegen die ausdrückliche Weisung seines Bruders mitgezogen war. Das mußte auch die mißtrauischsten Gemüter überzeugen. Und das Tüpfelchen auf dem i war dann jener Jagdausflug, auf dem Nandu nicht erreichbar und daher auch nicht in der Lage war anzuordnen, daß der flüchtige Junge zurückgebracht wurde.

Ein guter Plan also, gegründet auf eine zutreffende Kenntnis von Jhotis Charakter und die Vorspiegelung, daß jemand, der ihm zur Flucht verhalf und ihn dabei noch begleitete, nichts anderes sein könne als ein verschworener Parteigänger Jhotis. Biju Ram galt als ausgemachter Anhänger des möglichen Thronerben – und damit auch als geschworener Feind des Maharadscha –, was ihn von allem Verdacht freihalten würde, sollte der Junge unterwegs zu Tode kommen.

Der Plan war bis ins Einzelne genau durchdacht. Biju Ram brauchte Gehilfen – zwei mindestens, womöglich drei. Mehr wohl kaum, denn je mehr Personen davon wußten, desto eher sickerte etwas durch. Ash ging im Geiste Jhotis Gefolge durch und sein Verdacht richtete sich auf Mohun und Pran Krishna, vielleicht auch noch auf Sen Gupta. Die ersten beiden gewiß, der dritte mit Wahrscheinlichkeit. Deren persönliche Diener wiederum waren vermutlich bestechlich und mußten mit einbezogen werden.

Pran Krishna war der Busenfreund von Biju Ram und tat sich darin hervor, den jungen Herrn Jhoti laut zu bewundern. Auch war er ein ausnehmend guter Reiter und gehörte zu jener Jagdpartie, bei der Jhotis Sattel präpariert worden war. Falls jemandem zuzutrauen war, diesen Trick zu kennen, dann ihm, und wäre sein Anschlag geglückt, er hätte Zeit gefunden, den Beweis zu vernichten, bevor jemand auf den Gedanken gekommen wäre, sich den Sattel anzusehen, denn falls Jhoti sich zu Tode gestürzt hätte, wäre zunächst einmal ein großes Durcheinander die Folge gewesen und die Aufmerksamkeit hätte dem Jungen, nicht aber dem Pferd gegolten.

Ash erinnerte sich, an jenem Nachmittag belauscht zu haben, wie Biju Ram seine Kenntnis von Jhotis Charakter dazu benutzte, diesen anzustacheln, allein mit dem Falken zu jagen, indem er sich stellte, als mißbillige er das. Wäre Jhoti ausgeblieben, Biju Ram hätte Alarm geschlagen, wäre gemeinsam mit Pran Krishna auf die Suche nach Jhoti geritten, hätte beim Anblick des toten Jungen größte Trauer bekundet und den Pferdeburschen mit Vorwürfen überhäuft, während Pran Krishna unter dem Vorwand, den Sattel zu untersuchen, den Beweis vernichtet hätte.

Pläne gelingen allerdings nur selten perfekt, und dieser tat es denn auch nicht. Jhoti würde zwar mit Gewißheit stürzen, ob er dabei zu Tode kam oder nur verletzt wurde, mußte jedoch ungewiß bleiben. Indessen, man war gewiß auch darauf vorbereitet; man hätte dem Verletzten mit Überdosen Opium oder einem anderen Mittel den Rest gegeben – unter diesen Umständen wäre gewiß nicht beanstandet worden, daß man ihm schmerzstillende Mittel verabreichte. So oder so, die Erfolgsaussichten waren gut, nur hatte Ash alles verdorben, weil er sah, daß Jhoti allein wegritt und ihm mit Mulraj folgte. Kein Wunder, daß Biju Ram wütend wurde und sich vornahm, diesen Menschen, der überall seine Nase hineinsteckte, aus dem Wege zu schaffen.

Nandu wie Biju Ram mußten gewußt haben, daß ein britischer Offizier den Brautzug nach Bhithor begleiten werde. Darin sahen sie wohl einen besonderen Glücksfall, denn wenn in Anwesenheit eines Sahib ihrem Jhoti ein Unfall zustieß, würden die Behörden den Bericht ihres Agenten ungeprüft akzeptieren. Außerdem hatten sie wohl geglaubt, man werde ihnen einen unerfahrenen jungen Menschen schicken, der weder von der Landessprache noch von Sitten und Gebräuchen eine Ahnung hatte und leicht zu täuschen war.

Pelham-Sahib entsprach ihrer Vorstellung nun aber nicht, und, schlimmer noch, er machte einen ausgeklügelten Plan zuschanden, freundete sich überdies mit dem ausersehenen Opfer an und zeigte viel zu großes Interesse für dessen Wohlergehen. Dadurch konnte er zu einem bedenklichen Hindernis werden, und Biju Ram dürfte schon bald beschlossen haben, ihn aus dem Weg zu räumen, was aber nur anging, wenn man nicht mehr in Britisch-Indien war, sondern in einem Landesteil, wo es keine Ortschaften gab, die die ständige Anwesenheit eines britischen Residenten oder überhaupt einer Amtsperson erforderten, die einen Unfall untersuchen würden, der einen Sahib das Leben gekostet hatte. Denn ein Unfall mußte es selbstverständlich sein.

Biju Ram hatte wohl dies und das erwogen und den Engländer scharf im Auge behalten in der Hoffnung, Gelegenheit zu finden, einen Unfall zu arrangieren. Als er eine sah, ergriff er sie mit furchterregender Schnelligkeit; wäre Ash tot aufgefunden worden, erschossen mit der eigenen Büchse, man hätte angenommen, er sei unachtsam damit umgegangen oder gestolpert... Und da die Diener von Biju Ram mit einer solchen Waffe nicht umgehen konnten, mußte Bichchhu, der Skorpion, notgedrungen die Dreckarbeit selber tun.

Ash stand auf, trat vor den Zelteingang und starrte in die Nacht. Er sah viele Schatten, die einen Beobachter hätten verbergen können, und er selber bot ein ausgezeichnetes Ziel mit der Lampe in seinem Rücken. Das störte ihn nicht, denn er wußte: Biju Ram und seine Helfershelfer wollten auf keinen Fall die Aufmerksamkeit der britischen Behörden auf sich ziehen, und der Mord an einem britischen Offizier würde das mit Gewißheit zur Folge haben. Entweder ein Unfall oder nichts. Und da der nächste gewiß schon angelegt war, mußte Ash schnell handeln, wollte er noch lebend nach Bhithor kommen. Diesmal allerdings mußte er in der Überzeugung handeln, auf dem richtigen Wege zu sein; Vermutungen reichten da nicht. Es war nicht genug, daß er selber überzeugt war, das war er auch früher schon gewesen – zu Unrecht.

Sein Blick fiel auf den Fetzen, den er vors Zelt geworfen hatte, weil er meinte, es sei unnötig, ihn noch zu verbergen; nun hob er ihn auf, denn ihm war ein Gedanke gekommen.

26

Der Aufbruch verzögerte sich am folgenden Morgen, weil ein Elefantenhüter und ein Ochsentreiber sich über die Verteilung von Gepäckstücken stritten. Eine Lappalie, doch die Stimmung war gereizt, jeder der Streithähne hatte seinen Anhang, und nicht lange, da waren alle Elefantenhüter und ein Teil der Ochsentreiber in eine Auseinandersetzung verwickelt, die mit Schimpfreden begann und unvermeidlich in eine Rauferei ausartete.

Als man die Kampfhähne getrennt und den Streit geschlichtet hatte, waren zwei volle Stunden verloren, mithin würde man den vorgesehenen Rastplatz erst nach der Mittagsstunde erreichen – bei diesem Wetter eine unerfreuliche Aussicht.

Die Route folgte einem ausgetrockneten Wasserlauf; hier und dort wuchs dorniges Gestrüpp, zwischen Gräsern sah man hochgetürmte Ameisenhaufen. Zwar war die Sonne noch nicht aufgegangen, als man aufbrach, doch die Frühluft war nicht mehr frisch und kühl; der Tag versprach, heißer zu werden als der vorangegangene. Sand wurde von den Hufen der Pferde und Ochsen, von den Rädern der Karren, den Tritten der Menschen und Elefanten aufgewirbelt, und Shushila jammerte und klagte, bis Jhoti, der den Wagen mit seinen Schwestern teilte, ihr endlich eine Ohrfeige versetzte.

»Man könnte ja denken, du als einzige leidest unter der Hitze und der Unbequemlichkeit!« schrie er dabei, »aber da irrst du! Und wenn du glaubst, ich fahre mit dir winselnden Jungfrau auch nur einen einzigen Schritt weiter in dieser albernen Kiste, so täuschst du dich.« Er sprang aus dem Wagen, scherte sich nicht um Bitten und Gejammer, ließ sein Pferd bringen und saß auf.

Die Ohrfeige und Jhotis Abgang hatten auf Shushila, die ja überhaupt auf brutale Behandlung durch Männer sehr ansprach, eine heilsame Wirkung. Auch für Ash war dieser Vorfall recht vorteilhaft, denn er, der in den vergangenen Wochen Biju Ram geflissentlich aus dem Wege gegangen war, wollte dieses Verhalten nun grundlegend ändern, doch durfte das nicht auffallen.

Als Jhoti ganz unerwartet zu Pferde erschien, trat ein, was Ash sich wünschte: Jhotis Gefolge, seit längerem daran gewöhnt, im Wagen zu reisen, sah sich gezwungen, ebenfalls aufzusitzen und den jungen Herrn zu begleiten. Als Jhoti sie wegschicken wollte, weil er es vorzog, mit Ash und Mulraj zu reiten, griff Ash ein; er möge sie doch ruhig mitreiten lassen, sie könnten voranreiten und Nahrung und Wasser beschaffen. Weil man nämlich zur Essenszeit den Rastplatz nicht erreichen konnte, blieb nichts übrig, als unterwegs etwas zu sich zu nehmen oder ganz zu verzichten.

Diesmal machte Jhoti keine Einwände; man ritt in einer Gruppe gemeinsam weiter, so daß Ash zum ersten Mal auf dieser Reise mehrere Stunden in Gesellschaft von Biju Ram war und es sogar fertigbrachte, mit ihm zu plaudern, als stünde man auf bestem Fuße miteinander. Zwar war das Gespräch der drükkenden Hitze wegen nicht gerade lebhaft, doch aus Ashs Sicht war die Situation perfekt, denn die Gelegenheit, mit Biju Ram ins Gespräch zu kommen, hatte sich ganz von allein ergeben. Nichts deutete darauf hin, daß Ash sie herbeigeführt hatte. Später war es ihm dann ein leichtes vorzuschlagen, am Schluß des Zuges zu reiten unter dem Vorwand, es sei viel angenehmer, erst am Rastplatz anzukommen, wenn die Zelte schon aufgeschlagen waren und der Staub sich gelegt hatte. Praktisch bedeutete das, daß man die Pferde im Schritt gehen ließ, doch fühlte sich niemand – die Pferde eingeschlossen – besonders unternehmungslustig, und so war man es zufrieden, den Abstand zu dem Zuge, der sich in einer Staubwolke fortbewegte, zu vergrößern.

Die Sonne stand fast im Zenith, als man einen passenden Rastplatz entdeckte. Mohan und Biju Ram waren vorausgeritten, um die Zutaten für eine Mahlzeit zu beschaffen. Zurückkehrend berichteten sie, der Lagerplatz liege kaum mehr als eine Meile vor ihnen, die Vorhut sei bereits eingetroffen, man sei dabei, die Zelte aufzubauen; in einer Stunde sei gewiß alles bereit.

Ash hatte auf Wind gehofft, doch ausgerechnet an diesem Tage blieb der Louh aus, kein Lüftchen regte sich. Aufs Ganze gesehen mochte das sogar vorteilhaft sein, obwohl es bedeutete, daß er seinen Aktionsplan mit größter Umsicht ins Werk setzen mußte, wollte er keinen Argwohn wecken. Der Erfolg hing davon ab, daß sich alles wie durch Zufall ergab. Es kam darauf an, daß seine Handlungsweise spontan wirkte, und daß Biju Ram im gegebenen Moment herschaute. Ebenso wichtig war, daß der Platz, der für die Rast gewählt wurde, nicht zu nah, aber auch nicht zu fern vom Lager war.

Er wartete das Ende der Mahlzeit ab, man saß wieder auf, und Ash bemerkte unweit eine einzelne Palme, die aus dem staubigen, mit kümmerlichem Gras bewachsenen Boden ragte und den Orientierungspunkt abgeben konnte, den er brauchte. Dahinter, etwa eine Meile der Luftlinie nach, waberte eine Staubwolke, die anzeigte, wo die Zelte aufgebaut wurden. Dort würde man auf das Lager stoßen. Jetzt also oder nie...

Ash holte tief Luft und stellte Kaka-ji eine Frage Karidkote betreffend, die, wie er wußte, zu einer allgemeinen Debatte führen und Biju Rams Aufmerksamkeit erregen würde. Als man bei der Palme ankam, nahm er den Tropenhelm ab, sagte etwas von ungewöhnlicher Hitze, zog ein Taschentuch und wischte sich den Schweiß von Stirne und Hals. Nur war das eben kein Taschentuch, sondern es war der Fetzen, ehemals das linke Vorderteil jenes eleganten grauen Leibrockes, das nun dunkle Flecken aufwies. Ash machte darauf aufmerksam, indem er mitten in der Bewegung innehielt und dieses Stück Tuch verblüfft betrachtete. Ihm war deutlich anzumerken, daß er diesen Gegenstand nie zuvor gesehen hatte und nicht begriff, wie er in seine Tasche kam. Er besah ihn erstaunt, zog eine angewiderte Grimasse, knüllte ihn zusammen und warf ihn achtlos ins Gras.

Er bedachte Biju Ram mit keinem Blick, während er seinen Satz zu Ende sprach und dabei nach dem Leinentuch in seiner Tasche suchte, das er – augenscheinlich – dort zu finden erwartet hatte. Schließlich zog er es aus der Brusttasche seiner Reitjacke, betupfte die Stirne damit und band es so um den Tropenhelm, daß es seinen Nacken schützte. Dann führte er das Gespräch fort, insbesondere wandte er sich an Biju Ram, dem er damit keine Gelegenheit ließ umzukehren und jenen Fetzen Stoff zu suchen, bevor man im Lager anlangte. Dort angekommen, sollte es nicht schwerhalten zu verhindern, daß Biju Ram alsogleich kehrt machte, denn Ash hatte Gul Baz angewiesen, sein Zelt so aufzustellen, daß Biju Ram, sollte er sein verlorenes Eigentum suchen gehen, unmittelbar daran vorüber mußte. Ungesehen konnte er das bei Tageslicht nicht tun. Ash plante, behaglich vor seinem Zelt zu sitzen, das Fernglas in der Hand, und Ausschau nach Wild zu halten. Unter diesen Umständen würde Biju Ram das Wagnis vermutlich nicht eingehen, doch war eines gewiß: Hatte er den Fetzen erkannt – und an Gelegenheit dazu hatte es gewiß nicht gemangelt –, würde er umkehren und danach suchen.

Kurz darauf langte man im Lager an. Der Rest des Tages verlief ereignislos. Die Hitze verbot jede unnötige Geschäftigkeit. Menschen und Tiere suchten Schatten, soviel davon vorhanden war, ruhten, bis die Sonne tief am Himmel stand und die Temperatur erträglich wurde. Ash beobachtete die Gegend um jene einzelne Palme, die wie ein Zahnstocher in den bleichen Himmel stach, doch außer wabernden Hitzeschleiern rührte sich weit und breit nichts. Im Lager wurde es endlich lebendig, die abendliche Arbeit begann; Futtermacher zogen nicht in die Richtung der Palme, sondern hielten sich fern von dem vormittags zurückgelegten Weg, weil das Gras dort zu verstaubt war.

Ash nahm seine Mahlzeit wie üblich im Freien, blieb aber nicht lange draußen, sondern ging in sein Zelt, als die ersten Sterne erschienen. Gul Baz schickte er weg, wartete, bis es dunkel wurde und löschte sodann die Lampe. Wer ihn beobachtete, mußte annehmen, er habe sich schlafen gelegt. Er hatte reichlich Zeit zur Verfügung, denn der abnehmende Mond würde erst in einer Stunde aufgehen. Dennoch wollte er kein Risiko laufen. Lieber verfrüht an Ort und Stelle, als zu spät; noch war der Glaszylinder der Lampe nicht erkaltet, da schlüpfte er unter der Wand des Zeltes ins Freie, kroch auf dem Bauche bis dahin, wo Gräser erste Deckung boten – alles so lautlos und geschickt, daß sogar Malik Shah, von dem er es gelernt hatte, daran nichts auszusetzen gehabt hätte. Hinter ihm verwandelten Fackeln, Lampen und der Feuerschein die Nacht zum Tag. Das vor ihm liegende Gelände war dagegen ein unmarkiertes Meer aus Schatten, gesprenkelt mit Inseln von raschelndem Gras, und die in der Nähe stehenden Kikarbäume hoben sich kaum gegen den Sternenhimmel ab.

Ash verharrte eine Weile, um sich zu vergewissern, daß niemand ihn gesehen hatte und ihm folgte, dann ging er vorwärts in die Dunkelheit, geleitet von dem ausgetrockneten Wasserlauf, dessen sandiges Bett im Sternenlicht weiß glänzte. Der Pfad, auf dem er hergeritten war, lief parallel dazu, und obwohl die Windungen des Bachbettes die Entfernung bis zu jener Palme, wo er den Fetzen von Biju Rams Rock weggeworfen hatte, um das anderthalbfache verlängerten, kam er gut voran, so gut, daß er den aufragenden Palmenstamm vor sich sah, noch ehe er es erwartete.

Er ging direkt zu der Palme, vor der er sich nach Art der Einheimischen niederhockte, um zu warten. Der Mond würde noch eine Stunde ausbleiben, und weil Biju Ram das Lager wohl erst verließ, wenn er genügend Licht für den Weg hatte – und bis hierher gewiß eine Dreiviertelstunde brauchte –, mußte Ash wohl lange warten.

Er hatte – unter Schmerzen – gelernt, Geduld zu üben, es aber nie gern getan, und der heutige Abend war da keine Ausnahme. Zwar wußte er genau, wo er den Fetzen weggeworfen hatte und traute sich zu, ihn auf Anhieb zu finden, doch sahen die einzelnen Grasinseln im Sternenlicht ganz anders aus als bei Tage; nun verließ ihn seine Gewißheit. Auch wußte er nicht, ob jenes Stück Tuch nicht unterdessen von einem Tier fortgeschleppt worden war; dann wäre es sinnlos, in der Dunkelheit danach zu suchen. War es noch dort, würde Biju Ram es gewiß finden, war es aber nicht mehr da, so machte das nichts, denn allein daß Biju Ram käme, um danach zu suchen, wäre der Beweis, den er brauchte. Als dann der Mond endlich aufging, erblickte er den Gegenstand sogleich, zehn Schritte zu seiner Linken im hohen Pampasgras.

Das Mondlicht verriet allerdings auch seine Position, denn der Stamm der Palme beschattete ihn nicht; also ging er in jenes Dickicht aus Pampasgras, trampelte so viel davon nieder, daß er am Boden kauern konnte und bezog dieses Versteck.

Ein günstiges Versteck war es allerdings nicht, denn wenn Ash sich bewegte, raschelte das Gras, und die Nacht war so still, daß jedes Geräusch weithin zu hören sein würde. Andererseits hatte diese Stille den Vorteil, daß er Biju Ram würde kommen hören, bevor er ihn sah. Als nun aber Stunde um Stunde verging, ohne daß etwas geschah, fragte sich Ash, ob er nicht doch einen Fehler begangen habe – nicht, was den Eigentümer des Rockes anging, das war Biju Ram ohne allen Zweifel –, sondern in der Art und Weise, wie er den Fetzen fortgeworfen hatte. War das zu rasch geschehen, hatte Biju Ram ihn vielleicht nicht erkannt? Oder hatte er es so lässig getan, daß jener nicht darauf acht gab? Oder hatte er zu dick aufgetragen und dadurch Verdacht erregt?

Biju Ram war nicht dumm, und sollte er eine Falle wittern, würde er nicht hineinlaufen, einerlei wie verlockend der Köder war. War er allerdings auf das Manöver von Ash hereingefallen, würde nichts und niemand ihn zurückhalten; er würde auch niemanden schicken, sich von keinem Menschen begleiten lassen. Er würde allein kommen oder gar nicht. Der Mond stand nun schon seit mehr als zwei Stunden am Himmel, und immer noch deutete nichts darauf hin, daß jemand sich diesem Ort näherte. Kam er nicht, konnte das bedeuten, daß er eine Falle witterte; wenn sich das so verhielt, mußte Ash darauf gefaßt sein, auf dem Rückweg ins Lager in einen Hinterhalt zu geraten.

Ash wurde ratlos und erwog bereits, auf einem anderen Weg zurückzukehren und schlafen zu gehen. Es mußte auf Eins gehen, in wenig mehr als drei Stunden bereitete man sich neuerlich zum Aufbruch vor. Auch brauchte er eigentlich weiter keinen Beweis dafür, daß es Biju Ram gewesen war, der auf ihn geschossen hatte. Auch nicht dafür, daß Biju Ram auf Weisung des Tanzmädchens Hira Lal verschwinden und Lalji umbringen ließ und jetzt, auf Befehl seines neuen Herrn, dem jungen Jhoti nach dem Leben trachtete. Alles dessen bedurfte es nicht, und daß Ash sich in den Kopf gesetzt hatte, einen letzten Beweis beizubringen, bevor er handelte, war im Grunde verstiegen. Was würde ihm das schon einbringen, als die Bestätigung dessen, was er bereits wußte? Und mußte er einen Biju Ram im Zweifelsfall für unschuldig halten?

»Nicht die Spur«, flüsterte Ash wütend vor sich hin. »Nicht die Spur.«

Und doch wußte er, er mußte bleiben, bis Biju Ram kam. Oder nicht kam. Sein Vorsatz mochte verstiegen sein, doch er hatte ihn nun mal gefaßt und konnte davon nicht lassen. Die Vergangenheit war zu mächtig in ihm. Hilary und Akbar Khan hatten mehr in ihm bewirkt als sie ahnten, als sie dem Jungen immer wieder einschärften, Ungerechtigkeit sei das schlimmste aller Vergehen, die unverzeihliche Sünde, man müsse fair sein, um jeden Preis. Und nach englischem Recht gilt jeder so lange für schuldlos, bis man ihm seine Schuld nachweist.

»Ad vitam aut culpam«, zitierte Ash trocken einen von Colonel Andersons Lieblingssprüchen, was der alte Herr mit »Bevor kein Vergehen nachgewiesen ist« zu übersetzen pflegte. Der Kommandeur der Kundschafter, wenn er auf dieses Thema kam – die richtige Anwendung des Rechtes –, zitierte dann seinerseits gern den bei Dickens vorkommenden Richter, der sagte: »Was ein Soldat sagt, kann nicht als Beweis dienen.« Die Vorwürfe gegen Biju Ram stützten sich auf Klatsch und Vermutungen und gründeten in einer starken persönlichen Abneigung, die bis in Ashs Kindheit zurückreichte, und er wollte einen Menschen nicht auf bloßen Verdacht hin zum Tode verurteilen.

Zum Tode... diese Worte überraschten ihn, und ihn fröstelte, denn erst jetzt machte er sich ganz klar, daß er Biju Ram töten wollte. Doch setzte sich nun der Einfluß des Hofs von Gulkote und der Bergbewohner durch; er dachte nicht mehr wie ein Engländer.

In einer vergleichbaren Lage hätten neunundneunzig von hundert englischen Offizieren Biju Ram festgenommen und den Behörden übergeben, der hundertste hätte ihn Mulraj und den Ältesten des Lagers überlassen. Nicht einem einzigen wäre eingefallen, das Gesetz in die eigenen Hände zu nehmen, und doch fand Ash daran nichts auszusetzen. War Biju Ram des Mordes und des versuchten Mordes schuldig, mußte man hier und jetzt mit ihm abrechnen – falls er kam. Und wenn nicht? »Er muß. Er kann nicht widerstehen, solange er glaubt, er könnte die Perle finden.«

Die Schatten wurden kürzer, als der Mond höher stieg; sein Licht reichte aus, die Zeitung zu lesen. Ein Hitzemond über Indien ähnelt wenig der kühlen silbernen Kugel, die über kälteren Weltgegenden schwebt; der kleinste Käfer, der da im Grase kroch, war so deutlich zu sehen wie bei Tage. Der Fetzen, der Ash als Köder für seine Falle diente, war so auffallend wie ein schwarzer Fleck im weißen Staub.

Plötzlich wurde die herrschende Stille unterbrochen. Ein leises Knistern kündigte die Ankunft eines Stachelschweines an, das wohl vom Geruch des getrockneten Blutes angezogen wurde, doch entfernte es sich mit empörtem Stachelgeklapper, als es den beschnüffelten Gegenstand ungenießbar fand. In weiter Ferne jaulten Schakale, ihr Geheul drang weit übers Land, erstarb mit einem kummervollen Winseln, und gleich darauf stapfte und raschelte eine Hyäne auf dem Wege zum Lager vorüber. Dort gab es reichlich Abfälle – Delikatessen für Hyänen. Immer noch deutete nichts darauf hin, daß ein Mensch sich näherte. Ash räkelte sich; er hatte großes Verlangen nach einer Zigarette. Das Mondlicht würde das Aufflammen eines Zündholzes nicht erkennen lassen, und die Glut der Zigarette konnte er mit der Hand abdecken. Aber das war zu gewagt: in der windstillen Nacht würde man den Tabak schon von weitem riechen, Biju Ram wäre gewarnt.

Ash gähnte und schloß die Augen; er mußte wohl gedöst haben, denn er erwachte davon, daß eine leichte Brise durch das Gras fuhr – mit einem Geräusch wie ferne Brandung an steinigem Strand. Und Biju Ram stand keine zwölf Schritte entfernt im Mondlicht.

Ash glaubte zunächst, sein Versteck sei entdeckt, denn ihm kam vor, als starre der Mann ihn direkt an. Doch wanderte Biju Rams Blick weiter, er blickte sich suchend um, schaute von der Palme zum Lager hin. Offenbar wollte er sich ins Gedächtnis rufen, welchen Weg er und die anderen am Vormittag genommen hatten. Es war unverkennbar, daß er hier keine Falle witterte und sich nicht beobachtet glaubte, denn er suchte keine Deckung, und sein Rock war halb geöffnet, weil er sich so mehr Kühlung durch das Lüftchen versprach.

Nun bewegte er sich suchend durch das kniehohe Gras. Hin und wieder schaute er genauer nach, an einer Stelle, die im Schatten lag, stocherte er mit dem dicken Spazierstock herum. Einmal hob er etwas auf, ließ es aber gleich wieder fallen und rieb angewidert die Finger am Rockärmel, bevor er seine Suche fortsetzte.

Er war Ashs Versteck ganz nahe, als er den Gegenstand erblickte, nach dem er suchte, und man hörte, wie er befriedigt aufatmete. Er blieb eine ganze Weile starr und mit weit aufgerissenen Augen davor stehen, ließ dann den Stock fallen, rannte hin und betastete seinen Fund mit nervös zitternden Fingern.

Ein unbeherrschbares Lachen ließ erkennen, daß er den harten kleinen Gegenstand in der Innentasche ertastet hatte; er riß so ungeduldig an den Nähten, daß der Stein vor ihm zu Boden fiel.

Die Diamanten der schmalen Fassung glitzerten mit kaltem Glanz, und die schwarze Perle lag wie ein Tropfen Nacht im weißen Staub. Schön und wunderbar sog sie das Mondlicht auf und strahlte es zurück. Zu Boden blickend, lachte Biju Ram wiederum, jenes vertraute kichernde Lachen, das meist anzeigte, daß ihm eine Bosheit gelungen war; es zeugte nie von herzlicher Belustigung, und diesmal enthielt es unmißverständlich einen Unterton von Triumph.

Die Suche nach seinem Stein beanspruchte ihn so, daß er die Nähe eines anderen Menschen nicht wahrnahm, und als er sich nun hinkniete, bemerkte er nicht, daß das Gras immer noch raschelte, obgleich kein Lufthauch mehr ging. Und als er den Schatten sah, war es zu spät.

Eine Hand umklammerte sein Handgelenk wie eine stählerne Falle und verdrehte es so brutal, daß er vor Schmerzen aufschrie und die Perle fallen ließ.

Ash nahm sie auf, steckte sie in die Tasche, gab Biju Rams Hand frei und trat zurück.

Biju Ram war agil und listig, er hatte sich als schneller Denker erwiesen, stets fähig, blitzschnell Gedanken in Taten umzusetzen. Diesmal aber wurde er überrascht, denn er wähnte sich völlig sicher. Der Schrecken, der ihn ergriff, als er Ash vor sich sah, verleitete ihn zu unvorsichtigem Gerede:

»Sahib!... was tust du hier?... Ich weiß nicht, ich wollte ein Schmuckstück suchen, das ich verloren haben muß... heute Vormittag... gib es mir, Sahib, es ist meines.«

»Wirklich?« fragte Ash gedehnt. »Dann war also der Rock, in dem es versteckt war, auch der deine. Und dies bedeutet, daß du mindestens zweimal versucht hast, mich zu ermorden.«

»Dich ermorden?« Biju Ram hatte sich gefaßt, Stimme und Miene zeigten völlige Verständnislosigkeit. »Ich verstehe nicht, Sahib. Von welchem Rock sprichst du?«

»Von diesem.« Ash rührte mit dem Fuß an den Fetzen. »Das blieb in meiner Hand zurück, als du mir entwischtest – nachdem du mich mit dem Gewehr verfehlt hattest. Später hast du mein Zelt durchwühlt, denn anders als ich wußtest du, was in jener kleinen Tasche war. Gestern Abend habe ich es entdeckt, und heute warf ich den Fetzen hierher, damit du ihn dir holen solltest. Ich wußte, du würdest kommen. Ich habe gesehen, wie du danach gesucht, wie du die Perle herausgenommen hast, also erspar dir deine Lügen. Sag nicht, du verstehst mich nicht und der Rock gehörte nicht dir.«

Über Biju Rams Gesicht glitt nacheinander ein Ausdruck der Wut, der Angst, der Unentschlossenheit und der Vorsicht, dann aber lächelte er breit, machte mit beiden Händen eine resignierte Gebärde und sagte trocken: »Ich sehe schon, ich muß alles gestehen.«

»Gut«, sagte Ash, erstaunt über diese schnelle Kapitulation.

»Ich hätte es längst getan, Sahib, hätte ich geahnt, daß du mich verdächtigst. Doch das kam mir nicht in den Sinn, und ich war töricht genug, meinen Diener Karam zu decken, der mir alles eingestand und um Gnade bettelte. Schließlich war nichts Schlimmes geschehen, eine Klage wurde nicht erhoben. Glaub nicht, daß ich ihn nicht gestraft habe, das habe ich, und zwar streng. Er behauptete aber, und ich glaube ihm, er habe das Gewehr nicht stehlen wollen, sondern es nur geborgt, um einen Bock zu schießen. Es gibt dort Wild, und im Lager ist mancher bereit, für frisches Fleisch gut zu zahlen. Er wollte die Büchse zurückgeben, bevor sie vermißt wurde, doch im Dunkeln hielt er den Sahib fälschlich für einen Bock und gab einen Schuß ab. Als er seinen Irrtum erkannte, geriet er vor Schreck außer sich, denn er sagte, du habest ihn angesprungen, als er glaubte, du seiest tot. Er entkam unter Zurücklassung der Büchse und eines Fetzens von seinem Rock, erzählte niemandem davon, sondern behauptete, sich bei einem Sturz verletzt zu haben. Ich selber hätte davon nichts erfahren, doch schenkte ich ihm zufällig tags zuvor einen meiner abgelegten Röcke und vergaß, daß ein Ohrring in der Innentasche war. Als ich den von ihm verlangte, gestand er mir alles. Du kannst dir meine Empörung vorstellen, Sahib.«

Er machte eine Pause, als erwarte er eine Bemerkung von Ash, und als keine erfolgte, fuhr er tief seufzend fort und schüttelte bei der Erinnerung bedauernd den Kopf: »Ich hätte ihn vor dich bringen müssen, augenblicks – ich weiß es nur zu gut«, bekannte er großmütig. »Doch bat er mich weinend um Gnade, und weil du, Sahib, keine Anzeige gemacht hattest und zum Glück unverletzt warst, gab ich seinen Bitten nach und hatte nicht das Herz, ihn zu melden. Auch versprach er mir, den Ohrring zu suchen und wiederzubringen, doch hätte ich gewußt, daß er in deinem Zelt danach suchen würde oder daß du den Rock als den meinen erkannt und mich als den Täter in Verdacht hattest, ich wäre auf der Stelle zu dir gekommen und hätte dir die Wahrheit gesagt. Du hättest mir den Ohrring gegeben und alles wäre gut gewesen. Die Schuld liegt ganz auf meiner Seite – ich gebe es zu. Ich war zu nachsichtig mit dem Diener, dafür bitte ich dich um Verzeihung. Doch hättest du an meiner Stelle anders gehandelt, wenn einer deiner Diener so etwas angestellt hätte? Doch wohl nicht. Nachdem du nun alles weißt, Sahib, möchte ich mit deiner Erlaubnis ins Lager zurückkehren. Morgen wird sich der schurkische Diener bei dir melden, alle seine Untaten gestehen und jede Strafe entgegennehmen, die du für angemessen hältst. Das verspreche ich dir.«

»O ja, das glaube ich wohl«, versetzte Ash trocken. »Und ich glaube auch, daß er wörtlich wiederholt, was du mir eben erzählt hast, denn er wird nicht wagen, etwas anderes zu sagen. Auch wirst du ihn gut dafür belohnen, daß er den Sündenbock abgibt.«

»Der Sahib tut mir unrecht«, wehrte Biju Ram gekränkt ab. »Ich habe nur die Wahrheit gesprochen. Auch gibt es viele, die bezeugen können, daß ich in jener Nacht mein Zelt nicht verlassen habe und –«

» – und daß dein Gesicht am nächsten Morgen keine Kratzer aufwies«, vollendete Ash den Satz. »Selbstverständlich nicht. Allerdings konnte man auch anderes hören, doch einerlei – selbst wenn dem nicht so wäre, hättest du auch dafür eine Erklärung. Also gut. Da du denn so viele Zeugen aufbieten kannst, die beschwören, daß du die Wahrheit sagst, wollen wir einmal annehmen, es sei wirklich dein Diener gewesen, der mein Gewehr stahl und mich damit erschießen wollte und der dabei zufällig eben jenen abgelegten Rock trug, den du ihm zufällig am Tage vorher schenktest. Aber wie verhält es sich mit dem Ohrring? Hast du Zeugen, die beeiden, daß er dein Eigentum ist?«

Das Mondlicht ließ deutlich erkennen, wie Biju Rams Augen sich vor Schreck weiteten. Auch Ash sah es und fand bestätigt: niemand wußte von der Perle, Biju Ram durfte sie niemals tragen. Gab er zu, sie zu besitzen, gab er sich der Erpressung preis, wenn nicht gar dem Tode. Denn auch nach all diesen Jahren lebten immer noch Menschen, die die Perle kannten und sich erinnerten, daß das Verschwinden ihres Eigentümers nie aufgeklärt worden war. Biju Ram konnte durch Drohung und Bestechung jede Menge falsche Zeugen beibringen, doch die Perle öffentlich vorzeigen, das konnte er nicht wagen.

So verging denn auch ein Weilchen, bevor er sich zu einer Antwort bequemte, auch zwang er sich, wie um sein Zögern zu vertuschen, ein Lächeln ab. »Der Sahib erlaubt sich zu scherzen. Wozu brauche ich Zeugen? Das Schmuckstück gehört mir; daß ich danach suche, spricht wohl für sich, denn hätte ich es nicht in der Innentasche meines Rockes verwahrt, wie hätte ich wissen können, daß es hier liegt? Wo hätte ich danach suchen sollen? Oder was hätte ich sonst hier zu suchen? Übrigens würden nicht einmal meine Diener es erkennen, denn ich trage es nie. Es gehörte meinem Vater, der es mir auf dem Sterbebett vermachte; sein Anblick stimmt mich traurig, doch trage ich es zum Andenken an ihn stets bei mir. Für mich ist es ein Talisman; er erinnert mich an einen gütigen, bedeutenden Menschen und schützt mich vor Übel.«

»Ein braver Sohn also. Was du sagst, ist recht interessant. Ich glaube, er war nicht alt genug, dein Vater zu sein. Der Altersunterschied zwischen euch betrug nicht mehr als fünf Jahre. Aber vielleicht war er ein sehr frühreifes Kind?«

Biju Rams Lächeln erstarrte, doch blieb seine Stimme ölig, und er vollführte wiederum die resignierende Handbewegung. »Du sprichst in Rätseln, Sahib. Ich verstehe dich nicht. Was kannst du über meinen Vater wissen?«

»Nichts«, sagte Ash. »Ich kenne aber den Mann, dem dieser Ohrring gehört hat und der ihn immer trug. Er hieß Hira Lal.«

Man hörte deutlich, wie Biju Ram scharf die Luft einsog. Er erstarrte, und wieder verrieten ihn die weit aufgerissenen Augen. Diesmal aber stand darin Unglaube und Schrecken und die Andeutung einer Mischung aus Wut und Angst. Er fuhr mit der Zunge über die Lippen, als seien die plötzlich trocken, und als er endlich sprechen konnte, war es mehr ein heiseres Flüstern, das sich ihm gegen seinen Willen entrang.

»Nein… nein… es kann nicht wahr sein. Du kannst nicht… das ist unmöglich…« Er erbebte, schien sich aus den Klauen eines Alptraumes freimachen zu wollen und sagte überlaut:

»Meine Feinde haben mich bei dir verleumdet, Sahib. Glaube ihnen nicht. An dieser Sache ist kein wahres Wort – keines. Der Mann, von dem du redest, dieser Mera – nein, Hira Lal hieß er doch? Diesen Namen gibt es in Karidkote häufig, er ist nicht ungewöhnlich, und es mag sein, einer der so heißt, hat einen

Ohrring, der meinem gleicht. Aber darf man mich deshalb des Diebstahls und der Lüge bezichtigen? Sahib, jemand, der mich ins Unglück bringen will, hat dich getäuscht; aber wenn du ein gerechter Mensch bist – und wir wissen: alle Sahibs sind gerecht –, dann nenne mir den Namen dieses Verleumders, damit ich ihn stelle und ihn zwinge zuzugeben, daß er lügt. Wer beschuldigt mich?« verlangte er in drohendem Ton zu wissen. »Und was wirft man mir vor? Kennst du seinen Namen, Sahib, so nenne ihn. Ich fordere Gerechtigkeit!«

»Die wird dir zuteil werden«, versprach Ash grimmig. »Sein Name ist Ashok, ehemals Diener beim Kronprinzen von Gulkote. Gerade du hättest Grund, dich seiner zu erinnern.«

»Aber... aber der ist tot! Er kann unmöglich... Du treibst ein Spiel mit mir. Das ist eine Verschwörung, du bist einem Betrüger aufgesessen, der sich für ihn ausgibt. Der Junge ist schon vor Jahren gestorben.«

»Haben die Häscher, die du ihm nachschicktest, dir das berichtet? Wenn ja, so haben sie gelogen. Vermutlich, weil sie ihr Versagen nicht eingestehen wollten. Nein, Bichchhu-ji –« Biju Ram zuckte bei diesem alten Spottnamen zusammen wie ein verschrecktes Pferd, »deine Leute verloren seine Spur. Seine Mutter starb, er aber lebt und ist zurückgekehrt, dich des Mordes an seinem Freunde Hira Lal zu bezichtigen, dessen Perle du gestohlen hast; ferner des Mordversuches an Jhoti und an mir, den du erschießen wolltest. Auch ist der Tod von Lalji noch zu klären. Ich weiß nicht, ob du ihn eigenhändig von der Mauer stießest, aber gewiß ist, daß du die Hand im Spiel hattest, du und seine Stiefmutter, die ihr gemeinsam den Tod meiner Mutter Sita beschleunigt habt, indem ihr uns kreuz und quer durch den Pandschab hetzen ließet, bis sie vor Erschöpfung starb.«

»Wir... deine Mutter?«

»Ja, meine Mutter, Bichchhu. Erkennst du mich nicht? Sieh nur genauer her. Bin ich so sehr verändert? Du nur wenig. Dich habe ich gleich erkannt, am ersten Abend in Jhotis Zelt. So wie ich auch gleich die Perle erkannte, als sie aus der verborgenen Tasche in deinem Rock fiel.«

»Aber du... du bist ein Sahib«, flüsterte Biju Ram verstört, »ein Sahib –«

»Und war einmal Ashok«, sagte Ash leise.

Biju Ram glotzte ihn an, die Augen quollen ihm aus dem Kopfe, auf seine Stirne traten große Schweißtropfen. »Nein, das ist nicht wahr«, hauchte er kaum vernehmlich, »es kann nicht sein... ich glaube nicht...« Doch diese abwehrenden Worte standen im Widerspruch zu seiner Miene; es dämmerte ihm etwas, und er sagte plötzlich laut: »So zeige mir denn das Brandmal!«

»Hier ist es«, sagte Ash, knöpfte sein Hemd auf und zeigte die weißliche, halbmondförmige Narbe auf der tiefbraunen Haut, ein Brandmal, das vor langer Zeit mit dem glühenden Lauf einer Reiterpistole eingedrückt worden war.

Er hörte Biju Ram unwillkürlich »Wah« rufen und blickte selber hinunter auf die Narbe – eine Dummheit. Er hätte den Mann, der nicht umsonst Skorpion genannt wurde, nicht aus dem Auge lassen dürfen, denn unbewaffnet war er gewiß nicht gekommen. Der gefährlich schwere Stock war nicht erreichbar für ihn, doch trug er unter einem Schlitz in seinem Rock einen Dolch. Als Ash an sich herunterblickte, zog er ihn blitzschnell und stach zu, so schnell wie sein Namensvetter.

Der Stich verfehlte das Ziel nur, weil Ash blitzschnell reagieren konnte; zwar hatte er den Blick gesenkt, doch entging ihm die flinke Handbewegung nicht, und er warf sich instinktiv zur Seite, so daß der Stich über seine Schulter hinweg geführt wurde. Biju Ram wurde von der Wucht vorwärtsgerissen; Ash brauchte ihm nur ein Bein zu stellen, schon lag er im Staub.

Als er da noch keuchend lag, hob Ash das Messer auf und spürte große Lust, es Biju Ram zwischen die Schulterblätter zu stoßen und mit diesem Ungeheuer ein Ende zu machen. Wäre er Zarins Bruder gewesen, er hätte es getan, denn Koda Dads Söhne hatten keine falschen Skrupel einem Feind gegenüber. Bei Ash jedoch gewann seine Herkunft die Oberhand; die Erziehung in einer englischen Privatschule machte ihm einen Strich durch die Rechnung, er brachte es nicht fertig zuzustoßen. Nicht, weil das Mord gewesen wäre, sondern aus einem banaleren Grunde: Wie seinen Vorfahren hatte man auch ihm beigebracht, daß es sich »nicht gehört«, einen Mann hinterrücks zu erstechen oder ihn zu treten, wenn er am Boden liegt. Die unsichtbare Anwesenheit seines Onkels Matthew und unzähliger Vorfahren, die Pastoren und Lehrer gewesen waren, gebot ihm Einhalt. Er trat zurück und forderte Biju Ram auf, sich zu erheben und zu kämpfen.

Doch hatte Biju Ram dazu anscheinend keine Lust, denn als er wieder zu Atem kam, rappelte er sich auf die Knie. Der Anblick von Ash, der mit dem Messer in der Hand vor ihm stand, bewirkte jedoch, daß er neuerlich in sich zusammenrutschte, das Gesicht im Staub barg und undeutlich stammelnd um Gnade flehte.

Dieses Schauspiel war nicht erhebend. Ash, der in Biju Ram immer einen Sadisten gesehen hatte, war nicht auf die Idee gekommen, er könne auch ein Feigling sein. Er erkannte, daß Biju Rams Lust, andere zu quälen, einherging mit grenzenloser Angst vor Schmerzen. Biju Ram brach total zusammen, als er annehmen mußte, ihm würde angetan, was er anderen mehr als einmal zugefügt hatte. Waffenlos und ohne Helfershelfer wurde aus dem Ungeheuer eine Strohpuppe.

Ash höhnte und spottete, er stieß die winselnde Kreatur mit dem Fuß und warf dem Menschen jede Beleidigung an den Kopf, die er sich ausdenken konnte – vergeblich. Biju Ram wollte nicht aufstehen, denn sein Instinkt sagte ihm, sobald er stehe, werde der Sahib ihn angreifen. Und der Sahib hatte nicht nur ein Messer, er war durch welche Hexenkunst auch immer Ashok – ein von den Toten auferstandener Ashok. Was wogen da schon ein paar Beleidigungen! Eine Mischung aus abergläubischer Furcht und Todesangst hielt Biju Ram mit dem Gesicht im Staub, taub gegenüber allen Beschimpfungen, bis Ash endlich von ihm abließ und ihn barsch zurück ins Lager gehen hieß.

»Morgen wirst du uns zusammen mit deinen Freunden unter einem Vorwand verlassen. Was ihr euch ausdenkt und wohin ihr geht, ist mir einerlei, nur nicht nach Bhithor und nicht nach Karidkote. Sollte mir je zu Ohren kommen, daß du in einem dieser Staaten gesehen wirst, zeige ich dich an. Man wird dich hängen oder in die Verbannung schicken. Und tut man es nicht, bringe ich dich mit meinen eigenen Händen um. Das schwöre ich. Geh jetzt, bevor ich es mir anders überlege und dir doch noch deinen feisten Hals breche, du lügenhaftes, diebisches, kriechendes Mordgewürm! Auf! Lauf endlich, du Sohn eines Schweines! Geh! Geh!«

Seine Stimme überschlug sich vor Zorn. Dieser Zorn richtete sich mehr gegen ihn selber als gegen jene erbärmliche Kreatur, die er hatte töten wollen, weil er wußte, Barmherzigkeit war hier fehl am Platze. Doch schien es, als habe er sich von seiner englischen Erziehung immer noch nicht freigemacht und lebe noch immer im Nirgendwo zwischen Ost und West, unfähig, mit ungeteiltem Herzen zu reagieren.

Biju Ram stolperte auf die Füße und wich Schritt für Schritt zurück, den Blick starr auf das Messer in Ashs Hand gerichtet. Er konnte offenbar nicht glauben, daß Ash ihn laufen ließ und wagte nicht, sich umzudrehen, fürchtend, das Messer könnte doch noch in seinen Rücken gestoßen werden. Schon nach wenigen Schritten stolperte er über seinen Spazierstock und fiel beinahe hin. »Nimm den Stock, Bichchhu«, sagte Ash verächtlich, »damit wirst du dich mehr als Mann fühlen.«

Biju Ram gehorchte, er tastete danach, ließ aber das Messer nicht aus den Augen. Ash hatte ihn offenbar richtig eingeschätzt, denn als er sich aufrichtete, hatte er etwas von seinem Selbstvertrauen zurückgewonnen. Er sprach in einem zugleich öligen und unterwürfigen Ton zu Ash, den er jetzt mit Husor anredete, was soviel wie Hochwohlgeboren bedeutet; er dankte ihm für seinen Gnadenerweis und versicherte ihm, seine Befehle sollten pünktlich ausgeführt werden. Morgen früh bereits wolle er aus dem Lager abreisen – allerdings tue der Husor ihm Unrecht, denn nie habe er irgendwelche bösen Absichten verfolgt. Alles sei ein schlimmer Irrtum, ein Mißverständnis, und hätte er nur geahnt...

Immer noch redend, wich er weiter zurück, und als er, seitlich gehend wie ein Krebs, ein dichtes Grasbüschel und etwa zehn Schritte zwischen sich und Ash gebracht hatte, blieb er stehen und sagte achselzuckend: »Doch was sollen uns Worte? Ich bin der Diener des Husor, ich gehorche seinen Befehlen und gehe. Lebe wohl, Sahib!« Er verneigte sich tief und legte die Hände zum traditionellen Gruß aneinander.

Es war dies eine vertraute Geste, und Ash achtete weiter nicht darauf, daß Biju Ram dabei den Stock unterm Arm behielt. Dieser Stock war aber nicht, was er zu sein schien, er war vielmehr die Arbeit eines kunstfertigen Waffenschmiedes, der tödliche Spielzeuge für die Reichen herstellte. Er hatte den Stock für den verstorbenen Herrscher von Karidkote angefertigt, und dessen Witwe hatte die Waffe kurz vor ihrem Tode Biju Ram für geleistete Dienste geschenkt. Davon wußte Ash nichts; er war also auch nicht gefaßt auf das, was nun folgte.

Biju Ram hatte den Stock in der Linken gehalten, und als er grüßend und sich verneigend die Hände aneinanderlegte, drehte er mit der Rechten an dem Silberknauf. Als er sich aufrichtete, hielt er darin eine schmale, langläufige Pistole.

Die Stille wurde von einem Knall unterbrochen, und im Mondlicht sah man schwach das orangefarbige Mündungsfeuer. Der Abstand zwischen den Männern betrug knappe zehn Meter, doch war Biju Ram von den Ereignissen der vergangenen Viertelstunde so mitgenommen, daß seine Hand zitterte; er hatte in seiner Erregung überdies ganz vergessen, daß die Waffe zu einer beträchtlichen Linksabweichung neigte und es unterlassen, diese auszugleichen. Folglich streifte die Kugel, die Ash ins Herz treffen sollte, nur seinen linken Oberarm, brannte ein Loch in den Ärmel und kratzte die Haut, bevor sie, ohne weiter Schaden anzurichten, weiter entfernt im Gebüsch einschlug.

»Du Lumpenhund!« zischte Ash auf Englisch und warf den Dolch nach Biju Ram.

In der Wut zielt man nicht genau; Ash machte es kaum besser als Biju Ram – das Messer traf nicht, wie beabsichtigt, dessen Kehle, sondern streifte nur das Schlüsselbein, das gut in Fett gebettet war, so daß die Klinge nicht auf den Knochen durchdrang. Doch als der Dolch zu Boden fiel und aus der Wunde ein kleines Rinnsal Blut austrat, ließ Biju Ram die Pistole fallen und stieß einen schrillen Schreckensschrei aus.

Dieser Schrei klang so wenig menschlich, und der Anblick eines Mannes, der vor Angst schier um den Verstand kam, weil er sah, daß er aus einer Kratzwunde blutete, die nicht einmal einem Kind Schrecken eingejagt hätte, war so übelkeiterregend, daß Ashs Wut sich in Verachtung verkehrte. Statt sich auf Biju Ram zu stürzen und ihn mit dem eigenen Stock zu Brei zu schlagen, blieb er stehen, wo er stand und begann zu lachen – nicht, weil ihm der Anblick so lächerlich vorkam, sondern weil er es unglaublich fand, daß dieser jämmerliche Feigling jemals irgendeinem Geschöpf hatte Angst einjagen können. Es war unvorstellbar, daß dieser Schwächling einen Hira Lal sollte ermordet haben können. Ashs Gelächter klang in gewisser Weise ebenso häßlich wie das weibische Geheul seines Feindes.

Das Blut rann in einem dünnen schwärzlichen Faden über die Brust von Biju Ram, der zu schreien aufhörte und den aussichtslosen Versuch machte, die Wunde auszusaugen. Diese befand sich aber so dicht unter seinem Hals, daß er sie nicht erreichen konnte. Als er das einsehen mußte, begann er neuerlich zu kreischen, rannte im Kreis wie ein Huhn, dem man den Kopf abgeschlagen hat, stolperte über Unebenheiten am Boden, stieß in blinder Angst gegen herumliegende Steine, fiel endlich hin und wand sich am Boden.

»Ich sterbe«, schluchzte er, »ich sterbe…«

»Das hast du reichlich verdient«, bemerkte Ash gefühllos. »Leider wird dir der Kratzer höchstens einen steifen Hals eintragen, und weil es mir immer noch widerstrebt, einen Jammerlappen wie dich kaltblütig umzubringen, kannst du das Theater lassen und ins Lager zurückkriechen. Es wird allmählich Zeit. Steh auf, Bichchhu-baba, niemand tut dir etwas.«

Er lachte wieder, doch entweder traute Biju Ram ihm nicht oder sein Mut war endgültig dahin, nachdem er zum zweiten Mal mit einem tückischen Angriff gescheitert war. Er blieb liegen und krümmte sich winselnd am Boden.

»Hilf mir«, stöhnte er. »Marf karo (Barmherzigkeit), Marf karo...«

Dieser Ausruf endete mit einem befremdlichen Ächzen. Ash ging, immer noch lachend, zu ihm hin, diesmal allerdings vorsichtig, denn er wollte nicht in den Aktionsradius einer weiteren versteckten Waffe geraten. Als er jedoch Biju Rams graues, verzerrtes, schweißüberströmtes Gesicht erblickte, blieb ihm das Lachen im Halse stecken, denn er begriff nicht, was da vorging. Er wußte, es gibt Menschen, die den Anblick ihres eigenen Blutes nicht ertragen und davon buchstäblich überwältigt werden, doch der am Boden liegende Mann hatte nicht nur Angst, er litt auch sichtlich grausige Schmerzen. Sein Körper wurde von Krämpfen geschüttelt. Ash beugte sich über ihn und fragte barsch:

»Was ist los mit dir, Bichchhu?«

»Zahr ... (Gift)«, wisperte Biju Ram. »Der Dolch . . .«

Ash richtete sich ruckartig auf, trat zurück und sah plötzlich ganz klar. Deshalb also hatte dieser Mensch sich winselnd auf den Boden gekauert. Er hatte Biju Ram wieder einmal falsch eingeschätzt. Nicht Angst vor Schmerzen war es, die aus ihm einen winselnden Wurm machte, sondern Todesfurcht – die Angst vor einem zwar schnellen, doch qualvollen Tod. Auch hatte er weniger Ash gefürchtet, sondern den Dolch in dessen Hand, seinen eigenen Dolch mit der vergifteten Klinge, die schon tödlich wirkte, wenn sie nur die Haut ritzte. Kein Wunder, daß er wie hypnotisiert auf den Dolch gestarrt hatte und in ein Schreckensgeheul ausbrach, als er sah, daß die Klinge ihn verletzt hatte. Die Wunde war wirklich geringfügig, »weiter nichts als ein Kratzer«, doch wie die Wunde Mercutios war sie ausreichend – mehr brauchte es nicht.

Biju Ram war ein Opfer seiner eigenen Heimtücke geworden; Ash konnte daran nichts ändern. Es war zu spät, das Gift aus der Wunde zu saugen, und weil er nicht wußte, um welches Gift es sich handelte und auch keinerlei Gegengift mit sich führte, war er machtlos. Das Lager war mehr als eine Meile entfernt, und selbst wenn es näher gewesen wäre, er hätte nicht rechtzeitig hin- und wieder zurücklaufen können – falls das überhaupt einen Sinn gehabt hätte, denn alle Anzeichen deuteten in der Tat auf ein tödlich wirkendes Gift.

Biju Ram verdiente, mit dem eigenen Leben für die Leben zu bezahlen, die er auf dem Gewissen hatte und auch für den nicht wiedergutzumachenden Schaden, den er sonst noch angerichtet hatte. Doch hätten womöglich auch jene, die den meisten Grund hatten, ihn zu hassen, bei seinem Anblick Mitleid verspürt. Als Ash ihn in seiner Agonie betrachtete, fiel ihm Lalji ein, mit dem jungen, aber schon von Angst gezeichneten Gesicht; er gedachte des Sandsteinblockes, der sich unversehens aus der Tormauer löste, als der junge Prinz von Gulkote auf dem Weg zum Bazar durch das Charbagh-Tor ritt. Auch andere Erinnerungen stellten sich ein: Goldkarpfen, die mit dem Bauch nach oben zwischen Seerosen auf einem Teich im Palastgarten trieben; eine Königskobra, die auf rätselhafte Weise den Weg in Laljis Schlafgemach gefunden hatte; Sita, die vor Erschöpfung am Ufer des Jhelum starb; Hira Lal, der im Dschungel verschwand. Und Jhoti – Jhoti, der um ein Haar sechs Wochen zuvor tödlich verunglückt wäre, das arglose Opfer eines jener »Unfälle«, die Biju Rams Spezialität waren.

Im Gedenken an all das Böse, das dieser Mensch getan, konnte man eigentlich nur finden, daß er sein Los reichlich verdiente. Noch dazu hatte er dieses Mißgeschick sich selber zuzuschreiben, denn Ash hatte es ernst gemeint, als er sagte, Biju Ram möge gehen, wohin er wolle, vorausgesetzt, er verlasse das Lager und halte sich fern von Karidkote und Bhithor. Wäre Biju Ram darauf eingegangen, er wäre am Leben geblieben, um anderswo Böses zu tun, in den kommenden Jahren Mord um Mord zu begehen. Statt dessen hatte er jenen Schuß abgefeuert, und dieser letzte meuchlerische Anschlag kostete ihn nun das Leben. Er hatte gelebt wie ein toller Hund, nun starb er auch den Tod eines solchen, verdientermaßen, wie Ash fand. Doch wünschte er, es ginge schneller, denn dabei zuzusehen war kein Spaß, und hätte jene geniale Spielzeugpistole eine zweite Kugel im Lauf gehabt, er hätte Biju Ram damit von seinen Leiden erlöst. Da dies unmöglich war, widerstand er dem Drang, sich abzuwenden und fortzugehen, denn es widerstrebte ihm, einen Menschen in seinem Todeskampf allein zu lassen, einerlei wer dieser Mensch auch war. Daß dieser sein Feind gewesen war, zählte nun nicht mehr.

Er blieb also, bis es vorüber war. Sehr lange dauerte es nicht. Dann beugte er sich über den Toten und schloß ihm die Lider über den stieren, nichts mehr wahrnehmenden Augen, nahm den Dolch und säuberte ihn gründlich mit Erde von allen daran noch haftenden Giftresten. Die Pistole war ins Gras gefallen und nicht gleich zu finden, doch er entdeckte sie schließlich, versorgte sie wieder an ihrem verborgenen Ort in jenem Stock, den er, samt aufgeschraubtem Knauf, neben den Toten legte.

Man würde Biju Ram erst in einigen Stunden vermissen, und bevor man ihn fand, würde der Frühwind alle Spuren verwischt haben. Es war also sinnlos, Beweisstücke umherliegen zu lassen, die auf einen Kampf hätten deuten können. Da der Tod durch Gift eingetreten war – die Leiche ließ das deutlich erkennen –, war allen am besten damit gedient, wenn man Biju Ram für das Opfer eines Schlangenbisses hielt.

Ash beschmierte den Dolch mit dem schon geronnenen Blut des Toten und machte sich auf die Suche nach einem jener zweispitzigen Dornen der Kikarbäume; als er einen gefunden hatte, stach er damit gleich unterhalb der Schnittwunde ins Fleisch des Toten. Die beiden kleinen Löcher ähnelten zum Verwechseln der Bißwunde einer Schlange, und daß darüber ein Einschnitt zu erkennen war, deutete darauf hin, daß der Tote versucht hatte, das Gift aus seinem Körper zu schneiden. Rätselhaft mußte bleiben, warum Biju Ram überhaupt bei Nacht aus dem Lager gegangen war, doch konnte man sich vorstellen, daß er Kühlung gesucht hatte. Er hatte wohl nicht schlafen können und bei

Mondschein einen Spaziergang unternommen, sich ermüdet zum Ausruhen ins Gras gesetzt und war von einer Schlange gebissen worden. Wenn man bedachte, daß der Verstorbene den Tod Hira Lals einem Tiger in die Schuhe geschoben hatte, war es nur passend, daß für den seinen eine Schlange verantwortlich sein sollte. Ash dachte: Die Götter sind doch gerecht, denn wäre die Entscheidung mir überlassen geblieben, ich wäre töricht genug gewesen, ihn davonkommen zu lassen.

Nun blieb nur noch der Ohrring von Hira Lal.

Ash nahm ihn aus der Tasche und betrachtete ihn. Die schwarze Perle sammelte das Mondlicht und strahlte es zurück wie in jener Nacht vor langer Zeit auf dem Balkon in Gulkote. Bei diesem Anblick kamen ihm die Worte ins Gedächtnis, die Hira Lal damals zu ihm gesprochen; sie drangen leise und wie aus weiter Ferne an sein Ohr: »Beeil dich, Junge. Es wird spät, du hast keine Zeit zu verlieren. Geh nun, die Götter seien mit dir. Namaste!«

Nun war Hira Lal gerächt – von ihm oder der schwarzen Perle. Doch die Perle weckte noch mehr Erinnerungen, und als Ash bedachte, auf welche Weise Biju Ram in ihren Besitz gelangt war, erschien sie ihm fluchbeladen. Der Dieb konnte wenig Freude an ihr gehabt haben. Ihr Besitz wies ihn als Mörder aus, also mußte er sie verbergen; denn so lange sich jemand Hira Lals erinnerte, drohte Entdeckung, und am Ende brachte sie dem Besitzer den Tod. Die Perle hatte ihr Werk verrichtet, und Ash glaubte, daß sie nun für immer verschwinden müsse.

Im Gras, wo er Biju Ram aufgelauert hatte, befand sich ein Rattenloch; dieser Bau wurde wohl nicht mehr bewohnt, denn ringsum waren keine Spuren mehr zu sehen. Ash ließ die Perle hineinfallen, schob mit dem Fuß Erde und Steinchen nach und trampelte alles fest. Dann streute er noch eine Handvoll Staub darüber, bis nichts mehr darauf hindeutete, daß hier ein Loch gewesen war. Er schaute nachdenklich auf diese Stelle; möglich, daß ein heute noch Ungeborener hier einmal graben, die Perle entdecken und sich fragen mochte, wie sie dorthin gekommen war. Doch eine Erklärung dafür würde er nicht finden, die Perle würde dann wohl auch wertlos sein, denn auch Perlen sterben.

Ash machte sich auf den Weg zurück ins Lager. Als ein Diener Biju Rams die Abwesenheit seines Herrn meldete, eben jener Karam, der den Sündenbock hätte abgeben sollen, stand die Sonne bereits ein gutes Stück über dem Horizont.

Karam sagte, er hätte die Abwesenheit seines Herrn schon eher gemeldet, habe aber angenommen, er sei früh fortgegangen und werde bald zurückkommen. Zwar sei es nicht seine Sache, über das Kommen und Gehen seines Herrn zu wachen, doch als ein Zelt nach dem anderen abgebrochen wurde, ohne daß der Herr zurückgekehrt sei, sein Frühstück verlangt und Anweisungen für den Tag gegeben habe, sei er unruhig geworden. Umfragen bei anderen Dienern, die zum Gefolge Jhotis gehörten, blieben erfolglos; so machte Karam schließlich dem wachhabenden Offizier Meldung.

Die Suche nach dem Vermißten war schwierig, denn das Lager war weitläufig; außerdem war ein Teil des Zuges schon aufgebrochen. Man hätte Biju Rams Leiche vielleicht nie gefunden, wären nicht die Geier und Milane gewesen. Noch vor Sonnenaufgang schwebten die ersten Aasfresser herab, ihnen folgten viele weitere; ein Mann vom Suchkommando bemerkte das und ritt zu der Stelle, an der sich die Tiere zu schaffen machten.

Man fand die Leiche gerade noch rechtzeitig, denn wenig später hätte sich nicht mehr feststellen lassen, woran Biju Ram gestorben war, und der Verdacht, er sei das Opfer eines Anschlages geworden, mitsamt einer darauf folgenden Untersuchung, wäre unvermeidlich gewesen. So aber konnte man trotz der von den Aasfressern bereits angerichteten Verwüstung noch erkennen, daß der Tote an Gift gestorben war; auch der Biß der Schlange war noch zu lokalisieren: zwei winzige Einstiche nahe dem Schlüsselbein. Wie Ash angenommen hatte, gab man sich damit zufrieden, daß Hitze und Schlaflosigkeit Biju Ram bewogen haben mochten, außerhalb des Lagers Kühle zu suchen.

Mulraj befahl, daß der Zug anhalten solle, bis Biju Rams Überreste dem Brauch entsprechend verbrannt waren; man häufte also Material für einen Scheiterhaufen auf. Als der Frühwind die Asche verstreut hatte, wurden die Knochenreste eingesammelt. Sie sollten dem Ganges übergeben werden, dem heiligen Strom. Mulraj sagte dazu ungerührt: »Da keiner seiner Verwandten bei uns ist, sollen seine nächsten Freunde diesen Auftrag übernehmen. Pran und Mohan und Sen Gupta werden meiner Anweisung gemäß sogleich mit ihren Dienern und denen des Verstorbenen nach Benares aufbrechen. Es gibt – ausgenommen Allahabad – keinen heiligeren Ort, die Überreste eines Freundes den Wassern von Mutter Gunga zu übergeben.«

Ash vernahm diese Anordnung mit einer Verblüffung, die schon an Ehrfurcht grenzte, denn wenn Biju Ram auch tot war, blieb doch immer noch die Frage, wie man das Lager von seinen Helfershelfern säubern könnte. Ash waren nur Mittel eingefallen, die lebhaften Widerspruch und gefährliche Spekulationen ausgelöst hätten. Mulraj fand da eine bewundernswert schlichte Lösung, allerdings konnte man selbst an dieser noch ein Haar finden.

»Was wird Jhoti dazu sagen?« fragte Ash deshalb. »Es sind lauter Leute seines Gefolges – jedenfalls meint er das. Er möchte sie vielleicht ungern gehen lassen.«

»Er ist bereits einverstanden«, erwiderte Mulraj, ohne eine Miene zu verziehen. »Der Prinz begreift, daß es nicht angeht, die Überreste eines Mannes, der ihm und seiner Mutter jahrelang treu gedient hat, an einer beliebigen Stelle in einen beliebigen Fluß zu werfen. Daher hat er ihnen Urlaub gegeben.«

»Und werden die Herren sich darauf einlassen?«

»Wie könnten sie sich weigern?«

»Oh shabash, Bahadur-Sahib«, murmelte Ash fast unhörbar. »Du hast wahrlich weise gehandelt. Ich verneige mich vor dir.«

Und das tat er denn auch unverzüglich, was Mulraj mit der Andeutung eines Lächelns quittierte. Er verneigte sich seinerseits und sagte ebenso leise: »Auch ich verneige mich vor dir, Sahib.«

Ash sah ihn fragend an, und Mulraj streckte ihm die Hand hin. Auf seiner Handfläche lag ein kleiner Perlmuttknopf – kein auffallender Gegenstand, sah man davon ab, daß er europäischer Herkunft war und eine Öse aus Metall aufwies.

»Den fand ich zufällig keine zehn Schritt von dem Leichnam entfernt«, sagte Mulraj gleichmütig, »denn zufällig stieß ich im Staub mit dem Fuß dagegen. Ich zeigte ihn später deinem Diener und sagte, ich hätte ihn in meinem Zelt entdeckt. Er behauptet, der Knopf gehöre dir, er habe schon bemerkt, daß er an dem Hemd fehle, welches du gestern Abend getragen hast. Ich sagte, ich wolle mir den Spaß machen, dir den Knopf selber zurückzugeben.«

Ash kam zu dem Schluß, daß er den Knopf abgerissen haben müsse, als er sein Hemd aufmachte, um Biju Ram das Brandmal zu zeigen und dachte, welches Glück, daß Mulraj ihn gefunden hat und nicht einer von Biju Rams Kumpanen – allerdings hätten die sich dabei wohl nichts gedacht. Er nahm also den Knopf entgegen und bemerkte dabei lässig: »Ich habe ihn wohl gestern auf dem Ritt ins Lager verloren.«

»Mag sein.« Mulraj hob die Schulter. »Wenn man mich fragte, würde ich allerdings sagen, daß du gestern Vormittag ein Khakihemd mit Hornknöpfen trugst. Doch einerlei – besser, ich weiß von nichts. Wir wollen nicht mehr davon sprechen.«

Und das taten sie auch nicht. Mulraj stellte weder damals noch später eine Frage, und Ash gab ungefragt keine Auskunft. Tags darauf verließen Pran, Mohan und Sen Gupta vor Sonnenaufgang das Lager, vermutlich Richtung Benares. Der Zug setzte sich wieder in Bewegung. Man durfte zwar nicht annehmen, daß alle Spione und Verschwörer ausgesondert worden waren, doch die verbliebenen konnten keinen großen Schaden mehr anrichten, weil ihnen die Führung fehlte; auch konnten sie nicht darauf bauen, daß der plötzliche Tod ihres Anführers und der abrupte Abmarsch seiner engsten Mitarbeiter reiner Zufall waren. Falls dies kein Zufall war, mußten sie damit rechnen, daß man ihnen auf die Schliche gekommen war. Unsicher geworden, würden sie nicht wagen, einen neuen Anschlag auszuhecken, also war Jhoti zunächst einmal sicher. So sicher jedenfalls, meinte Ash, wie nie zuvor.

Anjuli ließ sich nicht blicken. Er wußte, er würde sie bestenfalls als eine vom Sari verhüllte Gestalt bei der Hochzeit zu sehen bekommen. Das Fürstentum des Rana lag nur noch wenige Tagesmärsche entfernt, und mit den lockeren Umgangsformen, die auf dem langen Marsch eingerissen waren, war es vorbei. Regeln, über die man sich weggesetzt hatte, wurden wieder streng beachtet. Nicht einmal eine Botschaft durfte er ihr zukommen lassen, denn die Bräute standen neuerlich unter strikter Aufsicht. Der Wagen wurde von mehr Begleitern bewacht als bisher, auf den Rastplätzen wurden die Wachen der Prinzessinnen verstärkt. Als eine letzte Geste konnte Ash die Hälfte des Talismans offen als Schmuckstück bei der Hochzeitszeremonie an seiner Kleidung tragen. Er hoffte, sie werde das bemerken und daraus schließen, daß er begriff, was sie gemeint hatte.

Der halbe kleine Perlmuttfisch war ihm nicht nur ein Zeichen dafür, daß sie ihm verziehen hatte, sondern erinnerte ihn auch stets daran, daß sie die andere Hälfte besaß und daß beide Hälften eines fernen Tages vielleicht wieder ein Ganzes sein würden.

Ash zog aus dieser Hoffnung so viel Trost wie er nur konnte. Viel war es nicht, doch es mußte ausreichen, denn mehr war nicht zu haben. Meist vermied er es, an Juli oder an die Zukunft zu denken. Denn eine Zukunft ohne sie war wie der Ausblick auf eine wüste Gegend, öde, leer und unfruchtbar. Die Jahre, die sich vor ihm erstreckten, glichen einer endlosen Straße ins Nichts. Wenn er daran dachte, empfand er Angst.

Viertes Buch

Bhithor

27

Als die niedrigen Hügelketten in Sicht kamen, welche die nördliche Grenze von Bhithor bilden, trafen die Abgesandten des Rana im Lager ein.

Sie brachten Geschenke, Girlanden und Willkommenswünsche und waren, wie es auf den ersten Blick schien, von einer Bande maskierter Straßenräuber begleitet. Das waren aber, wie sich ergab, Hofbedienstete, die, einem hiesigen Brauch folgend, das Ende des Turbans um den unteren Teil des Gesichtes gewunden hatten, nach Art der die Sahara bewohnenden Tuareg. Die Wirkung war beängstigend, weil man an schleichende Schritte und tückischen Hinterhalt denken mußte. Doch galt diese Art der Verschleierung, wie man erfuhr, in Bhithor als Zeichen von Respekt. Es handelte sich »um die symbolische Verschleierung niedriger Wesen, die solchermaßen gehindert werden, den Hochgeborenen ins Antlitz zu blicken«, wie es hieß. Gleichwohl wirkten diese gesichtslosen Horden keineswegs vertrauenerweckend, und Ash war nicht der einzige, der sich fragte, was das für ein Land sei, das zu betreten man im Begriffe war. Bedenken dieser Art kamen aber reichlich spät.

Man mußte notgedrungen die Reise fortsetzen, und drei Tage später befand sich denn auch der riesige Zug, der vor so vielen Wochen von Karidkote aufgebrochen war, auf dem Territorium des Rana, wo er von einer Reitereskorte und von Notabeln erwartet wurde. An der Spitze der Abordnung stand der Diwan, der Erste Minister, der weitere Girlanden überreichen ließ und eine blumige Ansprache hielt. Sollte Ash geglaubt haben, das Schlimmste läge hinter ihm, so sah er sich indessen getäuscht – hier fing der Ärger erst richtig an.

Nachdem der Diwan sich empfohlen hatte, ritten Ash, Mulraj und die gewählten Ältesten des Lagers, begleitet von Leuten des Rana, an den Ort, wo die Zeltstadt für die Dauer des Aufenthaltes aufgeschlagen werden und das Brautgefolge bis zur Rückkehr nach Karidkote wohnen sollte. Der Zeltplatz, vom Rana persönlich ausgesucht, befand sich in einem langgestreckten, flachen Tal, etwa drei Meilen entfernt von der uralten, mit einer Mauer umgebenen Stadt Bhithor, die dem Staat den Namen gab. Auf den ersten Blick schien der Platz hervorragend geeignet – er war groß genug und wurde von einem Fluß durchschnitten, der ausreichend Wasser führte. Mulraj und die anderen lobten denn auch die Platzwahl, nur Ash blieb schweigsam.

Als bei den Kundschaftern ausgebildeter, in Kämpfen mit den Grenzbewohnern erfahrener Offizier fand er, die Nachteile der Lage überwögen bei weitem die Vorteile. So etwa gab es nicht weniger als drei Festungen über diesem Tal. Zwei am Ende, deutlich auf Anhöhen beiderseits der Stadt zu sehen, konnten nicht nur den Zugang zur Stadt sperren, sondern auch das gesamte langgestreckte Tal bestreichen. Die dritte Festung beherrschte die schmale, tief eingeschnittene Schlucht, durch die man in dieses Tal gelangte. Selbst ein Laie, und Ash war keiner, konnte sehen, daß die alten Bastionen gut erhalten waren und daß eine eindrucksvolle Zahl von Kanonen darauf stand.

Die Kanonen waren, wie auch die Stadt selber, Relikte aus einem barbarischeren Zeitalter – große, bronzegrüne Feldschlangen, gegossen unter der Herrschaft von Akbar, dem größten der Mogulen, Enkel von Barnur dem Tiger. Die Geschütze waren aber durchaus in der Lage, schwere Eisenkugeln mit großer Wirkung in die Schlucht zu werfen, sollte jemand versuchen, den Durchgang zu erzwingen.

So betrachtet, wirkte das Tal wie eine Falle, und Ash musterte denn das Terrain auch mit mißtrauischen Augen, ohne rechte Lust, sich da niederzulassen. Zwar hatte er keine Ursache, dem Rana zu mißtrauen, doch wußte er, daß man auch in allerletzter Minute noch um die Höhe des Brautpreises streiten konnte oder um weitere Zahlungen, die mit der Heirat zu tun hatten. Man denke nur an die dramatischen Verhandlungen, die der Verheiratung Laljis vorangingen, weil die Brauteltern im letzten Moment das Doppelte des ursprünglich vereinbarten Preises forderten.

Seine Befehle lauteten dahin, die Interessen der Schwestern des Maharadscha wahrzunehmen und darauf zu achten, daß die ausbedungenen Zahlungen geleistet wurden. Daher schien es, milde ausgedrückt, unklug, die Bräute und ihren Anhang an einem so exponierten Ort unterzubringen. Unter den Kanonen des Rana ließ sich schlecht feilschen, wenn überhaupt, und sollte es darum gehen, Blutvergießen zu vermeiden, konnte Ash in die Lage kommen, jeden Vorschlag akzeptieren zu müssen, den der Bräutigam machte. Diese Aussicht wollte ihm nicht gefallen, und zum unverkennbaren Mißfallen der einheimischen Würdenträger lehnte er es nicht nur ab, den Brautzug zu diesem Tal lagern zu lassen, er verlegte ihn darüber hinaus noch zwei Meilen zurück hinter jene Schlucht, durch welche man in das ausersehene Tal gelangte. Anschließend verfaßte er einen Bericht an den Politischen Berater, der für jenen Teil von Radschputana zuständig war, und legte dar, wie er verfahren war und warum.

Seine Entscheidung mißfiel allen Beteiligten, ausgenommen Mulraj und einigen der bedächtigeren, nüchternen Ältesten, denn alle übrigen brannten darauf, durch die Basare von Bhithor zu bummeln und die Sehenswürdigkeiten der Stadt in Augenschein zu nehmen. Das konnten sie zwar immer noch tun, doch bedeutete es einen Hin- und Rückweg von mehreren Meilen – und das bei anhaltender Hitze. Man maulte und protestierte. Der Rana schickte zwei ältere Angehörige des Herrscherhauses samt einer weiteren Delegation von Würdenträgern, die sich erkundigten, was den Sahib bewöge, die Bräute samt

Gefolge nicht auf dem eigens für sie ausgewählten vortrefflichen Platz unweit der Stadt lagern zu lassen.

Die Abordnung zeigte sich gekränkt und unbefriedigt von Ashs Antwort, das Lager befinde sich dort, wo es sei, an einem durchaus geeigneten Platz. Sie zogen sich so beleidigt zurück, daß Kaka-ji vor Angst den Vorschlag machte, man möge sich den Wünschen des Rana doch lieber fügen, denn falls man ihn beleidige, trete er womöglich von seinen Heiratsplänen ganz und gar zurück. Ash hielt dies für ziemlich unwahrscheinlich – das Brautgeld war bereits zur Hälfte erlegt, und die Hochzeitsvorbereitungen dürften auch Bhithor ein hübsches Sümmchen gekostet haben. Unpora-Bai und mehrere der Ältesten ließen sich jedoch von Kaka-jis Befürchtungen anstecken und drängten ihn, seine Entscheidung umzustoßen.

Selbst Mulraj schienen Zweifel zu kommen, und als der Politische Berater schließlich auf Ashs Bericht antwortete, tadelte er Hauptmann Pelham-Martyn für seinen Übereifer und legte ihm dringend nahe, den angebotenen Lagerplatz unverzüglich zu beziehen.

Der Politische Berater nannte Ashs Bedenken eine absolut überflüssige Vorsichtsmaßnahme, die den Rana unfehlbar beleidigen müsse; dieser denke nicht daran, sich seinen Verpflichtungen zu entziehen, viel weniger daran, unakzeptable Forderungen zu stellen; folglich müsse das Lager verlegt werden, je eher, desto besser. Diese Anweisung konnte Ash nicht unbeachtet lassen, dazu war sie zu schroff formuliert, also fügte er sich ins Unvermeidliche und befahl die Verlegung des Lagers.

Zwei Tage später passierten die letzten Nachzügler jene Schlucht, die von der Festung mit ihren Kanonen beherrscht wurde, und richteten im Tal ihre Zelte auf. Und nur wenige Stunden später erwiesen sich Ashs Bedenken als gerechtfertigt und der Optimismus des Politischen Beraters als total unbegründet.

Der Rana ließ durch einen unbedeutenden Hofbeamten mitteilen, der im Vorjahr mit seiner Hoheit dem Maharadscha von Karidkote ausgehandelte Heiratskontrakt sei bei näherem Hinsehen unbefriedigend, man habe daher beschlossen, die Vertragsbedingungen in realistischerer Weise neu auszuhandeln. Falls der Sahib und die von ihm zu bestimmenden Würdenträger sich in den Palast bemühen wollten, werde der Rana sie mit Vergnügen empfangen und alles ausführlich mit ihnen besprechen; sie würden ohne Zweifel einsehen, daß seine Vorbehalte gerechtfertigt seien, und man könne rasch zu einer alle befriedigenden Einigung kommen.

Der Höfling versüßte diese Mitteilung mit üppigen Komplimenten, überhörte den Einwand von Ash, es gäbe nichts zu verhandeln, bestimmte eine Stunde am folgenden Vormittag für die Audienz beim Herrscher und zog sich eilig zurück.

»Was habe ich gesagt?« bemerkte Ash dazu mit grimmiger Genugtuung, denn die kaum verhüllte Andeutung des Politischen Beraters, er mache sich einer unangebrachten Zaghaftigkeit schuldig, stak ihm noch im Halse. Von

»ungerechtfertigter und überflüssiger Vorsicht« war da die Rede gewesen. Auch hatte er noch im Ohr, wie jene über ihn klagten, die mit Kaka-ji der Meinung waren, daß man den Rana nicht kränken dürfe.

Einer der höheren Hofbeamten fand schließlich die Sprache wieder und rief: »Das kann man doch mit uns nicht machen! Die Bedingungen sind fest vereinbart worden, alles war geregelt. Als Ehrenmann darf er jetzt nicht davon abrücken.«

»Wirklich nicht?« bemerkte Ash nur skeptisch. »Nun, man muß anhören, was er zu sagen hat, bevor man beschließt, wie man sich verhalten will. Haben wir Glück, geht es glimpflicher ab, als zu befürchten steht.«

Am folgenden Morgen ritten Ash, Mulraj und Kaka-ji, begleitet von einem kleinen Reitertrupp, in die Stadt, dem Rana einen Besuch zu machen.

Der Ritt war kein angenehmes Erlebnis. Die baumlose Straße war kaum mehr als ein Karrenweg, der Staub lag knöchelhoch, man mußte auf ausgefahrene Wagenspuren und tiefe Löcher achtgeben, und die Hitze war groß. Das Tal war dort, wo die Zelte standen, gute zwei Meilen breit, doch gegen die Stadt zu verengte es sich auf weniger als die Hälfte; dies war der schmale, gut zu verteidigende Zugang zu einer weiten Ebene, die, rings von Hügeln eingeschlossen, den eigentlichen Lebensnerv von Bhithor beherbergte, den großen Rani Talab, den Königinnensee. Hinter diesem engen Zugang zum See, zwischen zwei von Festungen gekrönten Anhöhen, hatte der erste Rana zur Zeit Krishna Deva Rayas seine Hauptstadt erbaut.

Seither hatte die Stadt sich wenig verändert, so wenig, daß ihre Erbauer, wären sie zurückgekehrt, sich mühelos darin zurechtgefunden hätten. Auch die alten Sitten und Gebräuche waren so unverändert wie der Tageslauf der Bewohner, wie der feste Sandstein, aus dem die Stadt erbaut war, und die zackige Kammlinie der Höhenzüge, welche das Tal einfaßten. Immer noch führten nur vier Tore durch die massive Außenmauer: das Hati Pol, das Elefantentor, von wo man das Tal der Länge nach überblickte; das Wassertor, das ostwärts blickte, über den See hinweg und über offenes Land bis an die fernen Berge; im Norden und Süden das Mori-Tor und das Thakur-Tor, beide mit fast gleichem Ausblick auf einen Gürtel Ackerlandes, etwa eine Dreiviertelmeile breit, begrenzt durch die dahinter ansteigenden Höhen, auf denen eine uralte Festung stand.

Dank der umliegenden Felder wirkte die Stadt wie ein Fels in einem tief eingeschnittenen Flußbett; und gleich zwei Wasserläufen umfaßte das Grün der Felder, wo Korn, Gemüse und Zuckerrohr angebaut wurde, untermischt mit Hainen von Mango, Papaja, Litschi und Palmen, die Stadt Bhithor. Dieses kultivierte Terrain erstreckte sich indessen nicht in die Weite, vielmehr endete es an einem zunächst noch grasbewachsenen Tal, das in hügliges Ödland überging und farblos und verdorrt in der glühenden Sonne lag. Ash war erleichtert, als er in den Schatten des Tores ritt und genoß schon im voraus den Moment, wo er absitzen und sich im kühlen Palast des Rana erholen konnte, mochte die Besprechung so kontrovers werden, wie sie wollte.

Wie unerfreulich sie sich gestalten würde, ließ allerdings schon die Behandlung ahnen, die den Ankömmlingen durch die Torwachen zuteil wurde. Es fand keine zeremonielle Begrüßung statt, vielmehr wurden sie von einem unbedeutenden Höfling erwartet, der Auftrag hatte, die Gäste in den Palast zu führen. Diese Unhöflichkeit war eigentlich schon eine glatte Beleidigung, und Mulraj murmelte denn auch durch die Zähne:

»Laß uns umkehren, Sahib. Warten wir ab, bis diese Menschen (yeh log – ein verächtlicher Ausdruck) Manieren gelernt haben.«

»O nein«, entgegnete Ash leise. »Wir warten hier.« Er hob die Hand, und als seine Begleiter stehenblieben, redete er den Höfling folgendermaßen an:

»Ich fürchte, wir haben uns in unserer Ungeduld, den Rana zu begrüßen, verfrüht und ihn in Verlegenheit gebracht. Vielleicht hat er auch verschlafen oder seine Diener sind säumig. So etwas kann vorkommen, keine Hofhaltung ist perfekt. Doch haben wir keine Eile. Sage deinem Herrn, wir warten hier im Schatten, bis er bereit ist, uns zu empfangen.«

»Aber –« stotterte der Unglücksmensch.

»Nein, nein«, unterbrach Ash. »Entschuldigungen sind nicht vonnöten. Es wird uns angenehm sein, etwas zu rasten. Ijazat hai, du kannst dich entfernen.«

Damit kehrte er jenem den Rücken und sprach mit Kaka-ji. Der Mann trat von einem Bein auf das andere, setzte mehrmals zum Sprechen an, doch Mulraj sagte barsch: »Du hörst, was der Sahib gesagt hat: du kannst gehen.«

Die Schranze schlich davon, und während der nächsten zwanzig Minuten warteten die Herren aus Karidkote im Sattel sitzend im Schatten des mächtigen Tores; ihre kleine Eskorte hatte derweil zu tun, eine ständig wachsende Menge einheimischer Gaffer fernzuhalten, und Mulraj richtete an Kaka-ji eine längere, für alle Umstehenden gut verständliche Ansprache, in welcher er das Durcheinander und die unzulängliche Organisation beklagte, den erschreckenden Mangel an Disziplin und die totale Unkenntnis höfischer Sitten, denen man in den kleineren, rückständigen Staaten leider immer wieder begegne.

Die Begleitmannschaft grinste dazu und gab beifällige Laute von sich, und Kaka-ji verstärkte die Wirkung noch, indem er Mulraj laut dafür tadelte, daß er mit Menschen so scharf ins Gericht gehe, die nicht so glücklich seien wie er, Manieren gelernt zu haben und die es eben nicht besser verstünden. Man dürfe ihnen nicht vorwerfen, daß es ihnen an Lebensart gebreche, denn ihnen gehe jede Weltkenntnis ab, und sie nur darum zu tadeln, weil ihr Betragen einem Menschen von feinerer Bildung bäuerisch erscheine, sei einfach unfreundlich.

Mulraj gab zu, daß er Tadel verdiente, lobte seinerseits Kaka-ji für dessen Herzensgüte und Nachsicht und bewunderte sodann in höchsten Tönen die Ausmaße des Tores, die propere Erscheinung der Wachen und die denkbar großzügigen Vorkehrungen, die man für die Unterbringung der Gäste aus Karidkote getroffen habe. Den betroffenen Mienen der einheimischen Wachmannschaften und jener Gaffer, die nahe genug standen, um den Wortwechsel zwischen Mulraj und Kaka-ji zu verstehen, ließ sich entnehmen, daß, jedenfalls ihrer Meinung nach, der Rana einen Fehler beging, wenn er seine Gäste so nachlässig behandelte. Das Verhalten des Rana schien den Fremden überhaupt keinen Eindruck zu machen. Sie zeigten sich weder verunsichert noch kleinlaut. Ganz im Gegenteil: Sie brachten es fertig, ihren Gastgeber und dessen Untertanen als tölpelhafte Bauern erscheinen zu lassen, denen es an Lebensart mangelte.

Einzig Ash beteiligte sich nicht am Gespräch, denn er machte sich über die Lage keinerlei Illusionen. Man mochte den Rana dahin bringen, daß er ein zivilisiertes Benehmen an den Tag legte, doch ein solcher Punktsieg bedeutete nichts. Noch blieben die Bedingungen des Heiratskontraktes zu erörtern. Dabei würde es zur eigentlichen Kraftprobe kommen, bei der der Rana alle Trümpfe in der Hand hielt. Blieb abzuwarten, ob er wagte, sie auszuspielen oder ob er sich bluffen ließ.

Hufgetrappel kündigte die Ankunft der Leibwache des Rana an, die zwei seiner Minister begleitete, dazu ein älteres Mitglied der Fürstenfamilie, das sich wortreich dafür entschuldigte, daß man sich in der Ankunftszeit der Gäste geirrt und sie nicht rechtzeitig empfangen habe. Alles sei auf ein bedauerliches Versehen zurückzuführen – man hatte sie angeblich nicht richtig informiert. Es wurde versichert, der Verantwortliche solle zur Rechenschaft gezogen werden, denn niemand in Bhithor denke auch nur im Traume daran, so hochwillkommene Gäste zu kränken.

Die hochwillkommenen Gäste nahmen diese Entschuldigung an und erlaubten, daß man sie durch ein Labyrinth von schmalen Gassen zum Palast führte, wo der Rana sie erwartete.

Ash erinnerte sich aus seiner Kindheit noch gut an Gulkote, er kannte auch so manche andere indische Stadt, doch keine ähnelte auch nur annähernd Bhithor. Gassen und Basare von Gulkote waren bunt und voller Lärm und Leben; Peshawar machte den Eindruck eines wimmelnden Kaninchenbaues, innerhalb der alten Stadtmauern von Delhi und Lahore gab es auf Schritt und Tritt Ladengeschäfte und Straßenhändler zu sehen, an deren Ständen sich die Kauflustigen drängten: Kurzum, ein buntes, emsiges, lebhaftes Gewimmel war typisch gewesen für alle diese Städte. Bhithor hingegen schien einem anderen Zeitalter anzugehören, einem älteren, bedrohlichen Zeitalter, voll düsterer Geheimnisse. Die Mauern aus Sandstein wirkten verblichen, als habe die Sonnenglut von Jahrhunderten alle Farbe aus ihnen gesogen; die scharfen Schatten waren nicht bläulich oder schwärzlich, sondern grau. Das anscheinend ohne jeden Plan entstandene Labyrinth der Gassen, die sich zwischen fast fensterlosen Häusern hindurchwanden, verursachte Ash geradezu Platzangst. Es schien ausgeschlossen, daß die Sonne jemals in diese engen, von Menschen angelegten Schluchten drang, daß der Wind hindurchstrich oder daß gewöhnliche Menschen hinter den verriegelten Türen, den mit Läden versperrten Fenstern wohnten. Und doch spürte er musternde Augen hinter allen Schlitzen der Fensterläden, vermutlich die der Frauen, denn im ganzen Lande waren die Obergeschosse der Häuser den Frauen vorbehalten.

In den düsteren Gassen allerdings sah man kaum Frauen, und die wenigen, die man erblickte, hielten die baumwollenen Kopftücher so vor das Gesicht, daß man außer den Augen nichts erkennen konnte. Und die Augen blickten mißtrauisch und so, als wären sie auf Schlimmes gefaßt. Zwar trugen auch sie die in Radschputana übliche Kleidung, weite, schwarz abgesetzte Röcke, doch bevorzugten sie als Farben Rostrot, Ocker und Orange; nichts von dem strahlenden Blau und dem saftigen Grün, das die Orte in benachbarten Staaten so fröhlich belebte. Was die Männer anging, so wirkten auch sie zum Teil, als gingen sie verschleiert, denn auch in der Stadt verdeckten sie den unteren Teil des Gesichts mit den Enden des Turbans. Es war ihnen dennoch anzusehen, daß ein Europäer in Bhithor etwas Ungewohntes und Unerwünschtes war.

Man beglotzte Ash wie eine Abnormität, und aus den Mienen derjenigen, die ihre Gesichter nicht verdeckt hielten, las er mehr Feindseligkeit als Neugier. Er kam sich vor wie ein Hund zwischen lauter Katzen und spürte ein animalisches Prickeln der Abwehr angesichts dieser wortlosen Abneigung. Es war die feindselige Abneigung gegen alles Neue, die bornierten Geistern eigen ist.

Mulraj murmelte: »Die sehen ja so aus, als kämen wir nicht, um Hochzeit zu halten, sondern ihnen was Böses anzutun. Diese Stadt ist verflucht; das merkt jeder, auch wenn er nicht weiß, daß sie die Blutsäuferin hier verehren. Puh! Schau mal dort –«

Er deutete mit einer Kopfbewegung auf einen Altar an der Kreuzung zweier Gassen, der Kali geweiht war, die auch Sitala ist, die Pockengöttin. Im Vorüberreiten warf Ash einen Blick auf jene grauenerregende Göttin, der zu Ehren die Thug, eine geheime Sekte, Tausende erwürgt hatten; einen Teil ihrer Beute spendeten sie den Tempeln dieser Göttin. Dieser Alptraum mit den zahlreichen Armen, den vorquellenden Augäpfeln, der herausgestreckten Zunge und dem langen Halsband aus Menschenschädeln wird in ganz Indien verehrt als die Gattin Shivas, des Vernichters. Eine passende Schutzpatronin für diese unheimliche Stadt, dachte Ash.

Aasgeruch und Fliegenschwärme bewiesen, daß die Anbeter dieser Göttin deren Blutdurst nicht ungestillt ließen. Wie unbehaglich Ash zumute war, erkennt man daran, daß er sich allen Ernstes fragte, ob da wirklich nur Ziegen geopfert wurden. Er schüttelte diesen Gedanken unwirsch ab, war aber doch ungemein erleichtert, als man endlich aus dem Gewirr der Gassen herauskam und im Hofe des Palastes Rung Mahal absaß, von wo man endlich durch zahllose staubige Räume und mit Steinplatten belegte Korridore zur Audienz mit dem Rana geleitet wurde. Auch hier herrschte die bedrückende Atmosphäre, die sich bereits in der Stadt so fühlbar gemacht hatte: dumpfe Stille und erstickende Hitze, das Gefühl, die Vergangenheit sei lebendig und ein höchst gegenwärtiger Spuk... es roch förmlich nach nie verjährten Verbrechen, nach den ruhelosen Gespenstern verstorbener Fürsten und ihren ermordeten Gemahlinnen...

Verglichen mit dem Palast von Gulkote war der Bemalte Palast, der Rung Mahal, ein bescheidenes Bauwerk, gruppiert um ein halbes Dutzend Innenhöfe und ein oder zwei Gärten. Er enthielt etwa sechzig bis siebzig Räume. In Gulkote zählte niemand die Gemächer, man schätzte ihre Zahl auf ungefähr sechshundert. Vielleicht hatte der Herrscher deshalb seinen Gästen gleich anfangs vor Augen führen wollen, daß ihre Maßstäbe hier nichts galten. Er unterstrich das nun durch eine Zurschaustellung seiner militärischen Stärke. Ash hatte dergleichen nie zuvor gesehen – weder so prachtvoll, noch so barbarisch und furchterregend, ja nicht einmal in den schlimmsten Träumen war ihm Ähnliches begegnet.

Daß es in den Außenanlagen des Palastes von Bewaffneten wimmelte, überraschte ihn nicht, doch der Anblick der Leibwache des Rana, welche die Innenhöfe und die langen dunklen Korridore besetzt hielt, machte Ash denn doch ziemlich betroffen, nicht so sehr ihrer Zahl wegen – obschon es Hunderte sein mußten –, sondern ihres Aufzuges wegen und weil auch diese wieder das Gesicht maskiert hatten.

Die Kopfbedeckung der Offiziere glich etwa der, die die Sarazenen zur Zeit der Kreuzzüge trugen: eiserne Helme mit plattem Nasenschutz, eingelegt mit Gold und Silber, übergehend in Kettenpanzer, die Hals und Genick des Trägers schützten und auch die Wangen bedeckten, so daß nur die Augen sichtbar waren. Die Helme der Soldaten waren zwar ebenso geformt, bestanden aber aus Leder, und das hatte im Halbdunkel eine ganz unmenschliche Wirkung; die makabren Gestalten, entlang den Wänden der Korridore aufgereiht, wirkten wie maskierte Henker oder mumifizierte Krieger. Auch sie trugen Kettenpanzer und statt der Schwerter kurze Spieße. Sie sehen aus wie Liktoren, dachte Ash und fröstelte.

Er bedauerte, ohne seinen Revolver gekommen zu sein, denn der Anblick der gepanzerten Soldaten machte ihm deutlich, daß in diesem Palast kein Gesetz galt – jedenfalls keines, wie der Westen es kennt. Bhithor gehörte einem anderen Zeitalter an und einer anderen Welt, es existierte nicht in der Gegenwart und gehorchte eigenen Gesetzen.

Im letzten Vorgemach bildeten die dort anwesenden wenigstens fünfzig Bediensteten, allesamt in die Farben des Rana – Scharlach, Schwefelgelb und Orange – gekleidet, ein Spalier für die Besucher. Angeführt von dem älteren Mitglied des Herrscherhauses und gefolgt von den höheren Würdenträgern gelangten sie in den Diwan-i-Am, die Empfangshalle, wo sie vom Rana und dem Diwan, seinem Ersten Minister, sowie einer Anzahl von Ratgebern und Höflingen erwartet wurden.

Die Empfangshalle war ein ausgesprochen schöner Raum, zu dieser Jahreszeit allerdings für eine Audienz ungeeignet, denn er ähnelte einem Pavillon, dessen eine Seite offen war und dessen Kuppel auf drei Reihen von Doppelsäulen ruhte. An beiden Enden war er geschlossen. Die Sonne brannte auf die unbeschattete Kuppel, und da kein Lufthauch durch die Halle wehen konnte, war die Hitze beträchtlich. Immerhin bot die Schönheit des Anblicks einigen Ausgleich für den Mangel an Bequemlichkeit, auch schien die Hitze den Höflingen und Edelleuten nichts auszumachen, die in prächtigen Gewändern mit gekreuzten Beinen auf dem teppichlosen Boden saßen, eng aneinander gedrängt wie Sardinen in der Büchse.

Gegenüber dem Eingang führten flache Stufen zu einer Plattform, deren erhöhte Mitte dem Herrscher als Thron diente, wenn er eine Audienz gewährte, wichtige Besucher empfing oder Recht sprach. Die Wand dahinter war aus schwarzem Marmor, dessen polierte Oberfläche die Versammelten spiegelte. Die Plattform war seitlich abgeschirmt von zierlich durchbrochenen Marmorwänden, die wie geschnitzte Wandschirme aussahen und den Damen erlaubten, ungesehen zuzuschauen. Überall sonst war der von kunstfertigen Steinmetzen angebrachte Zierrat verkommen, die sehr formal gehaltenen Reliefs von Tieren, Vögeln und Blumen, ehemals bunt, waren zu Gespenstern ihrer einstmaligen Pracht verblaßt. Doch fehlte es dem Diwan-i-Am nicht an Farbe, denn die Höflinge des Rana waren – anders als seine niedrigeren Untertanen – so farbenprächtig gekleidet, daß ein Fremder, der hier erstmals eintrat, glauben mochte, einen Blumengarten oder einen Jahrmarkt vor sich zu haben.

Turbane in Scharlach und Kirschrot, Schwefelgelb, zuckrigem Rosa und Purpur kontrastierten mit engen Leibröcken in allen Schattierungen von Blau und Violett, Türkis, Zinnober, Grasgrün und Orange; und um das Maß voll zu machen, wurde der Mittelgang, der zu der erhöhten Plattform führte, freigehalten von einer Doppelreihe Bediensteter, die zu karminroten Turbanen eine gelbe Livree samt orangefarbiger Schärpe trugen, dazu riesige Fliegenklatschen aus fuchsienrot gefärbtem Roßhaar.

Auf der Plattform selber befanden sich weitere Bedienstete, zwei im Hintergrund, die mit Fächern aus Pfauenfedern wedelten, die übrigen mit blanken Krummschwertern bewaffnet, wie sie in Radschputana üblich waren. In der Mitte der Plattform thronte erhöht der Mittelpunkt all dieser Pracht, der alle Blicke auf sich zog: Auf einem mit Perlen bestickten Teppich, blitzend von Juwelen und von Kopf bis Fuß in Gold gekleidet, saß der Rana von Bhithor.

Die kriegerischen Völker von Radschputana sind bekannt für ihre ansehnliche Erscheinung. Eine ähnliche Versammlung von Europäern hätte es, was körperliche Schönheit, Vornehmheit der Erscheinung und Haltung betrifft, gewiß mit den hier Anwesenden nicht aufnehmen können. Selbst die Graubärte bewahrten noch etwas von der kühnen Schönheit der Jugend und hielten sich so gerade, als säßen sie im Sattel und hockten nicht mit gekreuzten Beinen am Boden. Die weißen, hautengen Reithosen und die weitschößigen brokatverzierten Leibröcke brachten die schlanken, breitschultrigen, schmalhüftigen Gestalten aufs Vorteilhafteste zur Geltung. Die gestärkten Falten der grellfarbigen Turbane ließen deren Träger um so vieles größer erscheinen, daß man glaubte, es mit lauter Riesen zu tun zu haben. Selbstverständlich gab es auch Ausnahmen; hier und dort sah man ein feistes Gesicht, auch eine Mißgestalt. Am wenigsten vorteilhaft wirkte der Herrscher.

Kleidung, Schmuck und juwelenbesetzter Säbel des Rana waren in der Tat unübertrefflich prächtig, doch die Person, die sie schmückten, wurde dieser

Pracht nicht gerecht. Als Ash ihn, auf der ersten Stufe stehend, betrachtete, spürte er deutlich so etwas wie einen Schock.

Dieser mißgestaltete Pavian, war also der von Nandu für Juli und Shushila erwählte Gatte. Das war doch wohl nicht möglich, das mußte ein Irrtum sein. Der Mensch da oben konnte unmöglich Ende Dreißig sein, nein, das war ein Greis, ein guter Sechziger mindestens, eher ein Siebziger. Und sollte er es nicht sein, sah er doch so aus. War er wirklich erst vierzig, mußte er ein Leben geführt haben, das ihn vorzeitig alt gemacht hatte, ein höchst widerwärtiges Leben vermutlich.

Unvoreingenommen betrachtet, bot der Rana tatsächlich einen abstoßenden Anblick, und Ash dürfte nicht als erster bemerkt haben, daß er einem Pavian ähnelte. Wer je einen Zoo besucht hatte oder in Afrika gewesen war, dem mußte dies auffallen. Es war wohl ein Glück, daß kein einziger Untertan des Rana einen Zoo oder Afrika kannte. Das Gesicht mit den eng beieinanderstehenden Augen und der abnorm langen Nase mit den unmäßig geweiteten Nasenlöchern erinnerte – daran gab es nichts zu rütteln – an einen alten, tückischen, bösartigen und mißgestimmten Pavian. Und als wäre dies nicht genug, wies die längliche, fast kinnlose Visage unübersehbare Spuren der Ausschweifung auf; die Augen blickten wachsam und ohne zu blinzeln wie die einer Kobra, starr, ganz im Gegensatz zu den unentwegt leicht schmatzenden Lippen, denn der Rana kaute Pan. Die Betelnuß färbte seine Lippen, und ihr Saft troff als Rinnsal von seinen Mundwinkeln, was den Anschein machte, als habe er wie Kali Blut getrunken. Seine Haut war heller als die der meisten Südeuropäer, denn seine Abkunft war die edelste – die Fürsten von Bhithor hatten Götter zu Ahnen –, doch war der matte Goldton seiner Haut überdeckt von einem Hauch Grau, und unter den faltigen, niemals zwinkernden Lidern sah man dunkelrote Schwellungen, groß wie Beulen. Insgesamt mußte man seinen Anblick als abstoßend bezeichnen. Die Pracht seines Aufzuges täuschte darüber nicht hinweg, sondern unterstrich eher noch das Unvorteilhafte seiner Erscheinung.

Ash war innerlich auf einiges vorbereitet, nicht aber hierauf. Der Schrecken beraubte ihn momentan der Sprache, und da der Rana schwieg, blieb es Kaka-ji überlassen, mit einer anmutigen Begrüßungsrede einzuspringen, auf welche der Rana sehr viel weniger anmutig erwiderte.

Das war also kein vielversprechender Anfang, und im Laufe des Vormittags ereignete sich nichts, was die Aussichten besserte. Die gebotenen Komplimente wurden in aller Form ausgetauscht – noch dazu auf höchst langwierige Art –, und als das endlich erledigt war, erhob sich der Rana, entließ seine Höflinge und zog sich mit seinem Ersten Minister und seinen ältesten Ratgebern in den Privaten Empfangsraum zurück, den Diwan-i-Khas, wohin ihm die Abgesandten aus Karidkote folgten.

Anders als im Diwan-i-Am war es im Diwan-i-Khas angenehm kühl. Es war dies ein kleiner Pavillon aus Marmor, Mittelpunkt einer kunstvollen Gartenanlage, durchzogen von Kanälen und besetzt mit Springbrunnen, was alles nicht nur dem Auge schmeichelte und die Temperatur in erträglichen Grenzen hielt, sondern auch absolute Abgeschlossenheit garantierte, denn nirgendwo gab es ein Gebüsch, in dem ein Lauscher sich verbergen konnte, und selbst wenn sich jemand ungesehen eingeschlichen hätte, die plätschernden Fontänen hätten verhindert, daß er auch nur das geringste von dem verstand, was im Pavillon gesprochen wurde.

Für Ash hielt man einen Stuhl bereit, der Rana hingegen hockte auch hier auf einer teppichbedeckten erhöhten Plattform wie im Diwan-i-Am, während alle übrigen es sich auf dem kühlen Marmorboden bequem machten. Livrierte Diener reichten Fruchteis in Gläsern, und vorübergehend lockerte sich die Atmosphäre etwas auf, was aber nicht von Dauer war. Kaum waren die Diener gegangen, da rechtfertigte der Erste Minister gleichsam als die Stimme seines Herrn Ashs schlimmste Befürchtungen.

Er näherte sich seinem Gegenstand auf Umwegen mit blumigen Redensarten und artigen Komplimenten, doch unter dem schmückenden Beiwerk verbarg sich ein klarer Tatbestand: Der Rana beabsichtigte weder, für die Prinzessin Shushila den vollen Brautpreis zu entrichten, noch deren Halbschwester Anjuli-Bai zu heiraten, es sei denn, man belohne ihn für letzteres mit dem Dreifachen der ausgemachten Summe (die er bereits eingestrichen hatte), denn die Herkunft der Dame qualifiziere sie keineswegs zur Gemahlin einer so erhabenen Persönlichkeit wie der des Rana von Bhithor, der aus einem der edelsten und ältesten Geschlechter von Radschputana stamme; es sei schon ein beträchtliches Zugeständnis, daß er überhaupt in Erwägung ziehe, sich mit ihr zu vermählen.

Man mußte dem Rana zugestehen, daß Nandu für seine Schwester Shushila einen saftigen Preis verlangt hatte; immerhin war sie auf dem Heiratsmarkt dank ihrer ungewöhnlichen Schönheit und ihrer eindrucksvollen Mitgift ein wertvolles Handelsobjekt, und für eine solche Frau hätten andere ohne weiteres den vereinbarten Preis gezahlt, wenn nicht gar mehr, darunter Fürsten, die bedeutender waren als der Rana von Bhithor. Nandu allerdings bevorzugte aus ganz privaten Gründen den Rana. Dessen Bevollmächtigte hatten den Brautpreis nicht beanstandet, auch nicht herunterzuhandeln versucht, sondern die Hälfte anstandslos im voraus erlegt, auch schriftlich zugesagt, bei Abnahme der Braut in Bhithor die andere Hälfte zu bezahlen. Die verlangte Summe war zwar erheblich, doch wenn man davon abzog, was der Rana dafür verlangte, daß er außer der lieblichen Shushila auch Anjuli-Bai zur Gemahlin nahm, blieb erheblich weniger zu zahlen; die zweite Braut bekam er praktisch als Dreingabe, und das war für ihn ein höchst vorteilhaftes Geschäft.

Nun aber schien es, daß er damit nicht zufrieden war und mehr verlangte. Viel mehr. Er wollte die Tochter der Fremden Königin nur zur Gemahlin nehmen, wenn man ihm dafür erheblich mehr zahlte als die Hälfte des Brautpreises für Shushila; bekam er dies (und zahlte er die Restsumme für Shushila nicht), dann bedeutete das, daß er nicht nur zwei Bräute samt Mitgift erhielt, und zwar umsonst, sondern auch noch einen Profit dabei machte.

Die Forderung war so unverschämt, daß Ash, der ja einiges erwartete, anfangs seinen Ohren nicht traute, und hätte er ihnen getraut, er hätte vermutet, der Erste Minister überschreite seine Kompetenzen. Das konnte ja nun wirklich nicht ernst gemeint sein. Nach einer weiteren halbstündigen Erörterung stand jedoch fest, daß der Diwan nichts anderes sagte, als das von seinem Herrn ihm Aufgetragene, und daß die Berater ihn vorbehaltlos unterstützten. Die Bräute saßen mitsamt der Mitgift in einer Falle, ihre Begleitung lagerte im Schußfeld der Kanonen zweier Festungen und die Zelte standen in einem Tal, dessen einziger Ausgang von einer dritten Festung nach Belieben versperrt werden konnte. In Bhithor sah man daher nicht den geringsten Anlaß, sich an die ausgehandelten Vertragsbestimmungen zu halten. Die Ratgeber unterstützten nicht nur einhellig die Forderung nach einer enormen Erhöhung der dem Rana für die Abnahme von Anjuli-Bai zu zahlenden Summe, sondern ließen auch erkennen, daß sie ihren Herrscher für einen Chabuk sawi, einen gerissenen Burschen, hielten, der einen beachtlichen Gegner geschickt hereingelegt hatte.

Ash sah keinen Anlaß, eine Erörterung fortzuführen, die nur zu einem Wutausbruch unter seinen Leuten führen konnte und damit zu einem unerwünschten Gesichtsverlust – möglicherweise würde er selber die Beherrschung verlieren, denn so zornig war er selten im Leben gewesen. Schlimm genug zu wissen, daß Juli für ihn verloren war, und sehen zu müssen, daß ihr künftiger Gatte nicht nur abstoßend und widerwärtig aussah und von Ausschweifungen vorzeitig verwüstet war. Nun mußte er auch noch hören, daß dieser nicht nur sein Wort brach, sondern überdies Juli vor allen Anwesenden verächtlich machte.

Daß eine solche Kreatur es wagen durfte, Geld dafür zu verlangen, daß er Juli als Gemahlin nahm, war unerträglich, und Ash sah voraus, daß er sich nicht mehr lange würde beherrschen können und seiner Meinung in undiplomatischen und daher unstatthaften Wendungen Ausdruck geben würde.

Er beendete die Verhandlungen deshalb ganz abrupt mit der Feststellung, die vom Ersten Minister vorgetragenen Forderungen seien bedauerlicherweise unannehmbar und würden auch nicht angenommen. Um allem weiteren vorzubeugen, stand er auf, verbeugte sich höflich vor dem Rana und trat einen geordneten Rückzug an, gefolgt von den wutschnaubenden Vertretern von Karidkote.

28

Die Eskorte wartete im Außenhof, man saß wortlos auf, und es fiel auch auf dem Rückweg durch die schmalen Gassen und durch das Elefantentor, wo grinsende Torwachen ihnen nachblickten, kein Wort.

Das Tal lag unter einem Hitzeschleier, und in den Festungen auf den Anhöhen beiderseits der Stadt schien sich nichts zu rühren; die Besatzungen ruhten im Schatten. Die Mündungen der Kanonen drohten aber schwarz auf den von der Sonne gebleichten Bastionen, und Ash, der sie zählte, sagte mit vor Wut schnarrender Stimme:

»Ich bin selber schuld, weil ich mich nicht auf mein eigenes Urteil verlassen, sondern auf den Politischen Berater gehört habe, einen aufgeblasenen Hohlkopf, der mir vorwirft, ich beleidige einen regierenden Fürsten durch ungerechtfertigtes Mißtrauen! Diese tückische alte Spinne hat alles ausgeklügelt, und wir sind darauf reingefallen, wie die Lämmer haben wir uns zur Schlachtbank führen lassen.«

Kaka-ji stöhnte nur: »Schrecklich ist das, schrecklich. Nie hätte ich gedacht... wie kann der Rana sich nur weigern, zu zahlen? Wie kann er verlangen, daß wir statt dessen noch etwas an ihn bezahlen...?«

»Keine Sorge, Rao-Sahib«, versicherte Ash. »Das ist alles nur Bluff.«

»Meinst du wirklich?« fragte Mulraj. »Wenn ich das nur glauben könnte. Er hat genug Kanonen, den ganzen Talgrund umzupflügen, allesamt auf unser Lager gerichtet. Kommt es zum Kampf, sind wir von vornherein unterlegen, denn was sollen wir mit Säbeln und Musketen gegen Mauern und Kanonen ausrichten?«

»Es kommt nicht zum Kampf«, sagte Ash barsch. »Das wagt er nicht.«

»Wenn du nur recht behältst. Aber wetten möchte ich darauf nicht. Die Fürsten von Radschputana tun zwar, als stünden sie loyal zur englischen Königin, doch herrschen sie in ihren eigenen Staaten so gut wie unbeschränkt, und die Sahibs vom Politischen Departement sehen und hören am liebsten nichts von dem, was da vorgeht – wie du selber gesehen hast.«

Ash sagte dazu nur, es werde schwer halten, in einem Fall wie diesem sich blind und taub zu stellen, denn er wolle schon den nötigen Lärm machen. Er werde unverzüglich einen Bericht abfassen und durch Kurier dem Politischen Berater zustellen lassen.

»Daran tust du recht«, sagte Mulraj, setzte aber versonnen hinzu: »Dein

Kurier allerdings wird nicht ankommen, denn die Straßen sind gut bewacht. Auch höre ich von meinen Zuträgern etwas, was mich recht besorgt macht: Es heißt, die Festungen und die Stadt können sich ohne Worte verständigen.«

»Etwa durch Winkzeichen?« fragte Ash. »Sieh mal an. Ich möchte doch wissen, wer ihnen das beigebracht hat.«

»Das gibt es also? Und du weißt, wie es geht?«

»O ja, es ist sehr einfach. Man benutzt zwei Fähnchen und gibt Zeichen damit, und – na, es ist zu umständlich zu erklären. Ich zeig's dir mal bei Gelegenheit.«

»Aber hier werden keine Fähnchen benutzt, sondern silberne Spiegel, mit denen man das Sonnenlicht meilenweit reflektieren kann.«

»Schöne Märchen«, bemerkte Ash nur und verlor alles Interesse. Seine Skepsis war verständlich; zwar wußte er, daß die Indianer sich durch Rauchzeichen verständigten, doch die von Mulraj beschriebene Methode, später Heliographie genannt, war bei der englischen Armee in Indien noch unbekannt und wurde auf Jahre hinaus nicht angewendet. Ash hielt das für eine Mär und sagte, man dürfe nicht alles glauben, was man höre.

»Das tue ich auch nicht«, entgegnete Mulraj, »doch sagen meine Spione, in Bhithor wird diese Methode schon lange benutzt, sie ist keineswegs neu hier. Angeblich wurde sie von einem hiesigen Kaufmann eingeführt, der viel gereist ist und diese Kunst den Chinesen abgesehen hat, und zwar lange bevor die Ostindische Handelskompanie hier die Herrschaft ergriff. Doch einerlei, soviel steht fest, was wir auch tun, es wird beobachtet und gemeldet, und ein Kurier kommt nicht ungesehen weg. Im Gegenteil, man wird einen erwarten. Aber auch wenn es einem gelingen sollte, zum Politischen Sahib durchzukommen, wird man dir nur befehlen, dich zurückzuhalten und alles zu unterlassen, was den Rana ärgern könnte. Darauf setze ich fünfzig Goldstücke gegen fünf Rupien.«

»Die Wette gilt«, sagte Ash prompt. »Du verlierst, denn in einem solchen Fall muß er eingreifen.«

»Ich gewinne die Wette, mein Freund, denn deine Regierung möchte mit den Fürsten keinen Streit, der zu Blutvergießen und einem bewaffneten Aufstand führen könnte; das würde die Aufstellung und Entsendung von Truppen nötig machen, und das, lieber Freund, kostet Geld.«

Leider hatte Mulraj recht, in beiden Fällen.

Ash schickte einen ausführlichen Bericht über den neuesten Stand der Verhandlungen. Es verging fast eine Woche, ohne daß er von seinem Kurier etwas hörte, und erst dringliche Vorstellungen beim Ersten Minister brachten ans Licht, daß dieser Unglückliche beim Verlassen der Schlucht festgenommen und eingesperrt worden war – »versehentlich«, wie es hieß. Man habe ihn mit einem gesuchten Banditen verwechselt. Den zweiten Kurier begleiteten zwei Bewaffnete, und alle drei kamen Tage später zu Fuß ins Lager, denn gleich hinter der Grenze waren sie von Straßenräubern ausgeplündert worden, die ihnen die Pferde wegnahmen. Verletzt und ohne Nahrung mußten sie den Rückweg zu Fuß antreten.

Nun ließ Ash bekannt werden, daß der nächste Kurier er selber sein werde und daß er sich von einem Dutzend Scharfschützen begleiten lassen wolle. Dies tat er dann nicht – er wollte das Lager nicht allein lassen, solange die Stimmung so gereizt und dem Rana und seinen Beratern alles mögliche zuzutrauen war –, doch tat er wenigstens als ob, indem er den Kurier und dessen Begleiter ein gutes Stück über die Grenze begleitete.

Er sah nicht die warnenden Blinkzeichen, die hinter seinem Rücken zwischen der Stadt und einer der Festungen ausgetauscht wurden. Mulraj allerdings bemerkte sie schmunzelnd. Seine Spione waren nicht untätig geblieben und hatten die Bedeutung dieser Zeichen schon herausgebracht – sie waren einfach genug, viel einfacher zu verstehen jedenfalls als die Punkte und Striche des Morsealphabets, die der Sahib ihm unbedingt beibringen wollte. Die Bhithorer machten sich die Sache leicht und beschränkten sich, wie die Indianer, auf das Wichtigste. Ein einzelner, anhaltender Lichtblitz bedeutete »Feind«, drei lange Blitze bedeuteten »Freund, nicht anhalten«. Die Zahl der Personen wurde mit kurzen Blitzen angegeben. Eine seitliche Schwenkung des Spiegels bedeutete »Berittene«, kreisförmige Bewegungen bedeuteten »Anhalten«. Als Antwort erfolgte ein einzelner kurzer Blitz, der »Verstanden« signalisierte. Weitere Signale gab es nicht, denn diese hatten sich als ausreichend erwiesen.

Mulraj also las die Meldung »Freunde, nicht anhalten« und mußte laut lachen, denn er wußte, Ash wollte gleich hinter der Grenze umdrehen, weil er glaubte annehmen zu dürfen, sein Trüppchen würde diesmal nicht überfallen; der Rana beabsichtigte wohl nicht, eine kampfstarke Gruppe unter der persönlichen Führung des Sahib überfallen zu lassen. Ash ging davon aus, daß es zu spät sein würde, etwas Derartiges ins Werk zu setzen, wenn seine Rückkehr bekannt wurde.

Darüber war so mancher Tag vergangen, wenn auch nicht müßig. Wer kein Zelt besaß, flocht Hütten aus Gras zum Schutz gegen die glühende Sonne und den nächtlichen Tau. Holz war knapp, und Mulraj, der mit einem langen Aufenthalt rechnete, ließ die wenigen dünnen Palmen und Dakbäume fällen, denn er fürchtete bei der herrschenden Hitze für die Gesundheit der Pferde. So entstanden binnen kurzem stabile Pferche, die mit Palmblättern und Schilf vom Ufer des Sees gedeckt wurden.

Ash und die Lagerältesten konferierten stundenlang mit dem Ersten Minister und anderen Beratern des Rana, manchmal auch mit diesem selber, bemüht, das herrschende Patt zu brechen und ihn dazu zu bringen, sein Wort zu halten, mindestens seine Forderungen zu mäßigen. Auch gab man ihm zu Ehren einige Bankette, die auch von Höflingen und Beratern besucht wurden. Als der Rana einmal mit der Begründung absagte, er leide an Furunkeln, wozu er neigte, bot man ihm die Dienste von Gobind an in der Hoffnung, der Arzt von Kaka-ji könne die Schmerzen lindern und ihn so milder stimmen.

Dies gelang Gobind denn auch, ja, er verschaffte dem Patienten nicht nur Erleichterung, sondern heilte ihn, was keiner der Ärzte des Rana fertiggebracht hatte. Der dankbare Herrscher entlohnte ihn denn auch mit einer Handvoll Goldstücke und ließ Kaka-ji einen großen, goldgefaßten Rubin überbringen, doch was den Heiratsvertrag anging, war er nicht umzustimmen. Ash und seine Männer hätten ebensogut zu den Säulen der Empfangshalle reden und ihre Bankette für die Spatzen geben können. Und als der Kurier endlich mit der langersehnten Antwort des Politischen Beraters zurückkehrte, lautete diese etwa so, wie Mulraj vorhergesehen hatte.

Der Politische Berater zeigte sich von Hauptmann Pelham-Martyns Bericht aufs äußerste betroffen. Er – Major Spiller – sehe sich zu der Annahme genötigt, der Hauptmann habe entweder die Vorschläge des Rana mißverstanden oder aber bei den Verhandlungen mit dem Herrscher und dessen Ministern nicht genügend Geduld aufgebracht. Er könne nicht glauben, daß der Rana einen Vertrauensbruch beabsichtige, andererseits könne man nicht ausschließen, daß beide Parteien Fehler gemacht hätten und daß Mißverständnisse vorlägen. Der Hauptmann möge mit größter Behutsamkeit operieren, Takt und Höflichkeit walten lassen. Er schloß mit der Aufforderung, keinesfalls einen regierenden Fürsten zu verärgern, welcher der englischen Krone stets loyal gesonnen gewesen sei und daher...

Ash händigte Mulraj wortlos fünf Rupien aus.

Nun also war wieder er am Zuge, und er wußte, auf Unterstützung durch das Politische Departement war nicht zu rechnen – derzeit jedenfalls nicht. Hatte er Erfolg, schön und gut. Hatte er keinen, würde man ihm, und ihm allein, die Schuld daran zuschieben. Der Hauptmann Pelham-Martyn würde es dann an Takt und Höflichkeit haben fehlen lassen, die Behörden indessen, für die er einen vortrefflichen Prügelknaben abgab, konnten weiterhin ausgezeichnete Beziehungen zu den Herrschern von Bhithor und Karidkote unterhalten. Fürwahr, heitere Aussichten.

»Ich kann machen, was ich will, in jedem Fall bin ich der Dumme«, sagte er bitter zu Mulraj.

Eine weitere schlaflose Nacht – in letzter Zeit hatte er mehrere verbracht – verging damit, daß er überlegte, wie er Juli eine Botschaft zukommen lassen könnte. Warum übrigens ließ sie nichts von sich hören? Sie mußte doch wissen, daß er ihrethalben in Sorge war. War es nun ein gutes Zeichen, daß er nichts von ihr hörte, oder war es ein schlechtes? Wüßte er nur, woran er mit ihr war, es fiele ihm leichter, seinen Kurs abzustecken. Solange er im Dunkeln tappte, bestand die Gefahr, daß alles mit Julis Verderben endete, wenn er sich an die Weisungen des Politischen Beraters hielt und die Verhandlungen mit Takt und Geduld endlos verzögerte.

Es war der Zeitfaktor, der ihm so zu schaffen machte. Von Rechts wegen hätte die Hochzeit wenige Tage nach der Ankunft des Brautzuges in Bhithor stattfinden müssen. Niemandem – auch Juli und ihm nicht – war der Gedanke gekommen, es könnte anders sein. Doch schon war mehr als drei Wochen ergebnislos verhandelt worden. Die Nacht des Sandsturmes lag jetzt zwei Monate zurück; hatte Julis Hoffnung sich erfüllt und war sie schwanger geworden, wurde die Aussicht, der Rana könnte das Kind als eheliche Frühgeburt anerkennen, immer geringer. Sollten sich an der Vaterschaft des Kindes Zweifel ergeben, würde das Julis und des Kindes Tod bedeuten, soviel war gewiß. Niemand würde Nachforschungen anstellen, denn der Tod einer Mutter im Kindbett war etwas Alltägliches, und die Nachricht, die zweite Rani von Bhithor sei bei einer Frühgeburt samt dem Kind gestorben, dürfte niemanden aufhorchen lassen. Wenn doch Juli ihn nur aufklären würde, denn jetzt mußte sie selber doch Bescheid wissen, so oder so...

Ash tat in dieser Nacht kein Auge zu. Er sah die Sterne langsam ihren Lauf nehmen, sah sie verblassen und einen neuen Tag heraufziehen. Am Morgen ritt er mit Mulraj und den anderen ein weiteres Mal zur Stadt, um eine Besprechung mit dem Diwan zu führen, die ebenso ergebnislos verlief wie alle vorangegangenen.

Zum vierten Mal ließ man sie eine geschlagene Stunde in einem Vorgemach warten, und als man sie schließlich empfing, führte das zu nichts. Die Lage blieb, wie sie war, denn der Rana glaubte sich im Vorteil und zeigte keine Neigung, eine Stellung zu räumen, die er für uneinnehmbar hielt. Im Gegenteil, man ließ durchblicken, daß er sich die Bereitschaft, »die Tochter einer Landfremden« zu heiraten, eher noch höher bezahlen lassen wollte mit der Begründung, er müsse sich von den Priestern »reinigen« lassen, wenn er eine solche Frau zum Weibe nähme. Das würde Unsummen kosten. Der dafür in Aussicht genommene Betrag sei erheblich, ließ der Diwan durchblicken, und unter diesen Umständen könne man die Forderungen des künftigen Gatten nicht unvernünftig hoch nennen.

Ash erwiderte darauf für die Partei aus Karidkote, dies alles sei vor einem Jahr ausführlich erörtert worden, man habe nichts verheimlicht, und die getroffene Vereinbarung sei beiderseits als zufriedenstellend bezeichnet worden. Müsse man etwa schließen, die Beauftragten des Rana hätten keine ausreichende Vollmacht gehabt? Warum habe man sie dann entsandt? Und falls jetzt behauptet werde, sie hätten ihre Verhandlungsvollmacht überschritten, müsse man dem entgegenhalten, daß der Rana nach ihrer Rückkehr in einem Tar (Telegramm) nach Karidkote das Ergebnis für ungültig erklären und die Verhandlungen durch kompetentere Bevollmächtigte später hätte wiederaufnehmen lassen können. Mindestens aber hätte er verhindern müssen, daß der Brautzug vorbereitet wurde, die Heimat verließ und die lange Reise zurücklegte. So etwas lasse sich mit der Ehre und Würde eines Fürsten nicht vereinbaren, deutete Ash an. Die Aufwendungen für den Zug seien beträchtlich gewesen. Allein deshalb könne nicht die Rede davon sein, auf den Rest des vereinbarten Brautpreises zu verzichten oder jene Summe zu erhöhen, die für die Heirat mit der Halbschwester Anjuli-Bai vereinbart worden sei.

Der Diwan erwiderte, er wolle seinem Herrn diesen Standpunkt unterbreiten. Er zweifle nicht daran, daß man schon bald zu einer alle befriedigenden

Einigung gelangen werde. Mit dieser nun schon bekannten Formel endete die Besprechung.

»Wie lange machen die wohl noch so weiter?« fragte Ash auf dem Rückweg.

Mulraj bemerkte resigniert: »Bis wir nachgeben.«

»Dann sieht es so aus, als würden wir hier noch lange bleiben, denn ich lasse mich nicht erpressen, und je eher diese Herrschaften das einsehen, desto besser für sie.«

»Aber was sollen wir denn machen?« jammerte Kaka-ji. »Vielleicht könnten wir anbieten –«

»Wir bieten nichts an«, schnitt Ash dem alten Herrn das Wort ab. »Keinen Pfennig. Der Rana wird zahlen, was er schuldig ist – und noch sehr viel mehr.«

Mulraj sagte schmunzelnd: »Shabash, Sahib. Brav gebrüllt. Darf man fragen, wie du das zustandebringen willst? Nicht er sitzt in der Falle, sondern wir. Und die Befestigungen lassen sich nicht erstürmen, auch bei Nacht nicht.«

»Gestürmt wird überhaupt nicht. Niemand soll sagen dürfen, ich hätte voreilig gehandelt oder wäre nicht geduldig genug gewesen. Ich lasse dem Rana soviel Zeit, wie er will, und dann werden wir sehen, wessen Geduld schneller erschöpft ist, seine oder meine. Oder die Geduld von Bhithor.«

»Von Bhithor?«

»Nun ja. Sind wir denn nicht Staatsgäste? Und müssen wir als solche etwa selber für unseren Unterhalt aufkommen? O nein, die Bewirtung ist für den Gastgeber eine Ehrensache. Die Kaufleute und Bauern, die Rinderhirten und Futterlieferanten und alle, die uns derzeit versorgen, wollen bezahlt werden, und das gewiß bald. Von uns bekommen sie nichts, das schwöre ich. Der Rana und seine Berater werden schon bald merken, daß unser Aufenthalt sie weit mehr kostet als veranschlagt, und nach einer Weile werden sie dahinterkommen, daß es sie billiger kommt, wenn sie Zugeständnisse machen.«

Mulraj lachte zum ersten Mal seit Wochen, und auch die Mienen der anderen hellten sich auf.

»Arré, das ist wahr«, sagte Mulraj. »Daran hatte ich nicht gedacht. Wenn wir lange genug bleiben, werden uns die betrügerischen Söhne ungetreuer Mütter noch dafür bezahlen, daß wir abziehen.«

»Oder uns mit Gewalt nehmen, was wir besitzen«, gab Kaka-ji zu bedenken und nickte trübe nach dem nächstgelegenen Festungswerk hin. »Ah, Sahib« – und er schüttelte den Kopf gegen Ash. »Ich weiß wohl, du denkst anders darüber. Ich wollte, ich könnte denken wie du, doch kann ich nicht glauben, daß der Rana keine Gewalt anwendet, wenn er merkt, daß er auf friedlichem Wege sein Ziel nicht erreicht.«

»Du meinst, auf dem Wege von Bluff und Erpressung?« fragte Ash. »Bluffen können aber zwei, und diese hinterlistigen Affen haben das nicht bedacht. Nun, versuchen wir es mal so.«

Er wollte sich nicht näher auslassen, denn im Moment hatte er keinen anderen Plan als den, die Forderungen des Rana entschieden weiterhin abzulehnen und auf Zahlung der vereinbarten Summe zu bestehen, ohne jeden Abzug. Im

Augenblick oblag es ihm, behutsam zu taktieren und sei es nur, um dem Politischen Berater Major Spiller zu beweisen, daß er jedes Mittel der friedlichen Überredung ergriff und eine Geduld an den Tag legte, die Hiob beschämt hätte. War dies nachdrücklich genug dargetan, und blieb der Rana weiterhin uneinsichtig, konnte man Ash keinen Vorwurf mehr machen, wenn er zu stärkeren Mittel griff, um den Brautwerber zur Vernunft zu bringen. Doch was auch geschah, er durfte die Beherrschung nicht verlieren.

Zwei Tage später war es dann allerdings doch fast so weit, denn bei einer weiteren Besprechung im Rung Mahal – angeblich sollten »neue Vorschläge« unterbreitet werden – kündigte der Diwan, nachdem er wieder eine Stunde auf sich hatte warten lassen, vertraulich und mit den Zeichen tiefsten Bedauerns an, weitere Beratungen mit den Priestern betreffend die Heirat des Rana mit der Halbschwester der Braut hätten nun leider ergeben, daß man für diesen Gnadenerweis des Herrschers doch mehr Geld fordern müsse als gedacht. Er nannte eine Summe, welche die schon erpresserisch heraufgeschraubte Forderung geradezu als läppisch erscheinen ließ.

»Die Priester sind leider geldgierig«, gestand der Diwan resigniert mit der Miene eines welterfahrenen Mannes. »Wir haben Einwände erhoben, ihnen gut zugeredet, indessen erfolglos. Sie verlangen jetzt, daß mein Gebieter ihnen einen neuen Tempel errichtet, wenn sie dieser Heirat zustimmen sollen. Das ist unbillig, doch was soll er machen, er ist ein sehr frommer Mann und kann den Priestern nichts abschlagen. Der Bau eines Tempels verschlingt aber große Summen. Ihm bleibt also keine Wahl, als seine Hoheit den Maharadscha von Karidkote zu ersuchen, jene Kosten zu tragen, welche durch die Heirat mit der Halbschwester seiner Hoheit nun einmal verursacht werden. Das alles ist höchst bedauerlich –« der Diwan wackelte betrübt mit dem Kopf und machte eine sprechende Geste des Bedauerns, »– doch was können wir tun?«

Ash fiel gleich mehreres ein, doch war die Frage sichtlich rhetorisch gemeint, und er hätte ohnedies nicht geantwortet, weil er sich dann nicht mehr hätte beherrschen können. Schließlich war es Juli, die hier von verächtlichen, erpresserischen Subjekten fortwährend beleidigt wurde. Er nahm durch einen roten Nebel aufsteigender Wut wahr, daß Kaka-ji dem Diwan leise und würdig antwortete; gleich darauf war man draußen, saß auf und ritt aus der Stadt. Noch immer wußte er nicht, welche Antwort der Diwan erhalten hatte.

»Und was nun, Sahib?« fragte Mulraj.

Ash sagte nichts, und Kaka-ji wiederholte die Frage und fügte an, wie man denn dieser neuesten Unverschämtheit begegnen solle?

Ash erwachte endlich aus seinem Traum und sagte: »Ich muß mit ihr reden.«

Der alte Herr starrte ihn verwundert an. »Mit Shu-shu? Ich glaube nicht –«

»Mit Anjuli-Bai. Arrangiere das für mich, Rao-Sahib. Ich muß mit ihr sprechen. Allein.«

»Das ist ganz unmöglich«, widersprach Kaka-ji entsetzt. »Auf der Reise – nun wohl, da kam es nicht darauf an. Aber hier in Bhithor – ausgeschlossen. Es wäre höchst unpassend. Ich erlaube es nicht.«

»Du wirst müssen«, entgegnete Ash scharf. »Entweder ich rede mit ihr oder ich beteilige mich nicht mehr an den Verhandlungen, sondern lasse Spiller-Sahib wissen, daß ich nichts mehr tun kann. Dann mag er mit dem Rana zu einer Einigung kommen.«

»Das darfst du nicht!« jammerte Kaka-ji entsetzt. »Wenn der nun um des lieben Friedens willen dem Rana nachgibt? Und das mag sehr wohl geschehen, wie Mulraj schon gesagt hat. Das wäre unser Verderben, denn wie sollten wir solch eine Summe aufbringen? Selbst wenn wir sie hätten – aber wir haben sie nicht! – wären wir dann völlig mittellos und hätten nicht einmal das Geld für die Rückreise. Nandu würde uns nichts schicken, das weiß ich, denn er käme vor Wut um den Verstand!«

Die Erregung brachte Kaka-ji dazu, offener zu sprechen, als er es sonst vor fremden Ohren getan hätte; er merkte es selber, blickte ängstlich über die Schulter nach den anderen Delegierten, die etwas zurückgeblieben waren, und gewahrte erleichtert, daß sie nicht nur außer Hörweite, sondern in eine lebhafte Unterhaltung verwickelt waren.

»Was soll es übrigens nützen, daß du mit Anjuli-Bai sprichst?« nahm er leiser redend den Faden wieder auf. »Sie kann uns auf keine Weise helfen, und ihr zu berichten, was der Rana verlangt, wäre eine Grausamkeit, denn es gibt weder für sie noch für Shu-shu einen Ausweg aus ihrer Lage.«

»Einerlei, ich will sie sehen«, beharrte Ash eigensinnig. »Sie hat Anspruch darauf zu wissen, wie die Verhandlungen laufen, auch ein Recht darauf, gewarnt zu sein, falls –«

Er zögerte, und Mulraj beendete den Satz für ihn: » – falls der Rana sich weigert, sie zu heiraten. Ja, Sahib, damit hast du recht.«

»Nein«, widersprach Kaka-ji bedrückt. »Es ist weder klug noch passend, und notwendig finde ich es auch nicht. Da ihr aber in dieser Sache beide gegen mich seid, werde ich selber es ihr sagen. Seid ihr damit zufrieden?«

Ash schüttelte den Kopf. »Nein, Rao-Sahib, das bin ich nicht. Ich will selber mit ihr reden. Nicht, daß ich dir mißtraute, doch müssen Dinge ausgesprochen werden, die du nicht über die Lippen bringst. Aber nur du kannst eine Zusammenkunft herbeiführen.«

»Nay, Sahib, es ist ausgeschlossen. Ich kann nicht… es wird bekannt werden. Alles würde nur noch schlimmer…«

»Und doch wirst du es mir zu Gefallen tun. Denn ich *bitte* dich darum. Auch wirst du es tun, weil du mit ihrem Großvater Sergej befreundet warst und ihre Mutter gekannt hast, die –«

Kaka-ji gebot ihm mit erhobener Hand Einhalt. »Genug, Sahib. Als ich jung war, habe ich ihren Großvater, den Russen, sehr bewundert. Ein sonderbarer Mensch, ein großartiger Mann. Er war seines Jähzorns wegen bei uns ebenso gefürchtet wie seines Lachens wegen beliebt. Und er lachte oft. Selbst auf dem Sterbebett soll er noch gelacht und keine Angst gehabt haben…«

Kaka-ji seufzte und schwieg ein Weilchen. Dann sagte er: »Nun wohl, Sahib, ich will tun, was ich kann. Doch unter einer Bedingung: ich selber muß dabei sein.«

Davon ging er nicht ab, einerlei, was Ash dagegen vorbrachte. Der alte Herr war davon überzeugt, der Rana, sollte es ihm und seinen Beratern zu Ohren kommen, daß Anjuli-Bai mit einem jungen Mann, der nicht ihr Verwandter war, allein gesprochen hatte, werde dies zum Vorwand nehmen, Anjuli-Bai mit Schande bedeckt und sehr wahrscheinlich ohne ihre Mitgift heimzuschikken. Er sei imstande, die Migift als »Entschädigung« einzustecken für den Verlust einer Braut. Daß der in Frage stehende junge Mann der von der Regierung abgeordnete Sahib sei, bevollmächtigt, die korrekte Abwicklung eines Heiratskontraktes zu beaufsichtigen, spiele da keine Rolle. Wichtig sei in diesem Zusammenhang einzig, daß er ein Mann sei. Ein Skandal spiele nur dem Rana in die Hände und versteife dessen Haltung hinsichtlich des Brautpreises.

»Du hast nichts zu befürchten«, versicherte Kaka-ji. »Nichts von dem, was zwischen euch gesprochen wird, kommt je über meine Lippen, das gelobe ich feierlich. Doch falls zufällig etwas davon bekannt wird, muß meine Nichte geschützt sein; ich, ihr Onkel, der Bruder ihres Vaters, des verstorbenen Maharadscha von Karidkote, muß sagen können, daß ich ständig anwesend war. Wenn du damit nicht einverstanden bist, kann ich dir nicht helfen.«

Ash blickte ihn lange gedankenvoll an; ihm fielen Gerüchte ein, die alte, vergessene, zurückliegende Ereignisse betrafen und die zutreffen mochten oder nicht. Falls ja... doch hatte es augenscheinlich keinen Sinn, jetzt zu streiten. Kaka-ji hatte ganz unmißverständlich seinen Standpunkt klargemacht und würde davon nicht abgehen. Und weil ohne seine Hilfe ein Gespräch mit Juli nicht zustande kommen konnte, mußte Ash seine Bedingungen annehmen. Wenigstens durfte man ihm glauben, daß er Wort hielt und nicht schwatzte.

»Ich bin einverstanden«, sagte Ash.

»Gut. Dann will ich sehen, was sich tun läßt. Für meine Nichte allerdings kann ich nicht sprechen. Es mag sein, daß sie dich nicht sehen will; sollte dies der Fall sein, bin ich machtlos.«

»Du kannst ihr immerhin zureden«, sagte Ash. »Sag ihr... nein. Sag einfach, es sei notwendig, andernfalls würde ich weder dich noch sie darum bitten.«

Kaka-ji machte es möglich. Man wollte sich um ein Uhr früh in seinem Zelt treffen. Zu dieser Stunde schlief das Lager. Weil Ash ungesehen das Zelt betreten mußte, schlug Kaka-ji vor, er möge sich wie einer der Nachtwächter kleiden. Man werde den um diese Zeit Dienst habenden Wächter mit einem Schlafmittel, das etwa eine Stunde wirke, betäuben.

»Das übernimmt Gobind. Ihm kann ich vertrauen. Weil wir aber nicht vorsichtig genug sein können, soll auch er nicht wissen, wer bei Nacht in mein Zelt kommt. Nun höre gut zu, Sahib...«

Ash hätte ein weniger kompliziertes Arrangement vorgezogen, denn er sah den Sinn all dieser Vorsichtsmaßnahmen nicht ein. Kaka-ji blieb jedoch unerbittlich, und was die Geheimhaltung anging, hätte die Sache nicht besser klappen können. Nichts kam je heraus. Der Sahib und die Prinzessin kamen und gingen ohne aufzufallen oder Verdacht zu erregen. In jeder anderen Hinsicht allerdings war die Zusammenkunft ein völliger Fehlschlag. Der alte Herr bedauerte später, daß er sich dazu hatte überreden lassen, und mehr noch, daß er, einmal umgestimmt, darauf bestanden hatte, anwesend zu sein. Andernfalls wäre es ihm erspart geblieben anzuhören, was er lieber nicht erfahren hätte.

Seine Nichte Anjuli traf als erste ein; gehüllt in einen Umhang aus dunkler Baumwolle, schlüpfte sie wie ein Schatten lautlos ins Zelt, kurz darauf gefolgt von einer großen Gestalt mit Turban, deren Gesicht von einem schmutzigen Schal fast verdeckt war. Die Nachtwächter pflegten ihn seit undenklichen Zeiten so zu tragen, aus Furcht vor der nächtlichen Kühle. Kaka-ji bemerkte mit Genugtuung, daß der Sahib weisungsgemäß den langen Bambusstab bei sich trug, dazu die Kette, mit der man von Zeit zu Zeit rasselt, um Missetäter abzuschrecken, und er gratulierte sich dazu, auf diese Details bestanden zu haben. Nun mußte der Sahib nur noch in möglichst kurzen Sätzen sagen, was er zu sagen hatte, und Anjuli mußte sich alle überflüssigen Bemerkungen verkneifen, dann würde die ganze Angelegenheit keine Viertelstunde dauern und beide wären wieder in ihren Zelten, ohne daß jemand etwas bemerkte.

Belebt von dem Gefühl, an einer kleinen Verschwörung beteiligt zu sein, machte Kaka-ji es sich auf seinen Polstern bequem, bereit zuzuhören, ohne zu unterbrechen, wenn der Sahib die Prinzessin von den Forderungen des Rana unterrichtete und sie auf die Folgen hinwies, die das für sie haben konnte.

Der alte Herr war viel zu sehr mit Fragen der Schicklichkeit und der Geheimhaltung beschäftigt gewesen, um sich Gedanken zu machen über das, was bei dieser Zusammenkunft gesagt werden könnte. Er hatte auch nicht darüber nachgedacht, warum der Sahib so starrsinnig behauptete, nur er selber könne der Prinzessin sagen, was zu sagen sei. Hätte er es getan, er wäre besser vorbereitet gewesen auf das, was sich ereignete, hätte vielleicht auch mit allen Mitteln versucht, die Zusammenkunft zu verhindern. So jedoch währte seine angenehme Vorfreude nur, bis Ashs Augen sich an das Licht im Zelt gewöhnt hatten und Anjulis vermummte Gestalt erkannten, die reglos im Schatten außerhalb des Lampenscheines stand.

Sie hatte den Umhang nicht abgelegt, und da dessen Farbe jener der Zeltleinwand hinter ihr glich, dauerte es einen Moment, bis Ash ihre Anwesenheit bemerkte. Der bei seinem Eintritt entstandene leichte Zugwind versetzte die bronzene Lampe in leichte Schwingungen, und ihr Schein streute Lichtpünktchen unterschiedlichster Form und schwankende Schatten über Zeltwand und Decke, und erst als die Lampe zur Ruhe kam, erkannte er in einem dieser Schatten Anjuli.

In der hier obwaltenden Stille machten der Stock und die Kette, die Ash fallen ließ, überraschend viel Lärm, und obschon Kaka-ji kein besonders phantasievoller Mensch war, kam es ihm doch vor, als spüre er zwischen diesen beiden Gestalten eine vitale und elementare Wechselwirkung, einen so intensiven Austausch von Empfindungen, daß sie fast greifbar schienen, Empfindungen, die sie zueinander zogen wie der Magnet das Eisen. Er beobachtete entsetzt, daß sie im gleichen Augenblick aufeinander zugingen, und daß Ash, bei ihr angekommen, den Umhang von ihrem Gesicht streifte.

Keiner sprach, keiner berührte den anderen, sie schauten einander nur an, lange und sehnsüchtig, als sei es völlig ausreichend, daß sie einander erblickten und als sei außer ihnen niemand im Zelt, ja, auf der Welt. In ihren Mienen stand etwas zu lesen, das alle Worte überflüssig machte, denn weder Worte noch Gesten, ja nicht einmal eine leidenschaftliche Umarmung hätten deutlicher von Liebe zeugen können.

Kaka-ji schnappte nach Luft, und, getrieben von einem unbestimmten Drang, sich zwischen sie zu werfen und den Bann zu brechen, machte er Anstalten, sich zu erheben. Doch gehorchten seine Beine ihm nicht. Er sah sich gezwungen zu bleiben, wo er war, kalt vor Entsetzen, unfähig etwas anderes zu tun, als ungläubig hinzustarren und endlich, von Grauen gepackt, anzuhören, was der Sahib zu sagen hatte.

»Es geht nicht, Liebste, du kannst ihn nicht heiraten. Auch wenn wegen der eingetretenen Verzögerungen keine Gefahr für dich bestünde. Und ob diese Gefahr besteht, hast du mir bislang nicht gesagt. Besteht sie?«

Anjuli tat nicht, als verstehe sie nicht, sondern schüttelte wortlos und so betrübt den Kopf, daß Ash sich schämte, im ersten Moment Erleichterung empfunden zu haben. Er sagte: »Wie leid mir das tut –« alles weitere blieb ihm in der Kehle stecken, er wußte auch, daß er nichts Hilfreiches sagen konnte.

»Auch mir«, flüsterte Anjuli. »Mehr als ich sagen kann.« Ihre Lippen bebten, sie tat sich sichtlich Zwang an und neigte den Kopf, so daß Kinn und Mund im Schatten waren. »Wolltest du mich deshalb sehen?«

»Nicht nur. Es gibt auch anderes. Der Rana will dich nicht, mein Herz. Er hat nur zugestimmt, weil er anders Shushila nicht bekommen hätte, weil dein Bruder ihn bestochen hat und er für dich nichts bezahlen muß.«

Anjuli erwiderte mit ebenso fester Stimme: »Das weiß ich, ich wußte es von Anfang an. In den Frauengemächern bleibt nichts geheim.«

»Und es war dir einerlei?«

Sie hob den Kopf und blickte ihn aus tränenlosen Augen an, doch der schöne Mund war verzerrt. »Ein wenig hat es mich gegrämt, doch ist das schlimm? Du weißt, man hat mir keine Wahl gelassen – aber ich wäre auch gekommen, hätte ich die Wahl gehabt.«

»Um Shu-shus willen, ja, ich weiß. Der Rana sagt jetzt aber, dein Bruder habe ihm zu wenig geboten. Er will dich nur heiraten, wenn man ihm das Dreifache bezahlt.«

Ihre Augen wurden zu Schlitzen, und sie griff sich an die Kehle, doch sagte sie nichts. Ash fuhr fort: »Soviel Geld besitzen wir nicht, und selbst wenn wir es hätten, dürfte ich ohne Erlaubnis deines Bruders diesen Preis nicht bezahlen. Soweit mir bekannt, wird er darauf nicht eingehen, und er tut recht daran. Ich glaube aber nicht, daß er auf Rückgabe beider Bräute besteht. Diese Reise hat so viel Geld gekostet, daß Nandu die Kränkung ertragen und einwilligen wird, daß der Rana nur Shushila heiratet.«

»Und... was wird aus mir?« flüsterte Juli.

»Man wird dich nach Karidkote zurückschicken, doch ohne deine Mitgift, an der der Rana sich schadlos hält für den Verlust einer Braut, die er nicht will. Es sei denn, wir hindern ihn unter Gefahr von Blutvergießen daran, seine Hand darauf zu legen.«

»Das darf er doch nicht – es ist gegen das Gesetz.«

»Welches Gesetz? In Bhithor gibt es nur ein Gesetz, das des Rana.«

»Ich spreche vom Gesetz des Manu, dem er als Hindu gehorchen muß. Es heißt darin, der Schmuck der Braut stellt ihr Erbe dar und darf ihr nicht genommen werden. Manu hat bestimmt: ›Der Schmuck, den die Gemahlin zu Lebzeiten des Gatten tragen darf, soll unter seinen Erben nicht geteilt werden. Wer das tut, soll verstoßen sein.‹«

»Du bist aber nicht seine Gemahlin, er braucht dieses Gesetz also nicht zu befolgen. Und wird es auch nicht«, schloß Ash finster.

»Ich kann aber nicht zurück... du weißt, ich kann nicht. Ich kann Shu-shu nicht im Stich lassen.«

»Es bleibt dir keine Wahl.«

»Das ist nicht wahr.« Sie sprach jetzt lauter und trat einen Schritt von ihm weg. »Der Rana mag sich weigern, mich zu heiraten, er wird aber erlauben, daß ich bei Shu-shu bleibe, als Dienerin, meinetwegen auch als Kinderfrau. Behält er meine Mitgift, ist das genug Bezahlung für die wenige Nahrung, deren ich bedarf; selbst wenn ich alt werde, wird er mich dulden, sobald er merkt, daß seine Gemahlin ohne mich kränkelt und dahinsiecht. Nandu aber wird mich nicht haben wollen, denn wer wird noch eine Prinzessin heiraten, die der Rana von Bhithor verschmäht hat?«

»Es gibt jemanden«, sagte Ash leise.

Anjuli verzog das Gesicht kummervoll wie ein Kind, das weinen will, und flüsterte erstickt: »Ich weiß doch... aber es darf nicht sein und deshalb... sage allen, die es angeht, daß ich nicht nach Karidkote zurückkehre und daß mich niemand dazu zwingen wird. Kann ich in Bhithor nicht als Zweite Gemahlin bleiben, bleibe ich als Dienerin meiner Schwester. Mehr habe ich dazu nicht zu sagen. Nur noch, daß ich dir dafür danke, daß du mich gewarnt hast und... für alles...«

Ihre Stimme versagte und sie vollführte mit dem Kopf eine kleine Geste der Hilflosigkeit, jammervoller als alle Worte, und zog mit bebenden Händen den Umhang über ihr Gesicht.

Ash zögerte einen Moment – lange genug, daß eine Träne ins Auge treten und fallen konnte –, dann packte er ihre Schultern, riß ihr den Umhang vom Gesicht und zog sie an sich. Ihr tränenüberströmtes Gesicht zerriß ihm das Herz, und er sprach heftiger als beabsichtigt:

»Sei keine Närrin, Juli! Glaubst du wirklich, er wird sich nicht zu dir legen, wenn du als Dienerin deiner Schwester bleibst und nicht als seine Gemahlin? Und ob er das tut! Einmal unter seinem Dach, bist du sein Eigentum, so gut, als wärest du mit ihm verheiratet, nur ohne den Status der Rani – überhaupt ohne alle Rechte. Er kann mit dir nach Gutdünken verfahren, und wie ich ihn jetzt kenne, wird es seiner Eitelkeit schmeicheln, die Tochter eines Maharadscha, die er als Gemahlin zurückwies, als Konkubine zu benutzen. Siehst du denn nicht, daß du in eine unhaltbare Lage kämest?«

»Das wäre nicht das erste Mal. Und ich habe es immer ertragen«, sagte Anjuli gefaßt. »Ich werde auch dies ertragen. Aber Shu-shu –«

»Shu-shu soll der Teufel holen!« entfuhr es Ash. Er packte sie fester und schüttelte sie so heftig, daß ihre Zähne klapperten. »Ich erlaube es nicht, Juli, begreif es doch! Seit ich ihn gesehen habe, steht das für mich fest. Du ahnst nicht, was das für ein Mensch ist. Ein Greis – nicht an Jahren vielleicht, aber in jeder anderen Beziehung, am Körper wie im Gesicht. Und böse dazu, angefault vom Laster. Bei einer solchen Kreatur darfst du nicht liegen – ein häßlicher, herzloser, unbehaarter Affe, der bewiesen hat, daß er weder Ehre noch Gewissen besitzt. Willst du Ungeheuer gebären? Denn das wirst du – mißgestaltete Ungeheuer und Bastarde obendrein. Das darfst du nicht.«

Anjuli verzog, von innerem Schmerz gepeinigt, wie im Krampf das Gesicht, doch obwohl nach wie vor Tränen aus ihren Augen tropften, versetzte sie leise, fest und unerschütterlich: »Ich muß. Und ich weiß, warum. Auch wenn er so eitel ist, wie du sagst, wird es ihm genug sein, mich als Dienerin zu behandeln; er wird mich nicht zur Konkubine wollen. Mein Leben wird nicht so unglücklich sein. Wenigstens kann ich meiner Schwester nützen, während mich in Karidkote nichts erwartet als Schande und Kummer, denn Nandu wird seinen Zorn an mir mehr auslassen, als an allen anderen, die zurückkommen.«

»Du redest, als gäbe es keine andere Möglichkeit, aber du weißt genau, daß dies nicht stimmt. Ach, du Freude meines Herzens«, – seine Stimme brach – »komm mit mir. Wir könnten so glücklich sein, hier aber erwartet dich nichts als Elend und Erniedrigung und – nein, sag nichts, ich weiß, Shushila wird hier sein –, aber ich habe dir schon früher gesagt, du kennst sie nicht, sie ist ein verzogenes Kind, sie setzt ihren Willen durch, mit Tränen und hysterischen Ausbrüchen, und sie benutzt sie bedenkenlos als Waffe, selbstsüchtig und nur auf ihren Vorteil bedacht. Nach einer Weile wird sie dich nicht mehr brauchen und nicht vermissen. Sobald sie Rani von Bhithor ist, von einer Schar unterwürfiger Dienerinnen umgeben und mit eigenen Kindern gesegnet, wird sie jegliches Interesse an dir verlieren. Und was wird aus mir? Was, wenn ich ohne dich nicht leben kann?... Shu-shu ist nicht die einzige, die dich braucht, geliebtes Herz, auch ich brauche dich – viel mehr als sie. Ach, Juli –«

Tränen rannen über Anjulis Wangen, sie konnte kaum sehen, und ihre Stimme erstickte. Doch schüttelte sie den Kopf und flüsterte endlich schluchzend: »Das hast du schon einmal gesagt, und ich erwiderte dir, du bist stark, Shu-shu aber ist schwach, und darum... darum darf ich sie nicht im Stich lassen. Ist der Rana wirklich so, wie du ihn beschreibst, um so schlimmer für sie. Du weißt, ich liebe dich, liebe dich mehr als mein Leben, aber ich liebe auch sie. Du irrst, wenn du sagst, sie braucht mich nicht. Sie hat mich immer gebraucht, und jetzt braucht sie mich mehr denn je. Darum kann ich nicht... kann nicht...«

Wieder versagte ihre Stimme, und Ash begriff plötzlich, daß seine Aussichten besser gewesen wären, hätte er sie belogen, ihr gesagt, der Rana sei ein bildschöner, faszinierender Mann, in den Shu-shu sich unbedingt verlieben und daher die Halbschwester als Dritte im Bunde nur als störend empfinden werde. Hätte Juli ihm geglaubt, sie hätte sich vielleicht erweichen lassen. Die Wahrheit jedoch war verhängnisvoll, denn nun wußte sie nur zu gut, was Shushila erwartete. Wie sie nun einmal war, mußte das Juli in ihrem Vorsatz nur bestärken, bei der Schwester auszuharren, um das ängstliche kleine Wesen, das ein Ungeheuer heiraten sollte, zu trösten und zu ermutigen. Er hätte es wissen müssen, aber das half ihm nichts mehr...

Die Erkenntnis, gescheitert zu sein, traf Geist und Körper wie ein Guß kalten Wassers und nahm ihm alle Kraft. Seine Hände fielen von Anjulis Schultern, er konnte sie nur noch anstarren. Sie stand vor ihm, schlank und königlich im Licht der Lampe, eine Prinzessin, verdammt, Dienerin zu werden...

In die Stille mischten sich kleine Geräusche: Motten umschwirrten die Lampe, eine Zeltschnur knarrte, Anjuli schluchzte verhalten und Ash vernahm das Pochen des eigenen Herzens, überrascht, daß es nicht stillestand. Lange Zeit betrachtete er das von Gram gezeichnete Gesicht mit den weit auseinanderstehenden Augen, die von Tränen schwammen und Liebe und Schmerz ausdrückten; dann hielt er es nicht mehr aus, riß sie in die Arme, bedeckte ihr Gesicht mit verzweifelten Küssen und preßte sie mit aller Gewalt an sich in der Hoffnung, die körperliche Berührung könne bewirken, was Worte nicht vermochten.

Ein Weilchen schien es so. Sie schlang die Arme um seinen Hals und umklammerte ihn mit ebenso wilder Verzweiflung, hob das Gesicht und erwiderte seine wilden Küsse. Die Zeit stand für sie still. Kaka-ji und alles ringsumher war vergessen, die Welt verengte sich zu einem Zauberkreis ohne Zeit, sie waren allein miteinander, drängten sich so dicht aneinander, daß dem alten Herrn, der sie beobachtete, schien, sie könnten zu einem einzigen Wesen verschmelzen – einer Flamme, einem im nicht spürbaren Wind schwankenden Schatten...

Es war Anjuli, die den Bann brach. Sie ließ die Arme hängen und lehnte sich zurück, zwängte die Hände zwischen ihren und Ashs Leib und stieß ihn von sich. Zwar hätte er sie halten können, doch tat er es nicht. Er wußte, er war geschlagen. Shushilas Schwäche triumphierte über seine Liebe und sein Verlangen, und dazu gab es nun nichts mehr zu sagen. Es gab auch nichts mehr zu tun. Den Gedanken, Juli zu entführen, hatte er längst aufgegeben. Die Aussichten auf Erfolg waren zu gering, die Gefahren erschreckend.

Er gab sie also frei, trat zurück und sah zu, wie sie nach dem Umhang tastete. Ihre Hände zitterten so stark, daß sie ihn nur mit Mühe überstreifen konnte. Sie verdeckte nicht sogleich das Gesicht, sondern betrachtete Ash mit dem grauenhaft konzentrierten Blick eines Menschen, der weiß, daß er ein geliebtes Gesicht zum letzten Mal sieht, bevor der Deckel des Sarges sich über ihm schließt, und der sich dieses Gesicht für immer einprägen will. Sie registrierte jede Einzelheit: die Farbe der Augen, den Schnitt der Brauen, den Umriß der Lippen, die tiefen, seinem Alter nicht entsprechenden Falten, die Belinda und George und das Leben an der Nordwestgrenze eingekerbt hatten, seine Haut, die dunkle Locke, die ihm in die Stirn fiel und jene gezackte, silbrig schimmernde Narbe, halb verdeckt, die von einem afghanischen Dolch stammte.

Ash sagte tonlos und beherrscht: »Solltest du mich brauchen, schick mir den Talisman. Dann komme ich. Wenn ich noch lebe, komme ich.«

»Ich weiß«, flüsterte Anjuli.

»Lebe wohl«, seine Stimme war plötzlich brüchig. »Leb wohl, meine Herzensgeliebte. Ich werde jede Stunde eines jeden Tages an dich denken und danke Gott dafür, daß es dich gibt.«

»Lebe wohl, Herr meines Lebens, auch ich werde an dich denken.«

Das braune Tuch fiel über ihr Gesicht, und im Lichtkreis der Hängelampe stand eine vermummte Gestalt.

Sie ging lautlos wie ein Schatten an ihm vorüber; er nahm alle Kraft zusammen, um sich zu beherrschen und sie vorbeizulassen. Er wandte auch nicht den Kopf, als er hörte, wie der Zelteingang gehoben wurde und die Lampe, wieder in Bewegung, Wände und Decke des Zeltes mit Lichtpünktchen bestreute. Der Zelteingang schloß sich mit einem leisen Klatschen, das auf unglaubliche Weise endgültig klang. Die Lampe kam zur Ruhe, die Lichtpünktchen hielten stille, Juli war verschwunden.

Ash wußte nicht, wie lange er so stand, nichts sehend und an nichts denkend, denn sein Geist war so leer wie seine Arme und sein Herz.

Eine Bewegung im Schatten, eine Berührung am Arm, brachten ihn endlich zu sich. Er sah Kaka-ji neben sich stehen. Im Gesicht des alten Herrn zeigten sich weder Empörung noch Zorn, nur Mitgefühl und Verständnis. Und große Trauer.

»Ich bin blind gewesen«, sagte Kaka-ji, »blind und töricht. Ich hätte das kommen sehen und verhindern müssen. Ich bin bekümmert, mein Sohn, wahrlich bekümmert. Doch Anjuli hat weise gehandelt – für euch *beide* – denn wäre sie dir gefolgt, es wäre euer beider Tod gewesen. Ihr Bruder Nandu vergibt keine Kränkung und hätte euch beide zu Tode hetzen lassen. Und der Rana hätte ihm dabei geholfen. So ist es besser. Und mit der Zeit werdet ihr vergessen, alle beide. Ihr seid noch jung.«

»Hast du denn ihre Mutter je vergessen?« fragte Ash schroff.

Kaka-ji schnappte nach Luft und krallte sich in Ashs Arm. »Woher weißt –« er brach ab.

Er ließ los und atmete seufzend aus. Sein Blick ging an Ash vorüber, als sähe er hinter ihm im Schatten ein anderes Gesicht, und seine Miene wurde weich. »Nein«, sagte er leise, »ich habe sie nie vergessen. Aber damals war ich nicht mehr jung, ich war schon in mittleren Jahren als – Chut! Was soll das? Ich habe das alles beiseite geschoben. Was sollte ich tun? Hätte ich früher gesprochen, wäre es vielleicht anders gekommen, denn ihr Vater war mein Freund. Doch war sie jünger als meine leiblichen Töchter. Ich kannte sie seit ihrer Geburt – sie schien mir zu jung zum Heiraten, wie die Knospe der Mondblume, die sich nicht öffnet, pflückt man sie vorzeitig. Darum schwieg ich und wartete ab, daß sie eine Frau werde – ohne zu merken, daß sie es schon war. Eines Tages richtete es mein Bruder so ein, daß er sie traf. Er hatte von ihrer Schönheit gehört, er verliebte sich gleich in sie und sie sich in ihn...«

Kaka-ji schwieg eine Weile, seufzte wieder tief und fuhr fort: »Als sie heirateten, ging ich außer Landes. Meine Kinder brauchten mich nicht. Ich trat eine Pilgerfahrt an und suchte vergeblich an heiligen Stätten Erleuchtung und Vergessen. Zurückgekehrt hörte ich, daß sie schon lange an gebrochenem Herzen gestorben war und eine Tochter hinterlassen hatte, deren ich mich nicht annehmen durfte, denn es gab jetzt eine neue Rani, eine böse Frau, die die andere verdrängt hatte. Sie machte meinen Bruder zu ihrem Sklaven, sie gewann Macht und Einfluß und gebar ihm Söhne. Ich aber, der ihm einst nahe gewesen, war ihm durch eigenes Verschulden entfremdet und bedeutete ihm nichts mehr. Weil ich nichts für Anjuli tun konnte, zog ich mich auf meine Besitzungen zurück und kam selten an den Hof. Und obwohl man mich drängte zu heiraten, nahm ich keine zweite Frau, denn ich konnte *sie* nicht vergessen. Jetzt bin ich alt und trage sie immer noch in meinem Herzen.«

»Mir aber sagst du, ich werde vergessen«, sagte Ash bitter.

»Du bist jung, mein Sohn, und viele Jahre deiner Jugend liegen noch vor dir. Für dich wird es leichter sein.«

»Und für sie? Für Anjuli? Wird es auch für sie leicht sein?«

Kaka-ji wehrte die Frage mit einer hilflosen Bewegung seiner kleinen Hände ab, und Ash fuhr heftig fort: »Du weißt, es wird nicht so sein! Rao-Sahib, höre mich an. Eben erst sagtest du, du hast ihr Janu-Ranis wegen nicht helfen können, als sie klein war. Heute aber kann dich niemand hindern. Du hast genug von jenem elenden Unmenschen gesehen, der sich Rana von Bhithor nennt, um zu wissen, daß er keine Ehre hat und sein Wort nicht hält. Nach allem, was geschehen ist, wird dir niemand einen Vorwurf machen, wenn du vom Heiratsvertrag zurücktrittst und beide Bräute nach Karidkote zurückführst.«

»Das ist ausgeschlossen!« jammerte Kaka-ji entsetzt. »Das wäre Tollheit! Nein, nein, das kann ich nicht tun.«

»Warum nicht? Wer kann dich hindern? Rao-Sahib, ich flehe dich um Shushilas wie um Anjulis willen an. Niemand kann dir einen Vorwurf machen. Du brauchst nur –«

»Nein!« rief Kaka-ji. »Es ist zu spät dazu! Du verstehst nicht. Du kennst Nandu nicht.«

»Schlimmer als der Rana kann er auch nicht sein.«

»So? Ich sage ja, du kennst ihn nicht. Kämen wir zurück mit unvermählten Bräuten und ohne deren Mitgift, lächerlich gemacht in den Augen des ganzen

Landes, seine Rache würde uns alle aufs Fürchterlichste treffen. Mein eigenes Leben ist nicht mehr viel wert, doch muß man an andere denken: Mulraj und Maldeo Rai, Suraj Ram und Bagwan Singh und viele andere. Selbst Unpora-Bai –«

»Er würde nicht wagen, sie alle zu töten. Der britische Resident –«

»Bah!« unterbrach Kaka-ji verächtlich. »Ihr Sahibs glaubt, eure Regierung kann alles mögliche, aber sie kann vieles eben nicht. Habe ich gesagt, es würde öffentliche Hinrichtungen geben? Das wäre ganz überflüssig. Es gibt andere Mittel – viele Mittel. Und blieben wir am Leben, wir und die unseren würden unser gesamtes Vermögen einbüßen, selbst noch das Dach über unserem Kopf, und meine Nichten... wer würde sie noch heiraten wollen, wenn alle Welt sich über sie lustig gemacht hat? Glaub mir, ihr Bruder Nandu wäre ihnen ein grausamerer Kerkermeister als der Rana von Bhithor, und am Ende würden sie wünschen, wir hätten sie ihm überlassen. Wenn du mir nicht glaubst, frag Mulraj, frag Maldeo Rai. Beide werden mir recht geben. Was du da vorschlägst, Sahib, ist unmöglich. Wir müssen mit dem Rana zu einer Einigung kommen, anders geht es nicht.«

»Auch wenn das bedeutet, daß Anjuli sich für die Tochter einer bösen Frau opfert – so nanntest du sie, Rao-Sahib – die ihre Mutter verdrängte und ihr die Kindheit zur Qual machte?«

»Sie selber hat so entschieden, mein Sohn«, erinnerte ihn Kaka-ji, ohne jeden Vorwurf. »Und wenn du glaubst, ich, der ich nur ihr Onkel bin, kann sie eher von ihrer Absicht abbringen als du, der sie liebt und den auch sie zu lieben scheint, dann kennst du sie nicht so gut wie ich.«

Ash verzog den Mund und sagte halblaut: »Ich kenne sie, kenne sie besser als irgendwer sonst, besser als mich selber...«

»Nun, dann weißt du, ich habe recht.«

Ash antwortete nicht mit Worten, doch sagte seine Miene alles. Kaka-ji verstand, denn er sagte gütig: »Ich bin tief bekümmert, mein Sohn, euer beider wegen. Doch was soll ich tun – sie hat sich entschieden und wird sich nicht davon abbringen lassen, einerlei, was du oder ich sagen. Das einzige, was wir noch für sie tun können, ist, dafür sorgen, daß sie als Gemahlin des Rana hierbleibt und nicht als Dienerin ihrer Schwester. Das ist wenig genug, wenn man bedenkt, wieviel Kummer wir ihr gemacht haben – du, indem du ihr Herz gestohlen hast und ihr damit eine trostlose Zukunft bereitest, und ich, weil ich zuließ, daß du mit ihr ausrittest und mit ihr sprechen durftest, ohne die Konsequenzen zu bedenken. Ich muß mir schwere Vorwürfe machen.«

In der Stimme des alten Herrn lag so viel Trauer, daß Ash sich zu anderer Zeit davon angerührt gefühlt hätte. Doch empfand er nichts mehr. Sein Zorn war verraucht, er war plötzlich so müde, daß er sich am liebsten auf der Stelle hingelegt und geschlafen hätte. Nicht einmal denken konnte er mehr. Kaka-ji hatte recht mit dem, was er sagte. Sie beide hatten an Anjuli schlecht gehandelt, doch wußte er nur eines: er hatte den letzten Wurf getan und verloren. In dieser Nacht konnte er nicht noch mehr ertragen. Morgen vielleicht... Morgen war wieder ein Tag… Ein Tag ohne Juli. Nie und nie wieder ein Tag mit Juli… Amen.

Er wandte sich wortlos ab, taumelte aus dem Zelt und ging wie ein Schlafwandler durch das Lager.

29

Eine Politik des Abwartens verfolgend, ließ Ash eine volle Woche verstreichen, ohne die Verhandlungen mit dem Rana aufzunehmen oder auf dessen letzte Forderung zu antworten.

Täglich trafen Botschaften und Geschenke ein und wurden mit übertriebenen Dankesbekundungen entgegengenommen. Doch schlug keine Partei eine neue Zusammenkunft vor. Es sah aus, als habe auch der Rana sich aufs Abwarten verlegt.

Mulraj bemerkte düster: »Er hat jetzt gesagt, was er zu sagen hatte und möchte, daß wir das begreifen und uns zur Zahlung entschließen.«

Worauf Ash nur antwortete, falls der Rana glaube, man häufe hier schon die verlangten Gelder auf, so werde er bald einsehen müssen, daß er sich täusche.

»Mag sein«, sagte Mulraj achselzuckend. »Was aber, wenn wir inzwischen verhungern? Die Bauern und die Lieferanten in der Stadt verlangen Bezahlung. Das hast du richtig vorhergesagt. Wir haben sie an den Diwan und den Staatsrat verwiesen, und diese wiesen sie an uns zurück. Jetzt beliefern sie uns nur noch gegen Vorauszahlung; bezahlen wir nicht, müssen wir hungern. Zum Glück können sie uns nicht hindern, Futter zu machen, und wir haben genügend Vieh, um uns mit Milch und Butter selber zu versorgen, wenn wir sparsam damit umgehen.«

»Und Korn haben wir auch genügend«, sagte Ash schmunzelnd, »denn ich habe es rationiert für den Fall, daß wir in eine Lage kommen wie jetzt. Diese Vorräte sollen aber nur im Notfall angebrochen werden, denn es kann sein, daß wir sie später noch dringender brauchen als jetzt. Versuch dein Glück bei den Einheimischen noch einmal mit schönen Redensarten, Mulraj, sie sollen uns noch einige Zeit auf Kredit beliefern. Weigern sie sich, verlange, daß sie ihre Rechnungen schriftlich einreichen. Wir brauchen Beweise für den Politischen Sahib, der uns vorwirft, wir hätten nicht genug Geduld.«

»Das tue ich«, grinste Mulraj. »Wann wirst du übrigens um eine neue Besprechung beim Rana ersuchen?«

»Ich rühre mich nicht. Diesmal warten wir, bis sie uns auffordern. Unterdessen könnten wir mit Falken jagen; unter dem Vorwand, nach Wild zu suchen, könnten wir erkunden, ob es nicht doch Pfade gibt, auf denen notfalls einige Leute ungesehen das Tal verlassen können.«

Einen Pfand fanden sie nicht, doch einige Tage später wurden sie vom Rana in den Palast gebeten. Man legte die schon bekannte Forderung mit den ebenfalls schon bekannten Begründungen neuerlich vor. Wiederum erklärten Ash und die seinen sie für unannehmbar. Die Delegation von Karidkote zog sich geordnet zurück, die Lage blieb unverändert.

»Als nächste sind dann wir wieder dran«, bemerkte Ash philosophisch. Er ließ einige Tage verstreichen und ersuchte sodann um eine weitere Audienz beim Rana. Anfangs der folgenden Woche legte er seinen Standpunkt erneut dar, alles wurde gründlich besprochen, am Ergebnis änderte sich nichts. Die Verhandlungen kamen nun ein Weilchen zum Erliegen. Als es so schien, als wolle Bhithor die Initiative endgültig Karidkote überlassen, und als die Staatsgäste nicht mehr auf Kredit beliefert wurden, änderte Ash seine Taktik und verlangte täglich eine Audienz beim Rana oder beim Diwan, um akzeptablere Bedingungen auszuhandeln. Im Hinblick auf den Politischen Berater machte er sogar einige Zugeständnisse, weil er sich nicht Starrheit und mangelnde Kompromißbereitschaft von diesem Herrn und seiner Behörde vorwerfen lassen wollte; doch war das Ergebnis gleich Null: der Rana glaubte, die Gegenpartei werde weich, und wenn er sich nur hart genug zeige, würden alle seine Forderungen erfüllt.

Der Diwan war ebenfalls dieser Meinung und ging so weit anzudeuten, sein Gebieter könne sehr wohl noch anderen Sinnes werden, erfülle man seine Wünsche nicht in allernächster Zeit. Damit wollte er sagen, der Preis könne noch steigen. Ash hingegen tat, als verstehe er das anders und sagte trocken, das hoffe er sehr, denn es sei höchste Zeit für ihn, zu seinen dienstlichen Obliegenheiten nach Rawalpindi zurückzukehren, was auch stimmte.

Die Doppelhochzeit war ursprünglich für den Beginn des Frühjahres geplant, und obwohl die Reise von Karidkote länger gedauert hatte als veranschlagt, hätte das Ereignis bei noch erträglichen Temperaturen vor Beginn der Hitzeperiode stattfinden können. Doch waren sechs weitere Wochen verstrichen, seit man die Zelte des Brautlagers im Tal von Bhithor errichtet hatte, und die Hitze setzte mit voller Wucht ein. Der Lagerplatz verwandelte sich in ein von Hitze, Staub und Fliegen gepeinigtes Inferno, in dem Tiere wie Menschen schwitzten und litten. Von morgens bis abends blies ein glutheißer Wind, wirbelte Staub auf, ließ Zelttücher knattern, Seile ächzen und knarren. Der Lärm war zermürbend, und legte sich der Wind gegen Abend endlich, wurde die nächtliche Stille vom unaufhörlichen Sirren der Mücken, vom Heulen der Schakale, vom Kläffen der Hunde, die auf der Suche nach Abfällen zwischen den Zelten umherstrichen, gestört.

Wäre nicht der See gewesen und der Umstand, daß der Wind von dorther kam, also um einige Grade kühler war als anderswo im Land, wäre die Lage der Zeltplatzbewohner wohl nicht auszuhalten gewesen. So war sie gerade noch erträglich – mehr allerdings auch nicht. Der Wind hielt wenigstens tagsüber die Mücken fern. Die bedeutenderen Persönlichkeiten des Brautgefolges verschafften sich darüber hinaus einige Erleichterung, indem sie vor die Zelteingänge geflochtene Matten hängen ließen, welche ständig feucht gehalten wurden, so daß der Wind, der hindurchblies, einige Kühlung brachte. Wer kein Zelt besaß und sich durch solche Vorkehrungen vor der Hitze nicht schützen konnte, war übel dran, um so mehr als die Staatsgäste von Bhithor fast alle aus den Bergen stammten und an Temperaturen wie diese, im Gegensatz zu den Bewohnern von Radschputana, nicht gewöhnt waren.

Kaka-ji, der an einer tiefen Depression litt, fragte denn auch klagend: »Wie lange sollen wir das eigentlich noch ertragen?«

Der alte Herr sah so verschrumpft und unglückselig drein wie ein neugeborener Affe; der durch die feuchten Matten ins Zelt wehende abgekühlte Wind hatte ihm eine Erkältung der Leber eingetragen, überdies machte er sich große Sorgen und hatte Gewissensbisse.

Ash tröstete: »Verzweifle nicht, Rao-Sahib. Falls alles gut geht, wirst du mit den deinen bald eines der Gästehäuser am See beziehen. Dort ist es kühler und bequemer.«

»Ja wenn«, sagte Kaka-ji pessimistisch. »Doch sehe ich keine Anzeichen dafür, daß der Rana einlenken wird. Bald schon werden wir an Wassermangel leiden. Was, wenn der Fluß eintrocknet? Meine Diener sagen, der Wasserstand sinkt von Tag zu Tag. Sollen wir dann nicht nur Hunger leiden, sondern auch Durst?«

»Der Fluß trocknet nicht aus; er wird von Quellen in den Bergen gespeist und auch vom See, dessen Wasserstand zwar ebenfalls gesunken ist, doch ist er groß und sehr tief. Immerhin wird es Zeit, etwas zu unternehmen. Selbst der Politische Sahib kann mir nicht mehr vorwerfen, Mangel an Geduld zu zeigen. Morgen sprechen wir mit dem Rana, und dann wird sich zeigen, ob sein Herz – wenn er eines hat – sich erweichen läßt.«

»Du wirst sehen, daß dies nicht der Fall ist«, prophezeite Mulraj. »Wozu also Zeit und Worte verschwenden?«

»In England sagt man: Wenn man nicht gleich Erfolg hat, muß man es wieder und wieder versuchen«, sagte Ash achselzuckend.

»Bah, wir haben es versucht, ich weiß nicht wie oft. Allmählich habe ich das alles satt«, bemerkte Mulraj.

Indessen ritt man tags darauf wieder in die Stadt. Wieder mußte man lange darauf warten, empfangen zu werden, länger sogar als üblich. Dann wurden die immer gleichen Argumente vorgetragen, und es endete wie immer ohne greifbares Ergebnis. Diesmal allerdings verlangte Ash, der Rana möge seine Forderungen schriftlich niederlegen und begründete das damit, daß er sich gegenüber seiner Behörde und dem Maharadscha von Karidkote auf etwas Handfestes müsse berufen können, falls diese seinem mündlichen Bericht keinen Glauben schenkten, vielmehr ihn verdächtigten, er und die Gesandtschaft von Karidkote hätten die an den Rana über den ursprünglich vereinbarten Preis hinausgehende Summe in die eigene Tasche gesteckt.

Er wurde ganz deutlich: »Können wir nicht beweisen, daß diese Summen von uns verlangt wurden, dürfen wir sie nicht bezahlen. Du wirst begreifen, daß die Abgesandten von Karidkote ihrer Hoheit dem Maharadscha nachweisen müssen, daß sie sein Geld nicht mutwillig und grundlos ausgegeben haben – sie brächten sich sonst in Lebensgefahr. Auch ich mußte Schlimmes von meinen Vorgesetzten befürchten, also –«

Dem Rana und seinem Staatsrat erschien dieses Verlangen durchaus berechtigt. Wären sie in der Lage der Gegenpartei gewesen, sie hätten ebenso gedacht und die gleichen Vorkehrungen zu ihrem Schutz getroffen, denn es erschien ihnen ganz selbstverständlich, daß der Maharadscha und das Politische Departement fest überzeugt sein würden, der Sahib und seine Delegation hätten sie betrogen und sich bereichert, wenn sie eine Summe zahlten, welche den ausgehandelten Preis weit überstieg. Der Rana witterte bereits den bevorstehenden Sieg und war sogleich bereit, Ash eine schriftliche Aufstellung seiner Forderungen übergeben zu lassen, ja, als Ash darum bat, versah er das Dokument zum Beweis der Echtheit bereitwillig mit einem Abdruck seines fürstlichen Daumens.

Ash las es gewissenhaft durch, steckte es in die Brusttasche seines Rockes und dankte dem Rana mit einer Herzlichkeit, die diesmal durchaus aufrichtig war. Allerdings täuschte sich der Rana in der Annahme, dies alles deute darauf hin, daß die Gegenpartei endlich eingesehen habe, es bleibe nichts als die bedingungslose Kapitulation übrig.

Als sie nebeneinander durch das Elefantentor ritten – Kaka-ji war seiner Erkältung wegen diesmal nicht dabei –, fragte Mulraj:

»Und was haben wir damit gewonnen?«

»Den Beweis, den wir brauchen«, sagte Ash und klopfte auf seine Brusttasche. »Heute abend noch schicke ich das Dokument an Spiller-Sahib, den Politischen Berater, und sobald ich weiß, daß er es erhalten hat, versetzen wir dem Rana einen Dämpfer. Nicht einmal Spiller-Sahib kann diese beispiellose Erpressung abtun und darauf eingehen.«

Ein Begleitbrief war in einer Stunde abgefaßt, allerdings nicht so behutsam und taktvoll formuliert, wie es angebracht gewesen wäre. Ash war in zu großer Eile. Seine knappen Sätze klangen nicht gerade grob, doch zeugten sie von Gereiztheit und abgrundtiefer Verachtung für alle behördliche Schlamperei, was bei den Empfängern Empörung auslöste und zu unvorhergesehenen Konsequenzen führte. Ash ahnte das aber nicht.

Er steckte seinen Begleitbrief und das vom Rana verfaßte Dokument in einen Umschlag, versiegelte ihn und begleitete seinen Kurier wiederum über die Grenze. Dies mochte eine unnötige Vorsichtsmaßnahme sein, denn der Rana mußte davon ausgehen, daß Ash seinen Vorgesetzten von der beabsichtigten Kapitulation unterrichtete. Er würde diesmal den Kurier also nicht daran hindern, seine Botschaft abzuliefern, doch wollte Ash kein Risiko eingehen. Er sah dem Mann nach und kehrte erst um, als dieser nicht mehr zu sehen war.

Er wußte, was er nun zu tun beabsichtigte, war reiner Bluff, und sollte der mißlingen, konnten die Folgen katastrophal sein. Doch er mußte es wagen, denn alles andere bedeutete, Juli dem Schicksal einer rechtlosen Dienerin auszuliefern. Das erschien ihm undenkbar; es war schon schlimm genug, sie überhaupt hier zurückzulassen, doch er wollte zumindest dafür sorgen, daß sie wenigstens die Zweite Rani von Bhithor würde. Mehr konnte er für sie nicht tun.

Er wartete zwei Tage – die Spanne, die der Kurier brauchte, um das Dokument abzuliefern – und bat am dritten Tage um eine Audienz beim Rana, dem er deutlich machen wollte, sich keine falschen Hoffnungen zu machen, sondern sich die Sache noch einmal gründlich zu überlegen. Die Audienz wurde gewährt, und Ash ritt mit Mulraj und einer kleinen Eskorte zum Rung Mahal, wo er vom Rana persönlich empfangen wurde, der von einem Dutzend seiner Ratgeber und einigen Günstlingen umgeben war.

Die Besprechung war kurz. Abgesehen von dem üblichen Austausch blumiger Komplimente sprach Ash nur zweimal, der Rana nur einmal. Beide faßten sich kurz. Ash fragte, ob der Rana an seinen Forderungen festhalte oder bereit sei, die ursprünglich durch seine Bevollmächtigten in Karidkote ausgehandelten Bedingungen zu akzeptieren. Der Rana entgegnete, dies sei keinesfalls seine Absicht; seine neuen Forderungen seien nicht nur voll gerechtfertigt, sondern darüber hinaus durchaus bescheiden. Er sprach in einem lässig unverschämten Ton, und als seine angeborene Bosheit ihn veranlaßte, dabei auch noch höhnisch zu lächeln, ahmten seine Höflinge ihn darin nach, und einige besonders servile Günstlinge kicherten hörbar. Doch das Lächeln sollte ihnen schnell vergehen an diesem Vormittag.

Ash erklärte nämlich unverblümt: »In diesem Fall bleibt uns nichts anderes übrig, als das Lager abzubrechen und die Angelegenheit der indischen Regierung zu unterbreiten. Guten Tag, Rana-Sahib.«

Er verbeugte sich knapp, machte kehrt und verließ das Gemach.

Mulraj folgte mit resignierter Miene. Sie waren noch nicht weit gegangen, als sie ein atemloser Höfling einholte, der sie im Auftrage des Diwan ersuchte, zu einer Besprechung unter vier Augen zu kommen; sie möchten die Güte haben, ihm einige Minuten ihrer kostbaren Zeit zu widmen. Eine Weigerung hätte ihnen nichts eingebracht, also kehrten sie um und fanden den Ersten Minister des Rana in einem kleinen Vorgemach wartend, das jenem Beratungsraum vorgelagert war, den sie eben erst ohne das übliche Abschiedszeremoniell verlassen hatten.

Der Diwan entschuldigte sich wortreich für »das bedauerliches Mißverständnis«, drängte ihnen Erfrischungen auf und hörte dabei nicht auf zu reden. Es wurde aber bald klar, daß er keine Zugeständnisse machen wollte und nichts weiter vortrug, als die schon bekannten – und nicht überzeugenden – Gründe, die den Rana zu seiner Handlungsweise bewogen hatten. Er wiederholte noch einmal alles, was man im Laufe der letzten Wochen bis zur Erschöpfung erörtert hatte, begründete mit denselben Argumenten die Forderungen seines Gebieters, bis Ash endlich die Geduld riß und er den Diwan mit den Worten unterbrach: Falls er Neues vorzutragen habe, sei man bereit, ihn anzuhören, andernfalls jedoch wolle man weder die eigene, noch seine kostbare Zeit verschwenden und verabschiede sich hiermit.

Der Diwan wollte sie nicht ziehen lassen, doch waren sie nicht bereit zu bleiben, und so begleitete er sie denn unter unaufhörlichen Bekundungen des Bedauerns persönlich in den Innenhof, wo er sie noch länger im Gespräch festhielt, während Diener nach ihren Pferden und der Eskorte geschickt wurden, die derweil die Gastfreundschaft der Palastwachen genoß. So war denn fast eine Stunde seit der Zusammenkunft mit dem Rana verstrichen, als sie schließlich den Rung Mahal verließen, und Mulraj sagte nachdenklich: »Was hat das nun wieder zu bedeuten gehabt? Der alte Bösewicht hatte nichts zu sagen, und meine Leute sind zum ersten Mal von den Palastwachen bewirtet worden. Was sollte wohl damit erreicht werden?«

»Sie wollten Zeit gewinnen«, entgegnete Ash.

»Das ist mir klar. Der alte Fuchs hat uns fast eine Stunde festgehalten, dann haben die Diener sich sehr viel Zeit gelassen, um die Pferde herbeizuschaffen. Man hätte denken können, sie seien unterwegs eingeschlafen. Sie wollten uns so lange als möglich am Fortgehen hindern, und das haben sie ja auch erreicht. Warum aber? Wozu soll das dienen?«

Das erfuhren sie schon zehn Minuten nach Verlassen der Stadt.

Der Rana hatte rasch gehandelt. Die beiden Festungen, bis vor kurzem nur von einer kleinenWache besetzt, wimmelten jetzt von Artilleristen, die aktionsbereit neben ihren Kanonen standen, eine Demonstration, die der ins Lager zurückreitenden Delegation von Karidkote nicht verborgen bleiben konnte und ihr vor Augen stellen mußte, wie hoffnungslos ihre Lage angesichts dieser massiven Bedrohung war.

Im Lager hatte man das ebenfalls schon bemerkt, und Männer, die normalerweise im Schatten den Nachmittag verdöst hätten, standen aufgeregt schwatzend in der Sonne auf dem Platz, starrten die Festungen an und überlegten bedrückt, was diese bedrohliche Aktion wohl bedeuten könnte. Man stellte Spekulationen an, eine immer angsterregender als die andere, und schon kursierte das Gerücht, der Rana wolle das Lager beschießen und alle seine Bewohner töten lassen in der Absicht, sich aller Wertgegenstände und Gelder zu bemächtigen, die man aus Karidkote mitgeführt hatte.

Als Ash und Mulraj eintrafen, herrschte bereits Panik, und nur dem entschlossenen Eingreifen Mulrajs, der seine Männer mit Lanzen, Musketenkolben und Stöcken die Ordnung wiederherstellen ließ, war es zu danken, daß kein Aufruhr ausbrach. Immerhin, die Lage war bedrohlich, und nach weniger als einer Stunde schickte Ash einen Kurier in den Palast, der für den nächsten Tag eine Beratung forderte, diesmal im Großen Rat.

»Warum so eilig?« schimpfte Mulraj, der, wäre es nach ihm gegangen, die Bedrohung so lange als möglich ignoriert und damit sein Gesicht gewahrt hätte. »Mindestens bis morgen hätten wir warten sollen, bevor wir diesen Betrüger um eine neuerliche Audienz bitten. Jetzt werden alle glauben, der Anblick seiner Kanonen mache uns solche Angst, daß wir keinen Moment verlieren möchten aus Furcht, die Beschießung würde andernfalls sogleich beginnen.«

»Dann werden wir sie enttäuschen«, gab Ash scharf zurück, denn es fiel ihm von Stunde zu Stunde schwerer, sich zu beherrschen. »Sollen sie denken, was sie wollen, doch haben wir bereits viel zu viel Zeit verschwendet; damit ist jetzt Schluß.«

»Das zu hören, würde mich freuen«, sagte Kaka-ji, »wüßte ich nur, was es mit dem Rana noch zu bereden gibt.«

»Eine ganze Menge, und das wäre längst geschehen, wäre es nach mir gegangen«, erwiderte Ash kurz angebunden. »Ich hoffe, du fühlst dich morgen kräftig genug, uns zu begleiten, damit du selber hörst, was gesagt wird.«

Wirklich kamen alle mit, nicht nur Kaka-ji, sondern auch alle, die an der ersten Beratung teilgenommen hatten. Diesmal wurden sie auf den späten Nachmittag ans Stadttor bestellt. Sie ritten in ihren prächtigsten Gewändern los, begleitet von dreißig Lanzenreitern. Obwohl das Thermometer in seinem Zelt 44 Grad anzeigte, warf Ash sich in seine Galauniform und ritt durch die drückende Hitze zum Rung Mahal, wo ein Hofbediensteter von niedrigem Rang sie erwartete und in die Empfangshalle führte. Hier wurden sie, wie beim ersten Mal, vom gesamten Hof erwartet, dessen Mitglieder zwischen den Säulen dicht gedrängt am Boden hockten.

Heute war die offene Seite des Pavillons durch Flechtmatten verhängt, die zwar einerseits für Kühle sorgten, andererseits die Empfangshalle aber in eine Düsternis tauchten, die dadurch verstärkt wurde, daß man aus dem grellen Sonnenlicht hereintrat. Doch nicht einmal diese Kombination von Schatten und dem schwindenden Licht der untergehenden Sonne verhinderte, daß Ash auf allen Gesichtern der hier versammelten Höflinge einen Ausdruck erwartungsvoller Selbstgefälligkeit wahrnahm, der teils sogar einen Anstrich von Verachtung aufwies. Ihm war gleich klar, daß man eine öffentliche Demütigung der Abgesandten von Karidkote und insbesondere des törichten jungen Sahib erwartete, der als ihr Sprecher auftrat; daß man mit Genuß beobachten wollte, wie geschickt der Herrscher seine Karten ausspielte und die Gäste übertölpeln würde. Schade, dachte Ash spöttisch, daß ich ihnen in beiden Fällen eine Enttäuschung bereiten muß. Er verzichtete mit Absicht auf die üblichen, von Komplimenten triefenden Präliminarien, die Versicherung gegenseitiger Hochschätzung und die Beteuerung, vom besten Willen geleitet verhandeln zu wollen, die soviel Zeit kosteten, und kam gleich zur Sache.

In einem Ton, den keiner der Anwesenden je von ihm gehört hatte, redete er den Rana folgendermaßen an: »Ich habe bemerkt, daß deine Hoheit es für nötig hält, alle drei Festungen zu bemannen, die unseren Lagerplatz beherrschen. Aus diesem Grunde habe ich gewünscht, daß der Rat zusammentritt, weil alle hören sollen, daß dein Staat von der indischen Regierung übernommen und du selber abgesetzt werden und dein Leben im Exil verbringen wirst, sollte auch nur eine einzige Kugel aus einer einzigen der auf das Tal gerichteten Kanonen abgeschossen werden. Ferner wünsche ich dir mitzuteilen, daß wir das Lager abbrechen und auf unseren ursprünglichen Rastplatz außerhalb des Tales zurückverlegen und dort bleiben, bis du bereit bist, mit uns zu einer Einigung zu kommen. Und zwar zu unseren Bedingungen. Weiter habe ich nichts zu sagen.«

Die finstere Entschlossenheit, mit der er sprach, überraschte ihn selber. Er war sich keineswegs sicher, daß die Regierung zu einer solchen Maßnahme greifen, ja, ihn auch nur im geringsten unterstützen werde. Wahrscheinlicher war, man würde ihn dafür tadeln, daß er ohne Genehmigung in ihrem Namen Drohungen aussprach und dabei »seine Befugnisse« überschritt. Die hier Anwesenden konnten das aber nicht wissen. Dem Diwan stand vor Verblüffung der Mund offen, und der Rana schien äußerst betreten. Man hatte den Eindruck, daß alle hier versammelten Höflinge den Atem anhielten, denn außer dem monotonen Rascheln der Flechtmatten, die der Wind bewegte, war kein Laut zu hören. Ash erkannte, daß jedes weitere Wort die Wirkung seiner Drohung abschwächen würde; er ließ dem Rana also keine Zeit zu antworten, sammelte seine Delegation mit einer ruckartigen Kopfbewegung und stolzierte aus dem Empfangssaal; das Klirren seiner Sporen und das Scheppern seines Degens waren sehr deutlich vernehmbar.

Diesmal eilte ihnen niemand nach, und niemand hielt sie auf. Eskorte und Pferde erwarteten sie, sie saßen ohne ein Wort des Abschieds auf, trabten durch den Hof und die Gassen, in denen es von Menschen wimmelte, die sich an der abendlichen Kühle labten.

Als erster sprach Kaka-ji, doch erst als man das Stadttor passiert und dem Sonnenuntergang entgegen dem Lagerplatz zuritt, und auch da noch sprach er so leise, als fürchte er, belauscht zu werden.

»Ist das wahr, was du gesagt hast, Sahib? Wird die Regierung ihn absetzen, wenn er uns mit seinen Kanonen beschießt?«

»Ich weiß es nicht«, gestand Ash bitter lächelnd. »Eigentlich müßte sie es tun. Doch entzieht es sich meiner Kenntnis, wie ihr die Lage geschildert wird. Denn wer von uns könnte überleben, um die Wahrheit zu berichten? Es kommt jetzt nur darauf an, ob der Rana selber glaubt, daß diese Gefahr besteht. Das wird sich herausstellen, sobald wir die Zelte abbrechen.«

»Du willst das Lager wirklich verlegen?« fragte Mulraj. »Und wann?«

»Jetzt. Unverzüglich. Solange man im Palast noch fürchten muß, ich hätte nichts gesagt als die Wahrheit. Bevor die Sonne aufgeht, müssen wir aus diesem Tal und aus der Reichweite der Kanonen sein.«

»Ist das aber nicht ein zu großes Risiko?« gab Kaka-ji zu bedenken. »Wenn sie nun das Feuer eröffnen, sobald sie sehen, daß wir das Lager abbrechen?«

»Das tun sie nicht, solange noch der geringste Zweifel daran besteht, wie die Regierung sich verhält. Eben deshalb haben wir keinen Moment zu verlieren. Wir müssen aufbrechen, solange man im Palast noch berät. Ist dies ein Wagnis, so müssen wir es eingehen; denn tun wir es nicht, sind wir genötigt, alle Forderungen des Rana zu erfüllen. Das aber lehne ich kategorisch ab. In einer Stunde brechen wir auf.«

Mulraj blinzelte in die sinkende Sonne. »Einfach wird das bei Nacht nicht sein, und der Mond scheint heute auch nicht.«

»Um so besser. Man kann im Dunkeln bewegliche Ziele nicht gut treffen. Auch könnte bei einer nächtlichen Beschießung viel Wertvolles vernichtet werden – vielleicht würden sogar die Bräute getroffen. Und bei dieser Hitze ist es angenehmer, bei Nacht zu marschieren als am Tage.«

Als man im Lager eintraf, lag die Hälfte der Zelte schon im Schatten, und bei Sonnenuntergang war der Wind eingeschlafen. Schon brannten Küchenfeuer; ihr Rauch hing in der Luft wie dichte graue Schleier, füllte den Talboden und reichte bis an die Hänge jener Höhenzüge, welche das Tal einschlossen. Deren Kämme lagen noch im Sonnenlicht, die Sandsteinmauern der nächstgelegenen Festung glänzten wie gehämmertes Gold, die Rohre der Kanonen und die Läufe der Musketen blinkten.

Die Festung gegenüber hingegen war nur noch ein violetter Umriß vor dem Abendhimmel, wirkte aber, niedrig und geduckt, nicht weniger bedrohlich, und als Ash hinsah, fröstelte ihn leicht. Angenommen, er irrte, sein Bluff hatte beim Rana nicht verfangen? Nun, darüber nachzugrübeln, hatte keinen Sinn mehr. Man würde bald wissen, woran man war, wie er schon zu Kaka-ji gesagt hatte. Er gab Befehl, das Lager abzubrechen und ging in sein Zelt, die Uniform mit Kleidung zu vertauschen, die der nun bevorstehenden Aktion angemessen war.

Weil höchstens noch mit anderthalb Stunden Tageslicht zu rechnen war, fanden nur wenige Lagerbewohner Zeit zu essen. Sie taten es eilig im Stehen, denn die von den Kanonen ausgehende Bedrohung saß allen nur zu fühlbar in den Gliedern. Man brannte, ebenso wie Ash, darauf, aus dem Tal wegzukommen. Es erhob sich also kein Wehgeheul wegen des übereilten Abbruchs der Zelte und der Schwierigkeiten einer nächtlichen Verlegung, sondern ausnahmslos alle Männer, Frauen und Kinder stürzten sich auf die Arbeit und waren so emsig, daß bei Einbruch der Dunkelheit schon die ersten beladenen Karren in Richtung der Schlucht davonrollten, gedeckt von bewaffneten Reitern.

Um Mitternacht passierte die Nachhut des langen Zuges die Schlucht, ohne die Küchenfeuer vorher gelöscht zu haben. Ash hatte dies ausdrücklich angeordnet, um die Besatzung der Festungen darüber im unklaren zu lassen, ob und wieviele Personen abmarschiert oder zurückgeblieben waren. Die Abziehenden durften keine Fackeln entzünden. Von oben mußten sie so gut wie unsichtbar sein, denn sie wirbelten beim Gehen Staubwolken auf, und wenn sie sich selber damit auch einer wahren Folter aussetzten, schirmten diese Staubwolken sie doch wirkungsvoll ab, und niemand hätte schätzen können, wieviele Menschen da unterwegs waren.

Ash, der mitten im Getümmel ritt, fand, daß der Zug einen ungeheuren Lärm verursachte; zwar wurde nicht geredet – nur Befehle wurden durchgegeben und störrische Tiere ermuntert, und auch das nur mit gedämpfter Stimme –, doch andere Geräusche ließen sich einfach nicht vermeiden: das Knarren der Räder, das Knallen der Peitschen, der Tritt unzähliger Füße, das Ächzen des Lederzeugs, das Trappeln von Hufen, das Plärren von Kindern, das Grunzen, Quieken und Muhen des Viehs. Ganz zu schweigen vom Gekläff streunender Köter, die sich dem Lager zugesellt hatten und nicht wegzuscheuchen waren.

Ash tröstete sich mit der Überlegung, der Lärm sei aus der Nähe vernommen zwar ohrenbetäubend, auf eine halbe Meile Entfernung aber vermutlich nicht mehr zu hören. Überdies hatte er nicht versucht, die Soldaten des Rana über seine Absicht im unklaren zu lassen. Er hatte eindeutig gesagt, was er vorhatte. Immerhin war es besser, sie nicht wissen zu lassen, wie lange ein solches Unternehmen dauern würde, denn falls sie seine Schnelligkeit unterschätzten und darauf rechneten, bei Tagesanbruch noch dreiviertel des Lagers am alten Platz vorzufinden, würden sie in der Nacht womöglich nichts unternehmen. Der kritische Punkt war die Schlucht. Dort kam man nur sehr langsam voran, und die Festung, welche den Zugang beherrschte, lag ganz nahe. Wann er wohl hinkommen würde? Und war Mulrajs Vortrupp schon unbelästigt daran vorüber? Und wo war Juli...?

Er hatte den Brautwagen losrollen sehen, von einer dreifachen Kette Bewaffneter begleitet, Berittene voraus und hinterdrein, gefolgt von den Planwagen mit den Hofdamen, den Dienerinnen und der persönlichen Habe der Bräute. Mulraj und Kaka-ji ritten nebenher. Jhoti saß bei den Schwestern im Wagen. Ash hatte das erregte Gesicht des Knaben gesehen, als dieser beim rauchigen Licht einer Sturmlaterne in den Wagen stieg. Die Bräute waren zwei vermummte Gestalten, nicht zu unterscheiden von den Hofdamen. Wäre Juli von beiden nicht die größere gewesen, er hätte sie nicht erkannt. Gleich darauf schloß die Eskorte die Reihen dicht um den Wagen. Er rollte an, hinein in die Dunkelheit, und Ash durfte ihn nicht begleiten. Das äußerste, was er tun konnte, bestand darin, daß er anordnete, im Falle einer Beschießung oder eines Kampfes, zu dem es nur kommen würde, wenn die Soldaten des Rana die Schlucht versperrten, sollten Mulraj und ein kleiner Reitertrupp Juli, Shushila und Jhoti durch Handstreich aus dem Getümmel bergen, zum alten Lagerplatz zurückreiten und versuchen, sich die Anhöhen hinauf zu retten, während er selber zurückbleiben, den Rückzug leiten und tags darauf den Rana zur Rede stellen würde.

Das war bestimmt nicht der beste Plan, und er konnte durchaus fehlschlagen. Doch kam es zum Schlimmsten, würde man so verfahren. Ash konnte nur hoffen, daß es nicht dazu kam. Er und Mulraj waren in den vergangenen Wochen bei Jagdausflügen eifrig auf Erkundung gegangen, hatten aber nichts weiter entdecken können als Ziegenpfade, die ziellos von Futterplatz zu Futterplatz, im übrigen aber nirgendwohin führten, gewiß nicht hinaus aus dem Tal. Aber auch darüber zu grübeln war müßig. Die Würfel waren gefallen, nun mußte man abwarten. Ash konnte nur beten, daß er den Rana mit seiner Drohung überzeugt hatte.

»Kommt es zum Kampf«, überlegte Ash, »ist es mit der Heirat aus. Man kann nicht anschließend Hochzeit machen... nicht einmal Nandu würde zustimmen. Die Regierung kann sich auch nicht taub stellen; irgend etwas muß sie tun, auch wenn sie das Fürstentum nicht einzieht. Vielleicht setzt man einen anderen Herrscher ein und sorgt dafür, daß Nandu zurückbekommt, was dieses traurige Geschäft ihn gekostet hat, oder doch einen Teil... Ich hätte mich nicht einmischen sollen, Juli wäre dann –«

Er wußte aber, daß er nicht anders hätte handeln können. Er durfte seine Anweisungen nicht mißachten und die Verhandlungen den Parteien überlassen mit dem Ergebnis, daß man Kaka-ji und dessen Landsleute gezwungen hätte, eine erpreßte Summe in voller Höhe zu zahlen, Anjulis Mitgift draufzugeben und sie, noch dazu unvermählt, im Lande zu lassen. Gleichwohl erhoffte er unbewußt, das Mündungsfeuer der Kanonen zu sehen und Kampflärm zu hören. Das hätte bedeutet, daß die Soldaten des Rana ihnen den Durchmarsch durch die Schlucht streitig machten, und einzig ein Krieg würde alles weitere Verhandeln über eine Heirat beenden. Andererseits würden dabei Menschen sterben, viele Menschen...

Ash spürte plötzlich Ekel vor sich selber. War er wirklich so tief gesunken, daß er – um der Befriedigung eines ganz privaten Wunsches willen – bereit war, das Leben von Männern aufs Spiel zu setzen, mit denen er die lange Reise nach Bhithor unternommen hatte und von denen manche seine Freunde geworden waren? Juli würde ihr Glück nie und nimmer um solch einen Preis erkaufen, das stand fest. Und er konnte es auch nicht. Zu dieser Einsicht gekommen, schien es ihm, als entfernte sie sich lautlos von ihm, so wie aus Kaka-jis Zelt. Die Nachtgeräusche flüsterten nicht mehr ihren Namen, der Staub roch nicht mehr nach Rosenblättern. Als er Juli aus seinem wachen Bewußtsein verlor, schärften sich seine Ohren wieder für den Lärm ringsum. Erwartungsvoll horchte er auf den Knall der ersten Muskete.

Die Kanonen in den beiden Festungen am anderen Ende des Tales konnten ihnen jetzt nicht mehr schaden. Hätten die Männer dort Befehl gehabt zu feuern, sie hätten es getan, bevor der Zug außer Reichweite der Kanonen gelangte. Die Gefahr drohte jetzt von vorne, auf dem gewundenen, eine halbe Meile langen Weg durch die Schlucht, an der dritten Festung vorbei. Hier konnte man einen großen Teil des Zuges anhalten und diejenigen, die die Schlucht noch nicht betreten hatten, zwingen, sich auf den alten Lagerplatz, also in die größere Falle, zurückzuziehen.

»Wenn die da oben uns angreifen, sind wir erledigt«, dachte Ash.

Die Drohung mit Absetzung und Exilierung hatte dem Rana jedoch alles Selbstvertrauen geraubt. Ihm kam nicht in den Sinn, der Sahib könne auf eigene Verantwortung und ohne amtliche Rückendeckung so zu ihm gesprochen haben. Er vermutete, der Sahib sei das Sprachrohr des Politischen Beraters und dieser das der Regierung. Auch kannte er eine Menge Präzedenzfälle, zu viele jedenfalls, um nicht zu argwöhnen, daß auch unter dem Vizekönig, der die englische Königin vertrat, vorkommen könnte, was vor dem blutigen Aufstand unter der Herrschaft der Ostindischen Handelskompanie an der Tagesordnung gewesen war. Damals hatte man ein so mächtiges Königreich wie Oudh eingezogen. Warum also sollte etwas Ähnliches ihm erspart bleiben, der einen viel kleineren, unbedeutenderen Staat regierte? Dieser Gedanke war allen Beratern des Rana nur zu vertraut, sie schreckten davor zurück, und Eilkuriere instruierten die Festungsbesatzungen, alles zu unterlassen, was als feindseliger Akt ausgelegt werden konnte.

Der Brautzug also passierte die Schlucht unbelästigt. Als die Sonne aufging, war man schon dabei, die Zelte aufzuschlagen und Küchenfeuer anzuzünden. Man war außer Reichweite der Kanonen, an einem Ort, den man schlimmstenfalls verteidigen und von dem aus man über die Grenze flüchten konnte.

Mulraj sagte bösartig: »Sollen diese Söhne von Schakalen doch kommen! Ich habe es satt. Die Götter wissen, ich bin kein Feigling und würde gegen die Besten in offener Schlacht antreten. Aber glaub mir, Sahib, letzte Nacht auf dem Weg durch die Schlucht bin ich tausend Tode gestorben, weil ich wußte, ein Dutzend Kerle können von da oben aus ein fürchterliches Blutbad unter uns anrichten. Ich erwartete jeden Moment, den Knall der Kanonen und das Gebrüll von Soldaten zu hören, die sich auf uns stürzten. Nun ja, es ist überstanden, wir sind aus der Falle entwischt. Doch was nun?«

»Das kommt auf den Rana an«, sagte Ash. »Wir warten ab, was er unternimmt. Ich vermute aber, daß er keinen Ärger mehr macht, sondern uns vorschwindelt, alles beruhe auf einem – wie sagte der Diwan doch? – auf einem ›bedauerlichen Mißverständnis‹. Heute, spätestens morgen, schickt er uns Versöhnungsgeschenke. Es ist besser, wir schlafen ein wenig, bevor seine Abgesandten kommen. Wie geht's dem jungen Jhoti?«

»Er schläft und ist vom Rana bitterlich enttäuscht. Er hatte gehofft, es würde eine große Schlacht geben.«

»Blutrünstiges Bürschchen«, knurrte Ash. Der Onkel, so fügte er hinzu, schlafe hoffentlich ebenfalls, denn er habe in letzter Zeit großen Kummer gehabt und die Ereignisse der vergangenen Nacht hätten ihn gewiß sehr mitgenommen.

»Das stimmt schon, doch von seinen Morgengebeten läßt er sich durch eine gestörte Nachtruhe nicht abbringen. Er hält seine Andacht, erst danach ruht er. Was mich betrifft, ich bin weniger fromm und folge dem Beispiel des Prinzen. Ich schlafe, bis die verfluchten Bhithori uns mit ihren Lügen und Ausreden und ihren aufrichtig guten Wünschen heimsuchen.«

»Und sich entschuldigen, möchte ich hoffen – wenn ich's auch nicht glaube. Doch brauchen wir uns ihretwegen nicht im Schlaf stören zu lassen. Sie haben uns oft genug warten lassen, und es wird ihnen und dem mißgestalteten Affen von Rana nur gut tun, ihre eigene Medizin zu schlucken.«

»Oho! Sahib ka mizaj aj bahut garum hai«, zitierte Mulraj grinsend einen Ausspruch von Gul Baz, den dieser einmal gegenüber einem der Pferdeburschen geäußert hatte.

»Wärest du so wütend wie ich, du würdest ebenso reden«, versetzte Ash heftig. Dann lachte er etwas beschämt. »Recht hast du, ich bin schlechter Laune und würde im Augenblick am liebsten das ganze Pack abstechen, angefangen mit dem Rana. Der Gedanke, so tun zu müssen, als wären alle Kränkungen und Demütigungen, die wir haben schlucken müssen, vergeben und vergessen, ist mir höchst zuwider. Wenn ich bedenke... na, lassen wir das. Ich muß erst einmal schlafen, bevor ich mich unter Menschen trauen kann. Und auch du, Mulraj, geh schlafen. Ich wünsche dir verheißungsvolle Träume.«

Er sah Mulraj nach, der müde davonging. Ash merkte, daß er selber zu Tode erschöpft war, nicht nur körperlich, sondern auch seelisch, so erschöpft, daß er nicht einmal mehr Zorn empfinden konnte. Die Wut, die ihn zusammen mit Hoffnung und Angst so lange gequält hatte, war von ihm gewichen. Er fühlte sich ausgelaugt und leer. Er hatte für Juli getan, was möglich war. Und auch für Nandu – ein Witz. Er hatte Nandus Stolz und Nandus Geld geschützt, zusammen mit der Ehre von Juli, dazu das Prestige – falls dies etwas wert war – des Rana, des Politischen Beraters und des Hauptmann Pelham-Martyn von den Kundschaftern. Und alles war ohne jede Bedeutung...

Ash ging in sein Zelt, und Mahdu, der Minuten später heißen Tee brachte, fand ihn angezogen auf seinem Feldbett liegend und so tief schlafend, daß er bloß grunzte, als Gul Baz und Mahdu ihm Rock und Reitstiefel auszogen, bevor sie den Zelteingang verschnürten, um die aufgehende Sonne auszusperren.

30

Er ritt in halsbrecherischem Tempo über eine steinige Ebene, zu beiden Seiten niedrige, karge Höhenzüge, hinter sich Anjuli, die ihn umklammert hielt und antrieb, schneller zu reiten, noch schneller. Die Reiter, die ihn verfolgten, konnte er nicht sehen, denn Julis schwarzes, lockeres Haar, das wie eine Mähne im Winde hinter ihr flatterte, benahm ihm die Sicht. Er hörte donnernde Hufschläge näher und näher kommen, doch lachte er laut, denn er spürte Julis Arme um sich und wußte, so lange sie beisammen waren, konnte ihnen nichts geschehen. Dann sah er plötzlich, daß die seidige Mähne nicht schwarz, sondern blond war, und über die Schulter blickend, erkannte er mit Entsetzen nicht Juli, sondern ein albernes, affektiertes junges Mädchen mit goldenen Löckchen, das schmollend zu ihm sprach: »Bitte, Ashton, beeil dich. Ich möchte nicht, daß Papa und Mama uns einholen.« Belinda! Er war mit Belinda durchgebrannt! Nun mußte er sie heiraten und sie für den Rest seiner Tage erdulden, auf immer und ewig!

»Nein, auf keinen Fall!« rief er erwachend, schwitzend und erschauernd. Mahdu stand über ihn gebeugt, im Zelt brannte die Öllampe. Er hatte rund um die Uhr geschlafen, und die Abgesandten des Rana warteten seit dem Vormittag darauf, daß er sie vorlasse.

»Der Sirdar Mulraj hat befohlen, weder ihn, noch dich zu wecken«, sagte Mahdu. »Der Sirdar schläft noch, und der Rao-Sahib fragt an, was geschehen soll, und ob die Herren vielleicht im Lager übernachten können?«

»Warum ausgerechnet hier?« fragte Ash verständnislos. Noch war ihm sein Alptraum sehr gegenwärtig, und er war nicht ganz bei sich.

»Weil es spät ist. Auf der Straße zur Stadt ist schlecht zu reiten im Dunkeln«, erklärte Mahdu.

Ash schüttelte sich wie ein Hund, der aus dem Wasser steigt, sein Blick klärte sich, und er war hellwach. »Wir kennen die Beschaffenheit der Straße nur zu gut«, sagte er knapp. »Aber wenn wir sie benutzen können, können die das auch. Ist der Diener des Rao-Sahib draußen? Dann schick ihn herein.«

Mahdu gehorchte, und Kaka-jis Majordomo, ein ältlicher Mann, trat ein und verneigte sich.

»Sage dem Rao-Sahib«, begann Ash, »er hat keinerlei Grund, diesen Leuten unsere Gastfreundschaft anzubieten. Ich selber werde ihnen sagen lassen, wir könnten sie nicht beherbergen, denn unser Lager steht noch nicht, weil wir keinen Schlaf gehabt haben. Sie mögen jetzt heimreiten und morgen wiederkommen, besser noch übermorgen, denn erst dann werden wir imstande sein, ihnen den gebührenden Empfang zu bereiten.«

Ganz so geschah es; die Abgesandten des Rana ritten beim Sternenschein mit sinkendem Mut zurück in die Stadt, denn ein ganzer Tag war vergangen, ohne daß sie Gelegenheit gefunden hatten, mit einer einzigen Persönlichkeit von Rang zu sprechen und jene versöhnlichen, blumigen Redensarten anzubringen, die vorzutragen man sie ausgesandt hatte. Am Morgen erstatteten sie dem Diwan Bericht. Er sah verständlicherweise darin einen weiteren Beweis dafür, daß der Sahib mit voller Rückendeckung durch die Regierung handelte, andernfalls hätte er so etwas nicht wagen können. Der Rana und seine Berater waren gleicher Meinung. Man brachte unverzüglich große Mengen Nahrungsmittel und Futter auf den Weg ins neue Lager der Staatsgäste, ausdrücklich gekennzeichnet als Geschenke des Rana an seine ehrenwerten Gäste und als Beweis des guten Willens der Bhithori.

Beim Eintreffen des Proviants fiel Ash ein Stein vom Herzen, denn die von ihm sorgsam bewirtschafteten Vorräte hätten nicht mehr lange ausgereicht, und hätte man sie nicht ergänzen können, wäre man gezwungen gewesen, Bhithor zu verlassen auf die Gefahr hin, nicht zur Rückkehr aufgefordert zu werden, was für die Karidkoter ein wahres Unglück gewesen wäre. Der endlose Zug rumpelnder Karren, der mit Proviant ins Lager rollte, behob nicht nur diese Sorge, sondern zeigte auch deutlich, daß der Rana die Nerven verloren hatte und die Weiße Fahne schwenkte.

An diesem Tag traf keine weitere Abordnung aus dem Palast ein, doch tags darauf erschien der Diwan persönlich, gefolgt von einer erklecklichen Anzahl höherer Würdenträger. Man empfing sie mit dem gebotenen Zeremoniell. Es wurde sogleich klar, daß auf alle Erklärungen und Entschuldigungen verzichtet werden sollte, vielmehr wollte man beiderseits so tun, als hätten die Ärgernisse der vergangenen Wochen sich überhaupt niemals ereignet. Der Diwan ging so weit, die Verzögerung darauf zurückzuführen, daß die Priester des Rana sich mit den Tempelpriestern außerhalb der Stadt nicht über den passendsten Hochzeitstermin hätten einigen können. Diese Schwierigkeit sei nun aber behoben, und es bleibe den Angehörigen der Bräute überlassen, zwischen zwei gleich verheißungsvollen Daten zu wählen; dann würden die Vorbereitungen für die Feiern sogleich in Angriff genommen werden.

Keine Seite erwähnte mit einem Worte die vorgefallenen Mißhelligkeiten. Die Verhandlungen fanden in versöhnlicher, verständnisvoller Atmosphäre statt, wie man sie sich angenehmer kaum unter den besten Freunden denken konnte. Der Diwan sagte abschließend, die Gästehäuser des Fürsten wie auch der Perlenpalast, der Moti Mahal, stünden den Bräuten und ihrem Gefolge jederzeit zur Verfügung und man hoffe, sie würden bei nächster Gelegenheit dort Quartier nehmen.

Niemand im Lager schenkte dem Rana jetzt noch das geringste Vertrauen, und jeder meinte, es sei gefährlich, ihm noch einmal so wertvolle Geiseln auszuliefern. Gleichwohl nahm man das Anerbieten an, vor allem weil Ash den Standpunkt vertrat, die Gefahr sei vorüber, und neue Erpressungen seien nicht mehr zu befürchten. Der Perlenpalast und die Gästehäuser standen in einer weitläufigen Grünanlage, dem Ram Bagh, mehr als eine Meile von der Stadt entfernt am Ufer des Sees.

Ash sagte: »Der Ram Bagh ist von einer hohen, festen Mauer eingefaßt, die sich verteidigen läßt, falls die verräterischen Bhithori doch noch zu neuen Listen greifen sollten. Außerdem liegt zwischen ihm und den Festungen die Stadt; wir werden dort also nicht im Feuerbereich der Kanonen sein. Ein Drittel unserer Bewaffneten bleibt hier, und wir lassen unsere Herren Gastgeber wissen, daß sie im Falle weiterer ›Mißverständnisse‹ Auftrag haben, sich den Weg zur Grenze freizukämpfen und der Regierung Meldung von allem zu machen, was vorfällt. Ja, ich glaube, wir dürfen diese Einladung ruhig annehmen.«

Kaka-ji und die Ältesten stimmten zu. Nach einer Beratung mit seinem Priester entschied Kaka-ji sich für den späteren der beiden angebotenen Hochzeitstermine. Anschließend marschierten zwei Drittel des Zuges zurück durch die Schlucht in das Tal, umgingen die Stadt und bezogen Quartier in den königlichen Gärten; die Bräute samt ihrem Bruder, dem Onkel und den Hofdamen im Perlenpalast am Seeufer; Ash, Mulraj und andere hochgestellte Persönlichkeiten in den Gästehäusern. Die übrigen errichteten ihre Zelte im Schatten schöner alter Bäume.

Diese Veränderung war allen willkommen, denn seit der Louh nicht mehr blies, bot der Park einen viel angenehmeren Aufenthalt als das Tal oder der weiter ab gelegene provisorische Lagerplatz jenseits der Schlucht. Der Palast und die Gästehäuser waren mit kühlenden Matten und großen schwenkbaren Fächern wohl versehen, und der vom See her wehende Wind machte den Aufenthalt sowohl bei Tage, als auch bei Nacht angenehm. Auch war am Betragen des Rana und seiner Untertanen nichts mehr auszusetzen. Sie sorgten dafür, daß den Gästen nichts abging. Mit geradezu atemberaubender Großmut erklärte der Rana für die kommenden sechs Wochen den königlichen Garten zum Hoheitsgebiet von Karidkote. Die Bräute und ihre Begleitung sollten sich ganz wie zu Hause fühlen, den Bräutigam samt Gefolge zu sich einladen und gleichsam auf eigenem Grund und Boden bewirten.

»Das ist eine wahrlich rücksichtsvolle, großherzige Geste«, bemerkte Kaka-ji und fügte an, man ersehe daraus, daß der Rana auch seine guten Seiten habe; womöglich sei alles Vorangegangene auf den Einfluß schlechter Ratgeber zurückzuführen, denen er auf die Schliche gekommen sei und die er nun verstoßen habe. »Mag sein, er zeigt sich künftig als ein gerechter Herrscher, und wir wollen hoffen, daß dem so ist.«

Ash glaubte nichts dergleichen, sah aber keinen Sinn darin, dem alten Herrn zu widersprechen. Dieser war jetzt sehr ermattet, er war auch immer noch voller Angst, und falls es ihn tröstete zu glauben, der Rana sei anderen Sinnes geworden, weshalb ihn dann seines Trostes berauben? Der Himmel war sein

Zeuge, Ash hätte sich dieser Meinung nur allzu gern angeschlossen, doch wußte er, die Berater des Rana waren nichts als seine willigen Kreaturen und in Bhithor bestimmte nur ein einziger. Daß sich dieser derzeit von der besten Seite zeigte, lag einzig daran, daß er es mit der Angst bekommen hatte; der Leopard verliert aber nicht seine Flecke. Sobald die Heirat vorüber – und der naseweise Pelham-Sahib außer Landes – wäre, würde es sein wie immer. Davon war Ash überzeugt.

Da sich daran aber nun mal nichts ändern ließ, redete er nicht darüber. Allerdings konnte er sich nicht verkneifen anzumerken, daß die »rücksichtsvolle und großherzige Geste«, den Karidkotern den Park als Hoheitsgebiet zu überlassen, Nandu noch teuer zu stehen kommen werde, denn es war Brauch, daß die Brauteltern das Gefolge des Bräutigams bewirteten, und zwar während der gesamten drei Tage, welche die Hochzeitsfeierlichkeiten dauerten. Zwar galt die Regel, daß der Bräutigam nicht mehr als zweihundert Gäste mitbringen durfte, doch weil diese Veranstaltung im Heimatland des Bräutigams stattfand, war vorherzusehen, daß sehr viel mehr Menschen zu bewirten sein würden – ein Umstand, der zuvor überhaupt nicht bedacht worden war, denn als Gäste konnte man von ihnen nicht erwarten, daß sie zugleich die Gastgeber spielten. Durch die großmütige Anordnung des Rana bewohnten sie nun aber eigenes Territorium, konnten nicht als Gäste gelten und würden für dieses Privileg erheblich zahlen müssen.

Kaka-ji, dem dies bislang entgangen war, machte ein verdutztes Gesicht. Als ihm aufging, was das bedeutete, sagte er mit widerstrebender Bewunderung, der Rana sei doch ein einfallsreicher Bursche, mit dem man nach wie vor zu rechnen habe. »Für einen alten Mann wie mich ist er zu listig«, gestand Kaka-ji reumütig. »Indessen, sein Angebot konnten wir nicht gut ablehnen, also müssen wir gute Miene zum bösen Spiel machen. Auch können wir ihm diesen kleinen Triumph wohl gönnen, haben wir ihn doch in jeder anderen Beziehung überlistet. Ich hoffe nur, du befürchtest nicht, daß er uns noch weitere Streiche dieser Art spielt?«

Ash hielt dies für wahrscheinlich, er rechnete mit einem guten Dutzend ähnlicher Einfälle, wich aber einer Antwort aus, indem er den Rao-Sahib fragte, ob er schon wisse, wieviele Gäste der Bräutigam mitzubringen gedenke? Die Empfangshalle des Perlenpalastes, wo die Heirat vollzogen werden sollte, sei nicht übermäßig geräumig.

Der Rao-Sahib ließ sich gern ablenken und versetzte, es wären nur Verwandte und enge Freunde zugelassen, doch errichtete man im Park des Moti Mahal bereits große Zelte, welche die übrigen Gäste aufnehmen könnten. Er führte Ash auch gleich hin, um sie zu inspizieren. Dabei wurde denn »der kleine Triumph« des Rana mit Takt übergangen.

Auch über den Brautpreis gab es keinen Streit mehr. Überhaupt schien es, als könne man die Besucher nicht genug verwöhnen. Onkel und Bruder der Bräute und wer sonst noch diesen Wunsch hatte, wurde förmlich dazu gedrängt, nach der Hochzeit so lange zu bleiben, wie er Lust hatte – falls gewünscht, sogar bis zum Beginn des Monsun. Der Perlenpalast stehe zur Verfügung und man dürfe soviel Personal behalten wie man wolle, das sei im Park bequem unterzubringen.

Auch dieses Anerbieten war großzügig, und Ash ahnte, daß man davon Gebrauch machen werde. Ihm war der Gedanke, auch nur einen einzigen Tag länger als unbedingt nötig zu bleiben, zuwider, doch sagte er sich, für Jhoti sei es von Vorteil, dem Zugriff seines Bruders Nandu so lange wie möglich entzogen zu bleiben. Biju Ram war tot, seine Helfershelfer, soweit bekannt, aus dem Zuge entfernt, doch in Karidkote würden sich genügend Menschen finden, die auf ein Zeichen des Herrschers hin einen Mord auf sich laden würden. Bevor er den Rana kennenlernte, war es Ashs Hoffnung gewesen, den neuen Schwager des Knaben überreden zu können, Jhoti so lange in Bhithor zu behalten, bis er alt genug wäre, sich selber vor Anschlägen zu schützen oder bis Nandu die Dinge auf die Spitze trieb und abgesetzt wurde – was nicht ausgeschlossen war, zog man in Betracht, daß Ash in dem mündlichen Bericht, den er in Rawalpindi erstatten mußte, auch die Mordanschläge erwähnen wollte, die auf Jhoti verübt worden waren. Dies mußte zur Folge haben, daß die Behörden Nandus Umtriebe gründlicher unter die Lupe nahmen, die vergangenen wie die gegenwärtigen.

Auch mußte man das Wohlbefinden der Menschen und Tiere in Betracht ziehen, welche den Zug gebildet hatten, und es war Ash nur zu klar, daß ein Aufenthalt in Bhithor bis zum Einsetzen des Monsun für Mensch und Tier höchst empfehlenswert war. Wäre alles nach Plan verlaufen, hätte man den halben Rückweg bereits hinter sich gehabt, doch hatten unvorhergesehene Verzögerungen auf der Herreise und die dann folgenden unergiebigen Verhandlungen eine Verspätung von vielen Wochen zur Folge. Schon hatte die schlimmste Hitze eingesetzt, und bei solchen Temperaturen den Rückmarsch anzutreten bedeutete, allen Beteiligten größte Strapazen zuzumuten – den Alten vor allem, und Kaka-ji zum Beispiel war alles andere als kräftig und an solche Hitze nicht gewöhnt.

»Man wird also bleiben müssen«, dachte Ash resigniert. Und das galt auch für ihn. Er gehörte nun einmal zu dieser Gesellschaft, solange bis er sie heil zurück nach Deenagunj gebracht hatte. Er stimmte also zu, als man ihm den Vorschlag machte, obschon ihm der Gedanke unerträglich schien, Tag um Tag unweit des Rung Mahal zu verbringen, wo Anjuli als Gemahlin des Rana leben und mit diesem verschrumpelten, gewissenlosen Satyr das Lager teilen mußte. Zehn Jahre seines Lebens hätte er darum gegeben, auf der Stelle diesem Ort den Rücken kehren zu dürfen, und weitere zehn, könnte er vergessen, was er hier gesehen hatte.

Jhoti hingegen empfing die Neuigkeit, man dürfe einen ganzen Monat in Bhithor bleiben, mit Jubel, denn seit die Hochzeit unmittelbar bevorstand, machte er sich Gedanken darüber, wie ihn sein Bruder Nandu bei der Rückkehr nach Karidkote wohl aufnehmen würde. Angst überkam ihn, und er akzeptierte mit Eifer das Anerbieten des Rana, ohne zu begreifen, daß er damit bestenfalls einen Aufschub erlangte und daß diese ihm eingeräumte Frist nur allzu schnell ablaufen mußte. Statt dessen hob sich seine Stimmung beträchtlich; er erblickte im Rana nicht mehr ein Ungeheuer, sondern seinen Wohltäter.

Kaka-ji war ebenso dankbar. Er fürchtete die Strapazen des Rückmarsches zu dieser Jahreszeit, und die Aussicht, den kühlen Marmorpalast am See mit einem stickigen Zelt zu vertauschen, erschreckte ihn. Mulraj hingegen war weniger begeistert, obwohl er zugab, daß der Plan gutzuheißen war, soweit er Kaka-ji und Jhoti betraf.

»Wir können aber unmöglich alle bleiben. Wir sind einfach zu viele, und es wäre ein schwerer Fehler, die Gastfreundschaft und die Geduld des Rana dergestalt zu überfordern. Es ist übrigens auch nicht notwendig. Ich schlage vor, den Zug zu halbieren und die eine Hälfte gleich nach der Hochzeit unter dem Kommando von Hira Singh aufbrechen zu lassen, der für Sicherheit und leibliches Wohl zu sorgen imstande ist. Sie sollen das schwere Gepäck mitführen und nur bei Nacht marschieren – eilig haben sie es ja nicht. Sollte der Monsun zu einem uns günstigen Zeitpunkt einsetzen, könnten wir sie sogar noch kurz vor der Grenze von Karidkote einholen.«

Ash stimmte zu, unternahm aber nichts, diesen Plan ausführen zu lassen. Das Lager und der ganze Brautzug hatten für ihn plötzlich alles Interesse verloren. Er zwang sich nur mit Mühe, sich dieses Verhalten nicht anmerken zu lassen und überließ es Mulraj und dessen Offizieren, die tausenderlei Anordnungen zu treffen, während er seine Tage auf der Jagd nach Rebhühnern oder mit Ausritten in die engen Täler verbrachte um der Vergangenheit und dem Perlenpalast, dem Anblick und dem Lärm der Hochzeitsvorbereitungen zu entkommen. Dem konnte er nur entrinnen, wenn er weit ins flache Land hinausritt, denn nicht nur die Stadt selber, sondern jede Ortschaft war geschmückt mit Bannern und Girlanden, während die Zugänge zum Park von riesigen Bögen überspannt wurden, die von Papierblumen, Glitzerkram und echten Blüten nur so strotzten.

Am Tage der Hochzeit roch ganz Bhithor statt wie sonst nach Staub, Abfällen und schmelzender Butter nach Jasmin und Ringelblumen, und der übliche Lärm wurde übertönt von dem Krach der Musikinstrumente und dem Zischen und Knallen kleiner Feuerwerkskörper. Der Mittelteil der Empfangshalle des Perlenpalastes, normalerweise ungedeckt, wurde mit einer Plane überdacht; darunter stützten vier silberne Pfosten einen Baldachin aus Tausenden, auf goldene Drähte gezogenen Ringelblumenblüten. Unter diesem Blumenhimmel sollte das heilige Feuer entzündet werden, vor dem die amtierenden Priester die Heiratszeremonie vollziehen würden.

Der Boden zwischen den Pfosten wurde mit frischem Kuhdung bestrichen, der – getrocknet – eine glatte, etwa fünf Quadratmeter große Fläche bildete. Auf diese wurden mit einer aus Reismehl hergestellten weißen Paste glückbringende Zeichen aufgetragen... endlich war der lange erwartete Tag gekommen.

In einem Gemach des Perlenpalastes badete und salbte man die Bräute, färbte ihre Fußsohlen und Handflächen mit Henna, und Unpora-Bai kämmte und flocht ihr Haar.

Der Tag begann mit einem Gebet um hundert Söhne und hundert Töchter. Zu essen gab es nichts, denn die Bräute mußten während der Hochzeitszeremonie nüchtern sein. Die Dienerinnen umflatterten sie geschwätzig wie Papageien, als sie ihnen in die glänzenden, seidenen Hochzeitsgewänder halfen, ihre Lider schwärzten und ihnen den Schmuck, der Teil ihrer Aussteuer war, umhängten: Brillanten, Smaragde, taubenblutrote Rubine und Perlenschnüre aus dem Staatsschatz von Gulkote.

Das düstere Gemach war klein, und man atmete praktisch nur den Duft von Sandelholz, Jasmin und Rosenwasser. Shushilas Schluchzen ging im Geschwätz der Hofdamen unter, die darauf ebenso wenig acht hatten wie auf einen tropfenden Wasserhahn. Jhoti kam, um seine Schwestern zu begutachten und ihnen zu raten, welchen Schmuck sie anlegen sollten, doch, abgestoßen von dem Gewimmel der Frauen, die einmal nicht auf seine Anwesenheit achteten, begnügte er sich damit, seiner Schwester Shushila zu sagen, falls sie nicht aufhöre zu heulen, wäre sie die häßlichste Braut im ganzen Lande – eine aus Brudermund kommende Bosheit, die nur bewirkte, daß Shu-shus Tränen noch reichlicher flossen und Unpora-Bai ihm eine Ohrfeige gab. Jhoti zog sich beleidigt zurück, ging zu Ash, um sich in seinem Hochzeitsstaat zu präsentieren und sich über die Albernheit der Weiber zu beklagen.

»Wirklich, Sahib, sie tut nichts als heulen, ihre Augen sind schon ganz geschwollen und die Nase rot wie ihr Sari. Sie sieht scheußlich aus, und der Rana wird denken, wir haben ihn getäuscht. Er wird böse auf uns sein. Meinst du, er prügelt sie? Wenn sie meine Frau wäre und nur heulte, ich würde es tun. Und das sage ich ihr auch noch. Bloß Kairi meint...«

Der Sahib hörte aber nicht zu.

Ash führte seit neuestem ein sonderbares Schattendasein; er verbot sich zu denken und ermattete sich durch körperliche Übungen bis zur totalen Erschöpfung. Gelang ihm dies nicht, schrieb er endlose Berichte oder spielte Schach mit Mulraj oder Kaka-ji. Er legte auch Patiencen und redete sich ein, das Schlimmste überstanden zu haben und den Tag überstehen zu können, ohne seine Gefühle zu zeigen. Kaum aber nannte Jhoti Juli bei ihrem alten Namen, brach diese Fassade zusammen, und er fühlte einen Schmerz in seinem Herzen, so scharf und durchdringend wie ein einschlagendes Geschoß. Um ihn her wurde alles schwarz, Wände und Boden schwankten. Als es vorüber war, hörte er, wie Jhoti immer weiter schwatzte, wenngleich er anfangs nicht verstand. wovon die Rede war.

»Gefällt dir mein Rock?« fragte er jetzt und drehte sich im Kreise, um ihn vorzuführen. »Ich wollte einen aus Silberbrokat, meinem Onkel gefällt der aus Gold aber besser. Findest du das auch, Sahib?«

Ash schwieg, und als er auf die wiederholte Frage von Jhoti endlich antwortete, ergab die Antwort so wenig Sinn, daß Jhoti merkte, Ash hatte ihm nicht zugehört.

Er fragte daher mitfühlend: »Geht es dir nicht gut? Ist es die Hitze?«

»Wie...?« Ash schien aus großer Ferne zurückzukehren. »Verzeih, Prinz, ich war ganz in Gedanken... was sagtest du?«

»Oh, nichts weiter.« Jhoti machte eine höflich abwehrende Handbewegung. Er wußte, daß Männer, die Drogen nahmen, ähnlich aussahen und sprachen und nahm an, der Sahib habe gegen Magenschmerzen Opium genommen. Jhoti mochte Pelham-Sahib sehr gern, er bedauerte, daß dieser sich nicht wohl fühlte, doch gab es so viel Aufregendes zu sehen und zu tun, daß er keine Zeit mit weiteren Gedanken daran verschwenden wollte. Er rannte also los, um seinen Rock aus Goldbrokat statt dessen Mulraj vorzuführen.

Ash merkte kaum, daß er fort war, auch nicht, daß Gul Baz hereinkam und sagte, es sei Zeit. Zeit wofür?

Gul Baz berichtete: »Der Rao-Sahib läßt sagen, der Bräutigam und sein Gefolge haben den Rung Mahal verlassen.«

Ash nickte. Er wischte den Schweiß von der Stirne und bemerkte dabei, daß seine Finger bebten. Er streckte die Hand von sich, zwang sich, sie ruhig zu halten und griff erst dann nach dem Paraderock, den Gul Baz ihm hinhielt; er würde heute unter Kleidungsstücken in allen Farben des Regenbogens, unter blitzenden Gold- und Silberfäden, der einzig nüchterne Fleck sein.

Gul Baz hatte ihm schon vorher in die Stiefel geholfen und den Gürtel mit dem Degengehänge umgeschnallt. Nun schlüpfte Ash in den Rock, legte die Schulterriemen um und kam sich so ausgelaugt und ermattet vor wie nach einem langen Marsch. Dabei war er bloß dem Bett entstiegen und hatte gefrühstückt. Der enge Kragen würgte ihn, als wolle er ihn ersticken, und obwohl der Tag einer der längsten und schlimmsten seines Lebens zu werden versprach und es bereits fürchterlich heiß war, mußte er ihn als Sahib und Offizier doch schwitzend in voller Galauniform überstehen, samt Handschuhen, Stiefeln und Sporen, dazu den zeremoniellen Degen an der Seite, der in dieser ganzen scheußlichen Affäre den Höhepunkt der Albernheit bildete.

Seine Hände zitterten nicht, als er den Degen befestigte, doch als Gul Baz ihm den weißen Tropenhelm reichte, der zur Galauniform getragen wurde, starrte Ash ihn an, als nähme er ihn nicht wahr.

Der obere Teil wies blau- und goldgestreifte Bänder auf, die vergoldete Spitze und die glitzernde Kette des Kinnriemens, die, wie vorgeschrieben, nicht unter, sondern über dem Kinn getragen wurde, blinkten in der Sonne. Gul Baz hüstelte diskret, um anzudeuten, daß es Zeit wurde, und als dies nichts nützte, sagte er: »Setz ihn auf, Sahib, es ist heiß.«

Ash gehorchte mechanisch, legte den Kinnriemen um, zog die Handschuhe straff, rückte den Degen zurecht und reckte sich, als solle er einem Erschießungskommando gegenübertreten. Dann gesellte er sich zu Kaka-ji und den anderen, die in dem gedeckten Hof nahe dem Haupteingang des Perlenpalastes den Bräutigam und sein Gefolge erwarteten.

Der Hof war groß, doch die Hitze darin erstickend; auch herrschte ein höllischer Lärm. Es standen eine Menge Leute herum und auf einem Balkon über dem Torbogen, der in den Hauptteil des Palastes führte, spielte eine aus drei Musikern bestehende Kapelle auf.

Von diesem Balkon baumelten Girlanden aus Rosen und Jasminknospen; sie wanden sich um die Verzierungen aus Marmor, und es roch betäubend süßlich nach Räucherwerk und welkenden Blüten, nach Betel und Kardamon und – weniger angenehm – nach Schweiß. Ash fühlte, wie ihm das Hemd am Leibe klebte, er machte verstohlen den Haken seines Kragen auf. Er hätte etwas darum gegeben, wenn es die Würde eines Sahibs gestattet hätte, auf einen Stuhl zu verzichten und sich wie die Einheimischen auf dem Boden niederzulassen. Der Marmor war wenigstens kühl, während das Plüschpolster seines Stuhles sich anfühlte, als käme es frisch aus dem Backofen. Er rutschte unruhig darauf herum und fragte sich, wie lange er das wohl werde aushalten müssen und was ihm solche Kopfschmerzen verursache: die Hitze, der Mangel an Sauerstoff oder die schrillen Töne der Musikkapelle?

Es erwies sich nun, daß man länger warten mußte als angenommen, denn die Meldung, der Bräutigam samt Gefolge sei aus dem Palast geritten, war voreilig. Der Aufbruch war für zehn Uhr vormittags angesetzt, doch nimmt man es in Asien mit der Zeit nicht so genau und Pünktlichkeit ist unbekannt. Als der Zug sich Richtung Ram Bagh in Bewegung setzte, war es schon später Nachmittag, und als er ankam, stand die Sonne tief am Himmel und die schlimmste Hitze war vorüber.

Man hörte schon von weitem, daß da etwas nahte. Pauken dröhnten dumpf, Flöten schrillten munter, Hörner schmetterten, und die Beifallsrufe der Gaffer klangen gedämpft wie das Krächzen der Krähen und das Gurren der Tauben in den Bäumen des Parks; doch wuchs der Lärm von Minute zu Minute, bis Jhoti, der aufs Dach geklettert war und zwischen den Bäumen hindurch die Straße beobachtete, herabkletterte und verkündete, der Zug betrete nunmehr den Park, und wo denn die Girlanden seien? Die Versammelten erhoben sich, strichen die Röcke glatt, richteten die Turbane; Ash machte den Kragen wieder zu, holte tief Luft, biß die Zähne zusammen, wollte an nichts denken und sah plötzlich die Gesichter von Wally und Zarin vor sich und die verschneiten Gipfelzacken des Palastes der Winde...

Der Bräutigam war nicht zu Pferde, er wurde vielmehr auf einer Plattform sitzend getragen, drapiert mit goldfarbigem Tuch und Perlenfransen, getragen von prachtvoll livrierten Dienern, zwölf an der Zahl. Wie gelegentlich jenes ersten Empfangs vor vielen Wochen war er wieder ganz in Gold gekleidet, nur noch prächtiger, denn der Leibrock aus Brokat strotzte von Edelsteinen. Am Turban sah man weitere Juwelen: einen großen aus Diamanten geformten Halbmond, an dem ein Federbusch mit Smaragden befestigt war. Der Rana war behängt mit Schnüren aus birnenförmigen Diamanten, die wie Lametta an einem Weihnachtsbaum wirkten. Juwelen blitzten an den Fingern und dem Säbelgurt aus purem Gold, während der Säbel selbst – das Symbol, welches kundtut, daß der Bräutigam bereit ist, die Braut vor allen Feinden zu schützen – ein Heft aus Brillanten aufwies und einen Knauf aus einem einzigen Smaragd von der Größe einer Rupie hatte.

Ein Fremder, der diese blinkende Gestalt auf der goldenen Plattform gesehen hätte, umgeben von Livrierten und den prunkvoll gekleideten Gestalten seiner Begleitung, hätte ihn für einen Götzen halten können, den seine Anbeter in einer Prozession umhertrugen, ein Eindruck, der noch verstärkt wurde durch ein aus Ringelblumen und Jasmin geflochtenes Netz, das am Turban befestigt war und das Gesicht verhüllte; nur die glitzernden Augen zeugten davon, daß dieser aufgeputzte Popanz lebte.

Die Musik brach mit einer klagenden Tonfolge ab. Kaka-jis Priester trat vor, um aus der Weda zu zitieren und den Segen der Götter herbeizuflehen, bevor der Kaka-ji vorzutreten bat und jene Zeremonie vornahm, bei der der Vater der Braut offiziell dem des Bräutigams bekannt gemacht wird. Da aber beide Väter tot waren, geschah dies zwischen Kaka-ji und einem Onkel des Rana mütterlicherseits. Die alten Herren umarmten einander, und Jhoti, als Bruder der Bräute, half dem Bräutigam von der Plattform herab und führte ihn und dessen Gefolge in jenen gedeckten Hof, wo das Geleit der Bräute mit Girlanden bereitstand, die Gäste zu schmücken.

Trotz seiner blendenden Aufmachung wirkte der Rana zu Fuß nicht sehr eindrucksvoll. Nicht einmal ein übermäßig hoher Turban, durch den Federbusch noch kunstvoll in die Höhe verlängert, konnte darüber hinwegtäuschen, daß er von kleiner Gestalt war; Kaka-ji, wahrlich kein Riese, überragte ihn um einen halben Kopf. Gleichwohl strahlte von der gesichtslosen Gestalt Macht aus. Und Gefahr, dachte Ash.

Es war, als trotte ein vollgefressener und deshalb im Augenblick harmloser Tiger zwischen Schafen und Rindern einher. Dieser Eindruck war so stark, daß Ash geschworen hätte, ihn riechen zu können – es roch nach Tier, scharf, bedrohlich. Er fühlte, wie sein Nackenhaar sich sträubte; plötzlich stand vor seinem Auge ein lange vergessenes Bild: Mondlicht und schwarze Schatten von Bäumen und Dschungelgräsern, ein warnender Schauer, der durch die Stille zu streichen schien wie eine unmerkliche Brise über stilles Wasser, und jemand – war es Onkel Akbar? – hauchte kaum vernehmlich »Shere ahraha hai« (Der Tiger kommt).

Der Schweiß, der seine Uniform tränkte, war plötzlich kalt. Ash erschauerte und hörte seine Zähne klappern. Dann war der Bräutigam an ihm vorüber, wurde zu dem Bogen unter dem Balkon geleitet, wo die Bräute ihn mit Girlanden schmücken sollten.

Der Torbogen führte in ein sich verengendes Gewölbe, wo Shushila und ihre Halbschwester mit den Girlanden warteten, die dem Bräutigam zum Zeichen, daß er angenommen wird, von der Braut umgehängt werden. Noch in letzter Minute kann die Heirat daran scheitern, daß die Braut sich weigert, dies zu tun, und als es zu einer unerwarteten Verzögerung kam, weil der Rana stehenblieb, durchfuhr Ash die unsinnige Hoffnung, die absolut unbegründete und abwegige Hoffnung, Shushila sei anderen Sinnes geworden und lehne ab, den Rana zu heiraten. Doch wenn denen, die nicht durch den Bogen schauen und erkennen konnten, was die Ursache dieser Verzögerung war, die Zeit auch lang vorkam, verging doch keine Minute, da beugte der Bräutigam das Haupt, und als er sich aufrichtete, hing die Girlande der Braut um seinen Hals.

Gleich darauf neigte er wieder das Haupt – diesmal war es allerdings mehr eine Andeutung –, und die hinter ihm Stehenden bemerkten, daß zwei Frauenhände sich in die Höhe reckten, um die Girlande über den Federbusch hinweg dem Rana um den Hals zu hängen. Die Finger strotzten von Ringen, Handflächen und Nägel waren mit Henna und Blattgold gefärbt, doch es waren kraftvolle Hände, unverkennbar die Hände eines ungeliebten Mädchens, vormals bekannt als Kairi-Bai. Als Ash sie erblickte, wußte er, er würde die Hochzeitsfeierlichkeiten lebend überstehen, würde sie nach dem Palast des Gatten ziehen sehen, ohne zu zucken, denn nichts, was nun noch kam, konnte ihn schlimmer treffen als der Anblick von Julis Händen…

Nach vollzogener Schmückung mit den Girlanden ertönte wieder Musik, und der Bräutigam und die Gäste zogen zum Festmahl in den Perlenpalast. Wer dort drinnen keinen Platz fand, suchte sich in den Festzelten einen, wo ebenfalls Musik aufspielte und Diener die Gäste mit Speisen versorgten.

Die Sonne stand ganz niedrig und der Abendwind erhob sich. Er strich sanft über den See und brachte im Park willkommene Kühlung, während im Perlenpalast weiterhin drückende Hitze herrschte, ja, man bekam hier kaum noch Luft, denn es roch nun nicht mehr nur süß nach Blumen und Parfüm, sondern auch deftig nach gewürzten Speisen. Ash mußte dies zum Glück nicht erdulden, denn von diesem Teil des Festes hatte er sich dispensieren lassen, um Kaka-ji die Peinlichkeit zu ersparen auszusprechen, was ihm doch längst bekannt war: Die Kaste des Rana gestattete ihm nicht, mit einem Ausländer zu speisen.

Durch eine Seitentür ging er aus dem Palast hinüber zu dem Gästehaus, in dem er wohnte, nahm allein sein Essen ein, sah die Sonne hinter der Stadt versinken, sah die Sterne einen um den anderen an einem Himmel erscheinen, der rasch von staubigem Grün zu Mitternachtsblau dunkelte. Und er sah nicht nur Sterne, sondern auch tausende winziger Lichtpünktchen auf Mauern und Dächern und Fensterbrettern, denn die Untertanen des Rana entzündeten Öllämpchen in irdenen Gefäßen – wie man es im ganzen Lande bei Festlichkeiten tut –, Dochte, die in Öl auf untertassengroßen Schälchen schwimmen.

Auch der Park war illuminiert, und je nach Stärke des Windes flackerte oder strahlte das Licht der Lampen. Der Perlenpalast war als goldblinkender Umriß sichtbar und sah vor dem Nachthimmel aus wie ein Zauberschloß im Märchen. Selbst auf den Festungen waren unzählige Öllämpchen angezündet worden, und am Himmel über der Stadt erblühten nun auch rote, grüne und purpurne Sternraketen, platzten knallend und versprühten im Dunkel.

Ash sah dem von der Veranda aus zu und wünschte, die Kaste des Rana hätte diesem verboten, überhaupt einen Ausländer zu den Hochzeitsfeierlichkeiten zuzulassen. Doch das war jetzt müßig. Übrigens hätte er sich auch nicht ganz und gar entschuldigen lassen können: nicht nur bestanden Kaka-ji und Mulraj dringend auf seiner Teilnahme, der Befehl aus Rawalpindi enthielt auch die Anweisung, Hauptmann Pelham-Martyn habe persönlich zu überwachen, daß die Schwestern seiner Hoheit des Maharadscha von Karidkote die Heirat vollzögen.

Der genaue Wortlaut war selbstverständlich nicht eindeutig. Unter diesen Umständen zog es Ash aber vor, sie buchstäblich zu befolgen, falls künftig einmal Zweifel daran aufkommen sollten, daß wenigstens eine dieser Heiraten allen Vorschriften gemäß richtig stattgefunden habe; daran mochten auch Kaka-ji und Mulraj gedacht haben.

Gul Baz hatte schon vor einer Stunde den Kaffee abgetragen und sich in das Festgetümmel gestürzt, das noch in vollem Gange war; Ash erinnerte sich der Hochzeit Laljis und berechnete, daß noch Stunden vergehen sollten, bevor man ihn zur Zeremonie des Shadi rufen würde. Im Park und im Palast ließen sich unermüdlich die Musikanten hören, wetteiferten mit dem Krachen und Knallen des Feuerwerks und der Tom-Toms in der Stadt; alle hatten sich vorgenommen, die Nacht zu einem Ohrenschmaus zu machen. Ash ging in sein Zimmer und machte die Tür hinter sich zu. Er schrieb an Wally und Zarin, daß er mindestens noch einen Monat in Bhithor aufgehalten würde – länger, falls der Monsun sich verspäte –, vor Ende des Sommers werde man sich kaum sehen.

Als er den dritten Brief begann, den an den Politischen Berater, holte Mulraj ihn in den Perlenpalast, wo die Shadi stattfinden sollte. Beim Gang durch den Park sah er, daß der Mond niedrig stand, Mitternacht also nahe sein mußte.

Die Empfangshalle war gedrängt voll von Menschen, und wer aus der frischen Nachtluft hier eintrat, den traf die von allen möglichen Gerüchen gesättigte Luft wie etwas Festes, Greifbares. Wenigstens die Musikanten hatten ihren Lärm eingestellt, und es herrschte, da die Anwesenden nur sehr leise sprachen, eine Art Stille. Auch war es erstaunlich düster, denn die Lampen trugen Schirme aus bemaltem Glas, und das Öl war in fast allen nahe am Versiegen. Es dauerte also eine Weile, bis Ash die Gesichter seiner Freunde in der Menge erkannte.

Man hatte nahe einer Säule einen Stuhl für ihn aufgestellt, weit genug im Hintergrund, um ihn nicht auffallen zu lassen, doch konnte er über die Köpfe der dicht gedrängt auf dem Boden Sitzenden nicht nur die vier silbernen Pfosten mit dem goldenen Baldachin aus Ringelblumen, sondern auch den Boden der Plattform sehen, von dem sich der mit weißem Reismehl gezeichnete Kreis deutlich abhob. Ein Messinggefäß, in welchem das heilige Feuer entzündet werden sollte, stand bereit. Daneben hatten die Priester einen Tisch mit Altargerät aufgestellt, darunter ein Gefäß mit Wasser aus dem Ganges, dazu Lampen, Götzenbilder und Räucherwerk. Auf niedrigen Hockern seitlich der Plattform saßen Bräute und Bräutigam, die Gesichter mit Blumen verhüllt, Kaka-ji und Maldeo-Rai – beide anstelle des verstorbenen Vaters der Bräute –

und die verhüllte Gestalt von Unpora-Bai, in Vertretung der verstorbenen Mütter. Das sollte, so dachte Hauptmann Pelham-Martyn spöttisch, hinreichen, die Asche der beiden Damen im Grabe zur Staubwolke zu verwandeln.

Das Gemurmel der Anwesenden verstummte nach und nach; einer der Priester entzündete nach eingetretener Stille die heilige Flamme. Sein ausdrucksloses glattrasiertes Gesicht wirkte wie aus Stahl geschnitten und war im Feuerschein deutlich zu sehen, als er Späne wohlriechenden Holzes und Körnchen von Weihrauch hineinwarf. Als es aufloderte, wurden denen, die nahe genug am Kreis saßen, Tabletts mit parfümiertem Salz gereicht; jeder nahm davon und warf es ins Feuer. Die Salze zischten und gaben einen stark aromatischen Duft ab, was bei den auf der Galerie sitzenden verschleierten Frauen allgemeines Husten auslöste. Einem Wink gehorchend, erhoben sich der Rana und Shushila und traten in den aus Reismehl gebildeten Kreis.

Ein Priester intonierte die Mantras. Ash schnappte aber nur gelegentlich eines der gesprochenen Wörter auf, er saß zu weit entfernt. Als der Priester anschließend die Brautleute aufforderte, ihm die Gelübde nachzusprechen, war nur die Stimme des Rana zu vernehmen, Shushila nicht, doch jeder Anwesende kannte den Wortlaut des Gelöbnisses: Beide versprachen, getreu dem Glauben zu leben, fest zu sein wie die Felsen, einer des anderen Last zu tragen, einander treu zu sein und Söhne zu zeugen…

Sogar neben diesem nicht gerade großen Bräutigam wirkte Shushila unglaublich zierlich: ein Kind, das sich die Kleider der Mutter ausgeliehen hat. Sie trug Scharlachrot, wie es einer Braut ansteht – Rot ist die Farbe der Freude –, und zu Ehren des Bräutigams ein Kleid mit weitem Rock, wie es in Bhithor und ganz Radschastan der Brauch ist. Die blutroten Rubine an Handgelenken, Hals und Fingern sogen das Licht der Flamme auf und leuchteten, als brennten sie selber, und obwohl Shushila den Kopf gesenkt hielt und ihr Gelöbnis nur flüsterte, vollführte sie ihren Teil der Zeremonie fehlerlos, zur Überraschung und Erleichterung ihrer Damen, die samt und sonders mit einer Tränenflut, wenn nicht gar einem hysterischen Ausbruch gerechnet hatten.

Ash fragte sich, ob sie sich wohl so gut gehalten hätte, hätte sie einen Blick in das Gesicht des künftigen Gatten tun dürfen. Doch gebot die Sitte, daß Braut und Bräutigam einander erstmals sehen, wenn die Zeremonie vorüber ist; und da Shushila ebenfalls einen Schleier aus Blumen vor dem Gesicht trug, hätte sie ohnehin nicht viel sehen können. Man legte ihr den »Ehering« ums Handgelenk, ein eisernes Armband, und hängte ihr den Faden der Glückseligkeit um den Hals. Ein Zipfel ihres Sari wurde an der Schärpe des Gatten festgeknotet. So einander verbunden taten sie die »sieben Schritte« rund um das Feuer: das Satapadi, das Kernstück der Zeremonie, denn ohne das ist eine Ehe juristisch noch rückgängig zu machen. Wenn aber der siebente Schritt getan ist, gilt sie als geschlossen für immer.

Shushila war hiermit Ehefrau und Rani von Bhithor, und ihr Gatte sprach zu ihr die Worte der Weda: »Sei meine Gefährtin, die du alle sieben Schritte mit mir gemacht. Ohne dich kann ich nicht leben. Ohne mich lebst du nicht. Wir wollen alle Güter und alle Macht miteinander teilen. Über mein Haus sollst du gebieten...«

Er verstummte, und die Neuvermählten kehrten in den geheiligten Kreis zurück, nahmen den Segen der älteren Verwandten entgegen und setzten sich. Wieder wurden Holzspäne und Räucherwerk ins Feuer gestreut, die Mantras angestimmt, die Silbertabletts herumgereicht und die ganze Zeremonie wiederholt. Diesmal allerdings eiliger und mit einer anderen Braut.

Anjuli saß neben ihrer Schwester und war Ashs Blick entzogen, weil sie von Unpora-Bai verdeckt war. Doch nun wurde sie in den Kreis geführt. Der Augenblick, den er so lange gefürchtet hatte, war da, und er mußte mit ansehen, wie Juli verheiratet wurde.

Er verkrampfte sich, ohne es zu wissen, wie um einen körperlichen Angriff abzuwehren, doch war das ganz überflüssig. Vielleicht, weil er überhaupt keine Hoffnung mehr hatte, konnte er gleich darauf ganz gelockert dasitzen, reglos, als ginge ihn das alles nichts an. Er empfand nichts – oder doch fast nichts. Zwar war bei der zeremoniellen Schmückung des Bräutigams mit der Girlande die letzte Hoffnung in ihm erstorben, doch ein winziges Fünkchen schien noch überlebt zu haben, geschürt von dem Gedanken, die verwöhnte Shushila, von den Strapazen der letzten Wochen und der Angst vor der Ehe mit einem Fremden, mit dem sie fortan unter Fremden in einem fremden Land leben sollte, übernervös, könnte es sich im letzten Moment anders überlegen.

Eigentlich war es undenkbar, daß eine fromme Hindubraut sich weigerte, jene letzten endgültig bindenden Schritte um das heilige Feuer zu tun, und gewiß kam das ganz selten vor, wenn überhaupt. Doch an westlichen Maßstäben gemessen, war Shu-shu ein Kind, noch dazu ein sehr überspanntes Kind, dessen Reaktionen nicht berechenbar waren und das sehr wohl imstande sein mochte, sich zu weigern, den Satapadi zu vollenden. Doch das war nicht der Fall gewesen, und als sie den siebenten Schritt tat, verlosch jenes letzte Fünkchen Hoffnung in Ash, und so – frei von aller Hoffnung – konnte er der zweiten Zeremonie mit innerer Distanz zusehen.

Dabei kam ihm zu Hilfe, daß ihm die verhüllte Gestalt im Sari mit dem Geflecht aus Blumen vor dem Gesicht absolut unvertraut vorkam. Aus der Entfernung gesehen, hätte sie eine beliebige Inderin sein können, nur daß sie größer war als die meisten und daß neben ihr der Bräutigam wie ein verschrumpelter Zwerg wirkte.

Sie war weniger prächtig gekleidet als ihre Halbschwester; die von Unpora-Bai bestimmte Zusammenstellung der Farben, des Schmuckes und der Stoffe war nicht gerade kleidsam. In dem schwachen Licht kamen die Topase und Perlen nicht zur Wirkung, und die gelb und gold gewirkte Seide, die einen so wirkungsvollen Kontrast zu Shushilas Scharlachrot gebildet hatte, verblaßte neben dem glänzend goldenen Tuch, das der Bräutigam trug. Auch fiel der Stoff so steif, daß die anmutige Schlankheit Julis darunter verborgen blieb und sie eher plump wirkte. Von der eigentlichen Juli war nichts zu sehen, zu sehen war vielmehr ein formloses Bündel Seide, gekrönt von welkenden Ringelblumen, das eine Abfolge von Bewegungen ausführte, welche bedeutungslos und leer von aller Empfindung wirkten.

Die Priester beschleunigten das Zeremoniell, der Bräutigam schnurrte die erforderlichen Formeln herunter, und alles war vorüber. Die letzte Zeremonie bestand darin, daß der Rana seine Gemahlinnen jenen Gästen vorführte, die bei dem eigentlichen Hochzeitsritual nicht hatten anwesend sein können, womit er zu erkennen gab, daß die Bräute nicht mehr ihrer Familie angehörten, sondern hinfort sein Eigentum waren. Danach war es den beiden hungrigen jungen Frauen gestattet, in ihre Gemächer zu eilen, dort die Prunkgewänder abzulegen und zum ersten Mal seit vierundzwanzig Stunden etwas zu essen.

Kaka-ji und die anderen Männer begleiteten den Rana zum Festschmaus in das größte der im Park aufgeschlagenen Zelte, und Ash ging zu Bett. Zu seiner eigenen Überraschung schlief er trotz des herrschenden Trubels, des Feuerwerks und der plärrenden Musik sofort ein.

Damit war der erste Tag eines auf drei Tage berechneten Festes vorüber, und Musik und Feuerwerk endeten erst, als der zweite Tag anbrach. Endlich kehrte Ruhe in den Park ein.

31

Die Tradition sah vor, daß die Festlichkeiten der nächsten beiden Tage im wesentlichen dem Bräutigam gelten sollten. Ash begab sich jedoch am Morgen des zweiten Tages auf die Jagd, begleitet von seinem Pferdeknecht Kalu Ram und einem einheimischen Jäger.

Als er bei Dunkelwerden zurückkehrte, – man entzündete schon wieder überall die Öllämpchen und das Vieh trottete von den Weidegründen außerhalb der Stadt den Ställen zu –, erwartete ihn ein Kurier, der schon am Vormittag eingetroffen war und seither vor Ashs Haus hockte.

Der Mann war in den letzten Tagen viele Meilen geritten und hatte wenig geschlafen; zwar hatte er sich verpflegen lassen, doch wollte er nicht ruhen, bevor er dem Sahib persönlich einen Brief ausgehändigt hatte, denn ihm war eingeschärft worden, die Angelegenheit sei von allerhöchster Wichtigkeit. Er sagte, er hätte den Brief eher abgeliefert, hätte ihm nur jemand sagen können, in welche Richtung der Sahib geritten sei.

Der Umschlag war versiegelt, und Ash, der die Handschrift erkannte, betrachtete ihn mißmutig. Der letzte Bericht, den er dem Politischen Berater geschickt hatte, lag ihm noch im Magen, denn er wußte wohl, daß er ihn sehr scharf formuliert hatte und erwartete einen Tadel. Doch auch wenn diese Mitteilung von Major Spiller wunderbarerweise keinen Tadel enthielte, bedeutete sie gewiß keine angenehme Überraschung, und er fragte sich, welche Anweisungen ihn da wohl wieder erwarten mochten. Nun, was es auch war, es war nichts mehr zu ändern; die Hochzeit hatte stattgefunden, der Brautpreis war bezahlt.

Er entließ den Kurier, reichte Gul Baz seine Büchse und einige Rebhühner für den Kochtopf von Mahdu, nahm den Brief mit ins Zelt und erbrach das Siegel beim Schein der Lampe. Der Umschlag enthielt ein einziges Blatt, das Ash lässig zur Hand nahm und ohne jedes Interesse überflog. Offenbar war die Mitteilung in großer Eile abgefaßt worden, denn sie war weniger bürokratisch formuliert, als es der Major sonst zu tun pflegte, auch kam er ohne Umschweife zur Sache. Ash mußte zweimal lesen, weil er seinen Augen nicht traute, und als er endlich begriff, wußte er, daß alles zu spät war. Noch vor einer Woche, ja selbst vor zwei Tagen, hätte diese Meldung alles ändern können. Doch jetzt gab es kein Zurück mehr, es war geschehen. Kalte Verbitterung befiel ihn, er schlug mit der geballten Faust gegen die Wand und war geradezu dankbar für den scharfen Schmerz, den er empfand, denn er wog wenigstens etwas von jenem Schmerz auf, der ihm das Herz zerreißen wollte.

Er starrte, ohne etwas wahrzunehmen, eine ganze Weile vor sich hin, und erst als Gul Baz hereinkam und beim Anblick von Ashs blutendem Knöchel unwillkürlich einen Ausruf tat, kam er so weit zu sich, daß er wenigstens das Blut von der Hand wusch. Das kalte Wasser brachte ihn wieder zur Besinnung. Er sah ein, daß er vermutlich irrte, wenn er annahm, alles wäre anders gekommen, hätte er diese Nachricht früher empfangen, denn nachdem man so viel Zeit und Geld aufgewendet hatte, wäre an Umkehr wohl nicht zu denken gewesen.

Er ließ sich von Gul Baz die Hand verbinden, verschob sein abendliches Bad um eine halbe Stunde, nahm einen guten Schluck Brandy, ergriff den Brief und ging damit zu Mulraj.

Als er dessen Zimmer betrat, war Mulraj gerade dabei, sich für die abendlichen Festlichkeiten anzukleiden, doch schickte er sogleich seine Diener weg, als Ash um eine Unterredung unter vier Augen bat. Auch er wollte anfangs nicht glauben, was da geschrieben stand – eine Meldung, die vor mehr als vierzehn Tagen an den Gouverneur vom Pandschab gegangen war, von dort nach Rawalpindi, dann per Telegraph an den für Bhithor zuständigen Politischen Berater und schließlich mit dem Zusatz »Dringend« an den Hauptmann Pelham-Martyn.

Nandu, der Maharadscha von Karidkote, dessen Familie in letzter Zeit so häufig von Unfällen heimgesucht worden war, war selber das Opfer eines Unfalles geworden, diesmal eines echten. Er hatte einige der alten Vorderlader im Palast ausprobiert; in einem der Gewehre explodierte die Ladung und tötete ihn auf der Stelle. Da er kinderlos starb, war sein jüngerer Bruder Jhoti der Nachfolger, und man empfahl dessen sofortige Rückkehr nach Karidkote zwecks Übernahme der Staatsgeschäfte. Hauptmann Pelham-Martyn erhielt daher Weisung, seine Hoheit unverzüglich nach Karidkote zu begleiten. Die Sache sei dringend; der Hauptmann möge möglichst wenig Gepäck mitführen und nicht mehr Leute, als er zum Schutze des neuen Herrschers für unerläßlich halte. Was die übrige Reisegesellschaft betreffe, solle er die von ihm für notwendig gehaltenen Vorkehrungen treffen; der Zug müsse dann zu gegebener Zeit in eigener Verantwortung den Rückweg antreten.

»Es war alles absolut nutzlos...« sagte Ash bitter.

»Wie das?« fragte Mulraj verständnislos.

»Ich meine die Doppelhochzeit. Nandu ist doch auf diesen grauenhaften Rana nur verfallen, weil er Angst hatte, seine Schwestern in benachbarte Staaten zu verheiraten; er fürchtete, ein in der Nähe wohnender Schwager könnte es auf sein Land abgesehen haben. Deshalb hat er nach einem gesucht, der möglichst entfernt lebt. Jetzt ist Nandu tot, und seine Schwestern sind ganz umsonst diesem... diesem Abschaum verbunden.«

»Das stimmt aber nicht ganz«, widersprach Mulraj. »Der Junge ist wenigstens in Sicherheit; wäre er nicht mit uns hierhergekommen, er lebte wahrscheinlich nicht mehr. In Karidkote hätte Nandu ihn beseitigen lassen. Sogar hier wäre er nicht sicher gewesen, solange sein Bruder lebte. Es gibt immer Menschen, die bereit sind zu morden, wenn sie nur gut genug dafür bezahlt werden.«

»Und du meinst, Nandu wäre es auf die Höhe des Blutgeldes nicht angekommen«, stellte Ash fest. »Da gebe ich dir recht. Nun, darüber brauchen wir uns nun den Kopf nicht mehr zu zerbrechen, denn Jhotis Schwierigkeiten sind durch diese Meldung hinfällig geworden.«

Auch eine seiner eigenen Schwierigkeiten wurde dadurch behoben, denn nun durfte er unverzüglich aufbrechen und mußte nicht für unbestimmte Zeit in Bhithor verweilen, in Sichtweite des Palastes des Rana, mit nichts beschäftigt als dem Warten auf den Wetterumschlag und seinem Schmerz um jene Frau, die keine Meile entfernt lebte und doch unerreichbar für ihn war, deren Gemahl er aber häufig hätte treffen und höflich behandeln müssen. Auch wurde ihm so die mühsame Rückreise mit dem großen Zug erspart, die eine reine Qual gewesen wäre, denn man zöge wiederum an jenen Orten vorüber, wo er und Juli gemeinsam ihre abendlichen Ausritte gemacht hatten... davor hatte er sich gefürchtet. Eine kleine Reitertruppe jedoch, die sich ungehindert von einem Troß aus Frauen und Kindern, Zugtieren und Elefanten bewegte, konnte Abkürzungen wählen, rasch vorankommen und brauchte sich überhaupt nicht an den Weg zu halten, den man notgedrungen auf der Herreise hatte wählen müssen, um Tausende von Menschen unterwegs zu versorgen.

Er brannte so sehr darauf wegzukommen, daß er am liebsten noch am gleichen Abend aufgebrochen wäre; weil dies aber ausgeschlossen war, schlug er den kommenden Nachmittag vor, doch auch das wollte Mulraj nicht zulassen: »Es geht nicht«, sagte er bestimmt.

»Warum nicht? Ich weiß, es bedarf einiger Vorbereitungen, aber wenn wir uns beeilen, schaffen wir es«, sagte Ash.

»Möglich, nur vergißt du, daß auch morgen noch ein Tag des Hochzeitsfestes ist, wenn auch der letzte, und daß erst am Abend die Bräute in den Palast des Gemahls übersiedeln.«

Ash hatte das nicht vergessen, konnte aber nicht gut zugeben, daß ihm aus eben diesem Grunde so daran gelegen war, schon am Nachmittag aufzubrechen. Mulraj machte ihn nachdrücklich darauf aufmerksam, daß man damit dem Rana eine schwere Beleidigung zufügen würde; es sei weder nötig noch passend, den Nachmittag des letzten Hochzeitstages durch Reisevorbereitungen zu stören, und da Nandu bereits seit zwei Wochen tot war, könne es nicht darauf ankommen, ob Jhoti nun einen Tag früher oder später aufbreche.

»Es ist auch besser, wir lassen uns für die Vorbereitungen genügend Zeit, denn du sagst mit Recht, es gibt eine Menge zu tun.«

Ash konnte dem nicht widersprechen. Sie beschlossen also, an diesem und dem nächsten Tag den Inhalt des Briefes nicht bekannt zu machen, um die Festlichkeiten nicht zu stören; eine derartige Nachricht, in diesem Augenblick eintreffend, würde von jedermann als schlechtes Omen gewertet werden. So willkommen sie auch diesem oder jenem sein mochte, Shushila würde sie bestimmt betrüben. Es reiche, sagte Mulraj, am Vormittag nach der Übersiedlung der Bräute in den Palast, den Rana zu informieren; dann habe man freie Hand für alle Vorbereitungen.

An jenem Abend war Kaka-ji Gastgeber beim Bankett; er hatte den Sahib höflich aufgefordert teilzunehmen, und der Sahib hatte ebenso höflich angenommen. Damit war der Etikette Genüge getan, und Ash ließ später ausrichten, ein plötzlicher schwerer Migräneanfall hindere ihn leider, dem Festmahl beizuwohnen. Von Mulraj kehrte er also in seine eigene kleine Behausung zurück, ließ sich alle den Brautzug von Karidkote betreffenden Schriftstücke vorlegen und machte eine Aufstellung dessen, was seine kleine Vorausabteilung mitführen mußte und was die Zurückbleibenden zu tun hatten. Das alles würde er selbstverständlich im einzelnen noch mit Mulraj und den gewählten Ältesten zu besprechen haben, doch wenn er bereits ein Programm vorlegen konnte, sparte das gewiß eine Menge Zeit. Als Kaka-jis Gäste sich verabschiedeten und die Hähne krähten, brannte bei Ash immer noch Licht. Danach erst ging er schlafen.

Der dritte und letzte Tag der Feierlichkeiten war ganz und gar den Lustbarkeiten gewidmet, doch ging Ash nicht jagen, sondern im Park spazieren. Als eine Botschaft von Kaka-ji ihn abends in den Perlenpalast rief, legte er wieder Paradeuniform an und ging zum letzten Akt jener tragischen Komödie, die Nandu inszeniert hatte und die nur ein Hirn erdenken konnte, das so von Mißtrauen und Eifersucht zerfressen war wie seines.

Jhoti wäre etwas Derartiges niemals eingefallen, und waren, wie Mulraj zu glauben schien, die Götter wirklich auf der Seite des Knaben, so nahmen sie doch am Schicksal seiner Schwestern keinerlei Anteil, sonst wäre Nandu ein Jahr früher gestorben und nichts von alledem hätte sich zugetragen. Er selber wäre dann zwar Anjuli nicht begegnet, was aber angesichts der herrschenden Umstände ohnehin besser für beide gewesen wäre. Shushila wäre gewiß glücklicher und Biju Ram noch am Leben gewesen. Jhoti, der mehr auf seinen Vater herauskam, hätte sich potentieller Rivalen wegen keine Kopfschmerzen gemacht und bestimmt nicht den Staatsschatz geplündert, um wie Nandu andere Fürsten zu beeindrucken, indem er einen absurd großen Brautzug durchs halbe Land marschieren ließ.

Doch selbst jetzt, als er dabei zusehen sollte, wie Anjuli ihrem Gatten in dessen Haus folgte, konnte er nicht bedauern, ihr wieder begegnet zu sein, sie geliebt zu haben und immer lieben zu müssen. Der Schmerz des Verlustes und der Ausblick auf lange trostlose Jahre konnte ihm das nicht vergällen, tat dem Wunder keinen Abbruch. Er wußte, er hätte nicht anders gehandelt, hätte er die Zukunft vorhersehen können, als er in der Prinzessin von Karidkote jene Kairi-Bai vom Balkon in Gulkote erkannte. Auch dann hätte er ihr die Hälfte des Fisches zukommen lassen und die Folgen dankbar und mit Freuden hingenommen.

Wally, der ja sehr oft verliebt war, zitierte gerne einen Dichter, bei dem es hieß »Besser lieben und verlieren, als nie geliebt haben«. Nun ja, Wally und Tennyson, oder wie der Dichter gleich hieß, hatten recht. Besser, unsagbar viel besser, Juli geliebt und verloren, als sie nie geliebt zu haben. Und falls ihm die künftigen Jahre nichts Lebenswertes brachten, war sein Leben doch etwas wert, weil er sie einstmals geliebt hatte und von ihr geliebt worden war.

Es hatte lange gebraucht, bis ihm die Erkenntnis kam, und er empfand es als befremdlich, daß dies sich gerade jetzt ereignete, da er sie zum letzten Mal sehen würde. Und doch, was geschehen war, war genug für ein ganzes Leben. Diese Gewißheit erleichterte ihn wie einen erschöpften Schwimmer, der endlich Grund unter den Füßen spürt und weiß, er wird nicht ertrinken.

Der Auszug der Hochzeiter war eine prachtvolle Veranstaltung und hätte sogar die Ansprüche des Maharadscha von Karidkote zufriedengestellt, wäre er anwesend gewesen. Seine Staatselefanten, von zahllosen Fackeln beleuchtet, standen am Ausgang des Palastes in Erwartung des Aufbruches. Rüssel, Stirn, Ohren und die säulenartigen Beine waren in den prächtigsten Farben bemalt, ihre Rüssel zusätzlich mit goldenen Bändern verziert. Die glitzernden Fransen der auf ihnen befestigten Sessel reichten fast bis zum Boden, und im Fackelschein blinkten die goldenen und silbernen Beschläge der Tragsessel.

Als Kaka-ji nach Ash schickte, war der Aufbruch bereits um eine Stunde verzögert worden, und es verging eine weitere Stunde, ohne daß sich etwas rührte. Die geduldig wartenden Zuschauer wurden mit Erfrischungen versorgt, die Gäste gähnten und vertrieben sich die Zeit mit müßigem Geschwätz, bis schließlich die intimsten Freunde des Herrschers auf die Stufen des Perlenpalastes hinaustraten. Danach ging alles sehr rasch, Musiker gaben das Signal zum Aufbruch, die Elefanten gingen schwerfällig in die Knie, eine berittene Vorausabteilung trabte in die Nacht. Der Rana trat aus dem Tor, strahlend im Schmuck seiner Juwelen, umringt von Höflingen und Livrierten, gefolgt von einer kleinen Gruppe Frauen – den Ranis von Bhithor und ihren Damen.

Shushila trug einen mit Gold gesprenkelten flammendroten Schleier, dessen eingearbeitete Edelsteine wie Feuer leuchteten. Sie ging ungraziös, gestützt auf zwei ihrer Damen, schwankend unter der Last des Schmuckes, mit dem ihr Körper von oben bis unten bedeckt war. Der schwere Anhänger, der ihr in die Stirne hing, baumelte bei jedem Schritt, und das Mittelstück, ein riesiger Rubin, glühte blutrot durch den Schleier.

Zwei Schritte hinter ihr schritt Anjuli, schlank und hochgewachsen, ganz in Grün. Der Sari war mit Silberborte und künstlichen Perlen gesäumt; doch wiederum wurde sie durch Shushilas prächtiges Gewand in den Schatten gestellt. Ein Smaragd hing ihr in die Stirne, kaum sichtbar durch ein Seidengewebe, das immerhin den Kupferton ihrer Haare durchschimmern ließ und den dünnen roten Strich des Scheitels, den nur eine Ehefrau zeigen darf. Perlenschnüre waren ihr ins Haar geflochten, das ihr fast bis in die Kniekehlen hing. Als sie an ihm vorüberging, witterte Ash den Duft von Rosenblättern, der ihn wohl immer an sie erinnern würde.

Sie mußte wissen, daß er unter den Zuschauern war, hielt den Kopf jedoch gesenkt und blickte nicht rechts noch links. Der Rana erstieg eine silberne Leiter, die von zwei Dienern mit scharlachroten Turbanen an den Elefanten gelehnt wurde, und nahm auf dem Sessel Platz. Shu-shu kam als nächste, halb gezogen, halb geschoben von ihren Dienerinnen, und setzte sich neben ihn. Danach erklomm Anjuli mit schmalen elfenbeinfarbenen Füßen die Leiter, schlank, hoch aufgerichtet, in königlicher Haltung, ein Blitz aus Grün und Silber, im Rücken das lange Haar.

Der Mahaut rief ein Kommando, und der Elefant richtete sich wankend auf. Als er lostrottete, blickte Anjuli von dem vergoldeten Sessel herab. Die geschwärzten Lider ließen die Augen über dem eng ans Gesicht gedrückten Schleier übermäßig groß erscheinen; sie glitten nicht suchend über die Gesichter der glotzenden Gaffer, sondern trafen sogleich die Augen von Ash, als sei dessen intensiver Blick stark genug gewesen, ihr zu verraten, wo sie ihn finden würde.

Sie schauten einander lange an, ohne zu blinzeln, fest und voller Liebe und Sehnsucht, doch ohne Trauer. Sie schienen mit diesem Blick zu sagen, was doch nicht gesagt werden mußte: »Ich liebe dich... werde dich immer lieben... vergiß mich nicht.« In Julis Augen standen auch die Worte, die sie vor langer Zeit in mondheller Nacht gesprochen hatte, als sie aus der Höhe zu ihm hinunterschaute, wie jetzt wieder: Khuda hafiz – Gott sei mit dir. Die Diener und Fackelträger schlossen die Reihen um das Tier, und die Musikanten lärmten von Neuem. Der Sessel geriet in schwankende Bewegung, als der Elefant sich nun ernstlich auf den Weg machte und Juli, Shu-shu und den Rana unter den Bäumen der Allee dem Tor entgegentrug, durch das man aus dem Park auf die Straße gelangte, die nach einer Meile vor dem Rung Mahal endete.

Was danach geschah, blieb Ash nicht im Gedächtnis. Er hatte eine unbestimmte Erinnerung an Elefanten, die weitere Würdenträger beförderten, darunter Kaka-ji, Jhoti und Maldeo Rai, auch Mulraj und andere hochgestellte Gäste aus Karidkote, die sich der Prozession auf weiteren Elefanten anschlossen. Dann folgte ein bunter, lärmender Tumult von Reitern, Trommeln und Flöten; endlose in grelle Farben gekleidete Reihen von Menschen mit Fackeln marschierten hinterdrein. Die Spitze des Zuges mußte längst den Rung Mahal erreicht haben, noch bevor die letzten unter dem blumengeschmückten Tor hindurch waren, das den Park abschloß. Ash meinte, er sei wohl noch lange im Hof des Perlenpalastes geblieben und habe bis zum Ende höflich Konversation gemacht, denn als er seiner Behausung zustrebte, war Mitternacht längst vorüber.

In seinem Zimmer war die Luft stickig, denn der Diener, der von der Veranda aus den Ventilator bedienen sollte, war fest eingeschlafen. Der Nachtwächter hatte sich eine Pritsche herausgestellt und lag ebenfalls in tiefem Schlaf. Ash weckte sie nicht. Er erklomm eine Außentreppe, die aufs Dach führte, lehnte sich an die Brüstung und blickte über den See zur Stadt hin.

In den vergangenen Wochen hatte er sich, so gut es gehen wollte, verboten, an Juli zu denken, und geschah dies doch, suchte er solche Gedanken mit aller

Kraft zu verdrängen. Es war aber ein immerwährender Kampf, und er wußte, dieser würde erst aufhören, wenn ihm das Alter dabei zu Hilfe kam, denn er konnte sein Leben nicht damit verbringen, dem Echo der Vergangenheit zu lauschen und von Erinnerungen zu zehren. Das Leben wollte gelebt sein; er durfte es nun einmal nicht mit Juli teilen, damit mußte er sich abfinden, ebenso wie sie. Heute nacht aber wollte er sich für einige Stunden den Gedanken an sie hingeben; vielleicht erreichten sie sie über jene knappe Meile hinweg, die ihn von ihr trennte. Sie müßte spüren, daß er an sie dachte, und das würde sie trösten.

In den Park zu seinen Füßen kehrte nach und nach Ruhe ein. Der Morgen kam in diesen Breitengraden früh. Wer sich dem Zuge nicht angeschlossen hatte, ging zu Bett, um noch ein wenig zu ruhen, bevor die Vögel die Schläfer zu einem wiederum glühend heißen Tag weckten. Die zur Stadt führende Straße wurde immer noch vom flackernden Licht der Fackeln erhellt, in Bhithor war die Illumination noch in vollem Gange und Feuerwerk sprühte in den Himmel. Die Häuser wurden überragt von den Dächern und Kuppeln des Rung Mahal, die kupfern vor dem Nachthimmel glänzten, und Ash stellte sich vor, wie die Elefanten einer nach dem anderen im Außenhof stillestanden und in die Knie gingen, um ihre Reiter absitzen zu lassen. Juli würde schon in den Frauengemächern sein und jene Räume zum ersten Mal sehen, in denen sie den Rest ihres Lebens zubringen sollte; ihre Dienerinnen würden ihr den Schmuck und die Prunkgewänder abnehmen und bald schon…

Er gebot seiner Phantasie Einhalt, doch noch während er vor seinen Gedanken zurückzuckte, kam ihm die Erkenntnis, daß es Shushila sein würde, welche diese Nacht das Lager des Rana teilte. Der Rana hatte Juli nie begehrt, und das konnte durchaus so bleiben. In diesem Fall könnte sie ihr Leben unbelästigt führen, immer darauf bedacht, ihr Möglichstes für Shushila und deren Kinder zu tun – schlimm genug für eine junge Frau wie Juli, die schön und für die Liebe geboren war.

Sie der Möglichkeit zu berauben, eigene Kinder zu haben und sie ein Leben lang in den Frauengemächern gefangenzuhalten, war ein ebensolches Verbrechen gegen die Natur, wie eine Lerche in einen Käfig zu sperren. Vielleicht würde Shushila aber mit der Zeit erkennen, welches Opfer die Schwester ihr brachte und sie auf die einzig mögliche Weise – indem sie ihr Liebe entgegenbrachte – entschädigen. Das konnte Ash nur hoffen, wenn auch ohne viel Zuversicht, denn Shu-shu war von Juli schon so lange umsorgt gewesen, daß sie deren treue Fürsorge für selbstverständlich hielt. Nur wer Hunger und Durst leidet, ist für Brot und Wasser dankbar.

Juli war solches Brot und Wasser. Wurde Shu-shu reichlich mit Gebäck, Wein und süßen Früchten versorgt, mochte sie den Geschmack an den schlichten Dingen des Lebens verlieren, sie am Ende überflüssig finden und sich von ihnen abwenden. Das war ja eben das Schlimme, daß man Shu-shu nicht trauen konnte. Sie mochte voller guter Absichten sein, doch ließ sie sich von ihren Launen beherrschen, und niemand konnte vorhersagen, wohin das führte. Sie war schließlich noch ein Kind und wie die meisten Kinder empfänglich für Schmeichelei. Unter diesen Fremden hier legten bestimmt viele es darauf an, sich bei der Ersten Rani beliebt zu machen; so mancher würde versuchen, die Halbschwester zu verdrängen und deren Platz selber einzunehmen.

Ah, meine Geliebte, meine törichte, süße Geliebte, was soll nur aus dir werden? seufzte Ash, und was aus mir?

Wieder sah er die Zukunft kalt, dunkel und leer vor sich, endlos wie die Ewigkeit. Es schien sinnlos, ohne Juli weiterzuleben. Bitterkeit und Selbstmitleid stiegen in ihm hoch, und zum ersten Mal kam ihm der Gedanke, seinem Leben ein Ende zu machen.

Plötzlich kam ihm zum Bewußtsein, wie morbide solche Einfälle sind, und bei der Vorstellung, was er da für eine Figur abgab, überkam ihn ein Widerwillen vor sich selbst: ein Feigling ohne Mark in den Knochen, der sich seinem Selbstmitleid überließ. Wie würde Juli ihn verachten, sähe sie ihn so. Und damit hätte sie recht, denn eines war gewiß: Für ihn war es viel leichter weiterzuleben als für sie. Er war nicht dazu verurteilt, in Bhithor zu bleiben, und es gab genug, womit er seine Zeit ausfüllen konnte. An der Nordwestgrenze herrschte nie für längere Zeit Frieden, die Kundschafter waren eher an Kampf als an Ruhe gewöhnt. In den Vorgebirgen würde es Gefechte geben, die geplant, geführt und gewonnen werden mußten; man konnte wilde Pferde zureiten, unbekanntes Terrain erkunden und Berge ersteigen. Auch hatte er Freunde, mit denen er lachen und trinken konnte – Zarin, Wally und Koda Dad, Mahdu, Mulraj und Kaka-ji und viele andere. Juli aber hatte nur Shushila, und falls diese sich von ihr abwandte, krank wurde oder starb, war sie allein.

Der Himmel, der dunkel gewesen war, als Ash aufs Dach kletterte, wurde allmählich fahl. In der Stadt brannten keine Lichter mehr; das Öl in den Lämpchen war versiegt oder die Morgenbrise hatte die Flammen gelöscht. Die Nacht war vorüber, der Morgen nur noch einen Schritt entfernt, bald würden die Hähne krähen. Zeit, noch ein Stündchen zu ruhen, denn nach Sonnenaufgang erlaubte die Hitze keinen Schlaf mehr. Überdies hielt der kommende Tag eine Unzahl Aufgaben bereit, denen man sich unausgeschlafen besser nicht widmen sollte.

Ash reckte sich, steckte die Hände in die Taschen und stieß dabei auf einen runden, rauhen Gegenstand. Es war dies ein Stück des Konfekts, das man den Gästen anbot, die auf den Stufen zum Perlenpalast warteten. Er hatte aus Höflichkeit eines genommen, es aber in die Tasche gesteckt, um es später fortzuwerfen. Nun legte er es auf die Handfläche und mußte bei diesem Anblick unwillkürlich vergangener Zeiten gedenken. Über sein düsteres Gesicht huschte ein Lächeln; er zerbröselte das Gebäck und streute die Krümel auf die Brüstung. Danach warf er einen letzten Blick zum Rung Mahal und sprach leise vor sich hin.

Es war nicht das Gebet, das er an den Palast der Winde zu richten pflegte, aber eine Art Gebet war es doch. »Glaube niemals, Geliebte, daß ich dich vergesse. Ich werde dich immer lieben. Lebe wohl, Juli, lebe wohl, meine eine und einzige Geliebte. Khuda hafiz...«

Er stieg vom Dach und schlief bereits, als das Frühlicht zitronengelb hinter den dunklen Höhenzügen heraufzog.

Zwei Tage darauf, einen Tag später, als Ash gehofft, und einige Tage früher, als Mulraj erwartet hatte, trat der neue Maharadscha von Karidkote, begleitet von siebzig Reitern – vierundzwanzig Soldaten, einem Dutzend Hofbeamten sowie Pferdeknechten und Dienern – den Heimweg an. Man hatte ihnen ein festliches Geleit bis zur Grenze gegeben. Anscheinend war die halbe Stadt auf den Beinen, der Rana an der Spitze. Als man das lange Tal entlangritt, schossen die Kanonen der Festungen Salut.

Drei Abschiedsbesuche gingen dem Aufbruch voraus: eine offizielle Verabschiedung im Diwan-i-Khas, eine zwischen Jhoti und seinen Schwestern und eine unter vier Augen zwischen Ash und Kaka-ji.

Wie nicht anders zu erwarten, bestand die offizielle Verabschiedung im wesentlichen aus komplimentenreichen Ansprachen und der Überreichung von Blumen. Jhotis Abschied von den Schwestern verlief dramatischer. Shushila hatte Nandu aufrichtig bewundert und bereits viele Tränen über dessen Tod vergossen. Als sie sich nun auch von dem jüngeren Bruder trennen sollte, bekam sie einen hysterischen Anfall und benahm sich so toll, daß Jhoti ihr schließlich eine Ohrfeige verabreichte. Als sie daraufhin betroffen verstummte, nahm er die Gelegenheit wahr, ihr in brüderlichen Wendungen die Tugend der Selbstbeherrschung zu preisen und entfloh, bevor sie die Sprache wiederfand.

Ashs Besprechung mit Kaka-ji verlief ruhiger. Der alte Herr hatte anfangs geäußert, er werde den Neffen begleiten. Mulraj machte ihm aber klar, daß seine Nichten ihn in dieser Zeit nötiger hätten, denn er müsse sie über den Tod des Bruders trösten; Ash sagte ihm außerdem unverblümt, seine Gebrechlichkeit werde das Tempo der Rückreise verlangsamen. Kaka-ji stimmte also – recht erleichtert – zu, mit den übrigen bis zum Anbruch des Monsun in Bhithor zu bleiben. Später, kurz vor Aufbruch der Vorhut, kam Ash noch einmal zu dem alten Herrn und sagte:

»Ich habe dir für vieles zu danken, Rao-Sahib, für Freundlichkeit und Verständnis, vor allem aber für deine Großmut. Ich weiß, du hättest mich mit einem einzigen Wort vernichten können, mich und auch Juli. Das hast du nicht getan, und dafür bin ich auf ewig in deiner Schuld. Kann ich je etwas davon abtragen, laß es mich wissen.«

Kaka-ji machte eine kleine, abwehrende Bewegung, und Ash sagte lachend: »Du findest mit Recht, daß ich prahle, denn im Augenblick bin ich niemandem von Nutzen, das weißt du am besten, Rao-Sahib. Selbst meinen derzeitigen Rang verdanke ich nur dem Umstand, daß ich die Regierung vertrete; ist mein Auftrag erfüllt, bin ich wieder ein unbedeutender Leutnant. Eines Tages aber hoffe ich, in einer Position zu sein, die mir erlaubt, meinen Freunden zu nützen und meine Schulden zu bezahlen, und wenn der Tag kommt...«

»Dann hat Mutter Gunga längst meine Asche«, lächelte Kaka-ji. »Du, mein Sohn, schuldest mir nichts. Du hast einen alten Mann stets höflich behandelt, und deine Gesellschaft war mir ein Vergnügen. Auch sind wir es, die in deiner Schuld stehen, und das doppelt: Du hast das Leben meiner Nichten gerettet und ihre Hochzeit ermöglicht. Damit hast du unsere Ehre bewahrt, die wir verloren hätten, wären wir mit leeren Händen und unverrichteter Dinge heimgekehrt. Was das andere angeht, so habe ich es vergessen. Und du, mein Sohn, tust gut daran, es ebenso zu machen.«

Ashs Lippen bebten, seine Augen sagten jedoch, was seine Zunge verschwieg. Kaka-ji erwiderte darauf, als hätte Ash gesprochen:

»Ich weiß, ich weiß. Wer besser als ich? Doch ich spreche mit dem Wissen, das ich meinen Fehlern verdanke und sage dir: Sieh nicht zurück. Die Vergangenheit ist die Zuflucht der Besiegten – oder der Alten –, und noch brauchst du dich weder den einen noch den anderen zuzurechnen. Sag dir: Was geschehen ist, ist geschehen, und vergiß es. Lebe nicht von deinen Erinnerungen. Das schickt sich für alte Männer, die ihr Leben hinter sich haben, für einen Jungen wie dich wäre es bittere Kost. Folge also meinem Rat, mein Sohn, schau vorwärts und nicht zurück. Vergiß nie, das Leben ist ein Geschenk der Götter; man darf es nicht verachten und nicht verschwenden. Lebe so intensiv du kannst. Dies ist der beste Rat, den ich, der ihn nicht befolgt hat, dir geben kann.«

»Ich werde es versuchen, Rao-Sahib. Und nun muß ich fort. Willst du mir deinen Segen geben?«

»Gewiß, nur ist er nicht viel wert. Doch sollst du ihn haben. Ich will auch darum beten, daß die Reise nach Karidkote gut und rasch vonstatten geht und daß dein Herz mit den Jahren Glück und Frieden findet. Ich sage nicht Lebewohl, denn ich hoffe, dich bald und noch oft wiederzusehen.«

»Auch ich hoffe das. Wirst du mich in Mardan besuchen, Rao-Sahib?«

»Nein, vom Reisen habe ich genug; komme ich heil nach Hause, bleibe ich künftig daheim. Jhoti aber hat dich liebgewonnen, und da er jetzt der Herrscher ist, wird er wünschen, dich oft zu sehen. Wir treffen uns also gewiß in Karidkote.«

Ash widersprach nicht, obwohl er genau wußte, es zog ihn nichts mehr dorthin; hatte er Jhoti heil abgeliefert, würde er nie wieder nach Karidkote reiten. Doch konnte er das Kaka-ji unmöglich begreiflich machen.

Da er von seinem offiziellen Abschiedsbesuch im Rung Mahal kam, trug er Uniform, doch dachte er nicht daran und verneigte sich nach asiatischer Art und berührte die Füße des alten Herrn.

»Die Götter seien mit dir«, sagte Kaka-ji sanft und fügte hinzu: »Und verlaß dich darauf, sollte sich jemals eine... Notwendigkeit ergeben, schicke ich dir Nachricht.«

Er brauchte nicht zu erläutern, daß ein solcher Notfall nicht ihn selber betreffen würde, das verstand sich von allein. Kaka-ji umarmte Ash, und da nichts mehr zu sagen war, ließ er ihn gehen. Man würde sich an diesem Tage noch einmal sehen, denn Kaka-ji ritt unter jenen, welche den Trupp zur Grenze begleiteten, doch würde zu einem Gespräch unter vier Augen keine Gelegenheit mehr sein. Das war auch nicht nötig.

Zwei Drittel der Heimkehrenden brachen mit den Packtieren vor Tagesanbruch auf, weil sie fünf Meilen jenseits der Grenze ein Lager für jene bedeutenderen Persönlichkeiten aufschlagen sollten, deren Aufbruch sich durch die unvermeidlichen Formalitäten verzögerte. Es dauerte länger, als Ash erwartet hatte, denn die Kavalkade gelangte erst bei Sonnenuntergang an die Grenze von Bhithor. Ein letzter Blick auf Kaka-ji zeigte ihm, daß Tränen über die Wangen des alten Herrn liefen, und als er grüßend die Hand hob, merkte er verdutzt, daß auch seine Augen feucht waren.

»Lebe wohl, Onkel!« rief Jhoti. »Lebe wohl!«

Die Pferde trabten an, die Lebewohlrufe gingen im Dröhnen des Hufschlages unter und bald schon war auch der gelbliche Schein der Fackeln nicht mehr zu sehen. Man ritt bei milchigem Mondlicht an Hügeln vorüber, die dunkle Schatten warfen. Herzeleid, Verrat und die bedrückende Atmosphäre von Bhithor lagen hinter ihnen. Sie ritten endlich gen Norden.

Fünftes Buch

Das Narrenparadies

32

»Noch zwei Tage, wenn es die Götter gut mit uns meinen, und wir schlafen wieder in unseren eigenen Betten«, sagte Mulraj.

»Nur noch zwei Tage! Zwei Tage nur noch«, jubelte Jhoti. »Dann reite ich in die Stadt, meine eigene Stadt, ein und betrete meinen eigenen Palast. Man wird mir zujubeln. Und dann bin ich wirklich der Maharadscha.«

»Deine Hoheit ist Maharadscha, seit dem Tode deines Bruders«, erinnerte ihn Mulraj.

»Ich weiß, doch ich komme mir nicht so vor. Aber in Karidkote wird das anders sein. Ich will ein großer König werden, ein viel besserer Herrscher, als Nandu es war.«

»Das sollte dir nicht schwerfallen«, bemerkte Mulraj trocken.

»Noch zwei Tage...« dachte Ash und wünschte nur, er wäre so erleichtert wie Mulraj und so begeistert wie Jhoti.

Der lange Ritt vom Süden herauf war überraschend glatt vonstatten gegangen. Bedachte man, daß sie der Hitze wegen nur bei Nacht reiten konnten, waren sie viel schneller vorangekommen, als zu erwarten stand. Allerdings war es für alle eine wirkliche Strapaze gewesen, nicht zum wenigsten für die Pferde. Auch Mahdu, der darauf bestanden hatte mitzukommen, obschon er nicht nur alt, sondern auch kein guter Reiter war, hatte sehr gelitten.

Der einzige, der jeden Moment dieses Rittes genossen hatte, war Jhoti. Man war seinetwegen in Sorge gewesen, hatte gefürchtet, das Tempo sei für ihn zu anstrengend, doch schien es, daß Hitze und körperliche Beanspruchung ihm gut taten und zwar in solchem Maße, daß Ash sich neben ihm manchmal vorkam wie ein Greis. Im Ganzen gesehen allerdings freute er sich an der Gesellschaft des lebhaften Jungen, der redete, wie ihm der Schnabel gewachsen war, und Ash beantwortete die nie endenden Fragen mit lobenswerter Geduld. Der Junge hatte zugleich mit seiner Furcht auch sein überschüssiges Fett und die bleiche Gesichtsfarbe verloren und glich nicht mehr jenem ängstlichen Ausreißer, den Biju Ram so listig bewogen hatte, aus Karidkote zu »fliehen«. Ash beobachtete Jhoti während dieser Tage und dachte, die Untertanen dieses jungen Herrschers könnten es endlich einmal gut getroffen haben.

Jhoti redete viel von der bevorstehenden Ankunft, malte sich einen großartigen Staatsempfang aus – die Hauptstadt wurde offenbar immer noch Gulkote genannt –, und stellte sich in allen Einzelheiten die Festlichkeiten vor, von denen seine Inthronisation begleitet sein sollte. Je näher das Reiseziel kam, desto weniger Lust verspürte Ash, Gulkote wiederzusehen, geschweige denn den Palast-Bezirk zu betreten.

Es hatte ihn nie gedrängt, dorthin zurückzukehren. Seine Erinnerungen an diesen Ort waren alles andere als angenehm, und zu Lebzeiten des Tanzmädchens wäre eine Rückkehr zudem höchst unklug gewesen. Die ersten Jahre in Gulkote waren glücklich gewesen, doch wurden sie überschattet durch die von Elend, Furcht und Demütigungen geprägte Zeit bei Hofe. Wenn es dafür auch gewisse Kompensationen gegeben hatte, erinnerte er sich des Palastes doch als eines Kerkers, dem er gerade noch entkam, bevor es ihm ans Leben ging, und an Gulkote als an jene Stadt, aus der Sita floh, weil sie Gefangenschaft oder Tod befürchten mußte.

Nichts zog ihn dort hin – ausgenommen die schneebedeckten Gipfel, an die er seine Gebete zu richten pflegte, und die Erinnerung an ein kleines Mädchen, dessen Zuneigung ihn für den Tod seines geliebten Mungo entschädigte. Daß er gerade jetzt zurückkehren sollte, war ihm ausgesprochen unangenehm. Es ließ sich aber nicht vermeiden, also würde er die Zähne zusammenbeißen und die Sache hinter sich bringen müssen. Hatte Kaka-ji recht, wenn er sagte, die Vergangenheit sei die letzte Zuflucht der Geschlagenen, dann hieß das: Je eher er ihr ins Auge sah und sie überwand, desto besser.

Die fruchtbaren Felder lagen hinter ihnen. Sie ritten durch eine trostlose Gegend, Ödland, bestreut mit Felsbrocken und durchzogen von Schluchten, wo außer rauhen Gräsern und Kameldorn nichts wachsen wollte. Vor sich sahen sie das Gebirge. Es war nun nicht mehr der undeutliche Umriß am Horizont. Nah, blau und massig ragten die Berge in den Himmel. Die vom Staub gesättigte heiße Luft brachte gelegentlich schon den Duft von Kiefernnadeln. Bei Sonnenaufgang und gegen Abend konnte Ash die Schneegipfel des Palastes der Winde deutlich ausmachen.

Hier war er mit Sita nach der Flucht aus Delhi entlanggezogen, im Jahr des blutigen Aufstandes der Sepoy. Damals gab es hier keine Straße, Deenagunj, damals Deena geheißen, bestand nur aus ein paar Lehmhütten, die sich auf flachem Gelände zwischen dem Flußufer und der Grenze des damaligen Gulkote drängten. Trotz der wenig einladenden Umgebung war aus Deenagunj unterdessen eine lebhafte Stadt geworden. Nach der Vereinigung von Gulkote und Karidarra unter der Herrschaft von Laljis Vater hatte die Regierung einen britischen Residenten geschickt, der seine Hoheit in Fragen der Außenpolitik und der Finanzen beraten sollte. Durch das Ödland führte seither eine Straße und über den Fluß eine Schiffsbrücke. Den wenigen Dorfbewohnern von Deena verhalf der Straßenbau zu mäßigem Wohlstand, und das Dorf wuchs zu einer nicht unbeträchtlichen Ortschaft an. Als Ash sich jetzt hier umsah, wunderte er sich nicht mehr darüber, daß er im vergangenen Herbst, im Begriffe, einen Brautzug zu übernehmen, der aus einem Staat mit einem ihm unbekannten Namen kam, bei seinem Ritt entlang der vielbefahrenen Straße die ehemalige Staatsgrenze von Gulkote nicht erkannt hatte. Die Berge waren damals von Wolken verdeckt gewesen.

Zum ersten Mal seit dem Aufbruch aus Bhithor brach man das Lager nicht abends, sondern bei Sonnenaufgang ab und ritt bei Tageslicht. Noch zeigte das Thermometer um die Mittagszeit gegen vierzig Grad, doch war die vergangene Nacht angenehm kühl gewesen und Deenagunj schon fast in Sichtweite. Man hätte vor Mitternacht hinkommen können, doch waren sie stillschweigend übereingekommen, die Ankunft auf den kommenden Tag zu verschieben. Bei Einbruch der Dunkelheit schlugen sie das Lager auf und schliefen erstmals seit langer Zeit wieder im Licht der Sterne.

Ausgeruht und erfrischt erhoben sie sich bei Tagesanbruch, badeten, beteten und hielten ihr schlichtes Frühmahl. Alsdann sandten sie einen Kurier ab, ihre Ankunft zu melden, legten, wie es den Begleitern eines Fürsten zukommt, ihre besten Kleider an und trabten nach Deenagunj hinein, wo sie vom Bezirksoffizier, einer Abordnung der ältesten Bürger und der gesamten Einwohnerschaft, die sich augenscheinlich auf ein bevorstehendes Fest freute, begrüßt wurden.

In der wartenden Delegation bemerkte Ash mehrere bekannte Gesichter, Leute, die bei ihm vorstellig geworden waren, um Geld einzufordern oder Klagen anzubringen. Der Bezirksoffizier hingegen war ihm unbekannt. Beim Einsetzen der heißen Jahreszeit befiel Mr. Carter neuerlich die Malaria. Er befand sich auf Krankenurlaub in Murree. Mr. Morecombe, der ihn vertrat, eröffnete Ash, der britische Resident samt seinem Stabe und wenigstens fünfzig Würdenträger von Karidkote erwarteten den Maharadscha in einem Lager auf dem anderen Ufer des Flusses. Seine Hoheit solle dort die Nacht verbringen. Der offizielle Einzug in die Hauptstadt sei für den folgenden Tag vorgesehen, doch könne Hauptmann Pelham-Martyn daran leider nicht teilnehmen, denn ihn erwarte ein Befehl, unverzüglich nach Rawalpindi zu reiten.

Der Bezirksoffizier reichte ihm ein Schreiben, das diesen Befehl bestätigte und suchte Ash darüber zu trösten, was unnötig war. »Da haben Sie wirklich scheußliches Pech«, sagte er bei einem Glas einheimischen Bieres. »Erst bringen Sie den Jungen heil her, und dann gönnt man Ihnen nicht mal, an der feierlichen Amtseinführung teilzunehmen. Und kommen Sie schließlich in Rawalpindi an, stellt sich raus, daß all die Eile absolut überflüssig war. Aber so ist es nun mal bei der Militärbürokratie.«

Ash gab ihm darin ganz recht, dankte aber von Herzen jenem Bürokraten, der diesen albernen Befehl abgefaßt hatte. Aus Höflichkeit tat er enttäuscht, allerdings nicht so sehr, daß er Jhoti verleitete, auf seiner Anwesenheit zu bestehen.

Ash sagte vielmehr entschieden: »Deine Hoheit kann nicht an den Jung-i-lat-Sahib telegraphieren und fordern, daß ich bleibe, auch nicht an den Vizekönig oder den Gouverneur des Pandschab. Das würde mir nur schaden. Du bist jetzt Maharadscha, ich aber bin nur ein schlichter Soldat. Mulraj wird dir bestätigen, daß ich den Befehlen meiner Vorgesetzten gehorchen muß. Die

General-Sahibs in Rawalpindi beordern mich zurück, und ich darf nicht gegen ihre Befehle handeln, auch nicht deinetwegen, Hoheit. Ich hoffe aber, du beschreibst mir die Festlichkeiten ausführlich; auch ich will dir schreiben, so oft ich kann.«

»Und mich besuchen!« beharrte Jhoti.

»Und dich besuchen«, stimmte Ash zu und hoffte, die Lüge möge ihm verziehen werden, wenn es denn eine war. Vielleicht war es ja keine. Möglicherweise bekäme er eines Tages Lust, nach Gulkote zu reisen, dort zu wohnen, und dann...

Er sagte Lebewohl, und dabei wurde ihm klar, wie sehr sie ihm alle fehlen würden: Mulraj und Jhoti, Kaka-ji und Gobind und viele andere... in den kommenden Jahren würde er nicht nur an Juli mit Sehnsucht denken.

Mulraj sagte: »Ich hoffe, wir werden künftig oft zusammen sein. Du wirst deinen Urlaub hier verbringen, wir werden mit den Falken jagen und in die Berge gehen. Und bin ich alt und du ein General-Sahib, werden wir einander immer noch treffen und von den alten Zeiten sprechen. Darum sage ich nicht Lebwohl, sondern auf baldiges Wiedersehen.«

Beide begleiteten Ash eine Meile die Straße nach Rawalpindi entlang, und als er sich ein letztes Mal nach ihnen umwandte, bedauerte er einen Moment, nicht mit ihnen nach Gulkote reiten zu können. Hätte es in seiner Macht gelegen, er hätte es sich womöglich in diesem Augenblick anders überlegt. Doch dazu war es nun zu spät.

Eine Biegung der Straße entzog sie seinem Blick, und er wußte im Innersten, daß trotz Mulrajs zuversichtlicher Vorhersage nichts aus einem baldigen Treffen werden würde, denn seine einzige Hoffnung bestand, wie Kaka-ji ganz richtig gesagt hatte, darin, der Vergangenheit den Rücken zu kehren. Er mußte sich bemühen, alles hinter sich zu lassen und zu vergessen, mußte lernen, nicht mehr an Juli zu denken. Deswegen durfte er nicht mehr nach Gulkote, denn dort würden sich seine Erinnerungen wieder neu beleben und das Gefühl der menschlichen Nähe und der Kameradschaft, das ihn mit denen verband, die er auf der langen Reise begleitet hatte, würde allmählich zerstört.

Im Lager war er der einzige Europäer gewesen, und weil niemand seine Sprache verstand, konnte er vergessen, daß er ein Fremder unter ihnen war; in Karidkote aber würde alles anders sein. Dort gab es jetzt einen Residenten der Regierung samt einem Stab von Europäern, möglicherweise auch britische Truppen. Auch würden viele strenggläubige Hindus Anstoß daran nehmen, daß man ihn am Hofe mit der Vertrautheit behandelte, die sich auf dem langen Marsch eingestellt hatte; seine guten Beziehungen zu Mulraj und Jhoti mußten unweigerlich darunter leiden. An die Stelle des lockeren Umgangstones im Lager träten höfische Umgangsformen, und man ließe ihn am Ende erleichtert ziehen – eine betrübliche Aussicht.

Nein, es war besser, sich fernzuhalten, dann erinnerte man sich seiner in Freundschaft und hoffte, ihn einmal wiederzusehen. War er einmal alt – und alt würden sie alle werden –, kam es nicht mehr so darauf an, denn das Leben würde sich seinem Ende nähern und vieles vergessen sein. Dann käme er vielleicht zu einem Besuch und redete von den alten Zeiten mit denen, die sich noch daran erinnerten. Und brächte dem Palast der Winde ein letztes Opfer dar...

Als es zu dunkeln begann und der Himmel sich grün färbte, hielt er das Pferd an und schaute zurück zu jenem Gebirgszug, der schon im Schatten lag und violett vor dem hyazinthenblauen Himmel stand. Eine Gipfelgruppe wurde von den letzten Strahlen der Sonne getroffen, die eisgepanzerten Türme des Palastes der Winde, rosarot im Dämmerlicht... Die warme Farbe verblich noch während er hinschaute, Gipfel um Gipfel färbte sich bläulich, und schließlich hielt nur noch der »Tara Kilas« das letzte Licht, der Sternenturm. Dann verlosch es auch dort, die Gebirgskette verschwamm mit dem Nachthimmel, an dem die Sterne schon hell glänzten.

Erinnerungen überfielen ihn, benahmen ihm den Atem, und fast ohne zu bemerken, was er tat, saß er ab, legte die Handflächen gegeneinander wie vor langer Zeit, neigte den Kopf und wiederholte das Gebet, das er auf dem Balkon von Gulkote so oft gesprochen, erbat Vergebung »für die drei Sünden, die der Mensch in seiner Unvollkommenheit begeht«.

»... Du bist überall, ich aber bete zu dir hier. Du bist ohne Gestalt, ich aber bete dich in dieser Gestalt an. Du bedarfst keiner Lobpreisung, ich aber entbiete dir diese Gebete und Grüße...«

Die ersten Stöße des Nachtwindes fuhren durch den Dornbusch; sie führten den Duft von Kiefern und Holzrauch mit sich. Ash saß wieder auf und folgte im Schritt Mahdu, Gul Baz und dem Pferdeknecht Kulu Ram, die schon vorausgeritten waren, gewiß einen Lagerplatz gefunden hatten und die Abendmahlzeit vorbereiteten.

Wären sie so eilig geritten wie von Bhithor herauf, hätten sie keine Woche bis Rawalpindi gebraucht, doch fand Ash, es habe keine Eile. Und da in der Ebene die Temperatur am Tage wie in der Nacht noch unbehaglich heiß war und Mahdu matt und vom Sattel wund, ließ man sich Zeit; man ritt von zwei Uhr in der Frühe bis kurz vor Sonnenaufgang, bezog das Lager und ruhte bis zum nächsten Morgen um die gleiche Stunde.

So legten sie denn auf der letzten Strecke der Reise nicht mehr als fünfunddreißig Meilen pro Tag zurück. Im Morgengrauen des letzten Maitages kam Rawalpindi in Sicht, und Wally erwartete seinen Freund, wie schon in den vergangenen acht Tagen, am dritten Meilenstein der Straße von Rawalpindi nach Jhelum.

Acht Monate war Ash fortgewesen. Während all dieser Zeit hatte er kein halbes Dutzend Mal englisch gesprochen, sondern in der Sprache seiner Ziehmutter Sita gedacht, geträumt und geredet.

Im Juni macht man um Rawalpindi am besten einen weiten Bogen. Hitze und Staub verwandeln es in ein wahres Inferno, und wer aus dienstlichen Gründen dort ausharren muß, wird unfehlbar von lästigen Sommerkrankheiten befallen, angefangen beim Hitzschlag und aufgehört beim Fieber, das durch die Stiche der Sandflöhe verursacht wird.

Der riesige Neembaum, unter dem Wallys Bungalow stand, war grau vom Staub, und blies der heiße Wind, klapperte das Laub wie Würfel im Lederbecher. Die Berge waren verborgen hinter Staubwolken und Hitzeschleiern.

Wally erkundigte sich neugierig: »Wie kommst du dir als kleiner Leutnant vor, nachdem du als Hauptmann monatelang Tausende kommandiert hast?«

»Es ist langweilig, aber erholsam. Wieviele Paar Socken, meinst du, soll ich mitnehmen?«

Ash war seit fast einer Woche wieder in der Garnison und bereitete sich neuerlich zur Abreise vor, doch diesmal in den Urlaub. Er hatte dem Stab Bericht erstattet und ausführlich das unverschämte Verhalten des Rana beschrieben. Colonel Dortan, der ihm zuhörte, schlief dabei immer wieder ein. Man nannte ihn denn auch den Siebenschläfer. Während des Berichtes von Ash verhielt er sich seinem Spitznamen entsprechend: er hielt die Augen geschlossen, klappte die Lider erst auf, als Ash bereits ganze zwei Minuten schwieg, starrte unbestimmt vor sich hin und bemerkte, Mr. Pelham-Martyn möge sich bei Major Boyle, dem Adjutanten, melden, der ihm eine Funktion anweisen werde.

Was der Bezirksoffizier von Deenagunj vorhergesagt hatte, erwies sich als ganz zutreffend. Ash war aus keinem besonderen Grunde zurückkommandiert worden. Major Boyle lag mit Durchfall zu Bett, und niemand sonst beim Stabe schien jemals etwas von einem Leutnant, kürzlich noch Hauptmann, Pelham-Martyn zu wissen; ihn betreffende Befehle lagen nicht vor. Einmal abgesehen davon, daß man ihm seinen vorläufigen Rang schnellstens aberkennen und den Zahlmeister davon in Kenntnis setzen wollte, hätte man auf seine Anwesenheit in Rawalpindi gern verzichtet. Ash fragte, ob er nicht zu seinem Regiment zurückkehren dürfe, erhielt darauf aber nur die barsche Antwort, der Kommandeur der Kundschafter werde schon nach ihm schicken lassen, wenn er ihn brauche.

Das war also alles in allem eine niederdrückende Heimkehr, und wäre Wally nicht gewesen, Ash hätte die Uniform an den Nagel gehängt und sich an die Erforschung Tibets gemacht oder als Matrose auf einem Frachtschiff angeheuert – alles war besser als das eintönige Garnisonsleben, das ihm keine Möglichkeit bot, seiner Rastlosigkeit Betätigung zu verschaffen. Diese Unruhe hatte ihn nicht mehr verlassen, seit er Juli in Bhithor verloren hatte. Die Eile, mit der man durch Radschputana und den Pandschab nach Deenagunj geritten war, stillte diese Rastlosigkeit vorübergehend, doch in Rawalpindi mußte er sich wohl oder übel von ihr quälen lassen, und daß er darüber den Verstand nicht verlor, verdankte er nur dem lebhaften Interesse, das Wally allen Einzelheiten des abenteuerlichen Brautzuges abgewann.

Ash berichtete Wally das gleiche, was beim Stab so wenig Aufmerksamkeit gefunden hatte, allerdings ließ er nichts aus, und seine Schilderung war sehr anschaulich. Von Juli aber sagte er nichts, auch verschwieg er, er wußte selber nicht weshalb, daß Karidkote das Gulkote seiner Kindheit war. Selbst zu diesem seinem nahen Freund wollte und konnte er von Juli nicht sprechen. Hätte er sie aus dem Bericht weglassen können, er hätte es getan. Das ging freilich nicht an, doch erwähnte er sie nur, wenn es sich nicht vermeiden ließ und dann auch nur so, als wäre sie kein Individuum, sondern eines von tausend Problemen gewesen, das es zu bewältigen galt und über das er mit dem Herrscher von Bhithor hatte verhandeln müssen. Warum er Karidkote nicht als sein altes, vertrautes Gulkote erwähnte, konnte er sich selber nicht erklären. Das war schließlich bei der ganzen Sache die größte Überraschung gewesen, und Wally, der ja die alte Sage von Gulkote kannte, hätte mit Vergnügen vernommen, daß Karidkote eben jenen Staat enthielt, von dem Ash vor mehr als einem Jahr in jener mondhellen Nacht zwischen den Ruinen von Taxila erzählt hatte.

Weil Ash diese wichtige Information zurückhielt, fehlte dem Bericht von Biju Rams Tod auch die Pointe. Doch lauschte Wally mit der gleichen Aufmerksamkeit wie Jhoti und stellte auch ebenso eifrig Fragen.

Verglichen mit so aufregenden Abenteuern habe er, Wally, unterdessen ein scheußlich langweiliges Leben geführt. Wie nicht anders zu erwarten, hatte er sich nicht nur mehrmals ver- und entliebt, sondern auch ganze Stöße von Poemen verfaßt, beim Polo das Schlüsselbein gebrochen und an einem einzigen Abend beim Poker seine gesamte Monatslöhnung verspielt. Die wichtigste Neuigkeit hob er sich aber bis zuletzt auf.

Nachdem er zum Leutnant ernannt worden war, hatte er sich um eine Offiziersstelle bei den Kundschaftern beworben und war zum August angenommen worden.

Er nahm Ashs Glückwünsche entgegen und sagte dann, er habe seinen Urlaub verschoben, um ihn gemeinsam mit Ash zu verbringen, »denn du hast jetzt auch Anspruch auf Urlaub; es wäre dein erster in diesem Jahr. Wenn du ein Urlaubsgesuch einreichst, wird man es dir anstandslos genehmigen.«

Ash hatte daran noch gar nicht gedacht, hauptsächlich deshalb nicht, weil der Zug nach Bhithor für ihn so etwas wie ein ganz besonders schöner Urlaub gewesen war – jedenfalls während des größten Teils dieser Unternehmung, und daß er nun wieder um Urlaub bitten sollte, kam ihm irgendwie unerlaubt vor. Doch weil er nirgendwo zum Dienst eingeteilt war und Major Boyle nach wie vor krank darniederlag, entschloß er sich schließlich, ein Gesuch einzureichen. Mehr als ablehnen konnte man nicht; man war vielleicht sogar froh darum, ihn wieder für eine Weile vom Halse zu haben.

Er beantragte sechs Wochen Urlaub, und nicht nur genehmigte man ihm anstandslos, er bekam sogar acht Wochen, sozusagen als Entschädigung dafür, daß er unterdessen keinen dienstfreien Tag gehabt hatte – weder während der christlichen, noch während der Hindufeiertage oder der der Moslem.

Die Extrawochen freuten ihn nicht besonders, als er hören mußte, daß ihm die Nordwestgrenze immer noch versperrt war. Mardan lag innerhalb des ihm verbotenen Gebietes, und wenn Zarin sich nicht ein paar Tage freimachen und nach Rawalpindi kommen konnte, bekäme er ihn wohl ein weiteres Jahr nicht zu sehen, möglicherweise länger, sollte der Kommandeur der Kundschafter der Meinung sein, es sei geboten, Ash noch eine Weile in der Verbannung zubringen zu lassen.

Ash berichtete Wally vom Erfolg seines Urlaubsgesuches und verfaßte drei Briefe: den ersten an seinen Kommandeur, Colonel Jenkins, in dem er darum ersuchte, wieder bei seinem alten Regiment Dienst tun zu dürfen; einen an Leutnant Wigram Battaye, den er bat, ein gutes Wort für ihn beim Chef einzulegen; den dritten an Zarin. Colonel Jenkins antwortete nicht, denn er befand sich auf Urlaub; dessen Stellvertreter ließ Ash aber wissen, sein Gesuch werde nach Rückkehr des Kommandeurs von diesem gewiß wohlwollend geprüft werden, und Wigram teilte ihm nicht nur alle Neuigkeiten vom Regiment mit, sondern versprach, nach Kräften auf Ashs Rückkehr hinarbeiten zu wollen. Zarin schrieb nicht, sondern ließ durch einen ihnen beiden bekannten wandernden Pferdehändler ausrichten, er wolle Ash zu einer bestimmten Stunde in einem bestimmten Haus am Rande von Attock treffen.

Der Pferdehändler erklärte: »Der Risaudar (Zarin war befördert worden) kann um diese Zeit keinen Urlaub bekommen, außer für einen einzigen Tag. Kommenden Freitag wird er abends losreiten und gegen Mitternacht in Attock ankommen. Sollte das dem Sahib nicht passen, muß er telegraphieren.«

Er verneigte sich und wollte schon weggehen, als ihm noch etwas einfiel: »Fast hätte ich es vergessen. Zarin Khan rief mir nach, falls der Sahib einen gewissen Ashok mitbringen wolle, könne das ebenfalls geschehen. Es ist vielleicht einer von deinen Pferdeknechten. Hier soll es sehr gute Pferdejungen geben. Mein eigener –« Er legte die Vor- und Nachteile von Pferdeburschen im Allgemeinen und im Besonderen dar und verabschiedete sich schließlich. Was Zarin mit diesem anscheinend nebensächlichen Nachsatz meinte, war klar: Der kleine Ort Attock liegt am Ostufer des Indus; wer den Fluß überquert, befindet sich bereits auf dem Gebiet der Nordwestgrenze. Ash sollte sich dort also lieber nicht zu erkennen geben, weil das so aussehen könnte, als setze er sich über seine Verbannung hinweg, und das konnte seine Aussichten, schon bald wieder zu den Kundschaftern zurückzukehren, verschlechtern. Da Zarin aber nur einen Tag fortbleiben durfte, würden sie mehr Zeit füreinander haben, träfen sie sich in Attock und nicht sonstwo auf halbem Wege oder gar in Rawalpindi.

Als Wally hörte, daß Ashs Urlaub genehmigt war, reichte er selber sein Gesuch ein, erfuhr aber, er dürfe frühestens in zehn Tagen mit Urlaub rechnen. »Ich habe alles versucht, aber der alte Bürohengst läßt sich nicht erweichen. Man kann auf mich derzeit nicht verzichten, weil Johnny Reeves erst kürzlich zur Mehrheit übergegangen ist.«

»Was denn, tot?«

»Ach wo, Durchfall hat er. Das sind jetzt schon sechs. Na, da läßt sich nichts machen. Du fährst am besten los, und wir treffen uns dann, sobald ich hier wegkomme.«

Das kam Ash sehr gelegen, denn dadurch hatte er für die nächsten Tage freie Hand, und es war unnötig, Wally über sein Treffen mit Zarin zu unterrichten, was er ungern getan hätte. Man vereinbarte, in Murree zusammenzutreffen und von dort nach Kaschmir zu wandern, begleitet einzig von Wallys Träger Pi Baksh. Diese Regelung erlaubte es Ash, alle zu beurlauben, die ihn nach Bhithor begleitet hatten.

Mahdu und Gul Baz wollten keinen Urlaub haben, ließen sich am Ende aber doch überreden, und Ash belegte in der Postkutsche nach Abbottabad einen Platz für Mahdu. »Kommst du zurück, stellen wir für dich einen Gehilfen ein, Cha-cha-ji. Den kannst du anlernen, und er wird so gut kochen, daß du ihn nur noch beaufsichtigen mußt. Es wird Zeit, daß dir jemand die schwere Arbeit abnimmt und du mehr Muße hast.«

»Nicht nötig«, knurrte Mahdu. »Ich bin noch nicht zu alt, meinen Lohn zu verdienen. Oder bist du mit mir unzufrieden?«

Ash sagte lachend, er solle keinen Unsinn reden, er wisse genau, daß er unentbehrlich sei.

Gul Baz, Kulu Ram und die anderen brachen am gleichen Tage in ihre Heimat auf, und als es dunkel wurde, ging Ash auf die Mall und ließ sich von einem leichten zweirädrigen Wagen in ein Haus im Basar von Rawalpindi fahren, wo er Geschäftliches zu erledigen hatte. Er kam erst lange nach Mitternacht in seinen Bungalow zurück, und einige Stunden nach dem gemeinsamen Frühstück mit Wally bestieg er mit leichtem Gepäck die Postkutsche nach Murree.

Auf der Straße nach Murree gab es mehrere Rasthäuser; Ash stieg bei dem am wenigsten besuchten aus, zahlte den Fahrpreis, wählte den kühlsten Raum und holte verlorenen Schlaf nach. Am Nachmittag weckten ihn zwei in den Hof reitende Reisende; er begrüßte einen gewissen Kasim Ali, dessen Vater gut die Hälfte aller Tuchhandlungen im Basar von Rawalpindi gehörte und den er offenbar hier erwartet hatte.

Man wechselte einige Sätze, der zweite Reiter saß ab und überließ sein Pferd Ash, der dem Posthalter sagte, er werde zwei Tage abwesend sein. Der Diener seines Freundes werde unterdessen auf sein Gepäck achten. Man möge ihm ein Bett und zu essen geben. Das Pferd hatte kleines Gepäck aufgeschnallt, und Ash wechselte bei erster Gelegenheit die Kleidung; er entnahm der Packrolle das Gewand eines Pundit aus Kaschmir und setzte so den Ritt fort.

Gegen Abend in Hasan Abdal angekommen, kaufte er bei einem Straßenhändler zu essen, ließ das Pferd grasen und verzehrte seine Abendmahlzeit oberhalb des Grabes von Lalla Rookh. Noch lagen mehr als dreißig Meilen vor ihm, doch Zarin konnte nicht vor Sonnenuntergang in Mardan aufbrechen, es eilte also nicht. Er verweilte an diesem ruhigen Ort, hörte dem Pferd beim Grasrupfen zu, sah das Licht von den fernen Bergen weichen und den Himmel sich bestirnen, bis endlich der Mond in die heiße, nach Staub riechende Nacht stieg. Unter seinem beinweißen Licht kam er auf der Straße rasch voran. Die Rast und die kühlere Luft ermunterten sein Pferd so sehr, daß es Ash viel schneller als angenommen vor das verabredete Haus am Rande von Attock brachte.

Das Haus stand in einem großen ummauerten Garten und gehörte der Schwester von Koda Dad, Fatima-Begum, einer älteren Witwe, zu der die

Neffen und deren Freunde häufig auf Besuch kamen; Ash würde nicht zum ersten Mal unter ihrem gastlichen Dach schlafen. An diesem Abend hatte die alte Dame sich schon zurückgezogen, denn es war spät. Der Nachtwächter versorgte Ashs Pferd und sagte, der Sahib Zarin Khan sei noch nicht da. Ash schlenderte also durch den schlafenden Ort, entlang den mächtigen Mauern der von Akbar errichteten Festung, die zweihundert Jahre lang die Fähre schützte. Die Nachkommen der ersten Fährleute gingen immer noch ihrer uralten Beschäftigung nach, doch würden sie bald ohne Arbeit sein, da die Engländer eine Schiffsbrücke über den Indus gebaut hatten.

Ash blieb an einer Biegung der Straße stehen, von der aus er die Brücke sehen konnte, hockte sich in den Schatten und erwartete Zarin. Um diese Stunde war außer der Wache an der Lände kaum jemand unterwegs, nur Ash war hellwach und lauschte gespannt. Die dröhnende Stimme des »Vaters der Ströme«, der durch die Enge von Attock schäumte, erfüllte die Nacht mit Getöse. Trotzdem hörte man Hufschlag schon von ferne.

Als sich das Pferdegetrappel näherte, erkannte Ash sofort, daß nicht ein Reiter kam, sondern zwei. Zarin, unverkennbar an der Haltung von Kopf und Schultern, brachte jemanden mit. Ash erkannte trotz des hellen Mondscheins den anderen aber erst, als sie die Böschung hinanritten. Er rannte ihnen entgegen, umfaßte Koda Dads Fuß im Steigbügel und legte den Kopf daran.

Koda Dad beugte sich vor, um Ash zu umarmen. »Ich bin selber gekommen, weil ich sehen will, ob alles gut steht mit dir.«

»Und auch, um zu hören, was in dem Lande vorgeht, das einmal Gulkote war«, schmunzelte Zarin absitzend.

»Auch das«, sagte Koda Dad mit einem tadelnden Unterton. »Doch mache ich mir deinetwegen Sorgen, seit ich weiß, was das für Leute sind, die du da durch halb Indien geführt hast. Wärest du erkannt worden, es wäre vielleicht schlecht ausgegangen, und ich bin froh, dich bei Gesundheit zu sehen.«

Das ist die wirkliche Heimkehr, dachte Ash, als er zwischen den beiden Reitern die Straße entlang ging. Nach den ausgedörrten, endlosen Steppen von Radschputana war allein das Geräusch des fließenden Wassers eine Verheißung. Am trostreichsten aber war, daß er sich jetzt in Gesellschaft zweier Menschen befand, mit denen er, ohne sich Zwang anzutun, über Gulkote sprechen konnte, denn beide wußten von ihm so gut wie alles.

Gewisse Dinge, die Juli betrafen, ausgenommen, brauchte er von den Ereignissen der vergangenen acht Monate nichts zu verschweigen. Das allein war ihm schon eine große Erleichterung, ganz abgesehen davon, daß es ihn herzlich freute, sie wiederzusehen. Seit Wochen spürte er immer stärker den Drang, mit jemandem zu reden, der die Lage in all ihrer Vertracktheit überblickte, wenn er auch erst seit einigen Tagen ganz begriff, wie dringend er das brauchte, wie sehr sein Seelenfrieden davon abhing, daß er endlich alles aussprach, sich befreite von Zweifeln, Ängsten – und Gespenstern.

33

Nachts kam es zu keinem Gespräch mehr, denn alle waren von der Reise ermüdet, und Ash schlief so fest, wie seit Wochen nicht mehr.

Sein Bett stand auf einem teilweise überdachten Flachdach, weil es dort kühler war. Als er im perlgrauen Frühlicht, das einen heißen Tag ankündigte, über die Brüstung hinabschaute, sah er, daß Zarin unten im Garten sein Gebet verrichtete. Ash wartete, bis Zarin damit zuende war, dann wandelten die beiden zwischen Obstbäumen, in denen Vögel den neuen Tag lärmend und zwitschernd begrüßten, auf und ab. Zunächst redeten sie über Dinge, die mit dem Regiment zusammenhingen, denn das Thema Gulkote konnte warten, bis Koda Dad zu ihnen stieß. Zarin nutzte die Zeit, Ash mit Vorgängen bekanntzumachen, die er aus dem einen oder anderen Grunde einem Basarschreiber nicht hatte diktieren wollen. Teils ging es dabei um Veränderungen in Zarins Privatleben, teils betraf es Männer, die unter Ash gedient hatten. Er berichtete, daß das Vorhaben, einen Karrenweg bis zum Khaibarpaß vorzutreiben, bei den Jowaki Afridis auf Widerstand stieß, und von den Erlebnissen jener Männer, die dem Prinzen von Wales bei seinem Besuch in Lahore während der kühlen Jahreszeit die Eskorte gestellt hatten.

Der Thronfolger sei von Haltung und Betragen der Kundschafter so angetan gewesen, daß er seiner königlichen Mutter darüber ausführlich berichtete mit dem Resultat, daß sie ihn zum Ehrenoberst des Kundschafterkorps ernannt und bestimmt hatte, die Kundschafter sollten fortan den Ehrennamen »Leibkundschafter Ihrer Majestät« führen dürfen, mit einem besonderen Abzeichen an Uniformen und Fahnen. Als man das Frühmahl eingenommen hatte, stand die Sonne am Himmel. Sie machten der Dame des Hauses einen Besuch. Sie empfing die beiden hinter einer uralten, recht zerfledderten Sonnenblende aus Bambus sitzend, durch deren Löcher sie gut zu sehen war – ohne, rein formal betrachtet, ihr Purdah zu verletzen. Anschließend begaben sie sich zu Zarins Vater.

Es war bereits zu heiß, sich im Freien aufzuhalten, man blieb also in dem Koda Dad angewiesenen Raum, der eine sehr hohe Decke hatte und der kühlste des Hauses war. Von Flechtmatten vor der ärgsten Hitze geschützt und auf dem teppichlosen, glatten und angenehm kühlen Steinboden hockend, erstattete Ash zum dritten Mal Bericht über den Zug nach Bhithor, diesmal fast ohne Auslassungen. Unerwähnt ließ er einzig, daß er sein Herz an eine Frau verloren hatte – einstmals ihnen allen als Kairi-Bai bekannt.

Zarin unterbrach gelegentlich mit einem Ausruf oder einer Frage, Koda Dad hingegen, von jeher eher schweigsam, hörte wortlos zu. Er war es eigentlich, dem Ash berichtete. Als Hira Lals Ohrring erwähnt wurde, grunzte der alte Mann, und den Tod von Biju Ram nahm er mit befriedigtem Schmunzeln zur Kenntnis. Auch die Art, wie Ash den Rana behandelt hatte, fand augenscheinlich seinen Beifall. Er enthielt sich im übrigen aber aller Bemerkungen und sagte am Ende von Ashs Bericht nur: »Es war ein Unglückstag für Gulkote, als der Rana sein Herz an eine schöne, aber böse und intrigante Frau verlor. Für diese seine Torheit haben viele mit dem Leben bezahlen müssen. Bei all seinen Schwächen war er jedoch ein guter Mensch, wie ich nur allzu genau weiß. Es macht mich traurig zu hören, daß er tot ist, denn in den vielen Jahren, die ich in seinen Diensten lebte, war er mir ein guter Freund – dreiunddreißig Jahre waren es. Denn als wir einander begegneten, waren wir beide noch jung. Jung und stark. Und verwegen...

Er seufzte und verfiel in Schweigen; gleich darauf wurde es Ash klar, daß Koda Dad in einen leichten Greisenschlummer versunken war. Erst jetzt bemerkte er, wie sehr der alte Mann äußerlich verändert war, seit er ihn zuletzt gesehen: er war stark abgemagert, was durch die Pathankleidung, die er trug, verborgen blieb, und das vertraute Gesicht wies viel mehr Runzeln auf. Auch die einstmals tiefbraune Haut wirkte zerknittert wie Pergament, und man sah, daß der gefärbte Bart und das Haupthaar in Wahrheit silbern waren und dünn.

Ash wäre dies gewiß gleich aufgefallen, wäre er von seinen eigenen Dingen weniger beansprucht gewesen, doch als er jetzt gewahrte, wie es um den alten Mann stand, erschrak er, denn er begriff plötzlich, wie kurz die Lebensspanne des Menschen ist und wie schrecklich schnell die Zeit vergeht. Es war, als habe er einen jener Meilensteine passiert, die erst viel später im Rückblick anzeigen, daß man einen bestimmten Lebensabschnitt hinter sich gelassen hat – vielleicht auch einen Wendepunkt. Das muß wohl in seiner Miene zu lesen gewesen sein, denn als er beiseite schaute, sah er in Zarins Gesicht Verständnis und Mitgefühl.

»Das bleibt keinem von uns erspart, Ashok«, sagte Zarin ruhig. »Er ist jetzt weit über siebzig. Nicht viele Menschen leben so lange, und nur wenige leben so zufrieden wie er. Mein Vater hat das Glück, ein erfülltes und ein gutes Leben gehabt zu haben, mehr darf man von Gott nicht erbitten. Möchte es uns ebenso ergehen.«

»Amen«, sagte Ash leise. »Doch mir war nicht bewußt... ist er krank gewesen?«

»Krank? Oh nein. Was du siehst, ist das Alter; krank ist er nur, wenn du das Alter eine Krankheit nennen willst. Es ist die Last der Jahre, die ihn beschwert. Und wer will sagen, ob er nicht noch viele, viele Jahre sehen wird? Doch bei unserem Volk gilt Siebzig bereits als ein sehr hohes Alter.«

Ash wußte, dies stimmte. Die Männer in den Bergen an der Grenze führten ein hartes, entbehrungsreiches Leben, die Stammesangehörigen galten mit vierzig für alt, ihre Frauen waren mit dreißig häufig schon Großmütter, und Koda Dad hatte jene den Nachfahren Adams verheißene Lebensspanne bereits hinter sich. Ash war seit kurzem der Meinung, das Leben sei unerträglich lang; er sah es als eine endlose Straße, die ins Nichts führt; die er allein entlang wandern mußte. Jetzt aber erkannte er ganz plötzlich, daß diese Straße auch grausam kurz sein kann, und diese banale Entdeckung erschütterte ihn. Zarin, der ihn unverwandt anblickte und seinen Gedanken leicht folgen konnte, sagte tröstend: »Noch bin ich da, Ashok. Und auch das Regiment.«

Ash nickte wortlos. Ganz recht, Zarin war noch da und auch das Regiment, und würde man ihm erlauben, nach Mardan zurückzukehren, würde er dort Wally vorfinden, und das Dorf von Koda Dad lag knapp jenseits der Grenze, nur einen Tagesmarsch entfernt. Koda Dad war plötzlich ein Greis geworden... Ash betrachtete aufmerksam das Gesicht des schlafenden Pathan und sah darin jene Falten, die vom Charakter geprägt waren: Güte und Klugheit, Unerschütterlichkeit, Integrität und Sinn für Humor. Ein kraftvolles Gesicht und ein vom Frieden erfülltes, das Gesicht eines Mannes, der viel erfahren hat und mit sich im reinen ist, der das Gute hinnahm wie das Schlimme, beides als Bestandteile des Lebens, als den unergründlichen Willen Gottes.

Verglich er sein eigenes kurzes Leben mit Koda Dads ereignisreichem Dasein, konnte er sich nicht verhehlen, daß er bislang nichts vorzuweisen hatte als eine Reihe betrüblicher Fehlschläge. Angefangen hatte es mit seiner unbeschreiblichen Torheit, was Belinda anging, und das vorläufige Ende bezeichnete der Verlust von Juli. Dazwischen lag sein völliges Versagen im Falle von George, seine enttäuschende und zu Beanstandungen Anlaß gebende Führung als Offizier und der Tod von Ala Yar, den er auf sein Gewissen nahm. Denn hätte er sich in der Sache mit den gestohlenen Gewehren nicht so verstiegen benommen, wäre Ala Yar noch am Leben und würde jetzt vermutlich mit Mahdu auf der Veranda des Bungalows in Mardan schwatzen.

Dagegen durfte er anführen, daß er Jhoti das Leben gerettet, den Tod von Lalji und Hira Lal gerächt und es fertiggebracht hatte, das Prestige von Karidkote zu wahren und einen Staatsbankrott zu verhindern. Doch schien ihm das kein ausreichender Ausgleich für sein Versagen, auch nicht für die Tatsache, daß die kurze leidenschaftliche Liebesaffäre mit Juli sie in jenem Leben, das ihre königliche Abkunft ihr vorschrieb, noch unglücklicher machen würde – ein Leben, an das er gar nicht denken durfte.

Es gab also wenig, woran er sich gern erinnerte und noch weniger, worauf er sich freuen durfte. Zu den lieben Erinnerungen gehörte die an Koda Dad, diese Quelle der Weisheit und des Trostes, diesen Fels, auf den er vertrauensvoll bauen durfte. Koda Dad also, auch Zarin, Mahdu und Wally. Das waren von den wimmelnden Millionen gerade vier, doch bedeuteten sie ihm unsagbar viel. Und er stand im Begriffe, sie zu verlieren. Ritten Koda Dad und Zarin über den Indus und wurde Wally im folgenden Monat nach Mardan versetzt, waren sie für ihn unerreichbar, denn ihm war verboten, das Gebiet zu betreten, in dem sie lebten, es sei denn, die Kundschafter forderten ihn wieder an – und das mochte noch Jahre dauern. Verhielt es sich so, sah er Koda Dad jetzt vielleicht zum letzten Mal.

Auch Mahdu wurde alt und gebrechlich. Und wenn schon der Fels Koda Dad bröckelte, wie dann erst Mahdu, der nicht halb so viel Kraft besaß wie der Pathan und gewiß ebenso alt war. Ash durfte sich das nicht ausmalen. Und doch tat er es ingrimmig und verzweifelnd. Sein Leben kam ihm vor wie ein baufälliges Haus, noch dazu – ohne Juli – ein leeres, ein Haus, das er mit Schätzen hatte füllen wollen. Ein Haus, das auf vier Säulen ruhte, von denen zwei dem Einsturz nahe waren. Fielen diese beiden – wie unvermeidlich – mochten die Mauern stehen bleiben, doch stürzte auch eine dritte, geriet Ash in eine verzweifelte Lage, und stürzten sie alle, brach das Haus zusammen, und alle Welt würde sehen, daß es leer gewesen war.

Koda Dad sank vornüber und erwachte davon. Er setzte das Gespräch genau da fort, wo er es einschlafend abgebrochen hatte: »Nun hat Gulkote also einen neuen Herrscher. Das ist gut. Vorausgesetzt, er schlägt nicht seiner Mutter nach. Wenn Gott gnädig ist, setzt sich das Blut seines Vaters in ihm durch, und dann wird Gulkote – Chut! es heißt ja nicht mehr so! Ich vergesse immer den neuen Namen, doch einerlei. Für mich bleibt es Gulkote, und ich denke gern daran zurück, denn bevor die Mutter meiner Söhne starb, waren meine Tage dort angenehm. Ein gutes Leben hatte ich... ja, ein gutes Leben. Ah, da kommt Habibah. Ich wußte gar nicht, daß es bereits so spät ist.«

Als die Sonne hinter den Bergen versank und es kühler wurde, bewegten Ash und Zarin die Pferde, und zurückgekehrt, erfuhren sie, daß die Begum Freunde und Bekannte ihres Bruders zum Essen eingeladen hatte. Es kam also zu keinen Privatgesprächen mehr an jenem Abend. Der folgende Tag war ein Sonntag, und weil Zarin zum Frühappell am Montag – in der heißen Jahreszeit um halb sechs – in Mardan sein mußte, würden Vater und Sohn bei Anbruch der Nacht abreiten. Man verbrachte den Tag wie den vorangegangenen im Gespräch auf Koda Dads Zimmer, ruhte während der Nachmittagshitze, und am frühen Abend beriet sich die Begum mit Zarin über den Ankauf eines Grundstückes unweit von Hoti Mardan, während Ash und Koda Dad auf dem Dach die Kühle genossen, die sich herabsenkte, als die Sonne hinter den Höhen um Attock unterging.

Zum ersten Mal waren sie bei dieser Gelegenheit allein miteinander, in einer Stunde sollte Koda Dad aufbrechen; ob und wann sie einander wiedersehen würden, war ungewiß. Ash hätte viel darum gegeben, den alten Mann um Rat und Trost zu bitten, wie er es früher als Kind und auch noch als junger Offizier in Mardan so oft getan, brachte es aber nicht über sich. Was ihn bedrückte, tat noch zu weh, es war auch zu privater Natur, und so beschränkte er sich darauf, Konversation zu machen: er erzählte, was er sich von seinem Urlaub in Kaschmir erwartete, wie die Aussichten für die Jagd stünden, und das alles in einem lockeren, unbeschwerten Ton, der jedermann getäuscht hätte, nur nicht Koda Dad.

Der alte Pathan hörte zu und nickte, sagte aber nichts. Als der Himmel von der sinkenden Sonne in Brand gesteckt wurde und der Abendwind aus der Stadt kaum vernehmlich den Ruf des Muezzin herübertrug »La Ill-ah ha! ill-ah ho!« – »Es ist kein Gott außer Gott!«, und die Gläubigen zum Gebet rief, stand Koda Dad auf, entrollte einen schmalen Gebetsteppich, den er mit heraufgebracht hatte, wendete sich nach Mekka und verrichtete sein Gebet.

Ash schaute über die Brüstung und sah im Garten weitere Gläubige das gleiche tun; auf der Straße vor dem Tor kniete auch der alte Wächter im Gebet. Er beobachtete sie einen Moment, wie sie ihre Andacht verrichteten, den Kopf in den Staub senkten, sich erhoben, neuerlich knieten und die Gebete murmelten, die von alters her zu dieser Stunde gesprochen werden, dann wandte er sich nach Nordosten, wo fern unter Hitzeschleiern und Staub verborgen der Palast der Winde ragte. Doch sprach er nicht sein eigenes Gebet, jene uralte Hindubeschwörung, die er vor vielen Jahren gelernt hatte. Er wollte es eigentlich tun, doch bevor die Worte sich bildeten, verlor sich das innere Bild der Gottheit, das er sich seit seiner Kindheit bewahrt hatte, und an dessen Stelle trat das Antlitz von Juli.

Er hatte gelobt, er wolle jede Stunde eines jeden Tages an sie denken, und hatte sich doch bemüht, gerade dies nicht zu tun, einmal weil er es nicht ertrug, zum anderen weil er meinte, ihr Onkel habe recht, und er müsse das alles hinter sich lassen. Es war, als habe er eine Tür zugeworfen und stemme sich von außen mit aller Macht dagegen, um zu verhindern, daß eine dahinter ständig anschwellende Flut hervorbreche; zwar war es nicht möglich, alle Rinnsale, die durchsickerten, abzudämmen, doch das Schlimmste hatte er bislang verhütet. Jetzt aber brach der Rahmen, die Tür splitterte, und er wurde überwältigt von einer wilden Sturzwelle der Liebe, des Leides und des Verlustes, wie sie ihn schon im Zelt von Kaka-ji überschwemmte, als er einsehen mußte, daß sein Flehen nicht erhört wurde, daß er Juli nie wieder sehen sollte...

Koda Dad beendete sein Gebet und sah Ash an der Brüstung lehnen, den Rücken ihm zugekehrt, den Blick auf die Straße nach Rawalpindi gerichtet und auf den östlichen Horizont, über dem nun ein voller Mond gemächlich aufwärts schwebte, während die Sonne hinter goldfarbenem Staub im Westen versank. Die Starrheit der Haltung, das Ver- und Entkrampfen der Hände verrieten Koda Dad ebensoviel wie der lockere Konversationston, und er fragte darum sehr ruhig:

»Wo fehlt es, Ashok?«

Ash wandte sich rasch um, zu rasch, denn er ließ sich nicht Zeit, seine Miene zu glätten. Koda Dad sog scharf die Luft ein, wie man es tut, wenn man einen von Kummer zerrissenen Mitmenschen sieht.

»Ai, Ai, Kind – so schlimm kann es doch nicht sein. Nein, belüge mich nicht«, und seine erhobene Hand gebot Ash, der mechanisch leugnen wollte,

Einhalt. »Ich kenne dich, seit du ein Kind warst, und so blind bin ich nicht, daß ich nicht lesen könnte, was auf deinem Gesicht geschrieben steht, auch nicht so taub, daß ich nicht höre, was in deiner Stimme klingt, und schließlich nicht so alt, daß ich mich der eigenen Jugend nicht erinnerte. Wer ist sie, mein Sohn?«

»Sie –?« Ash starrte verdutzt.

Koda Dad erwiderte trocken: »Du vergißt, daß ich dich schon einmal in ähnlichen Schwierigkeiten gesehen habe, damals aber war es Kälberliebe, eine Knabentorheit. Dies aber geht tiefer, denn ein Knabe bist du nicht mehr. Es ist Kairi-Bai, nicht wahr?«

Ash schnappte nach Luft und erbleichte. »Wie . . . das kannst du nicht . . . mit keinem Wort habe ich . . .«

Er brach ab, und Koda Dad schüttelte den Kopf. »Nein, mit Worten hast du dich nicht verraten. Es waren die Worte, die du nicht aussprachst, die mir sagten, da stimmt was nicht. Du erwähntest zwei Bräute und nanntest die jüngere beim Namen. Du beschriebst auch, wie sie aussah und wie sie sich benahm. Die Ältere aber hast du nur erwähnt, wenn es sich nicht vermeiden ließ, und wenn du es tatest, änderte sich deine Stimme, und du sprachst von ihr, als hielte dich etwas zurück. Es war jene Kairi-Bai, die wir alle kennen, der du verdankst, daß du rechtzeitig aus Gulkote fliehen konntest, und doch hast du sie kaum erwähnt, und wenn, dann wie eine Fremde. Das verriet alles. Das und die Veränderung, die mit dir vorgegangen ist. Habe ich recht?«

Ash lächelte und sagte: »Immer hast du recht, mein Vater. Doch beschämt es mich, daß ich mich so wenig beherrschen kann und daß meine Miene und meine Stimme mich verraten.«

»Dazu besteht kein Grund«, sagte Koda Dad selbstzufrieden. »Niemand außer mir hätte es bemerkt, und ich auch nur, weil ich dich lange kenne und dich liebe und mich der lange vergangenen Zeit sehr deutlich erinnere. Erzähl mir nichts, was du lieber für dich behalten möchtest. Doch mache ich mir deinethalben Sorgen, mein Sohn. Es bekümmert mich, dich so unglücklich zu sehen, und wenn ich helfen kann . . .«

»Du warst mir immer Stütze, Mahner und Ratgeber«, sagte Ash, »schon als Kind verließ ich mich ganz auf dich und seither immer wieder. Ich weiß auch, daß ich mir manchen Kummer erspart hätte, wäre ich immer deinem Rat gefolgt.«

»Erzähle«, sagte Koda Dad. Er ließ sich mit gekreuzten Beinen auf den warmen Dachplatten nieder, bereit zuzuhören. Ash lehnte an der Brüstung, schaute in den Garten der Begum, hinüber zum Indus, der rot und golden im Sonnenuntergang glitzerte, und erzählte alles, was er in dem Bericht ausgelassen hatte, alles, bis auf das, was in jener Nacht in der Höhle geschehen war.

Koda Dad hörte sich das an und sagte endlich seufzend ohne erkennbaren Zusammenhang: »Ihr Vater hatte viel Mut und manche gute Eigenschaft, er war ein kluger Herrscher – nur nicht im eigenen Hause. Da war er schwach und träge. Tränen, Zank und Streit konnte er nicht ertragen. Kai mai!«

Er verstummte, dachte über Vergangenes nach und sagte endlich: »Doch auch er hat niemals sein Wort gebrochen. Gab er es, so hielt er es wie ein echter Radschput. Also ist es nur recht, daß Kairi-Bai ebenso handelt. Aus dem, was du sagst, ersehe ich, daß sie nur seine guten Eigenschaften geerbt hat. Du magst darin die Ursache deines Unglücks sehen, doch meine ich, mit der Zeit wirst du begreifen, daß es gut für euch beide war, daß sie die Kraft hatte, treu zu sein. Hätte sie dir den Willen getan – und wäre sie am Leben geblieben, was ich bezweifle –, ihr wäret miteinander nicht glücklich geworden.«

Ash wandte sich um und sagte schroff: »Wie kannst du so sprechen? Ich hätte alles für sie getan – alles.«

Koda Dad gebot ihm wiederum mit einer Bewegung der sehnigen alten Hand Einhalt. »Rede nicht wie ein Kind, Ashok. Gewiß hättest du getan, was in deiner Macht steht, sie glücklich zu machen. Doch es steht nicht in deiner Macht, die Welt zu verändern oder die Zeit zurückzudrehen. Das könnte einzig der alleinige Gott – falls er es für geboten hielte. Und in deinem Fall wäre es wirklich geboten. Ich selber kenne dein Volk so gut wie gar nicht, doch Verwandte von mir sind mit den Sahibs vertraut, und da ich Ohren besitze, habe ich von ihnen viel gehört, seit ich nicht mehr in Gulkote lebe. Ich kann nicht glauben, daß alles Lüge ist, was sie sagen, und darum, Ashok, höre mich jetzt an.«

Ash lächelte leicht und deutete eine gespielt demütige Verneigung an, doch Koda Dad runzelte mißbilligend die Stirne und sagte scharf: »Dies ist kein Spaß, Junge. Vor Zeiten, als die Ostindische Handelskompanie im Lande regierte und es noch keine Memsahibs hier gab, nahmen die Sahibs Frauen dieses Landes zu Gemahlinnen, und niemand hatte etwas dagegen einzuwenden. Als die Kompanie aber immer mächtiger wurde, brachten ihre Schiffe auch Memsahibs, und diese mißbilligten solche Ehen; sie verachteten alle, die sich mit indischen Frauen einließen, ganz besonders jene, die welche heirateten, und die gleiche Verachtung bewiesen sie allen Kindern gemischten Blutes. Die Bewohner Indiens reagierten darauf, indem sie mit gleicher Münze heimzahlten, und jetzt ist es so, daß alle auf solche gemischten Ehen verächtlich herabsehen. Kairis Verwandte hätten eure Heirat also ebenso mißbilligt wie deine eigenen.«

»Das hätte uns nicht davon abgehalten«, widersprach Ash zornig.

»Mag sein. Doch versucht hätte man es. Und hättet ihr euren Willen durchgesetzt, hättest du mit ansehen müssen, daß deine Frau von anderen Frauen nicht eingeladen worden wäre und daß sie ihren Töchtern verboten hätten, dein Haus zu besuchen. Niemand hätte sie als Ebenbürtige behandelt, auch ihre eigenen Verwandten nicht, die hinter ihrem Rücken schlecht von ihr gesprochen hätten, denn sie, die Tochter eines Königs, hätte sich von den Frauen der Engländer als minderwertig behandeln lassen müssen, von Frauen, die viel niedrigerer Abkunft sind als sie. Man würde sie ebenso verachten, wie sie vom Rana und dessen Höflingen verachtet wird, weil ihr Großvater ein Landfremder war und ihre Mutter ein Halbblut. In dieser Hinsicht sind ihre Landsleute ebenso grausam wie deine eigenen, das hast du in Bhithor wohl gesehen. Diese schlechte Eigenschaft findet sich bei allen Völkern, es ist eine Sache des Instinktes und jenseits aller Vernunft, – das Mißtrauen der Reinblütigen gegen gemischtes Blut. Das läßt sich nicht überwinden, und hättest du Kairi-Bai mit dir genommen, du hättest dies bald genug erfahren und auch, daß es für dich hierzulande keinen Zufluchtsort gibt. Dein Regiment hätte dich nicht haben wollen, und wen die Kundschafter ablehnen, den wollen andere Regimenter auch nicht aufnehmen.«

Ash antwortete müde: »Das weiß ich alles und habe es bedacht. Doch bin ich kein armer Mann, und wenigstens hätten wir einander gehabt.«

»Kein Zweifel. Doch wenn du nicht in der Wildnis leben willst oder dir eine neue Welt erschaffen kannst, wirst du Nachbarn haben – einheimische Dorfbewohner oder Städter, für die ihr beide Fremde wäret. Du könntest sie liebgewinnen, mit ihnen Freundschaft schließen und am Ende zufrieden leben. Doch Duldsamkeit ist eine seltene Blume, sie gedeiht nur an wenigen Orten und welkt rasch. Ich weiß, der Pfad, den du gehen mußt, ist steinig, doch glaube ich, es ist zu euer beider Besten. Kairi-Bai hatte den Mut, ihn zu wählen. Hast du so viel weniger Mut, Ashok?«

»Ich habe ihn ebenfalls gewählt, besser gesagt, ich hatte keine Wahl.«

»Nein. Daher ist es zwecklos, dem nachzutrauern. Was geschrieben steht, steht geschrieben. Du solltest dankbar sein für das, was gut war, und nicht nutzlos um etwas trauern, das du nicht haben kannst. Es gibt außer dem Besitz einer bestimmten Frau oder eines Mannes viel Erstrebenswertes im Leben, das wirst sogar du wissen. Andernfalls wäre die Welt ein trostloser Ort, denn wieviele finden nicht jene eine oder jenen einen, den sie suchen, sei es, weil sie kein Glück haben, mißgestaltet sind oder aus anderen Gründen. Du bist besser dran, als du weißt. Und jetzt«, schloß Koda Dad entschieden, »laß uns von anderem reden. Es ist spät und bevor ich reite, muß ich dir noch vieles sagen.«

Ash erwartete, der Alte werde von gemeinsamen Bekannten aus den Dörfern jenseits der Grenze berichten, stattdessen teilte er ihm mit, daß im fernen Kabul so viele Agenten und Spione der Russen gesichtet worden seien, daß man in der Stadt schon scherzte, jeder fünfte, den man auf der Straße träfe, stehe im Dienste des Zaren, jeder zweite sei von ihm bestochen und die übrigen lebten in der Hoffnung auf Schmiergelder. Der Emir, Shere Ali, liebe die Engländer nicht, und als Lord Northbrook, der kürzlich pensionierte Generalgouverneur, ihm einen Beistandspakt verweigerte, wandte er sich an die Russen mit dem Ergebnis, daß die Beziehungen zwischen Großbritannien und Afghanistan sich in den vergangenen drei Jahren rapide verschlechtert hatten.

»Es steht zu hoffen, daß der neue Lat-Sahib mit dem Emir zu einem besseren Einverständnis kommt«, sagte Koda Dad, »sonst gibt es gewiß wieder Krieg zwischen Afghanistan und der Regierung von Indien, obwohl der letzte Krieg eigentlich beiden Parteien hätte zeigen müssen, daß keine viel dabei zu gewinnen hat.«

Ash bemerkte lächelnd, Rao-Sahib, der Onkel von Kairi-Bai, sei der Meinung, Kinder lernten aus den Fehlern ihrer Eltern nichts und schon gar nichts aus denen der Großeltern. Im Rückblick seien alle Menschen überzeugt, es besser machen zu können, und um das zu beweisen, machten sie entweder die gleichen Fehler oder aber neue, die dann von Kindern und Enkeln als solche mißbilligt würden. »Er sagte mir, alte Männer vergessen, während junge dazu neigen, alles, was vor ihrer Geburt geschah, als alte Geschichten abzutun, als etwas, das lange her ist und eben deshalb selbstverständlich falsch gemacht wurde, denn den Überlebenden muß es ja scheinen, als seien damals nur zitternde Greise oder verkalkte Narren am Werke gewesen. Damit meinen sie die eigenen Großväter, Eltern, Onkel und Tanten.«

Koda Dad hörte nicht gern, daß Ash so frivol sprach und bemerkte deshalb einigermaßen unwirsch: »Du magst lachen, doch wäre es gut, wenn alle diesen Krieg und seinen Ausgang gründlich prüften, jene, die sich wie ich an den ersten Krieg gegen Afghanistan erinnern, und alle, die wie Zarin und du damals noch nicht geboren waren.«

»Ich habe davon gelesen«, gab Ash lässig zurück. »Eine hübsche Geschichte war das nicht.«

»Hübsch!« schnaufte Koda Dad. »Nein, hübsch nicht im mindesten! Allen daran Beteiligten ist es schlimm ergangen, nicht nur den Afghanen und den Engländern, auch den Sikhs, Jats und Pandschabi und vielen anderen, die bei dem Heer dienten, das die Regierung gegen den Vater von Shere Ali ins Feld stellte, den Emir Dost Mohammed. Das Heer errang einen großen Sieg, zahllose Afghanen wurden erschlagen, Kabul besetzt. Die Engländer blieben zwei Jahre dort, und gewiß rechneten sie damit, für lange Zeit zu bleiben, doch wurden sie gezwungen, die Stadt aufzugeben und den Rückzug durchs Gebirge anzutreten – fast siebentausend an der Zahl, Männer, Frauen und Kinder. Und wieviele davon kamen in Jalalabad an? Einer. Ein einziger Überlebender jenes Heeres, das auszog im Jahr der Geburt meines Sohnes Awal Shah. Alle übrigen, ausgenommen die, die der Sohn des Emirs gefangennahm, starben auf den Pässen, hingemetzelt von den Bergstämmen, die sich auf sie stürzten wie Wölfe auf die Schafe, denn der Schnee lag hoch und sie waren von der Kälte geschwächt. Mein Vater ist vier Monate später diesen Pfad entlanggeritten und sah ihre Knochen dicht an dicht meilenweit am Rande liegen, als ob –«

»Ich sah sie auch«, unterbrach Ash, »denn nach all diesen Jahren liegen immer noch welche dort. Das alles ist aber lange her, warum also machst du dir jetzt solchen Kummer? Was stimmt da nicht, Bapu-ji?«

»Vieles stimmt nicht«, war die nüchterne Antwort. »Zum einen das, was ich dir eben erzählte. Die Geschichte liegt nicht allzu weit zurück; viele, die noch am Leben sind, müssen gesehen haben, was mein Vater sah, und andere, jünger als ich, müssen an jenen Massenmorden beteiligt gewesen sein und haben ihren Kindern und Kindeskindern davon erzählt.«

»Und was weiter? Daran ist nichts Besonderes.«

»Nein, aber warum erzählt man ausgerechnet gerade jetzt von der Vernichtung jenes großen Heeres in allen Orten, Städten und Dörfern Afghanistans und entlang seiner Grenzen? In den vergangenen Wochen habe ich selber Dutzende von Malen diese alte Geschichte vorgesetzt bekommen. Das bedeutet nichts Gutes, denn solche Erzählungen erzeugen Anmaßung und übergroßes Selbstvertrauen; unsere jungen Leute denken verächtlich von der Regierung hier, sie unterschätzen deren Macht und die Macht ihrer Truppen. Und dann geschieht noch etwas Sonderbares: Der Erzähler dieser Geschichten ist fast immer ein Fremder, ein durchreisender Kaufmann oder ein Powindah, ein wandernder Handwerker, ein heiliger Mann auf Pilgerfahrt, jemand, der Verwandte in einer anderen Gegend besucht und um Obdach für die Nacht bittet. Diese Fremden also sind es, die die Geschichte erzählen, sehr anschaulich übrigens. Sie machen sie lebendig in der Erinnerung von Menschen, die sie seit zwanzig, dreißig Jahren nicht mehr gehört und beinahe schon vergessen haben. Nun aber erzählen sie untereinander davon, sie prahlen, sie drohen. Ich frage mich, ob nicht jemand dahintersteckt, ob dem nicht ein Plan zugrundeliegt...«

»Shere Ali vielleicht oder der Zar? Warum aber? Shere Ali hat bei einem Krieg gegen die Engländer nichts zu gewinnen.«

»Wahr, doch die Russen würde es vielleicht freuen; sie könnten einen Vertrag mit ihm schließen und ihm zu Hilfe kommen. An der Grenze weiß man, daß die Russen schon viel vom Gebiet der Khane annektiert haben, und sollten sie in Afghanistan eine feste Basis gewinnen, könnten sie von dort aus Indien bedrohen. Ich meinerseits möchte nicht, daß die Russen anstelle der Engländer in Indien regieren, wenn ich auch, offen gesagt, am liebsten sähe, die Regierung dieses Landes fiele zurück in die Hände, in die sie gehört, die der Einheimischen.«

»Da sind wir uns einig«, schmunzelte Ash.

»Du weißt, wen ich meine: die Menschen Indiens, deren Vorväter das Land bestellt haben, und nicht die ausländischen Eroberer.«

»Du meinst solche wie Barbur der Mogul und andere Anhänger des Propheten?« fragte Ash boshaft. »Auch das waren fremdländische Eroberer. Wenn die Engländer abziehen, mag es dahin kommen, daß jene, deren Vorväter das Land bestellten, alle Moslems verjagen.«

Koda Dad plusterte sich mächtig auf, sah dann aber ein, daß Ash recht hatte und gestand reuig lächelnd: »Das habe ich ganz übersehen. Du hast recht. Wir sind beide Fremdlinge hier, ich ein Pathan und du... nun, du gehörst weder hierher noch nach England. Doch die Moslems sind seit Jahrhunderten hier; Indien ist ihre Heimat geworden, sie kennen keine andere. Sie sind so verwurzelt, daß man sie nicht lostrennen kann, und deshalb –« er unterbrach sich und sagte: »Wie kommen wir überhaupt auf so etwas? Ich sprach von Afghanistan. Ich mache mir Sorgen, weil ich sehe, daß sich jenseits der Grenze was zusammenbraut, Ashok, und falls du das Ohr der Mächtigen hast –«

»Wer – ich?« Ash lachte laut heraus. »Bapu-ji, das meinst du nicht ernst. Wer würde wohl auf mich hören?«

»Gibt es denn in Rawalpindi nicht Burra-Sahibs, Colonel-Sahibs und General-Sahibs, die dich kennen und deine Meinung respektieren?«

»Die eines Leutnants? Noch dazu eines, der keine Beweise vorlegen kann?«

»Aber wenn doch ich selber dir erzählt habe –«

»... daß Männer in den Bergdörfern umherziehen und Geschichten erzählen aus einer Zeit, da ich noch nicht am Leben war? Das nennt man bei uns Hörensagen, es gilt nicht als Beweis. Wenn ich will, daß man mir glaubt, muß ich Beweise vorlegen. Andernfalls lacht man mich aus, wahrscheinlicher noch, man verwarnt mich, weil ich die kostbare Zeit dieser Herren verschwende, indem ich Gerüchte aus dem Basar kolportiere. Man wird glauben, ich will mich wichtig machen.«

Koda Dad war verdutzt. »Deine Vorgesetzten in Rawalpindi müssen dir doch aber gerade jetzt höchsten Respekt erweisen, hast du doch einen schwierigen Auftrag vorbildlich ausgeführt. Hätte man dich nicht ohnedies schon für einen sehr fähigen Mann gehalten, man hätte dich doch gar nicht erst geschickt.«

»Ach, mein Vater, auch da irrst du«, sagte Ash bitter. »Man hat mich ausgewählt, weil man mich so weit als möglich von meinen Freunden entfernen wollte. Und von der Grenze. Und weil Hindustani meine Muttersprache ist und man jemanden brauchte, der sie mühelos spricht und versteht. Das war alles.«

»Aber jetzt, wo du zurück bist und solchen Erfolg hattest?«

»Nun ich zurück bin, zerbrechen sie sich den Kopf, wie sie mich wieder abschieben können, bis mein Regiment mich endlich wieder anfordert. Bis dahin sieht man in mir einen lästigen Fremdkörper. Nein, Bapu-ji. Besser, du trägst Zarin oder Awal auf, mit dem Kommandeur zu sprechen oder mit Battye-Sahib. Die würde man anhören, mich aber nicht.«

»Was soll ich zu Battye-Sahib sagen?« ließ Zarin sich vernehmen, der plötzlich hinter ihnen auftauchte. Sie hatten ihn nicht kommen gehört, denn seine Füße machten auf den Steinen kein Geräusch. Fatima-Begum erlaubte niemandem, in ihrem Hause Schuhe zu tragen.

»Da werde ich auf meine alten Tage doch wirklich noch taub«, klagte Koda Dad. »Nur gut, daß ich keine Feinde habe, sie könnten mich jederzeit überraschen. Ich hörte dich nicht kommen, und Ashok, der dich unbedingt hätte hören müssen, sprach so laut, daß seine Ohren ganz vom Klang seiner eigenen törichten Worte voll waren.«

Zarin und Ash grinsten einander an, und Ash sagte: »Leider sind sie nicht so töricht, wie du glaubst, Bapu-ji. Bei den Behörden bin ich nach wie vor schlecht angeschrieben, in Rawalpindi wie in Mardan, und bevor ich nicht begnadigt bin, kann ich sagen, was ich will, mir hört keiner zu. Überdies muß das alles längst bekannt sein. Überall hat man Spione, und hat man keine, sollte man welche haben.«

»Wovon ist die Rede?« fragte Zarin und hockte sich neben den Vater. »Was müßte längst bekannt sein?«

Ash sagte: »Dein Vater erzählte mir, daß in Afghanistan ungute Dinge vorgehen und ein Bündnis zwischen dem Emir und den Russen droht, falls dagegen nicht rechtzeitig etwas unternommen wird. Das bedeutet Krieg.«

»Sehr gut, wir könnten dringend einen brauchen«, meinte Zarin. »Zu lange schon haben wir nicht mehr gekämpft. Es wird Zeit, daß man uns Gelegenheit dazu gibt. Fürchtet aber die indische Regierung, daß Shere Ali den Russen Kabul überläßt oder daß die Stämme russische Truppen ins Land lassen, dann kennen sie weder den Emir noch sein Volk.«

»Sehr wahr«, gestand sein Vater zu. »Brächte man den neuen Gouverneur dazu, den Emir und die Bevölkerung Afghanistans mit Verständnis und Takt zu behandeln, wäre er klug und würde begreifen, was die Lage erfordert, dann könnte alles noch gut enden. Sollten seine Berater ihn aber auf den derzeitigen Kurs festlegen, dann führt das gewiß zum Kriege. Und wenn ich als junger Mann darüber auch entzückt gewesen wäre, so mag ich jetzt im Alter nicht mehr mit ansehen, wie Dörfer niedergebrannt und Felder verwüstet werden. Ich will auch nicht die unbestatteten Leichen derer, die dort einmal lebten, am Wege liegen sehen, zum Fraß für die Füchse und Geier.«

»Und doch heißt es, niemand stirbt vor seiner Zeit«, erinnerte Zarin ihn sanft. »Unser Schicksal steht geschrieben.«

»Mag sein«, gab Koda Dad zweifelnd zu, »doch ist dies ein Punkt, an dem mir letztlich Zweifel kommen, denn wie können die Mullahs, ja selbst der Prophet behaupten, Gottes Gedanken zu kennen? Und noch eines: Ich besitze drei Söhne, dich, Ashok, rechne ich dazu. Alle drei sind Soldaten in einem Regiment, das als erstes in Aktion treten muß, kommt es zum Kriege mit Afghanistan. Zwar wirst du mich ein altes Weib nennen, doch möchte ich nicht, daß sie in der Blüte ihrer Jahre fallen, vielmehr sollen sie ihre Söhne heranwachsen sehen und viele Enkel haben wie ich. Müssen sie sterben, sollen sie reich an Jahren sein und zufrieden wie ich, ihr Vater. Darum bedrückt mich das Gerede von Krieg, und das Unheil, das sich zusammenbraut.«

»Fürchte nichts, Bapu-ji«, sagte Ash und beugte sich über die Füße des alten Mannes. »Es wird sich ein Wind erheben und jene Düsternis fortblasen. Du darfst ruhig schlafen, während deine Söhne vor Langerweile an den Nägeln kauen und mit ihren Freunden zanken, weil kein Feind da ist, gegen den sie kämpfen dürfen.«

»Laß mich«, schnaufte Koda Dad und machte Anstalten aufzustehen. »Du bist kein bißchen besser als Zarin. Krieg ist für dich ein Spiel, eine Gelegenheit, Ruhm und Ehre zu sammeln und befördert zu werden.«

»Und Beute zu machen«, lachte Ash. »Vergiß nicht die Beute, mein Vater. Acht Tage habe ich in Kabul auf der Suche nach Dilasah Khan verbracht, und ich sage dir, es ist eine reiche Stadt.«

Er wollte dem alten Mann aufhelfen, Koda Dad stieß aber seine Hand beiseite und stand ohne Hilfe auf. Er rückte den Turban gerade und sagte streng, die jungen Leute seien leichtsinnig und hätten vor den Alten keinen Respekt mehr.

»Laßt uns nach unten gehen, es wird Zeit zum Essen. Ich will noch mit meiner Schwester sprechen und vor dem Aufbruch etwas ruhen.«

Man aß im offenen Hof, anschließend verabschiedete man sich von Fatima-Begum und bedankte sich für die Gastfreundschaft. Die alte Dame schwatzte eine geschlagene Stunde mit ihnen, bevor sie sie endlich gehen ließ. Sie schliefen noch einige Stunden. Kurz nach Mitternacht wurden sie von einem Diener geweckt. Sie kleideten sich an, verließen das gastfreundliche Haus und ritten gemeinsam durch Attock zur Schiffsbrücke.

Der Indus glich im grellen Mondlicht einem breiten Band aus geschmolzenem Silber. Die Stimme des »Vaters der Ströme« erfüllte die Nacht, er zischte und brodelte zwischen den verankerten Pontons, die an ihren Seilen zerrten und sich gegen die Strömung stemmten. Weiter flußabwärts, wo sein Bett sich verengte, erzwang er sich mit Getöse den Durchlauf. Bei diesem Tosen verstand man das eigene Wort nicht, und keiner der drei versuchte, noch etwas zu sagen. Es gab auch nichts mehr zu sagen, vielmehr saßen sie an der Brücke ab, umarmten einander als Vater und Brüder nach Art der Bergbewohner und schieden wortlos voneinander.

Ash half Koda Dad in den Sattel, ergriff mit beiden Händen eine Hand des alten Mannes, legte sie sich an die Stirne und hielt sie dort ein Weilchen. Dann ließ er sie los und trat zurück. Beide Männer ritten auf die Brücke hinaus. Die Hufe der Pferde dröhnten auf den mit Asphalt überzogenen Planken, es klang wie Trommelwirbel, ein Kontrapunkt zum Rauschen des Stromes, doch erstarb das Geräusch bald im Getöse des Wassers und verlor sich.

Der Brückenposten gähnte und steckte eine billige Zigarette in Brand. Ashs Pferd schrak bei der plötzlich aufleuchtenden Flamme des Zündholzes zusammen, warf den Kopf zurück, schnaubte und wollte ausbrechen. Ash regte sich jedoch nicht; er wartete, bis die beiden Reiter drüben angelangt waren, die Böschung der Straße erklommen, sah, wie einer der beiden grüßend die Hand hob und der andere sein Pferd anhielt und zurückblickte. Ihre Gesichter waren auf diese Entfernung nicht mehr auszumachen, doch schien der Mond hell genug, um das vertraute Kopfschütteln des einen erkennen zu lassen, und Ash hob beide Hände in einer Geste des Einverständnisses. Er sah, daß Koda Dad wiederum nickte, befriedigt offenbar; gleich darauf trabten Vater und Sohn davon. Ash sah ihnen nach, sah, wie sie kleiner und kleiner wurden, bis sie in die Straße nach Peshawar einbogen und von den schwarzen Schatten der Hügel verschluckt wurden.

»Du begleitest deine Freunde also nicht?« fragte der Brückenposten.

Es schien, als habe Ash ihn nicht gehört, doch dann wandte er sich um und sagte gedehnt: »Nein... nein, ich darf sie nicht begleiten...«

»Zu traurig«, meinte der Posten und gähnte anteilnehmend. Ash wünschte ihm Gute Nacht und ritt zurück zum Hause der Begum, wo er den Rest der Nacht und den größten Teil des folgenden Tages verbrachte.

Die alte Dame bestellte ihn am folgenden Vormittag zu sich. Man plauderte eine geschlagene Stunde – besser gesagt, die Begum redete, während Ash, durch den geborstenen Wandschirm von ihr getrennt, zuhörte und gelegentlich auf Fragen antwortete. Die übrige Zeit hatte er für sich, und das war ihm durchaus recht, denn nun hatte er Muße, über alles nachzudenken, was Koda Dad über Anjuli gesagt hatte. Als er kurz nach Mondaufgang losritt, war er ausgeglichener und besserer Stimmung als seit langem, und sein Herz war ruhiger. Er trieb das Pferd nicht an, sondern legte gegen sechzig Meilen in gemächlicher Gangart zurück. An einem geeigneten Ort wechselte er die Kleidung und kam bei dem Rasthaus an der Straße nach Murree noch vor Monduntergang an. In seinem Zimmer war es sehr heiß, der Fächer kaputt, doch verbrachte er den ganzen folgenden Tag dort und machte sich dann erst auf den Weg nach Murree, in die Kühle der Berge mit ihrem Duft nach Kiefern.

Wally stieß bald darauf zu ihm, und gemeinsam wanderten sie über Domel, an der Schlucht von Jhelum vorbei, nach Kaschmir. In den Bergen jenseits von Sopore verbrachten sie einen Monat auf der Jagd. Sie lagerten unter freiem Himmel, und Wally ließ sich unterdessen einen Vollbart, Ash einen dichten Schnurrbart wachsen.

Das war ein heiteres Zwischenspiel – bei heiterem Wetter und endlosen Gesprächen. Ash erzählte zwar ausführlich von seinem Besuch im Hause der Begum – wieder, ohne Juli zu erwähnen –, doch sagte er nichts von dem, was Koda Dad über die, wie er meinte, aus Afghanistan drohende Gefahr berichtet hatte. Irgendwie war ihm das ganz entfallen, ja, er hatte nicht sehr aufmerksam zugehört, denn Unruhen entlang der Grenze waren an der Tagesordnung, und die Angelegenheiten Afghanistans interessierten ihn weit weniger als seine eigenen.

Etwa Mitte Juli trat ein Wetterumschwung ein. Die Wanderer flüchteten nach Srinagar, nachdem sie drei Tage Regen und Nebel in den Bergen erduldet hatten. Sie errichteten ihr Zelt nahe der Stadt in einem Zedernhain und belegten Plätze in der Tonga, denn der Gedanke, bei strömendem Regen einen langen Fußmarsch zu machen, war wenig verlockend.

Nach der würzigen, kühlen Bergluft fanden sie es in Srinagar stickig und feucht. Die Stadt selbst war eine unansehnliche Anhäufung baufälliger Holzhütten, dicht an dicht, durchzogen von Gassen voller Schmutz und engen Kanälen, die unmäßig stanken, denn sie waren meist nichts als offene Abwassergräben. Auf dem Dalsee aber blühten wieder zahllose Seerosen in den schönsten Farben und blau-grün-goldene Eisvögel und Spechte sausten darüber hin wie Blitze. Ash und Wally badeten und lagen faul in der Sonne, taten sich gütlich an Kirschen, Pfirsichen, Maulbeeren und Melonen, für die die Gegend berühmt war, und besuchten Shalimar und Nishat – jene köstlichen Gärten, welche Jehangir, Sohn Akbar des Großen, am Ufer des Dal hatte anlegen lassen.

Nur allzu bald waren die sorglosen, sonnigen Tage vorüber. Auf der Straße nach Baramullah am Ende des Tales wurden sie auf einem Karren kräftig durchgerüttelt, und von dort ging es bei strömendem Regen über das Gebirge, durch steinige Schluchten und riesige Wälder aus Kiefern und Zedern, durch die winzigen Dörfer, an den Karrenwegen, die aus dem Fels herausgekratzt schienen und zum Jhelum steil abstürzten, der dreihundert Meter weiter unten in seinem engen Bett brodelte.

Sie kamen also recht erleichtert in Murree an und genossen es, trocken und behaglich in anständigen Betten zu schlafen, wenngleich auch Murree jetzt unter einer Wolkendecke lag. Als sie dann aber die gewundene Straße talwärts rollten, klärte sich der Himmel, es wurde wärmer und wärmer, und längst bevor sie in der Ebene ankamen, war es wieder heiß und stickig.

Mahdu war aus seinem Heimatdorf Mansera jenseits von Abbottabad zurück, ausgeruht und erholt, wie er behauptete. Zwar sah er ziemlich unverändert aus, doch war nicht zu verkennen, daß der lange Marsch nach Bhithor, vor allem aber die anstrengende, hastige Rückreise in der schlimmsten Hitze, ihn stark angegriffen hatten und daß auch er, wie Koda Dad, alt geworden war und das auch merkte. Er hatte einen jungen Verwandten mitgebracht, einen gutartigen, etwas linkischen Jüngling mit Pockennarben im Gesicht, der auf den Namen Kadera hörte und mit der Zeit, wie Mahdu versicherte, ein guter Koch werden würde. »Wenn ich schon jemanden anlernen muß, dann will ich wissen, mit wem ich es zu tun habe und mich nicht mit einem Bengel quälen, der es nicht mal versteht, Wasser zu kochen.«

Im Bungalow roch es nach abgestandener Luft, nach Schimmel und Petroleum, doch wurde das überdeckt von betäubendem Blütenduft, denn der Gärtner hatte jedes erreichbare Gefäß mit Ringelblumen und Zinnien gefüllt. Auf dem Tisch lag ein Haufen Post aus England, meist für Wally bestimmt. Ash erwarteten zwei nicht englisch geschriebene Briefe, beide seit sechs Wochen unterwegs. Sie enthielten die Schilderung der Festlichkeiten anläßlich der Inthronisation des neuen Maharadscha von Karidkote. Einer stammte von Kaka-ji, der andere von Mulraj. In beiden wurde Ash nochmals herzlich gedankt für »Verdienste um den Staat Karidkote und dessen Herrscher«, und beide enthielten Grüße von Jhoti, der sich pudelwohl zu fühlen schien und wissen wollte, wann endlich der Sahib zu Besuch käme. Abgesehen von der allgemeinen Erwähnung seiner »Verdienste« kein Wort über Bhithor.

»Was habe ich eigentlich erwartet?« fragte sich Ash und legte die weichen, handgeschöpften Bogen zusammen. Karidkote war für ihn ein abgeschlossenes Kapitel. Es war sinnlos zurückzublicken, wenn die Zukunft so viel versprach. In Indien war die Post nach wie vor langsam und unzuverlässig, und die Entfernung zwischen Bhithor und Karidkote entsprach etwa der zwischen London und Wien oder Madrid. Auch war es unwahrscheinlich, daß der Rana, nachdem er mit seinem Erpressungsversuch gescheitert war, eine Korrespondenz mit Jhoti beginnen oder seine Gemahlinnen dazu ermuntern würde.

Am ersten Abend nach der Rückkehr aus dem Urlaub schlug Wally vor, in den Klub zu gehen, um Freunde zu begrüßen und das Neueste aus der Garnison zu hören, doch blieb Ash lieber daheim bei Mahdu und ließ sich von ihm erzählen. Zwei Stunden später kam Wally zurück und brachte einen Gast mit: Wigram Battye, ebenfalls zurück vom Urlaub.

Leutnant Battye war an der Grenze von Poonch auf der Jagd gewesen. Als Wally ihm auf der Straße begegnete, lud er ihn zu sich ein mit der Behauptung, er sei in seinem Bungalow bestimmt besser aufgehoben als im Klub (was nicht ganz stimmte), und brachte ihn im Triumph nachhause. Zwar nahm Ash immer noch den ersten Platz in Wallys Herzen ein, doch Wigram folgte dichtauf, nicht nur, weil er ein liebenswerter und weithin beliebter junger Offizier war, sondern auch weil sein älterer Bruder Quentin – gefallen während des Sepoyaufstandes – in Wallys privater Walhalla einen besonderen Platz einnahm.

Quentin Battye hatte an dem berühmten Marsch auf Delhi teilgenommen, den die Kundschafter bei glühender Hitze in zweiundzwanzig Tagen zurücklegten – fast sechshundert Meilen. Sie stürmten unterwegs einen von den Aufständischen gehaltenen Ort und traten eine halbe Stunde nach Ankunft an jener natürlichen Felsbarriere vor der Garnison von Delhi zum Angriff an, obschon sie seit Sonnenaufgang dreißig Meilen hinter sich gebracht hatten. Es war Quentins erstes und letztes Gefecht; er wurde tödlich verwundet und starb Stunden später mit den Worten »Dulce et decorum est, pro patria mori« auf den Lippen.

Wally, selber Patriot und Romantiker, war davon tief ergriffen worden und konnte das alles genau nachfühlen. Auch meinte er, der Tod fürs Vaterland sei nicht nur eine gute, sondern auch eine prächtige Angelegenheit. In seinen Augen färbte etwas von Quentins Ruhm auf seine bei den Kundschaftern dienenden Brüder Wigram und Fred ab, die er im übrigen »ganz ungemein passable Burschen« nannte.

Wigram seinerseits hatte schon vor anderthalb Jahren bei seinem ersten Zusammentreffen mit Walter Hamilton zu diesem eine Neigung gefaßt, was sehr für Wally sprach, bedenkt man, daß die Begegnung auf Ashs Veranlassung zustandekam, den Wigram für einen unberechenbaren Menschen hielt und den der junge Hamilton offenbar als Helden verehrte, statt zu sehen, was er war: ein ungemein widerspenstiger junger Offizier, der nach Ansicht seiner Vorgesetzten und auch des Leutnants Battye eigentlich vors Kriegsgericht gehörte.

Man hätte es Wigram nicht verdenken können, wäre er dem Schützling von Pandy Martyn aus dem Wege gegangen, doch merkte er bald, daß die Verehrung des Jüngeren für Ash nicht sklavisch war und daß der junge Mensch nicht danach strebte, seinem Vorbild in allem und jedem nachzueifern. Walter mochte mit dem Kopf in den Wolken schweben, er stand aber mit beiden Beinen fest auf der Erde und war ein durchaus eigenwilliger Denker. Wigram urteilte denn auch: »Ein guter Junge, aus dem mal ein ausgezeichneter Offizier der Grenztruppen wird, dem seine Leute überallhin folgen werden, denn er wird immer an der Spitze sein – wie Quentin.« Wigram also ließ sich angelegen sein, so oft er in Rawalpindi zu tun hatte, die Beziehung zu dem jungen

Hamilton zu pflegen, und er legte ihn dem Kommandeur und dessen Stellvertreter so warm ans Herz, daß die Kundschafter hauptsächlich auf Wigrams Empfehlung hin den Leutnant Hamilton für August angefordert hatten.

Ash wußte sehr wohl, daß Wigram als eingefleischter Militär ihn mit Mißtrauen betrachtete und daß es ihn mehr zu Wally zog, wenngleich Ash und Wigram durchaus gut miteinander auskamen. Wally brachte Quentins stillen zurückhaltenden Bruder zum Lachen, lockerte ihn auf und brachte es fertig, daß Wigram sich wie ein sorgloser junger Mann benahm.

Ash war dankbar für Wigrams Anwesenheit, als er die beiden jetzt betrachtete. Zu jeder anderen Zeit hätte er vielleicht so etwas wie Eifersucht auf den Älteren verspürt, den Wally so offenkundig bewunderte, zumal die Freundschaft der beiden sich in den acht Monaten von Ashs Abwesenheit sichtlich vertieft hatte. Doch der Gedanke, noch einige Tage vor Wallys Aufbruch nach Mardan in einem notwendigerweise chaotischen Bungalow gemeinsam zu verbringen, hatte ihn bedrückt, denn alles mußte ihn auf die ihm bevorstehende Einsamkeit hinweisen. Wigrams Anwesenheit würde nicht nur die Zeit schneller vertreiben, sondern ihm auch den Abschied von dem einzigen Freund seines eigenen Blutes erleichtern, den er besaß.

Auch Wally dürfte davon profitieren, denn sie wollten am gleichen Tage aufbrechen und den Weg gemeinsam machen, was bedeutete, daß Wally nicht allein in der Garnison von Mardan eintraf, sondern begleitet von einem der dort populärsten Offiziere. Das allein schon mußte ihm den Anfang erleichtern, und seine glänzende Befähigung zusammen mit Zarins positiver Beurteilung würde dann schon den Rest besorgen.

Ash fürchtete keinen Moment um Wallys Zukunft bei den Kundschaftern; er war unter einem hellen Stern geboren und würde eines Tages einen großen Namen haben, einen Namen, wie Ash ihn bislang immer für sich erhofft hatte.

Nach Wallys Aufbruch kam es Ash im Bungalow sehr still vor, zumal morgens keine christlich-kriegerischen Hymnen mehr aus dem Badezimmer zu vernehmen waren. Auch schien ihm das Haus ungemein leer, leer und viel zu groß und irgendwie heruntergekommen.

Erst jetzt fiel ihm auf, wie vernachlässigt der Bungalow war, wie schäbig die wenigen Möbel, die man für einen skandalös hohen Betrag einem Betrüger aus dem Basar abgemietet hatte. Bislang hatte er es hier behaglich gefunden, ja geradezu traulich, sah man von gewissen Unbequemlichkeiten ab. Nun aber fand er alles abstoßend und ungastlich; der Geruch nach Schimmel, Staub und Mäusen beleidigte seine Nase. Wallys Schlaf- und Arbeitszimmer sah aus, als wäre es jahrelang unbewohnt gewesen; daß er überhaupt je dort gehaust hatte, bewies einzig ein herumliegender Zettel, offenbar eine Wäscheliste.

Als er sich in jenem Teil des Hauses umsah, überkam Ash der Argwohn, Wally sei für ihn verloren. Gut, man sähe einander wieder, und sollte man ihn wieder zum Regiment anfordern, würden sie häufig beisammen sein. Doch die

Zeit und die Ereignisse würden die Freundschaftsbande lockern, die zwischen ihnen bestanden. Wally fände andere Vorbilder, bewundernswerter als Ash – Wigram beispielsweise –, und weil er ein liebenswerter junger Mensch war, der überall auf Gegenliebe stieß, einerlei, wo er ging und stand, würde er einer der beliebtesten Offiziere der Kundschafter und eine Bereicherung für das Regiment sein. Ash machte ihm nicht zum Vorwurf, daß er die alte Freundschaft neuer Freundschaften wegen vernachlässigen würde, doch deren Qualität mußte sich ändern, je nach den Umständen und nach dem, was die Bürokraten »die Erfordernisse des Dienstbetriebes« nannten.

Der Morgen war düster und bewölkt. Durch das verödete Zimmer fuhr eine heftige Böe, die einen jener Regenschauer ankündigte, welche von Zeit zu Zeit das Land unter Wasser setzten; zunächst einmal klapperten alle Läden, und der Wind trieb abgefallene Zweige und Blätter von der Veranda ins Haus. Auch Wallys Wäscheliste, gleichsam das letzte Andenken an ihn, wehte Ash vor die Füße. Als er sich danach bückte und das Papier glattstrich, sah er, daß es keineswegs eine Wäscheliste war, daß vielmehr der Dichter sich hier wieder einmal an Reimen versucht hatte.

Was er da an Wendungen niedergeschrieben hatte, waren die ausgefallensten Wörter, die er, wie Ash nur zu gut wußte, bevorzugte. Ash fragte sich, an wen dieser letzte Versuch gerichtet gewesen sein mochte. Und ob Wally je einer Frau begegnen würde, die eine nicht nur vorübergehende Neigung in ihm weckte. Er konnte sich Wally nicht als nüchternen Familienvater vorstellen. Als verliebten Anbeter ja, aber eben als einen solchen, der stets darauf achtete, die Anbetung nicht so weit zu treiben, daß man ihn beim Worte nahm. Ein Anbeter also, der die Unerreichbaren bevorzugte.

In Wirklichkeit macht es ihm die größte Freude, kleinen Mädchen zu schreiben, wie sehr er sie ihrer zierlichen Fesseln und der schön geschwungenen Brauen wegen bewundert, aber weiter geht er nicht, denn wirklich verliebt ist er nur in den Ruhm des Soldaten. Gott helfe ihm. Nun ja, eines Tages wird er dem entwachsen, und auch von mir wird er sich lösen.

Ash drehte den Zettel um und entdeckte auf der Rückseite einen persisch geschriebenen Text, offenbar hatte Wally einen Teil der Schöpfungsgeschichte ins Persische übertragen. Ash fand, dieser verknüllte Zettel gebe ein genaues Bild vom Charakter Wallys – er zeigte seine Frömmigkeit und seine Neigung zur Poesie, zeugte von seiner sorglosen Haltung gegenüber Frauen und zugleich von seiner Entschlossenheit, die Prüfung in Fremdsprachen mit der besten Note zu bestehen. Seine Übersetzung war überraschend gut gelungen, und als Ash die anmutigen persischen Schriftzeichen las, wurde ihm klar, daß Wally viel fleißiger gewesen war, als er vermutet hatte.

... Er zeichnete Kain mit einem Mal, damit niemand ihn erschlüge. Und Kain entfernte sich aus der Gegenwart Gottes und begab sich in das Land Nod, östlich von Eden...

Ash fröstelte. Er knüllte den Zettel zusammen und warf ihn weg, als wäre er davon gestochen worden. Trotz seiner früheren Vergangenheit neigte er nicht zum Aberglauben und hielt nichts von Vorzeichen. Doch hatte Koda Dad davon gesprochen, daß Schlimmes sich in Afghanistan vorbereite, er fürchtete einen neuen Krieg; die Grenzregimenter müßten als erste in die Kämpfe eingreifen. Ash wußte, daß die Grenzstämme und die Bewohner Zentralasiens die Ebene um Kabul für das Land Kains halten, jenes Land Nod, das östlich von Eden liegt, und glauben, daß Kains Gebeine unter einem Hügel südlich der Stadt Kabul bestattet sind, die er angeblich selber gründete.

Diese Verbindung schien weit hergeholt. Tatsächlich hatte Wally jenen Teil der Schrift übersetzt, weil er kürzlich in den Erinnerungen des ersten Mogulenherrschers gelesen hatte, Barbur des Tigers. Das hatte ihn offenbar bewogen, jenen Teil der Schöpfungsgeschichte nachzulesen und ihn als Übersetzungstext zu wählen. Daran, so redete Ash sich ein, ist nichts Ungewöhnliches, und er schämte sich jenes abergläubischen Schauders. Gleichwohl wünschte er, er hätte diesen Text nicht gelesen, denn jenes Stück von ihm, das Ashok war und stets sein würde, sah darin ein übles Vorzeichen, und weder seine Jahre auf einer englischen Privatschule noch alle Skepsis der Pelham-Martyns konnten ihn davon überzeugen, daß nichts daran war.

Ein weiterer Windstoß trieb den Papierknäuel hinaus auf den staubigen Hof. Damit war das letzte Zeichen von Wallys Anwesenheit verschwunden. Als Ash vor dem eindringenden Staub die Tür schloß, fielen auch schon die ersten schweren Tropfen. Im nächsten Augenblick war der Tag verdunkelt, und man hörte nur noch das Rauschen des Regens.

34

Der Regen hielt das Wochenende über an. Der Staub wurde zu Matsch, und die Temperatur sank. Schlangen, die unter dem Bungalow und zwischen den Wurzeln der Bäume wohnten, flüchteten ins Trockene und bezogen Quartier im Badezimmer und zwischen den Blumenkübeln auf der Veranda, von wo sie durch die Diener unter großer Lärmentfaltung vertrieben wurden.

Leider konnten sie nicht auch den Hauptmann Lionel Crimpley vertreiben, der am Montag Wallys Teil des Bungalows bezog, denn es herrschte immer noch Mangel an Offiziersunterkünften in Rawalpindi, und wäre nicht Crimpley eingezogen, dann jemand anderer. Ash meinte allerdings, jeder andere wäre Crimpley vorzuziehen gewesen.

Crimpley war gut zehn Jahre älter als Ash und der Meinung, sein höherer Rang und sein Dienstalter berechtigten ihn zu einer besseren Unterkunft. Daß er einen Bungalow mit einem rangniedrigeren Offizier teilen sollte, fand er empörend und ließ das auch merken. Er verheimlichte auch nicht, daß er das Land, in das er sich zum Dienst gemeldet hatte, von Grund auf verabscheute und daß er dessen Bewohner für minderwertig hielt, einerlei welchen gesellschaftlichen Ranges sie sein mochten. Als er bald nach seinem Einzug in Ashs Zimmer Stimmen und Lachen vernahm und – ohne anzuklopfen eintrat – sehen mußte, daß Ash sich mit seinem Koch unterhielt und beide die Wasserpfeife rauchten, war er entsetzt.

Man mußte Crimpley zugute halten, daß er glaubte, Ashs Diener benutzten dessen Abwesenheit, es sich in seinem Zimmer gemütlich zu machen. Er entschuldigte sich für sein Eindringen mit schockierter Miene und schilderte abends im Klub dieses Erlebnis seinem Busenfreund Major Raikes, einer gleichgestimmten Seele, den er aus Meerut kannte, wo beide gedient hatten.

Raikes sagte, das überrasche ihn nicht, denn über den jungen Pandy Martyn seien die befremdlichsten Gerüchte im Umlauf. »Wenn du mich fragst, so ist an dem Burschen irgendwas sehr verdächtig. Zum einen spricht er die Landessprache fließend wie ein Eingeborener. Wohlgemerkt, ich bin sehr dafür, daß man genügend Sprachkenntnisse hat, um sich zu verständigen, aber man muß nicht gerade so gut sprechen, daß man für einen Eingeborenen gelten kann, wenn man sich das Gesicht schwärzt.«

Crimpley, der wie alle Offiziere der indischen Armee eine Sprachprüfung hatte ablegen müssen, sprach nach wie vor mit einem unverkennbar englischen Akzent und machte sich nicht die geringste Mühe, seinen mageren Wortschatz zu erweitern. »Ganz meine Meinung«, stimmte er daher zu.

Raikes erwärmte sich für diesen Gegenstand. »Wir als Weiße sollten jeden überflüssigen Kontakt mit den Eingeborenen vermeiden. Was 1857 passiert ist, kann sich wiederholen, wenn wir nicht darauf achten, daß die Eingeborenen den nötigen Respekt vor uns haben. Rede dem jungen Martyn mal ins Gewissen. Wenn er schon mit seinen Dienern zusammensitzt, wird es höchste Zeit, daß ihm jemand die Leviten liest.«

Crimpley fand diesen Rat gut und befolgte ihn bei nächster Gelegenheit. Ash, dem diese spezielle Mentalität noch nicht begegnet war, denn die Crimpleys waren immer noch die Ausnahmen im Heer, hörte anfangs belustigt zu, doch als er einsehen mußte, daß der Hauptmann es ernst meinte, geriet er in Wut. Es kam zu einer unerfreulichen Szene, und Crimpley, den es wurmte, daß Ash ihm ohne Rücksicht auf seinen höheren Rang die Meinung sagte, beschwerte sich beim Major und forderte, der Leutnant müsse ihn auf den Knien um Verzeihung bitten, und er, Crimpley, verlange überdies eine bessere Unterkunft. Sei dies unmöglich, müsse der Leutnant Pelham-Martyn den Bungalow räumen, denn er gedenke keinen Tag länger das Quartier mit einem unverschämten jungen Lümmel zu teilen, der mit den Dienern zusammenhocke, und überdies –

Es folgte noch eine ganze Menge dieser Art, und den Major erfreute das nicht. Für Hauptmann Crimpley und dessen Ansichten hatte er nichts übrig, für die des Leutnants Pelham-Martyn aber auch nicht, denn er gehörte zu denen, die immer und überall den Mittelweg suchen. Extreme waren ihm zuwider. Er fand die Ansichten beider Parteien gleichermaßen unpassend und gab beiden Schuld. Da man aber nicht dulden konnte, daß ein rangniederer Offizier einem ranghöheren gegenüber unverschämt wurde, und sei er auch noch so provoziert worden, bekam Ash einen scharfen Tadel verpaßt, während Crimpley mitgeteilt wurde, er habe sich mit der Anwesenheit des Leutnants bis auf weiteres abzufinden, weil nun mal keine andere Unterkunft für ihn zu beschaffen sei.

»Und das geschieht allen beiden recht«, sagte der Major zufrieden vor sich hin. Er hielt sich für Salomo und ahnte nicht, welche Strafe er den Beteiligten damit auferlegte.

Man ging sich fortan, so gut es die beengten Verhältnisse erlaubten, aus dem Wege, doch waren die folgenden Monate keine angenehme Zeit, obschon der Hauptmann den Bungalow eigentlich nur noch zum Schlafen benutzte, sich im übrigen im Klub aufhielt und dort auch seine Mahlzeiten einnahm. Zu seinem Freund Raikes bemerkte er: »Mit einem Kerl wie dem kann ich mich einfach nicht an einen Tisch setzen. Und wenn du mich fragst: ich finde, die Regierung macht einen großen Fehler, wenn sie derartige Außenseiter zum Dienst in Indien zuläßt. Man sollte solche Leute aus dem Heer ausmerzen, je schneller, desto besser.«

Ash beschrieb seinerseits diesen Herrn seinem Freund Wally in einem Brief:

»Crimpley ist genau jener ignorante, verbohrte Typ, den man unter keinen Umständen nach Indien schicken dürfte; Leute wie er machen im Handumdrehen die Mühen unzähliger gutartiger Menschen zunichte, denn sie gebärden sich wie barbarische Insulaner. Zum Glück gibt es von der Sorte nicht viele, doch ist schon ein einziger zuviel, und mich deprimiert die Vorstellung, daß unsere Nachfahren Leute wie diesen Crimpley für typisch halten werden und meinen, von Clive angefangen, wären nur aufgeblasene, beschränkte, anmaßende und unmanierliche Menschen nach Indien gegangen.«

In der Garnison hatte Ash viele Bekannte, doch keine vertrauten Freunde. Solange Wally da war, brauchte er keine, und jetzt machte er sich nicht die Mühe, im Klub Freundschaften zu schließen, allein schon, weil er dort Crimpley über den Weg gelaufen wäre, der jede Minute seiner dienstfreien Zeit da verbrachte. Statt dessen war er oft in Gesellschaft von Indern des Mittelstandes, die geräumige Häuser in weitläufigen Gärten am Rande der Stadt bewohnten oder aber in der Stadt hohe Häuser mit flachen Dächern besaßen. Es waren dies Kaufleute und Bankiers, Grundbesitzer und Getreidezüchter, Bauunternehmer und Schmuckhändler, kurz das solide Rückgrat einer jeden Stadt.

Ash fand ihre Gesellschaft erholsamer und ein Gespräch mit ihnen mehr seinen Neigungen entsprechend als alles, was ihm in dieser Hinsicht die Garnison zu bieten hatte, denn es wurden viele Themen erörtert – Theologie, Philosophie, Ernten und Handel, die örtliche Selbstverwaltung; man blieb nicht auf Pferde, Skandalgeschichten und endlose Gespräche über den Dienst beschränkt. Auch die langweilige Außenpolitik der demokratischen Staaten im westlichen Teil der Welt spielte hier keine Rolle.

Doch ganz unbefangen fühlte er sich auch hier nicht, denn wenn seine Gastgeber auch stets von vollendeter Höflichkeit waren und sehr darauf bedacht, daß er sich bei ihnen heimisch fühlte, war ihm doch das Vorhandensein einer Barriere stets bewußt; sie war nicht sichtbar, sie wurde verdeckt, so gut es ging, aber sie war da. Man mochte ihn gern, hörte interessiert an, was er zu sagen hatte, war gern mit ihm zusammen und bemerkte mit Genugtuung, daß er die Sprache so fließend beherrschte wie sie selber... und doch gehörte er nicht dazu. Er war willkommener Gast, aber auch ein Landfremder, ein Ausländer, und er gehörte zu der fremden Regierung. Und nicht nur darin bestand die Barriere.

Weil er sich nicht zu ihrem Glauben bekannte und ihrer Rasse nicht angehörte, wurde manches nicht mit ihm erörtert. Die Kinder verkehrten unbefangen mit ihm, ihnen war er kein Fremder, doch ihre Frauen bekam er niemals zu sehen. In manchen Häusern machte sich auch die Kastenschranke bemerkbar, denn von der älteren Generation konnte sich so mancher nicht dazu überwinden, »mit diesem Kerl an einem Tisch zu sitzen«, um mit Hauptmann Crimpley zu sprechen. Die religiösen Vorschriften verboten ihnen das.

Ash fand das ganz selbstverständlich, denn er wußte: uralte Bräuche lassen sich nicht in zwei Jahrzehnten ändern. Doch ließ sich nicht übersehen, daß der gesellschaftliche Umgang zwischen Orthodoxen und einem Außenseiter mühsam war und große Feinfühligkeit erforderte.

Während der kalten Jahreszeit war viel von einer wichtigen Konferenz die Rede, auf der in Peshawar zwischen Vertretern Großbritanniens und dem Emir von Afghanistan über einen Staatsvertrag verhandelt werden sollte. In Rawalpindi erörterte man die politischen Auswirkungen eines solchen Vertrages ausführlich, ja im ganzen nördlichen Pandschab bildete dies das Hauptgesprächsthema. Ash interessierte sich jedoch wenig dafür, trotz allem, was er von Koda Dad darüber gehört hatte, und zwar hauptsächlich darum nicht, weil er sich im Klub kaum sehen ließ und deshalb vieles ihm nicht zu Ohren kam, was er dort sonst wohl zu hören bekommen hätte.

Im Herbst hatte Zarin ihn zweimal in Rawalpindi besucht, und zu Weihnachten bekam Wally eine ganze Woche Urlaub, die er mit Ash auf der Entenjagd unweit Morala am Chenab verbrachte. Es war dies eine sehr angenehme Woche, und die darauf folgenden, langen, unausgefüllten Tage kamen Ash infolgedessen besonders quälend vor, obwohl Wally regelmäßig schrieb und auch Zarin hin und wieder von sich hören ließ. Manchmal kam auch ein Brief von Kaka-ji, der Neuigkeiten aus Karidkote enthielt und Grüße von Mulraj und Jhoti. Anjuli oder Bhithor wurden darin mit keinem Wort erwähnt. Auch Koda Dad schrieb, allerdings nur, daß er sich wohl befinde und daß die Lage seit ihrer letzten Zusammenkunft unverändert sei – woraus Ash schloß, daß die Dinge entlang der Grenze immer noch so standen wie im Sommer und keine Besserung sich abzeichnete.

Hauptmann Crimpley, der gelegentlich solche Briefe herumliegen sah, die Post wurde auf einem kleinen Tischchen ausgelegt, redete im Klub herabsetzend über die Korrespondenz seines Mitbewohners und deutete an, seiner Meinung nach sei dies eine Sache für die Spionageabwehr. Außer Major Raikes nahm das allerdings niemand ernst. Beide Herren waren übrigens bei ihren Offizierskameraden nicht sehr beliebt, und sie hätten Ash wohl nicht schaden können, wäre nicht Mr. Adrian Porson, ein bekannter Weltenbummler und Vortragsreisender, in Rawalpindi aufgetreten.

Januar und Februar waren dahingegangen, die Tage waren warm und sonnig. Mr. Porson gehörte zu den letzten Vortragsreisenden, die Rawalpindi besuchten, denn diese Sorte Menschen zog es vor, möglichst vor dem April diese Gegend hinter sich zu lassen. Er hatte bereits unter dem Patronat von Gouverneuren, Residenten und Ratsmitgliedern einige Monate das Land bereist und wohnte derzeit beim Commissioner von Rawalpindi, von wo er über Peshawar, seinem letzten Vortragsort, nach Bombay und von dort nach England fahren wollte. Er beabsichtigte, Material für eine Vortragsreihe über »Unser Östliches Weltreich« zu sammeln und hielt sich für einen ausgezeichneten Sachkenner. An einem Abend im März wollte er seine Erkenntnisse vor den Mitgliedern des Klubs von Rawalpindi zu Gehör bringen.

Mit einer Stimme, die auch auf den hintersten Plätzen gut zu verstehen war, erklärte Mr. Porson: »Soweit mir bekannt geworden ist, bringen Menschen wie Sie nur den Maharadschas und den Bauern Interesse entgegen, was sehr bedauerlich ist. Man hat den Eindruck, daß Sie den vertraulichen Umgang mit den hiesigen Fürsten suchen und diese ›ganz ordentliche Leute‹ nennen. Aber warum, so fragt man sich unwillkürlich, suchen Sie nicht den Umgang mit Indern Ihrer eigenen Klasse? Man findet das, wenn sie diesen harten Ausdruck entschuldigen wollen, einfach unverzeihlich, denn darin äußern sich nicht nur Kurzsichtigkeit und Vorurteile, um nicht zu sagen purer Snobismus, und jeder denkende Mensch muß das im höchsten Maße kränkend finden. Insbesondere, wenn man dagegen die herablassende Nachsicht hält, welche Sie samt und sonders Ihren ›treuen alten Dienern‹ gegenüber zeigen, die Sie nicht genug loben können – jene Onkel Toms, wie man in Amerika von schwarzen Haussklaven sagen würde, die Sie hinten und vorn bedienen und dafür sorgen, daß Ihnen keine Bequemlichkeit abgeht.«

Ash, der gekommen war, eine Rechnung zu begleichen, hörte zufällig diese letzten Sätze des Vortragenden und unterbrach ihn:

»Es würde mich interessieren zu hören, Sir, was Sie dazu veranlaßt, so verächtlich von Treue zu sprechen. Ich habe darin immer eine christliche Tugend erblickt, aber darin irre ich wohl?« sagte er in einem Ton, der sich wie Säure über die wohlklingenden Phrasen von Mr. Porson ergoß.

Porson war ob dieses unerwarteten Angriffs verdutzt, doch faßte er sich schnell, starrte den Zwischenrufer strafend an und sagte unerschüttert: »Keineswegs. Man zieht dies nur als Beispiel heran, um einen bestimmten Sachverhalt zu verdeutlichen, nämlich daß hierzulande alle Anglo-Inder mit Untergeordneten glänzend auskommen und sich in der Gegenwart von gesellschaftlich Höherstehenden wohlfühlen, daß aber kein einziger sich die Mühe macht, Freundschaft mit gesellschaftlich Gleichgestellten zu schließen.«

Ash sagte mit vorgetäuschter Arglosigkeit: »Darf man fragen, seit wievielen Jahren Sie bereits in Indien leben, Sir?«

Einer seiner Bekannten zupfte ihn mahnend am Ärmel, weil er bereits Unerfreuliches erwartete und zischte: »Halt doch um Himmels willen die Klappe, Pandy!«

Mr. Porson indessen zeigte sich nicht im geringsten gekränkt – nicht, weil er daran gewöhnt war, in seinem Vortrag unterbrochen zu werden, denn das Publikum, dem er vorzutragen pflegte, war viel zu wohlerzogen, um Zwischenrufe zu machen, sondern weil er meinte, den gewohnheitsmäßigen Querulanten erkannt zu haben; also lehnte er sich bequem in seinen Stuhl zurück, glättete die Weste, legte die Spitzen seiner etwas feisten Patschfinger gegeneinander und machte sich daran, diesem jungen Rüpel die verdiente Lektion zu erteilen.

»Die Antwort auf diese Frage, junger Mann, lautet schlicht und einfach: kein einziges Jahr. Man hält sich hier nur vorübergehend als Beobachter auf –«

»– und das wohl zum ersten Mal, nehme ich an«, unterbrach Ash.

Mr. Porson runzelte die Stirne, ließ Nachsicht walten und bemerkte lächelnd: »Ganz recht. Im November traf ich in Bombay ein, und Ende des Monats muß ich leider wieder abreisen. Sie verstehen, man verfügt nicht beliebig über seine Zeit, doch ein unvoreingenommener Beobachter sieht die Fehler im System manchmal schärfer als jemand, der sie täglich vor Augen hat, und es bewahrheitet sich auch hier der Satz: Der Zuschauer sieht mehr vom Spiel als der Mitspieler.«

»In diesem Fall trifft das nicht zu«, widersprach Ash schroff. »Die besondere Schwäche des Systems, wie Sie sich ausdrücken, ist bereits zahlreichen Beobachtern aufgefallen; sie haben sich auch ausführlich dazu geäußert, doch ist meines Wissens keiner von ihnen lange genug im Lande geblieben, um die von ihnen gepredigten Grundsätze in der Praxis auszuprobieren. Hätten sie es getan, sie hätten bald genug bemerkt, daß die Sache sich genau umgekehrt verhält. Der Mittelstand hierzulande ist – ebenso wie der Mittelstand in anderen Ländern – ausgesprochen konservativ, und nicht die Anglo-Inder bestimmen darüber, ob es zu engeren Kontakten kommen soll, sondern die Inder. Wenn Sie Ihren Landsleuten vorwerfen, den Indern die kalte Schulter zu zeigen, machen Sie den gleichen Fehler wie viele andere flüchtige Beobachter, die sich für sachverständig halten. So einfach liegen die Dinge aber nicht, denn auch hier hat jede Medaille zwei Seiten.«

»Falls Sie damit andeuten wollen, was ich beinahe vermute«, unterbrach nun Major Raikes wütend, »dann kann ich dazu nur sagen –«

»Einen Moment, meine Herren!« Mr. Porson gebot mit einer Bewegung seiner kleinen Wurstfinger dem aufkommenden Streit Einhalt und wandte sich neuerlich Ash zu. »Lieber junger Mann, man kann sich ohne weiteres vorstellen, daß viele Inder des Mittelstandes nicht geneigt sind, mit jenem Typ Anglo-Inder nähere Bekanntschaft zu machen, dem man hier draußen gelegentlich selber begegnet ist. Ich möchte keine Namen nennen. Doch scheint mir, daß Sie allesamt die verdammte Pflicht und Schuldigkeit haben, den Versuch zu machen, solche Barrieren zu überwinden, denn nur so können Sie den Standpunkt der Gegenseite kennenlernen und hoffen, jene Loyalität und gegenseitige Achtung zu erzeugen, ohne die sich die englische Verwaltung auf die Dauer im Lande nicht halten kann.«

Diesmal war es Ash, der laut lachte, und zwar so von Herzen, daß Mr. Porson nun sichtlich verärgert war. »So, wie Sie das ausdrücken, klingt es kinderleicht, Sir, und ich will auch nicht behaupten, daß es unmöglich ist, denn möglich ist es selbstverständlich. Aber wie kommen Sie eigentlich auf den Gedanken, daß die Inder sich mit uns anfreunden möchten? Können Sie mir dafür einen Grund nennen, einen einzigen überzeugenden Grund?«

»Nun, schließlich sind wir –« Mr. Porson brach mitten im Satz ab und errötete tatsächlich.

»– eine Art Besatzungsmacht, nicht wahr?« vervollständigte Ash den Satz für ihn. »Ich verstehe. Sie meinen, als Angehörige einer minderwertigen Rasse müßten die Inder dankbar sein, wenn wir ihnen unsere Freundschaft anbieten, und ihrerseits alles daransetzen, die unsere zu gewinnen, nicht wahr?«

»Keine Spur!« widersprach Mr. Porson heftig, doch sein hochrot angelaufenes Gesicht verriet nur allzu deutlich, daß er genau dies dachte – wenn er es auch nicht so ausgedrückt hätte. »Ich wollte nur zu verstehen geben... was ich sagen will, ist... Nun, man muß zugeben, wir sind in der Lage, ihnen eine Menge zu bieten. Unsere westliche Kultur beispielsweise, unsere Literatur... unsere Erkenntnisse auf naturwissenschaftlichem Gebiet und in der Medizin undsoweiter. Sie dürfen mir wirklich nicht Worte in den Mund legen Mr. – wie war Ihr Name doch?«

»Pelham-Martyn«, half Ash ihm nach.

»Oh.« Mr. Porson war betroffen. Er war mit mehreren Persönlichkeiten dieses Namens bekannt und einmal Gast auf Pelham-Abbas gewesen, wo Sir Matthew ihn mit einer seiner berühmten schneidenden Bemerkungen zum Schweigen gebracht hatte, allerdings erst, nachdem er bei Tische zwei Stunden die Unterhaltung allein bestritten hatte. Diese Niederlage war Mr. Porson noch recht frisch im Gedächtnis, und sollte dieser junge Mensch mit der unverblümten Redeweise ein Verwandter jenes Sir Matthew sein –

»Ich bitte um Verzeihung, falls ich ungerecht gewesen sein sollte, Sir«, sagte Ash. »Meine Vermutung basierte einfach darauf, daß sehr viele Besucher, die sich nur kurz im Lande aufhalten, zu dieser Meinung neigen –«

Hätte er es dabei bewenden lassen, er wäre gewiß im Sommer wieder nach Mardan versetzt worden und vieles von dem, was sich später ereignete, hätte nicht stattgefunden oder doch auf andere Weise. Das Thema indessen interessierte ihn nun einmal brennend, und er konnte sich nicht bremsen. »Sie könnten aber leicht zu anderen Einsichten kommen, Sir, wenn Sie sich die Mühe machten, die Dinge vom Standpunkt der Gegenseite zu betrachten.«

»Und wie stellen Sie sich das vor?« fragte Mr. Porson beleidigt.

»Etwa so«, begann Ash eindringlich. »Stellen Sie sich vor, Großbritannien wäre von einer fremden Macht besetzt, wie ja schon zu Zeiten Roms, nur eben von den Truppen eines indischen Großreiches, es wäre eine Kolonie und alle wirklich bedeutenden Ämter lägen in den Händen von Indern. Die Gesetze würden von einem indischen Generalgouverneur erlassen, Gesetze, die in krassem Widerspruch stehen zu unseren Sitten und Gebräuchen und unserer traditionellen Denkweise. Stellen Sie sich weiter vor, Sie müßten die Sprache der Besatzer erlernen, wollten Sie eine auch nur einigermaßen auskömmliche Stellung unter der Besatzungsmacht einnehmen. Die öffentlichen Dienste stünden unter indischer Aufsicht, überall im Lande gäbe es indische Garnisonen, und man würde Engländer anwerben, die unter indischen Offizieren dienen. Wer dagegen aufmuckt, wird zum gefährlichen Agitator erklärt, und kommt es zu Aufständen, schlägt man sie mit Gewalt nieder. Bedenken Sie, ein solcher Aufstand hätte sich – diese Lage einmal angenommen – vor weniger als zwanzig Jahren ereignet, als Sie selber bereits ein erwachsener Mann waren. Sie würden sich also gut daran erinnern, und hätten Sie nicht selber daran teilgenommen, so wüßten Sie doch von einer Anzahl Ihnen bekannter Menschen, die sich beteiligt und vielleicht den Tod dabei gefunden haben – oder die im Nachhinein wegen Mitwisserschaft oder wegen des Verdachtes der Teilnahme exekutiert worden sind. Wenn Sie sich das alles vorstellen, würden Sie dann den Wunsch haben, freundschaftliche Beziehungen zu Ihren indischen Bedrückern herzustellen? Falls ja, kann ich nur sagen, Sie müssen ein wirklich christliches Gemüt haben, und es ist mir eine Ehre, Ihre Bekanntschaft gemacht zu haben. Ergebenster Diener, Sir.«

Er verbeugte sich, machte kehrt und verließ den Raum, ohne abzuwarten, was Mr. Porson etwa erwidern mochte.

Mr. Porson hatte allerdings nichts zu erwidern. Da er die Lage niemals aus dem von Ash aufgezeigten Blickwinkel betrachtet hatte, war er vorübergehend ratlos. Major Raikes und sein Freund Crimpley hingegen, die beide anwesend waren, hatten eine Menge zu sagen. Für Mr. Porson hatten sie nichts übrig, dessen Kritik am Verhalten der Anglo-Inder war ihnen sogar sehr zuwider, doch was Ash da vorgebracht hatte, noch dazu gegenüber einem Herrn, der alt genug war, sein Vater zu sein und überdies Gast des Klubs, das ging den beiden denn doch zu weit.

Crimpley fauchte: »Unerträgliche Frechheit und unverzeihliche Manieren nenne ich das! Einfach einen Vortrag zu unterbrechen, hochverräterisches Zeug daherzuschwatzen, und dabei ist er diesem Porson nicht einmal vorgestellt worden, der noch dazu als Gast im Hause des Commissioners wohnt! Das war eine vorsätzliche Provokation des gesamten Klubs, und der Vorstand sollte diesen Grünschnabel zwingen, sich öffentlich zu entschuldigen oder auszutreten.«

Raikes tat den Vorstand mit einem wegwerfenden Schulterzucken ab und sagte forsch: »Ach was, alles Blödsinn. Der Vorstand soll auf seinen Papieren hocken, bis er schwarz wird, und dieser Porson ist eine aufgeblasene Null. Aber was Pelham-Martyn da alles gesagt hat, darf ein Offizier weder sagen noch denken. England, besetzt von indischen Truppen – das ist ja Aufforderung zum Hochverrat! Es wird Zeit, daß diesem Bürschchen eine Lektion erteilt wird, je eher desto besser.«

Nun findet sich in jeder Garnison – in jeder Stadt übrigens – immer eine genügend große Zahl von Raufbolden, die stets bereit sind, jemandem »eine Lektion zu erteilen«, vorzugsweise einem Individuum, dessen Ansichten ihnen nicht passen. Major Raikes brachte also mühelos ein Halbdutzend solcher schlichter Gemüter auf die Beine, die zwei Nächte später bei Ash eindrangen in der Absicht, ihn aus dem Bett zu holen und windelweich zu prügeln. So jedenfalls war es gedacht.

Das Resultat allerdings entsprach nicht ganz den Erwartungen, denn man hatte nicht bedacht, daß Ash einen leichten Schlaf hatte und schon seit langem – notgedrungen – gelernt hatte, sich seiner Haut zu wehren. Auch schreckte er in solchen Fällen nicht vor »unsportlichem« Verhalten zurück.

Ferner war nicht in Betracht gezogen worden, daß der entstehende Kampflärm die Dienerschaft und den Nachtwächter auf den Plan rufen würde, die nun aber in der Annahme, Räuber hätten den Bungalow von Pelham-Sahib überfallen, tapfer mit allen verfügbaren Waffen zum Tatort eilten. Der

Nachtwächter bediente sich mit gutem Erfolg der Kette und des Stockes, Gul Baz wirbelte eine Eisenstange über dem Kopf, und Kulu Ram, Mahdu und dessen Assistent setzten ihr Vertrauen jeweils in einen Polohammer, ein Schüreisen und einen Besen mit langem Stiel.

Als man Licht brachte und das Schlachtfeld überblickte, hatten beide Parteien Verluste erlitten. Ash lag bewußtlos am Boden, allerdings nicht, weil Major Raikes und seine gedungenen Schläger ihn verletzt hatten, sondern weil er im Dunkeln über einen Stuhl gestolpert und mit der Schläfe gegen die Kante des Tisches gefallen war. Der Major blutete aus der Nase und hatte ein verrenktes Fußgelenk. Einzig der agile Kulu Ram war von allen Kämpfern ohne Schramme davongekommen.

Das Scharmützel währte nur kurz, erzeugte aber beträchtlichen Lärm und – durch die Zahl der Verwundeten – Aufsehen. Man konnte über kleinere Knochenbrüche, schwarz verschwollene Augen und blutige Schrammen nicht einfach hinwegsehen. Es kam zu einer amtlichen Untersuchung, weil unter der Hand angestellte Erkundigungen kein Ergebnis brachten. Es stellte sich denn heraus, daß »eingeborene« Dienstboten bei dieser Schlägerei zwischen englischen Offizieren beteiligt gewesen waren. Ein Skandal. Der Brigadegeneral war außer sich, denn er hatte während des Aufstandes unter Havelock in Lucknow und Cawnpore gekämpft und nichts vergessen. »So etwas darf einfach nicht passieren! Das kann die schlimmsten Folgen haben. Die allerschlimmsten! Wir müssen diesen jungen Kampfhahn loswerden, und zwar auf dem schnellsten Wege.«

Ein ältlicher Major, der diesem Gedankengang verständlicherweise nicht ganz folgen konnte, fragte: »Welchen Kampfhahn meinen Sie, Sir? Den jungen Pelham-Martyn trifft schließlich keine Schuld –«

»Weiß ich, weiß ich«, bellte der General, »ich behaupte ja nicht, daß es seine Schuld war. Wenn man auch sagen könnte, er hat diesen Überfall herausgefordert, indem er die Mitglieder des Klubs provozierte und sich frech gegen diesen Vortragskünstler benahm, der beim Commissioner wohnt. Tatsache bleibt: ob nun absichtlich oder nicht, der Bursche macht unentwegt Ärger, egal, wo er hinkommt. Aus seinem Regiment hat man ihn versetzt und will ihn nicht zurückhaben, und im übrigen waren es seine Eingeborenen, die Raikes und Kompanie zusammengeschlagen haben. Die mögen ja allen Grund gehabt haben, denn hätte es sich bei den Angreifern wirklich um Räuber gehandelt, könnte man ihnen jetzt ein Lob erteilen. Aber es waren eben keine Räuber! Wir können uns nicht leisten, daß die ganze Stadt darüber lacht, daß diese Eingeborenen unseren Offizieren eins ausgewischt haben. Also Pelham-Martyn muß weg, auf dem schnellsten Wege.«

Major Raikes, Nase und Fuß in Gips, bekam eine scharfe Verwarnung und mußte strafweise Genesungsurlaub antreten. Seine Mitkämpfer wurden zu Stubenarrest verdonnert, nachdem sie vom General einen Anpfiff bekommen hatten, den sie ihr Leben lang nicht vergessen würden, und Ash, der sich schließlich als Opfer betrachten durfte, nicht aber als Angreifer, ließ man genau vierundzwanzig Stunden Zeit, seine Sachen zu packen, seine Schulden zu begleichen und sich samt seiner Dienerschaft nach Jhelum in Marsch zu setzen, wo sie den Postzug Richtung Delhi und Bombay zu besteigen hatten.

Ash wurde zu Ropers Kavallerieregiment in Ahmadabad versetzt, im Staate Gujerat, etwa vierhundert Meilen nördlich von Bombay, mehr als zweitausend Meilen von Rawalpindi entfernt, einerlei ob man Straßen oder die Bahn benutzte...

Rawalpindi zu verlassen, fiel Ash nicht schwer; seine indischen Freunde würden ihm fehlen, auch die hügelige Landschaft, in der er gerne ritt, der Anblick der scharf umrissenen Gebirgskette in der Ferne, der würzige Geruch von Holzrauch und Kiefernnadeln, den der Wind mitführte, wenn er, selten genug, von Norden blies. Andererseits war seine neue Garnison keine hundert Meilen von der Grenze zu Radschputana entfernt und nur wenig mehr – in der Luftlinie – von Bhithor. Dort würde er Juli näher sein, was ein Trost war, obschon er das Territorium des Rana nicht würde betreten dürfen. Und wenn er seine Verbannung aus Rawalpindi auch als Ungerechtigkeit empfand, so rettete sie ihn doch davor, weiterhin das Quartier mit einem Menschen wie Crimpley teilen zu müssen.

Auch bestand keinerlei Aussicht, in absehbarer Zeit mit Wally oder Zarin zusammenzukommen, denn den Kundschaftern war seit neuestem aller Urlaub gestrichen worden, weil man Unruhen unter den Jowaki Afridis erwartete, die offenbar nicht damit einverstanden waren, daß die Regierung ihnen künftig eine geringere Prämie dafür zahlen wollte, daß sie sich friedlich verhielten.

Ash entnahm dies einem Brief aus Mardan, der einen Tag vor dem Überfall auf seinen Bungalow eintraf, und weil er nun wußte, daß er die Freunde lange Zeit nicht zu Gesicht bekommen würde, kränkte es ihn weniger, so willkürlich nach Ahmadabad abgeschoben zu werden. Bei der Lektüre von Wallys Brief fiel ihm alles wieder ein, was Koda Dad ihm auf dem Dach des Hauses von Fatima-Begum in Attock erzählt hatte, und der Gedanke, die Kundschafter würden sogleich in Aktion treten, sollte es zum Kriege kommen, stimmte ihn mißmutig. Man würde das gesamte Korps einsetzen, und so mancher würde fallen. Er aber, Ash, würde nicht dabei sein, sondern in einer langweiligen, staubigen Garnison im fernen Gujerat Däumchen drehen.

Diese Vorstellung war niederdrückend, doch wollte er bei näherer Betrachtung der Lage einfach nicht glauben, daß die Sache mit den Jowaki Afridi sich zu einer größeren Angelegenheit auswachsen oder daß ein Zusammenhang mit dem bestehen könnte, wovon Koda Dad gesprochen hatte. Koda Dad wurde alt, das war es, und wie alle alten Leute nahm er Kleinigkeiten übermäßig wichtig und sah schwarz in die Zukunft. Kein Grund, seine Erzählungen ernst zu nehmen.

Der letzte Tag in Rawalpindi verging mit emsiger Tätigkeit. Zwei seiner Pferde verkaufte Ash, Baj Raj schickte er Wally zu treuen Händen nach Mardan; er machte Abschiedsbesuche bei Freunden im Ort und schrieb eine Anzahl Briefe, in denen er seine neue Adresse angab und mitteilte, er werde in Gujerat gewiß achtzehn Monate bleiben, wenn nicht länger.

»... solltest du während dieser Zeit deinen Nichten einen Besuch machen«, schrieb er an Kaka-ji, »bitte ich dich, mir die Ehre anzutun, deine Reise um ein weniges auszudehnen, damit ich die Freude habe, dich zu sehen. Die Entfernung ist nicht bedeutend, kaum mehr als fünfzig Meilen, wie der Vogel fliegt, und wenn es vielleicht auf der Straße auch doppelt so weit ist, sollte es dich doch nicht mehr als drei bis vier Tage kosten. Ich würde dir mindestens zwei Drittel des Weges entgegenreiten, auch weiter, falls du dies gestattest, doch fürchte ich, du schlägst mir diese Bitte ab...«

Das würde Kaka-ji gewiß tun. Auch erwartete Ash nicht im Ernst, daß der alte Herr noch einmal die weite Reise nach Bhithor machen würde. Immerhin, ausgeschlossen war es nicht; in diesem Falle sähe er Juli und spräche mit ihr; in einem Brief an Ash würde er davon nichts erwähnen, doch unter vier Augen würde er sich nicht sträuben zu sprechen, zumal er wußte, daß Ash alles darum gegeben hätte zu erfahren, daß es Juli gut ging, daß sie nicht zu unglücklich war. Und selbst schlechte Nachrichten hätte er besser ertragen als diese völlige Ungewißheit.

Als Mahdu am Abend sein Gepäck im Postzug verstaute, maulte er: »Ich werde für solche Reisen allmählich zu alt. Ich sollte mich pensionieren lassen und meine letzten Tage in Frieden und Muße verbringen, statt kreuz und quer durch das ganze Land zu ziehen.«

Ash fragte verdutzt: »Ist das dein Ernst, Cha-cha-ji?«

»Würde ich es sonst sagen?« blaffte der Alte.

»Vielleicht um mich zu strafen? Aber wenn du es wirklich ernst meinst, nimm die Postkutsche nach Abbottabad, die geht morgen früh und braucht bloß drei Tage.«

»Und was soll aus dir werden, wenn ich nicht mehr auf dich achtgebe?« grollte Mahdu. »Wirst du Gul Baz um Rat fragen, wie du mich fragst? Oder seinen Rat annehmen, wenn er ihn gibt, wie du oft genug meinen Rat angenommen hast? Auch bin ich durch ein Versprechen an dich gebunden, das ich vor vielen Jahren Anderson-Sahib gab; Ala Yar habe ich das gleiche versprochen. Und auch durch Zuneigung, die ein noch stärkeres Band ist... aber wahr ist, ich werde alt, ermüde leicht, bin nichts mehr wert und möchte nicht gern mein Leben im Süden unter Götzenanbetern beschließen, deren Herzen so schwarz sind wie ihre Haut. Wenn es Zeit wird für mich, will ich im Norden sterben, wo der Wind sauber und kühl von den Schneebergen weht.«

»Das liegt in Gottes Hand«, erwiderte Ash leichthin, »und ich soll ja auch nicht bis an mein Lebensende in Gujerat bleiben, sondern nur eine kurze Weile, Cha-cha-ji. Anschließend darf ich bestimmt zurück nach Mardan. Dann sollst du so viel Urlaub haben, wie du willst, oder du setzt dich zur Ruhe, wenn du das vorziehst.«

Mahdu schniefte, trottete zum Gepäckwagen, um nach dem Rechten zu sehen und wirkte nach wie vor nicht überzeugt.

Der Zug war in jener Nacht nur halb besetzt, und Ash genoß es sehr, daß er ein Abteil für sich allein fand, also nicht mit Fremden Konversation zu machen brauchte. Als der Zug sich in Bewegung setzte, Lampen und Lärm des Bahnhofs hinter sich ließ und in die Dunkelheit rollte, hätte er dann doch gern einen Mitreisenden im Abteil gehabt, denn nun, da er allein und müßig war, verließ ihn der Optimismus, der ihn in den beiden letzten Tagen belebt hatte, ganz plötzlich, und es erschien ihm gar nicht mehr ausgemacht, daß er nur ein Jahr oder anderthalb in Gujerat würde verbringen müssen. Angenommen, es würden zwei daraus oder drei, wenn nicht gar vier? Und wenn nun die Kundschafter ihn überhaupt nicht mehr anfordern würden?

Der Zug rumpelte, die Öllampe baumelte und erfüllte das schwankende Abteil mit dem scheußlichen Gestank von Petroleum. Ash drehte sie aus, legte sich im Dunkeln auf die Bank und fragte sich, wie lange es noch dauern mochte, bis er den Khaibar wiedersehen würde. Dabei kam es ihm vor, als wiederholten die klackenden Räder unermüdlich und mit spottender Beharrlichkeit: Nie wieder, nie wieder, nie wieder – ein höchst unangenehmer Eindruck.

Die Reise nach Bombay schien erheblich länger zu sein, als er vom letzten Mal her im Gedächtnis hatte. Das war jetzt fünf Jahre her. Damals war er in umgekehrter Richtung gefahren, in Gesellschaft von Belinda und ihrer Mutter und dem unseligen George. Fünf Jahre... waren es wirklich nicht mehr? Es kam ihm vor, als wären es zwölf, wenn nicht gar zwanzig.

Angeblich hatte das Eisenbahnwesen seither große Fortschritte gemacht, doch bemerkte Ash davon nichts. Eine Durchschnittsgeschwindigkeit von fünfundzwanzig Kilometern pro Stunde stellte gewiß eine Verbesserung dar, doch waren die Waggons unverändert verstaubt und unbequem; der Zug hielt häufig, und weil es immer noch keine durchgehende Verbindung nach Bombay gab, mußte man mehrmals umsteigen. Unterdessen waren Leute in sein Abteil zugestiegen, doch genoß er deren Anwesenheit nicht. Das änderte sich zum Glück in Bombay, wo er samt Dienern und Gepäck den Zug nach Baroda und Ahmadabad nahm. Hier bekam er ein Schlafwagenabteil mit zwei Betten. Sein Reisegenosse war ein kleiner, unscheinbar wirkender Mann, zu dessen bescheidener Miene und mild blauen Augen die Ohren nicht recht passen wollten, die eher einem kampferprobten Boxer zu gehören schienen. Er stellte sich mit sanfter Stimme als Bert Stiggins vor, ehemals Angehöriger der englischen Kriegsmarine, nun aber Eigner und Kapitän eines kleinen Küstenfrachters, der »Marola«, derzeit im Dock von Porbandar an der Westküste von Gujerat.

Das bescheidene Auftreten dieses Herrn erwies sich jedoch alsbald als irreführend. In dem Moment nämlich, als zwei fremde Reisende sich ins Abteil drängten, behaupteten, dieses reserviert zu haben und Ash und Stiggins aufforderten, dasselbe augenblicks zu räumen, war Stiggins wie ausgewechselt. Diese Herren gehörten zu einer der größeren Handelsgesellschaften; sie hatten augenscheinlich gut gespeist und getrunken und begriffen nicht, daß die

Nummer des Abteils, das sie zu besetzen trachteten, keinesfalls mit der auf ihren Fahrscheinen angegebenen Nummer übereinstimmte. Möglich auch, daß sie sich streitlustig fühlten und auf eine Prügelei aus waren. Ash fühlte sich gerade in der richtigen Stimmung für eine derartige Abwechslung, kam aber nicht zum Zuge.

Mr. Stiggins, der friedlich auf seiner Schlafkoje saß, während Ash den Neuankömmlingen vernünftig zuzureden suchte, erhob sich, als einer der Eindringlinge den Schaffner zum Abteil hinauswarf und der andere zu einem Schwinger gegen Ash ausholte.

»Überlassen Sie das mal mir, mein Junge«, erklärte Mr. Stiggins sanft und schob Ash ohne sichtliche Mühe zur Seite. Zehn Sekunden später lagen die fremden Herren bäuchlings nebeneinander auf dem Bahnsteig, ohne recht zu wissen, wie das zugegangen war, und ihr Gepäck flog in hohem Bogen hinter ihnen her. Mr. Stiggins entschuldigte sich für das Betragen der beiden Rabauken beim Schaffner, schloß die Abteiltür und setzte sich seelenruhig wieder auf seine Bank.

Ash, der seinen Augen nicht traute, keuchte: »Donnerwetter, wie haben Sie das denn so schnell geschafft?«

Mr. Stiggins, nicht die Spur außer Atem, machte ein etwas verlegenes Gesicht und erklärte, er habe bei der Marine solche Sachen gelernt und seine Kenntnisse gelegentlich etwas aufgefrischt, »vor allem in Japan. Die Japse kennen da alle möglichen Kniffe, die recht nützlich sind. Die überlassen die Schwerarbeit dem Angreifer und stupsen ihn dann mit dem kleinen Finger um. Wenn man's kann, ist es sehr einfach.«

Er blies sanft auf seine verschrammten Knöchel, blickte durchs Fenster nach den immer noch reglos auf dem Bahnsteig liegenden Gestalten und sagte besorgt: »Falls die beiden Bürschchen sich nicht beeilen, verpassen sie noch den Zug.« Keiner von den glotzenden Zuschauern machte Anstalten, die Herren zu ihrem Waggon zu weisen. »Man kann nur hoffen, sie lernen daraus, künftig mit dem Schnaps etwas vorsichtiger umzugehen. Wie heißt es doch schon so treffend in der Bibel: Wein ist ein Spötter, aber starke Getränke sind wie ein Sturmwind.«

Ash betrachtete seinen Mitreisenden ehrfurchtsvoll und fragte: »Sind Sie Abstinenzler, Mr. Stiggins?«

»Käpten Stiggins«, verbesserte jener bescheiden. »Oh nein, hin und wieder nehme ich gern ein Gläschen, aber übertreiben tue ich es nicht. Mein Motto ist: Mäßigkeit in allen Dingen. Ein Glas zuviel, und schon nimmt man es mit der ganzen Welt auf und endet im Kittchen. Oder man verpaßt seinen Zug, wie diese bedauernswerten jungen Menschen draußen... da, sehen Sie selber.«

Der Schaffner ließ, wie um sich zu rächen, die Pfeife trillern, und der Zug rollte aus dem Hauptbahnhof von Bombay ohne jene beiden reiselustigen Herren, die, umringt von grinsenden Kulis zwischen ihrem umherliegenden Gepäck saßen und sich die Köpfe hielten.

Während der nun folgenden Reisetage lernte Ash den Kapitän recht gut kennen, und seine Bewunderung für dessen kämpferische Geschicklichkeit wurde ergänzt durch den Respekt, den er nach und nach für diesen Herrn in sich aufsteigen fühlte. Herbert Stiggins, »Der Rote«, wie er nicht nur seiner Haarfarbe wegen genannt wurde – Lal-lerai-wallah, der Rote Kampfhahn, nannte man ihn an der Küste –, hatte sich vor fast einem halben Jahrhundert als noch junger Bursche von der Kriegsmarine getrennt und befuhr derzeit hauptsächlich die Küste zwischen Sind und Gujerat. Seine »Morala« war kürzlich bei einer Kollision mit einer ohne Positionslichter fahrenden Dschunke beschädigt worden, und Stiggins erzählte, er habe sich in Bombay mit einem Anwalt beraten wegen eventuell zu stellender Schadenersatzforderungen.

Seine Redeweise war so würzig und belebend wie die Seeluft, untermischt mit Zitaten aus Bibel und Gesangbuch – außer diesen, Segelhandbüchern und Seekarten hatte er nie etwas Gedrucktes gelesen –, und so unterhaltend, daß die Herren sich richtig angefreundet hatten, als der Zug endlich in Ahmadabad ankam.

35

Ahmadabad, eine einstmals schöne Stadt, vom Sultan Ahmad Shah in der ersten Hälfte des 15. Jahrhunderts gegründet, wies nur noch geringe Spuren ihrer legendären Pracht und Schönheit auf. Sie lage nahe dem Sabarmati in einer flachen, reizlosen Flußniederung, und das umliegende fruchtbare Land unterschied sich von dem löwenfarbigen, abweisenden Grenzgebiet ebenso wie Ropers Kavallerieregiment sich von den an der Grenze stationierten Regimentern unterschied, im Erscheinungsbild wie im Temperament. Die Bewohner von Gujerat waren ein friedliebendes Völkchen, das nach dem Grundsatz ›Schließe Freundschaft mit deinen Feinden‹ handelte.

Ash kamen die älteren Stabsoffiziere geradezu uralt und versteinert vor, noch viel bornierter als die Offiziere seines eigenen Regiments. Der Kommandeur, Colonel Pomfret, hätte gut für Rip van Winkle gelten können. Er trug einen weißen Vollbart und seine Anschauungen waren schon vor fünfzig Jahren veraltet gewesen.

Die Garnison selber unterschied sich kaum von ähnlichen Anlagen im ganzen Lande. Es gab eine alte Festung, einige europäische Ladengeschäfte und Bungalows für Offiziere, beschattet von Bäumen, in denen Krähen, Tauben und Papageien wohnten, und in deren Wurzelwerk gestreifte Erdhörnchen ihr Wesen trieben.

Der Tag verlief nach der schon gewohnten Routine – Wecken, Stalldienst, Schießausbildung, Exerzieren, Büroarbeit. Immerhin machte Ash in gesellschaftlicher Hinsicht eine angenehme Entdeckung: er traf die ihm aus Peshawar bekannte Mrs. Viccary, deren Gatte kürzlich nach Gujerat versetzt worden war. Die Freude war gegenseitig, und Ash fand bei Edith Viccary bald so etwas wie ein zweites Zuhause, denn sie war wie eh und je eine teilnahmsvolle, interessierte Zuhörerin. Und zu erzählen gab es viel, denn sie hatten sich nicht gesehen, seit Belinda die Verlobung gelöst und Ash sich jenseits der Grenze in Afghanistan herumgetrieben hatte.

Was seinen Dienst betraf, war es für ihn ein Nachteil, daß er der Landessprache nicht mächtig war. Vor vielen Jahren hatte er von einem Diener seines Vaters etwas Gujerati aufgeschnappt, doch erinnerte er sich kaum noch daran und mußte wohl oder übel wie jeder Neuling ganz von vorn anfangen, was ihm schwer wurde. Daß er die Sprache als Kind gesprochen, bewirkte wohl, daß er schnellere Fortschritte machte, als zu erwarten war. Seine Offizierskameraden, die von seiner Vergangenheit nichts wußten – außer dem Spitznamen Pandy, der ihn auch hierher verfolgte, staunten darüber, wie schnell er lernte. Nur der Kommandeur, der Professor Hilary Pelham-Martyn vor einigen dreißig Jahren einmal kennengelernt und im folgenden ›Sprachen und Dialekte des Indischen Subkontinentes‹ gelesen hatte, fand es weiter nicht erstaunlich, daß der Sohn die Sprachbegabung des Vaters geerbt hatte. Er hoffte nur, daß er nicht auch die abwegigen Ansichten des Vaters übernommen hatte.

Ashs Betragen gab in den ersten Monaten allerdings keinen Anlaß zu solchen Vermutungen. Er versah seinen Dienst zufriedenstellend, wenn auch nicht mit Begeisterung, und galt bei den jüngeren Herren als ausgesprochener Langweiler, weil er sich in der Messe, beim Kartenspiel und bei geselligen Zusammenkünften kaum je blicken ließ. Allerdings mochte dies auch der Hitze zuzuschreiben sein, die selbst den lebhaftesten Geistern einen Dämpfer aufsetzte; bei Einsetzen der kalten Jahreszeit mochte dieser Pandy sich ändern und als ein rechter Treibauf erweisen.

Der Wetterwechsel brachte die erhoffte Änderung indessen nicht. Allerdings war Ash ein glänzender Polospieler, so daß man ihm seine Ungeselligkeit ebenso nachsah wie den Umstand, daß er sich an den Vergnügungen nicht beteiligte, welche man innerhalb der Garnison veranstaltete und sich vom Kartenspiel ebenso fernhielt wie von Schnitzeljagden, Picknicks und dem Laientheater.

Die Damen der Garnison, die anfangs lebhaftes Interesse an dem Neuzugang bekundet hatten, stimmten schließlich mit den Herren darin überein, daß Ash entweder beklagenswert langweilig oder grenzenlos arrogant sei – das Urteil hing von Alter und Temperament des Urteilenden ab – und keinesfalls ein Gewinn für die Garnison. Dieses Urteil festigte sich, als Ash ein höchst vulgäres Individuum zum Essen in den Klub einlud – augenscheinlich den Schiffer eines Küstenfrachters. Ash war Red Stiggins, der geschäftlich in Ahmadabad zu tun hatte, zufällig auf der Straße begegnet.

Seither gab man den Versuch auf, Ash zur Teilnahme am gesellschaftlichen Leben zu nötigen, ließ ihn in seiner freien Zeit in Ruhe, und das war ihm gerade recht. Er verbrachte viele Stunden mit seinen Sprachstudien und erkundete nebenher die Umgebung, die zahlreiche Reste einer glanzvollen Vergangenheit aufwies, meist schon überwuchert von Schlingpflanzen und längst vergessen – alte Gräber, Tempelruinen und Wasserbehälter, erbaut aus Quadern, die von weit im Norden gelegenen Steinbrüchen stammten.

Die weitläufige Halbinsel Gujerat war meist flach und bot dem Auge nichts. Das Land war dank reichlicher Regenfälle fruchtbar. Getreide und Bananen, Mangos und Apfelsinen, Limonen, Palmen und Baumwolle gediehen prächtig. Nichts glich dem Radschputana, an das Ash sich so lebhaft erinnerte, doch die Hügel, die im Nordosten die Grenze zum Lande der Könige bezeichneten, gemahnten ihn daran, daß – der Luftlinie nach – kaum hundert Meilen weiter Bhithor lag. Bhithor und Juli…

Er gab sich Mühe, nicht daran zu denken, doch fiel ihm das in den langen, glutheißen Monaten schwer, wenn es vor Tagesanbruch aufstehen hieß, weil der Dienst beendet sein mußte, bevor die Hitze jede körperliche wie geistige Anstrengung verbot; vom Vormittag bis zum späten Nachmittag blieb man notgedrungen bei geschlossenen Fensterläden im Hause, verhielt sich stille und schlief.

Die Mehrheit der Bewohner, die Europäer nicht ausgenommen, schien das weiter nicht schwierig zu finden, doch für Ash waren diese heißen, müßigen Stunden der schlimmste Teil des Tages. Sie ließen ihm zuviel Zeit zu grübeln, sich zu erinnern und zu bereuen. Er widmete sich daher mit Eifer seinen Sprachstudien in der Hoffnung, zwei Fliegen mit einer Klappe zu schlagen. Er beherrschte die Sprache bald so gut, daß er von seinem Lehrer ebenso bewundert wurde wie von seinen Soldaten. Und trotzdem blieb ihm Zeit genug für fruchtloses Grübeln.

Eigentlich hätte er daran gewöhnt sein sollen, denn das ging nun schon ein ganzes Jahr so, doch war es ihm irgendwie leichter gewesen, als er Hunderte Meilen von Juli entfernt lebte und nichts in seiner Umgebung ihn an sie erinnerte. Auch gab es, selbst nach Wallys Versetzung, in Rawalpindi manche Ablenkung – seine indischen Bekannten, die Pferde, Urlaubstage in Murree mit dem Ausblick auf die schneebedeckten Berge von Kaschmir. Sogar die Fehde mit Crimpley und dessen Freunden hatte ihn abgelenkt und die Trauer über seinen Verlust gemildert, ohne daß er es recht bemerkte. Die an ihm nagende Rastlosigkeit hatte sich ein wenig gelegt. Es gab ganze Tage, an denen er an Juli überhaupt nicht dachte.

In Ahmadabad war das aber anders, und er fragte sich, ob Entfernung wohl einen Einfluß auf das Denken haben könnte. Erinnerte er sich ihrer so lebhaft und andauernd, weil er ihr um so viel näher war? Drei Tagesreisen trennten ihn von Bhithor, höchstens vier, machte er sich gleich auf den Weg... »Du bist nicht bei der Sache, Sahib«, ermahnte ihn sein Lehrer. »Lies diesen Satz noch einmal und vergiß nicht, was ich über die Bildung der Vergangenheitsform gesagt habe.«

Ash zwang seine Gedanken also in die Gegenwart, und war die Lektion beendet, dachte er sich etwas anderes aus, was ihn während der heißesten Stunden des Tages beschäftigen konnte, bis es für den abendlichen Ausritt genügend abkühlte. Im Oktober, gegen Ende der Hitzeperiode, wurden die Aussichten dann erheblich besser. Wie zum Ausgleich für die Untätigkeit während der vergangenen heißen Monate trat der Dienst wieder voll und ganz in sein Recht, eine Feldübung folgte auf die andere, und in der Freizeit spielte man Polo oder veranstaltete Rennen.

Das beste aber war, daß Ash zwei Freunde gewann, die ihn darüber trösteten, daß er aus dem Grenzland verbannt war, und ihn von seinen persönlichen Problemen ablenkten: Sarjevan Desai, Sohn eines einheimischen Grundbesitzers, und ein Pferd mit Namen Dagobaz.

Sarjevan, von seinen Freunden Sarji genannt, war der Großneffe eines vom gemeinen Soldaten zum Major avancierten Inders, eines wilden, aber klugen graubärtigen Kriegers, der im Regiment einen legendären Ruf genoß, denn seit dessen Aufstellung vor vierzig Jahren diente er bereits darin; er war als Fünfzehnjähriger eingetreten, als das Land noch von der Ostindischen Handelskompanie regiert wurde.

Der Major war ein Militarist und glänzender Reiter, augenscheinlich verwandt mit der gesamten örtlichen Aristokratie, unter anderem eben auch mit Sarjevans verstorbenem Vater, dem Sohn einer seiner zahlreichen Schwestern. Sarji selber verspürte keine Neigung fürs Militär. Er hatte viel Grundbesitz geerbt und dazu die Liebe seines Vaters zu Pferden, die er mehr zum Vergnügen als für den Profit züchtete und die er niemandem verkaufte, den er nicht persönlich gut leiden mochte.

Der Großonkel, der den neu zum Regiment versetzten Leutnant Pelham-Martyn sympathisch fand, machte die jungen Leute miteinander bekannt und ordnete an, der Sahib müsse Pferde bekommen, die weder dem Regiment, noch dem guten Ruf von Gujerat Schande machten. Es war für Ash ein glücklicher Umstand, daß er und Sarji einander gleich gut leiden mochten. Sie waren gleichaltrig und beide liebten Pferde. Das war ein guter Ausgangspunkt für den Beginn einer sich mehr und mehr festigenden Freundschaft. Die Folge war unter anderem, daß Ash zu angemessenen Preisen Pferde bekam, um die seine Offizierskameraden ihn ganz offen beneideten, darunter einen schwarzen Hengst arabischer Abstammung: Dagobaz, der Listige.

Seit Ash in Gulkote bei Duni Chand als Stallbursche angefangen hatte, waren ihm viele Pferde zu Gesicht gekommen, er hatte viele geritten und auch selber viele besessen, doch niemals eines, das sich mit Dagobaz vergleichen ließ, was Schönheit, Mut und Schnelligkeit anging. Selbst Baj Raj, jetzt unter Wallys Obhut in Mardan, verblaßte daneben. Dagobaz gelangte als Dreijähriger in Ashs Besitz; Sarji wollte ihn eigentlich nicht hergeben, weniger weil er so prachtvoll aussah und so vielversprechende Anlagen zeigte, sondern vielmehr weil er seinen Namen nicht zu Unrecht trug. Er sah zwar perfekt aus, doch sein Charakter war weit von Perfektion entfernt, vielmehr hatte er ein feuriges, unberechenbares Temperament und einen Widerwillen dagegen, sich reiten zu lassen. Dagegen hatte bislang auch die geduldigste Erziehung nichts ausrichten können.

Sarji bemerkte: »Ich will nicht sagen, daß er bösartig ist, auch nicht, daß er niemand aufsitzen läßt. Das tut er schon, doch hat er seinen Abscheu vor einem Reiter auf seinem Rücken nicht überwunden. Man spürt das in seinen Knochen, wenn man ihn reitet, er ermüdet seinen Reiter rasch. Außerdem ist er eigensinnig bis zum Exzeß, und meine besten Reitburschen gestehen mittlerweile ein, daß sie mit ihm nicht fertigwerden. Sie behaupten, er kenne tausend Kniffe, sich seines Reiters zu entledigen, und wenn man glaube, sie alle zu kennen, erdenke er einen neuen. Da hängt man dann in einem Dornbusch und geht zu Fuß nach Hause. Du bist von seiner Schönheit begeistert, doch wenn du ihn kaufst, und nur dir würde ich ihn überhaupt verkaufen, könntest du es bereuen. Sage also nicht, ich hätte dich nicht gewarnt!«

Ash aber lachte nur und kaufte das schwarze Pferd um einen Preis, der geradezu lächerlich gering war, und er fand niemals Grund, diesen Kauf zu bereuen. Sarji verstand sich auf Pferde und war ein glänzender Reiter, doch als Sohn eines reichen Vaters hatte er den Umgang mit Pferden nie von Grund auf gelernt wie Ash, der als Kind auf der untersten Stufe als Stallbursche begonnen hatte.

Ash machte zehn Tage lang keinen Versuch, Dagobaz zu reiten, verbrachte aber jede freie Minute im Stall oder auf der Reitbahn. Er ließ den Hengst nicht aus den Händen, fütterte ihn mit rohen Mohrrüben und Zucker und redete stundenlang mit ihm. Dagobaz war anfangs mißtrauisch, doch gewöhnte er sich bald an Ash; er begann sogar, seinerseits kleine Annäherungsversuche zu machen: hörte er Ash leise pfeifen, stellte er die Ohren auf und antwortete mit gedämpftem Wiehern, trabte ihm entgegen und begrüßte ihn.

Nachdem der Kontakt dergestalt hergestellt war, erwies sich das übrige als relativ einfach, wenngleich Ash einige Rückschläge zu verzeichnen hatte, darunter einen fünf Meilen langen Fußmarsch zurück zur Garnison. Am Ende mußte aber selbst Sarji zugeben, daß »Der Listige« den falschen Namen trug und fortan eigentlich »Der Sanfte« heißen müsse. Ash hielt sich aber an den alten Namen, denn in mancher Weise war der doch zutreffend. Dagobaz akzeptierte Ash als Freund und Herrn, gab aber zu erkennen, daß Ash auch der einzige war, dem seine Zuneigung galt. Ungestraft durfte ihn sonst niemand reiten, nicht einmal Kulu Ram, von dem er sich allerdings gelegentlich, wenn auch widerwillig, bewegen ließ, wenn Ash dazu keine Zeit fand, wobei er sich so widerborstig wie möglich zeigte, so daß Kulu Ram geschworen hätte, dies sei kein Pferd, sondern ein als Pferd verkleideter Teufel. Doch wenn Ash ihn ritt, betrug er sich wie ein Engel.

Für einen Araber war er groß, seine Schrittlänge enorm. Sein neuer Herr fand bald heraus, daß Dagobaz allem davonlaufen konnte, was vier Beine hatte, die Jagdleoparden von Sarji nicht ausgenommen. Überdies besaß er ein Maul wie Samt, die Haltung eines Fürsten und ein wahrhaft majestätisches Gebaren, das Fremde – und auch alle Pferdeburschen – davon abhielt, sich Freiheiten bei ihm herauszunehmen. Sarji hatte zu Recht behauptet, er sei nicht bösartig, und als Ash einmal sein Herz gewonnen hatte, erwies Dagobaz sich als sanft und zutraulich wie ein Kätzchen und klug wie ein Jagdhund. Ash erhielt denn auch schon zwei Monate, nachdem er ihn erworben und obwohl Dagobaz' Tücken bekannt waren, Angebote für ihn, die weit über dem gezahlten Preis lagen, die er aber allesamt ablehnte.

In ganz Indien gäbe es nicht Gold genug, ihn aufzuwiegen, behauptete Ash. Er lehrte Dagobaz Springen und gewann mit großem Vorsprung ein Hindernisrennen – sehr zur Betrübnis der Buchmacher, die wußten, daß dies das erste Rennen war, an dem dieses Pferd teilnahm, und deshalb mit ihren Prognosen völlig daneben lagen. Nach knapp einem Monat ritt Ash ihn auch anstelle des erfahreneren Pferdes, das er gleich nach seiner Ankunft erworben hatte, beim Appell. Dagobaz kannte zwar nicht das Reglement, er erlernte es aber schnell, und abgesehen davon, daß er sich ein einziges Mal vordrängte, verhielt er sich bald wie ein erfahrenes Dienstpferd.

Zu Sarji sagte Ash stolz: »Dagobaz kann alles. Er ist ein Pferd mit Menschenverstand und sehr viel gescheiter als die meisten Menschen, die ich kenne. Er macht nämlich Gebrauch von seinem Verstand. Ich würde ihn auch beim Polo reiten, doch habe ich dafür mein Pony, also reite ich ihn nur zum Vergnügen. Hast du gesehen, wie er über den Graben setzte? Wie ein Vogel flog er darüber weg! Pegasus sollte man ihn nennen. Der Chef meint, ich sollte in der kalten Jahreszeit in Bombay mit ihm an den Rennen teilnehmen – falls ich dann noch hier bin.«

»Erwartest du denn, versetzt zu werden?«

»Erwarten wäre übertrieben«, entgegnete Ash trocken. »Ich hoffe es. Weißt du nicht, daß ich hierher strafversetzt bin? Im März wird es ein Jahr, daß ich dem Regiment zugeteilt wurde, und die Hohen Herren in Rawalpindi haben vielleicht ein Einsehen und lassen mich zu meinem alten Regiment zurück.«

»Was sind das für Hohe Herren?« fragte Sarji neugierig.

»Es sind Götzen aus Blech. Sie sagen, Geh!, und man geht. Oder auch Komm!, und man kommt. Gehen haben sie mich geheißen, und ich habe gehorcht. Jetzt warte ich auf den Befehl Komm!.«

Sarji fragte verblüfft, aber höflich wie immer: »Und Dagobaz? Nimmst du ihn mit, wenn du gehst?«

»Selbstverständlich. Du glaubst doch nicht etwa, ich würde mich von ihm trennen? Wenn es anders nicht geht, reite ich auf ihm zurück. Muß ich aber ein weiteres Jahr bleiben, will ich mit ihm in Bombay an den Rennen teilnehmen. Das gesamte Regiment setzt sein letztes Hemd auf ihn.«

»Hemd?«

»Geld heißt das. Man wird jede Rupie setzen, die man auftreiben kann.«

»Ah! Das tue ich auch. Ich fahre mit dir nach Bombay, setze einen Sack Rupien auf dich und verdiene ein Vermögen.«

»Wir werden alle ein Vermögen verdienen. Du und ich und dein Großonkel, der Risadar-Sahib, und jeder einzelne Mann im Regiment. Und Dagobaz bekommt einen Silberpokal, groß wie ein Eimer; aus dem darf er saufen.«

Viele teilten diese Einschätzung mit Ash, nur Mahdu nicht, der an dem Tier nichts zu bewundern fand und unverhohlen dessen Ankauf mißbilligte.

Er beklagte sich gereizt bei Ash: »Du hängst an nichts und niemandem so sehr wie an diesem Geschöpf der Hölle.« Ash kam gerade vom abendlichen Ausritt zurück und gab Dagobaz Zucker, bevor er ihn in den Stall schickte. »Es gehört sich nicht, sein Herz an ein Tier zu hängen, das keine Seele hat.«

»Und doch hat Allah das Pferd uns zum Nutzen geschaffen«, lachte Ash. »Heißt es nicht im Koran in der Sure von den Kriegspferden: Beim Schnauben der Kriegsrösser, die Funken mit ihren Hufeisen schlagen, wenn sie im Morgengrauen zum Angriff galoppieren und die Reihen der Feinde mit einer

Staubfahne zerteilen: Undankbar ist der Mensch gegenüber seinem Schöpfer! Und dafür soll er selber Zeuge sein! Möchtest du wirklich, daß ich mich eines solchen Geschenkes unwürdig erweise, Cha-cha?«

»Du solltest mehr Zeit im Gespräch mit denen verbringen, die es gut mit dir meinen, als im Gespräch mit diesem Vieh. Du weißt sehr wohl, daß du Hamilton-Sahib erst einen einzigen kurzen Brief geschrieben hast, seit du diesen Sohn der Verdammnis gekauft hast.«

Ash schrak zusammen und blickte schuldbewußt drein. »Wirklich! Ich... heute Abend noch schreibe ich ihm, bestimmt.«

»Lies aber erst, was er dir schreibt. Dieser Brief kam heute mit der Frühpost, aber du hast ja keine Zeit, die Briefe anzusehen, du mußt ja gleich in den Stall zu dieser Bestie. Der dicke Brief hier ist, glaube ich, von Hamilton-Sahib. Gul Baz und ich würden auch gern einmal von unseren Freunden in Mardan erfahren.«

Er reichte Ash ein Messingtablett mit einem halben Dutzend Briefen, und Ash griff den dicksten heraus. Er riß den Umschlag auf, ging in den beleuchteten Bungalow und las, was Wally schrieb:

»Wir von der Kavallerie langweilen uns entsetzlich, während die Infanteristen, diese Glücklichen, allen Spaß haben. Ich weiß nicht mehr, ob ich dir schrieb, daß die Jowaki Afridi aufsässig sind, seit die Regierung die Bestechungsgelder verringert hat (ich sollte wohl sagen, ihnen das Taschengeld gekürzt hat!), wofür sie sich verpflichtet haben, die Straße über den Kohat-Paß offenzuhalten. Für die gleiche Summe sollen sie nun auch die Straße von Khushalgarh bewachen samt der Telegrafenleitung.

Dazu haben sie aber keine Lust, und sie gaben ihrem Mißvergnügen Ausdruck, indem sie Dörfer überfielen und plünderten und Polizeiposten ausräucherten. Sodann haben sie eine Brücke niedergebrannt und die Straße nach Khushalgarh unterbrochen. Das ist den Hohen Herrschaften in die Knochen gefahren – der Tropfen, der das Faß undsoweiter. Man beschloß also, den Jowaki-Rabauken eins überzubraten, und mehr kam dabei leider auch nicht heraus: Ein rascher Vorstoß von drei Infanteriekolonnen – eine davon aus unserem Regiment, 201 Mann unter Campbell, die zwei oder drei Dörfer niederbrannten und auch schon den Rückmarsch antraten. Die armen Kerle haben zwanzig Stunden furchtbar geschwitzt, sind fast dreißig Meilen marschiert und hatten elf Ausfälle – zwei von unseren wurden verwundet. Kurz und schmerzlos, aber absolut sinnlos, denn die Jowaki sind unbelehrbar und unverbesserlich.

Vermutlich werden wir also über kurz oder lang ein neues Unternehmen starten, und falls ja, hoffe ich nur, die Hohen Herren lassen diesmal auch die Reiter mitmachen. Allmählich möchte ich auch mal ein bißchen Pulver riechen. Zarin schickt Grüße; ich soll dir sagen, er fürchtet, sein Vater habe recht gehabt. Was dies bedeutet, weißt du angeblich; ich kann das nur hoffen, denn ich verstehe kein Wort. Laß mal was von dir hören. Meinen letzten Brief hast du nicht beantwortet, seit Monaten weiß ich nichts mehr von dir. Aber keine

Neuigkeiten sind bekanntlich gute Neuigkeiten, und ich nehme an, du lebst und amüsierst dich. Grüße Mahdu und Gul Baz von mir...«

»Und grüße ihn von uns, wenn du endlich schreibst«, unterbrach Mahdu säuerlich. »Vielleicht braucht er einen Diener, einen alten Mann womöglich, der mal ein guter Koch war.«

Die anderen Diener waren recht zufrieden, denn in Ahmadabad gab es genügend Unterkünfte für Offiziere. Ash hatte einen Bungalow für sich mit einem geräumigen Hof und Dienstbotenquartieren, ein Luxus, der jungen Offizieren in einer Garnison selten geboten wird. Kulu Ram fand die Stallungen mehr als ausreichend, und Gul Baz, der die Seinen in Hoti Mardan zurückgelassen hatte, machte sich ein angenehmes Leben mit einer Einheimischen, die eine Hütte hinter seinem Quartier bewohnte; das war eine stille Person, die sich sehr zurückhielt, kochte und wusch und für ihren derzeitigen Beschützer alle Arbeiten verrichtete.

Mahdu war für solche Sachen aber zu alt, und in Gujerat mißfiel ihm buchstäblich alles, ausgenommen die große Moschee, in welcher Sultan Ahmad Shah, ihr Erbauer, begraben liegt. Hitze und Feuchtigkeit, das üppige Grün von Hof und Garten waren ihm ebenso zuwider wie die Regenwolken, die der Monsun, der nach Meer roch, hereintrieb und die sich über Dächern und Straßen der Garnison entluden, bis alles unter Wasser stand und die Bungalows wie treibende Inseln wirkten. Das hiesige Essen bekam ihm nicht, und den Einheimischen, deren Sprache und deren Gebräuche er nicht verstand, mißtraute er.

Gul Baz entschuldigte Mahdus ewiges Gemaule. »Er ist zu alt, um sich zu ändern. Ihm fehlen die Gerüche und Geräusche des Nordens, die Speisen und die Gespräche, an die er gewöhnt ist.«

»Genau wie dir«, sagte Ash und setzte fast unhörbar hinzu: »Und mir.«

»Wahr, wahr, Sahib. Doch Gott ist barmherzig, und du und ich haben noch viele Jahre vor uns, und ob wir eines oder zwei davon hier verleben, darauf kommt es nicht an. Für Mahdu-ji ist das aber anders, er weiß, daß er nur noch wenige Jahre vor sich hat.«

»Ich hätte ihn nicht mitnehmen sollen«, sagte Ash bekümmert. »Aber was sollte ich tun? Er wollte nicht zurückbleiben. Ich würde ihm gleich Urlaub geben, wenn ich glauben könnte, er bliebe daheim, bis auch wir wieder in den Norden kommen. Aber das würde er niemals tun. Falls wir also noch einmal die heiße Jahreszeit hier verbringen müssen, will ich ihn in der ersten Hälfte Februar auf Urlaub schicken. So entgeht er der schlimmsten Hitze und dem Monsun. Sollten wir danach immer noch bleiben, lasse ich ihn wissen, daß er nur noch ein Weilchen warten soll, dann kämen wir ebenfalls wieder nach Mardan. Denn bis dahin werde ich endlich wissen, was mit mir geschehen soll.«

Damit hatte Ash recht, doch auf eine Weise, die er sich nicht träumen ließ.

Während der kalten Jahreszeit ritt Ash regelmäßig in den frühen Morgenstunden auf Dagobaz, ausgenommen, das Regiment befand sich außerhalb der Garnison im Manöver. Meist ritt er auch abends aus, häufig gemeinsam mit Sarji, um die Gegend kennenzulernen. Er kam dann erst nach Einbruch der Dunkelheit heim.

Zu sehen gab es eine Menge, denn nicht nur hat Gujerat eine reiche Vergangenheit, sondern der Gott Krishna, der Apoll der Inder, hat hier seine größten Taten vollbracht und den Tod erlitten. Jeder Berg, jeder Fluß hat seinen Platz in der Mythologie, und man stößt überall auf die Ruinen von Gräbern und Tempeln, so alt, daß die Namen der Erbauer vergessen sind. Auf den Grabmälern – seien es nun prächtige, mit Kuppeln versehene Denkmäler oder roh behauene Steine für einfache Menschen – erregte ein sonderbares Motiv Ashs Aufmerksamkeit, weil er es immer wieder vorfand. Es war dies der Arm einer Frau, geschmückt mit kunstreich geschnitzten Armspangen und -bändern.

Auf Ashs diesbezügliche Frage antwortete Sarji: »Das? O, das gilt dem Andenken einer Sati, der Witwe, die sich auf dem Scheiterhaufen des verstorbenen Gatten verbrannte. Ein sehr alter Brauch, den eure Regierung verboten hat, – wie ich finde, durchaus zu Recht. Allerdings gibt es Menschen, die anders darüber denken. Ich erinnere mich aber, daß mein Großvater, ein sehr gelehrter und aufgeklärter Mann, mir einmal sagte, der Brauch rühre von einem Irrtum bei der ersten schriftlichen Aufzeichnung der Gesetze vor vielen Jahrhunderten her. Ursprünglich lautete die Vorschrift, ein Verstorbener solle dem Feuer übergeben werden und seine Witwe ›zu ihm in das Haus eingehen‹, anders ausgedrückt, den Rest ihres Lebens in Abgeschiedenheit verbringen. Viel später hat dann der, der die Vorschrift niederschrieb, die Worte ›in das Haus‹ ausgelassen, so daß fälschlich der Eindruck entstand, die Witwe solle mit ihm auf den Scheiterhaufen gehen. Dies mag zutreffen, und falls das so ist, tut die Regierung recht daran, die Witwenverbrennung zu verbieten, denn bei lebendigem Leibe verbrannt zu werden, ist grausam, wenngleich Tausende unserer Frauen davor nicht zurückschreckten und es sich als Ehre anrechneten.«

»Und viele Tausende sind gegen ihren Willen verbrannt worden, wenn nur die Hälfte dessen, was man so hört, stimmt«, vollendete Ash düster diesen Satz.

Sarji zuckte die Achseln. »Mag sein. Doch wären sie am Leben geblieben, sie hätten nicht viel Freude gehabt. Also waren sie so vielleicht besser dran. Du darfst nicht vergessen, daß die Sati als heilig gilt. Ihr Name wird geehrt und ihre Asche ebenfalls – da, schau her.« Er deutete mit der Reitpeitsche auf einen hellen Fleck, der sich deutlich vom dunklen Stein und dem ihn überwuchernden Grün abhob.

Jemand hatte einen Kranz aus frischen Blumen über den schon verwitterten steinernen Arm gehängt, jenen stummen Zeugen des grausigen Todes, den eine Ehefrau pflichtschuldig auf sich genommen: sie hatte durch den Akt des saha-gamana ihre eheliche Treuepflicht bis zuletzt erfüllt und war dem Leichnam des Gatten in die Flammen gefolgt. Der Stein war von Gras und kriechenden Pflanzen fast verdeckt, doch irgendwer – gewiß eine Frau? – hatte ihn mit Blumen geschmückt. Obwohl der Nachmittag windstill und sehr warm war, erschauerte Ash und sagte heftig: »Wenn wir weiter nichts vollbracht haben in diesem Lande, als diese Barbarei zu beenden, dürfen wir uns wenigstens das zugute halten.«

Sarji zuckte wieder die Achseln, was alles bedeuten konnte oder nichts, und wechselte das Thema, als sie die Pferde ins freie Land traben ließen. Mindestens ein- bis zweimal in der Woche fanden solche gemeinsamen Ausritte statt, und an Wochenenden oder in Kurzurlauben dehnten sie sie aus und blieben auch über Nacht draußen. Das Ziel war beliebig. Manchmal ritten sie nach Patri und den Salzmarschen des Rann von Kutsch, wo die Luft nach Tang und Jod roch und nach den faulenden Köpfen der Fische, die von den Fischern ans Ufer geworfen werden, den Vögeln zum Fraße. Dann wieder wandten sie sich ostwärts gegen Baroda, Hauptstadt des Fürsten Siraji Rao, oder nach dem Süden, zum Golf von Cambay, wo die Dünung zwischen den Inseln Diu und Damman, den Vorposten des portugiesischen Weltreiches, hereinrollt. Dort sahen sie mehr als einmal den Küstensegler Marola vor Anker liegen; sie gingen dann an Bord und plauderten mit Käpten Red Stiggins, dem Eigner. Nach Norden, in Richtung auf die fernen blauen Bergketten, die Gujerat von Radschputana trennen, ritt Ash unweigerlich allein.

Sarji war ein munterer, unterhaltsamer Begleiter, doch wenn Ash nach Norden ritt, wollte er keine Gesellschaft. Er wählte dann eine einsam aufragende, mit einer Ruine gekrönte Anhöhe als Ziel, von wo man über den Bijapur hinweg die zackigen Umrisse jener uralten Berge sah, die auch Juli sehen würde, sollte sie aus einem der Fenster des Rung Mahal blicken.

Die Bergkette sah aus, als stelle sie kein Hindernis dar, eher eine niedrige Schranke, goldüberstäubt im Abendlicht, aquamarinfarben in der flirrenden Nachmittagshitze. Doch wußte Ash unterdessen, daß nur wenige Pfade über das Gebirge führten und noch weniger Pässe, die einem Reiter den Zugang gestatteten. Diese Pässe zu benutzen, war gefährlich. Vor ihnen breitete sich ein wegloser, von Tigern bewohnter Dschungelgürtel aus. Beides schreckte Reiselustige davon ab, sich Radschputana auf dem kürzesten Wege zu nähern, vielmehr umging man die Vorberge meist in westlicher Richtung über Palanpur oder man machte die Reise von Bombay aus, entweder mit der Bahn oder auf der Straße. Weil Ash aber ohnehin nicht hoffen konnte, jemals wieder nach Radschputana zu gelangen, war es ihm einerlei, ob sich ein Weg durch die Berge finden ließ, sei er nun schwierig oder nicht. Nicht einmal eine breite, gepflasterte Straße zwischen Ahmadabad und Bhithor wäre ihm von Nutzen gewesen, denn das Land der Könige war ihm verschlossen, und gleich Moses durfte er nur sehnsuchtsvoll nach dem Gelobten Lande blicken, das er nie würde betreten dürfen.

Ash pflegte stundenlang reglos und in Gedanken versunken auf dieser Anhöhe zu sitzen, so reglos, daß Vögel und Kleingetier auf Greifnähe an ihn herankamen und Schmetterlinge sich auf seinem Haar niederließen. Erst wenn

Dagobaz, der nach Belieben in der Nähe Gras rupfen durfte, ungeduldig wurde und ihm auffordernd schnaubend das Maul gegen die Brust stieß, erwachte er wie aus tiefem Schlaf, stand mit steif gewordenen Gliedern auf und ritt durch das flache Land nach Ahmadabad und zum Bungalow in seiner Garnison zurück.

An solchen Tagen wurde er unfehlbar von Mahdu erwartet, der unauffällig in einem Winkel der Veranda hockte, von wo aus er sowohl das Tor als auch die Küche und die Dienerquartiere im Auge behalten und darauf achten konnte, daß der junge Kadera, sein Gehilfe, seine Pflichten nicht vernachlässigte.

Mahdu war nicht glücklich. Die Last seiner Jahre drückte ihn nieder, auch war er Ashs wegen sehr in Sorge. Nicht, daß er wußte, wohin Ash bei diesen Gelegenheiten ritt oder was er etwa unternahm. Doch wenn seine geographischen Kenntnisse auch mangelhaft waren, so war seine Kenntnis von Ashs Charakter doch unübertrefflich; seit er wußte, daß die Grenze nach Radschputana keinen Tagesritt nördlich lag, sagte seine Intuition ihm einiges, und das beunruhigte ihn. Bhithor lag schließlich nicht weit von der Grenze.

Daß das Reich des Rana so nahe war, ängstigte Mahdu sehr; zwar hatte er nie auch nur die geringste Andeutung vernommen, die Ash mit Anjuli-Bai in engere Verbindung brachte, doch war ihm klar, daß damals in Bhithor außer endlosen Erpressungsversuchen und Täuschungsmanövern mehr vorgegangen war, denn seither war Ash-Sahib unglücklich und aufs tiefste in seinem Seelenfrieden gestört.

Mahdu war kein Tor, er war, ganz im Gegenteil, ein lebenskluger alter Mann. Er kannte und liebte Ash seit vielen Jahren, und seine Intelligenz, seine Kenntnis von Ashs Charakter und seine Zuneigung befähigten ihn sehr wohl dazu, ziemlich genau zu vermuten, woran der Junge litt. Allerdings hoffte er dabei immer noch, sich zu irren, denn falls sein Argwohn zutraf, war die Lage nicht nur tragisch zu nennen, sondern in jeder Hinsicht unpassend. Er war bei den Weißen nun zwar schon viele Jahre in Diensten und hatte sogar lange Zeit in deren eigenem Lande verbracht, doch glaubte er nach wie vor fest daran, daß anständige Frauen, insbesondere, wenn sie jung und schön waren, verschleiert zu gehen hätten – Europäerinnen selbstverständlich ausgenommen, denn deren Sitten waren nun einmal anders und, man konnte ihnen nicht zum Vorwurf machen, daß sie unverschleiert umherliefen, wenn ihre Männer närrisch genug waren, ein so herausforderndes Betragen zuzulassen.

Mahdu gab die Schuld an diesem Unglück jenen, die den Prinzessinnen erlaubt hatten, so ungezwungen mit Ash-Sahib zu verkehren, der selbstverständlich – das vermutete Mahdu – sich in eine von beiden verlieben mußte. So etwas durfte einfach nicht geschehen. Immerhin, die Sache war erledigt und abgetan, und Ash würde diese Frau vergessen, wie er die andere vergessen hatte, jene gelbhaarige Person aus Peshawar. Bedachte man, wie weit Rawalpindi von Bhithor entfernt war, war dieser Ausgang nach Mahdus Überzeugung unvermeidlich; noch dazu würde Ash keine Gelegenheit mehr haben, Radschputana zu betreten.

Und doch, es verging kaum ein Jahr, da fügte es der tückische Zufall, daß Ash wiederum in den Süden versetzt wurde, ausgerechnet nach Ahmadabad, ganz in die Nähe jenes unheimlichen, rückständigen kleinen Fürstentums, dem Mahdu so erleichtert den Rücken gekehrt hatte. Schlimmer noch, sein Sorgenkind litt an Depressionen, es war unglücklich, und er selber hatte gegen schlimme Vorahnungen anzukämpfen. Ash-Sahib würde doch nicht so töricht sein, auf eigene Faust Radschputana zu betreten und den Versuch machen, nach Bhithor zu gelangen? Oder etwa doch?... Verliebte junge Männer waren jeder Torheit fähig, doch sollte Ash sich noch einmal auf das Gebiet des Rana wagen, allein diesmal, ohne den Schutz Bewaffneter und nicht auf Weisung – ja ohne Wissen! – der Regierung, er würde wohl nicht lebend herauskommen.

Mahdu meinte, der Rana gehöre zu jenen Menschen, die keine Niederlage vergessen und keinem verzeihen, der ihnen in Anwesenheit von Beratern und Höflingen unverhüllt droht. Nichts würde ihn mehr freuen, als zu hören, daß sein Gegenspieler heimlich – und vermutlich verkleidet – ins Land eingedrungen war, ohne Wissen und Billigung der Behörden. Wer könnte jemals einen Vorwurf gegen den Rana erheben, falls der Sahib auf dessen Territorium spurlos verschwand? Man würde annehmen, er habe sich im Gebirge verirrt, sei verdurstet oder habe einen Unfall erlitten. Niemand könnte beweisen, daß er die Absicht gehabt hatte, nach Bhithor zu reiten oder gar die Stadt zu betreten.

Mahdu verbrachte manche Nacht schlaflos mit solchen Überlegungen, und obschon er bislang stets nur bei unverheirateten Kolonialoffizieren in Dienst gewesen war und das mit voller Absicht, weil er die Memsahibs und deren Gewohnheiten überhaupt nicht schätzte, hoffte er nun wider alle Vernunft, sein Sorgenkind möchte unter den Damen der Garnison von Ahmadabad ein schönes junges Mädchen treffen, das ihn jene Unbekannte aus Karidkote vergessen ließ, die ihm solchen Kummer bereitete.

Ash indessen ritt unweigerlich mindestens einmal in der Woche allein nach Norden davon und zog im übrigen die Gesellschaft von Sarji und Viccarys der aller heiratsfähigen jungen Damen in Ahmadabad vor. Mahdu hörte also nicht auf, sich zu sorgen, und als Ash ihm Ende Januar eröffnete, Mahdu solle die bevorstehende Hitzeperiode daheim in seinem Dorf im Norden verbringen, wehrte er entrüstet ab.

»Was? Ich soll dich der Sorge des jungen Kadera überlassen, der dich ohne weiteres vergiften würde, wenn ich ihn nicht beaufsichtige? Nie! Wenn ich dich allein lasse, verhindert niemand, daß du alle möglichen Torheiten begehst, Kind.«

Ash, gleichermaßen belustigt wie gereizt, entgegnete: »Wer dich reden hört, Cha-cha-ji, muß denken, ich wäre ein schwachsinniges Kind.«

»Und hätte damit nicht ganz Unrecht, mein Sohn«, versetzte Mahdu barsch, »denn gelegentlich beträgst du dich wie eines.«

»Wirklich? Und doch hast du mich auch früher schon allein gelassen, ohne einen solchen Wirbel zu machen.«

»Mag sein. Aber da waren wir im Pandschab unter unseren eigenen Leuten und nicht in Gujerat, wo wir nicht zuhause sind. Doch einerlei, ich weiß, was ich weiß, und ich traue dir alles zu, sobald ich dir den Rücken kehre.«

Ash lachte dazu nur: »Wirst du gehen, wenn ich dir mein Wort gebe, mich bis zu deiner Rückkehr so tugendhaft zu betragen wie eine ehrpusselige Matrone? Es sind doch nur wenige Monate. Und sollte sich bis dahin das Glück wenden, sollte ich zurückversetzt werden zum Regiment, kommst du nach Mardan. Du weißt besser als jeder andere, daß du Ruhe brauchst, daß ein paar Wochen Bergluft dir gut tun und daß deine Verwandten dich nach allen Regeln der Kunst verwöhnen werden. Du mußt endlich wieder von den guten Speisen des Pandschab kosten, du brauchst nach der warmen, feuchten Luft den kühlenden Bergwind. Wahrlich, ich wollte, ich dürfte dich begleiten.«

»Auch ich wünschte das«, sagte Mahdu mit Nachdruck. Doch dann weigerte er sich nicht länger, denn auch er hoffte auf ein baldiges Ende von Ashs Verbannung und auf seine Rückkehr nach Mardan. Hamilton-Sahib und Battye-Sahib taten für Ash gewiß, was sie konnten. Der Tag der Rückkehr des verlorenen Sohnes konnte nicht mehr fern sein, und dann würde es ihm, Mahdu, erspart bleiben, diese verfluchte Gegend wieder zu betreten.

Er reiste also am 10. Februar ab, begleitet von einem der Pferdeburschen, der unweit Rawalpindis zuhause war. Ash selber brachte ihn zum Bahnhof und sah dem Zuge, der sich qualmend und puffend entfernte, mit zwiespältigen Gefühlen nach. Es tat ihm leid, den Alten ziehen zu lassen, denn die nächtlichen Gespräche bei der Wasserpfeife würden ihm fehlen; andererseits war er erleichtert, seinen unermüdlichen Aufpasser eine Zeitlang los zu sein. Mahdu wußte oder ahnte mindestens zuviel, und er ließ es so deutlich durchblicken, daß es Ash dabei unbehaglich wurde. Eine vorübergehende Trennung würde ihnen beiden gut tun, um so mehr als der alte Mann in Gujerat wirklich gelitten hatte – unter dem Klima wie unter den ihm fremden Menschen. Immerhin...

Der Zug verschwand in der Ferne, und noch lange, nachdem das letzte Qualmwölkchen verweht war, stand Ash versonnen auf dem Bahnsteig und erinnerte sich des Tages, da er Mahdu zum ersten Mal gesehen hatte. Mahdu und Ala Yar und Oberst Anderson, die ihn gemeinsam in ihre Obhut genommen und sich um ihn gesorgt hatten, als er ein verwirrter Knabe war, der von sich als Ashok sprach, sich auch so fühlte und nicht begreifen konnte, daß er in Wahrheit Engländer war und einen für ihn unaussprechlichen Namen trug, daß er in ein unbekanntes Land reisen und dort zum »Sahib« gemacht werden sollte, von fremden Menschen, angeblich Verwandten seines Vaters.

Er sah diese drei plötzlich so deutlich, als stünden sie vor ihm. Oberst Anderson und Ala Yar, beide schon tot, und Mahdu, immer noch recht lebendig, den er eben erst in den Postzug von Baroda nach Bombay gesetzt hatte. Doch mit ihren Gesichtern stimmte etwas nicht, und Ash merkte auch, woran das lag – er sah Mahdu nicht, wie er war, grau, runzlig und halb so groß wie ehedem, sondern wie damals, zu Lebzeiten von Ala Yar und Oberst Anderson. Alle drei erschienen ihm groß und stark, ja eigentlich überlebensgroß. Es war, als hätte Mahdu sich ihnen zugesellt, wäre ebenfalls Teil der Vergangenheit geworden... und das war selbstverständlich Unsinn.

Gul Baz, der ebenfalls mit zum Bahnhof gekommen war, räusperte sich diskret um anzuzeigen, daß die Zeit verging. Ash erwachte aus seinem Traum, machte entschlossen kehrt und trat hinaus auf den Bahnhofsplatz, von wo eine Tonga die beiden zum Bungalow brachte.

Sechstes Buch

Juli

36

Es war für Mahdus Seelenfrieden gut, daß er an jenem Tage abreiste, denn wäre er Zeuge des Besuches geworden, den Ash zwei Tage später in seinem Bungalow erhielt, seine Besorgnis wäre nur noch gewachsen.

Das Regiment kam von einer Feldübung heim, und als Ash eine Stunde nach Sonnenuntergang vor seinem Bungalow eintraf, stand im Schatten am Tor eine Tonga, und Gul Baz meldete ihm, daß ein Besucher im Hause warte. »Es ist der Hakim aus Karidkote, der Arzt von Rao-Sahib, Gobind Dass. Er erwartet dich drinnen.«

Es war wirklich Gobind Dass, und als Ash ihn erblickte, fiel ihm der Stein vom Herzen, der sich darauf gelegt hatte, als er von der Anwesenheit des Arztes hörte. Dies war kein von Kaka-ji geschickter Bote, der Ash von Tod oder Krankheit Julis berichten sollte, auch nicht davon, daß sie von ihrem Gatten mißhandelt wurde und unglücklich war. Gobind sah so gepflegt, gelassen und vertrauenerweckend aus wie eh und je und sagte, er sei auf Wunsch von Shushila-Rani unterwegs nach Bhithor. Sie fürchte um die Gesundheit ihres Gatten und traue dem Leibarzt des Rana nicht, einem älteren Herrn von achtundsiebzig Jahren, dessen Heilkünste nach Meinung der Rani um Jahrhunderte veraltet seien.

Gobind fuhr fort: »Da nun die Rani endlich schwanger ist, darf sie nicht unnötig aufgeregt werden, und mein Herr, der Rao-Sahib, meint daher, wir dürften ihr diesen Wunsch nicht abschlagen. Deshalb siehst du mich unterwegs nach Bhithor. Ob ich dort allerdings etwas ausrichten kann und was, das ahne ich nicht, denn es steht zu vermuten, daß die Ärzte des Herrschers das Auftreten eines Fremden nicht gerade begeistert begrüßen werden.«

»Ist er ernstlich krank?« fragte Ash, und Hoffnung flackerte in ihm auf.

Gobind hob die Schultern und spreizte vielsagend die Finger. »Wer will das schon sagen? Du kennst Shushila-Rani. Sie macht ja vom kleinsten Wehweh oder Unbehagen viel her, und so wird es vermutlich auch diesmal sein. Gleichwohl hat man mich beauftragt, nach dem Rechten zu sehen und in Bhithor zu bleiben, solange es notwendig ist.«

Nur von einem einzigen, feisten, dümmlich aussehenden Diener begleitet, war Gobind nach Bombay gereist und von dort über Baroda nach Ahmadabad. »Denn der Rao-Sahib, der ja weiß, daß du hier lebst, bestand darauf, daß ich dich besuche; seine Nichten, die Ranis, würden gewiß gern hören, wie es dir geht, meinte er, und du selber würdest ebenso gewiß gern Neuigkeiten von deinen Freunden in Karidkote erfahren. Sieh, ich bringe dir auch Briefe: der Rao-Sahib traut der öffentlichen Post nicht, er hat sie also mir übergeben mit der ausdrücklichen Weisung, sie niemand als dir persönlich auszuhändigen... was ich hiermit tue.«

Es waren drei Briefe, da nicht nur Kaka-ji geschrieben hatte, sondern auch Jhoti und Mulraj, wenn auch beide nur kurz, denn Gobind, so hieß es in ihren Briefen, werde Ash ausführlich berichten. Es stand in diesen Briefen nichts, was nicht von jedem hätte gelesen werden können – Jhoti schrieb hauptsächlich von Pferden und sportlicher Betätigung und endete mit einer etwas frivolen Beschreibung des britischen Residenten (den er offenbar nicht leiden konnte, weil dieser Herr einen Kneifer trug und ihn immer über dessen Rand hinweg betrachtete), während Mulraj sich auf die besten Wünsche beschränkte und der Hoffnung Ausdruck gab, Ash werde seinen nächsten Urlaub zu einem Besuch bei ihnen nutzen.

Kaka-jis Brief hingegen war von erheblichem Interesse. Ash begriff gleich, daß er ihn nur einem Boten hatte mitgeben wollen, der so vertrauenswürdig war wie Gobind, und auch, weshalb er es für geboten hielt, diesen erst nach Ahmadabad zu schicken, bevor er nach Bhithor reiste.

Der erste Teil des Briefes handelte ausführlich von dem, was Gobind bereits angedeutet hatte: Shushila verlange dringend nach einem vertrauenswürdigen Arzt, und wegen ihrer Schwangerschaft sei es geboten, diesen Wunsch zu erfüllen. Es folgte die Bitte, Ash möge Gobind behilflich sein, brauchbare Pferde und einen kundigen Führer zu besorgen und überhaupt alles zu tun, um dessen sichere Ankunft in Bhithor zu gewährleisten; die dafür notwendigen Geldmittel führe Gobind bei sich.

Sodann gestand Kaka-ji, seiner Nichten wegen in Sorge zu sein und daß er mehr aus diesem Grunde als aus dem anfangs angeführten zugestimmt habe, Gobind nach Bhithor zu entsenden.

»Es gibt dort niemand, dem die Mädchen vertrauen können«, hieß es in dem Brief weiter, »auch niemanden, der uns verläßliche Berichte über ihr Befinden gibt. Shushila selber kann nicht schreiben, und von ihrer Halbschwester haben wir bislang nichts gehört, was befremdlich wäre. Wir haben Grund, dem Eunuchen, der uns in ihrem Namen berichtet, zu mißtrauen, denn in den wenigen Briefen, die wir von ihm erhalten, heißt es immer nur, alle befänden sich wohl und seien glücklich. Und doch wissen wir unterdessen, daß Geeta und zwei der Dienerinnen, die die Prinzessinnen von Karidkote nach dort begleiteten, alle drei verläßlich und ihren Herrinnen treu ergeben, nicht mehr am Leben sind, obschon in den Briefen, die wir erhielten, nichts davon erwähnt wurde.

Wir verdanken diese Neuigkeit einem Zufall; ein reisender Händler, der durch Bhithor kam, hat davon einem Bekannten in Ajmer berichtet, und dieser wiederum hat sie einem Mann weitererzählt, der einen Vetter in Karidkote hat. Wir haben also nur einen Bericht aus dritter Hand, der aber immerhin auch den Familien der drei Frauen zu Ohren kam, die sehr beunruhigt waren und

Jhoti baten, bei seinem Schwager, dem Rana, anzufragen, ob das Gehörte zuträfe. Jhoti erkundigte sich also, und nach einer ganzen Weile bestätigte der Rana, die beiden Dienerinnen seien am Fieber gestorben, während Geeta sich bei einem Sturz von der Treppe das Genick gebrochen habe.

Der Rana drückte sein Befremden darüber aus, daß keine der beiden Gattinnen diesen Umstand in ihren Briefen an den lieben Bruder erwähnt habe; er könne sich das nur so erklären, daß der Tod der Dienerinnen ihnen der Erwähnung nicht wert erschienen sei, eine Auffassung, welche er, der Rana, teile...«

»Du weißt aber ebensogut wie ich«, fuhr Kaka-ji fort, »daß die Prinzessinnen das unfehlbar erwähnt hätten, könnten sie schreiben, was sie wollen. Ich nehme daher an, der Eunuch schreibt, was der Rana oder dessen Schranzen ihm diktieren, wenngleich ich zugebe, daß ich vielleicht überängstlich bin und in Wahrheit alles zum besten stehen mag. Immerhin wäre mir wohler, wüßte ich mit Sicherheit, daß dem so ist, und nun scheint es, daß die Götter mir einen Weg dazu gezeigt haben. Der Rana wurde, wie Du weißt, durch Gobind von seinen Furunkeln geheilt, was seinen eigenen Ärzten nicht gelungen war, daher schätzt er ihn; und wenn er Shushilas Wunsch zustimmte, Gobind eilends nach Bhithor kommen zu lassen, darf man mit Sicherheit annehmen, daß er krank ist.

Mein Gebet geht also in Erfüllung, denn Gobind wird erfahren, wie es um das Wohlbefinden von Jhotis Schwestern bestellt ist, und ich habe ihn angewiesen, alles, was er erfährt, an Dich weiterzuleiten, denn da Du außerhalb der Grenzen von Radschastan lebst, kannst Du Deine Berichte unbesorgt nach Karidkote weiterleiten. Ich hätte nicht gewagt, Dich damit zu behelligen, wüßte ich nicht, daß auch Du ein Interesse daran hast, den wahren Sachverhalt zu erfahren und zu hören, daß alles zum besten steht, ganz wie ich. Sollte es sich anders verhalten, wirst Du uns dies wissen lassen, und dann mag Jhoti mit seinen Beratern entscheiden, was er unternehmen will.«

– falls er überhaupt etwas unternimmt, dachte Ash grimmig. Zwar unterhielten die Fürsten immer noch ihre eigenen »Streitkräfte«, doch die Entfernung zwischen Karidkote und Bhithor garantierte dafür, daß eine irgendwie geartete militärische Unternehmung ausgeschlossen war, selbst einmal angenommen, die indische Regierung hätte etwas Derartiges zugelassen, was ebenfalls auszuschließen war. Jhoti konnte nur hoffen, durch eine Klage bei den »sauberen« Behörden etwas zu erreichen – in seinem Fall hieß das, auf dem Wege über den britischen Residenten in Karidkote –, der die Klage seinerseits an die Politische Abteilung weitergeben würde, die ihrerseits in Ajmer den Beauftragten des Generalgouverneurs ersuchen würde, jenen Beamten, in dessen Zuständigkeitsbereich Bhithor fiel, zu veranlassen, die Klage zu prüfen und einen Bericht abzufassen.

Darauf setzte Ash nun ganz und gar keine Hoffnungen, denn er erinnerte sich nur zu gut an das Zögern und Zaudern jenes Politischen Beraters und wie unmöglich es gewesen war, ihn in seiner Meinung zu erschüttern, der Rana könnte etwas anderes als der beste aller denkbaren Herrscher sein; der würde niemals einen Bericht abfassen, der das Mißtrauen seiner Vorgesetzten in Ajmer, Simla und Kalkutta erregen könnte. Zumal man weder dem Politischen Berater noch sonstwem erlauben würde, die Gattinnen des Rana persönlich zu befragen, da diese in strengster Abgeschlossenheit lebten. Sollte ein derartiger Versuch überhaupt unternommen werden, mußte das nicht nur in Bhithor zu Unruhen führen, sondern im ganzen Lande, und das Äußerste, was dabei herauskommen konnte (und das war unwahrscheinlich), war ein Gespräch zwischen einem Regierungsbeauftragten und einer Frau, die für ihn unsichtbar hinter einem Vorhang verborgen sitzen würde, umgeben von Höflingen, allesamt bezahlte Kreaturen des Herrschers und begierig, ihm alles zu hinterbringen, was gesprochen wurde.

Unter solchen Bedingungen würde die Wahrheit nie ans Licht kommen, auch war durch nichts garantiert, daß es sich bei der Gesprächspartnerin wirklich um eine der Ranis handelte und nicht um ein sorgfältig vorbereitetes Mitglied des weiblichen Hofstaates. Es war wirklich verhängnisvoll, dachte Ash, daß Jhoti sich ausgerechnet den Residenten in Karidkote zum Feind gemacht hatte, allein wegen seiner kindischen Abneigung gegen Kneifer...

Als er von dem Brief aufsah, begegnete er Gobinds gelassenem Blick und fragte: »Du weißt, was in dem Brief steht?«

Gobind nickte. »Oh ja. Der Rao-Sahib erwies mir die Ehre, mir den Brief vorzulesen, bevor er ihn siegelte; ich sollte wissen, wie wichtig es ist, ihn gut zu bewahren und darauf zu achten, daß er nicht in fremde Hände fällt.«

»Ah«, sagte Ash und zog die Lampe näher.

Er hielt die beiden eng beschriebenen Bogen aus dickem indischen Papier darüber und sah zu, wie sie Feuer fingen; als die Flammen fast seine Fingerspitzen erreichten, ließ er das verkohlte Papier zu Boden fallen und zertrat es zu schwarzem Staub.

»Das dürfte den Rao-Sahib beruhigen«, sagte er dabei. »Im übrigen halte ich seine Bedenken für berechtigt, doch kommen sie leider zu spät. Niemand hätte ihm einen Vorwurf machen können, hätte er damals die Heiratsverträge zerrissen, doch das hat er unterlassen, und der Schaden ist nun angerichtet, denn Gesetz und Brauch des Landes sind auf Seiten des Rana, und wir wissen, daß sein Politischer Berater zu ihm hält.«

Gobind erwiderte darauf ganz ruhig: »Das ist wohl so, doch tust du dem Rao-Sahib Unrecht. Hättest du den verstorbenen Maharadscha gekannt, du würdest wissen, daß der Rao-Sahib nicht anders handeln konnte; er mußte die Heiraten zustandebringen.«

Ash stimmte seufzend zu und bat um Verzeihung. »Ich hätte das nicht sagen dürfen. Ich weiß sehr wohl, daß er unter diesen Umständen nicht anders handeln konnte. Auch ist das alles längst Vergangenheit und läßt sich ohnehin nicht mehr ändern.«

»Nicht einmal die Götter können das«, bemerkte Gobind trocken. »Doch die Hoffnung von Rao-Sahib und auch die meine geht dahin, daß du und ich vielleicht die Zukunft ein wenig beeinflussen können.«

Da Gobind von der Reise sehr ermüdet war, setzte man das Gespräch an diesem Abend nicht weiter fort. Weder Gobind noch sein Diener Manilal waren je zuvor mit der Eisenbahn gereist, die Fahrt hatte beide sehr angestrengt, und sie schliefen noch, als Ash am folgenden Morgen zum Dienst ging. Erst nach Dienstschluß am späten Nachmittag konnte Ash sich Gobind wieder widmen. Er hatte in der Nacht wenig geschlafen und viel über Kaka-jis Brief nachgedacht, und er hatte dann, als er seine Befürchtungen um Julis Sicherheit nicht mehr ertragen konnte, auch überlegt, wie er Gobind ungefährdet nach Bhithor bringen könnte. Dies war denn auch das erste, was er am nächsten Morgen in die Wege leitete. Schon in der Frühe ließ er durch Kulu Ram zwei tüchtige Pferde beschaffen und bei Sarji anfragen, ob er einen kundigen Führer für zwei Männer wisse, die schon folgenden Tages nach Bhithor aufbrechen wollten.

Als er nach Hause kam, warteten dort bereits die Pferde und Sarjis Antwort, beide sehr zufriedenstellend. Sarji schrieb, er wolle ihm seinen Leibjäger Bukta zur Verfügung stellen, einen Mann, der jeden Pfad in den Bergen kannte und Ashs Freunde sicher führen werde; die von Kulu Ram beschafften Tiere waren kräftig und verläßlich und sehr wohl imstande, die ihnen täglich vom Hakim zugemutete Strecke zurückzulegen, wie Kulu Ram versicherte.

Es blieb nur noch das Wichtigste zu vereinbaren: eine Methode der Verständigung zwischen Gobind in Bhithor und Ash in Ahmadabad, die beim Rana kein Mißtrauen erwecken würde.

Die beiden Männer ritten ohne Begleitung ans Ufer des Flusses, um, wie es schien, die gekauften Pferde zu erproben, in Wahrheit aber, um unbelauscht sprechen zu können; das Gespräch wurde dann bis nach Mitternacht in Ashs Schlafzimmer fortgesetzt, und zwar so leise, daß nicht einmal Gul Baz, der auf der Veranda stand, um etwaige Horcher zu verscheuchen, mehr als ein schwaches Murmeln vernehmen konnte.

Es war keine Zeit zu verlieren, aber eine Menge zu erledigen. Zum Zwecke der Verständigung mußte man einen Code ausarbeiten – einfach genug, um ihn im Gedächtnis zu behalten, und absolut unverdächtig, sollte er in falsche Hände geraten. Sodann war zu überlegen, wie solche Botschaften ohne Verzug aus Bhithor hinausgelangen konnten, denn falls der Rana etwas zu verbergen hatte, würde er Gobind scharf bewachen lassen. Dies Problem allerdings würde Gobind ganz allein lösen müssen, und zwar erst nach seiner Ankunft in Bhithor, wenn er die Situation dort übersah, denn vorher konnte er nicht wissen, wieviel Bewegungsfreiheit man ihm dort einräumen würde, falls überhaupt. Gleichwohl mußte man mehrere Pläne machen, denn wenn auch die meisten sich als undurchführbar erweisen sollten, mochte einer doch brauchbar sein.

Gobind sagte: »Ich habe schließlich auch noch meinen Diener, der durch sein Auftreten und seine Redeweise wie ein Trottel wirkt, arglos und leicht hinters Licht zu führen, der in Wahrheit aber ein Fuchs ist. Und der kann uns, wie ich hoffe, gute Dienste leisten.«

Um Mitternacht waren mindestens ein Dutzend Pläne durchgesprochen, und einem dieser Pläne folgend, machte Gobind sich am folgenden Morgen gegen neun auf die Suche nach einem europäischen Laden in der Stadt, denn, wie er gesagt hatte: »Kommt es zum Schlimmsten, kann ich immer behaupten, ich müsse seiner Hoheit in Ahmadabad europäische Medikamente beschaffen. Gibt es hier eine gute Apotheke? Möglichst eine ausländische?«

»In der Garnison gibt es eine Filiale von Jobbling & Söhne, da kaufen die Sahibs und ihre Frauen Zahnpulver und Haarwasser und allerlei Mittelchen, die aus England kommen. Dort müßtest du alles bekommen, was du brauchst. Doch wird der Rana dich nicht herkommen lassen, um die Sachen persönlich zu besorgen.«

»Das mag sein, doch wer auch immer geschickt wird, er wird eine Liste bei sich haben müssen, auf der geschrieben steht, was ich benötige. Ich will mich also morgen erkundigen, welche Medikamente dort vorrätig sind, und auch versuchen, mit dem Ladeninhaber zu einem Einverständnis zu kommen.«

Gobind machte sich kurz nach Mittag auf den Weg nach Bhithor, versehen mit einer Auswahl von Medikamenten, die er auf Anraten des eurasischen Filialleiters Mr. Pereiras eingekauft hatte, mit dem er übrigens sehr bald zu einer freundschaftlichen Übereinkunft gelangt war. Ash kam rechtzeitig zu Gobinds Verabschiedung vom Dienst zurück. Beide hatten noch eine kurze Unterredung auf der Veranda, bevor Gobind und Manilal, geführt von Sarjis Leibjäger Bukta, Richtung Palanpore aufbrachen und bald zwischen den Bäumen verschwanden, die die Straßen der Garnison säumten.

Sarji gab zehn Tage später Bescheid, sein Jäger sei zurück, nachdem er den Hakim und seinen Diener bis kurz vor die Tore von Bhithor geleitet habe. Der Hakim habe Bukta fürstlich entlohnt und lasse Pelham-Sahib ausrichten, er wolle täglich für ihn beten, sowohl um gute Gesundheit als auch darum, daß in den kommenden Monaten alles glatt verlaufe. Ein frommer Wunsch, der nicht entschlüsselt zu werden brauchte.

Es wurde nun von Tag zu Tag heißer, und Ash stand des Morgens immer zeitiger auf, um Dagobaz eine oder zwei Stunden vor Beginn des Stalldienstes zu bewegen. Da der Dienst im Freien der Hitze wegen stark eingeschränkt werden mußte, hatte er jetzt mehr Büroarbeit zu erledigen. Die Abende verbrachte er häufig beim Polotraining, denn dieser Sport, der in den Grenzgebieten ganz neu gewesen war, als Ash dort den Kundschaftern beitrat, hatte sich jetzt über das ganze Land verbreitet und wurde nun auch von der im Süden stationierten Kavallerie ausgeübt. Ash, der diesen Sport von früher kannte, war deshalb als Spieler sehr begehrt.

Er war also sehr beschäftigt, und das war gut so, wenngleich es ihm selber nicht so vorkam und er es wohl auch nicht zugegeben hätte. Jedenfalls hinderte es ihn daran, unentwegt an Juli und ihr Wohlergehen zu denken, und er war des Abends so müde, daß er Schlaf fand und nicht mit quälenden Gedanken wach lag, Gedanken, die sich ausschließlich um das gedreht hätten, was Kaka-jis Brief enthalten hatte, und um die Folgen, die aus alledem entstehen mochten.

Harte Arbeit und körperliche Erschöpfung wirkten wie ein Betäubungsmittel, und er mußte dafür dankbar sein.

Mahdu ließ durch einen Basarschreiber mitteilen, er sei heil und gesund angekommen und froh, wieder in Mansera zu sein. Er befinde sich wohl und hoffe ein gleiches von Ash, auch, daß Gul Baz diesen gut versorge. Die gesamte Familie (angewachsen um drei weitere Urenkel, zwei davon Knaben) bete für seine Gesundheit, sein Glück und wünsche ihm alles Gute, undsoweiter undsofort...

Ash erwähnte in seiner Antwort den Besuch von Gobind nicht, und sonderbarerweise tat auch Gul Baz dies nicht, der seinerseits letzte Neuigkeiten von Pelham-Sahib und dessen Ergehen an Mahdu sandte und ihm versicherte, alles stehe gut. Gul Baz unterließ dies übrigens rein instinktiv, denn weder Ash noch Gobind hatten ihm zu verstehen gegeben, es sei klüger, darüber zu schweigen. Doch auch Gul Baz machte sich Gedanken.

Wie Mahdu mißtraute er allem, was mit Bhithor zusammenhing, und er wünschte nicht, daß der Sahib je wieder etwas mit diesem gesetzlosen, unheimlichen Staat und seinem skrupellosen Herrscher zu tun bekäme. Doch eben dies war es, so fürchtete er, was der Hakim aus Karidkote beabsichtigte, wenn Gul Baz sich auch den Grund dafür nicht erklären konnte. (Er wußte viel weniger von Ash als Mahdu, und der weise Alte hatte sich gehütet, ihn einzuweihen.)

Eigentlich hätte seine Besorgnis, ausgelöst durch das Eintreffen von Gobind, sich nach dessen Abreise legen sollen, doch war dies nicht der Fall, denn Gul Baz fiel auf, daß der Sahib seit neuestem häufig kleine Einkäufe in einer englischen Apotheke machte, in eben jenem Laden, welchen auch der Hakim an dem Vormittag vor seiner Abreise zufällig aufgesucht hatte – wirklich zufällig? Der Kutscher der Tonga, der ihn dorthin gebracht hatte, berichtete auf Fragen von Gul Baz, der Hakim habe sich mehr als eine halbe Stunde mit dem Apotheker beraten und am Ende eine erkleckliche Zahl ausländischer Medikamente eingekauft.

Das war an und für sich noch nicht verdächtig, denn daß Gobind nach Bhithor unterwegs war, um den Rana zu behandeln, war kein Geheimnis, setzte dieser Herrscher doch großes Vertrauen in Gobinds Heilkünste. Warum aber ging der Sahib, der sich bester Gesundheit erfreute, seither mindestens viermal in der Woche in jenen Laden, wenn er doch bislang Gul Baz geschickt hatte, um Seife und Zahnpulver und derlei zu besorgen?

Das alles gefiel Gul Baz nicht. Doch was sollte er dagegen tun und mit wem sich darüber beraten? Er mußte seine Sorgen notgedrungen für sich behalten und hoffte darauf, daß möglichst bald der Befehl aus Mardan eintreffen würde, der den Sahib zu den Kundschaftern an die Nordwestgrenze zurückberief, denn nun lag auch Gul Baz sehr daran, endlich hier wegzukommen; es verlangte ihn heftig danach, die heimatlichen Berge zu sehen und die vertraute heimatliche Sprache zu hören.

Ash hingegen – bis vor kurzem noch darauf versessen, Gujerat den Rücken zu kehren – fürchtete plötzlich, nach Mardan versetzt zu werden, bevor es Gobind gelang, Neuigkeiten aus Bhithor herauszuschmuggeln, denn das würde bedeuten, daß Ash vielleicht nie erfahren würde, was dort vorging, daß er Kaka-ji nicht benachrichtigen und überhaupt nicht mehr von Nutzen sein konnte.

Diese Vorstellung war für ihn so beängstigend, daß er sich bedenkenlos verpflichtet hätte, weitere fünf Jahre in Gujerat abzudienen, auch zehn oder zwanzig, denn ein Ortswechsel zu diesem Zeitpunkt hätte bedeutet, Juli im Stich zu lassen, obwohl sie Hilfe wahrscheinlich dringender brauchte als je zuvor, in einem Moment, da vielleicht ihr Leben von seiner Anwesenheit in Ahmadabad abhing und von seiner Entschlossenheit, ihr beizustehen.

Zweimal bereits hatte er sie im Stich gelassen: das erste Mal in Gulkote, als sie noch ein Kind war, dann wieder in Bhithor – wenn auch ganz und gar gegen seinen Willen. Ein drittes Mal sollte ihm dies nicht passieren. Was aber, wenn er nach Mardan zurückbeordert würde? Sollte er Wally und Wigram Battye bitten, ihren Einfluß geltend zu machen, um eine etwaige Rückversetzung zum Regiment zu verhindern, falls ihnen Derartiges zu Ohren kommen sollte? Wie aber konnte er diese abrupte Kehrtwendung begründen, nachdem er sie so bedrängt hatte, alles zu tun, um zu erreichen, daß er wieder zu den Kundschaftern käme? »Tut mir leid, ich kann euch nicht erklären, warum das so ist, doch möchte ich augenblicklich unter keinen Umständen zu euch kommen. Ihr müßt mir einfach glauben, daß es von größter Wichtigkeit für mich ist, vorerst noch hier zu bleiben...«

Sie würden ihn für krank oder für verrückt halten, und zumindest Wally hatte Anspruch darauf, die ganze Wahrheit von ihm zu erfahren. Das aber ging nicht an, also war es besser, nicht zu schreiben.

Nun setzte er seine ganze Hoffnung darauf, daß die Hohen Herren, die ihn nach Gujerat ins Exil verbannt hatten, ihn vergessen und in Ruhe lassen würden. Besser noch, Gobind würde ihm mitteilen, alle ihre Befürchtungen seien grundlos, den Ranis von Bhithor gehe es glänzend. Dann wäre es einerlei, wann seine Rückberufung zu den Kundschaftern erfolgte. Richtiger gesagt, je eher sie erfolgte, desto besser, denn Wallys letzter Brief machte ihm fast ebensoviel Lust, nach Mardan zurückzukehren, wie der Brief von Kaka-ji ihn dazu bewog, in Gujerat bleiben zu wollen.

Wally nämlich hatte geschrieben, die Kundschafter seien wieder in Kämpfe verwickelt und Zarin sei verwundet, wenn auch nicht ernstlich. Es folgte eine ausführliche Beschreibung der Scharmützel (ausgetragen gegen eine Bande vom Stamme der Utman Khel, die vor zwei Jahren eine Anzahl Kulis ermordet hatten, welche den Kanal zum Flusse Swat bauten). Wally lobte einen gewissen Hauptmann Cavagnari über den grünen Klee, denn dieser sei der Initiator der Aktion gewesen; als er erfuhr, daß der Anführer der Bande samt einigen seiner Leute sich in einem Dorf namens Sapri aufhielten, fünf Meilen flußaufwärts von Fort Abazai, knapp jenseits der Grenze von Utman Khel, forderte Cavagnari vom Dorfältesten die Auslieferung der Banditen sowie eine beträchtliche Entschädigung in Geld für die Hinterbliebenen der ermordeten Kulis. Weil nun aber die Bewohner von Sapri ihr Dorf für uneinnehmbar hielten, erfolgte eine in beleidigenden Wendungen gehaltene Antwort, und Cavagnari entschloß sich zu einem Überraschungsangriff. Eines Abends nach dem Dunkelwerden setzten sich unter dem Kommando von Wigram Battye drei Offiziere der Kundschafter samt 246 Reitern und einem Dutzend Infanteristen auf Maultieren nach Sapri in Marsch, begleitet von jenem Hauptmann Cavagnari, der das ganze Unternehmen so geheimzuhalten verstanden hatte, daß zwei der teilnehmenden Offiziere im letzten Moment noch vom Tennisplatz geholt werden mußten.

Der erste Teil des Marsches bot keine Schwierigkeiten, doch dann wurde das Terrain so ungangbar, daß man die Reittiere nach Fort Abazai zurückschicken mußte und die Kundschafter sich mühsam zu Fuß den Weg suchten. Die arglosen Bewohner von Sapri, die glaubten, daß Schluchten, Geröllhalden und Klippen ihr Dorf unzugänglich machten, fanden sich am nächsten Morgen umzingelt. Sie griffen zwar zu den Waffen, doch nach einem Scharmützel, in welchem die ermordeten Kulis mehr als gerächt wurden, nahm man den Anführer der Bande samt neun seiner Mittäter gefangen.

Wally schrieb: »Wir selber hatten nur sieben Verwundete, und Wigram hat zwei unserer Einheimischen zu Tapferkeitsauszeichnungen eingereicht. Du siehst also, wir drehen nicht nur Däumchen hier. Was treibst Du derweil? Ich sage es nicht gern, aber in Deinen Briefen steht eigentlich nie etwas anderes, als daß Du ein unschätzbares Roß erworben hast, von Dir selber kein Wort, und ich würde lieber etwas über Dich erfahren als über dieses Zauberpferd. Oder passiert in Ahmadabad außer Paraden nichts? Wigram läßt Dich grüßen, auch Zarin. Hast Du gehört, was Rikki Smith vom 75. Infanterieregiment angestellt hat? Man sollte es nicht für möglich halten, doch...« Und dann folgte eine Menge amüsanter Klatsch.

Ash legte den Brief seufzend beiseite. Er mußte unbedingt an Zarin schreiben, ihn ermahnen, künftig umsichtiger zu sein. Es freute ihn, von Wally zu hören und zu erfahren, was im Regiment vorging, doch lieber hätte er mit ihm gesprochen und wieder bei einem Regiment gedient, das aktiv war, statt bei einem, das seit den Tagen des Sepoyaufstandes kein Pulver mehr gerochen hatte, und bei dem er sich als ungebetener Gast aufhielt, geschickt von einer weisen Militärverwaltung, die ihn jederzeit zu seinem Kundschafterkorps zurückbeordern konnte; »... nur nicht zu bald«, betete Ash, »nicht, bevor ich von Gobind höre...«

Doch die Tage quälten sich dahin, und aus Bhithor kam kein Wort. Es war jetzt Frühling, und er war dem Regiment Roper bereits ein ganzes Jahr »vorübergehend zugeteilt«. Wie lange war »vorübergehend«? Dieses Jahr, noch eines und vielleicht noch eines...? Was trieb dieser Gobind denn nur?

Ash machte dem Apotheker wieder einmal einen Besuch, er erstand ein Fläschchen Balsam, angeblich für die Behandlung eines gezerrten Fußgelenkes und schwätzte mit Mr. Pereiras, einer unerschöpflichen Quelle allen Klatsches, der ohne besondere Aufforderung erzählte, was ihm in den Kopf kam (unter anderem auch, welche besonderen Arzneien ein regierender Fürst für sich bestellte).

Auch heute war Mr. Pereiras so redselig wie gewohnt, und Ash erfuhr, welche prominenten Bürger an welchen Krankheiten litten, aber kein Wort über den Rana von Bhithor. Doch als er abends spät heimkam, erwartete ihn auf der Veranda eine feiste, vom Staub der Reise verdreckte Gestalt: Manilal, der Diener von Gobind, und der brachte endlich Neuigkeiten.

Gul Baz sagte entrüstet: »Dieser Pavian drückt sich schon seit zwei Stunden hier herum, will aber weder essen noch trinken, bevor er mit dir geredet hat, Sahib, obschon ich ihm tausendmal gesagt habe: wenn der Sahib vom Dienst kommt, will er sein Bad nehmen und zu Abend essen, bevor er mit jemand redet. Dieser Mensch aber ist ein Narr, er hört einfach nicht zu.«

»Er ist der Diener des Hakim, und ich will gleich mit ihm reden«, befahl Ash und winkte Manilal, ihm zu folgen. »Unter vier Augen.«

Die Neuigkeiten von Bhithor waren nicht schlecht und nicht gut, was schon daraus hervorging, daß man Manilal offiziell erlaubt hatte, nach Ahmadabad zu reisen, Gobind andererseits ihm aber auch keinen Brief anvertraut hatte in der Befürchtung, man könnte ihn durchsuchen. »Und so kam es denn auch«, sagte Manilal milde lächelnd, »sehr gründlich hat man gesucht. Die Botschaft habe ich im Kopf.«

Gobind ließ sagen, der Rana leide an Furunkeln, Verstopfung und Kopfschmerzen. Wie bei seiner Lebensweise nicht anders zu erwarten, war er in ziemlich schlechter Verfassung, erholte sich aber dank der wirksamen ausländischen Medikamente. Soweit er, Gobind, habe in Erfahrung bringen können, befänden die Ranis sich wohlauf.

Die jüngere, die Erste Rani, nun hochschwanger, erwarte sehnsüchtig ihre Niederkunft, zumal alle Wahrsager, Sterndeuter und Hebammen mit Gewißheit einen Sohn vorhersagten. Man traf schon Vorbereitungen zu einem üppigen Fest, und ein Bote stand bereit, die Neuigkeit zur viele Meilen entfernten nächsten Telegrafenstation zu bringen, von wo sie nach Karidkote weitergeleitet werden sollte. Gobind war allerdings verblüfft und besorgt, als er vernehmen mußte, daß die Erste Rani bereits zum dritten Mal schwanger war...

Daß man in Karidkote von den zwei vorhergehenden Schwangerschaften kein Wort vernommen hatte, beunruhigte ihn sehr, denn so angenehme Neuigkeiten werden im allgemeinen bekanntgemacht, sobald sie Gewißheit geworden sind. Tatsache aber war, daß Shushila bereits zwei Fehlgeburten gehabt hatte. Das mochte seine Ursache in Betrübtheit und Trauer gehabt haben, denn die erste Fehlgeburt fand gleich nach dem Tode der von ihr mitgebrachten Dienerinnen statt und die zweite nach dem Tode der getreuen Geeta, was man wohl kaum noch Zufall nennen konnte. Obwohl diese Todesfälle Gobinds Argwohn wachhielten, mußte er im übrigen doch berichten, ohne Zweifel werde die Erste Rani nicht mißhandelt, noch fühle sie sich unglücklich.

Es sei zwar überraschend, doch wenn man dem Gerede der Leute Glauben schenke (und Gobind neigte dazu), hatte die unter so üblen Vorzeichen geschlossene Ehe einen ungewöhnlich guten Verlauf genommen, denn die kleine Rani habe sich in den Kopf gesetzt, sich in ihren so wenig anziehenden Gemahl zu verlieben, und der Rana seinerseits fand die Mischung von außergewöhnlicher Schönheit und intensiven Liebesbezeugungen so anregend, daß er allen Geschmack an seinen Günstlingen verlor und insbesondere Shushila zuliebe zwei hübsche, degenerierte Jünglinge verstieß, deren Gesellschaft er bis dahin jeder anderen vorgezogen hatte. Dies hörte sich alles recht gut an.

Der Zweiten Rani indessen sei es weniger gut ergangen. Anders als ihre Schwester habe sie vor den Augen des Rana keine Gnade gefunden, er weigerte sich, die Ehe zu vollziehen und erklärte ganz offen, er denke nicht daran, Vater des Kindes eines Halbbluts zu werden. Man wies ihr also einen Flügel in einem der selten benutzten, außerhalb der Stadt gelegenen Paläste an, von wo man sie auf Betreiben der Ersten Rani allerdings nach vier Wochen zurückholte. Später übersiedelte sie in die Frauengemächer des Perlenpalastes, doch wiederum holte man sie nach einigen Monaten auf Verlangen der jüngeren Halbschwester an den Hof zurück. Seither lebte sie zurückgezogen und still für sich in ihren Gemächern im Rung Mahal.

Gobind äußerte die Meinung, der Rana wolle sich offenbar von ihr scheiden lassen und sie nach Karidkote zurückschicken, sobald die Erste Rani sich ohne sie behelfen könne, womit zu rechnen sei, wenn erst einmal mehrere Kinder Shushila-Bais Aufmerksamkeit in Anspruch nähmen. Dies allerdings sei reine Vermutung von ihm, denn dem Sahib sei wohl klar, daß es für jemand in Gobinds Stellung (für jeden anderen übrigens auch) gefährlich sein müsse, allzu dringliche Fragen über die Ranis von Bhithor zu stellen oder auch nur auffälliges Interesse an ihrem Befinden und an ihrer Beziehung zum Rana zu bekunden. Er, Gobind, könne sich also irren – nicht nur hierin, sondern auch in anderen Dingen. Die Zweite Rani jedenfalls sei Gemahlin des Rana nur dem Namen nach, befinde sich aber immerhin bei Gesundheit, und man könne nur hoffen, daß letzteres auch für die Erste Rani gelte.

Gobind bat, Ash möge so bald als möglich nach Karidkote schreiben und den Rao-Sahib beruhigen. Im Moment bestehe kein Anlaß zu übergroßer Sorge, und wäre der Tod jener drei Personen aus Karidkote nicht verheimlicht worden, würde Gobind so weit gehen, zu sagen, in Bhithor stehe alles zum besten, mindestens was die beiden Ranis betreffe. Jene Todesfälle indessen wollten nicht aufhören, ihn zu beunruhigen, es bleibe da ein unaufgeklärter Rest.

»Was soll das heißen: ein unaufgeklärter Rest?« fragte Ash.

Manilal sagte achselzuckend: »Es sind da allerlei Geschichten im Umlauf... noch dazu lauten alle verschieden, was doch recht sonderbar ist. Ich bin, wie mein Herr, aus Karidkote, also ein Fremder dort, und deshalb mißtraut man mir. Ich darf nicht zu viele Fragen stellen, keine Neugier zeigen, muß einzig die Ohren aufsperren. Man kann einer Unterhaltung aber, ohne daß es zu sehr auffällt, eine bestimmte Richtung geben, und wenn ich unter den Dienern des

Rana sitze oder abends durch den Basar schlendere, lasse ich gelegentlich ein Wort fallen – wie einen Stein, der in einen Teich fällt und dann Ringe macht. Falls die beiden Dienerinnen wirklich am Fieber gestorben wären, gäbe es kein Gerede. Dies geschieht häufig, viele Menschen sterben daran. Und doch, alle drei Todesfälle werden immer noch beredet, aber nur im Flüsterton. Manche sagen, die Dienerinnen starben an diesem, andere sagen an jenem, und jeder hat eine eigene Meinung, nur in einem sind sich alle einig: daß niemand die wirkliche Ursache kennt.«

»Und was sagt man über den Tod jener dritten, Geeta?« fragte Ash, der sich dieser Alten voller Dankbarkeit erinnerte.

»Es heißt, sie sei eine steile Treppe herabgestürzt oder aus einem hohen Fenster oder auch vom Dach des Palastes – wieder mehrere Versionen, und alle weichen voneinander ab. Manche meinen, sie sei gestoßen worden, andere sagen, sie sei bereits tot gewesen – erwürgt, vergiftet oder erschlagen – und anschließend aus großer Höhe herabgeworfen worden, um einen Unfall vorzutäuschen. Doch keiner weiß einen Grund, warum oder durch wen oder auf wessen Befehl das geschah, also kann es sein, daß es sich um Hirngespinste von Schwätzern handelt oder von Klatschmäulern, die mehr zu wissen vorgeben als ihre Nachbarn. Und doch bleibt es seltsam... seltsam, daß man immer noch über den Tod der zwei Frauen redet, der mehr als ein Jahr zurückliegt, und über den von Geeta vor fast einem Jahr.«

Weitere Neuigkeiten gab es aus Bhithor nicht, und wenn Ash auch um Geeta trauerte, waren sie insgesamt besser als erwartet. Manilal allerdings sagte auch, er glaube, ein zweites Mal werde man ihm nicht gestatten, nach Ahmadabad zu kommen.

Die Männer, die ihn angehalten und durchsucht hatten, fanden bei ihm nur zwei leere Arzneiflaschen und etwas Geld, doch fragten sie ihn eindringlich aus, ob sein Herr ihm irgendwelche mündlichen Botschaften zu übermitteln aufgetragen habe, worauf er wie ein Papagei immer die gleiche Antwort gab: »Ich brauche noch sechs Flaschen von der Medizin, wie in der kleinen Flasche war, und zwei von der in der großen. Hier ist das Geld dafür.« Er fügte noch an, er habe auch die Absicht, auf eigene Rechnung Hühner zu kaufen, denn sein Herr esse gern Eier, vielleicht auch Melonen und ein bestimmtes Konfekt...

Man brachte ihn gewaltsam zum Schweigen und wollte wissen, welche weiteren Aufträge der Hakim ihm gegeben; daraufhin brach er in Tränen aus (eine seiner besonderen Begabungen) und fragte, was denn für Aufträge? Er sei beauftragt, diese Flaschen in die englische Apotheke von Ahmadabad zu bringen und zu dem Verkäufer zu sagen: »Ich brauche fünf Flaschen... oder doch nur drei?... Nun bin ich ganz wirr im Kopf von all euren Fragen, und der Hakim wird wütend sein auf mich...«

Man ließ ihn endlich gehen, überzeugt, er könne sich höchstens eine einzige Sache merken, und auch das nur mit Mühe. Manilal sagte nachdenklich: »Mir will scheinen, daß der Rana dem Hakim nicht mißtraut, weil dessen Heilkünste ihm sehr genützt haben; denn als der Hakim-Sahib sagte, er brauche mehr englische Medizin, und ich, der ich den Laden kenne, solle sie holen, hatte niemand dagegen etwas einzuwenden; allerdings wollte man anfangs gleich fünfzig Flaschen kommen lassen oder auch hundert, doch der Hakim-Sahib sagte, ehe auch nur ein Bruchteil davon verbraucht sei, wäre das übrige schon verdorben. Immerhin, die acht Flaschen, die ich bringe, werden lange Zeit vorhalten, und mein Sahib sagt, ich soll zwei Tauben von deinem Freund mitbringen, wie ihr besprochen habt.«

Damit bezog er sich auf einen der Alternativpläne, der gelegentlich des Besuches von Gobind ausgeheckt worden war; Sarji hielt Brieftauben, und Ash hatte damals vorgeschlagen, Gobind solle ein oder zwei der Tiere mitnehmen.

Gobind weigerte sich, auf einen solchen Unfug einzugehen, und wies mit Recht darauf hin, man werde ihn sogleich verdächtigen, Nachrichten über die Grenze schmuggeln zu wollen. Statt dessen schlug er vor, er werde gleich nach seiner Ankunft in Bhithor den Vogelfreund spielen und möglichst viele Tiere anschaffen, darunter auch Tauben, die es in Bhithor wie überall in Indien reichlich gibt.

Hatte man sich an den Anblick eines Hakim gewöhnt, der Papageien fütterte, Nisthäuser und Käfige aufhängte, würde er versuchen, ein Paar von Sarjis Brieftauben einzuschmuggeln.

Manilals Eintreffen bot dazu die erwünschte Gelegenheit; Gobind war als Vogelfreund anerkannt, nun mußte Ash nur noch die Tauben beschaffen, wenngleich ihm das nach allem, was er eben gehört hatte, überflüssig vorkam – gute Nachrichten waren aus Bhithor so bald nicht zu erwarten, und falls doch, mochte der Telegraf das besorgen. Immerhin, Gobind fand es offenbar angebracht, die Tauben einzuschmuggeln, und Ash wollte nicht widersprechen, also ritt er noch in selbiger Nacht hinaus auf Sarjis Landgut und kehrte bei Mondschein mit zwei Tauben samt Käfig zurück.

Er bat Sarji um strengstes Stillschweigen, nachdem er ihn (unzulänglich und irreführend) eingeweiht hatte, und Manilal reiste am nächsten Tage ab, versehen mit einem halben Dutzend Flaschen Magenbitter und zwei Behältern Rizinusöl allerbester Qualität, einer Schachtel mit Obst und Konfekt und einem Korb, der lebendes Geflügel enthielt – drei Hennen und einen Hahn. Daß sich auch zwei Tauben darin befanden, war nicht zu sehen, denn ein geschickt eingezogener doppelter Boden verdeckte ihren Anblick, und das Gackern der Hühner übertönte ihr Gurren.

37

»Man könnte wirklich denken, in Bhithor gibt es keine Eier zu kaufen«, schnaufte Gul Baz verächtlich, als er den Diener des Hakim fortreiten sah. »Und als ein echter Narr hat er bestimmt für die Hühner zuviel gezahlt.«

Gul Baz war froh, diesen Burschen verschwinden zu sehen, und fürchtete nur, dessen Besuch könnte auf seinen Herrn ebenso deprimierend wirken wie der Besuch des Hakim. Doch diese Sorge war unbegründet. Manilals Bericht hatte Ash einen Stein vom Herzen genommen, seine Stimmung hob sich merklich. Juli war heil und gesund – und sie »hatte vor den Augen des Rana keine Gnade gefunden«.

Seine Erleichterung bei diesen Worten war so groß gewesen, daß er sich einen Augenblick wie benommen fühlte. All das Gräßliche zwischen Juli und dem Rana, das er sich ausgemalt hatte, alles was sie, wie er glaubte, erdulden mußte und was sich unerträglich plastisch vor seinem inneren Auge darstellte, wenn er nachts keinen Schlaf fand, das alles fand nicht statt. Juli war vor dem Rana sicher, und vielleicht hatte Gobind ja recht, wenn er meinte, Shushila werde aufhören, sich an die Schwester zu klammern, sobald das Kind geboren war, und der Rana würde sich von Juli scheiden lassen, sie heimschicken nach Karidkote, wo sie dann frei wäre und wieder heiraten könnte...

Als er mit den Tauben heimgekehrt war und schlafen ging, wußte er, daß er nun warten konnte, ohne Ungeduld, denn die Zukunft, bislang trübe und ohne jede Hoffnung, bekam wieder einen Sinn, und er hatte Grund weiterzuleben.

Einer seiner Offizierskameraden, der acht Tage später vom Fenster der Messe aus beobachtete, wie Ash die Stufen heruntersprang, sich auf sein Pferd schwang und laut singend davonritt, bemerkte denn auch: »Pandy scheint ja in glänzender Stimmung zu sein, was da wohl passiert ist?«

»Egal was es ist, es ist eine Verbesserung«, bemerkte der Adjutant, der in einer zerlesenen Zeitschrift blätterte. »Bisher war er nicht gerade ein kleiner Sonnenschein. Vielleicht hat er geerbt.«

»Der braucht nicht zu erben«, bemerkte ein verheirateter Hauptmann säuerlich.

»Nun, er hat tatsächlich nicht geerbt, denn ich habe ihn direkt gefragt«, gestand der erste Sprecher arglos.

»Und wie hat er reagiert?« fragte der Adjutant neugierig.

»Wie zu erwarten: herablassend. Er sagte, er habe etwas sehr viel Wertvolleres geschenkt bekommen, nämlich die Zukunft. Und damit wollte er wohl sagen: Wer dumm fragt, kriegt eine dumme Antwort. Anders ausgedrückt: Kümmere dich um deinen eigenen Dreck.«

Der Adjutant blickte verdutzt auf. »Ach nein, wirklich? Das kann auch ganz was anderes bedeuten, obwohl ich mir beim besten Willen nicht erklären kann, wie er das erfahren hat. Wir wissen es erst seit einer Stunde, und der Chef hat nichts verlauten lassen, das ist gewiß.«

»Was hat er nicht verlauten lassen?«

»Nun ja, eigentlich hat es keinen Sinn mehr, die Angelegenheit vertraulich zu behandeln, wenn Pandy schon Bescheid weiß: er soll zu seinem Regiment zurückversetzt werden. Heute früh kam der Befehl mit der Post. Wahrscheinlich hat irgendwer in Rawalpindi den Mund nicht halten können, und er hat die frohe Botschaft schon vor einer Woche von einem Freund dort erhalten. Daher seine gute Laune.«

Der Adjutant irrte. Ash selber erfuhr praktisch als letzter von seiner bevorstehenden Versetzung, alle Offiziere und die meisten Mannschaften des Regimentes wußten eher davon als er. Doch wie dem auch sei, die Nachricht kam für ihn im rechten Augenblick. Noch zwei Wochen zuvor wäre er tief unglücklich darüber gewesen, doch jetzt gab es keinen Grund mehr für ihn, hier zu bleiben. Daß die Versetzung gerade jetzt stattfinden sollte, nahm er als Zeichen dafür, daß das Glück sich wendete.

Um das Maß voll zu machen, hieß es in seinem Versetzungsbefehl, Leutnant Pelham-Martyn solle den ihm etwa noch zustehenden Urlaub vor der Rückkehr zu seinem Regiment nehmen, was wiederum bedeutete, daß er fast drei Monate zur freien Verfügung hatte, denn seit er im Sommer 1876 mit Wally nach Kaschmir gewandert war, hatte er, abgesehen von einem gelegentlichen Wochenendurlaub, keinen weiteren Urlaub genommen. Die beiden Freunde hatten damals verabredet, ihren Urlaub aufzusparen, bis Ash an die Nordwestgrenze zurückkehrte, und dann wollten sie gemeinsam eine neue Tour unternehmen, diesmal nach Spiti und über die hohen Pässe nach Tibet.

Als Ash vom Rapport beim Oberst kam, fragte ihn der Adjutant: »Wann wollen Sie uns verlassen, Pandy?«

»Sobald es sich einrichten läßt«, lautete die prompte Antwort.

»Ach, das ist jederzeit möglich. Sie wissen, im Augenblick ist hier nichts los, also fahren Sie, sobald Sie mögen. Und machen Sie nicht ein so erleichtertes Gesicht!«

Ash sagte lachend: »Mache ich das? Tut mir leid. Es ist ja nicht so, daß ich froh bin wegzukommen, es hat mir hier nicht übel gefallen, aber – nun man könnte sagen – ich habe vier Jahre in der Verbannung verbracht, meine Zeit abgerissen sozusagen. Jetzt ist das vorbei, ich kehre zu meinem alten Regiment und den alten Kameraden zurück, in meine eigene Welt, wenn Sie so wollen, und selbstverständlich freut mich das. Was aber nicht bedeutet, daß ich nicht gern beim Regiment Roper gewesen bin, es ist ein gutes Regiment.«

»Mit den Kundschaftern natürlich nicht zu vergleichen«, sagte der Adjutant leutselig. »Ich an Ihrer Stelle würde wohl ebenso empfinden. Sonderbar, daß man so sehr daran hängt, nicht wahr? Ihr Pferd wollen Sie wohl nicht verkaufen?«

»Dagobaz? Nein, den nicht!«

»Das habe ich mir schon gedacht. Daß wir Sie verlieren, Pandy, bricht uns offen gestanden nicht das Herz, aber Ihr schwarzer Teufel, der wird uns fehlen. Der hätte sämtliche Rennen für uns gewonnen, und alle Buchmacher hätten für uns bluten müssen. Wie wollen Sie den eigentlich nach Mardan bringen?«

»Mit der Bahn. Das wird ihm nicht gefallen, ich kann mich aber jederzeit zu ihm setzen und in seinem Waggon schlafen. Außerdem hat er ja seinen Stallburschen bei sich.«

»Ich rate Ihnen, noch heute abend mit dem Bahnhofsvorsteher zu sprechen«, sagte der Adjutant. »Es ist nämlich nicht leicht, einen Waggon für ein Pferd zu bekommen, und je eher Sie sich darum kümmern, desto besser. Es kann Ihnen sonst passieren, daß Sie länger aufgehalten werden, als Sie möchten.«

»Vielen Dank für den Hinweis.« Ash machte sich spornstreichs auf den Weg zum Bahnhof und mußte feststellen, daß der Adjutant nur allzu recht gehabt hatte. Wollte er gleichzeitig mit Dagobaz reisen, würde er zehn bis vierzehn Tage warten müssen, und auch das wäre nur mit einer sehr ansehnlichen Bestechungssumme zu erreichen.

Der eurasische Stationsvorsteher erläuterte: »Ein Pferdetransport ist sehr schwierig und langwierig, man muß da alle möglichen Vorkehrungen treffen. Die Bahnen haben unterschiedliche Spurbreiten. Von Bombay nach Baroda geht es leicht, doch das ist nur ein kleiner Teil der Reise, und was passiert, wenn Sie von Bombay aus keinen passenden Waggon auf der G.I.P. Linie bekommen? Und wenn Sie dann in Aligarh auf die ostindische Bahn umsteigen müssen, die wieder eine andere Spur hat, woher bekommen Sie dann so schnell einen Waggon? Ich fürchte, Sir, wenn Sie die Angelegenheit übereilen, gibt es viele ärgerliche Aufenthalte.«

Ash hätte eigentlich in den nächsten Tagen aufbrechen wollen, doch fügte er sich dem Rat dieses Bahnbeamten. So sehr eilte es nun auch wieder nicht. Die Verzögerung würde es möglich machen, die übrigen Pferde gut an den Mann zu bringen, und Wally Zeit lassen, seinerseits die nötigen Vorbereitungen zu treffen. Es hatte keinen Sinn, überstürzt aufzubrechen, und eine weitere Woche in Ahmadabad würde ihn nicht umbringen.

Er kehrte wohlgemut in seinen Bungalow zurück und schrieb vor dem Schlafengehen mehrere Briefe, einen langen an Wally, voller Pläne für ihre Wanderung, einen kurzen an Zarin, einen an Koda Dad, dem er schrieb, er hoffe, ihn bald zu sehen, und einen an Mahdu, in dem er die guten Neuigkeiten mitteilte und ihn drängte zu bleiben, wo er war, bis er in einigen Monaten nach Mardan kommen könne. Gul Baz, der ebenfalls Urlaub nehme, werde ihn abholen.

Gul Baz, der die Briefe an sich nahm, strahlte. »Der Alte wird selig sein, und ich sorge dafür, daß die Briefe mit der ersten Post morgen früh abgehen.«

Wally telegrafierte wenige Tage später: »Urlaub vor Ende Mai unmöglich, erwarte Dich am 30. in Lahore, Brief folgt.«

In Anbetracht des schwierigen Pferdetransportes war das weniger lästig, als es andernfalls gewesen wäre, denn Ash mußte seine Abreise nun doch um mehrere Wochen verschieben – es sei denn, er brach sogleich nach Mardan auf und verbrachte die Zeit bis zu Wallys Urlaubsbeginn bei Koda Dad.

Das reizte ihn, doch entschied er sich schließlich dagegen, denn ihm fiel noch rechtzeitig ein, daß es unklug wäre, das Ende seiner jahrelangen Verbannung aus dem Grenzgebiet zu feiern, indem er gleich die ersten Urlaubstage auf der falschen Seite eben dieser Grenze verbrachte. Das wäre undiplomatisch und bedeutete zudem einen großen Umweg, denn Wally hatte offenbar die Absicht, den gemeinsamen Urlaub in Lahore zu beginnen.

Beide Überlegungen waren gerechtfertigt, und doch war der daraus resultierende Entschluß von entscheidender Bedeutung, wenngleich Ash das damals noch nicht wissen konnte. Erst viel später, im Rückblick, erkannte er, was alles daran gehangen hatte. Wäre er bei erster Gelegenheit Richtung Pandschab aufgebrochen, hätte Gobinds Botschaft ihn nicht mehr erreicht, und in diesem Fall... doch er blieb, er beantragte und erhielt über die drei bereits gewährten Urlaubsmonate hinaus einen weiteren »örtlichen Urlaub zwecks Vorbereitung der Versetzung«, den er dazu benutzte, mit Sarji und dessen klugem altem Leibjäger Bukta im Wald von Gir eine Löwin zu erlegen, während Gul Baz derweil den Hausstand auflöste.

Bei der Löwin handelte es sich um eine berüchtigte Menschenfresserin, die seit zwei Jahren ihr riesiges Revier beherrschte und angeblich mehr als fünfzig Menschen gerissen hatte. Auf ihren Kopf war ein Preis ausgesetzt, und so mancher hatte sich bemüht, sie zu erlegen, doch war die Löwin unterdessen so listig und klug geworden, daß der einzige Jäger, der sie aufspürte, das nicht überlebte.

Daß Ash gelang, was vor ihm so vielen mißlungen war, lag zum Teil am sprichwörtlichen Glück des Anfängers, mehr aber noch am Jägergenie Buktas, der – so behauptete wenigstens Sarji – im kleinen Finger mehr Gespür hatte als sämtliche Jäger zwischen dem Golf von Kutsch und dem von Cambay. Ash, der nicht vergessen hatte, wie gut der kleine Alte Gobind und Manilal nach Bhithor geführt hatte, schenkte ihm denn auch zur Belohnung für diesen seinen neuesten Triumph ein Gewehr vom Typ Lee Enfield, das erste, das Bukta je gesehen und auf das er gelegentlich neidvolle Blicke geworfen hatte.

Buktas Freude über dieses Geschenk machte Ash noch mehr Vergnügen als die Überlistung der menschenfressenden Löwin; allerdings hätte er beides mehr genossen, wäre nicht am Vorabend vor dem Aufbruch zur Jagd eine jener Brieftauben eingetroffen, die Manilal nach Bhithor mitgenommen hatte.

Sarji erspähte sie, als sie den Schlag über den Ställen anflog, und schickte sogleich die versiegelte Botschaft, welche an einem Fuß der Taube befestigt war, an Ash.

Die Botschaft war kurz: Shushila hatte eine Tochter geboren, Mutter und Kind waren wohlauf. Das war alles. Doch beim Lesen fühlte Ash sein Herz schwer werden. Eine Tochter... eine Tochter statt des heiß ersehnten Sohnes... würde eine Tochter Shu-shus Zuneigung ebenso gewinnen wie ein Sohn? Genug wenigstens, um sie von Juli unabhängig zu machen und die Halbschwester endlich ziehen zu lassen?

Er versuchte, sich mit dem Gedanken zu trösten, Sohn oder Tochter, es sei jedenfalls Shu-shus erstgeborenes Kind, und sollte die Kleine ihr ähneln, so würde sie eine Schönheit werden, also würde Shu-shu das Kind lieben, obwohl es kein Knabe war. Gleichwohl blieben Zweifel, ein Schatten auf seinem Bewußtsein, der ihn hinderte, die spannungsreichen Tage und Nächte im Walde von Gir so zu genießen, wie es sonst der Fall gewesen wäre.

Im Triumph mit dem Fell der Löwin nach Ahmadabad zurückkehrend, begegnete er einer ratternden Droschke und erkannte im letzten Moment einen der Insassen. Er hielt sein Pferd an und rief: »He, Kapitän Red! Moment mal!«

Die Droschke hielt, Ash ritt heran und erkundigte sich, was Captain Stiggins hier zu tun habe, wohin er unterwegs sei und weshalb er seine Ankunft nicht vorher angemeldet habe?

Captain Stiggins antwortete genau der Reihe nach auf jede Frage: »Ich war bei meinem Agenten. Jetzt fahre ich nach Malia zurück. Und daß ich herkommen mußte, kam für mich selbst überraschend.« Zudem habe er am Vortag von Gul Baz bei einem Besuch die Auskunft erhalten, der Sahib sei auf der Jagd im Walde von Gir und werde demnächst an die Nordwestgrenze versetzt.

»Warum haben Sie dann nicht gewartet? Gul Baz hat doch bestimmt gesagt, daß er mich heute zurückerwartet, und Sie wissen, ein Bett steht immer für Sie bereit.« Ash war richtig empört.

»War nicht drin, Söhnchen«, sagte der Seemann. »Ich muß an Bord, morgen haben wir eine Ladung Baumwolle rüber nach Kutsch. Aber daß ich Sie nicht mehr sehen sollte, um mich von Ihnen zu verabschieden, ehe Sie nach Norden gehen, habe ich wirklich bedauert.«

»Kommen Sie doch jetzt mit mir nach Hause«, drängte Ash. »Die Baumwolle kann sicher warten. Wäre Sturm oder Nebel, könnten Sie auch nicht auslaufen. Wir sehen uns vielleicht im Leben nicht wieder!«

»Würde mich nicht wundern«, nickte der Kapitän, »aber so geht's nun mal. Heute noch in vollem Saft und morgen mausetot. Der Mensch ist flüchtig wie ein Schatten und verweilt nicht am Ort. Nein, Söhnchen, es ist unmöglich. Aber ich habe eine Idee – Sie haben doch Urlaub, warum machen Sie nicht die Reise auf meinem Schiff mit? Nächsten Dienstag sind wir wieder da, auf Ehre.«

Ash nahm die Einladung auf der Stelle an und verbrachte die folgenden Tage als Gast des Eigners auf der Morala, räkelte sich an Deck im Schatten der Segel, angelte nach Haien und Barrakudas, hörte sich alte Geschichten aus der Zeit der Ostindischen Handelskompanie an und ältere, die vom Dienst in der Marine handelten.

Es war ein friedvolles, erholsames Zwischenspiel, und als der Kapitän sagte, in einigen Wochen wolle er nach Belutschistan segeln, Ash und Gul Baz könnten doch bis Kati am Indus mitkommen und von dort per Flußboot weiterreisen bis Attock, da war Ash sehr in Versuchung zuzustimmen. Doch mußte er Rücksicht nehmen auf Wally – und auf Dagobaz. Die *Morala* besaß keinen brauchbaren Laderaum für ein Pferd, und sollte Seegang aufkommen, würde es Dagobaz schlecht ergehen. Also mußte er ablehnen. Er bedauerte das um so mehr, als ihm klar war, daß er Red Stiggins wohl kaum je wieder begegnen würde.

Sich mit Menschen wie Sarji oder Red anzufreunden, hatte entschieden Nachteile, weil sie nicht »Mitglied des Klubs« waren, also nicht zu jener isolierten anglo-indischen Gesellschaft gehörten, deren Angehörige auf Befehl aus Simla oder Kalkutta oder anderen Kommandozentralen irgendwann einmal von einem Landesteil in den anderen und wieder zurück versetzt wurden, einander daher fast alle persönlich kannten, mindestens einer von der Existenz des anderen wußte, selbst wenn man sich nie begegnete.

Im Laufe seiner militärischen Karriere würde Ash gewiß wieder einmal auf Mrs. Viccary stoßen oder auf einen der Offiziere, die er vom Regiment Roper kannte, doch Sarji oder Red je wieder zu begegnen, war sehr unwahrscheinlich, und das bedrückte ihn, denn beide hatten in ihrer Weise seinen Aufenthalt in Gujerat erträglich gemacht, Sarji noch mehr als Red, denn während der Kapitän wie eine Art Meteor nur gelegentlich an Ashs Himmel erschien und ebenso plötzlich wieder verschwand, war Sarji ihm ein häufiger und wertvoller Gefährte gewesen; munter und redselig, aber auch ausruhsam schweigend, fast stets guter Laune, war er für Ash in Zeiten der Rastlosigkeit und Verzweiflung ganz unschätzbar gewesen und hatte ihm die Möglichkeit geboten, dem engen Zirkel des Garnisonslebens zu entkommen.

Sarji wird mir fehlen, dachte Ash, und Red ebenfalls. Andererseits erwarteten ihn Wally in Lahore und Zarin in Mardan, und Koda Dad wohnte keinen Nachmittagsritt entfernt. Der alte Mahdu würde bereits vor ihm im Quartier von Mardan eintreffen, sich in vertrauter Umgebung wohlfühlen und seinen Empfang vorbereiten. Eine angenehme Aussicht. Und plötzlich wurde Ash ungeduldig: er wollte endlich weg.

Doch Mahdu sollte er nie mehr sehen. Der Brief, in welchem er Mahdu die Rückkehr nach Mardan ankündigte, kam einen Tag, nachdem dieser friedlich im Schlaf gestorben und bereits begraben war. Seine Verwandten, die nichts von der Einrichtung des Telegrafen verstanden, benachrichtigten den jungen Kadera durch die Post, und als Ash nach Ahmadabad zurückkehrte, erwartete ihn Gul Baz mit der Todesnachricht.

»Ein schlimmer Verlust für uns alle«, bemerkte er dabei, »er war ein guter Mensch, doch er hat seine Jahre gelebt und ist seines Lohnes gewiß, denn wie es im Koran heißt, der Lohn für Güte kann in nichts anderem als Gutem bestehen. Trauere also nicht, Sahib.«

Doch Ash trauerte aufrichtig um Mahdu, denn dieser war ein Teil seines Lebens gewesen, seit man ihn als Knaben in die Obhut von Oberst Anderson gegeben und ihn auf die erste Etappe seiner Reise nach England geschickt hatte, die ihm ohne Ala Yar und Mahdu gewiß zum Alptraum geraten wäre, denn nur diese redeten zu ihm in seiner eigenen Sprache. Und in den Jahren, die darauf folgten, hatten beide ihn oft getröstet und beraten. Beide waren mit ihm nach Indien zurückgekehrt, und nach Ala Yars Tod war Mahdu bei ihm geblieben. Nun war auch er dahingegangen, und es kam Ash vor, daß er ohne dies vertraute, runzlige alte Gesicht und das Gurgeln der Wasserpfeife im Abendlicht nur schwer werde leben können.

Er empfand diesen Verlust um so stärker, weil ihm sein Leben gerade jetzt in rosigeren Farben erschien nach den aufregenden Tagen im Walde von Gir und der friedlichen Reise auf der Morala. Er traf Ash hart, und er suchte seine Trauer zu überwinden, indem er lange Ausritte unternahm, wobei er Dagobaz über Gräben und Hecken, Hohlwege und Böschungen setzen ließ, und das mit einer Geschwindigkeit, als gelte es, seinen Gedanken und Erinnerungen zu entfliehen. Doch hielten beide mit ihm Schritt, und jene Rastlosigkeit und angstvolle Unruhe, die er vorübergehend losgeworden war, plagten ihn neuerlich.

Wie schnell und weit er auch ritt und wie erschöpft er nach der Rückkehr auch war, Schlaf fand er nicht, und wenn Gul Baz ihm den Morgentee brachte, traf er ihn nicht schlafend an, sondern auf der Veranda stehend, den Blick über die Bäume und das verdorrte Gras gerichtet, die einen Garten darstellen sollten. Und an Ashs Gesicht, den Falten um die Augen und der verhärmten Miene erkannte er, daß Ash wieder eine schlaflose Nacht verbracht hatte.

Also schalt er ihn: »Du sollst nicht so sehr trauern, Sahib, das ist nicht recht, denn es steht geschrieben, alles, was auf Erden lebt, ist dem Tode geweiht. Wer so trauert wie du, zweifelt an der Weisheit Gottes, der in seiner Güte Mahdu ein friedliches, ehrenvolles Alter geschenkt hat und Stunde und Art seines Todes bestimmte. Leg deinen Kummer ab und freue dich darüber, daß einem, der nun im Paradies weilt, so viele gute Stunden auf Erden vergönnt waren. Auch wirst du bald wieder in Mardan und unter Freunden sein, und dann liegt dies alles hinter dir. Ich will mich noch einmal am Bahnhof erkundigen, ob endlich ein Pferdetransport arrangiert ist. Hier im Haus ist alles gepackt, wir können von einem Tag auf den anderen abfahren.«

»Ich frage selber nach«, sagte Ash, ritt zum Bahnhof und bekam dort die willkommene Auskunft, daß die für ihn getroffenen Vorbestellungen endlich alle bestätigt waren – allerdings erst für den kommenden Donnerstag, was bedeutete, daß er noch fast eine ganze weitere Woche in Ahmadabad warten mußte.

Weil er nicht zwischen den gepackten Sachen im Bungalow sitzen wollte, beschloß er, Sarji zu bitten, ihn während der nächsten Tage aufzunehmen, doch war das überflüssig, denn als er vom Bahnhof zurückkam, erwartete Sarji ihn bereits, behaglich in einen der Liegestühle aus Rohr hingestreckt.

»Ich habe etwas für dich«, sagte er und hob lässig die Hand. »Heute früh kam die zweite Taube zurück, und weil ich in der Stadt zu tun hatte, bringe ich dir die Botschaft selber.«

Ash riß ihm förmlich den kleinen Zettel aus der Hand, und beim Lesen der ersten Zeilen beschleunigte sich sein Herzschlag. »Der Rana ist schwer erkrankt und hat nur noch wenige Tage zu leben«, schrieb Gobind. »Alle wissen es…«

Er stirbt! dachte Ash und lächelte triumphierend, wobei er die Zähne bleckte – ist vielleicht schon tot, und sie ist Witwe und frei. Mitgefühl für den Rana empfand er nicht, auch für Shu-shu nicht, die, falls man den Gerüchten glaubte, in diesen Mann verliebt gewesen war, denn Ash dachte einzig daran, was das für ihn und Juli bedeutete: Juli Witwe und frei…

Er nahm sich zusammen und las weiter, und plötzlich war der Tag nicht mehr warm und heiter, vielmehr krampfte sein Herz sich zusammen:

»… und ich habe erfahren, daß nach seinem Tode seine Witwen, dem Brauche entsprechend, mit ihm zusammen verbrannt werden sollen. Man redet bereits offen darüber, denn die Untertanen des Rana folgen der Tradition und scheren sich nicht um das Gesetz der Regierung, und wenn Du es nicht verhinderst, wird es gewiß so geschehen. Ich werde alles tun, ihn solange als möglich am Leben zu halten, aber lange kann das nicht sein. Benachrichtige also die Behörden, damit sie sofort eingreifen. Manilal geht noch diese Stunde nach Ahmadabad ab, gib ihm wieder Tauben mit und…«

Die winzigen Zeilen verschwammen vor Ashs Augen, er konnte nicht weiterlesen. Er tastete nach der Lehne eines Stuhls und flüsterte keuchend: »Das ist nicht möglich! Das darf doch nicht geschehen!«

Sarji verstand kaum die Worte, doch er spürte das Grauen dahinter und setzte sich ruckartig auf. »Schlechte Nachrichten?« fragte er scharf. »Was gibt es, was darf nicht geschehen?«

»Saha-gamana«, flüsterte Ash, ohne ihn anzusehen. »Sati… der Rana liegt im Sterben, und man will seine Witwen mit ihm verbrennen. Ich muß sofort zum Commissioner, zum Oberst –.«

»Ach was, Freund«, sagte Sarji verächtlich. »Mach dir keine Gedanken. Das wagen sie nicht, es verstößt gegen die Gesetze.«

Ash fuhr herum und starrte ihn wild an. »Du kennst Bhithor nicht!« Das kam wie ein Schrei heraus, und Gul Baz, der eben ein Tablett mit Erfrischungen brachte, erstarrte, als er den verhaßten Namen vernahm. »Und den Rana auch nicht! Und –«, aber da sprang er bereits die Stufen in den Garten hinunter und rief Kulu Ram zu, sofort Dagobaz zu bringen.

Gleich darauf saß er im Sattel und galoppierte wie ein Wilder die Straße entlang, eine Staubwolke hinter sich aufwirbelnd. Sarji, Gul Baz und Kulu Ram starrten entsetzt und offenen Mundes hinter ihm drein.

38

Oberst Pomfret sagte streng: »Ich kann nur annehmen, daß Sie den Verstand verloren haben. Selbstverständlich darf ich keine Truppen nach Bhithor entsenden. Solche Sachen müssen den Zivilbehörden überlassen bleiben oder der Polizei. Das Heer hat damit nichts zu tun. Allerdings rate ich Ihnen davon ab, bei diesen Behörden mit den gleichen unbestätigten wilden Gerüchten aufzutreten wie hier. Man würde Sie nicht ernst nehmen. Ich verstehe wirklich nicht, was Sie hier zu suchen haben. Sind Sie nicht im Urlaub und irgendwo auf der Jagd?« Ash wurde bleich vor Zorn, doch gelang es ihm, seine Stimme zu beherrschen: »Ich war auf der Jagd, Sir.«

»Dann gehen Sie zurück in den Wald und jagen Sie weiter. Treiben Sie sich nicht müßig im Garnisonsbereich herum. Sind denn Ihre Waggons immer noch nicht bereitgestellt?«

»Doch, Sir, für kommenden Donnerstag. Aber –«

»Hm... hätte ich gewußt, daß Sie noch so lange bleiben, hätte ich Ihnen keinen Urlaub gegeben. Nun, falls das alles ist, was Sie mir zu sagen hatten, tun Sie mir den Gefallen und gehen Sie. Ich habe zu arbeiten.«

Ash wandte sich entgegen dem Ratschlag des Obersten an den Commissioner und mußte feststellen, daß dieser ebenderselben Meinung war wie der Kommandeur. Insbesondere war der Commissioner ungehalten darüber, daß ein junger Offizier zu ungelegener Zeit erschien und sich nicht abweisen ließ, eine unglaubliche Geschichte vorbrachte und von ihm, dem obersten Beamten am Orte, verlangte, sogleich etwas zu unternehmen.

»Blödsinn«, schnaufte er denn auch nur verächtlich. »Ich glaube kein einziges Wort, und das täten Sie auch nicht, wenn Sie die Menschen hier so gut kennten wie ich. Man darf so gut wie nichts glauben, was sie sagen, denn allesamt sind sie geborene Lügner, und die Wahrheit ausfindig zu machen, ist wie die Suche nach der sprichwörtlichen Nadel im Heuhaufen. Ihr Bekannter – Guptar oder Gobind oder wie immer er heißt – hält Sie entweder zum besten oder ist selber auf Lügengeschichten reingefallen. Ich versichere Ihnen, niemand würde wagen, etwas Derartiges zu unternehmen. Ein Blinder sieht, daß Ihr Bekannter auf einen Schwindel reingefallen ist. Und Sie ebenfalls. Bedenken Sie, wir schreiben 1878, und das Gesetz, das die Witwenverbrennung verbietet, ist seit über vierzig Jahren in Kraft. Keiner wird wagen, es zu übertreten.«

Ash wiederholte, was er schon zu Sarji und Pomfret gesagt hatte: »Sie kennen Bhithor nicht, Sir! Bhithor lebt im vergangenen Jahrhundert und noch dazu ganz an dessen Anfang! Daß es hierzulande eine englische Regierung gibt, hat sich bis dorthin nicht herumgesprochen, zumindest glaubt dort niemand, daß sie was zu sagen hat.«

»Sie übertreiben«, sagte der Commissioner schroff (es war seine Essenszeit, ja, sie war schon vorüber), »und zwar erheblich. Jedermann weiß –«

»Sie sind aber niemals selber dort gewesen!« rief Ash.

»Und wenn schon. Bhithor gehört nicht zu meinem Amts- und Zuständigkeitsbereich, also auch wenn ich Ihrer lächerlichen Geschichte Glauben schenkte – was ich nicht tue! –, könnte ich nichts unternehmen. Ihr Informant hätte sich an den für jenen Bereich von Radschputana zuständigen Politischen Beamten wenden sollen – falls er wirklich selber an das glaubt, was er da schreibt. Was ich bezweifle.«

»Ich sagte doch bereits, Sir, daß er keine Möglichkeit hat, mit der Außenwelt in Verbindung zu treten!« beharrte Ash verzweifelt. »Es gibt kein Postamt dort, keinen Telegrafen. Man erlaubt seinem Diener herzukommen und Medikamente zu kaufen, aber das ist auch alles. Wenn Sie doch bitte dem Politischen Beamten telegrafieren lassen würden –«

»Ich denke nicht daran.« Der Commissioner stand gereizt auf, um zu zeigen, daß die Besprechung zu Ende war. »Meine Behörde greift grundsätzlich nicht in die Verwaltung benachbarter Provinzen ein, und ich denke nicht daran, deren leitenden Beamten unerbetenen Rat zu erteilen, denn die sind durchaus dazu imstande, ihre Angelegenheiten selber zu regeln, glauben Sie mir.«

Ash sagte schleppend: »Sie wollen also nichts unternehmen...?«

»Ich will nicht, weil ich nicht kann. Entschuldigen Sie mich jetzt –«

Ash beachtete das nicht, er wich nicht von der Stelle, er bat, flehte, erklärte ganze weitere fünf Minuten lang. Doch das nützte nichts, denn nun wurde der Commissioner wütend, sagte, Ash mische sich in Dinge ein, von denen er nichts verstehe (und die ihn in jedem Fall nichts angingen), und befahl ihm, sich zu entfernen, anderenfalls die Wache ihn abführen werde.

Ash ging. Zwei Stunden hatte er verloren; wäre er nur geistesgegenwärtig gewesen, dann hätte er bereits auf eigene Faust telegrafiert, ohne jemanden um Erlaubnis anzugehen.

Während der Mittagszeit war das Telegrafenamt geschlossen, doch gelang es ihm, einen empörten Postmenschen aufzutreiben und vier dringende Telegramme abzusenden: eines an Kaka-ji, eines an Jhoti, das dritte an jenen Politischen Beamten, der sich bei den Verhandlungen über die Heiratsverträge als dickfellig erwiesen hatte, und schließlich ein letztes an den Generalagenten beim Generalgouverneur von Radschputana in Ajmer – ein Einfall, der ihm im letzten Moment kam und schlimme Folgen hatte, obwohl Ash ihn zunächst brillant fand. Aber da wußte er noch nicht, wer derzeit diesen Posten innehatte, und forschte auch nicht nach.

Es war gar nicht einfach, den Telegrafisten dazu zu bringen, die Telegramme abzusenden; der Inhalt war erschreckend, und er protestierte heftig dagegen, daß »so wichtige Nachrichten« im Klartext abgesetzt werden sollten. Entweder verschlüsselt oder überhaupt nicht, war seine Meinung. »Ich sage Ihnen, Sir, Telegramme bleiben nicht geheim, im Gegenteil. Die werden von einer Station zur anderen übermittelt und unterwegs von vielen Neugierigen gelesen, und dann wird endlos darüber geklatscht.«

»Sehr gut«, bemerkte Ash kurz. »Es freut mich, das zu hören. Je mehr geklatscht wird, desto besser.«

»Aber Sir!« heulte der Telegrafist, »das wird einen Skandal geben, und wenn dieser Rana am Ende nicht stirbt, wird man Sie wegen Beleidigung und übler Nachrede verklagen und auch mich, weil ich so etwas durchgebe. Man wird mir Vorwürfe machen deswegen, und wenn ich meine Stellung verliere –«

Eine Viertelstunde Überredung und 50 Rupien beseitigten endlich die Gewissensbisse dieses Menschen, und die Telegramme gingen ab. Anschließend begab sich Ash zu Mr. Pettigrew, dem Bezirksvorsteher der Polizeibehörde, in der (allerdings schwachen) Hoffnung, dieser werde mehr Verständnis aufbringen als das Militär und die Zivilbehörden.

Mr. Pettigrew war zwar weniger skeptisch als die beiden anderen Herren, doch auch er sagte, dies sei eine Angelegenheit für die Behörden von Radschputana, die vermutlich besser über die dortigen Ereignisse unterrichtet seien, als Leutnant Pelham-Martyn ihnen zutraute. Immerhin versprach er, seinen Kollegen in Ajmer zu benachrichtigen, einen gewissen Mr. Carnaby, mit dem er befreundet war.

»Nicht in amtlicher Eigenschaft, Sie verstehen, schließlich mischt man sich nicht in Dinge ein, die einen nichts angehen. Ehrlich gesagt, kann ich diese Nachricht per Taubenpost nicht ganz ernst nehmen. Vermutlich ist das nichts als ein Gerücht. Andererseits kann doch was dran sein, und es schadet nicht, Carnaby einen Hinweis zu geben – um ganz sicher zu gehen. Er gehört zu den Leuten, die sich nicht fürchten, schlafende Hunde zu wecken, er geht der Sache bestimmt nach. Ich lasse ihm gleich telegrafieren, und falls etwas unternommen werden muß, tut er das. Verlassen Sie sich darauf.«

Ash dankte überschwänglich und fühlte sich erleichtert. Nach den quälenden Mißerfolgen des Vormittags empfand er es als Wohltat, auf jemand gestoßen zu sein, der Gobinds Bericht nicht als puren Unsinn abtat, ja, der bereit war, etwas zu unternehmen, und sei es nur, einem Kollegen einen freundschaftlichen Hinweis zu geben.

Er hätte sich diesen Besuch jedoch sparen können, denn es kam nichts dabei heraus. Jener Carnaby war drei Tage zuvor in Urlaub gegangen, und weil Pettigrew jeden Anschein von Einmischung vermeiden wollte, war der Text des Telegramms in so lässigem Plauderton abgefaßt, daß er nicht im mindesten dringend wirkte. Der Vertreter Carnabys hielt es daher für unnötig, das Telegramm sofort an diesen weiterzuleiten, sondern legte es zu anderen Briefen, die jener bei seiner Rückkehr lesen konnte.

Auch die anderen Telegramme taten keine Wirkung. Jhoti telegrafierte auf Anraten von Kaka-ji selber an den Generalagenten für Radschputana, der seinerseits beim Residenten in Karidkote zurückfragte. Der gab eine nichtssagende Antwort. Es hieß darin, daß der Rana nicht gesund sei, wisse jeder, doch daß er im Sterben liege, sei in Karidkote nicht bekannt, und er habe Grund anzunehmen, daß die Quelle dieser Information nicht vertrauenswürdig sei. Alles, was aus dieser Ecke komme, sei mit Vorsicht zu genießen, denn der fragliche Offizier stehe nicht nur im Ruf, exzentrisch und undiszipliniert zu sein, sondern habe auch viel zu großen Einfluß auf den jungen Maharadscha.

Diese Botschaft traf unseligerweise nur wenige Stunden vor der Antwort des Politischen Beraters für Bhithor ein, und beide zusammengenommen bewirkten, daß Ash in Ajmer auf taube Ohren stieß. Das Schicksal hatte es nämlich gefügt, daß seit einigen Wochen der Generalagent ausgerechnet jener Ambrose Podmore-Smyth war, der vor sechs Jahren Belinda Harlowe geheiratet hatte. Was er von Belinda, ihrem Vater und im Klub von Peshawar über den jungen Pelham-Martyn gehört hatte, milderte auch im Laufe von Jahren seine Abneigung gegen den ehemaligen Verehrer seiner Gattin um kein Jota.

Sir Ambrose verabscheute von Herzen jene Engländer, die »einheimisch« wurden, und was seine Gattin ihm über die Vergangenheit von Ash erzählt hatte (wirres Zeug zumeist), fand er skandalös. Zum Glück erinnerte sie sich nicht an den Namen jenes Fürstentums, in dem Ash aufgewachsen war. Der Bursche hatte offenbar überhaupt keinen Sinn für das, was sich schickt, und war mit einer Handvoll unehrenhaft aus dem Dienst entlassener Sepoys im Gebiet der Bergstämme verschollen. Man konnte eigentlich nur hoffen, daß ihn möglichst bald ein gnädiger Tod hinwegraffte, auf daß man nichts mehr von ihm höre.

Nun mußte Sir Ambrose verärgert feststellen, daß ein aus Ahmadabad stammendes, in Klartext aufgegebenes Telegramm, das schwere Anschuldigungen enthielt, von einem Pelham-Martyn unterzeichnet war. Er konnte nicht glauben, daß dies derselbe Pelham-Martyn sei, doch war der Name selten, und er ließ durch seinen Gehilfen nachforschen und diesen gleich auch noch eine Kopie des Telegramms an den Politischen Beamten in Bhithor absetzen und ihn auffordern, Stellung zu nehmen. Damit hatte er seine Pflicht getan und begab sich in den Salon seiner Gattin, wo er einen kleinen Drink vor dem Tee nahm und beiläufig die sonderbare Übereinstimmung jener Namen erwähnte.

»Meinst du etwa Ashton?« rief Belinda (eine Belinda, die Ash nicht mehr erkannt haben würde). »Dann ist er also doch noch am Leben. Nun, ich muß schon sagen...! Das hätte niemand für möglich gehalten. Papa meinte, den wären wir mit Sicherheit los. Ich selber fand ihn eigentlich nie so übel. Er war eben ein wenig ein Wirrkopf. Und nun ist er also wieder aufgetaucht?«

»Aufgetaucht kann man nicht sagen«, versetzte Sir Ambrose gereizt. »Kein Grund zu glauben, daß es derselbe ist, ein Verwandter vielleicht. Ich bezweifle es allerdings, vermutlich besteht keinerlei Verbindung, und es –«

»Ach was, dummes Zeug«, unterbrach ihn seine Gattin, »selbstverständlich ist es Ashton. Das sieht ihm ähnlich. Immer steckte er die Nase in Sachen, die ihn nichts angingen, meist noch dazu in die von Einheimischen. Und jetzt macht er genau das gleiche. Bestimmt ist er es, wer sollte es sonst sein? Was hat er nur in diesem Teil des Landes zu suchen? Meinst du, er ist noch...« Sie verstummte, lehnte sich zurück und betrachtete ihren Herrn und Gebieter recht unzufrieden.

Die Zeit und das Klima hatten Sir Ambrose nicht gerade schöner gemacht, vielmehr war aus einem untersetzten, selbstzufriedenen Menschen ein unerträglich aufgeblasener, wichtigtuerischer Koloß geworden, glatzköpfig obendrein, und als Belinda das gerötete Gesicht und das von einem grauen Backenbart umrandete Mehrfachkinn betrachtete, fragte sie sich, ob das alles wirklich gelohnt habe. Sie war jetzt Lady Podmore-Smyth, Gattin eines recht vermögenden und angesehenen Mannes, Mutter zweier gesunder Kinder (beides Mädchen – nicht ihre Schuld, wenngleich Ambrose das zu meinen schien!) und doch nicht glücklich.

Das Leben der Gemahlin eines Residenten war weit weniger vergnüglich, als sie vermutete: ihr fehlte der Trubel des Garnisonslebens, Lasten und Mühsal der Schwangerschaften fand sie unzumutbar, ihren Gatten langweilig und das Dasein in einem indischen Fürstentum unbeschreiblich eintönig. »Wie er wohl jetzt aussieht?« sagte sie halblaut. »Früher war er eine blendende Erscheinung... und ungeheuer verliebt in mich.«

Sie setzte sich in Positur, ohne zu ahnen, daß die Jahre sie noch schlimmer hergenommen hatten als ihren ältlichen Gatten und daß sie längst nicht mehr die schlanke Ballkönigin von Peshawar war, sondern eine beleibte Matrone mit gebleichtem Haar, einer giftigen Zunge und einem verbissenen Zug von Unzufriedenheit im Gesicht. »Natürlich ist er damals meinetwegen fortgelaufen – desertiert von seinem Regiment, meine ich. Ich habe immer gewußt, daß ich der Grund dafür war, daß er den Tod suchte oder wenigstens Vergessen. Der arme Ashton... Ich habe oft gedacht, wäre ich doch nur ein kleines bißchen freundlicher gewesen –«

»Papperlappapp«, fiel Sir Ambrose ein. »Es würde mich sehr überraschen, wenn du in all diesen Jahren auch nur ein einziges Mal an ihn gedacht hättest. Daß er furchtbar in dich verliebt war... naja, reden wir nicht davon. Tut mir leid, daß ich den Burschen überhaupt erwähnt habe, ich hätte es besser wissen müssen... ich brülle *nicht!*«

Er verließ wütend mit dem Fuß stampfend den Salon, knallte die Tür hinter sich zu und war wenig erbaut, von seinem Gehilfen zu erfahren, der Absender des Telegrammes sei kein anderer als jener Ashton Pelham-Martyn, ehedem Bewerber um die Hand seiner Gattin und Erreger öffentlichen Ärgernisses. Auch die angeforderte Stellungnahme des Politischen Beamten von Bhithor verbesserte seine Laune nicht im mindesten.

Ash erntete, was er gesät hatte, denn dieser Major Spiller (der niemals vergessen hatte, daß er zwei Jahre zuvor aus Bhithor einen, wie er fand, groben und hochfahrenden Brief erhalten hatte) bemerkte eingangs, er selber besitze ein Telegramm gleichen Inhalts vom gleichen Absender. Und dann legte er los:

Er kenne jenen Hauptmann – jetzt Leutnant – Pelham-Martyn aus eigener Anschauung als geborenen Störenfried und Unruhestifter. Vor Jahren habe dieser Herr sich nach Kräften bemüht, die guten Beziehungen zwischen der Regierung und dem Fürstentum Bhithor zu ruinieren (Beziehungen, die als vorbildlich gelten konnten!), und ohne sein, Spillers, Dazwischentreten hätte er das auch fertiggebracht. Nun also sei er wieder dabei, offenbar aus eigennützigen Motiven. Da der Informant als absolut unzuverlässig gelten müsse, werde er, Major Spiller, diese wilden Beschuldigungen zurückweisen, wie sie es verdienten, zumal seine Informanten in der Hauptstadt ihm versicherten, der Rana leide gegenwärtig unter weiter nichts als gewöhnlichen Malariaanfällen, wie schon seit Jahren, und Lebensgefahr bestehe überhaupt nicht. Das alles sei ein Wespennest, in dem jener Leutnant Pelham-Martyn mutwillig herumstochere, und es empfehle sich, ihm scharf zu untersagen, seine Nase in Dinge zu stecken, die ihn nichts angingen; es sei unverzeihlich, daß... und so weiter.

Sir Ambrose machte sich nicht die Mühe weiterzulesen, denn was der Mann da berichtete, entsprach seiner eigenen Auffassung. Belinda hatte recht; dieser unleidliche Bursche war wieder in Aktion getreten. Sir Ambrose warf die Telegramme in den Papierkorb, diktierte ein beschwichtigendes Schreiben an seine Hoheit den Maharadscha von Karidkote – in dem er diesem versicherte, es sei kein Anlaß zur Sorge gegeben –, und beschwerte sich in eisigen Wendungen beim Stab des Heeres über Leutnant Pelham-Martyns »subversives Treiben«; es empfehle sich, seine vergangene und gegenwärtige Tätigkeit einmal genau unter die Lupe zu nehmen und ihn gegebenenfalls als unerwünschten britischen Untertan aus Indien auszuweisen.

Eben um die Zeit, als alle Telegramme im Papierkorb des Generalagenten verschwanden, begrüßte Ash einen müden, staubbedeckten Reisenden aus Bhithor.

Manilal war nach Ahmadabad aufgebrochen, kaum daß Gobind die zweite Taube hatte abfliegen lassen. Diese brauchte für den Weg nur wenige Stunden, Manilal jedoch beinahe eine ganze Woche, denn sein Pferd lahmte, und er war daher zu langsamer Gangart gezwungen; die schlechten Wege verminderten ohnehin das Tempo.

Als der müde Diener des Arztes im Schatten der Veranda absaß, lief Ash ihm entgegen und rief: »Was gibt es Neues?« Während der vergangenen drei Tage war er in der Hoffnung, dem Boten zu begegnen, mehrmals ausgeritten und immer besorgter geworden, als von diesem nichts zu sehen war und überdies jede Antwort auf seine Telegramme ausblieb. (Auch Mr. Pettigrew bekam auf das Telegramm an seinen Freund in Ajmer keine Antwort.) An diesem Morgen nun hatte er sich vorgenommen, im Hause zu warten, und Gobinds Diener traf denn auch gegen Mittag ein.

»So gut wie nichts«, krächzte Manilal aus staubvertrockneter Kehle als Antwort, »nur, daß er noch am Leben war, als ich losritt... Doch wer weiß, was unterdessen geschehen ist? Hat der Sahib die Regierung und Karidkote gewarnt?«

»Oh ja, kaum daß die Taube eingetroffen war. Ich habe getan, was möglich war.«

»Nun, das ist gut«, entgegnete Manilal heiser. »Wenn du erlaubst, Sahib, möchte ich essen, trinken und etwas ruhen, bevor ich weiter berichte. Seit der Gaul lahmt, habe ich nicht mehr geschlafen. Uns ist nämlich ein Tiger begegnet, und da hat das Tier gescheut.«

Er verschlief also den Nachmittag, kam erst gegen Abend zum Vorschein, immer noch recht müde aussehend, und erzählte, auf der Veranda hockend, was Gobind der Taubenpost nicht hatte anvertrauen können. Die Hofärzte des Rana behaupteten offenbar nach wie vor, der Herrscher werde demnächst genesen, er leide nur an einem ungewöhnlich heftigen Malariaanfall, eine Krankheit, die ihn seit Jahren plagte. Gobind hingegen war der Meinung, es handele sich um eine andere, eine unheilbare Krankheit, und mehr, als die Schmerzen lindern, könne niemand – und vielleicht den Tod solange hinauszögern, bis ein Beauftragter der Regierung eintraf, der dafür sorgte, daß der Tod des Herrschers nicht zwei weitere Todesfälle zur Folge haben würde.

Offenbar war es Gobind gelungen, mit der Zweiten Rani durch eine bestechliche Dienerin Verbindung zu bekommen. Über diese Person waren mehrmals Nachrichten in die Frauengemächer und auch herausgeschmuggelt worden, wenngleich die Antworten jeweils kurz und wenig aufschlußreich waren. Gobind erfuhr eigentlich nichts weiter, als daß beide Prinzessinnen bei guter Gesundheit waren – was ihn eigentlich hätte beruhigen sollen, doch irgendwas an diesen Mitteilungen erregte seinen Argwohn, vielleicht nichts weiter als der Umstand, daß sie eben so nichtssagend waren. War jene Dienerin, Nimi mit Namen, wirklich vertrauenswürdig? War dies der Fall, drängte sich der Schluß auf, daß es wirklich etwas zu verheimlichen gab... es sei denn, Gobind war übertrieben argwöhnisch.

Einen Tag nach der Geburt des Kindes bekam Gobind von Kairi-Bai dann eine Mitteilung, die nicht die Antwort auf eine seiner Anfragen war, vielmehr ein flehender Hilferuf, und zwar nicht in eigener Sache, sondern der Ersten Rani halber; Shushila gehe es schlecht, sie müsse eigentlich sogleich in ärztliche Behandlung, möglichst in die Pflege einer Krankenschwester aus dem nächstgelegenen englischen Hospital. Dies sei von höchster Dringlichkeit, und Gobind müsse sofort und heimlich alles in Werk setzen, bevor es zu spät sei.

In dem Briefchen befand sich eine verwelkte Dakh-Blüte, das Symbol der Gefahr, und Gobind war sogleich der schreckliche Verdacht gekommen, man sei dabei, die Erste Rani zu vergiften, weil sie keinen Knaben geboren hatte. Es kursierten nämlich Gerüchte, die wissen wollten, ihrer Vorgängerin sei es genauso ergangen...

Manilal fuhr achselzuckend fort: »Was hätte der Hakim aber tun sollen? Kairi-Bais Wunsch zu erfüllen, war ausgeschlossen. Selbst wenn es ihm gelungen wäre, eine Bitte um Hilfe aus dem Lande zu schmuggeln, hätte der Rana niemals zugelassen, daß eine Landfremde die Frauengemächer betritt und seine Gemahlin untersucht, es sei denn, er selber hätte nach einer solchen Pflegerin geschickt.«

Gobind hatte, mutig wie er war, versucht, den Fürsten zu eben dieser Maßnahme zu überreden, doch der Rana wollte kein Wort davon hören und erregte sich bereits darüber, daß man ihm einen solchen Vorschlag überhaupt zu machen wagte. Er sah in allen Landfremden nur verachtenswerte Barbaren und hätte, wäre es nach ihm gegangen, keinem einzigen Zutritt in sein Land gewährt, jeden persönlichen Kontakt mit ihnen jedenfalls strikt abgelehnt. Schließlich war er als einziger von allen benachbarten Fürsten jener Zeremonie ferngeblieben, auf der bekanntgemacht wurde, daß die Königin von England hinfort auch die Herrscherin von Indien sein werde, und das unter dem Vorwand, er fühle sich nicht wohl genug, die Reise zu unternehmen.

Das Ansinnen, einer englischen Krankenschwester zu erlauben, sich seiner kranken Gemahlin anzunehmen, stellte also bereits eine schwere Beleidigung dar. Was übrigens verstand eine solche Person schon von indischen Arzneien und Heilverfahren? Die Rani werde durch Bettruhe und sorgfältige Pflege wieder gesund, und falls der Hakim da Zweifel habe, möge er die Hebamme befragen, die dem Kind zu Welt verholfen hatte.

Dieses unerwartete Anerbieten nahm Gobind an, und er gewann von jener Hebamme einen überraschend guten Eindruck; nur von ihrer Vorgängerin, jener Geeta aus Karidkote, wollte sie nicht sprechen und murmelte auf diesbezügliche Fragen nur, sie wisse von nichts, und wechselte das Thema. Im übrigen, meinte Gobind, sei sie eine vernünftige Person und verstehe ihr Handwerk.

So versicherte sie Gobind, entgegen allen Erwartungen sei die Entbindung ungewöhnlich glatt verlaufen, ohne alle Komplikationen, und die Rani sei bei bester Gesundheit. Daß das Kind kein Knabe war, empfinde sie, wie nicht anders zu erwarten, als Enttäuschung und sei dieserhalb bedrückt, denn sie habe fest mit einem Sohn gerechnet, worin Wahrsager, Astrologen und sonstige Nichtsnutze sie leichtsinnig bestärkt hätten. Doch werde sie bald genug darüber hinwegkommen, und wenn die Götter ihr gnädig seien, werde das nächste oder übernächste Kind gewiß ein Knabe sein. Es sei Zeit genug dafür, die Rani sei noch sehr jung und im übrigen viel kräftiger als es den Anschein habe.

Sodann gab sie Gobind ausführlich Auskunft über das Befinden der jungen Mutter seit der Entbindung, und er mochte nicht glauben, daß sie ihn belog; also war er beruhigt und sagte sich, Kairi-Bai habe möglicherweise von jenen schändlichen Gerüchten gehört, welche die verstorbene Frau des Rana betrafen und fürchtete, ihrer Halbschwester werde es ebenso ergehen, nachdem sie dem Herrscher nur eine Tochter geboren hatte. Dies aber war doch sehr unwahrscheinlich, und sei es nur, weil Shushila-Bai eine ungewöhnlich schöne Frau war, die der Rana liebte, während ihre Vorgängerin nach allem, was man hörte, allen Charmes ermangelt hatte, vielmehr fett und überdies dumm gewesen war.

Also sandte Gobind der Zweiten Rani eine beruhigende Botschaft, bekam darauf aber keine Antwort, und eine Woche später war das Neugeborene tot.

Im Palast ging das Gerücht, auch die Hebamme sei tot; andererseits wurde behauptet, man habe sie nach einem Streit mit der Zweiten Rani nur vom Hof verwiesen; diese habe ihr vorgeworfen, das Kind vernachlässigt zu haben. Es hieß ferner, der Rana, wütend über das Eingreifen seiner zweiten Gemahlin, habe diese in ihre Gemächer verbannt und ihr bis auf weiteres jeden Verkehr mit der Ersten Rani verboten. Gobind befürchtete, dieses Verbot werde für die Erste Rani schlimmere Folgen haben als für Kairi-Bai – falls das alles stimmte.

Sehr viele dieser im Palast umgehenden Gerüchte trafen nämlich nicht zu. Es stank, so sagte Manilal, im Rung Mahal förmlich nach dem Bösen, und Gerüchte vermehrten sich wie Ungeziefer, denn es wimmelte dort nicht nur von Dienern, die nichts zu tun hatten und aus Langeweile Lügengeschichten erfanden, sondern auch von Parasiten aller Spielarten, die ihre Zeit auf die gleiche Weise hinbrachten. »Da sitzen sie den ganzen Tag herum, kauen Bethel und führen skandalöse Reden – soweit sie nicht schlafen«, sagte er verächtlich. »Und was sie reden, sind lauter Lügen, denn jeder will den anderen an geheimen Kenntnissen übertreffen und denkt sich was aus, um etwas vor den anderen zu gelten; und weil die Tugend langweilig ist, bevorzugt man eben Skandalgeschichten.«

Immerhin war Gobind von diesen Gerüchten so beunruhigt, daß er herauszubekommen suchte, was daran wahr sein mochte; doch so redselig die Hofschranzen untereinander waren, gegenüber den Männern aus Karidkote verloren sie kein einziges Wort über das, was die Frauengemächer betraf, und Gobind erfuhr weiter nichts, als daß am Tode des Kleinkindes niemanden eine Schuld treffe. Es sei kränklich und kümmerlich gewesen, gleich anfangs vom Tode bedroht, und die Erste Rani sei außer sich vor Kummer, denn sie habe das Kind doch sehr liebgewonnen, nachdem die erste Enttäuschung abgeklungen war.

Was die Zweite Rani und jene Hebamme betraf, so verlautete überhaupt nichts, und Gobind blieb nur die Hoffnung, der Rana werde der trauernden Mutter zuliebe seinen Befehl aufheben – falls ein solcher Befehl überhaupt ergangen war – es sei denn, er habe das Interesse an seiner Gemahlin verloren und sich dies als Strafe für beide ausgedacht: für die eine, weil sie sich eingemischt, für die andere, weil sie ihm keinen Sohn geboren hatte. Das war durchaus denkbar.

»Hat denn diese Dienerin euch keine Auskunft über die Zweite Rani und jene Hebamme mehr geben können?« fragte Ash.

Manilal schüttelte den Kopf; jene Nimi habe nur Briefchen übermittelt, man habe niemals mit ihr reden dürfen, der Hakim habe ihr die Botschaften immer nur über die Eltern zukommen lassen können, denen er auch die Bestechungsgelder zahlte und durch die er gelegentlich eine Antwort erhielt. Entweder wußten diese nun wirklich nicht, was in den Frauengemächern vorging, oder sie hielten es für klüger, darüber zu schweigen.

»Sie stellten sich dumm, und wir wissen bloß, daß sie eine Tochter namens Nimi haben, die angeblich der Zweiten Rani ergeben ist, zugleich aber auch sehr geldgierig, denn sie verlangt jedesmal größere Summen, wenn sie einen Brief überbringt.«

Ash sagte darauf: »Wenn ihr mit jener Nimi ausschließlich über die Eltern in Verbindung steht, ist es ja möglich, daß Nimi aus Anhänglichkeit an die Zweite Rani handelt und daß es die Eltern sind, die immer mehr Geld verlangen.«

»Man kann es nur hoffen«, stimmte Manilal ernst zu, »aus Liebe geht man manches Wagnis ein. Wer die Gefahr aber für Bezahlung auf sich nimmt, kann jederzeit zum Verräter werden, wenn die Gegenpartei mehr bezahlt. Sollte bekannt werden, daß der Hakim insgeheim mit der Zweiten Rani in Verbindung steht, wäre unser aller Leben in Gefahr, nicht nur seines, sondern auch das ihre und meines ebenso wie das Leben der Verwandten jener Dienerin. Was diese angeht, wäre ihr Leben gewiß keinen Pfifferling mehr wert.«

Manilal erschauerte unwillkürlich und klapperte mit den Zähnen. Dann sagte er noch, seit der Rana schwer erkrankt sei, habe man überhaupt keine Neuigkeiten mehr erfahren, außer eben, daß diese Krankheit tödlich verlaufen werde.

»Im Palast und auch im Basar sagt man jetzt ganz offen, sollte der Rana sterben, würden seine Witwen mit ihm verbrannt werden. Einzig der Vater des jetzigen Herrschers, der an der Cholera starb, ist ohne seine Frauen verbrannt worden, jedoch nur, weil sie und seine Lieblingskonkubine schon vor ihm erkrankten und starben. Sein Großvater, der im Jahr der Rückeroberung Delhis durch Mahadaji Sindia starb, nahm vierzehn Frauen mit sich auf den Scheiterhaufen, und davor sind es offenbar nie weniger als drei oder vier gewesen. Die Witzbolde sagen jetzt, diesmal werden es nur zwei sein, denn er hat sich ja Lustknaben gehalten und keine Konkubinen.«

Ash verzog angeekelt den Mund, und Manilal bemerkte: »Wahrlich, ein übler Scherz, wenn auch treffend. Das Wesentliche aber ist, daß eben auch die Witzbolde für ausgemacht halten, daß beide Ranis verbrannt werden. Ganz Bhithor hält das für selbstverständlich. So sei nun mal der Brauch, heißt es. Zwar befolgen ihn die einfachen Leute nicht mehr, und zu Lebzeiten des jetzigen Herrschers ist es auch bei sehr vornehmen Familien nur noch selten vorgekommen. Das Volk meint aber, die Herrscherfamilie sei verpflichtet, sich an die Tradition zu halten um der Ehre des Landes und seiner Bewohner willen, zumal sie selber sich nicht mehr daran halten. Wenn nämlich die Witwen des Rana mit ihm verbrannt werden, hat das seinen symbolischen Wert für alle Witwen; die beiden brennen dann gleichsam an deren Statt.«

Ash bemerkte darauf nur beißend auf englisch: »Es gilt also immer noch der Satz, daß der einzelne sich für das Gemeinwohl zu opfern hat; in diesem Fall also zwei Frauen.« Als er bemerkte, daß Manilal ihn verdutzt anschaute, verfiel er wieder in die Landessprache: »Nun, daraus wird nichts, und man wird in

Bhithor auf derartige Ersatzhandlungen verzichten müssen. Wann reitest du zurück?«

»Sobald ich die Tauben und weitere sechs Flaschen einer nutzlosen Arznei beschafft habe. Und natürlich ein anderes Pferd, denn auf diesem kann ich nicht zurückreiten, das dauert zu lange. Ich habe bereits viel zu viel Zeit verloren. Vielleicht kannst du mir mit einem Pferd aushelfen, Sahib?«

»Gewiß, überlaß das mir. Und ich besorge auch die Medikamente und die Tauben. Du brauchst vor allem Ruhe, schlafe also, so lange du kannst. Gib mir die leeren Flaschen. Gul Baz besorgt das Zeug, sobald der Laden morgen früh öffnet.«

Manilal überreichte ihm die Flaschen, zog sich auf sein Lager zurück und war in kurzer Zeit wieder eingeschlafen: ein tiefer erquickender Schlaf, aus dem er erst bei Sonnenaufgang, geweckt vom Gezänk der Krähen, Tauben und Papageien, die sich um das vor den Ställen verstreute Korn stritten, erwachte. Das quietschende Brunnenrad und scheppernde Kochtöpfe kündigten den Beginn eines ganz gewöhnlichen Tages an. Ash war schon zwei Stunden zuvor losgeritten; er hatte Anweisung hinterlassen, Manilal möge alles besorgen, was er brauche, und ihn dann im Hause von Sarji erwarten.

Gul Baz richtete ihm das in einem recht mißbilligenden Ton aus und überreichte ihm dabei die sechs aus der Apotheke geholten Flaschen. Manilal erstand im Basar einen Flechtkorb, Nahrungsmittel, Obst und drei Hühner. Der Korb besaß einen doppelten Boden wie jener, in welchem er die ersten beiden Tauben nach Bhithor geschmuggelt hatte, doch war das überflüssig, denn Ash hatte unterdessen andere Pläne gemacht, in denen Brieftauben nicht vorkamen.

Anders als Manilal schlief Ash während der Nacht wenig; es gab so vieles zu bedenken, doch nach einer Weile kreisten seine Gedanken ausschließlich um eine scheinbare Nebensächlichkeit: Manilal hatte sonderbarerweise von Juli als Kairi gesprochen, ein alter, wenig schmeichelhafter Spottname. Wer mochte so hämisch gewesen sein, diesen Namen in Bhithor bekanntzumachen, und zwar so bekannt, daß die Dienerschaft und anscheinend auch das Volk im Basar, ja selbst Manilal, Juli offenbar ganz selbstverständlich bei diesem Namen nannten? Eine Kleinigkeit, gewiß, doch wie der Strohhalm anzeigt, woher der Wind bläst, zeigte dieser Umstand an, daß die Untertanen des Rana verächtlich von dessen zweiter Gemahlin sprachen und – dies war wesentlich besorgniserregender – daß nur jemand aus Karidkote den Spottnamen in Umlauf gesetzt haben konnte.

Juli und Shu-shu waren von einem Halbdutzend ihrer eigenen Dienerinnen begleitet worden, und Ash hoffte, die Schuldige gehöre zu den unterdessen Verstorbenen (Geeta allerdings war es gewiß nicht gewesen), denn falls es sich anders verhielt, lebte bei den beiden Ranis eine Verräterin, ein weibliches Gegenstück zu Biju Ram (der Nandu nachspioniert hatte), von den jungen Prinzessinnen nicht beargwöhnt, da sie ja aus der Heimat mitgekommen war. Eine, die sich beim Rana beliebt zu machen versuchte, indem sie schlecht von jener Gemahlin redete, welche der Fürst verachtete. Eine sehr unerfreuliche Vorstellung und auch furchterregend, denn sie bedeutete, daß Juli und ihre Schwester mehr Gefahren ausgesetzt waren, als Gobind argwöhnte, auch wenn der Rana am Leben blieb oder die Regierung Truppen schickte, um eine Witwenverbrennung zu verhindern.

Ash bezweifelte keinen Moment, daß, sollte der Rana sterben, die Regierung eingreifen und die Witwen retten würde. Blieb der Rana aber am Leben, konnte niemand Juli vor harter Strafe schützen (auch Gobind und sein Diener nicht, sollte die Sache mit den eingeschmuggelten Briefen herauskommen), denn diese Verfehlungen gingen nur den Hof in Bhithor an. Sollten alle drei sterben oder verschwinden, würden die Behörden es kaum je erfahren, und selbst wenn sie es erführen, käme jede Untersuchung zu spät. In einem so großen Lande mit so mangelhaften Verbindungen dauerte es endlos, bis etwas unternommen werden konnte, und war die Spur einmal erkaltet, reichte jede Erklärung aus, etwa ein plötzliches Fieber oder einfach: Der Hakim und sein Diener seien auf der Rückreise nach Karidkote umgekommen – das mußte man dann akzeptieren, denn Gegenbeweise würde es nicht geben, es würde überhaupt nichts zu beweisen sein...

Ash erschauerte unwillkürlich wie zuvor schon Manilal und dachte: Ich muß mich selber darum kümmern, ich kann unmöglich hier herumsitzen, während Juli... Manilal hat recht, im Rung Mahal riecht es förmlich nach dem Bösen, dort kann wer weiß was geschehen. Und wenn es Gobind gelingt, ihr Nachrichten zukommen zu lassen, muß es auch mir möglich sein. Nicht von hier aus, aber an Ort und Stelle... Ich muß sie davor warnen, daß vermutlich eine der Frauen aus Karidkote eine Verräterin ist, ich muß die Hebamme befragen, muß herausbekommen, was da eigentlich vorgeht... Vor der Heirat wollte sie nicht mit mir kommen, aber das sieht für sie jetzt vielleicht anders aus; und wenn sie einwilligt, hole ich sie da heraus, und wenn sie nicht will, kann ich mich wenigstens davon überzeugen, daß die Behörden alle Vorkehrungen treffen, um zu verhindern, daß nach dem Tode dieser Bestie von einem Rana seine Witwen auf den Scheiterhaufen müssen.

Shu-shu würde man dazu zwingen, sie zum Verbrennungsort schleifen, sie fesseln und tragen müssen.

Ash hielt es sogar für möglich, daß sie vor Angst sterben würde, bevor sie überhaupt anlangte. Juli hatte ihm erzählt, daß Shu-shu seit je in großer Angst vor diesem Los gelebt hatte und nicht einmal hatte heiraten wollen, weil ihre Mutter... Für Frauen wie Janu-Rani gibt es hoffentlich eine besonders heiße Hölle, dachte Ash grimmig.

Gul Baz fand, als er morgens den Tee brachte, den Sahib bereits angekleidet und dabei, seine Packrolle zu schnüren, die er bei Ausritten hinter den Sattel schnallte, wenn er über Nacht nicht zurückkam. Allerdings sah man gleich, daß es sich diesmal nicht nur um eine Nacht handeln sollte, sondern eher um eine Reise, die einen Monat dauern, andererseits aber auch nach wenigen Tagen beendet sein konnte. Die Absichten des Sahib waren also noch ungewiß.

Ungewöhnlich war daran eigentlich nur, daß bislang solche Packerei von Gul Baz besorgt worden war und daß der Sahib immer mehr mitzunehmen verlangte, als in einer solchen Packrolle Platz hatte: so etwa mehrere Jacken und Hosen. Gul Baz sah aber gleich, daß der Sahib mit leichtem Gepäck reisen wollte, außer Seife und Rasiermesser nur die hierzulande gebräuchliche Decke mitnahm, dazu seinen Dienstrevolver und fünfzig Patronen. Ferner vier kleine, aber für ihren Umfang ungewöhnlich schwere Schachteln Gewehrpatronen.

Bei deren Anblick gestattete Gul Baz sich die Hoffnung, der Sahib beabsichtige, wieder auf die Jagd zu gehen – obschon er dazu weder einen Revolver brauchte noch einen solchen Haufen Patronen...

Gul Baz' Hoffnung verlor sich, als er sah, wie sein Herr aus der Kommode überdies eine handliche Pistole nahm, dazu passende Munition und alles in die Tasche steckte (auf der Jagd war so etwas völlig unnütz), ferner, daß er seine Geldkassette leerte und dabei bemerkte, es sei ein Glück, daß Haddon-Sahib für die Poloponies bar gezahlt habe, so brauche er nicht auf die Bank. Ash sortierte das Geld nach Gold, Silber und Papier und blickte nicht auf, als Gul Baz mehr feststellte als fragte: »Du reitest also nach Bhithor, Sahib...«

»Stimmt«, bestätigte Ash, »aber das sage ich einzig dir«, und fuhr fort, Münzen zu zählen.

»Wußte ich es doch!« rief Gul Baz erbittert. »Genau das hat Mahdu-ji immer befürchtet, und als ich den Hakim aus Karidkote hier ankommen sah, wußte ich: Der Alte hat mit seiner Befürchtung recht gehabt. Ich flehe dich an, Sahib, bleibe hier. Es kann nichts Gutes daraus entstehen, wenn du dich in die Angelegenheiten dieses verfluchten Landes mischst.«

Ash zählte achselzuckend weiter.

»Wenn du unbedingt willst, nimm wenigstens mich mit. Und Kulu Ram.«

Ash sah ihn lächelnd an. »Ich täte es schon, wenn es nur ginge, doch wäre es zu gefährlich – man könnte euch erkennen.«

»Dich etwa nicht?« versetzte Gul Baz hitzig. »Glaubst du, ausgerechnet dich hätten sie dort schon vergessen, der du ihnen Anlaß genug gegeben hast, sich deiner zu erinnern?«

»Ah, diesmal komme ich aber nicht als Sahib nach Bhithor, sondern als Boxwallah. Vielleicht auch als Pilger auf dem Wege zum Berg Abu und den Tempeln dort. Mag sein, ich bin ein Hakim aus Bombay... ja, das scheint übrigens das beste, denn so habe ich einen Vorwand, einen Kollegen zu besuchen, eben jenen Gobind Dass. Und glaube mir, niemand wird mich erkennen. Dich aber würde mancher erkennen, und Kulu Ram, der oft mit mir in die Stadt geritten ist, würde von vielen erkannt. Auch bin ich nicht allein, sondern habe Manilal als Begleiter.«

»Diesen feisten Tropf!« schnaufte Gul Baz verächtlich.

Ash sagte lachend: »Feist schon, aber ein Tropf ist er nicht, da kannst du sicher sein. Er läßt sich gern für einen halten und hat Gründe dafür. In seiner Obhut bin ich sicher. Nun also... siebenhundert... siebenhundertsechzig...

neunhundert... eintausendzweiundsechzig...« Er zählte zu Ende, verstaute einen großen Teil des Geldes in den Taschen seines Reitrockes und legte den Rest zurück in die Kassette, die er Gul Baz übergab, der sie düster schweigend entgegennahm.

»Da hast du. Das reicht gut und gern für die Haushaltsausgaben bis zu meiner Rückkehr.«

»Und wenn du nicht zurückkommst?« fragte Gul Baz steinern.

»In der obersten Schublade vom Schreibtisch liegen zwei Briefe. Bin ich in sechs Wochen nicht zurück und hast du bis dahin von mir nichts gehört, gibst du sie Pettigrew-Sahib von der Polizei. Der wird dafür sorgen, daß du und ihr anderen zu eurem Recht kommt. Doch hab keine Angst: ich komme schon zurück. Sobald der Diener des Hakim erwacht, sag ihm, er soll zum Hause des Sirdar Sarjevan Desai unweit von Janapat kommen; ich erwarte ihn dort. Auch soll er die Stute nehmen und seinen lahmen Gaul dalassen. Kulu Ram wird sich um den kümmern – nein, laß, ich sage es ihm selber.«

»Es wird ihn nicht freuen«, sagte Gul Baz.

»Mag sein, doch es ist notwendig. Streiten wir nicht, Gul Baz. Dies ist etwas, das ich tun muß. Es ist mir aufgegeben.«

Gul Baz sagte seufzend zu sich: Was geschrieben steht, steht geschrieben, und gab jeden Widerspruch auf. Er richtete Kulu Ram aus, der Sahib brauche Satteltaschen, und er möge in einer Viertelstunde Dagobaz herausführen. Danach brühte er frischen Tee auf – der andere war unterdessen kalt geworden. Als er dann die Kugelbüchse brachte, schüttelte Ash ablehnend den Kopf. »Ein Hakim würde eine Waffe dieser Art nicht mit sich führen«, erklärte er dazu.

»Wozu dann die Patronen?«

»Die brauche ich. Sie passen auch in die Gewehre der Infanterie, und im Laufe der Jahre sind die in alle möglichen Hände gelangt. Ich kann also ein solches Gewehr benutzen.« Überdies nahm er noch seine Schrotflinte mit und fünfzig Schrotpatronen.

Gul Baz nahm die Flinte auseinander und steckte sie in die Packrolle, die er sodann auf die Veranda trug. Als er Ash aufsitzen und im Frühlicht auf Dagobaz davonreiten sah, fragte er sich, was wohl Mahdu getan hätte, wäre der hier gewesen.

Hätte Mahdu den Sahib vielleicht von seiner Absicht abbringen können? Das glaubte Gul Baz nicht, doch war er zum ersten Mal dankbar dafür, daß der Alte nicht mehr lebte und er ihm nicht erklären mußte, wie er hatte zulassen können, daß Pelham-Sahib dem sicheren Tod entgegenritt.

39

Der Bezirksvorsteher der Polizei, den er in Schlafrock und Pantoffeln antraf, war der erste, bei dem Ash hielt. Er frühstückte gerade auf der Veranda Tee und Obst. Die Sonne war noch nicht aufgegangen, doch der gastfreie Pettigrew hieß auch schon zu so früher Stunde seinen Besucher willkommen. Er tat Ashs Entschuldigung mit einer Handbewegung ab und ließ seinem Gast Kaffee und Obst vorsetzen.

»Selbstverständlich können Sie sich ein Weilchen zu mir setzen, wir haben doch keine Eile. Nehmen Sie sich eine Scheibe Papaya oder lieber eine Mango? Nein, von dem alten Tim Carnaby habe ich bislang nichts gehört. Ich verstehe nicht wieso. Eigentlich hätte er längst auf mein Telegramm antworten müssen. Vermutlich hat er zuviel zu tun. Trotzdem, machen Sie sich keine Sorgen, der gehört nicht zu den Leuten, die dringende Sachen in die Schublade legen und vergessen. Vermutlich ist er nach Bhithor gefahren und sieht sich mal um. Noch etwas Kaffee?«

»Nein, vielen Dank.« Ash stand auf. »Ich muß weiter, ich habe noch einiges zu erledigen.« Nach kurzem Zögern setzte er hinzu: »Ich gehe für ein paar Tage auf die Jagd.«

»Sie Glückspilz«, sagte Pettigrew neidisch. »Ich wollte, ich hätte Zeit dafür. Aber mein Urlaub ist erst im August. Viel Spaß jedenfalls.«

Auf dem Telegrafenamt hatte Ash ebenfalls kein Glück. Er erfuhr, daß für ihn kein Telegramm eingegangen war, man hätte es ihm sonst unverzüglich zugestellt. »Das habe ich ihnen doch schon gesagt. Bei uns wird nichts verlegt oder verloren. Das kann ich versichern, Mr. Pelham. Ich kann nichts dafür, daß keine Antwort auf Ihre Telegramme eingetroffen ist. Kommt eine, wird sie Ihnen sofort gebracht.«

Der Postmensch war augenscheinlich gekränkt. Ash entschuldigte sich und ging. Daß keine Antworttelegramme eingegangen waren, stimmte ihn nicht übermäßig besorgt, denn ihm war klar, daß sie aus Sicherheitsgründen kaum mehr sein konnten als Empfangsbestätigungen. Die allerdings hatte er erwartet, denn er wußte aus Erfahrung, daß auch die wichtigsten Botschaften gelegentlich aus Trägheit oder irrtümlich unauffindbar abgelegt werden; bezeugt war ja, daß jenes Telegramm, in dem der bevorstehende Sepoyaufstand aus Delhi gemeldet wurde, einem hohen Beamten während des Diners überbracht wurde, daß dieser es ungelesen in die Tasche steckte und sich erst am folgenden

Tag wieder daran erinnerte. Da war es dann zu spät, geeignete Maßnahmen einzuleiten.

So betrachtet, hätte auch eine bare Empfangsbestätigung Ash beruhigt, doch hatte bereits Mr. Pettigrew ihn darauf hingewiesen, daß ihr Ausbleiben nicht bedeuten mußte, daß nichts unternommen wurde, sondern im Gegenteil eher dafür sprach, daß man bereits tätig geworden war und keine Zeit mit der Abfassung überflüssiger Telegramme verlieren wollte.

Sarjis Grundbesitz lag etwa zwanzig Meilen nördlich von Ahmadabad, am Westufer des Sabarmutti, und es war bereits Vormittag, als Ash dort eintraf. Die Diener, denen er bekannt war, sagten, der Herr sei seit Morgengrauen auf den Beinen, um einer wertvollen Zuchtstute beim Fohlen beizustehen, sei eben erst zurückgekommen und jetzt beim Frühmahl. Der Sahib möge sich einen Moment gedulden. Dagobaz, dessen seidig glänzendes, schwarzes Fell grau verstaubt war, wurde von einem Stallknecht Sarjis weggeführt. Ash wusch Gesicht und Hände und wurde durch einen Perlenvorhang in ein Vorzimmer geführt, wo man ihm eine Erfrischung vorsetzte.

Man forderte ihn nicht auf, an Sarjis Mahlzeit teilzunehmen, und er erwartete das auch nicht. Sarji war zwar sehr tolerant, und wenn sie beide allein unterwegs waren, setzte er sich über alle möglichen Vorschriften hinweg, doch hier zu Hause und unter den Augen des Priesters der Familie lagen die Dinge doch anders. Man verlangte von ihm, daß er sich streng an die Bräuche hielt, und da seine Kaste ihm nicht erlaubte, mit einem Ungläubigen zu speisen, mußte sein englischer Freund eben allein essen – noch dazu von Geschirr, das einzig zu seinem Gebrauch bestimmt war.

Sarji war ein vertrauter Freund, doch die Regeln der Kaste waren streng und durften nicht leichthin übertreten werden. Ash wußte das, und doch empfand er es immer wieder schmerzlich, wenn er selber ihr Opfer wurde. Daß er sie besser begriff als die meisten Ausländer, milderte doch nie den Schock, sich plötzlich als Paria behandelt zu sehen – als jemand, mit dem auch ein vertrauter Freund nicht zu Tische sitzen konnte, ohne zu riskieren, selber gemieden zu werden, denn diese schlichte menschliche Handlung des gemeinsamen Essens verunreinigte den, der daran teilnahm, und solange er in diesem Zustand verblieb, würde niemand ohne Not mit ihm Umgang haben.

Ash, der in diesem kühlen Raum im Untergeschoß Fruchteis und Konfekt verzehrte, fragte sich, ob der Familienpriester wohl wisse, daß Sarji dieses Tabu oft gebrochen hatte, wenn er allein mit Ash unterwegs war. Wohl kaum. Als abgetragen war, steckte er eine Zigarette in Brand und starrte nachdenklich an die Decke.

Ihm war eingefallen, daß Sarjis Leibjäger Bukta, der Gobind und Manilal nach Bhithor geführt hatte, auf der Jagd im Walde von Gir erwähnt hatte, es gäbe noch einen kürzeren Weg ins Tal von Bhithor, als zufällig die Rede auf dieses Thema kam, einen geheimen Weg, der Festungen und Außenposten vermied und unweit der Hauptstadt endete; er, Bukta, habe davon durch einen Freund erfahren, einen Bewohner von Bhithor, der den Weg angeblich entdeckt und ihn dazu benutzt habe, Diebesbeute aus dem Herrschaftsgebiet des Rana zu schmuggeln.

»Meist waren das Pferde«, sagte Bukta, in der Erinnerung schmunzelnd. »In Gujerat oder Baroda konnte man gute Preise für Pferde erzielen, die in Bhithor gestohlen waren, weil der Bestohlene nie auf den Gedanken kommen würde, außerhalb des Landes nach seinem Eigentum zu suchen, denn außer ihm (so behauptete mein Freund) kannte kein Mensch diesen Pfad. Ich war damals noch sehr jung und hatte vor den Gesetzen wenig Achtung, also half ich ihm oft dabei – mit gutem Profit, versteht sich. Mittlerweile ist er gestorben, und ich bin ein braver Untertan geworden. Das ist alles lange her, doch an den Pfad erinnere ich mich genau und könnte ihn jederzeit wiederfinden, als hätte ich ihn gestern noch begangen. Dem Hakim-Sahib habe ich davon nichts erzählt, denn es wäre unklug gewesen, auf diesem Weg einzutreffen, und auch unschicklich.«

Ash war so tief in Gedanken, daß er nicht merkte, wie sein Gastgeber eintrat, ja nicht einmal hörte, daß die Perlen des Vorhanges klickten. Sarji entschuldigte sich dafür, daß er den Gast habe warten lassen, doch die Miene seines Freundes ließ ihn mittendrin abbrechen, und er fragte scharf: »Ist etwas geschehen?«

»Noch nicht«, sagte Ash zusammenfahrend und stand auf. »Doch muß ich unbedingt nach Bhithor, und ich komme, dich um Hilfe bitten. In diesem Aufzug kann ich dort nicht erscheinen, ich muß mich verkleiden, und das möglichst rasch. Auch brauche ich einen Führer, der den geheimen Pfad durch den Dschungel und die Berge kennt. Leihst du mir Bukta?«

»Selbstverständlich«, sagte Sarji sogleich. »Wann brechen wir auf?«

»Wir? Ach nein, Sarji, ein Jagdausflug wird das nicht, es ist eine ernste Angelegenheit.«

»Ich weiß, das war deinem Gesicht anzusehen. Und wenn du nicht anders denn verkleidet nach Bhithor zu gehen wagst, bedeutet es, daß Gefahr droht. Sehr große sogar.«

Ash zuckte ungeduldig die Achseln und erwiderte darauf nichts, und Sarji fuhr nachdenklich fort: »Ich habe dich nach Bhithor nie gefragt, denn mir schien immer, daß du darüber nicht sprechen wolltest. Doch neugierig bin ich, seit Bukta jenen Hakim hinführte und seit du mich später um die Brieftauben batest. Du sollst nichts sagen, was du lieber für dich behalten möchtest, aber wenn du dich in Gefahr begibst, dann begleite ich dich. Zwei Säbel sind besser als einer. Oder traust du mir nicht zu, daß ich schweige?«

Ash versetzte gereizt: »Ah, Sarji, red keinen Unsinn. Du weißt, das ist es nicht. Es ist... nun, es geht einzig und allein mich an. Es ist etwas, worüber ich mit keinem Menschen sprechen will. Aber du hast mir bereits sehr geholfen und bist wieder bereit zu helfen, alles, ohne Fragen zu stellen. Dafür bin ich dir mehr als dankbar, und da hast du ein Recht zu erfahren, worum es sich handelt.«

»Sag nichts, was du nicht sagen möchtest«, unterbrach Sarji. »Es würde nichts ändern.«

»Nein? Vielleicht nicht. Aber vielleicht doch, und deshalb halte ich es für besser, du weißt, was ich vorhabe, ehe du mir hilfst, denn es betrifft einen Brauch, der bei deinem Volke seit Jahrhunderten in Ehren gehalten wird. Kann uns hier jemand belauschen?«

Sarji runzelte die Brauen, sagte aber: »Nicht, wenn wir draußen unter den Bäumen auf und ab gehen.« Er ging voran in den Garten, wo Rosen, Jasmin und Kannalilien in der Hitze welkten, und hörte hier, geschützt vor lauschenden Ohren müßiger Diener, die Geschichte der beiden Prinzessinnen aus Karidkote, die von einem jungen britischen Offizier nach Bhithor zur Hochzeit geleitet wurden; von Ränken und Intrigen, denen dieser bei der Ankunft begegnet war, und dem grauenhaften Schicksal, das den beiden jetzt bevorstand.

Bis zu einem gewissen Grade war die Geschichte ungenau und unvollständig. Ash sah keinen Anlaß, seine alte Verbindung zu Karidkote zu erwähnen, und da er auch nicht beabsichtigte, seine Beziehung zu der älteren der Prinzessinnen zu offenbaren, konnte er das Hauptmotiv für sein Unternehmen nicht nennen, nur das sozusagen zweitrangige: seinen Drang, sich zu überzeugen, daß alles unternommen wurde, um zu verhindern, daß nach dem Tode des Rana seine Witwen verbrannt wurden; Sarji als Hindu mochte Bedenken haben, ihn dabei zu unterstützen, denn auch jetzt noch wurde ein solches Opfer von den Priestern und auch vom Volk für verdienstvoll gehalten.

Abgesehen also von diesen Lücken in seinem Bericht sprach er die Wahrheit, auch vergaß er nicht zu erwähnen, daß er beim Kommandeur, beim Commissioner und beim Polizeivorsteher gewesen war und Telegramme geschickt hatte, die unbeantwortet geblieben waren.

Abschließend sagte er: »Du begreifst also, daß ich selber nachsehen muß. Ich weiß, wie langsam und zögernd die Regierung oft handelt und kann deshalb nicht einfach bloß dasitzen und abwarten. Auch besteht amtlicherseits keine Neigung, sich mit dem Fürsten anzulegen. Die Behörden verlangen Beweise, anders werden sie nicht tätig. In diesem Fall bestünden die Beweise dann aus einer Handvoll Asche und verbrannten Knochen, und einerlei was man dann unternimmt, der Schade ist angerichtet, denn nicht einmal die Behörden können Tote zum Leben erwecken... Brennt der Scheiterhaufen, ist es zu spät. Man sperrt dann ein paar Leute ein, erlegt dem Fürstentum eine Geldbuße auf und hat tausend Gründe dafür, daß man nicht zeitiger gehandelt hat. Und das alles wird diesen bedauernswerten Kindern nichts mehr nutzen...

»Ich habe die beiden Mädchen nach Bhithor geleitet, Sarji. Du kannst einwenden, man hat es mir befohlen, doch das erleichtert mein Herz überhaupt nicht, und werden sie lebendig verbrannt, habe ich sie für den Rest meines Lebens auf dem Gewissen. Das heißt aber nicht, daß du dich damit befassen mußt, und wenn du meinst, du möchtest die Finger davon lassen... als Hindu, meine ich...«

»Ich bin nicht bigott und habe nicht die geringste Lust, einen Brauch wieder eingeführt zu sehen, der abgeschafft wurde, ehe ich zur Welt kam. Die Zeiten ändern sich, mein Freund, und die Menschen mit ihnen – sogar Hindus. Verbrennt ihr in England noch Hexen oder die, die ihr Ketzer nennt? Meines Wissens war das bei euch früher der Brauch, ist es aber nicht mehr.«

»Selbstverständlich nicht, aber –«

»Aber uns hältst du für unfähig, ähnliche Fortschritte zu machen? Das trifft nicht zu, obschon wir vieles anders sehen als ihr. Ich selber würde einer Witwe nur erlauben, sich verbrennen zu lassen, wenn sie selber es ausdrücklich verlangt, weil sie ihren verstorbenen Gatten so geliebt hat, daß sie ohne ihn nicht leben und den gleichen Weg gehen will wie er. Das allerdings würde ich dann nicht verhindern, ich gebe es zu, denn anders als ihr bin ich nicht der Meinung, man müsse mit Gewalt Mann oder Frau daran hindern, aus dem Leben zu gehen, wenn sie es wünschen. Vielleicht ist das Leben für uns weniger wichtig als für euch Christen, weil ihr auf dieser Erde nur eins habt, wir hingegen viele. Wir leben und sterben und werden wiedergeboren, hundert-, tausend-, ja hunderttausendmal oder noch öfter. Wer weiß? Warum also eines dieser Leben nicht verkürzen, wenn wir diesen Wunsch haben?«

»Selbstmord ist aber doch ein Verbrechen«, wandte Ash ein.

»Bei euch Engländern. Bei uns nicht. Und das Land gehört immerhin noch uns und nicht euch. Wie ja mein Leben auch mir gehört. Einen anderen zu Tode bringen, betrachte ich als Mord, und das billige ich nicht. Ich habe den Hakim aus Karidkote gesehen und mit ihm gesprochen, und er kam mir vor wie ein guter Mensch, nicht wie ein Lügner, und wenn er sagt, die Ranis laufen Gefahr, gegen ihren Willen verbrannt zu werden, dann glaube ich ihm. Darum will ich tun, was ich kann, ihm und dir und den Ranis zu helfen. Du mußt nur sagen, was du brauchst.«

Manilal, der gegen Mittag eintraf, wurde von dem Jäger Bukta in Empfang genommen und dem Hausherrn vorgeführt; anwesend war noch ein Mann, den Manilal nicht gleich erkannte, und das war verständlich, denn Sarji und Bukta hatten sich mit Ashs Verkleidung viel Mühe gemacht, und geschickt aufgetragener Saft von Walnüssen ergibt eine sehr echt wirkende dunkle Hautfarbe, wenn sie auch nicht lange hält. Auch hatte Ash den Schnurrbart abrasiert, und niemand hätte in ihm etwas anderes als einen Landsmann von Sarjevar vermutet, einen Inder aus dem Mittelstand, der unter seinen Vorfahren Bergbewohner hatte, deren Haut heller ist als die der Bewohner der heißeren Landesteile, und dessen Kleidung ihn als einen gelehrten Mann von Ansehen auswies, einen Advokaten vielleicht oder einen Hakim aus Baroda oder Bombay.

Manilal, dieser durch nichts zu rührende Klotz, stierte Ash offenen Mundes an, als traue er seinen Augen nicht. »Wunderbar«, hauchte er verzückt, »dabei ist es nichts als das Werk der Kleider und des Rasiermessers. Doch was hat das zu bedeuten, Sahib?«

»Ashok heiße ich in dieser Kleidung«, berichtigte Ash ihn schmunzelnd. »Ich bin kein Sahib mehr.«

»Und was hat der – hat Ashok vor?« fragte Manilal.

Ash erklärte, Manilal lauschte aufmerksam, blickte skeptisch drein und sagte endlich, nun ja, es möge so gehen, doch der Sahib – Ashok! – solle bedenken, daß die Bhithori notorische Fremdenfeinde und ungewöhnlich argwöhnisch seien und jeden Fremden für einen Spion hielten. Und schon gar unter den gegebenen Umständen. »Auch an ihren besten Tagen können sie Fremde nicht ausstehen, und sollte ihr Rana sterben, schneiden sie uns glatt die Gurgel durch, wenn sie meinen, wir wollten ihnen den Spaß an einer Volksbelustigung verderben«, sagte Manilal ätzend.

»Du willst sagen, sie freuen sich bereits darauf, zwei hochgeborene schöne Frauen unverschleiert den Scheiterhaufen besteigen und vor ihren Augen brennen zu sehen«, bemerkte Ash bitter.

»Sehr wahr«, gab Manilal zu. »Das unverschleierte Gesicht einer Königin zu sehen, während sie brennt, wird einem höchstens einmal im Leben vergönnt. Für viele also ist es wirklich ein Fest. Für andere, mag sogar sein für alle, ist es aber auch eine heilige Handlung, die jedem als Verdienst angerechnet wird, der ihr beiwohnt. Daher werden die Bewohner von Bhithor aus beiden Gründen außer sich geraten, sollte jemand versuchen, die tödliche Zeremonie zu verhindern; nur Truppen oder die Polizei der Regierung könnten das. Ein Mann jedoch, auch zwei oder drei können es nicht. Sie würden nur nutzlos ihr Leben verlieren.«

»Ich weiß«, bemerkte Ash trocken, »und ich habe darüber auch schon gründlich nachgedacht. Ich gehe, weil ich muß, es ist mir so aufgegeben. Doch niemand muß mich begleiten, und mein Freund der Sirdar, weiß das.«

»Er weiß aber auch«, warf Sarji ein, »daß ein Mann, der ein Pferd wie Dagobaz reitet, nicht ohne Bedienten oder Reitknecht reist. Ich kann die eine oder die andere Rolle übernehmen, notfalls beide.«

Ash lachte. »Du siehst, wie die Dinge stehen. Der Sirdar kommt aus eigenem Entschluß mit, ich kann es ihm nicht verwehren. Bukta zeigt uns nur den geheimen Pfad über die Grenze, auf dem wir schnell vorankommen und nicht von Wachen zurückgewiesen werden, die an den bekannten Wegen stehen. Sind wir auf dem richtigen Weg, kehrt er um. Du selber mußt auf derselben Straße nach Bhithor zurückkehren, auf der du gekommen bist, und das ganz offen. Auf keinen Fall darfst du ungesehen ins Land.«

Manilal blickte immer noch skeptisch. »Was aber wirst du tun, wenn du in die Stadt gelangst?«

»Das steht bei den Göttern. Wie soll ich das wissen, ehe ich die Lage kenne und höre, welche Maßnahmen die Behörden ergriffen haben?«

»Falls überhaupt«, murmelte Manilal.

»Ganz recht. Deshalb reite ich ja auch hin. Ich will wissen, ob etwas vorbereitet worden ist, und falls nicht, alles tun, damit etwas geschieht.«

Manilal fügte sich achselzuckend, ermahnte Ash aber noch, sich Gobind nur mit äußerster Behutsamkeit zu nähern, denn sein Herr sei bei den Höflingen nicht beliebt, vielmehr von Anfang an den Ratgebern und Schranzen des Rana ein wahrer Greuel.

»Der Hakim-Sahib hat viele Feinde; manche hassen ihn, weil er aus Karidkote kommt, andere, weil er sich besser auf die Heilkunst versteht als sie, wieder andere, weil er, obwohl ein Fremder, das Ohr des Rana hat. Und mich verabscheut man, weil ich sein Diener bin. Zum Glück gelte ich bei ihnen für einfältig, das heißt, du und ich können einander offen am Tage auf der Straße treffen, am besten im Basar bei den Kupferschmieden. Da herrscht immer Gedränge.«

Man erörterte noch ausführlich Einzelheiten, und eine Viertelstunde später ritt Manilal ab, auf einem Ackergaul von Sarji, denn die Stute von Ash schien allen zu wertvoll; der Diener eines Hakim hätte ein solches Tier nicht bezahlen können. Er würde, wie er meinte, zwei bis drei Tage später in Bhithor eintreffen als Ash und Sarji.

Tatsächlich waren sie dann fast fünf Tage früher da, denn niemand hierzulande kannte die Pfade durch Dschungel und Berge besser als Bukta, dessen Vater als junger Mensch nach Gujerat geflohen war (Bukta zufolge hatte er in seiner Heimat im mittleren Indien einen einflußreichen Mann getötet) und seinen Sohn das Jagen und Spurenlesen gelehrt hatte, kaum, daß dieser gehen konnte.

Bukta ließ Manilal eine gute Stunde Vorsprung und gelangte mit Ash und Sarji doch noch vor Sonnenuntergang an den Rand des Dschungels. In schwierigem Gelände legten sie in knapp sechs Stunden fast fünfzig Meilen zurück, setzten auf einer Fähre über den Hathmati, und Sarji meinte, wenn das so weitergehe, sei man bereits am folgenden Tage in Bhithor. Bukta widersprach kopfschüttelnd: bislang sei der Weg leicht gewesen (was Ash nicht so vorkam), doch in den vom Dschungel überwucherten Vorbergen werde es mühsam, und man komme an vielen Stellen nur im Schritt vorwärts.

Man kampierte an einem Bach, schlief ermüdet fest und tief, allerdings wurde umschichtig Wache gehalten, denn es gab Leoparden und Tiger in der Gegend, und Bukta war der Pferde wegen in Sorge. Sarji, der die letzte Wache übernahm, weckte sie im ersten Frühlicht. Am Vormittag hatten sie den Dschungel hinter sich und ritten zwischen kahlen Hängen dahin, einer hinter dem anderen und, wie von Bukta vorhergesagt, lange Strecken nur im Schritt.

Ash hatte einen Kompaß mit, sah aber ein, daß auch dieser ihn nicht davor bewahrt hätte, sich in den Bergen innerhalb von Minuten hoffnungslos zu verirren. Die Bodenfalten liefen nach allen Richtungen auseinander, es war der reinste Irrgarten. Bukta jedoch erkannte Merkzeichen, die seinen Gefährten unsichtbar blieben, er zögerte keinen Moment, er ritt, wo das Gelände es zuließ, saß ab und zerrte das Pony hinter sich her über schmale Felsbänder oder über rutschige Steilhänge, auf denen verdorrtes Gras stand.

Einmal rasteten sie eine Stunde an einer Quelle inmitten dieser Ödnis, und als die Sonne sank, Schluchten und Rinnen sich mit Schatten füllten, wagten sie einen haarsträubenden Abstieg über Klippen und gelangten in ein kleines bewaldetes Tal, keine halbe Meile lang, das wie eine Oase inmitten der schroffen, kahlen Berge lag. Aus dem Fels ergoß eine Quelle ihr Wasser in dünnem, silbernem Strahl in einen tiefen Teich, umstanden von Schilf und

Gras, beschattet von Bäumen – ein überraschender Anblick in jener unfruchtbaren Steinwüste und sehr willkommen überdies, denn der Tag war heiß gewesen, und die Pferde litten Durst.

Viele Tierspuren führten zum Ufer, doch nichts deutete darauf hin, daß kürzlich Menschen hier waren, was Bukta augenscheinlich erleichterte, obwohl er seit Stunden wissen mußte, daß Menschen und Pferde den Pfad seit Jahren nicht benutzt hatten, sonst hätten sie unübersehbare Spuren hinterlassen – Asche oder Pferdekot.

Nichts dergleichen war zu bemerken, und Bukta fand erst nach längerem Graben im Wurzelwerk eines knorrigen alten Feigenbaumes einige geschwärzte Steine, bei deren Anblick er zufrieden grunzend bemerkte, er und sein Schmugglerfreund pflegten früher an dieser Stelle ihr Feuer anzuzünden. »Damals war ich noch jung, keiner von euch war geboren, denn es ist viele Jahre her. Kein Zweifel, außer wilden Tieren ist hier seit langem niemand gewesen, und das ist gut so, denn wir können ohne Gefahr ein Feuer machen.«

So verbrachten sie also die Nacht an diesem Ort, ließen das Feuer nicht ausgehen, um die wilden Tiere abzuschrecken, von denen Bukta gesprochen hatte, und bevor noch die aufgehende Sonne den Kamm der Berge vergoldete, brachen die Reisenden wieder auf. Der Tag verlief wie der vorangegangene, immerhin legten sie eine größere Entfernung zurück, denn stellenweise konnten die Pferde traben. Ash wollte noch bei Anbruch der Nacht weiterreiten, doch lehnte Bukta das entschieden ab. Sie alle seien ermüdet, müde Menschen begingen Irrtümer, übermüdete Pferde stolperten leicht, und die vor ihnen liegende Strecke sei die beschwerlichste; bei Nacht weiterzureiten bedeute, ein übergroßes Risiko auf sich zu nehmen, denn man könne leicht den Pfad verfehlen.

Bukta war nicht im geringsten erpicht darauf, sich in der Dunkelheit zwischen den Bergen zu verirren, überdies hatte der Diener des Hakim gesagt, eine Stunde nach Sonnenuntergang würden die Stadttore von Bhithor geschlossen. Durch größere Eile war also nichts zu gewinnen, vielmehr wäre es seiner Ansicht nach besser, die beiden Reiter kämen kurz vor Sonnenuntergang am folgenden Tage vor der Stadt an, wenn Menschen und Tiere von den umliegenden Feldern in die Stadt zurückfluteten und sie in der Menge nicht auffallen würden.

Sarji stimmte dem zu. »Er hat recht. Abends, wenn die Küchenfeuer qualmen und viel Staub aufgewirbelt wird, ist das Licht schlecht, die Menschen sind dann auch weniger wißbegierig, da alle an die bevorstehende Mahlzeit denken.«

Ash gab zögernd nach, und man fand in den Bergen eine geeignete Höhle. Die Pferde suchten in der Nähe Futter, und man aß eine kalte Mahlzeit, um nicht durch ein Feuer Aufmerksamkeit zu erregen. Erst bei Tagesanbruch wurde der Ritt fortgesetzt.

Noch immer war der Pfad, dem man folgte, soweit Ash das erkennen konnte, nicht gekennzeichnet; die kahlen Hänge, auf denen das spärliche Wintergras in der einsetzenden Hitze bereits wieder verdorrte, wiesen nicht einmal Ziegenpfade auf, doch führte Bukta sie so zuversichtlich wie am Anfang, und die beiden anderen folgten ihm, an diesem Tage meist zu Fuß. Steilhänge querend, stets in Gefahr, seitlich abzurutschen, über Geröllhalden und durch Schluchten, so tief und schmal in die Berge geschnitten, daß nur einer hinter dem anderen gehen konnte.

Hier gab es keine Quellen, und als sie am Nachmittag einen hohen Kamm überquerten, waren Mensch und Tier schon sehr durstig. Doch unter sich sahen sie nun in einem Felskessel einen Teich, der im schräg einfallenden Licht blinkte wie ein Edelstein. Eine einzelne, an dieser Stelle befremdlich wirkende Palme spendete etwas Schatten; sie hatte zwischen den Felsbrocken Wurzeln geschlagen und wurde von einer Quelle bewässert, deren Wasser unerwartet kalt war. Den dürstenden Männern und Pferden schmeckte es paradiesisch, und alle tranken so viel sie konnten. Bukta gestattete eine halbstündige Rast, dann ging es den gegenüberliegenden Hang hinauf und jenseits wieder hinab.

Nach einer Stunde etwa erreichten sie den Boden einer engen Schlucht, die sich zwischen felsigen Hängen hindurchwand wie eine Riesenschlange. Sie ritten zum ersten Mal an diesem Tag in flottem Tempo auf ebenem Gelände dahin. Das war eine willkommene Abwechslung, doch endete die Schlucht bereits nach kurzer Zeit vor einer offenbar unübersteigbaren Barriere: ein Erdrutsch hatte eine mehr als zehn Meter hohe Geröllmauer aufgetürmt.

Ash und Sarji hielten an und betrachteten dieses Hindernis sichtlich verzweifelt. Sie meinten, Bukta müsse den Pfad verfehlt haben und man sei genötigt, umzukehren. Der Jäger indessen saß ab, bedeutete ihnen, ein Gleiches zu tun, und ging, sein Pferd am Zügel führend, vorwärts. Sie folgten ihm skeptisch, umgingen einen hausgroßen Felsbrocken, passierten eine Lücke zwischen zwei ebenfalls riesigen Gesteinstrümmern und schlüpften in einen Spalt, einen Meter lang und so schmal, daß die Satteltaschen beiderseits am Stein schabten. Auch dieser Spalt schien, wie zuvor die Schlucht, nach kurzem blokkiert, doch wandte Bukta sich scharf nach links, nach zehn Schritten neuerlich nach rechts, und Ash sah sich plötzlich im Freien mit dem Blick auf jene Senke, wo zwei Jahre zuvor der Hochzeitszug aus Karidkote gelagert hatte.

Wenig deutete darauf hin, daß dort einmal zahllose Zelte und Wagen gestanden hatten, es waren nur Reste jener mit Stroh gedeckten Pferche geblieben, die Mulraj zum Schutz vor der Sonne für Pferde und Elefanten hatte errichten lassen; es waren nicht mehr viele, denn Sonne und Wind und die weißen Ameisen hatten gemeinsam ihr Zerstörungswerk verrichtet.

Bukta hörte, wie Ash tief Luft holte, und sagte schmunzelnd: »Habe ich nicht gesagt, dieser Pfad ist nicht zu finden? Wer ihn nicht kennt, würde sich nicht träumen lassen, daß man zwischen diesen Felsen hindurch kann. Niemand würde auch nur den Versuch machen, hier einen Weg zu suchen.«

Ash blickte zurück und sah nichts außer Geröll und Felsbrocken auf einem steilen Berghang, und ihm wurde klar, daß auch er selber bei seinen Erkundungen damals an dieser Stelle oft und oft vorüber geritten sein mußte, ohne je zu vermuten, daß es einen Pfad zwischen den Felsbrocken hindurch ins Gebirge gab. Er prägte sich, so gut er konnte, für künftige Notfälle alle Einzelheiten ein, merkte sich eine dreikantige Klippe oberhalb des Einschlupfes, unter der eine Schieferplatte in Form einer Pfeilspitze sichtbar war.

Diese mußte aus großer Entfernung erkennbar sein, denn ihre Farbe hob sich vom dunkleren Gestein ab, und die nach unten gerichtete Spitze deutete genau auf die Stelle, an der er jetzt stand. Kein Dutzend Schritte entfernt ragte eine fünf Meter hohe Klippe auf, förmlich überkrustet von Vogeldreck, gekrönt von spärlichen Grasbüscheln, die aus einer Ritze des Gesteins wuchsen. Diese Klippe, so dachte Ash, werde er gewiß wiedererkennen, denn die weiße Überkrustung und die krönenden Grasbüschel erinnerten an einen Helm mit Federbusch, und er merkte sich nicht nur genau die Klippe, sondern auch ihre Position im Verhältnis zu jenen Felsen, zwischen denen hindurch man auf den Pfad gelangte.

Der alte Jäger beobachtete ihn dabei und nickte beifällig. »Du tust gut daran, dir diesen Ort sorgsam einzuprägen, Sahib«, sagte er, »denn von der Senke aus ist er nicht leicht zu entdecken. Nun, ihr seht die Straße zur Stadt vor euch. Laßt mir fünfzig Patronen hier, auch die Jagdflinte und die Schrotpatronen, denn wenn ihr mehr als eine Waffe pro Mann tragt, erregt das Aufsehen. Ich werde hierbleiben und warten, bis ihr zurückkommt.«

»Das kann aber sehr lange dauern«, sagte Ash düster.

Bukta tat das mit einer Handbewegung ab. »Wenn schon. Es gibt hier Wasser und Futter genug, und ich habe nicht nur ausreichend Proviant bei mir, sondern auch die Schrotflinte des Sahib – nicht zu vergessen das schöne Gewehr, das du mir geschenkt hast, und meine alte Büchse dazu –, ich werde also nicht Hunger leiden und brauche keinen Angreifer zu fürchten. So kann man lange warten. Überdies denke ich mir, es könnte sein, daß ihr es auf dem Rückweg eilig habt und gerade diesen Weg benutzen möchtet, denn einzig dieser ist unbewacht, und ohne mich würdet ihr nicht nach Gujerat zurückfinden.«

»Das ist wohl wahr«, sagte Sarji und lachte nicht eben fröhlich. »Bleib also und warte auf uns. Denn auch ich vermute, daß wir es auf dem Rückweg eilig haben werden.«

Die Stadt lag nur wenige Meilen entfernt, und weil die Sonne noch hoch stand, kehrten sie zurück in die düstere Schlucht, und rasteten hier bis das Licht milde wurde, die Schatten der Berge immer größere Teile der Talsenke bedeckten und endlich nur noch die gegenüberliegende Bergkette im goldenen Schein der Abendsonne lag. Nun erst erhoben sie sich, pfiffen die Pferde herbei, führten sie durch die Spalte zwischen den Felsen, saßen auf und verabschiedeten sich von Bukta. Sie ritten durch die Talsenke jenem staubigen Weg entgegen, den Ash und Kaka-ji und Mulraj so oft benutzt hatten, wenn sie zu ihren endlosen Zänkereien um die Heiratsverträge den Rana und seine Berater aufsuchten.

Im Tal hatte sich nichts verändert, die Festungen, die es beherrschten, sahen noch ebenso aus wie damals, und das gleiche galt für die dicht beieinander stehenden Häuser mit ihren flachen Dächern, welche das Ende des Tales und den Beginn der Stadt bezeichneten und den Durchblick auf den dahinter gelegenen See und die wie ein Amphitheater geformte riesige Ebene verstellten. Alles war unverändert – nur ich bin nicht mehr derselbe, dachte Ash nüchtern. Zumindest dem Aussehen nach ähnelte er nicht im geringsten mehr jenem jungen britischen Offizier, der in der grellen Frühlingssonne diesen Weg geritten war, sein Ziel der Rung Mahal, ohne noch jenen Despoten gesehen zu haben, der Anjulis Gatte werden sollte.

Damals trug er die Paradeuniform der Kundschafter, an der Hüfte den Degen, Sporen an den Stiefeln, und begleitet wurde er von einer bewaffneten, zwanzig Mann starken Eskorte zu Pferde. Heute aber hatte er nur einen einzigen Begleiter bei sich, einen Mann wie er selber, ein weiter nicht bemerkenswerter, dem Mittelstand zuzurechnender Inder, glattrasiert, nüchtern gekleidet, gut beritten, wie es einem Manne zukommt, der weite Reisen unternimmt, bewaffnet zum Schutz vor Strauchdieben und Straßenräubern mit einem rostigen Karabiner, der eigentlich dem Militär vorbehalten war, den man aber praktisch in jedem Basar des Landes erstehen konnte – wenn man das Geld dafür besaß.

Ash hatte dieser Waffe mit viel Sorgfalt ein vernachlässigtes Aussehen gegeben, was allerdings ihre Funktionsfähigkeit nicht im mindesten beeinträchtigte, und auch Dagobaz mußte sich damit abfinden, weniger schmuck auszusehen als gewohnt; Bukta hatte darauf bestanden, sein Fell stellenweise zu bleichen, an anderen Stellen rötlich zu färben, denn es sei nicht auszuschließen, daß jemand wenn schon nicht den Reiter, so doch das Pferd erkenne, und es sei wichtig, daß beide notfalls unauffällig verschwinden könnten.

Überdies glänzte Dagobaz' seidiges Fell nicht wie sonst, sondern war von Staub verkrustet, und den teuren englischen Sattel ersetzte ein schäbiger, wenngleich robuster einheimischer Sattel, wie Sarjis Knechte ihn benutzten; Dagobaz sah also im großen und ganzen jetzt ebensowenig auffallend aus wie sein Reiter. Zwar würde der Pferdekenner seine trefflichen Qualitäten auch unter dieser Maskierung erkennen, doch andere würden ihn nicht einmal ansehen, und Sarji hatte recht, als er behauptete, um diese Tageszeit würde man nicht weiter auffallen. Die Sonne war im Untergehen, Feldarbeiter strömten in die Stadt zurück, die Luft war dick vom Staub und dem blauen Qualm der Holzfeuer, es stank nach Rindern und Ziegen, und aus den Kochtöpfen auf unzähligen Küchenfeuern roch es stark und aromatisch.

Schon wurde die uralte Bronzelampe im Bogen des Elefantentores entzündet, und einige Torwachen saßen, die Musketen neben sich, auf den Stufen der Wachstube, ganz in ein Kartenspiel vertieft, ohne auf die lärmenden und drängenden Menschen und Tiere zu achten. Ein weiterer Posten beschimpfte einen Ochsentreiber, der mit einem Rad seines Wagens am Torpfosten festsaß, und niemand achtete der beiden müden Reiter, die sich in den Strom der Heimkehrenden gemischt hatten.

Sie fielen nicht auf, niemand zeigte das geringste Interesse an ihnen, anders als in den kleinen Orten, wo jeder jeden kennt. Bhithor hingegen hatte fast dreißigtausend Bewohner, davon wenigstens ein Zehntel in irgendeiner Form im Dienste des Hofes, und weil diese im Palastbezirk wohnten, waren sie vielen Einwohnern ganz unbekannt, zumal jenen, welche in den ärmeren Stadtvierteln hausten.

Ash kannte praktisch jede Krümmung der Straße zwischen dem Tor und dem Palast, denn er war hier nur allzu oft entlanggeritten, doch von der übrigen Stadt kannte er so gut wie nichts und mußte sich auf das verlassen, was er von Manilal darüber gehört hatte. Weil Bhithor weit von allen großen Reisewegen entfernt lag, gab es weder eine Poststation noch sonst eine öffentliche Herberge, wo Reisende für die Nacht abstiegen; Besucher wurden hier nicht erwartet und waren auch nicht willkommen.

Ash und Sarji waren zwar mit Leichtigkeit in die Stadt gelangt, doch wurde es ihnen hier sehr schwer, ein Quartier zu finden, und erst als es schon dunkelte, gelang es ihnen, bei einem Holzkohlenhändler ein Zimmer über dessen Laden zu mieten und die Erlaubnis zu erhalten, ihre Pferde in einem baufälligen Schuppen unterzustellen, der eine Ecke des Hofes einnahm.

Der Händler war alt und gebrechlich und mißtraute wie alle Bhithori grundsätzlich jedem Fremden. Er war aber auch geldgierig, und obwohl Gehör und Sehkraft nicht die besten waren, vernahm er sehr wohl noch den Klang von Silbermünzen und sah sie auch blinken. Er stellte keine Fragen, sondern nahm die Reisenden nach einigem Feilschen für eine Summe auf, die unter den obwaltenden Umständen nicht übermäßig hoch war; er hatte auch nichts dagegen, die beiden Männer länger bei sich wohnen zu lassen, vorausgesetzt, sie bezahlten täglich ihr Obdach im voraus.

Nachdem er die Miete für den ersten Tag eingesteckt hatte, zeigte er weiter kein Interesse an ihnen, und zum Glück für die Reisenden waren die übrigen Mitglieder seiner Sippe ebensowenig wißbegierig wie er. Es waren dies drei Frauen (eine gedrückte, einsilbige Gattin, eine ebenso schweigsame Schwiegermutter und eine uralte Dienerin), ferner ein Sohn, ein einfältig wirkender Bursche, der im Laden half, überdies dem Anschein nach stumm, denn weder Ash noch Sarji hörten je ein Wort aus seinem Munde.

Alles in allem mußten sie jenem unbekannten Samariter dankbar sein, der, zufällig vorüberkommend, anhörte, wie man den Reisenden anderswo Unterkunft verweigerte, und ihnen den Hinweis gab, es hier zu versuchen. Ein geeigneterer Platz wäre schwer zu finden gewesen. Ihr Vermieter fragte sie weder, woher sie kamen, noch was sie hier zu suchen hatten, und ganz offenbar wollte er es auch gar nicht wissen. Ebenso offensichtlich, aber noch wichtiger: weder er noch die Seinen klatschten mit den Nachbarn.

Sarji, der darauf vorbereitet gewesen war, alle möglichen zudringlichen Fragen abzuwehren, sagte: »Die Götter meinten es gut mit uns, daß sie uns dieses Haus finden ließen. Die Bewohner sind nicht liebenswert, doch scheinen sie mir weniger schlimm als der Diener des Hakim die Bewohner von Bhithor beschreibt. Wenigstens sind sie harmlos.«

»Solange wir zahlen«, bemerkte Ash trocken. »Man darf aber auch nicht glauben, sie wären typisch für den Menschenschlag hier, bloß weil sie taub und blind und völlig teilnahmslos sind, was uns angeht. Das sind sie nämlich nicht, und das darfst du niemals vergessen, wenn du in die Stadt gehst. Sei stets auf der Hut. Wir können uns nicht leisten aufzufallen.«

Die nächsten Tage verbrachten sie ausschließlich damit, in der Stadt herumzuwandern, nur morgens und abends bewegten sie ihre Pferde jeweils eine Stunde. Sie gingen in Basare und Weinschänken und hielten Augen und Ohren offen. Wurden sie ausgefragt, erzählten sie eine Geschichte, die sie sich vorher ausgedacht hatten: Sie gehörten zu einer Reisegesellschaft, deren Ziel der Berg Abu war, hatten ihre Gefährten verloren und sich bei dem Versuch, sie einzuholen, in den Bergen verirrt. Schon den Tod des Verdurstens vor Augen, hatten sie im letzten Moment diesen Ort erreicht, der ihnen erholsam und gastfreundlich schien; hier wollten sie nun einige Tage verweilen, um sich und ihren Pferden die dringend benötigte Erholung zu gönnen.

Die Geschichte schien glaubhaft, denn niemand äußerte offen Zweifel daran. Doch wenn Ash darüber auch Erleichterung empfand, so eben nur in diesem einen Punkt, denn alle, denen er die Geschichte erzählte, machten dazu Bemerkungen im gleichen Sinne: Er werde wohl länger als nur ein paar Tage bleiben müssen, denn erst kürzlich sei eine Anordnung ergangen, die jedermann bis auf weiteres verbot, das Stadtgebiet zu verlassen, ausgefertigt vom Diwan, dem Ersten Minister, im Namen des Herrschers, der »vorübergehend indisponiert« sei. »Es kann also lange dauern, bis du zum Berge Abu aufbrechen darfst, einen Monat vielleicht oder auch länger...«

»Und warum das?« fragte Ash besorgt. »Gibt es dafür Gründe?«

Und darauf wurde unweigerlich entweder mit einem Achselzucken geantwortet oder mit der klassischen Antwort jener, die alle Anweisungen der Herrschenden ungefragt hinnehmen wie einen unverständlichen Schicksalsschlag: »Wer weiß?« Ein Mann allerdings, der zuhörte, als Ash diese Auskunft von einem Obsthändler erhielt, bei dem er einige Früchte kaufte, äußerte sich ausführlicher.

Die Gründe lägen auf der Hand für jeden, der sehen und hören könne, sagte dieser Mann. Der Erste Minister wisse (wie übrigens jedermann in Bhithor), daß der Rana im Sterben liege, und man wolle verhindern, daß neugierige Landfremde davon erführen, die nichts weiter im Sinne hätten, als sich einzumischen und Unruhe zu stiften. Der Minister habe darum mit gutem Grund »die Tore zum Lande« verschließen lassen; Spione im Dienste der indischen Regierung oder sonstige schwatzhafte Nichtsnutze sollten den weißen Sahibs keine Lügengeschichten auftischen. »Denn was wir tun oder nicht tun, geht niemand an außer uns, und wir in Bhithor lassen uns von Landfremden nicht dreinreden.«

Das also war es: Der Diwan sorgte dafür, daß nur solche Nachrichten aus dem Lande gelangten, die ihm und dem Staatsrat genehm waren, und auch das nur durch Personen seiner Wahl. Ash fragte sich, ob man Manilal ins Land lassen werde, und falls nicht, wie er mit Gobind in Verbindung treten könnte. Dies alles aber waren Kleinigkeiten, bedachte er, daß nirgends auch nur eine Spur von Militär oder Polizei der Regierung zu sehen war, ja, daß nichts darauf hindeutete, die Regierung interessiere sich überhaupt für die Angelegenheiten von Bhithor.

Ash wurde durch frühere eigene Erfahrungen dazu verleitet, gelegentlich abfällig über die Haltung der Politischen Beamten zu sprechen, die für die unabhängigen Fürstentümer von Radschputana zuständig waren; ihre Devise lautete: »Nichts Böses sehen – nichts Böses hören«. Sie faßten die Herrscher mit Samthandschuhen an. Immerhin wußte er, daß die Mehrzahl dieser Beamten unschätzbare Arbeit leisteten und keinesfalls dem Bilde glichen, das er von ihnen gesprächsweise zu entwerfen liebte; daher auch hatte er nicht glauben können, daß die zuständigen Amtspersonen in einem Falle wie diesem nicht mit aller gebotenen Schnelligkeit und Härte handeln würden, sobald sie erfuhren, was bevorstand. Weil nun er wie auch Mr. Pettigrew alles getan hatten, um diese Herren zu informieren, erwartete er bei seiner Ankunft ein starkes Polizei- oder Militäraufgebot in der Stadt anzutreffen, mindestens aber, daß Major Spiller, der Politische Beauftragte für Bhithor, sich in einem der Gästehäuser des Perlenpalastes einquartiert hätte.

Was er nicht erwartet hatte, war, daß bisher kein einziger Bevollmächtigter der Regierung in Bhithor eingetroffen war und auch keiner zu kommen gedachte, wenn man dem Augenschein trauen durfte. Da die »Tore des Landes« verschlossen und er und Sarji ebenso wie Gobind von der Außenwelt abgeschnitten waren, würde es schwer, wenn nicht unmöglich sein, die britischen Behörden von den Vorgängen hier zu unterrichten – es sei denn, man benutzte Buktas Pfad. Das wäre mühsam und noch dazu ein weiter Umweg nach Ajmer, und vermutlich würden die Informationen zu spät eintreffen, um von Nutzen zu sein. Denn schon war die heiße Jahreszeit angebrochen, und sollte der Rana sterben, würde er innerhalb von Stunden verbrannt werden und Juli und Shushila mit ihm.

Ash, der im Zimmer über dem Laden des Kohlenhändlers ruhelos auf und ab ging wie ein Wolf, stöhnte: »Ich begreife das nicht. *Ein* Telegramm mag verloren gehen, aber alle vier! – Unmöglich. Kaka-ji oder Jhoti müssen etwas unternommen haben, die wissen doch genau, wozu die Menschen hier imstande sind. Und auch Mulraj. Sie müssen im Simla Alarm geschlagen haben, wahrscheinlich haben sie sich sogar direkt an den Vizekönig gewendet und an den Generalbeauftragten für Radschputana. Und keiner rührt auch nur einen Finger. Ich begreife das nicht, ich begreife das einfach nicht.«

»Ruhig, mein Freund«, beschwichtigte Sarji. »Womöglich gibt es schon verkleidete Agenten in der Stadt.«

»Und was können die tun? Was können zwei oder drei oder auch ein Dutzend Spione gegen die Bewohner einer ganzen Stadt ausrichten? Es müßte ein hoher Beamter aus der Politischen Abteilung anwesend sein oder Polizei, besser noch Militär! Sikhs, wenn möglich. Doch nichts deutet darauf hin, daß die Regierung von Indien sich zu rühren gedenkt, und seit die Grenze geschlossen ist, könnten auch Spione – falls überhaupt welche in der Stadt sind – keine Nachrichten mehr übermitteln. Und wir, du und ich, wir können ebenfalls nichts tun. Nichts!«

»Außer beten, daß dein Freund der Hakim den Rana solange am Leben hält, bis die Herren im Simla oder Ajmer sich endlich auf ihre Pflicht besinnen und selber nachforschen, was hier vorgeht.« Sarji war ebenso ratlos. Er ließ Ash allein und sah nach den Pferden. Anschließend schlenderte er durch Gassen und Basare in der Hoffnung, das bekannte, einfältige, feiste Gesicht irgendwo in der Menge zu erblicken. Doch von Manilal war immer noch nichts zu sehen, und Sarji kehrte niedergedrückt in das gemeinsame Quartier zurück, überzeugt, dem Diener des Arztes sei etwas zugestoßen oder man habe ihn die Grenze nicht passieren lassen. In diesem Falle würde der Sahib – Ashok – zweifellos das Haus des Hakim aufsuchen, die Aufmerksamkeit der Feinde des Arztes auf sich ziehen – und deren gab es gewiß die Fülle: Kollegen, die sich übergangen fühlten; Hofschranzen, Priester und Berater, die ihm nicht gönnten, daß der Rana einem hergelaufenen Menschen aus dem Norden seine Gunst bezeugte.

Sarji war jetzt seit fünf Tagen in der Stadt, doch hatten zwei Tage hingereicht, ihm klarzumachen, daß die Schilderung, die Ash von Land, Leuten und Herrscher gegeben hatte, nicht übertrieben war; jetzt kam ihm erstmals der Gedanke, die Maskerade, auf die er sich so leichtfertig eingelassen hatte, könne übler ausgehen als gedacht und daß, wenn es dem listigen, feisten Manilal nicht gelungen war, ins Land zu kommen, seine eigenen Aussichten, es je lebend zu verlassen, gleich Null waren.

Während er schlaflos in der stickigen Kammer lag, Ash atmen und im Unterstock den Sohn des Hauses schnarchen hörte, schauderte es ihn, und er sehnte sich mit aller Kraft zurück in das angenehm kühle, ungefährdete Landhaus inmitten üppiger Felder und Bananenhaine unweit Janapat. Das Leben war schön, und er wünschte keineswegs zu sterben, schon gar nicht von diesen barbarischen Bhithori ermordet zu werden. Er hörte ein Pferd schnauben und stampfen, hörte es dumpf poltern, als ob entweder Dagobaz oder sein eigener Moti Raj wütend nach einer Ratte oder anderem Kleingetier trat, und dieses Geräusch erinnerte ihn daran, daß ein Fluchtweg immerhin noch offen war: Buktas Pfad. Der war weder verschlossen noch bewacht, und falls der feiste Manilal sich auch morgen nicht blicken ließ, wollte er, Sarji, eine Entscheidung herbeiführen.

Ash mußte einsehen, daß es unter diesen Umständen sinnlos war zu bleiben, bis man endlich doch den Argwohn der Einheimischen erregte; daß es das beste sei zu gehen, wie man gekommen war, und sich sodann über Deesa und Sirohi nach Ajmer auf den Weg zu machen. Das würde Zeit erfordern, zweifellos, denn es bedeutete einen beträchtlichen Umweg, doch Ashok würde dort mit hohen Beamten der Politischen Abteilung sprechen, die Polizei informieren und ihnen (falls sie es nicht schon wußten) darlegen können, daß Bhithor sich von der Welt abgeschlossen hatte und das ganze Land praktisch eine Festung war.

Sarji mißtraute dem Telegrafen und allen neumodischen Verständigungsmitteln, und ihn überraschte es gar nicht, daß sein Freund auf diesem Wege keine Antwort erhalten hatte. Seiner Meinung nach war es besser, vertrauenswürdige Boten mit Briefen abzusenden, und das beste war ein Gespräch von Mann zu Mann, denn dann kamen keine Irrtümer auf.

Es war aber unnötig, sich nach Ajmer zu bemühen, denn Manilal war bereits in Bhithor. Er kam an jenem Abend gerade rechtzeitig vor Schließung der Tore, und als er am folgenden Morgen im Basar Einkäufe machte, geriet er ganz zufällig mit zwei Besuchern der Stadt ins Gespräch, einem großen, hageren Mann aus Baroda und einem zierlichen Gujerati, die mit einem Obsthändler darüber diskutierten, ob Mangos oder Papayas den Vorzug verdienten.

40

Gobind freute sich nicht, den Sahib zu sehen.

Der Arzt aus Karidkote hatte trotz allem die Hoffnung nicht aufgegeben, Manilal werde bei seiner Rückkehr berichten können, Hilfe sei auf dem Wege, und hatte die ganze vergangene Woche täglich damit gerechnet, den Politischen Beamten oder einen hohen Polizeioffizier, begleitet von einer starken bewaffneten Truppe, durchs Elefantentor reiten zu sehen. Nun hörte er von seinem Diener, daß Pelham-Sahib, der auf alle seine dringenden Telegramme ohne Antwort geblieben sei, gegen jede Vernunft darauf bestanden habe, selber nach Bhithor zu kommen und derzeit vermutlich irgendwo in der Stadt war, verkleidet und begleitet von einem Freund aus Gujerat, der sich als sein Diener ausgab.

Diese Eröffnung beunruhigte Gobind mindestens so sehr wie die Untätigkeit der Behörden, und er, der so gut wie nie die Beherrschung verlor, bekam einen Wutanfall, der allerdings entschuldbar war, denn er lebte in einem Zustand unablässiger Nervenanspannung, die durch die Anwesenheit von Ash nicht gemildert wurde. Gobind begriff nicht, was der Sahib sich davon versprechen konnte, ausgerechnet jetzt nach Bhithor zu kommen, es sei denn in amtlicher Eigenschaft und mit den erforderlichen Vollmachten. So aber war seine Anwesenheit ein geradezu selbstmörderischer Wahnwitz, denn einmal erkannt, würde er sogleich ermordet werden. Ganz abgesehen davon, daß er ohnehin nichts ausrichten konnte. Und seine Leute würden nie erfahren, was aus ihm geworden war, denn Manilal berichtete, Ash habe niemandem das Ziel seiner Reise offenbart.

Gobind also hielt das alles für Wahnsinn und fürchtete die Verschlimmerung einer Lage, die ohnehin gefährlicher war, als er sich eingestehen mochte. Er verstand den Sahib nicht. Bislang hatte er in Pelham-Sahib einen verständigen Mann gesehen und erwartet, dieser werde sogleich selber in Ajmer nachforschen, weshalb man seine telegrafischen Warnungen unbeachtet gelassen hatte, und für Abhilfe sorgen. Statt dessen verkleidete er sich als Hindu und kam nach Bhithor, als wäre es einem einzelnen Mann möglich, Tausende von ihrer vorgefaßten Absicht abzubringen.

Zu Manilal sagte er nun: »Pelham-Sahib muß sofort aus der Stadt. Seine Anwesenheit gefährdet uns allesamt, alle, die aus Karidkote hier sind, auch die Ranis, die schon ohne solche Narrenpossen in Lebensgefahr schweben. Sollten er oder sein Freund entdeckt werden, wird niemand uns glauben, daß wir ihn nicht herbestellt haben, und man wird dafür sorgen, daß keiner von uns lebendig aus Bhithor herauskommt. Er kann hier nichts als Schaden anrichten. Das hättest du ihm sagen und ihn an seiner Tollheit hindern müssen.«

»Ich habe getan, was ich konnte, aber er sagte, er hat sein Herz daran gesetzt und ließ sich das nicht ausreden.«

»Dann werde ich es ihm ausreden«, sagte Gobind grimmig. »Bring ihn morgen her, aber überleg dir genau, wie du es anstellen willst. Du weißt, wir gehen hier auf Eiern und dürfen keinen Verdacht erregen.«

Manilal überlegte sorgfältig. Eine Stunde bevor er sich am nächsten Morgen wie verabredet mit Ash und Sarji traf, hatte der halbe Basar bereits von ihm vernommen, der Reisende aus Baroda habe in der Heiligen Stadt Benares die dort geübte Heilkunst erlernt. Daß einem solchen Heilkünstler daran gelegen war, einen Kollegen kennenzulernen, der eine andere Richtung der Heilkunst praktizierte, wunderte niemanden, denn es war ja bekannt, daß Vertreter verschiedener Schulen nichts so schätzen wie einen gelehrten Disput. Manilal achtete darauf, daß allen, von denen er wußte, daß sie seinen Herrn verdächtigten, diese Neuigkeit zu Ohren kam, und verabredete den Besuch jenes fremden Gelehrten beim Hakim in aller Öffentlichkeit und für die Mittagszeit.

Leider wurde Gobind kurz vor der für den Besuch festgesetzten Stunde in den Palast beordert. Er kam erst am Nachmittag zurück, erschöpft und niedergeschlagen, nicht in der Stimmung, einen Gast zu empfangen, schon gar nicht einen, in den er so große Hoffnung gesetzt hatte, die er nun enttäuscht sah.

Er grüßte Ash kalt und nahm kommentarlos dessen Erklärung für seine Anwesenheit in Bhithor zur Kenntnis. Als Ash geendet hatte, sagte er nur tonlos: »Ich hatte gehofft, du schicktest Hilfe, und als keine kam, dachte ich, ein Falke habe meine letzte Taube geschlagen und mein Diener sei an der Grenze festgehalten worden, habe dich verfehlt oder einen Unfall gehabt. Nie im Leben hätte ich gedacht, daß auf dein Hilfsersuchen nach Ajmer und Karidkote keinerlei Antwort erfolgen würde. Das übersteigt mein Begriffsvermögen.«

»Meines ebenfalls«, gestand Ash bitter.

Sarji, der Ash bei seinem Besuch begleitete, sagte: »Meine Meinung ist, der Schreiber bei der Post hat die Telegramme verschwinden lassen und das Geld behalten. Es wäre nicht das erste Mal, daß sowas passiert...«

»Ach, es ist doch jetzt ganz einerlei, was mit den Telegrammen passiert ist«, unterbrach Ash ungeduldig. »Jetzt heißt die Frage: was tun?«

»Sofort nach Ajmer«, sagte Sarji prompt, so wie er es in der Nacht beschlossen und Ash auch schon mehrmals vorgeschlagen hatte. »Dort verlangen wir den General-Sahib persönlich zu sprechen und auch die Sahibs von der Polizei, und sagen ihnen –«

Diesmal wurde er von Gobind unterbrochen: »Dafür ist es zu spät.«

»Weil die Grenzen geschlossen sind? Wir kennen einen Weg hinaus aus Bhithor, auf dem wir auch hereingekommen sind. Der ist noch offen, denn niemand kennt ihn.«

»Das sagte mir schon mein Diener. Doch wenn ihr auch auf dem kürzesten Weg nach Ajmer reiten könntet, es wäre zu spät, denn der Rana wird noch diese Nacht sterben.«

Er hörte in der nun eintretenden Stille deutlich, wie Ash scharf Luft holte, und als er ihn anblickte, gewahrte er, daß er totenbleich geworden war. Er wollte es nicht glauben, mußte sich aber eingestehen, daß der Sahib offenbar zu Tode erschrocken war und Angst hatte. Und gleich darauf wurde ihm auch der Grund dafür so klar, als habe jemand ihn laut und deutlich angesprochen...

Darum also war der Sahib in Bhithor. Nicht Tollkühnheit oder Torheit waren das Motiv, nicht die selbstherrliche Überzeugung, kein »Farbiger« werde wagen, Hand an einen Angehörigen der höherwertigen Rasse zu legen, und es genüge bereits die Anwesenheit eines einzigen Engländers, die Einheimischen samt ihrer Regierung in Schrecken zu setzen – nein, der Sahib war hier, weil er nicht anders konnte. Er mußte kommen, und Manilal hatte ganz recht, als er sagte: »Er hat sein Herz daran gesetzt.«

Dies war eine Komplikation, von der Gobind sich nichts hatte träumen lassen, und als ihm der Zusammenhang klar wurde, erschreckte ihn das ebenso, wie es Kaka-ji und Mahdu erschreckt hatte, und aus den gleichen Gründen. »Ein Mann ohne Kaste... ein Landfremder... ein Christ...«, ging es Gobind durch den Kopf, und als orthodoxer Hindu war er entsetzt darüber. Das also waren die Folgen, wenn die strengen Bräuche gelockert wurden, wenn man zuließ, daß junge Mädchen unbeaufsichtigt mit fremden Männern Umgang hatten, einerlei, ob mit einem Sahib oder sonstwem. Konnte man etwas anderes erwarten, wenn der junge Mann gut aussah und sympathisch war und das Mädchen schön? Niemals hätte dies geduldet werden dürfen, und in Gedanken erhob er schwere Vorwürfe gegen den Rao-Sahib, gegen Mulraj und auch den jungen Jhoti, deren Pflicht es gewesen wäre, sich um die jungen Prinzessinnen zu kümmern. Allen voran Unpora-Bai!

Er wußte aber auch, daß solche Erwägungen jetzt nutzlos waren. Was geschehen war, war geschehen; auch mußte dies alles nicht bedeuten, daß die Gefühle des Sahib erwidert wurden, denn die, an welche er sein Herz verloren hatte, wußte davon vermutlich nichts. Oder jedenfalls hoffte Gobind das. Seine eigenen Ängste wurden durch den unverhofften Einblick in die Motive des Sahib auch keineswegs gemildert, denn ein Verliebter ist bekanntlich jeder Torheit fähig.

Immer noch herrschte Schweigen, und nicht einmal Sarji schien Lust zu haben, es zu brechen. Gobind beobachtete, wie das Blut langsam in Ashs Gesicht zurückkehrte, und wußte schon, was dieser sagen würde, noch bevor er es aussprach:

»Ich werde selber zum Diwan gehen. Darin liegt unsere einzige Chance.«

»Und ich sage dir«, entgegnete Gobind knapp, »daß dies nichts nützen wird. Denkst du anders, dann nur, weil du ihn nicht kennst und weil du keine Vorstellung davon hast, wie seine Berater und überhaupt die Einheimischen hier empfinden und in welcher Gemütsverfassung sie sind.«

»Mag sein, doch kann ich ihm immerhin damit drohen, daß er und seine Kollegen im Rat dafür zur Rechenschaft gezogen werden, sollten die Ranis verbrannt werden. Daß die Regierung ihn durch Truppen aus Ajmer verhaften lassen und das Fürstentum Bhithor einziehen wird.«

»Er wird dir nicht glauben«, widersprach Gobind gelassen, »und mit gutem Grund. Denn selbst in einem so kleinen und abgelegenen Staat wie diesem hat man von den Unruhen im Norden gehört und weiß, daß Truppen für einen Krieg zusammengezogen werden. Auch du mußt das wissen, denn dein Regiment wird zweifellos dabei sein, und daher mußt auch du dir darüber klar sein, daß die Regierung in einer Angelegenheit wie dieser nichts tun wird, wenn sich nichts mehr ungeschehen machen läßt. Man wird nicht auch noch in Radschastan Unruhen hervorrufen wollen, wenn man bereits mit Afghanistan alle Hände voll zu tun hat. Und bedenke, Sahib: die Behörden werden tage-, ja vielleicht wochenlang überhaupt nicht erfahren, daß hier Witwen verbrannt wurden, und dann kann man bestenfalls Spiller-Sahib befehlen, dem Rat ernste Vorhaltungen zu machen und ihm vielleicht eine Geldbuße aufzuerlegen. Ein Tadel aber tut niemandem weh, und eine Buße bezahlt man, indem man die Steuern erhöht. Den Diwan selber kostet das keine einzige Rupie.«

Nun wandte sich auch Sarji an Ash: »Bedenke auch, daß er nicht glauben wird, du sprächest im Auftrag der Behörden, denn in diesem Falle wärest du nicht heimlich gekommen, verkleidet, wie ein Dieb.«

»Auch das ist richtig«, bestätigte Gobind. »Und eben weil der Diwan kein Dummkopf ist, wirst du ihm seine Absichten nicht ausreden und die Ranis vor dem Scheiterhaufen bewahren können. Du würdest nur sinn- und zwecklos dein Leben wegwerfen und das unsere dazu, denn du und dein Freund, ihr seid vor aller Augen in dieses Haus gekommen, das stets bewacht wird, und sobald man weiß, wer du bist, werden wir alle getötet, weil man nur so gewiß sein kann, daß niemand von deinem Ende erfährt. Nicht einmal deine Wirtsleute wird man schonen, denn es ist nicht auszuschließen, daß sie dies und das bemerkt haben und in Versuchung sein könnten, es auszuplaudern.«

Gegen Gobinds zuvor ins Feld geführte Argumente hätte sich manches einwenden lassen, doch Ash sah ein, daß das letzte unwiderlegbar war. Also schwieg er ratlos. Hätte bei dem Versuch, Julis Leben zu retten, einzig das seine auf dem Spiel gestanden, er hätte sich keinen Moment besonnen, doch acht weitere Leben durfte er nicht ohne weiteres gefährden.

Er starrte, ohne etwas wahrzunehmen, zum Fenster hinaus; die Mauern des Rung Mahal glühten rosenrot im Lichte der Abendsonne, und Ash entwarf in Gedanken einen Plan nach dem anderen zu Julis Rettung, und einer war immer riskanter und aussichtsloser als der vorhergehende...

Gelänge es ihm, den Palast zu betreten, könnte er die Wachen vor den Frauengemächern niederschießen, er könnte die Tür hinter sich verbarrikadieren, Juli zwischen ihren Frauen heraussuchen, sie an einem Seil die Mauer herunterlassen und ihr folgen, während die Palastwachen die Türen einschlugen, und dann... ach nein, das war völlig undenkbar, er würde zahllose heulende Weiber fesseln müssen, die andernfalls sogleich die Türen öffnen und die Wachen hereinlassen würden. Nein, er würde Helfer brauchen –

Er und Sarji besaßen gemeinsam fünf Waffen, Gobind und Manilal würden gewiß irgendwo jeder eine Muskete auftreiben können. Hatte Gobind mit der Annahme recht, daß der Rana noch diese Nacht starb, könnten vier entschlossene Männer in der dann herrschenden Verwirrung wohl in die Frauengemächer eindringen und zwei Frauen daraus befreien, denn wer immer Gelegenheit fand, würde so nahe als möglich beim Sterbelager des Herrschers sein wollen, und man würde auf die Frauen nicht besonders achten. Die allgemeine Wachsamkeit würde gelockert sein, und es war vielleicht sogar möglich, zusammen mit Gobind den Palast zu betreten, den man gewiß ungehindert passieren ließ –

Jawohl, genau so würde man es machen. Gobind mußte ihn als Heilkundigen einführen, als Kollegen gewissermaßen, dessen Rat hier wertvoll sein konnte. Sarji mochte als sein Gehilfe durchgehen, Manilal, bekannt als Diener Gobinds und beladen mit Arzneiflaschen, würde unbelästigt bleiben, und damit war das Schlimmste schon geschafft, denn einmal im Palast, konnte man vermutlich ohne Gewaltanwendung bis zu den Frauengemächern vordringen, und alles übrige war dann verhältnismäßig einfach. Da der Rana tot war oder im Sterben lag, würde das Geheul in den Frauengemächern für ganz natürlich gehalten werden, es gab gewiß Laken und Saris genug, um die widerspenstigen Damen zu fesseln und zu knebeln und Stricke zusammenzuknüpfen, mit deren Hilfe die Ranis und ihre Retter den trockenen Graben vor der Außenmauer erreichen würden; von dort konnte man dann die Flucht antreten, während die Stadt noch im Schlaf lag. Ein wahnwitziger Plan, aber vielleicht ausführbar und immer noch besser, als Juli einfach ihrem Schicksal zu überlassen. Schlug der Plan allerdings fehl…

Wäre ich doch bloß nach Ajmer geritten! dachte Ash verzweifelt. Man hätte mich schließlich doch angehört. Ich hätte vorhersehen müssen, daß Telegramme verloren gehen oder einfach abgelegt werden von irgendwelchen Schreibern, die nicht begreifen, daß… oh, Juli! Geliebte!… Es darf nicht geschehen, es muß einen Weg geben, ich muß irgend etwas tun können, ich kann doch nicht einfach dabeistehen und zusehen, wie sie stirbt…

Erst daran, daß Sarji sagte: »Sie stirbt?« merkte er, daß er den letzten Satz laut gesprochen hatte. »Glaubst du etwa, nur eine der Gemahlinnen soll verbrannt werden und die andere darf weiterleben?«

Ashs Augen verloren den blinden Ausdruck, rote Flecke erschienen auf seinen Wangenknochen, und er sagte verwirrt: »Nein, ich meine… gewiß müssen beide mit auf den Scheiterhaufen, aber dazu darf es gar nicht erst kommen. Ich habe nachgedacht.«

Er trug seinen Plan vor, und die beiden Männer hörten ihn an, Gobind mit ausdruckslosem Gesicht, Sarji manchmal beifällig nickend, dann wieder mit mißbilligendem Kopfschütteln. Sarji äußerte sich als erster: »Es könnte gehen. Doch aus dem Palast zu fliehen reicht nicht, denn die Stadttore werden bei Eintritt der Dunkelheit geschlossen. Also wären wir auch dann noch in der Falle, wenn die Wachen nicht durch die Frauen alarmiert würden, denn zu Pferde kommen wir nicht unbemerkt aus der Stadt.«

»Wir müssen die Pferde außerhalb der Mauern lassen, und aus der Stadt kommen wir in der gleichen Weise wie aus dem Palast – mit Seilen über die Mauer. Geht alles gut, sind wir vor Sonnenaufgang bei Bukta. Ich weiß, es ist gefährlich und alles andere als einfach, doch sehe ich immerhin eine gewisse Erfolgschance.«

»Aber keine, auf die wir uns einlassen können«, lehnte Gobind rundheraus ab.

»Aber –«

»Nein, Sahib. Laß jetzt mich reden. Ich hätte schon früher sagen sollen, daß ich den Palast nicht mehr betreten darf. Ich war heute Nachmittag zum letzten Male da.«

Gobind berichtete nun folgendes: Als sich herausstellte, daß auch die jetzige Rani wieder eine Tochter geboren hatte, drängten die Berater des Rana darauf, daß dieser einen Erben adoptiere, doch ohne Erfolg. Der Herrscher wollte nicht glauben, daß er todkrank war, er würde genesen und Söhne zeugen, man werde schon sehen. Und da er außer zwei kränklichen Töchtern (die ihm keine Enkel geboren hatten und deren Gatten er verabscheute) keine nahen Verwandten hatte, wäre die Adoption eines Kindes aus einem anderen Geschlecht dem Ausschluß seiner eigenen Linie von der Erbfolge gleichgekommen. Also blieb er hartnäckig bei seiner Weigerung. Was immer man ihm auch vorhielt, nichts konnte seine Entschlossenheit erschüttern.

Bis zum heutigen Morgen. In den frühen Stunden dieses Tages war ihm klar geworden, daß es wirklich ans Sterben ging und entsetzt bei der Vorstellung, in jene Pât genannte Hölle einzugehen, die auf alle wartet, die keine Söhne haben, welche den Scheiterhaufen des verstorbenen Vaters anzünden, verlangte er plötzlich, nun doch einen Erben zu adoptieren – wenn auch keinen aus der Familie des Diwan oder anderer Günstlinge, wie man befürchten mußte.

Er wählte statt dessen den jüngsten Enkel einer entfernten Verwandten mütterlicherseits – eben jener Dame halbköniglichen Geblütes, welche die Bräute aus Karidkote bei der Ankunft in Bhithor begrüßte. Man brachte den Knaben in Eile herbei, vollzog ebenso eilig die notwendigen Zeremonien, und im großen und ganzen war jedermann zufrieden mit der Wahl des Rana, denn auch wer sich Hoffnungen gemacht hatte, einen eigenen Sprößling auf dem Thron zu sehen, fand sich erleichtert damit ab, daß der Thronerbe jedenfalls ein unbedeutender Sechsjähriger war und nicht das Kind eines Rivalen. Der Rana also handelte auch hierin noch sehr klug, doch damit war er auch am Ende, denn alles, was mit der Adoption zusammenhing, kostete ihn die letzte Kraft, und als die Zeremonien vorüber waren, verlor er das Bewußtsein.

Gobind fuhr fort: »Er erkennt mich nicht mehr, erkennt niemanden mehr. Seine Leibärzte und Priester, die mich seit je hassen, nahmen denn auch die Gelegenheit wahr, mich aus dem Krankenzimmer zu weisen, und haben den Diwan, der für Karidkote nichts übrig hat, dazu gebracht, mir den Zutritt zum Palast zu verbieten. Dieses Verbot wird streng beachtet, ich kann euch also keinen Zutritt verschaffen. Und wenn du glaubst, dir mit Gewalt Zugang erzwingen zu können, dann bist du verrückt. Fürsten dürfen nicht friedlich und allein sterben, es werden heute Nacht mehr Menschen auf den Beinen sein als sonst, weil alle wissen, der Rana stirbt. Innenhöfe und Korridore werden von Neugierigen wimmeln, die hören wollen, daß er den letzten Atemzug getan hat; und weil der Palast von Kostbarkeiten strotzt, hat der Diwan die Wachen verdoppeln lassen – er fürchtet angeblich, Gegenstände aus Gold, Elfenbein und Jade könnten verschwinden, bevor er selbst Gelegenheit hat, sie beiseite zu schaffen. Das mag bloß Verleumdung sein, doch ich kann dir versichern: es ist aussichtslos, mit Gewalt in den Palast eindringen zu wollen.«

Ash schwieg, doch seine Miene sagte alles, und Gobind setzte leise hinzu: »Sahib, ich hänge nicht so sehr am Leben, daß ich es nicht aufs Spiel setzen würde, könnte ich nur die geringste Hoffnung hegen, dein Plan sei ausführbar. Ich weiß aber, er ist es nicht. Im Falle des Mißerfolges werden eben jene, die du retten willst, verdächtigt, heimlich mit dir im Einverständnis zu sein, und das wird für sie Schlimmeres als den Feuertod zur Folge haben. Wartest du aber ab, so bleibt uns die Hoffnung, daß die Regierung in allerletzter Stunde doch noch eingreift und die Verbrennung verhindert. Ja doch, Sahib, ich weiß, dies ist nicht wahrscheinlich, aber wissen wir denn genau, daß nicht doch etwas geplant ist? Wir wissen es nicht. Und wenn wir nutzlos unser Leben drangeben, im Kampfe andere Menschen töten und die Ranis noch mehr gefährden, könnte es sehr wohl sein, daß wir – wie man sagt – ›Delhi verlieren, um einen Fisch zu fangen‹.«

»Recht hat er«, bestätigte Sarji entschieden. »Wenn er den Palast nicht mehr betreten darf, kommen wir niemals hinein, und es mit Gewalt zu versuchen, wäre Wahnwitz. Ich mag ein Tor sein, aber verrückt bin ich noch nicht – und du, wie ich hoffe, auch nicht.«

Ash quälte sich ein Lächeln ab und sagte: »Noch nicht, aber... ich bringe es nicht fertig zu glauben, daß wir nichts unternehmen können, daß ich mich damit abfinden muß dabeizustehen, wenn –«

Er verstummte erschauernd, und Gobind, der ihn mit kundigen Blicken beobachtete, fürchtete, der Wahnsinn könnte tatsächlich nicht ferne sein. Der Sahib hatte in den letzten Tagen augenscheinlich viel durchgemacht, und seine Nerven waren aufs äußerste strapaziert – seine Ängste und Befürchtungen peinigten ihn, und während er eine Hoffnung nach der anderen schwinden sah, weigerte er sich doch entschlossen, aufzugeben. Das war ein schier unerträglicher Gemütszustand, und in dieser Verfassung war er für sie alle eine Gefahr. Als nächstes würde er gewiß vorschlagen, die Ranis auf dem Wege zum Scheiterhaufen zu entführen, unter Ausnutzung des Überraschungsmomentes die Menge niederzureiten und in dem Chaos, das eine ratlos durcheinanderwimmelnde, wütende Volksmenge erzeugt, zu entkommen.

Tatsächlich hatte Gobind selber schon so etwas erwogen, war aber davon abgekommen, weil er einsehen mußte, daß eben jene wimmelnden Massen das Vorhaben unausführbar machten, denn die erwartungsvolle Menge würde sich in eine vor Rachsucht rasende Meute verwandeln und die gottlosen Eindringlinge in Stücke reißen, sähe sie sich um ihr Vergnügen gebracht. Entkommen würde man ihr nicht. Das stand für Gobind fest, und er hoffte, der Sahib wisse das auch, und er müsse ihm nicht erst einen solchen Plan ausreden. Das brauchte er nicht, wenngleich er mit der Vermutung recht hatte, Ash habe etwas Derartiges erwogen.

Ash hatte dies wirklich getan, war aber zur gleichen Einsicht gelangt wie Gobind. Er wußte sehr wohl, daß eine erregte Menge gefährlicher sein kann als ein gereizter Leopard oder ein angreifender Elefant und daß einem Pöbelhaufen immer neue Köpfe wachsen wie einer Hydra. Sollte Juli überhaupt zu retten sein, dann nicht auf diese Art.

Er erhob sich steif, so als mache ihm jede Bewegung Mühe, und sagte tonlos und sehr förmlich: »Es scheint, daß weiter nichts dazu zu sagen ist. Sollte dir oder Manilal etwas einfallen, wäre ich dankbar, wenn ihr mich unterrichten würdet, und ich will ein Gleiches tun. Noch haben wir mehrere Stunden des Tages und eine ganze Nacht Zeit, etwas auszudenken, und sollte sich der Rana fester an das Leben klammern, als du vermutest, hätten wir noch einen weiteren Tag gewonnen... Wer weiß?«

»Einzig die Götter«, bestätigte Gobind nüchtern. »Beten wir zu ihnen darum, daß die Regierung morgen ein Regiment schickt oder wenigstens den Politischen Beamten von Ajmer. Folge meinem Rat, Sahib, und versuche, heute nacht zu schlafen. Ein übermüdeter Mann macht leicht einen Fehler, und es kann sein, daß du alle Kraft des Körpers und des Geistes brauchst. Sei versichert: Höre ich Neuigkeiten oder fällt mir ein Ausweg aus diesem Dickicht ein, schicke ich unverzüglich Manilal zu dir.«

Er verneigte sich ernst und mit erhobenen Händen, die Handflächen aneinandergelegt. Dann führte Manilal die Besucher hinaus und verschloß hinter ihnen die Haustür.

»Wohin?« fragte Sarji mißtrauisch, als er sah, daß Ash links in eine Gasse bog, die nicht in das Stadtviertel führte, wo sie wohnten, sondern in die entgegengesetzte Richtung.

»Zum Sati-Tor. Ich will sehen, welchen Weg sie kommen, welche Straße sie benutzen. Wäre ich nicht davon überzeugt gewesen, die Regierung würde eingreifen, ich hätte mir das längst angesehen.«

Die Gasse wand sich an jener Seite des Palastes entlang, auf welcher die Frauengemächer lagen, und bald standen sie vor einem engen Tor, das in die starke Mauer eingelassen war, ein unauffälliges Tor, kaum breit genug, zwei nebeneinander gehende Personen durchzulassen, geschmückt mit sonderbaren Ornamenten, die sich bei näherer Betrachtung als die Abdrücke unzähliger zarter Hände erwiesen, die Hände von Fürstinnen und Konkubinen, die im

Laufe der Jahrhunderte dieses Tor passiert hatten – auf dem Wege zum Scheiterhaufen und damit zur Heiligung.

Ash hatte das Tor bereits bei seinem ersten Aufenthalt in Bhithor gesehen, so warf er jetzt nur im Vorübergehen einen flüchtigen Blick darauf. Nicht das Tor interessierte ihn, sondern die Route, welcher die Prozession vom Tor zum Scheiterhaufen folgen würde. Der Verbrennungsplatz lag außerhalb der Stadt, und weil die Stadttore bald geschlossen werden würden, war keine Zeit zu verlieren. Er trieb Sarji zur Eile an und merkte sich jede Krümmung, jede einmündende Gasse zwischen dem Sati-Tor in der Palastmauer und dem Mori-Tor, dem nächstgelegenen der Stadttore.

Nach zehn Minuten waren sie im Freien auf einer staubigen Straße, die schnurgerade zu den Bergen führte. Hier gab es weder Häuser noch natürliche Deckung. Der Verkehr auf der Straße war recht lebhaft, meist waren Fußgänger unterwegs, fast alle stadtwärts. Ash sagte plötzlich: »Hier muß jetzt irgendwo ein Weg rechts abbiegen. Ich bin diese Straße oft geritten, habe aber nie den Verbrennungsplatz und die Grabmäler besucht. Damals kam mir nicht der Gedanke...« Er brach ab und erkundigte sich bei einem Hirten nach dem Weg zum Verbrennungsplatz.

»Govidan meinst du? Ihr seid wohl fremd hier, daß ihr nicht wißt, wo der Verbrennungsplatz des Rana ist?« Der Junge starrte sie an. »Dort drüben bei den Grabmälern. Man kann sie durch die Bäume sehen. Der Weg biegt gleich da vorne ab. Seid ihr heilige Männer oder habt ihr Vorbereitungen für die Verbrennung des Rana zu treffen? Ah, das wird ein großes Fest. Aber noch ist er nicht tot, denn dann würden die Gongs dröhnen, und mein Vater sagt, man hört sie bis Ram Bagh...«

Ash gab dem Jungen eine kleine Münze, und gleich darauf gelangten sie an die Stelle, wo der Seitenweg von der Straße fort zum See führte. Dieser Nebenweg war wie die Hauptstraße dick mit Staub bedeckt, doch sah man keine Radspuren und kaum solche von Rindern und Ziegen. Vor kurzem hatte aber ein Reitertrupp den Pfad benutzt, denn die Hufabdrücke, die schon ein leichter Wind zugeweht hätte, waren noch deutlich zu erkennen.

»Offenbar haben sie einen passenden Platz für den Scheiterhaufen gesucht«, sagte Sarji.

Ash nickte wortlos, den Blick auf den dunklen, übergrünten Flecken Erde vor sich gerichtet. Hinter ihm lärmte die Stadt: Ziegen meckerten, Rinder muhten, die schrillen Rufe der Hirten vermischten sich mit dem Gurren von Tauben und dem Schnarren der Rebhühner, und von der Straße her hörte man das Knarren der Räder heimwärts rollender Wagen. Es waren gewohnte Alltagsgeräusche, lieb und vertraut, aber auch ein Vorgeschmack von dem betäubenden Lärm, den die heulende Menschenmenge verursachen würde, wenn sie sich über den Weg zum Verbrennungsplatz wälzte, dem er jetzt zustrebte...

Ritte er hierher, er würde Dagobaz weit entfernt von der zu erwartenden Menschenmenge anbinden müssen: nicht nur würden viele Tausende der Verbrennung zusehen wollen, weitere Tausende würden die Bahre begleiten, eine riesige Menschenmasse würde sich auf den Platz ergießen wie eine Flut, unaufhaltbar und Schrecken erregend... Ash malte sich das aus und kam zu dem Resultat, daß der einzige Vorteil, sich unter die Masse zu mischen, darin lag, daß man unerkannt bleiben würde. Kein Mensch würde ihn beachten, er wäre einer von Unzähligen, ein Zuschauer, unbemerkt und nicht bemerkenswert, vorausgesetzt, er kam zu Fuß. Ein Reiter mußte auffallen, auch war Dagobaz nicht an Menschenmassen gewöhnt, und Ash wußte nicht, wie er darauf reagieren würde.

Sarji, der offenbar ähnliche Überlegungen anstellte, murmelte: »So wäre es nicht möglich. Läge der Platz auf der anderen Seite der Stadt, ginge es vielleicht. Aber von hier kommen wir niemals weg, selbst wenn es uns gelingt, der Menge zu entkommen, denn auf der einen Seite sind die Berge, auf der anderen der See, und dort –«, er deutete mit dem Kinn nach Osten – »gibt es keinen Ausweg, wir müßten also zur Stadt zurückreiten, vor aller Augen.«

»Ja, das war mir klar.«

»Warum sind wir dann hier?« Sarji sprach in merklich angstvollem Ton.

»Weil ich den Platz sehen wollte, bevor ich einen Entschluß fasse. Ich dachte, möglicherweise gibt es hier irgendwas, das sich zu unserem Vorteil nutzen läßt oder mich vielleicht auf einen Einfall bringt. Das mag auch noch kommen. Falls nicht, sind wir nicht schlechter dran als zuvor.«

Die Hufspuren endeten vor einem aus dicht stehenden Bäumen gebildeten Hain, und es war deutlich zu sehen, wo die Reiter abgesessen und zu Fuß weitergegangen waren. Ash und Sarji folgten dem Pfad zwischen Baumstämmen hindurch und fanden sich bald auf einer riesigen Lichtung, in deren Mitte so etwas wie eine verlassene Stadt lag, eine Stadt der Tempel oder Paläste, umgeben von Bäumen.

Man sah überall Bauwerke, die als Grabmäler dienten, riesige, leere Grüfte, erbaut aus dem hiesigen Sandstein, kunstvoll behauen und ornamentiert, manche zwei und drei Stockwerke hoch, mit luftigen, zierlich durchbrochenen Kuppeln, eine über die andere getürmt. Manche überragten die Baumwipfel wie phantastische Kartenhäuser.

Jedes dieser Grabmäler gehörte einem Rana von Bhithor und war zu seinem Gedenken an dem Platz errichtet, wo er verbrannt worden war. Und vor jedem gab es ein Wasserbecken, aus welchem Besucher das für die rituellen Waschungen nötige Wasser schöpfen konnten. Offenbar wurde nicht oft Gebrauch davon gemacht, denn das Wasser in den Becken war grün von Algen, auch waren viele Grabmäler baufällig, wenn nicht gar eingestürzt. In den Ritzen zwischen den Steinen nisteten Tauben, Papageien und Eulen. Affen sprangen über kunstvoll ornamentierte Sockel, turnten in Kuppeln und an steinernen Bögen, und in den Bäumen zankten Vögel um ihren Schlafplatz. Abgesehen von diesen Tieren und einem einzelnen Priester, der, bis an die Hüften im Wasser eines Beckens stehend, seine Gebete sprach, war der Ort leer, und Ash überblickte ihn mit den Augen eines Feldherrn, der eine Schlacht plant.

Eine freie Stelle gegenüber bot sich für einen neuen Scheiterhaufen geradezu an, und zahllose Fußspuren im Staub bewiesen, daß eben dieser Ort im Laufe des Tages auf seine Eignung geprüft worden war, denn man sah, daß dort – und nur dort – eine Menge Menschen hin und her gegangen waren und vermutlich beratend beieinander gestanden hatten. Man durfte also annehmen, daß der Rana an jener Stelle verbrannt und sein Grabmal eben dort errichtet werden würde, und es gab auch ausreichend Platz, sowohl für mehrere tausend Zuschauer als auch für die Hauptpersonen des Dramas. Und wer auf den hohen Sockel einer nahegelegenen Gruft kletterte, hatte vortreffliches Schußfeld.

Sarji zupfte seinen Freund am Ärmel, und, tief beeindruckt von der beklemmenden Atmosphäre, die hier herrschte, flüsterte er: »Schau doch, dort hat man Sonnenblenden aufgehängt – wofür wohl?«

Ash folgte mit dem Blick der deutenden Hand von Sarji und sah, daß auf halber Höhe des nächstgelegenen Grabmals tatsächlich zwischen den Säulen Sonnenblenden aus Bambus befestigt waren, die aus dem hochgelegenen Pavillon fast einen geschlossenen Raum machten.

»Vermutlich für die verschleierten Frauen, die zusehen wollen. Die Gattin des Diwan und seine Töchter vielleicht – vornehme Damen auf alle Fälle. Von dort können sie jedenfalls ausgezeichnet sehen.« Ash wandte sich ab. Ihm wurde übel bei dem Gedanken, daß nicht nur niedriggeborene, unwissende Frauen sich danach drängten, zwei ihrer Schwestern lebendig brennen zu sehen, sondern auch verwöhnte Aristokratinnen – und daß sie obendrein ihre Anwesenheit bei diesem Ereignis als besonderes Verdienst empfanden.

Er wanderte zwischen den Grabmälern umher, die sich in ihren Wasserbekken spiegelten, betrachtete die steinernen Sockel und Kuppeln, die vor der Zeit von Clive und Hastings errichtet worden waren; und als er wieder auf die Lichtung hinaustrat, lag diese bereits im Schatten.

»Gehen wir endlich«, drängte Sarji schaudernd. »Dieser Ort hat eine üble Ausstrahlung, und um alles Gold in den Schatztruhen des Rana möchte ich bei Nacht nicht hier verweilen. Hast du gesehen, was du sehen wolltest?«

»Ja, und mehr als das. Gehen wir.«

Auf dem Rückweg zum Mori-Tor schwieg er, und auch Sarji schien nicht zu einer Unterhaltung aufgelegt. Der Anblick jener stummen, von Bäumen umringten Totenstadt hatte ihn mehr bestürzt, als er sich eingestehen wollte, und wieder einmal wünschte er, sich auf diese Sache nicht eingelassen zu haben. Zwar hatte Ash selber gesagt, es sei ausgeschlossen, in letzter Minute einen Entführungsversuch zu machen, doch argwöhnte Sarji, daß sein Freund einen anderen Vorsatz gefaßt hatte – etwas, was er ganz allein, ohne Rat und Hilfe anderer, auszuführen gedachte. Nun ja, wenn es denn sein mußte... Hindern konnte man ihn wohl kaum daran. Doch enden würde es mit einer Katastrophe, die, wie der Hakim ganz richtig bemerkt hatte, für sie alle den Tod bedeuten mußte. Wie lange Bukta wohl warten würde, bis er einsah, daß sein Herr und der Sahib nie mehr kämen?

In der Stadt waren an diesem Abend viel mehr Menschen auf den Beinen als sonst, denn nun wußte man in allen Ortschaften des Landes, daß der Rana im

Sterben lag und seine Untertanen strömten in die Hauptstadt, um bei den Trauerfeierlichkeiten anwesend zu sein, die Satis zu sehen und Verdienste zu erwerben, indem sie deren Verbrennung und Heiligung beiwohnten. Es war auf den Gassen von nichts anderem die Rede als von den bevorstehenden Zeremonien, die Tempel waren überfüllt, und als es dunkelte, drängten sich unzählige Menschen auf dem Platz vor dem Palast; Städter und Landbewohner gafften erwartungsvoll auf das Haupttor zum Rung Mahal, begierig auf Neuigkeiten. Sogar der Holzkohlenhändler und sein Weib schienen von der allgemeinen Aufregung angesteckt, denn sie empfingen die heimkehrenden Mieter mit ungewohnter Redseligkeit und bombardierten sie mit Fragen. Wo sie gewesen seien und was sie gehört und gesehen hätten? Ob sie wirklich dem fremden Arzt des Rana einen Besuch gemacht hätten und ob von dem Neues zu erfahren gewesen sei.

Ob sie wüßten, daß beim Tode eines Rana von Bhithor die riesigen Gongs aus Bronze über dem Tor zum Rung Mahal geschlagen würden, um aller Welt zu verkünden, daß der Herrscher gestorben sei? Trete der Tod bei Nacht ein, würden auf den Festungen, welche die Stadt bewachten, Signalfeuer entzündet, die die Nachricht im ganzen Land verbreiteten. In der Stadt selber aber würden sogleich die Außentore geöffnet, um der Seele des Herrschers zu gestatten, auszufahren – nach Osten, Westen, Süden oder Norden, ganz wie sie wünsche.

»Auch hat dadurch jedermann, der den Trauerzug sehen will, Gelegenheit, sich rechtzeitig entlang des Weges aufzustellen«, fuhr der Händler fort. Eine weise Maßnahme, so sagte er, denn andernfalls würden diejenigen, die ganz vorne stehen wollten, sich in großer Zahl an den Toren einfinden, es käme unvermeidlich zu einem wüsten Durcheinander, und am Ende würden Ältere und Schwächere, auch Frauen und Kinder, zu Tode getrampelt, wenn alle gleichzeitig vordrängten, sobald die Tore entriegelt würden.

»Ich selber gehe zum Sati-Tor und stelle mich in den Graben vor der Mauer. Dort kann man sehr gut sehen, und ich rate euch, es ebenso zu machen, denn ihr blickt dann von unten nach oben statt umgekehrt über die Köpfe der vor euch Stehenden hinweg, die euch vielleicht die Aussicht verstellen. Es wird ein sehenswerter Anblick sein. Wer hat schon Gelegenheit, eine unverschleierte Rani zu sehen? Und diese soll ja eine wahre Augenweide sein. Die andere allerdings, die man Kairi-Bai nennt, ist unansehnlich – jedenfalls sagt man das.«

»Wie interessant«, bemerkte Ash, als der Mann verstummte, war aber mit seinen Gedanken so deutlich anderswo, daß Sarji ihn scharf ansah und der Kohlenhändler sich beleidigt abwandte und anfing, seinen offenbar schwachsinnigen Sohn zu beschimpfen. Ash wurde durch diesen Lärm wieder in die Gegenwart zurückversetzt und fragte, ob jemand eine Nachricht für ihn gebracht habe. Es war keine gekommen, und nichts deutete darauf hin, daß die Regierung Indiens beabsichtigte, ihre Autorität geltend zu machen und die Beachtung ihrer Gesetze zu erzwingen.

Sie schauten nach ihren Pferden, und als sie dann die steile Stiege zu ihrem

Zimmer erklommen, sagte Sarji tröstend: »Noch ist Zeit. Der Rana ist, soweit wir wissen, noch am Leben, und wer weiß, vielleicht trifft heute abend noch ein Regiment Infanterie ein. Und hat der Alte recht, finden sie sogar die Tore geöffnet, wenn die Gongs geschlagen werden.«

»Ja«, sagte Ash nachdenklich. »Das vereinfacht die Sache erheblich.«

Sarji schaute ihn zaghaft grinsend an, denn er nahm diese Äußerung für reinen Hohn, sah aber, daß Ash ein sehr ernstes und nachdenkliches Gesicht machte. In seinen Augen lag ein befremdlicher, starrer Ausdruck, der nichts Gutes ahnen ließ. Was wird er machen? fragte sich Sarji plötzlich angstvoll. Er kann nicht wirklich glauben, daß heute Nacht ein Regiment Infanterie eintrifft? Was also bedeutet es für ihn, daß die Tore geöffnet sein würden? Inwiefern erleichtert das die Sache? Und welche? Sarji stolperte auf der letzten Stufe, und weil seine Hände zitterten, dauerte es eine Weile, bis er das unförmige Schloß aufbrachte.

Es war erstickend heiß in der Kammer, auch roch es nach Holzkohle und den Dünsten, die von unten aus der Küche im Laufe des Tages nach oben gedrungen waren. Ash öffnete das kleine Fenster, um die Nachtluft hereinzulassen, lehnte sich weit hinaus und sog den vertrauten Geruch der Pferde ein. Der Hof lag im Dunkeln, Dagobaz' schwarzer Umriß war nicht auszumachen, doch das graue Fell von Moti Raj zeichnete sich als heller Fleck ab. Er hörte Dagobaz stampfen und schnauben, aufgestört von Ratten oder Mücken, unruhig, weil ihm der abendliche Ausritt fehlte.

Sarji, der in einer Satteltasche nach Streichhölzern suchte, bemerkte: »Die beiden werden ebenso heilfroh sein, hier wegzukommen, wie wir. Hier herrscht ja eine Hitze wie in einem Backofen. Puh! Und es stinkt nach ranzigem Fett und Kohl und noch Schlimmerem. Pfui.«

Ash wandte sich ins Zimmer. »Nur Mut, Freund. Falls der Hakim-Sahib recht hat, ist dies die letzte Nacht, die du hier verbringen mußt. Morgen um diese Zeit bist du schon vierzig Meilen weit weg, schläfst unter den Sternen, und der alte Bukta bewacht dich.«

»Und du?« Sarji hatte die Zündhölzer gefunden und setzte eine zweite Ölfunzel in Brand, die er nun in die Höhe hielt, um Ashs Gesicht bei ihrem Schein zu erkennen. »Wo wirst du sein?«

»Ich? – Nun, auch ich werde schlafen. Was sonst?« Ash lachte. Er hatte auf diese Art seit Tagen nicht gelacht, und Sarji war ganz verblüfft, denn dieses Lachen klang ganz ungezwungen, war ein entspanntes, heiteres Lachen, eines das zuversichtlich klang.

Sarji bemerkte denn auch: »Wie gut, daß du noch so lachen kannst, allerdings verstehe ich nicht, wieso. Die Götter wissen, wir haben keinen Grund zum Lachen.«

»Wenn du die Wahrheit wissen willst: Ich lache, weil ich endlich aufgegeben habe. Meine Landsleute nennen das: das Handtuch werfen. Ich erkläre mich für geschlagen, und das ist eine wahre Erleichterung, sehe ich doch deutlich, was vor mir liegt. Angeblich ist das Ertrinken ein angenehmer Tod, wenn man erst einmal aufgehört hat, sich dagegen zu wehren, und eben das habe ich getan. Um von etwas anderem zu reden: Ich habe einen Bärenhunger – gibt es hier was zu essen?«

Sarji, der sich von dieser Frage sogleich bereitwillig ablenken ließ, stimmte zu: »Auch ich bin schier verhungert; seit heute früh haben wir so gut wie nichts mehr zu uns genommen.« Angst mache nicht gerade Appetit, noch dazu, wenn man eine schlaflose Nacht hinter sich hat. »Falls die Ratten nicht alles gefunden haben, müßten noch ein paar Brotfladen da sein.«

Die Ratten waren diesmal in ihrer Findigkeit von den Ameisen übertroffen worden. Die geringen Reste wanderten zum Fenster hinaus, und weil Ash nicht in eines der Speisehäuser gehen wollte, da er meinte, die seien heute abend allesamt überfüllt, und er habe keine Lust, stundenlang auf einen Platz zu warten, machte Sarji sich auf den Weg, um bei einem Straßenhändler etwas einzukaufen, und das leichteren Herzens, als er es vor einer Stunde noch für möglich gehalten hätte.

Daß sein Freund endlich zur Einsicht gekommen war, erleichterte ihn ungemein; er hatte es also aufgegeben, einen aussichtslosen Kampf fortzusetzen. Daß Ash – nach Sarjis Meinung – wieder ganz normal reagierte, daß er sogar lachen konnte und Hunger verspürte, mußte als Beweis dafür gelten, daß er nicht mehr von Zweifeln und Unentschlossenheit zerrissen wurde. Man brauchte nicht einmal mehr den Tod des Rana abzuwarten; da man nicht ändern konnte, was danach passierte, brauchte man auch keinen Moment länger als notwendig zu bleiben.

Man würde also bei Tagesanbruch aufbrechen, sobald die Tore geöffnet wurden, und Ash würde keine Ursache mehr haben, sich Vorwürfe zu machen. Er hatte getan, was in seinen Kräften stand, und daß er das Unmögliche nicht möglich machen konnte, war – bei allen Göttern! – nicht seine Schuld. Wenn jemanden eine Schuld traf, dann die Regierung, die gewarnt war und trotzdem nichts unternahm; auch der Diwan und der Staatsrat, die Priester und die Bewohner von Bhithor mochten sich schuldig fühlen, weil sie sich weigerten, mit der Zeit zu gehen, und statt dessen an einem längst veralteten Brauch festhielten. Morgen um diese Zeit würden Ash, er und Bukta – und vielleicht auch der Hakim und sein Diener – in den Bergen und in Sicherheit sein. Beeilten sie sich und reisten bei Nacht (der Mond gab jetzt genügend Licht), konnten sie in zwei Tagen jenseits der Grenze in Gujerat sein.

»Zum Dank für meine heile Rückkehr werde ich in meinem Tempel ein Opfer bringen«, gelobte Sarji, »und zwar den Preis für meine beste Stute in Silber. Und nie wieder soll mich irgendwas dazu bewegen, den Fuß erneut in dieses verfluchte Land zu setzen oder überhaupt Radschastan zu betreten, wenn es sich vermeiden läßt.«

An einem Stand kaufte er warme Speisen, dampfenden Reis, Currygemüse und frische Brotfladen. Bei einem anderen Händler im Basar besorgte er Halwa nach persischer Art mit Honig und Nüssen und frisch kandierte klebrige Kirschen.

Das alles dauerte ziemlich lange, denn ganz wie Ash vermutet hatte, herrschte in den Basaren dichtes Gewühle; zwar hatten die Landleute, die zur Stadt gekommen waren, auf ihre sparsame Art meist Proviant mitgebracht, doch nicht alle, und die Händler mit Speisen und Süßigkeiten waren umlagert. Schließlich aber war alles erledigt, Sarji drängte sich durch das Menschengewimmel, die Hände voller Einkäufe. Er knabberte bereits an den Süßigkeiten und summte ein Lied vor sich hin, das von der bekanntesten Kurtisane von Ahmadabad vertont worden war.

Noch als er die steile Stiege erklomm und die Kammertür aufstieß, summte er vor sich hin, doch brach er beim Anblick von Ash sogleich irritiert ab.

Ash hockte im Schneidersitz vor Dagobaz' Sattel, der ihm als Tisch diente, und schrieb einen Brief – anscheinend war es der letzte von mehreren, denn neben ihm lagen bereits fünf sorgsam gefaltete Blätter auf dem Boden. Er benutzte Tinte und eine Rohrfeder, die er wohl unten in einem Laden entliehen hatte, und als Briefpapier dienten ihm die Seiten aus seinem Notizbuch. Das alles war nur deshalb überraschend, weil er englisch schrieb.

»Was soll denn das?« erkundigte Sarji sich argwöhnisch und schaute ihm über die Schulter. »Solltest du an einen Sahib in Ajmer schreiben, so besorgt niemand den Brief für dich, nicht um diese Stunde und auch nicht in den nächsten Tagen. Du weißt doch – niemand darf das Land verlassen.«

»Stimmt.« Ash fuhr fort zu schreiben. Er beendete den Brief, las ihn noch einmal durch, verbesserte hier und da etwas, unterzeichnete und reichte Sarji die Feder. »Schreib bitte deinen Namen unter meinen. Vor- und Zunamen. Du bestätigst damit, daß ich diesen Brief selber verfaßt und unterschrieben habe.«

Sarji starrte ihn stirnrunzelnd an, hockte sich dann nieder und setzte seinen Namen auf das Papier; seine zierlichen Schriftzüge bildeten einen starken Gegensatz zu der lässigen westlichen Handschrift, in der der Brief abgefaßt war. Er blies auf die Tinte, bis sie trocken war, gab Ash das Papier und fragte: »Was hat das zu bedeuten?«

»Warte noch ein wenig. Erst laß uns essen, reden können wir danach. Warum kommst du so spät? Du warst ja stundenlang weg, und mein Magen ist leer wie ein getrockneter Kürbis.«

Die beiden aßen in vertrautem Schweigen, und als er satt war, streute Ash die Essensreste aufs Fensterbrett, wo Krähen und Spatzen sie bei Tage finden würden. Als Sarji sein Beispiel nachahmen wollte, hinderte er ihn jedoch daran. »Nein, tu das nicht. Kein Grund, brauchbare Nahrung zu verschwenden. Es ist besser, du hebst auf, was sich noch essen läßt. Pack alles ein und verstaue es in den Satteltaschen. Es kann sein, daß du keine Gelegenheit hast, Proviant zu kaufen, bevor du reitest, denn gewiß ist das Gedränge morgen eher noch größer als heute. Und Bukta hat bestimmt keinen Vorrat mehr.«

Sarji erstarrte, die Hand noch nach den Resten der Speisen ausgestreckt; in seinen Augen stand deutlich jene Frage zu lesen, die laut zu stellen er nicht wagte. Ash antwortete aber, als habe Sarji sie ausgesprochen: »Ich begleite dich nicht. Ich habe hier noch etwas zu erledigen.«

»Aber... hast du nicht gesagt –«

»Daß ich aufgegeben habe. Ja. Das ist ganz richtig. Ich habe die Hoffnung aufgegeben, Juli zu retten. Es ist ausgeschlossen, das sehe ich jetzt ein. Ich kann sie aber davor bewahren, bei lebendigem Leibe verbrannt zu werden.«

»Sie?« fragte Sarji scharf wie schon zuvor bei Gobind, als Ash, ohne es zu bemerken, die Einzahl benutzt und nicht mehr von beiden Ranis gesprochen hatte. Diesmal nannte Ash unzweifelhaft ganz bewußt den Namen, denn die Zeit, etwas zu vertuschen, war vorbei. Es war nicht mehr notwendig, zu schweigen.

»Ja«, sagte Ash leise. »Anjuli-Bai, die Zweite Rani.«

»Nein«, hauchte Sarji, doch diese kaum vernehmbare Silbe barst schier vor dem darin enthaltenen Entsetzen. Es war, als habe er das Nein laut herausgeschrien.

Ash mißverstand ihn keinen Moment, und daher war sein Lächeln voller Wehmut und Bitterkeit. »Das ist ein Schock für dich, nicht wahr? Doch in England gibt es eine Redensart, die lautet: Auch eine Katze darf sich den König ansehen. Also kann auch ein kastenloser Engländer sein Herz an eine indische Prinzessin verlieren und seinen Kopf dazu. Und zwar rettungslos. Es tut mir von Herzen leid, Sarji. Hätte ich gewußt, daß es so enden würde, ich hätte dir schon früher alles bekannt. Aber daß es so enden würde, fiel mir im Traum nicht ein, und daher sagte ich dir nur die halbe Wahrheit. Was ich weder dir noch sonstwem jemals offenbart habe, ist, daß ich mein Herz an eine der Bräute verlor, die meinem Schutze unterstellt waren... daß ich sie bis zum Wahnsinn liebe. Sie trifft keine Schuld, sie konnte dafür nichts. Ich war dabei, als sie den Rana heiratete... und habe mein Herz hiergelassen, als ich schließlich wegritt. Das ist länger als zwei Jahre her, und immer noch gehört mein Herz ihr, und daran wird sich nichts ändern. Nun weißt du, was mich hergetrieben hat, und weißt auch, weshalb ich nicht mit dir fort kann.«

Sarji atmete hörbar aus und packte Ash am Arm. »Verzeih mir, mein Freund, ich wollte dich nicht kränken. Und sie auch nicht. Ich weiß sehr wohl, das Herz ist kein bezahlter Diener, dem man aufträgt zu tun, was man wünscht. Es tut, was es will, wir können es nicht daran hindern. Die Götter wissen, ich habe meines ein dutzendmal verloren und wiedergefunden, und dafür bin ich ungeheuer dankbar, denn mein Vater verlor das seine nur ein einziges Mal, nämlich an meine Mutter, und seit ihrem Tode ist er eine leere Hülse. Er würde dich sehr gut verstehen. Doch konnte er den Tod meiner Mutter ebensowenig verhindern wie du den Tod der Ranis.«

»Das weiß ich. Doch verhindern kann ich, daß sie lebend verbrannt wird«, sagte Ash mit zusammengebissenen Zähnen.

»Wie nur?« Sarji umklammerte den Arm des Freundes noch fester und schüttelte ihn. »Du weißt, es ist ausgeschlossen. Versuchst du, in den Palast einzudringen –«

»Das versuche ich nicht. Ich habe vor, früher als die Menge am Verbrennungsplatz einzutreffen und auf den Sockel eines der Grabmäler zu steigen, von dem aus man den Scheiterhaufen gut überblickt. Ich sehe von da mühelos über die Köpfe der Zuschauer hinweg, und falls die Regierung immer noch nicht eingegriffen hat, wenn die Frauen auf dem Verbrennungsplatz eintreffen, dann weiß ich: Das Ende ist nicht abzuwenden. Dann werde ich das einzige tun, was ich noch für sie tun kann: Ich schieße ihr eine Kugel ins Herz. Ich bin ein guter Schütze, und die Entfernung ist nicht groß, es ist ein überraschender, schneller Tod, sehr viel gnädiger als der Feuertod. Sie wird nichts davon bemerken.«

»Du bist wahnsinnig!« flüsterte Sarji, ganz grau im Gesicht vor Entsetzen. »Wahnsinnig.« Er zog die Hand vom Arm des Freundes und hob die Stimme: »Und glaubst du, niemand wird merken, wer den Schuß abgegeben hat? Man wird dich in Stücke reißen!«

»Meine Leiche schon, doch was macht das? In einem Revolver sind sechs Kugeln, und ich brauche nur zwei, die zweite für mich. Was der Pöbel mit meiner Leiche tut, ist mir einerlei. Reißt man mich, wie du sagst, in Stücke, wäre das sogar sehr gut, denn niemand würde mich erkennen, man würde nicht einmal mehr wissen, ob ich ein Mann oder eine Frau bin. Ich hoffe also geradezu, daß dies geschieht. Trotzdem: Es wäre gut, du brächest so früh wie möglich auf, du und der Hakim und Manilal...

Ich habe dem Hakim geschrieben, er soll dich erwarten, wo die Straße über den Bach führt, dort, wo ein Schrein unter zwei Palmen steht. Manilal kennt die Stelle genau. Die beiden sollen zum Mori-Tor hinausreiten, als wollten sie der Verbrennung beiwohnen; außerhalb der Stadt müßten sie imstande sein, sich unbemerkt von der Menge zu entfernen und zum Talgrund zu reiten, wo damals der Hochzeitszug sein Lager hatte. Ich selber werde ihm den Brief bringen, bevor ich aufbreche. Auf dem Platz wird ein großes Gedränge sein, und niemand wird beobachten, wer das Haus des Hakim betritt.«

»Und die anderen Briefe?« fragte Sarji mit einem Blick auf die Papiere am Boden.

»Ich möchte, daß du die in Ahmadabad auf die Post gibst.« Ash sammelte sie auf und reichte einen nach dem anderen seinem Freund. »Dies ist der, den auch du unterschrieben hast: er enthält mein Testament und ist an einen Advokaten in England gerichtet. Dieser, ebenfalls auf englisch geschrieben, geht an einen Hauptmann meines Regimentes in Mardan. Diese beiden sind für einen alten Pathan, der mir wie ein Vater war, und für seinen Sohn, der viele Jahre mein Freund gewesen ist. Dieser hier – nein, den nehme ich zum Hakim, der soll ihn in Karidkote abliefern, er ist bestimmt für den Onkel der beiden Prinzessinnen. Der letzte geht an Gul Baz, meinen Diener. Bitte sorge dafür, daß er ihn erhält und daß meine anderen Diener sicher in ihre Heimat kommen.«

Sarji nickte wortlos, er überlas sorgsam alle Briefe, steckte sie unter sein Hemd auf die bloße Haut und unterließ jede Widerrede.

Ash fuhrt fort: »Du kannst mir noch einen großen Gefallen tun – um den ich dich ungern bitte, denn er bedeutet, daß du deinen Aufbruch noch etwas hinausschiebst, und das kann gefährlich sein. Ich weiß aber nicht, wie ich es anders machen soll. Gerate ich zwischen die Masse, die zum Verbrennungsort strömt, riskiere ich, im Gedränge so eingeklemmt zu werden, daß ich den von mir ausgesuchten Platz nicht erreiche. Ich muß vor allen andern dort sein, kann also nicht zu Fuß gehen. Stimmt es nun, daß die Tore bei Ertönen des Gongs geöffnet werden, brauche ich nur auf Dagobaz zum nächstgelegenen Tor zu reiten, und von dort aus suche ich mir dann den Weg zu den Grabmälern. Je schneller ich losreite, desto geringer ist die Wahrscheinlichkeit, daß die Menge mich aufhält, für dich aber wäre es besser, du rittest später los und wärest weniger in Eile... läßt du mir eine Stunde Vorsprung, binde ich Dagobaz am Rande hinter jenem zerfallenen Grabmal mit den drei Kuppeln an. So weit vom Verbrennungsplatz entfernt werden keine Schaulustigen sich aufhalten, und du findest Dagobaz gewiß leicht. Willst du ihn mitnehmen, Sarji? Um meinetwillen? Ich würde dich nicht darum bitten, wenn ich es übers Herz brächte, ihn an einem Ort wie diesem zurückzulassen. Tust du mir diesen Gefallen?«

»Bitte nicht weiter«, sagte Sarji knapp.

»Ich danke dir. Du bist ein wahrer Freund. Und jetzt laß uns dem Rat des Hakim-Sahib folgen und schlafen, denn morgen wird es viel zu tun geben.«

»Du kannst jetzt schlafen?« fragte Sarji verdutzt.

»Warum nicht? Viele Nächte fand ich keinen Schlaf, weil meine Gedanken mir keine Ruhe ließen. Jetzt aber sind alle Fragen beantwortet, mein Weg liegt deutlich vor mir, nichts hält mich wach. Und überdies brauche ich eine feste Hand und ein klares Auge – wenn Gobind recht hat und der Rana die Nacht nicht überlebt.«

Er stand auf, reckte sich und gähnte, trat ans Fenster und schaute in den Nachthimmel. Er fragte sich, was Juli tat und ob sie an ihn dachte? Wohl kaum, denn Shushila dürfte unterdessen vor Angst halb verrückt sein und Juli keine Zeit lassen, an anderes zu denken als an sie, weder an ihren Onkel, noch an ihren Geliebten oder an die Berge und die Zedernwälder von Gulkote. Und schon gar nicht an sich selber, wenngleich ihr dasselbe Los bevorstand wie Shu-shu. So war es immer gewesen, und so würde es bleiben. Liebe Juli... liebste Kairi-Bai, treu bis zuletzt, niemals schwankend in ihrer Liebe. Er konnte sich gar nicht vorstellen, sie morgen oder übermorgen wiederzusehen – nur kurz, sehr kurz nur, und dann...

Würde der Knall des Revolvers das Dunkel und das Nichts ankündigen? Oder würden sie einander später wiedersehen, auf immer und ewig vereint sein? Gab es ein Leben nach dem Tode? Er war sich dessen nie gewiß gewesen, anders als alle seine engen Freunde. Die waren im Glauben fest, und er beneidete sie darum. Wally, Zarin, Mahdu und Koda Dad, Kaka-ji und Sarjevar mochten verschiedener Meinung darüber sein, welche Form es annehmen würde, doch daß es ein Leben nach dem Tode gab, zweifelte keiner an. Nun, bald genug würde er es selber wissen...

Wally war gläubig. Er glaubte an Gott und die Unsterblichkeit der Seele, an die »Auferstehung des Fleisches und ein ewiges Leben«. Auch an so altmodische Dinge wie Pflicht und Mut und Loyalität und Patriotismus und an »Das Regiment« – Und aus eben diesem Grunde – abgesehen einmal davon, daß für einen ausführlichen Brief keine Zeit blieb – war es unmöglich, ihn die Wahrheit wissen zu lassen.

Vielleicht wäre es besser gewesen, ihm überhaupt nicht zu schreiben und einfach spurlos zu verschwinden, überlegte Ash. Wally mag sich das dann erklären, wie er will. Andererseits wird er jahrelang hoffen, ich könnte doch noch am Leben sein, und das darf ich ihm nicht antun. Auch ist nur Wally in der Lage durchzusetzen, daß die Behörden sich bemühen, mein Verschwinden aufzuklären, und eine gründliche Untersuchung dürfte zur Folge haben, daß die Verbrennung der Witwen des Rana doch noch bekannt wird, auch wenn die Bhithori alles daran setzen, sie geheim zu halten.

Gobind weiß selbstverständlich, was hier geschieht, und von ihm erfahren es Kaka-ji und Jhoti. In Karidkote wird man aber die Dinge auf sich beruhen lassen, sind sie einmal geschehen. Die Verwandten der Ranis sind sämtlich fromme Hindus, und eine Witwenverbrennung betrachten sie nicht mit dem gleichen Entsetzen wie wir Europäer. Sie würden selbstverständlich alles tun, etwas Derartiges zu verhindern, doch wenn das mißlingt, beschwören sie gewiß keinen Skandal herauf, denn im innersten Herzen sehen sie ebenso wie ihre frommen Glaubensbrüder im Vollzug dieses Brauches eben doch noch eine heilige Handlung.

Koda Dad und Zarin werden schweigen, weil sie der Meinung sind, was ich tue, ist allein meine Sache. Die Militärbehörden in Peshawar und Rawalpindi werden vermutlich Erkundigungen anstellen, doch kennen sie meine Vergangenheit und werden glauben, ich sei einfach wieder einmal verschwunden und stelle mich tot. Beim Regiment führen sie mich in der Rubrik »Unerlaubt der Truppe ferngeblieben«, und nach einer Weile setzen sie dann hinter meinen Namen »Vermißt, wahrscheinlich tot«.

Die Mauer des gegenüberliegenden Hauses wurde zu immer größeren Teilen vom Mond beschienen. Ash erinnerte sich jener Nacht in Taxila, als er Wally die unwahrscheinliche Geschichte seiner Kindheit erzählte wie nie jemandem zuvor, ausgenommen Mrs. Viccary. Befremdlich zu denken, daß von allen seinen Freunden ausgerechnet Wally die Wahrheit jetzt nicht erfahren durfte. Bei den anderen lagen die Dinge anders: zum einen hatten sie keine fest verankerte Abwehrhaltung gegen die Selbsttötung. Sie galt bei ihnen, anders als bei den Christen, nicht als Sünde. Außerdem glaubten sie nicht an die freie Willensbestimmung des Menschen.

Wally hingegen – ein praktizierender Christ und mit Leib und Seele Soldat – würde Selbstmord für unverzeihlich halten. Damit versündigte man sich nicht nur an Gott, sondern auch am Regiment; insbesondere jetzt, da Gerüchte von Kämpfen an der Nordwestgrenze umgingen, würde er darin eine Form der Feigheit erblicken, vergleichbar nur der Desertion vor dem Feind. Sollten wirklich Kämpfe ausbrechen, die den Umfang jenes ersten Krieges gegen Afghanistan erreichten, wurde jeder Offizier und Mann bei den Kundschaftern gebraucht, und weil für Wally Feigheit und Desertion die schlimmsten Vergehen waren, die er sich vorzustellen vermochte, würde er sich auf den Standpunkt stellen, der Dienst für Königin und Vaterland habe jedem privaten Interesse vorzugehen, und handele es sich um eine noch so innige Liebesbeziehung. Falls Ash sich in den Kopf gesetzt habe zu sterben, gäbe es für ihn nur einen ehrenhaften und schicklichen Weg in den Tod: nach Mardan zurückzukehren in der Hoffnung, an der Spitze der von ihm geführten Truppe im Kampfe zu fallen.

Wally kannte jedoch Anjuli-Bai, Prinzessin von Karidkote und Rani von Bhithor nicht. Folglich war der an ihn gerichtete Brief nur kurz, und er konnte ihm nur entnehmen, daß Ash (sollte ihm zu Ohren kommen, daß dieser tot war) von einem Pöbelhaufen ermordet wurde, als er vergeblich die Verbrennung der Witwen des Rani zu verhindern suchte. Das würde ihm gestatten, auch dann noch den Freund als Helden zu bewundern und sich seine Illusionen zu bewahren.

Eines Tages wird er die ohnehin verlieren, dachte Ash. Und die Wahrheit wird er sowieso nie erfahren, schon gar nicht durch jemanden aus Bhithor. Die Bhithori werden das Blaue vom Himmel lügen, und nicht einmal die, die dabei waren und zugesehen haben, werden genau wissen, was da eigentlich geschehen ist. Man wird sagen, die Ranis seien am Typhus verstorben, und die Behörden werden dann wohl so tun, als glaubten sie es, um nicht das Gesicht zu verlieren und doch noch tätig werden zu müssen.

Was aus ihm selber wurde, ging nur einige wenige Menschen an, die ihm nahe standen... Morgen um diese Zeit mag alles vorüber sein, dachte er, selber überrascht davon, daß diese Aussicht ihn nicht mehr berührte. Er hatte immer angenommen, der Satz: Der zum Tode Verurteilte verzehrte mit Appetit seine letzte Mahlzeit sei nichts als ein grausiger Scherz, doch meinte er nun, es könne sich sehr wohl so verhalten, denn hatte man einmal alle Hoffnungen fahren lassen, wurde man ganz überraschend von Frieden erfüllt. Tagelang hatten ihn Furcht und Hoffnung gequält, hatte er sich den Kopf zerbrochen und Pläne geschmiedet, die unausführbar waren; seit er dies alles hinter sich gelassen, empfand er eine mit Ermattung gepaarte Erleichterung, etwa so, als wäre er von einer Last befreit, die er einfach nicht mehr hatte weiterschleppen können.

Das Mondlicht wurde heller und ließ die Sterne verblassen, der Umriß der Berge jenseits der Stadt gewann an Schärfe und schimmerte silbern wie mit Schnee bedeckt; flüchtig hatte Ash den Eindruck, den Palast der Winde zu sehen, durch ein Wunder versetzt in diesen heißen, verdorrten Winkel von Radschputana, bereit, seinem frommen Verehrer einen letzten Segen zu spenden. Er sammelte die Speisereste, die er aufs Fensterbrett gelegt, streute sie neuerlich aus und murmelte dabei sein altes Gebet... Oh Herr, vergib mir... Du bist überall, ich aber bete zu Dir an dieser Stelle...

Die Jahre waren so rasch dahingegangen... so rasch. Und doch war es ein gutes Leben gewesen, und er hatte Grund, dankbar zu sein und viele Erinnerungen mit auf den Weg zu nehmen – wohin dieser auch führen mochte. Traf es zu, wie manche behaupteten, daß die Seele des Menschen an jenen Ort zurückkehrt, wo ihr am wohlsten war, würde Ash sich in den Bergen wiederfinden, endlich vielleicht in jenem Tal, das Sita ihm so oft beschrieben hatte, daß er meinte, es vor sich zu sehen, jenes Tal, in welchem sie eine Hütte bauen wollten aus Zedernstämmen, einen Kirschbaum pflanzen, Mais und Pfefferschoten und Limonen, eine Ziege halten und wohin Kairi-Bai sie begleiten sollte…

Dieser Gedanke brachte ihm zum ersten Mal an diesem Tage Trost, und als er sich vom Fenster abwandte und schlafen legte, lächelte er.

41

Gobind hatte recht gehabt: Der Rana überlebte die Nacht nicht. Er starb in der dunklen Stunde vor Tagesanbruch, und bald darauf wurde die Stille vom Dröhnen der riesigen Gongs aus Bronze gebrochen, die den Tod aller Herrscher von Bhithor verkünden, seit Bika Rae, der erste Rana, die Stadt erbaute.

Das Dröhnen erfüllte die heiße Dunkelheit und wurde von den umliegenden Bergen zurückgeworfen wie das Rollen des Donners; das Echo wollte nicht aufhören, es drang weiter und weiter, hinweg über den großen See, es weckte die schlafende Stadt, es schreckte schlafende Krähen auf, die in Schwärmen krächzend über den Dächern kreisten, und weckte auch Ash, der sogleich hellwach wurde und aufsprang.

Weil der Nachtwind sich gelegt hatte, war es schon wieder stickig heiß in der Kammer. Auch der Mond war hinter den Bergen untergegangen, und es war so dunkel im Raum, daß Ash nicht gleich die Lampe fand. Doch als sie brannte, ging dann alles sehr schnell, und schon fünf Minuten später stand er mit Sarji im Hof und sattelte Dagobaz.

Es war unnötig, behutsam und leise vorzugehen. Die Nacht war erfüllt vom tiefen Dröhnen der Gongs, in allen Häusern wurden die Lampen angezündet, die vielen Menschen, die im Freien geschlafen hatten, waren erwacht und redeten laut.

Das Dröhnen der Gongs verstörte Dagobaz, er legte die Ohren zurück und weitete die Nüstern, als wittere er fernes Schlachtgetümmel wie einst jene alttestamentarischen Pferde, die zum Schall der Kriegstrompeten drohend schnaubten. Als er Ashs Schritt hörte, warf er den Kopf zurück und wieherte, stand sodann wie erstarrt und ohne – wie üblich – seine kleinen Tricks zu versuchen, seitlich auszubrechen oder rückwärts zu gehen.

Sarji sagte denn auch: »So brav habe ich ihn noch nie gesehen, er zeigt doch sonst immer gern, daß er einen eigenen Willen hat. Man könnte beinahe glauben, er weiß, es geht um eine ernste Sache.«

»Selbstverständlich weiß er das. Er weiß alles. Nicht wahr, mein Sohn?«

Dagobaz senkte den Kopf und rieb das Maul an Ashs Schulter, als stimme er ihm liebevoll zu, und Ash rieb die Wange an den samtweichen Nüstern und sagte mit verhaltener Stimme: »Sei gut zu ihm, Sarji, sorg dafür, daß er nicht…« Er verstummte, denn er merkte, wie sich ihm die Kehle zusammenzog, und er beschäftigte sich mehr als nötig mit dem Gurten. Als er wieder zu sprechen begann, klang seine Stimme nüchtern und knapp.

»So, das ist erledigt. Ich habe dir den Karabiner dagelassen, Sarji, den brauche ich nicht, doch euch kann er von Nutzen sein, nimm ihn also mit. Was du zu tun hast, weißt du, wir brauchen das nicht zu wiederholen. Du und ich waren Freunde, gute Freunde, und ich bedaure aufrichtig, dich in diese Angelegenheit hineingezogen und der Gefahr ausgesetzt zu haben. Und auch, daß alles so endet. Ich hätte nicht erlauben dürfen, daß du mich begleitest, aber das ist jetzt ohne Bedeutung. Gib auf dich acht, Sarji, sei sehr vorsichtig. Denn wenn auch dir etwas zustieße –«

»Es wird schon gutgehen«, versicherte Sarji ruhig. »Mach dir keine Gedanken. Ich gebe auf mich acht, das verspreche ich dir. Hier, nimm meine Reitpeitsche, du brauchst sie vielleicht, um dir einen Weg durchs Gewühl zu bahnen. Den Revolver hast du?«

»Ja. Öffne mir das Hoftor, Sarji. Leb wohl. Viel Glück auf den Weg und nochmals Dank.«

Sie umarmten einander wie Brüder, dann ging Sarji mit der Lampe voran, öffnete den Riegel des Tores und hielt es auf, während Ash seinen Dagobaz auf die Gasse führte. »Es wird bald hell«, sagte Sarji und hielt Ash den Bügel. »Die Sterne verblassen schon, der Morgen ist nicht mehr weit. Ich wollte...«

Er brach seufzend ab, Ash beugte sich aus dem Sattel und drückte ihm kurz die Schulter, dann berührte er Dagobaz mit den Absätzen und ritt fort, ohne sich umzuwenden.

Es war dann doch mühsamer als gedacht, bis zu Gobinds Haus vorzudringen, denn der gespenstische Lärm schien die halbe Stadt auf die Beine gebracht zu haben, die sich jetzt in Richtung auf den Rung Mahal wälzte, und nicht nur der Platz vor dem Palast war von Menschen erfüllt, sondern auch alle Gassen, die hinführten. Es gelang Ash aber durchzukommen, indem er Sarjis Reitpeitsche gnadenlos auf die ihm im Wege Stehenden niedersausen ließ, und er drängte Dagobaz im Schritt vorwärts, begleitet vom Fluchen und Schimpfen der Menge.

Die Tür zu Gobinds Haus war verriegelt, und sollten dort Aufpasser gestanden haben, waren sie im Getümmel abgedrängt worden, wie es auch Ash ergangen wäre, wäre er nicht zu Pferde gewesen. Das hatte zudem den Vorteil, daß er in den Bügel stehend gerade bis zu einem Fenster im ersten Stock reichte, das der Hitze wegen offenstand. Dahinter brannte kein Licht – soweit er sehen konnte, brannte überhaupt kein Licht im Haus. Als er aber mit dem Knauf der Reitpeitsche gegen den Bambusvorhang stieß, erschien sogleich Manilals bleiches, rundes Gesicht.

»Was ist? Wer da?«

Ash schob ihm statt einer Antwort die beiden Briefe hin, riß Dagobaz wortlos herum und machte sich daran, der Menge entgegen die Gasse hinunterzureiten. Zehn Minuten später hatte er das geschafft und ritt bereits in scharfem Tempo durch verlassen liegende Straßen in Richtung Mori-Tor. Hier brannten wieder Öllampen und Pechpfannen, auch waren Menschen zu sehen, wenngleich nicht sehr viele: einige Wachtposten und Nachtwächter, kleine Gruppen von Dorfbewohnern, die offenbar unter dem mächtigen Torbogen geschlafen hatten und nun noch eine Morgenmahlzeit einnahmen, bevor sie sich den Massen vor dem Palast zugesellten.

Das grelle Licht der Pechpfannen und die blakenden Flammen von einem Dutzend Lagerfeuern, die mit Dünger unterhalten wurden, gaben ein Licht, das die Sandsteinmauern wie Kupfer glühen ließ. Die Landschaft, die man durch den Torbogen erblickte, wirkte im Gegensatz dazu wie ein tiefschwarzes Viereck – der Kohlenhändler hatte recht gehabt, als er behauptete, die Tore würden sogleich geöffnet werden. Das Mori-Tor stand weit offen und war unbewacht, damit die Seele des Herrschers unbelästigt hindurch konnte, sollte sie diesen Wunsch haben...

Der Überlieferung zufolge benutzten die Seelen verstorbener Herrscher vornehmlich das Thakur-Tor, weil es dem Stadttempel benachbart war, doch hatte bisher niemand – auch die Priester nicht – je behauptet, selber eine Seele vorüberhuschen zu sehen. Wer allerdings in dieser Nacht das Glück hatte, sich am Mori-Tor aufzuhalten, der durfte behaupten, eben dieser Erscheinung teilhaftig geworden zu sein: Mehrere Bhithori gewahrten den Rana ganz in Gold auf einem kohlschwarzen Pferd, das geräuschlos und schnell wie der Wind an ihnen vorüberflog und sich sogleich in Luft auflöste.

Das Gold war selbstverständlich reine Erfindung, doch darf man nicht vergessen, daß die Zuschauer schlichten Gemüts waren und nur sahen, was zu sehen sie erwarteten. Einen Rana konnten sie sich nicht anders denken als prachtvoll gekleidet. Auch ist möglich, daß Ashs sandbraune Kleidung im Lichte der Feuer (und unterstützt durch den aufsteigenden Qualm) dieser Illusion noch kräftig nachhalf. Im übrigen wurde der Hufschlag seines Dagobaz wirklich vom allgemeinen Lärm übertönt, und um nicht aufgehalten zu werden, ritt Ash in vollem Galopp durchs Tor; sobald Pferd und Reiter aus dem Lichtkreis von Feuern, Lampen und Pechfackeln heraus waren, wurden sie auch tatsächlich für den Betrachter unsichtbar.

Ohne zu ahnen, daß er eine Überlieferung zerstört und eine neue begründet hatte, die am Leben bleiben sollte, solange Aber- und Gespensterglaube lebendig blieben, entfernte Ash sich auf der staubigen, nach Norden führenden Straße von der Stadt.

Der Übergang vom Licht in die Dunkelheit ließ die Landschaft zunächst als tintenschwarze Einöde erscheinen, durch die sich das graue Band der Straße nur auf wenige Schritte sichtbar schlängelte. Dann gewöhnte sich das Auge an den Wechsel, und Ash nahm wahr, daß es bereits dämmerte; die nähergelegenen Berge zeichneten sich scharf von dem fahlen Himmel ab, an dem die Sterne nicht mehr strahlend blitzten, sondern bleich standen wie Blütenblätter von welkendem Jasmin.

Die schwache Brise, die den Morgen ankündigte, strich bereits über die Felder, ließ das Korn rascheln und erweckte die Illusion von Kühle. Schon waren auf zwanzig bis dreißig Schritte einzelne Gegenstände auszumachen: ein Felsbrocken, Gebüsch, fedriges Pampasgras, und weiter in der Ferne zogen Antilopen über die Ebene, die während der Nacht auf den Feldern geäst hatten, auch ein einsamer, grauer Wolf trottete den Bergen zu.

Dagobaz liebte es seit je, in aller Frühe zu galoppieren, und heute war er kaum zu bändigen, denn er hatte viel zu lange in jenem Schuppen stehen müssen. Der unerwartete, schreckenerregende Lärm, der ihn überfallen und der – wenn auch gedämpfter – auch hier draußen noch zu vernehmen war, hatte ihn außerordentlich nervös gemacht; zwar stand der Wind gegen den Lärm, doch zu hören war er immer noch. Also verdoppelte er seine Anstrengung, dem Ungemach zu entkommen, und da man jetzt die bestellten Felder hinter sich hatte, verließen sie die Straße, Ash gab ihm die Zügel frei und ließ ihn über das offene Gelände rennen.

Der Wolf blickte hinter sich und beschleunigte seinen Lauf, weil er sich verfolgt glaubte, die ziehenden Antilopen bekamen es mit der Angst und setzten ihrerseits in großen Sprüngen über die Ebene. Für kurze Zeit vergaß Ash, was ihm bevorstand, und überließ sich ganz dem Rausch der Schnelligkeit und dem Gefühl, eins zu sein mit seinem Pferd. Er empfand eine ungeheure Erregung, die ihn starr im Sattel hielt, die Hände an den Zügeln, die Schenkel fest um den Rumpf des Tieres geschlossen. Kam es darauf an, ob er heute starb oder erst morgen? Er hatte gelebt, er lebte jetzt, in diesem Augenblick, intensiv und von Freude erfüllt, und falls dies der letzte Morgen war, den er erleben sollte, er hätte ihn schöner nicht verbringen können.

Der Leib des schwarzen Hengstes und sein eigener schienen ineinander verschmolzen. Ashs Blut pochte im Takt mit dem Stampfen der Hufe, und der Boden zog unter ihm dahin wie ein fließender, glatter Strom. Das Dröhnen der Gongs war jetzt nur noch wie das gedämpfte Heulen des Windes durch eine spaltbreit geöffnete Tür zu hören, und vor ihm zog ein Wassergraben eine Furche quer durchs Gelände. Dagobaz setzte mühelos darüber, einer Barriere aus Dornengestrüpp entgegen, sprang, berührte den Boden dahinter nur flüchtig wie ein Vogel und jagte ohne das geringste Zögern weiter.

Vor ihm flogen Rebhühner und Fasanen auf, und eine junge Kobra, im Schlaf gestört, reckte sich in die Höhe und zischte den fliegenden Hufen entgegen. Doch auch ihrer achtete Dagobaz nicht, er raste dahin mit weit geöffneten Nüstern, Mähne und Schwanz wie eine Fahne im Wind dem Morgen entgegen.

»Du Schöner!« rief Ash zärtlich, »du Wunderbarer!« Und er sang aus voller Brust, bewegte sich im Sattel im Takt zu seinem Lied und dem windschnellen, mühelosen Galopp seines Pferdes:

»Du warst der Fels, die Burg, die Herrlichkeit!
Du, Herr und Gott, hast uns geführt!
In Dunkelheit warst du das Licht!
Halleluja, Halleluja!«

Er lachte laut, als er merkte, daß er eine jener Hymnen angestimmt hatte, die Wally so oft morgens im Badezimmer zu singen pflegte und auch so manches Mal, wenn sie Kopf an Kopf über die Ebene von Rawalpindi galoppiert waren, denn wenn Wally einen Morgen als besonders schön kennzeichnen wollte, sagte er: »Dies ist ein Tag, an dem man singen muß.« Doch das Lachen blieb ihm im Hals stecken, denn er hörte plötzlich aus der Ferne eine Stimme, schwach, aber deutlich vernehmbar über den dumpf polternden Hufen, die ihm antwortete: »Halleluja!«

Das Herz stockte ihm, und er wollte Dagobaz zügeln, denn er glaubte, es sei Wally. Doch schon als er am Zügel zog, wurde ihm klar, daß es das Echo seiner eigenen Stimme war, das von den Hängen widerhallte. Diese Entdeckung ernüchterte ihn etwas; in den Bergen gab es Dörfer, und wenn er das Echo vernehmen konnte, konnten es andere auch. Also sang er nicht mehr. Doch blieb etwas von jenem Jubel, den er verspürt hatte, in ihm zurück, und er fühlte nicht Traurigkeit und ängstliche Erwartung, sondern eine sonderbare Erregung; die gespannte, eiskalte Erregung des Soldaten am Vorabend der Schlacht.

Als Dagobaz den Schritt verlangsamte, hatten sie den dunklen Hain von Govidan weit hinter sich gelassen, und das von den Bergen gebildete natürliche Amphitheater lag in graues Morgenlicht getaucht, das keine Schatten warf. Der See spiegelte einen Himmel, schon gelb vom Sonnenaufgang, und als es heller wurde, hörte man das Schreien erwachender Pfauen. Die Gongs in der Stadt verstummten und Ash kehrte um.

Er ritt nun langsam, nahm die Schönheit des frühen Morgens in sich auf, die Geräusche und den Duft des anbrechenden Tages wie jemand, der seinen Durst an rieselnder Quelle stillt. Nur wenige Menschen hätten den Anblick genossen, der sich ihm bot, den meisten Europäern wäre die flache, gesichtslose Ebene, umstanden von kahlen Bergen, eher häßlich und beängstigend erschienen, doch Ash, der Grund genug hatte, Bhithor zu verabscheuen, empfand den Morgenhimmel, das blaue Licht, welches allmählich das Land überflutete, das Schreien der erwachenden Pfauen und das Kreischen der Fasanen, den Geruch von Staub und den Duft der Blüten der Kikar-Bäume als unlösbare Bestandteile einer Welt, die er liebte und bald verlassen sollte. Er kostete alle Einzelheiten mit geschärftem Bewußtsein und fühlte tiefe Dankbarkeit für alles, was ihm zuteil geworden war.

Er ritt mit hängendem Zügel und Dagobaz, der seine aufgespeicherten Energien verbraucht hatte, war es zufrieden, eine Weile im Schritt zu gehen. Eile war nicht geboten, denn gewiß würde der Leichnam des Rana nicht vor der Mittagsstunde am Bestattungsort eintreffen. Zwar würde die Verbrennung der Hitze wegen so früh wie möglich stattfinden, doch mußte die Prozession erst zusammengestellt werden, und das mußte endlose Verzögerungen mit sich bringen. Andererseits würden die Schaulustigen früh herausströmen, um sich gute Plätze zu sichern, und im Hain sah man schon erste Zeichen von Geschäftigkeit. Winzige Flämmchen, im zunehmenden Sonnenlicht kaum zu bemerken, zeigte an, wo Dungfeuer unterhalten wurden. Rauchfäden zogen zwischen den Baumstämmen hin, so daß der Eindruck entstand, der Hain sei eine von seichtem Wasser eingefaßte Insel. Im Näherkommen gewahrte Ash Priester in safranfarbigen Gewändern, die hin und her gingen, und ein Blick zur Stadt zeigte ihm Reiter offenbar im Galopp, denn sie wirbelten dicke Staubwolken auf, in denen Fußgänger verschwanden, die hinter ihnen dreinzogen. Die beiden Festungen auf den Kuppen beiderseits der Stadt gerieten plötzlich in den Schein der aufgehenden Sonne und strahlten rotgold vor dem aquamarinblauen Himmel, und bald schon zeigten rundum aufsteigende Staubwolken an, daß von überall her Menschen zu Fuß, in Gefährten oder zu Pferde dem Bestattungsort zustrebten. Es war an der Zeit, zum Hain zu reiten, und Dagobaz beschleunigte gehorsam das Tempo.

Unter den Bäumen am Ostrand des Haines angelangt, saß Ash ab und ging neben Dagobaz her zu jenem Grabmal mit den drei Kuppeln, das eigentlich nur noch eine Ruine war. In den massiven Sockel führten mehrere tunnelartige Eingänge, einer direkt zum Wasserbecken, das den Himmel spiegelte, die anderen steil ansteigend. Früher führten hier wohl Treppen hinauf zu einer Terrasse, aber sie waren längst eingestürzt, und die Ruine war seit langer Zeit von niemandem besucht worden. Doch war einer der Eingänge noch in gutem Zustand und konnte Dagobaz vorübergehend als Stall dienen, denn es war darin wesentlich kühler und angenehmer als im Schuppen des Kohlenhändlers.

Ash band das Pferd am Mauerwerk fest und holte ihm Wasser in einem Eimer aus Segeltuch, den er mitgebracht hatte, auch führte er in den Satteltaschen Korn mit und etwas Stroh, denn er wußte, es konnte ein bis zwei Stunden dauern, bevor Sarji das Pferd holte, und daß Dagobaz dann weder zu fressen noch zu saufen bekommen würde, bis man das lange Tal hinter sich hatte und in den Bergen war. Er mußte also jetzt versorgt werden.

Das Wasser war grünlich und abgestanden, doch der wilde Galopp über die staubige Ebene hatte Dagobaz durstig gemacht, und so nahm er das Wasser dankbar an. Als er mit Saufen fertig war, füllte Ash den Eimer noch einmal und klemmte ihn so zwischen zwei Steinblöcke ein, daß er nicht zusammenrutschte. Dagobaz roch daran, soff aber nicht, er achtete auch nicht auf das Futter, sondern rieb liebevoll die Nüstern an der Schulter seines Herrn, so als spüre er, daß etwas nicht in Ordnung war.

Ash tröstete ihn heiser. »Bei Sarji wirst du es gut haben, er nimmt sich deiner an… fürchte dich nicht.« Er legte den Arm um den schwarzen Nacken des Pferdes, lehnte sich daran, dann gab er ihm einen Klaps, wandte sich um und trat aus dem Tempel hinaus in die Helle des Sonnenaufganges.

Am Rande des Hains hielt sich niemand auf, doch weiter drinnen übertönten Menschenstimmen bereits das Zwitschern der Vögel. Wo die Bäume aufhörten und die ersten Grabmäler den Beginn des riesigen Verbrennungsplatzes bezeichneten, sah man emsige Menschen durcheinander wimmeln: Im Schatten der letzten Bäume errichteten geschäftstüchtige Händler ihre Stände und verkauften schon Speisen und Getränke an frühe Kunden. Noch aber waren nicht viele Schaulustige zu sehen; auf der Lichtung selbst bewegten sich Priester und Palastbeamte, auch Uniformierte der Palastwache, doch waren alle eifrig mit dem Herrichten des Scheiterhaufens und der Beaufsichtigung dieser Arbeiten beschäftigt. Um Ash kümmerte sich niemand.

Das Grabmal, das dem gewählten Verbrennungsplatz am nächsten stand, war das größere und auch prächtiger verzierte Gegenstück zu dem sehr viel älteren, in dem Ash sein Pferd gelassen hatte; es hatte die Form eines Gevierts und war um ein großes Wasserbecken herum errichtet. Die in die dicken Außenmauern eingehauenen Stufen waren in gutem Zustand, und Ash erklomm ungehindert die erste Treppe. Er befand sich nun auf einer breiten Steinterrasse und bezog seinen Posten in einem Winkel, wo die steinerne Brüstung an die Mauer eines kleinen Seitenpavillons stieß; der sehr viel größere Mittelbau bestand aus drei aufeinandergesetzten Pavillons, die sich nach oben verjüngten und anmutig gewölbte Bogen aufwiesen; der höchste trug mehrere gedrungene Kuppeln.

Ähnliche, wenn auch kleinere Bauwerke schmückten die drei anderen Seiten des Vierecks, und von der Terrasse führten breite, flache Stufen zum Wasserbecken im Innenhof. Das Grabmal war nach Osten ausgerichtet, der aufgehenden Sonne und den Bäumen des Haines zugewandt, doch unmittelbar dahinter war das Gelände noch frei und unbebaut. Heute allerdings konnte man von den westlichen Pavillons aus eine provisorische, aus Ziegeln errichtete Plattform sehen, keine dreißig Schritte vom Fuße der Terrasse entfernt. Dort waren Priester damit beschäftigt, einen Scheiterhaufen aus Zedern- und Sandelholzscheiten zu errichten, über die sie aromatische Kräuter verstreuten.

Die eben aufgegangene Sonne ließ ihre Strahlen über die Szene gleiten, und die blauen Schatten der Morgendämmerung wichen allmählich zurück, als die Sonne höher stieg. Die Morgenbrise legte sich, der Eindruck von Morgenfrische schwand, und der Tag war plötzlich wieder erstickend heiß. Bald wird der Wind kommen, dachte Ash, doch stellte sich an diesem Tag keiner ein. Die Blätter hingen welk und reglos, kein Lufthauch wirbelte den Staub auf, und das grünliche Wasser im Becken hinter ihm spiegelte das Grabmal deutlich und scharf. Wäre er auf die andere Seite der Terrasse gegangen, hätte er gar nicht nach jenem Pavillon Ausschau halten müssen, der durch Bambusvorhänge abgeschirmt war, weil sich dessen Bild klar sichtbar im Wasser spiegelte.

Im Moment schien sich dort niemand aufzuhalten, nichts rührte sich hinter den Jalousien aus gespaltenem Bambus, die dem Verbrennungsplatz zugekehrt waren. Im Hain jedoch waren bereits mehr Menschen eingetroffen. Frühankömmlinge aus den Dörfern, Sadhus, das Gesicht mit Asche beschmiert, auch weitere Hofbedienstete, die sich vor Wichtigkeit kaum zu lassen wußten und den Männern, welche die Scheite anschleppten, Anweisungen erteilten und auch jenen, deren Aufgabe es sein würde, den Weg für den Leichenzug freizuhalten.

Es war gut, daß Ash seinen Platz bereits bezogen hatte, denn nicht lange, und was als Rinnsal begonnen hatte, wurde zu einem wahren Strom. Tausende von Menschen aus der Stadt ergossen sich in den Hain; die weite, staubbedeckte Lichtung und die engen Pfade zwischen den Bäumen verwandelten sich bald schon in ein wahres Menschenmeer, das auch den Weg, auf dem es aus beiden Richtungen heranwogte, überflutete.

Auf den Mauern und Terrassen der umliegenden Grabmäler hockten ganze Trauben von Menschen, hielten Treppen, Kuppeln und Pavillons besetzt, und auch die Äste der näherstehenden Bäume trugen schon bald ihre Last von entschlossenen Schaulustigen. Das Geräusch, das alle diese Menschen erzeugten, war geradezu betäubend, ein sonderbar dumpfes, an- und abschwellendes Murren wie von einer Riesenkatze. Und immer noch erhob sich kein Wind...

Staub, von rastlosen Füßen aufgewirbelt, hing in der Luft wie zuvor der Qualm der Küchenfeuer, und von Minute zu Minute wurde es heißer, denn die Sonne erhitzte die Steine der Grabmäler und spiegelte sich grell im Wasser der Becken. Die Menge schien keinerlei Unbehagen zu empfinden, man war an Staub und Hitze gewöhnt, auch an die zunehmende Enge; das Gedränge wurde widerspruchslos in Kauf genommen, hatte man doch selten genug Gelegenheit, einer Zeremonie beizuwohnen wie der, die heute hier vonstatten gehen sollte. Daß es dabei Unbequemlichkeiten zu ertragen galt, war ein geringer Preis dafür, daß alle Anwesenden auf Jahre hinaus davon würden erzählen können, auch den noch ungeborenen Enkeln, denn selbst in diesem entlegenen Winkel von Radschastan ahnten viele, daß die alten Sitten und Bräuche anderswo im Lande nicht mehr eingehalten wurden und daß dies möglicherweise die letzte Witwenverbrennung sein würde, die man in Bhithor zu sehen bekam, wenn es nach dem Willen der Regierung von Indien ging.

Auf seinem günstigen Platz auf der Terrasse nahm Ash weder Hitze noch Staub, noch den Lärm wahr, und er hätte wohl auch nicht bemerkt, wenn es plötzlich zu regnen oder zu schneien begonnen hätte. Er konzentrierte sich ganz darauf, ruhig und entspannt zu bleiben. Alles kam auf eine ruhige Hand und ein klares Auge an, denn eine zweite Chance würde sich ihm nicht bieten; ihm fiel ein, was Kaka-ji von den Vorzügen des Meditierens erzählt hatte, und er richtete den Blick unverwandt auf eine Ritze im steinernen Geländer, atmete langsam und tief, zählte seine Herzschläge und zwang sich, an nichts zu denken.

Die Menge bedrängte ihn von links her, doch hatte er die Mauer des Pavillons im Rücken, und zwischen seinen Knien und der steinernen Brüstung wäre nicht einmal genug Platz für ein kleines Kind gewesen. Seine Seite der Terrasse lag noch im Schatten, und die Steine bewahrten noch etwas von der nächtlichen Kühle. Ash fühlte sich seltsam friedvoll und auch sehr schläfrig – kein Wunder, wenn man bedenkt, daß er seit Manilals Rückkehr aus Ahmadabad kaum geschlafen hatte. Andererseits war es wieder sehr sonderbar, weil er doch damit rechnen mußte, in etwa einer Stunde in die ewigen Gefilde der Ruhe einzugehen.

Sonderbar oder nicht, er mußte wohl eingedöst sein, denn er erwachte plötzlich davon, daß jemand ihn anstieß und ihm schmerzhaft auf den Fuß trat, und als er die Augen aufschlug, sah er, daß die Sonne direkt über ihm stand und die Menge nicht mehr von ihm weg blickte, sondern geradewegs auf das Grabmal gaffte, das er zum Standplatz gewählt hatte.

Auf der Terrasse war ein halbes Dutzend behelmter Palastwachen dabei, mit Stockschlägen den Weg zu jener Treppe freizumachen, die zum zweiten Stockwerk hinaufführte, und als die Menge zurückdrängte, wich auch ein dikker Mensch, der neben Ash stand, beiseite und trat ihm dabei auf die Zehen.

»Entschuldige«, keuchte dieser Mann und hielt nur mit Mühe sein Gleichgewicht. Er schien wirklich in Gefahr, rücklings über die Brüstung zu stürzen und auf den Köpfen der Zuschauer zu landen, die gute sieben Meter tiefer standen; Ash stützte ihn und fragte, was denn vorgehe.

»Einige hochgeborene Damen sind eingetroffen, um der Verbrennung zuzusehen«, erläuterte der Unbekannte atemlos und befestigte seinen Turban, der ihm im Gedränge heruntergerutscht war. »Ohne Zweifel Verwandte des Diwan, vielleicht auch des Thronerben. Die sehen von dort oben zu, durch den Bambusvorhang. Der Erbe selber allerdings kommt mit der Prozession und wird den Scheiterhaufen anzünden. Angeblich soll die Mutter...«

Der Mann redete ununterbrochen, ausschließlich Klatsch und Tratsch, und Ash nickte gelegentlich zustimmend; dann allerdings hörte er nicht mehr zu. Sein Mund war trocken, und er wünschte, er hätte seine Wasserflasche nicht an Dagobaz' Sattel hängen gelassen, sondern hier bei sich. Immerhin hatte er in den Jahren in Afghanistan gelernt, Durst zu ertragen, denn dort war er als Pathan aufgetreten und hatte – wie alle Moslems – die Fastenzeit des Ramadan einhalten müssen. Diese währt einen ganzen Monat, und man darf zwischen Sonnenauf- und -untergang weder essen noch trinken; fällt der Ramadan in die heiße Jahreszeit, stellt er eine harte Belastungsprobe dar.

Auch Juli wird durstig sein, dachte Ash, und das wird ihre Qualen noch vergrößern, wenn sie in Hitze und Staub zwischen den zudrängenden Schaulustigen hindurch muß. Und gewiß ist sie müde... furchtbar müde... Kaum zu glauben, daß er sie so bald schon sehen würde, die leibhaftige Juli, nicht jene, die er seit zwei Jahren stets vor seinem inneren Auge sah. Die liebreizenden, ernst blickenden Augen und der zarte Mund; die breite gelassene Stirn; die leichte Einbuchtung der Schläfen und die starken Wangenknochen, die er so gern küßte. Sein Herz tat bei diesem Gedanken einen Sprung, und er meinte, es lohne wohl den Tod, wenn er sie noch einmal für einen Augenblick nur sehen durfte...

Wie spät es wohl sein mochte? Die Sonne zeigte, daß die Mittagsstunde vorüber war, also mußte der Leichnam des Rana wohl sehr bald schon die letzte Reise aus dem Rung Mahal und der Hauptstadt antreten. Und hinter ihm würde Juli gehen... Juli und Shushila, die Ranis von Bhithor...

Sie würden ihre prunkvollen Hochzeitskleider tragen, Juli ganz in Gelb und Gold, Shu-shu in Scharlachrot. Die mit Edelsteinen besetzten Saris würden heute jedoch aus der Stirne zurückgeschlagen sein und jedermann den Anblick der Gesichter freigeben. Die Satis, die Heiligen...

Ash wußte, daß früher die Witwen häufig Drogen bekommen hatten, um zu verhindern, daß sie sich sträubten, ihre Pflicht zu erfüllen, oder einen letzten Versuch unternahmen, ihrem Schicksal zu entgehen, doch glaubte er nicht, daß Juli ihrem Tod halb betäubt entgegengehen würde; allerdings war anzunehmen, daß sie dafür sorgte, daß Shu-shu solche Mittel bekam, und er hoffte nur, sie wären stark genug, um Shushilas Bewußtsein zu betäuben, damit sie die Wirklichkeit nicht wahrnahm und dennoch fähig war, aus eigener Kraft zu gehen. Denn das wurde von ihr erwartet, so verlangte es der Brauch.

Er schloß vor der grellen Sonne die Augen, mußte aber bemerken, daß es ihm nicht mehr gelang, die Gedanken zu kontrollieren. Hinter den geschlossenen Lidern entstanden Bilder, wie von einer Laterna magica auf Leinwand geworfen: Juli in ihrem gelb-goldenen Hochzeitsgewand, das ungeflochtene Haar bis zu den Kniekehlen fallend, wie sie die schwankende, mit Rubinen geschmückte kleine Schwester stützte... beide traten aus den Schatten des Palastes der Königin in die grelle Nachmittagssonne, schritten dem Sati-Tor entgegen, wo sie verharrten, um die Handflächen in ein Gefäß mit roter Farbe zu tauchen und sie sodann gegen die Wand des steinernen Torbogens zu pressen, wo schon die Handabdrücke vieler Königinnen von Bhithor zu sehen waren, die vor ihnen jenen grausigen Gang durch dieses Tor dem Tode entgegen angetreten hatten.

Nun, es werden jedenfalls die letzten Abdrücke sein, dachte Ash, und irgendwann im kommenden Jahrhundert, in fünfzig oder hundert Jahren, wenn auch die dunkelsten Winkel dieses Landes gezähmt, gesetzestreu und respektabel geworden sind – und langweilig! –, werden Reisegesellschaften unter diesem Torbogen stehen und ernsten Gesichtes die Geschichte der letzten Sati vernehmen. Der allerletzten von Bhithor. Und wie damals ein unbekannter Wahnsinniger...

Ash hatte nicht bemerkt, daß der schwatzhafte Mensch neben ihm verstummte, das unaufhörliche Murmeln der Menge erstarb und selbst die Händler, die ihre Waren feilboten, leiser wurden. Erst die gänzliche Stille weckte ihn aus seinem Tagtraum. Die Schaulustigen hatten das Mündungsfeuer und die weißen Rauchwölkchen von den Kanonen der Festungen gesehen, welche die Stadt beherrschten, und da nun die Menge schwieg, hörte man auch den dumpfen Knall der Kanonen. Die Festungen schossen Salut, als der tote Rana zum letzten Mal seine Hauptstadt verließ.

Jemand kreischte: »Hört, sie kommen!« und Ash vernahm ein fernes Geräusch, schrill und wimmernd und unbeschreiblich kummervoll – das Gellen der Muschelhörner, die von den Brahmanen geblasen wurden, die den Leichenzug anführten. Und dann hörte man, ebenfalls noch weit entfernt, aber ebenso unmißverständlich das Gebrüll, mit dem Tausende das Erscheinen der Satis begrüßten: »Khaman Kher! Khaman Kher!« – »Bravo!«

Auf den überfüllten Terrassen und unten auf der Lichtung entstand unter der dicht gedrängten Menge eine Bewegung, als fahre der Wind durch ein Kornfeld, man schwatzte wieder, wenn auch weniger laut als zuvor, doch war die erwartungsvolle Erregung so groß, daß die Luft förmlich zu zittern schien von der Spannung, die sich der wartenden Zuschauer bemächtigt hatte.

Das allgemeine Geschwätz übertönte die fernen Geräusche, man hörte sie nicht mehr, und es war unmöglich zu schätzen, wie lange es dauern würde, bis der Leichenzug den Hain erreichte. Eine halbe Stunde vielleicht? Das Mori-Tor war keine anderthalb Meilen entfernt, doch war die Entfernung in der Luftlinie viel geringer, so daß der Schall der Muschelhörner täuschte. Ash ahnte daher nicht, wie weit der Zug schon gekommen war, denn die Bäume und Grabmäler, der aufgewirbelte Staub und die flirrende Hitze machten es unmöglich, die Straße zu sehen, und der Zug mochte näher sein als vermutet.

Das einzige, was er mit Sicherheit annehmen durfte, war, daß die Prozession sehr langsam daherkommen würde, denn die Menge würde sich vordrängen, man würde Blumengewinde über die Bahre werfen, den Witwen Verehrung bezeigen und versuchen, den Saum ihrer Saris zu erhaschen, sie um Fürbitte angehen, den Boden küssen, den ihre Füße berührten... oh ja, das alles würde sehr langsam vor sich gehen. Und auch wenn der Leichenzug seinen Bestimmungsort erreicht hatte, blieb immer noch reichlich Zeit; Ash hatte sich die Mühe gemacht, alles über jene Riten in Erfahrung zu bringen, die vorgenommen werden sollten.

Die Überlieferung verlangte, daß die Sati ihr Hochzeitsgewand trage und ihren kostbarsten Schmuck; diese wertvollen Dinge brauchte sie aber nicht mit auf den Scheiterhaufen zu nehmen, denn das wäre reine Verschwendung. Juli würde also zuerst alle ihre Juwelen abtun, Ringe, Armreifen, Spangen, Ohrringe, Fußkettchen, Broschen und so weiter, die zu ihrer Aussteuer gehörten – das alles mußte abgelegt werden. Sodann hatte sie die Hände in Wasser aus dem Ganges zu waschen und dreimal den Scheiterhaufen zu umschreiten, bevor sie ihn bestieg. Es gab gar keinen Grund, sich zu übereilen, er konnte den richtigen Moment wählen.

Noch eine halbe Stunde – vielleicht weniger. Und doch kam ihm das plötzlich vor wie eine Ewigkeit, er konnte es nicht erwarten, alles hinter sich zu haben, endlich alles hinter sich zu haben!

Und dann geschah ohne jede Warnung das Unglaubliche:

Jemand packte ihn am Arm, und er wandte sich ärgerlich um in der Annahme, es handele sich um seinen geschwätzigen Nachbarn, doch bemerkte er, daß dieser von einem Hofbediensteten fortgedrängt worden war, der nun seinerseits Ash am Arm gepackt hielt. Sogleich schoß ihm durch den Kopf, daß sein Vorhaben entdeckt sei, und er versuchte, sich freizumachen, was aber unmöglich war, denn er stand mit dem Rücken an der Mauer, und der Griff um seinen Arm wurde noch fester. Bevor er sich noch rühren konnte, sprach eine vertraute Stimme drängend hinter dem feinen Musselingewebe, das die untere Gesichtspartie verdeckte: »Ich bin es, Ashok. Komm mit mir. Eil dich.«

»Sarji! Was machst du hier? Habe ich nicht gesagt –«

»Still«, zischte Sarji und blickte ängstlich um sich. »Nicht reden. Folge mir.«

»Nein.« Ash machte sich gewaltsam los und flüsterte wütend: »Glaub nicht, daß du mich von meiner Absicht abbringen kannst, nichts und niemand soll mich hindern. Ich habe alles genauso gemeint, wie ich sagte und –«

»Aber du kannst nicht! Sie ist hier, hier mit dem Hakim!«

»Wer ist hier? Falls du mich täuschst, um mich hier wegzuholen –« er brach ab, denn Sarji schob ihm etwas in die Hand, etwas Schmales, Dünnes, Hartes, die Hälfte eines aus Perlmutt geschnitzten Fisches.

Ash starrte darauf, benommen und ungläubig, und Sarji ergriff die Gelegenheit, ihn fortzuziehen; Ash leistete keinen Widerstand, und die Menge ließ die beiden passieren, allerdings nur, weil Sarji das berühmte Safran, Scharlach und Orange der Hofbediensteten trug.

Hinter den Zuschauern hielten Soldaten den Zugang von der Terrasse zur Plattform des mittleren Pavillons frei, der mit Jalousien aus Bambusstäben verhängt war, doch auch diese ließen die beiden passieren, als sie die Farben des Palastes erkannten.

Sarji wandte sich nach rechts, und ohne seinen Griff um Ashs Arm zu lokkern, rannte er eine Treppe hinunter, die auf Bodenhöhe im Schatten endete und in einen kurzen Tunnel führte, ähnlich dem, der Dagobaz als Stall diente. Dieser Weg war privilegierten Besuchern vorbehalten, und im Moment benutzte niemand die Treppe. Die Wachen standen draußen vor dem Zugang – sie warteten entweder auf das Eintreffen des Leichenzuges oder drängten die Zuschauer zurück. Auf halber Höhe der Treppe führte ein niedriger Torbogen in einen engen Durchgang, der vermutlich am Wasserbecken endete, und auch hier war niemand. Sarji stürzte voran, ließ Ash los, lockerte den Turban aus Musselin, dessen Ende sein Gesicht verhüllte, lehnte sich gegen die Mauer und keuchte, als wäre er lange gerannt.

»Puh«, schnaufte er und wischte den Schweiß von der Stirne. »Das ging ja leichter als erwartet. Hoffentlich bleibt es so.« Er nahm ein Bündel vom Boden auf. »Hier, zieh das Zeug an, rasch. Auch du mußt ein Diener aus dem Palast sein, und es ist keine Zeit zu verlieren.«

Das Bündel bestand aus Kleidern, wie Sarji sie trug, und während Ash sie anlegte, setzte Sarji ihn ins Bild, mit knappen, abgerissenen Sätzen, in kaum hörbarem Flüsterton.

Er war, so sagte er, im Begriffe aufzubrechen, als Manilal beim Kohlenhändler mit Neuigkeiten eintraf, die alle Pläne über den Haufen warfen. Die Erste Rani, die immer noch über erheblichen Einfluß am Hofe verfügte, bot, als ihr klar war, daß sie sterben müsse, ihren ganzen Einfluß auf, um ihrer Halbschwester Anjuli-Bai das Schicksal zu ersparen, das sie selbst erwartete, und es war ihr gelungen.

In der vorvergangenen Nacht hatte sie die Schwester heimlich aus dem Palast in ein Haus außerhalb der Stadt bringen lassen und nur verlangt, Anjuli möge der letzten Zeremonie beiwohnen. Sie würde dies von einem verhängten Raum aus tun können, wohin sie zur festgesetzten Zeit von ausgesuchten Dienern und Palastwachen geleitet werden sollte, die sämtlich der Ersten Rani treu ergeben waren. Erst an diesem Morgen war Nachricht davon durch jene

Dienerin überbracht worden, welche bereits früher Briefe besorgt hatte, und der Hakim schickte Manilal unverzüglich los, den Sahib zu holen, doch war der bereits fort.

»Wir gingen also zu Fuß zurück zum Haus des Hakim«, fuhr Sarji fort, »er hat dies alles ausgedacht und hielt sogar diese Kleider bereit, denn ihm war schon vor Monaten der Gedanke gekommen, es könnte nötig werden, aus Bhithor zu fliehen, und das geht am besten, wenn man als Palastbediensteter verkleidet ist, weil einen dann niemand aufhält. Er ließ also durch Manilal Stoff im Basar besorgen und zwei solche Uniformen für den Notfall anfertigen und später noch einmal zwei, weil er meinte, er könnte vielleicht eine oder beide Ranis mitnehmen, und schließlich sogar noch eine fünfte und sechste Garnitur, falls noch jemand aus Karidkote sich der Flucht anschließen sollte. In diesen Kleidern also kamen wir unbelästigt hierher – bist du fertig? Achte darauf, daß das Turbanende dein Gesicht verdeckt, sonst bist du verloren. Folge mir und bete zu deinem Gott, daß wir nicht angehalten werden.«

Niemand hielt sie an. Alles war geradezu lachhaft einfach, denn Gobinds genialer Einfall beruhte auf der Tatsache, daß es in den königlichen Palästen von Bhithor von Dienern nur so wimmelte, die beim besten Willen nicht alle gebraucht werden konnten, und höchstens ein Drittel davon waren einander vom Ansehen bekannt, selbst wenn sie nicht im Dienst waren und darum die Gesichter unverhüllt ließen. Auch ging gerade jetzt zuviel Interessantes vor, als daß die Wachen bemerkt hätten, daß nur ein Palastbediensteter die Treppe erstiegen hatte, jetzt aber deren zwei herunterkamen.

Nach dem Halbdunkel in jenem Durchgang mußte Ash, ins grelle Sonnenlicht tretend, die Lider zukneifen. Er folgte Sarji in den Unterstock des Pavillons, zu dem ein Halbdutzend Leibgardisten des Rana dem Publikum den Zutritt verwehrten. Doch auch diese achteten nicht auf die beiden Palastbediensteten. Sarji ging kühn an ihnen vorüber, eine weitere, im Bogen aufwärts führende Treppe hinauf in das Stockwerk, dessen offene Bögen mit Bambusjalousien verhängt waren.

Ash, der ihm dichtauf folgte, hörte ihn vor sich hin murmeln und begriff, daß er betete – vermutlich Dankgebete. Dann langten sie oben an, Sarji schob einen schweren Vorhang beiseite und bedeutete Ash einzutreten.

42

Dieser provisorisch abgeteilte Raum war kühler als erwartet. Auch herrschte Dunkelheit, denn die Jalousien waren bis auf eine einzige von innen mit rauhem, ziegelrotem Tuch verdeckt, das schwarze und gelbe Stickereien aufwies und jene winzigen runden Spiegel, die man in Radschputana als Ornamente auf solche Gewebe nähte. Einzig die Jalousien zwischen den beiden mittleren Säulen, deren Bogen dem Verbrennungsplatz zugewandt war, gestattete dem Hinausblickenden ungehinderte Aussicht, während von außen niemand hineinschauen konnte.

Dieser dämmrige, abgeteilte Raum maß etwa zwanzig Quadratmeter und schien voller Menschen zu sein, von denen einige am Boden saßen. Ash allerdings sah nur eine, eine schlanke Gestalt, etwas abseits stehend, in sonderbar steifer Haltung, die den Eindruck eines gefangenen wilden Tieres machte, das vor Angst erstarrt ist.

Juli.

Erst jetzt glaubte er es. Nicht einmal jene hastig geflüsterten Informationen, nicht einmal der Fisch, dieser eindeutige Beweis, hatten ihn überzeugen können, daß Sarji und Gobind ihn nicht überlisten, ihn weglocken und gefangenhalten wollten, bis alles vorüber war.

Sie stand vor der unverkleideten Jalousie, so daß er sie zunächst nur als einen dunklen Umriß vor einem erhellten Rechteck wahrnahm, eine gesichtslose Gestalt, gekleidet wie alle anderen in das Gewand der Palastbediensteten. Ein Fremder hätte sie beim Betreten des Raumes zunächst auch für einen Mann halten können. Ash jedoch erkannte sie sogleich. Ich würde sie auch erkennen, wäre ich blind, dachte er, denn das Band, das uns bindet, ist stärker als die Sehkraft und hat mit Äußerlichkeiten nichts zu schaffen.

Er streifte das Ende des rotgoldenen Turbans vom Gesicht, und sie blickten einander über die Breite jenes vom Dämmerlicht erfüllten Raumes an. Anjuli hielt jedoch das Gesicht weiterhin bedeckt, und außer den Augen nahm er davon nichts wahr.

Die schönen, goldgefleckten Augen, an die er sich so gut erinnerte, waren immer noch schön – sie konnten nicht anders sein als schön. Doch als seine eigenen Augen sich an das hier herrschende dämmrige Licht gewöhnt hatten, erkannte er, daß sie weder ein Glücksgefühl noch ein Willkommen ausdrückten, vielmehr glich der Ausdruck jenem, den man sich unwillkürlich beim Lesen von Andersens Märchen von der Schneekönigin auf dem Gesicht von Kay vorstellt, dessen Herz von einem Glassplitter durchbohrt wurde: ein starrer, gefrorener Blick, der Ash entsetzte.

Er wollte zu ihr gehen, doch trat Gobind zwischen sie und hielt ihn am Arm zurück; auch der Arzt war wie ein Palastdiener gekleidet, das vertraute Gesicht aber war unverschleiert.

»Ashok«, sagte Gobind leise, doch sein Ton und seine Berührung bewirkten, daß Ash innehielt, weil ihm gerade noch einfiel, daß außer Sarji und Juli selber niemand der Anwesenden wußte, welche Beziehungen zwischen ihm und der Rani bestanden, und daß auch niemand davon erfahren durfte, schon gar nicht in diesem Augenblick. Die Lage war ohnehin prekär genug.

Ash zwang sich also, den Blick von Anjuli zu wenden, auch wenn ihn das große Mühe kostete, und sah statt dessen Gobind an, der erleichtert aufatmete; er hatte wohl befürchtet, der Sahib werde die Rani beschämen und alle in Verlegenheit bringen, indem er seine Gefühle offen zeigte. Wenigstens diese Gefahr war nun abgewendet, und er sagte, Ash loslassend: »Ich danke den Göttern dafür, daß du gekommen bist, es gibt viel zu tun, und diese hier müssen bewacht werden, vor allem jene Frau, denn wenn man es zuläßt, wird sie schreien, und es sind unzählige Wachen in Hörweite über uns und unter uns.«

»Welche Frau?« fragte Ash, der nur eine einzige gesehen hatte.

Gobind deutete mit seiner schlanken Hand, und endlich nahm Ash bewußt die übrigen Anwesenden wahr. Es waren insgesamt sieben, nicht gerechnet Manilal, und nur eine davon war eine Frau – vermutlich eine Dienerin von Juli. Der schwammige Kloß mit den bleichen Wangen und den haarlosen Fettpolstern unter dem Kinn, dessen Haut glatt war wie die eines Kindes, mußte einer der Eunuchen aus den Frauengemächern sein; zwei andere trugen die Kleidung der Palastbediensteten, zwei weitere waren in Uniform, ein dritter in der Tracht der Leibgarde des Rana. Alle saßen auf dem Boden, waren gefesselt und geknebelt, nur der Leibwächter nicht – er war tot. In seinem linken Auge stak ein Stilett, das offenbar ins Hirn gedrungen war.

Das war Gobinds Werk, dachte Ash, denn wer sonst sollte mit so tödlicher Sicherheit die einzige verletzliche Stelle finden? Der Kettenpanzer, der Helm aus dickem Leder und die Ringe des Halsschutzes hätten jedem Angriff auf Leib, Kehle und Kopf des Leibwächters widerstanden – das Auge war die einzige verwundbare Stelle...

»Ganz recht«, antwortete Gobind auf die unausgesprochene Frage. »Mit einem Schlag auf den Kopf konnten wir ihn nicht betäuben wie die anderen, also mußte er getötet werden. Auch redete er durch die Jalousie mit dem Eunuchen, den wir, was er nicht wußte, bereits gefesselt hatten, und aus dem, was er sagte, ging hervor, daß es eine Partei am Hofe gibt, die darauf aus ist, Anjuli-Bai dafür zu strafen, daß sie sich ihrer Pflicht als Rani von Bhithor entzieht. Man wird ihr nicht erlauben, nach Karidkote zurückzukehren, vielmehr soll sie den Rest ihres Lebens im Rung Mahal verbringen. Und damit ihr dabei nicht zu wohl wird, will man ihr die Augen ausbrennen, sobald die Erste Rani tot ist und nicht mehr eingreifen kann.«

Ash rang vor Entsetzen nach Luft, und Gobind bemerkte düster: »Ja, ja, schau nur so entgeistert. So war es gedacht. Man hält schon ein Kohlebecken in Bereitschaft und auch das Eisen. Sobald der Scheiterhaufen brennt, soll es geschehen, hier an dieser Stelle, ausgeführt von diesen beiden da, dem Eunuchen und jenem Stück Aas, das da liegt mit meinem Stilett im Hirn.

Die anderen samt jener Frau dort sollten helfen. Es tut mir geradezu leid, daß ich sie nicht allesamt umgebracht habe.«

»Da kann noch Abhilfe geschaffen werden«, knirschte Ash. Kalte, mörderische Wut hatte ihn gepackt, er wollte dem fetten Eunuchen am liebsten sofort an die Kehle und auch jenem Weib samt den vier anderen Kerlen, die gebunden und wehrlos am Boden lagen, weil sie so Unmenschliches mit Juli vorhatten. Gobinds ruhig befehlende Stimme verscheuchte aber den blutrünstigen Nebel aus seinem Hirn und brachte ihn zur Vernunft.

»Laß sie, sie sind nur Werkzeuge. Die, die sie beauftragt oder bestochen haben, gehen mit im Leichenzug und sind unserer Rache entzogen. Es ist nicht gerecht, den Sklaven zu töten, der eine Anweisung ausführt, und den Herrn, dem er gehorcht, ungeschoren zu lassen. Auch haben wir für solches Rachewerk keine Zeit. Wollen wir lebend herauskommen, brauchen wir die Uniform jenes Leibwächters und die eines weiteren Palastdieners. Wenn du mit deinem Freund die Gefangenen bewachst, wollen Manilal und ich uns darum kümmern.«

Er wartete die Antwort nicht ab, sondern machte sich daran, dem Toten die Sachen auszuziehen. Vorab nahm er ihm den gepolsterten Lederhelm ab, der kaum Blutflecke aufwies, denn Gobind hatte das Stilett absichtlich nicht aus der Wunde gezogen, die nur wenig blutete.

Ash gestattete sich einen raschen Blick auf Juli, doch die starrte unverwandt auf den Verbrennungsplatz hinaus und auf die wartende Menge. Da sie ihm den Rücken zuwandte, war sie wieder nur ein dunkler Umriß. Er schaute weg, nahm den Revolver aus der Tasche und bewachte die Gefangenen, während Sarji den Eingang im Auge behielt und Gobind und Manilal rasch und methodisch ihre Arbeit taten, Gurt und Panzer lösten, was bei aller Umsicht nicht lautlos zu bewerkstelligen war.

Der Kettenpanzer klirrte auf dem Marmorboden, und in dem hier herrschenden Schweigen wirkte dieses Geräusch ungemein laut. Doch die Jalousien dämpften es, und der Lärm der wartenden Menge hätte alles übertönt außer einem Schrei oder einem Schuß – der konnte wohl kaum unbeachtet bleiben, und Ash war durchaus bewußt, wie nutzlos sein Revolver war, denn feuerte er ihn ab, würden die Wachen von unten und oben herbeieilen.

Zum Glück begriffen die Gefangenen dies nicht, denn allein der Anblick der Waffe reichte hin, sie reglos zu machen; sie zerrten nicht mehr an ihren Fesseln, vielmehr blickten sie mit schreckgeweiteten Augen auf die drohende Waffe in seiner Hand.

Gobind und Manilal waren jetzt mit der Leiche fertig und halfen Sarji, sein Gewand mit der Ausrüstung des Toten zu vertauschen. »Ein Glück, daß ihr beide von gleicher Größe seid«, bemerkte Gobind, als er ihm das Kettenhemd über den Kopf streifte, »allerdings müßtest du breiter sein, der Kerl war stämmiger als du. Nun, das ist nicht zu ändern, und die da draußen werden auf solche Feinheiten nicht achten.«

» – hoffe ich«, entgegnete Sarji kurz. »Was aber, wenn sie es doch tun?«

»Dann sterben wir«, sagte Gobind ungerührt. »Ich meine aber, wir werden leben. Und jetzt zu diesen –« er richtete seine Aufmerksamkeit auf die Gefesselten und betrachtete sie prüfend.

Das dunkelhäutige Gesicht der Frau war grün vor Angst, und das bleiche Mondgesicht des Eunuchen zuckte unbeherrscht. Keiner von beiden erwartete Gnade (und das mit Grund, denn selber hätten sie mit der verwitweten Rani auch kein Mitleid gehabt), und da sie mit angesehen hatten, wie ihr Spießgeselle getötet worden war, nahmen sie wohl an, die Art seines Todes – der schnelle Stich ins Auge – sei als Vergeltung für die Verstümmelung gedacht, die man der Zweiten Rani zufügen wollte, und daß ihnen, die sie sich an der Tat hatten beteiligen wollen, ein Gleiches bevorstand.

Das hätte sehr wohl geschehen können, hätte Gobind es nicht verhindert (und hätte Manilal nicht einen in der Kleidung des Weibes verborgenen Gegenstand gefunden), denn weder Sarji noch Ash hätten gezögert, dem Leben dieser Menschen so oder so ein Ende zu machen, hätte ihre Existenz eine Gefahr für Anjuli oder ihre eigene Sicherheit bedeutet. Beide stimmten also Manilal zu, der rundheraus sagte: »Wir sollten sie töten, sie haben es verdient, und sie an unserer Stelle würden nicht zögern, uns umzubringen. Tun wir es gleich, dann sind wir gewiß, daß sie nicht Alarm schlagen.«

Gobind aber hatte gelernt, Leben zu retten, nicht auszurotten, und lehnte ab. Den Leibwächter hatte er getötet, weil es unvermeidlich war, anders war er nicht zum Schweigen zu bringen, und Gobind bereute das nicht. Die anderen kaltblütig zu töten, würde aber keinem nützlichen Zwecke dienen (immer vorausgesetzt, man konnte sie so sicher fesseln und knebeln, daß sie keine Hilfe herbeiholten) und mußte als glatter Mord gelten. So kam es, daß Manilal, als er die Fesseln der Frau strammzog, entdeckte, daß sie in ihrer Kleidung etwas verbarg, und er förderte eine Halskette aus purem Gold zutage, eingelegt mit Perlen und Smaragden, ein Stück so kostbar, daß eine niedrige Dienerin es auf ehrliche Weise nicht bekommen haben konnte.

Manilal reichte Gobind die Kette mit der Bemerkung: »Diese Teufelin stiehlt obendrein!« Doch das Weib schüttelte heftig verneinend den Kopf, und Gobind meinte, wahrscheinlicher sei, daß man sie damit bestochen habe. »Schau sie dir an« – die Frau wand sich in ihren Fesseln und starrte ihn an wie hypnotisiert – »das war Blutgeld, im voraus kassiert für die Arbeit, zu der sie sich hergeben wollte. Pah!«

Er ließ die Kette fallen, als wäre sie eine Giftschlange, und Ash bückte sich danach. Weder Gobind noch Manilal konnten diesen märchenhaften Schmuck erkannt haben, Ash aber hatte ihn zweimal gesehen: einmal, als die zur Aussteuer der Prinzessinnen von Karidkote gehörenden wertvollen Schmuckstücke in seiner Gegenwart registriert wurden, und dann wieder, als Anjuli die Kette beim feierlichen Auszug aus dem Perlenpalast getragen hatte. Er sagte schroff: »Es müssen auch noch zwei Armbänder da sein. Seht nach, ob der Eunuch sie hat, rasch.«

Der Eunuch hatte sie nicht (sie wurden bei den Palastbediensteten gefunden), dafür aber hatte er etwas anderes: ein Halsband aus perlengefaßten Brillanten, das Ash ebenfalls wiedererkannte.

Er starrte es an, ohne es wahrzunehmen. Die Geier teilten also schon die Beute! Der Rana war erst letzte Nacht gestorben, doch Julis Feinde hatten sie bereits aller Besitztümer beraubt und einige davon benutzt, ihre Folterknechte zu bestechen! So etwas hätte dem Diwan gut angestanden, der vor Jahren versucht hatte, die Heiratsverträge rückgängig zu machen, Julis Mitgift aber zu behalten und sie mit Schande bedeckt nach Karidkote heimzuschicken. Da er diesen Menschen gut genug kannte und wußte, was von seiner Heimtücke zu erwarten war, schloß er auch sogleich aus, daß jener die Diener so großzügig für etwas bestochen haben sollte, das er durch bloßen Befehl ausführen lassen konnte.

Viel wahrscheinlicher war, daß diese Schmuckstücke mit Bedacht ausgewählt worden waren, denn war die grausige Tat einmal vollbracht, konnte der Diwan bestreiten, davon gewußt zu haben, und die Frau und ihre Helfer festnehmen lassen. Fand man die Schmuckstücke bei ihnen, konnte man sie beschuldigen, die Rani auf eigene Faust geblendet zu haben, damit sie außerstande sei zu sagen, wer sie bestohlen hatte. Dafür würde er sie zum Tode verurteilen und erwürgen lassen. Danach hatte er dann nichts mehr zu fürchten und konnte die Kastanien behalten, die andere für ihn aus dem Feuer geholt hatten. Ein geradezu machiavellistischer Einfall, dachte Ash.

Er sah auf die gebundenen und geknebelten Kreaturen hinunter, die er eben noch hatte ermorden wollen, und dachte: Nein, das wäre ungerecht. Als er dieser von Kindheit an bekannten Worte gedachte, erstarb auch ein Teil des Zornes, den er empfunden hatte. Es waren schlechte, käufliche Kreaturen, doch Gobind hatte recht; es wäre ungerecht, das Werkzeug zu bestrafen, nicht aber die Hand, die es lenkt.

Er beugte sich über den Eunuchen, der glaubte, sein letztes Stündlein sei gekommen und Ash mit vorquellenden Augen anstierte; doch Ash wollte nur ein Stück Musselin von ihm. Er riß etwas von der Kleidung des Mannes ab, wikkelte die Juwelen hinein, verstaute sie in seinem Gewand und sagte barsch: »Zeit, daß wir gehen. Aber wir müssen dafür sorgen, daß dieses Ungeziefer nicht Alarm schlägt. Nichts wird sie daran hindern, sobald wir gegangen sind, unter jenen Jalousien hindurchzukriechen. Wir müssen sie aneinander fesseln, und das Seil an der Säule befestigen. Habt ihr noch Stricke?«

»Nein, wir haben alle benutzt, die wir bei uns hatten, doch Stoff ist reichlich vorhanden«, sagte Gobind.

Er bückte sich nach dem Turban, den Sarji abgelegt hatte, und mit diesem sowie den Turbanen der Gefangenen, die mit ihren Schärpen geknebelt waren, banden sie alle sechs im Kreis mit dem Rücken gegen die Säule fest, so daß sie aussahen wie in bunten Musselin eingesponnene Schmetterlingspuppen.

Ash zog den letzten Knoten straff und meinte dabei: »Das müßte reichen. Und jetzt um Himmels willen fort von hier. Wir haben schon viel zu viel Zeit verschwendet, und je eher wir fortkommen, desto besser.«

Niemand rührte sich. Die gefesselte Frau atmete sonderbar gurgelnd, eine plötzlich aufgekommene Brise bewegte die verkleideten Jalousien und ließ die aufgeblähten Spiegel blinken wie zwinkernde Augen. Drunten auf der Terrasse und auf dem Bestattungsplatz war die Menge verhältnismäßig still geworden, denn man lauschte auf den Lärm des sich nähernden Leichenzuges. Hier oben rührte sich niemand vom Fleck.

»Gehen wir doch endlich.« Die Schroffheit seines Tones verriet Ashs innere Gespanntheit. »Wir dürfen nicht länger warten. Die Spitze des Zuges wird gleich eintreffen und dann das Stöhnen und Ächzen dieser Widerlinge übertönen. Auch müssen wir vor Einbruch der Dunkelheit das Tal hinter uns haben, und je später wir aufbrechen, desto schneller wird jemand hereinkommen und entdecken, daß die Rani nicht mehr da ist. Also, gehen wir endlich.«

Doch immer noch rührte sich keiner, und Ash blickte rasch von einem zum anderen. Verblüfft sah er die Mischung von Gereiztheit, Verlegenheit und Betroffenheit in den Mienen und gewahrte endlich, daß sie nicht ihn anblickten, sondern die Rani. Er folgte ihren Blicken und sah, daß Juli ihnen allen immer noch den Rücken zugekehrt hatte und nicht von der Stelle wich. Sie mußte seine Worte gehört haben, denn er hatte nicht geflüstert. Dennoch blickte sie sich nicht um.

Er fragte scharf: »Was ist? Was gibt es noch?«

Die Frage galt mehr Anjuli als den Männern, doch antwortete Sarji:

»Die Rani-Sahiba will nicht gehen«, sagte er gereizt. »Ursprünglich war geplant, daß, falls unser Plan Erfolg hätte, der Hakim-Sahib und Manilal sie sogleich fortführen würden, wenn sie die Verkleidung angelegt hätte, und ich sollte dich suchen und ihnen mit dir zusammen folgen. Das wäre für uns alle am besten, und sie war anfangs damit einverstanden. Doch dann plötzlich sagte sie, sie müsse warten und mit ansehen, wie ihre Schwester eine Sati werde, vorher könne sie nicht fort. Versuche, sie umzustimmen, uns gelingt es nicht, obwohl wir uns große Mühe gegeben haben.«

Ash packte die Wut, er achtete der gespannten Mienen nicht, als er den Raum mit großen Schritten durchquerte, Anjuli bei den Schultern packte und gewaltsam zu sich kehrte.

»Sagt er die Wahrheit?«

Die Barschheit seines Tones ließ nur von fern ahnen, welch wilder Zorn ihn erfaßt hatte; als sie stumm blieb, schüttelte er sie heftig: »Antworte mir!«

»Sie... Shushila begreift nicht«, flüsterte Anjuli, immer noch den schreckerstarrten Ausdruck in den Augen. »Sie begreift nicht, was... was ihr bevorsteht... und was sie tut.«

»Shushila!« Ash spie den Namen von sich wie etwas Widerwärtiges. »Immer Shushila – selbstsüchtig bis ans Ende. Sie hat dir wohl dieses Versprechen abgenommen, wie? Ah ja. Ich weiß, sie hat dich davor bewahrt, mit ihr verbrannt zu werden, aber wenn sie dir wirklich für alles danken wollte, was du ihr Gutes getan, hätte sie dich vor der Rache des Diwan schützen müssen, indem sie dich außer Landes schickte, statt dich hierher zu bestellen, damit du siehst, wie sie brennt.«

»Du begreifst nichts«, flüsterte Anjuli wie betäubt.

»Oh doch, da irrst du. Ich begreife nur allzu gut. Du bist immer noch wie hypnotisiert von dieser hysterischen Egoistin, bist bereit, auf die Flucht aus Bhithor zu verzichten und dich statt dessen grausig verstümmeln zu lassen – und dabei unser aller Leben aufs Spiel zu setzen, Gobinds, Sarjis, Manilals und auch meines, einzig um den letzten Wunsch deiner lieben kleinen Schwester zu erfüllen und zuzusehen, wie sie Selbstmord begeht. Doch einerlei, was du ihr versprochen hast, du wirst dein Versprechen nicht halten. Du kommst jetzt mit, und wenn ich dich tragen muß.«

Sein Zorn war echt, doch schon während er sprach, sagte etwas in ihm: Dies ist Juli, die ich mehr liebe als sonstwen auf der ganzen Welt und die nie wiederzusehen ich so fürchtete. Jetzt endlich steht sie vor mir, aber ich bin nur zornig – das war doch gegen alle Vernunft. Ebenso widersinnig war aber auch seine Drohung, sie zu tragen, denn das mußte unfehlbar allgemeine Aufmerksamkeit erregen. Er konnte es nicht wagen, sie mußte einfach gehen. Es war die einzige Möglichkeit, doch wenn sie sich weigerte...?

Der Leichenzug mußte schon ganz nahe sein, das Röhren der Muschelhörner und das Gebrüll »Khaman Kher!« und »Hari-bol!« wurde von Minute zu Minute lauter; schon hörte man hier und da diese Rufe auch aus der unten harrenden Menge.

Anjuli wandte lauschend den Kopf, aber das geschah so langsam, so schleppend, daß Ash klar wurde: In ihrem Schock hatte sein Zorn sie überhaupt nicht erreichen können. Er holte tief Luft, zwang sich zur Ruhe und verlieh dem Druck seiner Hände auf ihrer Schulter alle Zärtlichkeit, die er empfand. Er sagte sanft und überredend wie zu einem Kind: »Versteh doch, Liebste, es verschafft Shu-shu Befriedigung zu wissen, daß du hier stehst, zusiehst und für sie betest. Hör mir zu: Sie wird nicht wissen, daß du nicht mehr da bist, denn du und ich können zwar durch diesen Bambusvorhang hinaussehen, doch von draußen kann uns hier drinnen niemand sehen, du kannst ihr also nicht einmal ein Zeichen geben. Und riefest du ihr etwas zu, sie könnte es nicht hören.«

»Ja, ich weiß, aber...«

»Juli, wenn du dir diesen Anblick zumutest, wirst du dein Leben lang daran leiden. Und helfen kann ihr das doch nicht.«

»Ja, ich weiß, aber du könntest ihr helfen. Du schon.«

»Ich? Nein, Liebste. Weder ich noch einer der hier Anwesenden kann ihr helfen. Es tut mir leid, Juli, aber das ist nun einmal die Wahrheit, und du mußt ihr ins Gesicht sehen.«

»Es ist nicht die Wahrheit.« Anjuli umfaßte seine Handgelenke, und nun waren ihre Augen nicht mehr starr vor Angst, sondern weit aufgerissen und flehend, und endlich sah er ihr Gesicht, denn das Ende des Turbans hatte sich gelockert, als er sie schüttelte, und fiel nun herab.

Die Veränderung in ihren Zügen ging Ash wie ein Stich durchs Herz, denn sie war schrecklich – schrecklicher als er jemals gefürchtet. Das Gesicht war nur noch Haut und Knochen, ohne Farbe und gezeichnet von Verzweiflung, so als habe sie die letzten zwei Jahre in einem Kerker verbracht, wohin niemals ein Sonnenstrahl dringt. Es war durchzogen von tiefen Falten und eingefallen, und die schwarzen Ränder unter den Augen waren nicht künstlich aufgetragen, sondern sprachen von Angst und unerträglicher Nervenbelastung; und von Tränen – einem Ozean von Tränen...

Auch jetzt standen Tränen in ihren Augen, und ihre Stimme war mehr ein keuchendes Schluchzen. Ash hätte alles darum gegeben, hätte er Juli in die Arme schließen und die Tränen fortküssen dürfen, doch er wußte, daß das nicht ging.

»Ich wäre mit ihnen gegangen«, schluchzte Anjuli, »denn ich hätte nicht ertragen anzusehen, was ich hier ansehen soll. Und wären sie nicht gekommen, deine Freunde, ich hätte Augen und Ohren verschlossen. Als sie mir aber sagten, daß du nicht bei ihnen bist und was du für mich zu tun bereit warst, damit ich nicht qualvoll verbrenne, sondern schnell und schmerzlos sterbe, da dachte ich, das kannst du auch für Shu-shu tun.«

Ash trat mit einem Ruck von ihr zurück und hätte auch die Hände von ihr gezogen, doch nun war es Anjuli, die ihn festhielt und nicht loslassen wollte.

»Bitte, Ashok, bitte. Ich verlange doch nicht viel von dir, nur, daß du ihr zuliebe tust, was du mir zuliebe tun wolltest. Sie hat noch nie Schmerzen ertragen können, und wenn... die Flammen... Ich kann einfach nicht daran denken. Rette sie davor, und dann komme ich mit dir – gern und von ganzem Herzen.«

Ihre Stimme brach, und Ash sagte heiser: »Du weißt nicht, was du verlangst. So leicht ist das nicht. Es für dich zu tun, wäre mir nicht schwer geworden, denn es bedeutete, daß ich zugleich mit dir gestorben wäre. Sarji, Gobind und Manilal wären weit weg von hier gewesen, wenn unsere Stunde geschlagen hätte. Jetzt aber sind wir alle hier, und hört man den Schuß und sieht, woher er gekommen ist, müssen wir alle eines schlimmeren Todes sterben als Shushila.«

»Aber niemand wird ihn hören, dazu ist der Lärm zu groß. Und wer schaut schon hierher? Keiner, nicht ein einziger. Tu mir diese Liebe, ich bitte dich darum auf den Knien –«

Sie ließ seine Handgelenke los und lag, ehe er es verhindern konnte, vor ihm auf dem Boden, und ihr Turban aus Scharlach und Orangerot berührte seine Füße. Ash beugte sich nieder und hob sie auf, und Sarji sagte verbissen: »Tun wir ihr den Willen. Tragen können wir sie nicht und mitkommen wird sie nur, wenn du ihr diesen Wunsch erfüllst, uns bleibt also keine Wahl.«

»Keine«, stimmte Ash zu. »Gut denn, ich muß und ich werde. Aber nur, wenn ihr vier jetzt auf der Stelle geht. Ich folge euch später, wir treffen uns im Tal.«

»Nein!« Aus Anjulis Stimme klang helles Entsetzen, sie drängte sich an Ash vorbei und redete Gobind an, der den Blick von ihrem unverschleierten Gesicht abwandte. »Hakim-Sahib, sag ihm, er darf nicht allein hier bleiben, das ist Wahnsinn. Niemand ist da, um aufzupassen, ob jemand hereinkommt oder um Eindringlinge niederzuschlagen, wie ihr vorhin. Sag ihm, wir müssen alle zusammenbleiben.«

Gobind schwieg einen Moment. Dann nickte er, wenn auch sichtlich widerstrebend, und sagte zu Ash: »Ich fürchte, die Rani-Sahiba hat recht, denn ein einzelner, der durch den Bambusvorhang späht und den richtigen Moment nicht verpassen darf, kann seinen Rücken nicht schützen oder gleichzeitig nach Geräuschen auf der Treppe lauschen.«

Sarji und Manilal murmelten zustimmend, und Ash kapitulierte achselzukkend. Es war ja das letzte, was er noch für Shu-shu tun konnte, die er aus ihrer nördlichen Heimat in diesen mittelalterlichen Winkel von Radschputana geleitet, wo die Zeit stehengeblieben war zwischen kahlen Bergen über glutheißem Sand, und sie einem bösartigen und ausschweifenden Gatten übergeben hatte, dessen von niemandem betrauerter Tod zugleich auch ihr Todesurteil war. Vielleicht war es wirklich Julis Pflicht, darauf zu bestehen, auch wenn sie sich in dieser Lage nur deshalb befand, weil die hysterische kleine Halbschwester sich nicht von ihr hatte trennen wollen, Shu-shu hatte am Ende doch noch etwas gutgemacht. Ohne ihr Eingreifen wäre Juli jetzt da draußen in Hitze und Staub unterwegs, der Bahre ihres Gatten folgend, bis die Kugel aus dem Revolver ihres Liebhabers ihr den schnellen, gnädigen Tod gebracht hätte; wenn er bereit gewesen war, dies Julis wegen auf sich zu nehmen, dann war es nur recht und billig, es auch für ihre kleine Schwester zu tun... doch widerstrebte ihm der Gedanke ganz entschieden.

Weil er Juli liebte, mehr liebte als sein Leben, und weil sie so sehr ein Teil von ihm war, daß sein Leben ohne sie keinen Wert hatte, hätte er sie mit ruhiger Hand erschießen können, ohne das Gefühl zu haben, ihr Blut klebe an seinen Händen. Hingegen war es etwas ganz anderes, Shushila zu erschießen, denn selbst heftiges Mitleid konnte doch den verzweifelten Antrieb nicht ersetzen, den die Liebe bot. Auch würde er ihretwegen nicht sein eigenes Leben opfern, die nächste Kugel wäre nicht für ihn selber bestimmt, und das mußte ihn zum Mörder machen – mindestens zum Henker. Dieser Gedanke war wiederum völlig unsinnig, weil er sich eingestehen mußte, daß Juli dem Flammentod weniger angstvoll entgegengegangen wäre als die arme Shu-shu. Sie hätte die Schmerzen mit mehr Haltung erduldet; und doch hatte er nur Juli vor den grausamen Schmerzen bewahren wollen. Jetzt, wo er das gleiche Shu-shu zuliebe tun sollte, geriet er in Verwirrung.

Sarji unterbrach diese ungereimten Überlegungen mit der nüchternen Bemerkung, von hier aus sei die Entfernung größer als von der Terrasse, und es würde Ash nicht leicht sein, das Ziel zu treffen, da die Schußbahn von oben nach unten verlaufe. Im gleichen Ton hätte er auf der Jagd im Wald von Gir gesagt, daß der Schuß von einem Hochsitz aus mehr Schwierigkeiten biete, und sonderbar genug, dieser sachliche Einwurf nahm der grausigen Szene etwas von dem Gespenstischen, das ihr anhaftete, denn Sarji hatte durchaus recht damit.

Sollte die Tat getan werden, mußte sie gut getan werden und im letztmöglichen Augenblick, damit der Eindruck entstand, Shushila sei, nachdem sie den Scheiterhaufen erstiegen, ohnmächtig geworden. Ein Fehlschuß würde nicht nur für Shushila, sondern für sie alle katastrophale Folgen haben, denn während ein einzelner Knall im allgemeinen Lärm noch untergehen mochte, würde ein zweiter oder gar dritter Schuß unweigerlich gehört werden, und man würde dann auch wissen, von wo geschossen worden war.

Sarji trat neben Ash und fragte: »Meinst du, du schaffst es?«

»Ich muß, einen Fehlschuß können wir uns nicht leisten. Hast du ein Messer?«

»Willst du den Spalt in der Jalousie vergrößern? Nun, das geht auch mit diesem Ding hier«, und Sarji machte sich mit der kurzen Lanze, die alle Leibwächter des Rana trugen, an die Arbeit; er schnitt ein schmales Rechteck aus der Jalousie und sagte: »So. Das müßte reichen. Zwar glaube ich nicht, daß der Bambus die Kugel ablenken würde, doch ausgeschlossen ist es nicht, und ein Risiko können wir nicht eingehen.«

Er sah zu, wie Ash den Dienstrevolver in der Hand wog, den Lauf entlang visierte und bemerkte: »Die Entfernung beträgt mindestens vierzig Schritte. Ich bin mit deiner Waffe nicht vertraut – reicht sie so weit?«

»Ja, aber ich weiß nicht, wie genau sie auf solche Entfernungen trifft, denn dafür ist sie nicht vorgesehen, und ich –« Er wandte sich mit einem Ruck um. »Es hat keinen Sinn, Sarji, die Entfernung ist zu groß, ich muß näher heran. Höre: Ich gehe wieder auf meinen Platz, und du und die anderen – richtig, warum bin ich nicht gleich darauf gekommen! Wir gehen jetzt alle zusammen hier weg. Auf der Terrasse trennen wir uns, ihr drei geht mit der Rani-Sahiba voran, und ich stelle mich auf meinen alten Platz an der Brüstung.«

Sarji unterbrach ihn schroff: »Den kriegst du nicht mehr. Das Gedränge ist viel zu groß. Vorhin bin ich mit Mühe und Not bis zu dir durchgekommen, aber jetzt kommst du nicht mal mehr in diesem Gewand dorthin. Es ist dafür auch zu spät, hör nur, sie kommen.«

Wieder wimmerten die Muschelhörner, doch diesmal ohrenbetäubend, und das antwortende Gebrüll der Massen kam vom letzten Stück jenes Weges, der schon durch den Hain führte. Der Leichenzug mußte jede Minute auftauchen, es war keine Zeit mehr, auf die Terrasse hinunterzugehen und sich durch die halb wahnsinnige Menge ganz nach vorne zu drängen. Dazu war es einfach zu spät.

Die Menge drunten wogte vor und zurück wie die Flut zwischen den Pfeilern einer Pier, man stieß und drängte und schob, reckte den Hals, um über die weiter vorne Stehenden hinwegzusehen, wich den Schlägen der Wächter aus, die wahllos mit ihren Stöcken um sich prügelten in dem Bestreben, dem langsam heranwallenden Leichenzug Bahn zu schaffen. Aus dem Schatten der Bäume bewegte sich nun die Spitze in die goldengrelle Nachmittagssonne, voran eine Phalanx von Brahmanen mit geschorenen Köpfen aus den Tempeln der Stadt, nur mit weißen Lendenschurzen bekleidet, die nackte Brust mit Gebetsperlen geschmückt, auf die Stirn den Dreizack gemalt, die Gabel Wischnus.

Die Anführer bliesen Muschelhörner. Die ihnen folgten, wirbelten an Seilen befestigte Messingglocken über den Köpfen, danach kamen heilige Männer, Sadhus und Asketen, die Glöckchen läuteten und fromme Gesänge anstimmten, manche nackt und mit Asche beschmiert, andere in safran- oder orangefarbenen Gewändern, auch in stumpfes Rot oder Weiß gekleidet; manche hatten die Köpfe kahl geschoren, andere trugen langes, verfilztes Haupthaar und ebenso verfilzte Bärte, die nie gestutzt wurden und fast bis an die Knie reichten. Es war eine toll wirkende Versammlung, wie Ash sie vorher nie gesehen hatte; sie glichen Geiern, die Aas aus großer Entfernung erspähten und aus allen Winkeln des Landes herbeigeeilt waren, der Sati beizuwohnen. Hinter ihnen wurde dann die Bahre getragen, hoch über den Köpfen der Menge, schwankend im Schritt der Träger wie ein Boot auf bewegtem Meer.

Die Leiche, die darauf lag, war ganz weiß gekleidet und mit Girlanden überhäuft, und Ash sah verblüfft, wie klein sie wirkte. Der Rana war kein großgewachsener Mann, doch dank seiner prunkvollen Kleidung und den unzähligen Juwelen, die er anzulegen pflegte, war er stets Mittelpunkt unterwürfiger Höflinge gewesen, was bewirkte, daß er größer schien als seine Umgebung. Der magere, abgezehrte Leichnam auf der Bahre wirkte wie der eines unterernährten zehnjährigen Kindes; ein unbedeutender Gegenstand, noch dazu völlig vereinsamt, denn die Aufmerksamkeit der Menge galt nicht ihm. Man war nicht gekommen, einen Toten zu sehen, sondern eine noch lebende Frau. Und nun kam sie, hinter der Bahre gehend. Bei ihrem Erscheinen brach eine wahre Hölle los, es war, als erbebten von diesem Lärm die steinernen Grabmäler in ihren Fundamenten.

Ash sah sie nicht gleich, denn sein Blick haftete an jenem eingeschrumpften Gegenstand, der einmal sein Feind gewesen war. Doch eine Bewegung neben ihm ließ ihn den Kopf abwenden, und er sah, daß Anjuli sich neben ihn gestellt hatte und mit entsetztem Gesicht durch den Schlitz in der Bambusjalousie starrte – es war, als könne sie den Anblick nicht ertragen und sei doch außerstande, die Augen abzuwenden. Und als er ihrem schmerzerfüllten Blick mit den Augen folgte, sah er Shushila. Nicht die Shushila, die er zu sehen erwartete – eine gekrümmte, schluchzende, vom Entsetzen um den Verstand gebrachte Shushila, sondern eine Königin… eine Rani von Bhithor.

Er hätte niemals für möglich gehalten, daß Shu-shu, ohne gestützt zu werden, auf eigenen Füßen zum Verbrennungsplatz gehen könne, und falls sie wirklich auf eigenen Füßen ginge und nicht getragen werden müßte, dann nur in halb betäubtem Zustand, mit Zerren und Schieben. Doch jene zierliche, prunkvoll gekleidete Gestalt hinter der Bahre des Rana ging nicht nur allein und ohne jede Hilfe, sondern auch hoch aufgerichtet und ohne das geringste Zögern; jeder Zoll eine stolze Königin.

Sie hielt den schmalen Kopf hoch erhoben, setzte die bloßen Füße, die bislang nie etwas anderes als Teppiche oder kühle Marmorplatten gespürt hatten, gelassen und fest auf und hinterließ deutlich sichtbare Abdrücke im Staub, auf welche die Zunächststehenden sich warfen, um sie zu küssen.

Sie war ebenso gekleidet wie zur Hochzeit, in Gold und Scharlachrot, und trug auch den gleichen Schmuck wie damals. Hals und Handgelenke, Stirn und Finger waren mit taubenblutroten, glühenden Rubinen geschmückt, an den Ohrläppchen baumelten ebenfalls Rubine. Rubine verzierten die goldenen Kettchen an den Fußgelenken, und das grelle Sonnenlicht glitzerte auf der Goldstickerei des weiten Rockes und des schmalen Mieders, dem Festgewand einer Königin von Radschputana. Nur trug sie diesmal keinen Sari, und das Haar war nicht aufgesteckt, als ginge sie ihrer Hochzeitsnacht entgegen; vielmehr floß ihr langes Haar um den zierlichen Leib wie ein schwarzseidener Umhang, schöner als Menschenhand ihn hätte herstellen können, und Ash vermochte den Blick nicht von ihr zu wenden, wenngleich ihm dieser tragische Anblick schier das Herz zerriß.

Es schien, als bemerke sie nichts von der drängenden, lärmenden Menge um sie her, die ein ohrenbetäubendes Beifallgeheul ausstieß, sie brüllend um ihren Segen anging, den Saum ihres Gewandes zu berühren suchte, als sie vorüberschritt; sah nichts von den stieren Blicken, die auf ihr unverschleiertes Gesicht gerichtet waren. Ash beobachtete, daß ihre Lippen sich bewegten, als sie jene uralte Anrufung sprachen, welche die Toten auf ihrer letzten Reise begleitet: Ram, Ram... Ram, Ram...

Er sagte laut und staunend: »Du hattest unrecht. Sie fürchtet sich nicht.«

Seine Worte gingen in dem Lärm beinahe unter. Anjuli verstand ihn jedoch, und in dem Glauben, die Sätze wären an sie gerichtet, antwortete sie: »Noch nicht, noch ist das alles ein Spiel für sie, vielleicht kein Spiel – so meine ich es nicht, aber doch etwas, das nur in ihrem Bewußtsein vorgeht, eine Rolle, die sie übernommen hat.«

»Meinst du, sie sei betäubt? Das glaube ich nicht.«

»Nicht wie du es meinst, aber sie ist berauscht von ihren Gefühlen, auch ganz benommen von Verzweiflung und Schock. Und vielleicht berauscht von... Triumph.«

Triumph? dachte Ash. Ja. Das ganze wirkte mehr wie ein Triumphzug, nicht wie eine Leichenprozession, ein Triumphzug zu Ehren einer Göttin, die sich herabläßt, sichtbar zu werden, nur dieses einzige Mal, um die Verehrung ihrer lärmenden, jubelnden Anbeter entgegenzunehmen. Ihm fiel ein, daß Shushilas Mutter in den Tagen, bevor ihre Schönheit das Herz eines Radscha gewann, ein Tanzmädchen gewesen war, eine aus einer Gruppe von Männern und Frauen, die ihren Lebensunterhalt damit verdienten, Aufmerksamkeit und Beifall der Menge zu gewinnen – wie die Tochter es jetzt tat. Shushila, die Göttin von Bhithor, schön wie der junge Tag, glitzernd von Gold und Edelsteinen. Ja, das war ein Triumph, und wenn sie eine Rolle spielte, so tat sie es vortrefflich.

»Bravo«, flüsterte Ash denn auch und stimmte von Herzen jenen zu, die da draußen das gleiche jubelten: »Gut gemacht, bravo!«

Neben ihm murmelte auch Anjuli etwas vor sich hin, doch war es die gleiche Anrufung, die auch von Shushilas Lippen kam: »Ram, Ram... Ram, Ram...« Es war kaum hörbar in dem herrschenden Getöse, lenkte aber Ashs Aufmerksamkeit ab. Obschon er wußte, daß Anjuli nicht für den Toten betete, sondern für die Schwester, gebot er ihr schroff, still zu sein.

Wieder war er unentschlossen und gänzlich verwirrt. Beim Anblick jener Gestalt in Rot und Gold, die sich ohne Zögern so anmutig voranbewegte, kam ihm die Überzeugung, er habe kein Recht, Schicksal zu spielen. Hätte man vor seinen Augen eine schluchzende, vor Schrecken außer sich geratene oder sichtbar betäubte Shushila zum Scheiterhaufen gezerrt, es wäre etwas anderes gewesen, doch sie zeigte nicht die Spur von Angst.

Dabei mußte sie jetzt genau wissen, was ihr bevorstand, und wenn dies so war, dann trafen entweder die Gerüchte zu, von denen Gobind berichtete, das heißt, sie hatte jenen Toten liebgewonnen – wollte also lieber, seinen Leichnam auf dem Schoß, mit ihm sterben als ohne ihn weiterleben – oder aber sie hatte sich mit dem Gedanken an ihren Tod vertraut gemacht und war stolz darauf, dadurch geheiligt und anbetungswürdig zu werden. Was auch immer in ihrem Kopf vorging – hatte er das Recht einzugreifen? Würde der Todeskampf nicht rasch zu Ende sein? Er hatte gesehen, wie der Scheiterhaufen präpariert worden war, wie die Priester zwischen die Holzscheite Baumwolle gestopft und Öle und geschmolzene Butter darübergegossen hatten; schon dabei war ihm die Überzeugung gekommen, daß der entstehende Qualm die arme Shu-shu ersticken würde, noch bevor die erste Flamme an ihr hochzüngelte.

So dachte er denn: Ich kann es nicht tun, auch wenn ich es täte, sie würde kaum schneller und schmerzloser sterben. Juli muß das wissen... warum – zum Teufel – beeilen sie sich nicht, warum bringen sie diese Sache nicht endlich hinter sich, statt sie immer länger hinauszuzögern?

Plötzlich verspürte er wilden Haß gegen alle da draußen, die Priester, die aufgeregten Zuschauer, die Leidtragenden im Leichenzug, selbst gegen den Toten und auch gegen Shushila. Am meisten gegen Shushila, weil sie –

Nein, das war ungerecht, sie war nun einmal, die sie war; ihre Art war es, sich an Juli zu klammern, wie es Julis Art war, dies zuzulassen. Die Menschen sind nun einmal, die sie sind, daran ist nichts zu ändern. Immerhin, bei allem Egoismus hatte Shushila doch soviel Rücksicht auf ihre Schwester genommen, daß sie nicht darauf bestand, sich bis zum letzten Moment an sie zu klammern, sondern hatte sie gehen lassen – und was sie das gekostet haben mochte, würde niemand je wissen. Das durfte er nicht vergessen.

Der rote Nebel der Wut, der einen Moment seinen Blick verschleiert hatte, verzog sich, er sah nun, daß Shushila weitergeschritten war und daß dort, wo er sie vorher erblickt hatte, eine andere einsame, kleine Gestalt erschien, ein Kind diesmal, ein Knabe von fünf oder sechs Jahren, allein und etwas hinter ihr gehend. Wohl der Erbe, überlegte Ash, dankbar, an etwas anderes denken zu können. Das heißt, nicht der Erbe, sondern der neue Rana. Armer kleiner Kerl. Er sieht ja ganz erledigt aus.

Tatsächlich taumelte der Knabe vor Erschöpfung, die fremdartige Umgebung, in der er sich befand, und seine neue Würde, die sich darin ausdrückte, daß er unmittelbar hinter der Witwe gehen durfte, einige Schritte vor dem eigentlichen Gefolge, den Edelleuten, Ratgebern und Stammesältesten von Bhithor, waren augenscheinlich zuviel für ihn. Der Prominenteste im Leichenzug war zweifellos der Diwan, der eine brennende Fackel trug, die an der heiligen Flamme im Tempel der Stadt entzündet worden war.

Unterdessen hatte der Lärm seinen Höhepunkt erreicht; die ihr zunächst Stehenden stießen einander beiseite, um die Rani zu berühren, und verlangten, gesegnet zu werden; andere brüllten aus Leibeskräften »Hari-bol« oder »Khaman Kher«, oder schrien vor Schmerzen, wenn die Wachen sie mit kräftigen Knüppelschlägen zurückdrängten. »Wenigstens wird der Schuß ungehört bleiben«, bemerkte Sarji. »Dafür müssen wir dankbar sein. Wie lange willst du noch zuwarten?«

Ash antwortete nicht, und Sarji sagte vor sich hin, jetzt wäre der richtige Moment für die Flucht – falls man überhaupt noch Verstand habe. Er wollte nicht, daß seine Worte gehört wurden, doch gerade das Ende des Satzes war überraschend deutlich zu vernehmen, denn draußen wurde es mit einem Schlage still, und man hörte sogar das Keuchen der geknebelten Gefangenen und das Gurren der Tauben, die in der Kuppel nisteten.

Der Zug war am Scheiterhaufen angelangt, die Bahre wurde hinaufgehoben. Shushila begann ihren Schmuck abzulegen, reichte ein Stück nach dem anderen dem Knaben, der alles an den Diwan weitergab. Shushila tat dies mit raschen Bewegungen, beinahe fröhlich, als handele es sich um welke Blumen oder wertlosen Glitzerkram, den sie leid war und möglichst schnell los sein wollte, und das alles geschah in solcher Stille, daß man es klirren hörte, wenn sie ein Schmuckstück an den jungen Rana gab und der Diwan es sodann in einen bestickten Beutel tat.

Sogar Ash konnte das hinter der Bambusjalousie hören, und er fragte sich, ob der Diwan die Sachen herausgeben werde; vermutlich nicht, obwohl das alles zu Shu-shus Aussteuer gehörte und eigentlich nach Karidkote zurückgesandt werden müßte. Er hielt es für ziemlich ausgeschlossen, daß ihre Verwandten oder der junge Rana je etwas davon zu sehen bekommen würden, sobald der Diwan die Hand darauf gelegt hatte.

Als bis auf eine Kette aus heiligen Tulsi-Samenkapseln aller Schmuck abgelegt war, hielt Shushila einem Priester die schlanken, ringlosen Finger hin, und er goß das Wasser aus dem Ganges darüber. Als sie die Tropfen abschüttelte, blinkten sie im Lichte der niedrig stehenden Sonne, und die versammelten Priester stimmten einen Gesang an...

Shushila umschritt im Takte dieses Gesanges dreimal den Scheiterhaufen, so wie sie am Hochzeitstage im gleichen Gewand dreimal um das heilige Feuer gegangen war, damals durch den Schleier gebunden an den jetzt eingeschrumpften Leib des Mannes, der sie heute auf einem Brautbett aus Zedernholz und Würzkräutern erwartete.

Die Hymne endete, und wieder hörte man im Hain nichts als das Gurren der Tauben, jenes sanfte, monotone Geräusch, das mit dem dumpfen Schlag der Tomtoms und dem Knarren der Schöpfräder die eigentliche Stimme Indiens ist. Die schweigende Menge stand reglos, niemand rührte sich, als die Sati den Scheiterhaufen bestieg und im Lotussitz darauf Platz nahm. Sie ordnete die Falten des weiten Rockes gefällig und bettete den Kopf des toten Gatten so sanft in ihren Schoß, als schlafe er und sie wünschte nicht, ihn zu wecken.

»Jetzt«, hauchte Anjuli, und dieser Laut endete mit einem Schluchzen... »Tu es jetzt... rasch! Bevor sie die Angst befällt!«

»Rede keinen Unsinn!« Ashs Antwort klang in der Stille wie ein Peitschenknall. »Geradesogut könnte ich eine Kanone abfeuern. Wie die Hornissen würden sie über uns herfallen. Außerdem –«

Er hatte sagen wollen: »Außerdem denke ich nicht daran zu schießen«, tat es aber nicht. Es war sinnlos, Juli noch mehr zu quälen. Doch die Bewegung, mit der Shushila den Kopf des Toten auf ihren Schoß bettete, hatte ihn endlich zu einem Entschluß gebracht: Er dachte nicht mehr daran, sie zu erschießen. Juli war in einem Irrtum befangen; sie vergaß ganz, daß die Halbschwester kein kränkliches, übernervöses Kind mehr war, das beschützt und verzärtelt werden mußte, sie vergaß auch, daß sie, Juli, für Shu-shu nicht mehr verantwortlich war. Shu-shu war eine erwachsene Frau, die wußte, was sie tat. Sie war die Gemahlin eines Herrschers, und sie bewies, daß sie dessen würdig war. Diesmal also sollte ihr selber die Entscheidung überlassen bleiben, zum Guten oder Bösen.

Die Menge da draußen stand immer noch lautlos, doch schwang nun ein Priester eine Tempelglocke, die aus der Stadt mitgeführt worden war. Ihr gellendes Geläut war im ganzen Hain zu hören, die Mauern und Kuppeln der Grabmäler warfen das Echo zurück. Ein anderer Priester besprühte den Leichnam und die Witwe mit Wasser aus dem Ganges – Mutter Gunga, dem heiligen Fluß –, andere gossen Butter und wohlriechende Öle auf die Zedern- und Sandelholzscheite und über die Füße des toten Rana.

Shushila saß reglos. Gefaßt und ruhig schaute sie in das graue, skelettartige Gesicht in ihrem Schoß wie ein Steinbild in Scharlach und Gold, distanziert, leidenschaftslos, sonderbar unwirklich. Der Diwan ließ sich die Fackel reichen und drückte sie in die zitternden Hände des neuen Rana, der im Begriff war, in Tränen auszubrechen. Die Fackel schwankte gefährlich in seinen Händen, denn sie war für ihn zu klobig, und ein Brahmane half ihm, sie hochzuhalten.

Die Fackel brannte hell und zeigte damit an, daß der Abend nahe war. Vor kurzem noch war ihr Feuer im Schein der Sonne fast unsichtbar gewesen, doch nun stand die Sonne zu tief, um ihre Flamme zu überstrahlen. Die Schatten waren lang, und der Tag, der endlos geschienen hatte, würde bald vorüber sein und Shushilas kurzes Leben ebenso.

Sie hatte die Eltern verloren und den Bruder, der sie zu seinen eigenen Zwecken in die Ferne verheiratet hatte, so weit fort von daheim, daß sie Wochen und Monate brauchte, um in ihre neue Heimat zu gelangen. Sie war Gattin geworden und Herrscherin, hatte zwei Fehlgeburten erlitten und ein drittes Kind geboren, das nur wenige Tage lebte, nun war sie Witwe und sollte sterben... Sie ist doch erst sechzehn, dachte Ash. Wie ungerecht ist das, wie ungerecht!

Er hörte, wie Sarji schneller atmete, er spürte, daß sein Herzschlag sich beschleunigte, und obschon Anjuli ihn nicht berührte, wußte er, ohne zu wissen, wie er es wußte, daß sie so heftig zitterte, als friere sie oder leide am Fieber. Ihm fuhr durch den Sinn, daß sie nicht wissen würde, ob er, falls er schoß, sein Ziel getroffen habe oder nicht, und daß er nur über die Köpfe der Menge hinweg zu feuern brauchte. Falls Juli der Gedanke tröstete, ihrer Schwester sei der Feuertod erspart geblieben, brauchte er nur den Abzug zu drücken...

Doch jenseits der Lichtung hingen Männer und Knaben wie Affen in den Zweigen der Bäume, und auf allen umliegenden Grabmälern drängten sich Menschen, also könnten auch eine fehlgehende Kugel oder ein Querschläger tödlich wirken. Der Scheiterhaufen allein bot ein ungefährliches Ziel. Er hob den Revolver, stützte den Lauf auf die linke Armbeuge und sagte knapp, ohne sich umzuwenden: »Sobald der Schuß gefallen ist, verschwinden wir. Seid ihr bereit?«

»Wir Männer sind bereit«, entgegnete Gobind leise. »Und falls die Rani-Sahiba –«

Er zögerte, und Ash sagte an seiner Stelle » – ihr Gesicht bedeckt, sparen wir Zeit. Überdies hat sie genug gesehen und braucht nicht noch länger hinzuschauen.«

Er sprach vorsätzlich schroff in der Hoffnung, Juli werde so damit beschäftigt sein, das Ende des Turbans um ihr Gesicht zu winden, daß sie den letzten Akt des Dramas verpasse, doch machte sie weder Anstalten, ihr Gesicht zu verdecken, noch wandte sie sich ab. Sie stand wie angewurzelt mit weitaufgerissenen Augen, zitternd, unfähig, Hand oder Fuß zu rühren, und offenbar vernahm sie kein Wort.

Ganze vierzig Schritt, hatte Sarji gesagt. So weit sah es gar nicht aus, denn seit die Menge reglos verharrte, hatte der Staub sich gelegt, und da auch die Sonne nicht mehr blendete, sah Ash die Gesichter der Hauptakteure so deutlich, als betrüge die Entfernung zwanzig, nicht aber fünfunddreißig oder vierzig Schritte.

Der kleine Rana weinte, Tränen strömten über das bleiche, kindliche Gesicht, das verzerrt war vor Ratlosigkeit, Angst und körperlicher Ermattung; und hätte der Brahmane neben ihm die Fackel nicht in seine Hände gedrückt, er hätte sie fallen lassen. Der Brahmane redete offenbar drängend, wenn auch leise, auf ihn ein, während der Diwan verachtungsvoll zuschaute und die Edelleute Blicke tauschten – je nach Temperament und dem Grade der Enttäuschung, welche sie über die Wahl des Nachfolgers empfanden.

Dann blickte Shushila auf – und plötzlich veränderte sich ihre Miene.

Vielleicht war es die grelle Flamme der Fackel, vielleicht das Prasseln des Feuers in der stillen Luft, was sie aus jener Traumwelt riß, in welcher sie geweilt, jedenfalls hob sie den Kopf mit einer ruckartigen Bewegung, und Ash sah, wie sie die Augen aufriß, bis diese in dem schmalen, bleichen Gesicht riesengroß wirkten. Sie starrte um sich, keineswegs mehr gefaßt, sondern mit dem schreckerfüllten Ausdruck eines gejagten Tieres, und er sah genau, in welchem Moment die Wirklichkeit an die Stelle der bis dahin gehegten Illusionen trat und sie begriff, was die flammende Fackel ankündigte...

Die vom Brahmanen gelenkten Hände des Knaben senkten sich mit der Fackel, bis das Feuer die Scheite nahe den Füßen des Toten berührte. Flammen züngelten am Holz empor, als habe dies Blüten getrieben, orangefarbige, grüne und violette, und als der junge Rana seine Pflicht an dem alten Rana erfüllt hatte und der Scheiterhaufen brannte, nahm der Brahmane ihm die Fackel aus der Hand, eilte damit ans andere Ende des Holzstoßes und setzte diesen im Rücken der Rani ebenfalls in Brand. Eine grelle Flamme schoß gen Himmel, im gleichen Moment fand die Masse der Zuschauer ihre Stimme wieder und brach in ein Gebrüll der Verehrung und des Beifalls aus. Die angebetete Göttin indessen stieß den Kopf des Toten von ihrem Schoß, sprang auf, starrte in die Flammen und schrie und schrie...

Dieser Schrei übertönte das allgemeine Geheul. Anjuli reagierte darauf mit einem keuchenden Luftholen, Ash visierte sein neues Ziel an und drückte ab.

Die Schreie verstummten, die zierliche, schlanke Gestalt streckte tastend die Hand aus, wie nach einer Stütze suchend, sank in die Knie und fiel mit dem Gesicht über den Leichnam. Und im gleichen Moment warf der Brahmane die Fackel auf den Scheiterhaufen, Flammen schossen aus dem ölgetränkten Holz, und zwischen den Zuschauern und der leblosen Frau auf dem Scheiterhaufen, die nun ein feuriges Hochzeitskleid trug, waberte ein undurchsichtiger Vorhang aus Hitze und Qualm.

In dem kleinen abgeschlossenen Raum hörte der Knall des Schusses sich überlaut an. Ash steckte den Revolver in sein Gewand, drehte sich um und sagte zornig: »Worauf wartet ihr noch? Los, raus, du voran, Sarji.« Anjuli stand noch ganz benommen, doch er zerrte ihr grob das Turbanende vors Gesicht, verknotete es rasch, tat dasselbe bei sich, packte sie an der Schulter und sagte: »Hör mir jetzt zu, Juli, und mach nicht so ein Gesicht. Du hast für Shushila getan, was du konntest. Sie ist jetzt tot. Sie ist entkommen, und falls auch wir entkommen wollen, dürfen wir nicht mehr an sie denken, sondern nur noch an uns. Jetzt sind wir an der Reihe. Ist das klar? Verstehst du mich?«

Anjuli nickte benommen.

»Gut. Dann dreh dich um und geh mit Gobind und sieh nicht zurück. Ich gehe hinter dir. Und jetzt los – marsch!«

Er stieß sie vor sich her gegen den schweren Vorhang, den Manilal vor ihr zurückzog, sie ging hinter Sarji hindurch, die Marmortreppe hinab, die zur Terrasse führte und hinein in die glotzende Menge.

43

Er galoppierte über eine steinige Ebene zwischen niedrigen, kahlen Hügeln dahin, hinter sich auf dem Pferd ein Mädchen, das sich an ihn klammerte und ihn drängte, schneller zu reiten – noch schneller, ein Mädchen, dessen langes, offenes Haar wie eine schwarzseidene Flagge hinter ihr im Winde flatterte, und wenn er sich umwandte, verdeckte es ihm den Ausblick auf die Verfolger. Er vernahm nur das Stampfen von Hufen, die näher kamen, immer näher...

Ash erwachte schweißgebadet und stellte fest, daß es sein Herz war, das so heftig pochte, nicht die Hufe nachsetzender Pferde.

Dieser Alptraum war ihm vertraut, solches Erwachen aber nicht, denn diesmal lag er nicht in seinem Bett, sondern auf bloßer Erde im Schatten eines Felsblockes. Neben ihm fiel ein Schieferbruch steil ab in eine vom Mondlicht erhellte Schlucht, und zu beiden Seiten ragten kahle Hänge auf, die einen Himmel trugen, der aussah wie matter Stahl.

Anfangs wußte er nicht, wo er war, wie hergekommen und warum; dann überlief ihn die Erinnerung wie eine heiße Welle, er setzte sich auf und blickte um sich. Ja, dort lag sie, eine bleiche, zusammengekrümmte Gestalt in der Mulde, die Bukta zwischen zwei Felsblöcken für sie hergerichtet und mit einer Pferdedecke gepolstert hatte. Wenigstens bis hierher hatte man sie gebracht; noch war sie in Sicherheit, und sobald Bukta zurückkam – falls er zurückkam...

Ash scheute sich plötzlich weiterzudenken, ähnlich einem Pferd, das ein gefährliches Hindernis sieht und den Sprung verweigert. An der Stellung des Mondes erkannte er, daß Mitternacht längst vorüber war, und Bukta hätte seit zwei Stunden zurück sein müssen.

Ash erhob sich behutsam, vermied jedes Geräusch, das Anjuli hätte wecken können, und spähte über den Felsblock. Nichts regte sich in der öden, bergigen Landschaft. Außer dem Rascheln des vom Nachtwind bewegten trockenen Grases, das spärlich zwischen Felstrümmern sproß, war kein Laut zu vernehmen. Unmöglich konnte er so tief geschlafen haben, daß er Schritte überhört hätte, aber auch falls es so sein sollte, müßten zumindest Pferde in der Nähe sein...

Doch nirgendwo sah er Pferde und von Bukta keine Spur, auch sonst kein Mensch; allerdings sah man in der Ferne am Himmel den Widerschein von Wachfeuern, die anzeigten, daß dort im Tal eine größere Anzahl Soldaten lagerte, die nur den Anbruch des Tages abwarteten, um die Verfolgung aufzunehmen.

Ash stützte sich auf den Felsblock und starrte über das zerklüftete, in Mondlicht getauchte graue Land hin zu jenem fernen Feuerschein; er berechnete ganz kühl, welche Aussichten er und Juli hatten, in einem Gebiet zu überleben, wo es so gut wie kein Wasser und keinerlei erkennbare Pfade gab; jedenfalls nicht erkennbar für ihn, obschon er vor knapp einer Woche diesen Pfad begangen hatte. Kam Bukta nicht zurück, blieb ihm nichts übrig, als auf eigene Faust einen Weg durch die weglosen Berge zu suchen. Er mußte jene wenigen Quellen finden, die es in dieser ausgedörrten Landschaft gab, und dann versuchen, sich durch die vom Dschungel überwucherten Vorberge zu schlagen, welche die nördliche Grenze von Gujerat bezeichneten.

Schon der Herweg war nicht leicht gewesen, doch jetzt... wieder scheuten seine Gedanken, er ließ den Kopf auf die Arme sinken und verschloß die Augen vor dem grellen Mondlicht. Die Erinnerung an das, was vorgefallen war, beherrschte seine Sinne, und er sah auch bei geschlossenen Augen wieder alles ganz deutlich vor sich...

Sarji voran hatten sie den verhängten Pavillon verlassen, waren die schmale Treppe zur Terrasse hinabgestiegen, wo die Gaffer sich drängten, begierig, die letzten Zuckungen der Sati mit anzusehen; ganz ihren triebhaften Gefühlen hingegeben, beteten, brüllten und weinten sie, als die Flammen aufschossen und der Scheiterhaufen sich in eine blendende Feuerpyramide verwandelte. Niemand hatte einen Blick übrig für die vier Palastbediensteten, denen ein behelmter Leibwächter voranschritt, man konnte unbelästigt das Grabmal verlassen und befand sich schon Minuten später im Schutze älterer, vernachlässigter Denkmäler.

Dagobaz stand lauschend mit hochgestellten Ohren und hörte trotz des knisternden Feuers und des allgemeinen Getöses den Schritt seines Herrn, denn er grüßte ihn wiehernd, noch bevor er ihn erblickte. Vier andere Pferde standen in der Nähe an Bäume gebunden, eines davon Sarjis Moti Raj, das andere der schwere Gaul, den er Manilal für die Rückreise nach Bhithor geliehen hatte. Das dritte gehörte Gobind, ebenso das vierte, das er schon vor Wochen erworben hatte in der Hoffnung, es könne bei der Rettung der Ranis dienlich sein.

»Ich habe je eines für die Ranis gekauft«, erklärte Gobind, während er und Ash die Sattelgurte richteten, »dies ist das bessere von beiden, das andere ließ ich zurück – kein großer Verlust, denn mit Ersatzpferden können wir uns nicht belasten. Falls die Rani-Sahiba jetzt gütigst aufsteigen möchte?«

Sie ritten aus dem Hain heraus, im Bogen durch die staubbedeckte Ebene zum Eingang jenes Talgrundes, der bis zur Stadt reichte und von ihr versperrt wurde wie durch einen riesenhaften Block aus Sandstein. Noch war die Sonne nicht hinter den Bergen verschwunden, und weil ihr Weg jetzt unmittelbar westwärts führte, ritten sie in die untergehende Sonne hinein. Reiter und Pferde schlossen die Lider vor diesem stechenden Licht. Die Hitze waberte in Schleiern vom Boden auf und wirkte geradezu betäubend. – Ash dachte keinen

Augenblick an jenen reisenden Handelsmann aus Bhithor, der seine Landsleute gelehrt hatte, über große Entfernungen hinweg mit Scheiben aus poliertem Silber Signale weiterzugeben.

Auch wenn er sich erinnert hätte, genutzt hätte es nicht viel, nur wäre er gewarnt gewesen. So aber, in den Sonnenuntergang reitend, halb blind von dem grellen Licht, gewahrte er das kurze Aufblitzen von jenem hohen Dach nicht, auch nicht die Antwort von der Festung zur Rechten, die bedeutete »Meldung verstanden«. Und Sarji, der beides sah, dachte nichts weiter, als daß dort eine Fensterscheibe und das polierte Rohr einer Kanone blinkten.

Keiner erfuhr jemals, wie ihre Flucht so schnell hatte bekannt werden können, und doch war die Erklärung einfach, auch bewies sie nur, wie recht Manilal gehabt hatte, als er riet, die Gefangenen auf alle Fälle zu töten. Ein Knebel, und sei er noch so geschickt angebracht, hindert weder Mann noch Frau daran zu stöhnen, und wenn sechs Menschen zugleich aus Leibeskräften stöhnen, machen sie einen erheblichen Lärm. Die Gefangenen konnten sich nicht rühren, aber stöhnen konnten sie eben doch, und das taten sie denn auch so wirkungsvoll, daß eine der Wachen unter dem Pavillon, die im Begriff war, der besseren Aussicht wegen auf die höchste Kuppel des Grabmals zu steigen, im Vorübergehen aufmerksam wurde, vor dem verhängten Eingang stehenblieb und mit dem Gedanken, der Zweiten Rani könnte etwas zugestoßen sein, den Vorhang etwas beiseiteschob und hineinblinzelte.

Minuten später waren die sechs befreit und berichteten von Mord und Entführung, und bald darauf setzte ein erster Trupp den Flüchtigen nach, geleitet von der verräterischen Staubwolke, welche Ash und seine Begleiter aufwirbelten und die sich wie ein weißer Strich durch den Talgrund zog. Die Aussicht, der Flüchtigen habhaft zu werden, war gering, denn sie hatten einen erheblichen Vorsprung und hätten leicht entkommen müssen, doch unseligerweise hatte einer der Verfolger einen silbernen Signalspiegel bei sich, denn es war sein Auftrag, zu den Festungen und zur Stadt Verbindung zu halten und das Eintreffen des Leichenzuges zu melden. Und nun setzte er mit dem Spiegel nach beiden Richtungen eine Meldung ab, die schlicht lautete »Feinde, fünf, beritten. Anhalten.«

Man nahm das Signal auf und bestätigte es, und wenn man auch von den Festungen aus nicht viel unternehmen konnte, so wurde doch in der Stadt sofort Alarm gegeben. Zwar lag im Moment nur eine kleine Truppe dort, weil die große Mehrzahl der Soldaten den Leichenzug begleitete und zum Absperrdienst herangezogen worden war, doch die wenigen, die den Palast bewachten, wurden in aller Eile am Elefantentor zusammengezogen und erhielten Befehl, einem Reitertrupp, der vermutlich zur Grenze unterwegs sei, den Weg zu verlegen.

Das wäre ihnen auch gelungen, hätte nicht ein übereifriger Kanonier der Festung zur Rechten ihr Konzept gestört. Die Flüchtlinge passierten soeben die Lücke zwischen den Vorbergen und dem nördlichen Teil der Stadtmauer und befanden sich etwa auf der Höhe des Mori-Tores. Weil sie die Signale nicht bemerkt hatten und nicht wußten, daß ihre Flucht bekannt geworden war, beeilten sie sich nicht sonderlich, überdies war das Gelände bepflanzt, von Wassergräben durchzogen und daher ungeeignet zum Galoppieren. Auch sahen sie den Talgrund mit dem von der Hitze steinhart gedörrten Boden schon vor sich liegen, und dort konnten sie, die Stadt endlich im Rücken, die Gangart beschleunigen.

Das unvermutete Erscheinen eines brüllenden Reitertrupps, der, weil aus dem Elefantentor hervorbrechend, nicht nur ihnen weit voraus war, sondern augenscheinlich die Absicht verfolgte, ihnen den Weg abzuschneiden, bevor sie das Tal erreichten, war daher eine schlimme Überraschung, verstärkt noch durch vereinzeltes Gewehrfeuer von rechts. Und doch schien es ihnen für einen kurzen Augenblick, als handele es sich um einen Irrtum, unmöglich konnten diese brüllenden Reiter es auf sie abgesehen haben, und die Schüsse konnten nicht ihnen gelten, denn schließlich war erst sehr kurze Zeit seit ihrem Aufbruch vergangen. Doch währte diese Einschätzung der Lage nur Augenblicke, dann wußten sie mit absoluter Sicherheit, daß die Jagd auf sie begonnen hatte, so wie der Fuchs das weiß, wenn er die Meute blaffen hört.

Zum Umkehren war es zu spät, auch wäre das sinnlos gewesen, denn unterdessen würde man sie auch von anderswoher verfolgen. Es blieb also nichts als der Durchbruch, und allesamt drückten sie gleichzeitig ihren Pferden die Sporen in die Weichen und galoppierten jenem Durchlaß zu, den die Reiter aus der Stadt zu schließen beabsichtigten.

Unwahrscheinlich, daß sie es rechtzeitig geschafft hätten, doch in eben diesem Moment griff jener Kanonier von einer der Festungen zu ihrem Vorteil ein.

Man hatte auf der Festung das Signal empfangen, die Bastionen waren besetzt, man beobachtete erregt die Annäherung der Flüchtlinge und ihrer Verfolger. Die erhöhte Lage verschaffte der Besatzung einen Vorteil über die Flüchtlinge, denn sie konnte nicht nur das Grüppchen der fünf und deren Verfolger beobachten, sondern auch den bewaffneten Reitertrupp, der aus dem Elefantentor hervorbrach, um den Weg abzuschneiden.

Diese Reiter waren für die Besatzung der Festung sichtbar gewesen, seit sie durchs Stadttor preschten. Nun bot die Festung zwar einen unübertrefflichen Beobachtungsplatz, doch die altmodischen Handfeuerwaffen, mit denen die Besatzung das Feuer eröffnete, erwiesen sich auf die Entfernung gegen die flüchtigen Reiter als unwirksam, zumal die wabernde Hitze und der aufgewirbelte Staub präzises Zielen nicht zuließen. Die Schüsse gingen also fehl, und von dort oben gesehen mußte man den Eindruck haben, den Flüchtigen werde der Durchbruch ins Tal gelingen.

Die großen Feldschlangen aus Bronze waren an diesem Tage schon einmal abgefeuert worden, und da sie der Tradition gemäß auch den neuen Rana beim Einzug in seine Hauptstadt begrüßen sollten, waren sie geladen und schußbereit. Ein übereifriger Kanonier richtete sein Rohr mit Hilfe eines Kameraden auf das galoppierende Ziel, die Lunte wurde angezündet, und der Knall war so eindrucksvoll wie stets, doch hatte man die Geschwindigkeit der Reiter nicht richtig berechnet, so daß die Kugel nicht zwischen die Flüchtlinge fiel, sondern zwischen die aus der Stadt herauspreschenden Verfolger.

Niemand wurde schwer verwundet, doch die überraschend aufgewirbelte Fontäne aus Staub und Dreck, die vor ihnen aufstieg und sie mit Erde und Steinbrocken überschüttete, versetzte die ohnehin übernervösen Pferde in Schrecken, sie stiegen auf die Hinterhand und gingen durch. Einige Reiter wurden abgeworfen, und als die anderen ihre Pferde wieder in die Gewalt bekamen, hatten die Flüchtlinge den Engpaß bereits hinter sich und ritten in Windeseile die langgestreckte Talsohle hinunter.

Das war ein unglaublicher Ritt, angsterregend, nervenzerreißend und zugleich so aufregend, daß Ash ihn geradezu genossen hätte, wäre Juli nicht gewesen. Sarji jedenfalls genoß ihn, er lachte laut, er sang aus voller Brust, er feuerte Moti Raj zu immer schnellerem Tempo an, indem er ihm aufmunternde Worte und Liebkosungen in die Ohren rief. Auch Dagobaz war ganz in seinem Element, und hätte Ash es ihm nur erlaubt, er wäre den anderen weit vorausgeeilt. Doch mußte man auf Juli Rücksicht nehmen, und Ash hielt Dagobaz entschlossen zurück. Alle paar Sekunden schaute er über die Schulter, um zu sehen, wie sie sich hielt.

Der Wind hatte den Musselin des Turbans von ihrem Gesicht gerissen, und Ash sah ihre Miene: entschlossen, starr, eine bleiche Maske, in der nur die Augen lebendig waren. Die Art, wie sie zu Pferde saß, hätten ihrem Kosakengroßvater alle Ehre gemacht, und Ash empfand plötzlich tiefe Dankbarkeit gegenüber jenem alten Freibeuter und auch gegen ihren Vater, den alten Radscha, der entgegen den Einwänden von Janu-Rani darauf bestanden hatte, aus seiner Tochter Kairi-Bai eine glänzende Reiterin zu machen. Gott segne ihn, wo er auch sei, dachte Ash.

Auch Gobind war ein guter Reiter. Manilal hingegen bestenfalls Durchschnitt. Man sah bereits, daß er das Tempo nicht würde durchstehen können. Doch noch hielt er sich gut und war gescheit genug, seinem Pferd zu überlassen, was es für richtig hielt. Was die Verfolger anging, so war durch den aufgewirbelten Staub nur zu erkennen, daß diese ziemlich weit abgeschlagen waren und keine ernste Bedrohung mehr darstellten.

Sie vermieden den ausgefahrenen Weg mit den tiefen Karrenspuren und den Löchern und hielten sich statt dessen seitwärts im offenen Gelände auf der linken Seite, denn links ging es hinauf zu Buktas Pfad; zwei Drittel des Weges lagen schon hinter ihnen, als Anjulis Pferd mit dem Huf in ein Rattenloch geriet und stürzte; Anjuli wurde über den Kopf des Pferdes geschleudert und blieb der Länge nach ausgestreckt am Boden liegen.

Der Sturz nahm ihr den Atem, sie lag nach Luft ringend still, während das Pferd mühsam auf die Beine kam und keuchend mit hängendem Kopf stehenblieb. Manilal, der hinter Juli ritt, konnte es um Haaresbreite vermeiden, sie zu überreiten; hilflos klammerte er sich an seinen Sattel, während sein Pferd weitergaloppierte, die drei anderen aber hielten an und kehrten um.

Ash sprang ab und riß Juli in seine Arme. Einen grausigen Moment lang hielt er sie für tot, und das Herz stand ihm still, denn sie regte sich nicht. Doch ein weiterer Blick auf sie beruhigte ihn. Juli auf den Armen machte er kehrt, blickte zurück und sah, daß die Verfolger gefährlich nahe waren.

Auch Gobind schaute dorthin. Er war nicht abgesessen, sondern hielt die Zügel von Dagobaz und Moti Raj, während Sarji das verletzte Pferd untersuchte. Er sagte kein Wort. Das war auch überflüssig, denn alle erkannten die Gefahr. Sarji keuchte: »Rechts vorn eine schlimme Zerrung. Dagobaz wird zwei tragen müssen. Gib mir die Rani und dann zurück aufs Pferd. Schnell.«

Ash gehorchte, und obwohl Juli vom Sturz noch benommen war, bekam sie doch wieder Luft; ihre Geistesgegenwart hatte sie keinen Moment verlassen. Als Sarji sie hinter Ash auf die Kruppe des Pferdes hob, legte sie die Arme um Ash und klammerte sich an, und schon ging es weiter, Manilal nach, der ihnen nun weit voraus war. Gobind und Sarji ritten ihnen zur Seite, um nicht vom aufgewirbelten Staub erstickt zu werden.

Dagobaz schien das größere Gewicht nicht zu spüren, er flog dahin wie ein Falke, ohne zu ermüden. Doch die Verzögerung war schlimm, denn die Verfolger hatten nicht nur aufgeholt und waren nur noch ein paar hundert Meter hinter ihnen, sondern die beiden anderen Pferde hatten auch ihren Schwung verloren, was bedeutete, daß Gobind nun Peitsche und Sporen gebrauchen mußte, während Sarji weit vorgebeugt über den gestreckten Hals von Moti Raj lag wie ein Jockey. Keine Rede mehr von Gesang.

Ash hörte einen Musketenknall, er sah die Kugel seitlich vor ihm Erde aufwirbeln und begriff, daß die Verfolger das Feuer eröffnet hatten. Das hätte er bedenken müssen, als er Juli hinter sich aufsitzen ließ. Besser, er hätte sie vor sich gehabt und sie mit seinem Leib decken können, doch es war zu spät, das zu ändern, anhalten konnte man nicht, und im übrigen war es unwahrscheinlich, daß einer der Reiter treffen würde; diese Männer waren mit altmodischen Vorderladern ausgerüstet, unhandliche Waffen, kaum zu gebrauchen auf einem galoppierenden Pferd und schon gar nicht neu zu laden.

Weitere Schüsse waren also kaum zu erwarten, doch zeigte dieser erste an, daß die Verfolger näherkamen, auch erinnerte er Ash an seinen Revolver. Wohl wissend, daß Dagobaz auf den geringsten Kniedruck ansprach, holte er den Revolver aus seinem Gewand, lenkte Dagobaz so weit zur Seite, daß der eigene Staub ihm nicht mehr das Ziel verdeckte, sagte zu Anjuli, sie solle sich festhalten, und feuerte auf einen Mann, der auf einem schlanken, einheimischen Grauen das Feld der Verfolger um mehrere Längen anführte.

Einen Schuß auf gut Glück konnte man das nicht nennen, dazu hatte Ash das Schießen bei Koda Dad einfach zu gut gelernt, und er hielt sich gar nicht erst damit auf, die Wirkung zu beobachten, vielmehr blickte er vorwärts. Er hörte den Sturz und das Geheul hinter sich, dazu Sarjis Triumphgeschrei, als der reiterlose Graue an ihnen vorübersprengte.

Vor ihnen erhob sich die Klippe mit der pfeilspitzenförmigen Schieferplatte darunter, die auf den von weißem Vogelkot beschmierten Steinbrocken wies, hinter dem der Jäger Bukta – wenn Gott gnädig war! – sie erwartete, ausgerüstet mit einer überzähligen Jagdflinte samt zwei Schachteln Patronen und fünfzig Schuß Gewehrmunition.

Gelang es ihnen, auch nur eine Minute vor den Verfolgern durch jenen Spalt zu schlüpfen, den Bukta bewachte, konnten sie jede Menge Verfolger abwehren und ihnen so große Verluste beibringen, daß bei Einfall der Nacht niemand mehr Lust verspüren würde, ihnen in die Berge zu folgen. Doch das Gebrüll und das Stampfen der Hufe kam näher, wurde lauter, wurde plötzlich auf gespenstische Weise vertraut, und Ash begriff ungläubig und entsetzt, daß jetzt sein Alptraum, der ihn schon so oft heimgesucht hatte, lebendige Wahrheit wurde...

Diesmal träumte er nicht. Alles war Wirklichkeit – die flache, steinige Ebene, die kahlen, niedrigen Hänge, das Stampfen nachsetzender Hufe und das Mädchen auf der Kruppe, das einst Belinda gewesen war – aber auch damals war ihr Haar schwarz.

Der Alptraum also war Wirklichkeit geworden, und wie um ihm das noch deutlicher vor Augen zu führen, drängte Juli ihn jetzt zu größerer Eile. Als er, den Revolver in der Hand, sich umwandte, mußte er feststellen, daß er nicht schießen konnte, denn beim Sturz hatte Juli den Turban verloren, das gelöste Haar wehte hinter ihr drein wie eine schwarzseidene Flagge und nahm ihm die Sicht; unmöglich zu erkennen, wo ihre Verfolger waren.

Das war schlimmer als alle seine Träume, denn er wußte, er würde nicht daraus erwachen, in Angstschweiß gebadet zwar, doch in Sicherheit. Und wie es enden würde, ahnte er nicht. Er konnte nur Dagobaz zu noch größerer Schnelligkeit antreiben und beten, daß man den sicheren Durchschlupf rechtzeitig erreichte.

Als sie in den Schatten der Berge ritten, verlosch das gleißende Licht. Endlich konnten sie ihr Ziel erkennen. Noch eine halbe Meile... eine Viertelmeile... vierhundert Meter... der weiße Vogelkot hob sich deutlich von den purpurn gefärbten Hängen ab, und nahe dem mit Grasbüscheln gekrönten Fels stand jemand: ein Mann mit einem Gewehr. Bukta, in seinen sandfarbenen Jagdkleidern im Schatten fast unsichtbar. Bukta hatte also gewartet, und nun stand er dort, die geliebte Lee-Enfield an der Schulter, den Feind im Visier.

Ash hatte gesehen, wie Bukta auf fünfzig Schritte eine Baumratte erlegte und auf die doppelte Entfernung im hohen Gras einen jagenden Leoparden. Jetzt, da er das Licht im Rücken hatte und die anreitenden Soldaten von seinem Vorhandensein nichts wußten, würde er mindestens einen niederschießen können, bevor die anderen die Gefahr erkannten; er konnte genügend Verwirrung stiften, und die Verfolgten würden Deckung finden.

Nun waren es keine zweihundert Meter mehr. Ein frohlockendes Lachen überkam Ash, als er auf den Blitz des Mündungsfeuers wartete, doch blieb der aus, und Ash begriff, daß er umsonst wartete, denn er, Sarji und Gobind ritten genau in der Schußlinie und deckten den Feind so vollkommen, daß der alte Jäger keinen Schuß abzugeben wagte.

Manilal hatten sie ganz vergessen. Der Dicke war an dem Felsen vorübergesprengt, wo Bukta wartete, doch sein Pferd war nun erschöpft, und er lenkte es in einem weiten Bogen herum, bis er in die Richtung blickte, aus der er gekommen war. Er befand sich ziemlich weit entfernt von den anderen. Als er nun auf die Gefährten zuritt, sah er genau, was da vorging, und konnte aus der Distanz die Lage viel deutlicher einschätzen als die anderen Teilnehmer dieses Dramas.

Man hatte ihm den Durchschlupf durch die Klippen beschrieben und als schneller Denker, der er war, erkannte er, daß die Gefährten ihr Ziel nicht mehr erreichen würden, da der Jäger nicht schießen durfte, bevor sie an ihm vorüber waren, und soviel Zeit war nicht mehr. Manilal trug keine Sporen, doch hatte er eine Peitsche an einer Schnur ums Handgelenk: die benutzte er unbarmherzig. Aber er galoppierte nicht dem Steilhang entgegen, sondern den brüllenden Soldaten aus der Stadt.

Ash sah ihn vorübersprengen und hörte den dumpfen Anprall, mit dem er mitten zwischen die Soldaten ritt. Zeit, hinzusehen, blieb nicht, sie reichte gerade noch, abzuspringen, Anjuli aufzufangen, am Arm zu packen und Dagobaz hinter sich herzuziehen. Gobind und Sarji, die sich ebenfalls von den Pferden warfen, folgten ihm, und schon feuerte Bukta, lud und feuerte erneut...

Nach Hitze und Staub dieses rasenden Rittes schien die Schlucht hinter der Geröllmauer geradezu ein friedlicher Ort. Bukta kampierte hier seit einer Woche, seine wenigen Habseligkeiten einschließlich Waffen und Munition waren säuberlich auf einem Felsband ausgelegt und leicht erreichbar. Sein Pony, nach Landessitte locker an den Vorderbeinen gefesselt, um es am Weglaufen zu hindern, rupfte zufrieden trockenes Gras; alles machte einen sonderbar heimeligen Eindruck. Es war eine sichere Zuflucht, umrahmt von unübersteigbaren Klippen, erreichbar nur durch einen Spalt im Fels, den ein einzelner Mann gegen ein ganzes Heer verteidigen konnte, hatte er nur einen guten Säbel oder gar einen Revolver...

Jedenfalls war es Ash kürzlich so vorgekommen. Nun, angesichts der Wirklichkeit, war er weniger zuversichtlich, denn die Zeit, die man hier ausharren konnte, war doch begrenzt, nämlich durch den Vorrat an Munition und Wasser. Die Munition mochte reichen, doch das Wasser würde in dieser trockenen, sengenden Hitze bald ausgehen – erst recht, wenn Pferde dabei waren. Bukta hatte gewiß für sein Pony und sich selber reichlich Wasser im Tal holen können, doch das war jetzt nicht mehr zugänglich für sie, und die nächste Versorgungsmöglichkeit – der kleine Teich mit der einzelnen Palme in jenem Bergkessel – lag mehr als eine Stunde entfernt. Sonst hatten sie nur, was in den Wasserflaschen war, das mochte für ein Weilchen reichen, den Pferden aber nützte es nichts. Es war Stunden her, seit Dagobaz gesoffen hatte, Ash selber hatte noch länger nicht getrunken.

Plötzlich wurde er sich seines Durstes bewußt, der ihn bislang weniger gequält hatte als der Rückblick auf die Ereignisse des Tages. Doch durfte er nicht wagen, an die Flasche zu gehen, denn wenn er zu trinken anfing, würde er sie bis auf den letzten Tropfen leeren; es mochte aber sein, daß sie allesamt binnen kurzem das Wasser dringender brauchten als er jetzt, also mußte er noch ein wenig warten. In der Nacht würde Tau fallen, dann würde es erträglicher. Aber zwei Dinge standen fest: Man konnte hier nicht lange verweilen. Ohne Wasser mußte die Schlucht sich aus einem Zufluchtsort in eine Falle verwandeln, und je früher man losritt, desto besser, denn wenn die Nacht hereinbrach, würde es nicht einmal Bukta möglich sein, den praktisch unsichtbaren Weg zurück durch das Gebirge zu finden. Wenn sie sich aber von hier absetzten, konnte niemand die Verfolger daran hindern, die Spur aufzunehmen, es sei denn, jemand blieb zurück und hielt sie auf, bis die anderen...

Ash schaute zu der engen Spalte hin, durch die sie geschlüpft waren, dann sah er Anjuli an, die, als er sie losgelassen hatte, zu Boden gesunken war und nun mit geschlossenen Augen dalag. Das wirre Haar war grau von Staub, und erst jetzt bemerkte er darin eine schneeweiße Strähne, eine Strähne, die wie ein silberner Streifen die Schwärze teilte. Ihr Gesicht war von Erschöpfung so ausgezehrt, daß man sie leicht für eine alte Frau hätte halten können; daß sie erst einundzwanzig Jahre alt war, schien unglaubhaft.

Ash hätte sie dort gern ein wenig länger ruhen lassen, denn es sah aus, als brauche sie dringend Ruhe – die brauchten sie alle, Pferde wie Reiter. Obwohl die Luft in der Schlucht von der Hitze des Tages erstickend heiß war, gaben die Schatten doch wenigstens eine Illusion von Kühle, und die erschöpften Pferde rupften bereits das verdorrte Gras. Doch nützte es nichts, sie mußten weiter, denn trotz der Steilwände zu beiden Seiten, trotz der Geröllmauer, die sie vom Tal trennte, hörten sie immer wieder den gedämpften Knall von Buktas Gewehr und das antwortende Feuer der Verfolger, die abgesessen waren und Buktas Schüsse erwiderten.

Ashs eigener Karabiner war noch an Sarjis Sattel befestigt, er band ihn los und lud durch, verstaute eine Schachtel Patronen in der Satteltasche und sagte knapp: »Sarji, du mußt mit Gobind und der Rani losreiten, ich löse Bukta ab und werde mich mit diesem Pöbel da unten herumschießen. Er muß euch führen, denn nur er kennt den Weg und –« er brach ab und schaute sich um. »Wo ist Manilal? Was ist mit ihm passiert?«

Weder Sarji noch Gobind wußten es. Es war nicht Zeit gewesen, sich nach ihm umzusehen, man mußte die Pferde antreiben, und, einmal zwischen den Felsen, sah man nicht mehr, was im Tal geschah. »Bukta wird dafür gesorgt haben, daß ihm nichts zugestoßen ist«, sagte Sarji zuversichtlich. »Er verfehlt nie sein Ziel, und da draußen dürften die Leichen sich allmählich häufen. Hör nur – er feuert, so schnell er laden kann. Zu viert müßten wir imstande sein, die Kerle allesamt umzubringen.«

Ash widersprach schroff: »Nein, Sarji, überlaß das mir. Wir sind gekommen, die Rani zu retten, und das hat Vorrang. Wir dürfen ihr Leben nicht mehr aufs Spiel setzen. Jetzt mögen nur noch eine Handvoll Männer dort unten sein, doch bald schon bekommen sie Verstärkung. Überdies können wir bei Dunkelheit nicht von der Stelle, tu also, wie ich sage, und widersprich nicht, dazu ist keine Zeit. Gobind, sorg bitte dafür, daß die Rani-Sahiba reisefertig ist, sobald Bukta und Manilal kommen. Sie muß auf einem eurer Pferde mitreiten, und falls außer Dagobaz kein anderes Pferd die Last tragen kann, muß Sarji ihn reiten und mir eines der anderen Pferde dalassen. Reich mir die Schrotflinte herüber, die nehme ich ebenfalls mit. Und die Patronen. Danke. Ich komme nach, sobald es sich machen läßt. Haltet euch nicht unnötig auf, erst hinter der Grenze seid ihr sicher.«

Er nahm beide Gewehre auf die Schulter und ging, ohne einen Blick auf Anjuli zu werfen, schnell davon.

Der enge, gewundene Durchschlupf lag im Schatten. Das Licht verblaßte bereits an jenem schmalen Streifen Himmel, der von hier unten sichtbar war, und Ash dachte: Ehe es draußen dunkelt, ist hier schon Nacht, und man kann die Hand nicht mehr vor Augen sehen. Das ist ein Vorteil, denn wer den Pfad nicht kennt, wird bei der ersten Spitzkehre stehenbleiben und annehmen, es gehe nicht mehr weiter. Ich hingegen werde den Rückweg schon finden, wenn auch nur mit Mühe – falls ich überhaupt zurückkomme...

Nein, nicht falls, sondern wenn, dachte er entschlossen, denn er hörte eine Stimme aus der Vergangenheit sagen: »Die Weißen begreifen nicht, daß man mit der Wahrheit sparsam umgehen muß, und wenn wir hierzulande auf Fragen von Fremden ausweichend antworten, weil wir uns erst vergewissern wollen, ob eine Lüge nicht bessere Dienste leistete als die Wahrheit, nennen sie uns Lügner.« Und eine andere Stimme vernahm er ebenfalls, die erst kürzlich gesagt hatte: »Man darf diesen Kerlen nicht glauben, denn die meisten lügen lieber, als daß sie die Wahrheit sagen, und wer hinter der Wahrheit her ist, kann ebensowohl die sprichwörtliche Nadel im Heuhaufen suchen.«

Er mußte zurückkommen. Es gab kein falls. Kamen die anderen nämlich ohne ihn nach Gujerat, konnten sie in große Schwierigkeiten geraten. Man würde ihnen nicht glauben oder bestenfalls alles als übertrieben abtun, ersonnen von einer verwirrten Witwe und dem Hakim ihres Onkels samt Diener und einem einheimischen Pferdezüchter, die allesamt nicht englisch sprachen und deshalb gewiß Lügner waren. Die Bürokraten, das wußte er nur zu gut, sind allemal schwer zu überzeugen, und falls irgend etwas gewiß war, dann dies: daß jedermann in Bhithor, vom Diwan bis zum letzten Ackerknecht, das Blaue vom Himmel lügen würde, um die Wahrheit zu vertuschen. Kam er nicht mit ihnen zusammen ans Ziel, würde man seine Freunde am Ende verdächtigen, ihn beraubt und ermordet zu haben.

Ash war versucht umzukehren, tat es aber nicht. Sarji hatte in Gujerat eine Menge Freunde, seine Familie war nicht ohne Einfluß in der Provinz, und Juli war schließlich eine echte Prinzessin. Gobind und Juli durften auch auf die Unterstützung von Jhoti, des Maharadscha von Karidkote, zählen. Unsinnig zu glauben, sie könnten ohne ihn nicht zurechtkommen.

Er fand Bukta in einer strategisch guten Position, seitlich von Felsen gedeckt, vor sich einen flachen, großen Steinbrocken, der ihm als Auflage für sein Gewehr diente. In seinem Patronengürtel klafften bereits Lücken, ein kleines

Häufchen Hülsen lag verstreut um ihn her. Drunten im Tal rannten verängstigte reiterlose Pferde umeinander, die ihre Zügel hinter sich herschleiften. Die Reiter lagen reglos im Staub, Beweis dafür, daß Sarji recht hatte, als er sagte, Bukta verfehle nie ein Ziel. Der Gegner war also schwer angeschlagen, doch vernichtet war er nicht; die Überlebenden lagen in Deckung und erwiderten Buktas Feuer.

Was Treffsicherheit und Reichweite anging, konnten ihre alten Waffen es mit Buktas Gewehr nicht aufnehmen, doch waren sie zahlenmäßig überlegen. Jeden Schuß von Bukta konnten sie mit vier oder fünf eigenen erwidern; der Kugelhagel, der um ihn niederging, erfüllte die Luft mit fliegenden Steinsplittern und machte es gefährlich, die Deckung zu verlassen. Er konnte sich ungefährdet zurückziehen, mehr aber nicht, und wenn es dem Feind auch nicht besser ging, so arbeitete doch die Zeit für ihn, und Verstärkungen waren im Anzuge.

Bukta blickte Ash nur kurz an und sagte: »Geh zurück, Sahib. Hier bist du nicht von Nutzen. Du und die andern, ihr müßt rasch ins Gebirge, sonst seid ihr verloren. Einem ganzen Reiteraufgebot können wir nicht standhalten – sieh nur, da kommen sie schon.«

Ash hatte sie aber bereits gesehen. Tatsächlich galoppierte eine ganze Horde das Tal entlang ihnen entgegen. Das Licht der tiefstehenden Sonne ließ ihre Lanzen, Säbel und Musketenläufe blinken, und nach der Staubwolke zu urteilen, die der Trupp aufwirbelte, war das halbe Heer ausgesandt, die verwitwete Rani und ihre Retter einzufangen. Noch waren sie weit entfernt, würden aber sehr bald hier sein.

Eine Kugel schlug in der Nähe von Ashs Kopf in den Stein, er duckte sich, um den Splittern auszuweichen und sagte kurz: »Ohne Führer können wir nicht gehen, das weißt du, Bukta. Ich bleibe hier, während du die anderen wegbringst. Geh, beeil dich.«

Bukta verlor keine Zeit mit Widerreden. Er kroch zurück, erhob sich, als er Deckung hinter einem Felsen fand, klopfte den Staub aus seinen Kleidern und sagte ebenso kurz: »Laß keinen zu dicht herankommen. Halt sie dir vom Leibe und schieß, so oft du kannst, damit sie nicht merken, daß du hier alleine bist. Wird es dunkel, gehst du zurück, und wenn möglich, komme ich dich holen.«

»Du wirst auch ein Pferd mitbringen müssen, falls Manilal verletzt sein sollte«, sagte Ash.

»Er ist tot«, kam Buktas kurze Antwort. »Ohne ihn wäret ihr allesamt tot, denn diese Teufel waren euch so nahe auf den Fersen, daß ihr nicht mehr hättet absitzen können. Und ich konnte nicht schießen. Der Diener des Hakim aber ist einfach zwischen sie geritten, hat die Anführer zu Fall gebracht, und als er selber stürzte und am Boden lag, hat ihm jemand den Kopf abgeschlagen. Möge er als ein Fürst und Krieger wiedergeboren werden. Nach Mondaufgang hole ich dich. Falls nicht...« Er ging achselzuckend davon. Ash legte sich hinter den flachen Steinbrocken und überblickte das Schlachtfeld, Flinte und Gewehr schußbereit vor sich.

Die Verstärkungen waren jetzt nähergekommen, aber noch nicht in Reichweite. Einer der ursprünglichen Verfolger, der bemerkt hatte, daß ganze zwei Minuten nicht mehr vom Berge her geschossen worden war, schloß daraus, daß der Schütze entweder getroffen sei oder keine Munition mehr habe, und war unvorsichtig genug, sich zu zeigen. Ashs Karabiner krachte, der Mann schnellte empor wie von einem unsichtbaren Draht gezogen und sackte tot zusammen. Seine Kameraden zogen es danach vor, sich nicht mehr zu zeigen. Sie feuerten nur blindlings den Hang hinauf, was Ash die Möglichkeit gab, die näherkommenden Reiter genauer zu betrachten. Der Karabiner traf auf dreihundert Meter genau, auf größere Entfernung zu treffen, war reine Glückssache. Buktas Ermahnung eingedenk, feuerte Ash trotzdem schon auf weite Entfernung, und zwar mit gutem Erfolg, denn ein aus fünfzig Männern bestehendes Ziel kann man kaum verfehlen, wenn sie in Fünfzehnerreihen nebeneinander reiten.

Sein erster Schuß erzielte also auch auf große Distanz Wirkung, und obschon er nicht erkennen konnte, ob er Mann oder Pferd getroffen hatte, brach die Formation wie von Zauberhand zersprengt auseinander. Einige Reiter zügelten ihr Pferd, nachfolgende ritten in sie hinein, Staub stieg auf und es entstand ein erhebliches Durcheinander.

Ash erhöhte es, indem er weiterfeuerte. Er lud gerade zum sechsten Mal, als er eine Hand auf der Schulter spürte. Von Angst gepackt, warf er sich herum. »Oh, Sarji, hast du mich erschreckt! Was machst du denn noch hier? Habe ich nicht gesagt –« er unterbrach sich, denn hinter Sarji erblickte er jetzt Gobind.

Wieder prasselten Kugeln über ihm ins Gestein, doch achtete er nicht darauf.

»Was ist geschehen?«

»Nichts«, sagte Sarji und nahm ihm den Karabiner aus der Hand. »Nur haben wir beschlossen, daß du mit der Rani-Sahiba voranreiten sollst, denn falls... falls nicht alles glatt gehen sollte, bist du der einzige, der für sie sprechen kann. Du bist ein Sahib und kannst besser als wir von deinen Landsleuten und der Regierung Gerechtigkeit fordern. Wir stimmen drei gegen einen, Ashok, denn auch Bukta meint, so sei es klüger. Er wird euch führen. Verlaß uns jetzt, die beiden warten auf dich und gehen ohne dich nicht los.«

»Aber Gobind versteht nicht, mit dem Gewehr umzugehen«, protestierte Ash.

»Ich kann laden, und mit zwei Gewehren kann dein Freund schneller feuern als du mit einem. Da drunten werden sie denken, wir sind viele, und sie werden vorsichtiger sein. Vergeude keine Zeit, Sahib, sondern bring die Rani-Sahiba in Sicherheit. Fürchte nichts für uns, bald wird es dunkel, und solange halten wir die Stellung gegen ganz Bhithor. Nimm das« – er drückte Ash ein Päckchen in die Hand – »und geh.«

Ash sah vom einen zum anderen und las in ihren Gesichtern, daß Widerspruch sinnlos war. Sie hatten ja recht, er selber dachte ebenso. Er konnte für Juli vermutlich mehr tun als sie. Also sagte er nur: »Gebt acht auf euch.«

»Das werden wir.« Sarji packte seine Hand, sie lächelten einander an, und Gobind nickte abschiednehmend, als Ash sich gehorsam auf den Weg machte.

Wieder regnete es Kugeln, er hörte das Gewehr antworten und trottete los.

Weil er jetzt weder Waffen noch Munition trug, war es einfacher, den Durchschlupf zwischen den Felsen zu passieren. Jenseits erwarteten ihn schon Bukta und Juli. Er brauchte Juli nur zu sich aufs Pferd zu ziehen und hinter Buktas kleinem Pony herzutraben.

Die Schüsse waren kaum noch zu hören, bald war Hufschlag das einzige Geräusch, begleitet vom Knarren und Klirren des Sattelzeugs und dem Rascheln der trockenen Gräser. Erst als sie den Anstieg begannen, fiel ihm das Päckchen ein, das Gobind ihm gegeben hatte; als er es ansah, erkannte er die Briefe, die er nachts zuvor geschrieben hatte. Alle. Und er begriff gleich, was dies zu bedeuten hatte. Da war es aber schon zu spät umzukehren, selbst wenn er es hätte tun dürfen.

Sie stiegen stetig an, bis das Tal weit unter ihnen lag, dem Blick verborgen durch Grasmulden und Felsbarrieren; die Luft war nicht mehr von Staub erfüllt, der Wind kühler. Bukta ließ nicht rasten, er drängte unaufhaltsam voran, führte sie aufwärts, querte Schieferhänge, wo man absitzen, die Pferde am Zügel führen und darauf achten mußte, daß sie auf dem brüchigen Gestein nicht rutschten.

Die Sonne ging in aller Pracht unter, golden und bernsteinfarben, der Himmel färbte sich grün, die kornfarbenen Hänge wurden blau und violett, und da, unter ihnen, eingefaßt wie ein Brunnenbecken und halb verdeckt von einer einzelnen Palme, blinkte der einsame Teich im letzten Tageslicht.

Bukta hatte sie richtig zu der einzigen Stelle in dieser öden Berglandschaft geführt, an der sie ihren Durst stillen und Kraft sammeln konnten, den Marsch fortzusetzen. Für einen von ihnen aber war der Weg hier zu Ende. Dagobaz konnte das Wasser nicht sehen, denn Ash führte ihn am Zügel, doch witterte er es wohl. Er war halb verdurstet und sehr erschöpft. Buktas Pony, mit dem Pfad vertraut und überdies ausreichend getränkt, nahm den Abstieg so leichtfüßig und sicher wie eine Katze, doch Dagobaz, vom Durst unvorsichtig gemacht, trat weniger sicher auf, rutschte plötzlich und ganz überraschend für seinen müden Herrn den Hang hinunter, und bevor Ash noch etwas unternehmen konnte, knickte das Tier ein, suchte vergeblich Halt im bröckelnden Gestein, zog Ash mit sich und kam endlich am steinigen Rand des Teiches zu Fall.

Anjuli war es gelungen abzuspringen, und Ash trug nicht mehr als ein paar Kratzer davon, Dagobaz aber kam nicht wieder auf die Beine, sein rechtes Vorderbein war gebrochen. Es gab keine Rettung mehr für ihn.

Wäre dies daheim geschehen, man hätte ihn zur Sarjis Landgut schaffen und von einem erfahrenen Tierarzt behandeln lassen können, dort hätte er seinen Lebensabend in Ehren im Schatten der Bäume und auf der Weide hinbringen können. Hier indessen war keine Hoffnung für ihn.

Ash wollte es anfangs nicht glauben. Und als er es sich schließlich eingestehen mußte, war es, als hätten alle Ereignisse dieses Tages – die langen Stunden des Wartens am Grabmal, der Gnadenschuß für Shushila, die tolle Flucht und der Tod von Manilal – Zug um Zug diesen Augenblick herbeigeführt und Lasten auf ihn gehäuft, unter denen er nun zusammenbrechen mußte. Er sank neben dem gestürzten Pferd in die Knie, er nahm den staubigen, verschwitzten Kopf in die Arme, preßte sein Gesicht dagegen und weinte wie nur einmal zuvor in seinem Leben – als Sita gestorben war.

Wie lange er sich so seinem Schmerz hingegeben hätte, ist schwer zu sagen, denn ihm war alles Zeitgefühl abhanden gekommen, doch packte ihn endlich eine Hand fest an der Schulter, und er hörte Bukta streng sagen: »Genug, Sahib! Es wird dunkel, und wir müssen hier fort, denn diese Stelle ist von allen Seiten einzusehen. Findet man uns hier, entkommen wir nicht mehr. Wir müssen unbedingt höher hinauf, vorher sind wir nicht sicher.«

Ash richtete sich schwankend auf, stand einen Moment mit geschlossenen Augen und rang um Beherrschung. Dann beugte er sich nieder und lockerte Zaum und Sattelgurt, um es Dagobaz bequemer zu machen, löste die Wasserflasche vom Sattel, leerte das lauwarme Wasser aus und holte frisches aus dem Teich.

Er dachte nicht mehr an den eigenen Durst, doch wußte er, daß Durst seinen Dagobaz ins Verderben gelockt hatte und wenigstens dieser Durst noch gestillt werden mußte. Das schwarze Tier war benommen und litt Schmerzen, nahm das Wasser aber dankbar an, und Ash reichte die Flasche, ohne sich umzublicken, zurück, als sie leer war; er wußte nicht, füllte sie Bukta oder Anjuli wieder und wieder.

Bukta schaute besorgt in das abnehmende Licht, und als er sah, daß Dagobaz kein Wasser mehr nahm, trat er heran. »Überlaß das mir, Sahib. Ich verspreche dir, er fühlt nichts. Setz die Rani-Sahiba auf mein Pony und geh schon vor.«

Ash entgegnete barsch: »Nicht nötig. Wenn ich eine junge Frau erschießen kann, die ich gut kannte, dann kann ich wohl auch mein Pferd erlösen.«

Er nahm den Revolver zur Hand, Bukta langte aber danach und sagte ernst: »Glaub mir, Sahib, es ist besser, du überläßt das mir.«

Ash starrte ihn lange an, seufzte schließlich und sagte: »Du hast recht, doch muß ich dabei sein, denn wenn ich fortgehe, wird er versuchen aufzustehen und mir zu folgen.«

Bukta nickte, Ash ließ ihm den Revolver, streichelte Dagobaz' Hals und flüsterte ihm zärtlich ins Ohr. Dagobaz weitete die Nüstern und antwortete leise wiehernd. Als der Schuß fiel, zuckte er nur einmal kurz. Das war alles.

»Komm«, sagte Bukta, »es ist höchste Zeit. Nehmen wir den Sattel und das Zaumzeug mit?«

»Nein, laß alles hier.« Ash erhob sich mit Mühe wie ein uralter Mann, taumelte zum Wasser, steckte den Kopf hinein und trank in langen Zügen wie ein durstiges Tier, tauchte dann Kopf und Nacken unter den Wasserspiegel und wusch Staub, Tränen und den vertrauten Geruch seines Dagobaz weg.

Als der Durst gestillt war, stand er triefend auf und schüttelte das Wasser aus Haaren und Augen. Anjuli saß bereits auf dem Pony, und Bukta begann wortlos in der einfallenden Dunkelheit den steilen Aufstieg.

Ash berührte etwas mit dem Fuß – die leere Wasserflasche. Er hätte sie gern liegen lassen, denn er glaubte, nie mehr daraus trinken zu können, ohne des Schlanken, Schnellen, Schönen zu gedenken, der Dagobaz gewesen, doch erst die Quelle unter den Bäumen war die nächste Wasserstelle, und die war viele Meilen entfernt. Juli würde vorher Durst leiden. Also nahm er die Flasche, füllte sie, warf sie über die Schulter und folgte den anderen, ohne sich noch einmal nach Dagobaz umzusehen.

Als sie die Höhe erreichten, standen Sterne am Himmel, doch Bukta eilte weiter und rastete erst, als Anjuli im Reiten einschlief und vom Sattel gefallen wäre, wäre man nicht zufällig auf einer ebenen Strecke Weges gewesen. Und selbst da noch verlangte er, daß man sich zwischen Felsblöcken einer Geröllhalde verborgen niederlegte, obschon es nicht bequem und die Stelle schwer zugänglich war.

»Immerhin werdet ihr hier sicher sein und braucht keine Wache zu halten, denn nicht einmal eine Schlange kann sich euch nahen, ohne das Geröll in Bewegung zu setzen und euch zu wecken«, meinte Bukta.

Er redete dem Pony gut zu, führte es über die rutschige, gefährliche Stelle und band es jenseits der Halde auf einem grasigen Hang fest. Dann richtete er zwischen zwei Felsbrocken für Anjuli einen Platz her, räumte Steine weg, packte Brotfladen aus, von ihm noch am Morgen selbst gebacken, auch kalten Reis und Obst, was alles Sarji noch in der Stadt eingekauft und eilig in Buktas Satteltasche gepackt hatte, als beschlossen wurde, er und Gobind würden zurückbleiben.

Weder Ash noch Anjuli hatten an diesem Tage etwas gegessen, doch waren beide geistig und körperlich zu erschöpft, um Appetit zu verspüren. Bukta zwang sie zu essen, er sagte ärgerlich, sie brauchten alle ihre Kräfte, wollten sie morgen eine gute Wegstrecke schaffen; zu hungern sei Torheit, denn dadurch schwäche man sich, stärke hingegen den Feind. »Auch werdet ihr besser schlafen nach dem Essen und erfrischt aufwachen.«

Sie aßen also, soviel sie vermochten, dann rollte Anjuli sich auf der von Bukta ausgebreiteten Satteldecke zusammen und schlief auf der Stelle ein. Der alte Jäger grunzte befriedigt, drängte den Sahib, es ebenso wie sie zu machen, und wandte sich zum Gehen. »Holst du sie jetzt?« fragte Ash leise.

»Was sonst? Wir haben verabredet, daß sie mich am Ausgang der Schlucht erwarten und daß ich umkehre, sobald ich die Rani-Sahiba und dich so sicher untergebracht habe wie irgend möglich.«

»Du gehst zu Fuß?« Ash dachte an das Pony, das jenseits des Gerölls angebunden war. Bukta nickte. »So geht es schneller. Mit dem Pony könnte ich erst nach Mondaufgang losreiten, zum Reiten ist es noch zu dunkel. Der Mond kommt aber erst in einer Stunde, und bis dahin hoffe ich, in Sichtweite der

Schlucht zu sein. Geht alles gut, sind wir vor Mitternacht hier und können bei Tagesanbruch weiter. Schlafe also wohl, Sahib.«

Er hängte das Gewehr um und setzte auf bloßen Füßen behutsam über das lose Gestein, das unter seinen Tritten rieselte. Als er auf Gras trat, hörte es auf zu kollern, einen Moment später hatte das nächtliche Grau ihn verschluckt, und es war wieder still; nichts regte sich außer dem Wind und dem Pony, das auf der spärlichen Weide graste.

Ash war nie weniger nach Schlaf zumute gewesen, doch wußte er, Bukta hatte recht, und die Vernunft gebot, soviel zu ruhen wie möglich; also streckte er sich zwischen den Klippen aus, schloß die Augen, suchte die Muskeln zu entspannen und an nichts zu denken, denn zu bedenken gab es allzuviel, was unerträglich schien. Shushila und Manilal und nun auch noch Dagobaz – doch war er wohl erschöpfter, als er annahm, denn der Schlaf übermannte ihn, ohne daß er es merkte, und als er, in Angstschweiß gebadet, aus seinem Alptraum erwachte, stand der Mond hoch am Himmel und ließ die Berge silbern schimmern. Juli lag noch schlafend, und Ash hörte nach einer Weile auf, die Gegend mit Blicken abzusuchen. Er wandte sich Juli zu, doch empfand er dabei nichts von den Gefühlen, die er sich von ihrem Anblick und ihrer Nähe erwartet hatte.

Nun lag sie hier neben ihm, endlich befreit von der Zwangsbindung an den verhaßten Gatten und die von ihr vergötterte Schwester, und ginge es mit rechten Dingen zu, müßte er eigentlich von Freude und Triumphgefühl ganz berauscht sein. Statt dessen fühlte er sich bar aller Emotionen, er sah sie ohne Begehren an und dachte ›arme Juli‹. Er bedauerte sie, weil sie so viel gelitten hatte, doch bedauerte er auch sich selber – weil er Shushila hatte töten müssen, weil er sich am Tod von Manilal und Dagobaz schuldig fühlte, deren sterbliche Reste bald schon von Geiern und Schakalen und anderen Aasfressern geschändet werden würden.

Hätte er sie nur begraben können oder verbrennen, wie Shushila verbrannt worden war, damit ihre Leichen wie die von Shu-shu zu reiner Asche würden und nicht zu Fleischfetzen und blutigen Knochenresten...

Befremdlicherweise setzte diese Vorstellung ihm am meisten zu. Daß der kopflose Leichnam des feisten, aber so getreuen und heldenhaften Manilal da draußen in der Sonne faulte, den Aasgeiern zur Beute, und daß Schakale die Kraft und Schönheit zerstörten, die einst Dagobaz gehörten, schien ihm wie ein Verrat. Nicht, daß Dagobaz Anstoß genommen hätte, doch Manilal...

Hätte das Schicksal Manilal gestattet, nach Karidkote zurückzukehren und seine Tage friedlich zu beschließen, wäre auch er nach seinem Tode verbrannt worden, man hätte seine Asche in den Gebirgsbach gestreut, der sie dem Chenab zugeführt hätte, von wo sie in den Indus gelangt wäre und endlich ins Meer. Es war nicht recht, daß man seine Leiche da draußen verwesen ließ wie die eines herrenlosen Hundes.

Was Dagobaz anging – daran wollte er nicht denken. Sinnlos, zurückzublikken. Was geschehen ist, ist geschehen. Es galt, in die Zukunft zu blicken, Pläne zu machen. Morgen würde man jene kleine grüne Oase inmitten der Berge erreichen und über Nacht dort lagern. Tags darauf schon konnte man in dem Dschungel sein, der die Vorberge bedeckte, und von da zu einer festen Straße gelangen; allerdings würde der Rückmarsch langsamer vonstatten gehen. Weil Dagobaz fehlte, konnten nicht alle reiten...

Wo steckte Bukta nur? Als er davonstapfte, war der Mond noch nicht am Himmel, jetzt aber ging er bereits unter, und die Brise, die von Sonnenuntergang bis kurz vor Tagesanbruch stetig bläst, legte sich bereits und würde erst nach Sonnenaufgang wiederkehren. Bukta müßte seit Stunden zurück sein, es sei denn... Ein kalter, unerfreulicher Gedanke schlich sich in sein Bewußtsein und machte ihn erschauern.

Angenommen, es war Bukta auf dem Rückweg etwas zugestoßen? Angenommen, er war im Dunkeln abgestürzt und hatte sich verletzt – wie Dagobaz? Vielleicht lag er eben jetzt halb ohnmächtig und hilflos in einem Abgrund, kroch mühsam auf Händen und Knien einen Hang hinauf mit gebrochenem Fuß? In diesen tückischen Bergen konnte ihm alles mögliche zugestoßen sein, und weil die anderen ohne ihn nicht wagen würden, den Rückweg anzutreten, warteten sie womöglich immer noch in der Schlucht. Aber wie lange?

Der matte Widerschein der Lagerfeuer am Himmel zeigte, daß die Feinde noch immer auf dem Talgrund lagerten, es galt also, vor Tagesanbruch weiter zu ziehen, denn unvermeidlich mußte man entdecken, daß der Einstieg in die Schlucht nicht mehr bewacht wurde, und innerhalb von Minuten würden hundert Männer sich an die Verfolgung machen. Falls Bukta etwas zugestoßen war...

Ich müßte ihn suchen gehen, dachte Ash, ist ihm etwas passiert, kann ich das Pony holen und ihn aufsitzen lassen. Schließlich bin ich jetzt schon zweimal diesen Pfad gegangen, ich dürfte mich also nicht verirren.

Doch als sein Blick auf Anjuli fiel, wurde ihm klar, daß er sie nicht allein lassen durfte, denn falls auch ihm etwas zustoßen sollte – falls er auf den steilen Hängen ausrutschte, sich in den Bergen verirrte und auch Bukta nicht wiederkam –, was sollte aus ihr werden? Wie lange würde sie sich allein in dieser Wildnis am Leben halten können, in diesen öden Bergen ohne Wasser?

Da sie nicht einmal wußte, in welcher Richtung Gujerat lag, konnte sie, ohne es zu ahnen, den Rückweg ins Tal einschlagen, wo man sie gefangennehmen und zweifellos töten würde. Er durfte nicht wagen, sie zu verlassen, mußte vielmehr bleiben, sich in Geduld üben und beten, daß Bukta mit den anderen erschien, bevor es tagte.

Die nun folgenden Stunden kamen ihm endlos vor. Als der Mond tiefer sank, die Schatten länger wurden und die Brise sich legte, war die Nacht so still, daß er Juli atmen und in sehr weiter Entfernung Schakale heulen hören konnte. Etwas anderes vernahm er nicht, so sehr er sich auch mühte, den Tritt von Hufen und das leise Sprechen menschlicher Stimmen zu erlauschen. Die Stille blieb ungebrochen, bis sich schließlich die wispernde Morgenbrise erhob, langsam an Stärke zunahm, über die Berge strich, das Gras niederdrückte und kleine Steinchen löste, die in die Schlucht rieselten.

Die Brise trieb die Nacht vor sich her wie eine Hausfrau, die den Staub mit dem Besen vertreibt, und als der Mond verblaßte und die Sterne verschwanden, stieg der Morgen in einer Flut von gelbem Licht am östlichen Horizont herauf. Da bemerkte Ash auf dem Grat eine kleine dunkle Gestalt, die sich flüchtig vor dem safranfarbigen Himmel abzeichnete, ehe sie langsam und müde gegen die Schlucht hin abstieg.

Ash rannte ihr entgegen, er stolperte auf dem Geröll und rief laut, unerhört erleichtert und ohne auf den Lärm zu achten, den er machte. Erst als er den spärlich mit Gras bewachsenen Hang zur Hälfte erklommen hatte, hielt er inne, und eine kalte Hand umklammerte sein Herz. Denn jetzt sah er, daß Bukta allein, und daß seine Kleidung nicht nur verstaubt war, sondern mit dunklen Flecken gräßlich bedeckt.

Bukta sagte tonlos vor Ermattung: »Beide waren tot.« Er sank zu Boden und hockte im Gras wie eine müde alte Krähe. Das getrocknete Blut auf seinen Kleidern war jedoch nicht sein eigenes, denn er war, wie er sagte, erst dort eingetroffen, als alles schon vorüber war.

»Einige von diesen Teufeln sind in die Felsen eingestiegen und haben die beiden von hinten überrascht. Es ist zu einem Kampf gekommen. Auch die Pferde sind tot. Sie müssen viele ihrer Feinde getötet haben, denn überall waren Blutlachen zu sehen, und es lagen viele leere Patronenhülsen am Boden – ich glaube, sie haben die ganze Munition verschossen. Als ich eintraf, hatten diese Hunde aus Bhithor ihre eigenen Toten und Verwundeten fortgeschafft. Sie brauchten wohl viele Männer, um alle in die Stadt zu bringen, denn nur vier bewachten noch den Eingang zur Schlucht...«

Ein flüchtiges Lächeln ging über das braune Nußknackergesicht, als er grimmig fortfuhr: »Diese vier habe ich mit dem Messer abgestochen, einen nach dem anderen, ohne das geringste Geräusch zu machen. Die Tölpel schliefen, sie wähnten sich sicher – und weshalb auch nicht? Drei von uns fünfen hatten sie erschlagen und glaubten wohl, die beiden anderen, eine davon noch dazu eine Frau, wären um ihr Leben in die Berge gerannt. Ich hätte gleich umkehren sollen, doch konnte ich die Leichen meines Herrn, des Hakim und seines Dieners unbestattet den wilden Tieren überlassen? Das konnte ich nicht, und deshalb trug ich einen nach dem anderen zu jenen unbenutzten Pferchen nahe dem Bach. Viermal mußte ich gehen, denn ich konnte Manilals Leichnam und seinen Kopf nicht gleichzeitig tragen...

Als ich sie schließlich dort versammelt hatte, legte ich die Leichen auf einen Haufen Ried, das einmal die Pferche deckte, bestreute sie mit Pulver aus meinen Patronenhülsen und fällte dann die Pfosten so, daß sie nach innen stürzten. Danach wusch ich mich im Bach, sagte die vorgeschriebenen Gebete, schlug Feuer mit Stein und Zunder, setzte den Stoß in Brand und kehrte um...«

Seine Stimme erstarb mit einem Seufzer, und Ash dachte benommen: Ja, ich habe es gesehen und für Lagerfeuer gehalten. Ich ahnte ja nicht... Daß er den

Flammenschein gesehen, aber nicht gewußt hatte, daß Sarji, Gobind und Manilal da verbrannt wurden, war ihm schrecklich.

Bukta sagte matt: »Das Holz war alt und trocken, es brannte gut. Und ich hoffe, der Wind wird die Asche zerstreuen, auch über den Bach, der ganz in der Nähe ist, und die Götter geben, daß die Asche ins Meer getragen wird...«

Nach einem Blick in das kummervolle Gesicht von Ash sagte er leise: »Schau nicht so, Sahib. Uns, die wir die Götter verehren, bedeutet der Tod wenig, eine kurze Rast auf einer langen Reise. Geburt und Tod werden von Wiedergeburt und einem neuen Tod unaufhörlich abgelöst, bis wir endlich ins Nirwana eingehen. Man muß also nicht darüber trauern, daß diese drei einen weiteren Abschnitt der Reise zurückgelegt haben und womöglich schon jetzt die nächste Strecke Weges antreten.«

Ash schwieg, und der Alte seufzte noch einmal; er hatte an Sarji sehr gehangen. Auch war er todmüde. Die Arbeit dieser Nacht wäre über die Kräfte manch eines jüngeren Mannes gegangen, und er wäre gern hier geblieben und hätte eine Weile geruht, doch war das nicht möglich.

Wäre alles gut gegangen, er und seine Gefährten wären schon weit von diesem Ort entfernt und brauchten keine Verfolger mehr zu fürchten. Doch nichts war gut gegangen, vielmehr hatte er, indem er die schlafenden Wachen tötete und die Leichen der Gefährten verbrannte, dafür gesorgt, daß die Verfolgung mit Gewißheit aufgenommen werden würde, wenn vielleicht auch nicht vor Sonnenaufgang.

Die Flammen des von ihm angezündeten Scheiterhaufens mußten in der Stadt deutlich zu sehen gewesen sein, doch glaubte er nicht, daß noch in der Nacht jemand Nachforschungen anstellte; man würde vielmehr glauben, die zurückgelassenen Wachen hätten den Pferch angesteckt, um die Schakale fernzuhalten und anderes Nachtgetier, das vom Blutgeruch angelockt wurde.

Nach Tagesanbruch aber würden viele Männer sich aufmachen, unter Führung erfahrener Spurenleser, die imstande waren, der Rani und ihren Rettern in die Berge zu folgen; wäre alles gut gegangen, hätte das nicht geschadet, man hätte einen genügend großen Vorsprung gehabt, und Bukta hatte fest darauf gebaut. So aber würden die eintreffenden Verstärkungen die erstochenen Wächter finden, und wenn sich herausstellte, daß die drei Leichen ihrer Feinde nicht mehr vorhanden waren, konnten sie sich ausrechnen, daß die Gejagten noch in der Nähe sein mußten.

Also erhob Bukta sich mühsam und sagte heiser: »Komm, Sahib, laß uns keine Zeit verschwenden. Wir haben einen weiten Weg und große Eile, und weil wir nur noch das Pony haben, müssen wir Männer fortan zu Fuß gehen.«

Ash sagte immer noch nichts; er wandte sich um, und gemeinsam stiegen sie im heller werdenden Licht zur Geröllhalde ab.

44

Am Ende ritt nicht Anjuli auf dem Pony, sondern Bukta.

Sie war erwacht, als Ash lärmend Bukta entgegeneilte; die beiden Männer trafen sie wach und wartend an. Beim Anblick der blutbefleckten Kleider des Jägers riß sie erschreckt die Augen auf, und ein Blick auf Ashs verhärmtes Gesicht sagte ihr alles. Die Farbe, die ihr der Nachtschlaf verliehen hatte, wich aus ihren Wangen, sie wirkte bleich und ausgelaugt, stellte aber keine Fragen und hätte den Männern zu essen vorgesetzt, hätte Bukta nicht abgelehnt. Man könnte später am Tage essen, sagte er, jetzt gelte es, sogleich aufzubrechen und in höchster Eile den Weg fortzusetzen, denn die Verfolger seien gewiß schon unterwegs.

Er schulterte die Satteltasche, und Anjuli folgte ihm über das Gestein, jenseits dessen das Pony friedlich graste. Als es gesattelt war und Ash sie aufsitzen hieß, weigerte sie sich jedoch mit der Begründung, jeder könne sehen, daß der Jäger am Ende seiner Kraft sei, und man werde schneller vorankommen, wenn er reite; sie sei ausgeruht und könne ohne weiteres gehen.

Bukta widersprach nicht, dazu war er zu müde, hatte auch keine Lust, über etwas zu streiten, das bei Licht betrachtet nur vernünftig war. Er nickte also und sagte, sie sollten darauf achten, daß er nicht einschlafe, denn das Pony würde sich seinen eigenen Weg suchen und sie in die Irre führen. Gehe es bergauf, solle die Rani-Sahiba sich am Steigbügel halten.

Ash, noch ganz benommen von seiner Trauer, stimmte zu, war allerdings weniger besorgt als Bukta. Er hielt ihren Vorsprung für ausreichend und konnte sich nicht vorstellen, daß die Verfolger sie einholen könnten, da sie doch den Pfad nicht kannten und daher nur langsam vorankommen würden, immer die Nase am Boden, um die Spuren zu finden, die die von ihnen Gejagten hinterließen.

Bukta aber wußte, daß eine Frau, die Jahre in strengstem Purdah gelebt hatte, und ein alter, derzeit völlig erschöpfter Jäger es, was das Tempo anging, nicht mit Männern aufnehmen konnten, die ausgeruht und gut genährt waren und von Zorn und Rachedurst vorwärtsgetrieben wurden. Auch war ihm klar, daß mit aufgehender Sonne die Geier Dagobaz finden mußten und daß die Verfolger von ihnen an jene Stelle geführt werden würden, die unweit jenem Ort lag, der seinen Gefährten zur Übernachtung gedient hatte.

Er trieb also zur Eile, und erst als Anjuli Zeichen von Müdigkeit erkennen ließ, weil die sengende Hitze des Vormittags sie erschöpfte, hieß er sie aufsitzen – er sei nun genügend ausgeruht, um zu Fuß weiterzugehen. Eine Rast erlaubte er ihnen aber nicht, nur um die Mittagsstunde durften sie ein karges Mahl im Schatten überhängender Felsen verzehren und ein wenig schlafen.

Kaum hatten sie die Augen zugemacht, trieb er sie schon weiter, stapfte unermüdlich voraus, blickte von jeder Erhebung aus zurück und hielt nach den Verfolgern Ausschau. Doch nichts regte sich, nur die Berge schienen von der flimmernden Hitze zu beben, und weit entfernt am Himmel zogen Geier ihre Kreise, was deutlich für sich selber sprach. Geier und Falken waren durch die Ankunft von Menschen – vielen Menschen vermutlich – von ihrem Mahl vertrieben worden und warteten darauf, daß die Eindringlinge abzogen.

»Den Teich haben sie entdeckt«, murmelte Bukta. »Und sie wissen jetzt, daß wir zu dritt nur ein einziges Pferd haben und nicht schneller vorankommen als Fußwanderer. Hoffen wir, daß sie lange trinken und sich um Sattel und Zaumzeug zanken.«

Vielleicht taten sie das wirklich, denn in Sichtweite der Flüchtigen kamen sie nicht, und als die Sonne niedrig am Himmel stand und violette Schatten neuerlich die ausgedörrten Hänge streiften, wurde klar, daß sie es heute nicht mehr schaffen würden, so klar, daß Bukta, als sie bei Sternenschein sein kleines, baumbestandenes Tal erreichten, nicht zögerte, ein Feuer anzuzünden, um Brotfladen darauf zu backen und umherstreifende Leoparden abzuhalten. Auch trocknete er seine Kleider daran, aus denen er zuvor die Blutflecken gewaschen hatte.

Alle drei waren zu erschöpft, um richtig zu schlafen, Bukta und Ash hielten daher abwechselnd Wache, denn im feuchten Boden am Ufer sah man Raubtierspuren, und den Verlust des Ponys konnte man nicht riskieren. Bei Tagesgrauen waren sie wieder unterwegs, und der Tag verging wie der vorherige, wenngleich man nicht mehr so oft nach den Verfolgern Ausschau hielt und sie weniger dicht auf den Fersen glaubte. Doch war es heißer, und sie ermüdeten rascher. Gerastet wurde nur, wenn Bukta Erlaubnis gab, und als es dunkelte, standen sie erschöpft, mit wunden Füßen und schier verdurstet am Rande der Vorberge.

In jener Nacht schlief der alte Jäger fest und Anjuli, die den ganzen Tag im Sattel verbracht hatte, ebenfalls. Ash hingegen, obschon ebenso erschöpft, schlief schlecht, ihn plagten Träume, wenn auch nicht solche, in denen er verfolgt wurde oder Dagobaz sterben sah, sondern er träumte von Shushila, und zwar immer dasselbe. Er erwachte schaudernd, schlief wieder ein und träumte dasselbe von neuem...

Er sah Shushila in ihrem Hochzeitsgewand aus Scharlach und Gold. Sie flehte ihn an, sie nicht zu töten, er aber hörte nicht auf sie, er hob den Revolver, drückte ab und sah, wie sich das liebliche Gesicht in eine blutige Masse verwandelte. Und erwachte wieder...

»Was sonst hätte ich tun sollen?« fragte er sich zornig. Reichte es nicht, daß er für Sarjis Tod verantwortlich war, mußte auch das Gespenst von Shushila ihn noch heimsuchen, deren Tod er nur beschleunigt hatte wie Bukta den Tod von Dagobaz? Shushila war aber kein Tier, sie war ein Mensch, der sich aus freiem Willen für den Tod im Feuer und damit für die Heiligung entschieden hatte. Und er, Ash, hatte sich herausgenommen, sie darum zu betrügen.

Und das war nicht alles – er hatte sich in eine Sache des Glaubens eingemischt, eine sehr persönliche Sache, und er konnte sich nicht einreden, daß Shushilas Glaube irrig war, denn auch der christliche Kalender wies eine große Zahl von Märtyrern und Märtyrerinnen auf, die um ihres Glaubens willen den Flammentod erlitten hatten und heilig gesprochen worden waren.

Wenn ich sie schon nicht retten konnte, dachte Ash, hätte ich mich wenigstens aus der Angelegenheit heraushalten müssen. Da es nun aber geschehen und nicht mehr rückgängig zu machen war, beschloß er, nicht mehr daran zu denken, und mit diesem Vorsatz schlief er wieder ein, nur um wiederum im Traum die junge Frau vor sich zu sehen, die die Hände rang, schluchzte und ihn anflehte, sie zu schonen. Eine böse, böse Nacht.

Bei Sonnenaufgang am nächsten Tage hatten sie die Grenze hinter sich, und nach weiteren drei Tagen rasteten Ash und Bukta im Hause Sarjis, von wo sie vor knapp drei Wochen so eilig aufgebrochen waren. Anjuli kam nicht mit ihnen, denn in der letzten Nacht im Dschungel erteilte Bukta dem Sahib einige Ratschläge, nachdem er sich vergewissert hatte, daß Anjuli eingeschlafen war.

Er habe, so sagte er, über die Zukunft nachgedacht und sei zu dem Ergebnis gelangt, es sei besser, die Identität der Rani-Sahiba geheimzuhalten. Man werde ihr kein Mitgefühl entgegenbringen, denn nicht wenige Menschen hielten insgeheim noch an den alten Bräuchen fest und sähen am liebsten jede Witwe zusammen mit ihrem verstorbenen Manne brennen; und auch die, die nicht mehr daran festhielten, betrachteten eine junge Witwe als jemand, der Unglück bringt und nicht mehr sei als eine Sklavin.

Auch halte er es nicht für ratsam, die Wahrheit über den Tod Sarjis bekannt werden zu lassen. Besser, die Angehörigen und Freunde des Sirdar erführen nichts von dem, was sich in Bhithor ereignet hatte, zumal dort niemand ihn (und die anderen) gekannt habe. Bukta meinte, daran solle sich auch lieber nichts ändern, denn es sei nicht zu bestreiten, daß sie alle drei das Land illegal und in der Absicht betreten hätten, die Witwen des Rana zu rauben; zudem hatten sie ein Mitglied der Leibwache getötet, Palastbedienstete überfallen und gefesselt, die Zweite Rani entführt, die regulären Truppen (die Befehl hatten, sie festzunehmen) unter Feuer genommen und eine große Zahl davon getötet...

»Wie du darüber denkst, weiß ich nicht«, sagte Bukta, »ich aber habe keine Lust, vor den Richter zu kommen und mich solchen Anschuldigungen zu stellen, vielleicht gar den Rest meiner Tage im Gefängnis zu verbringen – wenn nicht gar wegen Mordes gehenkt zu werden. Wir wissen, daß die Bhithori Lüge um Lüge vorbringen würden und daß, auch wenn man ihnen nicht glaubt, die Sahibs sagen werden, wir hätten nicht das Recht gehabt, das Gesetz in die eigenen Hände zu nehmen und diese Söhne von Schweinen zu erschlagen. Dafür werden wir bestraft, und wenn du vielleicht auch nur mit einem Tadel deiner Vorgesetzten zu rechnen hättest, würde ich gewiß im Gefängnis enden. Und käme ich eines Tages frei, würden die Bhithori dafür sorgen, daß ich meine Freiheit nicht lange genieße – und daran muß man denken, Sahib. Wir haben ihnen das Gesicht geraubt, indem wir ihnen unerträgliche Beleidigungen zufügten, die sie weder vergeben noch vergessen werden, und falls sie die Namen jener erfahren, die daran bereiligt waren –«

»Sie kennen den Hakim, und sie kennen Manilal«, unterbrach Ash.

»Richtig, doch stammten beide aus Karidkote, und man wird daher annehmen, auch ihre Helfer stammten daher. Die Bhithori haben keinen Grund, etwas anderes zu vermuten, denn dich, einen Sahib und Offizier der Kavallerie von Ahmadabad, werden sie nie in Verbindung mit der Entführung der Witwe des verstorbenen Rana bringen. Auch an den Verwandten der Rani werden sie keine Rache üben wollen, denn die sind zu mächtig und leben zu weit entfernt. Du und ich aber – wir sind nicht mächtig und leben in erreichbarer Nähe. Und das gilt ebenso für die Rani-Sahiba, solange sie nicht in ihrer Heimat ist; und bis dahin können noch Wochen vergehen, wenn die Polizei Nachforschungen anstellt. Das Gesetz ist langsam, und wird erst einmal bekannt, daß die Rani in Gujerat ist und unterzieht man sie eingehenden Befragungen, dann ist ihr Leben so gut wie verwirkt und deines wie meines auch. Denk darüber nach, Sahib, und du wirst merken, ich habe recht.«

»Ja…, ja…«, sagte Ash nachdenklich. Die englischen Behörden würden gewiß die ganze Angelegenheit sehr übel aufnehmen – zumal sie selbst wegen ihrer Untätigkeit ein gut Teil Schuld daran trugen –, denn der Zwischenfall hatte immerhin eine Menge Opfer gefordert, und die fahrenden Ritter konnten nicht einmal behaupten, die Ranis vor dem Tode errettet zu haben; Ash hatte im Gegenteil den Tod Shushilas beschleunigt, während Anjuli dank der Fürbitten ihrer Schwester ohnehin vor dem Scheiterhaufen verschont geblieben wäre. (Man hätte sie statt dessen geblendet – doch würde irgendwer dieser Behauptung glauben, wenn ganz Bhithor das entschieden bestritt?)

Auch würden der Diwan und sein Rat mit einiger Berechtigung behaupten, die Erste Rani habe auf ihrem Willen bestanden, mit dem verstorbenen Gatten gemeinsam verbrannt zu werden, und davon habe man sie nicht abbringen können. Ja, nicht einmal zu verhindern sei es gewesen, denn sie habe bei ihrem Unterfangen die Unterstützung des ganzen Volkes gehabt, das sich gewiß den Regierenden und ihren Truppen widersetzt hätte. Das mußte recht einleuchtend klingen, weit einleuchtender als alles, was Ash vorbringen konnte. Es würde damit enden, daß das Gericht den Bhithori eine Geldbuße auferlegte, die gewiß den Ärmsten in Form von Steuern abgepreßt würde, und weil der neue Rana zu jung war, um zur Rechenschaft gezogen zu werden, würde es damit sein Bewenden haben, daß der Politische Beamte dem Diwan und seinen Kreaturen eine Strafpredigt hielt, sie vor den Folgen ähnlicher Missetaten warnte und vorübergehend ein Detachement von gemischten englisch-indischen Truppen nach Bhithor verlegte, um die Macht der Regierung zu demonstrieren. Damit war die Sache dann für die Bhithori ausgestanden.

Wie aber sollten der Leutnant Pelham-Martyn und der Jäger Bukta sich aus der Affäre ziehen? Und Juli? Was würde aus ihr werden, wenn alles bekannt wurde? Wenn man erfuhr, daß sie als männlicher Palastbediensteter verkleidet aus Bhithor geflüchtet war, begleitet von Männern, die nicht einmal ihre Verwandten waren, in deren Gesellschaft sie ganze Tage und Nächte verbrachte? Würde man sie daraufhin als mutige junge Frau feiern, die viel erlitten hatte, oder als schamloses Weib verurteilen, das, ihres Ranges und ihres Rufes nicht achtend, mit einem Sahib durchgebrannt war? Noch dazu mit jenem Sahib, der sie und ihre Schwester drei Jahre zuvor zu ihrer Hochzeit geleitet hatte? Denn auch das würde sehr bald bekannt werden und allgemeines Kopfschütteln und unendlichen Klatsch hervorrufen; alle Welt würde glauben, die beiden seien jahrelang insgeheim ein Paar gewesen.

Julis Name würde im ganzen Land als warnendes Beispiel genannt werden, denn eine solche Geschichte klang nur allzu glaubhaft, auch wenn kein Körnchen Wahrheit darin gewesen wäre. Wie anders ließe sich Leutnant Pelham-Martyns Tollkühnheit erklären, mit der er den Ranis zu Hilfe geeilt war? Sein Vorstelligwerden beim Commissioner, bei seinem Kommandeur, bei dem Polizeiinspektor? Die Telegramme, die er auf eigene Faust an hochgestellte Persönlichkeiten verschickt hatte, sein heimliches Eindringen nach Bhithor, verkleidet und in der Absicht, die Zweite Rani zu retten? Die Tatsache, daß er auf alle schoß, die sich ihm dabei in den Weg stellten?

Daß an der Geschichte überdies viel Wahres war, bedeutete, daß er jede Aussage gründlich erwägen, daß er seine Motive verschleiern, es darauf anlegen mußte, überzeugend zu lügen. Und selbst dann...

Ich muß verrückt gewesen sein, sagte Ash zu sich. Ihm fiel ein, daß er sich vorgestellt hatte, sein Bericht würde die Behörden veranlassen, um Shushilas und Julis willen eine Strafaktion gegen Bhithor einzuleiten und dort selbst die Verwaltung zu übernehmen, bis der junge Rana alt genug wäre, selber die Herrschaft auszuüben.

»Nun?« fragte Bukta.

Ash antwortete mühsam: »Du hast recht. Wir dürfen nicht die Wahrheit sagen. Wir müssen lügen. Und gut lügen. Morgen spreche ich mit der Rani-Sahiba. Sie muß ihr Einverständnis geben. Was uns angeht, sagen wir einfach, wir seien mit deinem Herrn im Dschungel auf der Jagd gewesen wie früher schon und daß er mit seinem Pferd in eine Schlucht gestürzt sei. Mein Pferd sei ebenfalls verendet, ich hingegen mit etlichen Schrammen davongekommen. Auch können wir wahrheitsgemäß sagen, es sei unmöglich gewesen, die Leichen zu bergen, darum hätten wir sie nahe einem Bach verbrannt, der die Asche dem Meer zuführt.«

»Und die Rani-Sahiba? Wie erklären wir deren Vorhandensein?«

Ash sagte nach einigem Nachdenken, sie müsse sich für die Frau seines Dieners Gul Baz ausgeben, besser noch für dessen verwitwete Tochter. »Wenn wir morgen aus dem Dschungel kommen, suchen wir ein Versteck für die Rani-Sahiba und mich. Du besorgst Nahrung, reitest in die Garnison und bringst Gul Baz mit, auch eine Bourka, wie die Frauen der Moslem sie tragen. Das ist eine gute Verkleidung für sie, denn darunter kann man alles verbergen. Gul Baz und ich denken uns eine Geschichte aus. Sie kann mit Gul Baz in meinen Bungalow ziehen, und ich begleite dich zu Sarjis Haus, wo wir dann gemeinsam berichten.«

»Und später?«

»Das hat die Rani zu bestimmen. Sie liebte ihre Schwester, die Sati, zärtlich. Schweigt sie, bleibt deren Tod ungerächt, und der Diwan und seine Kreaturen entgehen der Strafe. Es kann also sein, daß sie es um ihrer Schwester willen vorzieht, zu sprechen und die Folgen zu tragen.«

Bukta zuckte philosophisch die Achseln und bemerkte dazu nur, niemand wisse, wie eine Frau sich verhalten werde, man könne nur hoffen, diese sei vernünftig; ihre Schwester sei schließlich tot, Geschehenes nicht ungeschehen zu machen. »Schlafen wir darüber, Sahib. Vielleicht denkst du morgen früh anders. Ich hoffe allerdings, du tust es nicht, denn die Wahrheit ist zu gefährlich, man darf sie nicht aussprechen.«

Ash war am anderen Morgen nicht anderen Sinnes geworden. Der Preis, den das Abenteuer gefordert hatte, war bereits erschreckend hoch: das Leben von Sarji, Gobind und Manilal (nicht zu reden von Dagobaz und Sarjis geliebtem Moti Raj), dazu eine große Zahl Bhithori. Und es wäre ganz und gar zuviel, wenn jetzt auch noch Juli, obschon mit dem Leben davongekommen, bei Indern wie Engländern in Verruf geraten, Bukta sein Leben im Gefängnis verbringen und er selber kassiert und ausgewiesen werden sollte. Juli mochte über den Tod von Shushila denken wie sie wollte, er mußte ihr Vernunft beibringen.

Ash sah Schwierigkeiten voraus und legte sich seine Argumente sorgsam zurecht – was unnötig war. Anjuli widersprach mit keinem Wort, erklärte sich mit allem einverstanden, was er vorschlug, sogar damit, in einer Bourka die Mohammedanerin zu spielen, im Dienerquartier hinter seinem Bungalow zu schlafen und so zu tun, als wäre sie mit seinem Diener verwandt. »Das ist doch ganz einerlei«, versetzte sie gleichmütig. »Ein Haus ist wie das andere, und ich selber war lange eine Dienerin, wenn auch nicht dem Namen nach...«

Bukta war sehr erleichtert, denn er hatte erwartet, sie werde sich weigern, die Verwandte von Gul Baz zu spielen – sowohl ihrer Kaste als auch ihrer königlichen Abstammung wegen –, und er sagte vertraulich zu Ash, die Rani-Sahiba sei nicht nur eine tapfere, sondern auch eine klardenkende Frau, was viel seltener sei.

Am Rande der ersten größeren Ortschaft, auf die man stieß, ließ Bukta die beiden in einem Versteck zurück, besorgte im Ort Nahrung und einheimische Kleidung (denn die, in der sie aus Bhithor geflüchtet waren, wäre hier sofort aufgefallen), und man setzte den Weg in den unauffälligen Kleidern armer Landbewohner fort – Anjuli in Männerkleidung, denn Ash fand das weniger gefährlich. Auch verbrannte er vorsichtshalber jene auffälligen Gewänder der Palastbediensteten bis zum letzten Fetzen, denn er wollte kein Risiko eingehen.

Am späten Nachmittag führte Bukta sie auf Umwegen zu einem verfallenen Grabmal, das, von Ranken überwuchert, auf einem verlassenen Platz inmitten unbebauten Landes stand. Kein Weg führte daran vorüber, und es dürfte kaum einem Menschen bekannt gewesen sein, denn die nächste Straße und die nächstgelegene Siedlung waren weit entfernt. Teile der Kuppel waren vor Jahren eingestürzt, doch die Außenmauern standen noch, und in der Grabkammer befand sich ein Tümpel voll abgestandenen Wassers vom letzten Monsunregen. Staub, Äste und Federn bedeckten den Boden, doch unter den Bögen war es dunkel und kühl, und Bukta fegte eine Stelle von Unrat frei, schnitt dürres Gras, breitete es über den plattenbelegten Boden und legte die Satteldecke darüber als Lager für Anjuli.

Er wollte sich beeilen, sagte er, so gut er könne, doch vor Sonnenuntergang am folgenden Tage werde er kaum zurück sein, und sollte er sich verspäten, brauchten sie sich nicht zu ängstigen. Dann zog er das Pony hinter sich her durchs Gestrüpp und verschwand. Ash begleitete ihn ein Stück Weges, sah zu, wie er aufsaß und Richtung Ahmadabad in den Abend ritt. Erst als er Bukta nicht mehr wahrnehmen konnte, kehrte er zum Grabmal zurück.

Im Rankenwerk nisteten viele Vögel, die während der Hitze des Tages im Schatten schliefen. Von der Kuppel schwirrte ein Papageienschwarm auf, dem fernen Fluß zu. Tauben folgten ihrem Beispiel, flatterten etliche Male um ihre Behausung, bevor sie ebenfalls dem Fluß zustrebten, und ein Pfau, aus dem Nachmittagsschlaf erwacht, paradierte mit gespreiztem Gefieder im hohen Gras.

Innerhalb der Grabstätte aber regte sich nichts, und als Ash sie verlassen fand, packte ihn Angst; eine Bewegung weiter oben ließ ihn aufschauen, und da sah er Anjuli: in der Mauer führten Stufen nach oben, sie war hinaufgestiegen und stand hoch über ihm; deutlich gegen den Himmel abgesetzt, starrte sie über die Wipfel der Bäume nach Norden, wo Berge den Horizont begrenzten, und Ash spürte, sie dachte nicht an das Land, aus dem sie geflohen, auch nicht an die geliebte Schwester, die dort gestorben war, sondern an andere Berge, die wahren Berge, den Hohen Himalaja mit seinen riesigen Wäldern und glitzernden, schneebedeckten Gipfeln, die in die diamantklare Luft des Nordens ragten.

Er hatte kein Geräusch gemacht, doch wandte sie sich rasch um und schaute auf ihn herab, und wieder wurde ihm schmerzlich bewußt, welchen Tribut sie Bhithor hatten entrichten müssen...

Die Frau, die er gekannt und geliebt, deren Bild er drei lange Jahre im Herzen getragen hatte, gab es nicht mehr. An ihrer Statt sah er eine Fremde, eine magere, abgehärmte Frau mit großen verängstigten Augen, einen Streifen Silber im schwarzen Haar, der den Eindruck erweckte, sie sei gefoltert worden, habe Hunger und lange Gefangenschaft ertragen, ohne Sonne und frische Luft. Und noch etwas spürte er an ihr, etwas schwer Benennbares. Etwas, das fehlte.

Eine Leere. Mißgeschick und Kummer hatten Anjuli zwar nicht gebrochen, doch aller Lebensfreude beraubt.

Auch Ash spürte, wie seine Sinne stumpf wurden. Er liebte sie noch, sie war Juli, und er konnte ebensowenig aufhören, sie zu lieben, wie er aufhören konnte zu atmen. Doch als sie einander anblickten, sah er nicht nur ihr Gesicht, sondern zugleich die Gesichter dreier Männer: Sarjis und Gobinds und Manilals, die ihr Leben geopfert hatten, um ihm und Juli die Flucht zu ermöglichen. Die Tragödie dieser Männer schmerzte wie eine offene Wunde in seinem Bewußtsein, und im Moment fand er Liebe, verglichen mit dem höchsten Opfer, das von seinen Freunden gefordert worden war, geradezu banal.

Er entdeckte die Stufen in der Mauer und gesellte sich zu Juli auf dem schmalen Rand des Daches, der die Kuppel getragen hatte. Unter ihnen lagen Dornengestrüpp und hohe Gräser, die um das Grabmal herum wucherten, schon im Schatten, doch hier oben war es noch hell, die Abendsonne fiel in die Baumwipfel und überflutete die Landschaft mit dem mattgoldenen Licht eines indischen Abends. Steine, Äste und sogar jeder Grashalm dort draußen warfen ihren eigenen blauen Schatten, Tauben und Papageien würden bald heimkehren, die Dunkelheit sich über das Land senken, Sterne aufziehen und eine neue Nacht. Und morgen – morgen oder übermorgen würde Bukta zurückkommen und dann... dann mußte man anfangen zu lügen.

Anjuli betrachtete wieder ganz versunken die Berge am fernen Horizont, und als Ash endlich die Hand ausstreckte und sie anrührte, wich sie von ihm zurück, als gelte es, einen Schlag abzuwehren. Er ließ die Hand sinken und runzelte die Stirn, starrte sie an und sagte heiser: »Hast du gemeint, ich will dir wehtun? Oder... oder liebst du mich nicht mehr? Nein, wende dich nicht ab.« Er packte ihr Handgelenk so fest, daß sie nicht von der Stelle konnte. »Sieh mich an, Juli, und sag mir die Wahrheit. Liebst du mich nicht mehr?«

»Ich wollte dich nicht mehr lieben«, flüsterte Anjuli trübe, »doch es scheint, ich... ich kann es nicht lassen, es ist stärker als ich...« Das klang so verzweifelt, als gestehe sie ein Gebrechen ein, Blindheit vielleicht, den Verlust der Sehkraft, etwas, das unheilbar war, aber immer bewußt blieb, etwas, womit sie sich abfinden, womit zu leben sie lernen müsse. Und Ash überlief es kalt, denn er empfand ebenso.

Er wußte, ihre Liebe war von Dauer, doch vorübergehend wurde sie erdrückt von Schuldgefühlen und Grauen, und solange sie sich davon nicht befreien konnten, fühlte keiner von beiden das Bedürfnis, diese Liebe zu zeigen. Das würde sich mit der Zeit ändern, doch im Moment waren sie wie Fremde füreinander, denn nicht nur Anjuli hatte sich verändert. Es war seit ihrem letzten Beisammensein so viel Zeit vergangen, daß sie auch unter glücklicheren Umständen nur schwer den Faden dort hätten aufnehmen können, wo sie ihn hatten fahrenlassen müssen. Immerhin war die Zeit auf ihrer Seite – unendlich viel Zeit. Sie hatten das Schlimmste überstanden, sie waren wieder beieinander... alles übrige mochte warten.

Er hob Anjulis Handgelenke und drückte auf jedes einen Kuß, dann ließ er sie los und sagte: »Mehr brauche ich nicht zu wissen. Und nun weiß ich auch, daß nichts uns geschehen kann, solange wir beisammen sind. Das mußt auch du glauben. Bist du erst meine Frau –«

»Deine Frau?«

»Was sonst? Du glaubst doch nicht, daß ich dich ein zweites Mal verlieren will?«

»Man wird nie erlauben, daß wir heiraten«, sagte Juli matt, aber überzeugt.

»Wer denn – die Bhithori? Die wagen nicht, den Mund aufzumachen.«

»Nein, aber weder deine noch meine Verwandten. Die sind sich darin bestimmt einig.«

»Du meinst, man wird versuchen, es zu verhindern; aber das ist nicht deren Sache, sondern einzig unsere, deine und meine. Hat nicht auch dein Großvater eine indische Prinzessin geheiratet, obwohl er landfremd und andersgläubig war?«

Anjuli schüttelte seufzend den Kopf. »Wahr, doch geschah das, bevor dein Land hier die Regierung übernahm. In Delhi herrschte der Mogul und im Pandschab Ranjit-Singh. Mein Großvater war ein großer Kriegsherr, und er nahm meine Großmutter als Beute, ohne um Erlaubnis zu fragen, nachdem er das Heer ihres Vaters in der Schlacht besiegte. Es heißt, sie sei gern mit ihm gegangen, denn sie liebten einander sehr. Doch haben die Zeiten sich geändert, heute wäre so etwas unmöglich.«

»Und doch wird es geschehen, meine Herzensliebste. Niemand kann dir verbieten, mich zu heiraten, du bist nicht mehr Jungfrau und mußt dich nicht mehr wie eine Sache dem Meistbietenden verkaufen lassen. Und niemand kann mir untersagen, dich zu heiraten.«

Anjuli ließ sich nicht überzeugen. Sie sah nicht die Möglichkeit einer Ehe zwischen Andersgläubigen und hielt es auch nicht für notwendig zu heiraten. Sie strebte überhaupt keine legale Bindung an, sondern war es zufrieden, den Rest ihrer Tage mit Ashok zu verbringen, solange sie einander liebten, denn sie meinte, die Worte eines Priesters oder eines Standesbeamten samt der dazugehörigen Dokumente seien ohne Bedeutung. Sie hatte einen solchen Akt bereits hinter sich, ohne zur Gattin gemacht zu werden, ausgenommen im rechtlichen Sinne. Sie war Eigentum des Rana gewesen, ein verachtetes Eigentum, das er nach Abschluß der vorgeschriebenen Zeremonie nicht anzusehen geruht hatte. Wäre nicht Ashok, sie wäre noch immer Jungfrau; sie war sein Weib nicht nur im Geiste und mit der Seele... er mochte mit ihr tun, wie ihm beliebte. Wozu also tönende Phrasen, die entweder ihm oder ihr nichts bedeuten konnten, oder auch Fetzen Papier, die sie nicht würde entziffern können. Überdies –

Sie schaute von ihm weg in den Sonnenuntergang, der die Wipfel golden färbte, und sagte so leise, als spreche sie zu sich und nicht zu ihm: »In Bhithor nannte man mich das Halbblut.«

Ash machte eine unwillkürliche Bewegung, und sie sagte ohne Erregung über die Schulter: »Nun ja, selbstverständlich weißt du das.« Und wieder abgewandt, setzte sie leise hinzu: »So hat mich nicht einmal das Tanzmädchen genannt. Solange mein Vater am Leben war, wagte sie es nicht, und nach seinem Tod duldete Nandu es nicht, daß sie mich damit verspottete. Schließlich war er mein Halbbruder, und es kränkte wohl seinen Stolz. Daher durfte es nie erwähnt werden. In Bhithor aber hielt man es mir täglich vor, und die Priester verboten mir den Zutritt zum Tempel der Lakshmi im Park des Palastes der Königinnen, wo die Frauen des Rana ihre Gebete verrichteten...«

Ihre Stimme erstarb, und Ash sagte sanft: »Larla, denk nicht mehr an solche Dinge. Vergiß sie. Das alles ist vorüber und abgetan.«

»Ja, vorüber und abgetan, und als Halbblut habe ich nicht nötig, darauf zu achten, was meine Verwandten oder die Priester denken und sagen, denn weder habe ich echte Verwandte noch einen Glauben. Darum will ich fortan eine Frau ohne Familie sein, ein Halbblut von nirgendwo, und mein einziger Gott soll mein Gatte sein.«

»Dein angetrauter Gatte«, beharrte Ash dickköpfig.

Anjuli wandte sich ihm zu, ihr Gesicht war im Dunkeln. »Falls du es aufrichtig willst und falls... doch ehe du nicht bei deinen Vorgesetzten warst und mit deinen Priestern gesprochen hast, weißt du nicht, ob es möglich ist, also reden wir nicht mehr davon. Die Sonne ist beinahe untergegangen, ich muß jetzt das Essen für uns bereiten, solange ich noch etwas sehen kann.«

Sie schlüpfte an ihm vorüber die Stufen hinunter, und Ash hielt sie nicht zurück. Statt dessen trat er an die Brüstung, lehnte die Arme darauf, schaute nach den fernen Bergen und bedachte alle Schwierigkeiten, die vor ihnen lagen.

45

Ich werde ganz, ganz vorsichtig sein, nahm Ash sich vor.

Als Bukta fortgegangen war, dachte er an Flucht. Juli und er mußten weg aus Gujerat; er durfte unter keinen Umständen wieder in Ahmadabad gesehen werden. Man brauchte nur auf einer kleinen Station in den Zug nach Bombay zu steigen, und bevor die Männer des Diwan seine Spur aufnehmen konnten, hätten sie Mittelindien und den Pandschab hinter sich, den Indus überquert und Mardan erreicht.

Das schien der gegebene Kurs. Doch gerade da saß auch der Haken: Eben dies würde man erwarten, und deshalb mußte es unterbleiben. Er würde listiger handeln müssen und beten, daß er den richtigen Entschluß faßte, denn irrte er, würden weder er noch Juli lange genug am Leben bleiben, ihren Fehler zu bereuen.

Noch war er unentschlossen, als Anjuli ihn zur Mahlzeit rief. Sie hatte in einem Winkel der Gruft ein kleines Feuer entfacht, und bevor es verlosch, verbrannte Ash alle Briefe, die er in der Kammer über dem Laden des Holzkohlenhändlers in Bhithor geschrieben hatte und die zu behalten Sarji und Gobind nicht gewagt hatten, denn wären sie den Bhithori in die Hände gefallen, würden sie ihn verraten. Er sah zu, wie das Papier schwelte, sich krümmte, verkohlte, und später, als Anjuli eingeschlafen war, ging er lautlos nach draußen, setzte sich auf einen Steinblock nahe dem Eingang und dachte und plante...

Daß die Bhithori nach Rache für ihre Gefallenen lechzten und der verwitweten Rani einen langsamen, qualvollen Tod zugedacht hatten, stand außer Zweifel, denn ihr würde man an allem die Schuld geben. Die Jagd würde fortgesetzt werden, bis die Jäger überzeugt sein konnten, die Rani und ihre Retter seien, im Gebirge verirrt, an Hunger und Durst gestorben. Vorher würde Juli vor ihnen nicht sicher sein. Und auch Bukta und er selber nicht.

Er hatte Bukta nicht widersprochen, als dieser sagte, die Bhithori hätten keine Ursache, einen Kavallerieoffizier aus Ahmadabad mit der Entführung der Witwe des Rana in Verbindung zu bringen, doch traf dies nicht zu, denn schließlich war es ein Hauptmann der Kundschafter gewesen, ein gewisser Pelham-Sahib, der die Ranis auf dem Brautzug geleitet und den Rana samt seinen Ratgebern überlistet hatte, als es um den Brautpreis und die Aussteuer ging. Und ein Offizier gleichen Namens hatte erst kürzlich die englischen Behörden in Ahmadabad davon in Kenntnis gesetzt, daß nach dem bevorstehenden Tode des Rana seine Witwen verbrannt werden sollten. Telegramme gleichen Inhalts waren überdies – von ihm unterzeichnet – an mehrere hochgestellte Persönlichkeiten abgesandt worden.

Auch wußte man in Bhithor, daß der Hakim-Sahib über Ahmadabad nach Bhithor gereist war und daß sein Diener Manilal jene Stadt seither zweimal besucht hatte, um Arzneimittel einzukaufen, und die Bhithori würden es gewiß nicht versäumen, dort durch Spione nach der flüchtigen Rani zu suchen. An Ahmadabad würden sie sogar zuerst denken, und stellten sie dort Nachforschungen an, konnte ihnen einfach nicht verborgen bleiben, daß er, Ash, sich für die Witwen lebhaft interessiert hatte; auch würden sie erfahren, daß sowohl Gobind als auch Manilal bei ihm gewohnt hatten. Letzteres mußte als entscheidendes Glied in der Kette von Beweisen angesehen werden, und falls er sich nicht sehr täuschte, würde dies Grund genug sein, ihn ermorden zu lassen. Und Juli ebenfalls. Womöglich auch Bukta.

Das waren schlimme Aussichten, denn wenn man auf eines fest rechnen durfte, dann darauf, daß Bhithor rasch handelte. Der Diwan konnte sich ein Zaudern nicht leisten, Suchtrupps würden alle nach Karidkote führenden Straßen beobachten, andere schon sehr bald nach Gujerat unterwegs sein. Und doch – nach langen, eingehenden Überlegungen kam Ash zu dem Resultat, das Beste, was er tun könne, sei, in seinen Bungalow zurückzukehren und so zu tun, als wäre nichts geschehen.

Juli wollte er mit Gul Baz voranschicken und selber einige Tage später mit Bukta folgen, so als kämen sie gerade eben erst aus Kathiwar im Süden der Halbinsel und nicht aus den nördlichen, an Radschputana grenzenden Landesteilen, und der Tod Sarjis und der Pferde mußte eben anders erklärt werden. Sie mußten sagen, sie hätten ihre Pläne geändert und seien nach Süden geritten statt nach Norden, und die Pferde seien beim Durchschwimmen eines Flusses ertrunken; die Leichen seien von der reißenden Strömung hinausgetragen worden in den Golf von Kutsch. Daß er nun kein Interesse mehr am Schicksal der Ranis von Bhithor bekundete, war dann leicht erklärt mit seiner (weiß der Himmel aufrichtigen) Trauer um den Freund und den Verlust seines wertvollen Pferdes.

Noch hatte er eine Menge Urlaub, nämlich die Wochen, die er wandernd mit Wally in den Bergen jenseits des Rotang Passes verbringen wollte. Diese Tour wollte er absagen, denn die nächste Woche mußte er noch in der Garnison verbringen, über gewisse, nun nicht mehr benötigte Besitztümer verfügen, in aller Ruhe die Reise nach Mardan vorbereiten, woraus jedermann schließen konnte, daß er nichts zu verbergen hatte und auch keine besondere Eile, den Standort seines Regimentes zu verlassen.

Daß seine Dienstboten um eine weibliche Person vermehrt wurden, dürfte weiter nicht auffallen, jedenfalls keine Aufmerksamkeit erregen, und niemand würde auf den Gedanken kommen, die Witwe des Rana von Bhithor, hochgeborene Tochter eines Maharadscha, verstecke sich, als Frau eines Dieners verkleidet, unter dem mohammedanischen Personal des Sahib. Das war einfach undenkbar, und selbst jene Bhithori, die Juli »Halbblut« zu titulieren pflegten, würden so etwas für ausgeschlossen halten. Vermutlich würde man ihn einige Tage lang beobachten, sein Verhalten und alles, was er tat, unter die Lupe nehmen, am Ende aber zu dem Resultat kommen, daß er mit der Entführung nichts zu tun gehabt habe, seit Absendung der Telegramme an den Ranis keinen Anteil mehr nehme und in deren Angelegenheit nichts tun werde. Das etwa würden sie – heimgekehrt – dem Diwan berichten, der daraufhin sein Augenmerk anderswohin wenden würde. Und damit wäre Juli dann außer Gefahr.

Schade um die Wanderung. Wally würde sehr enttäuscht sein, aber verstehen, und man konnte sie im nächsten Jahr nachholen. Schließlich war Zeit genug...

Nachdem er diese Entschlüsse gefaßt hatte, legte Ash sich quer vor dem Eingang nieder, so daß weder Mensch noch Tier das Grabmal betreten konnten, ohne ihn zu wecken, und schlief ein, bevor der Mond aufging. Seine Nachtruhe war diesmal nicht von Träumen gestört, doch Anjuli erging es weniger gut, denn dreimal während der Nacht erwachte sie schreiend aus Angstträumen.

Beim ersten Mal schreckte Ash auf und stellte beim Betreten der Gruft fest, daß hier kalte Helle herrschte. Der Mond war heraufgekommen, während er schlafend lag; er schien durch die Reste der Kuppel und beleuchtete Anjuli, die in einem Winkel kauerte, die Arme vor dem Gesicht, wie um einen unerträglichen Anblick abzuwehren. Sie ächzte: »Nein, Shu-shu, nein...«, und er schloß sie in die Arme, preßte sie an sich, wiegte den bebenden Leib und murmelte beruhigende Trostworte, bis sie sich von ihrem Schrecken erholte und zum ersten Mal in diesen schrecklichen Tagen weinte.

Der Tränenstrom versiegte allmählich und schien einiges von ihrer Spannung fortgeschwemmt zu haben, denn sie legte sich zurück, und er merkte, daß sie wieder einschlief. Er streckte sich behutsam neben ihr aus, um sie nicht zu wecken, hielt sie lose umfaßt und lauschte den flachen Atemzügen, entsetzt, als er fühlte, wie mager sie war.

Hatte man sie hungern lassen? Wie er den Rana und seinen Diwan kannte, hielt er das nicht für ausgeschlossen, und Zorn überkam ihn, als er die zum Skelett abgemagerte Gestalt fester umschloß und sich erinnerte, wie schlank und zart sie gewesen war, wie seine Lippen voll Entzücken jeder Linie dieses Körpers gefolgt waren...

Keine Stunde später wurde sie unruhig und setzte sich neuerlich auf, wieder den Namen Shu-shu rufend, und dann noch einmal kurz vor Morgengrauen, als es hier drinnen ganz dunkel war, weil der Mond nicht mehr hineinschien; der Angsttraum packte sie wiederum, sie suchte sich mit aller Kraft aus seinen Armen zu befreien, als wähne sie sich im Griff eines Feindes, der sie auf den Scheiterhaufen zerren wollte oder zu einem Kohlenbecken, wo das Eisen bereits weiß glühte.

Diesmal dauerte es länger, bis sie sich beruhigte, und als sie sich an ihn klammerte, ihn anflehte, sie festzuhalten und nicht loszulassen, erwachte sein körperliches Begehren, das ehedem wie eine lebendige Flamme zwischen ihnen gelodert, erneut und so wild, daß er in Versuchung war, ungeachtet aller Gefahren ihren Leib in Besitz zu nehmen, ihnen beiden die nötige Entspannung zu verschaffen, und sei es um den Preis des vorübergehenden Vergessens aller ihn bedrängenden Sorgen.

Doch der abgezehrte Leib, den er im Arm hielt, gab keine Antwort auf sein Drängen, und er wußte: Nahm er sie, so war das wie eine Vergewaltigung, denn sie würde zurückweichen und nicht teilhaben können. Auch war ihm klar, daß, wenn er seiner Begierde nachgab und die ihre weckte, die Lage insgesamt nur schlimmer werden würde, denn waren die Schranken zwischen ihnen einmal gefallen, würden sie es nicht fertigbringen, während der kommenden Tage einander fernzubleiben, sie ebensowenig wie er; wenn aber ein etwa auf ihn fallender Verdacht zerstreut werden sollte, mußte Juli die Nächte der folgenden Woche oder auch der nächsten zehn Tage im Dienstbotenquartier hinter seinem Bungalow verbringen, und er dürfte sie nicht in seine Nähe lassen. Würde das bemerkt, könnte es für beide tödlich ausgehen, und überhaupt war es besser, er hielt sich jetzt zurück. Waren sie erst verheiratet, konnten sie nach Herzenslust tun, was die Liebe ihnen eingab, und alle Alpträume vertreiben.

Anjuli schlief endlich wieder ein, und auch Ash schlief, bis sie sich, vom jubelnden Gezwitscher der Vögel geweckt, in seinen Armen rührte und ihm entwand. Als die Sonne heraufkam und sie gegessen hatten, berichtete er ihr, was er in der vergangenen Nacht ausgedacht hatte, und sie widersprach mit keinem Wort, schien vielmehr bereit, sich jeder Entscheidung zu fügen, die er traf; weiter wurde wenig zwischen ihnen gesprochen. Anjuli litt immer noch an Erschöpfung und Schock, und der Gedanke an Shushila verließ sie beide während dieses Tages keinen Moment. Keiner von ihnen konnte die Erinnerung loswerden, und obwohl Ash sich nach Kräften darum bemühte, gelang es ihm so wenig, daß er in Versuchung war zu glauben, ihr Gespenst sei ihnen hierher gefolgt und beobachte sie versteckt im Schatten der Kikarbäume.

Am Spätnachmittag kam Bukta, von Gul Baz begleitet, samt zwei Extrapferden, und obschon Anjuli wach war und ihn kommen hörte, blieb sie auf dem Dach und nahm am Gespräch der drei Männer nicht teil. Bukta billigte Ashs Plan, denn bei einer Beratung mit Gul Baz war er zum gleichen Ergebnis gelangt. »Als Frau oder verwitwete Tochter darf die Rani-Sahiba aber nicht auftreten«, sagte Gul Baz, »mir ist etwas Besseres eingefallen.«

Er und Bukta seien zu dem Schluß gelangt, so berichtete er, das Sicherste wäre, die Rani-Sahiba anstelle jener scheuen, schweigsamen Frauensperson ins Quartier zu nehmen, die er vor mehr als einem Jahr in der Hütte hinter seiner Behausung einquartiert hatte und die ohnehin in Bälde fort wollte, weil sie wußte, daß der Sahib und sein Diener demnächst an die Nordwestgrenze gehen wollten. Dann würde ihre etwas ungeregelte Beziehung zum Diener des Sahib ohnehin ein Ende haben müssen. Da dieser Tag nun fast gekommen war, fände die Trennung eben um ein weniges früher statt, als beabsichtigt gewesen war.

Am Morgen hatte er den Bungalow in einer Mietsdroschke verlassen und jene Frau mitgenommen, wobei er wissen ließ, sie wünsche der Mutter in ihrem Heimatdorf einen Besuch zu machen und man werde erst spät zurück sein. Tatsächlich solle sie gar nicht mehr zurückkehren, sondern an ihrer Stelle würde die Rani-Sahiba kommen, ohne daß die anderen Diener davon etwas bemerkten, denn eine Frau in der Bourka war von einer anderen in der gleichen Tracht nicht zu unterscheiden. Was die andere angehe, habe der Sahib nichts zu fürchten, sie sei von Natur aus nicht schwatzhaft und könne so bald nicht in die Garnison, ja nicht einmal nach Ahmadabad zurückkehren – und dann wären sie alle längst in Mardan.

»Heute abend aber werden alle glauben, sie habe mich heimbegleitet wie angekündigt, und falls ein Fremder Erkundigungen anstellen sollte, wird er nichts erfahren, weil es nichts zu berichten gibt. Ich habe für die Rani-Sahiba eine Bourka mitgebracht, alt aber sauber; sie gehört der anderen, doch nahm ich sie ihr weg mit der Begründung, sie sei zu alt und schon geflickt, und ich wolle ihr im Basar eine schönere kaufen, was ich auch getan habe. Zum Glück ist sie groß, und der Jäger sagt mir, auch die Rani-Sahiba ist groß. Wir treffen erst nach Dunkelheit ein, niemand wird etwas bemerken. Ist sie einmal in der Hütte, hat die Rani-Sahiba nichts zu fürchten; ich werde sagen, sie müsse zu Bett liegen, weil sie erkrankt sei, sie braucht also mit niemandem zu reden, ja sich nicht einmal blicken zu lassen.«

»Und wenn wir aus Gujerat abreisen?« fragte Ash.

»Dann wird es auch keine Schwierigkeiten geben«, erwiderte Bukta. »Dein Diener braucht nur zu sagen, seine Gefährtin müsse Verwandte im Pandschab besuchen, und er wolle sie bis Delhi mitnehmen oder auch bis Lahore, wenn dir das lieber ist. Das bleibt sich gleich. Er erledigt das schon. Dieser Pathan ist kein Dummkopf. Auch weiß man, daß die Frau seit mehr als einem Jahr unter seinem Schutz steht, während die Rani-Sahiba erst seit wenigen Tagen abgängig ist. Was unsere Rückkehr angeht –«

Zwanzig Minuten später konnte man ein aus vier Reitern bestehendes Trüppchen zwischen den Feldern auf die nächste größere Straße zureiten sehen, die von Khed Brahma nach Ahmadabad führte, und einmal darauf, galoppierten sie nach Süden.

Die Dunkelheit holte sie ein, als sie noch ein gutes Stück von der Stadt Ahmad Shah entfernt waren, doch hielten sie sich nicht auf und setzten den Ritt bei Sternenlicht fort. Als sie die blinkenden Lichter der Garnison vor sich sahen, war der Mond schon aufgegangen, sie hielten bei einer Baumgruppe an, und Ash hob Juli aus dem Sattel. Sie sprachen nichts, denn es war schon alles gesagt, auch waren sie müde vom Ritt. Gul Baz gab Bukta sein Pferd, verneigte sich vor Ash und wanderte dann, in gebührendem Abstand von Juli gefolgt, der Garnison entgegen, wo er eine Droschke nahm, die sie zum Bungalow brachte.

Ash kam fünf Tage später nach Ahmadabad zurück, auf einem Pferd von Sarji und begleitet von einem seiner Stallknechte.

Kulu Ram und andere nahmen diesen Stallknecht bei sich auf, bevor er mit Sarjis Pferd zurückritt. Sie erfuhren von ihm in allen Einzelheiten, wie seinem Herrn der Versuch zum Verhängnis wurde, zu Pferde einen jener zahlreichen Flüsse zu durchschwimmen, die in den Golf von Kutsch münden und deren Strömung durch die Wirkung der Gezeiten mitunter sehr reißend sein kann; auch das Pferd des Sahib sei dabei ertrunken, und er selber nur wie durch ein Wunder mit dem Leben davongekommen. Diese Geschichte klang so, wie er sie erzählte, durchaus glaubhaft, und Gul Baz konnte denn Ash auch melden, niemandem seien Zweifel an deren Richtigkeit gekommen, auch dem Erzähler nicht.

»Damit hätten wir einen weiteren Graben hinter uns«, sagte Gul Baz, »und auch der andere bot keine Schwierigkeiten. Niemand ist auf den Gedanken gekommen, daß jemand anderes mit mir zurückgekehrt sein könnte, und das wird auch so bleiben, denn die Rani-Sahiba hält sich in ihrer Kammer auf und spielt die Kranke, das heißt, ich glaube, sie ist wirklich nicht gesund, denn in der zweiten Nacht schrie sie im Schlaf so laut, daß ich hinlief und nach ihr sah, denn ich fürchtete, man habe sie entdeckt und wolle sie entführen. Doch sagte sie, sie habe nur geträumt und –« er sah, wie Ashs Gesichtsausdruck sich veränderte und fragte: »Ist dies schon früher vorgekommen?«

»Ja, ich hätte daran denken und dich warnen sollen«, sagte Ash und ärgerte sich über seine Vergeßlichkeit. Er selber war nicht mehr von Shushila in seinen Träumen gepeinigt worden, wenn er sie auch noch schwer auf seinem Gewissen lasten fühlte; das schmale, vorwurfsvolle Gesicht erschien immer noch unerwartet vor seinem inneren Auge, und wenn es *ihm* schon so ging, wie dann erst Juli, die sie doch geliebt hatte?

Er fragte, ob die anderen Diener etwas bemerkt hätten, doch Gul Baz hielt das für unwahrscheinlich. »Du weißt, mein Quartier und das, wo ehemals Mahdu-ji gewohnt hat, stehen entfernt von den anderen, und die Hütte der Rani-Sahiba liegt noch dahinter. Doch habe ich Opium für sie gekauft und ihr einen Schlaftrunk bereitet, den sie nimmt, sobald die Sonne untergeht, und seither schläft sie fest und ruhig die Nacht durch – was gut ist, denn der Jäger irrte sich nicht, als er sagte, vermutlich würde man dem Sahib nachspionieren.«

Und er berichtete, daß am Vortag mehrere Fremde vorgesprochen hatten; einer habe nach Arbeit gefragt, ein anderer sich als Händler mit Arzneimitteln ausgegeben, ein dritter sich nach einer durchgegangenen Frau erkundigt, die angeblich mit dem Diener eines Sahib auf und davon sei. Letzterer, nachdem er erfahren, Pelham-Sahib sei noch nicht von der Jagd aus Kathiawar zurück, habe viele Fragen gestellt. »Und wir haben sie alle beantwortet. Wir bezeigten großes Entgegenkommen und gaben ihm jede Auskunft, aber doch nicht die, die er wohl gern gehört hätte. Der Händler mit Heilkräutern kam glücklicherweise heute wieder vorbei, als der Sahib eintraf, und er hat alles mit angehört, was der Stallknecht zu erzählen wußte. Er hat dann seine Waren eingepackt und gesagt, er müsse noch viele Kunden besuchen und habe keine Zeit mehr zu verlieren. Der kommt gewiß nicht wieder, denn er hat den Sahib mit eigenen Augen zurückkommen sehen und von jenem Stallknecht, der schwatzhaft war wie ein Weib, erfahren, daß der Sahib allein mit dem Jäger aus Kathiawar gekommen ist und die Nachricht vom Tode des Sirdar Sarjevar Desai überbrachte.«

»Es werden schon noch andere kommen«, bemerkte Ash skeptisch. »Der Diwan wird so leicht nicht aufgeben.«

Gul Baz meinte achselzuckend, die würden es bald leid werden, stundenlang mit Dienern zu schwatzen, von denen sie nichts Neues erfahren könnten; spürten sie dem Sahib auf seinen Gängen in der Garnison nach, würden sie weiter nichts herausbekommen, als daß er Abschiedsbesuche mache und jene notwendigen, aber langweiligen Vorkehrungen für die Bahnreise nach Mardan treffe.

»Du brauchst nur ganz unbefangen deinen Geschäften nachzugehen, Sahib, und man wird sehen, daß du nichts zu verbergen und auch keine Eile hast, abzureisen. Die Spürnasen werden es bald leid werden. Noch eine Woche, höchstens zehn Tage, und wir können unbesorgt den Staub dieses scheußlichen Ortes von den Füßen schütteln und den Zug nach Bombay besteigen. Und Allah der Allerbarmer gebe, daß wir nie wieder herkommen müssen«, fügte er nachdrücklich hinzu.

Ash nickte zerstreut, denn er dachte an Juli, die noch einmal eine Woche oder zehn Tage in jener stickigen, kleinen Kammer ausharren mußte, bei Tage nicht wagen konnte, sich zu zeigen, und des Nachts mit Hilfe von Opiaten schlief. Er folgte dem Rat von Gul Baz und verbrachte die folgenden Tage in einer Weise, die niemandes Interesse erregen konnte, und tat alles ganz offen, denn es war klar, daß ihm jemand nachspürte, womöglich sogar mehrere Personen. Zwar blickte er niemals hinter sich, um zu sehen, ob jemand ihm folgte, doch daß man ihn unter Beobachtung hielt, hätte er bemerkt, auch ohne vorherige Warnung. Dabei verließ er sich ganz auf seinen Instinkt, jenen Instinkt, der dem Tier im Dschungel sagt, daß sich ein Tiger anschleicht, und der einen Menschen spüren läßt, daß er im dunklen Zimmer nicht mehr allein ist.

Ash kannte dieses Gefühl (er spürte dann ein kaltes Prickeln zwischen den Schulterblättern sowie eine störende, überwache Anspannung der Nerven), er ließ deshalb sein Bett auf das Flachdach des Bungalows bringen, wo jedermann, der dazu Lust hatte, mit eigenen Augen sehen konnte, daß er sich bei Dunkelheit nicht heimlich mit jemandem traf.

Die Garnison hatte unterdessen vom unzeitigen Tod Sarjis und dem Verlust von Dagobaz gehört, und Ash wurde die Anteilnahme seiner Offizierskameraden und auch der Mannschaften des Regimentes in reichem Maße zuteil. Auch der Großonkel des Verstorbenen, der Risaldar-Major, den die Trauer des Freundes um den Toten rührte und der ihm zuredete, sich keine Schuld daran zuzumessen, erwies ihm viel Mitgefühl; nur nützte es Ash wenig, denn er wußte nur zu gut, wie groß seine Schuld war, hätte er Sarji doch leicht davon abhalten können, ihn nach Bhithor zu begleiten.

Daß Sarjis Freunde und Verwandte die Geschichte glaubten, die er und Bukta sich ausgedacht hatten, war Ash sehr von Nutzen, denn so entstand der Eindruck, die Familie habe immer schon gewußt, daß er und Sarji in einer Gegend jagen wollten, die viel weiter südlich von Ahmadabad lag als die Grenze nach Radschastan nördlich der Stadt. Ashs Verhalten und das Fehlen jeden Hinweises darauf, daß die Witwe des verstorbenen Rana von Bhithor sich in Gujerat aufhielt (oder daß sie überhaupt noch am Leben war), überzeugten die Spione des Diwan am Ende wohl davon, daß sie auf der falschen Fährte waren, denn Gul Baz konnte Ende der Woche melden, der Bungalow werde nicht mehr überwacht.

Bereits in der Nacht drückte sich niemand mehr in der Nähe herum, und als Ash am nächsten Morgen ausritt, brauchte ihm niemand zu sagen, daß keiner ihm nachspionierte, denn er spürte nichts mehr davon in den Knochen. Gleichwohl ging er kein Risiko ein, er benahm sich, als bestehe die Gefahr fort; erst als drei weitere Tage und Nächte vergangen waren, ohne daß ein Schnüffler sich sehen ließ, atmete er auf und fing an, Zukunftspläne zu schmieden.

Seit die Überwachung aufgehoben war, bestand kein Grund mehr für ihn, in Ahmadabad zu bleiben, doch unverzüglich abzureisen war unmöglich, denn zwei der drei vom Bahnvorsteher angebotenen Reisemöglichkeiten nach Bombay mit Anschluß nach Delhi und Lahore waren bereits verpaßt. Der dritte Termin hingegen bedeutete, daß noch einige Tage hingehen würden. Ash legte sich nun endgültig auf ihn fest und instruierte Gul Baz entsprechend; er selber hatte anderes zu überlegen.

Die Tage der Ungewißheit, die auf seine Rückkehr in die Garnison folgten und die er mit banalen Tätigkeiten hatte ausfüllen müssen, waren in gewisser Weise ein Segen, denn er hatte viel Zeit gehabt, über die Zukunft nachzudenken und auf manche Frage auch eine Antwort gefunden. Die Hauptfrage aber blieb unbeantwortet, und sie lautete schlicht: Was soll aus Juli werden?

Früher einmal hatte alles so einfach geschienen: wäre sie nur frei, er könnte sie heiraten. Nun, da sie frei war vom Rana und von Shushila, stand dem nichts mehr im Wege, aber jetzt zeigte sich, daß zwischen den Tagträumen von früher und der Wirklichkeit von heute ein schier unüberbrückbarer Abgrund klaffte...

Ähnliches ließ sich von seiner inneren Einstellung zu den Kundschaftern sagen, denn bei jener Reise mit dem Brautzug war einmal ein Moment gekommen, da er allen Ernstes erwog zu desertieren – mit Juli in einem anderen Land Zuflucht zu suchen und darauf zu verzichten, Mardan, Wally und Zarin je wiederzusehen. Jetzt erstaunte es ihn maßlos, daß er auch in der ersten tollen Verliebtheit einen solchen Plan überhaupt hatte erwägen können – als mildernden Umstand durfte er sich nur anrechnen, daß er damals in Ungnade war, vom

Regiment und der Grenze verbannt, ohne jede Vorstellung, wie lange diese Verbannung dauern sollte, und nicht sicher, ob ihn der Kommandeur je wieder anfordern würde. Jetzt aber lagen die Dinge doch anders, er war nach Mardan zurückbeordert worden und sollte seinen Dienst wieder aufnehmen; daß er Dilasah Khan und die gestohlenen Gewehre befehlswidrig herbeigeschafft hatte, sollte vergessen sein, und nicht zum Regiment zurückzukehren, schien ihm ganz ausgeschlossen. Was ihn mit den Kundschaftern verband, reichte allzuweit zurück in die Vergangenheit, diese Bindung war nicht so einfach zu lösen, und nicht einmal um Julis willen konnte und wollte er sich endgültig von Zarin und Wally trennen. Es hätte auch wenig Sinn gehabt, denn selbst wenn er jemanden fände, der ihn mit Juli traute, konnte er sie niemals offen als seine Frau in die Gesellschaft einführen. Er beriet sich mit Mrs. Viccary, die nicht nur der einzige Mensch in Gujerat war, dem er sich anvertrauen konnte, sondern sie war auch jemand, der seine und Julis Herkunft ohne Vorurteil richtig einzuordnen imstande war. Er suchte bei ihr nicht eigentlich Rat, denn er wußte, riet sie ihm etwas, das seinen Wünschen zuwiderlief, würde er es nicht befolgen. Er wollte nur mit einem vernünftigen, sensiblen Menschen sprechen, der Indien so gut kannte wie er selber, der die Lage überblickte und ihm im Gespräch helfen würde, Einsichten zu gewinnen. Tatsächlich enttäuschte Mrs. Viccary ihn denn auch nicht, sie war weder schockiert davon, daß er eine Hinduwitwe heiraten wollte, noch nahm sie Anstoß daran, daß Anjuli alle Formalitäten für überflüssig hielt.

»Wird erst einmal bekannt, daß wir verheiratet sind«, erklärte Ash, »ist Juli von neuem in Gefahr.«

»Und Sie ebenfalls«, bemerkte Edith Viccary. »Die Leute klatschen gern, und hierzulande verbreitet sich Klatsch in Windeseile.«

Eben darum ging es ja. Ash war ihr unendlich dankbar dafür, daß sie sogleich das Wesentliche sah und nicht Argumente gegen solch eine Heirat vorbrachte, die auf der Hand lagen – erst als Major mit Ende Dreißig durfte er ohne Einwilligung des Kommandeurs heiraten (und vorher würde er die bestimmt nicht erhalten), und ein mit einer Hindu verheirateter englischer Offizier war bei seinem Regiment, in dem Moslems, Sikhs, Hindus und Gurkhas dienten, absolut fehl am Platz. Das mußte unter den von ihm geführten Männern zu Zwist führen, denn nicht nur die kastenbewußten Hindus würden sich beleidigt fühlen, sondern vermutlich auch die Sikhs, während die Moslems ihn dafür verachten würden, daß er seinen Glauben nicht ernst nahm; alle zusammen aber würden ihn verdächtigen, in jedem Streitfall seiner Frau zuliebe einen Hindu gegenüber Männern anderen Glaubens zu begünstigen oder bevorzugt zur Beförderung vorzuschlagen. Die Kundschafter also würden ihn nicht haben wollen, und kein anderes Regiment in der Indischen Armee würde ihn aufnehmen – aus den gleichen Gründen.

Das alles wußte Ash ebensogut wie Mrs. Viccary, doch brauchte er sich darüber nicht den Kopf zu zerbrechen, denn selbst wenn es alle diese Schwierigkeiten nicht gegeben hätte, bedeutete eine reguläre Eheschließung mit Juli, daß ihr Todesurteil unterzeichnet wurde – das seine übrigens auch –, weil eine solche Heirat, einmal bekannt geworden, zu unzähligen Spekulationen und endlich zum Skandal führen mußte. Hier in Indien wurden nicht nur Regimenter verlegt. Auch Zivilbeamte, Ärzte, Polizeiinspektoren, Priester und Kaufleute, jeder begleitet von einem Schwarm einheimischer Dienstboten, wurden in kurzen Abständen im ganzen Land hin und her versetzt, was bedeutete, daß eine solche Geschichte in den Kasinos aller Garnisonen und in allen Basaren die Runde machte, wo die Diener der Weißen alles besprachen, was sie bei ihrer Herrschaft erlebten. Nirgendwo verbreitet sich Klatsch schneller und folgenreicher als in Indien.

Folglich würde man in Bhithor sehr bald erfahren, daß eben jener Offizier der Kundschafter, der die Bräute des verstorbenen Rana auf ihrem Hochzeitszug begleitet hatte und in Gujerat stationiert gewesen war, als die Witwe nach dem Tod des Rana entführt wurde, wenig später eine verwitwete Hindu geheiratet hatte. Der Diwan würde zwei und zwei zusammenzählen, dabei ganz richtig auf vier kommen und auch schon Erkundigungen einziehen lassen. Und wenig später – vermutlich sehr wenig später – wäre Juli tot. Denn in Bhithor würde man die Gefallenen rächen wollen, die bei dem Versuch ums Leben gekommen waren, den von Bukta verteidigten Zugang zum Pfad ins Gebirge zu stürmen. Und man würde die Beleidigung ungeschehen machen wollen, die dem Lande durch die Entführung einer der Witwen des verstorbenen Rana zugefügt worden war.

»Also müßte die Ehe geheim bleiben«, schloß Ash.

»Sie wollen diese Frau also doch heiraten? Obwohl Sie selber sagen, daß sie keinen Wert darauf legt?«

Ash war in dieser Hinsicht seit jeher ein Dickkopf. »Etwa nicht? Soll ich sie zu meiner Mätresse machen?... zur Konkubine? Ich muß wissen, sie ist meine angetraute Frau, auch wenn außer mir und ihr niemand es erfahren darf. Ich kann es nicht erklären... ich muß das einfach tun.«

»Sie brauchen mir nichts zu erklären, ich an Ihrer Stelle würde ebenso denken. Selbstverständlich müßt ihr beiden heiraten, aber einfach wird das nicht sein.«

Sie erklärte, die Schwierigkeit liege darin, daß die Ehe von der Kirche als ein Sakrament betrachtet werde und daß kein Priester einen Christen mit einer Hindu trauen würde, es sei denn, es handele sich um eine anerkannte Konvertitin. »Gott läßt seiner nicht spotten«, setzte Mrs. Viccary leise hinzu.

»Ich beabsichtige nichts dergleichen, und doch kann ich mir Gott nicht als einen Engländer vorstellen, auch nicht als Juden oder Inder oder mit sonstigen Qualitäten ausgestattet, die wir Menschen füreinander erfunden haben. Und ich glaube auch nicht, daß ER uns in solchen Kategorien sieht. Doch war mir von Anfang an klar, daß die Kirche uns nicht zusammengeben wird, ebensowenig, wie Julis Priester es tun würden, auch wenn ich es wagen könnte, sie darum anzugehen. Ich hatte eher an so etwas wie einen Friedensrichter gedacht –«

Edith Viccary schüttelte entschieden den Kopf. Sie kannte den hiesigen Friedensrichter, einen gewissen Mr. Chadwick, sehr viel besser als Ash und versicherte ihm, er sei der letzte, der so etwas gestatten würde. Auch sei damit zu rechnen, daß er, sollte Ash dieses Ansinnen an ihn stellen, sogleich zum Commissioner laufen und diesen unterrichten werde, der nicht nur ebenso entsetzt sein, sondern seinerseits eine Menge peinlicher Fragen stellen würde. Und wenn es dahin käme, sei das Malheur nicht aufzuhalten.

»Stimmt«, sagte Ash verbittert. »Das kann man nicht riskieren.«

Es schien keinen Ausweg zu geben. Unvorstellbar, ja lächerlich und ungerecht, daß zwei erwachsene Menschen, die nichts wollten, als einander heiraten, daran gehindert werden konnten, obschon eine solche Ehe niemandem Schaden brachte. Schließlich war das eine ganz persönliche Angelegenheit, die nur die Beteiligten anging, und wenn man bedachte, daß es Paare gab, die ohne weitere Formalitäten auf See getraut wurden wie jenes, das mit ihnen auf der ›Canterbury Castle‹ gereist war, müßte es doch wohl auch an Land etwas Ähnliches –«

»Richtig!« rief Ash entzückt und sprang auf. »Red Stiggins von der ›Morala‹! Warum ist mir das bloß nicht früher eingefallen?«

Red hatte erwähnt, »in ein paar Wochen« wolle er nach Karatschi abfahren, und ihn eingeladen mitzukommen. Und falls die ›Morala‹ noch nicht ausgelaufen sein sollte...

Er umarmte die verdutzte Mrs. Viccary, rannte aus dem Hause, ließ Kulu Ram das Pferd bringen, und wer zehn Minuten später in der sengenden Mittagssonne unterwegs gewesen wäre, hätte einen Sahib im Galopp aus der Garnison der Stadt zureiten sehen können.

Der tüchtige Gujerati, der die Interessen von Käpten Stiggins auf der Halbinsel wahrnahm, unterhielt ein Büro nahe dem Daripur-Tor und gab sich gerade der gewohnten Siesta hin, als der Sahib hereinplatzte und zu wissen verlangte, ob die ›Morala‹ bereits nach Karatschi unterwegs sei und falls nicht, wann und wo sie auslaufen werde. Diesmal hatte Ash Glück, denn die ›Morala‹ war noch im Hafen, sie wollte, falls alles glatt ging, in ein bis zwei Tagen auslaufen, gewiß nicht später als Ende der Woche. Sie lag derzeit in Cambay, und falls der Sahib eine Botschaft senden wolle...?

Das wollte der Sahib und nahm das Anerbieten dankbar an, denn er hatte keine Zeit, einen Brief zu schreiben. »Lassen Sie dem Kapitän ausrichten, ich nehme seine Einladung an. Er möge mich morgen erwarten. Auf keinen Fall soll er ohne mich auslaufen.«

Nun gab es reichlich zu tun; die Zeit war plötzlich knapp, denn der Hafen von Cambay lag sechzig Meilen entfernt von Ahmadabad, und Ash sprengte ebenso rasch zu seinem Bungalow zurück, wie er von Mrs. Viccary zur Stadt geritten war.

46

Kapitän Stiggins kratzte sich mit seinem schwieligen Daumen die kupferfarbenen Stoppeln am Kinn und starrte Ash nachdenklich und schweigend ganze zwei Minuten an. Dann sagte er langsam: »Tja... nun... Ich gehöre zwar nicht zu den feinen Kapitänen mit Goldstreifen am Ärmel, und die ›Morala‹ ist kein Musikdampfer, aber immerhin bin ich Eigner und Kapitän und habe wohl die gleichen Befugnisse wie solch ein Lackaffe mit Messingknöpfen am feinen blauen Tuch.«

»Sie sind also einverstanden, Red?«

»Hm, es wäre das erste Mal, daß ich so was mache, ich möchte also nicht die Hand dafür ins Feuer legen, daß es juristisch einwandfrei ist. Aber darüber müßten Sie sich den Kopf zerbrechen, nicht ich. Und in Anbetracht unserer alten Freundschaft... ich will Ihnen den Gefallen tun, aber nicht hier und nicht gleich. Ihnen zuliebe kann ich nicht so tun, als wäre dieser Ententeich hier die hohe See. Sie müssen also warten, bis wir weit genug draußen sind, ungefähr auf halbem Weg nach Chahbar. Das nimmt sich im Logbuch dann schon besser aus. Mir scheint auch, es wäre für alle Beteiligten besser, wenn das kleine Unternehmen, das Sie da planen, in jeder Beziehung ordnungsgemäß verliefe. Das wäre also meine einzige Bedingung. Überlegen Sie es sich.«

»Und wo, zum Kuckuck, liegt Chahbar? Ich dachte, Sie fahren nach Karatschi?«

»Tu ich auch – aber erst auf dem Rückweg. Ich habe meine Route geändert. Sie sind wahrscheinlich so mit ihren eigenen Sachen beschäftigt, daß Sie nichts von der Hungersnot gehört haben, die jetzt schon drei Jahre anhält, besonders im Süden. Deshalb gehe ich mit einer Ladung Baumwolle nach Chahbar, die Küste rauf Richtung Mekran, und nehme dort Getreide an Bord. Das wird eine lange Reise, aber auf der Heimreise kann ich Sie an Land setzen, wo Sie wollen. Paßt Ihnen das?«

Ash hatte gehofft, die Heirat ohne weiteren Aufschub zu erreichen, mußte aber einsehen, daß der Kapitän gute Gründe hatte, seine Pläne zu ändern; es blieb ihm überdies gar nichts anderes übrig, als auf dessen Vorschlag einzugehen. Man beschloß also, die Zeremonie zu verschieben, bis Sind und die Mündung des Indus auf dem Wege nach Ras Jewan weit genug achteraus lagen. Red, ganz Kavalier, stellte bis dahin Anjuli seine eigene Kajüte zur Verfügung und zog vorübergehend zu seinem ersten Offizier, einem gewissen McNulty.

Die drei Männer schliefen allerdings, wann immer es möglich war, an Deck, nur Anjuli blieb in ihrer Kajüte.

Die Morala besaß nur vier Kajüten, und obschon der Kapitän die beste innehatte, war sie keineswegs geräumig und in dieser Jahreszeit erstickend heiß. Dennoch legte Anjuli den ersten Teil der Reise in diesem Brutkasten zurück, denn sie erwies sich als nicht besonders seefest, war mehrere Tage seekrank und erholte sich erst, als man den Wendekreis des Krebses passiert hatte und das Meer gefärbt war von dem Löß, den der Indus und seine vier großen Arme aus dem Pandschab in die See spülen.

Gul Baz, der die Reise unbedingt mitmachen wollte, war ebenfalls abscheulich seekrank, kam aber bald wieder auf die Beine und an Deck. Anjuli hingegen erholte sich weniger schnell, verbrachte den größten Teil des Tages schlafend, immer noch von schlimmen Träumen gequält, die ihr aber bei Tage erträglicher vorkamen, weshalb sie des Nachts aufblieb und die Öllampe bis Tagesanbruch brennen ließ, obschon diese die Hitze in der kleinen Kajüte noch beträchtlich vermehrte.

Ash pflegte sie nach Kräften und ging ebenfalls dazu über, bei Tage zu schlafen, um den größten Teil der Nacht mit ihr durchwachen zu können. Auch als sie sich von der Seekrankheit einigermaßen erholt hatte, blieb sie schweigsam, und wenn das Gespräch auf Bhithor und die unmittelbar zurückliegende Vergangenheit kam, sah er, daß sie sich verkrampfte und daß der ihn so beängstigende, eisesstarre Ausdruck auf ihr Gesicht trat. Also erzählte er von dem, was er inzwischen erlebt hatte, sprach auch von seinen Zukunftsplänen, wenngleich er häufig den Eindruck hatte, daß sie nur halb zuhörte und nebenher anderen Stimmen lauschte.

Er überzeugte sich davon, indem er mehrmals mitten im Satz aufhörte zu sprechen, ohne daß sie etwas davon bemerkte. Fragte er sie, woran sie denke, blickte sie ihn verwirrt an und sagte: »An nichts.« Erst als diese Frage sie eines Abends ganz überraschend traf, antwortete sie unwillkürlich: »An Shushila.«

Ash durfte nicht erwarten, daß sie bereits aufgehört hatte, sich mit der Erinnerung an Shushila zu quälen, konnte er es doch selber nicht, doch stand er jetzt wortlos auf und verließ die Kajüte, und als sie eine halbe Stunde später ihr Abendessen gebracht bekam, war es Gul Baz, der eintrat, und nicht Ash, der anderes zu tun hatte.

Ash hatte sich mit seinen Problemen zu Kapitän Stiggins begeben und, ermutigt von dessen vortrefflichem Kognak, breitete er seine Geschichte vor den Ohren seines mitfühlenden Zuhörers aus. »Die Schwester kam für sie immer an erster Stelle«, klagte er, »das war schon immer so. Ich redete mir ein, ich sei der einzige, den sie wirklich liebe, und daß sie nur aus Anhänglichkeit und Pflichtgefühl bei Shushila blieb, aber da habe ich mich wohl geirrt. Ich habe sie schon früher überreden wollen, mit mir zu kommen, aber Shu-shus wegen lehnte sie ab. Lieber Himmel, wie ich allein schon den Namen Shu-shu gehaßt habe!«

»Eifersucht, ich verstehe«, nickte Red.

»Ja, selbstverständlich. Wären Sie an meiner Stelle nicht eifersüchtig gewesen? Ich war verliebt in sie, bin es immer noch und werde es immer sein. Wenn nur diese Schwester nicht wäre!«

Red sagte besänftigend: »Sie ist tot, es gibt also keinen Grund mehr zur Eifersucht. Armes Kind.«

»Ah nein, es gibt immer noch Grund genug, denn diese Schwester steht jetzt mehr denn je zwischen uns. Ich sage Ihnen, es ist, als wäre sie hier an Bord und saugte Juli die letzte Kraft aus dem Mark, jammernd und um Anteilnahme flehend wie eh und je. Manchmal glaube ich schon an Gespenster, mir ist, als spuke sie hier herum und tue alles, um Juli und mich auseinanderzubringen.«

»Reden Sie kein Blech«, blaffte der Seemann. »Solchen Quatsch habe ich noch nie gehört. Gespenster, was denn noch?« Er schob Ash die Flasche hin. »Nehmen Sie mal einen guten Schluck, Söhnchen, lassen Sie sich gehen, ertränken Sie Ihre Sorgen für ein Weilchen, denn mir scheint, Sie haben in letzter Zeit die Luken zu dicht gemacht. Tut Ihnen gut, mal frische Luft einzulassen. Lassen Sie es nicht so weit kommen, daß Sie eifersüchtig werden auf ein bedauernswertes Kind, das tot und verbrannt ist. Das ist ungesund.«

Ash füllte sein Glas mir fahriger Hand. »Das ist es nicht allein, Red. Jetzt wo sie tot ist, fürchte ich, daß –«

Seine Zähne klapperten, und er goß den Schnaps auf einen Zug herunter.

»Was fürchten Sie«, fragte Red stirnrunzelnd. »Daß Ihre Juli die Schwester nicht vergessen kann? Das wäre nicht so schlimm. Täte sie es, würden Sie sie für ein hartherziges Weibsbild halten, glauben Sie mir. Lassen Sie dem armen Mädchen Zeit, und Sie werden sehen, es gibt nichts zu befürchten, denn mit der Zeit wird sie vergessen.«

Ash langte wieder nach der Flasche und bemerkte dabei, ja, das sei selbstverständlich richtig, und daß sie die Schwester ganz vergesse, wünsche und erwarte er nicht, und nicht davor habe er Angst.

»Wovor dann?«

»Daß sie nicht vergessen kann, daß ich Shushila eigenhändig getötet habe.«

»Was haben Sie?« Red war sprachlos.

»Habe ich Ihnen das nicht erzählt? Ich habe sie erschossen.«

Er berichtete, wie es dazu gekommen war; als er endete, schnaufte Red mehrmals nachdenklich und nahm einen kräftigen Schluck, bevor er antwortete. Doch was er dann äußerte, war wenig tröstlich: »Schwer zu sagen, was Sie hätten anders machen sollen, aber ich begreife jetzt. Damals hat sie natürlich an nichts anderes gedacht, als der Schwester die Qual des Verbrennens zu ersparen, aber jetzt, wo alles vorbei ist, macht sie sich Vorwürfe, daß sie der Kleinen nicht ihren Willen gelassen und außerdem Sie gezwungen hat, sozusagen den Henker zu spielen.«

»Stimmt. Und das macht mir Angst. Damals bestand sie darauf, daß ich es tun sollte. Angefleht hat sie mich. Aber jetzt... jetzt glaube ich, sie war damals von Sinnen, halb verrückt vor Kummer, und wenn ich es recht bedenke, war ich ebenfalls nicht zurechnungsfähig. Das war wohl keiner von uns... für sie war es aber besonders schlimm, denn Shu-shu bedeutete ihr mehr als alles auf der Welt, sie ertrug den Gedanken nicht, daß sie so schrecklich leiden sollte. Sie verlangte, daß ich sie erschoß, bevor die Flammen sie erreichten, und das habe ich getan. Das hätte ich nicht tun dürfen, und ich bereue es jeden Tag aufs neue, denn auf diese Weise habe ich verhindert, daß sie eine Heilige wird. Und jetzt kommt es mir so vor, als könne Juli mich nicht ansehen, ohne daran zu denken, daß ich es war, der ihre Schwester getötet hat.«

»Quark«, versetzte der alte Seemann wenig fein.

»Ich will damit nicht sagen, daß sie mir deshalb Vorwürfe macht, sie weiß genau, daß ich es einzig ihr zuliebe getan habe und daß, wäre es nach mir gegangen, ich nicht geblieben wäre, nicht das Leben der anderen aufs Spiel gesetzt hätte, um dieses unglückliche Geschöpf zu erschießen. Aber was immer ihre Vernunft ihr auch sagt, im Herzen weiß sie, daß ich Shushila nicht leiden mochte, und das macht eben einen großen Unterschied.«

»Tja, das leuchtet mir ein«, sagte Red nachdenklich. »Hätten Sie das Mädchen ebenfalls geliebt und es deshalb getan – aus Liebe, wenn man so will –, dann würde es ihr wahrscheinlich weniger ausmachen.«

»Genau so ist es. Aber ich mochte sie eben nicht. Sie werden denken, daß meine Eifersucht schuld war, aber das allein war es nicht, es war mir zuwider, daß sie solche Gewalt über Juli hatte, und das hat Juli nicht vergessen. Zusammen mit allem anderen hat das vermutlich ihr Gefühl für mich verändert. Man kann ihr das nicht zum Vorwurf machen, denn wenn ich auch jetzt noch nicht weiß, wie ich mich anders hätte verhalten sollen, bedaure ich doch, das verflixte kleine Ding erschossen zu haben – und wenn *ich* schon so empfinde, dann tut sie es erst recht. Wirklich eine verfahrene Geschichte! Machen Sie noch eine Flasche auf, Red, ich befolge Ihren Rat und will mich betrinken.«

Das taten sie denn beide, Red weniger als Ash, denn er vertrug mehr. Und entweder bewährte sich das Rezept, oder aber es erwies sich einmal mehr, daß es der Seele gut tut, wenn man beichtet, denn Ash fühlte sich hinterher viel gelassener und hatte weniger Befürchtungen, was die Zukunft anbetraf, beging auch nicht mehr den Fehler, Anjuli zu fragen, woran sie gerade denke. Sie war immer noch ungemein mager und bleich.

Ihre Blässe führte Ash auf die stickige Luft in der Kajüte zurück. Er baute darauf, daß, waren sie erst getraut, er sie an Deck locken könne, wo sie sich dann sehr bald erholen und ihre Stimmung sich bessern würde.

Sie wurden getraut, als die Morala Kurs auf Ras Jewan und Chahbar nahm und Sind zwei Stunden achteraus lag. Die Feier fand um 14 Uhr 30 im kleinen Salon statt, als Zeugen amtierten Angus McNulty (der aus Dundee stammte und sich etwas zögernd als Presbyterianer bezeichnete) und ein gewisser Hyem Ephraim, ein ältlicher Jude aus Kutsch, der in Persien Geschäfte hatte und seit langem mit Stiggins bekannt war. Red bezeichnete sich als Freidenker – was immer man darunter verstehen will –, und er verlieh dem Auftritt insofern eine gewisse Würde, als er seinen besten Anzug trug und so feierlich sprach, daß Gul Baz, der den Vorgang von der Tür her beobachtete, überzeugt war, der Kapitän sei in Wahrheit ein besonders weiser und heiligmäßiger Guru.

Gul Baz als frommer Mohammedaner hatte große Bedenken, die er aber für sich behielt, denn jetzt war es zu spät. Schon seit er unterlassen hatte, den Hakim aus Karidkote und seinen feisten Diener Manilal wegzuschicken, als sie in einer Droschke beim Bungalow des Sahib in Ahmadabad vorfuhren, war es zu spät. Diese Hinduwitwe war seiner Meinung nach die letzte, die der Sahib zum Weibe nehmen sollte; von gemischten Ehen hielt er ebensowenig wie Koda Dad oder Mr. Chadwick, er war auch nicht gerade begierig darauf, Koda Dad und dessen Söhnen zu erklären, wie es dazu hatte kommen können und welche Rolle er selber dabei gespielt hatte. Allerdings wußte er nicht, wie er es hätte verhindern, ja, wie er den Sahib dazu hätte überreden können, nicht nach Bhithor zu reisen. Immerhin verrichtete er einige Gebete, in denen er den Segen des Allweisen auf das Paar herniederflehte und ihn bat, ihnen ein glückliches, langes Leben und viele Söhne zu schenken.

Anjuli, ehemals eine fromme Hindu, hatte seit Jahren nicht gebetet, denn sie war zu der Überzeugung gelangt, es gebe entweder keine Götter, oder, wenn es doch welche gäbe, hätten sie sich aus unerforschlichen Gründen – vielleicht wegen ihres gemischten Blutes – von ihr abgewandt. Auch jetzt betete sie nicht und trug als Hochzeitsgewand die Bourka, was niemandem weiter auffiel, denn im Westen gehen die Bräute weißgekleidet und im Schleier zum Altar, während im Osten die Witwen nicht Schwarz tragen, sondern ebenfalls weiß.

Ash hatte in die zeltgleiche Bourka seitlich einen Schlitz gemacht, so daß er ihre Hand nehmen konnte, und weil alles übrige unter diesem Kleidungsstück verborgen blieb, sahen die Gäste nichts außer jener kleinen, erstaunlich festen Hand. Sonderbarerweise bekamen bei diesem Anblick alle Anwesenden den Eindruck, der Leutnant Pelham-Martyn heirate da eine ganz ungemein schöne Frau, auch glaubten sie, Juli verstehe und spreche Englisch, denn Ash hatte ihr die wenigen Worte beigebracht, die sie zu sagen hatte, und als die Reihe an sie kam, sprach sie sie so klar und ahmte seine Betonung so genau nach, daß jeder, der nicht wußte, wer sie in Wirklichkeit war, leicht annehmen konnte, die Bourka verberge eine viktorianische Jungfrau aus guter Familie.

Ash hatte nicht daran gedacht, noch in Ahmadabad einen Ring zu besorgen, und weil er keinen Siegelring trug, fertigte er ein Kettchen aus den goldenen Gliedern seiner Uhrkette an, und dieses schob er Anjuli auf den Finger: »Mit diesem Ring nehme ich dich zum Weibe...« Die kurze Zeremonie, die sie als Mann und Frau zusammengab, währte knappe zehn Minuten, und die Braut suchte gleich danach ihre Kajüte wieder auf und überließ es ihm, Glückwünsche entgegenzunehmen und von dem Wein zu trinken, den Red bereithielt.

Der Tag war besonders heiß, trotz des Fahrtwindes betrug die Temperatur im Salon mehr als 35 Grad. Gegen Abend würde es dann abkühlen und das junge Paar die erste Nacht der Hochzeitsreise auf dem Achterdeck recht angenehm verbringen können – immer vorausgesetzt, Juli war bereit, die Kajüte zu verlassen.

Ash hoffte, es werde einfach sein, sie dazu zu bewegen, denn er selber dachte nicht daran, schwitzend die Nacht unter Deck zu verbringen. Es war höchste Zeit, daß Juli aufhörte, über Shushilas Tod zu brüten, sie mußte nun vorwärts blicken statt in die Vergangenheit und einsehen, daß fortgesetztes Trauern nichts einbrachte. Trauer erweckt Tote nicht zum Leben, und sie selber hatte sich, weiß Gott, nichts vorzuwerfen. Was sie für Shu-shu tun konnte, hatte sie getan, das sollte ihr jetzt zum Trost gereichen. Sie mußte einfach den Mut aufbringen, die schlimmen Jahre zu vergessen und das Gespenst der geliebten Schwester zu begraben.

Als ersten Schritt in dieser Richtung bat er Red, ihm das Deck über seiner Kajüte zu überlassen, und dieser gutmütige Mensch war nicht nur damit einverstanden, sondern ließ diesen Teil des Decks auch noch mit einer Persenning abteilen, damit das Paar sich ungestört fühle; auch ließ er ein Sonnensegel ausbringen, das tagsüber Schatten spendete und bei Nacht den Tau abhielt.

Ash rechnete damit, daß seine junge Frau seinen Plänen Widerstand entgegensetzen werde, er war darauf vorbereitet, sie zu überreden, doch war das unnötig. Anjuli war einverstanden, den größten Teil des Tages an Deck zu verbringen, tat das aber so lustlos, daß man merkte, sie war nicht mit dem Herzen dabei, und daß ihre erste Nacht als Jungvermählte ihr nicht mehr bedeutete als eine Nacht wie jede andere – es kam nicht darauf an, ob sie diese allein in der Kajüte oder mit Ash an Deck verbrachte. Einen schrecklichen Augenblick lang glaubte er, sie werde rundheraus sagen, sie wolle lieber allein sein, wenn er sie nur danach fragte. Er stellte daher diese Frage lieber nicht.

Seine Zuversicht war wie weggeblasen, er bildete sich nicht mehr ein, sie die Vergangenheit vergessen und glücklich machen zu können, sondern fragte sich stattdessen, ob sie überhaupt noch einen Funken Liebe für ihn empfinde, oder ob nicht die Ereignisse der vergangenen Jahre jede Spur davon getilgt hatten, wie Wasser einen anscheinend unzerstörbaren Fels langsam aber sicher fortwäscht. Ganz plötzlich also wurde er von den schlimmsten Zweifeln befallen, er wandte sich ab, taumelte aus der Kajüte und verbrachte den Nachmittag einsam an Deck, beobachtete die mäßig geblähten Segel und fürchtete sich vor der kommenden Nacht, weil er für möglich hielt, daß Juli ihn abwies oder sich ihm – ohne Liebe zu empfinden – hingäbe, was noch schlimmer sein würde.

Gegen Sonnenuntergang frischte der Wind etwas auf und vertrieb die stikkige Hitze. Das Meer färbte sich dunkel, der Himmel wurde erst grün, dann amethysten, dann indigoblau, der Schaum am Bug begann zu schimmern, und die prallen Segel standen eisengrau vor einem prachtvoll leuchtenden gestirnten Himmel. Gul Baz brachte unbewegten Gesichtes ein Tablett mit Speisen auf das Achterdeck, breitete später eine Schlafmatte auf die Planken unter dem Sonnensegel, legte Polster aus und meldete mit tonloser Stimme, die Rani-Sahiba – er hätte sagen müssen: die Memsahib – habe bereits gespeist und ob der Sahib noch etwas befehle?

Der Sahib wußte nichts mehr zu befehlen, und nachdem Gul Baz noch

Kaffee in einem Messingkännchen serviert hatte, nahm er die fast unberührten Speisen samt dem Tablett mit hinunter. Die Schiffsglocke schlug an, die Wache wechselte, und von unten brüllte Red, der mit McNulty und Ephraim gefeiert hatte, ein wohlgemeintes herzliches »Gute Nacht« herauf. Der Erste Offizier fügte etwas an, was Ash nicht verstand, was aber seine Gefährten zum Lachen brachte. Bald jedoch verstummte das Lachen, und auch vom Vordeck, wo die einheimische Mannschaft kampierte, war nichts mehr zu vernehmen; die Nacht wurde still, und abgesehen von dem Zischen, mit dem der Bug das Wasser teilte, und dem Knirschen und Knarren der Takelage war nichts zu hören.

Ash lauschte diesen Geräuschen lange, reglos sitzend, nicht willens, sich zu rühren, weil er nicht wußte, wie sein Weib ihn empfangen würde, und er fürchtete, abgewiesen zu werden. Heute war einer seiner Träume in Erfüllung gegangen, und diese Nacht hätte eigentlich einen Höhepunkt in seinem Leben bezeichnen sollen. Und da saß er nun, von Zweifeln geplagt, von Unentschlossenheit gepeinigt und ängstlich wie nie zuvor, denn falls Juli sich von ihm wandte, bedeutete dies das Ende, den unwiderruflichen Sieg Shushilas.

Während er noch zögerte, keinen Entschluß fassen konnte, erinnerte er sich plötzlich Wallys, der einen seiner vielen Helden zitierte, den Marquis von Montrose, James Graham – »Wer sein Schicksal nicht herausfordert, wer nicht gewillt ist, alles zu gewinnen oder zu verlieren, der fürchtet sich zu sehr und gewinnt nichts.«

Ash zog eine Grimasse, hob die Hand bestätigend, als wäre sein Freund wirklich anwesend, und sagte laut: »Gut denn, ich versuche es. Doch ich fürchte, meine Aussichten sind gering.«

Die kleine Kajüte war hell erleuchtet. Aus der kühlen Nachtluft kommend, empfand er es hier unerträglich heiß, und es roch durchdringend nach Petroleum. Anjuli stand am geöffneten Bullauge, schaute auf die phosphoreszierende See hinaus und hörte nicht, daß die Tür geöffnet worden war. Etwas an ihrer Haltung – eine geringe Neigung des Kopfes mit dem langen, schwarzen geflochtenen Haar erinnerte ihn sehr an das Kind Kairi-Bai, und ohne es recht zu merken, redete er sie leise mit diesem Namen an: »Kairi –«

Anjuli wandte sich rasch um, in ihre Augen trat flüchtig ein Ausdruck, der nicht mißzuverstehen war, dann verschwand er wieder, doch Ash hatte erkannt, was er bedeutete: reines Entsetzen. Es war der Blick, den er in den Augen des Diebs und Verräters Dilasah Khan wahrgenommen hatte, als sie ihn endlich in den Bergen oberhalb von Spin Khab vor einer Höhle stellten. Auch Biju Ram hatte in einer mondhellen Nacht vor drei Jahren so geblickt, und kürzlich erst hatte er in den Augen jener Gefesselten und Geknebelten im Grabmal bei Bhithor diesen Ausdruck bemerkt.

Daß ihn Anjuli nun so ansah, traf ihn völlig unerwartet, und ihm war so schrecklich zumute, daß sein Herz aussetzte und er totenbleich wurde.

Anjuli selber war ganz grau im Gesicht, sie sagte mühsam: »Warum nennst du mich so, nie hast du...«, ihr versagte die Stimme, und sie legte die Hände an die Kehle, als fühle sie sich ersticken.

»Wohl weil du mich an sie erinnert hast«, sagte Ash gedehnt. »Entschuldige. Ich vergaß, daß du es nicht magst, wenn man dich so nennt... es war gedankenlos.«

Anjuli schüttelte den Kopf und stammelte: »Nein... nein... das ist es nicht... ich habe nichts dagegen, nur... du sprachst so leise, und ich dachte... ich dachte... es sei...«

Sie verstummte, und Ash fragte: »Wer, dachtest du, sei es?«

»Shushila«, flüsterte Anjuli.

Es schien, die leise rauschende Bugwelle, durchs offene Bullauge deutlich zu vernehmen, wiederhole immer und immer aufs neue wispernd die Silben *Shushila, Shushila,* und Ash geriet in einen furchtbaren Zorn. Er knallte die Kajütentür hinter sich zu, durchquerte den Raum mit zwei langen Schritten, packte seine Frau bei den Schultern und schüttelte sie so heftig, daß es ihr den Atem verschlug.

»Diesen Namen will ich nie wieder von dir hören!« preßte er zwischen zusammengebissenen Zähnen hervor. »Nie wieder! Verstehst du mich! Ich habe es satt. Solange sie lebte, mußte ich dabeistehen und zusehen, wie du dich für sie aufopfertest, und seit sie tot ist, bist du offenbar gewillt, uns das Leben zu vergällen, indem du unentwegt in der Vergangenheit wühlst und ihre Erinnerung beschwörst. Sie ist tot, und du willst es nicht wahrhaben. Du willst dich nicht von ihr befreien, nicht wahr?«

Er stieß Anjuli brutal von sich, so daß sie gegen die Wand taumelte, und sagte bösartig: »Von jetzt an läßt du dem armen Kind seine Ruhe und beschwörst nicht mehr ihr Gespenst herauf. Du bist jetzt meine Frau, und ich will verdammt sein, wenn ich dich mit ihr teile. Ich will nicht zwei Frauen in meinem Bett, auch wenn die eine nur ein Spuk ist, also entscheide dich jetzt und hier: entweder für Shushila oder für mich. Beide kannst du nicht haben. Und wenn dir Shushila immer noch soviel mehr bedeutet als ich oder wenn du mir vorwirfst, sie getötet zu haben, dann geh zurück zu deinem Bruder Jhoti und vergiß, daß du mir je begegnet bist oder mich geheiratet hast.«

Anjuli starrte ihn an, als traue sie ihren Ohren nicht; als sie endlich wieder etwas hervorbringen konnte, keuchte sie: »Das alles denkst du!« – und fing an zu lachen, ein schrilles, gelles Lachen, das ihren abgezehrten Körper so schüttelte wie Ashs Hände zuvor; ein Lachen, das nicht enden wollte... bis Ash es mit der Angst bekam und ihr mit der flachen Hand ins Gesicht schlug. Da hörte sie auf und rang erschauernd nach Atem.

»Verzeih«, sagte er schroff, »das hätte ich nicht tun sollen, doch will ich nicht, daß du dich aufführst wie sie und sie überdies zu einem anbetungswürdigen Götzen machst.«

»Du Tor«, sagte Anjuli kaum vernehmbar. »Du Tor!«

Sie beugte sich vor, und der Ausdruck ihrer Augen war nicht mehr leer und erstarrt, sondern voller Verachtung. »Hast du in Bhithor denn nichts gehört?

Du hättest leicht die Wahrheit erfahren können, denn bestimmt hat man im Basar darüber geredet. Und wenn nicht, hätte der Hakim-Sahib es doch vermuten müssen. Du aber, du glaubst, ich trauere um sie!«

»Um wen denn?« fragte Ash scharf.

»Um mich! Weil ich so töricht war, nicht zu erkennen, was ich seit Jahren hätte erkennen sollen; darum, daß ich mir eingebildet habe, unentbehrlich zu sein für sie. Du weißt nicht, wie das alles gewesen ist... niemand weiß es. Nach Geetas Tod konnte ich keinem mehr vertrauen, und manchmal fürchtete ich, vor Angst den Verstand zu verlieren. Ich habe versucht, mich zu töten, aber das hat man verhindert. Sie wollte nicht, daß ich sterbe, das gönnte sie mir nicht. Du hast mich einmal gewarnt, ich dürfe nie vergessen, daß sie die Tochter des Tanzmädchens war. Aber auf dich wollte ich nicht hören, wollte dir nicht glauben...«

Ihr versagte die Stimme, Ash drückte sie auf einen Stuhl und gab ihr ein Glas Wasser. Er sah zu, wie sie trank, setzte sich ihr gegenüber auf die Kojc und sagte ruhig: »Das ist mir nie eingefallen. Offenbar herrscht hier ein Mißverständnis, und es wird Zeit, daß du mir alles erzählst, Larla.«

47

Die Geschichte war lang und häßlich, und als sie zu Ende war, begriff Ash, warum die Witwe, die er aus Bhithor entführt hatte, jener Braut kaum mehr ähnelte, die er zwei Jahre zuvor dorthin geleitet.

Mit seinem Urteil über Shushila hatte er ganz recht gehabt. Sie hatte sich in der Tat als echte Tochter von Janu-Rani erwiesen, jenem ehemaligen Tanzmädchen, das über Leichen ging, wenn es die eigenen Wünsche zu erfüllen galt, und niemals zögerte, jeden beseitigen zu lassen, der ihr im Wege war.

Anjuli erzählte, als habe sie Shushila von Anfang an durchschaut, wenngleich dies nicht zutraf. »Du mußt dir vorstellen, daß ich erst ganz gegen Ende alles begriffen habe. Und manches ist mir auch erst seit unserer Flucht aus Bhithor klar geworden, als ich hinter deinem Bungalow versteckt lag und weiter nichts zu tun hatte, als nachzudenken und mich zu erinnern. Ich glaube, ich weiß jetzt alles, und wenn ich so erzähle, als kennte ich Shushilas Gedanken und die von anderen, mit denen ich kaum je in Berührung kam, dann täusche ich nicht Kenntnisse vor, die ich nicht habe. Ich hatte sie in gewisser Weise schon damals, denn in den Frauengemächern bleibt nichts geheim, es gibt zuviele lauschende Ohren und schwatzhafte Zungen.

Geeta und meine beiden Dienerinnen, dazu eine einheimische Dienerin, die alle an mir hingen, berichteten, was sie hörten. Auch jene widerliche Kreatur, die ihr gefesselt und geknebelt zurückließet, erzählte mir vieles, wovon sie hoffte, es werde mich kränken. Und doch konnte mich nichts dazu bringen, schlecht von Shushila zu denken… es ging einfach nicht. Ich meinte, sie wisse nicht, was man mir in ihrem Namen antat, glaubte vielmehr, der Rana sei der Urheber und handele ohne ihr Wissen und ihre Zustimmung. Ich glaubte, die, die mir wohlwollten und mich warnten, irrten und daß jene, die mich verabscheuten, mir diese Dinge erzählten, um mich zu verletzen. Also hörte ich weder auf die einen noch auf die anderen. Am Ende aber wurden mir dann doch die Augen geöffnet, denn sie selber sprach zu mir, Shushila, meine eigene Schwester.

Was den Rana angeht, so hätte ich ebenfalls Bescheid wissen müssen, denn ich sah so etwas ja nicht zum ersten Mal mit an, nur ging es damals um unseren Bruder Nandu. Ich glaube, ich erzählte dir schon, daß Nandu sie schlecht behandelte und daß jedermann annahm, sie werde ihn dafür hassen. Stattdessen hing sie zärtlich an ihm, so sehr, daß ich manchmal geradezu eifersüchtig wurde und mich dessen schämte. Aber ich lernte nichts daraus. Als sich Shushila in jenen gemeinen, durch und durch verrotteten Lüstling verliebte, der ihr Gatte war, verstand ich das nicht, war aber glücklich für sie, daß es so kam, und blind für die möglichen Folgen. Ich dankte den Göttern aufrichtig dafür, daß sie in einer Ehe glücklich wurde, gegen die sie sich so sehr gesträubt hatte.«

Ash warf ein: »Ich halte alles für möglich, aber nicht, daß deine Schwester diesen Mann wirklich liebte. Sie hat es gewiß nur vorgetäuscht.«

»Nein. Du kennst Shushila nicht. Shushila kannte keine Männer, sie hatte da kein Urteil. Wie sollte sie denn auch, kannte sie doch außer ihrem Vater, ihren Brüdern Nandu und Jhoti und dem Onkel, den sie selten genug sah, und außer den beiden Eunuchen, die alt und fett waren, keinen einzigen. Sie wußte nur, daß es die Pflicht der Frauen ist, sich ihrem Mann in allen Dingen zu unterwerfen, ihn wie einen Gott zu verehren, seinen Befehlen zu folgen, ihm viele Kinder zu gebären und im Bett gefällig zu sein, damit er sich nicht leichtsinnigen Weibern zuwendet. Was letzteres angeht, so weiß ich, daß Janu-Rani ihr von einer berühmten Kurtisane Unterricht geben ließ, damit sie ihren Mann nicht enttäuschte, wenn sie heiratete. Mag sein, daß dies in ihr eine Gier erweckt hat, von deren Vorhandensein ich nichts wußte und die sie mir verbarg. Wie auch immer, diese Gier war vorhanden...

Ich hätte nicht geglaubt, daß ein Mann wie der Rana, der eigentlich Knaben bevorzugte, sie befriedigen könnte, doch hat er es offenbar vermocht, denn seit sie die erste Nacht bei ihm gelegen, war sie ganz die seine – mit Leib und Seele. Und obwohl ich es nicht ahnte, haßte sie mich seit jener Nacht, denn auch ich war seine Gattin, und die Eunuchen, die uns auseinanderbringen wollten, deuteten ihr an, der Rana liebe große Frauen, denn sie gleichen mehr den Männern und er habe sich wohlgefällig über mich geäußert. Daran war kein wahres Wort, doch erwachte ihre Eifersucht, und obgleich der Rana mich wie eine Aussätzige behandelte und niemals anrührte, nie mit mir sprach, mich niemals auch nur sehen wollte, fürchtete sie (wie auch ich), daß er eines Tages anderen Sinnes werden könnte und mich in sein Bett befehlen ließe – wenn auch nur, um sie zu kränken oder im Rausch.«

Das erste Jahr war das schlimmste, denn Anjuli, die sich für ihr neues Leben kein großes Glück versprach, erwartete doch nicht, Shushila zur Feindin zu haben. Sie redete sich ein, dies sei eine vorübergehende Phase, die ihr Ende finden würde, sobald Shu-shus erster Rausch verflogen war und sie entdeckte, daß ihr Abgott ein von Ausschweifungen gezeichneter ältlicher Wüstling war und eines Verhaltens fähig, das bei weniger hochgestellten Persönlichkeiten für verwerflich gegolten hätte und nicht einmal unter Verbrechern geduldet wurde.

Doch Anjuli kannte Shushila nicht. Sie neigte nicht dazu, sie zu analysieren, sie liebte Shu-shu einfach seit dem Tage, da sie das plärrende kleine Ding in die Arme genommen und es ihr von einer Mutter überlassen wurde, die es verabscheute, weil es ein Mädchen war. Anjuli betrachtete Liebe nicht als etwas, das man nach Gutdünken gibt, zurücknimmt oder anbietet in der Hoffnung, dafür belohnt zu werden. Liebe war für sie eine Gabe, Teil des Herzens, das man aus freien Stücken verschenkt, und selbstverständlich gehört dazu immerwährende Treue – beides war untrennbar.

Daß Shushila Schwächen hatte, wußte sie wohl, doch gab sie den Frauen daran Schuld, die um sie waren, und den Rest führte sie auf Shu-shus anfällige Gesundheit und Überreiztheit zurück; Shu-shu selber machte sie nicht dafür verantwortlich, und sie sah auch nicht, daß hier eine böse Saat lag, die eines Tages verhängnisvoll aufgehen könnte.

Die Begierde, die der Rana so unerwartet in seiner jungen Frau entfachte, brachte jene Saat zum Keimen, und die Keime wuchsen beängstigend schnell, gewannen fast über Nacht unerhörte Ausmaße, so wie gewisse Unkräuter und Giftpilze beim ersten Regenschauer des Monsun. Diese neue, alles verschlingende Gier schwemmte alle Erinnerungen an Liebe und Zuwendung, die Shu-shu jahrelang in reichem Maße von Anjuli zuteil geworden waren, fort. Was blieb, war bohrende Eifersucht.

Alle, die dem Rana abgeraten hatten, »das Halbblut« zur Gattin zu erheben und Anjuli deshalb mit ihrem Haß verfolgten, taten sich mit den Eunuchen und den Dienerinnen der Frauengemächer zusammen und machten ihr das Leben zur Hölle, solange sie noch glauben mußten, Anjuli habe Einfluß auf die Erste Rani.

»Kairi-Bai« hatte sich künftig in ihren Gemächern aufzuhalten und durfte das Haus der Ersten Rani nur nach Aufforderung betreten. Ihre »Gemächer« waren zwei kleine, dunkle, fensterlose Zellen, deren Türen sich auf einen winzigen Innenhof öffneten, eingefaßt von hohen Mauern. Man nahm ihr ihren Schmuck weg, den größeren Teil ihrer Aussteuer, und statt seidener Saris bekam sie solche aus billigem Stoff, wie nur ganz arme Frauen sie tragen.

Kein Mittel war zu schäbig, als daß man es nicht anwendete, um die junge Frau zu beleidigen, die Shushila zuliebe mit nach Bhithor gekommen war und deren einziges Verbrechen darin bestand, daß auch sie mit dem Rana verheiratet war. Sie durfte sich vor ihm nicht zeigen, und was an ihr anziehend genannt werden konnte (nach allgemeiner Ansicht ohnehin so gut wie nichts, doch wer kennt den Geschmack der Männer?), sollte dadurch beseitigt werden, daß man sie fast verhungern ließ; sie sollte aussehen wie eine dürre alte Frau. Nie wurde sie mit ihrem Titel angeredet, und weil man fürchtete, Geeta und die mit ihr aus Karidkote gekommenen Dienerinnen könnten zu sehr an ihr hängen, nahm man ihr diese fort und teilte ihr Promila Devi zu, eben jene abstoßende Person, die Ash gefesselt und geknebelt gesehen hatte.

Promila war weniger Dienerin denn Spionin und Gefängniswärterin, und sie war es schließlich, die Geeta und die beiden anderen Dienerinnen denunzierte, weil sie heimlich ihre Herrin besuchten und ihr Speisen einschmuggelten. Alle drei wurden dafür geprügelt, und danach wagte nicht einmal mehr die alte anhängliche Geeta sich zu Anjuli. Dann wurde Shushila schwanger, und ihre Freude darüber war eine Weile so groß, daß sie sich in die alte Shushila zurückverwandelte, ihre Halbschwester zu sehen verlangte, wenn sie sich unpäßlich oder mißgestimmt fühlte, und sich benahm, als sei die Beziehung zwischen ihnen ganz die alte. Doch von Dauer war das nicht...

Ihre Schwangerschaft endete vorzeitig aufgrund einer Kolik, die sie sich durch übermäßigen Genuß von Mangos zugezogen hatte. »Von Mangos konnte sie nie genug bekommen, mein Vater ließ sie aus der Ebene schicken, sie wurden noch grün gepflückt und in Stroh verpackt, und Shu-shu konnte nie abwarten, bis sie nachgereift waren. Sie bekam dann gräßliche Leibschmerzen davon, heulte und schrie und gab die Schuld allem möglichen anderen – nur nie ihrer Gier.«

Nun hatte Shushila sich einmal mehr an der begehrten Frucht überfressen und infolgedessen das ersehnte Kind vorzeitig verloren. Sie mußte gewußt haben, daß allein sie die Schuld daran traf, konnte sich das aber nicht eingestehen, und weil die Folgen sich diesmal nicht in Leibschmerzen erschöpften, suchte sie die Ursache nicht in schlecht zubereiteten Speisen, sondern redete sich ein, ein eifersüchtiger Mensch habe sie vergiftet. Und wer – so tuschelten ihre einheimischen Dienerinnen, die fürchteten, der Verdacht könne auf sie fallen – habe mehr Grund dazu als die Zweite Rani, eben jene Kairi-Bai?

Anjuli fuhr fort: »Zum Glück kam ich aber nicht in Frage, denn gerade damals hätte ich dazu beim besten Willen keine Gelegenheit gehabt. Shu-shu war mit ihren Favoritinnen drei Tage zuvor in den Perlenpalast am See umgezogen und hatte mich nicht mitgenommen. Auch Geeta nicht, also konnte man uns nicht beschuldigen. Meine ehemaligen Dienerinnen allerdings hatten weniger Glück, denn sie waren mitgenommen worden, sie hatten geholfen, die Früchte auszulesen und zu waschen, die im Palastgarten wuchsen. Beide stammten zudem aus Karidkote, und die einheimischen Dienerinnen, die wohl fürchteten, der Rana könnte sie dafür verantwortlich machen, daß sie nicht besser auf die Rani geachtet hatten, taten sich zusammen und klagten die beiden Landfremden an.«

»Shushila litt große Schmerzen, war zutiefst enttäuscht, und in diesem Zustand schenkte sie den Verleumderinnen Gehör und ließ meine früheren Dienerinnen vergiften. Das weiß ich von Promila. Allerdings hieß es offiziell, die beiden seien am Fieber gestorben, und ich redete mir ein, dies sei die Wahrheit. Ich zwang mich, es zu glauben. Es war eben einfacher anzunehmen, Promila lüge, als daß Shushila einer solchen Tat fähig sei.«

Anjuli wurde nun wieder in eines der kleinen Häuser im Park des Palastes verbannt, wo sie wie eine Gefangene lebte, ohne allen Komfort, genötigt, die wenige Nahrung, die man ihr zukommen ließ, eigenhändig zuzubereiten. Man behauptete, sie selber bestehe auf ihrer Isolierung, weil sie fürchte, an jenem Fieber zu erkranken, welches die Dienerinnen angeblich hinweggerafft hatte.

Spät im Herbst war Shushila erneut schwanger. Weil der Beginn der Schwangerschaft aber von häufiger Übelkeit und von Kopfschmerzen begleitet war, fürchtete sie von Anfang an eine zweite Fehlgeburt, war launisch und verängstigt und sehr trostbedürftig – Trost, den der Rana ihr nicht bieten konnte. Dieser war sonderbarerweise immer noch leidenschaftlich in seine junge Frau verliebt, doch Krankheit bei anderen vertrug er nicht und hielt sich infolgedessen fern, wenn es Shushila nicht gut ging. Dies verstärkte noch ihre Ängste: Nicht nur fürchtete sie, sein Kind zu verlieren, sondern auch seine Gunst. Von Angst und Unwohlsein geplagt, wandte sie sich, wie gewohnt, wieder der Halbschwester zu; Anjuli wurde wieder einmal im Stadtpalast einquartiert, und man erwartete, daß sie die alte Rolle der Beschützerin und Trösterin erneut übernehme, als sei nichts vorgefallen.

Wieder tat sie ihr Bestes, denn noch immer glaubte sie, hinter allem, was man ihr antat, stehe der Rana, und ihre Schwester wage nicht, offen für sie Partei zu ergreifen, weil ihn das womöglich erzürnen und zu noch härteren Maßnahmen veranlassen könnte. Auch Geeta wurde wieder in Gnaden aufgenommen, offenbar war ihr verziehen. Geeta selber nahm das aber nicht gut auf, sie hatte nicht vergessen, daß man auch sie nach der ersten Fehlgeburt beschuldigen wollte, die Rani vergiftet zu haben, und weil sie als erfahrene Hebamme schon zeitig eine zweite Fehlgeburt vorhersah, fürchtete sie, man werde von ihr verlangen, der Rani Mittel gegen ihre Kopfschmerzen und die morgendliche Übelkeit zu verordnen. Als dies dann wirklich geschah, suchte sie, Anjuli und sich selber auf jede Weise gegen den Verdacht zu schützen, sie seien darauf aus, die Rani zu vergiften.

»Sie wies mich an, so zu tun, als wäre ich ihr böse, erzählte überall, daß ich nicht mehr mit ihr rede, nichts mehr mit ihr zu tun haben wolle, um zu verhindern, daß man uns später einer Verschwörung bezichtigte. Auch sagte sie, ich solle niemals von den Speisen und Getränken kosten, die man meiner Schwester vorsetze, und ich gehorchte, denn unterdessen hatte auch ich gelernt, mich zu fürchten.«

Als Schutzmaßnahme weigerte sich Geeta, aus ihren eigenen Vorräten Kräuter oder Drogen zu benutzen, sie verlangte frische Arzneien und achtete darauf, diese von anderen Frauen zubereiten zu lassen, und zwar immer vor aller Augen. Doch nützte es ihr nichts.

Wie von ihr vorhergesehen, hatte Shushila wieder eine Fehlgeburt, und wie beim ersten Mal geriet die Rani außer sich, sie suchte verzweifelt jemanden, den sie beschuldigen konnte, und die Dienerinnen aus Bhithor redeten von Zauberei und dem bösen Blick. Geeta und Anjuli hatten ihre Rollen aber zu gut gespielt, als daß man sie offen beschuldigen konnte, im Komplott miteinander gewesen zu sein. So mußte denn nur Geeta daran glauben.

Trotz aller ihrer Vorsichtsmaßnahmen warf man ihr vor, die Fehlgeburt durch die von ihr verordneten Mittel herbeigeführt zu haben, und man ließ sie durch Promila und einen Eunuchen töten; ihr alter, abgemagerter Leib wurde von einem Dach in den Hof geworfen, und man behauptete, sie sei heruntergefallen. »Das habe ich allerdings erst viel später erfahren«, sagte Anjuli. Anfangs glaubte ich, es wäre ein Unfall gewesen, denn sogar Promila erzählte das...«

Wiederum wurde das »Halbblut« verbannt, schon am nächsten Morgen und angeblich auf eigenen Wunsch. Man sagte ihr, sie habe »Erlaubnis, sich eine

Weile in den Perlenpalast zurückzuziehen« – wohin sie auch wirklich gebracht wurde, diesmal allerdings wurde sie in einem Raum unter der Erde gefangengesetzt.

»Dort verbrachte ich fast ein ganzes Jahr«, flüsterte Anjuli, »und während dieser Zeit sah ich nur zwei Menschen: jene Promila, meine Wärterin, und eine Frau, die gelegentlich saubermachte und nicht mit mir sprechen durfte. Ich sah weder den Himmel noch die Sonne, und ich hungerte, hungerte so sehr, daß ich alles restlos aufaß, was man mir gab, auch wenn es verdorben war und ich davon krank wurde. Während all dieser Zeit mußte ich dieselben Kleider tragen, in denen man mich hingebracht hatte, ich bekam keine anderen, auch kein Wasser, sie zu waschen. Ich war zerlumpt, und ich stank, mein Haar roch so übel wie mein ganzer Körper. Nur wenn es regnete, konnte ich mich notdürftig waschen, denn dann wurde der Hof überflutet, das Wasser lief in meine Zelle und stand knöcheltief, so daß ich darin baden konnte. Doch nach der Regenzeit trocknete das Wasser weg. Und im Winter – im Winter fror ich bitterlich –«

Sie erschauerte heftig, als friere sie immer noch, und Ash hörte, daß ihre Zähne klapperten.

Anfang Februar wußte sie nicht mehr, welchen Monat man schrieb, und nun ließ sie auch alle Hoffnung fahren, zum ersten Mal kam ihr der Gedanke, die Schwester Shushila könne sie einfach vergessen haben oder ziehe es vor, nicht zu wissen, was aus ihr geworden war. Denn andernfalls hätte sie doch wohl irgend etwas tun können, Anjulis Lage zu erleichtern? Doch Shu-shu hatte schlechtes Blut. Ihre Mutter hatte den Tod ihres Mannes und seiner ersten Frau auf dem Gewissen, ihr Bruder Nandu war ein Muttermörder. Sollte Shushila ähnlicher Verbrechen fähig sein? Noch immer wollte Anjuli das nicht wahrhaben, denn auch Jhoti war ein Sohn des Tanzmädchens, wenn er auch mehr seinem Vater ähnelte. Ihre Zweifel nahmen zu, quälten sie, obschon sie sie nach Kräften zu ersticken suchte...

Neuigkeiten drangen nie zu ihr in die Zelle, denn Promila Devi sprach kaum mit ihr, und die Frau, die saubermachte, nie. Daher wußte sie nicht, daß ihre Halbschwester erneut schwanger war und daß diesmal Hoffnung bestand, das Kind könnte ausgetragen werden; weder litt sie an Kopfschmerz, noch an morgendlichem Erbrechen, und in den Frauengemächern erwartete man eine glückliche Niederkunft, während Priester und Wahrsager dem Rana versicherten, alle Anzeichen deuteten auf die Geburt eines Sohnes. Promila erwähnte auch nicht, daß der Rana krank war und die Ärzte ihm nicht helfen konnten, auch nicht, daß die Erste Rani nach dem Hakim ihres Onkels, Gobind Dass, geschickt hatte, der den Rana behandeln sollte.

Anjuli erfuhr dies alles erst, als man sie plötzlich wieder in ihre Gemächer im Palast brachte, und sie meinte, dies geschehe wohl kaum, weil der Rana sich endlich habe erweichen lassen, sondern einzig weil die Ankunft Gobinds bevorstand. Denn der Leibarzt ihres Onkels würde sich gewiß auch nach ihr erkundigen und über ihr Befinden nach Karidkote berichten wollen; es sah also besser aus, wenn man ihm sagen konnte, Anjuli sei bei ihrer Schwester im Stadtpalast als allein im Perlenpalast.

Doch aus welchem Grunde auch immer, sie war wieder in ihren alten Gemächern, bekam saubere Kleider und genug zu essen, doch durfte sie ihre Zimmer nicht verlassen und sich nur in dem kleinen Innenhof ergehen – ein gepflasterter Hof zwischen den Mauern anderer Bauwerke, nicht größer als ein Teppich. Aber nach den Monaten in der Dunkelheit ihres Kerkers im Perlenpalast kam sie sich vor wie im Paradies, zumal sie hier nicht nur Promila um sich hatte, sondern eine zweite Dienerin, ein junges, linkisches Dorfmädchen mit einer Hasenscharte, noch dazu so schüchtern, daß sie schwachsinnig wirkte. Anjuli bemühte sich, mit diesem Mädchen zu sprechen, doch wußte jene Nimi kaum etwas zu sagen, und in Anwesenheit von Promila verhielt sie sich still wie ein Mäuschen, stumm vor Angst und nicht fähig, mehr zu tun, als den Kopf zu schütteln, wenn man sie anredete.

Außer diesen beiden und der unvermeidlichen Dienerin mit dem Besen betrat niemand den kleinen Hof, doch konnte Anjuli von jenseits der Mauern Lachen und schrille Stimmen hören. Abends versammelten sich die Frauen wohl auch auf dem flachen Dach und plauderten dort in der kühleren Abendluft. So erfuhr sie denn, daß der Rana erkrankt sei und von Gobind Dass behandelt wurde. Da faßte sie die Hoffnung, dieser könne ihr zur Flucht verhelfen.

Gewiß würde er sich nicht weigern, ihr zu helfen, könnte sie nur einen Brief in seine Hände schmuggeln und ihn wissen lassen, wie schlimm es ihr erging. Und wenn er selber nichts tun konnte, würde er doch ihrethalben bei Jhoti oder Kaka-ji vorstellig werden, die sie beide gut leiden mochten und ihre Rückkehr nach Karidkote fordern würden. Vielleicht konnte er sich auch mit Ashok in Verbindung setzen, der sie gewiß retten würde, und sollten anstelle von Promila zehn Drachen oder die gesamte Leibwache auf sie aufpassen.

Doch wie sie sich auch den Kopf zerbrach, ihr wollte nicht einfallen, wie sie sich mit Gobind in Verbindung setzen könnte, und so sehr der Rana ihn auch schätzen mochte, er würde ihm nicht erlauben, die Frauengemächer zu betreten, nicht einmal, falls Shushila im Sterben läge. Gleichwohl gab sie sich nicht der Verzweiflung hin, denn solange Gobind in Bhithor war, gab es noch Hoffnung; irgendwie und auf irgendeine Weise würde sie es eines Tages fertigbringen, die Verbindung zu ihm herzustellen. Und richtig, an einem warmen Abend, als überall im Palast die Lampen brannten und der Hof in tiefer Dunkelheit lag, schien ihre Hoffnung sich zu erfüllen, denn Nimi brachte ihr zusammen mit dem Abendessen einen Brief des Hakim...

Später erfuhr sie, daß dies bereits der zweite Brief war, den er ihr geschrieben hatte, der erste war nicht in ihre Hände gelangt, denn Gobind hatte gleich nach seiner Ankunft in Bhithor jeder der beiden Ranis ganz offen durch den Obereunuchen je einen Brief von Kaka-ji überbringen lassen, dem jeweils ein Anschreiben ihres Bruders Jhoti, des Maharadscha, beigefügt war, und der Obereunuch hatte beide Shushila ausgehändigt, die sie gelesen, zerrissen und im Namen der beiden Ranis eine mündliche Antwort hatte überbringen lassen.

Der zweite an Anjuli gerichtete Brief Gobinds wurde ebenfalls Shushila überbracht, und da Gobind darin nur bat, ihm zu bestätigen, daß es den Schwestern gut gehe, kam ihr der Gedanke, es sei vielleicht ganz klug, Kairi den Brief lesen und auch beantworten zu lassen. Enthielt die Antwort nichts, was den Hakim argwöhnisch stimmen könnte, würde er keine weiteren Nachforschungen anstellen; enthielt er aber etwas Kompromittierendes, konnte man ihn dazu benutzen, Kairi-Bai als heimtückische Intrigantin hinzustellen, die drauf ausging, das Klima zwischen Bhithor und Karidkote zu vergiften und ihre Halbschwester und deren Gatten bei Jhoti anzuschwärzen.

Der Brief wurde also wieder sorgfältig versiegelt und jener schwachsinnig scheinenden Nimi zur Übergabe an Anjuli ausgehändigt; man schärfte ihr ein, ihrer Herrin zu sagen, sie habe ihn in der Dunkelheit von einem Fremden erhalten, als sie aus dem Basar kam; man versprach ihr eine Belohnung, falls sie es fertig brächte, Anjuli den Brief zuzustecken, ohne daß jemand es sähe, und deren Antwort bei Nimis nächstem Ausgang in die Stadt im Palast abzugeben. Man ließ sie alles wiederholen, bis sie ihren Part auswendig konnte, und schärfte ihr ein, nicht ein einziges eigenes Wort hinzuzufügen, auch nicht auf Fragen ihrer Herrin zu antworten, denn andernfalls würde man ihr die Zunge abschneiden. Tue sie aber genau, was man ihr aufgetragen, solle es ihr Schaden nicht sein...

Die grausige Drohung zusammen mit der in Aussicht gestellten Belohnung hätten bei jeder anderen wohl gereicht, sie fügsam zu machen, doch Nimi, die dumm und einfältig wirkte, besaß einen gesunden Menschenverstand und besaß überdies weit mehr Charakter, als die an Intrigen gewöhnten Höflinge ihr zutrauten. Anjuli-Bai war stets gütig zu ihr gewesen (und das war für Nimi eine ganz neue Erfahrung, denn selbst ihre Eltern waren ihr gegenüber alles andere als liebevoll), und Nimi hätte ihr nicht um alles in der Welt Böses zufügen mögen. Daß man Böses beabsichtigte, war ihr durchaus klar. Warum sonst hätte man ihr eingeschärft, die Lüge von dem Fremden zu erzählen, der ihr angeblich den Brief gegeben, und sie überdies mit der Folter bedroht, sollte sie nicht gehorchen? Sie nahm sich also vor, den Brief ihrer Herrin zu überbringen, dabei aber die näheren Umstände wahrheitsgemäß zu schildern – Anjuli mochte dann entscheiden, wie sie sich verhalten wollte, sie war schließlich eine kluge Frau.

Für Anjuli allerdings war eine solche Entscheidung nicht ganz einfach; sie fürchtete eine Falle und ahnte nicht, wer sie aufgestellt haben mochte – sagte Nimi die Wahrheit oder war sie mit den Feinden im Bunde? Sprach sie die Wahrheit, bedeutete dies, daß Anjulis Zweifel an Shushila mehr als begründet waren, daß diese sich von ihr abgewendet hatte... das war schwer zu glauben; schwerer allerdings konnte sie sich vorstellen, daß Nimi log, und falls diese die Wahrheit sprach...? Das Sicherste mochte sein, überhaupt nicht zu reagieren. Doch dann wurde ihr klar, daß sie, hätte Nimi sie nicht gewarnt, nur allzu bereitwillig auf einen Brief geantwortet hätte, der auf die beschriebene Weise in ihre Hände gelangte. Reagierte sie also nicht, stand zu erwarten, daß man Nimi verdächtigte, sie gewarnt zu haben, und sie würde das auf der Folter wohl auch zugeben.

Anjuli setzte also, als man ihr Feder und Papier brachte, eine nichtssagende Antwort auf, dankte dem Hakim für seine Anfrage, versicherte ihm, soweit sie wisse, erfreue sich die Erste Rani bester Gesundheit, und auch ihr selbst gehe es gut. Nimi lieferte den Brief bei Shushila ab, die ihn las und an Gobind weitersandte. Als Nimi dann wieder einmal ihre Eltern besuchte, deutete sie an, es könne sich für sie sehr lohnen, wenn sie einen Weg fänden, sich insgeheim mit dem Hakim aus Karidkote in Verbindung zu setzen und sie, Nimi, als Zuträgerin zu benutzen – was nicht ihr Einfall war, sondern der von Anjuli. Die geldgierigen Eltern waren gleich dazu bereit, und Nimi besorgte fortan die Korrespondenz zwischen Gobind und der Zweiten Rani. Anjuli allerdings hielt sich in ihren Briefen sehr zurück, weil sie nicht ausschließen konnte, daß Nimi überwacht wurde oder daß es sich hier um eine noch tückischere Falle handelte.

Shushila aber wußte von diesem Briefwechsel nichts. Nachdem sie die Antwort der Schwester gelesen hatte, war sie offenbar zu dem Resultat gekommen, Gefangenschaft und schlechte Behandlung hätten diese so sehr zermürbt, daß nichts mehr von ihr zu befürchten sei, und Anjuli erhielt nun sogar die Erlaubnis, sich in den Frauengemächern frei zu bewegen, solange sie es vermied, sich dem Garten und den Räumen der Ersten Rani zu nähern.

Als die Zeit der Niederkunft nahte, bemächtigte sich der Frauen im Palast eine berauschende Mischung aus Angst und Erregung, und die Spannung nahm täglich zu; selbst Anjuli, die alles nur aus der Ferne miterlebte, wurde davon angesteckt und begann zu fürchten, ihrer übernervösen Schwester könnte diese ungesunde Atmosphäre schaden. Zu aller Erstaunen aber ließ Shushila sich davon als einzige überhaupt nicht anstecken, sie war bester Stimmung, sie war keine Spur nervös – was alle, die sie kannten, äußerst verwunderte –, sie war ein Muster an Gesundheit und Schönheit und litt anscheinend nicht im geringsten unter düsteren Vorahnungen. Allein Anjuli, die all dies dem Geschwätz der Frauen entnahm, kam auf den Gedanken, der Grund dafür könne darin zu suchen sein, daß die beiden Frühgeburten so zeitig stattgefunden hatten, daß sie nicht mit Wehen verbunden waren.

Sie hielt für wahrscheinlich (und darin hatte sie recht), daß man Shushila eingeredet hatte (oder sie es sich selber einredete), das verhältnismäßig geringe Unbehagen, das mit jenen Frühgeburten einhergegangen war, sei alles, was sie bei einer richtigen Niederkunft ertragen müsse, und daß weder die neue Hebamme noch eine ihrer Hofdamen es wagten, sie über den wahren Sachverhalt aufzuklären. Folglich würde die Krise erst mit Beginn der Wehen einsetzen, und diesmal würde keine Geeta da sein, ihr beizustehen, keine liebevolle Halbschwester sie trösten und stützen.

Shushilas Wehen setzten gegen zehn Uhr an einem lauen Frühjahrsabend ein, und ihr Geschrei war den ganzen folgenden Tag und auch noch die halbe Nacht hindurch in den Frauengemächern zu hören. Im Laufe des Tages erschien eine der Hofdamen mit vor Entsetzen und Müdigkeit aschgrauem Gesicht bei Anjuli und keuchte, sie müsse sofort kommen, die Rani verlange nach ihr.

Anjuli mußte gehorchen, auch wenn sie sich keinerlei Illusionen darüber hingab, weshalb Shu-shu plötzlich nach ihr verlangte: Sie hatte Schmerzen, sie fürchtete sich, und Angst und Schmerzen bewirkten, daß sie nach dem einzigen Menschen schickte, der sie nie im Stich gelassen hatte und das, wie sie instinktiv ahnte, auch jetzt nicht tun würde. Anjuli wußte sehr wohl, auf welches Wagnis sie sich einließ, wenn sie in diesem Moment die Gemächer der Schwester betrat. Kam es zu einem Mißgeschick, würde man nach Schuldigen suchen, und das würden dann weder die Götter noch natürliche Ursachen oder irgendeine Bhithori sein, sondern einzig sie, das Halbblut. Es mußte ja einleuchten, daß Kairi-Bai aus Neid oder Eifersucht oder um sich für die üble Behandlung zu rächen, die ihr zuteil geworden, Kind, Mutter oder beiden durch den Bösen Blick schaden wollte; und dafür würde sie dann eben büßen müssen.

Obschon sie dies genau wußte, folgte sie der Aufforderung und wäre ihr auch dann gefolgt, hätte die Möglichkeit bestanden, sie abzulehnen (was allerdings nicht der Fall war). Nur ein Tauber oder jemand mit versteinertem Herzen wäre von Shu-shus jammervollen Schreien ungerührt geblieben, und Anjuli war beides nicht. Sie eilte an Shushilas Lager, und solange die Wehen dauerten, hielt Shu-shu Julians Hände umklammert, bis sie wund und blutig waren, und sie verlangte unentwegt nach Geeta, auf daß diese ihre Schmerzen lindere – jener bedauernswerten Geeta, die angeblich ein Jahr zuvor aus Unachtsamkeit vom Dach gestürzt war.

Die neue Hebamme, die Geetas Stelle eingenommen hatte, war eine tüchtige, erfahrene Person, verstand sich aber nicht so gut auf die Anwendung von Kräutern wie ihre Vorgängerin, auch hatte sie nie zuvor eine Schwangere betreut, die sich weigerte, auch nur im geringsten selber bei der Geburt mitzuhelfen, sondern ihre Hebamme nach Kräften daran hinderte, den Vorgang zu beschleunigen.

Die Erste Rani warf sich von einer Seite auf die andere, sie kreischte, daß es einem in den Ohren gellte, und machte nicht den geringsten Versuch, sich zu beherrschen. Wer sie beruhigen wollte, dem zerkratzte sie das Gesicht, und wäre die Halbschwester nicht noch im letzten Moment erschienen, hätte sie sich nach Meinung der Hebamme ernstlich Schaden zugefügt oder wäre verrückt geworden. Der allgemein verachteten Zweiten Rani aber gelang, was allen anderen mißlungen war; zwar hörte Shushila nicht auf zu schreien, doch schrie sie mit Unterbrechungen und bemühte sich endlich, selbst zu pressen, wenn die Wehen einsetzten, und sich zu entspannen, wenn sie vorüber waren. Die Hebamme also war ungemein erleichtert und hoffte, es werde am Ende doch noch alles gut gehen.

Der Tag verging, die nächste Nacht brach herein, doch in den Frauengemächern schlief niemand, und in der Wochenstube fand man nicht einmal Zeit, einen Bissen zu essen. Shushila war jetzt völlig erschöpft, ihre Kehle heiser und so geschwollen, daß sie nicht mehr schreien konnte. Sie lag fast reglos und stöhnte nur noch. Und immer noch hielt sie Anjulis Hand umklammert wie eine Rettungsleine, und Anjuli, vor Erschöpfung ebenfalls dem Zusammenbruch nahe, stand über sie gebeugt und redete ihr zu, gab ihr löffelweise Milch mit stark wirkenden Kräutern ein, gelegentlich auch etwas Wein, beschwichtigte, tröstete, schmeichelte wie so oft in früheren Tagen.

»Und ein Weilchen, ein kurzes Weilchen nur«, erzählte Anjuli, »war es wirklich wie früher, sie war wieder ein Kind, wir waren die besten Freundinnen, und doch wußte ich sehr wohl, daß dies nicht zutraf, daß es nie wieder so sein konnte...«

Abgesehen von Shushilas unbeherrschtem und hysterischem Verhalten gab es keine Komplikationen, und das Kind kam kurz nach Mitternacht leicht zur Welt, ein kräftiges, gesundes Baby, das vergnügt krähte und mit winzigen Fäusten fuchtelte. Doch die Hebamme erbleichte, als sie es aufnahm, und die Frauen, die sich begierig hinzudrängten, um den großen Moment nicht zu verpassen, schwiegen betreten, denn das Kind war nicht der ersehnte und von den Wahrsagern angekündigte Knabe, sondern ein Mädchen.

Anjuli fuhr fort: »Ich sah Shushila an, als man es ihr sagte, und ich hatte Angst wie nie zuvor – meinetwegen und dann auch des Kindes wegen. Denn mir war, als wäre eine Tote zurückgekehrt, als sähe ich Janu-Rani da auf dem Bette liegen, Janu-Rani in einem ihrer Wutanfälle, kreidebleich, kalt – und tödlich wie eine Königskobra. Die Ähnlichkeit zwischen Mutter und Tochter war mir nie zuvor aufgefallen, doch jetzt ließ sie sich nicht übersehen, und mir war sofort klar: Wir alle in diesem Raum schweben in Lebensgefahr, ich ganz besonders. Shushila würde zuschlagen wie eine Tigerin, der man die Jungen geraubt – wie sie es schon zweimal zuvor nach den Fehlgeburten getan hatte. Nur würde es diesmal viel schlimmer sein, denn ihre Wut und Enttäuschung waren tausendmal größer, weil sie dieses Kind ausgetragen hatte und weil man ihr immer wieder versichert hatte, es werde ein Knabe sein. Seinetwegen hatte sie Schmerzen erduldet, die sie sich in ihren schlimmsten Träumen so nicht vorgestellt hatte, und nun war es doch bloß ein Mädchen.«

Anjuli erschauerte und fuhr flüsternd fort: »Als man ihr das Kind anlegen wollte, starrte sie es haßerfüllt an, und obwohl sie zu heiser war, um zu sprechen, brachte sie doch heraus: ›Es ist nicht meines. Dies hat mir eine Feindin angetan. Bringt es weg – und tötet es!‹ Dann wandte sie sich ab und wollte das Kind nicht mehr sehen, das doch ihr eigenes, ihr Erstgeborenes war, Fleisch von ihrem Fleisch. Ich hätte nicht für möglich gehalten, daß ein Mensch – noch dazu eine Frau...! Doch sagte mir die Hebamme, dies geschehe häufig in Fällen, wo die Mutter große Schmerzen erlitten und dann doch keinen Sohn geboren habe. Die ersten unbedachten Worte hätten nichts zu bedeuten; seien die Mütter ausgeruht und hielten den Säugling an der Brust, stelle die Mutterliebe sich unfehlbar ein. Ich kannte meine Schwester aber besser, als jene Hebamme sie kannte, und meine Angst steigerte sich noch. Damals hätte ich sie fast gehaßt – aber kann man ein Kind hassen, selbst ein grausames Kind? Und Kinder können viel grausamer sein als Erwachsene, weil sie noch nicht begreifen – sie fühlen nur und schlagen um sich und sehen nicht, was sie anrichten. Shu-shu war kaum mehr als ein Kind. Doch fürchtete ich mich vor ihr, … fürchtete mich sehr…«

Die erschöpfte Hebamme gab Shushila ein starkes Schlafmittel. Kaum war sie eingeschlafen, verbreiteten die Frauen im Palast die traurige Neuigkeit, und der zitternde Obereunuch informierte angstvoll den kranken Rana, daß er der Vater noch eines Mädchens geworden sei. Anjuli blieb eine Weile, damit die Hebamme sich ausruhen konnte. Sie ging in ihr Zimmer, bevor Shushila erwachte, und schrieb dort jenen Brief an Gobind, in welchem sie ihn anflehte, Shushila zu helfen und den Rana zu bestimmen, ihr eine englische Pflegerin zu schicken, die sich sogleich der Mutter und des Kindes annehmen sollte. »Ich dachte, eine solche Person, könnte man sie nur nach Bhithor bringen, wäre vielleicht imstande, Shushila von ihrem Haß und ihren Wutanfällen zu heilen und ihr klarzumachen, daß niemand das Geschlecht eines Kindes bestimmen kann, am wenigstens das Kind selber.«

Gobind bekam den Brief, doch keine Europäerin wurde nach Bhithor gerufen, und Anjuli sah jetzt auch, daß dafür keine Zeit mehr geblieben wäre. In den Frauengemächern schwirrte es nur so von Gerüchten, und was ihr davon zu Ohren kam, bestätigte ihre schlimmsten Befürchtungen: Shushila hatte ihren Haßausbruch gegen das Kind nicht wiederholt, wollte es aber nicht sehen und behauptete, das Kind sei so schwach und kränklich, daß es keine Woche überleben werde, und sie könne sich das Leid nicht zumuten, das unfehlbar auf sie warte, wenn sie jetzt eine herzliche Liebe zu diesem dem Tode geweihten Kinde faßte.

Doch waren bei der Geburt mindestens ein Dutzend Frauen anwesend, die es hatten zur Welt kommen sehen und schreien hören. Sie wußten, daß das Kind kerngesund war. Gleichwohl wurde es in den folgenden Tagen so konsequent als unheilbar krank hingestellt, daß auch die, die es besser wußten, schließlich an eine Krankheit glaubten, und bald schon wußte die ganze Stadt, daß die arme Rani nicht nur vom Ausbleiben eines Sohnes schwer enttäuscht war, sondern auch noch mit dem baldigen Tod der neugeborenen Tochter zu rechnen hatte.

»Wie es starb, weiß ich nicht«, sagte Anjuli, »mag sein, es ist einfach verhungert. Es war ein kräftiges Kind. Es wird eine Weile gedauert haben. Vielleicht hat man nachgeholfen… ich kann nur hoffen. Doch wer die Tat auch getan hat, begangen wurde sie auf Befehl von Shushila. Am Tage nach der Verbrennung der kleinen Kinderleiche erkrankten plötzlich die Hebamme und drei von Shushilas Vertrauten; man schaffte sie in geschlossenen Sänften aus dem Palast, angeblich um zu verhindern, daß sie andere ansteckten. Später hieß es, sie seien alle vier gestorben, doch muß das nicht wahr sein. In den Palast allerdings kam keine zurück, und als bekannt wurde, daß der kranke Rana einen schweren Rückfall erlitten hatte, gerieten sie in der entstehenden Unruhe ganz in Vergessenheit, denn wer mag sich schon um ein paar unbedeutende Palastbedienstete kümmern, wenn so wichtige Dinge geschehen?«

Shushila (sie erholte sich übrigens überraschend schnell) weigerte sich standhaft zu glauben, ihr Gatte sei unheilbar krank. Sie vertraute dem Hakim ihres Onkels unerschütterlich und behauptete, der Rückfall sei nur vorübergehender Art, der Rana werde in vier Wochen gesund und wieder auf den Beinen sein, alles andere war einfach undenkbar. Sie widmete sich eifrig der Wiederherstellung ihrer durch Schwangerschaft und Niederkunft beeinträchtigten Schönheit, wurde wieder so schlank und zierlich wie zuvor und vertraute darauf, daß er ebenso hingerissen von ihrer Erscheinung sein werde wie früher und für niemand Augen haben würde als für sie.

Man konnte ihr nicht klarmachen, daß er im Sterben lag, und als sie es endlich doch glauben mußte, wollte sie zu ihm, ihn in den Armen halten und mit dem eigenen Leib den Tod fernhalten, der ihn bedrohte. Das traute sie sich zu, und sie ging mit Nägeln und Zähnen gegen alle an, die sie daran hindern wollten, zu dem Kranken zu eilen. Wut und Verzweiflung nahmen solche Ausmaße an, daß ihre Frauen sich vor ihr versteckten, und die Eunuchen, die vor den Frauengemächern lauschten, erklärten sie für wahnsinnig und meinten, man müsse sie einsperren. Nachdem dann die erste Wut verraucht war, schloß sie sich in ihre Zimmer ein, um zu beten, und verweigerte Speisen und Wasser, auch wollte sie niemanden sehen.

In diesen Tagen dürfte sie sich entschlossen haben, als Satí zu sterben, und entschied wohl auch darüber, welches Los sie der Halbschwester bereiten wollte. Denn als man ihr den Tod des Gatten meldete, waren ihre Vorsätze gefaßt. Sie ließ sogleich den Diwan kommen und sagte ihm in Gegenwart des Obereunuchen und jener Promila Devi (die Anjuli mit bösartiger Freude diesen Auftritt beschrieb), daß sie entschlossen sei, mit ihrem Gatten verbrannt zu werden.

Sie wolle der Bahre zu Fuß folgen, und zwar allein. Dem »Halbblut« dürfe nicht gestattet werden, mit dem Rana zusammen zu brennen, dadurch werde seine Asche unrein; sie sei in Wahrheit niemals seine Gemahlin gewesen und könne darum nicht der Ehre teilhaftig werden, Satí zu sein. Für sie bestünden andere Pläne...

Selbst dem Diwan dürfte gegraut haben, als er davon hörte, doch widersprach er nicht. Möglich, daß es ihn immer noch wurmte, vor Jahren nicht fertiggebracht zu haben, dem »Halbblut« die Mitgift zu stehlen und es dem Spott preisgegeben heimzuschicken; gewiß aber dachte er an Anjuli stets nur mit Widerwillen und trug ihr seine Niederlage nach. Wie auch immer, er zeigte sich willens, alles ausführen zu lassen, was die Rani anordnete. Als er gegangen war, ließ Shushila ihre Halbschwester kommen.

Seit der Geburt des Kindes hatte Anjuli die Schwester weder gesehen, noch von ihr gehört. Als sie gerufen wurde, nahm sie an, es geschehe, weil Shushu vor Kummer über den Tod des Gatten außer sich sei und ihren Beistand brauche. Daß von Satí die Rede sein könnte, kam ihr nicht in den Sinn, denn

Ashok hatte ihr versichert, die Regierung lasse die Witwenverbrennung nicht mehr zu und es gebe jetzt ein Gesetz dagegen. Der Grund, weshalb Shushila sie kommen ließ, konnte also nicht der sein, daß sie sich vor dem Scheiterhaufen fürchtete. »Diesmal ging ich aber nur sehr ungern zu ihr«, sagte Anjuli.

Bis vor kurzem hatte sie noch glauben oder doch sich einreden können, Shushila sei sich der Wirkung ihres Tuns nicht bewußt. Doch nun kannte Juli ihre Schwester besser und hatte alle Liebe aus ihrem Herzen gerissen. Gehorchen aber mußte sie der Aufforderung. Sie erwartete, eine junge Witwe zu sehen, verweint, mit zerrauftem Haar und zerrissenen Kleidern, umringt von wehklagenden Weibern, doch in den Gemächern der Ersten Rani war es völlig ruhig, und sie fand dort nur einen einzigen Menschen vor: eine zierliche, sehr aufrechte Gestalt in stolzer Haltung, die sie nicht gleich erkannte.

Ich hätte nicht für möglich gehalten, daß sie so aussehen konnte. Häßlich, böse und grausam. Unsagbar grausam. Nicht einmal Janu-Rani hat so ausgesehen, die blieb immer schön, aber diese Frau war es nicht mehr. Man hätte auch nicht glauben mögen, daß sie je schön oder auch nur jung gewesen war. Sie betrachtete mich mit steinernem Gesicht und fragte, wie ich wagen könne, ohne ein Zeichen der Trauer bei ihr einzutreten. Auch damit machte ich mich schuldig – denn sie ertrug es nicht, daß ich nicht jenen Kummer litt, der ihr das Herz zerriß.

Sie sagte... sagte alles. Daß sie mich haßte, seit sie sich in ihren Gatten verliebt hatte. Auch ich sei seine Gattin, und sie habe diese Vorstellung nicht ertragen; auf ihre Veranlassung habe man mich eingesperrt und hungern lassen, einmal um für dieses Verbrechen zu büßen, zum anderen weil ich alt und häßlich aussehen sollte; denn käme der Rana doch einmal auf den Gedanken, sich meiner zu erinnern, sollte er sich angewidert von mir wenden. Geeta und meine beiden Dienerinnen habe sie selber ermorden lassen – auch das schleuderte sie mir ins Gesicht wie Ohrfeigen, und es schien, als lindere es ihren Schmerz, mich leiden zu sehen. Und wie hätte ich nicht leiden sollen? Am Ende sagte sie, sie wolle Satí werden, und das letzte, was ich auf dieser Welt zu sehen bekäme, wären die Flammen, die ihren Leib mit dem des Gatten vereinigten, und nachdem meine Augen das gesehen hätten, sollte ich geblendet und in den Palast zurückgebracht werden und dort meine Tage als blinde Sklavin verbringen.

Ich flehte sie an, suchte sie umzustimmen, warf mich auf die Knie und stellte ihr vor Augen, wie Liebe und gemeinsames Blut uns verbänden, doch sie lachte mich aus und ließ mich von den Eunuchen wegführen...«

Die Stimme versagte ihr, und Ash hörte in der eingetretenen Stille wieder die Bugwelle des kleinen Küstenseglers; er nahm wahr, daß es hier unten stark nach Petroleum roch und nach gebratenem Fleisch, das zum Abendessen serviert worden war, auch daß noch ein Hauch von Zigarrenrauch in der Luft hing und daran erinnerte, daß diese Kajüte seit Jahren von Red bewohnt wurde. An Deck würde es kühl sein. Die Sterne waren ihm in diesen Breiten wieder vertraut, denn der Himmel des Südens lag hinter ihnen samt Bhithor mit seinen kahlen Bergen und allem, was dort geschehen war.

Es war vorüber, abgetan. Shushila war tot und nichts von ihr übrig als der rote Abdruck ihrer kleinen Hand am Satí-Tor des Rung Mahal. Sarji, Gobind und Manilal lebten nicht mehr, auch Dagobaz war tot... sie alle Teil einer Vergangenheit, die er nicht vergessen, an die er aber auch nicht denken wollte, bevor nicht genug Zeit vergangen war, es gefaßt und ohne Schmerz zu tun.

Er atmete langsam und tief ein, nahm Anjulis Hände und fragte leise: »Warum nur hast du all das bislang verschwiegen, Larla?«

»Ich konnte darüber nicht sprechen, es war... Mir war so weh... ich wollte keine Gefühle mehr, nur noch Frieden, wollte keine Fragen beantworten und nie mehr darüber sprechen. Ich habe Shushila lange Jahre geliebt und geglaubt, sie... sie habe mich wenigstens gern. Auch wenn ich sie zu hassen meinte, konnte ich nicht vergessen, was sie mir einst bedeutete, wie liebreizend sie als Kind war. Und als ich sie zum Scheiterhaufen gehen sah und wußte, was geschehen würde, sobald ihr klar wurde, worauf sie sich eingelassen hatte, und daß es keinen Ausweg mehr gab, da konnte ich es einfach nicht ertragen, sie eines so schrecklichen Todes sterben zu sehen. Ich konnte einfach nicht. Und doch – wäre ich mit euch gegangen, als du es von mir verlangtest, die anderen wären vielleicht noch am Leben. Ich habe ihr Blut an den Händen, und das ertrage ich nicht. Ich wollte nicht selber Dinge aussprechen, die... von denen ich auch jetzt nicht glauben kann, daß sie geschehen sind, ich wollte alles im Verborgenen lassen, wollte so tun, als wäre nichts davon wahr. Doch das geht nicht...«

»Jetzt ist alles anders, Liebste«, sagte Ash und zog sie in seine Arme. »Ich hatte große Angst, sehr große Angst. Du kannst nicht ahnen, wie sehr ich fürchtete, daß du unablässig um sie trauern würdest. Ich glaubte, in deinem Herzen sei kein Platz mehr für mich, weil sie alle deine Liebe besitzt und für mich nichts geblieben ist. Ich glaubte, ich hätte dich verloren –«

Seine Stimme brach. Plötzlich spürte er Anjulis Arme um seinen Hals und daß sie weinte. »Nein, nein, so war es nicht, ich habe dich immer geliebt, niemanden habe ich je so geliebt wie dich...«; und dann strömten ihre Tränen.

Ash wußte, diesmal waren es heilsame Tränen, die ihr Herz wenigstens teilweise vom Grauen, von Bitterkeit und Schuldgefühlen reinwuschen und ihr helfen würden, jene übermäßige Nervenanspannung zu überwinden, deren Opfer sie solange schon war. Als die Tränen endlich versiegten, hob er ihren Kopf und küßte sie, und dann gingen sie an Deck in die kühle, von Sternen erhellte Nacht und dachten endlich einmal nicht an Vergangenheit und Zukunft, sondern einzig und allein aneinander.

48

Zehn Tage später ankerte die ›Morala‹ in der stillen, perlgrauen Stunde vor Sonnenaufgang nahe Keti im Indusdelta und setzte drei Passagiere an Land: einen robusten Pathan, einen schlanken, glattrasierten Mann, seiner Kleidung nach ein Afghane, und eine Frau in einer Bourka, offenbar mit einem der beiden verheiratet.

Gul Baz hatte am Tage zuvor die afghanische Kleidung beschafft, als die ›Morala‹ in Karatschi gegerbte Häute und Trockenfrüchte löschte und auch das Getreide, das man eine Woche zuvor in Chabar an Bord genommen hatte. Red riet Ash, sich zu kleiden wie ein Afghane, denn Sind sei ein karges, dünn besiedeltes Land, dessen Bewohner nicht gerade für ihre Gastfreundschaft berühmt seien, »doch vor Afghanen haben sie Respekt, und ich rate Ihnen, diese Rolle zu spielen, um so mehr als Sie mir gesagt haben, daß Sie jederzeit überzeugend als ein solcher auftreten können. Hier könnte Ihnen das sehr zustatten kommen, also tun Sie es.«

Ash ging als Afghane gekleidet von Bord, und ob nun dies den Ausschlag gab oder ob man einfach nur Glück hatte – die lange Reise von der Küste von Sind nach Attock ging, wenn auch nicht bequem, so doch ohne gefährliche Zwischenfälle vonstatten.

Durch einen seiner zahllosen Bekannten hatte Red ein flaches Flußboot für sie mieten lassen, das normalerweise Frachten beförderte, und damit fuhren sie den Indus aufwärts, meist unter Segel; gelegentlich mußten sie sich auch schleppen lassen. Kulis zogen dann den Kahn an langen Seilen von einer Ortschaft zur nächsten. Abends wurden sie von einer neuen Schleppmannschaft abgelöst und kehrten in ihre Dörfer zurück, für die anstrengende Arbeit eines ganzen Tages karg entlohnt vom Eigner des Kahns, der zusammen mit seinen beiden Söhnen die Besatzung bildete.

So reisten Ash und die anderen gemächlich den breiten Strom hinauf, vorüber an Jerak und Naidarabad und Rohri nach Mithankote, wo die vier großen Ströme des Pandschab – Sutlej, Ravi, Chenab und Jhelum – im Bette des Chenab vereint in den Indus münden. Und weiter ging es in nördlicher Richtung, vorüber an Dera Ghazi Khan, am westlichen Horizont die Berge von Belutschistan und Zohb, im Osten die flache, versengte Ebene von Sind Sagar Doab, die sich bis zur Einmündung des Luni unterhalb Dera Ismail Khan erstreckt. Von hier aus erblickten sie in einer klaren, mondhellen Nacht den Gipfel des Takht-i-Suliman, einen silbernen Punkt in der Ferne, die Berge von Belutschistan überragend, und Anjuli weinte vor Freude beim Anblick des Schnees.

Anfangs ertrugen Ash und seine Frau die erzwungene Muße an Bord schlecht, sie stiegen aus und legten einen Teil der Strecke zu Fuß zurück. Als aber die heiße Jahreszeit fortschritt, verwandelte sich die Bourka bereits in den Morgenstunden und auch noch nach Sonnenuntergang in ein erstickendes Zelt, und Ash besorgte zwei Pferde, auf denen sie sich so weit vom Treidelpfad entfernten, daß Anjuli die Bourka ablegen konnte. Mittags kehrten sie zum Boot zurück und ruhten in einer behelfsmäßig aus Planken und Matten hergestellten Kajüte.

Ash wollte für Gul Baz ebenfalls ein Pferd kaufen, doch hatte dieser keine Lust, in der Gegend herumzureiten, vielmehr genoß er es, unter dem Sonnensegel am Bug sitzend, seine Tage mit ungewohntem Nichtstun zuzubringen, ließ sich aber herbei, die beiden Pferde zu bewegen, wenn seine Herrschaft sich dafür entschied, den Tag an Bord zu bleiben.

Die Zeit verging gemächlich auf diesem Kahn, doch Ash und Anjuli verrann sie immer noch zu schnell, und wenn es nach ihnen gegangen wäre, hätte diese Reise nie zu enden brauchen. Die Unbequemlichkeiten (deren es viele gab) achteten sie gering, wenn sie dagegenhielten, daß sie endlich Zeit füreinander hatten, nach Lust und Laune miteinander plaudern, lachen und einander umarmen konnten.

Das Essen war frugal und wenig phantasievoll zubereitet, doch Anjuli, die oft genug hatte hungern müssen, nahm keinen Anstoß daran. Und nachdem sie mehr als ein Jahr auf dem feuchten Boden ihres unterirdischen Gelasses hatte schlafen müssen, lachte sie nur, als Ash feststellen mußte, daß das Bett, welches der Schiffseigner für sie aufstellte, von Wanzen wimmelte und es einfach über Bord warf. Sie schliefen auf den Decksplanken, über die sie eine Steppdecke breiteten.

Die winzige, behelfsmäßig aufgerichtete Kajüte mit dem Dach und den Wänden aus Flechtmatten war heiß und unbequem, doch Anjulis Zimmer im Rung Mahal war noch viel heißer gewesen, denn dorthin kam nie ein Lufthauch, während man die Matten hier aufrollen und auf den Fluß mit seinen weißen Sandbänken schauen konnte und weiter ins Land, in endlose Leere, von der Sonne versengt und begrenzt nur von einem Horizont ausflirrender Hitze oder verzaubert vom Licht des Mondes. Allein diese endlose Weite war für jemanden, der in einer kleinen fensterlosen Kammer im Rung Mahal und Monate in Einzelhaft in einem dunklen Keller hatte zubringen müssen, eine Quelle nie endenden Entzückens.

Ash war mit allem zufrieden, weil er sah, daß seine junge Frau ihre skelettartige Magerkeit verlor und viel von jener Schönheit, Heiterkeit und Gesundheit zurückgewann, die ihr die Jahre in Bhithor geraubt hatten; allerdings geschah dies nicht über Nacht, das war nicht zu erwarten. Der Weg zurück in eine ausgeglichene Gemütslage war mühsam, und das Tempo, in dem Anjuli ihn zurücklegte, entsprach in etwa der Geschwindigkeit, mit der sie den »Vater aller Ströme« hinaufreisten. Einen ersten Schritt stellte ihr Bericht von den Ereignissen in Bhithor dar und die langen, friedvollen Tage auf der Morala – angefüllt mit Gesprächen, stundenlangem, trautem Schweigen, mit Lachen und Umarmungen unter dem mit Sternen übersäten, klaren Himmel, untermalt vom Rauschen der Bugwelle und dem Säuseln des Nachtwindes – alles das half, die Wunden zu heilen, die Shushila und Bhithor geschlagen hatten. Ash beobachtete, wie seine Frau allmählich ins Leben zurückkehrte, und er war glücklicher und zufriedener, als er es je für möglich gehalten hatte.

Der »Vater aller Ströme« ist tief und breit, stellenweise so breit, daß man auf dem Meer zu sein glaubt, statt auf einem Fluß, und an manchen Tagen machten die flirrend-heiße Luft oder Sandstürme es unmöglich, das entfernte Ufer zu erkennen. Stand der Kahn unter Segeln, waren dann sogar beide Ufer unsichtbar. Das Land war beiderseits unfruchtbar und öde; dennoch wuchsen an den Ufern Palmen, Oleander, Tamarinden und Tamarisken, und auch wo keine Ansiedlungen zu sehen waren, wimmelte es von Leben.

Unzählige Vögel machten Jagd auf die Fische, die das seichte Wasser bevölkerten; Schildkröten und jene langschnauzigen, fischfressenden Alligatoren, die die Flüsse Indiens bewohnen, sonnten sich auf Sandbänken; gelegentlich schnellte ein Delphin aus dem Wasser und drehte sich kunstvoll in der Luft oder auch einer jener *Mahseer* genannten lachsähnlichen Fische, deren silbrigrosafarbene Schuppen in der Sonne blitzten. Wenn am späten Abend der Strom sich golden färbte und die Berge von Belutschistan über der dunkelnden Ebene näherrückten, zogen Schwärme von Wildenten und Gänsen, Pelikanen und Reihern über ihnen hin, und am Ufer wanderten Nomaden mit Ziegen und Kamelen ihrem Lagerplatz entgegen. Wurde es dunkel, kamen Rehe und Antilopen, auch Schweine, Schakale und Stachelschweine zur Tränke an den Strom.

Manchmal sahen sie weit in der Ebene Reiter einem im Staub verborgenen Horizont entgegengaloppieren. Auf dem Strom aber herrschte reger Schiffsverkehr: Lastkähne, beladen mit Getreide, Futter, Holz, Zuckerrohr und Gemüse, andere mit einer Ladung blökender Schafe oder meckernder Zieren; Fähren kreuzten das Wasser, Fischer warfen Netze aus, bestückten Angeln mit Ködern, und anfangs begegneten sie auch noch Dampfschiffen, die unter einer schwarzen Qualmwolke stromauf schnauften oder mit der Strömung auf ihrem Wege zur Küste an ihnen vorüberrauschten.

Die auf der ›Morala‹ begonnenen Lektionen in Englisch und Pushtu wurden fortgesetzt, und Anjuli erwies sich als gelehrige Schülerin. Ihre Fortschritte setzten Ash in Erstaunen; sie erlernte die komplizierte Grammatik, besaß ein gutes Ohr für die korrekte Aussprache, und Ash erkannte: Sie war von wachem Verstand, nur hatte ihr bislang Gelegenheit gefehlt, ihn richtig zu nutzen; Frauen in Purdah durften sich eben für nichts anderes interessieren als für das Hauswesen. Seit sie aber jener fast ausschließlich weiblichen Welt der Frauengemächer entkommen war, regte sich ihre scharfe Intelligenz, und als die Berge von Kurram und die Salzstöcke von Kundian in Sicht kamen, vermochte sie sich in der Muttersprache ihres Mannes so fließend auszudrücken, daß sie Ashs Fähigkeit zu lehren und ihrer eigenen Lernfähigkeit alle Ehre machte.

Ash, der sich ausgerechnet hatte, daß man in Kala Bagh etwa einen Monat vor Ende seines Urlaubs eintreffen werde, wollte eigentlich den Kahn an einer landschaftlich reizvollen Stelle anlegen lassen und von dort aus die Gegend zu Pferde durchstreifen, bevor er nach Mardan zurückkehrte; doch rückten die Salzklippen dem Fluß immer näher, die Ufer wurden steil, es ging kein Wind mehr, selbst die Nächte brachten keine Kühle, und die Tage wurden so unerträglich, daß die Salzfelsen und die blendend weißen Sandufer, der Boden unter ihren Füßen, ja selbst die Schiffsplanken sich so erhitzten, daß man glauben konnte, sie kämen aus einem Backofen.

Unter solchen Umständen war es besser, Anjuli so rasch wie möglich in einem kühlen Haus mit breiten Veranden unterzubringen, wo große Fächer die Luft bewegten und feste Mauern die Hitze abhielten. Ihm fiel Fatima Begum ein, Zarins Tante, die das wunderbare Haus außerhalb von Attock bewohnte, geschützt von einer hohen Mauer, in einem Garten voller Obstbäume. Dort wußte er Juli in Sicherheit. Zwar bedeutete das auch, daß er die Begúm einweihen mußte, doch vertraute er auf ihre unbedingte Verschwiegenheit und darauf, daß sie sich eine Geschichte ausdachte, welche die Wißbegier ihrer Dienerschaft befriedigte und sie daran hindern würde zu schwatzen.

Zarin sollte das für ihn arrangieren, und noch am gleichen Abend ging Gul Baz auf Ashs Pferd Richtung Mardan ab mit einem mündlich zu überbringenden Auftrag an Zarin und einem Brief an Hamilton-Sahib. In Attock würde er dann wieder zu ihnen stoßen. Es waren über Land kaum mehr als 150 Meilen nach Mardan, zwei Tage also würde er brauchen, um hinzukommen, und von Mardan nach Attock war es ein kurzer Nachtritt. Doch Ash und Juli brauchten für diese letzte Reisestrecke beinahe eine ganze Woche, denn oberhalb von Kala Bagh hat der Indus – der sein Wasser sonst auf Hunderten von Meilen in mehreren Läufen führt – nur noch ein einziges Bett, und ein Kahn muß hier gegen die volle Wucht der Strömung ankämpfen. Zwar stand der Wind günstig, doch erst sechs Tage später, lange nach Mitternacht, erreichten sie Attock, und wie schon bei seinem ersten Besuch, betrat Ash das Haus von Fatima Begum bei hellem Mondschein, nur diesmal eben nicht allein.

Der Pfad, der zum Hause führte, war knöchelhoch mit Staub bedeckt, doch entweder klirrte das Zaumzeug eines Pferdes oder Ash stieß mit seiner schweren, genagelten Sandale an einen Stein – das Tor jedenfalls wurde geöffnet, noch bevor sie es erreichten, und jemand trat heraus, sie zu grüßen. »Staremah-sheh!« sagte Zarin. »Ich habe schon zu Gul Baz gesagt, daß ihr die Stromschnellen wohl nicht mehr schaffen würdet.«

»Kwah-mah-sheh?« gab Ash die konventionelle Begrüßung zurück. »Du hattest recht. Der Mut verließ mich, als ich das Tosen des Wassers hörte und die Strudel erblickte, und deshalb kam ich lieber trockenen Fußes über die Berge.«

Er half Anjuli absitzen, und obschon er wußte, daß sie von der Hitze im Kahn und dem stundenlangen, mühsamen Ritt auf gefährlichen Bergpfaden erschöpft war, stützte er sie nicht, denn im Fernen Osten ist eine ehrbare Frau auf Reisen praktisch nicht vorhanden, man beachtet sie nicht, und Ash wußte, daß die Nacht voller Augen war, weil hierzulande in der heißen Jahreszeit die meisten Menschen im Freien schliefen. Er stellte sie also auch nicht vor, sondern führte die Pferde hinter Zarin her durchs Tor und überließ es Anjuli hinterherzutrotten, wie es nun einmal bei den Moslems der durch Tradition geheiligte Brauch ist.

Im Hause war man bereits zur Ruhe gegangen, doch blinkte im Innenhof eine Laterne, und hier wartete die vertraute Dienerin von Fatima Begúm, eine ältliche, wortkarge Person, schon darauf, Anjuli rasch in eines der oberen Zimmer zu führen. Die beiden Männer sahen einander beim Schein einer Petroleumlampe prüfend an, als die Frauen gegangen waren, und jeder von ihnen dachte über den sichtlich veränderten Freund nach und empfand dabei ein sonderbares Gefühl des Verlustes...

Es war kaum zwei Jahre her, und doch sah man in Zarins Haar und Bart graue Strähnen, die zuvor dort nicht gewesen waren, auch tiefe Furchen in seinem Gesicht und eine Säbelnarbe von der rechten Schläfe bis zum Mundwinkel, die das Auge knapp verfehlte – ein Andenken (unter anderen) an den Angriff auf Sipri. Man hatte ihn danach zum Offizier befördert, und ihm war anzumerken, daß er jetzt selber Verantwortung trug und gewohnt war zu befehlen.

Die mit Ash vorgegangene Veränderung war weniger deutlich, und wer ihn nicht so gut kannte wie Zarin, hätte wahrscheinlich nichts davon bemerkt, doch Zarin war tief beeindruckt. Ash hatte nicht mehr den gehetzten, rastlosen, auch bedenkenlosen Ausdruck im Gesicht, der Zarin bei ihrem letzten Zusammensein so beunruhigt hatte, und obwohl sein Gesicht schmaler war denn je, blickten die Augen unter den schwarzen Brauen gelassen und zufrieden, und Zarin dachte von düsteren Vorahnungen erfüllt: Er hat das Glück gefunden, nun wird alles anders.

Sie betrachteten einander lange und eingehend, und ein Fremder, der sie so gesehen hätte, wäre wohl zu dem Schluß gelangt, hier sei keine Begrüßung im Gange, sondern ein Abschied für lange Zeit – und er wäre nicht fehlgegangen, denn beide erkannten mit leichter Trauer, daß der ihnen vertraut Gewesene nicht mehr vorhanden war. Dann lächelte Ash, und der kurze Augenblick des Bedauerns war vorüber. Sie umarmten einander nach alter Weise, Zarin nahm die Lampe und ging voran in ein Zimmer, wo kalte Speisen bereit standen; sie aßen und redeten endlos miteinander.

Ash erfuhr, daß Koda Dad seit kurzem nicht mehr bei guter Gesundheit war, daß Zarin ihn aber von Ashs Eintreffen unterrichtet habe und fest darauf rechne, der alte Mann werde, erlaube es sein Zustand, sogleich nach Attock aufbrechen. Hamilton-Sahib sei auf Urlaub, und Gul Baz warte nicht (wie Ash angenommen) an der Landungsstelle auf den Kahn, sondern sei Hamilton-Sahib entgegengeritten, der angeblich auf dem Rückweg vom Kangan-Tal sei, und warte in der Gegend von Abbottabad auf ihn.

Zarin fuhr fort: »Mir sagte er, er habe einen Brief von dir dem Sahib persönlich auszuhändigen und ritt also weiter nach Abbottabad. Mag sein, er wurde unterwegs aufgehalten, oder Hamilton-Sahib ist noch nicht eingetroffen, und Gul Baz ist ihm noch weiter entgegengeritten, denn er weiß ja, daß ich dich hier empfange. Der Torhüter wartet auf euren Kahn und wird euer Gepäck bringen.«

Im Regiment und entlang der Grenze wurde viel geredet, wovon Ash nichts gehört hatte, denn Wallys letzter Brief war schon beinahe drei Monate alt. Zarin erörterte ausführlich die Möglichkeit eines Krieges gegen Afghanistan. Ash selber berichtete von sich so gut wie nichts, erwähnte Anjuli auch mit keinem Wort, und Zarin vermied, ihn danach zu fragen; das mochte warten, bis Ashok selber die Rede darauf brachte, vermutlich nach einer guten Nachtruhe, die er zwischen den heißen Steilufern der letzten Stromstrecke wohl hatte entbehren müssen.

Tatsächlich schlief Ash in jener Nacht gut, und er berichtete tags darauf von den Ereignissen der vergangenen Monate, begann mit dem unerwarteten Eintreffen Gobinds und Manilals in Ahmadabad und endete mit seiner und Anjulis Trauung an Bord der *Morala;* er fügte dann noch einige Einzelheiten aus den vergangenen drei Jahren hinzu, aus denen hervorging, wie es zu seiner Verbindung mit ihr gekommen war, erst im Gespräch mit Zarin, später, weil dies sich nicht vermeiden ließ, erzählte er davon auch Fatima Begum, und beide hörten gespannt und teilnehmend zu.

Zarin war bis zu einem gewissen Grade bereits vorbereitet; von Gul Baz wußte er, daß die Frau, für die er um die Gastfreundschaft von Fatima Begum nachsuchte, eine hochgeborene Hinduwitwe war, die der Sahib aus dem Süden mitbrachte und die angeblich seine Frau geworden war – vermittels einer Zeremonie, die in keiner Weise der Gul Baz bekannten Shadi glich, einer Hochzeitszeremonie, bei der Priester zugegen sind, und die länger währt als jene fünf Minuten, welche die sonderbare Veranstaltung auf dem Schiff in Anspruch genommen hatte, und die man deshalb seiner Meinung nach nicht ernst zu nehmen brauchte. Allerdings war Zarin nicht auf den Gedanken verfallen, es könne sich um eine Frau handeln, die ihm bekannt war, und zwar seit Jahren, nämlich die Tochter der Fremden Königin, die kleine Kairi-Bai.

Daß Ashok sich mit ihr als verheiratet betrachtete, erfüllte Zarin mit Kummer, denn er hatte gehofft, sein Freund werde ein passendes Mädchen seiner eigenen Rasse ehelichen, die seine ihm selber ungewisse Identität festigen würde und mit der er Söhne zeugen könnte, die einmal gute Offiziere bei den Kundschaftern werden sollten; denn gewiß würden sie seine Liebe und sein Verständnis für Indien und dessen Bevölkerung erben. Blieb er jedoch Kairi-Bai treu, konnte das niemals Wirklichkeit werden, denn seine Kinder würden illegitim und halbblütig sein, und kein Halbblut konnte bei den Kundschaftern dienen. Zarin allerdings glaubte ebensowenig daran wie Gul Baz, daß die Trauung an Bord eines Schiffes rechtsgültig war.

Er vernahm mit Erleichterung, daß Ashok, obwohl er darauf bestand, die Heirat sei legal und Kairi-Bai seine legitime Ehefrau, beabsichtigte, die Heirat geheimzuhalten und Anjuli in einem kleinen Haus in Hoti Mardan einzuquartieren, wo er sie – wenn er vorsichtig war – besuchen konnte, ohne daß es in der Garnison auffiel. Daß er diesen Vorsatz gefaßt hatte, war, wie er noch einmal behauptete, nicht durch Zweifel an der Rechtsgültigkeit seiner Ehe begründet, sondern einzig und allein, weil er für die Sicherheit seiner sogenannten Ehefrau fürchtete – Befürchtungen, die Zarin, der Janu-Rani gekannt hatte, für berechtigt hielt, und dies um so mehr, nachdem er gehört hatte, was alles in Bhithor vorgegangen war. Doch einerlei, welche Gründe Ashok anführte, Zarin hörte erleichtert, daß sein Freund davon absah, die Ex-Rani in Mardan als seine Ehefrau vorzustellen und zu fordern, daß sie als solche vom Regiment anerkannt werde. Das hätte das Ende seiner Laufbahn bedeutet, denn Zarin zweifelte keinen Moment daran, daß eine solche Forderung Ashoks vom gesamten Kundschafterkorps zurückgewiesen worden wäre, angefangen beim Kommandeur bis hinunter zum jüngsten Rekruten. Und weil er wußte, daß nur Ashoks Angst um Kairi-Bai ihn veranlassen konnte, sie verborgen zu halten, war er dem Diwan von Bhithor und seinen Meuchelmördern geradezu dankbar.

Fatima Begum, die aus einer anderen Zeit stammte, nahm keinen Anstoß daran, daß Ashok beabsichtigte, sich eine junge Inderin als Geliebte zu halten, und sagte das auch zu Zarin. So etwas sei keineswegs ungewöhnlich und könne dem Sahib nicht schaden, denn wer dächte gering von einem Mann, bloß weil der sich eine Mätresse halte? Die Trauung tat sie mit einer Handbewegung ab, denn bei einem Gespräch mit Anjuli, zu der sie gleich eine große Neigung faßte, hatte diese ihr gesagt, trotz aller gegenteiligen Beteuerungen Ashoks glaube sie selber nicht, daß eine Zeremonie der Art, wie sie an Bord der Morala vorgenommen worden war, als rechtlich gültige Verbindung zu betrachten sei.

Zarins Tante bestand darauf, daß Anjuli und ihr Mann den restlichen Urlaub des Sahib als ihre Gäste verbrachten, und versicherte dem Neffen, sie selber wolle dafür sorgen, daß für die Ex-Rani in leicht erreichbarer Entfernung von Mardan ein passendes Haus gefunden werde, wo sie unbelästigt leben und ihre wahre Identität geheimhalten könne, denn keiner ehrbaren Gattin, so behauptete die Begum, würde es im Traum einfallen, der Herkunft einer Mätresse nachzuforschen, und da Anjuli nicht die Absicht habe, in diesem Gewerbe anderen Frauen Konkurrenz zu machen, werde sie ohne weiteres für sich allein und ganz ungestört leben können.

Ash, dem man diese Gedankengänge nicht eigens mitteilte, nahm das Anerbieten mit Dank an. Wochenlang bei sengender Hitze die Gegend auf der Suche nach einem geeigneten Haus für Juli zu durchstreifen, reizte ihn nicht besonders. Um die Mittagszeit stieg die Temperatur draußen auf gute 45 Grad, während es im Haus der Begum kühl, behaglich und sicher war.

Als auch am folgenden Tag weder Gul Baz noch Koda Dad sich sehen ließen, ritt Ash nach Hasan Abdal in der Hoffnung, Wally auf der Straße nach Abbottabad zu treffen. Als er aufstand und seine schlafende Frau verließ, war es noch dunkel, und er ging lautlos nach unten. Zarin allerdings erwartete ihn bereits im Hof, so früh es noch war, denn auch er mußte vor Sonnenaufgang aufbrechen. Sie ritten in verschiedener Richtung, denn Zarin kehrte nach Mardan zurück, doch hatte er Julis Stute bereits für Ash gesattelt. Die Männer saßen wortlos auf und ritten zum Tor hinaus, als die Sterne verblaßten und hinter ihnen im Garten der Begum ein Hahn krähte, dem ein anderer aus der Stadt antwortete und dem wieder einer in der alten Festung am Strom, und bald krähte ein ganzes Dutzend.

Noch war es kühl, doch die Luft war nicht eigentlich frisch und kündigte bereits einen heißen Tag an; nicht das kleinste Lüftchen regte sich, und über den Wassern, die an Akbars Festung vorbeiströmten, lag der Nebel reglos. Wo die Gasse in die Hauptstraße mündete, hielten die beiden Reiter an und saßen einige Augenblicke reglos lauschend in der Hoffnung, fernen Hufschlag zu vernehmen, der das Eintreffen von Koda Dad oder Gul Baz bedeutet hätte. Doch die lange weiße Straße blieb leer, und abgesehen vom Krähen der Hähne und dem Rauschen des Stroms war nichts zu hören.

Zarin beantwortete die von beiden nicht ausgesprochene Frage: »Wir treffen sie unterwegs. Wann wirst du nach Mardan kommen?«

»In drei Wochen. Falls dein Vater nicht schon aufgebrochen ist, laß ihm doch ausrichten, er möchte mich zuhause bei sich erwarten, ich besuche ihn, sobald ich kann.«

»Das werde ich. Falls ich ihn aber unterwegs treffen sollte, wird er dich im Hause meiner Tante erwarten. Nun, wir müssen fort. Pa makhe da kha, Ashok.«

»Ameen sera, Zarin Khan.«

Sie gaben einander flüchtig die Hand und trennten sich. Als zwei Stunden später die Sonne aufging, ritt Ash durch Hasan Abdal, verließ die Straße nach Rawalpindi und schlug den Weg ein, der nach links in die Berge Richtung Abbottabad führte.

Wally frühstückte unterdessen unter Bäumen an einem Bach nahe der Straße, etwa eine Meile oberhalb der Stadt. Er erkannte anfangs den mageren, von Reisestaub bedeckten Afridi nicht, der sein Pferd anhielt, absaß und im gesprenkelten Schatten, den die Blätter der Akazien warfen, auf ihn zuging.

Siebentes Buch

Mein Bruder Jonathan

49

Wally bewirtete seinen Freund mit heißem Tee, hartgekochten Eiern und Brotfladen und erklärte dabei: »Es liegt wohl daran, daß ich dich nicht erwartet habe. In deinem Brief hieß es, ich solle dich in Attock treffen, und so nahm ich an, du hättest dir bei Rankin das kühlste Zimmer genommen. Stattdessen rennst du verkleidet in der Gegend rum. Mir ist schon lange klar, daß du dich gut auf so etwas verstehst, nur überrascht es mich, daß ich darauf reinfalle. Auch sehe ich nicht recht, wie du es eigentlich anstellst, denn dein Gesicht ist unverändert – oder doch nicht sehr –, und das Kostüm allein kann es wohl kaum sein. Und doch hielt ich dich für einen Afridi aus den Bergen – bis du den Mund aufgemacht hast. Worin besteht denn nur dieser Trick?«

»Ein Trick ist nicht dabei«, sagte Ash und trank gierig den heißen Tee. »Oder falls doch, dann besteht er darin, daß man sich so intensiv in die Person hineindenkt, die man verkörpern will, daß man schließlich selber glaubt, sie zu sein. Mir fällt das nicht schwer, denn als Kind habe ich mich immer für einen Einheimischen gehalten. Im übrigen sehen die meisten Leute ohnehin nur, was zu sehen sie erwarten, und begegnet ihnen jemand in einem Tweedanzug samt Jagdmütze, denken sie sogleich, ah, ein Engländer, während jemand im Umhang mit Ärmeln, einem Turban auf dem Kopf, einer Blume hinterm Ohr und Gebetsperlen ums Handgelenk selbstverständlich ein Afridi ist. So einfach geht das.«

Die Sonne stand nun hoch und es war so heiß, daß es grausam gewesen wäre, die Pferde zu besteigen und weiterzureiten; auch war Wally vor Tagesanbruch von Haripur aufgebrochen, wo er die letzte Nacht kampiert hatte. Für seinen Träger und das Gepäck hatte er in Abbottabad eine Tonga gemietet, und Gul Baz, der in den vergangenen Tagen auf der Suche nach ihm die ganze Gegend durchstreift hatte, war nur allzu froh, sein Pferd dem Sahib überlassen und mit diesem Gefährt nach Attock zurückkehren zu dürfen.

Gul Baz hatte, anders als Wally, seinen Herrn schon auf beträchtliche Entfernung erkannt und sogleich unter einem Vorwand den Wagen samt Pony, Kutscher und Träger eine Strecke weit fortgeführt, denn er wollte nicht, daß die Begrüßung der beiden Freunde vom Kutscher mit angesehen werde, der nur allzu neugierig sein würde.

Gul Baz fand, es wüßten bereits viel zu viele Personen, daß Pelham-Sahib jederzeit als einheimischer Grenzbewohner gelten konnte, wenn er wollte.

Man kannte unterdessen sein Abenteuer mit Dilasah Khan, denn die Geschichte wurde mit unzähligen Ausschmückungen in allen Basaren zwischen Peshawar und Rawalpindi herumgetrascht, und Gul Baz wünschte nicht, daß sie von Neuem aufgewärmt wurde. Er hielt seine beiden Begleiter also im Gespräch fest, bis er von Wally beim Namen gerufen wurde. Nachdem er seine Orders empfangen hatte, sagte er dem Kutscher, der Sahib habe zufällig einen alten Bekannten getroffen, einen Afridi, der mit Pferden handele, und mit dem wolle er während der größten Hitze hier verweilen. Die Diener sollten unterdessen mit der Tonga zur Poststation nach Attock weiterfahren, ihm dort ein Zimmer mieten und ihn zum Abendessen erwarten. Eile sei nicht geboten, vor dem späten Nachmittag wolle der Sahib nicht aufbrechen.

Wally, der dem Wägelchen nachblickte, bis es um eine Ecke verschwand, sagte zu dem angeblichen Pferdehändler: »Wahrscheinlich bleiben sie die nächsten Stunden in Hasan Abdal und kommen erst ganz kurz vor uns in Attock an.«

Fast zwei Jahre hatten die Freunde einander nicht gesehen, und doch war es, als hätten sie sich erst am Vortag getrennt und setzten ein nur kurz unterbrochenes Gespräch fort. Ihr Verhältnis zueinander war unverändert; sie hätten ebensogut in Rawalpindi im Quartier sitzen und über den täglichen Dienst sprechen können. Ash weigerte sich, irgendwelche Erklärungen abzugeben, bevor er nicht alle Neuigkeiten kannte, die Wally betrafen, einesteils, weil er mit seinen eigenen Neuigkeiten erst herausrücken wollte, wenn er überzeugt sein konnte, daß das alte Verhältnis unverändert war, andererseits, weil er wußte, berichtete er zuerst, würde von nichts anderem mehr die Rede sein.

Wally erzählte also, und Ash hörte zu, häufig in Gelächter ausbrechend. Er vernahm, die Kundschafter seien »in erstklassiger Form«, Kommandeur und Offiziere ausnahmslos »prachtvolle Burschen«, insbesondere der kürzlich zum Hauptmann beförderte Wigram Battye sei »ein Juwel«. Tatsächlich hörte Ash so oft die Worte »Wigram sagt«, daß er geradezu eifersüchtig wurde und sehnsüchtig der Zeit gedachte, da Wallys Verehrung ihm allein gegolten hatte und der höchste Sockel in seiner privaten Heldengalerie ihm reserviert war. Die Zeiten waren aber vorüber. Wally hatte andere Götter und Freunde gefunden, was weiter nicht überraschen konnte bei einem so liebenswerten jungen Mann.

Er berichtete sehr begeistert von dem Stellvertretenden Commissioner von Peshawar, jenem Major Cavagnari, der den Angriff auf die Utman Khel organisiert hatte, bei dem Zarin verwundet wurde, und dann eine weitere Unternehmung gegen Sharkot, wo Wally zum ersten Mal ins Gefecht kam. Es war nicht zu übersehen, daß dieser sonderbare Mann mit dem sonderbaren Namen auf den leicht zu beeindruckenden Wally den tiefsten Eindruck gemacht hatte.

»Der Bursche ist einfach toll, Ash, unübertrefflich. Er hat einen französischen Grafen zum Vater, der irgendwas bei einem Bruder Napoleons war, Adjutant oder so. Er spricht Pushtu wie ein Eingeborener und kennt sich mit den

Grenzstämmen besser aus als irgendwer sonst. Und überdies ist er mit mir verwandt, ist es zu glauben? Die Frau von John Lawrence ist die Schwägerin meiner Mutter, einer geborenen Blacker; die Tochter eines Blacker hat einen französischen Kürassieroffizier geheiratet und deren Tochter den Vater von Major Cavagnari. Eine etwas entfernte Verwandtschaft, aber immerhin.«

»Entfernt dürfte stimmen«, bemerkte Ash. »Heiliger Patrick, was für eine Menage!«

Wally ließ sich davon nicht entmutigen, beschrieb vielmehr die glänzenden Eigenschaften seines neuesten Helden, und Ash hörte zu, wobei er das Gesicht seines Freundes musterte und dem Himmel dafür dankte, daß Wally sich wenigstens nicht verändert hatte – ausgenommen in einer Hinsicht: in dem Bericht, der seine Tätigkeit während der letzten zwei Jahre umfaßte, kam nicht eine einzige junge Dame vor.

Offenbar füllten ihn der Dienst und das Regiment völlig aus, und die zahllosen einseitigen Liebesaffären, die ihn in Rawalpindi zum Dichter gemacht hatten, gehörten der Vergangenheit an. Schriebe er jetzt noch Gedichte, würden sie kaum von den blauen Augen einer jungen Schönen handeln, sondern vermutlich von Patriotismus und Unsterblichkeit. Und sollte er sich noch einmal verlieben, dürfte das endgültig sein; er würde heiraten und Familienvater werden.

Bis dahin war noch gute Weile, denn derzeit war er ganz ausschließlich ins Regiment verliebt und schwärmte vom englischen Weltreich, von den kriegerischen Bergstämmen, den wilden Bergen um den Khaibar, Eilmärschen bei Nacht und Angriffen auf Festungen jenseits der Grenze bei Tagesanbruch, von Disziplin und Kameradschaft in einer Formation, die Friedenszeiten nicht kannte, sondern stets bereit war einzugreifen, eine echte Feuerwehr entlang einer höchst explosiven Grenze.

Wie Ash seine Zeit im Regiment Roper verbracht hatte, wollte Wally nicht wissen, denn weder den einen, noch den anderen interessierte der Friedensdienst in einer Garnison wie Ahmadabad, und weil Ash verhältnismäßig oft geschrieben und die Langeweile in der Garnison erwähnt hatte, hielt Wally sich mehr an das aufregende Thema der Grenze und das noch aufregendere der Aktivitäten der Kundschafter. Erst als beide so ziemlich erschöpft waren, erkundigte er sich danach, was Ash denn bewogen habe, sich als Afridi zu kostümieren und die wertvolle Zeit auf einer endlosen Bootsfahrt den Indus aufwärts zu verschwenden, statt mit ihm im Kangantal zu angeln.

»Ich habe Gul Baz gefragt, was du eigentlich getrieben hast, doch aus dem ist weiter nichts rauszukriegen als: ›Der Sahib hat gewiß gute Gründe für sein Verhalten und wird sie selber nennen‹. Also nenne sie endlich, und wenn es keine sehr überzeugenden Gründe sind, bin ich dir sehr böse.«

»Es wird aber eine lange Geschichte«, warnte Ash.

»Wir haben den ganzen Tag Zeit«, versetzte Wally, rollte seine Jacke unter dem Kopf zusammen und streckte sich – ganz Ohr – im Schatten aus.

Wally ins Bild zu setzen, dauerte länger, als Zarin aufzuklären, denn Zarin kannte Kairi-Bai. Ash konnte daher vieles als bekannt voraussetzen, was ihre gemeinsamen Jugendjahre und Julis kindliche Anhänglichkeit an den Knaben Ashok betraf. Wally aber wußte bislang von einer Kairi-Bai nichts, denn Ash hatte sie ihm gegenüber ebensowenig erwähnt wie den Umstand, daß das Fürstentum Karidkote, dessen Prinzessinnen er hatte nach Bhithor geleiten müssen, sein altes Gulkote war. Also mußte er weiter ausholen. Wally blieb keine zwei Minuten liegen, sondern setzte sich auf und machte große Augen.

Zarin hatte sich das alles angehört, ohne eine Miene zu verziehen; Wally war da ganz anders, er verstand sich nicht darauf, ein steinernes Gesicht zu machen. Seine Miene verriet seine Gefühle so deutlich, als stünden sie in Großbuchstaben darauf geschrieben, und als Ash ihn beobachtete, merkte er, daß er sich geirrt hatte in der Überzeugung, Wally sei unverändert der Alte.

Der alte Wally wäre hingerissen gewesen, sein Mitgefühl hätte ungeteilt Ash und der süßen kleinen Prinzessin aus Gulkote gegolten, die, wie die Prinzessin im Märchen, unter der bösen Stiefmutter und der eifersüchtigen Halbschwester leiden mußte. Der neue Wally aber hatte andere Wertvorstellungen entwickelt und manches Kindische abgelegt. Auch galt seine Liebe, wie Ash richtig beobachtet hatte, ausschließlich dem Regiment.

Die Kundschafter waren seine Heimat, er kannte nichts als sie und glaubte allen Ernstes, die Angehörigen seiner eigenen Schwadron seien die Crème der indischen Armee und Männer wie Wigram Battye und der indische Major Prem Singh das Salz der Erde. Mit ihnen war er im Gefecht gewesen, hatte die wilde Freude des Kampfes kennengelernt, Männer fallen gesehen, und zwar nicht irgendwelche anonymen Soldaten, die in den kurzen amtlichen Berichten als »Zwei eigene Gefallene und fünf Verwundete« erschienen, sondern solche, die er gut gekannt, mit denen er gelacht und gescherzt hatte und deren nähere Lebensumstände ihm vertraut waren.

Es wäre ihm nicht im Traum eingefallen, die Bräuche und Überzeugungen dieser Männer zu mißachten, etwas zu tun, was dem Regiment, in dem zu dienen er die Ehre hatte, Schande brachte – da hätte er auch gleich mit der Kasinokasse durchgehen oder beim Kartenspiel betrügen können. Und eben weil er sein Herz ganz und gar an das Regiment gehängt hatte, konnte er sich nichts Schlimmeres vorstellen, als daraus verstoßen oder aus dem Grenzgebiet verwiesen zu werden. Falls Ash aber wirklich eine Hinduwitwe geheiratet hatte, dann stand ihm genau dies bevor und zwar unweigerlich und in kürzester Frist.

»Nun?« fragte Ash, als Wally schwieg, nachdem er zu Ende war, »willst du mir nicht gratulieren?«

Wally wurde rot wie ein junges Mädchen und sagte hastig: »Selbstverständlich wünsche ich dir Glück, nur...« Er wußte nicht weiter und gab den Versuch auf.

»Nur hat es dir die Sprache verschlagen, wie?« fragte Ash, und sein Ton enthielt eine gewisse Schärfe.

»Ja, was hast du denn erwartet?« fragte Wally in der Absicht, sich zu rechtfertigen. »Du mußt zugeben, es ist ein starkes Stück. Schließlich war mir bislang unbekannt, daß die Damen, die du da nach Bhithor geleitet hast, aus Gulkote stammten, denn du hast es nie erwähnt, und ich kam nicht auf die Idee... wie sollte ich? Selbstverständlich wünsche ich dir Glück, das weißt du. Doch... doch du bist längst keine Dreißig und weißt, daß du ohne Erlaubnis des Kommandeurs nicht heiraten darfst und –«

»Ich habe aber geheiratet«, versetzte Ash gelassen. »Ich *bin* verheiratet, Wally. Daran kann niemand mehr etwas ändern. Du brauchst dir aber keine Sorgen zu machen, ich gebe die Kundschafter darum nicht auf. Oder hast du das erwartet?«

»Aber wenn es bekannt wird –«

»Es wird nicht.« Ash erklärte, was er beabsichtigte.

»Gott sei Dank«, seufzte Wally ergeben, als er alles gehört hatte. »Wie konntest du mich nur so erschrecken?«

»Du bist ebenso schlimm wie Zarin. Der läßt sich zwar nichts anmerken, doch ist mir klar, es hat ihn schwer getroffen, daß ich eine Hindu geheiratet habe, obschon er Juli von Kind auf kennt. Allerdings muß ich zugeben, ich habe dich für vorurteilsfreier gehalten.«

»Was denn, mich? Ich bin schließlich Ire«, versetzte Wally unfroh. »Eine meiner Kusinen wollte mal einen Katholiken heiraten. Du kannst dir nicht vorstellen, was das für einen Krach gegeben hat. Die Protestanten sind schier aus dem Häuschen geraten, es war nur vom Anti-Christ die Rede und von der Römischen Hure, und die andere Seite nannte das unglückliche Mädchen eine Ketzerin und sagte, falls sie Michael heirate, werde er exkommuniziert und auf ewig in der Hölle schmoren. Das waren angeblich lauter erwachsene, gescheite Leute, und jeder einzelne betrachtete sich als einen Christen. Vorurteile! Wer hat denn keine? Wir sind geradezu verseucht damit, allesamt, und wenn dir das neu sein sollte, mußt du mit Scheuklappen geboren sein.«

»Nein, ich kenne nur diese besondere Art von Vorurteil nicht«, sagte Ash nachdenklich, »und jetzt werde ich es mir auch nicht mehr zulegen.«

Wally lachte und sagte, Ash wisse nicht, wie gut er dran sei, und fuhr nach einem Weilchen etwas unsicher und ungewohnt schüchtern fort: »Kannst du sie beschreiben? Ich meine... wie sieht sie aus? Oder besser, was siehst du in ihr? Weshalb ist sie dir so lieb?«

»Ihrer Integrität und ihrer Toleranz wegen – Koda Dad nannte sie einmal eine seltene Blume, aus eben diesen Gründen. Juli urteilt niemals vorschnell und hart, sie sucht zu verstehen, sie respektiert andere Meinungen.«

»Und weiter? Es muß doch noch mehr an ihr sein.«

»Selbstverständlich, obschon mir scheint, das allein sollte bereits reichen. Sie ist...« Ash zögerte, er wußte nicht, wie er ausdrücken sollte, was Anjuli ihm bedeutete und sagte dann gedehnt: »Sie ist meine andere Hälfte. Ohne sie bin ich nicht vollständig. Warum das so ist, ahne ich nicht. Ich weiß nur, es ist so, und auch, daß es nichts gibt, worüber ich mit ihr nicht reden, was ich ihr nicht erzählen könnte. Sie reitet wie eine Amazone, hat unbegrenzten Mut und ist doch zugleich wie – wie ein stiller, schöner Raum, in den man sich vor Aufruhr, Häßlichkeit und Lärm flüchten kann, wo man ausruht, glücklich und ganz zufrieden ist, ein Raum, der immer bereit ist und immer unverändert... das klingt in deinen Ohren womöglich etwas langweilig. Mir ist es das nicht. Doch von meiner Frau erwarte ich keine Stimulierung und keine Aufregung, beides habe ich im Alltag genug, ich sehe um mich her nichts anderes. Ich wünsche mir Liebe und eine Gefährtin, und beides habe ich in Juli gefunden. Sie ist liebevoll, loyal und mutig. Sie ist meine Ruhe und mein Frieden. Kannst du dir darunter etwas vorstellen?«

»Oh ja«, sagte Wally lächelnd, »ich möchte sie gern kennenlernen.«

»Das sollst du auch, wie ich hoffe, noch heute Abend.«

Wally saß mit angezogenen Knien, um die er die Hände geschlungen hatte, ließ jetzt auch das Kinn darauf sinken, starrte vor sich in den blendend weißen Staub des Weges und sagte befriedigt: »Du ahnst nicht, wie ich mich darüber freue, daß du zu uns zurückkommst. Andere übrigens auch. Die Männer sprechen immer noch von dir, sie fragen nach dir, wollen wissen, wann du wiederkommst. Du hast bei ihnen einen Spitznamen: Pelham-Dulkhan nennen sie dich. Wußtest du das? Und wenn wir auf Manöver sind, sprechen sie abends am Lagerfeuer von deinen Tagen in Afghanistan. Ich habe es selber gehört. Und nun kommst du also wirklich – ich kann es kaum fassen.« Er holte tief Atem und ließ die Luft langsam aus den Lungen.

»Bist du wieder mal poetisch gestimmt?« schmunzelte Ash neckend. »Streich mir keinen Honig ums Maul, sondern rede zur Abwechslung mal vernünftig. Ich möchte hören, was da mit Afghanistan im Gange ist.«

Wally schmunzelte zurück, ließ aber nun alles Persönliche beiseite und sprach stattdessen über die afghanische Frage – gescheit und kenntnisreich. Damals war dieses Thema bei den um Peshawar stationierten Truppen sehr aktuell.

Ash war monatelang ohne Neuigkeiten von der Grenze gewesen und hatte in Gujerat kaum etwas von diesen Dingen gehört, denn dort machte man sich um das Treiben des Herrschers über ein wildes, unzugängliches Land im hohen Norden wenig Gedanken. Nun aber fiel ihm wieder ein, was er bei seinem letzten Zusammensein mit Koda Dad von diesem und erst gestern wieder von Zarin gehört hatte, und als er Wally lauschte, wollte ihm scheinen, er habe in einer ganz anderen Welt gelebt...

Seit einigen Jahren befand sich der Emir von Afghanistan, wie er selber sagte, in der beklagenswerten Lage eines »Getreidekorns zwischen zwei Mahlsteinen«, womit er Rußland im Norden und England im Süden meinte, die beide mit gierigen Augen auf sein Land schauten.

Die Engländer hatten bereits den Pandschab sowie das Grenzgebiet jenseits des Indus annektiert, die Russen die uralten Fürstentümer Taschkent, Buchara, Kokand und Chiwa eingesackt. Derzeit wurden russische Truppen an der

Nordgrenze von Afghanistan massiert, und Lord Lytton, der neue englische Vizekönig von Indien, der Verbohrtheit und Unkenntnis mit der Entschlossenheit verband, die Grenzen des Empire zur Höheren Ehre Großbritanniens auszuweiten (womöglich auch zu seiner eigenen?), hatte Anweisung, unverzüglich einen Geschäftsträger in Afghanistan zu installieren. Dem sollte es obliegen, »das dort offenbar vorhandene Widerstreben gegen die Errichtung einer englischen Gesandtschaft« auszuräumen.

Daß der Emir daran nicht interessiert sein und nicht den Wunsch haben könnte, den Gesandten einer fremden Macht in seiner Hauptstadt willkommen zu heißen, kam augenscheinlich niemandem in den Sinn; zumindest hielt man diesen Einwand für unerheblich. Lord Lytton wollte dem Emir klarmachen, daß »die Regierung Ihrer Majestät für ihre Beauftragten ungehindert Zutritt zu den Grenzfestungen und ausreichende Möglichkeiten verlangt, mit dem Emir im Vertrauen alles zu verhandeln, was in der vorgeschlagenen Verlautbarung zum gemeinsamen Interesse beider Länder erklärt wird«. Auch erwarte die englische Regierung, daß ihren »wohlgemeinten Ratschlägen die gehörige Aufmerksamkeit geschenkt« werde, und der Emir selber »muß einsehen lernen, daß er unter Berücksichtigung der besonderen örtlichen Gegebenheiten und der Eigenart der Bevölkerung alle Territorien, die für den Verteidigungsfall auf britische Hilfe angewiesen sind, den Beauftragten der Königin oder sonstigen ihrer Untertanen, die dazu autorisiert sind, zugänglich zu machen hat«.

Fügte er sich diesen demütigenden Bedingungen, durfte Shere Ali hoffen, von englischen Offizieren darüber belehrt zu werden, wie man das militärische Potential nutzt, und im Falle eines Angriffs von dritter Seite versprach man ihm Hilfe, gegebenenfalls in Form von Subsidien, falls der Vizekönig das für nötig hielt.*

Lord Lytton war überzeugt, dem russischen Ausdehnungsdrang könne nur Einhalt geboten werden, indem man Afghanistan unter britischen Einfluß brachte und jenes von Unruhen zerrissene Land dergestalt zu einem Puffer machte, der den englischen Besitzstand in Indien garantierte. Weil der Emir nicht willens war, in seiner Hauptstadt Kabul eine britische Gesandtschaft zu dulden, ließ der Vizekönig ihn wissen, sein Sträuben könne sehr wohl dazu führen, daß er es mit einer »befreundeten Macht« verderbe, die mühelos mit einer ganzen Armee ins Land einfallen könne, »bevor ein einziger russischer Soldat in Kabul eintrifft«, – eine Drohung, die den Emir nur in seiner Überzeugung stärkte, die Engländer wollten ihm sein Land wegnehmen und ihre Grenze bis jenseits des Hindukusch vorschieben.

Auch die Russen drängten dem Emir ihren Gesandten auf, und beide Mächte wollten Beistandsverträge mit ihm schließen, die im Falle eines Angriffs durch die jeweils andere Macht wirksam werden sollten. Shere Ali klagte

* Zu Zeiten der Ostindischen Handelskompanie lautete der Titel Generalgouverneur. Der letzte Gouverneur und erste Vizekönig war Sir John Lawrence.

zu Recht, seine Untertanen würden keine fremden Soldaten in ihrem Lande dulden, einerlei, unter welchem Vorwand sie auch kämen, mit Landfremden hätten sie noch nie was im Sinne gehabt.

Er hätte, ebenfalls zu Recht, anfügen können, die Afghanen seien entschlossen, unabhängig zu bleiben, hätten eine stark ausgeprägte Neigung zu Intrige, Heimtücke und Mord, und eine weitere nationale Besonderheit seines Volkes bestehe in der Abneigung gegen jede Autorität. Der Emir war also dank der Hartnäckigkeit des Vizekönigs in einer wenig beneidenswerten Lage und tat das einzige, was ihm einfiel – er zog die Verhandlungen hin in der Hoffnung, es möchte ihm erspart bleiben, eine ständige britische Gesandtschaft in Kabul hinnehmen zu müssen, was seine stolzen und leicht aufbegehrenden Untertanen ihm sehr übel nehmen würden.

Je mehr der Emir sich sträubte, desto verbohrter bestand der Vizekönig auf seiner Forderung. Für Lord Lytton war Afghanistan ein abgelegener Winkel, bewohnt von Barbaren, und er fand es nicht nur unverschämt, sondern geradezu lachhaft, daß dessen Herrscher Einwände gegen die Etablierung einer ständigen Vertretung der Großmacht England erhob.

Der Erste Minister des Emir, Nur Mohammed, reiste persönlich nach Peshawar, um den Standpunkt seines Herrschers vorzutragen, und er tat dies, obwohl kränklich, alt und zutiefst verbittert darüber, daß sein Fürst derart unter Druck gesetzt wurde, mit der denkbar größten Umsicht. Doch nützte das alles nichts. Der neue Vizekönig ließ sich nicht auf die von seinem Vorgänger gemachten Zusagen festlegen, vielmehr warf er dem Emir vor, sich nicht an die Buchstaben der getroffenen Vereinbarungen zu halten. Als Nur Mohammed auf seinem Standpunkt beharrte, bekam der Unterhändler des Vizekönigs, Sir Neville Chamberlain, einen Wutanfall, er beleidigte den Beauftragten und langjährigen Vertrauten des Emir. Nur Mohammed brach daraufhin enttäuscht die Konferenz ab. Er hatte nichts ausrichten können.

Jede Hoffnung, zu einer akzeptablen Einigung zu kommen, war dahin.

Die englischen Unterhändler machten es sich insofern leicht, als sie die Krankheit des alten Herrn einfach für einen Vorwand zu halten beliebten, der dazu dienen sollte, Zeit zu gewinnen. In Wahrheit war Nur bei seiner Ankunft in Peshawar bereits ein todkranker Mann, und als er dort starb, hieß es in Afghanistan sogleich, er sei von den Engländern vergiftet worden. Der Emir ließ mitteilen, er werde einen neuen Beauftragten entsenden, doch der Vizekönig lehnte weitere Verhandlungen mangels einer gemeinsamen Grundlage ab und schickte den neuen Unterhändler einfach zurück. Er ordnete an, Shere Ali auf weniger offene Weise um seine Herrschaft zu bringen, indem man die Grenzbewohner gegen ihn aufwiegelte.

Ash wußte einiges darüber, denn die Konferenz von Peshawar hatte bereits begonnen, als er nach Gujerat versetzt wurde, und die dort behandelten Themen wurden eingehend in allen englischen Garnisonen, Clubs und Bungalows des nördlichen Pandschab und der Grenzprovinzen erörtert, ganz zu schweigen davon, daß sie das Gesprächsthema der Straße und der Basare waren. Die

Engländer vertraten dabei die Meinung, der Emir, Muster eines hinterlistigen Afghanen, sei im geheimen Einverständnis mit den Russen und darauf aus, ein Bündnis mit dem Zaren zu schließen, das dessen Truppen freien Durchmarsch über den Khaibarpaß gestattete, während die Inder meinten, die englische Regierung bereite auf mindestens ebenso hinterlistige Weise den Sturz des Emir vor, weil es Afghanistan dem Empire einverleiben wolle.

Einmal fern vom Pandschab, stellte Ash dann fest, daß viel weniger von der »russischen Gefahr« die Rede war; als er von Bombay mit dem langsamen Zug die palmenbestandene Küste Richtung Surat und Baroda entlangreiste, sprach kein Mensch davon. Ernsthaft beschäftigen tat dieses Thema niemanden dort, obschon die beiden englischsprachigen Tageszeitungen hin und wieder einen Leitartikel dazu brachten, die Regierung ihrer Untätigkeit wegen tadelten oder auch jene »Panikmacher«, die angeblich unentwegt von Krieg redeten.

In Gujerat, weit vom Schauplatz entfernt und sich allmählich an den trägeren Ablauf des Lebens dort gewöhnend, verlor Ash bald jedes Interesse an dem politischen Zank zwischen den Hohen Herren in Simla und dem unglückseligen Herrscher über das Land Kains, und als er von Zarin erfuhr, daß man die Angelegenheit hier im Norden ernster nahm denn je, ja, ganz offen von einem zweiten afghanischen Kriege sprach, traf ihn das wie ein Schock.

»Es wird aber wohl kaum dazu kommen«, sagte Wally, nicht ohne eine Spur des Bedauerns. »Begreift der Emir, daß die Regierung sein Nein nicht akzeptiert, wird er nachgeben und eine englische Gesandtschaft in Kabul errichten lassen, und damit ist dann alles erledigt. Schade eigentlich – nein, das meine ich selbstverständlich nicht wörtlich so, aber immerhin – die Erstürmung jener Pässe wäre schon eine tolle Sache. Ich möchte endlich mal an einem richtigen Feldzug teilnehmen.«

»Das wirst du schon«, versetzte Ash trocken. »Auch wenn es nicht zum offenen Krieg kommt, werden die Bergstämme sich innerhalb kurzer Zeit rühren, denn ihr schönstes Vergnügen besteht darin, der Regierung eins auszuwischen. Das ist ihr liebster Zeitvertreib, ungefähr wie der Stierkampf für die Spanier. Und der Stier sind wir. Sie langweilen sich im Frieden, und wenn sie ihre Zeit nicht mit Blutrache vertreiben oder ein wildgewordener Mullah den Heiligen Krieg ausruft, schleifen sie den Säbel, schultern die Muskete und Olé! auf geht's.«

Wally lachte, machte dann aber ein ernstes Gesicht und meinte nachdenklich: »Wigram sagt, falls der Emir einer englischen Gesandtschaft in Kabul zustimmt, müsse die von einer Eskorte begleitet sein, die vermutlich unter der Führung von Cavagnari stehen würde, und der wiederum nähme ganz gewiß nur Offiziere der Kundschafter mit. Wer da wohl mitdarf? Ich gäbe alles darum, wenn er mich mitnähme. Stell dir vor – Kabul! Würdest du nicht rasend gern mitkommen?«

»Nein«, sagte Ash, immer noch sehr trockenen Tones. »Einmal hat mir gereicht.«

»Einmal...? Ah, richtig, du warst ja schon dort. Was hat dir denn da so mißfallen?«

»Eine ganze Menge. Die Stadt ist in ihrer Weise sehr reizvoll, und im Frühling ist das Land mit seinen unzähligen blühenden Mandelbäumen wunderschön, denn ringsum auf den Bergen liegt dann noch Schnee. Straßen und Basare aber sind unbeschreiblich schmutzig, die Häuser baufällig und schäbig, nicht umsonst nennt man es das Land Kains. Man spürt die elementare Barbarei dicht unter der Oberfläche, sie kann jeden Moment ausbrechen, so wie Lava in vulkanischem Gelände die dünne Erdkruste durchbricht. Gutmütigkeit und Gewalttätigkeit schlimmster Sorte liegen dort so nahe beieinander wie nirgendwo sonst. Kabul lebt ebensowenig in der Gegenwart wie Bhithor; sie gleichen einander überhaupt in vieler Hinsicht: in beiden ist die Vergangenheit lebendig, die Bewohner hassen alle Landfremden, und in der Mehrzahl sehen sie nicht nur aus wie Meuchelmörder, sondern sind auch welche, wenn man ihr Mißfallen erregt.«

Ash fügte an, seiner Meinung nach sei es weiter nicht merkwürdig, daß ein Land, das angeblich vom ersten Mordbuben der Schöpfungsgeschichte gegründet wurde, als die Heimat von Hinterlist und Gewalttaten gelte, auch nicht, daß dessen Herrscher ganz in der Tradition von Kain stünden und Mord und Brudermord pflegten. Die Geschichte der Emire triefe geradezu von Blut, Väter töteten ihre Söhne, Söhne verschworen sich gegeneinander und gegen die Väter, Onkel entledigten sich der Neffen. »Eine grausige Überlieferung, und wenn es stimmt, daß Gespenster die Seelen jener sind, die gewaltsam zu Tode kamen – vorausgesetzt, es gibt überhaupt welche – dann muß Kabul eine Gespensterstadt sein. Jedenfalls hat man dort stark diesen Eindruck. Ich hoffe, ich sehe es nie wieder.«

»Nun, kommt es zum Krieg, wirst auch du Kabul wiedersehen«, bemerkte Wally, »denn gewiß sind die Kundschafter vornedran.«

»Stimmt – falls es zum Krieg kommt. Doch was mich betrifft...« er beendete diesen Satz mit einem Gähnen, machte es sich im Wurzelwerk des Baumes, gegen den er lehnte, bequem, schloß die Augen vor dem grellen Licht und schlief ein, entspannt und zufrieden, in Wallys Gesellschaft zu sein.

Wally betrachtete ihn lange und bemerkte nun Veränderungen an ihm, die ihm zuvor entgangen waren, auch anderes, was ihm früher nicht aufgefallen war: die Verletzlichkeit, von der das magere, verwegene Gesicht zeugte, den empfindsamen Mund, der so schlecht zu dem festen, von Starrsinn sprechenden Kinn passen wollte, die schwarzen, entschlossen wirkenden Brauen unter einer Stirn, die eher einem Dichter und Träumer als einem Soldaten zu gehören schien. Es war ein mit sich selbst im Kriege liegendes Gesicht, wunderschön geschnitten, doch die Züge ohne rechten Zusammenhalt, und Wally fand, es zeige trotz der tiefen Furchen, und trotz der alten Narbe, daß der Schläfer nicht recht erwachsen sei. Immer noch unterschied er zwischen richtig und falsch, gut und böse, gerecht und ungerecht wie ein Kind, bevor es seine Lektion gelernt hat. Immer noch glaubte er, Veränderungen bewirken zu können...

Wally empfand plötzlich tiefes Mitleid mit dem Freund, der meinte, was »unfair« sei, sei auch böse und müsse geändert werden; der den heuchlerischen Prinzipien, die sowohl im Osten wie im Westen vertreten wurden, hilflos gegenüberstand, weil ihm alle bequemen nationalen Vorurteile fehlten – er war außerstande, die Dinge entweder ganz als Europäer oder ganz als Asiate zu betrachten.

Wie sein Vater Hilary war Ash ein zivilisierter, liberal denkender Mensch, voller Interessen und wachen Geistes. Doch anders als sein Vater fand er sich nicht damit ab, daß der durchschnittliche Geist weder wach noch liberal ist, sondern unduldsam und außer den eigenen, festgefahrenen Ansichten keine anderen gelten lassen will. Er hatte seine Götter, doch waren sie weder christlich noch heidnisch; er war nie jener verwegene, romantische, bewundernswerte Held gewesen, als den Wally ihn früher gesehen hatte, sondern fehlbar wie alle Menschen, und dank seiner ganz regelwidrig verlaufenen Jugendjahre möglicherweise mehr in Gefahr zu irren als andere. Doch war er immer noch Ash, und niemand, nicht einmal Wigram, konnte den Platz in Wallys Herz einnehmen, den er besetzt hielt. Ein Wiedehopf ging ganz in der Nähe nieder und hackte in dem steinharten Boden nach Insekten. Wally sah ihm minutenlang zu, bevor er Ashs Beispiel folgte und einschlief.

Als sie erwachten, stand die Sonne schon tief und überzog die Landschaft mit Schatten. Ash holte Wasser aus dem Bach und bereitete aus den von Gul Baz hinterlassenen Vorräten ein einfaches Mahl. Dabei beschlossen die Freunde, Wally solle die Nacht im Posthaus von Attock verbringen und tags darauf nach Mardan zurückreiten, zuvor aber Anjuli kennenlernen.

Man kam im letzten Tageslicht bei der Begum an und wurde ohne Zeichen von Neugier vom Türsteher empfangen. Er entgegnete auf Ashs Frage, nein, Koda Dad sei nicht eingetroffen. Sein Sohn habe ihn wohl noch rechtzeitig am Aufbruch gehindert. Der Diener nahm sich der Pferde an, und Ash ließ die Begum bitten, ihm und seinem Freunde Hamilton-Sahib einen Besuch bei seiner Frau zu gestatten.

Wäre Anjuli eine Moslem gewesen, hätte die Begum gewiß entsetzt abgelehnt, denn sie fühlte sich bereits als Anjulis mütterliche Beschützerin. Aber Juli war weder eine Moslem noch Jungfrau und ihr sogenannter Gatte nicht nur Christ, sondern auch landfremd, also brauchte man auf die strengen Sitten keine Rücksicht zu nehmen. Wenn Pelham-Sahib bereit war zuzulassen, daß seine Frau mit einem anderen Manne zusammenkam, war das ausschließlich seine eigene Sache. Die Begum ließ also die beiden Männer zu Anjuli führen und ausrichten, falls die drei zu speisen wünschten, könnte das in kürzester Zeit geschehen.

Noch waren die Lampen nicht angezündet, doch die Flechtmatten waren aufgerollt; der hohe, weiß gekalkte Raum, den Anjuli bewohnte, schimmerte hell im letzten Tageslicht. Der Vollmond stieg gerade hinter den stumpfbraunen Hügeln jenseits von Attock herauf.

Anjuli stand am offenen Fenster und schaute in den Garten, in dessen Obstbäumen Vögel sich zur Nacht niederließen; unzählige Fledermäuse kamen aus versteckten Ritzen hervor und begrüßten die Nacht. Sie hörte die Schritte auf der Treppe nicht, denn deren Geräusch ging unter im zänkischen Gekreisch der Vögel. Sie wandte sich erst um, als die Tür des Zimmers geöffnet wurde.

Sie erblickte nur Ash und nicht den Mann, der im dunklen Treppenhaus hinter ihm stand, lief ihm entgegen und warf die Arme um seinen Hals. Und so sah Wally sie denn das erste Mal: Ein hochgewachsenes, schlankes, junges Weib, das ihm mit ausgebreiteten Armen entgegenlief, das Gesicht von Liebesglut erhellt, so daß ihm schien, es werde von einem Licht angestrahlt. Ihr Anblick raubte ihm den Atem, er verlor auf der Stelle sein Herz an sie.

Als er dann später auf der Terrasse der Poststation allein im Dunkeln saß, konnte er sich nicht ins Gedächtnis rufen, wie sie ausgesehen hatte, nur daß er nie ein schöneres Wesen erblickt hatte, eine Märchenprinzessin aus Elfenbein, Gold und Ebenholz. Doch war sie die erste hochgeborene Inderin, die er überhaupt kennenlernte, und er ahnte nichts davon, wieviel Anmut und Liebreiz hinter den Wandschirmen und Gittern der Frauengemächer eifersüchtig vor den Blicken Fremder gehütet wurden.

Nur wenigen Landfremden wurde jemals die Auszeichnung zuteil, solche Frauen kennenzulernen, und diese wenigen waren fast ausschließlich Damen der besten englischen Gesellschaft, die dazu neigten, den Reiz der »Eingeborenen« herabzusetzen. Als Ash ihm Anjuli beschrieb, machte Wally im Stillen Abstriche, denn schließlich hörte er einen Verliebten reden; das Mädchen mochte eine passable Erscheinung sein, jenen teuren Kurtisanen ähneln, die er in den ersten sorglosen Wochen in Rawalpindi durch Ash kennengelernt hatte, – braunhäutige Frauen, die Augen mit schwarzer Farbe umrandet, Betel kauend, die Innenflächen der schmalen Hände mit Henna gefärbt; die geschmeidigen Leiber mit den zierlichen Knochen rochen nach Moschus und Sandelholz, und sie waren in eine fast greifbare Aura von Sexualität gehüllt.

Nichts, was ihm bislang in Indien vor Augen gekommen war, hatte ihn auf den Anblick Anjulis vorbereitet. Er hatte eine zierliche, dunkle, kleine Person erwartet, nicht eine langgliedrige Göttin – Venus-Aphrodite – mit einer Haut, heller als reifer Weizen und Augen, die hinter herrlich langen schwarzen Wimpern schimmerten wie das Wasser in den Tümpeln der Torfmoore von Kerry.

Ihr Anblick rief ihm nicht den Osten, sondern den Norden in den Sinn, und als er sie ansah, mußte er an Schnee denken, an mächtige Kiefern, an den kühlen frischen Wind des Hochgebirges... Ihm fiel eine Zeile aus einem Gedichtband ein, den ihm erst kürzlich eine seiner Tanten geschickt hatte, die ihn abgöttisch liebte – »Und dunkel, wahr und zärtlich ist der Norden...«. Dunkel, wahr und zärtlich, ja, genau das traf es. Alle Heldinnen verkörperten sich in ihr, sie war Eva, Julia, Helena.

Sie wandelt in Schönheit, wie die Nacht
der wolkenlosen Sphären und gestirnten Firmamente;
und was vom Dunkel und vom Glanz das Beste ist,
begegnet sich in ihrem Anblick und in ihren Augen,

deklamierte Wally, berauscht von blinder Seligkeit.*

Er warf Ash nicht mehr vor, blind und unbedacht geheiratet zu haben, denn er selber hätte absolut dasselbe getan, wäre er an Ashs Stelle gewesen. Es dürfte nicht viele Frauen auf der Welt geben, die Anjuli glichen, und wer eine solche fand, wäre ja verrückt, sie aufzugeben, bloß um seine Laufbahn nicht zu gefährden! Und doch...

Wally seufzte, und etwas von der Euphorie der letzten Stunden verrauchte.

Nein, er hätte es wahrscheinlich doch nicht getan, nicht, wenn er Zeit gehabt hätte zu erwägen, welche Auswirkungen das haben mußte, denn die Kundschafter bedeuteten ihm so sehr viel. Auch erträumte er sich kriegerischen Ruhm, seit er denken konnte. Er war damit aufgewachsen, und dieser Wunsch war so stark in ihm verwurzelt, daß die Liebe zu einer Frau – auch nicht zu einer wie Juli – ihn unmöglich verdrängen konnte.

Plötzlich erfüllte ihn tiefe Dankbarkeit gegenüber Ash und Anjuli und auch gegenüber Gott, der ihm erlaubte, jene einzige Frau von Angesicht zu sehen und sie gleichzeitig unerreichbar für ihn machte; indem er sein Herz an sie verlor, hatte er es für immer – oder jedenfalls für lange Zeit – davor bewahrt, an einen trüberen Stern verloren zu gehen, zu heiraten, Ehemann und Hausvater zu werden, den Geschmack am Abenteuer einzubüßen und damit unweigerlich auch einen Teil der Liebe und Begeisterung für seinen Beruf, für sein Regiment und die Männer, die mit ihm darin dienten.

Wenn Ash zu den Kundschaftern zurückkehrte, würde das Leben geradezu vollkommen sein. Die einzige Wolke, die sich am Himmel zeigte, bestand aus jenen drei Wochen, die vergehen mußten, bis Ashs Urlaub zu Ende war. Der Gedanke, noch einmal einundzwanzig Tage zu warten, nachdem er bereits so lange hatte ausharren müssen, schien plötzlich unerträglich. Doch er würde die Wartezeit ertragen, schließlich hatte er seinen Dienst, hatte Wigram (jetzt Adjutant im Range eines Hauptmanns), der ihm helfen würde, die Zeit hinzubringen. Daß Ash ihm erlaubt hatte, Wigram von Anjuli zu erzählen, freute ihn riesig, wenn es ihn auch weiter nicht überraschte, denn alle Welt mochte Wigram gut leiden. Wally brannte darauf, ihm von Ashs Abenteuern zu berichten, von seiner heimlichen Heirat, zumal er jetzt die junge Frau selber kannte und sich mithin befähigt fühlte, das Paar in Schutz zu nehmen und sicher war, auch Wigram dazu zu bringen, die Angelegenheit mit Nachsicht zu betrachten...

Wally stand auf und suchte einen Gegenstand, den er nach einem unaufhör-

* Die Übersetzung von She Walks in Beauty... stammt aus: Lord Byron, A Self Portrait in Letters, Diaries and Poems/Ein Selbstbildnis aus Briefen, Tagebüchern und Gedichten. dtv-zweisprachig. München 1979.
Übersetzung von Angela Uthe-Spencker

lich heulenden Hund werfen konnte. Schließlich schleuderte er zielsicher einen Blumentopf nach ihm und ging dann, eine Hymne summend, zufrieden zu Bett. Unter diesen Umständen ein gutes Zeichen, ersah man doch daraus, daß er nach einem Tag voller Gefühlsaufwallungen zu seinem Normalzustand zurückkehrte.

Als Wally tags darauf den Indus überquerte und die Straße nach Peshawar einschlug, war die Sonne noch nicht aufgegangen; sein Träger Pir Baksh sollte das Gepäck in der Tonga nachführen. Bevor er über den Kabul setzte und nach Risalpur weiterritt, nahm er im Posthaus von Nowshera das Frühstück und gönnte dem Pferd eine Pause. Mardan war in der versengten Landschaft eine wahre Oase. Festung und Exerzierplatz, Wälle und die vertraute Kulisse der Berge von Yusafzai schwankten in der hitzeflimmernden Luft. Draußen in der Ebene gegen Jamalghari zu erhob sich gelegentlich eine Windhose, wirbelte Staub in die Höhe und sank in sich zusammen. In der Garnison regte sich kein Blatt, der Staub der heißen Jahreszeit lag auf Zweigen, Steinen und Grashalmen wie Rauhreif und machte aus Grün und Braun jene Farbe, die Sir Henry Lawrence den Uniformen des von ihm gegründeten Kundschafterkorps in den Tagen vor dem Sepoyaufstand verordnete und die später Khaki genannt wurde.

Wally ging gleich in Wigrams Quartier, doch traf er ihn nicht an. Er war zu einer Besprechung nach Peshawar geritten und wurde erst gegen Abend zurückerwartet. Er kam dann wirklich rechtzeitig zum Abendessen ins Kasino, begleitete Wally in dessen Unterkunft und hörte bis weit nach Mitternacht dem Märchen von Ash und Anjuli-Bai zu.

Ganz augenscheinlich interessierte es ihn sehr. Die Schilderung der Trauung an Bord der ›Morala‹ löste allerdings ein Stirnrunzeln und eine widerwillige Bemerkung aus; von da an hörte er mit zusammengepreßten Lippen und einer tiefen Falte zwischen den Brauen zu. Er unterließ jeden Kommentar, bemerkte nur, ihm falle ein, was der Kommandeur über den Leutnant Pelham-Martyn gesagt habe, als sich die Frage stellte, ob man ihn nach seiner Rückkehr mit den gestohlenen Gewehren vors Kriegsgericht bringen sollte: Der Leutnant sei nicht nur ein ungehorsamer junger Heißsporn, sondern auch ein ausgewachsenes Enfant terrible, spontan bis zum Exzeß und deshalb geneigt, jede Tollheit zu begehen, ohne an die Folgen zu denken; man müsse aber in Betracht ziehen, daß gerade diese Schwäche in Kriegszeiten oft von unschätzbarem Wert sei, vor allem wenn sie, wie in Ashtons Fall, von erheblichem Mut begleitet werde.

Wigram endete nachdenklich: »Er hat wohl recht gehabt damit, und kommt es zum Krieg, was Gott verhüte, dann mögen wir solcher Schwächen dringend bedürfen, einschließlich des Mutes, mit dem sie gepaart sind.«

Er lehnte sich im Sessel zurück, schwieg lange, kaute auf dem Stummel einer längst erkalteten Zigarre und starrte abwesend an die Decke. Schließlich stellte er eine Frage: »Darf man aus alledem schließen, daß Ashton beabsichtigt, den Rest seines Urlaubs in Attock zu verbringen?«

»Ja«, bestätigte Wally. »Er wohnt mit seiner Frau im Hause der Tante von Zarin – ihr gehört der Prachtbau in dem ummauerten Garten etwas abseits der Straße nach Rawalpindi, am jenseitigen Ortsausgang.«

»Hmmm. Ich hätte Lust hinzureiten und die junge Frau kennenzulernen. Das wäre –« Sein Blick fiel auf die Uhr und er sprang auf. »Gütiger Gott, ist es wirklich so spät? Höchste Zeit, daß ich meinen Schönheitsschlaf antrete. Gute Nacht, Wally.«

Er ging in sein Quartier, legte sich aber nicht schlafen, vielmehr ging er in einer leichten Baumwollhose, mit der er seine Uniform vertauscht hatte, auf die Veranda, ließ sich in einen Liegestuhl sinken und gab sich seinen Gedanken hin.

50

Hauptmann Battye blickte, ohne etwas wahrzunehmen, in die stellenweise von Mondlicht erhellte Finsternis und gedachte seines jüngeren Bruders Fred... dachte an Fred, Wally und Ashton Pelham-Martyn, an Hammond und Hughes und Campbell, an Oberst Jenkins, den Kommandeur, die indischen Offiziere Prem Singh und Mahmud Khan, an Duni Chand, den Reiter Dowlat Ram und an hundert andere – Offiziere, Unteroffiziere und Mannschaften der Kundschafter; sie zogen an seinem inneren Auge vorüber wie beim Appell. Wieviele würden mit dem Leben davonkommen, sollte es Krieg mit Afghanistan geben?

Er wußte, daß nach all diesen Jahren die Gerippe der demoralisierten Soldaten des Generals Elphinstone immer noch in den Schluchten moderten, auf dem Rückzug aus Kabul von den rachsüchtigen Bergstämmen in die Falle gelockt und abgeschlachtet wie die Lämmer. Diesmal könnte es Freds Gerippe sein, das dort moderte, Wallys Schädel, den der Wind vor sich her blies, wenn er durch die gespenstischen Schluchten des Gebirges fauchte. Fred und Wally also als vergessene Opfer eines weiteren sinnlosen und nutzlosen Krieges gegen Afghanistan...

Der erste hatte stattgefunden, als keiner von beiden geboren war. Die Afghanen hatten diesen Krieg nicht vergessen. Die Engländer erwähnten ihn selten, und wer sich erinnerte, verdrängte die Erinnerung. Kein Wunder, Rühmenswertes gab es nicht zu berichten.

Als zu Anfang des Jahrhunderts die Ostindische Handelskompanie halb Indien regierte, war ein unbedeutender Jüngling namens Shah Shuja auf den Thron Afghanistans gelangt. Er verlor ihn nach einer selbst für die dortigen Verhältnisse ungewöhnlich kurzen Herrschaft, floh nach Indien, erhielt Asyl von der Regierung und lebte fortan unauffällig als Privatmann dahin, während seine vormaligen Untertanen sich eine Weile in wilden Unruhen austobten. Diese fanden ganz plötzlich ihr Ende, als ein sehr tüchtiger, starker Mann namens Dost Mohammed vom Stamme der Barakzi Ordnung schaffte und sich zum Emir machte.

Die damalige Regierung Indiens mißtraute tüchtigen Männern. Sie argwöhnte, der Emir könnte sich widerborstig zeigen, ja, sich gar mit den Russen verbünden, wenn man ihn nicht mit Samthandschuhen anfaßte. Lord Auckland, der Generalgouverneur und seine Gehilfen, die darüber in der wirklichkeitsfernen Atmosphäre ihrer Amtsstuben in Simla berieten, kamen zu dem Ergebnis, es sei angebracht, sich dieses Herrn zu entledigen – obwohl er ihnen keinerlei Schaden, seinem Lande aber viel Gutes getan hatte –, und an seiner Statt den nun etwas gealterten ehemaligen Emir Shah Shuja auf den Thron zu setzen. Ihre Motive waren einleuchtend: dieser ältliche Niemand, aus Eigeninteresse und Dankbarkeit ganz und gar den Briten hörig, würde jeden Vertrag unterzeichnen, den man ihm in die Feder diktierte.

Der Krieg gegen Afghanistan, den Lord Auckland daraufhin vom Zaune brach, endete zwar mit einem fürchterlichen Debakel für die Engländer, doch die eigentlichen Urheber fuhren recht gut dabei, denn für anfängliche Siege wurden sie mit Orden und Titeln nur so überhäuft, und man konnte sie ihnen hinterher nicht mehr wegnehmen. Die in den Schluchten verfaulenden Leichen blieben allerdings undekoriert, und keine zwei Jahre später war Dost Mohammed Khan neuerlich Emir von Afghanistan.

Wigram dachte: Welch unbeschreibliche Torheit, welch grausige, sinnlose Hinopferung von Menschen. Und das alles ganz umsonst, denn nach kaum vierzig Jahren war eine Handvoll Bürokraten in Simla auf dem besten Wege, dem jetzigen Emir, dem jüngsten Sohn des Dost Mohammed, eine ständige englische Gesandtschaft in Kabul aufzudrängen, mit der Begründung, der Emir selbst habe sich früher einmal damit einverstanden erklärt. Fünf Jahre zuvor ersuchte er, geplagt von drohendem Aufruhr im Innern und geängstigt von der wachsenden Macht Rußlands, den Vizekönig Lord Northbrook um Abschluß eines Beistandspaktes. Damals wies man ihn ab. Verbittert wandte er sich in der gleichen Angelegenheit an die Russen, die ihm schmeichelhafte Angebote in dieser Richtung gemacht hatten. Und nun verlangten diese gleichen Engländer, die ihn abgewiesen hatten, als er sie um Hilfe bat, daß er ihnen erlaubte, eine Gesandtschaft in Kabul zu errichten und unverzüglich aufhöre, mit dem Zaren »zu intrigieren«, und meinten noch dazu, sie hätten ein Recht, dies zu fordern.

Wigram dachte: Ich an ihrer Stelle würde sie zum Teufel schicken, doch war ihm klar, daß man so nicht denken durfte. So kam es zu Kriegen.

Vor Jahren schickten Lord Auckland und seine Freunde Tausende in den Tod, weil sie argwöhnten, der Vater von Shere Ali könnte womöglich ein Bündnis mit den Russen eingehen. War etwa Lord Lytton im Begriff, ein Gleiches zu tun? Und wiederum nur wegen eines unbegründeten Argwohns, der auf Klatsch und Gerüchten fußte und auf verworrenen Berichten bezahlter Zuträger?

Im Laufe der letzten Jahre war Wigram häufig mit Wallys entferntem Verwandten zusammengekommen, jenem Stellvertretenden Commissioner in Peshawar, Major Louis Cavagnari, und bis vor kurzem hatte er ihn fast ebenso hoch geschätzt wie Wally es tat. Einen Mann wie Pierre Louis Napoleon Cavagnari auf einem Posten wie dem seinen zu finden, war ungewöhnlich. Von Wally wußte Wigram, daß der Vater, ein französischer Graf, unter Napoleon gedient hatte, Adjutant von Jerome, König von Westfalen, gewesen war und eine Irin geheiratet hatte, eine Tochter des Dekans Stewart Blacker aus Carrickblacker. Der Major war in Irland aufgewachsen und betrachtete sich als Briten, trotz all seiner romanischen Namen; von Freunden ließ er sich gern Louis nennen, denn dieser Name erschien ihm der am wenigsten fremdländische von seinen drei Vornamen.

Er diente seit zwanzig Jahren in den indischen Grenzländern, hatte sich häufig ausgezeichnet und an nicht weniger als sieben Grenzfeldzügen teilgenommen. Sein Ruf als Bezähmer der Grenzbewohner war beneidenswert, und er sprach die jeweiligen Dialekte wie ein Einheimischer. Dem Äußeren nach hätte man die hohe, bärtige Gestalt eher für einen Professor halten mögen denn für einen Mann der Tat, doch wer ihn kannte, wußte, daß sein Mut an Verwegenheit grenzte. Niemand hatte ihm je Mangel an Kampfgeist vorgeworfen, und er besaß überdies noch weitere vortreffliche Eigenschaften. Allerdings wurden diese, wie bei der Mehrheit seiner Mitmenschen, durch weniger bewundernswerte Mängel aufgewogen, in seinem Fall durch Egozentrik und persönlichen Ehrgeiz, Jähzorn und eine fatale Neigung, die Dinge zu sehen, wie er sie zu sehen wünschte, nicht aber, wie sie wirklich waren.

Wigram Battye war erst kürzlich auf diese Mängel aufmerksam geworden. Allerdings hatte er Cavagnari bis dahin nur in Aktion gesehen. Daß das Unternehmen gegen Sipri – der Eilmarsch durch die Nacht und der Überraschungsangriff bei Tagesanbruch – Erfolg gehabt hatte, war einzig und allein auf die einfallsreiche Planung und die minutiöse Organisation Cavagnaris zurückzuführen, und dies, samt einigen anderen ähnlichen Unternehmen, flößte Wigram die größte Hochachtung für die Befähigung dieses Mannes ein. Seit neuestem aber war seine vorbehaltlose Bewunderung von Kritik durchsetzt, auch von gewissen Befürchtungen, denn der Stellvertretende Commissioner war ein, wie er selber zugab, bedingungsloser Verfechter der »Vorwärtsstrategie«, deren Vertreter behaupteten, man könne der russischen Bedrohung nur Herr werden, indem man aus Afghanistan ein britisches Protektorat mache und den Union Jack jenseits des Hindukusch aufpflanze.

Dies war auch die Meinung Lord Lyttons, von dem bekannt war, daß er den Rat Cavagnaris in Fragen der Grenzpolitik eher befolgte als den von vorsichtigeren Mitarbeitern. Battye also wurde unbehaglich zumute, als er Cavagnari kürzlich in Peshawar im Kasino laut verkünden hörte: »Falls die Russen in Afghanistan Fuß fassen, werden sie das ganze Land einstecken, wie schon die alten unabhängigen Königreiche Zentralasiens. Ist dies erst einmal geschehen, liegt der Khaibarpaß offen vor ihnen, und nichts kann sie daran hindern, Peshawar zu nehmen und den Pandschab zu besetzen, wie schon Barbur der Tiger vor dreihundert Jahren. Ich habe nichts gegen die Afghanen, sondern nur etwas gegen ihren Emir, der mit dem Zaren intrigiert. Wenn wir ihn nicht daran hindern, wird er ein Feuer entfachen, das nicht nur sein eigenes Land frißt, sondern sich nach Süden ausbreitet, bis ganz Indien in Flammen steht...«

Daß Cavagnari in der ersten Person Singular sprach, hätte Wigram unter anderen Umständen wenig gestört – es war für den Mann durchaus bezeichnend. Doch in diesem Zusammenhang stimmte es ihn besorgt. Er sah den Streit zwischen der Regierung Indiens und dem Emir völlig unpolitisch, ihn interessierten einzig die militärischen Konsequenzen, die ein Krieg mit Afghanistan nach sich ziehen mußte und die Rolle, die sein Regiment dabei zu spielen haben würde. Schließlich war er Berufssoldat. Doch hatte er nebenher auch ein moralisches Gewissen, und die Befürchtung, eine politische Clique, welche die »Vorwärtsstrategie« vertrat, könnte die Regierung ohne die geringste Notwendigkeit in einen zweiten Krieg mit Afghanistan verwickeln, machte ihm Angst, wußte er doch, daß diese Leute keine zutreffende Vorstellung von den Schwierigkeiten hatten, denen eine Invasionstruppe sich gegenübersehen müßte.

Den Krieg gegen Afghanistan im Jahre 1839 hatte er immer schon für moralisch unvertretbar und vollständig überflüssig gehalten, und er sah mit Entsetzen, daß die Geschichte im Begriffe war, sich zu wiederholen. Seiner Meinung nach war es die Pflicht jedes anständigen Menschen, das nach besten Kräften zu verhindern; dazu brauchte man vor allem zutreffende und ungefärbte Informationen über die wahren Absichten des Emir und seines Volkes.

Konnte bewiesen werden, daß der Emir wirklich mit den Russen in der Absicht verhandelte, dem Zaren vertraglich militärische Basen in seinem Lande einzuräumen, hatten die Verfechter der Vorwärtsstrategie recht, und je früher England eingriff, um das zu verhindern, desto besser. Unmöglich durfte man zulassen, daß Rußland die Politik Afghanistans bestimmte und an dessen Grenze zu Indien Truppen massierte. Aber verhielt es sich wirklich so? Wigram argwöhnte, Männer wie Cavagnari, Lord Lytton und andere Säbelrassler auf hohen Posten ließen sich von afghanischen Agenten irreführen, welche den wahren Ehrgeiz dieser Leute genau kannten und nur berichteten, was die Sahibs hören wollten; alles andere verschwiegen sie. Dies konnte aus dem Wunsch herrühren, den Gefallen ihrer Brotgeber zu erregen und mußte nicht unbedingt böse Absicht sein.

Wenn überhaupt jemandem, dürfte Cavagnari dies klar sein, und er würde es – das jedenfalls hoffte Wigram – berücksichtigen. Aber der Vizekönig und seine Berater? Würden die imstande sein zu sehen, daß die Berichte solcher Agenten, weitergereicht durch den Stellvertretenden Commissioner in Peshawar, ein ganz und gar einseitiges Bild gaben? Daß Spione schließlich für ihre Dienste bezahlt werden und auf den Gedanken kommen könnten, sich beliebt zu machen, indem sie haargenau das berichteten, was ihre Arbeitgeber, wie sie wußten, zu hören wünschten? Solche Gedanken plagten Wigram schon eine Weile, und als Wally ihm Ashtons Geschichte erzählte, kam ihm beim Zuhören ein Einfall...

Ashton hatte fast zwei Jahre in Afghanistan verbracht, besaß dort vermutlich Freunde – mindestens in dem Dorf, in dem sein Adoptivvater Koda Dad wohnte. Das ganze Regiment wußte, daß dessen leiblicher Sohn Zarin Khan beileibe nicht der einzige Pathan war, der in Ashton eine Art Blutsbruder sah. Angenommen, es gelänge Ashton, mit Hilfe seiner Freunde ein Nachrichtennetz aufzubauen, das verläßliche Informationen lieferte, die sodann Wigram oder der Kommandeur an Cavagnari weitergaben, der sie, seiner persönlichen Meinung ungeachtet, zuverlässig nach Simla weiterleiten würde? Ashtons Freunde würden »Pelham-Dulkhan« mit Sicherheit die Wahrheit sagen, weil sie wußten, er dachte anders als die übrigen Sahibs, und Ashton wiederum würde alles wahrheitsgemäß wiedergeben, ohne den Versuch zu machen, das Gehörte irgendwelchen Theorien anzupassen, seinen oder fremden. Das war ein Einfall, wert, bedacht zu werden, denn Wigram fand, der Punkt sei erreicht, da man alles und jedes versuchen müsse.

Gedrängt von dem Gefühl, keine Zeit verlieren zu dürfen, machte er einen ersten Versuch schon am folgenden Wochenende; er ritt mit Wally nach Attock und nahm Quartier in der dortigen Poststation. Aus Gründen der Geheimhaltung trafen sie erst bei Dunkelheit ein und erzählten, sie wollten tags darauf zur Jagd gehen. Es kam dann aber alles ganz anders, als Wigram es sich vorgestellt hatte.

Man schickte Wallys Pferdeburschen mit einer kurzen schriftlichen Botschaft für Ash zum Hause der Begum und erhielt beim Abendessen seine Antwort. Wally und Wigram verließen eine Stunde später bei Sternenlicht die Poststation zu einem kleinen Verdauungsspaziergang entlang der Straße nach Rawalpindi, bogen von dort in einen Seitenweg und gelangten an ein Tor in einer hohen Mauer. Dort wurden sie von einem Afridi erwartet, der eine Laterne trug. Wigram, der Ash nie zuvor in diesem Kostüm gesehen hatte, erkannte ihn nicht gleich.

Hauptmann Battye hatte sich genau zurechtgelegt, was er sagen wollte. Er hielt seine Argumente für überzeugend und glaubte, alles bedacht zu haben. Doch hatte er einen Faktor ganz unberücksichtigt gelassen, nämlich Juli Pelham-Martyn, geborene Anjuli-Bai, Prinzessin von Gulkote, denn er fand diese Heirat geschmacklos und übereilt und hatte keine Lust, die Witwe kennenzulernen. Ash hingegen führte seine Gäste durch den Garten zu einem Pavillon zwischen Obstbäumen, ging die Treppe hinauf in den Oberstock und sagte eintretend: »Juli, hier stelle ich dir einen Freund aus meinem Regiment vor, Wigram Battye.« Wigram schüttelte wohl oder übel die Hand einer weiß gekleideten jungen Frau und dachte dabei – wenn auch ohne Emotionen – ganz wie Wally: dies ist die schönste Frau, der ich je begegnet bin.

Er sah, daß sie einen kurzen Blick mit Ash wechselte, und obschon er kein phantasievoller Kopf war, wollte ihm – wie Kaka-ji vor Jahren – scheinen, daß zwischen diesen beiden Menschen unsichtbar ein ständiger Austausch vor sich ging, der jedes Wort, jede Geste oder auch nur ein Lächeln überflüssig machte. Man sah sogleich, daß zwei Menschen wirklich wie ein einziger sein können. Wigram begriff, was Wally gemeint hatte, als er sagte, diese Frau wirke auf ihn »ausruhsam«. Überrascht war er, daß sie so jung und so verletzlich aussah. Dieses schlanke junge Geschöpf in dem weißen ärmellosen Umhang war doch wohl kaum mehr als ein Kind, und er dachte, das Wort Witwe habe ihn irregeführt. Witwen hatten kein Recht, so jung zu sein. Es kam ihm vor, als werde ihm der Teppich unter den Füßen weggezogen, wenn er sich auch nicht erklären konnte, warum er so empfand. Immerhin bleibt festzuhalten, daß der Anblick Julis ihn in einigen seiner vorgefaßten Absichten unsicher machte, ja, er selber fühlte seine Selbstsicherheit bedroht und zweifelte, ob es richtig war, seinen Vorschlag zur Sprache zu bringen.

Es war vielleicht doch allzu naiv anzunehmen, Cavagnari oder andere seiner Art könnten nicht nur ihre Ansichten, sondern auch ihre Politik aufgrund von nichtamtlichen Informationen ändern, die ihren eigenen Auffassungen zuwiderliefen. Er, Wigram, überschätzte sich womöglich, wenn er annahm, Cavagnari, der Vizekönig und ähnlich hohe Bürokraten in Simla wüßten nicht, was sie taten und brauchten dringend Rat und Hilfe eines aufdringlichen Laien wie er einer war. Und doch... Ash hatte ihm eine Frage gestellt, und er sah an dessen Stirnrunzeln, daß er sich mit seiner Antwort als unaufmerksam verraten hatte.

Er errötete, entschuldigte sich etwas verwirrt und sprach an seine Gastgeberin gewendet: »Ich bitte um Verzeihung, Mrs. Pelham-Martyn. Ich war mit meinen Gedanken woanders. Das ist unentschuldbar, und ich kann nur hoffen, Sie vergeben mir mein schlechtes Benehmen. Ich kam her, um Ihrem Mann einen Vorschlag zu machen und war in Gedanken ganz damit beschäftigt...«

Anjuli betrachtete ihn ernst und prüfend und sagte höflich: »Ich verstehe. Sie möchten gern allein mit meinem Mann sprechen.«

»Nur mit Ihrer gütigen Erlaubnis.«

Sie gönnte ihm ein kurzes, zauberhaftes Lächeln, stand auf, grüßte mit zusammengelegten Handflächen, erinnerte sich aber, daß Ash ihr gesagt hatte, unter Engländern sei das nicht üblich, streckte ihm daher lachend die Hand hin und sagte langsam und mit guter Betonung auf englisch: »Gute Nacht, Captain Battye.«

Wigram nahm die Hand und beugte sich zum Kuß darüber, eine Geste, die ihm ebenso unvertraut war wie ihr der Handschlag; er überraschte sich damit selber mehr noch als Ash und Wally. Als er sich aufrichtete und in ihre Augen blickte, die fast auf der gleichen Höhe waren wie seine eigenen, sah er die goldenen Flecken, ganz wie Wally gesagt hatte – es sei denn, die durchbrochene Bronzelampe, die von der Decke hing und den Raum mit sterngleichen Lichtpunkten erhellte, spiegelte sich darin. Er konnte das aber nicht mehr ausfindig machen, denn Anjuli reichte nun Wally die Hand und ging dann. Als er ihr nachsah, hatte er den sonderbaren Eindruck, als nehme sie das Licht mit aus dem Raum.

Immerhin, er sah sie mit Erleichterung gehen, denn in ihrer Anwesenheit hätte er nicht gewagt, offen zu sprechen, und er hatte weder Zeit noch Lust, auf weibliche Empfindsamkeiten Rücksicht zu nehmen. Als ihre Schritte unhörbar wurden, seufzte Wally und Ash fragte: »Nun?«

Wigram sagte gedehnt: »Sie ist sehr schön... und sehr jung.«

»Einundzwanzig«, klärte Ash ihn lakonisch auf. »Ich meinte aber nicht: Nun, was halten Sie von ihr, sondern: Was haben Sie mir vorzuschlagen?«

Wigram zog eine Grimasse und sagte, jetzt, da er mit der Sprache heraus müsse, sei er nicht mehr sicher, ob es angebracht sei, ihm Vorschläge zu machen. »Ich fürchte nämlich, Sie lachen mich aus.«

Ash tat dann aber alles andere als das. Er wußte eine Menge über den ersten afghanischen Krieg und hatte in Gujerat Sir John Kayes Buch über diesen Feldzug mehrmals gelesen. Die Nutzlosigkeit, Ungerechtigkeit und Tragik jenes mißglückten Versuches, die Macht der Ostindischen Handelskompanie auszudehnen, hatten ihn ebenso zornig gemacht wie seinen Vater dreißig Jahre zuvor.

Daß sich Ähnliches wiederholen könnte, mochte er nicht glauben, auch nicht, als er von Koda Dad in diesem Sinne gewarnt wurde. Kein vernünftiger Mensch durfte etwas Derartiges ins Auge fassen, schon gar nicht jemand, der die Grenze kannte, Erfahrung mit der Kampfmoral der Bergstämme besaß und das weglose Terrain gesehen hatte, in dem man würde kämpfen müssen. Jeder Offizier der Grenztruppe wußte nur zu gut, welche Mühe die Versorgung einer modern ausgerüsteten Armee in einem Lande machte, dessen Bewohner jede Kuppe, jede Schlucht, jeden Felsblock nutzen würden, den Feind durch Scharfschützen aufzuhalten. Überdies war das Land so wenig fruchtbar, daß die Bewohner selber nur unter günstigen Wetterbedingungen genügend Nahrung für sich fanden; es war also nicht daran zu denken, ein Invasionsheer aus örtlichen Vorräten zu versorgen, ganz zu schweigen von dem Troß, von den Reit- und Zugtieren, die ja schließlich auch fressen wollten. Im übrigen, so meinte Ash, könne man zwar von den Bürokraten in Simla keine Einsicht erwarten, doch die Generäle müßten die Lektion des afghanischen Krieges wohl gelernt haben.

Als er Wigram zuhörte, wurde ihm allerdings klar, daß die Lektion, falls jemals erlernt, längst vergessen war, und daß jene, die auf eine Wiederholung drängten, alles taten, um die Erinnerung einzuschläfern – sie richteten die Bühnenscheinwerfer ausschließlich auf den Russischen Soldaten in der Pelzmütze, der in den Kulissen auf seinen Auftritt wartete. Ash dachte jedoch wie Wigram: »Stimmt es, daß Shere Ali die Russen ins Land lassen will, müssen wir eingreifen, denn was die Russen in die Finger kriegen, lassen sie nicht mehr los, und als nächstes ist dann Indien dran.«

Der Gedanke machte ihn schaudern: Indien Teil des sich immer mehr ausbreitenden Zarenreiches, Städte und Dörfer unter der Verwaltung von Starosten und Isprawniki, russische Provinzgouverneure, russische Truppen in sämtlichen Garnisonen von Peshawar bis Kap Comorin, die großen Seehäfen von Karatschi, Bombay, Madras und Kalkutta beherrscht von russischen Kanonen. Doch kannte er die Afghanen besser als Leute wie Cavagnari, und er glaubte deshalb nicht an die Gefahren, die dieser und sein Anhang von Kriegstreibern an die Wand malten.

So sagte er denn nachdenklich: »Irgendwo las ich einmal, daß Heinrich I.

von Frankreich gesagt hat, wer mit einem großen Heer nach Spanien einfällt, wird dort Hungers sterben, und wer es mit kleineren Truppenteilen versucht, wird von der Bevölkerung niedergemetzelt. Das gleiche gilt für Afghanistan. Eine Invasion in großem Stil ist Wahnwitz, und die Russen werden es nicht versuchen, es sei denn, sie kämen mit der Erlaubnis des Emir und unter Duldung durch die Einheimischen ins Land. Cavagnari kennt das Land auch nicht so gut, wie er vorgibt, wenn er allen Ernstes glauben sollte, die sogenannten Untertanen des Emir würden russische Garnisonen im Lande widerspruchslos hinnehmen. So zahm sind die nicht. Man mag sie zu Recht für mordlustige Raufbolde mit einem angeborenen Hang zur Heimtücke halten, aber an Mut fehlt es ihnen gewiß nicht. Niemand wird sie auf die Dauer zu etwas zwingen können, was sie nicht wollen. Und unter der Diktatur von Landfremden wollen sie nun mal ganz bestimmt nicht leben – egal, woher die stammen. Deshalb halte ich das ganze Gerede von der russischen Gefahr für falschen Alarm.«

»Ganz recht«, stimmte Wigram zu. »Aber eben davor habe ich Angst. Ich hoffe, ich habe Unrecht, doch schwant mir, daß diese fanatischen Vorwärtsstrategen genau wissen, was die Russen treiben, daß die nicht mehr tun, als Fühler ausstrecken, den Zeh ins Wasser stecken sozusagen, um mal zu sehen, wie kalt es ist, und daß unsere Oberen gleichwohl entschlossen sind, Afghanistan in einen Pufferstaat zu verwandeln, angeblich, um Indien zu schützen. Daß sie die Russen als eine Art trojanisches Pferd vorschieben, hinter dem sie sich verstecken. Stimmt es allerdings, daß der Emir mit dem Gedanken umgeht, einen Vertrag mit den Russen zu schließen –« dieser Satz wurde nicht zu Ende gesprochen, denn nun mischte Wally sich ein, der nicht wahrhaben wollte, daß sein neuester Held sich in einer so wichtigen Sache irren, überhaupt in irgendwelchen, die Stämme Afghanistans betreffenden Dingen eine falsche Meinung vertreten könnte. Er behauptete, niemand in ganz Indien, kein Europäer jedenfalls, kenne Afghanistan annähernd so gut wie Cavagnari.

Wigram bemerkte trocken, im Jahre 1838 hätten gewiß ebensoviele Leute dies von Macnaghten behauptet, was aber nicht verhinderte, daß die Afghanen ihn drei Jahre später ermordeten. Nicht nur ging der Versuch, ihnen jenen Shah Shuja als Herrscher aufzudrängen, großenteils auf seine Rechnung, ihm war es auch zu danken, daß die Frauen, Kinder und indischen Diener der Besatzungsmacht sich der Truppe anschlossen und auf dem Rückzug zu Tausenden niedergemetzelt wurden. Wally kannte die Literatur ebenfalls und mußte mithin zunächst einmal den Mund halten und zuhören, wie Wigram und Ash erörterten, ob es möglich sei, ausfindig zu machen, was tatsächlich in Kabul geschehe, ob es wirklich eine russische Gefahr gab oder ob die Vorwärtsstrategen diese zur Irreführung des Parlaments benutzten, um Mittel für einen weiteren Angriffskrieg bewilligt zu bekommen.

»Einmal angenommen, wir erhalten zutreffende Informationen«, fragte Ash etwa zehn Minuten später, »wer garantiert uns, daß sie auch richtig bewertet werden, noch dazu von Leuten, die sie nicht glauben wollen?«

»Niemand«, erwiderte Wigram. »Wenn Sie allerdings auch Cavagnari meinen, darf man darauf vertrauen, daß er solche Informationen jedenfalls nicht zurückhält. Da bin ich ganz sicher. Selbstverständlich hat er seine eigenen Zuträger. Die Kundschafter haben ja auch welche, denn in der Gründungsakte des Korps steht ausdrücklich, wir sollen ›Männer beschäftigen, die imstande sind, zuverlässige Informationen über alle Vorgänge diesseits und jenseits der Grenze zu liefern‹. Und Cavagnari als Stellvertretender Commissioner in Peshawar beschäftigt vermutlich ebenfalls eine ganze Menge. Ich wette aber, was Sie wollen, daß jeder politisch relevante Bericht, den er bekommt, – sagen wir alles, was die Beziehungen des Emir zu den Russen betrifft –, unverzüglich nach Simla weitergeht. Das würde auch für alle Informationen, die wir ihm liefern, gelten, einerlei, ob sie im Widerspruch zu seinen Theorien stehen oder nicht. Mindestens muß man es versuchen. Man kann nicht dabeisitzen und Däumchen drehen, wenn man einen Passagierdampfer auf ein Riff zusteuern sieht. Man muß den Kapitän warnen – sei es durch Raketen oder Warnschüsse und bliese man bloß eine Kindertrompete.«

»Richtig«, sagte Ash nachdenklich, »man muß etwas unternehmen, auch wenn die Aussichten, etwas zu bewirken, gleich Null sind.«

Wigram war ungemein erleichtert. »Das finde ich auch, Sie sprechen mir aus der Seele.« Er lehnte sich im Sessel zurück und sagte schmunzelnd: »Ich weiß noch, daß wir Sie immer mit Ihrer Angewohnheit neckten, dies oder jenes für ›gerecht‹ oder ›ungerecht‹ zu erklären. Das war ganz zu Anfang, als Sie neu beim Regiment waren. Was mich angeht, so habe ich nichts dagegen einzuwenden, an einem Kriege teilzunehmen, schließlich ist das mein Beruf. Ich möchte aber wissen, ob es ein gerechter Krieg ist, mindestens einer, der unvermeidlich ist. Und diesen kann man vermeiden, es ist noch nicht zu spät.«

Ash blieb die Antwort darauf schuldig, und Wigram beobachtete, daß er zwar den Blick auf den dunklen Bogen gerichtet hielt, durch den seine Frau gegangen war, daß er aber den abwesenden Blick eines Menschen hatte, dessen Gedanken weit weg sind. Und wirklich hörte Ash wie schon in Laljis Audienzsaal in Gulkote und dann wieder in jenem Grabmal von Bhithor die Stimme, die dem Vierjährigen einschärfte, nichts sei schlimmer als Ungerechtigkeit und man müsse sie immer und überall bekämpfen – »auch wenn du weißt, es ist vergeblich«.

Wigram, der Ash längst nicht so gut kannte wie Wally, bemerkte nur seine innere Abwesenheit. Wally aber erkannte in dem reglosen Gesicht etwas, das ihm Angst machte – die Andeutung einer tiefen Verzweiflung, den trüben Ausdruck eines Menschen, der sich gezwungen sieht, einen Entschluß zu fassen, der ihm zuwider ist. Beim Hinsehen kam ihm ein Vorgefühl von Unglück – es war wohl sein irisches Erbteil, das sich in ihm rührte – und zwar so stark, daß er den Arm hob, wie um es abzuwehren. Im gleichen Moment hörte er Ash auch schon sagen: »Ich werde wohl selber Nachforschungen anstellen müssen.«

Wigram suchte ihm das auszureden, Wally natürlich auch. Am Ende mußten beide zugeben, daß er recht hatte. Man würde einem Offizier der Kundschafter mehr Glauben schenken als einem Afghanen, der nicht nur ein bezahlter Zuträger war, sondern wegen spezieller Interessen seines Stammes auf die Zentralregierung in Kabul nicht gut zu sprechen sein und in Versuchung kommen mochte, Informationen, die er jenseits der Grenze sammelte, nur in überarbeiteter Fassung abzuliefern. Auch ging es jetzt nicht mehr darum, ausfindig zu machen, welcher aufständische Stamm oder welcher illoyale Mullah einen Einfall nach Britisch-Indien plante oder die Gläubigen dazu aufrufen wollte, ein paar Ungläubige abzuschlachten, sondern ob ein Herrscher des Landes mit den Russen insgeheim verhandelte, und falls dies zutraf, wie weit er sich bereits mit ihnen eingelassen hatte. Wollte er wirklich eine russische Gesandtschaft in Kabul etablieren lassen und ein Bündnis mit dem Zaren schließen und würde sein Volk dies hinnehmen?

Verläßliche Antworten auf diese Fragen mußten für die Unterhändler in Peshawar und Simla und für das Kabinett in London von unschätzbarem Wert sein, denn sie konnten je nachdem über Krieg oder Frieden entscheiden, anders ausgedrückt, über Leben oder Tod Tausender Menschen. Und Ash wies mit Recht darauf hin, daß die Gründungsakte des Kundschafterkorps keinem seiner Offiziere untersagte, »innerhalb und außerhalb der Grenzen verläßliche Informationen zu beschaffen«. »Im übrigen kenne ich das Land, ich habe lange genug dort gelebt, also ist die Gefahr nicht allzu groß«, sagte Ash.

»Red doch keinen Unfug!« fauchte Wally ihn an. »Wir sind schließlich keine Ochsen! Letztes Mal warst du nicht allein, aber diesmal geht keiner mit dir, das heißt, wenn du erschöpft bist, krank oder verwundet, kannst du nicht auf Hilfe rechnen. Du bist ein einsamer Wolf, und allein als solcher bereits verdächtig. Du machst mich richtig krank – jawohl! Ihr alle beide macht mich krank! Ich wollte, ich könnte dich begleiten. Bei Gott, das ist die Wahrheit. Wann willst du los?«

»Sobald Wigram beim Kommandeur die Erlaubnis für mich erwirkt. Die brauche ich, und wer weiß, ob er sie erteilt.«

»Oh ja«, versicherte Wigram. »Der macht sich ebenso große Sorgen wie ich – und die halbe Grenztruppe auch, nebenbei gesagt. Falls die Bürokraten in Simla den Stock beim falschen Ende packen und damit im Hornissennest herumstochern, sind wir es, die gestochen werden. Vielleicht muß ich ihm ein bißchen zureden, doch Sie werden sehen, am Ende ist er sehr einverstanden. Und Cavagnari auch, mehr noch sogar, denn genau so etwas hat den größten Reiz für ihn.«

Mit beidem hatte Wigram recht.

Den Kommandeur konnte er überreden, und der Stellvertretende Commissioner war geradezu begeistert von dem Vorschlag. Er hatte einen starken Hang zum Dramatischen, und was Wigram ihm von Leutnant Pelham-Martyn berichtete, faszinierte ihn förmlich. »Wenn er aber mein Informant sein soll, muß ich ihn sprechen, bevor er losgeht. Es ist besser, er berichtet direkt dem einzigen Agenten, den ich nach Peshawar kommen lasse, als an das Regiment, wo alles zum Kommandeur geht und dann erst zu mir. So können wir es nicht machen. Je weniger Leute eingeweiht sind, desto besser; das geschieht um seiner eigenen Sicherheit willen und um zu vermeiden, daß ein Wirrwarr entsteht. Das werden Sie ihm und Ihrem Kommandanten, wie ich hoffe, klarmachen können. Geteilte Autorität führt immer zum Chaos, und weil die infragestehenden Informationen auf Regimentsebene nicht auszuwerten sind, soll der junge Mensch mir direkt unterstellt werden. Sie sagen, er ist noch auf Urlaub. Ich schlage daher vor, daß er sich überhaupt nicht mehr in Mardan blicken läßt. Es sähe nämlich sonderbar aus, wenn er ein paar Tage dort wieder Dienst täte und gleich darauf verschwände.«

»Ja, Sir, so hatten wir es auch geplant. Er wird direkt von Attock aufbrechen, das war seine eigene Absicht.«

»Höchst vernünftig«, lobte Cavagnari. »Bitte veranlassen Sie, daß ich ihn vorher noch sprechen kann.«

Wigram hielt es für überflüssig zu melden, daß Ash nur unter zwei Voraussetzungen gewillt war, seine Mission in Afghanistan zu übernehmen. Erstens wollte er sich vorher unbedingt mit Koda Dad besprechen und nur gehen, falls der alte Mann seine Absicht guthieß. Zweitens verlangte er, die Kundschafter müßten für Anjuli sorgen als für seine rechtmäßig angetraute Ehefrau und durchsetzen, daß alle Ansprüche erfüllt würden, die sie als seine Witwe stellen durfte, sollte er nicht zurückkommen.

Auf letzteres konnte man sich einigen, auf ersteres zunächst nicht, doch sagte Ash zu Wigram, er werde sich ohnehin Zarin anvertrauen und dessen Vater sei so gut wie sein eigener. »Ich kenne ihn seit meinem sechsten Lebensjahr und schätze niemandes Meinung höher als die seine. Meint er, ich kann etwas Nützliches bewirken, tue ich es. Vergessen Sie aber nicht, er ist Pathan und als solcher afghanischer Untertan. Es kann also sein, daß er einen Spion nicht begünstigen möchte, auch wenn dieser beabsichtigt, einen Krieg zu verhindern. Ich kann das jetzt nicht beurteilen; ich weiß nur: bevor ich zusage, muß ich mit ihm reden.«

Wigram erwiderte achselzuckend: »Auf Ihre Verantwortung. Schließlich geht es um Ihr Leben. Was, glauben Sie, wird er sagen?«

»Vermutlich ist er Ihrer Meinung, Zarin ist es ja auch. Ich habe wenig Hoffnung, daß er mir abrät. Vermutlich verschwende ich bloß meine Zeit und seine dazu, doch wissen muß ich es vorher.«

»... und seinen Segen einholen«, murmelte Wigram gedankenvoll vor sich hin. Es war mehr eine Eingebung, die er nicht laut äußern wollte, doch Ash vernahm die Worte und fragte überrascht:

»Stimmt, aber woher wissen Sie...?«

Wigram machte ein betretenes Gesicht und sagte verlegen: »Es mag heutzutage ja albern klingen, doch mein Vater segnete mich, ehe ich nach Indien ging, und dieser sein Segen hat mich oft getröstet. Vermutlich ist es ein alttestamentlicher Brauch. Damals bedeutete der Segen des Patriarchen noch etwas.«

»Und Esau sagte... segne auch mich, o mein Vater.« Dies war das erste, was

Wally seit geraumer Weile sagte. »Ich hoffe nur, du bekommst seinen Segen, Ash, um unser aller Seelenheil willen.«

Wigram stand auf und sagte, es sei höchste Zeit. Ash möge sich nicht zu lange bei Zarins Vater aufhalten. Er habe so ein dunkles Gefühl, als sei Eile geboten, die Zeit verrinne ihnen unter den Händen. »Wann können Sie aufbrechen – falls der Kommandeur einverstanden ist?«

»Das hängt von Koda Dad ab und von Cavagnari. Den alten Mann will ich morgen oder übermorgen aufsuchen. Reitet ihr beide heute Nacht noch nach Mardan zurück?«

»Beabsichtigt ist es nicht, wir können aber.«

»Dann bestellt Zarin von mir, ich müsse seinen Vater so bald als möglich sprechen und möchte wissen, ob der alte Mann gesund genug ist, mich zu empfangen, denn offenbar geht es ihm nicht gut. Falls ja, wann und wo. Wenn möglich, möchte ich mich in seinem Dorf nicht blicken lassen. Er soll mich nicht hier benachrichtigen; ich werde morgen ab Sonnenuntergang bei dem Banjanbaum am ersten Meilenstein jenseits von Nowshera warten, bis Zarin kommt. Kann sein, er hat Dienst, aber das können Sie wohl regeln.«

Was Koda Dad geraten haben würde, sollte niemand je erfahren, denn der war etwa um die Stunde, als Wigram Battye und Wally sich in Mardan auf den Weg nach Attock machten, schon gestorben. Und weil es damals selbst für diese Jahreszeit ungewöhnlich heiß war, wurde er noch am gleichen Abend bestattet. Als Ash mit Zarin unter dem Banjanbaum an der Straße bei Nowshera zusammentraf, vernahm er, daß Koda Dad Khan, ehemals Oberstallmeister am Hofe des kleinen Fürstentums Gulkote, bereits seit vierundzwanzig Stunden in seinem Grabe lag.

Zwei Tage später ritten der Stellvertretende Commissioner von Peshawar und Hauptmann Battye von den Kundschaftern gemeinsam aus, angeblich, um in der Gegend südöstlich von Peshawar geeignete Plätze für Truppenunterkünfte ausfindig zu machen.

Sie ritten unbegleitet und dies zu einer Tageszeit, da alle vernünftigen Leute ihren Mittagsschlaf halten und die Landschaft menschenleer ist. Indessen trafen sie unterwegs einen einsamen Reiter, einen Afridi, mit dem sie sich eine Weile unterhielten; er rastete im Schatten eines überhängenden Felsens, und es sah fast so aus, als habe er auf sie gewartet.

Anfangs redete beinahe ausschließlich Cavagnari, während Ash sich darauf beschränkte, seine Bedingung zu stellen: Seine Meldungen würden die Wahrheit enthalten, so wie sie sich ihm darstellte, und er verlange, daß sie unretuschiert nach Simla weitergegeben würden, auch wenn sie etwas enthielten, was dort niemand hören wolle. »Wird etwas anderes gewünscht, bleibe ich lieber gleich hier«, schloß Ash. Cavagnari entgegnete etwas ätzend, selbstverständlich solle er keine Scheuklappen tragen, das verstehe sich von selber. Der Kommandeur habe ihn, den Leutnant Pelham-Martyn, für sechs Monate dem

Stellvertretenden Commissioner als Nachrichtenoffizier unterstellt, einerlei, ob während dieser Zeit der Krieg ausbreche oder nicht, doch könne er, Cavagnari, von sich aus die Zusammenarbeit aufkündigen, wann es ihm passe. »In welchem Falle Sie sogleich Ihren Dienst beim Regiment wieder aufnehmen, meinethalben mit einem höheren Dienstgrad, falls Sie wollen, wenn auch nicht mit höherer Löhnung. Schließlich hätten Sie sich das verdient, und dem Ochsen, der da drischt, soll man nicht das Maul verbinden.«

Ash schnitt eine angewiderte Grimasse und sagte, er übernähme diese Aufgabe nicht in der Erwartung, dafür belohnt zu werden, vielmehr sei er der Meinung, es handele sich eben gerade darum, einen Informanten zu gewinnen, der seine Informationen nicht gegen Geld oder sonstigen Lohn liefere. Er beabsichtige nicht, den Söldner zu spielen, doch wenn man in solchen Kategorien denken müsse, dann möge man darin, daß er den Auftrag übernehme, den Dank sehen, den er, wie er glaube, dem Kundschafterkorps schulde. Bislang habe er keine Gelegenheit gehabt, diesen abzustatten.

»Die bietet sich bald genug«, bemerkte Cavagnari anerkennend und ging zu anderen Themen über. Es gab viel zu erörtern, unter anderem mußten Gelder bereitgestellt werden, nicht nur für Ash in Afghanistan, sondern auch für Juli in Attock; auch mußte man eine glaubhafte Begründung dafür finden, daß Leutnant Pelham-Martyn ausgerechnet kurz vor Wiederantritt seines Dienstes zu einem »Lehrgang« nach Süden abkommandiert wurde. Die Besprechung dauerte also recht lange, und erst, als die Schatten fielen, kehrten die beiden Engländer nach Peshawar zurück, während der Afridi auf seinem Pony nach Attock trottete.

Ash hatte also den Rubikon überschritten. Nun mußte er es Anjuli sagen, was er solange wie möglich hinausgeschoben hatte, denn noch hätte ja aus alledem nichts zu werden brauchen; Cavagnari oder der Kommandeur mochten im letzten Moment anderen Sinnes werden, das Unternehmen als unausführbar oder zu gefährlich abblasen, und zuvor hätte Koda Dad ihm abraten können.

Es fiel ihm also schwer, ihr zu eröffnen, was er beabsichtigte, schwerer sogar als erwartet, denn sie drang in ihn, sie mitzunehmen. Ihr Platz, so sagte sie, sei an seiner Seite – einmal, weil er sich in Gefahr begebe, zum anderen, weil ihre Anwesenheit allen Verdacht von ihm lenken werde. »Denn wer vermutet schon, daß ein Spion seine Frau mitnimmt und sich von ihr unterwegs bekochen und pflegen läßt?« Allein die Vorstellung sei lachhaft und ihre Gegenwart schon aus diesem Grunde für ihn von Vorteil. »Schießen lernen tue ich auch, du brauchst es mir nur zu zeigen«, drängte sie weiter.

»Du sprichst aber nicht gut genug Pushtu, mein Herz.«

»Ich lerne es, ich verspreche dir, es zu lernen.«

»Dafür ist keine Zeit, denn ich muß sehr bald aufbrechen. Nähme ich dich mit, ohne daß du imstande bist, dich ungezwungen mit den Weibern des Landes zu unterhalten, werden unvermeidlich Fragen gestellt, und das ist für mich gefährlich und für dich ebenfalls. Du weißt, Larla, könnte ich dich mitnehmen, ich täte es gleich, doch es geht nicht. Ich lasse dir Gul Baz da, und bei der Begum bist du gut aufgehoben. Ich fühle mich sicherer allein.«

Diese letzte Behauptung war es, die sie umstimmte, denn im Herzen wußte sie, er hatte recht damit. Sie hörte auf, ihn zu bedrängen und sagte nur: »Dann soll mein Herz mit dir sein, es gehört dir ohnehin. Bring es mir bald wieder – heil und gesund.«

Ash versicherte, sie brauche seinetwegen keine Angst zu haben. Doch wenn er die Worte auch leichthin aussprechen konnte, sein Körper verriet ihn. Als er sie diese Nacht im Arm hielt, war es anders als sonst. Man merkte ihm an, daß er verzweifelt war und offenbar jeden Moment bis zur Neige kosten wollte, weil es für ihn kein Morgen mehr gab. So umarmt ein Mann seine Liebste vor einem gefährlichen Abenteuer, einer schweren Schlacht, einer langen, gefahrvollen Reise, von der er womöglich nicht wiederkehrt...

Als am folgenden Abend die Hausbewohner schliefen, aber noch ehe der Mond aufging, schlüpfte Ash lautlos durch das Hintertor aus dem Garten von Fatima Begum und wanderte dem Gebirge zu. Keine zwölf Stunden und er war jenseits der Grenze, verschwunden in Afghanistan – spurlos wie ein Kiesel in einem tiefen Teich.

51

Im Sommer 1878 drang die Hungersnot, die im Süden bereits furchtbare Opfer gefordert, nordwärts in den Pandschab vor. Wieder einmal, nun schon im dritten aufeinanderfolgenden Jahr, war der Monsun ausgeblieben, und als es schließlich doch regnete, kam nicht jener anhaltende Dauerregen vom Himmel, dessen das dürstende Land bedurfte, sondern es fielen nur gelegentlich Schauer, die zwar den Staub in Matsch verwandelten, die darunter liegende Erde aber blieb eisenhart.

Nicht nur Mißernte und Kriegsfurcht machten dieses Jahr so schlimm, sondern auch Unruhen und Seuchen, die sich rasch ausbreiteten.

In Hardwar, wo der heilige Ganges in die Ebene eintritt und unzählige Pilger aus ganz Indien zusammenkommen, um in seinen flachen Wassern zu baden, brach während des alljährlichen Festes die Cholera aus und forderte innerhalb von Stunden Tausende Opfer. Rußland griff die Türkei an, und da es im Felde siegreich war, wurden indische Journalisten – stets beeindruckt vom Erfolg und der Demonstration militärischer Macht – dazu verleitet, in den örtlichen Zeitungen flammende Artikel zum Lobe der Sieger zu schreiben. Als die Regierung dies nicht beachtete, forderten sie die indischen Truppen auf, sich mit den Russen zu vereinen und die englische Regierung Indiens wegzufegen; auch ermunterten sie ihre Landsleute offen dazu, englische Offiziere zu ermorden. Das nun gab der Regierung Anlaß, »Die Sicherheit des Landes« für gefährdet zu erklären und die örtlichen Zeitungen per Dekret der Zensur zu unterwerfen. Dieses Dekret bewirkte aber ebensoviel Unruhe wie die aufrührerischen Artikel samt Aufforderung zum Mord, und anstelle des gedruckten Wortes kursierten fortan Gerüchte; zahllose Gerüchte, die niemandem von Nutzen waren, ausgenommen vielleicht jenen, die für einen Krieg gegen Afghanistan eintraten. So etwa hieß es, russische Truppen näherten sich dem Oxus; und die Truppenstärke nahm zu, je weiter die Gerüchte sich verbreiteten. Erst redete man von fünfzigtausend Mann, dann waren es bereits sechzigtausend, schließlich achtzigtausend.

Major Cavagnari meldete nach Simla: »Ich bin aus zuverlässiger Quelle dahingehend informiert, daß die derzeit am Oxus massierten russischen Truppen insgesamt 15 400 Mann zählen, unterteilt in drei Gruppen; zwei davon zählen eintausendsiebenhundert Mann, eine zwölftausend. Ferner hat eine russische Mission unter General Stolietoff mit sechs Offizieren und zweiundzwanzig

Kosaken Ende Mai, schon vor dem Abmarsch der Truppen, Taschkent verlassen. Es heißt, die nächste Umgebung des Emir fürchte, daß der russisch-türkische Krieg zu Feindseligkeiten zwischen Rußland und Großbritannien führen könnte. Der Emir würde bedrängt, sich für eine von beiden Parteien zu entscheiden, doch könne Seine Hoheit zu keinem Entschluß kommen. Ich füge hinzu, mein Informant (der, wie ich betone, ausdrücklich nur seine persönlichen Eindrücke wiedergibt) ist der Meinung, der Emir wolle nach keiner Seite ein Bündnis schließen, weil er möchte, daß sein Land von beiden Mächten unabhängig bleibt. Der Regierungsbeauftragte in Peshawar hat von mir einen ausführlichen vertraulichen Bericht erhalten, den er nach Simla weiterleitet. Dieser Bericht stammt von dem gleichen Informanten und ist angeblich eine genaue Kopie der Bedingungen, welche der russische Geschäftsträger bei seinem Besuch in Kabul im vergangenen Jahr gestellt hat. Selbstverständlich kann ich nicht für die Echtheit garantieren, auch nicht meinen Informanten preisgeben, doch versichere ich, daß ich in seine Zuverlässigkeit das größte Vertrauen setze.«

Das erwähnte Dokument wurde nach Simla weitergeleitet und war von erheblichem Interesse, denn es wurde darin verlangt, der Emir solle russische Niederlassungen in Kabul und an anderen Orten des Landes genehmigen; russische Truppen sollten an »vier geeigneten Plätzen« entlang der Grenzen zu Afghanistan stationiert werden; der russischen Regierung solle erlaubt werden, Straßen zu bauen und durch Telegraphenleitungen Kabul mit Samarkand, Herat und Kandahar zu verbinden; die afghanische Regierung solle ständige Missionen in den Hauptstädten von Rußland und Taschkent einrichten und russischen Truppen den Durchmarsch durch Afghanistan gestatten, »falls es der Regierung Rußlands wünschenswert erscheint, ein Expeditionskorps nach Indien zu entsenden.«

Als Gegenleistung boten die Russen an, die Feinde des Emir als ihre eigenen zu betrachten, sich in die inneren Angelegenheiten seines Landes nicht einzumischen und »das Fortbestehen Afghanistans für alle Zeiten unter der Herrschaft der Erben, Nachfolger oder Beauftragten des Emir« zu garantieren.

Major Cavagnari fügte etwas widerstrebend an, der ungenannte Informant, der die Abschrift besorgt und aus dem Lande geschmuggelt habe, weise eigens darauf hin, daß es sich seiner Kenntnis nach zwar um ein echtes Dokument handele und daß diese Bedingungen tatsächlich so formuliert worden seien, doch lägen keine Beweise dafür vor, daß der Emir Kenntnis davon gehabt habe. Es deute auch nichts darauf hin, daß er die Absicht habe, auf derartige Vorschläge einzugehen. Vielmehr gäbe es reichlich Anhaltspunkte dafür, daß Seine Hoheit die Massierung russischer Truppen entlang der Grenze mit größter Sorge betrachte und höchst aufgebracht darüber sei, daß sich eine russische Mission unaufgefordert auf dem Wege nach Kabul befände.

»Manchmal frage ich mich«, bemerkte der Major grimmig zu Hauptmann Battye, der sich dienstlich in Peshawar aufhielt und ihn fragte, was er von Ash gehört habe, »auf wessen Seite unser Freund eigentlich ist: auf der des Emir oder auf der Englands?«

Wigram lächelte etwas verzerrt und sagte mit einer Andeutung von Vorwurf: »Es geht wohl nicht darum, auf welcher Seite er ist, Sir. Ich meine, er kann nicht anders, als beide Seiten einer jeden Sache sehen, während wir im allgemeinen nur eine sehen – nämlich die unsere. Er ist besessen von einem Ideal – dem der Gerechtigkeit, man könnte fast sagen, es ist eine fixe Idee von ihm. Denkt er, dies oder jenes spreche zugunsten des Emir, käme er nicht auf den Gedanken, es zu verschweigen. Das haben wir Ihnen aber gleich anfangs gesagt, Sir.«

»Weiß ich, weiß ich alles, aber muß er es denn so häufig sagen? Sinn für Gerechtigkeit ist schön und gut. Doch darf man nicht vergessen, daß alles, was er zur Rechtfertigung des Emir vorbringt, nichts ist als Hörensagen. Ich brauche aber handfeste Informationen, keine persönlichen Theorien. Doch wie auch immer, seine Ansichten passen nicht zu den bekannten Fakten. Wir wissen, daß General Stolietoff unterwegs ist nach Kabul, und ich glaube keinen Moment, daß er uneingeladen kommt. Die russische Regierung würde eine solche Gesandtschaft niemals abfertigen, hätte sie nicht allen Grund anzunehmen, daß diese in Kabul willkommen ist; eine Zurückweisung würde man nicht riskieren. Und daraus schließe ich, daß Shere Ali mit ihnen unter einer Decke steckt.«

»Sie glauben also nicht, daß Ashton –«

»Akbar«, verbesserte Cavagnari scharf. »Nicht einmal in einer privaten Unterhaltung darf sein richtiger Name fallen. Das ist gefährlich.«

»Selbstverständlich, Sir. Sie glauben also nicht, daß Akbar recht hat mit der Meinung, der Emir sei erzürnt darüber, daß die Russen eine Mission schikken?«

»Wie will er das so genau wissen? Und noch etwas: Offengestanden stört mich allmählich der Ton seiner Berichte. Sie zeigen eine steigende Tendenz, den Standpunkt des Emir zu teilen, manchmal zweifle ich daran, daß Akbar... nun, sagen wir, verläßlich ist.«

Wigram entgegnete steif: »Falls Sie meinen, Sir, er könne sich als Verräter erweisen, so versichere ich Sie, das ist ausgeschlossen.«

»Nein, nein!« widersprach der Major gereizt. »Ich meine nichts dergleichen. Sie legen mir Worte in den Mund. Nur war ich trotz all Ihrer Warnungen der Meinung, er als Engländer werde das Doppelspiel des Emir durchschauen, nicht aber mildernde Umstände für den Menschen Shere Ali vorbringen – und genau das tut er. Er schickt mir Informationen, teilweise äußerst wertvolle Informationen, doch dann macht er alles zunichte, indem er den Emir in Schutz nimmt und für dessen prekäre Lage zuviel Sympathie aufbringt. Dabei wäre die Lösung so einfach: Shere Ali soll sich endlich mit uns verbünden und aufhören, mit den Russen zu verhandeln. Die derzeitige Spannung rührt nur daher, daß er das erste nicht will und das zweite nicht läßt, und wenn Akbar behauptet, er werde bei seinen Untertanen das Gesicht verlieren, wenn er auf unsere Forderungen eingeht, ja er müsse sogar mit seiner Absetzung rechnen, dann glaube ich das einfach nicht. Erklärt er sich offen für uns, entfällt die Gefahr einer russischen Aggression, denn die Russen wissen dann, daß sie mit uns Krieg führen müßten, griffen sie Afghanistan an. Sie würden ihre Truppen zurücknehmen und der Normalzustand wäre hergestellt.«

»Nur wären dann eben eine englische Gesandtschaft und englische Offiziere in Kabul an Stelle der russischen«, gab Wigram zu bedenken.

Cavagnari runzelte die Stirne und bedachte Hauptmann Battye mit einem langen argwöhnischen Blick, bevor er fragte, ob er das von seinem Freund gehört habe?

»Von Ash – Akbar? Nein«, sagte Wigram. »Ich habe ihn nicht zitiert. Bislang habe ich kein Lebenszeichen von ihm und wußte nicht, ob Sie etwas gehört haben. Ich wußte nicht einmal, ob er noch lebt. Deshalb habe ich mir erlaubt, Sie zu fragen, Sir. Ich höre mit Erleichterung, daß er offenbar rührig ist, nur bedaure ich, daß er sich weniger nützlich erweist, als Sie hofften.«

»Er ist sehr nützlich, in gewisser Weise sogar außerordentlich nützlich. Doch noch nützlicher wäre es, wenn er sich darauf beschränkte mitzuteilen, was in Kabul vorgeht, statt sich mit etwas abzugeben, das man eigentlich nur Gedankenlesen nennen kann. Was uns am meisten interessiert, ist: Wo steckt die russische Gesandtschaft? Hat sie die Grenze zu Afghanistan schon überschritten oder läßt man sie nicht ins Land? Wird der Emir endlich Farbe bekennen, indem er sie ganz offen in Kabul empfängt und sich damit als unser Feind entlarvt? Die Zeit wird es erweisen. Wir wissen aber aus mehreren Quellen, daß Stolietoff samt seiner Begleitung kurz vor dem Ziel seiner Reise ist, und falls Ihr Freund uns informiert, daß man ihn mit offenen Armen aufgenommen hat, wissen wir, woran wir sind. Und er auch, wie ich hoffe. Dann sollten ihm die Augen aufgehen, und er muß einsehen, wie abwegig es ist, den Emir dauernd in Schutz nehmen zu wollen.«

Die Zeit erwies es rascher, als der Major erwartet, denn am gleichen Abend erhielt er die kurze Mitteilung, die russische Gesandtschaft befinde sich in Afghanistan und sei in Kabul öffentlich willkommen geheißen worden. Weiter nichts. Damit war der Würfel gefallen; von diesem Moment an wurde der zweite afghanische Krieg unvermeidlich.

Einzelheiten folgten nach. Es schien, daß der Emir die Gesandtschaft mit allen Ehren empfangen hatte. Man schickte ihr Elefanten entgegen, und auf diesen ritten Stolietoff und seine Offiziere, begleitet von afghanischen Würdenträgern, durch Kabul zum Bala Hissar, jener uralten Festung, in welcher der Palast der Herrscher von Afghanistan steht. Dort erwartete Shere Ali mitsamt seinem Hof die Ankömmlinge. Man brachte sie in der Residenz unter, ebenfalls im Bala Hissar, und stellte ihnen eine starke Wache. Zehn Tage später fand zu Ehren der Gäste eine prachtvolle Parade statt. Die zuversichtliche Voraussage Cavagnaris, sein Informant werde fortan für das Benehmen des Emir keine mildernden Umstände finden, erwies sich allerdings als unzutreffend.

Akbar fand im Gegenteil gleich mehrere. Er gab sogar zu bedenken, daß es dem Emir alle Ehre mache, dem russischen Druck so lange widerstanden zu haben, und was die Parade betreffe, so sehe er darin weniger die Absicht, uneingeladene Gäste zu ehren, als vielmehr sie zu warnen. Es sei dies eine deutliche Demonstration der militärischen Macht gewesen, welche Afghanistan einem jeden Eindringling entgegenzustellen gewillt sei.

»In Kabul glaubt man«, schrieb Akbar, »daß der Emir nicht nur mit dem russischen Gesandten keine Einigung erzielt hat, sondern auf Zeitgewinn aus ist, um zu sehen, was die englische Regierung im Gegenzuge unternehmen wird. Gewiß liegen Ihnen Berichte vor, in denen es heißt, daß er sich bitter darüber beklagt hat, wie beleidigend die englische Regierung ihn behandelt habe. Doch deutet meines Wissens nichts darauf hin, daß er einem neuen Freund gewähren will, was er einem alten Verbündeten verweigert hat, und ich betone noch einmal mit allem Nachdruck, daß alles, was ich in Kabul und anderswo gesehen und gehört habe, mich nur in der Auffassung bestärkt, der Emir sei weder pro-britisch noch pro-russisch, sondern einzig Afghane und bestrebt, seinem Land in schwierigen Zeiten die Unabhängigkeit zu erhalten. Um nur zwei der Schwierigkeiten bei Namen zu nennen: Die Herati Ghilzais haben einen Aufstand begonnen, und sein verbannter Neffe Abdur Rahman, der jetzt bei den Russen Asyl genießt, soll bereit sein, auf alle Bedingungen seiner ›Gastgeber‹ einzugehen, falls man ihn dafür den Thron besteigen läßt.«

Doch Akbar mochte anführen, was er wollte, der Vizekönig und seine Berater waren empört darüber, daß der Emir den russischen Gesandten empfangen hatte, noch dazu mit allen Ehren, während er den Engländern verbot, eine Gesandtschaft in Kabul zu errichten. Diese Beleidigung konnte ein englischer Patriot nicht hinnehmen. Man schrieb dringend nach London, der perfide Shere Ali möge endlich genötigt werden, ohne weitere Umstände eine englische Gesandtschaft in Kabul zu empfangen.

Angesichts der unbestreitbaren Tatsache, daß der Emir einen russischen Gesandten willkommen hieß, stimmte der Außenminister zu, und der Vizekönig wählte sogleich die Leute aus, die der Gesandtschaft angehören sollten. Zum Gesandten wurde der Oberkommandierende der Armee von Madras bestimmt, General Sir Neville Chamberlain, dazu zwei Offiziere – einer davon Major Cavagnari – für »politische Aufgaben«. Ferner ein Adjutant, ein Sekretär und eine Eskorte unter Oberstleutnant Jenkins, der diese aus seinem eigenen Regiment auswählte: Major Stewart, Hauptmann Battye, hundert Reiter und fünfzig Fußsoldaten aus dem Leibregiment der Kundschafter Ihrer Majestät der Königin.

Die Gesandtschaft sollte sich im September auf den Weg nach Kabul machen. Unterdessen aber wurde ein indischer Geschäftsträger des Vizekönigs mit einem Schreiben an den Emir aufbrechen, in welchem dieser vom Eintreffen des britischen Gesandten in Kenntnis gesetzt und aufgefordert wurde, der Mission sicheres Geleit durch sein Land zu gewähren.

Um das Mißvergnügen der Regierung recht augenfällig zu machen, wählte man zum Überbringer dieses Schreibens einen Herrn, den der damalige Generalgouverneur (Vizekönige gab es noch nicht) vierzehn Jahre zuvor zum indischen Gesandten in Kabul bestimmt hatte, der aber von dort abberufen werden mußte, weil er höchstselbst eine Verschwörung gegen Shere Ali anzetteln half.

Es überrascht also nicht, daß der Emir allein durch diesen Umstand nicht besonders freundlich gestimmt war; kam hinzu, daß der plötzliche Tod seines Lieblingssohnes Mir Jan, den er zu seinem Nachfolger ausersehen hatte, ihn zutiefst bekümmerte. Der Geschäftsträger kam also nicht dazu, sein Schreiben zu überreichen und warnte die Regierung Mitte September, der Emir sei übler Laune, seine Minister allerdings stellten immer noch in Aussicht, daß man sich einigen werde. Er selber glaube fest daran, daß man noch verhandeln könne, vorausgesetzt, die englische Gesandtschaft verschiebe ihre Abreise.

Das verstand sich sozusagen von selber, denn Sir Neville Chamberlain war noch nicht in Peshawar angekommen, und als er endlich eintraf, wurde ihm mitgeteilt, der Emir habe zwar noch nichts entschieden, doch Major Cavagnari, der eine Ablehnung der englischen Forderungen erwarte, unterhandele bereits mit den Maliks, dem Ältestenrat der Khaibarstämme in der Absicht, der Gesandtschaft freien Durchzug durch deren Gebiete zu verschaffen. Seine Verhandlungen gingen, anders als die in Kabul, flott voran. Man war sich schon beinahe einig, als der Kommandant der Khaibarfestung Ali Massid, ein gewisser Faiz Mohammed, davon erfuhr und den Maliks befahl, sogleich die Verhandlungen abzubrechen und in ihre Dörfer zurückzukehren.

Weil die Khaibarstämme dem Namen nach Untertanen des Emir und ihre Gebiete – zwischen Peshawar und Ali Massid gelegen – Teile Afghanistans waren, konnte man sie nur auf eine Weise daran hindern, diesem Befehl zu folgen: durch Zahlung jener jährlichen Subsidien, die ihnen bislang der Emir zahlte, und die gestrichen werden würden, sollten sie den Befehl von Faiz Mohammed mißachten.

Doch wußte niemand besser als Major Cavagnari, daß der Emir ein solches Vorgehen als unverzeihlichen Versuch betrachten würde, die Stämme gegen ihren Herrscher aufzuwiegeln, was ihn in der Überzeugung bestärken mußte, die britische Gesandtschaft komme nicht »mit freundlichen, friedlichen Absichten«, sondern sei vielmehr die Vorausabteilung einer Invasionsarmee. Cavagnari brach deshalb die Verhandlungen ab und übergab die Angelegenheit an den Vizekönig, der ihm zustimmte: so lange der Emir sich nicht für oder gegen eine englische Gesandtschaft in Kabul entschieden hatte, mußten offiziöse Unterhandlungen mit den Stämmen ihm einen legitimen Grund zur Klage liefern. Er schlug vor, die Krise herbeizuführen, indem man Gouverneur Faiz Mohammed brieflich darüber informiere, daß die Gesandtschaft sogleich nach Kabul aufbrechen werde und anfrage, ob er bereit sei, sie ungefährdet über den Khaibarpaß zu lassen. Sollte die Antwort unbefriedigend ausfallen, würde Sir Neville Chamberlain mit den Khaibarstämmen verhandeln und sich dann Richtung Ali Massid in Marsch setzen.

Das Schreiben wurde abgesandt, Faiz Mohammed antwortete höflich, es sei unnötig, ihn um Erlaubnis zu bitten, denn falls der Emir einverstanden sei, die

Gesandtschaft in Kabul zu empfangen, drohe dieser keine Gefahr; käme sie allerdings ohne das Einverständnis seiner Hoheit, müsse die Besatzung der Festung sie leider am Durchzug hindern. Er schlage daher vor, die Gesandtschaft möge in Peshawar die Entscheidung des Emir abwarten.

Doch der Geschäftsträger war ebenso wie der Vizekönig am Ende seiner Geduld angelangt; beide redeten sich ein, die Engländer hätten ein Recht darauf, in Afghanistan eine Gesandtschaft zu unterhalten, der Emir dürfe ihnen das nun einfach nicht mehr verweigern.

Der Geschäftsträger telegraphierte nach Simla, die Gesandtschaft breche nach Jamrud auf, zur Grenze der von den Engländern besetzten Gebiete, und Major Cavagnari werde von dort aus mit Oberst Jenkins von den Kundschaftern sowie zwei anderen Offizieren zur Khaibarfestung vordringen und die afghanische Reaktion prüfen. Weigere Faiz Mohammed sich, sie passieren zu lassen, dürfe man das als feindseligen Akt betrachten – so, als sei das Feuer eröffnet worden. Die Gesandtschaft könne sodann nach Peshawar zurückkehren, ohne die Schande auf sich nehmen zu müssen, abgewiesen worden zu sein.

Cavagnari und seine Leute, außer Oberst Jenkins noch Wigram Battye samt sechs Kundschaftern und einigen Stammesältesten der Khaibarstämme, marschierten also pflichtgemäß auf Ali Massid, wo der Kommandant der Festung sie seiner Ankündigung entsprechend ebenso pflichtgemäß zurückwies. Major Cavagnari sei ohne Erlaubnis anwesend, er habe Untertanen des Emir zum aktiven Ungehorsam anzustacheln gesucht, und nur in Anbetracht der alten Freundschaft unterlasse er, Faiz Mohammed es, das Feuer auf ihn zu eröffnen und die englische Regierung für ihr Verhalten zu strafen. Wigram, der Wally die Vorgänge schilderte, schloß: »Dann hat er uns die Hände geschüttelt, wir saßen auf und zogen mit eingekniffenen Schwänzen ab nach Jamrud; so kam es uns jedenfalls vor.«

Wally pfiff mitfühlend durch die Zähne und Wigram nickte. »Ich möchte so etwas nicht gern noch einmal erleben. Der Bursche war selbstverständlich im Recht, da ist kein Zweifel. Und das eben ist das Üble dran. Unsere Regierung hat sich in dieser Sache nicht mit Ruhm bedeckt, und wäre ich ein Afghane, ich hätte mich ebenso verhalten wie dieser Mohammed – ich kann nur hoffen, ich hätte ebensoviel Haltung aufgebracht. Ich wette aber was du willst, daß man nun, nachdem er seine Anweisungen befolgt und der Mission den Durchzug über den Paß ohne Erlaubnis seiner Regierung verweigert hat, behaupten wird, Afghanistan habe unsere Regierung und damit die gesamte Nation auf unerträgliche Weise beleidigt und es bleibe weiter nichts übrig, als den Afghanen den Krieg zu erklären.«

»Meinst du wirklich?« fragte Wally etwas atemlos, sprang auf die Füße wie von einer Feder geschnellt und ging im Zimmer auf und ab, als könnte er nicht mehr stillesitzen. »Irgendwie kann ich das nicht glauben. Ich meine... also an Scharmützel und ähnliche Unternehmungen hat man sich ja gewöhnt, aber ein richtiger Krieg, noch dazu ein so augenfällig ungerechtfertigter, grundloser Krieg – das ist undenkbar! So etwas darf doch nicht passieren. Ash wird bestimmt...« Er machte kehrt und schaute Wigram an. »Hast du Neuigkeiten von ihm?«

»Ich weiß nur, daß er noch Verbindung zu Cavagnari hat und schließe daraus, daß er munter und am Leben ist.«

Wally seufzte und sagte ratlos: »Er hat gesagt, er könnte uns nicht auf dem laufenden halten, das wäre für ihn zu riskant und daß Zarin und seine Frau der gleichen Meinung seien. Wir sind die einzigen, die Bescheid wissen – ausgenommen selbstverständlich Cavagnari und der Kommandeur. Nicht einmal der Bursche, der zwischen ihm und Cavagnari die Verbindung hält, weiß, wer Akbar ist. Allerdings war ich der Meinung, Cavagnari würde dich ins Vertrauen ziehen, denn schließlich stammt der ganze Einfall von dir.«

»Das tut er auch, also hör auf, dir Ashtons wegen Sorgen zu machen.«

»Darf ich seiner Frau Bescheid sagen?«

»Siehst du sie denn gelegentlich?« Das klang nicht allzu erfreut.

»Nein. Ich habe Ash versprochen, ein Auge auf sie zu halten. Wir waren uns aber darüber einig, daß es besser ist, ich besuche sie nicht. Die alte Begum hat was dagegen, sie meint, das gäbe nur Gerede, und damit hat sie vermutlich recht. Ich kann ihr aber jederzeit durch Zarin was bestellen lassen; denn daß der seine Tante besucht, ist allgemein bekannt, er macht das seit Jahren. Ich möchte, daß seine Frau weiß, Ash geht es gut, denn selbstverständlich macht sie sich Sorgen. Daß sie nichts von ihm hört, ist schlimm für sie.«

»Sehr schlimm«, stimmte Wigram zu. »Ja, selbstverständlich sage ich ihr Bescheid. Ich wußte nicht, daß sie immer noch in Attock lebt.«

»Er hat sie bei der Begum gelassen, mitnehmen konnte er sie schließlich nicht. Sie kennt Zarin und dessen Vater von Kind an und fühlt sich wohl darum bei der Tante gut aufgehoben. Soweit ich weiß, lernt sie gerade schießen und vervollkommnet sich in Pushtu, damit sie jederzeit aufbrechen kann, falls Ashton sie zu sich ruft. Ich wünschte...«

Er ließ den Satz unbeendet, und Wigram fragte nach einer Weile neugierig: »Was wünschst du dir, Walter?«

Wally, der gedankenverloren ins Nichts gestiert hatte, nahm sich zusammen, machte eine Bewegung, als schaudere ihn, und sagte leichthin: »Ich wünschte, du würdest aufhören, dich um die hohen Tiere zu kümmern und dauernd beim Regiment bleiben. Mardan ist nicht mehr was es war, seit ihr, Stewart, der Kommandeur und du, am Khaibar seid und Kindermädchen für diese Mission spielt, von der man so viel hört. Aber nach dem Fiasko bei Ali Massid ist es wohl vorbei mit diesen Albernheiten.«

Damit hatte Wally recht. Der Vizekönig löste die Mission auf, nachdem er telegraphisch von deren Mißerfolg erfahren hatte.

Lord Lytton hatte endlich, wonach ihn verlangte: Beweise. Beweise dafür, daß die »russische Gefahr« kein Phantom war, sondern Wirklichkeit, denn schon hatten die Russen einen Gesandten in Kabul und ihre Truppen rückten gegen den Hindukusch vor. Beweise dafür, daß Shere Ali ein heimtückischer Intrigant war, der die ausgestreckte Freundeshand der Briten verächtlich von sich wies und stattdessen die der Moskowiter ergriff, mit denen er vermutlich in diesem Augenblick einen Vertrag schloß, der jenen erlaubte, entlang der afghanisch-indischen Grenze russische Militärbasen zu errichten und ungehindert die Pässe zu überschreiten. Seit General Stolietoff mit seinem Gefolge im Bala Hissar residierte, mußte man auf alles gefaßt sein. Und falls noch jemand daran zweifeln sollte, daß unverzügliches Eingreifen erforderlich war, brauchte er nur daran zu denken, daß Sir Neville Chamberlain und seiner friedlichen Mission eine unerhörte Beleidigung zugefügt worden war, denn nicht nur hatte man ihm verboten, das Territorium des Emir zu betreten, sondern auch gedroht, jeden derartigen Versuch gewaltsam zu unterbinden. So eine Behandlung konnte man sich nicht bieten lassen, und Lord Lytton war denn auch nicht gesonnen, sie hinzunehmen.

Als Antwort auf die moralische Niederlage bei Ali Massid wurde das Kundschafterkorps von Mardan nach Jamrud verlegt, eine uralte Festung der Sikh am äußersten Rande des von den Briten besetzten Gebietes. Zwei Tage nach Auflösung der kurzlebigen Mission erging Befehl, bei Multan Truppen zusammenzuziehen, die die Grenze nach Afghanistan überschreiten und Richtung Kandahar vorgehen sollten. Weitere Regimenter wurden in die vorgeschobene Stellung bei Thal verlegt, wo der Kurram im Bezirk Kohat die Grenze zu Afghanistan bildet. Ein Regiment Sikh und Gebirgsartillerie aus Kohat verstärkten die Garnison von Peshawar, und Major Cavagnari, der wenig Sinn darin sah, erneut mit den Maliks der Khaibarstämme zu verhandeln, dachte sich etwas ganz umwerfend Neues aus, womit er sie auf die Seite der Briten bringen wollte, ohne Zeit mit endlosen Verhandlungen und Feilschen um die Subsidien zu verlieren...

Man wußte, daß Asiaten sich von spektakulären Erfolgen stark beeindrukken lassen, daß sie umgekehrt den Unterlegenen verachten. Nun ging es darum, die bei Ali Massid erlittene Schmach vergessen zu machen und die Bewunderung der Bergstämme für die Macht der Briten zu wecken. Und womit wäre das besser zu erreichen, sagte Louis Cavagnari, als mit einer überraschenden Erstürmung eben jener Festung, deren Kommandeur und Besatzung einer britischen Mission den Übergang über den Khaibarpaß verwehrt hatten? Man würde den Afghanen damit nicht nur eine Lektion erteilen, sondern ihnen deutlich vor Augen führen, wozu die Regierung Indiens imstande war, wenn sie sich nur ein bißchen anstrengte.

Der Vizekönig war von diesem Plan hingerissen und segnete das Unternehmen ab, wenngleich sowohl sein Oberkommandierender als auch General Sir Neville Chamberlain ihn davor warnten: das Risiko sei erheblich größer, als der zu erwartende Nutzen rechtfertige. Man instruierte General Ross, der in Peshawar kommandierte und ebenfalls gegen dieses Vorhaben protestiert hatte, kurzerhand dahingehend, daß Ali Massid genommen werden müsse. Vorgesehen war ein nächtlicher Gewaltmarsch, wie Cavagnari ihn mit so großem Erfolg gegen die Utman Khel angesetzt hatte, gefolgt von einem Überraschungsangriff bei Tagesanbruch, ausgeführt von den Kundschaftern und dem

Ersten Sikh-Regiment unter Oberst Jenkins, unterstützt von tausend britischen und einheimischen Infanteristen der Garnison Peshawar samt drei schweren Geschützen.

Da der Erfolg der Operation von strikter Geheimhaltung und blitzschneller Ausführung abhing, durfte von dem bevorstehenden Angriff nichts durchsikkern. War die Festung gefallen, sollten die Truppen sich zurückziehen, denn die Regierung Indiens beabsichtigte nicht, die Festung zu halten und eine Besatzung hineinzulegen. Es ging hier nicht um Eroberung, sondern darum, durch eine schnelle eindrucksvolle Waffentat zu demonstrieren, daß man die Regierung nicht ungestraft beleidigen durfte. Man wollte zeigen, wozu britische Militärmacht fähig war.

Als Oberst Jenkins dem Kommandeur des Ersten Sikh-Regimentes in seinem Bungalow unter vier Augen die Instruktion bekanntgab, verschlug es diesem die Sprache. »Das ist ja unglaublich«, keuchte er schließlich. »Sie wollen doch nicht im Ernst behaupten, daß wir in Afghanistan einfallen, eine Festung erobern – was durchaus mißlingen kann! – auf der Stelle kehrt machen und nach Peshawar zurückmarschieren, während die Afghanen unsere Toten verstümmeln und die eben erst besetzte Festung wiederum in Besitz nehmen? Na, wenn das nicht Wahnsinn ist! Sind denn in Simla alle verrückt geworden?«

»Ich weiß, ich weiß«, entgegnete Jenkins matt. »Ob nun verrückt oder nicht, wir haben unsere Befehle zu befolgen.«

»Aber... aber... mein Träger weiß immer schon viel früher als ich, wann und wohin das Regiment verlegt wird. In Peshawar wimmelt es von Pathan, bestimmt weiß Faiz Mohammed schon jetzt, daß wir ihn besuchen wollen und bereitet uns einen bleihaltigen Empfang. Überraschungsangriff? Daß ich nicht lache. Man wird uns geradezu mit Ungeduld erwarten, und es wäre kein Wunder, wenn unsere Verluste jeden Nutzen einer solchen Demonstration weit überstiegen. Meinen Sie, der General ist plötzlich übergeschnappt?«

»Dessen Einfall ist es nicht«, sagte Oberst Jenkins, »vielmehr hat Cavagnari sich das ausgedacht. Er meint, auf diese Weise bringen wir die Khaibarstämme schneller und sicherer auf unsere Seite, als wenn wir darangehen, einen Stamm nach dem anderen einzukaufen. Er hat dem Vizekönig eingeredet, daß er sie durch einen raschen spektakulären Sieg mühelos zu uns herüberziehen kann, und auf dem Papier nimmt sich das vielleicht auch ganz gut aus.«

»Dann soll er seine Schlachten gefälligst auch selber auf dem Papier schlagen«, blaffte der Kommandeur der Sikh wütend, worauf Jenkins ihm die Antwort schuldig blieb, denn auch er war entsetzt von diesem Projekt und hoffte inständig, irgendwer könnte den Vizekönig und den Stellvertretenden Commissioner von Peshawar noch zur Vernunft bringen, bevor es zu spät war.

Zum Glück war diese Hoffnung nicht grundlos. Der Oberste Militärberater des Vizekönigs, der von der Sache erst erfuhr, als bereits alle Befehle ergangen waren, erklärte unverblümt, die Aufgabe der einmal eroberten Festung Ali Massid werde an Idiotie nur noch von dem Plan übertroffen, sie überhaupt anzugreifen. Ob diese Intervention allerdings ihren Zweck erreicht hätte, bleibe dahingestellt. Entscheidend war, daß in Simla rechtzeitig ein Telegramm einging, in dem zu lesen stand, die Besatzung der Festung sei erheblich verstärkt worden und zwar auch durch Artillerie.

Mit dieser Information beliefert, blieb dem Vizekönig nichts übrig, als die Operation abzublasen, und Louis Cavagnari, betrogen um die Möglichkeit, durch einen glanzvollen Handstreich den Khaibarstämmen so zu imponieren, daß sie die Front wechselten, machte sich neuerlich mit unerschöpflicher Geduld daran, wenn schon nicht durch Taten, dann doch durch Worte zum Ziel zu kommen und verhandelte mit jedem der Maliks einzeln.

Wenige Menschen verstanden sich besser auf dergleichen; doch erforderte es viel Zeit, zu schmeicheln, zu drohen und zu bestechen, und daß nicht mehr viel Zeit blieb, war ihm durchaus bewußt.

52

Vielen Menschen war in jenem Herbst bewußt, daß die Zeit knapp wurde, darunter nicht zuletzt dem ehemaligen Kommandeur der Kundschafter Sam Browne, eben jenem, der mit Zarins älterem Bruder Awal Shah über die Zukunft des Knaben Ashton beraten und beschlossen hatte, William Ashtons Neffen unter der Obhut von Oberst Anderson nach England zu schicken.

Sam Browne, nunmehr Generalleutnant Sir »Sam« und seit neuestem Kommandeur der Ersten Division in Peshawar, gehörte nicht zu den Befürwortern von Cavagnaris geplantem Handstreich gegen Ali Massid, doch war ihm klar, daß die Festung, sollte der Krieg ausbrechen, genommen werden müsse und zwar nicht als demonstrativer Akt zwecks Beeindruckung der Bergstämme, sondern aus purer militärischer Notwendigkeit. Auch mußte der Angriff innerhalb von Stunden nach Erklärung des Krieges erfolgen, nicht etwa Tage später, denn die Festung war der Schlüssel zum Khaibarpaß, und wer den nicht besaß, dem blieb der Weg nach Kabul verschlossen.

Angesichts dieser Lage mußte der General mit Entsetzen feststellen, wie wenig die Truppe mit dem Terrain vertraut war, durch das man würde vorrücken müssen, und das, obschon die britische Armee den gleichen Weg bereits einmal marschiert war und auf dem Rückzug eine Niederlage, vergleichbar jener Napoleons auf dem Rückzug von Moskau, erlitten hatte.

Der General also sagte barsch: »Das Ganze ist einfach lachhaft. Ich brauche unbedingt Landkarten. Wir können nicht blindlings in die Berge stolpern, ohne Weg und Steg zu kennen. Soll ich etwa annehmen, daß es keine Karten gibt, daß einfach keine vorhanden sind?«

Der Adjutant sagte: »Offenbar verhält es sich so, Sir. Es sind nur einige sehr grobe Skizzen da, und die sind ganz ungenau.« Und er setzte entschuldigend hinzu: »Die Stämme haben es nicht gern, wenn Landfremde mit Kompaß und Vermessungsinstrumenten in der Gegend herumwandern –«

»Aha ja«, bellte der einarmige General, »ich höre aber von Major Cavagnari, daß er mit zwei Stämmen bereits im Einverständnis ist und demnächst auch einen dritten zu überreden hofft – die Mohmands –, uns freien Durchzug durch ihr Gebiet zu gestatten. Wenn das stimmt, sollte es möglich sein, ein paar Leute loszuschicken, die sich die Gegend etwas genauer ansehen. Also leiten Sie das in die Wege.«

Der Adjutant tat dies, und am gleichen Abend machten sich zwei Männer daran, von Peshawar aus das Grenzland zu erkunden und so viel wie möglich über Stärke und Verteilung der Faiz Mohammed unterstehenden Streitkräfte herauszubringen – Hauptmann Stewart von den Kundschaftern und ein gewisser Mr. Scott vom Vermessungsbüro. Sie blieben fast zwei Wochen aus, und einige Tage nach ihrer Rückkehr schlug Major Cavagnari ihnen vor, gemeinsam mit ihnen die Richtigkeit ihrer Erhebungen noch einmal nachzuprüfen. Zum General sagte er: »Ich halte es auch für angebracht, einen oder zwei der Offiziere, die damals mit in Ali Massid waren, mitzunehmen. Die kennen schon ein bißchen was von der Gegend; eine zweite Erkundung festigt ihre Eindrücke. Mir scheint, eine gute Kenntnis des Terrains könnte uns sehr bald von allergrößtem Nutzen sein.«

»Da haben Sie recht«, erwiderte der General düster. »Je mehr wir von der Gegend kennen, um so besser für uns. Nehmen Sie mit, wen Sie wollen.«

So kam es, daß Oberst Jenkins und Hauptmann Wigram Battye hinter Hauptmann Stewart, Mr. Scott und dem Stellvertretenden Commissioner von Peshawar einen steilen, fast nicht erkennbaren Ziegenpfad jenseits der Grenze erklommen. Die fünf Männer waren so unauffällig wie möglich in der kühlen Stunde vor Tagesanbruch aus Jamrud losgeritten. Zwei Reiter der Kundschafter erwarteten sie mit den Pferden außerhalb des Garnisonsbereiches; man saß lautlos auf und entfernte sich möglichst leise in die Dunkelheit. Der Mond war bereits untergegangen, die Sterne verblaßten; die Reiter konnten gerade genug sehen, um die Pferde behutsam über die Ebene zwischen Jamrud und den Bergen traben zu lassen. Major Cavagnari hoffte, daß es noch dunkel genug sei, um von in den Bergen lauernden Spähern nicht entdeckt zu werden. Als sie das flache Gelände hinter sich hatten und die Vorberge Dekkung boten, saßen sie ab, überließen ihre Pferde den beiden Kundschaftern und gingen zu Fuß weiter.

Der Aufstieg – zumal bei Dunkelheit – war lang und mühsam. Als es tagte, erreichten sie den höchsten Punkt eines knapp dreihundert Meter breiten Kammes, und Scott, der vorausging, blieb keuchend stehen. Als er sprach, tat er es im Flüsterton, als befürchte er, selbst in dieser Einöde von Lauschern umstellt zu sein. »Dies muß die Stelle sein, die Sie meinen, Sir«, sagte er zu Major Cavagnari.

Dieser nickte und erwiderte ebenso leise: »Ja, hier warten wir.« Seine vier Begleiter setzten sich schweißüberströmt nieder, dankbar für die Pause, und sahen sich um.

Von hier aus blickte man ins Land der Bergstämme, jenes geheimnisvolle, argwöhnisch bewachte Land der Männer, die kein Gesetz anerkannten als das der eigenen Begierden, und deren Vorfahren seit Jahrhunderten aus den Bergen hervorbrachen wie Wölfe, Dörfer in der Ebene ausraubten und in Brand steckten, wann immer sie die Lust dazu ankam. Diese Stämme waren dem Namen nach Untertanen des Emir, doch mußte er sie dafür bezahlen, daß sie Ruhe hielten und die Pässe vor den Feinden Afghanistans schützten – oder umgekehrt, mußte der Feind sie bestechen, um durchgelassen zu werden.

Es war noch nicht hell genug, um Einzelheiten des Geländes erkennen zu können, auch nicht mit dem Glas. Schluchten und Erhebungen lagen noch im Schatten, auch die Festung Ali Massid hob sich noch nicht klar von den umliegenden Bergen ab. Die höheren Bergketten allerdings lagen im ersten Frühlicht deutlich vor dem bleichen Himmel.

Auf den höheren Kuppen lag Reif, und dahinter, sehr fern, erkannte Wigram die steil aufragende, schneeblitzende Sikaram, die Königin des Safed Koh. Bald haben wir Winter, dachte er, die Nächte sind dann bitterkalt, und sobald es schneit, werden die nördlichen Pässe unpassierbar. Seiner Meinung nach keine gute Zeit, einen Krieg gegen ein Land wie Afghanistan zu beginnen...

Als er sich nach seinen Gefährten umsah, bemerkte er, daß Stewart, Scott und Oberst Jenkins zwar der Länge nach ausgestreckt zwischen Felsbrocken lagen, die Arme aufgestützt, und mit den Gläsern Hügel und Täler absuchten, daß aber Cavagnari als einziger aufrecht stand und im Gegensatz zu den übrigen für die Umgebung keinerlei Interesse zeigte. Die hochgewachsene Gestalt, die wie ein Scherenschnitt gegen den Himmel stand, machte einen sonderbar gespannten Eindruck, denn er hielt überdies den Kopf etwas seitlich geneigt, als lausche er. Wigram spitzte instinktiv ebenfalls die Ohren, um ein unerwartetes Geräusch in der Stille vor Tagesanbruch zu vernehmen.

Anfangs hörte er weiter nichts, als das Wispern des Herbstwindes, der über das dürre Gras hinwegfuhr, das zwischen dem Geröll wuchs. Doch bald kam ein weiteres hinzu, ein leichtes Klirren, wie von Metall gegen Stein, dann kullerte ein losgetretener Stein talwärts. Auch Cavagnari schien das gehört zu haben, und Wigram wurde klar, daß Cavagnari darauf gewartet hatte. Zwar regte er sich nicht, doch die ihn erfüllende Spannung ließ schlagartig nach.

Jemand kletterte den Vorderhang herauf. Jetzt hörten es auch die anderen. Oberst Jenkins ließ das Glas sinken und nahm den Revolver zur Hand; auch Scott und Stewart langten nach ihren Waffen, schon kniend. Cavagnari winkte mit ungeduldiger Geste ab, und alle fünf horchten mit angehaltenem Atem, reglos. In diesem Augenblick überflutete Tageslicht das Flachland unter ihnen. In der Ferne färbten erste Sonnenstrahlen den Schnee rosig.

Der unsichtbare Kletterer war augenscheinlich mit den Bergen vertraut, denn er kam in dem schwierigen Terrain rasch voran, und wie um darzutun, daß weder Höhe noch Anstrengung des Aufstieges ihm etwas anhaben konnten, summte er den Zakim dil, ein allen Pathan bekanntes Lied. Nicht laut, eigentlich war es mehr ein Zischen durch die Zähne, denn die Asiaten verstehen nicht zu pfeifen.

Das Lied war nicht mehr als ein dünner Geräuschfaden, doch in der rings herrschenden Stille deutlich zu vernehmen. Cavagnari hörte es mit einem Seufzer der Erleichterung, bedeutete den Gefährten, am Ort zu bleiben und ging raschen Schrittes bergab. Die Melodie brach ab, und gleich darauf hörte man den Major den Pathangruß sprechen »Stare-mah-sheh«. Alle standen auf und erblickten ihn etwas weiter unten im Gespräch mit einem hageren, bärtigen Stammesangehörigen, der eine alte Steinschloßmuskete trug und gekreuzte Patronengurte, in denen Geschosse mit Messingspitze steckten.

Es war nicht zu verstehen, was die beiden sprachen, denn nach der Begrüßung senkten sie die Stimmen, doch war klar, daß Cavagnari Fragen stellte und der Pathan umständlich antwortete. Als es heller wurde, deutete der Mann auf die Festung und begleitete das mit einem ruckartigen Heben des Kopfes. Cavagnari nickte, machte kehrt und kam wieder auf den Kamm, gefolgt von dem Mann.

»Einer meiner Leute«, erklärte der Major knapp. »Wir sollen Deckung nehmen und uns nicht sehen lassen. Die Festung ist voll bemannt. Keine zwei Meilen von hier steht eine Feldwache, die wir sehen können, sobald die Sonne höher steigt.«

Der Pathan deutete vor den versammelten Sahibs einen Gruß an, ging einige Schritte den Hinterhang hinunter und hockte sich zwischen den Felsen nieder, um zu warten. Die Männer oben legten sich wieder flach und setzten die Gläser ans Auge; allmählich nahm die Landschaft Kontur und Tiefe an und die Frühnebel verzogen sich.

Der Himmel über ihnen war nicht mehr perlgrau, sondern tiefblau; irgendwo kollerte ein unsichtbar bleibender Fasan. Plötzlich warf das Gras lange blaue Schatten und vier Meilen entfernt blinkte etwas unter den Strahlen der aufgehenden Sonne auf einer unbedeutend aussehenden Kuppe, die zwischen hundert anderen bislang nicht weiter aufgefallen war.

»Geschütze«, hauchte Oberst Jenkins. »Jawohl, das ist Ali Massid, und wie dieser Pathan ganz richtig gesagt hat, voll bemannt. Sehen Sie sich nur die Verschanzungen an.«

Die Festung war nun sichtbar geworden; sie krönte einen konisch geformten Berg, der kaum einen steinigen Kamm überragte, der von frisch aufgeworfenen Gräben durchzogen war, die, wie man durchs Glas sah, gut besetzt waren. Am Fuße des Kammes sah man lagernde Kavallerie, und zwischen den Zelten erschien ein Trupp Reiter, der zum Shagi-Plateau und von dort zu einem kleinen Turm nahe der Mackeson-Straße ritt, vermutlich die Feldwache, die der Pathan erwähnt hatte.

Der Major steckte sein Glas weg und sagte: »Es wird Zeit, daß wir verschwinden. Die Burschen haben Augen wie Falken, und wir lassen uns lieber nicht sehen. Los.«

Der Pathan hockte immer noch in landesüblicher Haltung zwischen den Felsen, die Muskete über den Knien, und Cavagnari winkte die anderen weiter, während er selber noch ein paar Worte mit ihm wechselte. Als sie den grasbewachsenen Hang hinabeilten, der eigenen Seite der Grenze entgegen, holte er sie ein, blieb dann aber stehen und rief Wigram zu sich.

»Ja, Sir?« fragte dieser.

»Tut mir leid, aber ich habe was vergessen«, sagte der Major und brachte eine Handvoll Silbermünzen und ein Päckchen billige einheimische Zigaretten zum Vorschein. »Seien Sie so gut und geben Sie das dem Burschen da hinten.

Er bekommt üblicherweise eine Kleinigkeit von mir, und ich will nicht, daß er uns nach Jamrud folgt und mich anbettelt. Man würde ihn erkennen. Wir warten nicht auf Sie –« Damit eilte er den anderen nach, und Wigram machte sich neuerlich an den Aufstieg.

Der Morgen war nicht mehr kühl, und Wigram sah überall Schmetterlinge, vertraut aussehende Tierchen, wie in England – rötliche, braune und die weit verbreiteten blauen, die ihn an längst vergangene Sommer erinnerten, als er mit seinem Bruder Quentin daheim auf Schmetterlingsjagd gegangen war. Auch Vögel zwitscherten im Grase, und als ein Schatten über ihn hinstrich, sah er einen Lämmergeier sehr hoch im Blau, der majestätisch über den Abhängen des Khaibar schwebte.

Es ging sich in der Hitze mühsamer als in der Kühle des Vormorgens, Schweiß tränkte sein Hemd und rieselte ihm von der Stirn in die Augen. Er wischte ihn irritiert weg und fragte sich, ob Cavagnaris Pathan wohl noch warte, und falls nicht, was er dann machen solle. Doch hörte er eine geisterhaft leise Melodie – Zakim dil, das traditionelle Liebeslied eines Landes, in dem Homosexualität alltäglich ist... Jenseits des Flusses lebt ein Knabe mit einem Hintern wie ein Pfirsich, doch leider, ach, ich kann nicht schwimmen...

Das bekannte Lied wurde halb gesungen, halb gesummt und verwandelte sich, als Wigram näher kam, ganz überraschend und unerwartet in das englische D'you ken John Peel with his coat so gay...

Wigram blieb wie vom Blitz getroffen stehen und starrte die bärtige Gestalt zwischen den Felsen an. »Da soll mich doch –«, und schon rannte er los und hielt endlich keuchend inne: »Ashton, Sie junger Teufel, ich habe Sie nicht erkannt... keine Ahnung hatte ich, warum nur haben Sie nichts gesagt?«

Ash stand auf und ergriff die ausgestreckte Hand. »Weil unser Freund Cavagnari nicht will, daß die anderen was erfahren. Und wenn ich nicht darauf bestanden hätte, wüßten auch Sie nichts. Ich sagte aber, ich müsse unbedingt mit Ihnen reden, also gab er nach. Setzen Sie sich und reden Sie leise, – höchst wunderbar, wie weit der Schall in diesen Bergen trägt.«

Wigram ließ sich mit gekreuzten Beinen am Boden nieder und Ash sagte: »Erzählen Sie, was es Neues gibt. Haben Sie von meiner Frau gehört? Geht's ihr gut? Ich wage nicht, mich mit ihr in Verbindung zu setzen, aus Vorsicht... wie geht es Wally und Zarin? Und überhaupt, wie sieht es beim Regiment aus? Ich will alles wissen, ich bin ganz ausgehungert nach Neuigkeiten.«

Wigram konnte ihn Anjulis wegen beschwichtigen, denn erst drei Tage zuvor war ein Diener der Begum nach Jamrud gekommen mit einer Nachricht für Zarin, des Inhalts, alle unter ihrem Dach seien gesund und guten Mutes, und sie hoffe, dasselbe könne er von sich und seinen Freunden berichten. Dies letztere war offensichtlich eine verschleierte Anfrage nach dem Ergehen Ashoks, und Zarin hatte ausrichten lassen, man brauche sich nicht zu beunruhigen, alle seine Freunde seien wohlauf.

»Ich hatte ihm gesagt, Cavagnari höre regelmäßig von Ihnen, also müßten Sie noch am Leben und bei Gesundheit sein«, erklärte Wigram und berichtete sodann von Wally und den Kundschaftern, auch von den kriegsmäßigen Vorkehrungen, die im Nordwesten ein wahres Chaos hervorgerufen hatten. Männer und Geschütze wurden in höchster Eile von hier nach dort und wieder anderswohin verlegt, Regimenter aus dem Süden trafen ein, um Lücken zu stopfen, Züge mit Nachschub rollten auf der Nordwestbahn nach Jhelum, alle Abstellgeleise waren verstopft von Waggons voller sterbender und toter Mulis und anderer Zugtiere, die von ihren einheimischen Pflegern im Stich gelassen worden waren. Von den Massen an Proviant, Kleidung und Munition nicht zu reden, mit denen das unterbesetzte Kommissariat nichts anzufangen wußte...

»So stelle ich mir Dantes Inferno vor«, sagte Wigram. »Sämtliche Gauner in der ganzen Gegend haben ihren Spaß daran, denn sie plündern, was das Zeug hält. Und um alles noch schlimmer zu machen, sind die Regimenter aus dem Süden mit Tropenuniformen bekleidet, und wenn da nicht bald etwas geschieht, sterben sie an Lungenentzündung wie die Fliegen.«

Ash bemerkte spöttisch, der Stab bewähre sich offenbar wieder mal vortrefflich, und wenn es jetzt schon so aussähe, könne man sich leicht ausmalen, was geschähe, käme es wirklich zum Krieg.

»Naja, wir deichseln das schon irgendwie«, tröstete Wigram.

»Warum muß eigentlich immer alles irgendwie gedeichselt werden?« fragte Ash gereizt. »Man könnte geradezu denken, es wäre unschicklich, eine vernünftige Planung zu machen – was gibt es da zu lachen?«

»Ich lache über Sie«, sagte Wigram gutmütig. »Da hocken Sie am Boden, das Urbild eines Khaibar-Banditen, und reden von unschicklich. Geben Sie zu, das Ganze hat seine komische Seite.«

Ash lachte und entschuldigte sich, und Wigram fuhr fort: »Wahrscheinlich entstellt der Bart Sie so sehr. Ich hätte Sie nicht erkannt. Im übrigen glaubte ich Sie in Kabul.«

»Da war ich auch. Diesmal aber wollte ich Cavagnari selber sprechen und nicht auf dem üblichen Wege Informationen schicken. Ich dachte, redest du mit ihm, kannst du ihn vielleicht dahinbringen, seine Meinung zu ändern. Aber das war ein Irrtum. Ich habe weiter nichts ausgerichtet, als daß er mich praktisch für einen Parteigänger des Emir hält, für unzuverlässig. Und damit meint er vermutlich, ich werde zum Verräter.«

»Ist es wieder mal mit Ihnen durchgegangen?« lächelte Wigram. »Sie reden nämlich Unsinn, wissen Sie. Er denkt selbstverständlich nichts dergleichen. Und sollte er es doch tun, dann nur, weil Sie sich Mühe gegeben haben, diesen Eindruck bei ihm zu hinterlassen. Was hat ihn denn so aufgeregt?«

»Die Wahrheit«, sagte Ash trübe. »Aber er will sie nicht hören. Ich hätte mir den Weg sparen und in Kabul bleiben können. Allmählich glaube ich, daß niemand die Wahrheit hören will – von den Bürokraten in Simla jedenfalls keiner.«

»Was wollen sie denn nicht hören?«

»Daß nicht die geringste Gefahr besteht, der Emir könnte den Russen erlauben, Straßen zu bauen und Militär im Lande zu stationieren. Und wäre er selber verrückt genug, das zuzulassen, würde es doch die Bevölkerung nicht dulden, und auf die kommt hier alles an. Ich habe Cavagnari wieder und wieder gesagt, die Afghanen wollen weder für noch gegen uns Partei ergreifen, ja, ja, ich weiß, was Sie einwenden wollen, Cavagnari hat es ja auch getan: Der Emir hat die russische Gesandtschaft in Kabul empfangen. Na und? Was sonst sollte er tun, wenn man mal überlegt, daß jenseits des Oxus russische Truppen standen, gegen seine Grenze vorrückten, das halbe Land gegen ihn in Aufruhr war und die Neuigkeit von den russischen Siegen über die Türken sich wie ein Lauffeuer durch ganz Asien verbreitet? Er hat getan, was er konnte, diesen Stolietoff samt seinen Kerlen fernzuhalten, mindestens seine Ankunft hinauszuzögern, aber als es klar wurde, daß sie ganz einfach uneingeladen kamen, hat er nicht auf sie schießen lassen, weil er die Folgen nicht riskieren wollte. Er hat gute Miene zum bösen Spiel gemacht und sie öffentlich empfangen. Weiter war nichts. Er will die Russen ebensowenig im Lande wie uns, und das weiß der Vizekönig genau – oder wenn er es nicht weiß, dann hat er den schlechtesten Nachrichtendienst der Welt.«

Wigram bemerkte abwägend: »Geben Sie zu, daß es von hier aus gesehen nicht besonders gut wirkt. Der Emir hat sich schließlich geweigert, eine britische Gesandtschaft zu empfangen.«

»Warum auch nicht? Dauernd quaken wir von unseren ›Rechten‹ in Afghanistan, von unserem ›Anspruch‹ auf eine ständige Gesandtschaft in Kabul. Doch woher, zum Henker, nehmen wir eigentlich dieses Recht? Das Land gehört uns nicht, es hat uns nie bedroht, – außer die Russen benutzen es als Basis für einen Angriff auf Indien, und alle Welt weiß, daß diese Gefahr seit dem Berliner Kongreß nicht mehr besteht. Es ist also der helle Blödsinn, nach wie vor zu behaupten, wir hätten von Afghanistan etwas zu befürchten. Alles kann friedlich geregelt werden, dafür ist noch Zeit genug. Es scheint aber, als bildeten wir uns ein, ernstlich bedroht zu werden. Wir tun so, als wären wir dem Emir in allem und jedem bis zur Selbstaufgabe entgegengekommen und als sei unsere Geduld nunmehr erschöpft. Gütiger Gott, Wigram, sind denn unsere Oberbonzen wirklich so wild darauf, gegen Afghanistan einen Krieg anzufangen?«

Wigram zuckte bloß die Achseln und meinte: »Was fragen Sie mich? Ich bin ein schlichter Reitersmann und tue, was man mir sagt, reite, wohin man mich schickt. Mich ziehen die Hohen Herren nicht ins Vertrauen, und meine Meinung ist daher nichts wert. Aber wenn Sie mich fragen, sage ich Ihnen – ja, sie sind zum Krieg entschlossen.«

»Hab ich's doch gedacht. Der Imperialismus ist für sie ein Rausch. Sie wollen Englands Farben über mehr und mehr Länder wehen sehen und selber eines Tages in die Geschichtsbücher als Helden eingehen, als Prokonsuln und als Alexander der Neuzeit. Pah – krank macht es mich.«

»Cavagnari dürfen Sie keine Vorwürfe machen. Ich habe selber gehört, wie er vor Ali Massid zu Faiz Mohammed sagte, er selber sei nur ein Diener seiner Regierung, der Befehlen folge. Und das gilt für ihn wie für mich.«

»Mag sein, doch Männer wie er, Männer, die tatsächlich die Khaibarstämme kennen und deren Sprache sprechen, müßten dem Vizekönig und dessen kriegslüsternen Freunden sagen, sie sollten Ruhe halten, nicht aber sie noch aufhetzen. Das scheint er zu tun. Naja, ich habe getan, was ich konnte, doch war es ein Irrtum zu glauben, man könnte ihm die Augen öffnen für Tatsachen, die er nicht sehen will.«

»Der Versuch war wert, gemacht zu werden.«

»Nun ja, da mögen Sie recht haben«, gab Ash seufzend zu. »Auf Sie wollte ich meinen Zorn nun wirklich nicht abladen. Ich wollte Sie nur nach meiner Frau fragen, nach Wally und Zarin und den anderen. Zarin soll meiner Frau ausrichten, daß Sie mich gesehen und mit mir gesprochen haben. Es geht mir gut... und so weiter. Den ganzen anderen Unfug wollte ich nicht erwähnen, aber ich habe wohl den Kopf zu voll davon.«

»Das überrascht mich nicht«, sagte Wigram mitfühlend. »Auch ich denke an nichts anderes. Und an Sie obendrein! Ich habe mich in schlaflosen Nächten gefragt, ob es richtig war, Sie in diese Angelegenheit hineinzuziehen, und ob ich nicht besser getan hätte, den Mund zu halten, denn am Ende habe ich Sie noch auf dem Gewissen.«

»Ich wußte gar nicht, daß Sie eines haben«, spottete Ash gutmütig. »Doch keine Angst, Wigram, ich passe schon auf mich auf... Allerdings gebe ich zu, ich werde höllisch dankbar sein, wenn das hier vorbei ist.«

»Ich auch. Ich will übrigens beim Kommandeur anfragen, ob er Sie nicht zurückholen will.«

Ash sagte bedauernd: »Führen Sie mich nicht in Versuchung. Ich habe mich offenen Auges in diese Sache eingelassen, und Sie wissen so gut wie ich, solange noch die geringste Chance besteht, ein Unglück zu verhindern, muß ich sie nutzen. Vielleicht setzt sich die Vernunft ja doch noch durch, denn Afghanistan ist kein Land, in dem man Krieg führen kann, und besetzen kann man es schon gar nicht, auch wenn man es besiegt. Im übrigen kämpfe ich gegen jede Art von Ungerechtigkeit.«

»Es ist *unfair,* nicht wahr?« provozierte Wigram ihn murmelnd.

Ash lachte und deutete durch Heben der Hand einen Treffer an, sagte aber unerschütterlich: »Ganz recht, es ist unfair. Kommt es zum Krieg, ist es ein ungerechter Krieg, und ich glaube nicht, daß Gott auf unserer Seite sein wird. Nun, es hat mich sehr gefreut, Sie zu sehen, Wigram. Lassen Sie das hier meiner Frau zukommen –« er händigte ihm ein gefaltetes und gesiegeltes Blatt Papier aus – »und grüßen Sie Wally und Zarin. Sagen Sie, ihre Interessen lägen Onkel Akbar am Herzen. Und falls Sie mit Cavagnari reden, sagen Sie ihm, ich sei kein Lügner und kein Renegat. Ich berichte nach bestem Wissen und Gewissen nichts als die Wahrheit.«

»Versuchen werde ich's. Adieu, und viel Glück!«

Er ging den Berg hinunter, kam sicher im Flachland an, bestieg sein Pferd und ritt im grellen Licht des Vormittages zurück nach Jamrud.

Bei einem später am Tage geführten Gespräch mit Cavagnari erwähnte er auch Ash, doch kam bei alledem nichts heraus. Wigram hatte eher den Eindruck, es wäre besser gewesen zu schweigen.

Damals wußte keiner von beiden, daß Ashs Meinung sich haargenau mit der des britischen Premierministers Lord Beaconsfield deckte, der in der Londoner Guildhall bei einem Bankett kein Hehl daraus machte, wenn er auch vorsichtshalber keine Namen nannte:

»Nach allem, was man hört, könnte man meinen, unser indisches Reich sei in Gefahr, besetzt zu werden, und wir seien genötigt, einen Krieg gegen einen mächtigen, unbekannten Feind zu führen. Dazu ist zu sagen, die Regierung Ihrer Majestät befürchtet keinen feindlichen Einfall nach Nordwestindien. Angesichts der schmalen Operationsbasis eines potentiellen Feindes, der fehlenden Verbindungen und der Unwegsamkeit des Terrains ist eine Invasion über unsere dortige Nordwestgrenze hinweg ganz undenkbar.«

Die Einführung des Telegraphen hatte es zwar möglich gemacht, mit wunderbarer Geschwindigkeit von einem Ende Indiens zum anderen Nachrichten durchzugeben, doch mit England ging der Austausch von Meldungen immer noch sehr langsam vonstatten, so daß in Indien niemand diese Äußerung kannte. Die Bürokraten in Simla, die übereifrigen Generäle in Peshawar, Quetta und Kohat hätten übrigens auch nicht viel darauf gegeben, denn wenn Cavagnaris Plan zur Eroberung von Ali Massid auch gestrichen worden war, zeitigte er am Ende doch noch katastrophale Folgen. Die Verstärkungen, die Faiz Mohammed notgedrungen angefordert hatte, versetzten die Militärberater des Vizekönigs derart in Angst, daß sie meinten, eine so starke Streitmacht in Sichtweite der Grenze könne nur durch eine gleichgeartete Mobilisierung von Truppen auf der englischen Seite dieser Grenze aufgewogen werden.

Wieder einmal waren Kuriere von Indien nach Kabul unterwegs mit Schriftstücken, in denen dem Emir vorgeworfen wurde, der Empfang einer russischen Gesandtschaft lasse eindeutig auf eine »feindselige Haltung gegenüber der Regierung Großbritanniens« schließen, man verlange von ihm »volle und angemessene Genugtuung« dafür, daß der Kommandant von Ali Massid der britischen Gesandtschaft den Durchzug verweigert habe. Ferner hieß es, freundliche Beziehungen zwischen beiden Ländern seien ausgeschlossen, solange der Emir sich weigere, eine britische Gesandtschaft in seiner Hauptstadt aufzunehmen.

Lord Lytton schrieb: »Wenn diese Bedingungen von Ihnen nicht klar und eindeutig und vollständig erfüllt werden, was mir bis zum 20. November mitzuteilen ist, sehe ich mich genötigt, Ihnen feindselige Absichten zu unterstellen und Sie als einen erklärten Feind Großbritanniens zu behandeln.«

Der glücklose Shere Ali, der sich selber einmal ein »irdenes Schälchen zwischen zwei Eisentöpfen« genannt hatte und der unterdessen die Briten verabscheute und ihren Motiven mißtraute, wußte nicht, wie er auf dieses Ultimatum reagieren sollte. Er zögerte also, er schwankte, er rang die Hände, beklagte sein Schicksal und hoffte, diese Krise werde vorüberziehen wie frühere Krisen auch, einfach indem er nichts unternähme. Denn die Russen waren aus Kabul wieder abgezogen, und Stolietoff riet ihm geradezu, seinen Frieden mit den Briten zu machen – eben jener Stolietoff, dessen unaufgefordertes Eindringen ins Land diesen ganzen Hexensabbat erst in Gang gebracht hatte! Das war denn doch zuviel.

Oberst Colley, Privatsekretär des Vizekönigs und ebenso begierig auf Krieg wie sein Herr und Meister, schrieb derweil in Simla: »Unsere größte Angst gilt derzeit der Möglichkeit, daß der Emir sich doch noch entschuldigt oder die Regierung in der Heimat sich einmischt.«

Oberst Colley hätte sich diese Ängste sparen können. Der 20. November kam und ging vorüber ohne Antwort vom Emir. Am 21. November befahl Lord Lytton seinen Generälen anzugreifen, nicht ohne zuvor zu erklären, mit dem afghanischen Volk habe er keine Differenzen – nur mit dessen Herrscher. Nun fiel ein britisches Heer nach Afghanistan ein, und damit begann der zweite afghanische Krieg.

53

Der Dezember war ungewöhnlich milde, doch mit dem Neuen Jahr stellte sich Kälte ein. Eines Morgens erwachte Ash davon, daß sanfte, kühle Finger über sein Gesicht und seine geschlossenen Lider strichen.

Er hatte wieder einmal geträumt. Diesmal lag er im Halbschlaf an einem rauschenden Bach in einem Gebirgstal. Es war Frühling, er war in Sitas Tal. Pfirsichbäume blühten, ein Lufthauch, der durch die Bäume strich, ließ einen sanften Regen von Blütenblättern auf sein Gesicht rieseln, wo sie liegenblieben.

Die kühle Berührung der fallenden Blütenblätter und das Rauschen des Baches weckten ihn. Er machte die Augen auf und sah, daß er lange geschlafen und daß sich unterdessen ein Wind aufgemacht hatte, der Schnee brachte.

Schon am Vorabend befürchtete er so etwas, doch war es noch windstill. Er zündete im hinteren Teil einer Höhle ein kleines Feuer an, machte Essen warm und rollte sich bei Eintritt der Dunkelheit in seine Decke, erwärmt und getröstet vom flackernden Feuer. Wenige Stunden später mußte es begonnen haben zu wehen, jetzt heulte der Wind zwischen den Bergen hindurch und trieb große Flocken herein.

Ash wischte sie vom Gesicht und aus dem Bart und erhob sich mit steifen Gliedern. Er schüttelte den Schnee von der Decke, rollte sie zusammen und schlang sie um die Pelzjacke, die er nun schon eine Woche lang Tag und Nacht trug. Das Schaffell roch nach Rauch und ranzigem Öl, nach ungewaschener Wolle und menschlichen Ausdünstungen; doch Ash war dankbar für die Jacke, weil sie ihn wärmte. Schon hier in der Höhle herrschte bittere Kälte, draußen würde es noch kälter sein. Überdies störten üble Ausdünstungen ihn längst nicht mehr.

Als er in den flockenerfüllten grauen Himmel starrte, erkannte er, daß es bald hell werden mußte. Er zündete das Feuer im hinteren Teil der Höhle wieder an und unterhielt es mit dem Rest von Holzkohlen, die er mit sich führte, und einigem Reisig, das er abends noch gesammelt hatte. Viel war es nicht, doch einen heißen Tee konnte er darauf bereiten, der den Magen wärmte und das Blut lebhafter durch die erstarrten Zehen und Finger trieb. Zwei Brotfladen waren auch noch da.

Er sah zu, wie die Flamme Gras und Reisig fraß, die Holzkohle zu glühen begann, stellte einen Messingnapf mit Wasser darüber und hockte wartend davor, bis es kochte. Während er so saß, bedachte er, was alles in den letzten Wochen des vergangenen und in den ersten des neuen Jahres vorgefallen war und fragte sich, wann endlich er Erlaubnis erhalten würde, den Kram hinzuschmeißen, nach Mardan und zu Juli zurückzukehren.

Lord Lyttons Krieg gegen Shere Ali (der Vizekönig hatte eigens betont, er habe keinen Streit mit den Untertanen des Emir) hatte für den Vizekönig recht erfolgreich begonnen, trotz erheblicher Fehlschläge, die auf mangelnde Planung zurückgingen. Diese verhinderten aber nicht, daß die Festung Ali Massid zwei Tage nach Ausbruch der Feindseligkeiten genommen wurde, bei Verlusten von nur fünfzehn eigenen Gefallenen und vierunddreißig Verwundeten. Wenige Tage später waren Dakka und Jalalabad in britischer Hand. Das neue Jahr sah also die Engländer im Besitz dieser starken Bastionen, und an anderen Fronten waren ebenfalls Erfolge zu verzeichnen, an erster Stelle die Eroberung der afghanischen Festungen im Kurramtal durch Truppen aus Kurram unter dem Kommando von Generalmajor Sir Frederick Roberts.

Es war im neuen Jahr aber auch noch anderes geschehen. Ash fand es so bedeutsam, daß er beschloß, noch einmal mit Major Cavagnari zu sprechen, der der siegreichen Armee als Politischer Berater beigegeben und derzeit in Jalalabad war, wo Sir Sam Browne eine Besprechung mit den wenigen afghanischen Stammesältesten abhielt, die sich dazu einfanden; Cavagnari erläuterte ihnen, warum die britische Regierung den Krieg erklärt hatte und daß ihre Absichten gegenüber den Stämmen durchaus friedliche seien.

Ash glaubte nicht, daß es schwer sein würde, ein Treffen mit Cavagnari in Jalalabad zu vereinbaren. Die Bewohner wußten unterdessen, daß sie von den eingedrungenen Ungläubigen nicht massakriert wurden und hatten vermutlich wieder ihre Behausungen aufgesucht. Man würde Handel mit den Invasionstruppen treiben und mächtig verdienen. Es dürfte in der Stadt also wieder von Afridis wimmeln, einer mehr konnte da nicht auffallen.

Mit Schnee hatte er allerdings nicht gerechnet, und nun fragte er sich, ob er die Stadt überhaupt erreichen konnte, denn hielt das Schneetreiben an, würde der Schnee alle Orientierungspunkte zudecken, die Ash brauchte, um seinen Weg zu finden. Das mochte vielleicht jetzt schon der Fall sein. Dies war eine schlimme Vorstellung; daß die Hände, die er am Feuer wärmte, bebten, lag nicht nur an der Kälte. Immerhin hatte er Glück. Als es hell genug war aufzubrechen, hörte es auf zu schneien, und gegen Mittag schloß er sich einem Trüppchen reisender Händler an, die nach Jalalabad unterwegs waren, und erreichte mit ihnen die ummauerte Stadt eine Stunde vor Sonnenuntergang.

Es war nicht schwierig, mit Major Cavagnari Kontakt aufzunehmen. Er traf sich verabredungsgemäß bei Nacht mit einer unkenntlichen Gestalt im Pelzrock. Ein Schal bedeckte zwar Kopf und Schultern, aber nicht zur Gänze, und Ash erkannte einen Turban, wie Kavalleristen ihn trugen. Als Ash sich zu erkennen gab und einige Fragen beantwortet hatte, wurde er an den Wachen vorüber durchs Tor geleitet, durch unerleuchtete Gassen, die an den Rückseiten der Häuser entlangführten. In einem kleinen, unauffälligen Torbogen wartete eine weitere vermummte Gestalt auf ihn, und gleich darauf betrat er ein Zimmer, in dem der ehemalige Stellvertretende Commissioner und jetzige Politische Berater der Heeresgruppe Peshawar vor seinem mit Schriftstücken überhäuften Schreibtisch saß.

Was Ash zu berichten hatte, war sowohl sensationell als auch tragisch. Dem Major allerdings entging der tragische Aspekt der Sache, denn für Shere Ali hatte er nie etwas übrig gehabt.

Als der Emir erfuhr, daß seine Antwort an Lord Lytton zu spät eingetroffen war, sein Land vom Feind angegriffen wurde und seine Grenzfestungen wie reife Nüsse im Sturm gefallen waren, verlor er den Kopf und suchte Hilfe beim Zaren um jeden Preis.

Schon war er genötigt gewesen, seinen ältesten Sohn Yakoub Khan, den er haßte und jahrelang unter Hausarrest gehalten hatte, zum Erben und Mitregenten zu erheben, und das war ein bitterer, demütigender Kelch, den er da leeren mußte, umsomehr, als sein Herz vor Kummer über den Tod des geliebten Jüngsten noch blutete. Er sah keine andere Möglichkeit, die Peinlichkeit öffentlicher Ratssitzungen mit dem entfremdeten Sohn neben sich zu vermeiden, als sich aus Kabul zu entfernen. Er trat also selber die Reise nach St. Petersburg an, wo er, wie er sagte, dem Zaren Alexander seinen Fall unterbreiten und alle gerecht denkenden europäischen Mächte aufrufen wollte, ihm gegen die Übergriffe Großbritanniens zu Hilfe zu kommen...

»Das weiß ich alles schon«, sagte Major Cavagnari geduldig und fügte mit einer Andeutung von Tadel hinzu, Ash dürfe nicht glauben, er sei der einzige Informant, der aus Kabul berichte. »Wir kennen diese Absicht des Emir. Er selber hat unsere Regierung von seinem Vorhaben in Kenntnis gesetzt und sie aufgefordert, auf einem in Petersburg abzuhaltenden Kongreß ihren Standpunkt darzulegen und sich zu rechtfertigen. Vermutlich stellt er sich so etwas vor wie den Berliner Kongreß, wo wir uns mit den Russen geeinigt haben. Später wurde mir berichtet, er habe am 22. Dezember Kabul mit unbestimmtem Reiseziel verlassen.«

»Er ist nach Mazar-i-Sharif gereist, in eine seiner Provinzen in Turkestan«, sagte Ash, »und am Neujahrstag dort eingetroffen.«

»Was Sie nicht sagen. Nun, bald werden wir die amtliche Bestätigung dafür haben.«

»Gewiß, doch unter den gegebenen Umständen fand ich, Sie sollten das so bald als möglich erfahren, denn das ändert das Bild doch ganz erheblich.«

»Inwiefern, bitte?« sagte Cavagnari immer noch geduldig. »Wir ahnten immer schon, daß er mit den Russen unter einer Decke steckt, und dies beweist nur die Richtigkeit unserer Vermutung.«

Ash starrte ihn an: »Aber, Sir – sehen Sie denn nicht, daß Shere Ali nicht mehr zählt? Was seine Untertanen betrifft, gibt es ihn nicht mehr, denn er kann nie mehr zurück nach Kabul und wieder auf dem afghanischen Thron sitzen. Wäre er geblieben und hätte standgehalten, alle rechtgläubigen Afghanen hätten sich um ihn geschart wie ein Mann. Stattdessen aber ist er einfach weggelaufen und hat Yakoub Khan in der Tinte sitzen lassen. Ich versichere Ihnen, Sir, Shere Ali ist ein erledigter Mann. Aber ich bin nicht hier, um Ihnen das zu sagen, denn es wäre nicht so wichtig. Wichtig ist allein, daß er St. Petersburg nicht mehr erreichen wird, denn er liegt im Sterben.«

»Was? Im Sterben? Wissen Sie das genau?« fragte Cavagnari scharf.

»Jawohl, Sir. Seine nächste Umgebung sagt, er selber sei sich dessen bewußt und beschleunige seinen Tod, indem er weder esse noch trinke. Er sei ein gebrochener Mann, heißt es. Daß der von ihm so sehr geliebte jüngste Sohn gestorben ist und er sich gezwungen sieht, als Erben ein von ihm verabscheutes Kind einzusetzen, hat ihm den Rest gegeben; auch hat ihm der Druck zugesetzt, den die Russen und wir auf ihn ausübten. Er sieht in seinem Leben keinen Sinn mehr und niemand glaubt, daß er aus Turkestan noch abreisen oder weit kommen wird, falls er es doch tut, denn die Russen wollen ihn nicht ins Land lassen. Seit offiziell Freundschaft herrscht zwischen ihnen und uns, ist Afghanistan für sie eine peinliche Angelegenheit geworden. Sie wollen nicht mehr daran denken – bis zum nächsten Mal, versteht sich. Ich habe aus guter Quelle erfahren, daß Shere Ali den General Kaufman gebeten hat, für ihn beim Zaren vorstellig zu werden; Kaufman hat geantwortet, der Emir möge umkehren, in seiner Hauptstadt bleiben und mit den Engländern Frieden machen. Er weiß also jetzt, daß er von den Russen keine Hilfe erwarten kann, und daß es ein fataler und nicht wiedergutzumachender Fehler war, aus Kabul abzureisen. Man muß ihn bedauern, aber immerhin bedeutet es, daß wir den Krieg beenden und unsere Truppen nach Indien zurücknehmen können.«

»Nach Indien zurück?« fragte Cavagnari und runzelte die Stirn. »Ich höre wohl nicht recht?«

»Aber, Sir, der Vizekönig hat offiziell erklärt, er habe keinen Streit mit dem Volke von Afghanistan, sondern einzig mit Shere Ali. Nun, Shere Ali gibt es nicht mehr. Er ist aus Kabul weggegangen, und Sie wissen besser als jeder andere, daß er sich dort nie wieder wird sehen lassen können – dafür sorgt schon Yakoub Khan. Auch liegt er, wie gesagt, im Sterben; die Nachricht von seinem Tod kann jeden Tag eintreffen. Aber ob lebend oder tot – er zählt nicht mehr, und gegen wen kämpfen wir dann noch?«

Cavagnari schwieg, und Ash fuhr gleich darauf hitzig fort:

»Ich möchte wissen, was wir noch in Afghanistan zu suchen haben, wenn wir mit den Afghanen keinen Streit haben und Shere Ali seit Wochen nicht mehr regiert. Ich möchte wissen, mit welchem Recht wir weiterhin afghanisches Land besetzen, die Bewohner aus ihren Häusern treiben, sie erschießen, wenn sie Widerstand leisten (was uns nicht wundern dürfte!), ihre Dörfer und Felder verbrennen, so daß Frauen und Kinder, Alte und Schwache ohne Nahrung sind, und das mitten im Winter. Denn genau das tun wir, und wenn Lord Lytton die Wahrheit sprach, als er sagte, er habe keinen Streit mit dem Volke von Afghanistan, soll er gefälligst den Krieg abbrechen, jetzt, in diesem Moment, denn es gibt dann keinen Grund mehr, ihn fortzusetzen.«

»Sie vergessen«, bemerkte Cavagnari kalt, »daß Shere Ali seinen Sohn Yakoub Khan zum Mitregenten erhoben hat; der übt jetzt die Herrschaft aus, mithin hat das Land noch einen Herrscher.«

»Aber keinen Emir!« Das kam fast heraus wie ein Schmerzensschrei. »Können wir wirklich so tun, als hätten wir auch mit Yakoub Streit, der Jahre und Jahre als Gefangener gehalten wurde? Dessen Freilassung unsere eigenen Diplomaten wieder und wieder gefordert haben? Wenn er jetzt das Land beherrscht, muß man doch wohl mindestens einen Waffenstillstand vereinbaren können, bis man seine Absichten kennt. Uns könnte das nicht schaden, und viele Menschenleben wären gerettet. Setzen wir aber den Krieg fort, ohne ihn zu Atem kommen zu lassen, vertun wir die Chance, ihn uns zum Freund zu machen, vielmehr machen wir ihn uns mit Sicherheit zum Feinde, wie schon seinen Vater, den er haßte. Oder wollen wir das? Wollen wir etwa genau das?«

Cavagnari antwortete wieder nicht, und Ash wiederholte bedrohlich laut: »Wollen Sie das wirklich? Sie und der Vizekönig und all die übrigen Berater Seiner Exzellenz? Ist dieses blutige Spiel nichts weiter als ein Vorwand, Afghanistan dem Empire anzufügen – einerlei, was die Bevölkerung dazu sagt, mit der wir ja nicht im Streite liegen? Ja? Ist das so? Denn falls es so ist –«

»Sie vergessen sich, Leutnant Pelham-Martyn«, unterbrach Cavagnari scharf und eiskalt.

»Syed Akbar«, verbesserte ihn Ash beißend.

Cavagnari überhörte das. »Und brüllen Sie gefälligst nicht. Wenn Sie sich nicht beherrschen können, gehen Sie, bevor man hört, was Sie sagen. Wir sind hier nicht in Britisch-Indien, sondern in Jalalabad, wo es von Spionen wimmelt. Auch weise ich Sie darauf hin, daß weder Sie noch ich berechtigt sind, Kritik an den Befehlen zu üben, die wir erhalten, und daß politische Urteile zu fällen nicht unsere Sache ist. Wir haben die Pflicht, auszuführen, was uns befohlen wird. Falls Sie dazu nicht imstande sind, nützen Sie weder mir noch der Regierung etwas, der zu dienen ich die Ehre habe, und ich empfehle Ihnen, sich auf der Stelle von uns zu trennen.«

Ash seufzte tief und lockerte seine Haltung. Er fühlte sich wie ein Mensch, der eine schwere Last absetzen darf, die mit der Zeit immer mühseliger zu schleppen ist. Allerdings war er selbstkritisch genug einzusehen, daß seine Eitelkeit gekränkt war. Da hatte er eine Nachricht gebracht, von der er meinte, sie sei bedeutsam genug, den Kurs des Vizekönigs zu ändern und zu bewirken, daß der Krieg beendet wurde, und dies war nun der Erfolg – er hätte es wissen müssen.

Seine Brauchbarkeit lag – wenn sie vorhanden war – einzig darin, daß seine Berichte diejenigen der einheimischen Spione, die zu Übertreibung und Leichtgläubigkeit neigten, korrigierten. Vermutlich hatten sie diesen Zweck auch erfüllt und waren insofern von Nutzen gewesen. Im übrigen wurde ihr Wert für gering erachtet und hatte keinerlei Einfluß auf die Beschlüsse, die der Vizekönig oder sonstwer faßte. Man hatte sich gewiß schon für den Krieg entschieden gehabt, bevor er sich erbot, seine Spionagetätigkeit zu beginnen, und nur ein direkter Befehl aus London oder die vorbehaltlose Hinnahme aller Bedingungen des Vizekönigs und der Regierung von Indien durch den Emir hätte der Geschichte einen anderen Verlauf geben können.

Ash dachte: Ich hätte mir das alles, alles sparen können. Ich sehe mich als den einzigen Weißen, auf den Asien hoffen darf, ich stelle mir vor, Tausende Menschenleben hängen davon ab, was ich ausfindig und wie ich davon Gebrauch mache, und bin doch nichts weiter als einer von zahllosen Spionen, die sich die Regierung hält – und ein unbezahlter noch dazu.

Das Komische daran kam ihm zum Bewußtsein, und er lachte zum ersten Mal seit Wochen. Als er sah, wie Cavagnari darauf reagierte, entschuldigte er sich. »Ich wollte Sie nicht kränken, Sir, es tut mir leid. Ich habe meine Rolle zu ernst genommen, habe geglaubt, das Schicksal meiner Freunde und meines Volkes – zweier Völker – hingen von mir ab. Sie haben recht, mich zu entlassen. Für diese Arbeit bin ich nicht geschaffen. Ich hätte genügend Verstand haben sollen, sie gleich anfangs abzulehnen.«

Er erwartete nicht, daß der Ältere ihm nachfühlen könne, was er sagte, doch war Louis Cavagnari Engländer einzig der Geburt nach; sein Erbe, sein Blut, waren irisch und französisch, auch war er Romantiker und sah die Geschichte nicht als Aufzeichnung vergangener Ereignisse, sondern als etwas, das jederzeit geschieht, etwas, worin er selber eine Rolle spielen könnte... eine bedeutende Rolle womöglich...

Seine Miene wurde milder und er sagte: »Sie haben keinen Grund, so zu reden. Sie waren mir eine große Hilfe. Die Informationen, die wir von Ihnen erhielten, waren großenteils sehr wertvoll, also denken Sie nicht, daß Ihre Mühe umsonst war. Auch nicht, daß ich Ihnen nicht aufrichtig dankbar dafür gewesen bin. Niemand weiß besser als ich, welchen Gefahren Sie sich ausgesetzt und welche Opfer Sie gebracht haben. Sobald der Feldzug vorüber ist, werde ich Sie für einen Orden eingeben.«

»Ich bitte dringend, das nicht zu tun, Sir. Ich muß Sie enttäuschen, jemand wie ich läuft weniger Gefahr, als Sie denken. Während ich in Afghanistan war, habe ich mühelos die Denkweise der dortigen Bevölkerung übernehmen können, es war nicht notwendig, eine... die eigene Haut abzulegen und ein anderer Mensch zu werden. Darum ist es mir nicht weiter schwergefallen, meinen Auftrag zu erfüllen. Das, und der Umstand, daß das Land in einem richtiggehenden Umbruch begriffen ist, weil überall die Männer zu den Waffen gerufen und hin und her kommandiert werden, so daß im Gebiet der Stämme ein Fremder nicht mehr auffällt. Ich brauchte also meinetwegen niemals in Sorge zu sein. Das ist vielleicht schwer zu verstehen, doch ist es so, und das macht die Sache eben sehr viel einfacher. Was mir Kummer gemacht und mein Gewissen bedrückt hat, war einzig und allein die Verantwortung, die ich dafür zu tragen glaubte, daß es mir oblag, folgenschwere Irrtümer vermeiden zu helfen, und das eben war auch ein Irrtum. Nun, das alles wissen Sie, ich muß es nicht wiederholen.«

»Stimmt. In diesem Punkte sind wir unterschiedlicher Meinung. Ich wiederhole aber noch einmal, ich bin Ihnen aufrichtig dankbar, wirklich. Auch tut es mir leid, daß wir uns trennen müssen. Selbstverständlich werde ich die eben von Ihnen erhaltenen Informationen weitergeben – daß Shere Ali sich in Mazar-i-Sharif aufhält und nicht gesund ist, dazu Ihre persönliche Bewertung der Lage. Vielleicht tut die doch ihre Wirkung. Ich weiß es nicht. Die Führung dieses Krieges liegt nicht in meinen Händen, andernfalls... doch was soll das. Wir nehmen also Abschied voneinander. Sie gehen sicher nach Mardan zurück? Falls Sie wollen, können Sie mit einem von unseren Konvois nach Peshawar reiten.«

»Vielen Dank, Sir, doch finde ich den Rückweg lieber allein. Auch weiß ich noch nicht, wann ich aufbrechen darf. Ich muß den Befehl meines Kommandeurs abwarten.«

Cavagnari musterte ihn scharf, enthielt sich aber jeder Äußerung. Beide Männer schüttelten einander die Hand, dann wandte sich der Politische Berater sogleich wieder seiner Schreibtischarbeit zu. Sein vormaliger Agent wurde von dem Diener hinausgeleitet, der das Tor hinter ihm verschloß.

Nach der Wärme im Zimmer empfand Ash die Kälte draußen als geradezu schneidend. Der Mann, der ihn in die befestigte Stadt geleitet hatte und ihn nun auf dem Rückweg führen sollte, hatte Schutz vor dem Wind im gegenüberliegenden Hause gesucht. Ash, der schon fürchtete, der Mann könnte gegangen sein, rief halblaut ins Dunkel: »Zarin?«

»Hier«, sagte Zarin und trat auf die Gasse. »Du warst lange beim Sahib, ich wäre fast erfroren. Haben deine Neuigkeiten ihm gefallen?«

»Nicht besonders. Die Hälfte wußte er schon, und das übrige erfährt er in den nächsten Tagen ohnedies. Aber hier können wir nicht reden.«

»Nein.« Zarin ging lautlos und rasch wie eine Katze durch unbeleuchtete Gassen voran und hielt unvermittelt vor einem niedrigen Bauwerk aus Lehmziegeln unterhalb der Mauer. Ash hörte, wie ein eiserner Schlüssel im Schloß gedreht wurde, dann sah er sich in einem von einer Ölfunzel matt erhellten kleinen Raum, wo ein Holzkohlenfeuer willkommene Wärme verbreitete.

»Wohnst du hier?« fragte Ash, hockte sich nieder und wärmte die Hände am Feuer.

»Nein, dies ist das Quartier eines Nachtwächters, der jetzt Dienst hat. Er kommt vor Tagesanbruch nicht zurück, also haben wir einige ungestörte Stunden vor uns. Ich möchte eine Menge von dir hören. Du weißt, es ist bald sieben Monate her, seit wir uns trennten. Das ist mehr als ein halbes Jahr. Während der ganzen Zeit habe ich nichts von dir gehört, kein einziges Wort, nur, daß Wigram-Sahib mit dir im November in den Bergen gesprochen hat und daß du ihm einen Brief gabst, den er nach Attock bringen lassen sollte.«

Zarin hatte den Brief selber abgeliefert und konnte daher berichten, Anjuli gehe es gut, sie werde wie ein Kind des Hauses behandelt und könne unterdessen fließend Pushtu sprechen. Sie und auch die Tante beteten täglich für die heile und baldige Rückkehr von Ash, eine Bitte, der Gul Baz und der gesamte Haushalt sich anschlossen. »Jetzt weißt du, was du als erstes wissen wolltest und kannst beruhigt essen. Ich habe dir etwas warmgehalten. Es scheint, als hättest du in letzter Zeit nicht ausreichend zu essen bekommen, falls überhaupt – wie ein streunender Kater siehst du aus.«

»Du sähest auch nicht anders aus, wärst du in fünf Tagen auf Pferden, Kamelen und zu Fuß von Charikar, noch hinter Kabul, über den Lataband gekommen«, versetzte Ash und fiel über das Essen her. »Der Winter ist dafür nicht die passende Reisezeit, und weil ich in Eile war, habe ich im Sattel gegessen und nirgendwo übernachtet.«

Er langte nach einem mit Tee gefüllten Blechnapf, süßte den Tee reichlich mit Rohrzucker und trank hastig. Zarin, der ihn dabei beobachtete, fragte: »Darf man erfahren, welche Neuigkeiten du bringst?«

»Warum nicht? Ich habe Cavagnari-Sahib Informationen gebracht, die er schon hatte, nämlich daß der Emir aus Kabul abgereist ist, um seine Sache dem Zaren vorzutragen. Und daß er – was der Sahib nicht wußte – derzeit in Mazar-i-Sharif ist und so krank, daß er nicht mehr über den Oxus kommt, ganz zu schweigen von Petersburg. Er liegt im Sterben, und sein Sohn Yakoub Khan ist praktisch der Emir von Afghanistan, wenn auch noch nicht dem Namen nach.«

Zarin nickte zustimmend. »Richtig. Das erste war hier schon bekannt, ein ehemaliger Kavallerist von den Kundschaftern, der jetzt in Kabul lebt, brachte die Nachricht von Ali Sheres Flucht.«

»Ja. Ich war ja ebenfalls in Kabul, hatte Arbeit im Bala Hissar als Schreiber gefunden und habe ihn beauftragt, diese Information an Cavagnari-Sahib weiterzugeben.«

»Das hätte ich mir denken können. Warum aber kommst du selber so eilig her, wenn das so war?«

»Ich kam, weil ich hoffte, ich könnte den Leuten hier verständlich machen, daß der Emir dank seiner Flucht nicht mehr als Herrscher des Landes zu betrachten ist, daß er am Ende ist und daß damit, falls es noch Gerechtigkeit gibt, auch der Krieg beendet werden muß. Denn der Vizekönig-Sahib hat ja immer behauptet, er führe den Krieg gegen Shere Ali persönlich. Also glaubte ich, die Kämpfe würden nun eingestellt, aber es sieht nicht so aus. Der Krieg geht weiter, weil der Lat-Sahib, der Jung-i-Lat-Sahib und andere, die gleichen Sinnes sind wie er, ihn fortsetzen wollen. Was mich betrifft, bin ich wieder ein freier Mann. Cavagnari-Sahib braucht mich nicht mehr.«

»Nun, das wenigstens ist eine gute Nachricht.«

»Mag sein. Ich weiß es nicht, denn das kann mehreres bedeuten. Ist es möglich, daß ich unter vier Augen mit Hamilton-Sahib spreche, ohne daß jemand davon erfährt?«

»Nur, wenn du hierbleibst, bis er wiederkommt, und wann das sein wird, weiß ich nicht. Er und einige von unseren Reitern sind mit einem Trupp gegen den Klan der Bazai unterwegs, die zum Stamm der Mohmands gehören. Gestern sind sie losgeritten, und es kann Tage dauern, bis sie wiederkommen.«

»Und Battye-Sahib? Ist er ebenfalls dabei? Den müßte ich auch unbedingt sehen.«

»Der ist hier, doch wird es schwer sein, ihn zu sehen, ohne daß jemand etwas davon merkt, denn er ist seit kurzem Major und Kommandant eines Regimentes. Er hat also viel zu tun, und allein ist er fast nie, denn seine Besucher kommen nicht heimlich bei Nacht wie die von Cavagnari-Sahib. Ich will aber versuchen, es einzurichten.«

Ash hörte überrascht, daß Wigram befördert worden war, denn er wußte nicht, daß Oberst Jenkins eine neuaufgestellte Brigade übernommen hatte, bestehend aus der Vierten Gebirgsartillerieabteilung, aus Infanterie der Kundschafter und dem Ersten Sikh-Regiment. »Erzähl mal, was hier vorgefallen ist«, sagte er daher. »Ich habe so gut wie nichts vom Vormarsch unserer Truppen gehört, denn wo ich war, wurden einzig die Heldentaten der anderen Seite gerühmt. Ich weiß nur, daß die Truppen des Emir den Briten schwere Verluste beigebracht haben, bevor sie ihre Stellungen räumten, um den eindringenden Feind weiter ins Land zu locken, wo es leichter ist, die Nachschublinien mit wenigen Leuten zu unterbrechen. Ihre eigenen Verluste sind angeblich gering. Man spricht dort von dem Kampf um die Höhen von Peiwar Kotal als von einem großen afghanischen Sieg. Erst gestern hörte ich ganz zufällig, daß wir den Berg gestürmt haben und unsere Truppen ihn besetzt halten. Sag mir, was du selber davon weißt.«

Zarin wußte eine Menge, und in den nun folgenden Stunden erfuhr Ash viel Neues. Manches hatte er bereits vermutet. Die Kundschafter als Teil der Heeresgruppe Peshawar hatten an der Schlacht um die Höhen von Peiwar Kotal nicht teilgenommen, doch ein Stammesgenosse von Zarin war an beiden Angriffen beteiligt gewesen und nach der Ausheilung einer Verwundung auf Urlaub in sein Dorf geschickt worden. Zarin traf ihn zufällig in Dakka und hörte von ihm, was sich zugetragen hatte. Demzufolge war General Roberts, der Kommandeur jener Heeresgruppe, auf falsche Berichte von Spionen hereingefallen, die im Auftrag der Afghanen meldeten, der Feind ziehe sich aufgelöst zurück, und die Höhen von Peiwar Kotal könnten daher kampflos genommen werden. Die Truppe marschierte also aus den Kurram-Festungen den Bergen entgegen, und nach einem langen Marsch, als alle ermüdet und hungrig waren, stießen sie auf einen starken Gegner, der sie gut verschanzt erwartete.

»Mein Vetter sagt, der Feind ist durch vier Regimenter und sechs Geschütze aus Kabul verstärkt worden. Es waren insgesamt gegen fünftausend Mann mit siebzehn Geschützen. Sie kämpften angeblich ungeheuer zäh und mutig, schlugen jeden Vorstoß ab und brachten uns so viele Verluste bei, daß wir zwei Tage brauchten, die Höhen zu stürmen. Der Sieg war also teuer erkauft, mit Gefallenen sowohl wie mit Verlust an Material.«

Ash hatte die übliche Prahlerei wohl in Rechnung gestellt und war trotzdem zu dem Resultat gelangt, daß die Truppen der Regierung Indiens nicht allzu gut vorankamen, und was Zarin zu erzählen hatte, bestätigte ihn darin. Der Vormarsch gegen Kabul war anscheinend aus Mangel an Transportmitteln zum Stehen gekommen, während die in Jalalabad und Kurram liegenden Truppen durch Krankheiten dezimiert wurden, welche die Kälte hervorrief.

Die englischen Regimenter waren davon am schlimmsten betroffen, und auch die aus dem Süden hierher verlegten Truppenteile, die nicht an Temperaturen unter Null gewöhnt waren, hatten viele Ausfälle. Auch fehlte es an Packtieren und an Futter. Der Versorgungsoffizier hatte bereits angekündigt, er werde im Frühjahr neue Kamele brauchen, falls er die vorhandenen nicht mindestens vierzehn Tage im Süden herausfüttern könne; Tausende würden andernfalls sterben und ihre verfaulenden Kadaver Seuchen hervorrufen.

Von der Kurram-Front waren ähnliche Klagen zu hören, auch von Kandahar. Die dort eingesetzten, dem General Stewart unterstellten Truppen hatten zwar Khelat-i-Ghilzai genommen, dann aber aufgeben müssen und rückwärtige Stellungen bezogen. Jener Teil seines Heeres, der auf Herat marschierte, war am Helmand zum Stehen gebracht worden, wie General Sam Browne hier in Jalalabad. Von neu eingetroffenen Rekruten hatte Zarin vor wenigen Tagen erfahren, es fehle in Dadar, Jacobabad und Quetta an Transportmitteln, Wüste und Pässe seien mit toten Kamelen und liegengebliebenem Material übersät...

»Wäre ich abergläubisch«, sagte Zarin, »was ich, Allah sei Dank, nicht bin, würde ich sagen, dieses Jahr steht unter einem schlechten Vorzeichen, wir leben unter einem bösen Gestirn, nicht nur hier in Afghanistan, sondern auch weiter im Osten. Denn aus Oudh, aus dem Pandschab und den Nordwestprovinzen ist zu hören, daß das Wintergetreide wiederum verdorben ist und daß Tausende Hungers sterben. Weißt du davon?«

Ash schüttelte den Kopf, er wisse bloß, daß ganz Afghanistan fest mit einem Sieg über die Briten rechne. Shere Ali habe in einer amtlichen Bekanntmachung von Niederlagen und Verlusten des Gegners gesprochen und von Siegen seiner eigenen »löwenverschlingenden Krieger«, die so tapfer kämpften, daß nicht ein einziger ins Paradies eingehe, bevor er nicht mindestens drei Feinde erschlagen habe. In Kriegszeiten war das die übliche Ausdrucksweise beider Seiten. Dank der Unwegsamkeit des Landes und dem fehlenden Nachrichtenaustausch zwischen den Stämmen und auch, weil eine entscheidende Schlacht noch nicht geschlagen war, glaubten die Afghanen ausnahmslos, den Vormarsch nach Kabul aufhalten zu können...

»Sie müssen aber wissen, daß wir die Festung Ali Massid und die Höhen von Peiwar Kotal genommen haben«, gab Zarin zu bedenken.

»Stimmt, doch die Männer, die dort gegen uns gefochten haben, geben eine sehr einseitige Darstellung der Vorgänge; sie prahlen damit, wie groß unsere Verluste sind und wie gering ihre eigenen. Wer sie hört, erwartet daher einen großen Sieg, etwas, wie ihre Väter ihn vor fünfzig Jahren erfochten, als sie innerhalb weniger Tage ein ganzes britisches Heer vernichteten. Das haben sie nie vergessen – dein Vater hat mir das eingeschärft – und heute ist überall die Rede davon, auch die kleinsten Kinder wissen es. Niemand hingegen weiß noch, daß General Sale-Sahib diese Stadt Jalalabad erfolgreich verteidigte oder daß Pollack-Sahib den Khaibarpaß überschritt und den großen Basar von Kabul zerstörte. Solcher Dinge erinnern sie sich nicht oder sie haben nie davon gehört, und ich fürchte, darin liegt eine große Gefahr für uns, denn solange sie glauben, uns besiegen zu können, werden sie sich auf keine Verhandlungen einlassen. Sie meinen, sie haben uns in der Falle und können uns vernichten, sobald sie wollen.«

Zarin lachte kurz. »Sollen sie es versuchen! Dann werden sie schon sehen, daß sie irren.«

Ash sagte nichts darauf, denn manches von dem, was er von Zarin gehört hatte, ließ ihn daran zweifeln, daß dieser recht hatte. Wie kann eine Invasionsarmee existieren, die keinen Nachschub bekommt? Wie kann sie Festungsbesatzungen mit Munition und Proviant versorgen? Man brauchte bespannte Fahrzeuge. Proviant, Munition, Zelte, Arzneien und Verbandsmaterial mußten auf Packtieren transportiert und die mußten gefüttert werden. Auch schlagen hungrige, frierende, kranke Männer keine siegreichen Schlachten, und Ash meinte, Lord Lytton täte gut daran, die Flucht von Shere Ali zum Anlaß zu nehmen, einen Waffenstillstand anzubieten. Damit wäre nicht nur bewiesen, daß er die Wahrheit sagte, als er davon sprach, der Krieg richte sich allein gegen die Person des Emir und nicht gegen sein Volk, sondern man würde nach dem Tode des Vaters – und mit dem Ableben Shere Alis war täglich zu rechnen – mit Yakoub Khan gewiß zu annehmbaren Bedingungen kommen. Dies müßte jedoch unverzüglich geschehen, solange die Briten noch Ali Massid, die Höhen von Peiwar Kotal und Städte wie Jalalabad hielten und Khaibar und Kurram beherrschten. Auf diese Weise mochte man einen dauerhaften Frieden zwischen der Regierung Indiens und Afghanistans zustande bringen. Falls aber der Krieg weiterging, sah Ash nur ein Ende: ein neues Massaker.

Zarin, der ihn beobachtete, dürfte seine Gedanken gelesen haben, denn er sagte philosophisch: »Was sein soll, wird sein. Die Dinge sind nicht in unserer Hand. Erzähl mir jetzt von dir...«

Ash berichtete. Zarin brühte Tee auf und trank, während er zuhörte. Als Ash zu Ende war, sagte er: »Du hast dir die Trennung von Cavagnari-Sahib redlich verdient. Was willst du jetzt machen? Willst du hier zum Regiment? Oder willst du morgen früh nach Attock reiten? Man wird dir nach alledem ja wohl Urlaub geben.«

»Das muß der Kommandeur entscheiden. Versuche, es so einzurichten, daß ich ihn morgen sprechen kann, aber nicht im Lager, das wäre unklug. Am besten am Fluß, dort könnte ich spazierengehen. Darf ich über Nacht hierbleiben?«

»Oh ja. Ich sage dem Nachtwächter Bescheid, den kenne ich gut. Und was den Kommandeur-Sahib angeht, sehe ich, was ich tun kann.«

Zarin sammelte das Geschirr ein und ging. Ash legte sich zufrieden schlafen, erwärmt nicht nur vom Feuer, sondern auch von der behaglichen Gewißheit, das Schlimmste sei überstanden und morgen oder übermorgen dürfe er auf Urlaub nach Attock und einige Tage mit Juli verbringen, bevor er sich in Mardan meldete – angeblich vom Lehrgang aus Poona zurück.

Hätte er noch am gleichen Abend oder wenigstens zeitig am folgenden Tage mit Wigram sprechen können, alles wäre wohl wie geplant verlaufen. Doch nun mischte sich das Schicksal ein in Gestalt des Generals Sir Sam Browne. Der General hatte Cavagnari auf ein zeitiges Frühstück gebeten, um vor einer Besprechung, die für den Nachmittag angesetzt war, unter vier Augen mit ihm zu reden. Sozusagen im Weggehen, nach Beendigung der Unterhaltung, fiel Cavagnari ein, daß der General früher einmal die Kundschafter kommandiert hatte und deshalb vielleicht noch ein gewisses Interesse an ihnen nahm. Also erwähnte er einen gewissen Leutnant Pelham-Martyn und die Rolle, die dieser kürzlich als Informant in Afghanistan gespielt hatte.

Der General war mehr als interessiert; er stellte eine Menge Fragen, sagte, er erinnere sich gut, wie der Junge damals nach Mardan gekommen... eine höchst merkwürdige Sache das... Jenkins und Campbell und Battye seien damals blutjunge Leutnants gewesen...

Er versank in nachdenkliches Schweigen, und Major Cavagnari nahm das als Zeichen seiner Entlassung. Er hatte viel vor an diesem Morgen, unter anderem wollte er Major Campbell – in Abwesenheit von Oberst Jenkins mit dem Kommando über die Kundschafter betraut – melden, daß er Leutnant Pelham-Martyn nicht mehr brauche, der mithin wieder beim Regiment Dienst tun könne. Doch während er dies noch schrieb, las Campbell bereits einen eigenhändig von General Browne gekritzelten Zettel, überbracht durch einen Melder zu Pferde: Er habe sich unverzüglich beim General zu melden.

Das tat Campbell denn auch, wobei er sich fragte, welch weltbewegende Pläne der General ihm mitzuteilen gedenke und hörte verblüfft, daß dieser nur mit ihm über Ash sprechen wollte.

»So weit mir bekannt, steckt der Bursche hier in Jalalabad. Cavagnari hat ihn rausgeschmissen. Er soll sich beim Regiment zurückmelden. Nun, daraus wird nichts...«

Hätte Cavagnari gehört, was der General mit dem Leutnant Pelham-Martyn vorhatte, er wäre nicht erfreut gewesen, denn anders als er, hielt der General den Leutnant für absolut zuverlässig. Den General interessierte allerdings nicht der politische Aspekt der Lage, sondern einzig die militärische Aufklärung, und dafür war niemand besser geeignet als eben jener Leutnant Pelham-Martyn.

»Cavagnari hält ihn für einen überzeugten Parteigänger der Afghanen und meint daher, seine Informationen seien mit Vorsicht zu genießen, wenn nicht geradezu irreführend. Ich bezweifle das. Aber mir geht es um was anderes. Was wir brauchen, sind keine Bewertungen der politischen Lage, sondern Feindaufklärung. Und wenn Sie mir versichern können, daß der Leutnant sich nicht geradezu zum Verräter entwickelt hat, dürfte niemand so gut wie er imstande sein, uns über Standort und Zahl von Banden feindlicher Stammesangehöriger zu informieren, über ihre Bewaffnung, ihre Bewegungen. In Terrain wie diesem ersetzen solche Informationen, wenn sie genau sind, glatt ein ganzes Armeekorps. Kurz und gut, sorgen Sie dafür, daß der Bursche genau da weitermacht, wo er aufgehört hat, nur diesmal in unserem Auftrag und nicht in dem der Politikfritzen.«

Campbell, dem das alles neu war und der Ash auf einem Lehrgang in Poona wähnte, pflichtete dem General bei, meinte aber: »Das ist ein rechtes Pech für den Jungen.«

»Schieben Sie alles auf mich. Sagen Sie, ich hätte es persönlich befohlen, und das stimmt ja auch. Außerdem sind Sie sein Kommandeur, bis Jenkins zurückkommt. Und ich bin Ihr Kommandeur, und wir haben Krieg. Also...«

Ash nahm die Neuigkeit gelassen auf. Für ihn war es ein schwerer Schlag, doch was sollte er machen. Er war aktiver Offizier und hatte sich zu dieser Aufgabe freiwillig gemeldet. Er hörte also ohne eine Miene zu verziehen zu, als Wigram, den Campbell an seiner Statt abends ans Ufer schickte, ihm genau auseinandersetzte, welche Art Information der General sich wünschte, wie man sie am besten weitergäbe, undsoweiter undsofort.

»Ich kann Ihnen gar nicht sagen, wie ich das bedauere«, schloß Wigram. »Ich habe versucht, Campbell dazu zu bewegen, daß er den General von diesem Einfall abbringt, doch meint er, das habe überhaupt keine Aussicht auf Erfolg, und damit liegt er, fürchte ich, richtig. Der General möchte übrigens, daß Sie baldmöglichst aus Jalalabad verschwinden und sich wieder in Kabul niederlassen, denn früher oder später müssen wir Kabul nehmen, es sei denn, die Afghanen schreien vorher Pax!«

Ash nickte bloß. Zarin, der das Treffen vereinbart hatte, erwartete ihn an der gleichen Stelle wie am Abend zuvor und sah ihn – nach kurzer Unterhaltung – mit dem lockeren, weitgreifenden Schritt des Bergbewohners in der Dunkelheit verschwinden. Tags darauf kam Wally mit den übrigen Kavalleristen nach Jalalabad zurück, doch da war Ash bereits gute zwanzig Meilen jenseits von Gandamak in den Bergen.

Dies alles geschah im Januar vor Einsetzen der heftigen Schneestürme, welche die Pässe unbegehbar machten. Gegen Ende des Monats kam ein Brief im Hause der Begum an, den Ash in Jalalabad vor seinem Aufbruch Zarin gegeben hatte. Drei Tage später machte Anjuli sich auf den Weg nach Kabul.

Diese drei Tage waren für alle Beteiligten nicht einfach. Die Begum und Gul Baz waren entsetzt darüber, daß Juli eine solche Reise ins Auge faßte, noch dazu mitten im Winter und in Kriegszeiten! Das war absolut undenkbar und auf keinen Fall zu erlauben, denn eine Frau, allein in jenem wilden Lande, mußte das Opfer von Halsabschneidern, Mördern und Räubern werden. »Ich reise doch nicht allein«, wandte Anjuli ein. »Gul Baz wird mich beschützen.«

Gul Baz erklärte, er denke nicht daran, sich an solch einem irrsinnigen Vorhaben zu beteiligen. Pelham-Sahib würde ihm den Kopf abreißen, sollte er dabei mitmachen, und das zu Recht. Daraufhin entgegnete Anjuli, dann werde sie sich eben allein auf den Weg machen.

Hätte sie geheult und sich die Haare gerauft, man wäre leichter mit ihr fertig geworden, doch blieb sie völlig ruhig. Weder hob sie die Stimme, noch bekam sie hysterische Anfälle, sie beharrte einzig darauf, ihr Platz sei an der Seite ihres Mannes. Sie habe sich mit einer Trennung von einem halben Jahr einverstanden erklärt, eine weitere ebenso lange, wenn nicht längere Trennung komme nicht infrage. Da sie nun überdies Pushtu spreche wie eine Afghanin, stelle sie für ihn weder eine Behinderung noch eine Gefahr dar, und was sie selber betreffe, sei sie in Afghanistan gewiß weniger gefährdet als in Indien. Hier müsse sie stets damit rechnen, doch noch von einem Agenten aus Bhithor aufgespürt und ermordet zu werden, aber kein Bhithori traue sich ins Gebiet der Bergstämme. Ihr Mann habe Obdach in Kabul bei einem gewissen Sirdar Bahadur Nakshband Khan gefunden, einem Freund von Awal Shah; sie wisse also, wohin sich wenden, und niemand werde sie davon abhalten.

Man versuchte es gleichwohl, doch erfolglos. Die weinende Begum schloß Anjuli in ihrem Zimmer ein; sie stellte Gul Baz als Posten in den Garten, damit er verhindere, daß sie durchs Fenster fliehe. Anjuli wehrte sich, indem sie Essen und Trinken verweigerte. Zwei Tage später gab die Begum auf, denn sie sah sich einer Entschlossenheit gegenüber, noch hartnäckiger als ihre eigene.

»Vergib mir, Begum Sahiba«, sagte Juli, »du warst gütig zu mir und liebevoll, und zum Dank mache ich dir solchen Kummer. Doch wenn ich bleibe, sterbe ich vor Angst um Ashok, denn ich weiß, sein Leben ist stets gefährdet, und wird er entdeckt, muß er eines langsamen, grauenhaften Todes sterben... ohne daß ich bei ihm bin. Monate, ja Jahre werde ich nicht wissen, ob er lebt oder tot ist oder als Gefangener in einem schauerlichen Verlies sitzt, friert, hungert, gequält wird... ich kenne das aus eigener Erfahrung. Das halte ich nicht aus. Hilf mir, mich auf die Reise vorbereiten und mach mir keine Vorwürfe. Hättest du denn an meiner Stelle um deines Mannes willen nicht das gleiche getan?«

»Ja«, gestand die Begum, »das hätte ich gewiß. Es ist schwer, eine Frau zu sein, die von ganzem Herzen liebt, was die Männer nie verstehen – denn sie lieben auch noch anderes, Gefahr und den Krieg... Ich helfe dir.«

Von seiner Verbündeten verlassen, kapitulierte nun auch Gul Baz. Er sah sich gleichsam erpreßt, denn es war unvorstellbar, daß er Anjuli die Reise allein machen ließ. Sie wollte nicht darauf warten, was Ash etwa zu ihrem Plan sagen mochte, denn eine Antwort auf eine Anfrage hätte Wochen gebraucht; zwar hatte Zarin einen Brief aus Afghanistan herausschmuggeln können, doch von Attock nach Jalalabad zu schreiben, war so gut wie aussichtslos, und ob es Zarin gelingen würde, einen Brief an Syed Akbar in Kabul zu spedieren, war mehr als fraglich. Also machten sie sich bereits tags darauf auf den Weg nach Kabul, mit geringem Gepäck und etwas Geld versehen, samt den Juwelen, die zu Julis Aussteuer gehörten und die Ash im letzten Moment in Bhithor gerettet hatte.

Die Begum stellte afghanische Kleidung zur Verfügung, für Anjuli einen Pelzrock und Filzstiefel. In ihrem Auftrag besorgte Gul Baz zwei Mähren, die zwar imstande waren, ihre Reiter zu tragen, die aber gewiß keinen Anlaß gaben, die Gier der Bergbewohner zu erwecken. Sie blieb auf, um sich zu verabschieden, als die beiden – wie schon Ash zuvor – unauffällig bei Nacht aufbrachen. Als sie das kleine Seitentor hinter ihnen verriegelte, seufzte sie, denn sie erinnerte sich ihrer eigenen Jugend und des gut aussehenden jungen Mannes, der sie vor Jahren als Braut in dieses Haus geführt und den sie so sehr geliebt hatte. Ja, ich hätte es wohl ebenso gemacht, dachte sie. Ich werde darum beten, daß sie heil in Kabul ankommt und ihren Mann dort findet. Doch ist das Wetter zum Reisen ungünstig und ich fürchte, sie hat schlimme Tage vor sich.

Die Tage wurden noch schlimmer, als die Begum fürchtete. Unterwegs büßten sie eines der Pferde ein, das ausrutschte, als es ein schmales, eisglattes Felsband entlang geführt wurde und in die Tiefe stürzte. Gul Baz riskierte Kopf und Kragen, als er bei dichtem Schneetreiben abstieg, um die Satteltaschen zu bergen, denn man war auf den Proviant angewiesen, den sie enthielten. Es gelang ihm nur mit Mühe, die vereiste Wand der Schlucht wieder zu ersteigen. Danach saßen sie mehrmals tagelang im Schnee fest. Doch wurde das Gebet der Begum erhört: Nach mehr als vierzehn Reisetagen kamen sie heil in Kabul an, und als sie am Tor eines Hauses in einer ruhigen Straße klopften, die unmittelbar am Bala Hissar vorüberführte, öffnete ihnen Ash.

54

Am 21. Februar 1879 starb Shere Ali in Mazar-i-Sharif im afghanischen Teil von Turkestan, und sein Sohn Yakoub Khan trat die Nachfolge an. Der neue Emir dachte nicht daran, den Briten Friedensangebote zu machen, vielmehr war er ganz damit beschäftigt, die afghanischen Streitkräfte umzugruppieren und neu auszurüsten.

Cavagnaris Agenten berichteten, die Krieger in Kabul und Ghazi seien entschlossen, die Wegnahme von Ali Massid und der Höhen von Peiwar Kotal zu rächen; sie zählten bereits siebentausend Berittene, zwölftausend Fußsoldaten und verfügten über sechzig Geschütze. Man nahm diese Informationen allerdings nicht für die pure Wahrheit, denn sie stammten von einheimischen Zuträgern, die es liebten, eine gute Geschichte noch auszuschmücken. Wigram Battye allerdings erhielt seinerseits gleichlautende Informationen von einer Quelle, die sich »Akbar« nannte und anfügte, auch die Stämme, die bei den Engländern für freundlich gälten, würden unruhig und tendierten zum Feind. Die Afridi wollten wissen, weshalb nun, da Shere Ali verstorben sei, die Regierung Indiens weiterhin Truppen in Afghanistan unterhalte und fortfahre, in diesem Lande Festungen und Truppenunterkünfte anzulegen? Bedeute dies, daß die Engländer nicht die Absicht hätten, die vor dem Krieg gemachten Versprechungen einzuhalten?

Akbar fuhr fort: »Ich rate auch dringend, die Hohlköpfe vom Vermessungsamt daran zu hindern, ganze Schwärme von Landvermessern über die Grenze zu schicken und Landkarten von Afghanistan herzustellen. Dadurch festigt sich nur der bereits vorhandene Argwohn, die Engländer gedächten, sich des ganzen Landes zu bemächtigen. Ihr wißt, die Pathan können Landvermesser nicht ausstehen, weil sie glauben, wo heute einer auftaucht, steht morgen eine Armee. Legt den Burschen also um Himmels willen das Handwerk.«

Wigram versuchte es, jedoch ohne Erfolg.

Mr. Scott wurde samt seiner Gehilfen bei einer solchen Exkursion angegriffen; vier seiner Begleiter wurden getötet und zwei verwundet. Wochen später machte auch Wally eine ähnliche Erfahrung, als er gemeinsam mit einigen berittenen Kundschaftern und einer Kompanie des 45. Sikh-Regiments einen weiteren Trupp Landvermesser beschützen sollte. Wütende Dörfler fielen über die Unglücksmenschen her. Dabei wurde der Kompaniechef der Sikh tödlich verwundet.

»Schade um Barclay«, sagte Wigram dazu. »Er war kein übler Bursche.«

»Einer von den Besten«, stimmte Wally ihm zu. »Das Ganze ist eine Vergeudung von Menschenleben. In einer richtigen Schlacht zu fallen, ist gewiß was anderes, man hätte dabei ein besseres Gefühl. Aber so –« Er trat gegen einen harmlosen Baumstumpf und fügte erbittert hinzu: »Man sollte doch glauben, die Lage in dieser Gegend ist auch so schon delikat genug. Muß man denn die Einheimischen auch noch reizen, indem man Landvermesser in alle Himmelsrichtungen schickt, wo die Afghanen dann zusehen dürfen, wie Karten von ihren Feldern und Dörfern angefertigt werden? Ash hat schon recht, im Augenblick treiben wir hellen Wahnsinn. Du hast unterdessen wohl nicht von ihm gehört?«

»Seither nicht. Bestimmt ist es für ihn nicht einfach, Briefe rauszuschmuggeln. Er läuft dabei doch jedes Mal Gefahr, sich zu verraten oder erpreßt zu werden. Noch dazu kriegt er niemals eine Bestätigung dafür, daß seine Berichte angekommen sind.«

»Nein, das ist richtig. Ich würde so gern mal mit ihm reden. Er ist jetzt eine Ewigkeit fort und fehlt mir sehr… ich mache mir seinetwegen Gedanken. Es muß doch schrecklich sein, mutterseelenallein in diesem elenden Land umherzulaufen, Wochen und Wochen und Monat um Monat und immer zu wissen, daß ein Fehler das Ende bedeutet. Ich verstehe nicht, wie er das schafft. Ich könnte es nicht, das steht mal fest.«

»Ich auch nicht«, sagte Wigram nüchtern. »Gott weiß, ich reiße mich nicht darum, ins Gefecht zu kommen, aber ich nähme lieber an einem halben Dutzend ausgewachsener Schlachten teil, als hinter den feindlichen Linien herumzuspionieren. Vor dem Kampf hat man Angst – ich jedenfalls –, aber dann geht es irgendwie. Die andere Sorte Arbeit verlangt dagegen einen kaltblütigen Mut, den unsereiner einfach nicht aufbringt. Andererseits muß man bedenken, daß wir auch keine menschlichen Chamäleons sind wie Ashton, keine Weltwunder, die auf Pushtu denken oder auch auf Hindi, wenn es gerade so kommt. Offenbar hängt es davon ab, wo er sich gerade aufhält. Manchmal frage ich mich, ob er vielleicht auch mal auf Englisch träumt. Doch das dürfte selten sein, wenn überhaupt.«

Wally machte den Zelteingang auf und starrte in die Berge, die Jalalabad umstehen, jetzt dunkel vor einem dunkelnden Himmel. Der übermütige Märzwind fuhr ihm durch die Haartolle, bauschte die Zeltwände und wirbelte Papiere vom Tisch. »Ob er wohl irgendwo da oben steckt und uns beobachtet?«

»Warum sollte er? Er ist in Kabul. Ah, da kommt wohl mein Bad. Seit fünf Tagen das erste! So ist es nun mal im aktiven Dienst. Bis zum Abendessen dann.«

Wally vermutete aber richtiger als Wigram, denn Ash befand sich derzeit in einem Dorf namens Fatehabad, keine zwanzig Meilen entfernt.

Seit Kriegsausbruch war Azmatulla Khan, Ältester der Ghilzai, damit beschäftigt, einen Aufstand gegen die britischen Invasoren durch die Bewohner des Lagman-Tales vorzubereiten. Ende Februar vertrieb Oberst Jenkins mit einer kleinen Truppe Azmatullas Krieger aus dem Tal, bekam ihn selber aber nicht zu fassen. Man wußte, er war jetzt wieder dort, diesmal von noch mehr Kriegern begleitet. Ash schickte am letzten Tage des März eine weitere Unglücksbotschaft nach Jalalabad: Der Stamm der Khugiani, deren Gebiet keine siebzehn Meilen von Fatehabad begann, hatte sich erhoben und zog seine Bewaffneten in einer der Grenzfestungen zusammen.

Im Besitze dieser Information befahl der Divisionskommandeur, umgehend diesen neuen Unruheherd auszutreten, bevor Unheil entstand. Noch in der gleichen Nacht sollte die Truppe abmarschieren, samt Zelten und schwerer Bagage, eingeteilt in drei Marschgruppen, bestehend aus Infanterie, zwei Schwadronen Kavallerie – teils bengalische Lanzenreiter, teils Husaren vom 10. Regiment – und einer aus Berittenen und Infanterie zusammengesetzten Kolonne. Letztere wurde von General Gough kommandiert. Zu ihr gehörten zwei Schwadronen Kundschafter, die Auftrag hatten, die Khugiani bei Fatehabad zu vernichten. Eine der beiden anderen Kolonnen sollte gegen Azmatulla und seine Krieger vorgehen, die dritte die Höhen von Siah Koth überschreiten und dem Gegner den Rückzug verlegen.

Die Schnelligkeit, mit welcher die Operation geplant und ausgeführt wurde und der Umstand, daß die Kolonnen nach Einbruch der Dunkelheit aufbrachen, sollten dafür garantieren, so hoffte der General, daß Azmatulla und die Khugiani überrascht wurden. Er hätte es besser wissen müssen, denn in Jalalabad wimmelte es von afghanischen Spionen. In der Stadt selber saßen sie schockweise, und ebensoviele beobachteten den Kabul-Fluß. Wenn sich irgendwo etwas tat, wußte der Feind keine Stunde später Bescheid. Kam hinzu, daß ein Befehl von General Jenkins in Vergessenheit geraten war, der nach der Besetzung der Stadt die Furt, welche diese Nacht von Husaren und Lanzenreitern durchquert werden sollte, inspiziert, diese als gefährlich bezeichnet und ausdrücklich verboten hatte, sie bei Nacht zu benutzen. Der Plan wurde also nicht geändert, zudem führte der Kabul Hochwasser...

Noch stand der Mond am Himmel, als die beiden Schwadronen antrabten. Er war jedoch schon im Untergehen begriffen und verschwand ganz hinter den Bergen, als man an die Furt kam. Das Tal lag in tiefem Schatten. Der Fluß war hier mehr als eine Dreiviertelmeile breit, jedoch durch eine steinige Sandbank in der Flußmitte in zwei Wasserläufe geteilt. Die hölzerne Brücke war wie alljährlich schon vor Wochen abgebaut worden, weil man nicht riskieren wollte, daß sie weggeschwemmt wurde; das wäre schlimm gewesen, weil es in der Nähe kein Bauholz gab. Hinüber kam man also nur durch die Furt – eine Reihe breiter Trittfelsen zwischen gefährlichen Strudeln.

Der mächtig angeschwollene Fluß rauschte durch das Tal, das Tosen der Stromschnellen übertönte sogar das Klirren des Zaumzeuges und das Stampfen der Pferdehufe, als die Trupps sich zu Vieren nebeneinander am Ufer aufstellten. Der einheimische Führer ging voller Selbstvertrauen voran ins Wasser und watete hinüber, gefolgt von den bengalischen Lanzenreitern, die von Kindesbeinen mit den tückischen Gewässern des Landes vertraut waren und alle heil drüben ankamen.

Die starke Strömung bewirkte jedoch, daß die lange Kolonne seitlich abgedrängt wurde, und als die Munitionskarren den Lanzenreitern folgten, fuhren sie zu weit flußab in die Furt, gerieten in tieferes Wasser und gleich darauf in die Stromschnellen.

Hilferufe wurden vom Tosen des Wassers übertönt, und Dunkelheit hinderte die Husaren, die dem Troß dichtauf folgten, wahrzunehmen, was da eigentlich vorging. Hauptmann Spottiswood, der die Husaren anführte, spürte, wie sein Pferd, als er es dicht hinter der Munitionskolonne ins Wasser trieb, den Halt verlor, Tritt faßte, den Halt neuerlich verlor, und Minuten später tummelten sich Reiter und Pferde im eiskalten schäumenden Wasser, verzweifelt um ihr Leben kämpfend.

Tatsächlich kamen einige davon, darunter der Hauptmann, viele aber ertranken. Von der Kälte gelähmt, von den nassen Uniformen und den schweren Stiefeln behindert, wurde mancher, der sich über Wasser hielt und nicht von um sich schlagenden Pferden getroffen wurde, doch noch in die Tiefe gezogen, vom Säbel, den schweren Patronentaschen, dem Lederzeug. Diese also wurden abgetrieben, gegen die Felsen geschleudert und ertranken im tiefen Wasser.

Zweiundvierzig Mann, ein Offizier und drei Unteroffiziere kamen so ums Leben, von einer Schwadron, die eine knappe halbe Stunde zuvor vollzählig mit fünfundsiebzig Reitern aufgebrochen war. Nasse, reiterlose Pferde, die plötzlich bei der bespannten Artillerie auftauchten, machten darauf aufmerksam, daß ein Unglück geschehen war. Man suchte beim Schein von Feuern und Fackeln die ganze Nacht hindurch die Ufer nach Toten ab.

Bei Tagesanbruch waren die Leichen des Offiziers und die von achtzehn Männern gefunden, eingeklemmt zwischen Felsen, das Gesicht nach unten. Die anderen hatte die Strömung auf Nimmerwiedersehen davongetragen. Azmatulla Khan war übrigens rechtzeitig von seinen Spionen gewarnt worden und hatte sich längst aus dem Staube gemacht; die beiden anderen Kolonnen kehrten also unverrichteterdinge heim.

Die Khugiani waren weniger vorsichtig, obwohl ebenfalls gewarnt.

Die gemischte Truppe, die gegen diesen Stamm operieren sollte, marschierte als letzte ab, wurde aber ebenfalls durch das Malheur an der Furt aufgehalten. Es war schon gegen ein Uhr früh, als sie richtig in Gang kam. Im Vorbeimarschieren sah sie die Feuer und Fackeln am Ufer, wo nach Überlebenden gesucht wurde.

Als die Schwadronen in die Nacht hinausritten, murmelte Zarin zu Mahmud Khan von den Kundschaftern: »Ich sage immer, dies ist ein verhextes Jahr«, und erhielt die grimmige Antwort: »Und es ist noch lange nicht herum. Hoffen wir nur, daß es für die meisten Khugiani morgen Nachmittag zu Ende ist und daß wir selber eines Tages wieder in Mardan sind, unsere Pension verzehren und zusehen dürfen, wie unsere Enkel bei den Kundschaftern dienen.«

»Ameen«, murmelte Zarin innig.

Trotz der Dunkelheit und der Schwierigkeiten, die der Weg bot, der schon bei Tage kaum von dem steinigen Land zu unterscheiden war, das sich rings erstreckte, kamen Infanterie, Reiter und Geschütze gut voran. Es war noch dunkel, als die Reiterspitze eine Meile vor Fatehabad anhielt und den Rest der Kolonne erwartete. Als die letzten eintrafen, konnte man nicht mehr von Nacht reden, doch Wigram und seine beiden Schwadronen, in solchen Unternehmungen erfahren, suchten Plätze unter Bäumen und machten es sich dort zunächst so bequem wie möglich.

Das Dorf galt für friedlich, doch als es tagte, stellte sich heraus, daß nirgendwo Rauchwolken sichtbar wurden. Ausgesandte Späher berichteten, es sei verlassen. Die Dorfbewohner hatten allen Proviant und ihr Vieh mitgenommen – außer einem streunenden Köter und einer wütenden Katze, die auf der Schwelle eines verlassenen Hauses saß und jeden anfauchte, der ihr zunahe kam. Weiter rührte sich nichts. Wigram frühstückte unter einem Baum und bemerkte nur verächtlich: »Typisch für unseren Nachrichtendienst. Freundliche Dorfbewohner. Ungefähr so freundlich wie Hornissen. Sie sind allesamt zum Feind übergegangen, das dürfte klar sein.«

Er sandte Patrouillen aus, die erkunden sollten, wo die Khugiani abgeblieben waren. Als Infanterie und Geschütze gegen zehn Uhr morgens eintrafen, waren die Patrouillen noch nicht zurück. Immerhin hatte Wigram unterdessen Neuigkeiten aus anderer Quelle erhalten.

»Ashton scheint zu glauben, die Dörfler wollen Widerstand leisten«, sagte er und knüllte einen Zettel zusammen, den er soeben von Zarin erhalten hatte. Zarin hatte ihn von einem ältlichen Mann, der Futter schnitt, und dieser wiederum wollte ihn von einer alten, ihm unbekannten Frau erhalten haben mit dem Befehl, ihn unverzüglich bei einem gewissen Zarin Khan von den Kundschaftern abzuliefern – gegen Belohnung. Er nahm an, es handele sich um einen Liebesbrief. Zarin glaubte dies aber nicht, denn der Brief war in Englisch abgefaßt. Und weil dafür nur ein einziger Absender infrage kam, gab er ihn unverzüglich seinem Kommandeur.

Wally las: »Starke Feindkräfte auf Plateau oberhalb der Straße nach Gandamak verschanzt. Schätze fünftausend Mann. Keine Geschütze, aber Stellungen und Kampfmoral erstklassig. Frontalangriff brächte große Verluste. Empfehle Beschießung durch Artillerie. Rührt sich nichts, müßt Ihr sie aus ihren Stellungen locken. Das ist leicht, weil Disziplin gleich Null. Aber kämpfen werden sie wie die Teufel.«

»Dieser Ash! Ob er selber da oben ist? Würde mich nicht wundern. Lieber wäre mir, er wäre hier bei uns. Wenn nur – gibst du das an den General weiter?«

»Ja, jedenfalls soweit er es wissen muß.« Wigram kritzelte etwas auf ein Meldeformular und schickte damit seinen Burschen im Galopp zu General

Gough. »Seine Vorposten werden ihn allerdings schon informiert haben, aber eine Bestätigung ist immer gut.«

»Und hast du geschrieben, Ash meint, wir –«

»Nein, hab ich nicht. Ich kann meine Großmutter schließlich nicht lehren, wie man Eier kocht. Glaub mir, Gough ist kein Tropf, der braucht sich weder von Ash noch von sonstwem belehren zu lassen. Er kommt schon selber drauf.«

Das traf denn auch zu. Der General hatte Patrouillen ausgeschickt und besprach sich im Laufe des Tages mit jenen Dorfältesten und Maliks, die dazu bereit waren, alles in der Absicht, ausfindig zu machen, welche Stämme kämpfen, welche neutral bleiben oder in die Berge verschwinden würden wie Azmatulla und seine Leute.

Nach und nach wurde ihm klar, daß die gesamte Gegend vom Feind beherrscht wurde, und als eine Patrouille nach der anderen meldete, es seien für die Khugiani aus allen Richtungen Verstärkungen im Anmarsch, arbeitete er einen Schlachtplan aus. An diesem Tage war nicht mehr viel zu machen, denn der Troß war noch nicht angelangt – der kam erst bei Sonnenuntergang ins Lager, als die Küchenfeuer rauchten und die Luft mit dem angenehmen Geruch kochender Speisen und mit Holzrauch erfüllten.

Nun wußten alle, daß für morgen eine Schlacht bevorstand und bereiteten sich darauf vor. Wigram schlief in dieser Nacht fest, Zarin ebenfalls. Sie hatten nach bestem Wissen alles getan, was sich tun ließ und infolgedessen ein ruhiges Gemüt. Wally hingegen lag lange wach, er starrte in den gestirnten Himmel und dachte.

Sieben Jahre alt war er gewesen, als er im Schaufenster eines Ladens in Dublin den handkolorierten Druck sah, auf dem ein Kavallerieregiment bei Waterloo Attacke ritt, die blanken Säbel in der Faust, den Federbusch am Tschako. Damals entschied er sich spontan dafür, als Mann einmal an der Spitze seiner Soldaten gegen die Feinde seines Landes zu reiten. Nun endlich – falls Wigram nicht irrte – sollte der Traum eines Schulknaben sich erfüllen. Morgen schon. Zwar hatte er an Scharmützeln teilgenommen, aber eine richtige Schlacht war etwas anderes, und Attacke hatte er bislang nur auf dem Exerzierplatz geritten. Ob die Wirklichkeit sich wohl sehr von seiner Vorstellung unterschied? Ob sie weniger aufregend war, abschreckend und häßlich und keineswegs ruhmreich?

Er hatte gehört, wie die Afghanen sich vor Kavallerie schützten – tausend Geschichten. Sie lagen am Boden in Deckung, in den Händen lange rasiermesserscharfe Klingen, mit denen sie Sehnen und Bauchfell der Pferde aufschlitzten und deren Reiter zu Fall brachten. Dieser üble Kniff sei, so vernahm er, besonders im Getümmel recht wirkungsvoll. Das konnte er sich vorstellen. Wigram zufolge boten Säbel und Lanzen dagegen keinen Schutz, am besten sei noch die Pistole oder ein Karabiner, denn die Afghanen ließen sich nicht gern am Boden erschießen, sie zogen es vor, aufrecht stehend zu sterben. Diese Art von gegnerischem Verhalten konnte man bei der Ausbildung nicht simulieren. Doch morgen würde er wissen, wie es war.

Wo Ash wohl steckte und was er wohl trieb? Ob er der Schlacht von da oben zusah? Könnte er nur morgen gemeinsam mit ihm ins Gefecht reiten! Wally starrte in die Dunkelheit, und als Erinnerungen ihn befielen, schlief er ein, nur um gleich darauf zu erwachen, denn ringsum war die Schwadron im Aufbruch und sein Kommandeur schüttelte ihn.

»Erwache, oh schlafende Schönheit! Die Kerzen der Nacht sind heruntergebrannt, der Tag steht neblig auf den Bergeshöhn – und streitet sich vermutlich mit ein paar Tausend kriegerischen Gebirglern um einen Stehplatz. Der General schlägt vor, du möchtest gütigst eine Erkundung reiten. Also aufgestanden, junger Träumer! In zehn Minuten frühstücken wir.«

Wally hatte Wigram nie zuvor so munter gesehen; der war eher ein stiller Mensch, nur gelegentlich an hohen Festtagen überschäumend fröhlich. Gestern war er sogar stiller gewesen als gewöhnlich; ihn bedrückten die Verantwortung für seine Soldaten und das Unglück an der Furt. Jetzt aber wirkte er zehn Jahre jünger, sorglos und frei, und Wally, den es entsetzte, das Wecken verschlafen zu haben, ließ sich davon anstecken. Er entschuldigte sich also nicht, sondern lachte laut.

»Der Alte ist bestimmt ebenso aufgeregt wie ich«, sagte er vor sich hin, als er sich anzog und rasierte, denn ihm war eingefallen, Wigram sagen gehört zu haben, nichts ersehne er mehr, als das Kommando über die Kavallerie der Kundschafter. Alle anderen Posten, wie hoch auch immer, könnten einen danach nicht mehr reizen. »Du denkst vielleicht, das ist ein kleiner Ehrgeiz«, sagte Wigram damals, »aber mehr habe ich nie gewollt. Ich will mich auch gern damit zufrieden geben, als Major in Pension zu gehen, denn dann habe ich meinen Ruhm auf dieser Erde gehabt.«

Nun hat er, was er sich immer wünschte, dachte Wally. Heute ist für ihn gewiß ein ebenso besonderer Tag wie für mich, denn kommt es zur Schlacht, ist es für uns alle beide ein Erstes Mal – meine erste Attacke und Wigrams erstes Kommando.

55

Über dem verlassenen Dorf Fatehabad graute der Tag, als die beiden Offiziere sich zu einem hastigen Frühstück setzten. Beim Essen erklärte Wigram mit vollem Munde, der General wolle zwei Angehörige des Stabes nach Khujah schicken, dem Hauptort der Khugianis weiter im Süden, um die Reaktion des Stammes zu prüfen. Leutnant Hamilton sei mit dreißig Reitern als Begleitkommando eingeteilt – er solle die beiden Stabsoffiziere sicher hin- und wieder zurückführen.

Ein ähnlicher Vortrupp, begleitet von dreißig Husaren, solle die Straße nach Gandamak erkunden und die Feindlage klären. Der General wünsche nicht, daß diese Vorauskommandos sich in vorzeitige Kampfhandlungen verwikkeln ließen, vielmehr sei ihm so rasch als möglich Bericht zu erstatten. »Mit anderen Worten, seid nicht zu schießfreudig und vermeidet einen kleinen Krieg auf private Rechnung, falls die Eingeborenen auf euch schießen; steht nicht lange herum, sondern lauft wie die Hasen. Der Chef braucht im Moment keinen Haufen toter Helden, sondern Informationen. Haltet also die Augen offen und die Ohren gespitzt. Passieren kann dir, glaube ich, nichts, ausgenommen, ihr geratet in einen Hinterhalt.«

»Das befürchte ich nicht«, versicherte Wally munter. »Zarin sagt, Ash sorgt schon dafür.«

Wigram nahm noch einen Brotfladen und sagte schmunzelnd: »Richtig, ich hatte ganz vergessen, daß es den ja auch noch gibt. Da fällt mir ein Stein vom Herzen. Holla, hier kommen die Herren vom Stabe. Auf geht's, Walter.«

Als Wally seine Braune bestieg und mit den beiden Stabsoffizieren antrabte, die Eskorte gemächlich hinterher, war es halb sieben und die Sonne leckte den Tau von den Hängen. Eine Stunde später sahen sie plötzlich unter sich in einer Senke eine Versammlung von Einheimischen, keine Meile entfernt. Eine friedliche Versammlung war das nicht. Wally erkannte durchs Glas flatternde Fähnchen. Die Sonne ließ Krummsäbel und Messingbeschläge der Musketen blinken. Nach einer Weile kam er zu dem Ergebnis, daß es sich um mindestens dreitausend Khugiani handelte; vermutlich waren es noch viel mehr, denn das Terrain war keineswegs übersichtlich.

Ein einzelner Schuß, aus kurzer Entfernung abgegeben, klatschte ganz in der Nähe gegen einen Felsen und löste einen Hagel von Steinsplittern aus, und darauf folgte denn auch gleich ein ganzer Kugelregen. Das Krachen vieler Musketen zerriß die morgendliche Stille. Wally steckte hastig das Glas ein und zog die Zügel an. Der Feind hatte sie nicht nur bemerkt, er hatte augenscheinlich auch Vorposten ausgestellt. Einer davon, gut versteckt hinter Felsblöcken, hatte aus etwa vierhundert Meter Entfernung das Feuer eröffnet. Seine Anweisung befolgend, hielt Wally sich nicht auf. Er entfernte sich samt seiner Abteilung aus der Reichweite des Feindes und war gegen zehn Uhr heil zurück.

Nachdem der General die Berichte seiner Aufklärer ausgewertet hatte, befahl er, eine Anhöhe zu besetzen, von der aus man die Bewegungen des Feindes beobachten und sogleich an seinen Befehlsstand signalisieren konnte. Wally führte diesen Befehl mit seinen Reitern aus. Er selber hielt sich dort unnötigerweise noch ein Weilchen auf in der Hoffnung, Ash zu begegnen, von dem er annahm, er habe den ersten Warnschuß an diesem Morgen selber abgefeuert, denn aus dem Lauf einer Muskete stammte das Geschoß gewiß nicht. Doch auch mit Hilfe des Glases war es ausgeschlossen, zwischen den wimmelnden Bergbewohnern einzelne Gesichter zu unterscheiden. Es waren zuviele, die sich auf einem Hochplateau – mehr als eine Meile entfernt – versammelten. Und eine gründliche Musterung des näher gelegenen Geländes ergab keinerlei Resultat, obschon Wally überzeugt war, daß wenigstens ein Dutzend Vorposten zwischen ihm und der Hauptmacht versteckt waren.

Also machte er kehrt, ritt zurück und sagte zu Wigram, Ash habe nur allzu recht gehabt, was die Khugiani angehe, unverkennbar seien sie zum Kampf entschlossen. »Es sind buchstäblich Tausende, mindestens drei- bis viertausend. Sie führen eine mächtig große rote Fahne mit sich, auch einige kleinere weiße, und nach dem Feuer zu urteilen, das wir heute früh bekommen haben, besitzen sie auch Karabiner. Worauf warten wir eigentlich noch? Warum reiten wir nicht los, sondern sitzen hier rum, als wären wir bloß da, um zu picknicken und die Aussicht zu genießen?«

»Mein lieber Walter«, entgegnete Wigram, »es heißt, Geduld ist eine Tugend, und du solltest dich darin üben. Wir – oder besser der General – warten noch auf den Bericht der Erkundungsabteilung, die gegen Gandamak aufklärt. Sobald die zurück sind, bekommen wir vermutlich unsere Befehle, aber noch sind sie eben nicht zurück.«

»Was denn, die sind noch nicht da?« Wally war verblüfft. »Es ist halb eins! Sollten die nicht bloß so gegen fünf Meilen weit das Tal raufreiten? Du glaubst doch nicht, daß sie in einen Hinterhalt geraten sind?«

»Nein, sonst hätte man es schießen hören, und mindestens eine Handvoll Leute wären längst hier, um Verstärkung zu holen. Auch wüßte Ash davon und hätte was unternommen. Nein, nein, die tun, was ihnen aufgetragen ist, sie machen eine Erkundung. Zum Tee kommen sie bestimmt zurück, also können wir ruhigen Gewissens essen.«

Schon wurde das Mittagessen ausgegeben, doch war Wally nur hungrig nach Taten und hatte auf das Essen keinen Appetit. Er schlang einige Bissen hinunter und überzeugte sich davon, daß seine Leute zu essen bekamen und im übrigen jederzeit marschbereit waren. Wigram, unterdessen ebenso wie Ash mit Wallys Gewohnheit vertraut, Hymnen anzustimmen, wenn er guter Laune war, hörte ihn amüsiert »Vorwärts christliche Soldaten« singen – unter den gegebenen Umständen ein etwas unpassender Schlachtgesang, wenn man bedachte, daß die Kavalleristen so gut wie sämtlich Moslem oder Sikh waren, darunter einige Hindus, in den Augen der Kirche des Sängers jedenfalls allesamt »Götzenanbeter«.

Die Kundschafter brauchten nicht lange zu warten. Als die ausstehende Patrouille um eins immer noch nicht zurück war, gab der General Alarm und schickte Major Battye mit drei Reiterschwadronen der Kundschafter hinter ihnen her; er selber folgte mit sechshundert Sikh, Infanteristen aus dem Pandschab und aus England, dazu vier bespannten Geschützen und drei Schwadronen der 10. Husaren.

»Endlich!« jubelte Wally und schwang sich in den Sattel. Zarin, der zwar den in englischer Sprache getanen Ausruf nicht verstand, sich aber angesprochen fühlte, schmunzelte zustimmend. In Viererreihen trabten die Schwadronen durch das mit Steinen übersäte offene Gelände.

Wo die Straße eine Senke am Fuße jenes Plateaus kreuzte, auf welchem die Khugiani sich sammelten, stießen sie auf die beiden Stabsoffiziere mit ihrer Begleitung. Beide Aufklärungsabteilungen berichteten dem General, der die Infanterie in Deckung ließ und mit nach vorne kam, um sich selber einen Eindruck von der Lage zu verschaffen. Ein kurzer Blick war genug. Wigram hatte recht, als er sagte, der General brauche sich von niemandem über sein Handwerk belehren zu lassen, er verstehe sehr gut, mit jeder gegebenen Lage fertig zu werden.

Die Khugiani hatten eine sehr gut zu verteidigende Stellung entlang des Plateaus bezogen; der Vorderhang stieg von der Senke, welche die Straße kreuzte, anfangs nur sanft an, wurde aber, höher hinaufreichend, immer steiler. Die Verteidiger blickten sozusagen über den Rand hinweg in ein verhältnismäßig flaches Gelände. Ihre Flanken wurden von Klippen geschützt, und die Stellung am Rande des Plateaus hatten sie mit aufgetürmten Steinen verstärkt. Hätten sie Geschütze gehabt, diese Schanzen wären uneinnehmbar gewesen, aber auch so schon hätte es Selbstmord bedeutet, frontal anzugreifen. Andererseits konnte man nicht gut von der ohnehin zahlenmäßig stark unterlegenen Truppe noch Teile abtrennen und versuchen, die Stellung zu umgehen. Ash hatte gesagt, die einzige Hoffnung bestehe darin, die Khugiani aus ihren Verschanzungen in offenes Gelände zu locken, und der General mußte ihm darin zustimmen.

Er bemerkte denn auch nachdenklich: »Wir müssen es machen wie Wilhelm, anders geht es nicht...«

»Welcher Wilhelm, Sir?« fragte ein Adjutant verblüfft.

»Wilhelm der Eroberer. Denken Sie an die Schlacht von Hastings im Jahre 1066. Harold und seine Sachsen hätten damals siegen müssen, und das hätten sie auch, nur hat Wilhelm sie eben hinter ihren Verschanzungen hervorgelockt. Auch die Sachsen lagen damals erhöht dem Feinde gegenüber und ließen sich ködern, als sie glaubten, einem fliehenden Feinde nachsetzen und ihn vernichten zu können. Genau so müssen wir es mit diesen Burschen da machen. Die Schlacht von Hastings dürfte ihnen unbekannt sein, und wenn sie auch keine Furcht kennen, kennen sie doch auch keine Disziplin. Und das, so meine ich, ist die Stelle, an der sie verwundbar sind.«

In diesem Sinne schickte er die Kundschafter, die Husaren und die Artillerie zu einem scheinbaren Frontalangriff vorwärts. Eine Dreiviertelmeile vor den feindlichen Stellungen sollten sie anhalten. Während die Kavallerie am Ort blieb, sollten die Geschütze etwa fünfhundert Meter vorpreschen, mehrere Salven feuern, aber, sobald sie selber Feuer erhielten, zurückgehen und noch einmal feuern.

Der General meinte, der Anblick zurückweichender britischer Truppen sei für den Feind eine unwiderstehliche Verlockung und die Khugiani würden sich ebensowenig beherrschen können wie Harolds Krieger beim Anblick des kopflosen – aber nur vorgetäuschten – Rückzuges der normannischen Fußtruppen. Er hoffte, sie würden hinter ihren Verschanzungen hervorkommen, um die Geschütze zu erbeuten. Wiederholte man sodann das gleiche Manöver noch einmal, mußte der Feind den Vorderhang so weit herunterkommen, daß die Kavallerie in dem dann fast ebenen Gelände Attacke reiten konnte; die Entfernung zu den Verschanzungen war dann so groß, daß die Khugiani sich nicht mehr den Berg hinauf flüchten konnten. Und während ihre Aufmerksamkeit ganz den Hampeleien der hilflosen Kanoniere galt, sollte die Infanterie, einen trockenen Wasserlauf zwischen den Klippen benutzend, in der rechten Flanke des Feindes auftauchen, möglichst überraschend.

»Ich sage dir doch, dem Alten braucht keiner zu raten«, sagte Wigram schmunzelnd, als die Besprechung zu Ende war. »An dem ist nichts auszusetzen. Aber heiß ist es, puh!« Er wischte den Schweiß von der Stirne. »Sei froh, daß du nicht bei der Infanterie dienst.«

»Da hast du recht«, stimmte Wally von Herzen zu. »Stell dir vor, du müßtest da zwischen den Klippen rauf, die Sonne brennt dir auf den Buckel, und wo du hinfaßt, nichts als glühend heiße Steine.«

Seine Lebensgeister hoben sich wenn möglich noch mehr, als er sich an die Spitze seiner Schwadron setzte. Er sang aus voller Brust und kam nicht auf die Idee, daß die Sonne ebenso glühend heiß auf ebenes Gelände wie auf die Klippen brannte, und die keuchenden Infanteristen merkten auch nicht, daß seine Reitjacke bereits völlig durchgeschwitzt war. Er verspürte nur einen erregenden Schauer, eine Mischung aus Nervosität und Aufregung, als die Reiter dem Feind entgegengaloppierten.

Eine Trompete gellte. Die Reiter hielten gehorsam in einer Staubwolke an. Als der Staub sich legte, herrschte vorübergehend völlige Stille, und Wally nahm zu seiner Überraschung unzählige winzige Details wahr: Sonnenkringel auf den Rohren der aufgeprotzten Kanonen; kleine, scharfkantige Schatten unter allen Steinen; den sanft ansteigenden Vorderhang, sandiges Ödland, das das Licht wie Schnee zurückzuwerfen schien; den Geruch von Pferden, Leder, Sattelseife, Staub, Schweiß, ausgedörrter Erde; die winzigen Gestalten Tausender Bergbewohner in der Ferne, die den Rand des Plateaus so dicht besetzt hielten, daß sie förmlich eine Kruste bildeten, und sehr hoch darüber ein wachsamer Lämmergeier, der träge seine Kreise zog – ein winziger schwarzer Punkt in einem strahlend blauen, wolkenlosen Himmel.

Die Uniformen der Artilleristen rechts von Wally brachten einen starken Farbklecks in die öde Landschaft, und noch weiter rechts, fast verdeckt durch Geschütze und ihre Bedienungen, sah er die khakifarbenen Tropenhelme der Husaren, die, sollte man die Khugiani wirklich aus ihren Stellungen locken, deren linke Flanke angreifen würden, während die Kundschafter ihnen frontal gegenüberstanden.

Zweihundert junge Leute, dachte Wally, werden jetzt gleich bergan traben, gegen zehnmal so viele Fanatiker aus den Bergen, die uns bis aufs Blut hassen und nicht erwarten können, uns die Gurgel abzuschneiden.

Eigentlich hätte ihn das mit Angst erfüllen sollen, doch war ihm zumute wie im Traum, alles war unwirklich, er empfand weder Furcht noch den geringsten Widerwillen gegenüber jenen puppenkleinen Gestalten da oben, die sehr bald Brust an Brust mit ihm kämpfen und ihr Bestes tun würden, ihn umzubringen – wie er sie. Irgendwie kam ihm das töricht vor, und er verspürte ein flüchtiges Bedauern, doch ging das unter in einer heftigen Aufwallung, die sein Blut in den Ohren singen ließ. Er kam sich schwerelos und heiter vor, aber nicht ungeduldig; die Zeit schien vorübergehend stillezustehen – wie vor Zeiten die Sonne Josuah zu Gefallen stillstand. Wozu die Eile...

Eine leichte Böe fegte den Hang herunter, sie vertrieb den Staub; die flüchtige Stille wurde durch ein scharfes Kommando des Majors Stewart von der bespannten Artillerie unterbrochen. Seine Bedienungen wurden lebendig, sie schwangen die Peitschen und trieben Pferde und Geschütze im Eiltempo vorwärts, so daß die Räder über die Steine holperten und erneut Staub aufgewirbelt wurde.

So galoppierten sie vierhundert Meter weit, hielten an, protzten ab und eröffneten aus großer Entfernung das Feuer auf den verschanzten Feind.

Die grelle Sonne ließ das Mündungsfeuer nicht recht zur Wirkung kommen, doch da es windstill war, sah man sogleich einen Vorhang aus Pulverqualm, so weiß und dicht wie Baumwolle. Die kahlen Hügel warfen das Echo der Abschüsse zurück; es kam von allen Seiten und schien die Luft beben zu machen. Wallys Braune warf den Kopf zurück und tänzelte schnaubend rückwärts. Die Khugiani lachten, als sie die Geschosse viel zu kurz einschlagen sahen, dann erwiderten sie das Feuer mit Musketen, und von rechts machten einige, das rote Banner schwingend, kühn einen Ausfall.

Bei deren Anblick protzten die Kanoniere unverzüglich auf, galoppierten zurück in ihre Ausgangsstellungen – die gesamte Front, Kavallerie und Artillerie, retirierte einige hundert Meter den Hang abwärts. Das reichte bereits. Wie der General richtig vorhergesehen hatte, war der Anblick für die nicht an Disziplin gewöhnten Gebirgler zu verlockend: eine kleine englische Truppe auf dem Rückzug.

Überzeugt, der Anblick ihrer Übermacht habe die Herzen dieser wenigen, leichtsinnigen Kafir mit Entsetzen erfüllt, gingen sie den flüchtenden Reitern und Kanonieren auf den Leim und ließen alle Vorsicht fahren. Sie kamen brüllend hinter ihren Verschanzungen hervor und ergossen sich, Fahnen, Krummsäbel und Musketen schwenkend, wie eine schreiende menschliche Flutwelle den Hang hinunter.

Vor ihnen schrillte eine Trompete, die Hufgetrappel und das Triumphgeheul aus Tausenden von Kehlen übertönte. Die Kavallerie machte kehrt und stellte sich dem Feind entgegen; die Kanoniere protzten wiederum ab und beschossen den anstürmenden Feind, diesmal mit Kartätschen.

Gleich darauf ließ fernes Gewehrfeuer erkennen, daß die Infanterie ungesehen ihr Ziel erreicht und den Feind in der Flanke gepackt hatte. Die brüllenden Khugiani hörten es nicht, sie verringerten auch nicht das Tempo ihres Sturmlaufes, obwohl sie nun schon im Feuerbereich der Kanonen waren. Wahnsinnig vor Kampfeslust oder von der Aussicht, ins Paradies einzugehen verlockt, das jedem offensteht, der einen Ungläubigen im Kampf erschlägt, achteten sie weder auf Kartätschen noch auf Gewehrsalven, sondern rannten weiter, als gelte es jeweils nur, den Nebenmann zu überholen, um als erster der Ehre teilhaft zu werden, auf den Feind zu treffen.

»Immer mit der Ruhe, meine Schöne«, redete Wally der braunen Stute zu, hielt sie am Ort und spähte hastig atmend durch Staub und Pulverdampf, die Lider vor dem blendenden Licht zusammengekniffen, jenem angsterregenden Sturzbach kampfwütiger Krieger entgegen, der sich jetzt den Geschützen näherte. Wally stellte fest, daß er ganz ruhig die Entfernung schätzte: 600 Meter... 500... 400.

Die Sonne brannte auf seine Schultern. Er spürte, wie der Schweiß unter dem Tropenhelm hervor über sein Gesicht rann, doch über den Rücken lief ihm ein eiskalter Schauder, und als er mit jubelnder Stimme, wenn zunächst auch noch leise »Vorwärts zum Kampf, da flattern unsere Fahnen!« anstimmte, funkelte die Kampfeslust des geborenen Soldaten in seinen Augen.

Er wandte den Blick von den anstürmenden Massen, sah Major Stewart, den Kommandeur der Artillerie, die Hände zum Trichter formen und hörte ihn brüllen: »Jetzt kommt die letzte Salve, dann seid ihr dran!«

Wigram Battye, vor der Front seiner Reiter locker und reglos im Sattel sitzend, nahm die Zügel in die Linke und legte die Rechte auf den Säbelgriff. Dies geschah ohne alle Eile, und die Kundschafter folgten grimmig lächelnd dem Beispiel ihres Kommandeurs und warteten gespannt.

Noch einmal feuerten die Kanonen, und diesmal rissen die Kartätschen furchtbare Lücken in die Reihen der Angreifer. Als der Mündungsknall verstummte, stieß Wigram den rechten Arm in die Luft. Hinter ihm rasselte und klirrte es, als zweihundert Säbel aus den Scheiden fuhren. Er bellte ein Kommando, und die Kavallerie attackierte unter furchtbarem Gebrüll.

Sie stießen mit dem Schwung eines nur vierhundert Meter langen Galopps in den Feind hinein. Licht blitzte auf ihren Säbeln. Und da endlich kamen die siegestrunkenen Khugiani zur Besinnung. Sie blickten hinter sich und begriffen zu spät, welch schlimmer Fehler es gewesen war, die Stellung auf dem Plateau zu verlassen und hier unten auf ebenem Gelände kämpfen zu müssen. Da sie nicht beritten waren, bestand keine Hoffnung, die Bergstellungen zu erreichen, ohne unterwegs von den Reitern niedergemacht zu werden. Also mußten sie kämpfen, wo sie waren, und das taten sie auch: sie blieben standhaft und feuerten wieder und wieder in die anstürmenden Schwadronen.

In der Schlacht gilt, wer direkt beteiligt ist, sieht am wenigsten von dem, was vorgeht. Wally bildete da keine Ausnahme.

Er wußte, irgendwo da vorne, nicht zu sehen, ist unsere Infanterie am Werke, denn er hatte sie feuern gehört. Er wußte ferner, daß die Husaren im gleichen Moment angegriffen hatten wie die Kundschafter, doch waren diese am rechten Flügel, noch jenseits der Artilleristen. Weil er kein Auge für die anderen, sondern nur für die eigene Schwadron und den Feind vor sich hatte, beschränkte sich die Schlacht für Wally auf das, was er selber sah; Staub und Kampfgetümmel engten überdies sein Blickfeld ein.

Die attackierenden Kundschafter waren noch etwa einhundertfünfzig Meter vom Feind entfernt, als er das bösartige Knattern der Musketen vernahm und spürte, wie Kugeln um ihn her durch die Luft summten wie wütende Bienen. Er sah den Gaul des Kommandeurs ins Herz getroffen in voller Karriere stürzen.

Wigram ließ sich über den Kopf des Tieres abrollen und stand im Handumdrehen auf den Beinen. Gleich darauf fiel er jedoch zu Boden, denn eine Musketenkugel hatte ihn in den Oberschenkel getroffen.

Als sie ihren Anführer fallen sahen, brachen die Sikh instinktiv in ihr Trauergeheul aus und hielten an; auch Wally zügelte seine Stute und war plötzlich leichenblaß.

»Seid ihr verrückt!« schrie Wigram und suchte auf die Beine zu kommen. »Mir fehlt bloß ein Gaul. Übernimm die Führung, Wally. Los, greift endlich an!«

Wally wandte sich im Sattel, rief den Reitern, ihm zu folgen, wirbelte den Säbel über dem Kopf und galoppierte hangauf dem Feind entgegen, einen irischen Schlachtruf auf den Lippen, die Kundschafter mit Gebrüll hinter ihm drein. Im nächsten Moment prallten die Gegner aufeinander: es staubte bedeutend, der Lärm war ohrenbetäubend. Wally fand sich im dichtesten Getümmel und hackte links und rechts mit seinem Säbel auf wildblickende Männer los, die sich mit blutgierigem Kriegsgeschrei, große Krummschwerter schwingend, auf ihn stürzten.

Einem spaltete er das Gesicht, und er hörte, wie sein Pferd die Hirnschale des Gestürzten wie eine Eierschale zertrat. Er riß das stolpernde Pferd hoch, sang aus voller Brust und fuhrwerkte mit dem Säbel herum wie ein Hundetreiber, der die Meute mit der Peitsche hetzt. Ringsumher hörte er Brüllen und Fluchen, Staub mischte sich mit Qualm, es stank nach Schwefel, Schweiß, Schießpulver und klebrigem frischem Blut. Messer und Säbel blitzten und sausten auf und nieder, Männer fielen, verwundete Pferde bäumten sich wiehernd vor Wut und Angst, rannten reiterlos im dichtesten Getümmel umher und trampelten nieder, was ihnen vor die Hufe kam.

Die angreifende Kavallerie brach die feindliche Formation auf. Die Khugiani kämpften zäh in kleinen Gruppen; sie krallten sich in den steinigen Boden und hielten mit fanatischem Mute stand. Wally sah flüchtig, wie Zarin mit gebleckten Zähnen einem kreischenden Fanatiker die Säbelspitze in den Hals stieß, und daß Mahmud Khan, ein eingeborener Offizier, dessen rechter Arm nutzlos und ohne den Säbel schlaff herabhing, mit der Linken den Karabiner handhabte wie eine Keule.

Nun entstand um einen gestürzten Kavalleristen ein kleiner Strudel. Die Kundschafter wehrten sich wie Bären gegen die einer Hundemeute gleich andrängenden Khugiani, die sie umkreisten und auf eine Gelegenheit warteten, mit Krummschwert oder Messer nahe genug heranzukommen. Dowlat Ram hatte sich beim Sturz vom Pferd im Zaumzeug verfangen; drei Khugiani warfen sich auf ihn, um ihm den Todesstoß zu versetzen. Wally aber, der den Sturz mit angesehen hatte, sprengte zur Rettung herbei und brüllte säbelschwingend: »Keine Angst, Dowlat Ram, ich komme!«

Die drei Khugiani wandten sich gleichzeitig dem Blitz zu, der auf sie herniederfuhr, doch war Wally als Reiter ihnen gegenüber im Vorteil, auch verstand er besser, mit dem Säbel zu fechten. Einen traf er im Gesicht, einem anderen spaltete er den Arm von der Schulter, und als der erste blind und schreiend stürzte, packte ihn Dowlat Ram, immer noch mit einem Fuß im Zaumzeug gefangen, bei der Gurgel, während Wally einen wilden Streich des dritten parierte und mit einem geschickten Rückhandschlag dem Mann den Kopf fast vom Rumpf trennte.

»Bravo, Sahib!« rief Dowlat Ram und befreite sich mit einem letzten wilden Strampeln von seinen Fesseln. »Gut gemacht. Ohne dich wäre ich jetzt ein toter Mann.« Er hob salutierend die Hand und Wally rief: »Wenn du nicht acht gibst, kann das immer noch passieren. Ab mit dir, nach hinten!«

Er erschoß Dowlat Rams wild um sich schlagendes Pferd und stürzte sich erneut ins Handgemenge. Sein Pferd als Rammbock benutzend, schrie er aus voller Kehle seinen Leuten Ermunterungen zu und forderte sie auf, Battye-Sahib zu rächen und diese Söhne nasenloser Mütter zur Hölle zu schicken.

Die Khugiani kämpften nach wie vor wie besessen. Sie wichen keinen Fußbreit, doch schießen taten sie kaum noch, denn nach der ersten Salve fanden sie keine Gelegenheit, ihre Musketen erneut zu laden; diese waren in der Hitze des Gefechts mehr hinderlich als nützlich, auch war zu befürchten, daß eine Kugel in diesem Getümmel nicht den Feind, sondern den Freund traf. Viele benutzten also die Musketen als Prügel, doch war immerhin einer der Khugiani, offenbar ein Ältester, besonnen genug, seine Muskete erneut zu laden.

Wally sah den Lauf auf sich gerichtet und warf sich zur Seite. Als er die Kugel an sich vorübersausen hörte, gab er seiner Mushki die Sporen und sprengte mit bluttriefendem Säbel auf den Mann zu, ihn niederzumachen. Diesmal aber stieß er auf einen ebenbürtigen Gegner, einen gelernten Säbelfechter, viel flinker auf den Beinen als seine Stammesbrüder, die Dowlat Ram angegriffen hatten. Zwar konnte er nicht noch einmal laden, doch blieb er am Ort, er duckte sich unter dem Säbelstreich weg, und als die Stute über ihn hinwegsetzte, stieß er von unten mit dem langen afghanischen Messer zu.

Die rasiermesserscharfe Klinge durchschnitt Wallys Reitstiefel, verursachte auf der Haut aber nur einen Kratzer. Er riß das Pferd herum, um neuerlich anzugreifen; sein junges Gesicht strahlte vor Kampfeslust nicht weniger als das wilde bärtige Antlitz jenes erfahrenen Kriegers, der ihn mit gebleckten blitzend weißen Zähnen kauernd erwartete. Wieder wich er dem Streich aus, und als Wally ihn verfehlte, sprang er auf wie von einer Feder geschnellt und kam auf ihn zu, das Messer in der einen, einen übel aussehenden Krummsäbel in der anderen Hand.

Wally gelang es mit knapper Not, das Pferd herumzureißen und den Angriff abzuwehren. Der Khugiani sprang zurück; er stand auf den Zehenspitzen, in den Knien federnd und leicht schwankend wie eine Königskobra, bevor sie vorschnellt, jederzeit bereit, sich zu ducken und die Waffen so tief haltend, daß er, sollte Wally ihn erneut angreifen, diesmal mit Sicherheit das viel größere Ziel, das das Pferd bot, nicht verfehlen und mit dem Pferd zugleich den Reiter zu Fall bringen würde.

Dieser Zweikampf hatte Zuschauer angelockt, Stammesbrüder des Ältesten, die ganz vergaßen, daß sie an einer Schlacht teilnahmen. Sie bildeten einen Ring, ließen die Waffen sinken und wollten mit ansehen, wie ihr Chef den Landfremden tötete. Jener aber machte den Fehler, ein mehrfach erprobtes Mittel einmal zu oft anzuwenden. Wally war bei seinem nächsten Angriff darauf gefaßt, er zielte auf den Körper statt auf den Kopf, und als der Alte sich auf die Knie fallen ließ, um dem Streich auszuweichen, traf ihn der schwere Säbel an der linken Schläfe. Er fiel zur Seite, das Gesicht blutüberströmt. Im Fallen ritzte er die Flanke des Pferdes mit dem Krummsäbel, und als Mushki wiehernd auf die Hinterhand stieg, wichen die Khugiani, die einen blutigen Säbel nicht gefürchtet hätten, vor den mörderischen Hufen zurück und ließen Pferd und Reiter durch.

Minuten später und ohne vorherige Ankündigung wendete sich das Blatt.

Der Feind gab auf. Er flüchtete verzweifelt in Richtung auf die Bergstellung, die Sicherheit verhieß. Erst einzelne, dann immer mehr, und als die Kavallerie die Flüchtenden einholte und niedermachte, wurde die Fluchtbewegung allgemein.

Wally stellte sich in den Bügeln auf und rief seinen Leuten zu: »Ihnen nach! Galopp!«

Seine Kundschafter sprengten, so schnell die Pferde sie trugen, über das nun ansteigende Gelände. Plötzlich gewahrte Wally etwas, das ihm eine Bodenfalte bislang verborgen hatte und sein Herz blieb beinahe stehen.

Der vom Plateau steil abfallende Vorderhang endete vor einem tief eingefressenen, trockenen Wasserlauf, gute drei Meter tief und voller Geröll, ein Hindernis, viel gefährlicher als die eigentlichen Verschanzungen. Dahinter stieg der Hang wie gesagt steil an, und wo er endete, begannen die aus Stein aufgetürmten Brustwehren, die nach und nach wieder von Khugiani besetzt wurden, welche auf den anrückenden Gegner feuerten und ein höhnisches Gebrüll anstimmten.

Dieser Anblick hätte auch einem älteren, erfahreneren Offizier als Wally das Blut in den Adern erstarren lassen, doch war Leutnant Hamilton berauscht von Kampfeslust und zögerte keinen Moment. Er gab Mushki die Sporen, die Stute sprang gehorsam in den Graben und rutschte über das Geröll irgendwie auf die andere Seite. Die Kundschafter folgten ihrem Anführer in einer wilden Hatz.

Einmal im Graben, suchten sie einen möglichen Aufstieg, und als sie ihn fanden, erkletterten sie zu zweit und dritt das andere Ufer und setzten den Angriff fort. Wally, dicht gefolgt von seinem Trompeter, erreichte als erster den Rand des Plateaus, wo steinerne Brustwehren den Weg auf die Hochebene versperrten. Die Khugiani, die sich hierher hatten retten können, benutzten jetzt wieder ihre Musketen und feuerten, so schnell sie laden konnten. Der brusthohe Steinwall hielt Mushki keinen Moment auf; sie setzte darüber so elegant wie ein Vollblut beim Jagdrennen, und dank eines Wunders und der Geschicklichkeit ihres Reiters in der Handhabung des Säbels, überstand sie das folgende Getümmel, ohne mehr davonzutragen als einige wenige Kratzer.

Der Kampf hier oben tobte planlos; man hatte nicht die Zeit zu warten, bis die Infanterie anrückte oder die Geschütze in Stellung gingen. Die Kundschafter griffen einzeln und in Grüppchen an, und das mit einer Wildheit, welche die Khugiani aus ihren Stellungen vertrieb, hinaus auf die Hochebene. Zwar kämpften sie nach wie vor hartnäckig, doch ihre Anführer und Fahnenträger waren fast sämtlich gefallen, und ohne Führer, der eine Umgruppierung hätte befehlen können, waren sie desorganisiert.

Ihre Schanzen wurden binnen Minuten erstürmt. Wieder flohen sie zu Fuß, keuchend und mit berstenden Lungen, einer keineswegs sicheren Deckung – kleinen Bergfesten und Dörfern in abgelegenen Tälern – entgegen.

Man ließ sie jedoch nicht einfach laufen, vielmehr eröffnete die Artillerie das Feuer auf jede sich bildende Ansammlung des Feindes, und die Kavallerie nahm die Verfolgung auf. Kundschafter und Husaren folgten dem fliehenden Feind und machten viele Flüchtende nieder. Erst unmittelbar vor den Schanzen von Koja Khel, einer Khugiani-Festung, kamen sie zum Stehen.

Die Schlacht von Fatehabad war vorüber und gewonnen. Die ermatteten Sieger trotteten über die blutgetränkte Hochebene zurück, vorüber an den tragischen Trümmern des Krieges: an verstümmelten Leichen, an Verwundeten und Sterbenden, verlorenen Waffen, zerbrochenen Fahnenstangen, schweren, genagelten Ledersandalen, Turbanen und leeren Patronengürteln...

General Goughs Truppe hatte Anweisung gehabt, die Khugiani »zu zerstreuen«, und eben das hatte sie getan, doch war es ein fürchterliches Gemetzel gewesen, denn dies waren tapfere Krieger, und sie kämpften wie Tiger, ganz wie Ash vorhergesagt hatte. Auch auf der Flucht noch waren immer wieder kleine Gruppen stehengeblieben, hatten sich dem Feind zugekehrt und gefeuert oder ihn mit dem blanken Säbel angegriffen. Sie hatten mehr als dreihundert Tote und dreimal soviel Verwundete zu beklagen, ihrerseits aber auch böse gehaust. Gough hatte neun Tote und vierzig Verwundete, von denen einer später starb. Siebenundzwanzig davon waren Kundschafter, auch sieben der Toten, darunter Wigram Battye und Mahmud Khan.

Wally hatte Wigram stürzen sehen und angenommen, man werde ihn nach hinten bringen. Doch an diesem Tag lauerte das Schicksal Wigram auf und ließ ihn nicht aus den Klauen. Er hatte Wally, als dem einzig verbliebenen englischen Offizier, befohlen, das Kommando zu übernehmen, und Wally gehorchte – er stürzte sich ins Getümmel und kam praktisch unverletzt daraus hervor, zählt man nicht den durchschnittenen Reitstiefel samt Kratzer am Bein. Wigram hingegen, der seiner Truppe, von einem Reiter gestützt, langsam folgte, wurde neuerlich getroffen, diesmal an der Hüfte.

Als er zum dritten Mal fiel, stürzte sich eine Gruppe Khugiani auf ihn, doch trug der Sowar zum Glück nicht nur den Säbel, sondern auch einen Karabiner, und Wigram hatte seinen Revolver; so schlugen sie gemeinsam die Angreifer ab. Fünf fielen und die übrigen gingen zurück, doch hatte Wigram viel Blut verloren. Er lud den Revolver nach und erhob sich mit großer Mühe auf ein Knie. Dabei traf ihn eine verirrte Kugel, wer weiß wo und von wem abgefeuert, mitten in die Brust. Er starb ohne Laut.

Die überlebenden Angreifer jubelten und stürzten sich erneut auf ihn, um die Leiche an sich zu nehmen, denn der Leichnam des Feindes ist es wert, verstümmelt zu werden, zumal der eines Landfremden oder eines Ungläubigen. Doch rechneten sie dabei nicht mit dem Reiter Jiwan Singh.

Dieser ergriff den Revolver seines Kommandeurs, stellte sich breitbeinig über dessen Leiche und schlug alle Verstümmelungslustigen mit Kugel und Säbel zurück. So hielt er länger als eine Stunde aus und wehrte alle ab, die es auf seinen Kommandeur abgesehen hatten. Als die Kundschafter vom Plateau zurückkamen, ihre Toten und Verwundeten zu zählen, fanden sie ihn noch auf dem Posten und rings um ihn nicht weniger denn elf tote Khugiani.

Als dann später die ausführlichen Berichte abgegangen waren, als Lob und Tadel und Auszeichnungen verteilt wurden – als die Kritiker, die ja nicht dabei gewesen waren, ausführlich dargetan hatten, wie alles noch viel besser hätte gemacht werden können – da erhielt der Sowar Jiwan Singh den Verdienstorden. Wigram Battye aber wurde eine noch größere Ehre zuteil…

Als die Verwundeten fortgebracht waren und die Träger auch noch die Gefallenen holen wollten (denn Gräber in der Nähe des Schlachtfeldes wurden mit Sicherheit geschändet), weigerten seine Sowars sich, die Leiche ihres Kommandeurs den Leichenträgern auszuliefern, vielmehr trugen sie ihn selber, denn ihr Sprecher, ein Sikh, sagte: »Es schickt sich nicht, daß fremde Hände ihn anrühren.«

Die meisten saßen seit dem frühen Morgen im Sattel; sie alle hatten in glühender Hitze zwei Angriffe geritten und gegen einen zahlenmäßig weit überlegenen Feind gekämpft. Obwohl alle am Rande ihrer Kräfte waren und Jalalabad mehr als zwanzig Meilen entfernt lag und nur auf einem schlechten, steinigen Wege zu erreichen war, ließen es sich seine Soldaten nicht nehmen, Wigram in dieser warmen Aprilnacht auf ihren Lanzen ins Quartier zu tragen, einander unterwegs immer wieder ablösend.

Zarin beteiligte sich und auch Wally. Einmal kam ein Mann, der nicht die Uniform trug, sondern wie ein Shinwari gekleidet war, aus der Dunkelheit und nahm den Platz eines der Träger ein. Sonderbarerweise fragte niemand ihn, wer er sei und was er sich da herausnehme, vielmehr schien es, als kennten ihn alle und hätten ihn erwartet, wenngleich er nur ein einziges Mal sprach, sehr leise und nur zu Zarin, der ebenso kurz und unverständlich antwortete. Einzig Wally, der nun todmatt am Ende des Zuges schritt, völlig benommen von Müdigkeit und dem üblen Nachgeschmack der Schlacht, bemerkte die Anwesenheit eines Fremden im Zuge nicht, und als man wieder anhielt, um die Träger zu wechseln, verschwand der Mann so unauffällig, wie er gekommen war.

56

Sie kamen im Morgengrauen nach Jalalabad und begruben Wigram Battye wenige Stunden später auf demselben Gelände, wo sechsundvierzig Jahre zuvor die Briten ihre Gefallenen aus dem ersten afghanischen Krieg bestattet hatten, und wo neunzehn frische Gräber die achtzehn Männer und den Offizier von den 10. Husaren aufgenommen hatten, die erst zwei Tage zuvor aus dem Fluß geborgen worden waren.

Neben Battye wurden ein Leutnant und ein Gemeiner vom 70. Infanterieregiment bestattet, die beim Flankenangriff auf die Khugiani gefallen waren. Mahmud Khan und die fünf Sowars, ebenfalls bei Fatehabad geblieben, waren anderen Glaubens – die Mohammedaner wurden mit den gehörigen Riten bestattet, die Hindus verbrannt; ihre Asche wurde in den Kabul gestreut, der sie durch die Ebenen Indiens dem Meer zuführen würde, wenn die Götter es gut mit ihnen meinten.

Den Beisetzungsfeierlichkeiten wohnten nicht nur die betroffenen Regimenter bei, sondern alle in Jalalabad stationierten Truppen, auch Bewohner der Stadt und der umliegenden Dörfer und Reisende, die gerade am Ort weilten. Unter diesen, unbemerkt von der neugierigen Menge, befand sich ein hagerer Shinwari in Pluderhosen, der nicht nur aus respektvoller Distanz der Beisetzung der Christen zusah, sondern auch an dem Bestattungsort der Moslem und auf dem Verbrennungsplatz erschien.

Als alles vorüber war, Zuschauer und Trauernde sich zerstreuten, begab der Shinwari sich zu einem kleinen Hause in einem abgelegenen Teil der Stadt und traf dort einen eingeborenen Offizier der Kundschafter in Zivilkleidung. Die beiden unterhielten sich eine Stunde auf Pushtu, rauchten gemeinsam die Wasserpfeife, und als der Offizier zum Dienst ins Lager zurückkehrte, hatte er einen Brief bei sich, der auf dem groben hiesigen Papier mit einem Gänsekiel, aber in englischer Sprache geschrieben war, adressiert an Leutnant Hamilton von den Kundschaftern.

Zarin, der den Brief sorgsam in seiner Kleidung verwahrte, bemerkte: »Ganz unnötig, den Namen darauf zu schreiben. Ich übergebe ihn Hamilton-Sahib persönlich. Es wäre unklug, zeigtest du dich im Lager. Wenn du bei den Nußbäumen am Grabe von Mohammed Ishak warten willst, bringe ich dir seine Antwort dorthin, sobald der Mond untergegangen ist. Vielleicht auch etwas früher. Ich weiß es noch nicht.«

»Macht nichts, ich warte«, sagte Ash.

Er bekam Wallys Antwort von Zarin am gleichen Abend und las sie in der Nacht beim Schein einer Öllampe in einer Kammer, die er erst morgens gemietet hatte. Anders als Wallys übliche Briefe war dieser kurz und handelte hauptsächlich von seiner Trauer über den Tod von Wigram, Mahmud Khan und der anderen in der Schlacht Gefallenen. Er höre mit Freude, daß Anjuli in Kabul sei, lasse sie grüßen, ermahne Ash, auf sich acht zu geben und hoffe, man sähe sich bald in Mardan wieder...

Wie sehr er um Wigram trauerte, ersah man daraus, daß er unerwähnt ließ, was ihn andernfalls mehr beschäftigt hätte als alles andere, nämlich, daß ein langgehegter Wunsch, ein heimlicher Traum in Erfüllung gegangen war.

General Gough, der die Schlacht von einer Anhöhe aus beobachtete, drückte ihm persönlich die höchste Anerkennung für das tapfere und tollkühne Verhalten der Kundschafter aus. Er trauerte ebenfalls um die Gefallenen, insbesondere um den toten Kommandeur Major Battye, der nicht nur den Kundschaftern empfindlich fehlen würde. Insbesondere lobte er Wallys Führung und endete mit der Bemerkung, er persönlich reiche den Leutnant Walter Richard Pollock Hamilton zum Viktoriakreuz, der höchsten Tapferkeitsauszeichnung, ein, denn nicht nur habe er anstelle Wigrams das Kommando übernommen und die Truppe erfolgreich gegen einen zahlenmäßig weit überlegenen Feind geführt, sondern auch unter Lebensgefahr den Sowar Dowlat Ram gerettet.

Es wäre unwahr, wollte man sagen, Wally sei hiervon nicht tief bewegt gewesen und habe dieses Lob ungerührt entgegengenommen. Selbstverständlich schlug sein Herz höher dabei. Doch noch während er hörte, daß er für die höchste Tapferkeitsauszeichnung vorgeschlagen werden sollte, wich das Blut, das in seine Wangen gestiegen war, zum Herzen; er erblaßte, denn ihm wurde bewußt, daß er diesen begehrten Orden jederzeit für das Leben von Wigram oder Mahmud Khan hingegeben hätte, ja, für jeden einzelnen Gefallenen, der nun nicht mehr mit seiner Schwadron nach Mardan zurückkehrte.

Sieben Tote, siebenundzwanzig Verwundete – von denen der Arzt einem keine Hoffnung mehr machte – und eine ganze Anzahl verstümmelter und getöteter Pferde – er wußte nicht wieviele. Er aber, der das alles ohne Verwundung überstanden hatte, ausgerechnet er, sollte eines jener kleinen Bronzekreuze erhalten, die aus den Rohren der in Sewastopol erbeuteten russischen Geschütze gegossen werden und die Inschrift tragen: Für Tapferkeit. Das schien ungerecht...

Bei diesem Gedanken fiel ihm Ash ein. Er lächelte wehmütig, als er dem General dankte. Dann kritzelte er in seinem Zelt einen Zettel für Ash und schrieb anschließend seinen Eltern, er sei wohlauf und schilderte die Schlacht.

Ash erfuhr also von Zarin, daß Wally zum Viktoriakreuz eingegeben werden sollte.

»Es wird eine große Ehre für alle Kundschafter sein, wenn der Vizekönig selber einem unserer Offiziere diese Auszeichnung anheftet«, meinte Zarin, doch sagte er dies erst am anderen Abend, als die beiden einander wieder unter den Nußbäumen trafen. Ash bedauerte nur, daß er die Neuigkeit nicht aus Wallys eigenem Munde erfuhr.

»Du wirst ihn vielleicht schon bald selber sprechen können«, tröstete Zarin. »Im Lager heißt es, der neue Emir Yakoub Khan will bald ein Friedensangebot machen. Noch im Sommer werden wir alle wieder in unseren Garnisonen sein. Ob dies wahr ist, weiß ich nicht, doch sieht jedes Kind, daß wir ohne genügend Proviant für die Truppe hier nicht bleiben können – es sei denn, wir nehmen den Afghanen ihre kärglichen Vorräte weg. Ich bete also, daß es wahr ist. In diesem Fall sehen wir uns in wenigen Monaten in Mardan.«

»Hoffen wir es. Mich allerdings hat der General-Sahib zurückbeordert nach Kabul, und dem, was er sagt, entnehme ich, daß ich noch eine Weile dort werde bleiben müssen. Meine Frau wird sich freuen, denn als Kind der Berge mag sie die Ebene nicht.«

Zarin zuckte die Achseln, er machte eine Handbewegung, die andeutete, man müsse sich ins Unvermeidliche schicken und schloß: »Dann sagen wir einander Lebewohl. Gib acht auf dich, Ashok, und empfiehl mich deiner Frau, Anjuli-Begum. Grüße auch Gul Baz. Salaam Aleikoum, bhai.«

»Wa'aleikoum salaam.«

Sie umarmten einander, und als Zarin gegangen war, wickelte Ash sich in seine Decke und schlief ein paar Stunden unter den Nußbäumen im Staub, bevor er den Weg nach Kabul über Fatehabad und den Lataband-Paß einschlug.

Knappe sechs Wochen später wurde in Gandamak ein Friedensvertrag von Seiner Hoheit dem Emir von Afghanistan und dem Politischen Berater im Besonderen Auftrage, Major Pierre Louis Cavagnari, unterzeichnet. Cavagnari unterschrieb »Als Bevollmächtigter des Ehrenwerten Robert Lytton, Baron Lytton auf Knebworth, Vizekönig und Generalgouverneur von Indien«.

In diesem Vertrag verzichtete der neue Emir auf die Kontrolle über den Khaibar- und den Michni-Paß sowie auf die Herrschaft über die dort ansässigen Stämme, erklärte sich mit der ständigen Anwesenheit der Briten in Kurram einverstanden und damit, sich in außenpolitischen Fragen des Rates der englischen Regierung zu bedienen; als letztes Zugeständnis folgte das, wogegen sein verstorbener Vater sich so heftig gesträubt hatte: die Zulassung einer ständigen diplomatischen Vertretung Großbritanniens in Kabul.

Dafür bekam er seinerseits erhebliche Subsidien, auch ein Garantieversprechen im Falle eines Angriffs durch eine dritte Macht. Major Cavagnari, dem die Aufgabe zugefallen war, dem Emir die Unterschrift abzuringen, wurde zum britischen Geschäftsträger in Kabul ernannt.

Um das Mißtrauen und die Feindseligkeit der Afghanen nicht neuerlich zu erregen, beschloß man, das Gefolge des neuen Geschäftsträgers möglichst klein zu halten. Obwohl (außer dem Cavagnaris) noch keine Namen genannt worden waren, stand für die Truppe wenigstens ein weiterer Name fest. Und weil Neuigkeiten sich im Osten rasch verbreiten, wußte einen Tag nach der Rückkehr des Emirs bereits ein in Kabul in Pension lebender ehemaliger eingeborener Offizier der Kundschafter von einem seiner Freunde, der bei der Leibwache des Emir stand, daß ein ganz bestimmter junger Offizier der Kundschafter, der sich in der Schlacht gegen die Khugiani besonders hervorgetan, die Eskorte führen würde, welche den Geschäftsträger begleitete.

Sirdar Bahadur Nakshband Khan gab seinerseits diese Neuigkeit einem Hausgast weiter, einem gewissen Syed Akbar, der samt Frau und Diener seit geraumer Zeit die Gastfreundschaft des Pensionärs genoß.

Von Cavagnari entlassen, war Ash nicht mehr auf seinen Schreiberposten im Bala Hissar zurückgekehrt, obschon er, dem Wunsche des Generals folgend, in Kabul blieb. Er war häufig abwesend, denn die vom General gewünschten Informationen konnte man schlecht in Kabul beschaffen, man mußte dafür schon an Ort und Stelle sein. Anjuli sah ihn also selten, fand jedoch, auch ein seltenes Beisammensein entschädige sie tausendfach für die beschwerliche Reise über die schneebedeckten Berge, denn alles war besser, als Ash überhaupt nicht zu sehen und nichts von ihm zu hören, als gelegentlich eine Botschaft Zarins an seine Tante in Attock, die dann nur Andeutungen enthalten konnte.

Wenn Ash sie jetzt verließ, konnte er nie auch nur annähernd sagen, wie lange er werde fortbleiben müssen, auch durfte er seine Rückkehr nicht ankündigen. Dies aber bedeutete, daß sie jeden Tag beim Erwachen denken durfte: Vielleicht kommt er heute. So konnte sie denn stets hoffen, und verwirklichte sich diese Hoffnung, war sie unbeschreiblich glücklich, weit glücklicher als jemand, der sein Glück für selbstverständlich hält und sich nicht vorstellen kann, daß es jemals endet. Überdies fühlte sie sich, wie sie der Begum gesagt hatte, in Kabul sicher vor den Spionen des Rana, die sie hier nicht suchten. Sie konnte also die Ängste vergessen, von denen sie in Indien niemals frei gewesen war. Und nach der glutheißen, ausgedörrten Landschaft um Bhithor, den kahlen Felsen und Salzstöcken bei Attock, empfand sie die Luft in Kabul, den Anblick von Schnee und hohen Gipfeln als ungemein erfrischend.

Ihr Gastgeber, ein gescheiter und bedächtiger Mann, traf Vorsorge, daß niemand im Hause ahnte, Syed Akbar sei ein anderer als der, der er zu sein schien. Als Anjuli mitten im Winter eintraf und Ash sagte, nun müßten sie ein anderes Quartier suchen, bestand der ehemalige Kundschafter darauf, daß sie blieben; nur schlug er vor, Anjuli möge sich als Türkin ausgeben für den Fall, ihr Pushtu reiche im täglichen Gespräch mit den weiblichen Angehörigen des Hausstandes doch nicht aus; das würde als Erklärung genügen, falls sie gelegentlich Fehler mache. Auch habe niemand im Hause Grund, daran zu zweifeln, daß sie Türkin sei. Sie war hier bald ebenso beliebt wie im Hause der Begum, weil sie sich den herrschenden Gebräuchen anpaßte, gewisse häusliche Arbeiten übernahm, kochte, stickte, Gewürze mahlte, Obst und Gemüse trocknete, und ihren Mitbewohnern freundlich begegnete. In ihrer freien Zeit las sie den Koran und lernte davon so viel als möglich auswendig, denn in religiösen Dingen durfte sie nicht unbeschlagen erscheinen. Die Kinder beteten sie förmlich an, denn immer fand sie Zeit für sie, baute Drachen, erzählte Geschichten, wie sie vormals Shushila Märchen erzählt hatte; und hier im Lande der hellhäutigen Frauen galt sie nicht mehr als zu groß und zu hager, sondern für schön.

Hätte sie Ash öfter um sich gehabt, sie wäre ganz und gar glücklich gewesen, und wenn sie beisammen waren, war es jedesmal wie in jenen ersten zauberhaften Wochen auf dem Indus. Nakshband Khan vermietete ihnen mehrere Räume im Oberstock seines Hauses. Hier hatten sie ihre ganz eigene ungestörte kleine Welt, hoch über dem lärmenden Treiben der Stadt.

Doch auch wenn Ash in Kabul war, hatte er ständig zu tun. Er mußte sich zwingen, jene friedlichen Zimmer zu verlassen, um in den Basaren, Geschäften und Karawansereien und in den Vorgemächern des Bala Hissar Informationen zu sammeln, wo ganze Schwärme kleiner Hofbeamter, Bittsteller und müßiger Diener den Tag mit Geschwätz und dem Spinnen von Intrigen verbrachten. Er unterhielt sich hier mit Bekannten und spitzte die Ohren, wenn Durchreisende vorsprachen – Kaufleute, die mit Karawanen von Balkh, Herat und Buchara unterwegs waren, Bauern aus der Umgebung, die Waren zum Markt führten, russische Agenten und Spione anderer Mächte, Soldaten, die am Khaibar und im Kurram gekämpft hatten, schlitzäugige Turkmenen aus dem Norden, Pferdehändler, Fakire, Pilger, die die Moscheen der Stadt besuchten.

Auf diese Art wurde ihm bekannt, daß ein Friedensvertrag unterzeichnet worden war. Er wartete stündlich, nach Mardan zurückberufen zu werden, doch nichts dergleichen geschah. Stattdessen erfuhr er eines Tages von seinem Hausherrn, daß eine britische Mission unter Cavagnari auf dem Wege nach Kabul sei und daß die Eskorte höchstwahrscheinlich von den Kundschaftern unter Führung seines Freundes Wally gestellt werde. Kaum hatte er dies vernommen, machte er sich nach Jalalabad zum Kommandeur der Kundschafter auf.

Eigentlich wollte er nach spätestens einer Woche zurück sein, doch in Jalalabad stellte er fest, daß Oberst Jenkins nach Beendigung der Feindseligkeiten ein Korps kommandierte und schon abgereist war – wie auch Cavagnari, General Sam Browne und Wally –, denn nach Unterzeichnung des Friedensvertrages Anfang Juni zog die Invasionsarmee sich aus Afghanistan zurück. Jalalabad sollte ebenfalls geräumt werden. Die dort stationierten Regimenter bereiteten schon ihren Abmarsch vor.

»Du kommst zu spät«, sagte Zarin. »Hamilton-Sahib ist mit dem Vorkommando abgerückt, der Kommandeur schon einige Tage früher. Die müßten jetzt bereits in Mardan sein.«

»Dann muß ich eben nach Mardan«, sagte Ash. »Denn falls es stimmt, daß Cavagnari-Sahib die Mission anführt und von Kundschaftern begleitet wird, muß ich den Kommandeur vorher noch sprechen.«

»Es stimmt«, bestätigte Zarin. »Wenn du aber auf mich hörst, drehst du sofort um, denn die Reise nach Mardan ist lebensgefährlich. Du mußt an deine

Frau denken. Wäre sie noch bei meiner Tante in Attock, möchte es angehen, aber was tut sie allein in Kabul, wenn du unterwegs stirbst?«

»Der Krieg ist doch vorbei«, wandte Ash ungeduldig ein.

»So sagt man, doch habe ich da meine Zweifel. Überdies gibt es Schlimmeres als Krieg, etwa die Cholera. In Kabul wirst du nicht gehört haben, daß sie in Peshawar so furchtbar grassiert, daß die Engländer die Garnison geräumt und sechs Meilen außerhalb der Stadt Zelte bezogen haben. Nur hat es sie nichts genutzt, denn diesmal sind sie die Opfer. Kaum einer, der angesteckt wird, überlebt. Sie sterben wie die Fliegen bei Frost. Und nun hat die Cholera bereits die Pässe erreicht, über welche unsere Truppen nach Indien zurückmarschieren müssen. Wir werden also beim Rückmarsch aus diesem Lande größere Verluste erleiden als beim Einmarsch. Wie ich höre, sind so viele Männer an der Krankheit gestorben, daß die Straßenränder mit Gräbern gesäumt sind.«

»Davon wußte ich nichts«, sagte Ash gedehnt.

»Aber jetzt weißt du es. Der Juni ist für Truppenbewegungen seit je ein schlechter Monat, und besonders hier, wo es weder Schatten noch Wasser gibt, wo Hitze und Durst quälender als in der Wüste sind, hat man einen Vorgeschmack der Hölle. Folge also meinem Rat, Ashok, und kehre zu deiner Frau zurück. Überdies sind die Paßstraßen so von Truppen und Bagage verstopft, daß du, selbst wenn du der Cholera entkommst, Tage bis nach Jamrud brauchst. Allein gelangst du schneller durchs Gebirge als über den Khaibar, denn die Straße von hier bis zum Paß ist unpassierbar. Sind deine Angelegenheiten mit dem Kommandeur so dringlich, schreibe sie nieder. Ich überbringe die Botschaft.«

»Nein, ein Brief nützt da nichts. Ich muß ihn selber sprechen, wenn ich ihn von der Wahrheit dessen überzeugen will, was ich zu sagen habe. Auch müßtest du den gleichen Weg nehmen und wärest ebenso in Gefahr, an der Cholera zu erkranken, wie ich.«

»Ich würde mich aber eher davon erholen als du, denn ich bin kein Engländer«, bemerkte Zarin trocken. »Und sterbe ich, lasse ich meine Frau nicht allein in einem fremden Land zurück. Doch ist die Gefahr, daß ich erkranke, gering, denn ich würde einen anderen Weg nehmen.«

»Heißt das, du bleibst hier? Soll denn Jalalabad nicht von allen Truppen geräumt werden?«

»Das ist richtig. Ich bleibe auch nicht, ich reise auf dem Fluß.«

»Dann komme ich mit dir.«

»Als du selber oder als Syed Akbar?«

»Als Syed Akbar. Da ich nach Kabul zurück muß, habe ich keine andere Wahl.«

»Sehr wahr«, stimmte Zarin zu. »Laß mich sehen, was sich tun läßt.«

Bei den Kundschaftern war es Tradition, daß ein Offizier, der im Dienst starb, wenn irgend möglich, in Mardan beigesetzt wurde. Die Kundschafter drängten also darauf, den Sarg von Wigram Battye auszugraben und mitzunehmen, was aber bei der Junihitze nicht anging. Also beschloß man, ihn auf einem Floß den Kabul hinabzuschicken durch die Schluchten des Khaibar und das praktisch unbetretene Mallagori bis Nowshera.

Zarin Khan und vier Sowars sollten den Sarg begleiten. Zarin bat im letzten Moment um Erlaubnis, einen fünften Mann mitzunehmen, einen Afridi, der eben erst in Jalalabad angekommen sei, ein entfernter Verwandter; er könne wertvolle Hilfsdienste leisten, denn er sei mit dem Fluß bestens vertraut, da er ihn schon früher mehrmals befahren habe.

Die Erlaubnis wurde erteilt, und in der Stunde vor Tagesanbruch begann das Floß mit den sterblichen Überresten Wigrams an Bord seine lange gefahrvolle Flußreise hinab in die Ebenen, seinem endgültigen Bestimmungsort Mardan entgegen.

57

Das Tageslicht verging rasch, als der Späher, der den ganzen Tag auf einer Klippe oberhalb des Flusses ausgeharrt hatte, den Kopf hob und wie ein Falke pfiff. Sechzig Meter weiter nahm ein in einer Felsspalte verborgener Mann das Signal auf und hörte, wie ein dritter es wiederholte.

Mehr als ein Dutzend Späher hielten, gut versteckt, das linke Ufer der Schlucht besetzt; sie wären auch von einem Mann mit einem Fernglas nicht zu erkennen gewesen. Überdies hatte die Floßbesatzung kein Glas. Auch mußte sie sich ganz darauf konzentrieren, das ungefüge Gefährt von Felsen und Strudeln fernzuhalten, denn in den Bergen schmolz der Schnee und der Kabul führte reißendes Hochwasser.

Von den sechs Männern auf dem Floß trugen vier die Uniform der Kundschafter: ein schlanker Pathan, zwei schwarzbärtige Sikh und ein untersetzter Muslim aus dem Pandschab. Der Fünfte war ein hagerer, weniger formell gekleideter Afridi mit schütterem roten Bart. Ihm oblag es, die schwere, drei Meter lange Stange zu handhaben, die als Ruder diente; daher trug er, der Hitze und der schweren Arbeit wegen, nur ein dünnes weißes Hemd zu den weiten Baumwollhosen seines Volkes. Der Sechste war ein britischer Offizier, doch der war tot – tot seit fast zwei Monaten. Den Fünfen, die seinen Leichnam nach Indien begleiteten, war das nur allzu bewußt. Das Floß passierte die engen Schluchten, die der Kabul in die wilden Berge nördlich des Khaibar gegraben hatte; es glitt an Dakka und Lalpura vorbei, den Stromschnellen von Mallagori entgegen. Der Sarg bestand aus grünem Holz und war in eine Persenning eingeschlagen, doch konnte der Abendwind, der durch die Schlucht blies, den Verwesungsgeruch nicht vertreiben.

Das Zischen und Brodeln des Wassers schien zwar den schmalen, tiefen Einschnitt zwischen den Bergen ganz auszufüllen, doch übertönte es nicht den schrillen Ruf des Falken. Der Pathan auf dem Floß machte eine ruckartige Bewegung – die Sonne war nämlich bereits untergegangen, und danach läßt kein Falke sich mehr vernehmen. Zarin langte nach seinem Karabiner und rief: »Deckung! Zwischen den Felsen sind Männer versteckt. Mohmands vermutlich, mögen sie in der Hölle braten. Runter mit euch, wir bieten ein zu gutes Ziel. Zum Glück ist das Licht schlecht, und mit Allahs Hilfe kommen wir durch.«

Einer der Sikh sah nach, ob sein Gewehr geladen war, und bemerkte: »Sie haben es womöglich gar nicht auf uns abgesehen. Wer wir sind, können sie unmöglich wissen. Sie halten uns vielleicht für Leute aus einem ihrer Dörfer.«

Der Mann aus dem Pandschab lachte nur: »Mach dir nichts vor, Dayal Singh. Sind wirklich Männer in jenen Felsen dort, so wissen sie genau, wer wir sind und erwarten uns. Vielleicht war es ein Glück für uns, daß Sher Afzal ins Wasser gefallen und ertrunken ist; andernfalls wären wir schon zwei Stunden früher hier durchgekommen und hätten ein besseres Ziel geboten. So aber –« er konnte den Satz nicht beenden, denn der erste Schuß traf ihn in die Kehle, und er sackte rückwärts vom Floß ins Wasser.

Der Aufprall und der Schuß lösten in der Schlucht ein Echo aus, einen flüchtigen Moment lang färbte das Wasser sich blutig, dann schäumte es wieder weiß. Das Floß wurde in die Schlucht hineingerissen. Der Mann am Ruder warf sich aus Leibeskräften gegen die Stange; er ächzte vor Anstrengung, als er das Floß möglichst in der Mitte des Flusses zu halten versuchte. Was sie erwartete, sollten sie gegen eines der Ufer geworfen werden, war ihm klar.

Ein Kugelregen prasselte um sie her ins Wasser. Die drei Kundschafter warfen sich platt auf die Stämme; mit der geduldigen Präzision erfahrener Schützen zielten sie auf das Mündungsfeuer und die Qualmwölkchen von einem Dutzend Vorderlader, deren Besitzer zwischen Klippen und in Felsspalten hockten. Es war ein ungleicher Wettbewerb, denn der Feind lag in Deckung hoch über dem Fluß, die Kundschafter hingegen wurden durch die Bewegung des Floßes behindert und lagen gleichsam auf offenem Felde; einzig die Geschwindigkeit des Fahrzeuges und die zunehmende Dunkelheit waren auf ihrer Seite. Der Sarg bot ein wenig Deckung, doch befand er sich genau in der Mitte des Floßes; suchten sie zu dritt dahinter Schutz, mußte es kentern.

»Rüber mit dem Proviant!« keuchte der Mann am Ruder. »Schnell, alles nach links, rasch! Dann kann noch einer hinter den Sarg.«

Zarin legte den Karabiner weg und räumte die Blechbüchsen mit Proviant und Munition zur Seite, während der Sowar Dayal Singh stetig feuerte. Der andere Sikh wechselte die Stellung. Er kroch neben ihn, legte den Gewehrlauf auf den Sarg, zielte bedächtig und drückte ab.

Etwas, das einem Kleiderbündel glich, stürzte schreiend die Felswand hinunter ins flache Wasser zwischen das Geröll. »Gut gemacht, Suba Singh. Ein glänzender Schuß. Du könntest geradezu ein Pathan sein.«

Suba Singh antwortete grinsend mit einer abfälligen Bemerkung über die Manneskraft der Pathan, Dayal Singh schmunzelte. Sie waren in eine Falle gegangen. Einer der ihren hatte das schon mit dem Leben bezahlt. Die Aussicht, mit heiler Haut davonzukommen, war nicht groß. Doch waren diese drei immerhin Berufssoldaten; sie liebten es zu kämpfen, ihre Augen blitzten, als sie luden und schossen, luden und schossen und jede auf dem Floß einschlagende Kugel mit einem Witz begrüßten.

Eine traf den Sarg. Der Verwesungsgeruch hüllte sie betäubend ein wie eine Wolke und deckte den Geruch von Schießpulver und Wasser zu.

»Danke dir, Battye-Sahib«, sagte Suba Singh leise und deutete eine Ehrenbezeigung zum Sarg hin an. »Du hast dich deiner Männer zeitlebens angenommen, und wärest du nicht, wo du bist, ich hätte eine Kugel im Kopf. Laß uns sehen, ob ich nicht die Schande rächen kann, die man dir angetan hat.«

Er hob den Kopf und zielte bedächtig, dabei die Höhe und das Schwanken des Floßes berücksichtigend. Sein Gewehr krachte, und hoch oben in den Felsen stürzte ein Mann vornüber zu Boden. Seine langläufige Muskete fiel scheppernd und von einem Steinhagel begleitet herunter. Suba Singh stammte nicht von der Grenze, doch in seiner Schwadron war er der beste Schütze.

»Das wären zwei für uns. Jetzt zeig, was du kannst, Pathan«, sagte der Sikh.

Zarin grinste anerkennend. Er achtete nicht der Kugeln, die ihn wie wilde Hummeln umschwärmten, und zielte auf einen Punkt, den niemand wahrgenommen hätte, der nicht in den Bergen aufgewachsen ist, wo jede Klippe einen Feind verbergen kann. Dieser Punkt war ein schmaler Felsspalt, aus dem die Mündung einer Muskete nur Zentimeter weit hervorragte. Der Schuß schlug genau oberhalb der Musketenmündung ein; der Ruck, mit dem die Waffe zu Boden fiel, verriet deutlich, was geschehen war.

»Na?« fragte Zarin, »zufrieden?«

Als er keine Antwort erhielt, schaute er zur Seite – in die gebrochenen Augen seines Kameraden. Der Sikh hatte sich nicht gerührt, das Kinn stützte er immer noch auf die steife Persenning, der Mund stand offen, als wolle er sprechen, doch in der Schläfe klaffte ein Loch. Sein Stammesbruder Dayal Singh, obwohl neben ihm liegend, hatte nicht bemerkt, daß er getroffen wurde.

»Ist er tot?« fragte Zarin und wußte schon, wie dumm die Frage war, als er sie stellte.

»Wer? Der verkrüppelte Hund, auf den du geschossen hast? Hoffen wir's«, sagte Dayal Singh. Er langte nach einem Patronenstreifen und stieß dabei an die Leiche von Suba Singh. Sie drehte sich, ein Arm klatschte ins Wasser.

Dayal Singh starrte Suba Singh an, die ausgestreckte Hand wurde steif und sein Atem ging keuchend. Plötzlich begann er, wie in einem Fieberanfall zu zittern. Seine Finger belebten sich; er lud den Karabiner mit wütender Hast, dabei unentwegt leise vor sich hin fluchend, sprang auf und gab im Stehen einen Schuß nach dem anderen ab. Die Patronen nahm er einzeln aus der Tasche.

Das Floß schwankte gefährlich. Die tückische Strömung riß es durch die Schlucht. Der Mann am Ruder warf sein Gewicht auf die andere Seite und brüllte dem Sikh zu, sich hinzulegen. Dayal Singh war aber vorübergehend nicht zurechnungsfähig. Wabernde Wut verdrängte alle Überlegung; er stand breitbeinig über der Leiche seines Kameraden, fluchte und feuerte ununterbrochen. Eine Kugel streifte sein Kinn, Blut troff in seinen schwarzen Bart, und gleich darauf färbten seine Gamaschen sich rot, denn er war auch ins Bein getroffen worden. Er wurde gewiß ein Halbdutzendmal verwundet, hörte aber erst auf zu fluchen, als eine Kugel ihn in die Brust traf und er rückwärts über die Leiche des anderen Sikh fiel.

Sein Sturz brachte das Floß beinahe zum Umkippen, Wasser strömte darüber hin, schäumte um den Sarg und riß Blechdosen und Ausrüstung von

Bord, und bevor Zarin und Ash es ins Gleichgewicht bringen konnten, wurden auch die beiden Leichen ins Wasser geschwemmt.

Von ihrem Gewicht befreit, kam das Floß wieder ins Gleichgewicht. Zarin erhob sich auf die Knie, wrang das Wasser aus seiner Jacke und sagte verbittert: »Noch zwei gute Männer sind dahin. In Zeiten wie diesen können wir uns nicht leisten, auch nur einen einzigen zu verlieren. Der Feldzug kommt die Kundschafter wahrlich teuer zu stehen. Zuviele sind schon gefallen oder schwer verwundet. Falls es nicht bald ganz dunkel wird, erwischt es auch mich. Soll doch die Pest diese Hexer holen! Ich wollte nur –« er brach ab und blickte aus zusammengekniffenen Lidern: »Du bist verwundet!«

»Bloß ein Kratzer. Und du?«

»Bislang nichts.«

Von oben wurde nicht mehr geschossen. Vielleicht reichte das Licht nicht mehr aus. Das Floß bot im grauen Wasser kein Ziel mehr, es konnte höchstens noch als schwankender Schatten zu sehen sein, taumelnd wie ein Schmetterling oder eine Fledermaus. Eine Stunde später hatten die beiden Männer die Felsen hinter sich und damit auch die gefährlichsten Stromschnellen. Der Fluß trug sie rasch durch eine Landschaft, die sich wenig für einen Hinterhalt eignete.

Der Tag war sehr heiß gewesen, denn so weit nach Norden war der Monsun noch nicht vorgedrungen. Die ausgedörrte Erde auf den unbewachsenen Hügeln warf die Hitze in fast sichtbaren Wellen zurück – es war, als wäre die Tür eines Hochofens geöffnet worden. Doch wird der Kabul von Gletschern und Schneefeldern des Hindukusch gespeist, und weil der Nachtwind sich über dem Wasser abkühlte, erschauerte der Mann am Ruder und kauerte sich wärmesuchend darüber.

Der Sarg war mit heimischem Tauwerk fest aufs Floß gebunden. Da der Hanf unterdessen aber feucht geworden war, bewegte sich der Sarg in seiner gelockerten Befestigung, wenn das Floß schwankte, so als sei der darin Liegende lebendig und ruhelos.

»Lieg still, Sahib«, grunzte Zarin, »sonst verlieren wir dich bei der nächsten Biegung. Ist auf deiner Seite ein Knoten, Ashok?«

»Zwei«, erwiderte der Mann am Ruder. »Im Dunkeln traue ich mich aber nicht, sie fester zu ziehen. Stoßen wir dabei gegen ein Hindernis, löst sich der Sarg und stößt uns über Bord. Du mußt warten, bis es hell wird. Auch sind meine Finger nach einem ganzen Tag an der Ruderstange zu steif, um Knoten zu schlingen.«

»Und du willst ein Mann aus den Bergen sein? Frierst, obschon die Nacht heiß ist wie die Hölle?«

»Und der Fluß kalt wie die Nächstenliebe. Es ist Schmelzwasser, ich habe zweimal dringelegen, weiß also Bescheid. Hätte ich geahnt, daß die Strömung so stark ist und daß die Mohmands uns auflauern, ich wäre nicht mitgekommen. Es ist ohnehin eine verrückte Fahrt, denn kommt es wirklich darauf an, wo die sterblichen Überreste eines Menschen liegen? Ist es Battye-Sahib nicht einerlei, ob seine Knochen bei Jalalabad faulen oder in Mardan? Ganz gewiß. Und ihm wäre es auch gleich, wenn die Afridi nach unserem Abzug ihn ausgegraben und seine Gebeine verstreut hätten.«

»Aber uns Kundschaftern ist es nicht einerlei«, bemerkte Zarin kurz. »Wir erlauben dem Feind nicht, die Leichen unserer Gefallenen zu schänden.«

»Unserer *englischen* Gefallenen«, berichtigte Ash ihn scharf. »Dieser Krieg hat auch noch andere Leben gefordert. Einzig diese Leiche führen wir nach Mardan, die anderen lassen wir seelenruhig in den afghanischen Bergen zurück.«

Zarin zuckte die Achseln und sagte nichts. Er wußte seit langem, es war sinnlos, mit Ashok zu streiten, der die Dinge meistens anders sah als andere, immerhin sagte er dann doch: »Du wolltest ja unbedingt mit – und nicht, um mir einen Gefallen zu tun.«

Ash grinste ins Dunkle. »Stimmt, Bruder, du verstehst schon, auf dich achtzugeben. Du weißt, ich mache die Fahrt mit dir, weil ich den Kommandeur-Sahib sprechen will, bevor es zu spät ist. Treffe ich ihn noch rechtzeitig, kann ich ihm vielleicht klarmachen, daß die geplante Mission nach Kabul, von der soviel geredet wird, unbedingt unterbunden werden muß, denn sie bringt uns nur Unglück. Mindestens muß man sie aufschieben. Es heißt auch, die Regierung will eine Eskorte von Kundschaftern mitschicken und hat Hamilton-Sahib das Kommando angeboten.«

»Das habe ich auch gehört. Und warum nicht? Es wird eine weitere Ehre für ihn sein; und auch für uns Kundschafter ist es eine Ehre.«

»Eine Ehre, wie Ratten in der Falle zu sterben? Nicht, wenn ich es verhindern kann. Ich will ihm ausreden, daß er sich darauf einläßt.«

»Das wird dir nicht gelingen. Bei der ganzen Armee gibt es keinen einzigen Offizier, der eine solche Ehre ausschlagen würde. Und auch kein Regiment.«

»Mag sein. Versuchen muß ich es jedenfalls. Ich besitze nur wenige Freunde, was an mir liegen mag, und meine engsten seid ihr, du und Hamilton-Sahib, und ich denke nicht daran, euch auf einen Schlag beide zu verlieren.«

»Davon ist ja auch keine Rede«, versicherte Zarin beschwichtigend. »Es steht gar nicht fest, daß auch ich nach Kabul abkommandiert werde. Und sobald oder falls wir nach Mardan zurückkommen, sieht alles ganz anders aus. Du redest nur so, weil du übermüdet bist und weil das Leben dir in letzter Zeit übel mitgespielt hat.«

»Ach, Unsinn. Ich rede so, weil ich zu viele Menschen reden gehört habe, die niemals mit Weißen sprechen, auch nicht mit Soldaten der Regierung Indiens, und auch solche, die keine von beiden je gesehen haben. Und was ich von denen höre, macht mir Angst.«

Zarin sagte nach einer gedankenvollen Pause: »Ich selber glaube, dein Unglück besteht darin, daß du die Sprache dieser Menschen verstehst. Vor Jahren, da warst du noch ein Kind, sagte mein Bruder Awal Shah zu Browne-Sahib, der damals unser Kommandeur war, es wäre schade drum, wenn du verlerntest zu sprechen und zu denken wie unsereiner, denn nur wenige Sahibs verstünden das, und du könntest dem Regiment von großem Nutzen sein. Weil er diese Worte sprach, hat man dafür gesorgt, daß du nichts verlerntest. Das mag ein Fehler gewesen sein, denn nun ist es dein Schicksal, weder dem Osten, noch dem Westen anzugehören, und mit je einem Bein hier und dort zu stehen wie die Kunstreiter auf zwei galoppierenden Pferden.«

»Das stimmt«, sagte Ash flüchtig lachend. »Und ich bin schon vor Jahren zwischen beide gestürzt und in zwei Teile zerrissen worden. Es wird Zeit, daß ich niemandem mehr gehöre als mir selber, wenn es dafür nicht schon zu spät ist. Könnte ich noch einmal wählen...«

»... du würdest das gleiche tun, und du weißt es«, sagte Zarin. »Denn einem jeden von uns ist sein Schicksal auferlegt. Er kann ihm nicht entrinnen. Gib mir die Ruderstange, es klingt so, als hätten wir Stromschnellen vor uns, und wenn du deinen Arm nicht schonst, wird die Wunde dich schmerzen. Im Dunkeln wird uns niemand angreifen. Ich wecke dich, bevor der Mond aufgeht. Sieh zu, daß du Schlaf findest, denn morgen müssen wir munter sein. Binde dir einen Strick um den Leib, sonst fällst du ins Wasser, wenn das Floß heftig schwankt.«

Ash befolgte diesen Rat, und Zarin grunzte zufrieden. »Gut. Und nun nimm das hier, davon schläfst du und die Schmerzen im Arm lassen nach.« Er reichte ihm zwei Kügelchen Opium, die Ash gehorsam schluckte. »Puh, wie der Sahib stinkt! Können wir denn das Loch nicht irgendwie verstopfen?«

Ash riß einen Fetzen von seinem Turban, und Zarin verstopfte damit das Einschußloch. Zu essen hatten sie nichts mehr, denn der Proviant war zugleich mit den Leichen der beiden Sikh über Bord gespült worden, doch waren beide Männer viel zu ermattet, um Hunger zu spüren. Wenigstens zu trinken hatten sie reichlich. Ash übergab das Ruder an Zarin, wusch die Armwunde aus und legte einen Verband an. Dann streckte er sich neben den Sarg hin, doch fand er keinen Schlaf, denn die Wunde im Arm pochte schmerzhaft; zudem überlegte er, was er Oberst Jenkins sagen sollte, falls und sobald er in Mardan ankam.

Er wollte seine Informationen so vortragen, daß dem Kommandeur nicht nur nichts übrig blieb, als ihm zu glauben, sondern auch so, daß jener imstande war, die hohen Offiziere und Amtspersonen zu überzeugen, die Ash nicht glauben würden. Doch die Argumente, die er suchte, ließen sich nicht finden. Das Opium tat seine Wirkung, und er schlief ein.

Die Strömung trug das Floß aus den Schatten der Berge von Mallagori und verlor an Kraft, als der Fluß sein Bett verbreiterte.

Ash erwachte, weil es jetzt langsamer dahintrieb. Im ersten Frühlicht sah er ringsum nur flaches Land. Also hatten sie es geschafft. Es dauerte allerdings eine Weile, bis er begriff, was dies bedeutete, denn er konnte sich nicht zurechtfinden... Als das Licht zunahm, der Fluß breiter und das Land besser sichtbar wurde, klärte sich auch sein Kopf. Unglaublich, daß so viel Zeit vergangen sein sollte, seit Zarin ihn am Ruder abgelöst und schlafen geschickt hatte. Das war doch eben erst gewesen, und nun war die Nacht vorüber?

Bald schon, in höchstens einer halben Stunde, würden sie, falls nichts dazwischenkam, die unsichtbare Grenze zwischen Afghanistan und der nordwestlichen Grenzprovinz passieren; dann brauchten sie sich von der Strömung nur an Michni und Mian Khel vorbei nach Abazi treiben zu lassen und von dort nach Süden bis Nowshera unterhalb Charsadda. Dann waren sie in Britisch-Indien und Zarin konnte das Floß festmachen und ein paar Stunden schlafen, denn daß er in der vergangenen Nacht kein Auge zugetan hatte, war gewiß.

Ein Windhauch kräuselte die glatte Wasseroberfläche. Ash erschauerte. Überrascht bemerkte er, daß seine Kleidung durchnäßt war und daß Wasser zwischen den Stämmen des Floßes stand. Offenbar hatten sie vor ganz kurzer Zeit noch Stromschnellen passiert, denn Tau allein konnte das nicht sein. Also hatte er wenigstens einen Teil der Nacht verschlafen, obschon er geschworen hätte, kein Auge geschlossen zu haben. Er vernahm Klatschen und Flügelschlag, sah einen Vogelschwarm auffliegen und merkte, daß das Floß nicht mehr in der Strommitte schwamm, sondern dem linken Ufer zutrieb.

Gleich darauf knirschte Sand, als es unter überhängendem Gras und dornigem Gezweig gegen das Ufer stieß. Nun wußte er, daß sie schon in Britisch-Indien waren, denn Zarin hätte nicht riskiert, im Gebiet der Bergstämme anzuhalten.

Er rührte sich endlich und bemerkte, daß er mit einem Strick am Sarg festgebunden war. Das hatte er ganz vergessen. Er setzte sich, noch ganz benommen, auf und fummelte mit steifen Fingern an der Verknotung. Eine Stimme, die er kaum erkannte, sagte heiser: »Allah sei gelobt, du bist also nicht tot!« Er blickte über die Persenning weg und sah einen Zarin, ganz grau im Gesicht, ohne Turban, die Uniform so naß, als wäre er darin geschwommen.

Er wollte antworten, doch konnte er nicht sprechen. Zarin sagte rauh: »Eine ganze Meile hat es uns in einem Canyon herumgewirbelt, nicht breiter als ein Stadttor. Eine Stromschnelle folgte der anderen, wir trudelten herum wie ein Kreisel. Du hast weder Hand noch Kopf bewegt, sondern rolltest an deinem Tau hin und her wie ein Toter.«

»Ich, ich... habe doch nicht geschlafen«, versetzte Ash mühsam. »Das kann doch nicht sein... ich glaube es nicht...«

»Ah, das war das Opium. Ich hätte dir nicht so viel geben sollen. Aber ausgeruht bist du trotzdem. Ich selber bin auf dieser Fahrt vorzeitig zum Greis geworden. Eine solche Nacht will ich nicht nochmal erleben. Mir tut jeder Knochen im Leibe weh.«

Er stieß die Ruderstange in den Ufersand, um das Floß zu verankern und reckte sich. Ganz allein hatte er die Nacht hindurch mit dem Strom gekämpft, ohne sich einen Moment Ruhe zu gönnen, hatte nicht einmal Zeit gehabt, nachzusehen, ob Ash nicht schwerer verwundet war, als er gesagt hatte, und möglicherweise verblutete. Die Hände schmerzten ihn und waren voller Blasen; seine Muskeln waren so verkrampft, daß er sich kaum rühren konnte. Überdies war er durstig und hungrig und bis auf die Haut naß. Doch während ein Europäer in seiner Lage erst getrunken und dann Nahrung gesucht hätte, nahm Zarin zunächst die rituelle Waschung vor, dann wandte er sich nach Osten und sprach das Morgengebet der Gläubigen.

Ash kannte diese Gebete seit langem. Er mußte sie kennen, mußte auch den Anschein erwecken, als verrichte er sie regelmäßig, als er hinter Dilasah Khan in Afghanistan her war und auch in jüngster Zeit, als er sich, verkleidet als Afridi, im Auftrage von Wigram Battye dort aufhielt. Er sprach sie täglich zu den vorgeschriebenen Zeiten, denn die Gebete gehörten ebenso zu seiner Verkleidung wie die landesübliche Tracht und die Landessprache, die er fließend sprach, und hätte er das Gebet vernachlässigt, wäre das aufgefallen. Als er nun Zarin sein Gebet verrichten sah, erhob er sich ganz instinktiv, wandte sich Mekka zu und murmelte die Gebete. Er kam damit allerdings nicht zuende, denn Zarin kehrte sich ihm zu und sagte: »Tschup! Hier bist du sicher, du brauchst deine Rolle nicht mehr zu spielen.«

Ash hielt höchst verblüfft ein, weniger wegen des gereizten Tons, in dem Zarin sprach, als wegen dessen Miene. Sein Gesicht trug einen Ausdruck, den er an seinem Freund nie zuvor wahrgenommen hatte – eine Mischung aus Widerwillen und Feindseligkeit, so niederschmetternd wie unerwartet. Es verschlug Ash den Atem, als wäre er im Dunkeln gegen eine Mauer gelaufen und bekomme keine Luft. Er merkte, daß sein Herz heftig und schwer pochte, wie eine Trommel in der Brust.

Zarin wandte sich wieder seinen Gebeten zu. Ash starrte ihn intensiv und mit gerunzelter Stirn an, als sähe er etwas, das ihm bekannt vorkam, das er aber an dieser Stelle nicht vorzufinden erwartete.

Er wußte seit langem, daß für die Hindu, die Legionen Götter besaßen, nichts wichtiger ist als die Kaste und daß man kein Hindu werden, sondern nur als Hindu geboren werden kann. Er nahm also als gegeben, daß er in ihrer Gesellschaft immer ein Außenseiter bleiben mußte, jenseits einer von der Religion gezogenen Grenze, die nicht überschritten werden konnte. Bei Koda Dad, Zarin und deren Glaubensgenossen, die einen einzigen Gott verehrten, Bekehrte aufnahmen und ohne weiteres mit Fremden, einerlei welcher Herkunft und welchen Glaubens, aßen und tranken, hatte er eine ähnliche Grenze nie geargwöhnt; und wenn der Koran sie auch lehrte, daß es verdienstvoll war, Ungläubige zu töten und man dafür mit der Aufnahme ins Paradies belohnt wurde, fühlte er sich unter ihnen stets ganz zu Hause. Nun aber...

Dieser Ausdruck in Zarins Gesicht lieferte die Erklärung für so manches: für die Herrschaft der Mogulen über Indien, die Eroberung Spaniens durch die Mauren; für die zahllosen Heiligen Kriege, geführt im Namen Allahs, welche im Laufe der Jahrhunderte Ströme von Blut gefordert hatten. Auch etwas anderes trat plötzlich in unerwartet helles Licht, etwas, was Ash seit langem undeutlich spürte, worüber er aber weiter nicht nachgedacht hatte. Der Umstand nämlich, daß die Religion den Menschen nicht liebevoll macht und zur Brüderlichkeit führt, sondern dazu, zum Schwert zu greifen.

Das Band, das ihn mit Zarin verknüpfte, war so stark, daß es jeder Belastung standhielt – ausgenommen einem Schlag mit jenem Schwert. Waren sie in einer Hinsicht Freunde und Brüder, so waren sie durch die Tradition eben doch Feinde, Zarin der »Gläubige«, Ash der »Ungläubige«, zu dessen Vernichtung die Anhänger des Propheten verpflichtet waren. Denn es steht geschrieben: »Töte alle, die außer GOTT noch andere Götter kennen, wo du sie findest, lauere ihnen auf und verdirb sie mit allen Mitteln.«

Zarin wußte selbstverständlich, daß Ash, wollte er am Leben bleiben, in jeder Hinsicht den Mohammedaner spielen mußte und daß die Ausübung der Religion zu seiner Rolle gehörte, doch hatte er ihn dabei nie beobachtet. Jetzt aber, als er es zum ersten Mal mit eigenen Augen sah – noch dazu, wo es unnötig war –, wirkte das auf ihn wie ein Sakrileg: Ash, der Ungläubige, spottete Allahs.

Wie sonderbar, dachte Ash, daß ich früher nie bemerkt habe, wie breit die Kluft ist, die mich von Zarin trennt; sie ist ebenso breit wie die zwischen mir und den Hindus, und niemals werde ich sie überbrücken können.

Er wandte sich ab, schwer betroffen und tief verletzt von dieser unerwarteten Einsicht. Ihm war, als schwanke plötzlich der Boden unter seinen Füßen, der perlgraue Morgen schien ihm angefüllt mit Vorahnungen von Trauer und schmerzlichem Verlust, denn etwas sehr Wertvolles war seinem Leben genommen und konnte nie wieder zurückerlangt werden.

In diesem gefährlichen Moment suchten seine Gedanken Juli, und er empfand die Dankbarkeit eines Menschen, der aus der Kälte in einen warmen Raum tritt und die Hände über das Feuer halten darf. Als die erste Morgensonne den Schnee am Safed Koh golden färbte, sprach er sein eigenes Gebet, jenes, das er früher mit dem Gesicht zum Palast der Winde zu sprechen pflegte, als Zarin in Gulkote ein von ihm bewunderter Jüngling war und er selber nichts als ein kleiner Hinduknabe im Dienste des Thronerben: »Du bist überall und doch verehre ich dich an dieser Stelle... Du bedarfst keiner Anbetung und doch entbiete ich dir meine Gebete...«

Auch Juli schloß er in dieses Gebet ein, bat, sie möge vor allem Übel beschützt werden und bald wieder heil und gesund mit ihm vereint sein. Er betete auch für Wally und Zarin, für den Seelenfrieden Wigram Battyes und derer, die in den Bergen bei Fatehabad und im Hinterhalt der letzten Nacht geblieben waren. Da sie keine Nahrungsmittel mehr besaßen, konnte er keine Opfergabe darbringen, und das war vielleicht gut so, denn Zarin hätte darin den Ritus der Hindu erkannt und wäre nur noch ärgerlicher geworden.

Zarin beendete seine Gebete. Nach einer kurzen Ruhepause übernahm Ash erneut die Ruderstange und stieß das Floß in den Strom. Als die Sonne höher stieg und den Dunst über dem Wasser aufsog, erblickten sie vor sich die aus Lehmziegeln gebauten Mauern von Michni, golden gefärbt von der Sonne. Sie gingen hier an Land und kauften Nahrungsmittel, auch beauftragten sie einen Boten, nach Mardan zu reiten und ihre Ankunft anzuzeigen; man möge das Floß mit einer Eskorte in Nowshera erwarten und den Leichnam von Major Battye auf der Straße nach Mardan in die Garnison geleiten.

Sie warteten, bis der Bote abgeritten war, aßen und setzten dann die Reise zu

Wasser fort. Ash stakte das ungefüge Floß mit seiner düsteren Last in der schattenlosen unbarmherzigen Junihitze stromab, während Zarin den Schlaf des Erschöpften schlief.

Es wurde ein schlimmer Tag, wenngleich der Strom glatt und schnell zwischen flachen Sandbänken durch friedliches Land dahinzog. Die Sonne prallte wie mit Hammerschlägen auf Schultern und Arme, und von Stunde zu Stunde wurde der dem Sarge entströmende Verwesungsgeruch schlimmer. Doch alles nimmt einmal ein Ende, und bei Einbruch der Dunkelheit gelangten sie an die Schiffsbrücke von Nowshera, wo Wally mit einer Eskorte der Kundschafter bereitstand, Wigram heimzuholen nach Mardan.

58

Da Wally nicht wußte, daß Ash auf dem Floß war, erkannte er ihn im ungewissen Licht nicht, und Gelegenheit zu einem Gespräch ergab sich erst viel später. Der Zustand der Leiche machte es erforderlich, sie unverzüglich beizusetzen. Der Sarg wurde also auf einen offenen Karren verladen und kurz vor Mardan auf eine Lafette gesetzt; die Beerdigung fand noch in der Nacht bei Fackelschein statt.

Erst als die Totengebete gesprochen, der Trompeter den Zapfenstreich geblasen und die Salven über dem Grabhügel abgefeuert worden waren, der anzeigte, wo Wigram zur letzten Ruhe gebettet worden war, als die Trauernden in die Quartiere abgerückt waren und der Friedhof still im Mondlicht lag, fanden Ash und Wally Gelegenheit, miteinander zu reden.

Ash wollte eigentlich zuerst den Kommandeur sprechen, doch Oberst Jenkins beherbergte zwei Freunde von Wigram, die aus Risalpur zur Beerdigung gekommen waren und über Nacht blieben. Man mußte die Besprechung also auf den folgenden Tag verschieben. Zarin brachte Ash ungesehen zu Wallys Quartier in der Festung.

Wally freute sich, Ash zu sehen, doch dämpfte die emotionale Belastung der zweiten Beisetzung Wigrams seine Freude. Er hatte auch nicht die geringste Lust, sich anzuhören, was Ash über die vorgesehene britische Mission in Afghanistan mitzuteilen hatte – schon gar nicht gedachte er, das Kommando über die Begleitmannschaft abzulehnen, sollte es ihm angetragen werden, was bislang nicht der Fall war, jedenfalls nicht offiziell. Derzeit waren das alles nur Gerüchte. Allerdings, so meinte Wally, herrsche Einigkeit darüber, daß, sollte wirklich eine Mission nach Kabul abgehen, Cavagnari der geeignete Chef sei. »Offenbar hat der Vizekönig ihm das ziemlich offen angedeutet, denn er sagte mir, sollte er den Posten bekommen, wolle er mich als Militärattaché anfordern und mir das Kommando über die aus Kundschaftern zu bildende Eskorte übertragen. Das hätte er sicher nicht gesagt, erwartete er nicht mit einiger Gewißheit, den Posten zu bekommen. Man soll aber das Fell des Bären nicht teilen, bevor man ihn erlegt hat.«

»Falls du noch einen Funken Verstand hast«, sagte Ash, »beteiligst du dich an der Jagd auf diesen speziellen Bären nicht.«

»Was soll denn das heißen?« fragte Wally verständnislos.

»Das heißt folgendes: Als der verstorbene Emir, Shere Ali, unseren Hohen

Herrschaften klarzumachen suchte, daß seine Untertanen sich mit der dauernden Anwesenheit von Briten – oder von Ausländern überhaupt – nicht abfinden würden, sagte er unmißverständlich, kein Emir von Afghanistan könne für die Sicherheit von Ausländern garantieren: ›nicht einmal in meiner eigenen Hauptstadt‹. Liest du eigentlich nie etwas anderes als Gedichte, Wally?«

»Rede keinen Schwachsinn. Du weißt, ich lese nicht nur Gedichte.«

»Dann dürftest ›Du die Geschichte des Afghanischen Krieges‹ von Kaye kennen und wissen, zu welchen Schlußfolgerungen er darin kommt. Was er da sagt, sollte in meterhohen Buchstaben über dem Eingang zum Kriegsministerium geschrieben stehen und in Simla über dem Tor zum Hauptquartier. Kaye schreibt: ›Nachdem wir Unmassen von Blut und Geld in diesen Krieg investiert haben, ist das gesamte Land ausnahmslos von Haß gegen uns erfüllt, während der Name Englands in Afghanistan einen guten Klang hatte, bevor unsere Armee den Indus überschritt, denn man erinnerte sich dort noch des prachtvollen Eindruckes, den Elphinstone hinterlassen hat. Nach dem Krieg aber erinnerte man sich nur voller Haß eines Feindes, der ins Land eindrang und es verwüstete.‹ Daran hat sich bis heute nichts geändert, Wally. Und deshalb ist es sinnlos, diese Gesandtschaft zu eröffnen. Das Unternehmen muß abgeblasen werden.«

»Daraus wird nichts, es ist dazu viel zu spät. Überdies –«

»Also dann muß man es verschieben, es jedenfalls so lange als möglich hinauszögern und unterdessen alles tun, zum Emir und den Afghanen ein Vertrauensverhältnis herzustellen. Vor allem gilt es, den Eindruck zu verwischen, wir wollten uns ihres Landes bemächtigen, wie wir uns Indiens bemächtigt haben. Das wäre auch zu dieser Stunde noch möglich, wollten nur Leute wie Lytton, Colley und Cavagnari die Sache anders anpacken – den Knüppel endlich aus der Hand legen und stattdessen Entgegenkommen und Mäßigung zeigen. Eines kann ich dir versichern, Wally, übernimmt Cavagnari wirklich diesen Posten und geht nach Kabul, kommt er lebend nicht zurück. Keiner, der ihn begleitet, kommt mit heiler Haut davon, auch du nicht. Das mußt du mir einfach glauben.«

Wally, der mit schlecht verhohlener Ungeduld zugehört hatte, sagte nun: »Ach was, du redest dummes Zeug. Der Emir hat schließlich eingewilligt, die Gesandtschaft zuzulassen.«

Ash verbesserte gereizt: »Er hat nur unserem Druck nachgegeben. Und wenn du denkst, die Afghanen haben sich damit abgefunden, irrst du. Sie sind unverändert dagegen, nach diesem Krieg noch mehr als vorher. Was dort zählt, ist der Volkswille, nicht der Wille des Herrschers – und er weiß das so gut, daß er zur Konferenz von Gandamak mit dem festen Vorsatz kam, sich mit allen Mitteln gegen unsere ständige Anwesenheit zu sträuben. Was die Generäle und die Politiker dafür vorbrachten, blieb auf ihn ohne jeden Eindruck, und erst als er auf Cavagnaris Betreiben mit diesem unter vier Augen gesprochen hatte, ließ er –«

»Weiß ich doch alles, das brauchst du mir nicht zu erzählen. Schließlich war ich dabei!« unterbrach Wally verärgert. »Und Cavagnari hat ihn dann ja auch rumgekriegt.«

»So? Ich erlaube mir, daran zu zweifeln. Ich glaube eher, er hat ihm gedroht, und zwar massiv. Man weiß jedenfalls nur, daß er den Emir dazu brachte, nachzugeben – und hinterher damit prahlte, ›ihn behandelt zu haben wie einen bloßen Stammesältesten‹. Schüttele nur den Kopf, es ist wahr, was ich sage. Wenn du mir nicht glauben willst, frag ihn selber – er streitet es gewiß nicht ab. Doch er hätte besser den Mund gehalten, denn die Sache hat sich rumgesprochen und ihm gewiß nicht die Freundschaft des Emir eingetragen. Auch nicht die der Bevölkerung, die nach wie vor keine Briten im Lande will, denn in ihren Augen bedeutet das nichts weiter als den ersten Schritt zur Annexion, so wie die ersten unbedeutenden englischen Handelsniederlassungen in Indien schließlich zur Annexion des ganzen Landes geführt haben.«

Wally bemerkte dazu kühl, das alles müsse man eben in Kauf nehmen; gewiß werde die Gesandtschaft nicht gleich beliebt sein, doch sei es eben Aufgabe des Personals, sich mit den Afghanen gut zu stellen und ihnen zu zeigen, daß von Großbritannien nichts zu befürchten sei. »Wir werden allesamt unser Bestes tun, das kann ich versprechen. Falls jemand diese Kerle um den Finger wickeln kann, dann Cavagnari – das jedenfalls weiß ich mit Gewißheit.«

»Nun, du irrst. Ich gebe zu, früher einmal hätte es ihm gelingen können, doch seit er den Emir à la cochon traktiert hat, hat er an ihm einen unverzichtbaren Verbündeten verloren. Yakoub Khan gehört nicht zu denen, die eine Beleidigung vergessen. Er wird Cavagnari nicht die geringste Unterstützung zuteil werden lassen, vermutlich sogar hinter dessen Rücken intrigieren. Wally, ich weiß, wovon ich sage. Ich lebe seit Monaten in Afghanistan, weiß, was dort geredet wird, und nicht nur in Kabul, sondern auch in Herat und Kandahar und Mazar-i-Sharif. Die Afghanen wünschen keine englische Mission im Lande, und sie denken nicht daran, sich eine aufzwingen zu lassen.«

»Das ist dann eben ihr Pech«, versetzte Wally brutal, »denn ob sie wollen oder nicht, sie kriegen eine. Außerdem haben sie am Khaibar und bei Kurram eine so schlimme Niederlage erlitten, daß sie um Frieden bitten mußten, und Soldaten, die solche Prügel bezogen haben wie sie, haben ihre Lektion gewiß gelernt und sind nicht scharf auf eine zweite.«

Ash hielt mit Mühe an sich. Er stand auf, umklammerte die Lehne seines Stuhles, daß die Knöchel weiß wurden, und erklärte mit beherrschter Stimme, eben darum handele es sich: die Afghanen hätten ihre Lektion keineswegs gelernt. Sie betrachteten sich nicht als besiegt. »Und genau das will ich dem Kommandeur auseinandersetzen. Deshalb bin ich hier. In Turkestan und Badakschan hat es Aufstände gegeben. Die besiegten Regimenter sind dorthin verlegt worden und sollen die Aufständischen niederschlagen. Der Emir muß also neue Regimenter aufstellen, und die kann er nur aus dem undisziplinierten Pöbel nehmen, der niemals gegen uns im Gefecht war und deshalb von einer Niederlage nichts weiß. Ganz im Gegenteil, alle glauben fest an das Märchen von den ›ruhmreichen afghanischen Siegen‹. Schlimmer noch, sie haben seit Monaten keine Löhnung bekommen, denn der Emir behauptet, kein Geld zu haben. Die Truppen hängen also wie die Parasiten in den ohnehin ärmlichen Dörfern herum. Ich möchte sagen, der Emir ist durch sie mehr bedroht, als hätte er überhaupt keine Truppen. Disziplin kennen sie nicht, und eine britische Mission, die nach Kabul abgeht im Vertrauen darauf, daß diese Truppe dort Ruhe und Ordnung garantiert, irrt gewaltig. Das kann sie nicht, und mehr noch, sie will auch nicht.«

Wally entgegnete knurrend, Cavagnari dürfte dies alles bekannt sein, denn er habe unzählige Spione, die ihn mit Nachrichten versorgten. Ash stimmte dem zu: »Nur halten die sich nie lange genug im Lande auf. Sie kommen und gehen, doch nur, wer die letzten Monate in Kabul verbracht hat, hat eine zutreffende Vorstellung von der wirklichen Lage. Sie ist so unstabil wie Wasser und so explosiv wie eine Wagenladung Schwarzpulver. Vernunft kann man von einem undisziplinierten unbezahlten Pöbelhaufen, der an den Kämpfen unbeteiligt war, nicht erwarten. Man glaubt, wir wären zum Rückzug gezwungen und besiegt worden – der britische Löwe schleicht sich eingekniffenen Schwanzes aus dem Lande. So sehen die das nämlich. Warum also sollte ihr neuer Emir diesen verhaßten geschlagenen widerlichen Engländern gestatten, eine ständige Vertretung in Kabul zu unterhalten? Tut er es, wird man ihm das als Schwäche auslegen. Er wird in der Achtung seiner Untertanen sinken, und das ist für uns nicht von Vorteil.«

Wally wandte sich ab. Er setzte sich auf die Tischkante und ließ die Beine baumeln. Dabei schaute er zum Fenster hinaus in den von Mondlicht erhellten Innenhof der Festung und bemerkte schließlich: »Wigram sagte gelegentlich, nicht um alles in der Welt möchte er in deiner Haut stecken, denn du wüßtest nicht, wohin du gehörst. Ich glaube aber, da hatte er nicht ganz recht. Mir scheint, du hast endlich gewählt, und zwar nicht unsere Seite.«

Als Ash nichts erwiderte, fuhr Wally nach kurzem Schweigen fort: »Ich habe immer geglaubt, wenn es zum Schwur kommt, hältst du zu uns. Nicht im Traum... aber so ist das nun mal, und es ist sinnlos, darüber noch zu reden. Solange du den Standpunkt Afghanistans vertrittst, können wir uns nicht einigen, denn ich kann mir keinen anderen als den unseren aneignen.«

»Damit meinst du den Standpunkt von Cavagnari, Lytton und ihrem Anhang.« Ash war verbittert.

Wally hob eine Schulter: »Wenn du so willst...«

»Ich kann nicht anders, nur möchte ich wissen: Was denkst du selber darüber, Wally?«

»Ich? Nun, das sollte doch wohl klar sein. Ich kenne die Bergstämme nicht so gut wie du, doch weiß ich, sie verachten Schwäche. Du selber hast mich eben noch darauf hingewiesen. Nun kannst du über die Moral dieser Angelegenheit denken, wie du willst, fest steht, wir haben Krieg gegen sie geführt und gesiegt. Sie sind geschlagen. Ihr Emir mußte nach Gandamak kommen und einen Friedensvertrag unterzeichnen, dessen wichtigste Bedingung die Errichtung einer ständigen britischen Gesandtschaft in Kabul ist. Ich will mit dir nicht darüber rechten, inwieweit das klug ist, den ich bin zum Glück kein Politiker. Geben wir aber jetzt nach, sind wir in den Augen der Afghanen feiges Gesindel, das nicht mal den Schneid hat, als Sieger auf den ausgehandelten Bedingungen zu bestehen. Sie werden uns dementsprechend verachten – gerade du müßtest wissen, daß es so ist. Das würde uns nicht Freundschaft und Respekt eintragen, sondern bloß Verachtung, und unsere eigenen Leute, unsere Kundschafter, würden uns ebenfalls verachten und sich fragen, ob wir keine Courage mehr haben. Frag mal Zarin und Awal Shah und Kamar Din oder einen der anderen um ihre Meinung. Du wirst staunen, was du zu hören bekommst.«

»Nein, staunen würde ich nicht«, sagte Ash matt. »Die denken wie du. Ihnen allen geht es immer nur darum, ›das Gesicht nicht zu verlieren‹, eine Albernheit, wenn du mich fragst. Doch wir alle teilen sie und bezahlen dafür mit unserem Blut. Das Gesicht darf nicht verlorengehen – auf Vernunft, Gerechtigkeit und gesunden Menschenverstand kann man verzichten und leichten Herzens etwas tun, wovon man weiß, es ist toll und lebensgefährlich und in diesem Fall noch dazu absolut überflüssig.«

Wally seufzte resigniert und sagte schmunzelnd: »Es ist eben ungerecht. Gott steh uns bei, du reitest schon wieder dein Steckenpferd. Laß sein, Ash, du verschwendest nur deinen Atem.«

»Ja, so ist es wohl«, sagte Ash bedauernd. »Doch Wigram hat auch mal gesagt: Versuchen muß man es. Ich hoffe, der Kommandeur begreift den Ernst der Lage und bringt es fertig, Cavagnari und seinem Klüngel von Vorwärtsstrategen Angst zu machen. Allerdings setze ich nicht das geringste Vertrauen in Simla und die Herrschaften, die dort das Sagen haben. Überhaupt ist die Menschheit als solche nicht sehr vertrauenswürdig.«

Wally lachte und sah an diesem Abend endlich einmal wieder so aus, wie vor Jahren in Rawalpindi, jung, munter und sorglos. »Du bist doch ein düsterer Teufel. Ich schäme mich deinetwegen. Sei kein Jeremias, Ash. Wir sind kein so unbelehrbarer Verein, wie du glaubst. Ich weiß, mit Cavagnari bist du nicht einig, doch wette ich, was du willst: die Afghanen wickelt er um den Finger, sie fressen ihm aus der Hand, bevor wir die ersten vier Wochen Kabul hinter uns haben. Er wird sie auf unsere Seite ziehen, wie Sir Henry Lawrence die besiegten Sikh zu unseren Freunden gemacht hat in den Tagen vor dem Sepoyaufstand.«

»Ja... ja... das werde ich dann alles erleben«, sagte Ash gedehnt.

»Stimmt, ich vergesse ganz, daß du in Kabul stationiert bist. Wann gehst du zurück?«

»Sobald ich mit dem Chef geredet habe. Also morgen irgendwann, hoffe ich. Es hat ja keinen Sinn, länger zu bleiben, oder?«

»Falls du damit meinst, du kannst mich noch dazu bringen, das Kommando über die Eskorte abzulehnen, sollte es mir angetragen werden – nein.«

»Wann erfährst du das?«

»Sobald Cavagnari aus Simla zurück ist.«

»Ah, er ist in Simla! Das hätte ich mir denken können.«

»Tja, das hättest du. Er hat General Browne über den Khaibar begleitet und anschließend dem Vizekönig berichtet.«

»Und sich dafür belohnen lassen, daß er den Emir gezwungen hat, diesen elenden Friedensvertrag zu unterzeichnen«, sagte Ash scharf. »Dafür wird er mindestens geadelt.«

»Und warum nicht?« Wally wurde zornig. »Er hat es schließlich verdient.«

»Kein Zweifel. Aber damit hat er sich auch gleich sein Todesurteil eingehandelt, es sei denn, er bringt Lytton und dessen Feuerfresser dazu, solange mit der Absendung der Gesandtschaft zu warten, bis der Emir die Lage in Kabul stabilisiert hat. Dein Todesurteil übrigens auch, Wally, ganz zu schweigen von dem der Soldaten, die euch begleiten. Sind die Leute schon ausgesucht, die die Eskorte bilden sollen?«

»Offiziell noch nicht, allerdings stehen sie so ziemlich fest. Warum?«

»Ich wüßte gern, ob Zarin dabei ist.«

»Soweit ich weiß, nicht. Auch Awal Shah nicht. Überhaupt keiner von deinen Busenfreunden.«

»Ausgenommen du.«

»Ah, mir geschieht schon nichts. Meinethalben mußt du nicht in Sorge sein. Ich bin unter einem glücklichen Stern geboren. Sorg dich lieber um dich selber. Du kannst nicht auf unbegrenzte Zeit in einer windigen Gegend wie Afghanistan leben, bloß um ein Auge auf deine Freunde zu halten. Darum will nun zur Abwechslung ich dir mal einen Rat geben. Wenn du den Kommandeur siehst, bitte ihn um deine Rückversetzung, notfalls auf den Knien. Sag, wir brauchen dich dringend, und das ist ja auch die Wahrheit.«

Ash sah ihn prüfend an und schien etwas sagen zu wollen, wurde aber anderen Sinnes und fragte nur, wann die Mission aufbrechen solle – falls überhaupt.

»Oh, bestimmt rücken wir ab, gib dich da keiner Täuschung hin. Vermutlich sobald Cavagnari aus Simla zurück ist. Aber, wie schon gesagt, befohlen ist noch nichts. Wer weiß, dem Vizekönig fällt vielleicht noch was anderes ein.«

»Hoffen wir es. Schlimmer als dies kann es nicht sein. Lebe also wohl, Wally. Wer weiß, wann wir uns wiedersehen, doch um deinetwillen hoffe ich, nicht in Kabul.«

Er streckte die Hand aus, und Wally schüttelte sie kräftig. »Egal wo, es kann nicht früh genug sein, das weißt du, und sollte es in Kabul sein. Vergiß nicht, daß ich mir nichts sehnlicher wünsche, als einmal dort gewesen zu sein. Eine solche Chance ergibt sich nur einmal im Leben, und die will ich um keinen Preis auslassen. Geht alles gut, werde ich auch noch befördert, ein weiterer Schritt auf dem Wege zum Marschallstab. Den wirst du mir doch gönnen, oder? Also sag nicht Lebwohl, sondern Auf Wiedersehen in Kabul.«

Als Ash am folgenden Morgen Zarin von dem Gespräch mit Wally erzählte, stellte der sich auf etwa den gleichen Standpunkt wie jener. Und wie schon am

Morgen zuvor vernahm Ash in seiner Stimme einen bedrohlichen Unterton, der ihn warnte –, eine Andeutung von Ungeduld, an Gereiztheit grenzend, ein Sichzurückziehen auf die andere Seite einer unsichtbaren Grenze. Ich könnte genausogut zu einem Fremden sprechen, dachte Ash entsetzt.

Zarin sagte zwar nicht ausdrücklich, Ashs Warnungen seien ihm unwillkommen, doch sein Ton ließ daran keinen Zweifel. »Wir, deine Freunde, sind keine Knaben mehr; wir sind erwachsene Männer und können für uns selber sorgen. Awal Shah läßt ausrichten, der Kommandeur-Sahib will dich am Nachmittag sprechen, wenn alle schlafen oder in den Häusern ruhen.«

Er wich Ashs Blick aus, ging zum Dienst und sagte im Weggehen, um Zwei wolle er kommen und Ash zum Kommandeur führen. Auch solle er die Zeit nutzen und schlafen, damit er ausgeruht sei, falls er noch abends den Rückweg nach Kabul antreten müsse – untertags sei es zu heiß.

Ash fand keinen Schlaf; und nicht nur, weil es in Zarins Quartier hinter den Stallungen unerträglich stickig war. Er hatte zu vieles zu bedenken und eine Entscheidung zu treffen, die lebenswichtig war.

Die Jahre, vormals nur im Schneckentempo dahinkriechend, gingen schneller und schneller dahin. Wie ein Eisenbahnzug, der ruckend und schnaufend und unendlich langsam anfährt, auf der Strecke an Geschwindigkeit gewinnt, ratternd dahinsaust und die Entfernung frißt, so raste die Zeit jetzt an Ash vorüber.

Mit gekreuzten Beinen auf dem Lehmboden sitzend und den Blick starr auf die Wand gerichtet, schaute er in den Tunnel der vergangenen Jahre zurück und gewahrte da so manchen Zarin – den, den er erstmals in Koda Dads Quartier im Palast von Gulkote gesehen hatte; einen schlanken, gutaussehenden Jüngling, der reiten und schießen konnte wie ein Mann, der Inbegriff all dessen, was Bewunderung erregt, kühn und schön, damals wie heute. Dann den Zarin, der voll Selbstvertrauen von Gulkote abritt, um bei den Kundschaftern einzutreten; Zarin in Mardan, in der Uniform des einfachen Kavalleristen, des Sowar, der ihn über den Tod Sitas hinwegtröstete und zusammen mit Awal Shah seine Zukunft bestimmte. Einen älteren Zarin, der ihn im Hafen von Bombay erwartete, noch immer unverändert, der gleiche unerschütterliche Freund und ältere Bruder…

Einstmals fürchtete er, die Beziehung könnte darunter leiden, daß er als Offizier zu den Kundschaftern nach Mardan zurückkehrte, weil dies eine Veränderung ihres Status mit sich bringen mußte. Doch war dies nicht geschehen, hauptsächlich, so überlegte Ash, weil der Sohn von Koda Dad mit sehr viel gesundem Menschenverstand begabt war; ihm selber kam daran weniger Verdienst zu. Seither war er der Meinung gewesen, ihre Freundschaft könne nur der Tod beenden. Ein Ende wie dieses hatte er sich niemals träumen lassen.

Und doch war es das Ende, das war ihm sehr deutlich bewußt. Sie konnten nicht in der gewohnten Weise fortfahren, miteinander zu verkehren, denn ihre Wege hatten sich bereits getrennt, und er mußte sich damit abfinden.

Wigram hatte einmal zu ihm gesagt, und das war ihm unvergeßlich geblieben: »Wenn jemand mit den Kameraden nicht Schritt hält, liegt es womöglich daran, daß er einem anderen Trommler folgt; man muß ihn dann seiner Wege gehen lassen.« Das war ein guter Rat. Höchste Zeit, daß er danach handelte, denn er wußte jetzt, er war mit den Gefährten nie im gleichen Schritt gegangen, weder mit Europäern noch mit Asiaten, denn er war keines von beiden.

Es wurde Zeit, das Buch Ashok, Akbar und Ashton Pelham-Martyn von den Kundschaftern zu schließen und einen neuen Band aufzuschlagen – das Buch Juli. Die Geschichte von Ash und Juli, ihrer Zukunft, ihren Kindern. Eines Tages vielleicht, wenn er alt wäre, würde er den ersten Band zur Hand nehmen, den Staub wegblasen, darin blättern und seine Erinnerungen beleben – liebevoll und ohne Bedauern. Für den Augenblick aber war es besser, ihn wegzustellen und zu vergessen, was er enthielt.

Als Zarin ihn abholte, war er zu seinem Entschluß gekommen; er erwähnte nichts, doch spürte Zarin es sogleich. Nicht, daß zwischen ihnen eine Entfremdung zu merken gewesen wäre, sie unterhielten sich miteinander so unbefangen wie stets und als wäre nichts geschehen. Und doch war es Zarin auf unnennbare Weise bewußt, daß Ashok sich von ihm zurückgezogen hatte. Er wußte, ohne daß darüber gesprochen worden wäre, daß sie einander nicht mehr sehen würden…

Vielleicht später einmal, wenn wir alt sind, dachte Zarin, wie Ash vor ihm. Er verscheuchte diesen Gedanken jedoch und redete heiter von der Gegenwart, davon, daß er seiner Tante Fatima in Attock einen Besuch machen wolle, von der Notwendigkeit, die im Feldzug verlorenen Pferde zu ersetzen und ähnlichem, bis es Zeit war, Ash zum Kommandeur zu führen.

Die Besprechung währte wesentlich länger als das Gespräch mit Wally am vergangenen Abend, denn Ash, der den Kommandeur unbedingt bewegen wollte, seinen ganzen Einfluß geltend zu machen, die Entsendung der britischen Mission nach Kabul hinauszuzögern oder, besser noch, zum Scheitern zu bringen, stellte die in Kabul herrschende Lage in allen Einzelheiten dar. Der Kommandeur, dem klar war, daß sein eigenes Regiment sehr wahrscheinlich betroffen sein würde, hörte ihn aufmerksam an. Nachdem er mehrere Fragen zur Sache gestellt hatte, versprach er zu tun, was möglich war, gab aber zu, daß er wenig Hoffnung in einen Erfolg seiner Bemühungen setzte.

Ash dankte ihm und kam dann auf persönliche Angelegenheiten zu sprechen. Er trug eine Bitte vor, die ihm seit Monaten durch den Kopf ging, die auszusprechen er sich aber erst in Zarins Quartier entschlossen hatte. Er bat darum, nicht nur von seinen Dienstpflichten entbunden zu werden, sondern auch sein Offizierspatent zurückgeben und aus der Armee ausscheiden zu dürfen.

Diesen Entschluß, so sagte er, habe er nicht übereilt gefaßt, vielmehr sei er erst im Laufe der Zeit zu der Überzeugung gekommen, nicht zum Berufsoffizier zu taugen. Gewiß habe Wigram, als er noch Adjutant gewesen war, dem Kommandeur von Anjuli erzählt? Der bestätigte dies wortlos nickend, was Ash erleichterte. Der Kommandeur verstehe gewiß, welchen Schwierigkeiten er sich unter diesen Umständen gegenüber sähe. Könnte er als verheirateter Offizier unangefochten in Mardan leben, wäre es ihm wohl möglich, sich an das Leben in der Garnison zu gewöhnen, doch dies komme ja leider aus mehreren Gründen nicht in Betracht, und daher finde er es an der Zeit, mit seiner Frau gemeinsam ein neues Leben zu beginnen...

Die Monate, die er auf dem Zuge nach Bhithor verbracht, die Wochen, die er dort und die Jahre, die er in Afghanistan verlebt habe, hätten ihm den Geschmack an dem doch immerhin streng reglementierten Leben eines Berufssoldaten verdorben – und diene dieser selbst bei den Kundschaftern. Er sehe ein, daß er nicht in die von der Staatsangehörigkeit und vom religiösen Bekenntnis vorgefertigte Form passe, müsse also notgedrungen mit seiner Vergangenheit brechen und einen neuen Anfang wagen, und zwar als Einzelgänger, der weder Inder noch Engländer sei, sondern einfach nur ein Mensch.

Der Kommandeur hörte ihn gütig und teilnehmend an und war insgeheim erleichtert. Wenn er bedachte, daß Ash jene bedauernswerte Hinduwitwe geheiratet hatte – woran der arme Wigram zweifelte –, mußte das, einmal bekanntgeworden, zu einem Skandal führen. In Anbetracht dessen meinte er, es sei sowohl für die Treppe als für diesen jungen Mann am besten, wenn er ins Zivilleben zurückkehre, da mochte er denn tun, was ihm beliebte.

Man beredete diese Dinge vernünftig und ohne die geringste Animosität. Der Feldzug war vorüber, die Armee zog sich aus Afghanistan zurück, General Browne befand sich schon wieder in Britisch-Indien. Der Kommandeur entband also Ash ohne weiteres von seinen Pflichten als Nachrichtenoffizier und erlaubte ihm, mit sofortiger Wirkung aus dem Regiment auszuscheiden und sagte, er werde dafür sorgen, daß sein Abschied von der Armee ohne weiteres genehmigt werde. Nur eine Bitte habe er an Ash...

Ashton möge doch noch eine Weile in Kabul bleiben – vielleicht sogar für ein weiteres Jahr –, und die Eskorte der Kundschafter mit Informationen versorgen, immer angenommen, es komme überhaupt zur Etablierung einer Gesandtschaft dort.

»Ich sorge dafür, daß Ihre Informationen nach Simla gehen und verspreche, alles zu tun, den Aufbruch der Mission hinauszuzögern oder gar zu verhindern, wenngleich ich mir, wie gesagt, keine großen Hoffnungen mache. Bricht die Mission auf, wird ihr der junge Hamilton mit ziemlicher Gewißheit als Militärattaché und Führer der Eskorte beigegeben. Nach allem, was Sie mir erzählt haben, wäre es mir lieb, Sie wären bei der Hand, ihm Informationen über die Verhältnisse in Kabul zu liefern. Er wird sie brauchen. Kommt die Mission nicht zustande oder wird den Kundschaftern nicht befohlen, die Eskorte zu stellen, lasse ich Ihnen Bescheid sagen. Sie wissen dann, Sie sind Zivilist und brauchen sich, wenn Sie nicht wollen, nie wieder hier blicken zu lassen.«

»Und falls die Mission doch abgeht?«

»Dann bitte ich Sie, in Kabul zu bleiben, solange die Kundschafter bleiben. Sobald sie von einem anderen Regiment abgelöst werden, endet auch Ihr Dienst und Sie sind frei. Tun Sie mir den Gefallen?«

»Selbstverständlich, Sir.«

Unter den gegebenen Umständen wäre es Ash schwergefallen abzulehnen – er wollte das übrigens auch nicht. Im Gegenteil, es paßte gut zu seinen Plänen. Juli fühlte sich in Kabul wohl; auch blieb ihm nun mehr Zeit zu überlegen, was er unternehmen und wohin er sich wenden wollte, denn stellten die Kundschafter die Eskorte, blieben sie mindestens ein Jahr. Er würde dann auch häufig mit Wally zusammensein können, der ja erst nach Ablauf des Jahres zu erfahren brauchte, daß Ash sein Patent zurückgegeben hatte...

Ash nahm bei aufgehendem Mond endgültig Abschied von Mardan. Zarin begleitete ihn an den Wachen vorbei und sah ihm nach, als er durch das milchige Licht über die Ebene den Grenzbergen entgegenging.

Sie hatten sich wie schon so oft mit einer Umarmung voneinander verabschiedet und die formellen Abschiedsworte gewechselt: »Möge deine Zukunft glänzend sein« – »Die deine ebenfalls«. Beide wußten im Herzen, daß dies das letzte Mal war, das endgültige Lebewohl.

Ash blickte einmal zurück und sah, daß Zarin noch am Ort verharrte, ein schmaler, dunkler Umriß, der sich auf dem in Mondlicht gebadeten Boden abzeichnete. Er hob grüßend den Arm, ging weiter und rastete erst jenseits des Khan Mai. Da war Mardan seinem Blick endgültig entzogen.

Nun bleibt mir nur noch Wally, dachte Ash, ... mein Bruder Jonathan, wie gut bist du zu mir gewesen...

Die vier Säulen, die das Haus trugen, das er sich einmal vorgestellt hatte, fielen eine um die andere. Erst Mahdu und Koda Dad, jetzt Zarin. Übrig war nur Wally, und der war nicht mehr die Stütze, die er einstmals gewesen, denn er war ihm entfremdet und hatte andere Wertvorstellungen. Ash fragte sich, wann er auch ihn verlöre. Noch war es nicht soweit, denn in Kabul würden sie einander vermutlich sehen, auch würde er Wally nicht auf die gleiche Art verlieren wie Zarin. Doch selbst wenn das so sein sollte – kam es denn so sehr darauf an, da er Juli hatte?

Bei diesem Gedanken sah er ihr Gesicht deutlich vor sich, die ernst blickenden Augen voller Liebreiz, der Mund zärtlich, die Stirne heiter und edel, die Schatten unter den Wangenknochen. Juli, seine Ruhe, sein Friede, seine Freude und sein Entzücken. Ihm schien, sie blicke ihn ein wenig vorwurfsvoll an, und er sagte laut: »Bin ich ein Egoist, daß ich euch alle beide zu halten wünsche?«

Das Geräusch der eigenen Stimme erschreckte ihn. Die heiße Nacht war so still, daß seine Stimme übermäßig laut klang, wie vom Mondlicht verstärkt; er rief sich ins Gedächtnis, daß er hier vermutlich nicht der einzige nächtliche Wanderer war. Er nahm sich also in acht, denn die Einheimischen, liebten den Anblick Fremder nicht. Sie schossen erst und stellten hinterher Fragen. Ash beschleunigte den Schritt und richtete seine Aufmerksamkeit auf mögliche Gefahren. Kurz vor Morgengrauen fand er ein gutes Versteck in den Felsen und verschlief den Tag. Er träumte weder von Wally noch von Zarin oder sonst einem Menschen aus seinem früheren Leben, sondern von Anjuli.

Er wanderte über den Malakand-Paß zurück nach Kabul und stellte fest, daß hier ebenfalls kochende Hitze herrschte, obschon die Stadt zweitausend Meter hoch liegt. Es hatte kaum geregnet, und der Boden war völlig ausgedörrt. Mardan war also nicht der einzige Ort, an dem man sich im Fegefeuer glaubte. Immerhin, der Wind, der von den Schneefeldern des Hindukusch her wehte, brachte abendliche Kühle. Und Anjuli erwartete ihn.

In der ersten Nacht redeten sie wenig. Ash erwähnte nur kurz die vergebliche Fahrt nach Mardan und seine Trennung von Zarin. Doch am nächsten Tage und an vielen folgenden sprachen sie eingehend über die Zukunft, wenn auch ohne Hast und ohne sich im geringsten genötigt zu fühlen, etwas zu unternehmen, denn Nakshband Khan drängte sie zu bleiben; selbst wenn die britische Mission nicht nach Kabul komme, habe es keinen Sinn, vor dem Herbst mit seinen kühleren Tagen aufzubrechen. Es gab also keinen Anlaß, sich zu eilen. Der Sommer lag vor ihnen, und sie hatten reichlich Zeit zu überlegen, wohin sie sich von Afghanistan aus wenden wollten.

Als es Juli wurde, zogen Sommergewitter über die Berge. Dicke Wolken trieben heran, und obwohl es wenig regnete, reichte es doch, das Gras wieder grünen zu lassen. Anjuli war der bedeckte Himmel gerade recht, denn strahlende Sonne und blendend blauer Himmel erinnerten sie stets an Bhithor. Und Ash war mit allem so zufrieden, daß er aufhörte, Zukunftspläne zu schmieden.

Der Juli war aber kaum zur Hälfte vorbei, da machte die Zukunft sich in Gestalt von Neuigkeiten bemerkbar, die von Überfällen auf abgelegene Siedlungen durch eine disziplinlose, unbesoldete Soldateska berichteten, welche sich seit Unterzeichnung des Friedensvertrages um Kabul herum aus allen Teilen des Landes zusammenfand.

Jeder Tag sah mehr führerlose Männer, bis schließlich sogar der Hausherr nervös wurde und Gitter und Riegel am Hause verstärkte. »Denn wenn auch nur die Hälfte dessen zutrifft, was man hört, sind wir alle nicht mehr sicher.«

»Ich weiß«, sagte Ash, »ich habe mich umgesehen.«

Das hatte er wirklich und dabei feststellen müssen, daß die Befürchtungen des alten Soldaten durchaus begründet waren. In den vergangenen Wochen hatte die Lage auf dem Lande sich zunehmend verschlechtert. In den Siedlungen und auf den Straßen zur Stadt trieb sich haufenweise bewaffnetes Gesindel herum, und er war bei seinen Erkundungsgängen mehr als einmal auf Versammlungen gestoßen, bei denen Fakire zum Heiligen Krieg gegen alle Ungläubigen hetzten. Die Hauptstadt selber wimmelte von streitsüchtigen, hungrig aussehenden Soldaten, die friedliche Zivilisten belästigten und sich in den Basaren bedienten, ohne zu bezahlen.

Unrast und Gewalttätigkeit lagen in der Luft. Ash war mehr als einmal in Versuchung, seinen Posten zu verlassen und mit Juli fortzugehen, denn ihm wollte scheinen, es sei zu gefährlich für sie in Afghanistan. Doch hatte er dem Kommandeur sein Wort gegeben und mußte es halten, denn unterdessen wußte alle Welt, daß eine britische Mission auf dem Wege nach Kabul war, angeführt von Cavagnari-Sahib und eskortiert von den Kundschaftern.

Achtes Buch

Das Land Kains

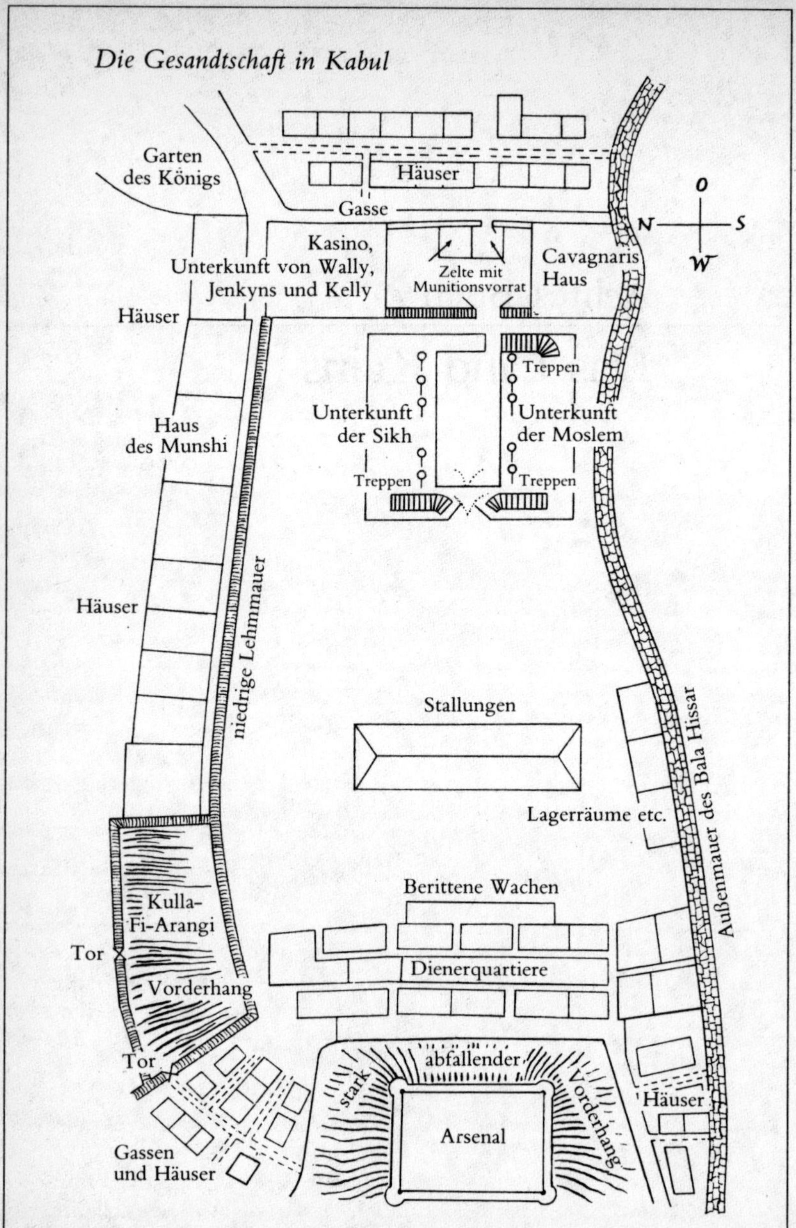

Die Gesandtschaft in Kabul
Garten des Königs
Häuser
Gasse
O
N
S
W
Kasino, Unterkunft von Wally, Jenkyns und Kelly
Zelte mit Munitionsvorrat
Cavagnaris Haus
Häuser
Treppen
Unterkunft der Sikh
Unterkunft der Moslem
Haus des Munshi
Treppen
Treppen
Häuser
niedrige Lehmmauer
Stallungen
Lagerräume etc.
Außenmauer des Bala Hissar
Kulla-Fi-Arangi
Tor
Vorderhang
Berittene Wachen
Dienerquartiere
Tor
stark
abfallender
Vorderhang
Arsenal
Häuser
Gassen und Häuser

59

Der einsame Vogel, den Schnabel der flirrenden Hitze wegen geöffnet, döste auf dem untersten Zweig einer verkrüppelten Kiefer nahe dem Kamm des Passes vor sich hin, als Geräusche von weiter unten zu ihm drangen; er klappte matt ein Auge auf.

Noch waren Stimmen und Hufschlag entfernt und machten ihm keine Angst. Doch als sie näher kamen, und als außer Hufschlag und Stimmen auch das Knarren von Lederzeug und das Klirren von Ketten vernehmbar wurde, glättete der Vogel das aufgestellte Gefieder, legte den Kopf auf die Seite und lauschte dem Lärm, den eine Gruppe Reiter verursachte, die den Bergpfad heraufritt. Es waren gegen dreihundert, mindestens ein Drittel davon Engländer – die anderen indische und afghanische Soldaten. Als die beiden vorderen Reiter in sein Blickfeld kamen, erschrak der Vogel und flog schimpfend auf, weil er in seiner Nachmittagsruhe gestört wurde.

Der General bemerkte, daß der zivile Würdenträger neben ihm wie grüßend die Hand hob und etwas vor sich hin murmelte. Da er sich angeredet fühlte, fragte er: »Entschuldigen Sie, ich habe nicht recht verstanden…«

»Der Vogel dort, sehen Sie nur.«

Der General sah dem ausgestreckten Zeigefinger nach. »Richtig, eine Elster. In dieser Höhe sieht man sie selten. Meinten Sie die?«

»Nein, ich zählte von zehn rückwärts.«

»Sie zählten –?« Generalmajor Sir Frederick Roberts, von seinem Stab »Bobs« genannt, war verdutzt.

Cavagnari lachte etwas beschämt. »Ein törichter Aberglaube. Angeblich hält es Unglück fern, wenn man beim Anblick einer Elster von zehn rückwärts zählt. Tun Sie das in England nicht? Ist es bloß ein irischer Aberglaube?«

»Ich weiß nicht, in dem Teil Englands, aus dem ich stamme, kennt man diese Beschwörung nicht. Allerdings grüßen wir dort auch, ich meine, wir grüßen Elstern.«

»Die da aber haben Sie nicht gegrüßt.«

»Stimmt, aber jetzt ist es zu spät dazu. Übrigens halte ich nicht sehr viel von solchem Hokuspokus.«

Cavagnari sagte versonnen: »Eigentlich halte ich mich auch nicht für abergläubisch. Aber ich bin es wohl doch, denn ich gebe zu, es wäre mir lieber, wir wären dem Vogel nicht begegnet. Sagen Sie meiner Frau bitte nichts von der

Elster, ja? Sie würde es nicht gern hören, denn gerade in solchen Dingen ist sie seit jeher nahezu hysterisch. Sie würde es für ein schlimmes Vorzeichen halten und sich Gedanken machen.«

»Kein Wort, verlassen Sie sich darauf«, versprach der General, immerhin etwas überrascht von dieser Bitte. Offensichtlich trat der arme Louis sein Amt in Kabul doch mit weniger Zuversicht an, als es den Anschein hatte, wenn ein banaler Vorfall, wie der Anblick einer Elster, ihn so verstören konnte. Dies war augenscheinlich der Fall, denn er blickte düster und sorgenvoll drein und wirkte plötzlich sehr gealtert...

Major Cavagnari war Anfang Juni in Simla eingetroffen, um die Ausführung der Bedingungen des Friedensvertrages mit seinem Freund, dem Vizekönig, zu beraten und seinen Lohn dafür entgegenzunehmen, daß er den neuen Emir, Yakoub Khan, zur Unterschrift überredet hatte. Im Juli reiste er als Major Sir Louis Cavagnari wieder ab, Designierter Gesandter und Bevollmächtigter Geschäftsträger Ihrer Majestät am Hofe von Kabul.

Der vormalige Stellvertretende Commissioner von Peshawar, ein Mann, der seit je kein Gras unter seinen Füßen wachsen ließ, traf innerhalb weniger Tage nach seiner Rückkehr alle erforderlichen Vorbereitungen, und kaum waren die beendet, brach die britische Mission nach Kabul auf.

Bedenkt man, daß es eines Krieges bedurft hatte, um die Aufnahme einer Gesandtschaft in Afghanistan durchzusetzen, bestand diese aus erstaunlich wenig Personen. Doch war Pierre Louis Napoleon kein Tor, und während der Vizekönig Lord Lytton zuversichtlich in die Zukunft blickte, und in der Gesandtschaft den ersten Schritt zur Etablierung der Engländer in Kabul sah – mithin einen Triumph der Vorwärtsstrategie – war der neu ernannte Geschäftsträger nicht ganz so optimistisch.

Anders als Lord Lytton kannte Cavagnari durch seine Tätigkeit die Afghanen recht gut, und wenn Ash das auch nicht glauben wollte, wußte Cavagnari durchaus, wie riskant es war, den widerstrebenden Untertanen des Emir eine ständige britische Mission aufzunötigen; ebenso klar war ihm, daß nur reguläre Truppen die Sicherheit ihrer Mitglieder garantieren konnten. Er sah also keinen Grund, mehr Leben zu gefährden als unbedingt nötig, beschränkte die Zahl des Gefolges daher auf ein Minimum und reduzierte den eigenen Stab auf drei Mitarbeiter: den Sekretär und Politischen Gehilfen Jenkyns, den Stabsarzt Ambrose Kelly und den Militärattaché Leutnant Hamilton, der zudem Anführer einer ausgesuchten Eskorte von fünfundzwanzig Reitern und zweiundfünfzig Infanteristen von den Kundschaftern war.

Das war alles, sieht man von einem Sanitätsgehilfen und dem üblichen Dienstpersonal – Pferdeburschen und Ordonnanzen – ab. Der Designierte Gesandte vermied zwar, die Begeisterung des Vizekönigs zu dämpfen, gab aber im engeren Freundeskreis in Simla zu, die Aussichten, daß er von seinem Auftrag lebend zurückkehre, stünden eins zu vier. Er fügte hinzu, er wolle sich nicht beklagen, falls sein Tod die Verschiebung der Grenze bis zum Hindukusch zur Folge hätte.

Wally war enttäuscht darüber, daß die Gesandtschaft so wenig Personal zählte. Er hatte sich eine weit größere und imposantere Reiterschar vorgestellt, eine, die die Afghanen beeindrucken und dem Ansehen des englischen Weltreiches mehr entsprechen würde. Daß es so wenige waren, deprimierte ihn förmlich, denn er sah darin bloß eine überflüssige Sparmaßnahme der Regierung. Doch tröstete er sich mit dem Gedanken, andere Nationen mochten es nötig haben, das Prestige ihrer Gesandtschaft zu heben, indem sie massenhaft überflüssiges Personal einstellten, während die englische Regierung darauf verzichten könne; der reichten eine Handvoll Männer. Und im übrigen: je geringer ihre Zahl, desto größer der Ruhm.

Daß Cavagnari den Weg durch das Kurramtal und über den Shutergardan-Paß nahm, statt den viel kürzeren und bequemeren über den Khaibar, stimmte ihn ebenfalls nicht mißtrauisch; schließlich war er selbst mit dem aus Afghanistan zurückkehrenden Heer nach Abschluß des Friedensvertrages über den Khaibar marschiert und erinnerte sich gut, daß die Straße ausgesehen hatte wie ein Schlachthaus. Zahllose Menschen und Tiere waren tot am Wege geblieben. Die Menschen wurden am Straßenrand in schnell ausgehobenen, flachen Gräbern beigesetzt, doch Mulis und Kamele blieben einfach liegen. Entlang der ganzen Paßstraße mußte es noch fürchterlich nach Verwesung riechen, und Wally wünschte nicht, sie zu passieren, bevor die Zeit, das Wetter und die Aasfresser ihr Werk verrichtet hatten und die Überbleibsel von Staub und Gras bedeckt sein würden.

Im Vergleich dazu durfte man das Kurramtal selbst in dieser Jahreszeit als wahres Paradies bezeichnen. Auch gehörte es seit dem Friedensvertrag nicht mehr zu Afghanistan. Britische Garnisonen waren dort verblieben, und Wally schloß daraus, daß der Ritt bis zur afghanischen Grenze keinerlei Gefahren berge. Da irrte er jedoch.

Die Bergstämme kümmerten sich nicht im geringsten um Verträge oder Abkommen zwischen rivalisierenden Mächten. Sie überfielen die Garnisonen, töteten Soldaten und Dienstpersonal und raubten Waffen, Munition und Tragtiere. Deserteure stahlen Kamele unter den Augen der Wachposten, und marodierende Ghilzais plünderten Karawanen aus, die mit Früchten von Afghanistan über den Shutergardan-Paß nach Indien unterwegs waren. Allein im Juli wurde ein englischer Arzt erstochen und ein Offizier des 21. Pandschabregimentes wurde mitsamt seiner Ordonnanz vor den Augen seiner Begleiter, die dicht hinter ihm folgten, überfallen und erschlagen. Auch General Roberts persönlich war nur um Haaresbreite der Gefangennahme durch die Ahmed Khel entgangen...

»Sie werden alle umkommen, einer wie der andere«, bemerkte der frühere Vizekönig von Indien, John Lawrence – Bruder Sir Henrys, der im Pandschab eine Berühmtheit war –, als er in London vernahm, die britische Mission sei nach Kabul aufgebrochen. Falls man nach den Verhältnissen im Kurramtal urteilen durfte, war diese pessimistische Vorhersage durchaus berechtigt, und die Aussichten schienen keineswegs rosig.

Im Tal war nichts von Frieden zu bemerken. Zum Schutze der Mission mußten eine Batterie Gebirgsartillerie, eine Schwadron bengalischer Lanzenreiter und drei Kompanien Hochländer und Ghurka aufgeboten werden. Darüber hinaus wurde die Mission auf dem ersten Abschnitt ihres Zuges von General Roberts und fünfzig seiner Offiziere, die dem neuen Gesandten die Ehre erweisen wollten, begleitet.

Sir Louis Cavagnari samt Gefolge kam also mit dieser eines Königs würdigen Begleitung in Kasim Khel an, fünf Meilen vom Kamm des Passes und knappe drei Meilen von der Grenze Afghanistans entfernt. Man blieb über Nacht an einem nach den dortigen weißen Felsen Karatiga benannten Rastplatz und gab ein Abschiedsessen für den General und seinen Stab, das ungemein lärmend und munter verlief, ungeachtet der Tatsache, daß man sich folgenden Tages trennen wollte und niemand wußte, was bevorstand.

Das Festmahl endete erst zu später Stunde. Am folgenden Morgen ritt der vom Emir ernannte Eskortenführer Khushdil Khan vom 9. afghanischen Kavallerieregiment ins Lager, um die Mission auf der letzten Strecke zur Grenze zu geleiten.

Begleitet wurde er vom Ältesten des Stammes der Ghilzai, einem hageren Graubart mit kantigem Gesicht namens Padshah Khan, dem Wally auf Anhieb mißtraute. Den unsteten Blick und die unheimliche Erscheinung von Khusdil Khan fand er noch abstoßender als das Wolfsgesicht dieses Räuberhauptmannes. Zum Stabsarzt Kelly, der neben ihm ritt, bemerkte er leise: »Keinem von beiden traue ich über den Weg«, worauf der Arzt krampfhaft lächelnd erwiderte, es bleibe ihnen leider nichts übrig, als sich diesen beiden für die nächste Zukunft anzuvertrauen, denn das Halunkenpaar mitsamt dem Banditenhaufen, der sie begleite, sei für ihre Sicherheit bis Kabul verantwortlich. »Ich gebe allerdings zu, daß ich das nicht gerade tröstlich finde«, schloß der Arzt.

Der Banditenhaufen, von dem er sprach, ritt kleine struppige Pferdchen und trug ausrangierte englische Dragoneruniform, dazu Helme, wie sie bei der bengalischen bespannten Artillerie vor Jahren üblich gewesen waren. Bewaffnet waren sie mit Krummsäbeln und Karabinern mit glattem Lauf. Wally kam nach sorgfältiger Beobachtung zu dem Schluß, seine Kundschafter könnten es notfalls mühelos mit ihnen aufnehmen. Solche als wilde Krieger verkleidete Gestalten kannte er nur von der Laienbühne, und er hätte sie lächerlich gefunden, wären nicht die wilden, bärtigen Gesichter gewesen und das böse Glitzern in ihren Augen.

So aber fand Wally keinen Grund zum Lachen, denn er wußte, trotz der jeder Disziplin ermangelnden Marschordnung kannten sie keine Furcht – und kein Erbarmen. Und ebenso wie der Arzt, fand er es höchst besorgniserregend, daß der Emir von Afghanistan auf solche Typen zurückgreifen mußte, um in Kabul die Ordnung aufrecht zu erhalten und die Sicherheit des britischen Geschäftsträgers und dessen Begleitung zu garantieren.

Mit diesen Burschen werden wir noch fertig, wenn sie unterwegs Unfug anstellen wollen, dachte Wally, aber vermutlich gibt es weitere Hunderte, wenn nicht Tausende von dieser Sorte. Und wir sind keine achtzig Mann und sollen die Mission schützen... Unterwegs nach Karatiga kam ihm der Verdacht, Ash habe vielleicht doch nicht übertrieben, als er eine so besorgniserregende Schilderung von der gefährdeten Stellung des Emir und der Lage in Kabul entwarf. Waren dieser unstet blickende Reiteroffizier und der wölfische Stammesälteste samt ihrer Reiterhorde das Beste, was der Emir aufzubieten hatte, die britische Mission zu begrüßen und nach Kabul zu geleiten, mochten die Verhältnisse dort tatsächlich ganz so chaotisch sein, wie Ash sie beschrieb. Stimmte dies, hatte er dem Freund Unrecht getan. Dennoch hätte er, Wally, nicht anders handeln können, als er jetzt handelte – und das mußte Ash wissen.

Wie groß auch immer die Gefahr war, er hätte seinen Platz niemandem abtreten mögen, und als er den Abteilungen nachsah, die sie bis hierher begleitet hatten und nun zurückritten, bedauerte er sie aufrichtig, denn sie mußten in Kurram künftig wieder Garnisonsdienst tun, während er, Walter Hamilton, dem Abenteuer und der Märchenstadt Kabul entgegenzog...

Die afghanische Abordnung hatte am Fuße des Shutergardan-Passes ein Zelt errichtet. Die beiden Anführer gaben für Sir Louis und General Roberts samt seinen fünfzig Stabsoffizieren ein Bankett, bevor man aufsaß und noch einmal zur Paßhöhe hinaufritt, wo Teppiche ausgebreitet waren und Tee gereicht wurde. Oben auf dem Paß war es kühl und frisch, und der Anblick der Gipfelkette und des friedlichen Logertales mußte auch eingefleischte Pessimisten heiter stimmen. Doch schon sank die Sonne, und Khushdil Khan trieb seine Gäste talwärts ins afghanische Lager, wo man noch einmal Komplimente wechselte und ein letztes Lebewohl sagte, bevor Roberts und die Seinen sich von der Mission trennten.

Ein argloser Zuschauer hätte bei diesem frohgemuten Abschied nicht geargwöhnt, daß die beiden Hauptdarsteller Befürchtungen irgendwelcher Art hegten, denn Cavagnari hatte längst das innere Gleichgewicht zurückgewonnen, das ihm beim Anblick der Elster vorübergehend abhanden gekommen war. Er wie der General waren bester Laune, als sie einander versicherten, im Winter wieder zusammentreffen zu wollen. Sie wünschten einander Glück und gingen ihrer Wege. Doch waren sie noch keine fünfzig Schritte geritten, da hielten beide an und wandten unvermittelt den Kopf.

Wally, der instinktiv ebenfalls anhielt, sah, daß sie einen langen Blick wechselten, noch einmal aufeinander zuritten, einen festen Händedruck tauschten und dann endgültig auseinandergingen. Ein sonderbarer Vorfall, und einer, der Wally Angst machte. Der Tag schien plötzlich weniger strahlend, und als man am westlichen Fuß des Passes das Nachtlager aufschlug und schlafen ging, legte Wally den Karabiner neben sich und schob den Revolver unter sein Kissen.

Fünf Tage später wurden die Briten in Kabul mit den gleichen Ehren empfangen wie die Russen unter General Stolietoff. Ihr Einzug in die Hauptstadt unterschied sich nur insofern von dem der Russen, als diese in viel größerer Zahl gekommen waren. Außerdem wurde eine andere Nationalhymne gespielt.

Die Bevölkerung sah weder die einen noch die anderen mit Freuden, doch ein Fest ist nun mal ein Fest. Die Einwohner von Kabul zeigten sich in Massen und sahen die Staatselefanten vorüberschwanken. Auf dem vergoldeten Sessel saß ein anderer Gesandter samt seinen Gehilfen, und ihnen folgte eine Militäreskorte, diesmal kaum mehr als eine Handvoll – zwei Sahibs bloß und fünfundzwanzig Berittene.

Die Leute mochten denken, was sie wollten, Sir Louis fand jedenfalls nichts zu beanstanden. Die Männer der afghanischen Regimenter, die den Absperrdienst versahen, grüßten korrekt, als er vorbeikam, und beim Betreten des Bala Hissar ertönte »God Save The Queen« – wenn auch übertönt von den Salutschüssen der Kanonen. Ein durchaus befriedigender Empfang, die triumphale Rechtfertigung seiner Politik und die Krönung seiner Lebensarbeit...

Kanonen und Musikkapellen, gutmütige Zuschauer, umhertollende Kinder, verbindliche Würdenträger, die ihm auf geschmückten Elefanten zur Begrüßung entgegenkamen und ihn in die Hauptstadt Afghanistans geleiteten – das alles überzeugte ihn davon, daß er recht daran getan hatte, darauf zu bestehen, der Emir müsse den Vertrag von Gandamak Buchstabe für Buchstabe erfüllen und ohne weiteres Zögern die ständige Anwesenheit einer britischen Vertretung in Kabul hinnehmen. Da war sie nun also; und dieser Einrichtung Dauer zu verschaffen, schien einfacher, als er gefürchtet hatte. Sobald er mit seinem Stab Quartier bezogen hatte, wollte er darangehen, sich den Emir zum Freunde zu machen. Mit den Ministern würde er vertrauensvolle Kontakte anknüpfen und sodann zwischen Großbritannien und Afghanistan gute und dauerhafte Beziehungen herstellen. Das alles würde schon gelingen.

Nicht nur Cavagnari war befriedigt von dem Empfang und ermutigt von dem Interesse, das so viele Menschen an seinem Einzug nahmen; das gleiche galt für alle Mitglieder seines Stabes. Wally, der sich die Augen aus dem Kopf schaute, um Ash in der Menge zu entdecken, dachte beim Anblick der vielen Gesichter: Was ist der gute Junge doch für ein Panikmacher! Dem werde ich es aber eintränken, wenn wir uns sehen. Die Stadt ein brodelnder Unruheherd, die Afghanen von Haß gegen uns erfüllt und geschüttelt von Abscheu bei dem Gedanken, Ausländer willkommen heißen zu müssen – was für ein Unsinn! Man braucht sich die Leute ja bloß anzusehen, und schon weiß man, es stimmt kein Wort! Das sind ja die reinen Schulkinder, die es nicht erwarten können, daß die Torte angeschnitten wird. Dieser Vergleich war treffender, als er glaubte.

Die Bevölkerung von Kabul erwartete tatsächlich in gewissem Sinne Torte, und wenn Wally sich umgeblickt hätte, wäre ihm wohl aufgefallen, daß die Gesichter Ungläubigkeit und Verblüffung spiegelten, als die Zuschauer gewahr wurden, daß diese Handvoll Männer die gesamte britische Mission darstellten. Von der britischen Regierung hatte man sich mehr und Prächtigeres erwartet. Nun kam man sich betrogen vor. Wally verfiel aber nicht auf den

Gedanken, sich umzudrehen, auch erspähte er nirgendwo das gesuchte Gesicht.

Ash war nicht in der Menge, die zusammenströmte, um die Ankunft des Gesandten Ihrer Majestät zu bestaunen. Er wollte nicht, daß ein Angehöriger der Mission ihn erkannte und dies womöglich so deutlich zeigte, daß Verdacht auf ihn gelenkt wurde. Er blieb dem Spektakel also fern und hörte sich vom Dach des Hauses aus den Lärm an, den Musikkapellen und Kanonen zu Ehren des Gesandten machten, als dieser durch das Shah Shahie-Tor in den Bala Hissar, die große Festung von Kabul, einzog.

Man hörte das alles deutlich, denn das Haus des Pensionärs lag unweit der Festung. Ebenso wie Wally war auch Ash angenehm überrascht von der Stimmung der Menge. Sein Hausherr, der sich unter die Leute mischte und mit den Seinen der Ankunft der Mission zusah, wußte dann aber zu berichten, die Kabuli seien enttäuscht von dem Mangel an Prachtentfaltung und der geringen Zahl der Ankömmlinge; sie hätten sich etwas viel Extravaganteres vorgestellt. Zwar waren Elefanten zu sehen gewesen, aber nur zwei, noch dazu die, die bei jedem Staatsakt auftraten, denn sie stammten aus den Stallungen des Emir.

»Auch waren außer Cavagnari-Sahib nur drei Sahibs zu sehen und von meinem alten Regiment keine achtzig Mann. Was soll denn das für eine Gesandtschaft sein? Die Russen waren viel zahlreicher, auch trugen sie kostbare Pelze und Stiefel aus Leder, hohe Mützen aus Lammfell und vorne an ihren Röcken reihenweise silberne Patronen. Ah, das war ein wirkliches Fest, aber heute –« Der Sirdar streckte eine magere Hand aus und machte, den Handteller nach unten, eine Bewegung, die andeutete, wie gering und klein er das alles gefunden hatte. »Heute war es eine ärmliche Vorstellung. Die Regierung hätte sich was Besseres einfallen lassen sollen, denn viele, die das gesehen haben, fragen sich, wie eine Regierung, die sich nicht mal eine anständige Gesandtschaft leisten kann, den Soldaten des Emir den rückständigen Sold ausbezahlen will und –«

»Wie bitte?« fragte Ash scharf. »Wo hast du das gehört?«

»Ich sage doch, von den Zuschauern, zwischen denen ich stand, als Cavagnari-Sahib und sein Gefolge in den Bala Hissar ritten.«

»Nein, nein, ich meine, daß die Mission angeblich der Truppe den ausstehenden Sold zahlen soll. Davon ist im Friedensvertrag nicht die Rede.«

»Nicht? Aber viele halten es für wahr. Es heißt, Cavagnari-Sahib wird nicht nur der Truppe den vollen Sold bezahlen, sondern auch dafür sorgen, daß die Dienstpflicht aufgehoben wird und die Steuern gesenkt werden, unter denen das Land schon so lange stöhnt. Ist das etwa auch nicht wahr?«

»Es kann nicht stimmen. Es sei denn, es gäbe ein Geheimabkommen, doch halte ich das für unwahrscheinlich. Die Bedingungen des Friedensvertrages wurden veröffentlicht, und die Regierung Indiens hat nur versprochen, dem Emir jährlich sechs Millionen Rupien zu zahlen.«

Der Sirdar entgegnete darauf nur trocken: »Nun, vielleicht benutzt er sie ja dazu, seine Soldaten zu entlohnen, falls er sie bekommt. Bedenke aber, hier hat kaum jemand von einem Friedensvertrag gehört, geschweige denn die Bedingungen gelesen. Auch wissen wir alle beide, daß das halbe Land glaubt, Afghanistan habe große Siege errungen und die Truppen der Regierung nach Indien zurückgeworfen, und zwar unter Hinterlassung unzähliger Gefallener. Und wer das glaubt, glaubt alles andere auch. Mag sein, der Emir hat selber veranlaßt, daß solche Gerüchte ausgestreut wurden, um zu erreichen, daß die Bevölkerung Cavagnari-Sahib überhaupt ins Land ließ und ihm hier kein Leid tut, denn nur ein Tor schlachtet die Gans, die goldene Eier legt. Ich kann dir nur sagen, halb Kabul glaubt, Cavagnari-Sahib ist gekommen, um dem Emir alles zu bezahlen, was sich die Leute wünschen. Das bedeutet: Aufhebung der Besteuerung und der Militärdienstpflicht sowie das Ende der Belästigungen durch Soldaten, die keine Löhnung erhalten haben. Aus diesem Grunde waren sie auch enttäuscht, als sie sahen, wie klein sein Gefolge ist, und sie zweifeln daran, daß er Reichtümer mit sich führt.«

Für Ash war dies eine unangenehme Überraschung. Ihm selber war davon bislang nichts zu Ohren gekommen. Er verließ sogleich das Haus, um selber zu hören, ob die Behauptungen des Sirdar zutrafen. Eine halbe Stunde reichte hin, ihm das voll und ganz zu bestätigen; und um das Maß seines Unmuts voll zu machen, empfing ihn sein Hausherr bei der Rückkehr mit der Nachricht, der bisherige britische Geschäftsträger in Kabul, Munshi Bakhtiar Khan, sei am Vortag verstorben.

»Angeblich an der Cholera, aber man hört auch anderes. Von einem guten Bekannten habe ich erfahren, daß er vergiftet wurde, weil er bestimmte Dinge wußte, die er Cavagnari-Sahib nicht mitteilen sollte. Mir kommt das sehr wahrscheinlich vor, denn gewiß hätte er dem Sahib viel zu erzählen gehabt. Sein Wissen ruht aber nun mit ihm in seinem Grabe. Mit dem verstorbenen Emir war er nicht gerade befreundet, und im Bala Hissar hat man sich geärgert, als er zum Geschäftsträger ernannt wurde. Er war aber schlau und geschickt und hat hier Freunde gewonnen, die jetzt unter der Hand verbreiten, seine Feinde hätten ihn umgebracht – was den Sahibs aber kaum zu Ohren kommen dürfte.«

Es reichte, daß Ash davon erfuhr. Tags darauf brach er bewußt ein Anjuli gegebenes Versprechen und bewarb sich wieder um den Posten, den er zuvor innegehabt hatte: den eines Schreibers im Dienste von Munshi Naim Shah, einem der zahllosen Hofbeamten, die in der Festung selber wohnten.

Anjuli, die ihm totenbleich vorhielt, er stecke ohne Not den Kopf in den Rachen des Löwen, beschwichtigte er: »Nur für ein paar Stunden am Tag, Larla. Dort ist es für mich nicht gefährlicher als hier, mag sein sogar ungefährlicher, denn halb Kabul weiß, daß der Sirdar-Sahib früher bei den Kundschaftern gedient hat, und seine Gäste könnten daher verdächtigt werden. Ich war schon früher bei Munshi Naim Shah in Diensten und bin im Bala Hissar bekannt. Also wird niemand mir Fragen stellen. Auch gleicht die Festung einem riesigen Ameisenhaufen, und niemand weiß, wieviele Menschen darin wohnen, wer täglich dorthin zur Arbeit geht, wer ein Bittsteller ist, wer Verwandte besucht oder was verkaufen will. Ich bin dort nur einer unter vielen.«

Anjuli indessen, die im Frühling und Sommer in Kabul so glücklich gewesen war, wurde seit kurzem von Angst geplagt. Die Stadt samt Umgebung, die sie ehedem schön und freundlich fand, waren ihr plötzlich unheimlich und bedrohlich. Sie wußte, das gesamte Tal war Erdbebengebiet. Das erste Beben, das sie erlebte, war kaum spürbar. In jüngster Zeit aber hatte es mehrere recht erhebliche Erdstöße gegeben. Das hohe Haus, in dem sie wohnten, schwankte beängstigend, und während die Kabuli Erdbeben als etwas Alltägliches ansahen, empfand Anjuli sie als furchterregend und spukhaft. Auch verlor der Blick aus dem Fenster in jüngster Zeit seine beruhigende und aufheiternde Wirkung, denn die Menschen, die sie dort sah, versetzten sie ebenfalls in Schrecken.

Die hageren Afghanen mit den Adlernasen, ihren struppigen Locken und ungepflegten Bärten, den Patronengürteln, Krummsäbeln und Musketen glichen in nichts den sanften, gütigen, unbewaffneten Bergbewohnern, derer sie sich aus ihrer Kindheit in Gulkote erinnerte. Sie hatte zwar nicht vergessen, wie gewalttätig und grausam die Bhithori gewesen waren, auch nicht, wie Janu-Rani und Nandu in Karidkote ihre Willkürherrschaft ausübten. Es wollte ihr aber scheinen, daß dort, anders als in Kabul, die Mehrheit der Bewohner ein behütetes und recht normales Leben führte, frei von Blutrache, Aufständen gegen ihren Herrscher und grundlos ausbrechenden Stammesfehden. Dieses Land dagegen schien unablässig davon geplagt. Allein schon den Namen jener gewaltigen Bergkette, welche das Land Kains im Norden begrenzte, empfand sie als Bedrohung, denn Hindukusch bedeutet Töter der Hindu, und sie selber war schließlich eine Hindu – oder doch eine gewesen.

Daß das Haus des Sirdar feste Tore und starke Mauern hatte, war ihr bewußt, auch daß die schmalen, zur Straße gewandten Fenster Läden und eiserne Gitter besaßen; doch schien ihr, die Gefahr, die da draußen drohte, sickere durch jede Ritze, jede Öffnung ins Haus, tückisch wie der allgegenwärtige Staub und die üblen Gerüche der Stadt. Und wenn sie auf dem mit Lehmziegeln gedeckten flachen Dach stand oder aus einem der Fenster ihrer im Oberstock gelegenen Räume blickte, konnte sie den Bala Hissar nur allzu deutlich sehen.

Ihr schien, die Festung rage bedrohlich hoch über dem Hause des Sirdar auf; uralte Türme und endlose Bastionen sperrten die Morgensonne aus und hinderten, daß der Wind aus Süden oder Osten die an ihrem Fuße sich drängenden Häuser kühlte. Seit kurzem durchlebte Anjuli von neuem jene Ängste, die sie auf der Flucht von Bhithor und danach noch lange gepeinigt hatten. Diesmal aber war Brennpunkt und Quelle der Angst der Bala Hissar, auch wenn sie sich selber über die Ursache nicht klarwerden konnte. Es war, als strahle die Festung Böses aus, und sie ertrug den Gedanken nicht, daß Ash dieses Schlangennest überhaupt betrat.

»Was hast du denn da nur zu suchen?« fragte sie mit angstverdunkelten Augen. »Warum mußt du ausgerechnet dorthin, wenn du doch in der Stadt erfahren kannst, was du wissen willst? Du sagst, du kommst jeden Abend zurück. Was aber, wenn es einen Aufstand gibt? Dann machen die Bewohner der Festung die Tore zu, und du sitzt in der Falle. Ach, mein Liebster, ich fürchte mich so, ich ängstige mich so!«

»Ganz ohne Grund, Liebste. Ich verspreche dir, ich begebe mich nicht in Gefahr.« Ash schloß sie fest in die Arme und wiegte sie. »Wenn ich meinen Freunden von Nutzen sein will, reicht es nicht, daß ich weiß, welche Gerüchte in der Stadt umgehen, denn mindestens jedes zweite ist falsch. Ich muß hören, was diejenigen im Palast sagen, die den Emir oder seine Minister täglich sprechen, damit ich weiß, was dort gedacht und geplant wird. Die vier Sahibs der Mission erfahren davon nichts, denen sagt keiner was – es sei denn ich. Darum bin ich ja hier. Ich verspreche dir aber, aufzupassen und kein Risiko einzugehen.«

»Wie kannst du nur so reden, wo du doch weißt, jedesmal, wenn du die Festung betrittst, begibst du dich in Gefahr! Ach, mein Herzallerliebster, ich flehe dich an –«

Ash schüttelte aber nur den Kopf und verschloß ihr den Mund mit Küssen; er machte sich los und ging in den Bala Hissar, denn er wußte, der Raum, in dem er arbeiten sollte, bot Ausblick auf den Hof und die Residenz der britischen Mission.

60

Die uralte Zitadelle der Emire von Afghanistan, Bala Hissar, lag am steilen Hang des Shere Dawaza, eines befestigten Berges, der die Stadt und einen Teil des Tales von Kabul beherrscht.

Eingefaßt wurde die Anlage von einer rund zehn Meter hohen Mauer, in die vier Tore gebrochen waren, jedes flankiert von allmählich zerfallenden Bastionen. Die Mauer selber schien unendlich lang, und hinter dem äußeren Mauerring lagen weitere, von denen eine den Palast des Emir im oberen Teil der Festung umschloß. Die eigentlichen Festungswerke lagen hoch darüber; und die Kuppe des Shere Dawaza war nochmals von einer festen Mauer umgeben. Die Wächter auf den Bastionen hatten freien Ausblick auf die das Tal einfassende Gebirgskette, den Palast und die Stadt und den Fluß Kabul, der sich wie ein silbernes Band durch das Tal wand.

Der untere Teil des Bala Hissar war genau genommen eine Stadt für sich. Hier drängten sich die Häuser von Hofbeamten und sonstigen Würdenträgern, die auch deren Personal beherbergten. Basare und Läden gab es ebenfalls. In diesem Teil der Festung befand sich der für die britische Mission vorgesehene Gesandtschaftskomplex, den Ash vom Fenster seines Schreiberzimmers aus überblicken konnte: Quartiere für die Dienerschaft, Vorratsräume, Pferdeställe und die Wachstuben am entfernten Ende des länglichen Areals, das an das mächtige Arsenal des Emir grenzte und davon überragt wurde. Unmittelbar unter Ashs Fenster waren die Mannschaften der Eskorte untergebracht. Sie wohnten in einem rechteckigen, kasernenähnlichen Bauwerk, das wiederum Festungscharakter aufwies: zwei einander gegenüberliegende Flügel, die einen Innenhof einfaßten, der am einen Ende durch ein schweres Tor geschlossen wurde und an der gegenüberliegenden Schmalseite durch einen Mauerbogen Zugang bot.

Durch das Tor gelangte man auf eine schmale Quergasse, die die Unterkünfte der Mannschaften vom eigentlichen Gesandtschaftskomplex trennte. Dieser bestand aus zwei Häusern, die sich, durch einen quadratischen Innenhof getrennt, im Abstand von dreißig Metern gegenüberlagen. Das Ashs Zimmer zunächst gelegene und höhere dieser Häuser bewohnten Wally, der Sekretär Jenkyns und der Arzt Kelly; im anderen wohnte der Bevollmächtigte Geschäftsträger Cavagnari. Dieses zweigeschossige Haus war mit seiner nach Süden gerichteten Wand Teil der äußeren Festungsmauer. Die hier befindlichen Fenster lagen hoch über dem Festungsgraben und boten einen herrlichen Ausblick auf das Tal bis hin zu den schneebedeckten Bergen.

Ash hatte von seinem Fenster den gleichen Blick. Man sah den Fluß und die Berge und die gewaltige Kette des Hindukusch. Die Schönheit dieses Anblicks war für Ash jedoch ohne Interesse. Er konzentrierte seine Aufmerksamkeit ganz allein auf den unter seinem Fenster hingebreiteten Gebäudekomplex. Dort konnte er gelegentlich Cavagnari, das Personal und die Wachen ihren Dienst verrichten sehen; er hielt auch ein Auge auf die Besucher – und auf Wally.

Wally mißfiel der Bala Hissar ebenso wie Anjuli, wenn auch aus anderen Gründen. Er fand die Festung nicht unheimlich, sondern unbeschreiblich schäbig. Er hatte sich die Zitadelle eindrucksvoll und großartig vorgestellt – etwa wie Shah Jehans Rote Festung in Delhi, nur noch schöner, denn der Bala Hissar war schließlich eine Bergfestung; und als er das Durcheinander von Häusern samt den stinkenden Gassen zwischen wirr verlaufenden und teilweise eingestürzten Mauern sah, unterbrochen von unbebautem, ödem Gelände, fühlte er sich an einen Karnickelbau erinnert.

Auch der mit dem großartigen Namen »Gesandtschaft« bezeichnete Komplex war für ihn eine Enttäuschung, denn Höfe und Gebäude waren an drei Seiten von höher gelegenen Häusern umstanden und grenzten im Süden an die Festungsmauer.

Nicht einmal einen anständigen Zugang gab es, und der Hof war von den umliegenden Häusern nur durch eine kaum meterhohe baufällige Mauer aus Lehm getrennt, die jedes Kind mühelos übersteigen konnte. Dies bedeutete, daß das Publikum sozusagen jederzeit freien Zutritt hatte und die Eskorte nach Lust und Laune bei der Pferdepflege und den sonstigen dienstlichen Verrichtungen beobachten konnte. Bei geöffnetem Tor zum Innenhof war sogar das eigentliche Gesandtschaftsgebäude den neugierigen Blicken preisgegeben.

An seinem ersten Nachmittag im Bala Hissar sagte Wally denn auch zu Dr. Kelly, mit dem er die Anlage besichtigte: »Das ist ja eine Mischung aus Aquarium und Rattenfalle.« Er musterte prüfend das mächtige Arsenal und die terrassenförmig aufsteigenden afghanischen Wohnhäuser mit ihren flachen Dächern, von denen aus man ungehindert auf den Gesandtschaftskomplex hinuntersehen konnte. Dahinter ragten die mit Fenstern versehenen Mauern des Palastes auf, und wieder darüber die Festung auf dem Shere Dawaza.

»Nun sehen Sie sich das bloß an«, fuhr Wally empört fort. »Wir könnten uns ebensogut in einer Stierkampfarena niederlassen oder im Circus Maximus vor voll besetzten Zuschauerbänken und einem Publikum, das jede unserer Bewegungen genüßlich beäugt und möglichst mit ansehen möchte, wie wir ins Gras beißen. Außerdem kann hier jeder ohne Mühe rein, nur wir können nicht raus, wenn es jemandem einfallen sollte, uns hier einzusperren. Da kann man es ja mit der Angst bekommen. Es muß unbedingt was geschehen.«

»Was aber?« fragte Dr. Kelly zerstreut, denn seine Aufmerksamkeit galt solchen Dingen wie Gossen, Abflüssen, sanitären Einrichtungen (soweit vorhanden), der Wasserversorgung und der Belüftung. Wally dagegen prüfte alles nach rein taktischen Gesichtspunkten.

»Zunächst mal muß man sich hier zur Verteidigung einrichten«, sagte er denn auch prompt. »Der Zugang wird durch eine feste Mauer mit einem soliden Tor versperrt, vorzugsweise aus Eisen. Auch der Mauerbogen, der zu den Unterkünften führt, muß verschließbar sein, ebenfalls die beiden Enden der Gasse, die die Unterkünfte von den Gesandtschaftsgebäuden trennt. Dann könnten wir notfalls Unbefugten den Zutritt verwehren; auch den Zugang zum Hof, wenn wir das Tor schließen. Sollte es jemandem einfallen, uns anzugreifen, sitzen wir ja hier wie Hasen auf der Wiese.«

»Na, sehen Sie nicht zu schwarz?« entgegnete der Arzt gemütlich. »Der Emir wünscht bestimmt nicht gleich wieder einen Krieg, und den hätte er im Handumdrehen, falls uns was zustieße. Schließlich ist der Bala Hissar sozusagen sein privates Revier; wir sind seine Gäste, und was Gastfreundschaft angeht, so nehmen die Afghanen es damit sehr genau. Gäste werden hier geehrt, also hören Sie auf, sich solche Gedanken zu machen. Übrigens können Sie ohnedies kaum etwas ausrichten, denn falls die von Ihnen so anschaulich beschriebenen Zuschauer ringsherum den Daumen nach unten kehren, sind wir einer wie der andere erledigt.«

»Das ist ja meine Rede«, sagte Wally hitzig. »Ich sage, wir sitzen hier wie die Häschen in der Grube, und das paßt mir nicht. Man soll die Bösen nicht erst in Versuchung führen. Erinnern Sie sich des Kommandeurs jenes Infanterieregiments, das vor ungefähr zwei Jahren in Peshawar stationiert war?«

»Falls Sie den alten Brumby meinen – an den habe ich eine nebelhafte Erinnerung. Ich dachte, der ist tot?«

»Ist er auch. Und zwar ist er mitten im Frieden ums Leben gekommen, als die Brigade nahe der Grenze im Herbstmanöver war. Er machte allein einen Abendspaziergang, notabene in Paradeuniform, denn am gleichen Tage war irgendein hohes Tier zu Besuch in Peshawar, und bewunderte die Aussicht. Dabei hat ihn ein Scharfschütze abgeknallt. Die Stammesältesten brachten selbstverständlich tausend Entschuldigungen vor, aber sie sagten einstimmig, der Oberst habe ein allzu schönes Ziel geboten, und ein irregeleiteter, selbstverständlich unbekannter Bergbewohner habe da eben nicht widerstehen können. Die Sahibs müßten doch Verständnis dafür haben, es sei keine böse Absicht damit verbunden gewesen.«

»Hm.« Der Arzt schaute zu den teils mit Läden, teils mit Gitterwerk versehenen Fenstern hinauf, die einen ungehinderten Blick auf den Komplex der Gesandtschaft boten und sagte: »Ah ja, ich verstehe. Aber was sollen wir tun, Wally? Wir sitzen in der Klemme, müssen gute Miene machen, auf das Glück der Iren vertrauen und hoffen, daß wir keinem Scharfschützen als verlockendes Ziel erscheinen. Denn dagegen sind wir machtlos.«

»Das wollen wir erstmal sehen«, entgegnete Wally streitlustig. Als der Geschäftsträger samt Begleitung abends von seiner ersten offiziellen Visite im Palast zurückkam, redete er erst mit Jenkyns und anschließend mit Sir Louis Cavagnari persönlich. Von beiden erhielt er allerdings eine Abfuhr. Wie Dr. Kelly richtig vorhergesehen hatte, sollte und konnte das, was Wally für nötig hielt, nicht ins Werk gesetzt werden: die zur Verfügung gestellte Unterkunft abzulehnen, wäre eine grobe Unhöflichkeit gewesen, und sie in Verteidigungszustand zu versetzen, hätte nicht nur den Emir beleidigt, sondern auch dessen Oberkommandierenden, General Daud Shah, samt allen hohen Würdenträgern in Kabul.

Auch konnten die Angehörigen der Mission die Dinge nicht selbst in die Hand nehmen, den Zugang sperren und Vorkehrungen zwecks einer allfälligen Verteidigung improvisieren. Dies alles würde registriert werden und ihrem Gastgeber den Schluß aufnötigen, sie fürchteten einen Angriff – was nicht nur den Emir und den General, wie gesagt, beleidigen, sondern gewisse Leute auch auf gewisse Ideen bringen könnte, Leute, die sich andernfalls durchaus friedlich verhalten würden.

Sir Louis sagte abschließend: »Es kann nicht schaden, daß wir für alle, die uns aufsuchen wollen, ohne Mühe erreichbar sind. Je mehr Besucher, desto besser für uns. Unsere oberste Pflicht besteht darin, zu den Afghanen freundschaftliche Beziehungen herzustellen. Es soll niemand abgewiesen werden. Ich wünsche nicht, daß die Bevölkerung den Eindruck bekommt, wir wollten uns von den Bewohnern abkapseln, sie uns gleichsam vom Leibe halten. Gerade eben erst habe ich dem Emir vorgetragen...«

Der Emir hatte Cavagnari mit schmeichelhafter Höflichkeit, ja Herzlichkeit empfangen und schien jeden seiner Wünsche erfüllen zu wollen. Als Sir Louis sagte, es wäre ihm lieb, wenn den Angehörigen der Mission gestattet würde, einheimische Amtspersonen und Offiziere jederzeit empfangen zu dürfen, erteilte der Emir ohne Zögern die Erlaubnis; und nach seiner Rückkehr in die Gesandtschaft ließ Sir Louis in bester Stimmung ein Telegramm an den Vizekönig aufsetzen, in dem es hieß: »Alles steht gut. Habe mit dem Emir gesprochen und Geschenke überreicht.« Anschließend faßte er seinen ersten Bericht ab und ging später gut gelaunt und zuversichtlich schlafen. Alles ließ sich gut an, er würde seinen Posten in Afghanistan glänzend ausfüllen.

Wally, der schlaflos im Hause gegenüber lag, fühlte sich viel weniger zuversichtlich, dazu recht unbehaglich, denn er fand Wanzen in seinem Bett. Es war schon wenig angenehm, entdecken zu müssen, daß auch die russische Mission hier untergebracht gewesen war (vor nicht sehr langer Zeit übrigens!), wovon an die Wände seines Zimmers gekritzelte russische Buchstaben zeugten; Wanzen aber – das war zuviel. Er hoffte nur, seine russischen Vorgänger seien ebenso gequält worden und kam zu dem Schluß, der gesamte Bala Hissar sei ein Elendsquartier, falls der Emir seinen hochgestellten Gästen nichts Besseres anzubieten habe als diese jämmerlichen Hütten.

Sein Haus bestand, ebenso wie das gegenüber gelegene Cavagnaris, aus Lattenwerk, das mit Mörtel beworfen war. Cavagnaris Haus hatte ein Stockwerk über dem Erdgeschoß, während das, in dem Wally, Jenkyns und der Doktor wohnten und das man großspurig »Kasino« nannte, ein weiteres Geschoß aufwies. Beide hatten nach hiesiger Sitte flache Dächer, die man über eine Treppe erreichte; doch während die Dächer der zu ebener Erde gelegenen Mannschaftsunterkünfte wenigstens eine Brüstung besaßen, hatten die beiden anderen Häuser nichts dergleichen, und Wally meinte, in manch einem indischen Basar Besseres gesehen zu haben.

Er kam dann allerdings bald dahinter, daß große, aus Steinen aufgeführte Gebäude, hohe Türme und marmorne Minarette in einem Erdbebengebiet fehl am Platze sind, und daß Lehmziegel, Holz und Gips zwar nichts hermachen, dafür aber auch weniger Gefahr für Leib und Leben bergen. Einzig die Mannschaftsunterkünfte hatten teilweise Mauerwerk; die Dächer reichten weit in den Innenhof und bildeten eine Art Galerie. Trotz der Anweisungen Cavagnaris setzte Wally durch, daß der in den Hof führende Mauerbogen mit einer Tür versehen wurde, und zwar unter dem Vorwand, daß sich dadurch »im Winter die Kälte besser abhalten läßt«. Der Innenhof trennte die Unterkünfte der Sikh von denen der Moslem.

Der Mauerbogen war ganze drei Meter tief, praktisch ein kleiner Tunnel. Beiderseits führten Treppen zum Dach. Das innere Ende des Tunnels war schon mit einem schweren, eisenbeschlagenen Tor ausgerüstet. Wally ließ nun auch den Ausgang verschließen, wenn auch nur mit einer nicht eben soliden Tür aus feuchten Brettern, die seinen Männern aber immerhin gestattete, ungesehen die Stufen zum Dach hinaufzusteigen.

Eine dritte Treppe führte am anderen Ende des langgestreckten Hofes ebenfalls aufs Dach. Sie befand sich unweit des Tores, durch welches man in die Quergasse gelangte. Ein Angriff, sollte einer erfolgen, war nur vom Vordereingang her zu erwarten. Die beiden Treppen waren für die Verteidigung der Unterkünfte so wichtig, wie die Verteidigung der Unterkünfte für den Schutz der eigentlichen Gesandtschaft. Nicht, daß Wally mit einem solchen Angriff rechnete, doch er führte hier zum ersten Mal selbständig ein Kommando, und es oblag ihm daher, alle denkbaren Vorsichtsmaßregeln zu ergreifen – wenig genug waren es ohnedies. Immerhin war es eine Geste.

Und er machte noch weitere. Zu Ash hatte er in Mardan gesagt: »Sind wir erst einmal dort, ist es unsere Pflicht, uns mit der Bevölkerung gut zu stellen.« Das unternahm er nun mit viel Schwung. Er organisierte Wettkämpfe für Reiter, was den Afghanen, leidenschaftliche Reiter allesamt, gewiß zusagen mußte. Die Kundschafter maßen sich mit den Einheimischen im Lanzenstechen nach Zeltpfählen und Ringen, auch galt es, in vollem Galopp mit dem Säbel eine aufgehängte Zitrone zu halbieren. Auch andere bemühten sich um die Herstellung freundschaftlicher Beziehungen. Kelly plante eine kleine ambulante Klinik, während Cavagnari und sein Sekretär die Tage mit endlosen Höflichkeitsbesuchen bei zahllosen Würdenträgern und im zwanglosen Gespräch mit dem Emir verbrachten.

Sir Louis ließ sich angelegen sein, täglich durch die Straßen der Stadt zu reiten. Er verbot sämtlichen Mitgliedern der Mission, die Dächer zu betreten und ließ über der Truppenunterkunft große Markisen ausspannen – beides diente dazu, den Nachbarn im Bala Hissar den Anblick der »Ausländer« zu ersparen, wenn diese sich dem Müßiggang hingaben.

»Ein höchst sonderbares Land«, schrieb Wally einem Vetter, der in Indien diente, ihm zum Viktoriakreuz gratulierte und anfragte, wie es sich in Afghanistan lebe. »Kabul würde dir wenig gefallen, ein ziemlich schäbiges Kaff...«

Er schilderte dann noch recht anschaulich ein Sportfest, das am Vortag stattgefunden hatte und erwähnte mit keinem Wort, daß die Herati-Regimenter in der Stadt nach wie vor ein Stein des Anstoßes waren. Der Postkurier, der den Brief nach Ali Khel mitnahm, einem britischen Außenposten, wo alle aus- und eingehenden Briefe und Telegramme abgefertigt wurden, hatte aber auch ein Telegramm Cavagnaris an den Vizekönig mit, in welchem es hieß: »Heute alarmierende Berichte aus mehreren Quellen, die übereinstimmend von Aufruhr unter den Herati-Regimentern sprechen, die seit kurzem hierher verlegt worden sind; Soldaten gehen mit blanker Waffe durch die Stadt und hetzen die Bevölkerung gegen den Emir und seine englischen Gäste auf. Man riet mir dringend, einige Tage das Haus nicht zu verlassen. Ich ließ den Außenminister kommen, der die Berichte für übertrieben hielt, und ritt wie üblich in die Stadt. Die Truppe ist unzufrieden, weil ihre Löhnung ausbleibt, insbesondere aber wegen der allgemeinen Dienstpflicht. Der Emir und seine Minister glauben aber, damit fertig zu werden.«

Am folgenden Tage telegraphierte er knapper: »Gestern geschilderte Zustände weniger gravierend. Emir absolut überzeugt, Disziplin kann aufrecht erhalten werden.« In dem Tagebuch jedoch, das Sir Louis allabendlich führte und am Ende der Woche an den Vizekönig absandte, war die Rede vom Eintreffen meuternder Herati in Kabul, die lärmend ihre Löhnung forderten und keine Spur von Disziplin zeigten.

Schön und gut, dachte Sir Louis, der Außenminister behauptet zwar, die Leute werden morgen oder übermorgen entlohnt und gehen dann friedlich heim, und er behauptet auch, daß die Berichte von Übergriffen, Plünderungen etc. stark übertrieben und nur das Werk »einiger wilder Wirrköpfe« sind; aber stimmt das? – Sir Louis hatte eigene Informanten, und deren gut belegte Berichte zeugten davon, daß die Zwischenfälle nicht das Werk »einiger wilder Wirrköpfe« waren, ferner, daß die Truppen sich weigerten auseinanderzugehen, bevor nicht der letzte Mann die letzte Anna seiner ausstehenden Löhnung empfangen hatte und daß dafür kein Geld vorhanden war. Das alles ließ sich mit den optimistischen Behauptungen des Emir und seines Außenministers nicht vereinbaren.

Mit seiner Vermutung, Sir Louis wisse nicht, in welcher Gefahr seine britische Mission in Kabul tatsächlich schwebe, hatte Ash dennoch recht, denn obwohl jener ziemlich genau wußte, was in Kabul passierte, nahm er die Vorgänge nicht genügend ernst. Die Versicherung des Ministers, man beherrsche die Lage, akzeptierte er als im Kern zutreffend und befaßte sich mit Plänen für eine Reform der Verwaltung des Landes und einer im Herbst mit dem Emir gemeinsam zu unternehmenden Reise, statt sich Gedanken darüber zu machen, wie die wankende Autorität des Emir zu befestigen sei angesichts einer im Tal von Kabul mehr und mehr um sich greifenden Anarchie, die nun auch auf die Stadt, ja selbst auf die Festung überzugreifen drohte.

»Ausgeschlossen, daß er weiß, was wirklich vorgeht«, bemerkte Ash. »Man läßt ihn darüber im Dunkeln. Doch muß er informiert werden, und du, Sirdar-Sahib«, sagte er zu seinem Hausherrn, »bist der, dem das zufällt. Auf dich wird er hören, denn du warst Major bei den Kundschaftern, und um deretwillen bitte ich dich, geh in die Gesandtschaft und warne ihn.«

Der Sirdar tat es, und Sir Louis hörte jedes Wort an, das er zu sagen hatte. Am Schluß lächelte er ein wenig und meinte: »Man kann nicht mehr tun, als uns drei oder vier Männer hier umbringen, und unser Tod wird gerächt.« Als Ash das hörte, geriet er in ungeheure Wut, denn ihm war klar, daß, sollte es soweit kommen, nicht nur »wir drei oder vier« getötet werden würden, sondern alle, die zur Mission gehörten, Dienerschaft wie Eskorte.

Daß Cavagnari vor der Abreise aus Simla geäußert haben sollte, falls sein Tod die Annexion Afghanistans durch Großbritannien zur Folge habe, wolle er gern sterben, war Ash nicht zu Ohren gekommen; gleichwohl hatte er den Eindruck, der designierte Gesandte sei nicht mehr ganz bei sich und sehe sich bereits als Märtyrer der imperialistischen Eroberungspolitik. Dies war ein aberwitziger Argwohn, und Ash schob denn auch den Gedanken von sich, doch kehrte er in den folgenden Tagen immer wieder, denn anders konnte Ash sich die herablassende Manier nicht erklären, in welcher Sir Louis auf alle Warnungen reagierte.

Der Sirdar, den das disziplinlose Treiben der Herati besorgt machte und der um das Leben der Kundschafter fürchtete, machte Sir Louis einen zweiten Besuch, um ihm von Vorfällen zu berichten, deren Zeuge er selbst gewesen war.

»Diesmal ist, was ich sage, nicht aus dritter Hand, Exzellenz«, begann er, »alles habe ich selber gesehen oder gehört. Die Regimenter marschieren mit Musik durch die Straßen, die Offiziere voran; sie verfluchen laut und für alle verständlich den Emir und die Kazilbashi-Regimenter, die ihm ergeben sind und denen sie deshalb Feigheit vorwerfen. Sie verspotten diese Truppen als willige Diener der Ungläubigen und verschwören sich, ihnen vorzumachen, wie man mit Landfremden verfährt. Auch dich beschimpfen sie, Exzellenz, und zwar namentlich. Ich habe es gehört. Du mußt dies erfahren, denn es bedeutet nichts Gutes. Man muß dem rechtzeitig Einhalt gebieten.«

Cavagnari versetzte: »Ich weiß das alles, und Seine Hoheit der Emir weiß es auch. Er war schon vor dir hier, er hat mich gewarnt. Ich solle mich nicht in der Stadt zeigen, bis die Unruhen vorüber sind, was nicht mehr lange dauern kann. Was die Herati angeht, Risaldar-Sahib, so fürchte nichts – Hunde, die bellen, beißen nicht.«

»Diese Hunde beißen doch, Sahib«, widersprach der pensionierte Major sehr ernst. »Und ich, der ich mein Volk kenne, ich sage dir, die Gefahr ist groß.«

Sir Louis nahm die angedeutete Kritik mit Stirnrunzeln auf, dann glättete sich seine Miene: »Und ich sage dir noch einmal, Sirdar-Sahib, mehr als töten können sie uns nicht, und die Rache wird fürchterlich.«

Da gab denn der Sirdar achselzuckend auf.

»Was sollte ich noch sagen«, berichtete er Ash. »Immerhin erwischte ich Jenkyns-Sahib auf dem Hof und bat ihn um eine Unterredung. Wir gingen bei den Ställen auf und ab, und ich setzte ihn ins Bild. Er fragte mich dann ziemlich schroff, ob ich das alles Cavagnari-Sahib vorgetragen habe, und als ich bejahte, sagte er nach einer Weile: ›Seine Exzellenz hat recht. Die englische Regierung kann es leicht verschmerzen, wenn drei oder vier von uns hier umkommen.‹ Was kann man mit solchen Menschen anfangen, frage ich dich? Es ist reine Zeitverschwendung auf beiden Seiten, denn eines ist klar: Sie wollen keine Warnungen hören.«

Mit Wally erging es Ash nicht besser. Er traf ihn mehrmals, was weiter nicht schwer war, denn da die Beziehungen intensiviert werden sollten, stand die Gesandtschaft jederzeit Besuchern offen, und es waren stets mehrere afghanische Würdenträger anwesend, deren Personal sich im Hofe mit dem Personal Cavagnaris und auch mit Angehörigen der Eskorte unterhielt. Ash konnte sich unter sie mischen und Wally an einen Ort bestellen, wo sie ungestört waren. Beim ersten Zusammentreffen arbeiteten sie ein sehr einfaches Signalsystem aus.

Wally war zwar jedes Mal von Herzen erfreut, Ash zu sehen, er interessierte sich auch aufrichtig für alles, was dieser zu sagen hatte, doch lehnte er es rundheraus ab, Cavagnari zuzutragen, was er von Ash erfuhr. Der Kommandeur, mit dem Ash genau diesen Punkt in Mardan besprochen hatte, wußte, daß sich hier Widrigkeiten ergeben könnten und schärfte Wally ausdrücklich ein, es sei nicht seine Aufgabe, Seiner Exzellenz Nachrichten zuzutragen, Sir Louis habe seine eigenen Informationsquellen; nur falls er den Eindruck gewinne, Sir Louis seien gewisse Dinge unbekannt, die er, Leutnant Hamilton, von Ash erfahre, möge er sich dem Sekretär Jenkyns anvertrauen und es dem überlassen, ob er die Information weitergebe.

»Neulich habe ich es versucht«, berichtete Wally zerknirscht, »und ich sage dir: einmal und nicht wieder. Den Kopf hat er mir abgerissen. Sir Louis sei wesentlich besser über alles im Bilde, was in Kabul vorgehe, als ich; ich solle mich trollen und mit meinen Soldaten spielen. Dem Sinne nach, jedenfalls. Und da hat er recht.«

Ash zuckte die Achseln und sagte nur wegwerfend, das hoffe er auch. Er war besorgt und erwartete Schlimmeres, nicht nur, weil er wußte, was in der Stadt geredet und getan wurde und nicht nur, weil er für Wally und die Kundschafter fürchtete, sondern weil er Julis wegen in Angst war. Denn nun grassierte auch noch die Cholera in Kabul. Im Bala Hissar und in der kleinen Seitenstraße, wo das Haus von Nakshband Khan stand, gab es zwar noch keinen Krankheitsfall, doch in den ärmeren, überfüllten Stadtvierteln hatte sie bereits Seuchencharakter angenommen. Ash erfuhr denn auch bald über einen Freund des

Sirdar, der unter Ibrahim Khan, dem Bruder des Emir, diente, die meuternden Truppen seien nun auch von der Seuche befallen.

Sehr wahrscheinlich wäre Ash noch am gleichen Tag mit Juli aus Kabul abgereist und hätte Wally samt seinen Kundschaftern ihrem Schicksal überlassen, hätte in jenem schlimmen Jahr die Cholera nicht in halb Indien gewütet. So wußte er nicht, wohin er sie davor retten sollte und meinte, Juli sei womöglich doch am besten aufgehoben, wo sie war, denn mit etwas Glück mochte die Cholera sein Stadtviertel verschonen, und sobald es Herbst würde, ließe die Seuche gewiß merklich nach. Doch durchlebte er schlimme Tage. Er magerte zusehends ab, und es wurde ihm immer schwerer, zu Wally von den Gefahren zu sprechen, denen die Mission ausgesetzt war. Auch quälten ihn die immer neuen Schöpfungen dieses unermüdlichen Dichters, die er anhören mußte, während er sich doch so sehr um das Wohlergehen von Anjuli sorgte.

Wally war von einem Besuch des Dorfes Bemaru – wo 1841 die Katastrophe von Kabul ihren Ausgang nahm – zu einem besonders ermüdenden Poem inspiriert worden, und Ash verbrachte einen Nachmittag damit, mehr und mehr frustriert Verse anzuhören, die einzig dem Autor und dessen kritiklosen Bewunderern Freude machen konnten:

Zwar ist die Welt nicht, was sie war,
doch deuten Reste aus Vergangenheit
auf Blutvergießen und gemeinen Meuchelmord.
Begraste Gräber, trauervoll
darunter englische Soldaten,
deren Los, Gott Dank!
zuvor und seither viele nicht zu teilen brauchten...

Es folgte noch manches von gleicher Art, was den Dichter viel Arbeit gekostet hatte und recht selbstzufrieden stimmte. Wally war irritiert, als Ash am Ende nur trocken bemerkte, er begreife nicht ganz, wie die vier Europäer der Mission sich als »Engländer« bezeichnen könnten, sei doch einer Schotte, zwei seien Iren und der Vierte halb Ire, halb Franzose. Man mußte daraus schließen, daß er mit seinen Gedanken ganz woanders war und die Feinheiten der Dichtung nicht zu würdigen wußte.

Gleichwohl schöpfte Wally aus dem Umstand, daß sein Freund täglich viel Zeit in einem Raum verbrachte, der Ausblick auf den Gesandtschaftskomplex bot, mehr Trost, als er zuzugeben bereit gewesen wäre. Er brauchte nur zu einem bestimmten Fenster hinaufzublicken, um sich davon zu überzeugen, daß Ash an seinem Platz war, denn sobald dieser sein Zimmer betrat, stellte er einen billigen blau-weißen Krug zwischen die beiden mittleren Streben des Gitters vor seinem Fenster, der entweder Blumen oder Grünpflanzen enthielt und anzeigte, daß er noch anwesend war und Kabul nicht den Rücken gekehrt hatte.

Wally hätte übrigens, auch ohne mit Ash zu sprechen, kaum übersehen können, daß die Lage in der Stadt sich täglich verschlechterte. Er wußte, weder das

Personal noch die Mitglieder der Eskorte gingen einzeln oder zu zweit zum Baden oder Wäschewaschen an den Fluß; sie gingen nur in Gruppen und bewaffnet. Nicht einmal die Moslem trauten sich noch allein nach Kabul hinein, während Sikhs und Hindus ihr Leben riskierten, wenn sie sich nur blicken ließen. Die blieben also in ihren Unterkünften und verließen sie nur aus dienstlichen Gründen. Was er nicht wußte, war, daß Ash bereits einiges unternommen hatte, um den Unwillen zu dämpfen, der sich gegen die Landfremden mehr und mehr ausbreitete.

Allerdings handelte es sich nur um eine Bagatelle, und daß Ash sich überhaupt einmischte, war mehr, als er eigentlich riskieren durfte. Doch tat es seine Wirkung.

Er beteiligte sich, verkleidet als Ghilzai, auf einem geliehenen Pferd an den Reiterspielen und gewann dabei mehrfach den ersten Preis – zum Entzücken der Kabuli, die den Kundschaftern ihre Erfolge neideten und sich einredeten, diese Wettspiele seien eigens so angelegt, daß sie den Soldaten der »Armee der Sahibs« Gelegenheit gaben, ihre Überlegenheit zu demonstrieren.

Ashs Erfolge stellten eine Art Ausgleich dar, doch konnte er mit diesem Experiment nicht fortfahren, obschon er es gern getan hätte, denn das Gerede der Zuschauer und die Gerüchte in den Basaren stimmten ihn mehr als besorgt, und zwar so sehr, daß er einen Hindufreund des Sirdar (der dem Sirdar zufolge »alles weiß, was in den Häusern der Großen vor sich geht«), bat, persönlich bei Sir Louis vorzusprechen und ihm klarzumachen, daß die Bewohner von Kabul die in ihrer Mitte hausende britische Mission mit steigendem Haß betrachteten.

Ash erklärte ihm: »Seine Exzellenz hat bislang nur mit Afghanen gesprochen, und wer will schon sagen, wie weit sie ihm die Wahrheit vorenthalten, wenn sie glauben, dies sei für sie von Vorteil? Du aber, der du ein Hindu bist und einen Sohn hast, der unter dem Bruder des Emir dient, kannst vielleicht mehr ausrichten. Hört er auf dich, ergreift er womöglich Maßnahmen, sich und sein Gefolge zu schützen.«

»Was für Maßnahmen könnten das sein?« fragte der Hindu skeptisch. »Es gibt nur eine einzige: Seinen Posten aufgeben und unverzüglich samt Gefolge nach Indien zurückkehren. Ich möchte aber nicht einmal dafür garantieren, daß er heil hinkommt, denn unterwegs könnten die Stämme ihm auflauern.«

»Das tut er ohnehin nicht«, meinte Ash.

»Nun ja, aber was sonst könnte er machen? Er muß wissen, daß der Gesandtschaftskomplex nicht zu verteidigen ist. Wenn er alle Warnungen mißachtet und immer nur starke Worte spricht, geschieht dies womöglich nicht, weil er blind und töricht, sondern weil er weise ist. Er weiß, alles, was er sagt, wird bekannt, und daß er nur furchtlose und tapfere Reden führt, mag die Heißsporne abkühlen. Und das nenne ich weise gehandelt von einem Mann in seiner Lage, nicht töricht. Ich habe ihm schon einmal einen Besuch gemacht, doch wenn der Sirdar-Sahib und du es wünschen, will ich es noch einmal versuchen und ihm sagen, wie stark der Unwille der Einwohner gegen die Mission ist. Aber glaube mir – er weiß es schon.«

Der in Aussicht gestellte Besuch wurde noch gleichen Tages unternommen, doch drang der Besucher nicht zu Seiner Exzellenz vor, denn die afghanischen Posten, die auf Befehl des Emir, angeblich um die britische Mission zu schützen, den Zugang zum Gesandtschaftskomplex bewachten, wiesen ihn nicht nur ab, sondern beschimpften ihn und warfen ihm Steine nach. »Ich wurde mehrmals von Steinen getroffen, und als ich zu fallen drohte, lachten sie über mich. Menschen wie ich sind hier nicht mehr sicher, und Landfremde aller Art schon gar nicht. Ich werde für eine Weile zu Verwandten nach dem Süden reisen.«

Einen weiteren Versuch, Sir Louis aufzusuchen, wollte er auf keinen Fall machen. Wirklich verließ er Kabul wenige Tage darauf. Daß die afghanischen Posten wagen konnten, seinen Freund so zu behandeln, verstörte den pensionierten Major beinahe ebensosehr wie Ash, und obwohl er sich geschworen hatte, keinen Besuch mehr in der Gesandtschaft zu machen, ging er jetzt noch einmal hin.

Sir Louis empfing ihn sehr höflich, machte aber gleich klar, daß er über die in Kabul herrschende Lage vollständig informiert sei und keiner weiteren Auskunft bedürfe. Er freue sich, den Major zu sehen, habe aber leider nicht genügend Zeit, seine übrigen Pflichten zugunsten eines freundschaftlichen Gespräches zu vernachlässigen.

Der Sirdar blieb höflich. »Das verstehe ich gut, Exzellenz, und ich weiß auch, daß du viele Informationsquellen hast und vieles weißt, was in unserer Stadt vorgeht. Vielleicht aber doch nicht alles.« Und er berichtete, daß ein angesehener, stadtbekannter Hindu von den afghanischen Wachen an einem Besuch bei ihm gehindert, überdies wüst beschimpft und mit Steinen beworfen worden sei.

Die Augen Cavagnaris funkelten, als er dies hörte, und es schien, daß sein schöner schwarzer Bart sich vor Zorn sträubte. »Das ist nicht wahr«, sagte er endlich schroff, »der Mann lügt.«

Der Sirdar ließ sich aber nicht einschüchtern. »Falls du mir nicht glaubst, befrage deine Diener, deren einige gesehen haben, wie der Hindu verletzt wurde, was auch viele Kundschafter mit angesehen haben. Du brauchst nur zu fragen, Exzellenz. Du wirst dann erfahren, daß du nicht besser dran bist als ein Gefangener. Denn welchen Sinn hat es, hier zu bleiben, wenn diejenigen nicht zu dir gelassen werden, die nichts als die Wahrheit berichten wollen?«

Daß er nicht mehr Herr im eigenen Hause sein sollte, kränkte Sir Louis aufs äußerste, denn er war ein ungemein stolzer Mann, der von so manchem, der nicht seiner Meinung war und seine scharfe Zunge zu spüren bekommen hatte, für unerträglich arrogant gehalten wurde. Jedenfalls hatte er eine hohe Meinung von seinen eigenen Fähigkeiten und nahm Kritik nicht gut auf.

Sirdar Nakshband Khans Bericht also traf ihn in seiner persönlichen Eitelkeit ebenso wie in seiner amtlichen Würde als Vertreter Ihrer Majestät der Königin von England und Kaiserin von Indien, und er hätte den Mann gern einen Lügner geheißen. Stattdessen erklärte er kalt, er wolle der Sache nachgehen, verabschiedete seinen Besucher, ließ Jenkyns kommen und trug ihm auf nachzufragen, ob irgendwer Zeuge jenes Vorfalles gewesen sei, den Nakshband Khan beschrieben hatte.

Jenkyns kam schon nach fünf Minuten zurück und meldete, leider sei alles wahr. Nicht nur hätten mehrere Diener dies bestätigt, sondern auch zwei Futterschneider und ein Dutzend Männer der Eskorte, darunter ein Offizier der Kavallerie der Kundschafter und ein Infanterist.

Cavagnari, weiß vor Zorn, fragte: »Warum erfahre ich davon erst jetzt? Beim Himmel, ich werde diese Leute bestrafen. Sie hätten Meldung machen müssen, wenn nicht mir, dann Hamilton, Kelly oder Ihnen. Falls der junge Hamilton davon gewußt und mir nichts gesagt hat, dann – ich will ihn sofort sprechen.«

»Er ist meines Wissens vor einer Stunde fortgeritten, Sir.«

»Dann soll er sich gleich nach seiner Rückkehr melden. Was denkt er sich überhaupt, einfach wegzugehen, ohne mir Bescheid zu sagen? Wo steckt er?«

»Das weiß ich leider nicht, Sir«, sagte Jenkyns tonlos.

»Das müßten Sie aber! Kein Offizier geht einfach weg, ohne sich abzumelden. Unter den herrschenden Verhältnissen hat keiner das Recht, sich in der Stadt herumzutreiben, das müßte Ihnen Ihr eigener Verstand sagen. Nicht etwa, daß ich glaube –«

Er beendete den Satz nicht, entließ Jenkyns mit einer knappen Handbewegung, stierte vor sich hin und zupfte mit mageren Fingern ärgerlich an seinem Bart.

Wally trieb sich indessen nicht in der Stadt herum, vielmehr war er zu einem Treffen mit Ash zum Grabe des Herrschers Barbur südlich von Kabul geritten, denn man schrieb den 18. August, und er feierte seinen dreiundzwanzigsten Geburtstag.

61

Die letzte Ruhestätte von Barbur – Barbur dem Tiger, der, wenige Jahre bevor Kolumbus Amerika entdeckte, das Land Kains in Besitz nahm, von hier aus Indien eroberte und eine Dynastie gründete, die bis in Ashs Tage reichte – befand sich in einem ummauerten Garten auf einem Hang südwestlich des Shere Dawaza.

Zu Zeiten Barburs nannte man diesen Platz den »Ort der Fußabdrücke«, und er gefiel ihm so gut, daß er, der weit entfernt in Agra in Indien gestorben war, wünschte, hier beigesetzt zu werden. Diesen Wunsch erfüllte ihm seine Witwe Bibi Mubarika; sie reiste nach Agra und geleitete seinen Leichnam über den Khaibarpaß nach Kabul.

In jüngerer Zeit hieß der Garten »Barburs Grab«. Er war zu dieser Jahreszeit nur wenig besucht, denn der Ramadan, die Fastenzeit, hatte begonnen. Der Garten galt jedoch als beliebter Ausflugsort, und niemand fand etwas daran auszusetzen, daß der junge Sahib, der die indische Eskorte des britischen Geschäftsträgers befehligte, diesen historisch bedeutsamen Platz aufsuchte und nach seiner Ankunft mit einem Einheimischen ins Gespräch kam, der – wie es schien – die Sehenswürdigkeiten besichtigte. Ash und Wally waren allein in diesem Garten; noch regnete es nicht, doch war der Himmel bedeckt und die Luft schwül. Der Wind, der die trägen Wolken über das Tal trieb, wirbelte soviel Staub auf, daß jeder vernünftige Stadtbewohner im Hause blieb.

Ein kleiner, eingefaßter Bach rauschte an der marmornen Grabplatte und der Ruine eines Pavillons vorüber, die die Ruhestätte des großen Mannes bezeichneten. Der Wind streute Blätter ins Wasser, wirbelte Staub zwischen blühenden Sträuchern und Bäumen auf und fuhr durch die hölzernen Bögen einer kleinen, dem Andenken des Herrschers geweihten Moschee – eines offenen, schlichten Bauwerks, das ebenso wie das eigentliche Grab Barburs dringend hätte instandgesetzt werden müssen. Vor der Moschee kauerte ein einziger Besucher, und erst, als er sich erhob und näherkam, erkannte ihn Wally.

»Was hast du hier getrieben?« fragte er Ash, als sie einander begrüßt hatten.

»Ich sprach ein Gebet für den Tiger. Möge er in Frieden ruhen«, antwortete Ash. »Er war ein bedeutender Mann. Ich las kürzlich wieder seine Memoiren. Es freut mich, daß seine Gebeine hier unter dem Gras ruhen und ich daneben sitzen und mir ausmalen kann, was für ein großartiges Leben er geführt, was alles er vollbracht und gesehen hat, welche Wagnisse er unternahm... Laß uns gehen. Hier ist es zu windig.«

Im Garten gab es noch weitere, bescheidenere Gräber. Die üblichen islamischen Stelen ragten aus dem verdorrten Gras, manche noch aufrecht, die meisten aber schon halb oder ganz umgestürzt und teilweise überwuchert. Ash ging daran vorüber, und nach einer kurzen Andacht am Grabe Barburs schritt er voran zu einem kleinen, eingeebneten Platz, wo Gebüsch Schutz vor dem Wind bot. Dort ließ er sich mit untergeschlagenen Beinen im staubigen Grase nieder.

»Ich gratuliere herzlich zu deinem Geburtstag, Wally.«

»Du hast ihn also nicht vergessen?« Wally wurde rot vor Freude.

»Wie könnte ich. Sogar ein Geschenk habe ich für dich.« Ash brachte aus seinem losen Gewand ein kleines Bronzepferd zum Vorschein, altes chinesisches Kunsthandwerk, das er im Basar von Kabul erstanden hatte, weil er wußte, Wally würde davon entzückt sein. Das war er auch. Allerdings war Ash wenig davon erbaut, daß der Leutnant Hamilton ohne Begleitung hierher geritten war.

»Ja, um des Himmels willen, bist du toll, Wally? Nicht einmal einen Pferdeburschen hast du mit?«

»Falls du an Hosein denkst, nein. Mach dir aber deshalb keine Sorgen, ich habe ihm Urlaub für den Tag gegeben, damit ich statt seiner einen von meinen Leuten mitnehmen konnte, den Sowar Taimus. Du kennst ihn nicht, er ist erst nach deiner Zeit zum Regiment gekommen, ein erstklassiger Bursche, der Schneid hat für sechs. Angeblich ist er ein echter Prinz aus dem Hause Sadozai, und ich glaube das sogar. Er weiß alles und jedes über Kabul und die Kabuli. Ihm danke ich, daß wir ungesehen hierhergekommen sind und keine afghanischen Posten als Wachhunde bei uns haben. Er wartet draußen mit den Pferden, und falls jemand kommt, der seinen Argwohn erregt, sagt er zuverlässig Bescheid. Also beruhige dich, und spreiz dich nicht wie eine besorgte Glucke.«

»Und ich sage dir, du hättest mindestens drei deiner Sowars mitnehmen müssen. Und einen Pferdeburschen«, beharrte Ash ärgerlich. »Ich hätte nie eingewilligt, dich hier draußen zu treffen, hätte ich gewußt, daß du leichtsinnig genug bist, ohne ausreichende Begleitung auszureiten. Begreift eigentlich keiner von euch, was hier los ist?«

Wally grinste bloß: »Das ist ja eine schöne Art, mit einem Geburtstagskind umzugehen. Doch, du alter Bock, wir wissen Bescheid. Präg dir endlich in deinen dicken Schädel ein, daß wir weniger dumm sind, als du glaubst. Eben darum bin ich heimlich mit Taimus hier, statt die Leute zu reizen, indem ich lärmend mit bewaffneter Eskorte ausreite.«

»Lassen wir das auf sich beruhen. Immerhin weiß ich, daß der Emir deinem Chef geraten hat, sich eine Weile nicht auf der Straße blicken zu lassen.«

»Auf der Straße. Stimmt. Der Hohe Herr meint, wir sollen derzeit lieber nicht auffallen. Hier gibt es aber keine Straßen, und wir sind ziemlich weit weg von der Stadt – übrigens, woher weißt du das? Soweit mir bekannt ist, wurde ihm dieser Rat unter vier Augen erteilt, und er möchte bestimmt nicht, daß sich die Leute das Maul darüber zerreißen.«

»Es weiß wohl auch sonst niemand«, sagte Ash. »Ich habe es von unserem pensionierten Major, Nakshband Khan. Und der hat es direkt aus der Quelle, von Sir Louis höchstselbst.«

»Erstaunlich«, murmelte Wally, streckte sich im Grase aus und schloß die Augen. »Und vermutlich warst du es, der das alte Gespenst in die Gesandtschaft geschickt hat mit der Warnung, die Stadt wimmele von lauter bösen Buben aus Herat, und wenn wir uns nicht zurückhielten, liefen wir Gefahr, daß sie unartig sind und uns die Zunge rausstrecken? Das hätte ich wissen müssen. Nein, nein, sag nur nicht, du hast deine Pflicht getan, ich weiß es ja. Aber heute ist nun mal mein Geburtstag, und warum, zum Kuckuck, können wir nicht mal von was anderem reden als von der politischen Lage und all dem Zeug?«

Ash hätte nichts lieber getan als das, doch gestattete er es sich nicht. »Leider geht das nicht, Wally, denn ich habe dir einiges zu sagen. Vor allem müssen die Sportfeste aufhören, die du da zwischen den Afghanen und unseren Leuten organisiert hast.«

Wally setzte sich mit einem Ruck auf und starrte Ash empört an. »Aufhören? Warum, zum Teufel? Die Afghanen sind ganz versessen darauf! Sie sind erstklassige Reiter, und es macht ihnen Spaß, sich mit meinen Leuten zu messen. Es sind immer viele Zuschauer da, und eine bessere Methode, freundschaftliche Beziehungen zu fördern, kannst du mir bestimmt nicht nennen.«

»Ich verstehe, daß es dir so scheint. Aber du weißt nicht, wie diese Menschen denken. Die sehen das ganz anders, und weit davon entfernt, freundschaftliche Beziehungen zu fördern, hast du sie schwer gekränkt. Tatsächlich sind deine Sowars ihnen in dieser Art Wettkampf überlegen; die Kabuli behaupten, du ließest die Spiele nur abhalten, um zu demonstrieren, daß sie immer die Unterlegenen sind. Wenn deine Leute eine Zitrone mit dem Säbel halbieren oder Zeltpfähle mit Lanzen aufspießen, denken die Zuschauer, man will ihnen vor Augen führen, was den Feind erwartet – mit anderen Worten, die Afghanen. Wenn du dich mal unter die Zuschauer mischen und deren Bemerkungen hören könntest, würdest du nicht so selbstzufrieden von der Förderung freundschaftlicher Beziehungen daherreden, sondern merken, daß du die Einheimischen unnötig reizt. Dabei sind sie bereits wütend genug.“

»Na, hör mal, das reicht mir aber jetzt!« explodierte Wally. »Deshalb also hast du dich als Vogelscheuche verkleidet und für die Gegenseite alle Preise weggeschnappt! Ich konnte mir das überhaupt nicht erklären, am liebsten hätte ich –« ihm fehlten die Worte; Ash machte ihm zuliebe eine beschämte Miene und rechtfertigte sich: »Zum Spaß habe ich das nicht gemacht, glaub mir. Ich hoffte, die Dinge ein bißchen ins Lot zu bringen und die Lage zu entschärfen. Daß du mich erkannt hast, habe ich nicht geahnt.«

»Wie sollte ich nicht, kenne ich doch alle deine Tricks und Kniffe. Herr im Himmel, wenn einer von uns verrückt ist, dann bist du es. Weißt du auch, was du damit riskiert hast? Daß ich dich erkenne, mag ja noch hingehen, aber ich wette meinen letzten Knopf, daß seither jeder einzelne Mann der Eskorte dich kennt.«

»Ich setze nichts dagegen«, grinste Ash, »die wissen bestimmt noch mehr, als du ahnst. Sie verstehen aber, den Mund zu halten. Hat dir etwa einer von ihnen erzählt, daß die Kabuli, sobald sie deiner Leute ansichtig werden, diese in übelster Weise beleidigen und die abscheulichsten Bemerkungen über dich, Kelly und Jenkyns und auch über Cavagnari machen? Ah, sie haben also nichts gesagt. Und du kannst ihnen daraus keinen Vorwurf machen. Sie würden sich schämen zu wiederholen, was in den Basaren über euch geredet wird. Und das ist euer Pech, denn wenn ihr es wüßtet, könntet ihr was daraus lernen.«

»Gütiger Gott, was sind das nur für Menschen«, sagte Wally. »Der Sikh hat wohl gewußt, was er da neulich sagte.«

»Welcher Sikh?«

»Ach, einer von unseren Sergeanten, mit dem ich mich in Gandamak unterhielt. Er war entsetzt über den Friedensvertrag und darüber, daß wir die Truppen aus dem Lande abziehen. Er hielt uns für total verrückt. ›Sahib‹, sagte er, ›was führt ihr nur für eine Art Krieg? Diese Menschen hier hassen euch und ihr habt sie besiegt. Solche Teufel kann man nur auf eine einzige Weise behandeln: zermahlt sie zu Pulver.‹ Das hätten wir vielleicht wirklich tun sollen.«

»Mag sein, aber das nützt nun nichts mehr, und was ich eigentlich mit dir hier bereden wollte, ist erheblich wichtiger als deine Sportfeste. Ich weiß, ich habe schon einmal davon gesprochen, doch diesmal bleibt dir nichts übrig, als Jenkyns zu informieren. Der Emir hat, wie schon gesagt, ein Gerücht ausstreuen lassen, demzufolge die Mission nur in Kabul ist, um den Truppen den ausstehenden Sold zu bezahlen und das Land mit Wohltaten zu überschütten. Jeder hält die Mission für eine Gans, die goldene Eier legt. So gut wie alle Einheimischen glauben das, und je eher Sir Louis vom Vizekönig die Erlaubnis bekommt, diese Rolle zu spielen, desto besser. Er muß genügend Geld anfordern, um der Truppe den Sold zu zahlen, sonst kocht der Topf über, und wer in der Nähe ist, wird verbrüht. Hat der halbverhungerte Pöbel aus Herat sein Geld, verschwindet er aus Kabul. Wenn das geschehen ist, kühlen sich auch die Hitzköpfe in der Stadt etwas ab, und der Emir bekommt endlich eine Chance, in der Verwaltung durchzugreifen und sich Autorität zu verschaffen. Ich sage nicht, der arme Hund ist aus dem Schneider, wenn man ihm bares Geld in die Hände gibt, doch wenigstens kann er verhindern, daß ihm das Dach auf den Kopf fällt – und auch gleich noch auf eure kostbare Mission.«

Wally sagte nach einigem Nachdenken gereizt: »Das wäre aber ein Haufen Geld, und weshalb sollen wir eigentlich einer Armee die ausstehende Löhnung zahlen, die wir eben erst besiegt haben? Die Burschen stellen Forderungen, die – ich weiß nicht wie weit – zurückreichen. Gehen wir darauf ein, bezahlen wir sie dafür, daß sie auf uns geschossen haben. Dafür, daß sie Wigram erschossen haben! Und noch alle übrigen dazu. Das ist ja obszön! Dein Vorschlag ist skandalös, und das weißt du auch.«

»Und ich wiederhole ihn, Wally.« Ashs Stimme war so ernst wie seine Miene. Wally erkannte darin etwas, das ihn zugleich mit Überraschung und Angst erfüllte. »Du magst diesen Vorschlag skandalös finden, und ich kann nicht einmal dafür garantieren, daß er Erfolg verspricht. Bestenfalls vorübergehend. Doch die unmittelbare Gefahr wäre gebannt, und die Mission hätte eine Atempause. Allein dafür würde es schon lohnen. Cavagnari braucht nichts so dringend wie Zeit, und die kriegt er nicht, wenn er dafür nicht bezahlt.«

»Du meinst also, er soll diese meuternden Teufel antreten lassen und ihnen das Geld auf die Hand –«

»Nichts dergleichen. Er selber soll den Herati keine Rupie zahlen – die haben übrigens nicht gegen uns gekämpft und glauben auch heute noch nicht, daß die Afghanen eine einzige Schlacht verloren haben –, doch könnte er den Vizekönig veranlassen, auf der Stelle genügend Geld an den Emir zu schicken, so viel jedenfalls, daß der seinen Truppen den Sold auszahlt. Das muß auch kein Geschenk sein, sondern könnte auf die Subsidien angerechnet werden, die ihm nach dem Friedensvertrag zustehen, also sechs Millionen Rupien pro Jahr. Der Emir schuldet seinen Truppen davon nur einen Bruchteil, aber kommt das Geld nicht bald, bleibt der afghanischen Armee nichts übrig, als zu verhungern oder zu plündern, und glaub mir, sie werden ebenso plündern wie die Herati jetzt schon. Und du würdest es an ihrer Stelle auch so machen.«

»Das ist ja alles schön und gut, aber –«

»Da gibt es kein Aber. Ich weiß aus eigener Erfahrung, wozu der Hunger die Menschen treibt und wollte nur, ich könnte selber mit Cavagnari reden. Aber ich habe dem Kommandeur versprochen, es nicht zu tun, weil... wie auch immer, Jenkyns ist unsere einzige Hoffnung, schließlich ist er der Sekretär des Gesandten. Du mußt ihm Bescheid geben – sag, Nakshband hat mit dir gesprochen, sag, was du willst. Aber mach ihm klar, daß es auf Leben und Tod geht, und falls Cavagnari es noch nicht wissen sollte – aber vermutlich weiß er es –, muß er es erfahren. Und du, Wally, wirst Vernunft annehmen und deine Sportfeste einstellen und Rosie sagen, er soll seine Klinik gar nicht erst aufmachen. (Dr. Kelly wurde bei den Kundschaftern mit gutem Grund allgemein »Rosie« genannt.) In der Stadt erzählt man sich nämlich schon, die Sahibs hätten sich das ausgedacht, um jedermann zu vergiften, der dumm genug ist hinzugehen.«

»Die Katze soll die Kerle allesamt fressen«, sagte Wally wild. »Der Teufel hole ihre schwarzen Seelen. Wenn ich bedenke, was wir uns alles vorgenommen hatten, um diesen Lumpenhunden zu einem besseren Leben zu verhelfen, könnte ich kotzen – aber wir tun es noch, wir tun es!«

Ash sagte stirnrunzelnd, die Lumpenhunde wollten sich vielleicht nicht von Landfremden beglücken lassen – außer mit Geld. Einzig mit Geld könne dem Emir und seinem Volke geholfen, könnten die Ausländer in der Gesandtschaft vor einer Katastrophe bewahrt werden. »Kriegen die Soldaten ihren Sold, kommt ihr vielleicht mit einem blauen Auge davon. Kriegen sie ihn nicht, gebe ich keinen Penny mehr für euere Sicherheit und für die Zukunft des Emir.«

»Du bist mir ein rechter Sonnenschein«, sagte Wally grimassierend. »Als nächstes wirst du behaupten, sämtliche Mullahs von Kabul riefen zum Heiligen Krieg auf.«

»Sonderbarerweise tun sie das nicht oder doch nur wenige. Es gibt einen recht beredten Herrn unweit von Herat und hier in der Stadt einen ebenso wortmächtigen Fakir. Doch die Mehrheit der Mullahs ist erstaunlich friedlich geblieben und wirkt nach Kräften ausgleichend. Schlimm, daß sie keinen besseren Herrscher haben. Der Bursche muß einem leid tun, aber an seinen Vater reicht er bei weitem nicht heran, und der war auch nicht gerade ein Genie. Die Afghanen brauchen dringend einen starken Mann, einen zweiten Dost Mohammed.«

»Oder einen wie den.« Wally deutete auf das Grab Barburs.

»Den Tiger? Gott behüte! Wenn der hier das Kommando hätte, wären wir heute noch nicht in Ali Massid. Auf den könntest du ein Gedicht machen: Ode auf einen verstorbenen Herrscher. Hic jacet ecce Barbur, magnus Imperatur. Fama semper vivat. Möge die Erde ihm leicht werden.«

Wally lachte. Er wolle sich an Barbur versuchen, sobald er mit ›Ein Dorf namens Bemaru‹ fertig sei, was ihn immer noch beschäftige. Man sprach nicht mehr über Politik, sondern über angenehmere Dinge – Bücher und Pferde, gemeinsame Freunde, die Aussichten für die Jagd bei einsetzender Kälte. »Erinnerst du dich an Morala? An den Weihnachtstag, als wir mit zwei Schüssen acht Krickenten erwischten und sie selber aus dem Wasser holen mußten, weil der einheimische Jäger nicht schwimmen konnte? Weißt du noch –?«

Ein starker Windstoß fuhr durchs Gebüsch. Der aufgewirbelte Staub reizte Wally zum Husten. In den Staub fielen erste Tropfen. Aufspringend rief Wally: »Gott sei Dank, es wird endlich regnen! Einen tüchtigen Schauer haben wir dringend nötig, hoffentlich schwemmt er nicht unsere Lehmhütten weg. Na, ich muß jetzt los. Wenn ich einen Anpfiff vom Chef vermeiden will, muß ich mich im Dienst sehen lassen. Bis nächste Woche. Ich rede mit Jenkyns und denke mal darüber nach, ob ich die Sportfeste absage – wenn ich auch glaube, du übertreibst mal wieder. Nein, begleite mich nicht, Taimus wartet draußen. Salaam aleikoum.«

»Das gleiche wünsche ich dir, du umnachtetes irisches Moorgespenst. Und reite um Himmels willen nicht wieder ohne Eskorte durch die Gegend, es ist einfach ungesund.«

Wally deklamierte seelenvoll: »Zu unbedacht, zu kühn und schlecht beraten... Mach dich fort, du alter Pessimist. Warum ich mich überhaupt noch mit dir abgebe, weiß ich selber nicht!« Er nahm lachend Ashs Hand. »Keine Angst, ich passe schon auf mich auf. Ich verspreche es dir. Nächstes Mal komme ich mit einer bis an die Zähne bewaffneten Leibwache. Na, zufrieden?«

»Zufrieden werde ich erst sein, wenn du und Kelly und euer ganzer Anhang wieder in Mardan seid. Bis dahin muß ich mich wohl mit deiner Leibwache begnügen. Nimm dir wirklich eine, du beschränkter Torfstecher.«

»So wahr mir Gott helfe!« schwor Wally. »Falls du mit deinen Jeremiaden aber recht hast, werde ich keine Gelegenheit mehr dazu bekommen. Nun ja, Gul Baz würde sagen: Alles steht bei Gott. Ave, Ashton, morituri te salutant!« Er hob den Arm zum Gruße nach römischer Art und ging, eine irische Ballade singend, als kenne er keine Sorgen.

62

Erst gegen Sonnenuntergang brach das Gewitter los. Bis dahin tröpfelte es nur, und Wally kehrte fast trocken und in ausgezeichneter Stimmung in sein Quartier zurück. Dort angekommen, wurde er allerdings sehr rasch ernüchtert, denn ihn erwartete ein Befehl, sich unverzüglich bei Sir Louis Cavagnari zu melden.

Der Befehl war schon zwei Stunden zuvor ergangen, Wally wurde also nicht gerade herzlich empfangen. Sir Louis war in seinem Stolz schwer getroffen, und sein Zorn auf alle, die der Mißhandlung des Hindu zugesehen hatten, ohne sie zu melden, war keineswegs verraucht. Seine Wut richtete sich insbesondere gegen den Offizier, der die Eskorte kommandierte und der ihn oder Jenkyns unverzüglich hätte ins Bild setzen müssen.

Sollte der junge Hamilton davon gewußt und nichts gemeldet haben, dann gnade ihm Gott. Wußte er nichts, hätte er es wissen müssen. Seine indischen Offiziere hätten ihm rapportieren müssen, daß ein angesehener Hindu am Besuch beim Gesandten gehindert und überdies mißhandelt worden war. Wieviele Personen mochten etwa noch von den Afghanen vor der Gesandtschaft abgewiesen worden sein? War dies der einzige oder nur der letzte einer ganzen Reihe potentieller Besucher?

Sir Louis wünschte auf der Stelle eine Antwort auf diese Fragen, und daß Leutnant Hamilton unauffindbar war, besänftigte ihn nicht. Wally, der seinen Helden nie zuvor im Zorn gesehen hatte und meinte, nichts könne jenen aus der Fassung bringen, erkannte diesen seinen Irrtum schon nach wenigen Minuten.

Der Gesandte ließ seinen Zorn nicht in Form des so leichtsinnig beschworenen »Anpfiffes« an seinem Militärattaché aus, sondern machte ihn nach allen Regeln der Kunst herunter. Ein Hagel von Fragen prasselte auf Wally herab, und als dieser endlich Gelegenheit fand, selber etwas zu sagen, bemerkte er, er wisse von nichts, wolle aber seine Untergebenen in der Angelegenheit streng zur Rede stellen; gewiß hätten sie nur aus Rücksicht auf Sir Louis geschwiegen, denn daß die Afghanen sich Derartiges erlaubten, bedeute eine schwere Beleidigung des Gesandten und der ganzen Mission, und diese Schande werde noch größer, wenn man darüber spreche und die Sahibs dadurch beschäme. Doch wolle er ihnen umgehend einschärfen, daß solche Vorfälle künftig zu melden seien.

Darauf versetzte Sir Louis eisig: »Das ist überflüssig. Ich sorge dafür, daß sich so etwas nicht wiederholt. Bestellen Sie dem afghanischen Wachhabenden, ich benötigte seine Dienste ab sofort nicht mehr, seine Leute sollen abrükken. Kümmern Sie sich darum. Dann stellen Sie eigene Doppelposten aus. Und schicken Sie Jenkyns rein.«

Wally wurde mit einem knappen Nicken entlassen. Er salutierte stramm und zog sich mit weichen Knien und dem Gefühl, unter eine Lokomotive geraten zu sein, zurück. Der Schweiß, der ihm an Gesicht und Hals herunterrann, war nicht einzig der Hitze zuzuschreiben; er wischte ihn ab, holte tief Luft, schüttelte sich wie ein Hund, der aus dem Wasser kommt, und ging Jenkyns holen und die Afghanen fortschicken.

Der Wachhabende behauptete, Wally habe ihm keine Befehle zu geben, er versehe den Wachdienst im Auftrag des Emir zum Schutze der »Ausländer«. Wally sprach unterdessen aber ausgezeichnet Pushtu – dafür hatte Ash gesorgt –, und dank der soeben erhaltenen Lektion seitens des Chefs war er nicht in der Stimmung, mit den, wie er glaubte, Albernheiten der Afghanen Geduld zu üben. Wie Cavagnari seine angestaute Wut an Wally ausgelassen hatte, so ließ dieser seinen Zorn an den Afghanen aus, denen er knapp andeutete, wohin sie sich scheren und was sie dort tun sollten. Sie zogen denn auch stracks ab.

Anschließend nahm er sich seine Soldaten vor und erklärte ihnen, wie unklug es sei, eine Verunglimpfung der Gesandtschaft zu verschweigen. Was er zur Antwort bekam, machte ihn unsicher, denn es war genau das, was schon Ash behauptet hatte: Soldaten oder Diener der Gesandtschaft, die verwegen genug waren, sich in der Stadt blicken zu lassen, wurden aufs Übelste beschimpft, und dies habe man den Sahibs verschwiegen, denn:

»Wir schämen uns, solche Worte vor euch auszusprechen.« So der Sprecher der Kundschafter, Sergeant Jiwand Singh. Wallys Bursche, der dicke Pir Baksh, gebrauchte dann später die gleichen Worte, als er das Schweigen der Diener erklärte, die zur britischen Gesandtschaft in Kabul gehörten.

Als abends das Gewitter endlich losbrach, das den Nachmittag über bedrohlich am Himmel gestanden hatte, fragte Wally den Arzt bedrückt: »Ich nehme doch an, der Chef weiß, was vorgeht? Ich meine... daß die Mission nicht beliebt ist bei den Afghanen und daß in Kabul der Teufel los ist...?«

Der Doktor runzelte die Stirne und sagte unerschütterlich: »Aber ja. Der Chef hat seine Spione überall. Seien Sie kein Narr.«

Wally war nicht getröstet. »Daß die Afghanen Besucher abweisen, wußte er zum Beispiel nicht. Das wußte bis heute keiner von uns... Das heißt, keiner von uns vieren, denn alle anderen wissen genau, was hier, praktisch vor unserer Nase, vorgeht. Ist Ihnen bekannt, daß unsere Leute offen von den Kabuli verhöhnt und beschimpft werden, wenn sie sich in der Stadt zeigen? Ich jedenfalls hatte keine Ahnung und frage mich, was unsere Leute uns sonst noch alles verschweigen und was an den Gerüchten ist, die umgehen. Und ob auch nur die Hälfte davon dem Chef zu Ohren kommt. Sie glauben, er weiß Bescheid?«

»Aber ganz gewiß«, beharrte Rosie überzeugt. »Der ist mit allen Wassern gewaschen, den führt keiner hinters Licht. Nur keine Angst, er ist ein wirklich bedeutender Mann.«

»Ich fürchte mich nicht, hol Sie der Teufel!« fauchte Wally und lief rot an. »Aber ich erfahre gerade heute, daß die von mir veranstalteten Sportfeste von den Einheimischen als Demonstration unserer Überlegenheit aufgefaßt werden. Angeblich wollen wir den Afghanen vorführen, daß wir sie mit der linken Hand jederzeit zu Brei verarbeiten können, und das gefällt ihnen nicht.«

»Ach, die armen Hohlköpfe«, sagte Rosie bedauernd. »Und von wem wissen Sie das?«

»Ich... ich kenne da jemanden...«

»Man darf nicht alles glauben, was diese Maulaffen reden. Ihr Freund hat vermutlich bloß einen meckern gehört, der das Ziel verfehlte und die Schuld daran der Gegenpartei in die Schuhe schieben wollte.«

»Um die Wahrheit zu sagen«, gestand Wally, »anfangs habe ich auch so was vermutet. Aber diese Sache mit dem Hindu und alles andere, was ich heute abend von unseren Leuten gehört habe, macht mich doch nachdenklich, weil... also der gleiche Gewährsmann erzählte mir haargenau die gleichen Geschichten, und siehe da, sie stimmen. Und dann hat er noch etwas gesagt, was vermutlich ebenfalls stimmt: Sie sollen gar nicht erst anfangen, die Kabuli in Ihrer ambulanten Klinik gratis zu behandeln, weil man in der Stadt glaubt, wir wollten so viele Afghanen wie möglich vergiften.«

»Na, da soll doch –« Der Doktor, anfangs wütend, lachte gleich darauf schallend. »So ein Blödsinn, mein Junge, so ein Blödsinn! Ich habe nie im Leben größeren Unsinn gehört! Bestellen Sie das Ihrem Freund und raten Sie ihm, den Kopf in einen Tränkeimer zu stecken. Daran können Sie doch gleich sehen, daß der Kerl Sie zum Besten hielt oder Ihnen Angst machen wollte. Nicht mal der beschränkteste Barbar könnte auf den Gedanken kommen, wir täten so etwas Kindisches. Eine Spur Verstand hat schließlich jeder Mensch.«

Wallys Gesicht glättete sich aber nicht, und als er von neuem zu reden begann, war seine Stimme im Lärm des Gewitters kaum zu vernehmen; es klang, als denke er laut: »Mit anderem hat er aber recht gehabt, früher auch schon. Die Afghanen sind wirklich barbarisch, und sie hassen uns, hassen uns wie die Pest.«

»Sie machen aus einer Mücke einen Elefanten.« Dr. Kelly drohte mit dem ausgestreckten Zeigefinger, und um darzutun, daß dies Thema erledigt sei, nahm er eine zerbeulte Tabaksdose zur Hand und stopfte seine Pfeife. Wally lachte ein wenig beschämt, lehnte sich in seinem knarrenden Stuhl aus Peddigrohr zurück und spürte, wie die Spannung der vergangenen Stunden nachließ. Rosies Optimismus lockerte ihn auf; friedlich zogen Tabakswolken durchs Zimmer.

Vor den mit Läden gesicherten Fenstern blitzte es, Donner rollte zwischen den Bergen, Regen und Wind rüttelten an dem gebrechlichen Bauwerk aus

Latten und Mörtel. Nebenan tropfte es plink plink in eines jener Wasserbekken, welche die Diener des Arztes unter undichten Stellen im Dach auf den Boden plaziert hatten. Die Flammen der beiden Ölfunzeln flackerten im Zugwind, der unter schlecht schließenden Türen hindurchfuhr. Wally starrte dösend ins Licht und lauschte Regen und Wind, während er bedachte, wie seine Unterhaltung mit Jenkyns kurz zuvor verlaufen war, in der er den Vorschlag zur Sprache brachte, den afghanischen Truppen ihren ausstehenden Sold zu zahlen oder doch wenigstens zu versprechen, daß die indische Regierung dies demnächst tun werde.

Jenkyns stimmte ihm zu – dies sei vermutlich notwendig. Er vertraute Wally auch an, der Vizekönig sei einverstanden. »Es kommt alles in die Reihe, junger Freund, Sie werden sehen. In Kabul passiert so gut wie nichts, wovon der Chef nicht erfährt, und bestimmt hat er von langer Hand einen Plan, wie er diese spezielle Sache zu erledigen gedenkt.«

Seine Überzeugung, der Gesandte erfahre alles, was in Kabul vorgehe, war zwar im wesentlichen gerechtfertigt, nicht aber die Zuversicht, sein Chef werde die erwähnten Konsequenzen ziehen.

Sir Louis war in der Tat glänzend unterrichtet, und das Tagebuch, das er wöchentlich nach Simla abschickte, hätte denen die Augen öffnen können, die da meinten, sein zur Schau getragenes Selbstvertrauen rühre von seiner Unwissenheit. Er wußte genau, wie es um die Hauptstadt des Emir bestellt war. Er, und durch ihn Lord Lytton, hatten Kenntnis von der Lage der Dinge, doch beide nahmen sie auf die leichte Schulter; Lord Lytton so sehr, daß er ganze zehn Tage verstreichen ließ, bevor er Cavagnaris Bericht über die meuternden Herati an den Staatssekretär des Äußeren weiterleitete, ganz als sei dieses Schreiben ein läppisches Aktenstück, das man am besten ablegt und gleich vergißt.

Was Sir Louis angeht, so wußte er früh – und berichtete sogleich an den Vizekönig –, daß die Kabuli unter anderem von ihm erwarteten, er werde der Truppe den ausstehenden Sold zahlen, doch setzte er in dieser Sache nichts in Gang, nicht einmal als Lord Lytton telegraphierte, er sei bereit, dem Emir mit Geld auszuhelfen, falls dies dessen Lage verbessern könnte.

Dieses Angebot erfolgte nicht aus purer Menschenliebe, wurde aber immerhin gemacht, wenn auch mit dem Hintergedanken, auf diese Weise den Emir dazu zu bewegen, gewisse administrative Reformen einzuführen, gegen die er sich sträubte. Das Geld, mit dessen Hilfe Ash die meuternden Herati abfinden und Haß und Unruhe in Kabul dämpfen wollte, lag bereit –, es brauchte nur angefordert zu werden. Sir Louis indessen tat dies nicht – mag sein, es war ihm wie Wally zuwider, Soldaten zu besolden, die kürzlich noch gegen England Krieg geführt hatten.

Doch nicht einmal Jenkyns, der alle Telegramme entschlüsselte, die in der Gesandtschaft anlangten, kannte seine Motive. Daß der Gesandte vom Anerbieten des Vizekönigs keinen Gebrauch machte, stimmte den Sekretär höchst bedenklich, denn er sah darin einen Fingerzeig Gottes: man konnte sich mit dem Geld aus einer üblen Lage befreien und jene Widrigkeiten beseitigen, die den Emir bedrängten, ganz zu schweigen von den ebenso bedrängten Bewohnern der Hauptstadt.

Nie wäre es Jenkyns eingefallen, daß der Chef dieses Anerbieten ablehnen könnte, doch ging der August ins Land, ohne daß Sir Louis das Geld anforderte, ja, er erwog nicht einmal, dies zu tun, wenngleich jeder Tag neue Beweise dafür lieferte, daß die Spannung in der Stadt sich dem Siedepunkt näherte und daß die im Bala Hissar stationierten Truppen kurz vor der offenen Meuterei standen.

Hiervon allerdings hörte Jenkyns erst jetzt durch Hamilton, und er neigte dazu, ihm zu glauben. Waren die im Bala Hissar untergebrachten Regimenter wirklich verläßlicher als die Herati oder spielte etwa der Emir ein doppeltes Spiel? Daß die afghanischen Wachen den Hindu mißhandelt hatten, machte den Emir wütend; sein Zorn richtete sich aber nicht auf die Wachen, sondern vielmehr gegen Sir Louis, der es gewagt hatte, sie zu verscheuchen und keine neuen dulden wollte, und gegen Leutnant Hamilton, der den Befehl ausgeführt hatte.

Will der Emir, so überlegte Jenkyns, wirklich im Herbst mit Sir Louis an der nördlichen Grenze jagen und seine Hauptstadt einem meuternden Pöbel aus unbesoldeten Truppen und konspirierenden Hofbeamten überlassen? Sir Louis schien fest damit zu rechnen, jedenfalls redete er so.

Kein Chef hätte sich einen loyaleren Gehilfen wünschen können als Jenkyns; doch wenn er gegen Ende des Sommers in den frühen Morgenstunden wach lag, kamen ihm kleine, nagende Zweifel, und er fragte sich, ob Cavagnari die unerwartet schnelle Beförderung und Erhebung in den Adel nicht doch zu Kopfe gestiegen waren und sein Urteil verwirrt hatten. Wie sonst hätte er sich blind stellen können gegenüber Dingen, die ihm früher nie entgangen wären?

Nicht unter der Folter hätte der Sekretär diese Zweifel an seinem Chef eingestanden, doch verwirrte ihn mehr und mehr, daß Seine Exzellenz sich weigerte, Vorfälle zur Kenntnis zu nehmen, die jedermann innerhalb der Mission bekannt waren und Außenstehenden dazu. Doch folgte ein Tag dem anderen, ohne das geringste Anzeichen dafür, daß die Lage sich entspannte. Sir Louis widmete seine Zeit ausschließlich der Verwaltungsreform, bereitete seinen Jagdausflug vor und erkundigte sich, ob es in der Umgebung Fasane gäbe. Und täglich ritt er, von Afghanen begleitet, durch die Stadt, trotz aller Warnungen des Emir.

Jenkyns verstand das alles nicht. Er wußte, der Chef hatte für Dummköpfe nichts übrig und war oft kurz angebunden. Dies war nun einmal seine Art. Jenkyns erinnerte sich, wie bei einem Dinner in Simla jemand sagte, man könne sich leicht vorstellen, daß Cavagnari gegebenenfalls genauso handeln werde wie der Comte d'Auteroches in der Schlacht von Fontenoy, der den Engländern zurief: »Die französischen Garden feuern niemals als erste!«

Jenkyns lachte damals darüber, er stimmte zu und verehrte Pierre Louis Napoleon nur um so mehr. Jetzt aber fiel ihm ein, wie jener berühmte Vorfall geendet hatte, und das Lachen verging ihm: die Engländer hatten nämlich daraufhin das Feuer ihrerseits eröffnet und mit einer mörderischen Salve die reglos stehenden französischen Garden niedergemäht; alle Offiziere lagen tot oder verwundet, und die führerlosen Überlebenden liefen davon.

Der Bursche in Simla hat recht, überlegte Jenkyns, so eine Geste ist Cavagnari durchaus zuzutrauen... genauso ist er: tapfer, stolz, fanatisch, voller Selbstvertrauen und arrogant...

In der vergangenen Woche erst hatte sich in der Stadt ein häßlicher Vorfall ereignet, an dem eine Frau und vier Sowars von den Kundschaftern beteiligt waren. Die Sowars wurden angegriffen und konnten nur mühsam herausgehauen werden. Sir Louis befahl daraufhin, daß Hamilton der Stadt fernbleiben sollten, bis die Stimmung sich gebessert habe. Doch nur Tage später war seine eigene langjährige Ordonnanz, Amal Din, ein Afridi, ebenfalls in eine Schlägerei geraten, diesmal mit afghanischen Soldaten. Amal Din, dem Angst ganz unbekannt war, griff einen Mann an, der beleidigende Äußerungen über den Gesandten tat, und bevor die Kampfhähne getrennt werden konnten, richtete er ihn übel zu. Man beschuldigte Amal Din in aller Form der Körperverletzung, brachte die Klage vor Sir Louis, und nachdem dieser sich für das Betragen seiner Ordonnanz auf das Kühlste entschuldigt hatte, gab er dem Mann eine Belohnung und machte überhaupt kein Hehl daraus.

Das kann ihn bei den Afghanen unmöglich beliebter gemacht haben, grübelte Jenkyns in seinem Büro, als er abends über der Korrespondenz saß. Doch schert ihn das etwa? Keinen Deut. Er starrte, ohne etwas wahrzunehmen, die Wand an und ihm fiel ein, daß die Soldaten der Eskorte immer wieder einheimische Weiber in die Quartiere einschmuggelten, obschon es ihnen verboten war. Auch das mußte eines Tages Ärger geben. Aber wie sollte man dem einen Riegel vorschieben? Er wandte sich wieder seiner Korrespondenz zu, stellte fest, daß die Feder trocken war, tauchte sie von neuem ins Tintenfaß und fuhr fort zu schreiben...

Auch im Hause gegenüber saß jemand über Briefen: Wally wollte unbedingt am folgenden Tage dem Postreiter noch Briefe nach England mitgeben; das hieß, er mußte sie noch diesen Abend postfertig machen.

Als er mit dem letzten Brief zu Ende war, wandte er sich seinem Epos in Versen zu, jenem »Dorf namens Bemaru«, das er dem Brief an die Eltern beilegen wollte. Er hielt es für eines seiner besten, und obschon er den halben Nachmittag damit verbracht hatte, letzte Hand an den Text zu legen, konnte er nicht widerstehen und las ihn noch einmal. Kein übles Stück Arbeit, dachte er selbstgefällig...

Ash würde darüber spotten, aber er war eben kein Dichter und verstand sich nicht auf die Technik des Versemachens. Insbesondere das Ende sagte Wally sehr zu, und er deklamierte es laut, die Feder in der Hand:

Hell strahlte Englands Ruhm
als es dem Scheiterhaufen
den letzten Lorbeer raubte und
wie Phönix aus der Asche sich
erhob und triumphierte, denn
auf seiner Seite kämpften Gott und Recht.

So mußte man es ausdrücken. Er wiederholte diese Zeilen noch einmal und schlug dazu den Takt mit dem Federhalter auf der Tischplatte. Als er bei »triumphierte« anlangte, hielt er jedoch inne in der Gewißheit, gerade dieser letzte Gedanke könne unmöglich Ashs Beifall finden.

Ash hatte nie ein Geheimnis daraus gemacht, wie er das Verhalten Englands gegenüber Afghanistan einschätzte; insbesondere Wally gegenüber gebrauchte er freigebig Wörter wie »ungerecht« und »nicht zu rechtfertigen«. Er also würde weder Gott noch das Recht auf Seiten Englands kämpfen sehen, denn seiner Meinung nach hatte Großbritannien keinerlei Recht auf Afghanistan, schon gar nicht das Recht, es mit Krieg zu überziehen. Er würde zweifellos behaupten, Gott – oder Allah – stünden, wenn überhaupt, auf Seiten der Afghanen. Ash würde sagen –

»Soll ihn doch der Teufel holen«, fluchte Wally gereizt. Er stopfte das Kunstwerk in den Umschlag, adressierte und siegelte ihn und legte ihn in den Korb mit der ausgehenden Post. Dann kleidete er sich zum Essen um.

Auch Sir Louis Cavagnari saß den Nachmittag und frühen Abend über an seinem Schreibtisch; er brachte das Tagebuch auf den letzten Stand, schrieb Briefe und skizzierte Telegramme für den Postreiter nach Ali Khel. In letzter Zeit fühlte er sich sonderbar sorglos, denn daß in einer einzigen Nacht mehr als einhundertfünfzig Herati-Soldaten der Cholera erlegen waren, erwies sich als ein rechter Segen, wenn auch als bedauernswertes Mißgeschick für die Betroffenen.

Das Regiment, dem die Verstorbenen angehörten, bekam es mit der Angst; die Soldforderung wurde auf die Hälfte reduziert, dazu verlangte man noch vierzig Tage Urlaub für die Heimreise. Die Truppe gab in aller Eile die Waffen im Bala Hissar ab und wartete nicht einmal die Ausgabe der Urlaubsscheine ab; sie nahm sich lediglich noch Zeit, den Oberkommandierenden General Daud Shah, der zu ihrer Verabschiedung erschienen war, wüst zu beschimpfen, bevor sie aus der Stadt marschierte.

Aus Sir Louis' Sicht ein rechtes Glück. Diese Truppen waren ihm mit der Zeit auf die Nerven gegangen, und es fiel ihm zunehmend schwerer, Haltung zu bewahren und so zu tun, als könne meuternder Pöbel ihn nicht im geringsten beeindrucken. Allerdings betrachtete er die unzufriedenen Herati zu keiner Zeit als etwas anderes denn verkommene Wegelagerer, fürchten tat er sie keinen Moment.

Immerhin erleichterte es ihn, daß eine beträchtliche Menge nun endlich ausbezahlt und auf dem Weg nach Hause war. Daß das Geld dafür vorhanden war, hatte er keinen Augenblick bezweifelt; er vertraute fest darauf, daß der Emir und seine Minister damit herausrücken würden, sobald sie selber es für notwendig hielten, sich dieses lästigen Pöbels zu entledigen, und sobald die Herati ihre Waffen ordnungsgemäß abgegeben hatten. Daß die Angst vor der Cholera stärker gewirkt hatte als die erhaltene Abschlagszahlung, war ihm klar, auch wußte er, daß längst nicht alle Herati abgerückt waren – manche lagen noch außerhalb der Stadt im Quartier, und einige davon leisteten Wachdienst im Arsenal, was auf den ersten Blick nicht gerade als weise Maßnahme erscheinen mochte. Der Emir versicherte ihm indessen, es handele sich um ausgesuchte Leute, die ihm ergeben seien, woraus Sir Louis schloß, daß sie eine Anzahlung bekommen hatten.

Blieben weitere vier Regimenter – das Ardalen-Regiment aus Turkestan und drei Wachregimenter, allesamt seit Monaten ohne Besoldung. Auch diese stellten Forderungen, zeigten sich aber nicht so undiszipliniert wie die Horden der Herati. Und weil General Daud Shah sie augenscheinlich auf Anfang September vertröstet hatte, fand Sir Louis, die Lage habe sich zufriedenstellend entspannt und blickte hoffnungsfroh in die Zukunft.

Es war Pech, daß ausgerechnet in diesem Jahr der Ramadan, der islamische Fastenmonat, Mitte August begann. Die Gläubigen dürfen dann zwischen Sonnenaufgang und Sonnenuntergang weder Speise noch Trank zu sich nehmen, und Menschen, die in der Hitze und dem Staub des Augusts den Tag über ohne einen Schluck Wasser verbringen müssen, neigen zu Wutausbrüchen. Immerhin, der August war bald vorüber und damit auch jener lange, ereignisreiche Sommer, in dessen Verlauf die Verwandlung des gewöhnlichen Majors Cavagnari in Seine Exzellenz Sir Louis Cavagnari, Bevollmächtigter Geschäftsträger Ihrer britischen Majestät, stattgefunden hatte. Eine Woche noch, und man schrieb September.

Sir Louis freute sich auf den Herbst. So weit er gehört hatte, war diese Jahreszeit in Kabul die schönste, zwar nicht so schön wie der Frühling, wenn die Mandelbäume mit ihren Blüten einen weißen Schleier über das ganze Tal woben, doch mit einer ganz eigenen Schönheit: die Laubfärbung der Pappeln, Obstbäume, Reben, Nußbäume und Weiden war spektakulär, es leuchtete golden, scharlachrot und orangefarben, die Schneegrenze verschob sich ständig weiter talwärts, und aus der Tundra jenseits des mächtigen Hindukusch flogen riesige Schwärme von Wildgänsen südwärts. Die Obsthändler in den Basaren verschwanden dann hinter aufgehäuften Bergen aus Äpfeln und Trauben, Walnüssen, Maiskolben und Pfefferschoten. Jagdbare Vögel ließen sich auf unkultivierten grasbewachsenen Hängen nieder... Und die kühleren Tage würden auch die Gemüter abkühlen.

Der Gesandte las lächelnd die Eintragung für diesen Tag noch einmal durch, legte die Feder aus der Hand und trat ans Fenster, das den Blick nach Süden über die dunkelnde Ebene freigab bis hin zu den schneebedeckten Gipfeln, die noch vor kurzem hellrosa im letzten Sonnenlicht gestrahlt hatten und nun unter einem von glitzernden Sternen bestickten Himmel silbrig schimmerten.

Auf das Gewitter der Vorwoche waren einige heiße Tage gefolgt; böiger Wind trocknete rasch Lachen und Pfützen und legte neuerlich einen Staubschleier über das Tal. Gestern aber hatte es wieder geregnet, sanft, nicht sintflutartig wie zuvor – es waren die letzten Tränen des Monsun, und die frisch gewaschene Luft war kühl und belebend.

Die Nacht war voller Geräusche, denn Kabul, nach Sonnenuntergang von der Pflicht zum Fasten befreit, ließ sich das Iftari schmecken, die im Ramadan übliche Abendmahlzeit. In der Dunkelheit summte es wie von emsigen Hummeln. Zufriedenen Hummeln, dachte Cavagnari, der dem munteren Stimmengewirr auf dem Gelände der Gesandtschaft lauschte, wo es stark nach Holzrauch, Speisen und Pferden roch. Unweit seines Hauses, im »Garten des Königs«, blies jemand auf einer Flöte, und weiter bergwärts hörte man sehr gedämpft Trommeln, Sitars und eine Frauenstimme, die ein Lied aus den Tagen Barburs sang: »Trinkt Wein in meiner Festung Kabul – laßt den Becher kreisen…«

Unter seinem Fenster fiel die Mauer senkrecht ins Dunkel; ihr Schatten verdeckte die Straße. Doch auch hier hörte man Geräusche: das Klipp-Klapp unsichtbarer Hufe, Schritte und die Stimmen Reisender, die sich beeilten, ans Shah Shahie-Tor zu kommen. Einzig die dunkelnde Ebene und die Kette der Berge lagen reglos und still.

Cavagnari atmete den Nachtwind ein und sagte, als er auf der Treppe Schritte vernahm: »Nur herein mit Ihnen, Jenkyns. Die Briefe für den Postkurier sind erledigt. Sie können also das Codebuch wegschließen, wir brauchen es heute nicht mehr. Nach Simla zu telegraphieren ist überflüssig. Neuigkeiten gibt es keine. Was die dort wissen müssen, finden sie im Tagebuch. Wann geht das nächste ab?«

»Am Vormittag des 29., Sir.«

»Nun ja, sollte sich vorher noch etwas Bemerkenswertes zutragen, können wir immer noch telegraphieren. Doch mit etwas Glück haben wir das Schlimmste überstanden. Nachdem wir diese heratische Pest los sind, sollte Ruhe einkehren. Nehmen Sie die Briefe, ich kleide mich zum Essen um.«

Eine halbe Meile entfernt stand Ash auf dem Dach des Hauses von Nakshband und dachte, ganz wie Cavagnari, das Schlimmste ist überstanden. Er blickte zu den Bergen hin. Nach dem Platzregen der vergangenen Woche und dem ergiebigen Landregen des gestrigen Tages lag auf den Höhen mehr Schnee. Heute brachte die kühle Luft einen unverkennbaren Vorgeschmack von Herbst; also dürfte die Cholera auf dem Rückzug sein oder doch bald. Und der Abzug der meuternden Regimenter stimmte Ash ebenso zuversichtlich wie Sir Louis.

Zahlte nun der Emir den Truppen ihren restlichen Sold, ließ die Cholera nach oder erkaufte der britische Geschäftsträger sich genügend Zeit, indem er das den afghanischen Soldaten geschuldete Geld durch die Regierung Indiens anweisen ließ, mochte es der Mission noch gelingen, die herrschende Feindseligkeit und das Mißtrauen einer von Abneigung erfüllten Bevölkerung in eine Art Duldung, vielleicht gar Achtung zu verwandeln. Sowohl der Emir als Cavagnari brauchten vor allem Zeit, und Ash meinte nach wie vor, Zeit sei nur mit Geld zu erkaufen.

Der Emir hat aber doch anscheinend genügend Geld zur Hand gehabt, um sich von den Herati loszukaufen, überlegte Ash. Er hat vermutlich auch genug für die anderen und muß inzwischen eingesehen haben, daß ihm nichts übrig bleibt, als zu zahlen. Schließlich kann er seinen reichen Feudalherren, den Kaufleuten und Geldverleihern, auch mal was abnehmen.

Die letzten Worte hatte er ungewollt laut ausgesprochen, denn Anjuli, die neben ihm saß, in seinen Arm geschmiegt, den Kopf an seiner Wange, regte sich und sagte leise: »Solche Menschen geben freiwillig nichts her. Nimmt man es ihnen mit Gewalt, holen sie es sich anderswo mit Gewalt zurück, von den Armen nämlich. Das ist bekannt. Was also kann es dem Emir nützen, wenn er seinen Soldaten zu Gefallen den Adel verärgert und die Reichen und so mittelbar den Haß der Armen auf sich zieht? Tut er das, werden die Unruhen zunehmen, nicht abnehmen.«

»Wahr gesprochen, mein kluges Herz. Es ist ein fester Knoten, doch wird er nicht entwirrt oder durchgehauen, kommt Kabul nicht zur Ruhe – schon gar nicht die Bewohner der Gesandtschaft und die des Bala Hissar...«

Anjuli erschauerte, als er den Namen aussprach. Er preßte sie unwillkürlich fester an sich, doch sagte er nichts, denn er dachte an Wally... Seit dem Treffen am Grabe Barburs hatte er ihn nicht mehr gesprochen, obschon er ihn vom Fenster seines Arbeitszimmers aus oft genug sah, wenn Wally seinen Dienst verrichtete. Es war notwendig, ihn bald zu sprechen, doch Verabredungen zu treffen, war schwierig geworden. Seit Cavagnari den Emir verärgert hatte, indem er den Abzug der afghanischen Posten verlangte, konnte kein Europäer mehr das Gelände der Gesandtschaft verlassen, ohne daß ihm zwei afghanische Reiter folgten – abgesehen von seiner eigenen Eskorte.

Wally konnte also unter diesen Umständen unmöglich allein irgendwohin gehen und schon gar nicht stehen bleiben und sich mit einem »zufällig« anwesenden Afridi unterhalten. Immerhin wußte Ash durch seine Tätigkeit im Bala Hissar etwas, das den Europäern gewiß noch unbekannt war: Ab dem 1. September sollte sich die Mission selber um die Beschaffung von Futter für die Pferde kümmern.

Bislang hatte das der Emir getan, doch damit sollte es nun vorbei sein. Die Futtermacher der Kundschafter mußten hinfort selber auf Futtersuche gehen, und weil man sie unbegleitet nicht in die Gegend ziehen lassen konnte, mußte es als das Natürlichste von der Welt erscheinen, wenn Wally gelegentlich den Begleitschutz selber anführte.

Selbstverständlich würde er dabei von den unvermeidlichen Afghanen beobachtet werden, doch war zu erwarten, daß deren Wachsamkeit bald nachließ und Ash, ohne Verdacht zu erregen, mit ihm sprechen konnte. Auf diese Weise würde man einander vor dem Ende des Ramadan doch noch ein- oder zweimal sehen können, und falls das Schicksal gnädig war, könnte sich bis dahin die Flut von Haß und Unruhe verzogen haben, die Kabul seit Wochen plagte.

Einer jedenfalls zweifelte keinen Moment daran, daß die Flut ihren höchsten Stand überschritten hatte – Sir Louis Cavagnari. Er spürte bereits die einsetzende Ebbe. Am 28. August diktierte er Jenkyns ein Telegramm nach Simla des Inhalts, die Gesandtschaft in Kabul sei wohlauf und alles stehe zum Besten; zwei Tage später schrieb er seinem Freund, dem Vizekönig, er habe sich in keiner Weise über den Emir und dessen Minister zu beklagen: »Zwar besitzt er nirgendwo im Lande wirkliche Autorität, doch was man auch gegen ihn vorbringen mag, ich persönlich glaube, er wird sich als guter Verbündeter erweisen und sich mit etwas Druck unsererseits an die Abmachungen halten.«

Der Postkurier nahm an diesem Tage weiter nichts mit als eine etwas übermütige Postkarte von Wally, unterzeichnet nur mit den Initialen und gerichtet an den Vetter in Indien. Offenbar war Wally bester Stimmung gewesen, als er sie schrieb. Jenkyns, der den Postbeutel versiegelte, las verblüfft die letzte Zeile: »Scribe a votre Cousin in exilis vale und Lebewohl bis...«

63

»Na, das nenn ich eine schöne Art, den Herbst einzuläuten«, brach es entrüstet aus Wally hervor. »Diese Mißgeburten hätten uns das auch eher sagen können. Ein schäbiges Pack sind sie allesamt, fürwahr!«

»Ach was«, widersprach Jenkyns. »Die wissen, wir haben unsere eigenen Futtermacher mit, und sie sind nicht verpflichtet, unsere Gäule zu versorgen. Trotzdem haben wir seit unserer Ankunft das Futter gratis von ihnen bekommen. Es ist durchaus berechtigt zu verlangen, daß nun, da wir uns eingewöhnt haben, wir auch selber für die Pferde sorgen.«

»Na, da mögen Sie recht haben. Aber Seiner Hoheit, dem Herrscher über Afghanistan, wäre kein Zacken aus der Krone gefallen, hätte er uns wissen lassen, daß es ab Ende August kein Futter mehr geben soll, statt uns pünktlich am 1. September mitzuteilen, wir hätten ab heute selber auf Futtersuche zu gehen. So was ist nämlich weniger einfach als es scheint, mindestens hierzulande. Wenn wir nicht gleich anfangs in Schwierigkeiten kommen wollen, müssen wir uns zeigen lassen, wo wir Futter machen dürfen, ohne jemandem auf die Füße zu treten, und wo – dies ist noch wichtiger – auf keinen Fall. So etwas ist nicht in fünf Minuten erledigt.«

»Das betrifft ohnehin in erster Linie mich, denn auf meinem Schreibtisch landet die Sache, nicht auf Ihrem. Wir werden ja wohl genug Futter für zwei Tage haben, oder? Mindestens bis übermorgen müßte die letzte Lieferung doch reichen. Ich weiß also nicht, worüber Sie sich so aufregen. Der Chef soll anordnen, wo unsere Futtermacher hingehen dürfen. Die können sich ab übermorgen früh endlich mal wieder auf ehrliche Weise ihr Brot verdienen. Man muß ihnen wahrscheinlich Wachen zum Schutz mitgeben, wie?«

»Wahrscheinlich? Na, darauf dürfen Sie sich verlassen. Ohne Geleitschutz tun die keinen Schritt vom Hof«, sagte Wally erbittert.

»So schlimm steht es?«

»Das wissen Sie doch. Seit Wochen gehen unsere Troßleute nur noch in Gruppen aus, begleitet von Soldaten, möglichst Moslems. Nicht mal meine Sikh oder Hindus rühren sich aus der Unterkunft. Sie wollen doch nicht sagen, daß Ihnen das neu ist?«

»Nein, selbstverständlich nicht. Wofür halten Sie mich? Ich mag ja etwas älter sein als Sie, aber senil bin ich deshalb nicht, taub und blind auch nicht. Nur hatte ich angenommen, seit die Teufel aus Herat ihren Sold bekommen haben und abgedampft sind, habe die Lage sich entspannt.«

»Hat sie auch, doch macht sich das nicht überall bemerkbar. Ich kann nicht daran denken, Futtermacher ohne bewaffnete Begleitung auszuschicken. Am besten reite ich die ersten Male selber mit und überzeuge mich, daß alles glatt geht. Wir müssen vermeiden, daß sie mit leeren Händen und vollen Hosen zurückkommen, bloß weil ein aufrechter Patriot sie beschimpft oder mit Steinen nach ihnen schmeißt.«

»Nein, das darf nicht passieren«, stimmte Jenkyns zu. Anschließend ging er weg und befaßte sich mit den Einzelheiten der Angelegenheit.

Daß die Pferde der Mission künftig vom eigenen Personal versorgt werden sollten, war eine böse Überraschung. Die Anweisung kam nicht nur aus heiterem Himmel, sondern man durfte auch nichts gegen sie einwenden, denn die afghanische Regierung konnte nun wirklich nicht – das sah Jenkyns ganz richtig – genötigt werden, die Pferde der Mission zu füttern, zumal die Kundschafter ihre eigenen Futtermacher bei sich hatten, die diese Arbeit ausführen konnten. Wally sah das sehr wohl ein. Was ihn ärgerte, war eigentlich nur die abrupte Ankündigung, die er überflüssig und unhöflich fand.

Man hätte den Gesandten gleich anfangs wissen lassen sollen, daß die Futterversorgung von afghanischer Seite eine vorübergehende, bis Ende August befristete Geste der Hilfsbereitschaft sei. Übrigens hatte das alles nicht nur negative Seiten. Ja, je länger Wally darüber nachdachte, desto zufriedener wurde er, denn nun bot sich endlich Gelegenheit, jene Teile der Umgebung kennenzulernen, die er bislang nicht hatte betreten können, und er würde gewiß häufiger mit Ash zusammentreffen.

Jenkyns hatte ihn mit der Neuigkeit zwischen dem Kasino und den Pferdeställen überrascht. Nun machte er kehrt, durchquerte den Innenhof zwischen Kasino und Cavagnaris Haus und ging in die Quergasse, die Gesandtschaft und Mannschaftsunterkünfte voneinander trennte. Dort informierte er seine Reiteroffiziere.

Das Tor, durch das man den Hof zwischen den Kasernen erreichte, stand offen, doch ging er nicht über den Hof, sondern wandte sich in der Quergasse nach rechts und schlenderte hinter den Unterkünften entlang zu den Stallungen, die am jenseitigen Ende des Areals, überragt vom Arsenal, lagen. Im Gehen blinzelte er zu den Fenstern der hohen Häuser jenseits der niedrigen Mauer hinauf, die wie wachsame Augen auf ihn herunterschauten. Eingelassen in dicke Mauern aus Lehmziegeln boten sie ungehinderten Ausblick auf die Fremden. Wäre er dabei beobachtet worden, hätte niemand bemerkt, daß sein Blick einem ganz besonderen Fenster galt oder daß er sich nur für ein bestimmtes Haus interessierte. Ein kurzer Blick sagte ihm, daß auf dem Brett eines bestimmten Fensters ein blau-weißes Tongefäß mit Grünpflanzen stand, und er fragte sich, ob Ash wohl wisse, daß die Kundschafter künftig ihre eigenen Futtermacher ausschicken mußten und – wichtiger noch – wo man sie suchen lassen würde. Und wenn er es wußte, würde er dann die Gelegenheit nutzen ihn, Wally, zu treffen?

Die letzte Futterlieferung des Emir war besonders umfangreich gewesen. Der indische Futtermeister Jiwand Singh meinte, zwei bis drei Tage komme er damit aus, die Futtermacher brauchten also nicht vor übermorgen früh aufzubrechen. »Allerdings muß man bedenken, daß es kalt wird. Falls es stimmt, was gesagt wird, liegt der Schnee im Winter meterhoch im Tal, und wir müssen einen großen Futtervorrat anlegen. Dafür brauchen wir Platz.«

»Für einen Tag sind es der Übel genug, Jemadar-Sahib«, zitierte Wally. »Noch schreiben wir den ersten Tag des Herbstes, und vor Ende November dürfte es nicht schneien. Doch will ich heute Abend noch mit Seiner Hochwohlgeboren sprechen und ihm sagen, daß wir einen Futterspeicher brauchen und folglich auch Platz, um einen zu errichten.«

»Dort drüben«, sagte Jiwand Singh grimmig und wies mit dem Kopf gegen ein eingezäuntes, abschüssiges Stück Ödland, das knapp außerhalb des Gesandtschaftskomplexes lag und nur durch eine niedrige Mauer davon getrennt war. »Es wäre nicht übel, wenn wir Erlaubnis bekämen, dort zu bauen, denn dann könnten wir diese Lücke sperren und uns die unzähligen Müßiggänger, Diebe und Halsabschneider vom Leibe halten, die dort Zugang zu unserem Gelände finden und fleißig ein- und ausgehen. Auch könnte es uns sehr nützlich sein, sollten wir uns je verteidigen müssen.«

Wally begutachtete das Terrain fasziniert. Daß man von dorther jederzeit ungehindert das Gesandtschaftsgelände betreten konnte, war ihm seit je ein Dorn im Auge. Nun murmelte er auf Englisch vor sich hin: »Weiß Gott, ein glänzender Einfall... warum bin ich nicht früher darauf gekommen? Nicht Mauern, sondern Futterspeicher! Gute, solide Speicher, vielleicht auch noch das eine oder andere Dienerquartier. Na warte...«

Er überlegte hin und her und probierte den Gedanken beim Tee an Rosie aus, der ebenfalls der Meinung war, die Sicherheit werde erhöht, falls das Areal künftig nur noch durch einen einzigen Zugang betreten werden könne – möglichst einen engen, mit einem Tor verschließbaren –, statt wie derzeit noch von mehreren Gassen aus und über ein wüstes Terrain, das einer ganzen Rinderherde Platz bot.

»Auch könnte uns niemand vorwerfen«, fuhr Wally nachdenklich fort, »wir beleidigten unsere Gastgeber durch die Errichtung von Mauern und Barrikaden, wenn wir um Raum für den Bau von Speichern für Winterfutter bitten und vielleicht auch noch um Platz für zwei, drei Dienerquartiere, da unsere überfüllt sind.«

»Nein, nicht Dienerquartiere, sondern eine geräumige Klinik«, widersprach Rosie sinnend. »Ich könnte gut eine brauchen. O ja, kein schlechter Plan, vorausgesetzt, der Chef stimmt zu.«

»Bestimmt tut er es. Warum sollte er nicht? Daß er an einem so exponierten Ort leben muß, macht ihn bestimmt nicht glücklicher als uns. Er wollte den Emir anfangs nicht kränken. Deshalb ließ er das Areal nicht gleich mit Mauern umgeben, die sich verteidigen lassen. Ich begreife das. Mein Plan hört sich aber ganz anders an, und wenn jemand den Emir dazu überreden kann, dann der Chef. Die beiden kommen glänzend miteinander aus; es vergeht kein Tag, wo sie nicht stundenlang schwatzen – sie sind gerade wieder dabei. Da wir nunmal weitere Vorratsräume für Pferdefutter brauchen, dürfte es keine Einwände geben. Sobald der Chef aus dem Palast zurück ist, werde ich versuchen, ihn zu sprechen. Nach einem Schwatz mit dem Emir ist er immer besonders gut aufgelegt.«

Doch, wie schon Wallys Lieblingsdichter so treffend bemerkt: Mäuse und Menschen machen Pläne, doch auch die raffiniertesten werden zuschanden. Sir Louis kam ungewöhnlich spät aus dem Palast zurück, dazu so offensichtlich schlechter Laune, daß Wally fand, ein junger Offizier täte besser daran, sich nicht blicken zu lassen.

Normalerweise dauerten die Besuche Cavagnaris im Palast eine Stunde, und er kehrte davon bester Laune zurück, vor allem wenn wie heute eine Erörterung des ins Auge gefaßten Jagdausfluges in die Nordprovinzen auf dem Programm stand, auf den der Emir ebenso erpicht war wie der Gesandte. Heute sollten letzte Einzelheiten festgelegt werden, doch gerade jetzt, da bereits der Tag der Abreise feststand und umständliche Vorbereitungen im Gange waren, rückte der Emir damit heraus, daß er leider nicht fortkönne.

Yakoub Khan sagte, in so unsicheren Zeiten müsse er unbedingt in seiner Hauptstadt bleiben, nicht einmal auf die Regimenter in Kabul sei Verlaß. Einige Provinzen seien offen abgefallen, sein Vetter Abdur Rahman, der Schützling der Russen, trachte nach dem Thron und plane, in Kandahar einzufallen, und auch sein Bruder Ibrahim intrigiere mit der gleichen Absicht unermüdlich gegen ihn. Er besitze kein Geld, seine Autorität sei gering, und verließe er Kabul auch nur für eine Woche, könne er nicht mehr zurück. Sein guter Freund Sir Louis sähe das gewiß ein und stimme ihm darin zu, daß der Plan eines Jagdausfluges derzeit nicht zu verwirklichen sei.

Nun sollte man denken, Sir Louis Cavagnari, der alle diese Widrigkeiten kannte, denn er hatte darüber ausführlich in der vorangegangenen Woche nach Simla berichtet, würde der erste sein, dem Emir zuzustimmen, doch tat er das nicht. Vielmehr ärgerte er sich, denn er sah in diesem Ausflug eine königliche Besuchsreise unter seiner Führung – eine öffentliche Demonstration der zwischen Großbritannien und Afghanistan nunmehr herrschenden Freundschaft, verbunden mit einer taktvollen Erinnerung daran, daß schließlich der Krieg von den Engländern gewonnen worden war. Ferner hatte er viel Zeit und viele Gedanken an die Vorbereitung der Reise gewendet; sein Ärger über den unerwarteten Sinneswandel des Emir mochte auch darauf beruhen, daß er sich lächerlich zu machen fürchtete, sollten die zahlreichen Würdenträger, die er selber oder Jenkyns von der bevorstehenden Reise unterrichtet hatte, mit einemmal zu hören bekommen, daß der Jagdausflug ausfalle.

Folglich widersprach er dem Emir und versuchte, ihn umzustimmen. Doch was er auch sagte, Yakoub Khan ging keinen Fingerbreit von seinem Standpunkt ab, und als Sir Louis merkte, daß er in Gefahr war, die Beherrschung zu verlieren, brach er die Unterhaltung ab und kehrte sehr schlechter Laune in die Gesandtschaft zurück.

Wally merkte ihm das an und erkannte zu seinem Glück, daß dies ein ungeeigneter Moment war, über eine Verbesserung der Verteidigungsmöglichkeiten unter dem Vorwand der Errichtung von Lagerräumen zu sprechen. Er beschränkte sich darauf, Jenkyns zu fragen, ob er schon erfahren habe, wo man Futter machen dürfe.

Dies war der Fall. Man dürfe nach Belieben auf dem unkultivierten Weideland Futter holen, das einen großen Teil der Ebene von Kabul einnahm; den Anfang solle man möglichst nahe dem Dorfe Ben-i-Hissar machen, unweit der Zitadelle.

»Ich sagte, unsere Futtermacher würden am Morgen des 3. September losgehen, also übermorgen. Das wollte man wissen, weil eine Wachmannschaft sie begleiten soll, obschon die Brüder natürlich damit rechnen, daß wir selber die Bedeckung stellen. Es kann aber nichts schaden, auch Afghanen dabei zu haben. Wir wollen nicht riskieren, daß Dorfbewohner sich später beklagen, unsere Leute hätten ihr Land betreten und ihre Felder verwüstet. Wenn afghanische Kavallerie mit von der Partie ist, kann das nicht so leicht passieren.«

Wally stimmte dem zu. Er hätte zwar vorgezogen, keine Afghanen dabei zu haben, doch in diesem Falle würde ihre Anwesenheit streitsüchtige Dörfler davon abhalten, die Futtermacher zu steinigen. Er nahm sich aber vor, selber mitzureiten und dafür zu sorgen, daß sie sich von bestellten Feldern fernhielten. Ferner wollte er die Umgebung genauer kennenlernen und sehen, wie die Afghanen sich verhielten – ob es schwer oder einfach sein würde, künftig unbeobachtet mit Ash auf einer solchen Expedition zusammenzukommen.

Er neigte zu der Meinung, habe man sich erst einmal an die Futtermacher und ihre Tätigkeit auf dem Weideland gewöhnt, werde leicht ein Treffen zu arrangieren sein; aber am ersten Tag sollte Ash noch nicht kommen. Da vorgesehen war, daß die Futtermacher jeden zweiten Tag ausziehen sollten, stand zu erwarten, daß den Afghanen ihr Dienst bald langweilig werden und ihre Aufmerksamkeit nachlassen würde. Und dann ist es ein Kinderspiel, dachte Wally.

Erst tags darauf kam er auf den Gedanken, es könne nicht schaden, wenn Ash etwa am Morgen des 5. September zufällig an Ben-i-Hissar vorüberreiten und sich selber ein Bild von den vorhandenen Möglichkeiten verschaffen würde.

Ein kurzer Blick auf das Haus des Munshi belehrte ihn, daß Ash bereits an der Arbeit war. Er schlenderte also zum Stand eines einheimischen Obsthändlers, der sich am Rande des Gesandtschaftskomplexes etabliert hatte, und kaufte ein halbes Dutzend Apfelsinen, von denen er dann fünf auf sein Fensterbrett legte und dahinter die Läden schloß. Sein Fenster war über das Dach der Unterkunft der Sikh für Ash sichtbar, und die Orangen hoben sich deutlich von den weißen Läden ab.

Nähere Anweisungen brauchte Ash nicht; wußte er nicht bereits, was Hamilton-Sahib plante, konnte er es leicht ausfindig machen, und falls er sich von der Arbeit freimachen konnte, würde er da sein. Falls nicht, würde er das nächste Mal zuverlässig kommen. Das wäre am 7., und es mochte sein, daß die Afghanen dann kein Begleitkommando stellten, denn als strenggläubige Moslems hielten sie vermutlich den Feiertag ein und beteten in den Moscheen.

Beim Frühstück zeigte sich Sir Louis immer noch ungewöhnlich gereizt, so daß Wally keine Gelegenheit fand, die Rede auf seine Baupläne zu bringen, was er nicht bedauerte, denn anschließend wurde der Gesandte von einer Anzahl Bittsteller in Anspruch genommen und Personen, die bei ihm über den Emir Klage führen wollten; und am Spätnachmittag ging er mit einem einheimischen Grundbesitzer auf Rebhuhnjagd. Wally war zwar nach wie vor überzeugt, einen glänzenden Einfall gehabt zu haben, doch sein Instinkt sagte ihm, Sir Louis werde in seiner derzeitigen Stimmung alles kategorisch ablehnen. Er begnügte sich also damit, Jenkyns seine Pläne vorzutragen, der als Zivilist, und noch dazu als ein sehr beschäftigter, keine besondere Teilnahme an rein militärischen Angelegenheiten zeigte, auch wenn sie noch so wichtig sein mochten.

Jenkyns war sich der Exponiertheit des Gesandtschaftsareals sehr wohl bewußt und erkannte ebenso klar wie Wally, daß der Emir der Mission einen Platz angewiesen hatte, der nicht verteidigt werden konnte. Doch stimmte er mit Cavagnari darin überein, daß in der Lage, in welcher die Mission sich befand, eine Verteidigung ohnehin unmöglich sei und man daher anderen Mitteln vertrauen müsse, etwa der sorgfältigen Pflege der Beziehungen, dem geduldigen Abbau von Argwohn und Feindseligkeit und der Förderung freundschaftlicher Verbindungen. Vor allem aber galt es, Selbstvertrauen und kühle Gelassenheit zur Schau zu tragen.

Dies alles mochte bessere Resultate erzielen als die Errichtung von Mauern aus Stein und Lehm, die einen bewaffneten Angreifer womöglich zwei Stunden aufhalten konnten, wenn überhaupt. Er war also von Wallys Einfall mit den Vorratsschuppen weniger begeistert, als der junge Mann gehofft hatte, versprach aber, in diesem Sinne bei Sir Louis vorzufühlen, denn der Gedanke als solcher schien gut. Einmal abgesehen vom militärischen Nutzwert solcher Anlagen brauchte man Speicher, in denen das Futter für die Wintermonate aufbewahrt werden konnte, wenn in Kabul Schnee lag. Bis dahin allerdings war noch reichlich Zeit.

Wally war von der halbherzigen Anteilnahme, die Jenkyns für seinen Plan zeigte, recht deprimiert, tröstete sich aber mit dem Gedanken, daß die Schuppen rasch errichtet werden konnten, hatten Sir Louis und der Emir erst einmal die Genehmigung erteilt. Standen sie, würde er sich erleichtert fühlen, denn das Wohl und die Sicherheit der ihm unterstellten Soldaten lagen ihm am Herzen, nicht zuletzt deshalb, weil sie für das Leben aller Mitglieder der Mission, vom Gesandten bis zum letzten Stallknecht verantwortlich waren.

Als er nach einer Besprechung mit dem Futtermeister in sein Quartier ging, zeigte ein flüchtiger Blick zum Hause des Munshi an, daß Ash den Tonkrug auf die rechte Hälfte des Fensterbretts verschoben hatte, was bedeutete: Wird gemacht, während der Krug auf der linken Seite das Gegenteil angezeigt hätte.

Wally pfiff eine Ballade vor sich hin und nahm die Apfelsinen aus dem Fenster, die er zuvor dort ausgelegt hatte.

Der Gesandte nahm seinen Sekretär mit auf die Jagd. Leutnant Hamilton und Dr. Kelly, die nicht aufgefordert worden waren mitzukommen, ritten gegen Abend mit zwei Sowars und den unvermeidlichen Afghanen am Ufer des Kabul entlang Richtung Sherpur, ehemals eine englische Garnison.

Der Tag war warm und wolkenlos gewesen, und obschon sich kaum ein Lufthauch rührte, reichte es doch dazu, den Staub aufzuwirbeln. Dennoch war der Sonnenuntergang einer der prächtigsten, die Wally je gesehen hatte.

Er kannte Kabul nur im Sommer und hatte bislang nicht verstanden, wie Ash es hier schön finden konnte. Er vermutete, daß der verliebte Ash, der hier endlich mit Juli leben durfte, alles durch die rosarote Brille des Liebenden sah, so wie Tausende von Hochzeitsreisenden schäbige Hotels in verregneten Badeorten für das Paradies halten.

Die schneebedeckten Gipfel waren schön, doch fand Wally, sie reichten nicht an den Nanga Parbat heran, dessen gewaltige Pracht sein Herz stocken ließ, als er ihn zum ersten Mal vor sich sah. Auch hätte er das flache Land um Kabul niemals mit dem bezaubernden Tal von Kaschmir verglichen, seinen lotusbedeckten Seen, den gewundenen, von Weiden überschatteten Bächen, dem Reichtum an Blumen und Bäumen, den Gärten der Mogule. Nun aber kam es ihm vor, als gingen ihm plötzlich die Augen auf; er sah Kabul mit seiner näheren Umgebung zum ersten Mal nicht abweisend, öde und sandfarben, sondern in wilder, prächtiger Schönheit, die ihm den Atem benahm.

Die untergehende Sonne sowie Staub und Holzrauch verwandelten das Tal in ein goldglänzendes Meer, aus dem die nahen Berge und die schneebedeckten fernen Gipfel Stufe um Stufe in glitzernder Pracht aufragten, überstrahlt vom Feuer des sterbenden Tageslichtes, glühend wie Shivas Juwelen vor einem Himmel aus Opal. Die aufragenden Spitzen der Berge hätten die Türme einer mystischen Stadt sein können – Walhalla vielleicht oder auch die Festen des Paradieses…

Wally murmelte vor sich hin: »Und ihre Mauer war aus Jaspis und die Stadt aus reinem Golde gleich dem reinen Glase. Und die Grundsteine der Mauer um die Stadt waren geschmückt mit allerlei Edelgestein…«

»Was sagen Sie?« fragte Rosie, sich umwendend.

Wally wurde rot und stammelte: »Nichts von Bedeutung… ich meine, es sieht aus, wie man sich die Heilige Stadt denkt, wie? In der Offenbarung steht etwas davon. Ich meine die Berge. Sie wissen schon, Topas und Jaspis, Amethyste und Krysolite. Und die Tore von Perlen…«

Sein Begleiter betrachtete die Aussicht aufmerksam und bemerkte als prosaische Natur, ihn erinnere das mehr an wechselnde Kulissen auf dem Theater.

»Recht niedlich«, sagte er und fügte an, nie habe er geglaubt, dieser gottverlassene Erdenwinkel könne anders als abstoßend wirken.

Wally, den Blick immer noch auf die wie Diamant funkelnden Gipfel geheftet, sagte halblaut: »Ash pflegte einen Berg zu erwähnen, den er Palast der Winde nannte... Mir war nie klar...« er brach ab, und Dr. Kelly fragte neugierig: »Sie sprechen doch nicht etwa von Pandy Martyn? Der war doch mit Ihnen befreundet, oder?«

»Ist er noch«, berichtigte Wally knapp. Er hatte Ashs Namen nicht erwähnen wollen und ärgerte sich über sich selber. Rosie hatte zwar nie zugleich mit Ash gedient, hatte aber gewiß alles mögliche über ihn gehört und mochte neugierig genug sein, jetzt unbequeme Fragen zu stellen, die Ashs Aufenthaltsort betrafen.

Rosie sagte: »Ein höchst merkwürdiger Mensch, nach allem, was man hört. Ich habe ihn 1874 mal in Mardan behandelt, als er eine ziemlich üble Kopfwunde hatte. Das war mein erstes Jahr bei den Kundschaftern. Geredet hat er nicht gerade viel, doch ging es ihm damals schlecht, und als er wieder auf den Beinen war, wurde er gleich nach Rawalpindi versetzt. Daß er in Kabul war, weiß ich. Vielleicht meinte er einen von jenen Bergen dort. Toller Anblick, muß ich schon zugeben.«

Wally nickte zustimmend. Er berichtigte die Verwechslung mit dem Palast der Winde nicht, sondern betrachtete schweigend das mächtige Panorama des Hindukusch. Schründe, Spalten, Wände und Schroffen und jeder einzelne Gipfel waren so deutlich zu erkennen, als sähe er sie durchs Glas oder mit dem Auge Gottes. Er wußte plötzlich, dies war einer jener Augenblicke, an die man sich, man weiß nicht weshalb, sein Leben lang erinnert, die auch dann noch fest im Gedächtnis eingeprägt bleiben, wenn Wichtigeres undeutlich wird oder in Vergessenheit gerät.

Als das Licht schwand, füllte das Tal sich mit Schatten. Die Schneegipfel begannen zu glühen, und Wally kam der Gedanke, er begreife zum ersten Mal, wie schön die Welt ist, wie voller Wunder. Der Mensch mochte sich noch so viel Mühe geben, alles zu verschandeln, doch jedes Gebüsch, jeder Ast, ja jeder Stein »brennt von Gottes Odem«. Wie schön ist es doch zu leben, dachte Wally, dessen Herz sich weitete, und er glaubte, er werde ewig leben, ewig...

Das diskrete Hüsteln eines Sowar brachte ihn in die Wirklichkeit zurück und erinnerte ihn daran, daß er mit Dr. Kelly nicht allein war und daß die afghanischen Wachen ungeduldig wurden, denn noch war Ramadan, und sie wollten vor Sonnenuntergang im Quartier sein, um noch die üblichen Gebete zu sprechen, bevor sie ihr Fasten unterbrechen durften.

»Los, Rosie, wir reiten um die Wette zum Ufer!« Er kehrte den Ruinen der alten Garnison den Rücken, spornte sein Pferd an und ritt lachend dem Bala Hissar zu, der sich tiefschwarz vom goldenen Abendhimmel abhob.

Ash, der die Zitadelle etwas später als üblich verließ, traf den Reitertrupp am Shah Shahie-Tor. Wally erkannte den Einheimischen aber nicht. Die Sonne stand noch über dem Horizont, doch der Bala Hissar lag schon im Schatten, und die Luft im Torbogen war so staubig und voller Qualm, daß Ash unbemerkt an ihm vorüberging. Er hörte Kelly sagen: »Junger Mann, Sie schulden mir eine Flasche Rheinwein, und der wird mir sehr willkommen sein, denn ich bin halb verdurstet.« Dann waren sie vorüber.

Auch Ash war sehr durstig, denn als »Syed Akbar« mußte er fasten. Dieser Tag war für alle Untergebenen des Munshi recht anstrengend gewesen, denn das Ardalen-Regiment, erst kürzlich aus Turkestan in den Bala Hissar verlegt, verlangte den Sold für drei Monate, und zur allgemeinen Überraschung war die Auszahlung für den morgigen Tag versprochen worden. Der Munshi sollte sich darum kümmern, und Ash wie seine Schreiberkollegen hatten alle Hände voll zu tun, die Löhnungslisten aufzustellen, die Summe auszurechnen, die jedem Mann zustand, und alles zu addieren.

Hätte man rechtzeitig damit angefangen, wäre das weiter nicht schlimm gewesen, doch die Zeit war knapp, und weil alle in einem kleinen stickigen Raum arbeiten mußten und noch dazu fasteten, waren sie erschöpft. Die übliche Mittagspause fiel aus, und als Ash endlich fertig war, den blau-weißen Krug aus dem Fenster nehmen und in das Haus des Sirdar zu Anjuli heimgehen durfte, war er matt und halb verdurstet. Trotz alledem fühlte er sich aber sehr erleichtert, denn Hoffnung und Optimismus belebten ihn.

Daß der Emir die Ardalen besolden wollte, zeigte, daß seine Minister endlich begriffen hatten, wie gefährlich eine meuternde Truppe sein konnte – gefährlicher nämlich als gar keine –, und obwohl sie sich allesamt verschworen, kein Geld zu haben, wollten sie es nun doch irgendwie auftreiben, bevor es zu einer Meuterei kam. Das war ein großer Schritt in die richtige Richtung. Ash sah darin ein gutes Vorzeichen.

Auch freute er sich darüber, Wallys Signal entnehmen zu können, daß beide den gleichen Gedanken hatten. Das empfand er beinahe als ebenso ermutigend. Es befriedigte ihn, daß er den Freund bald sehen sollte und daß man sich über »angenehme Dinge« würde unterhalten können, war doch die unmittelbare Gefahr für Leib und Leben der Angehörigen der Mission augenscheinlich abgewendet, seit keine Meuterei mehr drohte.

Die Neuigkeit, daß die Regimenter mit Besoldung rechnen durften, verbreitete sich wie ein frischer Windhauch in der ganzen Stadt und blies die üble Gereiztheit und den brodelnden Zorn fort, die so lange auf Kabul gelastet hatten. Ash bemerkte mit jeder Faser die Veränderung. Als er sich an die Mauer drängte, um die Reiter an sich vorüber zu lassen und Wally auf die Bemerkung des Arztes lachen hörte, griff dessen Ausgelassenheit auf ihn über und stimmte ihn heiter. Müdigkeit und Durst waren plötzlich vergessen, und als er den morastigen Weg unterhalb der Mauer entlang ging und von dort in die engen Gassen der Stadt, war ihm, als genieße er seit Monaten erstmals den Frieden und die Ruhe des Abends.

Auch der Gesandte und Jenkyns kamen wohlgelaunt von der Jagd zurück. Sir Louis hatte seinen Ärger darüber vergessen, daß der Emir die Herbstjagd so abrupt abgesagt hatte. Cavagnari war ein ausgezeichneter Schütze, und der

Grundbesitzer, mit dem er zur Jagd gewesen war, versicherte ihm, die Entenjagd werde mit Einsetzen der kühleren Jahreszeit erst richtig beginnen. Beim Essen bemerkte Cavagnari daher: »Hat er damit recht, müßten wir uns bequem den ganzen Winter hindurch von Enten-, Schnepfen- und Gänsebraten ernähren können.«

Wally befragte er darüber, wie es um das für den morgigen Tag vorgesehene Ausrücken der Futtermacher stehe und billigte, daß Leutnant Hamilton die Leute begleiten und darauf achten wollte, daß sie nirgendwo unbefugt ihrer Tätigkeit nachgingen. Er schlug vor, auch der Arzt möge Wally begleiten.

Rosie stimmte erfreut zu, und Wally mußte sich wohl oder übel damit abfinden; es paßte ihm natürlich nicht, denn sollte der Arzt es sich zur Gewohnheit machen, die Futterkommandos zu begleiten, würde es für Wally schwierig werden, Ash zu treffen. Darüber wollte er später noch nachdenken, denn nun schien die Gelegenheit günstig, die Versorgung mit Wintervorräten und die Errichtung der Schuppen zur Sprache zu bringen. Leider aber unterhielt sich Sir Louis bereits mit Dr. Kelly über die Aussichten der Winterjagd auf Wildgänse und kam dann auf Jagden in Irland und gemeinsame Bekannte in Ballynahinch zu sprechen. Dann wurde das Gespräch allgemein, so daß Wally an diesem Abend keine Gelegenheit mehr fand, sein Anliegen vorzubringen, denn der Gesandte zog sich nach dem Essen in sein Arbeitszimmer zurück.

Wahrscheinlich wäre Sir Louis von Leutnant Hamiltons Vorschlag nicht begeistert gewesen. Die gute Laune, die er von dem Jagdausflug mitbrachte, steigerte sich noch erheblich, als er vor dem Essen durch einen seiner Agenten erfuhr, daß das Ardalen-Regiment folgenden Tages seinen Sold ausbezahlt bekommen sollte. Diese Neuigkeit wirkte auf ihn ähnlich wie auf Ash, denn sie stärkte seine Überzeugung, Geld sei vorhanden und verfügbar, die übrigen Truppen würden ihren Sold demnächst ebenfalls bekommen und dann kehrten endlich Gesetz und Ordnung ein. Er wies Jenkyns an, gleich folgenden Morgens das übliche Telegramm zu senden – die Mission befinde sich wohl und alles stehe zum Besten. Er wäre unter diesen Umständen nicht dazu aufgelegt gewesen, Pläne für die Verteidigung des Gesandtschaftsareals, unter welchen Vorwänden auch immer, zu erörtern.

Ich werde mit Ash darüber reden. Mal sehen, was er dazu meint, nahm Wally sich beim Zubettgehen vor. Der wird wissen, ob es überhaupt einen Zweck hat, und wenn er meint, ich wäre verrückt, halte ich einfach den Mund. Anschließend betete er und löschte dann die Lampe; er schlief allerdings nicht gleich ein.

Das Gespräch beim Essen hatte ihn an daheim erinnert. Er stand auf und trat ans Fenster. Er lehnte sich auf die Brüstung, schaute über den Hof und das flache Dach von Cavagnaris Haus zum Horizont und dachte an Inistioge.

Unterhalb der steil abfallenden Festungsmauer erstreckte sich das Tal, durchzogen vom gewundenen, blassen Band des Kabul, und hinter den im Sternenlicht grau wirkenden zerklüfteten Bergen ragte die ungeheure Feste des Hindukusch auf. Doch Wally sah nicht den Kabul, sondern den Nore und fühlte sich in seine Heimat versetzt...

Er sah die vertrauten, lieben Felder und Wälder und die blauen Hügel von Kilkenny; das dort war nicht das Grabmal des Shah Shahie, sondern die kleine Kirche von Donaghadee, und der entfernte Schimmer am Horizont war nicht Schnee, sondern weißes Gewölk, das heiter über den Hügeln von Blackstairs trieb...

Warum nennen Generale, wenn sie in den Adel erhoben werden, sich eigentlich immer nach einer Schlacht, die sie geschlagen haben? überlegte der junge Mann. Ich tue das mal nicht, ich nenne mich nach Inistioge... Feldmarschall Lord Hamilton von Inistioge, Träger hoher und höchster Orden... Darf ich mir das Viktoriakreuz wohl von der Königin holen oder muß ich warten, bis ich Heimaturlaub bekomme?... Ob ich wohl jemals heirate...?

Das glaubte er nicht recht, es sei denn, er fände eine Frau, die aufs Haar Anjuli glich, und das war denn doch unwahrscheinlich. Ash sollte sie fortschicken aus Kabul, denn offenbar grassierte immer noch die Cholera in der Stadt. Das mußte er ihm unbedingt ans Herz legen. Wie er sich darauf freute, den Freund zu sehen, und bei etwas Glück...

Ein tiefes Gähnen unterbrach seine Gedanken. Er lachte über sich und ging glücklich zu Bett.

64

Die Sonne stand noch weit unter dem Horizont, als Sir Louis Cavagnari, seit jeher Frühaufsteher, in Begleitung seiner Afridi-Ordonnanz Amal Din, seines Pferdeknechtes, vier Kundschaftern und einiger afghanischer Reiter zu seinem Morgenritt aufbrach.

Der Postkurier war sogar schon früher abgegangen, mit einem Telegramm, das von Ali Khel nach Simla durchgegeben werden sollte. Und nicht lange, da erschienen fünfundzwanzig Futtermacher mit Stricken und Sicheln, begleitet von drei berittenen Kundschaftern und vier Afghanen.

Wally und Dr. Kelly folgten zwanzig Minuten später, gerade als Ash, der wegen der Lohnzahlungen früher am Arbeitsplatz war als sonst, seinen Krug ins Fenster stellte. Er sah ihnen nach und wünschte, er könnte mitreiten. Draußen auf dem Lande würde die Luft erfrischend und kühl sein, während es hier bereits warm und stickig war, und auf dem Appellplatz nahe dem Palast, wo die Truppe demnächst antreten sollte, würde es kaum auszuhalten sein, denn dort knallte nicht nur die Sonne hin, sondern es stank auch fürchterlich nach Abfällen, die wahllos herumlagen und faulten. Bäume, die Schatten spendeten, gab es nicht.

Ash seufzte bei der Vorstellung, daß Wally jetzt mit seiner Begleitung den Fluß entlang ritt, durch betaute Felder, dem Sonnenaufgang und den Pappeln, Chenar- und Nußbäumen entgegen, die das Dorf Ben-i-Hissar und das dahinterliegende Weideland verbargen. Noch war der wolkenlose Himmel bleich, das Land von unbestimmbarer Farbe zwischen taubengrau und ocker, ohne Schatten. Doch oberhalb der blassen Kuppen färbte die verborgene Sonne die Schneegipfel aprikosenrot. Es würde ein herrlicher Tag werden, »ein Tag zum Singen«, wie Wally gesagt hätte.

Ash lächelte bei der Erinnerung an die sangesfrohen Morgenstunden in Rawalpindi. Er summte eine Hymne vor sich hin, begriff aber sogleich voller Schrecken, daß das, was er da tat, ganz und gar nicht zu Syed Akbar paßte. Würde ihn jemand hören, hätte er sich verraten.

Seit über einem Jahr war er sorgsam darauf bedacht gewesen, nichts zu sagen oder zu tun, was Argwohn erwecken konnte, und er war der Meinung gewesen, diese Gefahr bestehe nicht mehr, er sei in der Tat Syed Akbar geworden. Nun mußte er einsehen, daß dies nicht zutraf. Gleichzeitig empfand er das unbezwingliche Verlangen, diese Rolle abzulegen, jede Rolle abzulegen und kein anderer mehr zu sein als er selber. Doch wer war das? Ashton?... Ashok?... Akbar? Wer? Welche beiden konnte er ablegen? Mußte er stets und ständig eine Mischung aus allen dreien sein, »ein siamesischer Drilling« vielleicht?

Falls dies so war, wo in der Welt sollte er mit Juli leben, ohne eine Rolle spielen zu müssen? Wo konnten sie aufhören, sich selbst zu verleugnen? Sie mußten stets darauf bedacht sein, auch den geringsten Ausrutscher zu vermeiden. Er hätte sie als Hochstapler entlarvt und konnte sie das Leben kosten. – Genau so ein Ausrutscher, wie er ihm eben unterlaufen war, als er eine englische Hymne summte. Furcht überkam ihn bei der Erkenntnis, daß er dies unbewußt getan hatte, also auch gesungen hätte, wenn jemand im Zimmer gewesen wäre; daß niemand es gehört hatte, war nichts als ein glücklicher Zufall. Diese Einsicht verstörte ihn zutiefst, und als er sich vom Fenster abwandte und die Bücher heraussuchte, die der Munshi brauchte, merkte er, wie kalt seine Hände waren und daß sie zitterten.

Als Wally und sein Anhang den Ortsrand von Ben-i-Hissar erreichten, war die Sonne aufgegangen. Er hieß die Futtermacher einen Bogen um den Ort machen und bis in jenes unbestellte Weideland weitergehen, wo sie ihre Arbeit tun konnten, ohne die Rechte der Ortsansässigen zu verletzen.

Wally, von diesem prächtigen Morgen ganz geblendet, dachte: Donnerwetter, welch ein Tag! In der Nacht hatte es stark getaut, Blätter, Zweige und Grashalme glitzerten und der Bala Hissar, von ersten Sonnenstrahlen beschienen, hätte der Palast von Kublai Khan sein können, errichtet auf einem Hügel aus Gold. »Jetzt schauen Sie doch nur, Rosie. Von hier aus sieht das Ding doch wahrlich nicht aus wie ein von Ratten verseuchter Trümmerhaufen aus Lehmziegeln und halbzerfallenen Mauern!«

»Von dem Gestank und den Abzugsgräben ganz zu schweigen. Die dürfen Sie nicht übergehen. Ich wundere mich, daß wir nicht alle längst an Typhus und Cholera verstorben sind. Aber ich gebe zu, von hier aus bietet er einen grandiosen Anblick. Doch trotz alledem – weil mein Magen leer ist wie eine Trommel und das Frühstück wartet, schlage ich vor, wir überlassen die Burschen hier sich selber und kehren um. Es sei denn, Sie meinen, Sie müßten noch etwas länger bleiben?«

»Ach wo, denen passiert jetzt nichts mehr. Der Chef will heute übrigens eine Stunde früher frühstücken – spätestens ein Viertel vor Sieben. Offenbar ist er mit einem einheimischen Würdenträger verabredet.«

Wally gab Anweisung, die Futtermacher sollten einrücken, bevor es zu heiß werde, grüßte die Eskorte und die Afghanen und galoppierte heimwärts, wobei er aus voller Brust »Wächter auf die Zinnen! Gürte, o Krieger, dein Schwert!« sang.

Ash hatte meist recht, was Wally betraf.

»Langsam doch, junger Mann!« flehte Rosie, als die Pferde über das Ödland jagten und an einen Wall gelangten, hinter dem sich ein Entwässerungsgraben verbarg, über den sie hinwegsetzten wie beim Querfeldeinrennen und jenseits auf bestelltes Ackerland kamen. Wally verlangsamte widerstrebend das Tempo. Man näherte sich der Zitadelle im langsamen Trabe; durch das Shah Shahie-Tor ging es im Schritt, man wechselte Grüße mit den afghanischen Wachen und sprach mit einem Sepoy von den Kundschaftern, einem gewissen Mohammed Dost, der auf dem Wege in den Basar war, um dort für die Eskorte Mehl einzukaufen...

Daß er allein ging und augenscheinlich keine Bedenken hatte, dies zu tun, zeigte, wie sehr die in der Stadt herrschende Atmosphäre verändert war. Beide Offiziere vermerkten dies stillschweigend und kehrten ins Quartier zurück, überzeugt, das Leben in Kabul werde nun doch noch vergnüglicher, als man bisher hatte annehmen dürfen.

Sir Louis, schon vor ihnen von seinem morgendlichen Ausritt heimgekehrt, hatte bereits gebadet und sich umgekleidet und machte einen Rundgang im Hof. Meist war er vor dem Frühstück einsilbig, doch heute berichtete er von Plänen, die er mit Einsetzen der kalten Witterung verwirklichen wollte und zeigte sich so aufgeräumt, daß Wally sich endlich ein Herz faßte und erwähnte, man brauche für eben diese Wintermonate Futtervorräte und dafür wiederum Lagerplatz. Er sagte, jener öde, Kulla-Fi-Arangi genannte Hang biete sich für die Errichtung von Lagerhäusern geradezu an, erwähnte aber nichts von Verteidigung. Sir Louis meinte ebenfalls, man müsse wohl etwas dieser Art ins Auge fassen und übergab die Angelegenheit Jenkyns, der Wally eine Grimasse schnitt und nur bemerkte, die Kundschafter würden doch wohl unweit der Stallungen genügend Platz für einen oder zwei Heuhaufen finden.

Einige hundert Schritte entfernt, in einem Gebäude, von dem aus man den Appellplatz übersehen konnte, saß der Oberkommandierende der afghanischen Armee, General Daud Shah, am offenen Fenster. Er erwartete die Ardalen-Regimenter. Unter ihm, im Erdgeschoß, hockte Ash auf einer überdachten Veranda neben einer Anzahl Schreiber am Boden und sah zu, wie der Munshi und etliche niedere Chargen mit ihren Lohnlisten hantierten, während der staubige Platz sich allmählich füllte.

Es herrschte rechte Feiertagsstimmung, und die Ardalen, die lachend in kleinen Grüppchen angeschlendert kamen und keine Miene machten, sich in Formation aufzustellen, wirkten keineswegs martialisch. Es hätten ebensowohl Zivilisten sein können, die einen Rummelplatz aufsuchten, denn sie waren nicht uniformiert und trugen nicht mehr Waffen als jeder Untertan des Emir, wenn er das Haus verläßt – den Krummsäbel und den afghanischen Dolch, denn Daud Shah hatte vorsichtshalber befohlen, alle Schußwaffen im Arsenal abzugeben. Das galt auch für die Herati, die dort Wache hielten.

Die Sonne stand schon recht hoch, und obschon es erst gegen Sieben war, empfand Ash es doch angenehm, unter dem Dach der Veranda im Schatten sitzen zu dürfen, um so mehr als deren mit Matten bedeckter Boden gut zwei Meter über der Erde lag, was es den dort Sitzenden ermöglichte, auf die Menge hinunterzusehen und sich dem Gewimmel der bärtigen, ungewaschenen Soldaten fernzuhalten.

Auch hatten sie so Gelegenheit, die Gesichter dieser Männer zu beobachten. Ash empfand prickelndes Unbehagen, als er einen davon erkannte: einen kleinen, verschrumpelten Mann mit Hakennase und fanatischen Augen, der hier nichts zu suchen hatte. Er war weder Soldat, noch wohnte er im Bala Hissar. Es war der Fakir Buzurg Shah, ein Heiliger Mann und Agitator, der alle Ungläubigen mit brennendem Haß verfolgte und unermüdlich zum Heiligen Krieg aufrief. Was hatte diesen Mann wohl hergeführt? Hoffte er etwa, seine Saat erfolgreich unter den Ardalen auszustreuen, wie zuvor schon unter den Herati? Ash konnte nur hoffen, daß der Boden hier weniger fruchtbar war.

Er fragte sich gerade, wie lange die Soldauszahlung wohl dauern könne und ob der Munshi ihm den Rest des Tages freigeben werde, als ein beleibter Herr vom Schatzamt sich erhob und auf die oberste der Stufen trat, welche zur Veranda hinaufführten. Er hob eine feiste Hand und bat um Ruhe; die Männer sollten sich in Reihe aufstellen und einzeln an die Treppe kommen, um ihren Sold zu empfangen, nur – er unterbrach sich und klatschte ärgerlich in die Hände, um den aufkommenden Beifall zu dämpfen – nur müßten sie sich mit dem Sold für einen einzigen Monat begnügen, denn es sei nicht genug Geld vorhanden, den Sold wie gefordert für drei Monate auszuzahlen.

Diese Neuigkeit wurde mit verblüfftem Schweigen aufgenommen. Es schien Minuten zu währen, dauerte aber keine zwanzig Sekunden. Dann brach die Hölle los. Die Soldaten drängten stoßend und brüllend nach vorn, sie beschimpften den dicken Herrn und seine Gehilfen, die ihrerseits zurückschimpften und kreischten, man möge nehmen, was geboten werde, solange überhaupt Geld vorhanden sei. Die Staatskasse sei leer, das sollten sie endlich begreifen. Es sei einfach kein Geld vorhanden, wer es nicht glaube, könne sich jederzeit durch Augenschein davon überzeugen.

Der Wutausbruch, der dieser Aufforderung folgte, glich dem Gebrüll eines riesigen Tigers – wütend, hungrig und nach Beute lechzend. Ash fühlte, wie seine Nerven sich spannten und war in Versuchung, zur Gesandtschaft zu laufen und die Mission zu warnen. Die schmale Veranda war aber so dicht besetzt, daß er sich nicht unauffällig entfernen konnte. Auch war dies ein Streit zwischen der afghanischen Regierung und ihren Truppen, er ging die Gesandtschaft nichts an – die im übrigen bereits gewarnt sein würde, denn der Lärm war so groß, daß er bis in die Stadt dringen mußte.

Und bald wurde er noch lauter.

Ein Mann, der weit vorne stand, brüllte mit Donnerstimme: »Sold und Fressen!«, und die Umstehenden nahmen die Parole auf. Sekunden später wurde sie schon im Chor von der Hälfte des Regimentes gerufen. Die Veranda schien von den rhythmisch herausgebrüllten Worten »Sold und Fressen! Sold und Fressen!« zu beben.

Plötzlich flogen Steine. Die hungrigen, sich hintergangen fühlenden Soldaten langten nach diesen altehrwürdigen Wurfgeschossen und schleuderten sie gegen das Fenster, an dem der Oberkommandierende saß. Ein General und etliche Offiziere des Regimentes, die nahe den Stufen zur Veranda eine Gruppe bildeten, mischten sich unter die Mannschaften, um sie zu beruhigen; sie seien weder Kinder noch Strauchdiebe, das sollten sie nicht vergessen. Doch konnten sie sich in dem herrschenden Radau kein Gehör verschaffen. Einer löste sich aus dem Getümmel und rannte die Stufen hinauf ins Haus, um den Oberkommandierenden herauszubitten, der die Ruhe vielleicht noch herstellen konnte.

Daud Shah zögerte nicht. Die Soldaten seiner Armee hatten ihm eine schwere Beleidigung zugefügt, auch war er ein furchtloser Mann, dessen Art es nicht war, sich in schwieriger Lage totzustellen. Er kam also gleich herunter, blieb auf der obersten Verandastufe stehen und breitete die Arme aus, um Ruhe zu gebieten.

Die Ardalen warfen sich wie ein Mann auf ihn, schon lag er am Boden und kämpfte um sein Leben. Seine Leute fielen über ihn her wie Wölfe über einen Rehbock.

Sogleich war die gesamte Verandabesatzung auf den Füßen, darunter auch Ash. Er stand zu weit seitwärts, um sehen zu können, was vorging, konnte auch nicht näher heran, denn die entsetzten Zivilisten drängten und schoben einander; manche wollten näher heran, um besser zu sehen, andere wollten ins Haus fliehen.

Ash selber war hin- und hergerissen. Zivilisten, die versuchten, sich flüchtend durchzudrängen, würden vermutlich ebenso verprügelt werden wie Daud Shah; also war es vielleicht besser, am Ort zu verharren und abzuwarten. Er war froh, daß er außer dem Dolch eine Pistole bei sich trug und bedauerte, nicht auch seinen Revolver zu haben; die entspannte Atmosphäre der letzten Tage hatte ihn dazu verleitet, die klobige Waffe nicht mit sich herumzuschleppen, sondern sie in einer jener Kisten zu verschließen, in welchen die Akten des Munshi aufbewahrt wurden.

Das also war ein Fehler gewesen, doch hatte niemand erwartet, daß sich etwas Derartiges ereignen würde – gewiß nicht Daud Shah, der für seinen Irrtum womöglich mit dem Leben bezahlen mußte. Daß es dann doch nicht so weit kam, war mehr ein glücklicher Zufall, denn nachdem die wütenden Ardalen ihn getreten und geschlagen hatten, bis er schier lahm und blind war, stieß einer dem am Boden Liegenden ein Bajonett in den Leib. Dieser barbarische Akt ernüchterte die anderen; sie traten schweigend zurück, betrachteten ihr Werk und hinderten seine Offiziere nicht, ihn ins Haus zu tragen. Man muß ihnen bestätigen, daß sie ihm gleich zu Hilfe eilten.

Ash gewahrte Daud Shah flüchtig, als man ihn vorbeitrug, und fand es schwer, zu glauben, daß diese zusammengeschlagene, turbanlose und nur mit wenigen blutbeschmierten Fetzen bekleidete Gestalt noch am Leben war, doch kam zwischen den aufgeplatzten blutigen Lippen eine unaufhörliche Kette von Flüchen hervor. Der unerschütterliche Oberkommandierende benutzte den Atem, zu dem er unterdessen wieder gekommen war, dazu, seine Angreifer zu beschimpfen: »Dreck! Abschaum! Söhne verseuchter Schweine! Abkömmlinge verrufener Mütter! Höllischer Kehricht!« keuchte Daud Shah zwischen Schmerzenslauten, als man ihn vorübertrug, und ließ im weißen Staub unter der Veranda eine Blutspur zurück.

Dergestalt des Brennpunktes ihrer Wut beraubt und in dem Bewußtsein, es habe keinen Sinn, sich an untergeordneten Kreaturen zu vergreifen, fiel den Soldaten der Emir ein. Sie wandten sich tobend und fluchend nach dem Palast. Die afghanischen Herrscher waren aber auf solche Eventualitäten vorbereitet und hatten die königliche Feste gut gesichert. Die Tore zum Palast konnten nicht ohne weiteres eingedrückt werden, und die Mauern waren zu hoch und zu stark, als daß man sie hätte übersteigen können. Auch lagen zwei dem Emir ergebene Regimenter im Palast, die Kazilbashi-Kavallerie und eine Abteilung Artillerie.

Die grölenden Meuterer standen also vor verschlossenen Toren und sahen sich feuerbereiten Kanonen gegenüber. Sie mußten sich darauf beschränken, Steine zu werfen, jene Kazilbashi, die von der Mauer auf sie herunterblickten, zu beschimpfen, und ihre Forderung nach Sold und Essen herauszubrüllen. Das ging aber nur minutenlang so. Das Gebrüll erstarb, als jemand von der Mauer herunterrief – später hieß es, das sei ein afghanischer General gewesen –, falls sie Geld wollten, sollten sie sich an Cavagnari-Sahib wenden, der habe reichlich.

Denkbar ist, daß dieser Mann nichts Böses im Schilde führte, sondern seine Aufforderung ironisch meinte und sich von seiner Gereiztheit dazu verführen ließ, doch die Ardalen antworteten mit Beifall. Cavagnari-Sahib – selbstverständlich! Genau der richtige Mann. Warum nur war das bislang niemandem eingefallen? Jedermann wußte, daß die englische Königin reicher war, als der geldgierigste Mensch sich erträumen konnte, und Cavagnari-Sahib war schließlich ihr Vertreter in Kabul. Was hätte er – uneingeladen und herzlich unwillkommen wie er war – hier verloren, wenn er nicht der Gerechtigkeit zum Siege und dem Emir aus der Klemme helfen wollte, indem er den Truppen den ausstehenden Sold zahlte? Cavagnari-Sahib würde dafür sorgen, daß ihre berechtigten Forderungen erfüllt wurden. Also auf zur Gesandtschaft, Brüder!

Die Menge machte kehrt und rannte mit Jubelgeschrei den Weg zurück, den sie gekommen war. Ash, immer noch auf der Veranda, sah sie vorüberstürmen, hörte sie »Cavagnari-Sahib!« schreien und wußte, wohin die Reise ging.

Er war sich keines geordnet ablaufenden Denkprozesses bewußt, dazu blieb keine Zeit, er handelte rein instinktiv. An jedem Ende der langgestreckten Veranda gab es eine Treppe, doch machte er keinen Versuch, die ihm nächstgelegene zu erreichen, vielmehr schob er den vor ihm stehenden Mann weg, setzte über das Geländer, bevor allgemeine Panik um sich griff, und mischte sich unter den brüllenden Haufen.

Und nun erst wurde ihm klar, daß er vor oder wenigstens unter den Ersten das Gelände der Gesandtschaft erreichen mußte.

Es galt, dem Gesandten klarzumachen, daß dieser lärmende und dem Anschein nach angriffslustige Mob noch nicht in feindlicher Absicht kam, sondern daß dessen Wut sich gegen die eigene Regierung richtete, gegen Daud Shah und den Emir, die ihnen drei Monate Sold versprochen, ihr Wort aber gebrochen hatten und sie mit der Löhnung für einen Monat abspeisen wollten. Und auch, daß sie die englische Regierung für märchenhaft reich hielten und nicht nur glaubten, der Gesandte werde sie ausbezahlen, sondern ihnen auch Gerechtigkeit verschaffen.

Ash, der mitten zwischen den Soldaten lief, erfaßte und fühlte die Stimmung dieser Männer so genau, als wäre er einer der ihren. Er wußte jedoch, die geringste Kleinigkeit konnte einen Umschwung herbeiführen, der sie in einen rasenden Mob verwandelte. Im Laufen betete er, Wally möge um Himmels willen den Kundschaftern keinen Feuerbefehl erteilen. Sie *dürfen* nicht schießen. Behielten sie die Ruhe und ließen sie Cavagnari Zeit, mit den Rädelsführern zu verhandeln, mochte alles noch gut enden... Cavagnari kannte diese Menschen, er sprach fließend ihre Sprache; er mußte einsehen, daß dies nicht der Augenblick war, um Pennies zu feilschen, und daß nur das feste Versprechen ihn retten konnte, zu bezahlen, was die Männer forderten und zwar auf der Stelle, falls das Geld vorhanden war, und falls nicht, sein Wort dafür zu verpfänden, daß er zahlen würde, sobald die Regierung das Geld anwies.

Lieber Gott, laß sie nur nicht schießen, betete Ash wieder. Laß mich vor den anderen ankommen, damit ich den Wachen sagen kann, es handelt sich nicht um einen Angriff, sie sollen den Kopf nicht verlieren, nichts Falsches tun...

Das wäre ihm vielleicht sogar gelungen, denn von den Kundschaftern kannten ihn einige und hätten ihm gehorcht. Doch schwand jede Aussicht dahin, als plötzlich von links eine weitere Horde Menschen sich den Anstürmenden zugesellte. Die im Arsenal Dienst habenden Truppen hörten den Lärm, sahen die meuternden Ardalen zum Areal der Gesandtschaft laufen und eilten ihrerseits in die gleiche Richtung. Als diese Männer aufeinandertrafen, gab es zunächst einen ungeheuren Wirbel, und Ash wurde mit vielen anderen zu Boden geschleudert.

Als er endlich zerschrammt, benommen und hustend wieder auf die Füße kam, war das Gros vorüber. Er fand sich bei den Nachzüglern, ohne die geringste Aussicht, rechtzeitig in die Gesandtschaft zu kommen – falls überhaupt noch, denn was da vor ihm lärmend hin und her wogte, zählte gut tausend Köpfe, und er sah keine Möglichkeit, sich da durchzudrängen.

Er hatte Wally jedoch unterschätzt. Der jugendliche Kommandeur der Eskorte mochte ein mäßiger Dichter und unverbesserlicher Romantiker sein, doch besaß er die für einen Militär unschätzbare Eigenschaft, in der Krise den Kopf nicht zu verlieren.

Die Bewohner der Gesandtschaft und die Eskorte hörten den Lärm, der auf die Ankündigung, die Regierung des Emir könne ihren Verpflichtungen nicht nachkommen, erfolgte und machten sich auf Unruhen gefaßt. Das Getöse und der folgende Tumult klangen zwar nur gedämpft herüber, denn es lagen eine

Menge Häuser dazwischen, doch jedermann hielt in seiner Tätigkeit inne und lauschte…

Niemand hörte den Vorschlag, Cavagnari-Sahib möge zahlen, denn der wurde von einer einzigen Stimme gemacht, doch der vorangehende Lärm und der folgende Beifall, dann die Parole »Sold und Fressen!« waren deutlich vernehmbar, denn sie kam aus Hunderten von Kehlen. Als das Gebrüll nicht nur lauter wurde, sondern auch näher kam, wußte jeder, wohin die tobende Menge sich wandte, noch bevor der erste Meuterer auftauchte.

Wally trug als einziger von den Kundschaftern bereits Uniform; Infanteristen und dienstfreie Wachen ruhten in den Unterkünften. Wally selber befand sich bei den Stallungen, wo er die Pferde inspiziert hatte und sprach mit Reitern und Pferdeburschen. Der Sepoy Hassan Gul von den Kundschaftern rannte, ohne ihn zu bemerken, vorbei zur Unterkunft der B-Kompanie, deren Sergeant am Eingang lehnte, in den Zähnen stocherte und mit mäßigem Interesse dem Krach zuhörte, den diese undisziplinierten Teufel vom Ardalen-Regiment machten.

»Sie kommen hierher!« keuchte Hassan Gul, »ich war draußen und habe sie gesehen, schnell, das Tor zu.«

Er meinte damit jenes Behelfstor, das Wally hatte einsetzen lassen, und das mit geringer Mühe hätte eingedrückt werden können. Der Sergeant schloß es, während Hassan Gul weiterlief, durch den Mauerbogen und über den Innenhof, um jenes Tor zu verriegeln, das dem Eingang zur Gesandtschaft gegenüber lag.

Während Wally die Pferde inspizierte, horchte auch er auf den Lärm der Ardalen. Er blieb bei seinem Pferd Mushki stehen, streichelte die Stute und sprach mit seinen Reitern über dienstliche Dinge. Als er den Sepoy vorbeiflitzen und den Sergeanten das äußere Tor schließen sah, reagierte er ebenso rasch und instinktiv wie Ash.

»Miru, sag dem Sergeanten, er soll das Tor sofort wieder aufmachen und offen lassen. Und die beiden anderen Tore auch, falls sie geschlossen sind. Und daß mir keiner von euch schießt ohne ausdrücklichen Befehl von mir!«

Miru lief los, und Wally befahl den übrigen: »Keiner schießt, das ist ein ganz klarer Befehl.« Dann eilte er über den Innenhof zur Gesandtschaft, durch das nun wieder geöffnete Tor, um Sir Louis Meldung zu machen.

»Ihr habt gehört, was der Sahib gesagt hat – keiner feuert«, schärfte Futtermeister Jiwand Singh den Umstehenden ein. »Und –« mehr brachte er aber nicht heraus, denn schon ergoß sich eine Flutwelle schreiender Afghanen in den friedlichen Hof, verlangte nach Cavagnari und Geld und bedrängte rempelnd, lachend und gröhlend die Kundschafter wie betrunkene Rüpel auf dem Jahrmarkt.

Ein Witzbold schrie, falls auch hier kein Geld zu haben sei, könne man die Ställe plündern. Dieser Vorschlag wurde begeistert aufgenommen. Man stürmte die Stallgebäude und stahl Sättel und Zaumzeug, Lanzen und Säbel, Pferdedecken, Eimer und überhaupt alles, was beweglich war.

Minuten später waren die Ställe ausgeraubt. Man prügelte sich bereits um die wertvollere Beute, vorwiegend englische Sättel. Ein keuchender Sowar erschien ohne Turban und in zerfetzter Kleidung in der Gesandtschaft, um seinem Kommandeur zu melden, die Afghanen hätten die Ställe ausgeplündert und seien dabei, die Pferde zu stehlen oder zu steinigen.

Mushki, fuhr es Wally durch den Kopf. Sein Herz zog sich zusammen, als er sich vorstellte, die Stute werde von Steinen getroffen, die irgendein afghanischer Lümmel nach ihr warf. Ah nein. Mushki nicht!

Er hätte alles darum gegeben, noch im gleichen Moment selber zu den Stallungen laufen zu können. Aber er wußte, daß der Anblick eines der verhaßten Landfremden die Menge zur Weißglut bringen konnte, selbst wenn dieser keine Hand rührte, um das Plündern zu verhindern. Er konnte dem Mann nur befehlen, die Kundschafter anzuweisen, sich aus den Stallungen in ihre Quartiere zurückzuziehen.

»Sag dem Futtermeister, er soll sich der Pferde wegen keine Gedanken machen, die schafft der Emir morgen wieder herbei. Unsere Leute sollen sich auf keine Schlägerei einlassen, sondern sofort ins Quartier abrücken.«

Der Mann salutierte und stürzte sich in das beängstigende Getümmel rings um die Ställe, wo Pferde angstvoll wieherten, auf die Hinterbeine stiegen und nach den Afghanen auskeilten, die ihrer habhaft zu werden suchten und die Tiere hierhin und dorthin zerrten, weil sie sich nicht einigen konnten, wem die Beute zufallen sollte. Manche stachen auch einfach zum Spaß mit ihren Messern auf die Pferde ein, was Stallburschen und Reiter zu verhindern suchten.

Wallys Befehl wurde überbracht, und weil die Afghanen ganz mit Plündern beschäftigt waren, konnten die Kundschafter ihn befolgen und sich, verbittert zwar und wütend, in den Unterkünften in Sicherheit bringen.

Wally kam ebenfalls hin und befahl vierundzwanzig Sepoys mit Gewehren aufs Dach. Sie sollten an der hohen Brüstung stehen, ihre Waffen aber nicht zeigen und nur auf seinen ausdrücklichen Befehl feuern. »Es wird auch nicht geschossen, wenn diese Halunken hierher kommen, was bald genug der Fall sein wird, weil es nichts mehr zu plündern gibt. Sie sollen hier aber keine Waffen vorfinden. Rauf mit euch – die übrigen mit Waffen in die Gesandtschaft.«

Das kam keinen Moment zu früh. Als der letzte Sepoy aufs Dach gelangte und das Tor im Mauerbogen sich hinter dem letzten Mann der Eskorte schloß, löste sich der Menschenknäuel auf, der bislang im hinteren Teil des Hofes geplündert hatte.

Wer ein Pferd oder doch wenigstens einen Sattel oder Säbel ergattert hatte, machte sich mit seiner Beute davon, bevor weniger begünstigte Kameraden ihm die Beute abjagten. Diejenigen aber, und sie zählten nach Hunderten, die leer ausgegangen und für die die geplünderten Stallungen jetzt ohne Reiz waren, erinnerten sich plötzlich, weshalb sie gekommen waren, strömten um die Unterkünfte herum und durch den Innenhof, versammelten sich vor der Gesandtschaft und brüllten nach Geld und nach Cavagnari.

Wally hatte vor mehr als einem Jahr in einem Brief an Ash bei der Beschreibung seines neuesten Helden erwähnt, er glaube, Cavagnari kenne keine Furcht – eine außerordentliche Behauptung. Man hat das von vielen Männern gesagt, und meist stimmte es nicht. Hier aber war es keine Übertreibung. Der Gesandte war bereits – wenn auch unpräzise – vom Emir gewarnt worden, der schon wußte, daß der Löhnungsappell nicht nach Wunsch verlaufen war; er solle keine Besucher vorlassen. Diese Warnung kam aber nur Minuten vor dem Pöbelhaufen an, zu spät jedenfalls, um von Nutzen zu sein, selbst wenn eine Möglichkeit bestanden hätte, die Herrschaften auszusperren, doch die bestand ja bekanntlich nicht.

Der Gesandte reagierte auf den Tumult in seiner Residenz zunächst einmal mit Ärger. Er erklärte es für schändlich, daß die afghanischen Behörden einer Horde disziplinloser Barbaren erlaubten, das Gelände der Mission zu betreten; er werde sich deshalb beim Emir wie bei Daud Shah ernstlich beschweren. Als die Plünderung vorüber war, der Mob sich der Gesandtschaft zuwandte und seinen Namen brüllte, unter wüsten Drohungen Geld forderte und Steine gegen die Fenster warf, verwandelte sich sein Ärger in Ekel, und als die Diener die Läden vorlegten, begab er sich in sein Schlafzimmer, wo Jenkyns, als er aus seinem Büro im Erdgeschoß heraufkam, ihn damit beschäftigt fand, Uniform anzulegen; nicht die weiße Sommeruniform, sondern den schwarzblauen Frack, der nur im Winter getragen wird, samt goldenen Knöpfen, Goldstickerei, Orden und dem schmalen goldenen Degengurt.

Sir Louis schien von dem Klamauk keine Notiz zu nehmen, und Jenkyns, als er die kühl distanzierte Miene seines Chefs gewahrte, schwankte zwischen Bewunderung und Angst, die nichts mit der Horde da draußen und auch nichts mit dem Steinhagel zu tun hatte, der gegen die Holzläden prasselte. Normalerweise kein phantasievoller Mann, mußte er, als der Gesandte in die Ärmel seines Fracks fuhr, an einen Aristokraten aus der Zeit Ludwigs XVI. von Frankreich denken – der mochte so ausgesehen haben, als die canaille vor seinem Schloß tobte.

Jenkyns räusperte sich und sagte zögernd: »Wollen Sie... haben Sie die Absicht, mit... mit denen da draußen zu reden, Sir?«

»Selbstverständlich. Vorher ziehen die nicht ab, und dieser Lärm ist unzumutbar.«

»Aber... es sind eine Menge Leute, Sir...«

»Spielt das eine Rolle?« fragte Sir Louis kühl.

»Nur insofern, als wir nicht wissen, wieviel Geld sie verlangen, und ich glaube nicht, daß wir genügend haben. Denn unsere eigenen Leute sind eben erst...«

»Darf ich fragen, wovon Sie eigentlich sprechen?« Der Gesandte rückte den Schmuckdegen zurecht, so daß die Quaste vorteilhaft zur Geltung kam.

»Ich rede von Geld, Sir, von Rupien. Das verlangen sie nämlich da draußen, und weil schon heute früh nicht ausreichend Geld vorhanden war, meinte ich –«

»Geld?« Sir Louis hob mit einem Ruck den Kopf, funkelte seinen Sekretär an und bemerkte eiskalt: »Mein lieber Jenkyns, Sie glauben doch wohl nicht, daß sich die Regierung, der zu dienen ich die Ehre habe, jemals erpressen ließe? Jawohl, erpressen! Von einer Bande ungezogener Rüpel. Da irren Sie gewaltig. Und diese steineschmeißenden Spitzbuben da draußen irren ebenfalls. Amal Din, meinen Tropenhelm.«

Seine Ordonnanz reichte ihm den weißen Tropenhelm mit der goldenen Spitze, den Diplomaten bei offiziellen Anlässen trugen; Cavagnari setzte ihn auf und befestigte den goldenen Kinnriemen. Jenkyns trat ihm entgegen und flehte verzweifelt: »Sir, wenn Sie da jetzt runtergehen –«

Sir Louis blieb an der Tür stehen und sagte geduldig: »Mein lieber Junge, ich bin nicht senil. Ich weiß sehr wohl, daß nur die vorne Stehenden mich sehen können, wenn ich hinuntergehe, während die Hintenstehenden, die mich nicht sehen, weiterkrakeelen und ich mich nicht verständlich machen kann. Ich begebe mich deshalb aufs Dach. Sie, Jenkyns, bleiben hier. Es reicht, wenn meine Ordonnanz mich begleitet. Von den übrigen möchte sich bitte niemand sehen lassen.«

Er winkte Amal Din heran. Die beiden verließen den Raum, Sir Louis entschlossen vorneweg, der Afridi einige Schritte hinter ihm, die Hand am Säbel. Jenkyns hörte die Säbelscheiden gegen die Mauer klirren, als beide die enge Treppe erstiegen. Er dachte bewundernd und zugleich verzweifelt: »Er ist großartig. Doch wir können uns einfach nicht weigern zu zahlen, auch wenn er das für Erpressung hält. Begreift er das denn nicht? Der Bursche in Simla hatte schon recht: er wird tun, was der französische Gardeoffizier bei Fontenoy getan hat... und die Leichten Reiter bei Balaclava... C'est magnifique, mais ce n'est pas la guerre! Selbstmord ist es.«

Anders als die Mannschaftsunterkünfte hatten die Flachdächer des Kasinos und des Hauses von Sir Louis keine Brüstung, wenn sie auch vor dem Blick aus den zunächst stehenden Häusern durch eine mannshohe Mauer geschützt waren. Auf den anderen drei Seiten wurde das Dach durch einen wenige Zentimeter hohen umlaufenden Rand aus Backsteinen begrenzt; Sir Louis trat ganz nach vorne, so daß die unten Stehenden ihn gut sehen konnten, und hob Schweigen gebietend die Hand.

Er machte nicht den Versuch, sich über den Lärm hinweg Gehör zu verschaffen, sondern wartete ab, aufrecht, mit verachtungsvoller Miene, eine schlanke, eindrucksvolle Gestalt in Galauniform, durch die Goldspitze des Tropenhelms noch größer wirkend. An seiner Brust glitzerten Orden, und die breiten goldenen Biesen an seinen Hosenbeinen glänzten im Licht der Morgensonne. Die kalten Augen unter dem Rand des weißen Tropenhelmes hatten einen unerbittlichen Ausdruck, als er, ohne zu blinzeln und voller Verachtung, den lärmenden Pöbel unter sich betrachtete.

Das Erscheinen des Gesandten auf dem Dache wurde mit einem ohrenbetäubenden Geschrei begrüßt, vor dem auch der Tapferste zurückgewichen wäre, doch Sir Louis reagierte nicht im geringsten darauf. Er stand wie ein Fels und wartete, bis es der Menge gefiel, ihr Geschrei einzustellen. Als sie ihn so von unten herauf anschauten, wurde einer nach dem anderen still, bis Cavagnari endlich die gebieterisch erhobene Hand – die nicht einen Moment zitterte – sinken ließ und zu hören verlangte, was sie hergeführt habe und was sie von ihm wünschten.

Es antworteten Hunderte von Stimmen, und wiederum hob er die Hand und wartete, bis Ruhe eintrat; dann bezeichnete er mit einer gebieterischen Geste einen einzelnen Mann als Sprecher: »Du da, du mit der Narbe auf der Wange« – der magere Zeigefinger deutete unmißverständlich auf einen der Rädelsführer – »tritt vor und sprich für die anderen. Was soll dieser schändliche Krach bedeuten und was veranlaßt euch, an das Tor eines Gastes des Emir zu pochen, der unter dem Schutze Seiner Hoheit steht?«

»Der Emir? Pfui!« Der Mann spie aus und berichtete, das Regiment sei beim Löhnungsappell schamlos betrogen worden; weil ihre eigene Regierung ihnen ihr Recht verweigere, wendeten sie sich an Cavagnari-Sahib, damit der es ihnen verschaffe. Sie verlangten nichts weiter, als daß er die ihnen zukommende Löhnung auszahle. »Denn wir wissen, deine Königin ist reich, ihr bedeutet das nichts. Wir hier aber hungern schon zu lange. Wir wollen nichts, als was man uns schuldet, nicht mehr und nicht weniger. Gib uns Gerechtigkeit, Sahib!«

Obschon die Meuterer eben noch geplündert und sich aufgeführt hatten wie die Wilden, schienen sie doch ernstlich zu glauben, der britische Gesandte habe sowohl die Macht, das von der eigenen Regierung an ihnen begangene Unrecht gutzumachen, als auch den Willen, ihnen den Sold auszuzahlen, auf den sie Anspruch hatten – das ließ sich deutlich dem Ton entnehmen, in dem der Sprecher ihre Forderungen vortrug. Doch die Miene auf dem energischen, schwarzbärtigen Gesicht, das auf sie hinunterschaute, änderte sich nicht im geringsten, und die strenge, weit tragende Stimme, die so fließend ihre eigene Sprache beherrschte, klang absolut unnachgiebig.

»Ich bedauere euch«, sagte Sir Louis Cavagnari, »doch kann ich eure Forderung nicht erfüllen. Ich darf mich nicht in Dinge einmischen, die zwischen euch und eurem Herrscher abgemacht werden müssen, zwischen dem Emir und seinen Truppen. Dazu habe ich keine Befugnis, und es wäre unschicklich, wollte ich es versuchen. Ich bedauere.«

Und auf diesem Standpunkt beharrte er unerschütterlich angesichts wilder Drohungen und Beschimpfungen, die sich zu einem irren Gebrüll steigerten. Trat eine Pause ein, wiederholte er, die Anwesenden müßten ihre Sache mit dem Oberkommandierenden oder dem Emir ausmachen, er könne sich da nicht einmischen, so leid es ihm tue. Erst als der hinter ihm stehende Amal Din leise warnte, die Teufel da unten klaubten bereits Steine auf, verließ Cavagnari das Dach, und auch das nur, weil ihm klar war: verweilte er länger, würde er zu einem leichten Ziel für die Steinwerfer; und ginge er dann erst zurück ins Haus, wenn sie bereits Steine nach ihm schleuderten, hätte das nach Flucht ausgesehen...

In seinem Schlafzimmer legte Sir Louis die Galauniform ab und leichtere, bequemere Kleidung an, wobei er nur ungerührt bemerkte: »Barbaren, allesamt. Ich werde dem Emir eine Nachricht zukommen lassen, Jenkyns. Er soll endlich jemand schicken, der den Mob da auseinandertreibt. Was Daud Shah sich dabei denkt, ist mir unverständlich. Die Kerle kennen keine Disziplin, das ist alles.«

Dann ging er energischen Schrittes nach nebenan in sein Arbeitszimmer und wollte sich soeben an den Tisch setzen, als er eine Stimme vernahm, die nicht von unten aus der Gasse, sondern vom Dach einer der Unterkünfte gegenüber zu ihm drang, wo die vierundzwanzig Sepoys standen, die Gewehre hinter der Brüstung versteckt. Jemand brüllte, bei den Ställen werde gekämpft, die Meuterer hätten einen Pferdeburschen getötet und griffen soeben den Sowar Mal Singh an... Mal Singh liege am Boden... er sei verwundet...

Auch der Pöbel in der Gasse hörte diese Worte und brüllte Beifall; einige rannten zurück zu den Stallungen, andere schlugen gegen das Tor, das zum Innenhof der eigentlichen Gesandtschaft führte. Dort ging Wally zwischen seinen Männern auf und ab, ständig wiederholend, niemand dürfe ohne ausdrücklichen Befehl feuern. Als die Bretter splitterten und die Scharniere nachgaben, drängten seine Soldaten von innen dagegen, um zu verhindern, daß es von den Aufrührern eingedrückt wurde, doch lange konnte diese Gegenwehr keinen Erfolg haben. Als das letzte Scharnier brach, fiel das Tor gegen Wallys Leute und die Masse ergoß sich in den Hof. Im gleichen Moment fiel von irgendwoher ein Schuß.

65

Der scharfe Knall drang durch den allgemeinen Aufruhr und brachte ihn abrupt zum Schweigen, wie eine Ohrfeige einem hysterischen Ausbruch ein Ende macht. Wally dachte mechanisch »Jezail«, denn der altmodische, langläufige, in Indien gebräuchliche Vorderlader macht einen anderen Knall als ein europäisches Gewehr.

Die Stille währte keine zehn Sekunden, dann brach neuerlich die Hölle los, denn der durch den Knall vorübergehend verblüffte Pöbel drängte sich in den Hof und brüllte: »Tod den Kafirs! Tötet die Ungläubigen! Totschlagen, totschlagen!« Wally gab immer noch keinen Schießbefehl.

Hätte er ihn gegeben, er wäre in dem Geheul nicht gehört worden. Doch plötzlich krachte mitten in dem Aufruhr ein Karabiner, dann wieder einer und noch einer... und augenblicklich wandten sich die Angreifer zur Flucht; sie trampelten Gestrauchelte nieder, stolperten über die Bretter des eingedrückten Tores und schrien ihrerseits nach Schußwaffen, Musketen und Gewehren, die Ungläubigen zu töten. »Los, holt eure Musketen. Schnell, beeilt euch!« schrien die Meuterer und rannten teils zum Arsenal, teils zu ihren eigenen Unterkünften, die außerhalb der Stadt lagen.

Wieder herrschte an diesem herrlichen Morgen Ruhe und Frieden... die Männer der britischen Mission holten Atem und zählten die Gefallenen: Neun Meuterer und einer der eigenen Pferdeburschen. Der Sowar Mal Singh lebte noch, als man ihn bei den Ställen fand, starb aber, als man ihn ins Haus trug; mit dem Säbel hatte er drei Feinde erschlagen, denn er war tapfer dem unbewaffneten Pferdeburschen zu Hilfe geeilt und hatte den aussichtslosen Kampf gegen die Übermacht aufgenommen. Vier der übrigen sechs Toten waren erschossen worden, zwei im Handgemenge gefallen, Krummschwert gegen Säbel. Die Eskorte hatte sieben Verwundete. Die Kundschafter blickten einander stumm an – sie wußten, es war nicht zu Ende, es fing erst an; der Feind würde nicht lange auf sich warten lassen. Und diesmal brächten die Afghanen nicht nur Hieb- und Stichwaffen mit.

Fünfzehn Minuten, dachte Wally. Höchstens. Laut sagte er: »Schließt die Tore und gebt Munition aus. Versperrt die Zugänge der Gasse – nein, nicht mit Strohballen, die brennen zu leicht. Nehmt Futtertröge, Truhen, die Gitter aus den Ställen. Und brecht Schießscharten in die Brüstung...«

Offiziere und Mannschaften, Diener und Pferdeburschen, Soldaten und Zivilisten schufteten wie die Wilden buchstäblich um ihr Leben. Bagagewagen und leere Munitionskisten, Mehlfässer und Satteltaschen, Zelte und Planen und überhaupt alles, was irgend brauchbar war, mußte dazu dienen, den Hofeingang und die Zugänge zur Gasse zu verbarrikadieren. Man stapelte Strohballen hinter den geplünderten Ställen, brach Schießscharten in die Wände von Cavagnaris Haus und in die Brüstungen auf den Dächern der Unterkünfte, warf die Leichen in Lagerräume am äußersten Ende des Areals und bettete die eigenen Gefallenen in Amal Dins Zimmer.

Cavagnari schickte eine dringende Meldung an den Emir des Inhalts, die Gesandtschaft sei unprovoziert angegriffen worden und fordere Schutz; auf den hätte er als Gast des Landes Anspruch. Während er auf die Rückkehr des Boten wartete, legte er auf den Flachdächern des Kasinos und seines Hauses mit Hand an bei der Errichtung einer behelfsmäßigen Brüstung aus Erde, Teppichen und Möbeln. Der Bote kam aber nicht zurück.

Als er im Palast eintraf, führte man ihn in ein Vorzimmer und hieß ihn warten. Die Antwort kam durch einen Palastbediensteten: »Nach dem Willen Gottes treffe ich Vorbereitungen«, schrieb Seine Hoheit, der Emir Yakoub Khan. Doch Wachen schickte er nicht, nicht einmal eine Handvoll seiner loyalen Kazilbashi.

Andere trafen ebenfalls Vorbereitungen.

Dr. Kelly richtete mit Hilfe des Küchenpersonals im Unterstock des Kasinos einen Verbandplatz her, und Jenkyns räumte mit einem halben Dutzend Sepoys in größter Hast ein Zelt, in dem Munition und Gepäck gestapelt waren. Man hatte es der größeren Sicherheit wegen im Innenhof zwischen Gesandtschaft und Kasino aufgeschlagen. Das Gepäck kam teils in die Mannschaftsunterkünfte, teils ins Erdgeschoß von Cavagnaris Haus, wo es weniger durch Gewehrfeuer von den Dächern und aus den Fenstern der umliegenden Häuser gefährdet war. Aus einem dieser Fenster, einem sehr nahe gelegenen sogar, wurden sie bei ihrer schweißtreibenden Arbeit, ohne es zu wissen, von einem Offizier der Kundschafter beobachtet.

Ash hatte eingesehen, daß es sinnlos war, sich mit den meuternden Soldaten auf das Gelände der Gesandtschaft zu drängen, denn für eine Warnung oder die Erteilung von Ratschlägen war es nun zu spät. Als die Eindringlinge nicht mit Schüssen empfangen wurden, wurde ihm klar, daß beides überflüssig war. Wally hatte den Kundschaftern wohl befohlen, nicht zu schießen. Es bestand keine Gefahr, daß er den Kopf verlor und durch Überreaktion ein Gemetzel provozierte. Der Junge hatte seine Leute offenbar gut in der Hand, und mit etwas Glück konnte eine Katastrophe vermieden werden, bis Cavagnari persönlich zu der afghanischen Soldateska sprach.

Sobald der Gesandte dies tat, war nichts mehr zu befürchten, meinte Ash. Er brauchte ihnen nur zu versprechen, selber dafür zu sorgen, daß ihnen ihr Recht wurde, daß sie ihren ausstehenden Sold erhielten – falls nicht vom Emir, dann von der englischen Regierung –, und weil sein Name bei den Stämmen bekannt war, würde man ihm glauben. Cavagnaris Wort würden sie akzeptieren. Alles würde gut ablaufen.

Ash ging also an seinen Tisch im Hause des Munshi und beobachtete vom Fenster aus die Plünderung der Stallungen. Er sah zu, wie Pferde gestohlen wurden und wie die Meuterer anschließend in den Gesandtschaftshof stürmten. Auch sah er die Gestalt in Frack und weißem Tropenhelm aufs Dach treten, gelassen bis an den Rand schreiten und warten, bis der Lärm sich legte. Dabei dachte er, ganz wie Jenkyns: Der Mann hat Format, weiß der Himmel!

Er mochte Louis Cavagnari nicht besonders, und seine Politik mißfiel ihm aufs Äußerste; doch als er ihn so sah, bewunderte er uneingeschränkt den kühlen Mut dieses Mannes, der, nur von seiner Ordonnanz begleitet, unbewaffnet jenem bedrohlichen, steinewerfenden Mob ins Auge sah, ohne die geringste Furcht zu zeigen.

Das würde ich nicht fertig bringen, dachte Ash. Wally hat recht, er ist ein bedeutender Mann. Er wird alle aus dieser Klemme befreien. Sie schaffen es noch, alles kommt ins rechte Geleis. Es geht bestimmt gut.

Die Akustik in jenem Teil des Bala Hissar hatte ihre Besonderheiten, was die Angehörigen der Mission nicht wußten, obschon Ash Wally gleich zu Anfang davor gewarnt hatte. Die Lage des Gesandtschaftsareals zwischen den im Halbrund ansteigenden Häusern machte den Platz einem alten griechischen Theater ähnlich, wo die Sitzreihen von der Bühne aus steil ansteigen und wie ein Schalltrichter wirken, der es auch den ganz oben Sitzenden ermöglicht, jedes Wort zu verstehen, das von den Darstellern da unten gesprochen wird.

Hier gab es keine Zuschauerbänke, doch die Häuser zogen sich den Hang hinauf und verursachten einen ganz ähnlichen Effekt. Es wäre übertrieben zu sagen, daß alle Bewohner dieser Häuser jederzeit alles hören konnten, was unter ihnen im Gesandtschaftskomplex gesprochen wurde, doch wer am Fenster eines der näher gelegenen Häuser stand, vernahm deutlich Lachen, Befehle und Fetzen angeregter Unterhaltungen. An solch einem Fenster stand Ash und hörte zu. Und er verstand gut, denn ausgerechnet heute blies der Wind von Süden.

Also hörte er jedes Wort, das der Sprecher der Meuterer zu Sir Louis hinaufrief, und auch von dessen Antwort entging ihm keine Silbe. Eine halbe Minute glaubte er, nicht recht gehört zu haben – er mußte sich irren, irgend etwas hatte er falsch verstanden, Cavagnari konnte doch unmöglich...!

Doch alle Zweifel schwanden, als die Menge in Geheul ausbrach, nachdem Cavagnari seine Erklärung beendet hatte. Die Schreie »Tod den Kafirs! Tötet die Ungläubigen!« waren nicht gut mißzuverstehen. Seine Ohren hatten ihn mithin nicht getäuscht. Cavagnari war verrückt geworden, und was der Mob nun unternehmen würde, war nicht vorherzusehen.

Ash sah, wie der Gesandte das Dach verließ, doch den Innenhof der Gesandtschaft konnte er nur teilweise übersehen, denn die westliche Wand des Kasinos, wo Wally und Dr. Kelly wohnten, verdeckte ihn. Ash sah nur einen

Teil des Hauses von Cavagnari und die Turbane der dort stehenden Eskorte, die auf diese Entfernung nicht von den Dienern zu unterscheiden war, weil sie noch nicht uniformiert war, als die Invasion des Hofes stattfand. Wally allerdings erkannte er leicht, der trug den Kopf unbedeckt.

Ash sah ihn zwischen den Kundschaftern hin und her gehen und schloß aus seinen Bewegungen, daß Wally sie zur Besonnenheit mahnte und ihnen verbot zu schießen. Seine Aufmerksamkeit wurde dann aber auf die Ställe gelenkt, weil die auf dem Dach der Unterkunft stehenden Sepoys unruhig wurden. Sie riefen etwas und deuteten mit den Händen. In die gewiesene Richtung blikkend, gewahrte Ash einen einzelnen Mann, einen Sowar vermutlich, denn er schwang einen Reitersäbel. Er stand breitbeinig über dem hingestreckten Leib eines Stallburschen, umringt von Afghanen, die von allen Seiten auf ihn eindrangen. Sie schwangen Krummschwerter und Dolche und wichen seinen Hieben aus. Der Mann kämpfte wie ein in die Enge getriebener Leopard. Zwei seiner Gegner waren bereits erschlagen, einige hatte er verwundet, doch auch er wies schwere Wunden auf; seine Kleidung war zerfetzt und vom eigenen Blut gerötet, und es war nur eine Frage der Zeit, bis er ermüdete und von seinen Angreifern überwältigt wurde. Schließlich bekamen drei Afghanen ihn gleichzeitig zu packen, ein vierter sprang ihm auf den Rücken und stach mit dem Dolch zu. Als er fiel, stach und trat die ganze Horde auf ihn ein. Die Sepoys, die dem vom Dach aus zusehen mußten, brachen in ein Wutgeheul aus.

Ash sah, daß einer von ihnen ans andere Ende des Daches rannte und etwas in den Hof der Gesandtschaft hinüberschrie; er hörte das Beifallsgebrüll der Meuterer und sah, wie sie sich gegen das Tor zum Innenhof der Gesandtschaft warfen, wieder und wieder, wie ein menschlicher Rammbock.

Wer den ersten Schuß abgab, sah er nicht, doch war auch ihm klar, daß da kein modernes Gewehr abgefeuert worden war, sondern ein altmodischer Vorderlader. Er nahm an, eine der Wachen am Arsenal habe geschossen, um zu verhindern, daß jemand dem schwer verwundeten Sikh zu Hilfe kam. Die momentane Stille, auf welche sodann die wilden Schreie »Totschlagen! Totschlagen!« folgten, war besonders schreckenerregend; er wußte, jeder Versuch, die Menge zu bewegen, friedlich abzuziehen, war jetzt vergeblich.

Das Pendel war in Richtung Gewalt ausgeschwungen, und falls es den Meuterern gelang, in die Gesandtschaft einzudringen, würden sie diese ebenso gründlich plündern wie zuvor die Stallungen, nur daß es diesmal nicht unter wenn auch noch so groben Scherzen geschehen würde. Damit war es vorbei. Schwerter und Dolche waren aus der Scheide, die Afghanen wollten töten.

Der Lärm war so groß, daß es für Ash eigentlich hätte unmöglich sein müssen, das leise Knarren zu vernehmen, mit dem sich die Tür zu seinem Raum öffnete, doch lebte er schon zu lange mit der Gefahr, um Geräusche, und seien sie noch so gering, zu überhören. Er wirbelte herum und sah ausgerechnet den pensionierten Major der Kundschafter Nakshband Khan an der Tür stehen.

Soweit Ash wußte, war der Sirdar niemals im Hause des Munshi gewesen, doch war er weniger von dessen Erscheinen hier, als über sein Aussehen verblüfft, denn seine Kleidung hing in Fetzen an ihm herunter, er ging barfuß und keuchte schwer, als wäre er gerannt.

»Was gibt es?« fragte Ash scharf. »Was tust du hier?«

Der Sirdar trat ein, machte die Tür zu, lehnte dagegen und sagte schwer atmend: »Ich hörte, daß die Ardalen gemeutert und General Daud Shah angegriffen haben, daß sie den Palast belagern und Geld vom Emir fordern. Weil ich weiß, daß der Emir keines hat, rannte ich zu Cavagnari-Sahib und seinem jungen Sahib, der die Eskorte kommandiert, um sie vor den Ardalen zu warnen und zu sagen, sie sollten heute niemanden in ihren Hof lassen. Ich kam aber zu spät... als ich versuchte, diese meuternden Hunde zur Vernunft zu bringen, fielen sie über mich her, nannten mich einen Verräter und Knecht der Landfremden. Es war schwer, ihnen zu entkommen, doch ich wollte dich warnen: verlasse dieses Haus nicht, bevor der Aufruhr vorbei ist, denn es wissen viele, daß du unter meinem Dach wohnst, und halb Kabul kennt mich als ehemaligen Kundschafter, jener Soldaten also, die da jetzt angegriffen werden. Darum wage ich nicht, nach Hause zu gehen, bevor Ordnung gemacht ist. Man würde mich auf der Straße in Stücke reißen. Ich will mich bei einem Freund verstecken, der ganz nahe von hier im Bala Hissar wohnt. Später, vielleicht bei Dunkelheit, gehe ich dann nach Hause. Bleib du also ebenfalls hier und wage dich nicht hinaus, bis – Allah! Was ist das?«

Es war das Krachen eines Karabiners. Der Major lief zu Ash ans Fenster.

Da standen die beiden nun nebeneinander und sahen zu, wie die Kundschafter im Hofe der Residenz allein vom Gewicht der andrängenden Massen zurückgetrieben wurden und sich gegen Krummschwerter und Dolche mit den Säbeln wehrten. Der Schuß jedoch hatte mehr als nur eine Wirkung.

Abgesehen davon, daß er, mitten ins Getümmel gefeuert, gewiß mehrere Personen verletzt, wenn nicht getötet hatte, erinnerte der scharfe Knall auch alle Beteiligten daran, daß Krummschwerter kein Mittel gegen Schußwaffen sind. Die folgenden drei oder vier Schüsse machten dies auch dem Dümmsten klar, und der Hof leerte sich wie durch Zauberei. Ash und der Sirdar, welche den in alle Winde zerstiebenden Meuterern nachsahen, wußten jedoch, daß sie es nicht mit Flüchtenden zu tun hatten, sondern mit Männern, die nach ihren Gewehren und Musketen liefen, und daß sie bald zurückkommen würden.

»Allah sei ihnen gnädig«, flüsterte der Sirdar. »Dies ist das Ende.« Und dann fragte er scharf: »Wohin willst du?«

»Zum Palast«, sagte Ash knapp. »Der Emir muß erfahren –«

Der Sirdar riß ihn am Arm zurück. »Richtig, doch nicht du bist der geeignete Bote. Nicht jetzt. Über dich würde man ebenso herfallen wie über mich; du würdest getötet. Auch wird Cavagnari-Sahib selber einen Boten schicken, falls er es nicht schon getan hat.«

»Dann kann ich immer noch hinuntergehen und an ihrer Seite kämpfen. Man gehorcht meinen Befehlen, denn man kennt mich. Es sind meine eigenen

Leute, es ist mein Regiment; und falls der Emir keine Hilfe schickt, haben sie keine Aussichten zu überleben, sondern sterben wie Ratten in der Falle.«

»Und du mit!« Nakshband Khan hielt Ash mit Gewalt zurück.

»Lieber das, als hier mit ansehen, wie sie alle sterben. Laß mich los, Sirdar-Sahib, laß mich gehen.«

»Und was wird aus deiner Frau?« rief der Sirdar wütend. »Denkst du an sie überhaupt nicht? Was geschieht mit ihr, wenn auch du stirbst?«

Juli, dachte Ash entsetzt und stand reglos.

Er hatte sie tatsächlich vergessen. Unglaublich, doch in der Aufregung der letzten halben Stunde hatte er nicht ein einziges Mal an sie gedacht. Seine Gedanken galten einzig Wally und den Kundschaftern und der tödlichen Gefahr, die sie bedrohte. Er hatte nicht Zeit, an anderes zu denken. Nicht einmal an Anjuli.

Der Sirdar sagte streng: »Sie hat hier keine Verwandten, dies ist nicht ihre Heimat.« Endlich hatte er ein Argument gefunden, das auf Ash Eindruck machte. »Kommst du um und deine Witwe möchte nach Hause zurück, wird ihr das nicht leicht gemacht werden, und hier unter Fremden zu bleiben, wird ihr noch schwerer sein. Hast du für ihre Zukunft vorgesorgt? Hast du bedacht –«

Ash riß sich von dem alten Mann los, kehrte der Tür den Rücken und sagte schroff: »Nein, ich habe zu lange und zu viel an meine Freunde und an das Regiment gedacht. Und nicht genug an sie. Doch ich bin Soldat, Sirdar-Sahib. Und sie ist die Frau eines Soldaten – und dazu die Enkelin eines Soldaten. Sie würde nicht wollen, daß ich meine Liebe zu ihr höher stelle als meine Pflicht gegen das Regiment. Daran ist kein Zweifel, denn ihr Vater war ein Radschput. Sollte ich nicht zurückkommen, sag ihr, daß ich so gesprochen habe... und daß du und Gul Baz und die Kundschafter dafür sorgen werdet, daß ihr kein Leid geschieht.«

»Gut, ich tue es«, sagte der Sirdar, langte beim Sprechen verstohlen nach der Tür, schlüpfte hinaus und knallte sie hinter sich zu, bevor Ash es verhindern konnte. Der schwere Eisenschlüssel steckte von außen, und als Ash zur Tür stürzte, hörte er ihn sich im Schloß drehen.

Er saß gefangen. Dies war ihm sofort klar. Die Tür konnte er nicht erbrechen, die Gitter vor dem Fenster waren aus Eisen und nicht zu biegen. Gleichwohl zerrte er am Riegel und schrie, Nakshband möge ihn herauslassen, doch hörte er nur, daß der Schlüssel ganz abgezogen wurde. Dann sagte der Sirdar leise durchs Schlüsselloch: »So ist es besser, Sahib. Ich gehe zum Haus von Wali Mohammed, dort bin ich sicher. Es ist nur einen Steinwurf von hier. Ich komme also hin, bevor diese Teufel zurück sind, und haben sie sich beruhigt, befreie ich dich.«

»Und die Kundschafter?« rief Ash zornig. »Was glaubst du wohl, wie viele dann noch am Leben sind?«

»Das liegt in Gottes Hand«, erwiderte der Sirdar fast unhörbar, »Allahs Barmherzigkeit kennt keine Grenzen.«

Ash ließ von der Tür ab, er verlegte sich aufs Bitten, doch erfolgte keine Antwort – Nakshband Khan war gegangen und hatte den Schlüssel mitgenommen.

Das Zimmer war ein schmales Rechteck: an einer Querseite die Tür, das Fenster ihr gegenüber. Das Haus war wie die Nachbarhäuser erheblich solider gebaut als die der Gesandtschaft. Es stammte aus früherer Zeit und war Teil der Befestigung gewesen. Die Außenmauern waren dick und fest, die kleinen quadratischen Fensterstöcke aus Stein und die Gitter fest darin eingelassen. Mit einer Feile hätte Ash nach stundenlanger Arbeit zwei Gitterstäbe – einer hätte nicht gereicht – durchfeilen können, doch derartiges Werkzeug war hier nicht vorhanden. Als er das Türschloß genauer prüfte, stellte er fest, daß man es mit einem Häufchen Schießpulver hätte sprengen können, denn es war von der Art, wie man es in einigen mittelalterlichen Verliesen Europas sieht: es bestand aus einem dicken eisernen Bolzen, den der Schlüssel, wenn man ihn drehte, in einen Ring aus Eisen schob, der in die Mauer eingelassen war. Mit der Pistole war da nichts auszurichten, dafür war das Schloß zu solide und auch zu primitiv. Versuchte er es, würde er nur das Schloß unbrauchbar machen, und Nakshband Khan könnte es bei seiner Rückkehr nicht öffnen.

Es war also ausgeschlossen, im Palast Hilfe zu holen oder Wally und den Kundschaftern beizustehen. Auch zu Juli in die Stadt führte kein Weg. Er saß so sicher in der Falle wie die Angehörigen der britischen Mission, die sich auf einen Angriff vorbereiteten, der jeden Moment erfolgen mußte, und den sie allein würden abwehren müssen, es sei denn, der Emir schickte Truppen, die die Meuterer daran hinderten, wiederzukommen, oder er verschloß die Tore des Bala Hissar vor den Ardalen und anderen, die gegangen waren, ihre Gewehre zu holen.

Der Emir tat aber nichts dergleichen.

Yakoub Khan war ein Schwächling, dem Mut und Stärke seines Großvaters Dost Mohammed gänzlich fehlten und der nur wenige der guten Eigenschaften besaß, über die sein glückloser Vater Shere Ali immerhin verfügte, der wohl ein ausgezeichneter Herrscher gewesen wäre, hätte er unbehelligt sein Land regieren können. Ihm wurde ein ehrgeiziger Vizekönig, der ihn unausgesetzt unter Druck setzte, zum Verhängnis. Yakoub Khan hatte eine Menge militärischer Hilfsmittel; sein Arsenal barst schier von Gewehren, Munition und Pulverfässern, und abgesehen von den meuternden Truppen standen gegen zweitausend Mann loyale Soldaten im Bala Hissar: die Kazilbashi und die Artillerie sowie die Wache des Schatzamtes. Hätte er den Befehl gegeben, hätten sie die Tore der Festung vor den Truppen der Garnison geschlossen und die Ardalen aus dem Arsenal geworfen, wo sie sich mit Gewehren und Munition versorgten und Waffen an den städtischen Pöbel verteilten, der aus den Basaren herbeiströmte, samt allen religiösen Fanatikern, die sich anschlossen.

Der Mob hätte von einem guten Hundert Kazilbashi, ja von zwei Geschützen samt Bedienung aufgehalten werden können, hätte man sie nur umgehend aufs Gelände der Gesandtschaft geschickt und jeden Angriff im Keim erstickt.

Yakoub Khan dachte aber einzig an seine eigene Sicherheit und nicht an die der Gäste, die zu schützen er gelobt hatte. Er schluchzte und rang die Hände und beklagte sein Schicksal.

»Mein Kismet ist schlecht«, jammerte er den versammelten Mullahs von Kabul vor, die zum Palast geeilt waren und ihn drängten, sogleich zur Rettung seiner Gäste etwas zu unternehmen.

»Deine Tränen nützen ihnen nichts«, ermahnte ihn der Obermullah streng. »Schick Soldaten, die die Zugänge sperren und die Meuterer verjagen. Tust du es nicht, werden alle ermordet.«

»Das ist aber nicht meine Schuld... ich habe es nie gewollt... Gott ist mein Zeuge, daß ich nichts tun kann, mich trifft keine Schuld. Ich kann nichts tun, gar nichts.«

»Du könntest die Tore schließen lassen«, beharrte der Obermullah.

»Und was nützt das, wo doch schon so viele dieser gräßlichen Menschen in der Festung sind?«

»Dann laß Geschütze auffahren und auf die Ardalen schießen, damit sie nicht hereinkommen.«

»Wie soll ich das tun, wenn ich doch genau weiß, daß die ganze Stadt sich dann gegen mich erhebt, daß der Pöbel hier mit Gewalt eindringt und uns allesamt verschlingt? Nein, nein, ich kann nichts tun... ich sage doch, mein Kismet ist schlecht, ich kann gegen das Schicksal nicht kämpfen.«

»Dann solltest du lieber sterben, statt Schande über den Islam zu bringen«, sagte der Mullah schroff.

Doch der jammernde, schluchzende Emir war nicht zu beschämen und nichts, kein Appell an die Ehre und die Pflicht, seine Gäste zu schützen, nichts, aber auch gar nichts verfing. Die Unruhen und der Angriff auf Daud Shah nach dem mißglückten Löhnungsappell hatten ihn so mit Angst erfüllt, daß er nicht wagte, einen Befehl zu geben, denn er fürchtete, man werde ihm nicht gehorchen. Und dann...? Nein, nein, alles war besser als das. Unbeeindruckt von den verächtlichen Mienen der Mullahs, Minister und Edelleute, die ihn umstanden, raufte er sein Haar, zerriß seine Kleider, brach neuerlich in Tränen aus, taumelte hinaus und schloß sich in seinen Gemächern ein.

Wenn er auch ein Schwächling war, so war er doch der Emir, mindestens dem Namen nach Staatsoberhaupt und Herrscher über Afghanistan, und niemand wagte, die Befehle zu geben, die er nicht geben wollte. Man folgte ihm mit abgewandten Augen in den Palast. Als der Bote des britischen Gesandten mit seinem Hilfeersuchen eintraf, brachte ein Minister das Schreiben Cavagnaris zum Emir, der nichts weiter antwortete als: »Nach dem Willen Gottes treffe ich Vorbereitungen.« Und das stimmte nicht einmal, es sei denn, er meinte damit Vorbereitungen, die eigene Haut zu retten.

Sir Louis starrte verblüfft diese kindische Antwort an: »Treffe Vorbereitungen... Gütiger Gott, ist das etwa alles?«

Er zerknüllte den Zettel, hob den Kopf und schaute zu den fernen Schneebergen. In diesem Moment begriff er, daß der Mann, von dem er nur Tage zuvor berichtet hatte, »Ich persönlich glaube, er wird sich als guter Verbündeter erweisen«, ein Schwächling war, wertlos, feige, ein schwankendes Rohr, auf das kein Verlaß war. Endlich durchschaute er, wie sinnlos diese ganze Mission war, wie tödlich die Falle, in die er sein Gefolge voller Stolz geführt hatte. Die Gesandtschaft Ihrer Majestät der Königin von Großbritannien in Kabul! Sie hatte genau sechs Wochen bestanden, zweiundvierzig Tage, und keinen Tag länger...

Wie einleuchtend hatte doch anfangs alles geschienen – die Etablierung einer ständigen britischen Gesandtschaft in Kabul als ein erster Schritt zur Hissung des Union Jack jenseits des Hindukusch. Plötzlich dachte er, daß dieser sonderbare Mensch, der mit dem toten Wigram Battye befreundet war und für ihn, den Gesandten, unter dem Namen Akbar Spionagedienste verrichtet hatte, vielleicht doch nicht so unrecht gehabt hatte mit seinen ewigen Einwänden gegen die Vorwärtsstrategie. Vielleicht trafen seine Behauptungen doch zu, die Afghanen seien unbezähmbar, stolz, mutig und nicht willens, sich auf die Dauer der Herrschaft von Fremden zu unterwerfen. Er konnte dafür sogar Präzedenzfälle nennen.

Man wird uns aber rächen, dachte Sir Louis. Lytton wird ein Heer entsenden, Kabul besetzen und den Emir verjagen. Aber wie lange wird sich die Besatzung hier halten? Wieviele Menschenleben wird das kosten? Ich will dem Emir noch einmal schreiben; er muß einsehen, daß unsere Rettung in seinem ureigensten Interesse liegt, denn stürzen wir, stürzt er mit uns. Ich muß sogleich schreiben –«

Doch dazu blieb keine Zeit. Die Meuterer, die das Arsenal gestürmt hatten, kamen bereits mit Gewehren und Munition versehen zurück. Die meisten rannten in den Hof und feuerten im Laufen; andere bezogen Stellung auf den Dächern der umliegenden Häuser, von wo sie die Belagerten direkt unter Beschuß nehmen konnten. Als die erste Kugel in den Staub des Hofes einschlug, streifte Sir Louis den Politiker und Diplomaten ab und wurde wieder Soldat. Er warf den zerknüllten Zettel weg, der die nutzlose Antwort eines Feiglings enthielt, ergriff sein Gewehr und rannte hinüber ins Kasino, wo er vor Minuten noch geholfen hatte, eine deckende Brüstung auf dem Dach zu errichten. Er warf sich flach auf das glühendheiße Dach und zielte mit Bedacht in eine Gruppe, die sein Haus unter Feuer genommen hatte.

Das Dach des Kasinos war der höchste Punkt im gesamten Areal der Gesandtschaft. Man hatte von dort einen ungehinderten Blick auf das mächtige Arsenal, das den hinter den Stallungen ansteigenden Hügel krönte. Es war knapp zweihundert Meter entfernt. Im Eingang stand jemand und verteilte Musketen.

Sir Louis feuerte und sah ihn fallen, er lud und feuerte noch einmal. Er zielte sorgsam und ließ sich von dem Hagel der Kugeln nicht beeindrucken, die von Männern auf den ihn überragenden Dächern abgefeuert wurden. Man beschoß nun systematisch die Dächer des Kasinos und der Gesandtenresidenz. Mehrere Weiber aus der Stadt, die hier überhaupt nichts zu suchen hatten, wurden von

Sepoys ins Badehaus gescheucht, das zum Teil unter der Erde lag und wo sich bereits der größere Teil des Personals aufhielt. Sir Louis hörte das Gekreisch, schaute aber nicht hin.

Hätte das Areal höher gelegen, es wäre gut zu verteidigen gewesen, denn die einzelnen Höfe waren durch Mauern voneinander getrennt, in welche mühelos Schießscharten zu brechen waren. Die Verteidiger hätten viele Angreifer abwehren und ihnen schwere Verluste beibringen können, solange ihnen nicht die Munition ausging. Doch in Wahrheit glich der Komplex eben wirklich einer Stierkampfarena, wie Wally bereits am Tage der Ankunft der Mission bemerkte. Die Mauern, die gegen einen Frontalangriff Schutz geboten hätten, nützten nichts gegen einen Feind, der von oben nach unten schoß; jetzt hingen die Schützen in Fensteröffnungen, über Dachbrüstungen und hockten hinter den Zinnen des Arsenals, dick wie Fliegenschwärme, feuerten, so rasch sie konnten, und begrüßten jeden Treffer mit Gebrüll.

Sir Louis Cavagnari beachtete sie so wenig, als läge er irgendwo ungestört auf dem Schießstand einer Garnison beim Übungsschießen, ganz darauf bedacht, ein gutes Ergebnis zu erzielen: Er feuerte und lud ruhig und methodisch. Er zielte auf die Männer, die vom Arsenal her kamen, wählte die vordersten aus, so daß die ihnen folgenden über die getroffenen stolperten und hinfielen.

Cavagnari war ein glänzender Schütze, und mit den ersten neun Schüssen erlegte er neun Feinde, dann traf ihn ein lahmer Querschläger an der Stirne. Sein Kopf sank nach vorn, der lange, schmale Körper zuckte einmal und lag still, das Gewehr entfiel seinen kraftlosen Händen und landete unten in der Gasse.

Der Feind auf den nächstgelegenen Dächern brach in ein Triumphgeheul aus. Ash, der vom Fenster seines Zimmers aus zusah, sog scharf die Luft zwischen den Zähnen ein und dachte: Lieber Gott, jetzt hat es ihn erwischt, aber gleich darauf, nein, hat es nicht!, denn der Verwundete stand mühsam auf, erhob sich erst auf die Knie, dann mit einer ungeheuren Kraftanstrengung auf die Füße.

Blut strömte aus der Stirnwunde, es verschmierte eine Seite seines Gesichts und färbte die Schulter rot. Wie er so dastand, feuerten eine Vielzahl von Musketen auf ihn, Geschosse schlugen rings um ihn ins Dach ein und wirbelten kleine Staubwolken auf, doch schien es, als sei er gefeit, denn keine Kugel traf ihn. Nach kurzem Besinnen wandte er sich schwankend der Treppe zu, tastete sich nach unten und war nicht mehr zu sehen.

Das Kasino wimmelte von Dienstpersonal, das sich dorthin geflüchtet hatte. Die Kundschafter feuerten stetig durch Schießscharten, die sie in die Wände und die hölzernen Läden gebrochen hatten, und keiner wandte sich um, als der verwundete Gesandte am Fuße der Treppe erschien. Er ging ohne fremde Hilfe ins nächstgelegene Schlafzimmer, das zufällig Wally gehörte, und sagte einem zitternden Diener, den er dort sah, er möge den Arzt holen. Rosie kam im Laufschritt, denn nach der erhaltenen Beschreibung vermutete er, den Chef tot oder doch sterbend anzutreffen.

»Nur ein Kratzer«, sagte Sir Louis ungeduldig. »Der Kopf. Ich bin ganz benommen. Machen Sie einen Verband und schicken Sie nach Jenkyns. Wir müssen noch einen Brief an den Emir schicken, der ist unsere letzte Hoffnung. Ah, da sind Sie, Jenkyns. Nein, mir fehlt nichts, bloß eine Fleischwunde. Nehmen Sie Papier und Feder und schreiben Sie, während Kelly mich verbindet. Beeilen Sie sich. Fertig?«

Er diktierte. Jenkyns, der nebenan Papier und Feder gefunden hatte, kritzelte in größter Hast, derweil Rosie die Wunde säuberte und verband und Cavagnari ein sauberes Hemd aus Wallys Beständen gab.

»Und wer soll das befördern, Sir?« fragte Jenkyns, der das Blatt hastig mit einer Oblate siegelte. »Wir sind umzingelt, es wird keiner durchkommen.«

»Ghulam Nabi macht das. Er soll raufkommen, ich will mit ihm reden. Er muß zur Hintertür aus dem Hof raus. Hoffentlich ist da noch niemand.«

Ghulam Nabi war in Kabul geboren, ehemals Kundschafter; sein Bruder diente derzeit beim Regiment in Mardan. Er hatte gleich nach deren Ankunft bei der Mission Dienste genommen und war einverstanden, den Brief von Cavagnari-Sahib in den Palast zu befördern. Jenkyns begleitete ihn in den Hof und stand mit dem Revolver dabei, als der Riegel von der unauffälligen und selten benutzten Tür in der rückwärtigen Mauer geöffnet wurde, unweit von jenem Zelt, das der Aufbewahrung von Gepäck gedient hatte.

Die Mauer war nur einen Lehmziegel tief. Dahinter lag eine Gasse, die ihrerseits in ein Gewirr aus anderen Gassen und Häusern mündete, auf deren Dächern es aber bereits von aufgeregten Zuschauern wimmelte, deren viele mit uralten Vorderladern nach Herzenslust auf die Ungläubigen feuerten, ganz im Geiste des Heiligen Krieges. Die Gasse selber war so gut wie leer. Ghulam Nabi schlüpfte durch das Tor und gleich hinüber auf die andere Seite der Gasse, wo er den Schützen da oben kein Ziel mehr bot. Dann rannte er in Richtung Palast im oberen Teil des Bala Hissar los.

Doch schon, als er um die Ecke in die nächste Gasse bog, zeigten Rufe und Schüsse an, daß man ihn gesehen hatte. Man hörte Verfolger rennen, und kaum war das Tor wieder verriegelt, hämmerten auch schon wütende Fäuste dagegen.

Minuten später war eine rasende Meute davor versammelt, die nun mit Stöcken und Musketenkolben gegen das Tor donnerte, und wenn es auch solider war als jenes, das in den Hof führte, war doch nicht sicher, daß es widerstehen würde. »Wir müssen es verbarrikadieren«, keuchte Jenkyns, und das tat man denn auch mit allem, was vorhanden war – Tische, blechbeschlagene Kisten mit Winterkleidung, ein Sofa und ein importiertes Buffett, während Ghulam Nabi seine Verfolger im Labyrinth der Gassen abschüttelte und durch den Garten des Königs sicher in den Palast gelangte.

Man erlaubte ihm zwar, den Brief von Sir Louis abzugeben, doch ließ man ihn auf eine Antwort warten. Er hockte den ganzen Tag über voll Ungeduld in einem Kämmerchen, während der Emir sich eine Antwort ausdachte.

Die Schüsse waren auch auf dem Weideland unweit Ben-i-Hissar zu hören, wo die Futtermacher an der Arbeit waren. Sergeant Fatteh Mohammed ahnte, wo geschossen wurde, und da ihm bekannt war, wie verhaßt die Fremden bei den Herati und der Stadtbevölkerung waren, fürchtete er für das Leben der Angehörigen der Mission. Also übergab er alle seine Leute bis auf zwei den afghanischen Wachen und ordnete an, sie unverzüglich dem Schutze von Ibrahim Khan zu unterstellen, dem Kommandeur eines unweit von Ben-i-Hissar stationierten Kavallerieregiments, der früher bei den bengalischen Lanzenreitern gedient hatte. Er selber machte sich, begleitet von zwei Futtermachern sowie den Sowars Akbar Shah und Narain Singh schleunigst auf den Heimweg.

Die scharf galoppierenden Männer kamen bald in Sichtweite der Südmauer der Festung und der Dächer der Gebäude im Gesandtschaftskomplex. Bei deren Anblick ahnten sie das schlimmste, denn auf den Dächern, die sie bislang nicht betreten durften, um nicht die empfindsamen Gemüter der Anlieger zu verletzen, wimmelte es von Männern, und das allein sagte alles. Sie wußten, ihre Unterkünfte wurden angegriffen und beschleunigten soweit als möglich das Tempo in der Hoffnung, noch das Shah Shahie-Tor passieren zu können. Es war aber zu spät, dort drängte sich bereits der Abschaum aus den Basaren.

Viele Stadtbewohner hatten die Schüsse vernommen, hatten gesehen, daß die Meuterer in die Quartiere rannten, um sich zu bewaffnen, und der Pöbel, wie stets hellwach in solchen Situationen, verlor keine Zeit. Man griff nach allem, was als Waffe dienen konnte und schloß sich dem Angriff auf die verhaßten Landfremden an; die Vorhut war bereits auf dem Wege zum Tor, angeführt von einem Fakir, der ein grünes Banner schwenkte und die Menge mit schrillen Schreien aufhetzte. Ihnen folgten die übelsten Subjekte der Stadt, hervorgekrochen aus stinkenden Hütten, Gassen und sonstigen Schlupflöchern, angespornt von der Hoffnung auf Beute und von der Lust am Blutvergießen; alle wollten dabei sein, wenn das Opfer geschlachtet wurde.

Der Sergeant zügelte sein Pferd, denn er sah ein, daß der Versuch, sich einen Weg durch diese Horden zu bahnen und vor ihnen das Tor zu passieren, reiner Selbstmord gewesen wäre; sich in die Stadt zu flüchten, war indes nicht weniger gefährlich. Die beste – und vermutlich die einzige – Aussicht bot noch der Versuch, eine Bastion zu erreichen, die der Schwiegervater des Emir, Yayhiha Khan, kommandierte. Der Sergeant gab den Befehl, riß den Gaul herum und ritt hinaus ins flache Land, seine vier Begleiter hinter ihm. Kurz vor dem Ziel wurden sie jedoch von den vier Afghanen des Begleitkommandos eingeholt, die ihre Schutzbefohlenen zwar bei Ibrahim Khan abgeliefert, dann aber beschlossen hatten, Narain Singh, einen Sikh von den Kundschaftern, umzubringen. Sie glaubten, die vier übrigen Kundschafter, ebenfalls Mohammedaner, würden ihnen bei diesem lobenswerten Vorhaben helfen – denn alle Gläubigen sind aufgefordert, die Ungläubigen zu erschlagen. Da wurden sie denn rasch enttäuscht.

Die beiden Futtermacher waren nur mit ihren Sicheln bewaffnet – im Nahkampf zwar recht brauchbare Geräte –, die drei Kundschafter aber hatten ihre

Karabiner dabei, die blitzartig aus den Lederfutteralen am Sattel gezogen und mit einer Hand in Anschlag gebracht werden können. Der Sergeant forderte die afghanischen Glaubensbrüder denn auch auf: »Kommt und holt ihn euch«, wobei er den Karabiner auf die Brust des Sprechers der Afghanen richtete, den Finger am Abzug.

Die Afghanen betrachteten die drei Karabiner und die beiden messerscharfen Sicheln und wichen fluchend zurück – die Aussichten standen zu schlecht für sie. Sie hatten zumindest erwartet, daß die Glaubensbrüder sich nicht einmischten, wenn sie schon bei der Ermordung des Sikh nicht Hand anlegen wollten. In dem Falle wären sie vier gegen einen gewesen und hätten auch einen Karabiner nicht gefürchtet, denn er konnte nur ein einziges Mal abgefeuert werden – und bevor das Opfer nachlud, war es überwältigt. Jetzt aber waren sie vier gegen fünf, und falls sie diese zum Äußersten entschlossene Gruppe angriffen, würde höchstens einer nahe genug herankommen, und der hätte dann mit dem Krummschwert gegen drei Säbel und zwei Sicheln keine Chance mehr.

Sie stießen also noch einmal grauenhafte Verwünschungen aus und galoppierten der Zitadelle und jenem mordlustigen Pöbelhaufen zu, der sich zum Angriff auf den Gesandtschaftskomplex vorbereitete. Der Sergeant und seine Begleiter ritten zu jener Bastion und hatten Glück: Die Besatzung bestand dort in der Mehrzahl aus Kazilbashi, Männern vom gleichen Stamme wie der Sergeant und Akbar Shah; diese brachten sie in ihren eigenen Quartieren im Murad Khana, einem ummauerten Stadtviertel, in Sicherheit.

Ash sah von seinem Fenster aus die fünf winzigen Gestalten von Ben-i-Hissar heransprengen, Staubwolken hinter sich aufwirbelnd, und ahnte, wer sie waren, doch warum sie plötzlich die Richtung änderten, verstand er erst, als er den Pöbel hinter den Stallungen zu seiner Rechten hervorbrechen sah. Die Gitter vor den Fenstern standen so eng, daß er sich nicht hinauslehnen konnte. So konnte er das Arsenal und auch den Kulla-Fi-Arangi, wo Wally die Speicher hatte bauen wollen, nicht sehen.

66

Wally war bei den Sepoys auf dem Dach, als der städtische Mob sich den Meuterern anschloß. Er sah, daß einige Ardalen, ermutigt von diesem Zuzug, den Kulla-Fi-Arangi zu besetzen suchten, wobei ihre Kameraden am Arsenal ihnen Feuerschutz gaben. Gelang ihnen das, beherrschten sie von dort aus mindestens zwei Drittel des gesamten Areals der Gesandtschaft. Man mußte sie also zurückwerfen, und das konnte nur auf eine einzige Weise geschehen.

Er stürmte die in die Mauer eingelassenen Stufen hinunter, rannte über die Gasse durch den kleinen Innenhof ins Arbeitszimmer des Gesandten, wo er diesen und Jenkyns antraf. Cavagnari stand mit verbundenem Kopf am Fenster, in dessen Laden er eine Schießscharte gebrochen hatte und feuerte; sein Bursche nahm das abgefeuerte Gewehr und reichte ihm stattdessen ein frisch geladenes. Der Gesandte schoß rasch und systematisch wie auf der Entenjagd.

Jenkyns kniete an einem der Fenster, die auf den Hof hinausgingen und erwiderte das Feuer von Schützen auf dem Dach eines Hauses, das die Mannschaftsunterkünfte überragte; das Zimmer lag voller Patronenhülsen und stank nach Pulver.

Wally meldete atemlos: »Sir, der Feind versucht, den Kulla zu besetzen. Wenn ihm das gelingt, sind wir erledigt. Wir können ihn noch vertreiben, wenn wir sofort einen Ausfall machen, aber es muß gleich sein. Jenkyns könnte –«

Cavagnari aber hatte schon das Gewehr abgestellt und war auf dem Weg zur Treppe. »Los, Jenkyns!« Er griff im Laufen Säbel und Revolver, rannte die Treppe hinunter und brüllte nach Dr. Kelly, der soeben einen Verwundeten versorgte. »Mitkommen, Kelly, wir schmeißen die Kerle jetzt raus! Nein, kein Gewehr, Mann, den Revolver und den Säbel – den Säbel!«

Wally rannte vor ihm her, sammelte den Sergeanten Mehtab Singh samt fünfundzwanzig Leuten, erklärte kurz die Lage und sah zu, wie sie ihre Karabiner abstellten und die Säbel blank zogen, während die Sepoys das Bajonett aufpflanzten und zwei Männer vorausliefen, das Tor am Ende des Innenhofes zwischen den Unterkünften zu öffnen. »Jetzt sollen diese Söhne der Hölle mal sehen, wie die Kundschafter kämpfen!« jubelte Wally. »Vorwärts, Brüder, die Kundschafter zum Sieg!«

Ash sah sie die Gasse überqueren und im Hof zwischen den Unterkünften verschwinden, wo sie von den ausgespannten Markisen verborgen wurden;

dann kamen sie in vollem Lauf durch den Mauerbogen ins Freie, die vier Engländer mit Wally an der Spitze vorneweg, dahinter die Kundschafter. Die Sepoys machten einen Bajonettangriff, die Reiter griffen mit Säbel und Pistole an.

Sie stürmten über das deckungslose Terrain einem Kugelhagel entgegen, die Säbelklingen blitzten in der Sonne, und über all dem Lärm hörte Ash deutlich Wally aus voller Kehle schmettern: »... die Herzen sind kühn und der Arm ist stark, Hallelujah! Hallelujah!«

Ein Tag zum Singen, fiel Ash ein. Ah, lieber Himmel, ein Tag zum Singen!

Zwei der Kundschafter fielen, bevor sie die Stallungen erreichten – einer mitten im Lauf aufs Gesicht, doch war er gleich wieder auf den Beinen; er hinkte mit schmerzverzerrtem Gesicht in den Schutz der Stallgebäude. Der zweite hielt inne, ging ganz sachte und wie nachdenkend in die Knie, kippte zur Seite und lag still. Die übrigen machten einen Bogen um ihn, und Ash verlor sie aus dem Blickfeld. Er hörte das Gewehrfeuer verstummen und ihm war klar, daß die Dachschützen auf beiden Seiten nicht mehr schießen konnten, wollten sie nicht die eigenen Leute treffen.

Er sah nicht, wie der Ausfall vor sich ging, doch Nakshband Khan beobachtete alles, denn von dem Haus aus, in das er sich geflüchtet hatte, konnte man den Kulla-Fi-Arangi gut überblicken. Der Sirdar, im Oberstock des Hauses versteckt, sah die Kundschafter über die niedrige Mauer setzen, den Hang hinauf stürmen und den Feind vor sich hertreiben, was er später so beschrieb: »Die Afghanen rannten weg wie Lämmer vor den Wölfen.«

Ash sah sie zurückkommen, nicht so schnell, denn sie hatten drei Verwundete mit, doch ihr Schritt war forsch und zuversichtlich wie der von Soldaten, die sich gut geschlagen und einen Sieg erfochten haben, obschon jeder einzelne wissen mußte, daß dies nur ein vorübergehender Erfolg sein konnte.

Der Sowar, der als erster verwundet wurde, war ohne Hilfe mit einem zerschossenen Bein in die Unterkunft gelangt, der zweite aber war tot und wurde von zwei Kameraden in einen nahe gelegenen Vorratsraum getragen. Sie nahmen seine Waffen mit und folgten den anderen in die Unterkunft, vorbei an Wally, der mit blutigem Säbel am Eingang stand und das Tor erst schließen ließ, als alle drinnen waren.

Das Gewehrfeuer, das während des Ausfalles geschwiegen hatte, begann erneut mit vehementer Wut. Dr. Kelly widmete sich wieder den Verwundeten, Cavagnari stand schwankend im Speisezimmer und verlangte ein Glas Wasser; als es gebracht wurde, fiel ihm ein, daß die Mohammedaner, die Seite an Seite mit ihm gekämpft hatten, noch fasten mußten, denn der Ramadan war nicht zu Ende, und er setzte das Glas ab, ohne einen Tropfen zu trinken. Jenkyns hatte als Zivilist keine solchen Bedenken. Er trank hastig, fuhr mit dem Handrücken über die Lippen und sagte heiser: »Wie groß sind unsere Verluste, Wally?«

»Ein Toter, vier Verwundete – zwei davon leicht. Paras Ram hat ein zerschmettertes Bein, meint aber, er kann sich ans Fenster lehnen und schießen, wenn Kelly ihm eine Schiene macht.«

»Recht so«, lobte Jenkyns. »Bedenkt man, was wir den Kerlen für Verluste beigebracht haben, sind wir nahezu ungeschoren davongekommen. Mindestens ein Dutzend Tote dürften sie haben und die doppelte Zahl Verwundete. Das mag sie etwas abkühlen.«

»Wenn wir Glück haben, für ein Viertelstündchen«, versetzte Wally.

»Viertel –? Ja, können Sie nicht ein paar Sepoys da draußen aufstellen und die Kerle in Schach halten?«

»Ausgeschlossen, sie finden keine Deckung und werden von drei Seiten aus schätzungsweise fünfhundert Flinten beschossen.«

»Was sollen wir dann aber machen, um Gottes Willen? Wir können doch nicht zulassen, daß die Afghanen dort Stellungen ausheben.«

»Sobald sie es versuchen, wiederholen wir den Ausfall. Und versuchen sie es wieder, tun wir dasselbe und wenn nötig, nochmal. Das ist unsere einzige Hoffnung. Wenn wir ihnen genügend Verluste beibringen, verlieren sie vielleicht den Spaß daran.«

Wally grinste ihn an und ging hinaus. Jenkyns sagte verbittert: »Man könnte fast denken, das macht dem Kerl Spaß. Ob der wohl nicht begreift –«

»Oh ja, er begreift sehr wohl«, unterbrach Cavagnari düster, »vermutlich besser als alle anderen. In dem Jungen verliert England einen glänzenden Soldaten. Hören Sie – jetzt reißt er Witze da draußen. Ich weiß von Amal Din, daß die Kundschafter jeden Befehl Hamilton-Sahibs blind befolgen, denn sie wissen, er befiehlt ihnen nichts, was er nicht auch selber ausführen würde. Ein braver Junge, der geborene Offizier. Ein Jammer... na, ich gehe mal wieder auf den Schießstand.«

Er erhob sich mühsam aus dem Sessel, in den er sich hatte fallen lassen, blieb einen Moment, die Lehne umkrampfend, stehen, so daß Jenkyns ängstlich fragte: »Wollen Sie sich nicht eine Weile niederlegen, Sir? Geht es Ihnen nicht gut?«

Cavagnari lachte barsch. »Mein lieber Junge, ausgerechnet jetzt? Wenn Paras Ram mit seiner Verwundung am Fenster stehen und schießen kann, vorausgesetzt, jemand schient ihm das Bein, dann kann ich wohl mindestens das gleiche tun, schließlich habe ich bloß einen Kratzer am Kopf.« Gefolgt von Jenkyns stieg er die Treppe hinauf und bezog seinen alten Posten, auf dem ihn während seiner Abwesenheit jemand von der Eskorte abgelöst und stetig auf das Arsenal gefeuert hatte. Dieser erkletterte nun das Dach, wo die Kundschafter die Dächer nördlich gelegener Häuser unter Feuer hielten.

Eine größere Schützengruppe hielt das Dach des Kasinos gegenüber besetzt, und Wally, der hinaufrannte, um zu sehen, wie die Dinge hier standen, konnte von diesem erhöhten Platz aus wahrnehmen, daß seine Schätzung, die Meuterer würden eine Viertelstunde warten, noch zu optimistisch gewesen war. Schon schlichen sie sich wieder an, einige befanden sich bereits auf dem umstrittenen Platz, und es blieb nichts übrig, als den Kulla-Fi-Arangi durch einen neuen Ausfall vom Feind zu säubern.

Er sammelte eine Gruppe Kundschafter um sich – andere diesmal –, dazu aber wieder Dr. Kelly, der soeben das Bein von Paras Ram schiente, entschuldigte sich bei dem Verwundeten und versicherte ihm, der Arzt werde nicht lange ausbleiben. Dann rannte er über den Hof, um Cavagnari und Jenkyns zu holen. Doch als er Cavagnaris Gesicht sah, wurde er anderen Sinnes.

Wally bewunderte seinen Chef nach wie vor, doch war er in erster Linie Soldat und dachte nicht daran, auch nur einen einzigen Mann unnütz aufs Spiel zu setzen. Jenkyns brauchte er, aber Cavagnari mitzunehmen, lehnte er unverblümt ab. »Tut mir leid, Sir, aber jeder Idiot kann sehen, daß Sie nicht gut beieinander sind, und das Risiko gehe ich nicht ein«, sagte Wally brutal. »Halten Sie nicht durch, sind Sie für uns eine Belastung, und das kann mehrere wertvolle Leute kosten. Es täte auch niemandem gut, Sie fallen zu sehen. Los, Jenkyns, beeilen Sie sich.«

Ash und Nakshband Khan wurden gemeinsam mit Hunderten von Afghanen Zeugen dieses zweiten Ausfalls und zogen ihre eigenen Schlüsse, als sie sahen, daß von den vier Sahibs nur drei daran teilnahmen. Der Feind, überzeugt, einer von den Sahibs sei gefallen, wurde dadurch sehr ermutigt, während Ash und der Sirdar, die den Kopfverband gesehen hatten und wußten, daß Cavagnari verwundet war, deprimiert folgerten, daß sein Tod für die Moral der Belagerten schlimme Folgen haben mußte.

Wieder verstummte das Gewehrfeuer. Die Kundschafter säuberten den Hang vom Feind, doch diesmal kostete das zwei Tote und noch einmal vier Verwundete, zwei davon schwer.

Rosie wischte sich den Schweiß von der Stirne und zeigte den Krankenträgern, wohin sie die Verwundeten legen sollten. »So können wir unmöglich weitermachen, Wally«, ächzte er. »Ist Ihnen klar, daß wir schon mehr als ein Dutzend Gefallene haben und weiß Gott wieviele Verwundete?«

»Stimmt, aber auf jeden Gefallenen bei uns kommen auf der anderen Seite zehn – falls Sie das tröstet.«

»Das tut es nicht, denn die Teufel da draußen sind zwanzig mal so stark wie wir, und sobald die Kerle zurückkommen, die in ihre Quartiere gelaufen sind, werden es fünfzig oder hundert gegen einen von uns sein... Schon gut, ich komme!... Könnten wir den Emir nicht noch einmal um Hilfe bitten? Ja, ja, ich komme!«

Der Arzt eilte weg, und Wally reichte seinem Burschen den Säbel. Dann ging er mit einem Sergeanten zu den Sepoys, die hinter der Dachbrüstung in Deckung standen und feuerten. Er wollte sehen, ob sich etwas gegen einen massierten Angriff auf deren Unterkunft vorbereiten ließe, falls vom Emir keine Hilfe kam. Auf den Brief, den Ghulam Nabi überbracht hatte, war noch keine Antwort erfolgt. Sir Louis setzte noch einen auf, den er durch einen mohammedanischen Diener befördern ließ, der sich freiwillig erbot, den Versuch zu machen, über den derzeit unbesetzten Kulla-Fi-Arangi in den Garten des Königs und von dort in den Palast zu laufen.

Sir Louis befahl dem Mann: »Halte dich auf der Südseite der Unterkünfte in

Deckung und lauf zu den Stallungen. Unsere Leute lenken den Feind so gut es geht ab, bis du die Mauer erreichst. Geh mit Gott.«

Jenkyns ließ Wally durch eine Ordonnanz rufen, setzte ihn ins Bild und bat um Feuerschutz für den Diener, der gleich daraus loslief. Er rannte wie ein Hase über das deckungslose Terrain von den Stallungen bis zur Mauer am Kulla-Fi-Arangi, kletterte hinüber... und ward nicht mehr gesehen.

Mag sein, daß irgendwo zwischen jener niedrigen Mauer und dem Palast das Schicksal, das Allah uns allen auferlegt, ihn erwartete, vielleicht hatte er auch Freunde oder Verwandte in Kabul oder anderswo in Afghanistan und begab sich lieber in deren Schutz, als einen sehr gefährlichen Auftrag auszuführen. Fest steht, der Brief, den er bei sich hatte, kam niemals im Palast an; er selber verschwand spurlos wie ein Sandkorn im Herbstwind.

Wally und sein Sergeant ließen unterdessen die Stufen verbarrikadieren, die rechts und links auf die Dächer der Unterkünfte führten. Es blieb ihnen nun nur noch ein einziger Zugang zu den Dächern, nämlich jene Treppe unweit des jenseitigen Ausganges auf die Gasse, gegenüber dem Eingang zu den Gesandtschaftsgebäuden. Sollte der Feind en masse angreifen, brauchten die Männer auf den Dächern jedenfalls nicht mehr zu befürchten, daß der Angriff von mehreren Seiten gleichzeitig erfolgte.

Die Lage war ohnedies gefährlich genug, und Dr. Kelly irrte, falls er annahm, Wally wisse nicht, wie groß die Zahl der Verluste unter den Belagerten sei. Wally wußte es nicht nur ganz genau, er hakte im Geiste die Namen ab und gruppierte seine kleine Truppe entsprechend um, setzte keinen Mann unnötig aufs Spiel und achtete darauf, daß die Kampfmoral gut blieb. Er selber war immer noch in guter Verfassung; der Anblick des blau-weißen Kruges sagte ihm, daß Ash noch irgendwo sein mußte, und er vertraute darauf, daß er nicht müßig blieb.

Man durfte darauf rechnen, daß er den Emir von der bedrängten Lage der Mission in Kenntnis setzte, auch wenn sämtliche Minister versuchen sollten, ihm die Wahrheit zu verheimlichen. Irgendwie würde er das fertigbringen. Hilfe mußte kommen. Es galt nur, lange genug durchzuhalten und sich nicht überrumpeln zu lassen.

Er unterbrach seinen Gedankengang und lauschte auf ein ganz neuartiges Geräusch, ein dumpfes, zunehmendes Grollen, das bereits seit einigen Minuten aus nordwestlicher Richtung an sein Ohr drang, nun aber immer näher kam. Diesmal war es nicht der Schrei »Sold und Fressen!«, sondern der Kriegsruf der Suni-Sekte, der rasch anschwoll und immer wilder wurde, bis sogar die festen Mauern der Unterkünfte vom rhythmischen Klang dieses Rufes zu erbeben schienen. »Ya – charya!«

»Das sind die Truppen aus der Garnison«, sagte Wally. »Schließt die Tore, und dann alle Mann zurück in den Hof der Residenz. Jiwand Singh soll Leute für einen neuen Ausfall sammeln. Es kann sein, daß wir die Kerle wieder aus dem Kulla-Fi-Arangi hinauswerfen müssen!« Er rannte über die letzte freie Treppe aufs Dach der Unterkunft der Moslems hinauf und schaute über die knienden Sepoys hinweg, die durch die Brüstung feuerten. Vor dem Arsenal herrschte wildes Getümmel. Ein ganzes Menschenmeer ergoß sich den Hang hinunter, die Vordersten gedrängt von den Nachfolgenden, die nach Tausenden zählten. Sie brandeten gegen die lächerlichen Barrikaden, die das Areal der Mission von den umliegenden Häusern und Gassen trennten. Die Meuterer hatten sich unterdessen mit Schußwaffen versehen und wurden durch die verbliebenen Herati-Regimenter und dem städtischen Pöbel verstärkt. Er sah, wie sie die Barrikaden niedertrampelten und die geplünderten Stallungen besetzten.

Ihr Anführer war ein kleiner Mann mit verschrumpeltem Gesicht, der ein grünes Banner schwenkte und unentwegt kreischend dazu aufforderte, die Ungläubigen zu töten und keinen Pardon zu geben. Wally erkannte ihn nicht, doch Ash, obwohl weiter entfernt, wußte sofort, wer dieser Mann war, denn er hatte ihn morgens beim Löhnungsappell gesehen: es war Buzurg Shah, der auch sonst jede Gelegenheit benutzte, in der Stadt den Pöbel zum Heiligen Krieg aufzuhetzen.

»Vernichtet sie! Rottet die Ungläubigen aus! Schlagt sie tot, schlagt sie tot!« kreischte der Fakir Buzurg Shah. »Im Namen des Propheten, schlagt sie tot! Keine Gnade, kein Erbarmen! Für den Glauben! Für den Glauben!«

»Ya – charya! Ya – charya!« schrien seine Anhänger, die nun schon ausschwärmten und die Sepoys auf dem Dach unter Feuer nahmen.

Wally sah einen seiner Männer stürzen, ein Loch in der Stirn, ein zweiter schwankte, in der Schulter getroffen, und nun wartete er nicht länger. Es ging nicht mehr darum, den Kulla-Fi-Arangi zu säubern, sondern den Mob vom ganzen Gelände zu vertreiben. Ash sah drei Minuten später Wally einen dritten Ausfall anführen. Jenkyns neben ihm. Diesmal waren weder Cavagnari noch Kelly dabei; Cavagnari nicht, weil Wally es verbot, Rosie nicht, weil er zuviele Verwundete zu versorgen hatte.

Der Kampf tobte ärger als bei den beiden vorangegangenen Ausfällen. Zwar mußten die Dachschützen beider Parteien wiederum das Feuer einstellen, um die eigenen Leute nicht zu gefährden, doch standen die Chancen für die Belagerten jetzt ungleich schlechter. Die Kundschafter kämpften einer gegen fünfzig, und die Übermacht wäre noch größer gewesen, hätte es nur mehr Platz gegeben, denn ihr gehörten unterdessen drei vollbewaffnete Regimenter an, samt allen unzufriedenen und blutdürstigen Bewohnern von Kabul. Allein gerade ihre Überzahl wurde den Afghanen hinderlich, denn nicht nur kamen sie einander in die Quere, sondern man war auch nicht sicher, mit wem man es im Handgemenge zu tun hatte, denn außer Wally trug niemand Uniform.

Die Kundschafter ihrerseits kannten einander zu gut, um sich zu irren, auch trugen die Sepoys das Bajonett aufgepflanzt und die englischen wie die indischen Offiziere nicht nur Säbel, sondern auch schwere Revolver, die im Nahkampf ihr Ziel niemals verfehlten. Weil sie wußten, daß sie nicht nachladen konnten, schossen die Männer der Eskorte nur, wenn sie sicher waren zu treffen. Der Mob nahm sich daran kein Beispiel; vielmehr schossen alle Afghanen beim ersten Ansturm ihre Gewehre ab – viele sogar einfach in die Luft –, und hatten dann nur noch Krummschwert und Dolch den Kugeln aus Gewehren und Revolvern ihrer Gegner entgegenzusetzen.

Die Kundschafter machten sich diesen taktischen Fehler nach allen Regeln der Kunst zunutze und gingen, als auch sie ihre Munition verschossen hatten, so wild mit Bajonett und Säbel auf die Afghanen los, daß diese zurückwichen. Von der ihnen folgenden Menge bedrängt, deren Druck sie nicht standhalten konnten und die ihrerseits nicht sah, was da vorne vorging, behindert durch die am Boden liegenden Gefallenen und Verwundeten, über die sie im Gedränge stolperten, machten sie endlich kehrt und droschen auf ihre Hintermänner ein. Panik breitete sich wie Buschfeuer aus. Der Pöbelhaufen prügelte aufeinander ein, nur darauf bedacht, vom Platz zu kommen. Aus dem Rückzug wurde regellose Flucht, und abgesehen von den Gefallenen und Verwundeten lag das Gelände um die Gesandtschaft herum plötzlich verlassen da.

Die kleine Gruppe der Kundschafter hatte bei diesem kurzen Gefecht insgesamt genau siebenunddreißig Kugeln abgefeuert, von denen nicht weniger als vier – großkalibrige Geschosse aus Gewehren vom Typ Lee-Enfield, abgefeuert auf kurze Distanz – die Brust eines Gegners durchschlugen und noch den Mann dahinter tödlich trafen. Mit den übrigen hatte man je einen Gegner getötet; ein Dutzend war mit dem Bajonett niedergemacht worden, acht mit Säbeln.

Die Gefallenen boten keinen schönen Anblick; sie lagen blutverschmiert im Staub. Hier und dort suchte ein Verwundeter sich aufzurichten und aus der grellen Sonne in den Schatten zu kriechen.

Die Kundschafter also hatten dem Feind erhebliche Verluste zugefügt. Doch dieser Sieg kam auch sie teuer zu stehen, und sie konnten sich keine Verluste leisten. Von den zwanzig Männern, die an diesem dritten Ausfall teilnahmen, kamen nur vierzehn zurück, zwölf kaum noch fähig zu gehen, und alle hatten Wunden davongetragen, wenn auch manche nicht mehr als Schrammen.

Die Sepoys deckten den Rückzug der Kundschafter vom Dache her, andere warteten im Mauerbogen und schlossen die Tore, bevor sie ihnen in den Innenhof der Residenz des Gesandten folgten. Die Sieger schienen diesmal sichtlich ermattet, die Gesichter zeigten keine Spur von Jubel, alle blickten düster. Es war dies die Düsterkeit von Männern, die wissen, daß die Früchte eines hart erfochtenen Sieges verloren gehen müssen, daß man mit abnehmender Kraft wieder und wieder um sie kämpfen oder aber sie mit schlimmen Folgen dem Feinde überlassen muß.

Der Ausfall hatte nicht lange gewährt, und doch waren zur gleichen Zeit auf den Dächern der beiden Häuser der Gesandtschaft fünf Männer gefallen und sechs verwundet worden, denn die behelfsmäßig aufgetürmte Brüstung gewährte wenig Deckung gegen das Feuer der viel höher postierten feindlichen Schützen. Die Luft schien bleihaltig. Man half den Verwundeten nach unten, wo Kelly mit seinem Gehilfen Rahman Baksh wie ein Irrer schuftete – in Hemdsärmeln, von Kopf bis Fuß blutbeschmiert, schnitten und nähten sie, legten Kompressen und Verbände an, verabreichten Opium und bewegten sich in den hoffnungslos überfüllten Räumen wie in einem Schlachthaus. An den Wänden lehnten und lagen Verwundete, die pulvergeschwärzten Gesichter von Schmerz verzerrt, doch ohne zu klagen.

Mit den Toten ging man weniger behutsam um. Es war keine Zeit, die Leichen zu bergen. Man verstärkte mit ihren zerschossenen Leibern die Brustwehren. Die Kundschafter waren darin durchaus Realisten. Nichts sprach in ihren Augen dagegen, daß die gefallenen Kameraden bis ans Ende dem Regiment nützlich waren, und das Ende konnte nicht mehr lange auf sich warten lassen, denn auf den Dächern waren nicht mehr als zehn Männer, wenn man die Toten nicht rechnete. Und der Feind verfügte über unerschöpfliche Mengen an Menschen und Munition.

Jenkyns, der ins Arbeitszimmer des Gesandten humpelte, die blutbeschmierte Jacke abstreifte und den Chef – grau im Gesicht vor Schmerzen – unentwegt feuern sah, fragte: »Hat man schon vom Emir gehört?«

»Nein. Wir müssen noch jemanden schicken. Sind Sie verwundet?«

»Bloß ein Kratzer am Schienbein, Sir. Nichts Ernstes.« Jenkyns setzte sich und knotete Taschentücher zu einer Bandage. »Leider haben wir sechs Tote und mehrere Schwerverwundete.«

»Ist der junge Hamilton noch am Leben?« fragte Sir Louis scharf.

»Ja, abgesehen von ein paar Schrammen fehlt ihm nichts. Ein fabelhafter Soldat, Sir. Er schlägt sich wie zehn, und die ganze Zeit über singt er Hymnen. Die Leute hören das anscheinend gern. Was sie sich wohl dabei denken? Vermutlich halten sie es für einen Schlachtgesang, und das sind diese Hymnen ja genaugenommen auch... Gottes Sohn, er führt uns an... lauter so Zeugs.«

»So? Hat er das gesungen?« fragte Cavagnari und zielte bedachtsam. Er drückte ab, grunzte zufrieden und sagte: »Erwischt.«

Jenkyns befestigte seinen Verband. »Nein, Sir. Es war etwas anderes, irgendwas mit dem Gott der Schlachten, der den Feind in die Flucht schlägt.« Er zog den Knoten mit den Zähnen fest, nahm die Jacke und fragte: »Soll ich noch einen Brief schreiben, Sir?«

»Ja. Ganz kurz. Schreiben Sie dem Spitzbuben, daß es um ihn geschehen ist, wenn er uns hier umkommen läßt. Die Regierung Indiens schickt ihm ein Heer auf den Hals und besetzt sein Land – nein. Lieber nicht... Fordern Sie im Namen des Gastrechtes und der Ehre, daß er uns Hilfe schickt, bevor wir allesamt ermordet werden. Sagen Sie, die Lage ist verzweifelt.«

Jenkyns setzte sich, um den Brief abzufassen, und Cavagnari ließ nachfragen, ob irgendwer sich im Bala Hissar genügend auskenne und das Risiko auf sich nehmen wolle, den Brief zu befördern – allerdings kein Soldat, von denen war keiner entbehrlich. Diesmal war das Wagnis selbstmörderisch, denn der Hinterausgang war versperrt; sämtliche Dächer in der Umgebung waren von Scharfschützen besetzt, und der Pöbel stand wie eine Mauer rings um das Areal. Doch hatte Jenkyns kaum den Brief fertig, da kam ein älterer, wortkarger Hindu-Schreiber, der Verwandte in Kabul besaß, sich im Bala Hissar auskannte und – als Hindu dem Tode gelassen entgegensehend – anbot, den Versuch zu machen.

Jenkyns begleitete ihn in den Hof, und Wally ließ seinen Männern sagen, sie sollten alles tun, um die Aufmerksamkeit des Feindes von diesem Boten abzulenken.

Man half dem Hindu über die Barrikade am südlichen Zugang zur Gasse zwischen den Unterkünften und den Gesandtschaftsgebäuden. Er wandte sich gleich nach rechts und hielt sich dicht unter der fensterlosen Außenmauer der Unterkunft der Mohammedaner, die ihn vorübergehend jeglicher Beobachtung entzog. Am Ende dieser Mauer angekommen, mußte er jedoch einen Spießrutenlauf antreten, um so mehr, als unterdessen bereits wieder Afghanen jenseits der Ställe eingesickert waren und hinter der niedrigen Mauer aus Lehmziegeln in Deckung lagen. Angeführt von dem Fakir, stürzte eine Meute dem Boten entgegen, bevor er den Kulla-Fi-Arangi erreichte, andere schnitten ihm den Rückweg ab. Zwar hielt er den Brief hoch und rief ihnen zu, er sei unbewaffnet und wolle zum Emir, doch fielen sie mit Dolchen und Schwertern über ihn her und hackten den wehrlosen Menschen vor den Augen der Belagerten buchstäblich in Stücke.

Dieser brutale Mord blieb nicht ungerächt, denn die Sepoys auf dem Dach feuerten Salve um Salve in die Mörderbande, und Wally, der alles vom Dach des Kasinos aus angesehen hatte, schickte Jiwand Singh mit zwanzig Kundschaftern los, das Gesindel zu vertreiben. Dies war der vierte Ausfall, den die Kundschafter an diesem Vormittag machten, und wieder trieben sie die Afghanen zurück und nahmen fürchterliche Rache an ihnen für jenes blutige, zerhackte Häufchen Mensch, das in seiner abgehauenen Faust den blutgetränkten Fetzen Papier umklammert hielt, der um die Hilfe jenes unnützen Feiglings bat, der auf dem afghanischen Thron saß.

Wally hatte im vergangenen Jahr manche Scheußlichkeit gesehen und glaubte, immun gegen derartige Anblicke zu sein. Doch die barbarische Zerstückelung des unseligen Hindu, der als unbewaffneter Bote zum Herrscher von Afghanistan freies Geleit beanspruchen konnte, machte ihm übel. Er stürmte vom Dach hinunter in der Absicht, selber den Ausfall anzuführen. Im Hofe angelangt, mußte er jedoch hören, daß der Feind, dem es bisher nicht gelungen war, die kleine Hintertür in der Mauer nahe dem Hause Cavagnaris aufzubrechen, Breschen in die Mauer schlug und an zwei Stellen bereits eingedrungen war.

Diese Bedrohung durfte man nicht ignorieren. Also befahl Wally dem Sergeanten, den Ausfall anzuführen und wandte sich dieser neuen Gefahrenquelle zu. Es war schon schwierig genug, sich gegen Frontal- und Flankenangriffe zu wehren, während man ständig dem Beschuß von erhöhten Punkten ausgesetzt war. Sollte es dem Feind aber gelingen, von hinten einzubrechen und den Hof zwischen den zwei Häusern zu besetzen, wäre man gezwungen, diese samt den Verwundeten aufzugeben und als letzte Stellung die beiden Mannschaftsunterkünfte zu verteidigen. Diese allerdings würden auch nicht mehr zu halten sein, waren beide Gesandtschaftshäuser erst einmal in der Hand der Afghanen, denn die konnten dann auf kürzeste Entfernung konzentriertes Feuer eröffnen; mußte man die Dächer räumen, konnte man auch nicht mehr überblicken, was draußen vorging und was der Feind unternahm.

Die rückwärtige Mauer durchzubrechen, war leicht; sie war jämmerlich dünn, und die Männer, die von der Gasse aus diese Arbeit verrichteten, taten das ganz ungefährdet; schießen konnte auf sie nur, wer aufrecht stehend vom Rande des Kasinodaches direkt nach unten zielte, und die drei Soldaten, die das versuchten, wurden auf der Stelle von Scharfschützen der Afghanen getroffen. Also ließ man es sein.

Die Männer, die die Bresche in die Mauer hieben, hatten schon eine Weile unbemerkt arbeiten können, denn das andauernde Gewehrfeuer und das unstillbare Gebrüll des Pöbels, dessen angeborene Rauflust und dessen Haß gegen die Ungläubigen durch das lange Fasten ins Unermeßliche stieg, übertönten das Geräusch der Brecheisen und Hacken. Die Gefahr wurde erst von Dienern bemerkt, die im Erdgeschoß von Cavagnaris Haus Zuflucht suchten und plötzlich ein Loch in der Wand entstehen sahen. Einer lief nach oben, schlug Alarm und flehte den Gesandten an, ins Kasino überzuwechseln.

»Falls diese Teufel hier die Wand durchbrechen, Huzor, bist du in der Falle. Was wird dann aus uns? Du bist Vater und Mutter für uns, verlieren wir dich, sind auch wir verloren – allesamt verloren!« jammerte der schreckensbleiche Mann und schlug mehrmals mit der Stirn auf den Boden.

»Steh auf«, befahl Cavagnari ärgerlich. »Tränen retten euch nicht, aber vielleicht fleißige Arbeit. Kommen Sie, Jenkyns, – und ihr anderen auch –, da unten wird Hilfe gebraucht.«

Er ging zur Treppe, gefolgt von Jenkyns und zwei Soldaten, die aus dem Hause geschossen hatten; der Diener folgte. Wally indessen, der dem grauen Gesicht des Chefs und seinem unsteten Blick ansah, daß er ihm diesmal die Bitte nicht abschlagen durfte, überzeugte ihn davon, daß er auf dem Dach des Kasinos als erstklassiger Schütze von größerem Nutzen sein und verhindern helfen könne, daß der Pöbel vom Arsenal aus einen neuen Vorstoß unternehme.

Cavagnari weigerte sich nicht. Er litt jetzt unter den Nachwirkungen einer Gehirnerschütterung und ahnte nicht, daß Wally ihm jene Stellung auf dem Dach des Kasinos zuwies, weil er ihn dort am wenigsten gefährdet glaubte. Er wollte nicht, daß der verwundete Chef ein unnötiges Risiko einging.

Wie zum Beweis dafür, daß seine Vorsichtsmaßnahme durchaus angebracht war, wurde die erste Musketenkugel aus kurzer Entfernung und in Kniehöhe in den Innenhof gefeuert. Zwei Männer wurden verwundet, und es entstand erhebliche Verwirrung, denn man glaubte, es schieße jemand aus dem Zelt, in dem die Munition gestapelt gewesen war. Erst als weitere Schüsse folgten, erkannte man, daß der Feind die Mauer hinter dem leeren Zelt durchbrochen hatte und nun blind von der Gasse jenseits der Mauer in den Hof feuerte. Der Hof war wie von Zauberhand leergefegt, und Jenkyns wies drei Leute an, die

Bresche in der Mauer zu schließen, wozu man erst das Zelt niederlegen mußte.

Es gelang den dreien, das Zelt abzubrechen und die schwere Leinwand mit Hilfe der Zeltpfähle in die Bresche zu schieben. Sie verstärkten diese unzureichende Barriere mit schweren blechbeschlagenen Kisten, die die Wintergarderobe ihres Kommandeurs enthielten, sowie mit einem Wandschirm aus Holz und Leder aus dem Speiseraum. Dabei bekam einer einen Schuß in den Arm und wurde von Hassan Gul ins Kasino zu Dr. Kelly gebracht, denn der Arm sah übel aus, war unbeweglich und blutete stark, obwohl er abgeschnürt war.

Im Erdgeschoß fanden sie lauter Tote, Verwundete und Sterbende, nicht aber Dr. Kelly. Sein erschöpfter Gehilfe blickte nur kurz von der Arbeit auf – er verband den Oberschenkel eines Sepoys mit einem Handtuch – und sagte, der Sahib sei oben; Hassan Gul möge den Verwundeten hinaufführen, hier unten sei ohnehin kein Platz mehr.

Die beiden Männer stiegen auf der Suche nach dem Arzt die Treppe hinauf und erblickten ihn durch eine offenstehende Tür über das Bett von Sir Louis gebeugt, der mit angezogenen Knien, eine Hand auf der Stirne, dort lag. Dieser Anblick erschreckte sie nicht, denn jeder wußte, daß der Sahib gleich anfangs verwundet worden war; sie nahmen an, er leide unter den Nachwirkungen dieser Verwundung. Weil sie den Arzt bei einem so hochgestellten Patienten nicht stören wollten, gingen sie wieder nach unten, um hier auf ihn zu warten.

Sir Louis war aber nicht unter seinen Kopfschmerzen zusammengebrochen, sondern noch einmal verwundet worden; diesmal hatte er einen Bauchschuß bekommen. Das Geschoß aus einer Lee-Enfield – ein Geschenk des vorigen Vizekönigs Lord Mayo, der es mit guten Wünschen im Namen der britischen Regierung dem verstorbenen Emir Shere Ali überreicht hatte – durchschlug den hölzernen Laden.

Der Gesandte schleppte sich zum Bett, und der Soldat, der neben ihm an seiner Schießscharte stand, rannte nach Dr. Kelly. Rosie konnte weiter nichts tun, als Cavagnari einen Schluck Wasser geben – er war sehr durstig – und Opium gegen die Schmerzen. Er hoffte, es werde rasch mit ihm zu Ende gehen.

Er konnte nicht einmal bei ihm bleiben, denn zu viele Verwundete bedurften seiner Hilfe, und mancher konnte so weit hergestellt werden, daß er wieder kampffähig war. Es hatte auch keinen Sinn, bekannt werden zu lassen, daß Cavagnari-Sahib tödlich getroffen war. Das mußte die Belagerten entmutigen, die all ihren Mut dringend benötigten, denn nun forderte der Pöbel die Glaubensbrüder unter den Belagerten auf, mit ihm gemeinsame Sache zu machen, die Ungläubigen zu erschlagen und die Schätze zu plündern, die sich gewiß in der Gesandtschaft befanden.

»Tötet die Ungläubigen, geht zu uns über!« hörte man unsichtbare Männer brüllen, die damit beschäftigt waren, die Mauer an anderer Stelle niederzulegen. »Wir haben nichts gegen euch, ihr seid unsere Brüder, euch soll kein Leid geschehen. Liefert uns die Engländer aus, und ihr seid frei! Kommt zu uns!«

Rosie, der dies Gebrüll anhören mußte, dachte: Zum Glück haben wir Wally. Ohne ihn wäre wohl so mancher unserer Leute in Versuchung, da mitzumachen und seine Haut zu retten. Wally aber schien zu wissen, was gegen diese brüllenden Versucher zu unternehmen und wie die Kampfmoral seiner Leute zu heben sei, und nicht nur die der Soldaten, sondern auch die der Zivilisten, die im Hause Zuflucht gesucht hatten. Auch schien er die Kunst erlernt zu haben, an mehreren Orten zugleich zu sein – auf dem Dach eines der beiden Häuser, wieder drüben bei den Mannschaftsunterkünften, im Hof und zwischen den Verwundeten und Sterbenden – Mut zusprechend, Lob austeilend, tröstend. Er redete den Mutlosen gut zu, machte Scherze, sang aus voller Brust, wenn er die Treppe hinauflief, um das schmelzende Häufchen Kundschafter anzufeuern, die auf dem Dach aushielten, und er war bei den Sepoys, die, von der Brüstung unzureichend gedeckt, unermüdlich auf den Feind schossen.

Rosie betrachtete den sterbenden Gesandten auf dem Bett und dachte: Sobald er tot ist, fällt die gesamte Verantwortung für die Verteidigung dieser Rattenfalle auf den jungen Hamilton... er trägt sie schon jetzt. Nun, geeignetere Schultern gibt es nicht. Er ging hinaus, schloß die Tür hinter sich und befahl einem Diener, davor sitzen zu bleiben und niemanden hineinzulassen, denn der Sahib habe starke Kopfschmerzen und brauche unbedingt Ruhe.

Dieses Zimmer war nach innen gelegen und verhältnismäßig kühl. Als Rosie hinaustrat, trafen ihn Gestank und Hitze wie ein Schlag. Die Sonne stand jetzt im Zenit, und im Innenhof gab es kaum Schatten – für die Männer auf den Dächern ohnehin nicht. Die kühle Morgenfrische war längst dahin; es stank nach Schwefel und Schwarzpulver, und von unten stieg der Übelkeit erregende Geruch von Blut und Jod herauf, dazu noch üblere Gerüche, die, wie der Arzt nur allzu gut wußte, mit fortschreitender Zeit zunehmend schlimmer werden würden.

Bald haben wir kein Opium mehr und auch kein Verbandszeug. Auch keine Soldaten... Er warf einen Blick über die Schulter auf die geschlossene Tür, hob unwillkürlich die Hand wie zu einer Ehrenbezeigung und stieg die Treppe hinunter in die Hölle aus Blut und Gestank, wo ganze Schwärme brummender Fliegen die Qualen der Verwundeten noch verschlimmerten, ohne daß diese sich beklagten...

Von den Meuterern hatten sich viele bereits wieder bis zu den Stallungen vorgearbeitet und lagen dort in Deckung; auch hinter der niedrigen Mauer zum Kulla-Fi-Arangi hockten welche und brachen Schießscharten heraus, durch die sie auf die Unterkünfte und Gesandtschaftsgebäude feuern konnten. Für einen weiteren Ausfall hatte Wally nicht mehr genügend Leute. Daß überhaupt noch welche am Leben waren, betrachtete er als ein Wunder, denn es befanden sich nicht nur überall auf dem Gelände Afghanen, sondern auch auf den umliegenden Dächern sammelten sich mehr und mehr Schießwütige. Und doch, noch leisteten sie Widerstand, wenn sie auch immer weniger wurden.

Daß der Feind größere Verluste hinnehmen mußte, war kein Trost, denn er hatte unerschöpfliche Reserven. Die Kundschafter mochten den Feind so oft zurückschlagen, wie sie wollten, für jeden einzelnen gefallenen Afghanen standen hundert neue bereit. Es war wie der Kampf gegen die Hydra, nur schlimmer. Für die Toten und Verwundeten auf der eigenen Seite aber gab es keinen Ersatz, und aus dem Palast war nichts zu vernehmen. Nichts deutete darauf hin, daß Hilfe zu erwarten war...

Wally war damit beschäftigt, die Abwehr gegen die Mauerbrecher zu organisieren, als ein Sowar atemlos die Treppe vom Dach des Kasinos heruntergerannt kam und keuchend meldete, der Feind habe Leitern beschafft, die er aus den Fenstern der gegenüberliegenden Häuser als Brücken zum Dach benutze und über die sie wie Affen kletterten. Schon seien einige auf dem Dach, was solle man nun machen? Ihre Zahl nehme ständig zu, man könne sich gegen die Übermacht nicht halten.

»Zieht euch die Treppe hinunter zurück«, befahl Wally. »Aber so langsam, daß die Afghanen euch verfolgen.« Der Mann kehrte um, und Wally schickte den gleichen Befehl an die Besatzung auf dem Dach von Cavagnaris Haus. Dann sammelte er sämtliche verfügbaren Leute und lief selber mit dem Sergeanten Mehtab Singh auf das Dach des Kasinos.

Es war den Kundschaftern gelungen, die ersten beiden Leitern wegzustoßen, die den unten Stehenden auf die Köpfe fielen, doch waren unterdessen weitere Leitern ausgelegt worden – mindestens ein halbes Dutzend –, und obwohl die vordersten Afghanen bei Erreichen des Daches auf kürzeste Entfernung niedergeschossen worden waren, gelang es nicht, alle abzuwehren, die ihnen folgten. Die überlebenden Kundschafter zogen sich Schritt um Schritt gegen den Treppenabgang zurück und wichen dann Stufe um Stufe nach unten.

Wally traf sie auf dem obersten Treppenabsatz. Er schwenkte den geladenen Revolver, ohne ihn abzufeuern, und gab einen Befehl, der bei dem Lärm kaum zu verstehen war. Schießen tat er nicht. Alle gingen die Treppe hinunter bis in den Korridor des zweiten Stockwerkes. Die Afghanen, welche die Kundschafter auf der Flucht glaubten, rannten hinter ihnen her. Plötzlich schrie Wally: »Jetzt!« und stieg auf einen Stuhl, der vor seinem Schlafzimmer stand.

Die Kundschafter machten in dem engen Korridor kehrt und fielen über die vordersten Afghanen her. Wally feuerte über ihre Köpfe die Treppe hinauf auf jene, die hinterherdrängten und nicht zurückweichen konnten, weil vom Dach immer mehr Afghanen die Treppe hinunterwollten.

Selbst ein schlechter Schütze hätte hier nicht fehlen können, und ein schlechter Schütze war Wally nun nicht. In sechs Sekunden stürzten sechs Afghanen in den Kopf getroffen die letzten Stufen herab, und die ihnen folgten, stolperten über die Leichen und fielen ebenfalls kopfüber herunter. Am Fuß der Treppe wurden sie von den Kundschaftern mit Säbeln erschlagen.

Dr. Kelly hörte den Kampflärm und erkannte sogleich, daß der Feind ins

Kasino eingedrungen war. Er vertauschte das Skalpell mit dem Revolver und rannte die Treppe hinauf, wo er in ein fürchterliches Handgemenge geriet: auf dem Treppenabsatz und im Korridor war es so eng, daß man den Säbel nicht schwingen konnte; es wurde gehackt und gestochen, Gewehre und Karabiner dienten als Schlagwaffen, denn zum Nachladen war keine Zeit. Rosie fand keine Gelegenheit, seinen Revolver abzuschießen. Wally, immer noch auf dem Stuhl stehend, erblickte den Arzt samt seinem Revolver, erkannte, daß Kelly nicht zu schießen wagte, erreichte ihn mit einem mächtigen Satz, riß die Waffe aus seiner Hand, sprang zurück auf den Stuhl und feuerte mit tödlicher Wirkung.

Die Schüsse, der Tumult auf der Treppe, der Kampflärm, der nach oben drang, machten den nachfolgenden Afghanen klar, daß ihre Anführer in eine Falle gelaufen waren. Sie blieben am Treppenabgang stehen. Einige, die den Kopf verloren, feuerten die Treppe hinab in das Gedränge der eigenen Leute hinein. Andere flüchteten über die Leitern zurück und machten keine Anstalten mehr, das Haus von oben zu stürmen. Von ihren Kameraden, die es versucht hatten, kam keiner mit dem Leben davon.

»Los, Rosie!« schrie Wally, warf ihm den leergeschossenen Revolver zu und lud seinen eigenen, »sie reißen aus! Jetzt werfen wir den Rest vom Dach!«

Er befahl Hassan Gul, der keuchend an der Wand lehnte, die anderen zu sammeln und das Dach zu säubern. Doch der Sepoy schüttelte nur den Kopf und sagte heiser: »Es geht nicht, Sahib, wir sind zu wenige. Mehtab Singh ist tot, auch Karak Singh... auf der Treppe sind sie gefallen... und von denen, die auf dem Dach waren, sind nur noch zwei am Leben. Wieviele drüben im anderen Hause sind, weiß ich nicht, aber hier sind wir nur noch sieben...«

Sieben also. Sieben Mann, um das zweistöckige Gebäude zu verteidigen, diese von Einschlägen gespickte Rattenfalle aus Lattenwerk und Gips, die von Verwundeten barst.

»Dann müssen wir die Treppe sperren«, sagte Wally.

»Womit?« fragte Rosie matt. »Wir haben schon alles zum Bau von Barrikaden verwendet, was wir bewegen können, sogar die Türen.«

»Da ist noch eine –« Wally wandte sich der Tür zu, doch packte der Arzt seinen Arm und sagte scharf: »Nein, die bleibt zu, Wally. Laß ihn in Frieden.«

»Wen? Wer ist da drinnen? Ach, Sie meinen den Chef. Nun, der hat nichts dagegen, er ist bloß –« er brach ab und starrte Kelly an. Ihm dämmerte Furchtbares. »Heißt das, es ist ernst? Er hatte doch nur einen Kratzer an der Stirne, der kann doch nicht...«

»Er hat vorhin einen Bauchschuß bekommen. Ich habe ihm so viel Opium gegeben, wie ich hatte. Er soll in Frieden sterben.«

»In Frieden!« zischte Wally. »Wie soll er in Frieden sterben, es sei denn...«

Wieder brach er ab, und sein Gesichtsausdruck veränderte sich. Er machte sich von Kelly los und betrat jenen dämmrigen Raum, in den das Licht nur durch Schießscharten in den Läden und durch Kugellöcher einfiel. Man konnte an den Wänden noch das Gekritzel der Russen sehen, ebenfalls Gäste des Emir, aber mehr vom Glück begünstigt.

Die Hitze, die im Hofe stand und über dem ganzen Areal lag wie eine Decke, war bislang von der geschlossenen Tür abgehalten worden, doch summten auch hier ganze Schwärme von Fliegen, und das Getöse des Kampfes drang von außen herein. Es stank nach Blut und Schwarzpulver.

Der Mann auf dem Bett lag in unveränderter Haltung und war wunderbarerweise noch am Leben. Er bewegte den Kopf nicht, doch sah Rosie, als er hinter Wally das Zimmer betrat und die Tür zumachte, daß die Augen sich bewegten. Er dachte: Erkennen wird er uns nicht, er ist schon fast hinüber und überdies voll von Opium.

Tatsächlich waren die Augen des Sterbenden ganz ausdruckslos, und es schien, als seien ihre Bewegungen reiner Reflex. Plötzlich jedoch erlangte Sir Louis Cavagnari mit einer gewaltigen Kraftanstrengung das Bewußtsein wieder, seine Augen nahmen einen wachen Ausdruck an und mit letzter Kraft ächzte er:

»Nun, Hamilton, sind wir...?«

Der Atem versagte ihm, Wally antwortete aber auf die unausgesprochene Frage:

»Alles steht gut, Sir. Ich wollte Ihnen nur melden, daß der Emir zwei Regimenter Kazilbashi geschickt hat und der Pöbelhaufen auf dem Rückzug ist. Es dauert nicht mehr lange, bis wir die letzten rausgeworfen haben. Machen Sie sich also um uns keine Gedanken, Sir. Sie können beruhigt sein, der Feind ist geschlagen.«

»Braver Junge«, sagte Cavagnari plötzlich mit klarer, kräftiger Stimme. In sein kalkweißes Gesicht kehrte etwas Farbe zurück, und er versuchte zu lächeln, doch wurde daraus nur eine schmerzverzerrte Grimasse. Noch einmal rang er nach Luft. Wally beugte sich über ihn, um ihn zu verstehen.

»Der Emir...«, wisperte Sir Louis, »... das freut mich... habe mich nicht geirrt... jetzt wird alles gut... Jenkyns soll ihm danken... dem Vizekönig telegra... sagen Sie meiner... meiner Frau...«

Ein Zucken fuhr durch den verkrampften Leib, und er lag still.

Wally richtete sich langsam auf. Er hörte wieder das ununterbrochene Summen der Fliegen und das anhaltende, einer Brandung gleichende Tosen des Mobs, gleichsam die Geräuschkulisse hinter den krachenden Schüssen aus Musketen und Karabinern und dem Einschlagen von Geschossen in die Wände.

»Er war ein großer Mann«, sagte Rosie still.

»Ein wunderbarer Mann. Deshalb sollte er nicht sterben in dem Bewußtsein, daß er...«

»Machen Sie sich deshalb keine Gedanken, der Herr wird Ihnen die Lüge verzeihen.«

»Ja, das stimmt wohl. Ich wollte –«

Eine Musketenkugel bohrte sich in den hölzernen Fensterladen und Splitter schwirrten durchs Zimmer. Wally ging hinaus, die Augen voller Tränen. Er sah kaum, wohin er ging.

Rosie deckte das stille Gesicht zu und fand Wally gleich darauf damit beschäftigt, den Treppenaufgang zu verbarrikadieren, wozu er das einzig vorhandene Material benutzen ließ: die Leichen der Afghanen und unbrauchbare Waffen – zerbrochene Krummschwerter und Musketen der Getöteten.

»Die sollen sich noch nützlich machen«, bemerkte er dabei grimmig, während er half, die Leichen aufeinander zu schichten und mit den langläufigen Musketen wie mit einem Gitter zu stützen. Aus den rasiermesserscharfen Klingen ihrer Dolche fertigte er mit seinen Helfern ein chevaux-de-frise und meinte, als die Arbeit beendet war: »Lange aufhalten wird sie das nicht, aber mehr können wir nicht tun. Ich muß unbedingt von Jenkyns erfahren, wieviele unserer Leute noch drüben sind. Du und noch einer«, wandte er sich an einen der Kundschafter, »ihr bleibt hier und hindert den Feind daran, die Leichen beiseite zu räumen. Geht sparsam mit der Munition um. Ein oder zwei Schüsse jeweils müssen reichen.«

Er verließ das Kasino, rannte durch den Kugelhagel über den Hof in Cavagnaris Haus und sagte Jenkyns, der Gesandte sei tot.

»Glück hat er immer gehabt«, bemerkte Jenkyns still.

Sein Gesicht war ebenso wie das von Wally und allen anderen eine von Schweißbächen durchzogene Maske aus Blut, Staub und Pulverdampf, doch die Augen blickten so gefaßt, wie die Stimme klang, und obschon er nun seit Stunden unentwegt am Kampf teilnahm, sah er immer noch aus wie der, der er war: ein Zivilist, ein Mann des Friedens. »Was meinen Sie, wie lange wir uns noch halten können, Wally? Die Kerle graben sich durch die Wände wie Maulwürfe. Kaum stopfen wir ein Loch, öffnet sich das nächste anderswo. Es ist gar nicht so schlimm, damit fertig zu werden, seit wir wissen, wie sie es anstellen, denn wo der Gips von der Wand fällt, ist der nächste Durchbruch zu erwarten. Man tritt etwas zurück, und ist die Öffnung groß genug, schießt man rein. Das haben sie nicht so gerne. Aber wir brauchen eine Menge Leute, wenn wir die Mauer im Hof bewachen wollen und die Hauswände dazu. Wieviele Sie noch haben, wage ich nicht zu schätzen, aber hier ist kein volles Dutzend mehr. Und im Hof dürften auch kaum noch welche sein.«

»Vierzehn«, sagte Wally, »ich habe das eben nachgeprüft. Mein Trompeter Abdullah meint, fünfzehn bis zwanzig sind noch in der Unterkunft. Im Kasino sind sieben.«

»Sieben?« Jenkyns erschrak sichtlich. »Ich dachte... was ist denn passiert?«

»Leitern. Ist Ihnen das entgangen? Die Kerle haben Leitern aufs Dach geschoben und unsere Leute vertrieben. Dann sind sie von oben ins Haus eingedrungen und haben uns ein paar Minuten zu schaffen gemacht. Wir sind sie aber losgeworden – jedenfalls vorerst.«

»Das wußte ich nicht«, murmelte Jenkyns. »Wenn sie auf dem Dach sind, bedeutet das, wir sitzen in der Falle?«

»Könnte man sagen. Die Brüder auf dem Dach müssen von zwei Leuten mit Schrotflinten in Schach gehalten werden. Sobald sie sich zeigen, kriegen sie eins aufgebrannt. Sie haben uns zwar vom Dach vertrieben, das nützt ihnen aber nichts, wenn sie sich da bloß auf dem Bauch bewegen können. Sie bleiben am besten hier und nehmen sich der Kerle an, die die Wände durchbrechen, und ich –« Er hob witternd die Nase und fragte unsicher: »Riechen Sie Rauch?«

»Ja, er treibt von der Hintergasse herüber. Wir riechen ihn schon eine Weile, immer wenn wieder ein Loch gemacht wird. Vermutlich brennt dort eines der Häuser, und das wäre auch nicht überraschend, wenn man bedenkt, daß die mit ihren uralten Vorderladern in alle Himmelsrichtungen knallen.«

»Na, hoffen wir, das Feuer greift nicht über die Gasse«, meinte Wally und wollte schon gehen, doch hielt Jenkyns ihn fest.

»Wir sollten noch einmal versuchen, den Emir zu erreichen. Bestimmt sind unsere Hilferufe nicht bei ihm angekommen, sonst wüßte er, wie es um uns steht und hätte längst etwas unternommen. Irgendwer muß es noch einmal versuchen.«

Es fand sich jemand, und diesem gelang es wirklich, durchzukommen, indem er sich als Afghane verkleidete. Angetan mit blutbeschmierten Fetzen, eine kunstvolle Bandage um den Kopf, gelang es ihm, einen Brief von Jenkyns im Palast abzugeben. Doch war das Durcheinander jetzt schon erheblich, die Lage nicht mehr zu vergleichen mit jener, die Ghulam Nabi, der immer noch ungeduldig wartete, angetroffen hatte, als er vor Stunden den zweiten Hilferuf Cavagnaris überbrachte. Auch dem dritten Boten wurde gesagt, er möge warten. Auch er erhielt keine Antwort, denn der Emir war unterdessen überzeugt, der Pöbel werde, sobald er die britische Gesandtschaft gestürmt hatte, über ihn herfallen, weil er den Ungläubigen Zutritt nach Kabul gestattet hatte und sich an ihm und den Seinen für die erlittenen Verluste rächen.

Den hartnäckigen Mullahs, die er noch einmal, aber erst nach langem Drängen, empfing, klagte er: »Man wird mich töten, man wird uns alle töten.«

Wieder drang der Obermullah in ihn, seine Gäste zu retten, der Artillerie zu befehlen, das Feuer auf den Abschaum zu eröffnen, und wieder weigerte sich der Emir mit der schluchzend vorgebrachten Begründung, wenn er das tue, werde man ihn ermorden.

Endlich aber beschämten ihn die Vorwürfe seiner Mullahs so sehr, daß er seinen achtjährigen Sohn Yahya Khan, begleitet nur von einer Handvoll Offiziere und seinem Erzieher, der den Koran mit einer Hand hoch über seinen Kopf hielt, damit alle ihn sahen, zu Pferde aussandte, um den wutschnaubenden Pöbel zu beschwören, im Namen Gottes und seines Propheten die Waffen in die Scheiden zu stecken und friedlich nach Hause zu gehen.

Die Menge indessen, die heiser brüllend den Tod der Ungläubigen forderte, ließ sich weder durch den Anblick des Heiligen Buches noch durch den eines Kindes beschwichtigen, und sei es der Thronerbe von Afghanistan. Man zerrte den angstbebenden Erzieher vom Pferde, entriß ihm den Koran, trampelte auf ihm herum und beschimpfte die hilflosen Abgesandten des Emir, bis diese bedauernswerten Menschen sich zur Flucht wandten und um ihr Leben zurück in den Palast galoppierten.

Einen Afghanen allerdings gab es noch, der vor dem Pöbel keine Furcht zeigte.

Der unerschütterliche Oberkommandierende Daud Shah verließ, ungeachtet seiner Verletzungen, sein Lager, versammelte ein Häufchen ihm ergebener Soldaten um sich und stellte sich dem Abschaum der Stadt ebenso furchtlos entgegen wie schon am Morgen den meuternden Ardalen. Der Pöbel ließ sich aber vom Militär ebenso wenig beeindrucken wie von dem heiligen Buch, obschon er unentwegt lauthals seinen Glauben bekannte. Er wollte morden und plündern und fiel über den tapferen General her wie ein Haufen Straßenköter über eine Katze. Der General wehrte sich denn auch wie eine Katze mit Klauen und Zähnen.

Ein Weilchen konnten er und seine Leute sich das Gesindel vom Leibe halten, doch die Übermacht war zu groß. Man riß ihn vom Pferd, und als er am Boden lag, wurde er getreten und gesteinigt. Einzig dem Eingreifen eines anderen Trupps Soldaten, die ihren Chef hatten ausreiten sehen und nun zu seiner Rettung herbeieilten und mit unbeschreiblicher Wut auf den Pöbel einhieben und ihn endlich zurückdrängten, war es zu danken, daß er und seine weit unterlegenen Getreuen mit dem Leben davonkamen. Doch zurückziehen mußten sie sich, da half nichts. Mit Mühe brachten sie sich selber, ihre Verwundeten und den Oberkommandierenden in Sicherheit.

»Mehr können wir nicht tun«, sagten die Mullahs, die das alles mitangesehen hatten. Sie erkannten die Fruchtlosigkeit aller menschlichen Bemühungen, verließen den Palast und suchten ihre Moscheen auf, um zu Allah zu beten.

67

Ash, der sich vergeblich den Kopf zerbrach, wie er ins Freie gelangen könnte, hatte allmählich den Eindruck, er sei in dieser kleinen, stickigen Kammer bereits sein ganzes Leben lang eingekerkert... Ob sich für die Kundschafter die Zeit ebenso dehnte, während sie einen endlos langen Vormittag und bis in den Nachmittag hinein kämpften, ohne einen Moment Ruhe zu finden? Oder achteten sie unter dem Druck, dem sie ausgesetzt waren, nicht der Zeit, weil sie wußten, jeder Atemzug, den sie taten, konnte ihr letzter sein?

Es mußte doch einen Weg ins Freie geben, es *mußte* einen geben!

Schon vor Stunden hatte er erwogen, ein Loch in die Decke zu stemmen und zwischen dem Gebälk hindurch aufs Dach zu klettern. Doch zeigten Schritte über ihm an, daß dort oben Menschen waren, eine beträchtliche Anzahl, dem Stimmengewirr und dem heftigen Musketenfeuer nach zu schließen – mindestens so viele wie auf den anderen Dächern, die er sehen konnte.

Danach wandte er sein Augenmerk dem Fußboden zu. Der müßte verhältnismäßig leicht aufzubrechen sein, denn wie alle Böden im Hause bestand er aus Lehm und Stroh und einer Unterlage aus Brettern, die auf Balken befestigt waren. Hätte er nicht gehört, daß auch der Raum unter dem seinen vom Feind besetzt war – dort wurde unausgesetzt aus dem Fenster geschossen –, hätte er mit seinem langen afghanischen Dolch Stroh und Lehm weggekratzt und einige Bretter gelöst. So aber half ihm der Dolch nichts. Und für die Beseitigung der Gitterstäbe am Fenster war er ungeeignet.

Er verbrachte eine ganze Weile an diesem Fenster, knotete sogar ein Seil, indem er ein großes Tuch, auf dem einer der Schreiber stets zu sitzen pflegte, in Streifen riß. Doch das Gitter war einfach nicht zu sprengen. Es würde auch nichts nützen, die verhältnismäßig dünnen Trennwände zu einem der benachbarten Räume aufzubrechen, denn zur Rechten lag eine Kammer ohne Fenster, in der alte Akten gestapelt waren, und links die Bibliothek des Munshi, die, wie übrigens auch der Aktenraum, stets verschlossen war.

Gleichwohl verschwendete er eine Menge Kraft und Zeit, die Wand zur Bibliothek zu durchbrechen in der Hoffnung, daß dort die Fenstergitter oder das Türschloß weniger stabil seien als in seinem Zimmer. Als er endlich ein Loch in die Wand gehackt hatte, breit genug, sich hindurchzuzwängen, mußte er feststellen, daß das Türschloß von gleicher Art war, das Fenster aber nicht nur ebenso fest vergittert wie seines, sondern auch kleiner.

Ash zwängte sich zurück in sein Zimmer und bezog von neuem Posten am Fenster, beobachtend, lauschend und hoffend, wo keine Hoffnung war, und um ein Wunder betend.

Er hatte alle vier Ausfälle mit angesehen, und obwohl er, anders als der Sirdar, nicht beobachten konnte, wie der Kulla-Fi-Arangi gesäubert wurde, konnte er das dritte Gefecht doch gut verfolgen. Und da erst fiel ihm ein, daß er ja nicht nur seine Pistole bei sich hatte, sondern auch in einem der zahllosen an der Wand gestapelten Aktenkästen seinen Revolver samt fünfzig Patronen versteckt hielt.

Wenn er schon nicht hinunter und Seite an Seite mit den Kundschaftern kämpfen konnte, war er doch nicht ganz zur Untätigkeit verurteilt. Er holte den Revolver, legte den Lauf aufs Fensterbrett und begriff, warum beide Seiten bei jedem Ausfall das Feuer einstellten. Solange das Handgemenge dauerte, war es unmöglich vorherzusagen, ob die Schützen Freund oder Feind trafen. Auch er durfte nicht schießen. Als der Feind floh, widerstand er der Versuchung, hinterher zu feuern, weil die Distanz zu groß war; er konnte nicht auf gut Glück schießen, dazu hatte er nicht genügend Munition.

Immerhin verschoß er im Laufe des Vormittags dreiundzwanzig Patronen mit gutem Erfolg und ohne Gefahr zu laufen, daß jemand merkte, woher die Schüsse kamen, denn es regnete förmlich Kugeln von allen Seiten. Mit fünf Schüssen erledigte er fünf Scharfschützen, die aus weniger dicht vergitterten Fenstern weiter unten im Hause schossen und unvorsichtig genug waren, sich weit hinauszulehnen. Weitere vierzehn Schüsse forderten mehrere Tote und Verwundete unter jenem Pöbelhaufen, der den Hindu-Schreiber ermordete. Die letzten vier trafen vier Meuterer, die während des von Jiwand Singh angeführten vierten Ausfalles versuchten, zu den Unterkünften vorzudringen und sich zu diesem Zwecke hinter der niedrigen Mauer anschlichen, welche das Haus des Munshi vom Areal der Gesandtschaft trennte.

Koda Dad wäre auf seinen Schüler stolz gewesen, denn er schoß hervorragend. Doch trägt eine Revolverkugel nicht weit, mithin war sein Schußfeld begrenzt, und er wußte nur zu gut, daß seine Hilfe nicht ins Gewicht fiel angesichts der Massen, die der Feind zum Sturm der Mission aufbieten konnte.

Das Terrain, auf dem die Mission untergebracht war, erstreckte sich vor seinem Blick wie eine Bühne; er hatte einen Logenplatz. Hätte er statt des Revolvers ein Gewehr, ja nur eine Jagdflinte gehabt, er hätte große Wirkung gegen jene Schützen erzielen können, die im Umkreis von drei- bis vierhundert Schritt von den Dächern aus feuerten. So aber war er praktisch zur Untätigkeit verurteilt und sah von Angst und Wut förmlich zerfressen zu, wie der Feind Schießscharten in die Mauern brach, durch die er ungehindert auf die Belagerten feuern konnte, und wie Teile jenes eben erst vertriebenen Pöbelhaufens sich anfangs in Grüppchen, später in größerer Zahl zurückschlichen, bis sie schließlich zu Hunderten in den Stallungen, den Dienerquartieren und hinter zerfallenen Mauern hockten.

Ash kam es vor, als sehe er an einem windstillen Tag die Flut ins Watt zurückkehren und unaufhaltsam steigen, nur geschah dies nicht lautlos: Schüsse, Schmerzensschreie und Gebrüll erzeugten ein unaufhörliches Getöse, das zunahm und abklang wie Brandungswellen, die sich an einer steinigen Küste brechen. »Ya-charya! Ya-charya! Erschlagt die Ungläubigen! Tötet! Tötet!«

Allmählich aber, als bei fortgeschrittener Stunde die Kehlen heiser wurden, als Staub und Qualm und Pulverdampf die Stimmen dämpften, wurde das Gebrüll des Pöbelhaufens zu einem drohenden Knurren. Das Krachen der Musketen hob sich jetzt deutlicher ab und auch das Hetzgeschrei des Fakirs Buzurg Shah, der mit nie erlahmendem Eifer die Gläubigen anstachelte. Er feuerte sie an, totzuschlagen und in Stücke zu hauen, und rief ihnen immer wieder zu, auf alle, die im Kampfe fielen, warte das Paradies.

Ash hätte viel darum gegeben, den Fakir dorthin zu befördern, und wartete sehnsüchtig darauf, daß der Mann in sein Schußfeld kam. Doch schien dieser fanatische Hetzredner es nicht eilig zu haben, ins Paradies einzugehen, denn er hielt sich bei denen, die vor den Kundschaftern auf dem Dach der Unterkunft und an den Fenstern der Gesandtschaftshäuser Deckung hinter den Stallungen suchten, und blieb ganz und gar außer Reichweite von Ashs Revolver, leider aber nicht außer Hörweite. Sein grelles Kreischen klang wie eine Trompete, und der immer wiederholte Schrei »Tötet! Tötet!« riß an Ashs Nerven und brachte ihn fast dazu, die schweren hölzernen Läden zu schließen, nur um das nicht mehr mit anhören zu müssen.

Tatsächlich war er nahe daran, obschon er dann weder Licht gehabt hätte, noch hätte sehen können, was unten vorging. Plötzlich hielt er inne, denn er vernahm ein anderes Geräusch, anfangs nur wie ein fernes Murren, das sich aber bald als Jubelgeschrei entpuppte... der Mob spendete Beifall, und als der immer näher kam und lauter wurde, übertönte er sowohl das Geschrei des Fakirs als auch das Gewehrfeuer. Ashs Herz pochte heftig, denn er dachte, der Emir habe endlich die Kazilbashi zu Hilfe geschickt.

Doch kaum war diese Hoffnung in ihm aufgeflackert, sah er den Fakir und seine Anhänger vor Begeisterung hüpfen und tanzen und die Arme in die Luft werfen und hörte sie ein Willkommensgeheul anstimmen; da wußte er, es war nicht der ersehnte Entsatz, den sie begrüßten, sondern eine weitere Verstärkung des Feindes, vermutlich noch mehr Meuterer aus der Garnison.

Er sah die Kanonen, die von unzähligen Händen unterhalb des Arsenals zwischen den Häusern hervorgezerrt wurden, erst, als sie unweit der Stallungen in Sicht kamen. Die Kundschafter auf dem Dach ihrer Unterkunft hatten sie schon vorher entdeckt, und während ein Sepoy mit dieser Meldung zu Hamilton-Sahib lief, richteten die anderen ihr Feuer auf die Afghanen, welche die Kanonen zogen und schoben.

Die Meldung, die der Sepoy überbrachte, verbreitete sich blitzschnell in den beiden Häusern der Gesandtschaft, doch gehört es zu den Vorteilen des Kriegshandwerks, daß man in Krisenzeiten meist vor eine eindeutige Wahl gestellt wird. Für den Soldaten lautet diese: Kämpfen oder sterben. Es bedurfte diesmal keines Befehls, und als Wally und die Männer, die mit ihm Cavagnaris

Haus verteidigten, im Hof ankamen, waren dort bereits sämtliche verfügbaren Mannschaften samt Jenkyns anwesend.

Der Sepoy wurde zurückgeschickt mit dem Befehl, seine Kameraden sollten ihr Feuer auf den Feind außerhalb des Gesandtschaftsareals konzentrieren und die beiden Tore, die den Mauerdurchbruch verschlossen, durch zwei Männer öffnen lassen. Doch wurden beide Kanonen schon abgefeuert, als der Mann die schmale Gasse zu den Unterkünften überquerte; er schwankte, als der Boden unter ihm vom Knall der doppelten Detonation erbebte, lief aber hustend und keuchend durch umherfliegende Trümmer und ganze Schwaden Pulverdampfes weiter.

Das Echo brach sich an den Mauern des Bala Hissar. Krähen stoben auf und flogen in krächzenden Schwärmen um die Dächer, und der Mob heulte vor Begeisterung, als er die Geschosse in eine Ecke der Mauer der Unterkunft einschlagen sah. Diese bestand aber, anders als die Wände des Kasinos und des Hauses von Cavagnari nicht aus Gips und Lattenwerk, sondern aus Lehmziegeln und war fast zwei Meter dick; die beiden nach Westen weisenden Ecken waren besonders stark, weil in ihnen die Stufen zum Dach emporführten.

Die Geschosse taten daher den Männern hinter der Dachbrüstung wenig Schaden. Zwar waren sie vorübergehend von dem Lärm der Detonationen wie betäubt und von dem umherfliegenden Dreck blind, doch führten sie den erhaltenen Befehl aus. Sie suchten ihre Ziele höher und hörten nicht auf zu feuern, als Wally und Jenkyns samt einundzwanzig Kundschaftern durch das geöffnete Tor im Mauerdurchbruch ins Freie und den Kanonen entgegenstürmten.

Es war nur ein kurzer Kampf, denn die Meuterer, die die Kanonen in Stellung gebracht und abgefeuert hatten, waren von der Anstrengung erschöpft, und der Stadtpöbel zog es vor, spornstreichs zu fliehen und sich mit den Soldaten nicht einzulassen. Nach zehn Minuten eines wilden Handgemenges folgten die Meuterer diesem Beispiel, ließen die Kanonen im Stich und dazu gut zwanzig Tote und Verwundete auf dem Platz.

Die Kundschafter hatten zwei Gefallene und vier Verwundete, und das waren vergleichsweise viel größere Verluste, denn die Zahl von Wallys Leuten schrumpfte mit beängstigender Schnelligkeit. Wenn sie auch die Kanonen erbeutet hatten – samt den Geschossen, die die Meuterer aus dem Arsenal angeschleppt und im Stich gelassen hatten –, so bedeutete das wenig, denn die Kanonen waren zu schwer beweglich, um sie in die Unterkünfte, die zu weit entfernt lagen, ziehen zu können, und schon setzte das Gewehrfeuer wieder ein.

Trotzdem versuchten die Kundschafter verzweifelt, ihre Beute heimzubringen; sie zerrten aus Leibeskräften an den Seilen, um die Kanonen über den steinigen Boden zu schleifen, doch war nur allzu bald klar: sie waren dem nicht mehr gewachsen, es nahm zuviel Zeit in Anspruch. Setzte man den Versuch fort, würden alle Beteiligten von Musketenkugeln getroffen werden.

Die Geschosse nahmen sie mit, doch war das ein schwacher Trost, denn im Arsenal lagerten noch viele, und die würden nur allzu bald angeschleppt werden. Das schlimmste aber war: sie konnten die Kanonen nicht unbrauchbar machen. In der Hitze des Gefechtes hatte Wally ein winziges Detail übersehen; er trug zwar als einziger Uniform, doch hatte er sein Lederzeug nicht umgehängt – an den Schulterriemen sind zwei kleine Gegenstände befestigt, die nicht zur Zierde, sondern einem bestimmten Zweck dienen, spitze Eisenstifte, mit denen man die Zündlöcher von Kanonen vernagelt, um sie unbrauchbar zu machen.

Meine Schuld, dachte Wally verbittert, wenn wir wenigstens Nägel dabei hätten, irgend etwas der Art. Ich habe einfach vergessen, daß wir keine Uniform tragen. Nun, dann müssen wir unser Feuer auf diese verfluchten Kanonen konzentrieren und verhindern, daß sie geladen werden.

Der Mauerdurchbruch war unterdessen wieder mit beiden Toren versperrt worden. Die Überlebenden stillten ihren Durst, Moslem wie Ungläubige, denn der Mulvi des Regimentes hatte erklärt, die Truppe befinde sich im Kriege, und Soldaten in der Schlacht ist es erlaubt, die Fastenvorschriften des Ramadan zu übertreten.

Sattgetrunken kehrten sie in den Hof zwischen Kasino und dem Hause Cavagnaris zurück, von wo sie keine Viertelstunde zuvor aufgebrochen waren – nur um hier alles voller Rauch zu finden. Der Feind war während ihrer Abwesenheit nicht untätig geblieben. Wiederum waren Leitern von Dächern ausgebracht worden, und während einige Afghanen diese gefährlichen Brücken überschritten, um ihren Freunden zu Hilfe zu kommen, die den Kampf im Treppenhaus des Kasinos überlebt hatten, legten andere von der Gasse aus Feuer an die Hauswände, indem sie glühende Kohlen und in Öl getränkte Lumpen durch Löcher schoben, die sie zuvor in die Fundamente geschlagen hatten.

Cavagnaris Haus und der Innenhof, ohnehin von drei Seiten bedroht, wurden nun sowohl von oben wie von unten angegriffen, denn nicht nur hatte der Feind sich auf allen umliegenden Dächern festgesetzt, hielt die Stallungen besetzt und das Dach des Kasinos, er hatte auch dessen Fundament aufgebrochen.

Hof, Erdgeschoß und die Unterkünfte lagen voller Toter und Sterbender. Von siebenundsiebzig Kundschaftern, die die Sonne dieses Tages hatten aufgehen sehen, waren noch dreißig übrig. Dreißig gegen wieviele, die da draußen wie die Wölfe heulten? Viertausend, sechstausend, achttausend?

Wally verlor an diesem Tage zum ersten Mal den Mut. Er sah deutlich, was bevorstand und gab mit voller Absicht alle Hoffnung auf. Jenkyns indessen, Zivilist und Befürworter des Kompromisses und der Verständigung von Berufs wegen, war dazu noch nicht bereit.

Nach dem Ausfall gegen die Kanonen vertauschte er den ungewohnten Säbel und den Revolver mit einer Jagdflinte, stopfte sich die Taschen voller Patronen und eilte aufs Dach von Cavagnaris Haus, um sich am Feuern auf jene Afghanen zu beteiligen, die das höher gelegene Dach des Kasinos besetzt hielten. Und da erst sah er den Rauch, der aus dem Erdgeschoß des Kasinos quoll, und begriff, daß alles verloren war, sollte der Brand um sich greifen.

Aber auch da gab er die Hoffnung noch nicht auf, sondern kritzelte, zwischen fünf Kundschaftern liegend, die den Feind auf dem Kasinodach beschossen, einen weiteren verzweifelten Hilferuf an den Emir auf ein Blatt Papier, das er aus seinem Notizbuch riß. Er schrieb, man könne sich nicht mehr lange halten; sende der Emir keine Hilfe, sei ihrer aller Schicksal besiegelt und das Seiner Hoheit dazu. Er wolle nicht glauben, der Emir könne untätig der Ermordung seiner Gäste zusehen. Jenkyns übergab das Blatt einem Soldaten. »Bring das Hamilton-Sahib, er soll einen Diener damit zum Emir schicken.«

»Es geht keiner, Sahib«, sagte der Soldat kopfschüttelnd. »Alle wissen, daß keiner der vier Moslems zurückgekommen ist, die Botschaften überbracht haben, und der Hindu wurde vor aller Augen in Stücke gehackt. Trotzdem –«

Er steckte das Blatt unter den Gürtel, kroch zur Treppe und ging auf die Suche nach seinem Kommandeur, der aus einem Fenster des Erdgeschosses im Kasino auf Meuterer feuerte, die dabei waren, die Kanonen zu laden. Wally nahm das Blatt, entließ den Mann, las es durch und fragte sich mit einer Art unbeteiligter Neugier, warum Jenkyns es für sinnvoll halte, den Emir noch einmal um Hilfe zu bitten, war doch dessen einzige bisher eingegangene Antwort an Heuchelei und Feigheit nicht zu überbieten. Es war ja auch keiner der Boten zurückgekommen, möglich also, daß alle das gleiche Schicksal erlitten hatten wie der unselige Hindu. Es schien Wally sinnlos, noch jemanden in den sicheren Tod zu schicken. Indessen, Mr. Jenkyns als Sekretär des Gesandten verkörperte die zivile Autorität, während Wally nur für die militärischen Belange zuständig war. Wenn Jenkyns darauf bestand, diesen Zettel abzuschikken, nun gut, dann mußte es eben sein.

»Taimus!« rief Wally.

»Sahib?« Der Sowar, der aus dem Fenster geschossen hatte, senkte den Karabiner und sah seinen Kommandeur an.

»Jenkyns-Sahib hat nochmal an den Emir geschrieben und bittet um Hilfe. Glaubst du, du kommst zum Palast durch?«

»Versuchen kann ich es.« Taimus stellte den Karabiner weg, nahm den Zettel, faltete ihn mehrmals und versteckte ihn in seiner Kleidung. Wally lächelte ihn an und sagte leise: »Geh mit Gott, Prinz.«

Der Mann quittierte die Anrede lächelnd und ging hinüber in die Unterkunft, um die Lage vom Dach aus zu überblicken. Er sah aber gleich, daß er aus dem Areal nicht auf die übliche Weise herauskommen würde, denn die erregte Menge stand dicht an dicht. Nicht einmal eine Eidechse wäre unbemerkt hindurchgeschlüpft. Er mußte es entweder vom Kasino oder von Cavagnaris Haus aus versuchen. Die Hintertür war längst verbarrikadiert worden, und man konnte sie nicht öffenen, ohne einen Strom von bewaffneten Afghanen in den Hof zu lassen. Er stieg also auf das Dach von Cavagnaris Haus und ließ sich von einem der wenigen dort noch ausharrenden Kundschafter auf die Mauer helfen, die Cavagnaris Haus vor dem Blick der Häuser jenseits der Gasse schützte.

Auf der Mauer war er für die Afghanen vom Kasinodach her gut zu sehen, und auch die Leute in der Gasse unter ihm sahen ihn. Als er in die kreischenden, von Haß entstellten Gesichter blickte, empfand er plötzlich die gleiche grenzenlose Verachtung, die zuvor schon Cavagnari beim Anblick des Pöbels verspürt hatte, denn Taimus diente zwar derzeit als Gemeiner bei den Kundschaftern, doch war er königlichen Geblütes – ein Shazahda, überdies Afghane. Seine Lippen verzogen sich angewidert, als er die entstellten Visagen betrachtete; er holte tief Luft, stieß sich von der Mauer ab und sprang auf die Köpfe und Schultern der Menge, die zu ihm hinauf glotzte.

Diese erholte sich rasch von ihrem Schrecken und stürzte sich wutschnaubend auf ihn, doch kämpfte er sich einen Weg frei, wobei er rief, er sei ein afghanischer Prinz und auf dem Wege zum Emir. Das hätte ihm allerdings nichts genützt, wäre er nicht von einem Freunde erkannt worden, der ihm zu Hilfe kam und ihn mit Schlägen, Schmeichelreden und Befehlen aus den Händen seiner Verfolger befreite und zum Palast geleitete – zerschlagen und blutend zwar, doch lebend. Dort angekommen, erging es ihm aber nicht besser als den anderen Boten.

Der Emir hatte sich schluchzend bei seinen Frauen eingeschlossen; zwar ließ er sich endlich herbei, Shazahda Taimus zu empfangen und auch den Zettel zu lesen, doch tat er weiter nichts, als sein Schicksal beweinen. Er beteuerte erneut, sein Kismet sei schlecht, und er könne nichts tun – nichts.

Er gab Weisung, Taimus festzuhalten. Dies geschah auch. Das Kismet des Emir war wirklich schlecht, nicht aber das von Taimus, denn in dem Raum, in den man ihn schob, lag bereits ein Afghane, der gleich anfangs bei einem Gefecht in den Rücken geschossen worden war. Man hatte den Verwundeten sich selbst überlassen, und obschon er starke Schmerzen litt, half ihm niemand, denn es herrschte große Verwirrung im Palast. Taimus aber hatte bei den Kundschaftern Wunden verbinden gelernt; er entfernte die Kugel mit einem Dolch, stillte die Blutung und machte aus dem Lendentuch des Verwundeten einen Verband.

Sein dankbarer Patient erwies sich als ein angesehener Mann; er schmuggelte ihn aus dem Palast und verhalf ihm zur Flucht aus Kabul. Das Schicksal meinte es an diesem Tage wirklich gut mit ihm, denn keine fünf Minuten nach seinem Sprung von der Mauer – er war noch umringt von den heulenden Zuschauern und kämpfte um sein Leben – fing das Kasino endlich Feuer. Die Besatzung wurde des Schwelbrandes im Fundament nicht mehr Herr, Flammen schossen durch einen dichten Vorhang aus Qualm, und Sekunden später brannte das Erdgeschoß lichterloh.

Die Verwundeten waren nicht zu retten, das Feuer brach zu plötzlich aus. Wer laufen konnte, lief um sein Leben, hinüber in Cavagnaris Haus, halb erstickt, nach Luft ringend und so gut wie blind.

Die Afghanen auf dem Dach wußten, wie rasch das aus verputztem Lattenwerk erbaute Haus niederbrennen würde und kletterten in aller Eile über die Leitern zurück. Dann konzentrierten sie sich auf das gegenüberliegende Haus. Sie schoben Leitern über die Gasse hinweg, legten sie auf die Krone jener Mauer, von der Taimus gesprungen war, krochen hinüber und sprangen hinunter aufs Dach mitten zwischen das halbe Dutzend Männer, das da noch ausharrte. Zwar bezahlten die ersten das mit dem Leben, denn sie wurden vom Dach gestoßen oder erschossen, doch drängten andere nach, und während Jenkyns und die Soldaten neu luden, sprangen auch diese aufs Dach hinunter.

Es bestand keine Hoffnung, das Dach zu halten, wenngleich Wally und alle übrigen im Hause befindlichen Kundschafter die Treppe hinaufeilten, um den Angriff abzuwehren, denn die Afghanen schwärmten tatsächlich über die Leitern wie Affen in ein Melonenfeld. Allein ihre Zahl machte das Ende unausweichlich und jede Verteidigung unmöglich.

Die Kundschafter benutzten ihre Karabiner als Schlagwaffen und zogen sich zum Treppenabgang zurück; sie wichen Stufe um Stufe, der letzte Mann schlug die Tür am Fuße der Treppe zu und schob den Riegel vor. Doch war diese Tür nicht stabiler als das Haus; sie konnte einen entschlossenen Angreifer nicht aufhalten, und sie zu verstärken, war nicht möglich – es fehlte dazu einfach das Material.

Auch würde das Haus bald genug brennen, denn falls es den Afghanen, die von unten die Wände durchbrachen, nicht gelang, es anzuzünden, würde das Feuer vom Kasino her bald auch hierher übergreifen, und selbst wenn dies nicht geschah, war das Haus nicht zu halten, denn während man auf dem Dach kämpfte und dicke Rauchschwaden durch den Hof zogen, war es dem Feind endlich gelungen, eine weitere Bresche in die Mauer zu schlagen, die er ungehindert vergrößern konnte. Nun drang er in großer Zahl in den Hof ein.

Wally sah das, als der Qualm sich einen Moment verzog: Die Afghanen schossen und hieben auf etliche Diener ein, die sich in ihrer Angst aus dem brennenden Kasino hinter die Gepäckstücke geflüchtet hatten, mit denen die Hintertür verbarrikadiert worden war. Der Träger von Sir Louis und sein eigener Diener Pir Baksh wehrten sich mit Dolchen. Er konnte ihnen nicht helfen und wandte sich ab. Dann trat er ans nächstgelegene Hoffenster, stieß die Läden auf und sprang aufs Fensterbrett.

»Alle mir nach!« brüllte er und sprang mit einem mächtigen Satz über die schmale Gasse aufs Dach der Unterkunft.

Keiner ließ sich das zweimal sagen, alle folgten, so schnell sie konnten, nahmen die Gasse im Sprunge und landeten auf den Unterkunftsdächern – Jenkyns, Kelly und die Kundschafter, die das Gefecht auf dem Dach überlebt hatten, dazu ein halbes Dutzend Nichtkämpfer, die unten im Hause versuchten, die Brandlegung zu verhindern und nun heraufgerannt kamen.

Als der letzte Mann sprang, stürzte das Dach des Kasinos in sich zusammen. Dabei gab es einen Knall, als würde eine der Kanonen abgefeuert; ein Funkenregen, selbst im Licht der Nachmittagssonne sprühend wie Feuerwerk, schoß aus dem Scheiterhaufen, in dem Louis Cavagnaris Leiche verbrannte und mit ihr die von vielen Soldaten und Dienern, die ihn nach Kabul begleitet hatten.

Er geht nach Walhalla ein wie ein Wikingerkönig, samt seinen Kriegern und Knechten, dachte Wally bei diesem Anblick.

Er wandte sich ab und befahl seiner kleinen Truppe, das Dach zu räumen. Cavagnaris Haus war aufgegeben worden; der Feind hatte es in Besitz und konnte aus den Fenstern, aus denen die noch übrig gebliebenen Verteidiger gerade gesprungen waren, die Dächer der Unterkünfte unter Feuer nehmen – er schoß aus größerer Höhe, und dagegen bot die Dachbrüstung keinen Schutz mehr. Die Tore zu den Unterkünften waren indessen ebenso solide wie die Mauern, und die Markisen, die über den Hof gespannt waren, boten zwar keinen Schutz vor Kugeln, machten es dem Feind aber unmöglich, den Hof einzusehen.

»Hier müßten wir uns eine ganze Weile halten können«, schnaufte Jenkyns atemlos und betrachtete die gemauerten Säulen und Bögen, zwischen denen hindurch man in die fensterlosen, kühlen Unterkünfte der Kundschafter gelangte. »Brennen tut hier außer den Toren nichts. Ich möchte wissen, warum wir nicht schon früher hierhergekommen sind.«

»Weil wir nicht hinausschießen, nichts sehen und überhaupt nichts tun können, als die Teufel da draußen daran zu hindern, die Tore einzudrücken, darum!« sagte Rosie barsch, der zuvor geholfen hatte, die Verwundeten aus dem brennenden Kasino in den Hof zu tragen und sie dort liegen lassen mußte, um bei der Verteidigung von Cavagnaris Haus zu helfen. Nun quälte es ihn, sie im Stich gelassen zu haben – die einen wurden von den Afghanen ermordet, die anderen verbrannten im Kasino.

»Ja, das könnte stimmen, das war mir nicht eingefallen. Wir müßten aber wohl verhindern können, daß sie hier eindringen, und wenn sie die Tore nicht gerade niederbrennen –«

»Oder Löcher in die Mauern schießen oder –« Er schwankte, denn tatsächlich wurden in diesem Moment beide Kanonen abgefeuert. Die Säulen bebten von den Einschlägen. Sie trafen die Schmalseite und verwandelten den östlichen Treppenaufgang in einen Trümmerhaufen.

Man mußte nicht Artillerist sein, um zu merken, daß diese beiden Geschosse aus größter Nähe abgefeuert worden waren. Es war allen klar, daß die Afghanen, nun nicht mehr von den Sepoys auf dem Dach beschossen, die Kanonen neu geladen und weiter vorgezogen hatten. Die nächste Salve dürfte unmittelbar vor dem Tor abgegeben werden und gleich auch noch das hintere Tor zu Brennholz machen. Dann konnte der Feind von beiden Seiten in den Hof eindringen.

Wieder einmal regnete es Trümmerbrocken; der Arzt klammerte sich an eine Säule, setzte sich auf den Boden und sah, daß Wally und Sergeant Hira Singh auf den Mauerdurchbruch losrannten und das schwere innere Tor öffneten. Er dachte, der Schock habe ihnen den Verstand geraubt und sie beabsichtigten, einen weiteren Ausfall zu machen, um es den Afghanen unmöglich zu machen, die Kanonen von neuem zu laden. Sie ließen aber das von Wally behelfsmäßig angebrachte, hundertfach durchlöcherte äußere Tor geschlossen und hielten mit zwei weiteren Sergeanten eine kurze Beratung ab. Wally nickte knapp und sagte zu Rosie und Jenkyns, als er zu ihnen trat:

»Wir brauchen die Kanonen. Wir *müssen* sie haben. Nicht unbrauchbar machen, sondern selber benutzen. Von hier aus können wir damit das Arsenal in die Luft jagen und dazu den ganzen Mob, der sich da rumtreibt und den halben Bala Hissar. Ein einziger Volltreffer, und das Pulvermagazin geht hoch und alles im Umkreis von ein paar hundert Metern mit.«

»Samt uns«, bemerkte Jenkyns trocken.

»Und wenn schon!« rief Wally ungeduldig. »Obwohl das nicht passieren wird, denn die Mauern hier sind stark, und wir liegen viel tiefer als das Arsenal. Ich weiß, es klingt verrückt, aber versuchen müssen wir es – wir müssen alles versuchen. Kriegen wir die Kanonen in die Hände, haben wir noch eine Chance. Wenn nicht – können wir gleich unser Gebet sprechen.«

Jenkyns Lider zuckten; er wurde unter der Maske aus Staub und Blut kalkweiß und sagte nur: »Sie wissen doch, wir schaffen das nicht, wir haben es schon mal probiert.«

»Letztes Mal hatten wir keine Seile, und die Kanonen waren viel weiter weg. Das sind sie jetzt nicht mehr. Ich wette, was Sie wollen, gerade in diesem Moment werden sie noch näher herangezerrt, denn die Lumpenhunde da draußen denken, sie haben uns endlich, und wir können nichts mehr machen. Mein Futtermeister sagt, da draußen steht ein Fakir, der die Leute schon seit Stunden aufhetzt und ihnen rät, endlich die Tore einzuschießen und gleich auch noch die Mauer zur Gasse, damit sie uns von zwei Seiten angreifen können. Deshalb habe ich das innere Tor aufgemacht – schießen sie das äußere zusammen, bleibt uns immer noch eins.«

Rosie sagte abwehrend: »Sie sind verrückt. Womit sollten wir die Kanonen laden, selbst angenommen, wir hätten sie – mit Gewehrpatronen?«

»Mit den Geschossen, die wir beim ersten Mal erbeutet haben, selbstverständlich. Irgendwo liegen die hier herum, ein ganzes Dutzend. Sechs pro Geschütz. Überlegen Sie mal, was man damit machen kann.«

Jenkyns war davon nicht beeindruckt.

»Meinethalben machen wir noch einen Ausfall. Wenn wir Glück haben, vernageln wir die Zündlöcher und Schluß. Herschleppen können wir die verfluchten Dinger nicht.«

»Nein!« beharrte Wally leidenschaftlich. »Das können wir ebenso gut lassen, denn es gibt nicht nur diese beiden Kanonen. Die Kerle haben übrigens Munition in jeder Menge, und bei uns wird sie langsam knapp. Haben wir uns verschossen, greifen sie in voller Stärke an, und fünf Minuten später ist alles vorbei. Nein, nein, es gibt nur eines: wir müssen ihnen ihr Arsenal wegnehmen. Und das können wir nur, wenn wir es in die Luft jagen und dabei möglichst viele von den Kerlen mit. Ich sage euch, wir müssen die Kanonen haben, wenigstens eine. Die zweite können wir meinethalben unbrauchbar machen – Thakur Singh soll sie vernageln, während wir übrigen die andere hereinziehen.

Das sollte uns doch gelingen? Ja, ja, ich weiß, es klingt verrückt, aber alles ist besser, als hier sitzen und abwarten, bis uns die Munition ausgeht. Dann kommen sie übers Dach. Möchten Sie etwa so sterben?«

Der Stabsarzt lachte krächzend, erhob sich mühsam und sagte: »Na, Junge, nicht so heftig, wir machen ja mit. Ein wahnwitziges Risiko, aber nicht ganz ausgeschlossen, daß wir Glück haben. Und haben wir Pech, sind wir eben tot. Sagen Sie schon, was wir tun sollen.«

Mit seiner Vermutung, was die Kanonen anging, hatte Wally ganz recht. Während der kurzen Beratung hatte der Pöbelhaufen sie bis auf weniger als siebzig Meter an den Mauerdurchbruch gezerrt, auf den linken Teil des Durchbruches gerichtet und geladen.

Auf die zweifache Detonation erfolgte wiederum ein Jubelgeheul, doch verstummte es, als auch das Echo der Explosion verstummte. Ash hörte in seinem Gefängnis hoch oben trotz des unablässigen Musketenfeuers das dumpfe Knacken und Brausen brennenden Holzes, das Krächzen aufgeschreckter Krähen und die schrille Stimme des Fakirs, welche dazu aufforderte, die Kanonen noch näher an den Mauerdurchbruch zu bringen.

Er sah nicht, wie das innere Tor aufschwang, doch plötzlich kam Wally in sein Blickfeld, gefolgt von Jenkyns und Rosie und einem Dutzend Kundschafter. Sie rannten durch den Kugelhagel, über das staubige, deckungslose Gelände gegen die Kanonen an.

Zum zweiten Mal an diesem Tage vertrieben sie die Kanoniere, dann schwenkten acht von ihnen eine der Kanonen herum, so daß sie auf die Menge gerichtet war, sechs packten die Taue, zwei griffen in die Speichen der Räder und zerrten so das Geschütz der Unterkunft zu, während die anderen den Feind mit Revolvern und Säbeln in Schach hielten und ein einzelner Kundschafter sich auf die andere Kanone warf in der Absicht, das Zündloch zu vernageln. Und wieder zeigte sich, daß sie dieser Aufgabe nicht gewachsen waren.

Zwei der an den Tauen ziehenden Männer fielen durch Gewehrschüsse, auch der Mann an der zweiten Kanone wurde getroffen; der Nagel entfiel seiner Hand und ging im blutgetränkten Staub verloren. Vier weitere wurden verwundet, und Wally rief den anderen zu zurückzulaufen, steckte den Säbel in die Scheide und lud hastig seinen Revolver. Rosie und Jenkyns folgten seinem Beispiel; alle drei deckten den Rückzug der noch Kampffähigen, die die Verwundeten auflasen. Sie feuerten stetig und mit so guter Wirkung, daß die Afghanen zögerten, bis der kleine Trupp durch die Mauer und in Sicherheit war.

Wally blieb vor der Mauer stehen, warf den Arm in die Höhe und blickte zu Ashs Fenster hinauf: er entbot ihm den Gruß der Römer. Doch diese Geste blieb unbeantwortet, denn Ash war nicht mehr dort. Die Verzweiflung, die ihn packte, als er die Kanonen sah, stachelte seine Phantasie noch einmal an. Er suchte zum hundertsten Male an diesem Tage einen Fluchtweg, und diesmal fiel ihm etwas ein, etwas, woran er zuvor nicht gedacht hatte, nämlich wie die Räume in dem tiefergelegenen Stockwerk aufgeteilt waren.

Welcher Raum unter dem seinen lag, wußte er, doch war ihm nicht in den

Sinn gekommen, sich die vorzustellen, die unter den benachbarten Zimmern lagen. Als er es jetzt tat, ging ihm auf, daß unter der Bibliothek des Munshi ein Kämmerchen war, das vor Zeiten einen Balkon gehabt hatte, der längst eingestürzt war. Der Zugang war mit Brettern vernagelt, doch die mochten im Laufe der Jahre morsch geworden sein. Wenn er sich durch den Fußboden der Bibliothek arbeiten konnte, würde er imstande sein, sie herauszubrechen. Dann brauchte er sich nur noch an seinem Seil etwa drei Meter weit herabzulassen und war am Boden.

Sollten Afghanen ihn dabei beobachten, würden sie ihn für einen der ihren halten, der auf dem kürzesten Weg an den verhaßten Feind gelangen wollte. Die Gefahr bestand darin, daß ein Kundschafter auf dem Dach der Unterkunft die gleiche Idee hatte und auf ihn schoß, bevor er unten anlangte und hinter der niedrigen Mauer zwischen dem Areal der Gesandtschaft und den angrenzenden Häusern Deckung nehmen konnte. Doch war dies ein Risiko, das er eingehen mußte. Er tat das, ohne weiter nachzudenken; schon war er nebenan in der Bibliothek des Munshi und nahm sich die Dielen vor.

Jenkyns, der Wally hatte grüßen sehen, zog daraus einen falschen Schluß. Er packte ihn am Arm und fragte atemlos: »Wem haben Sie gewinkt? Hat uns jemand ein Zeichen gegeben? Ist der Emir... kommt er uns zu Hilfe?«

»Nein«, keuchte Wally und warf sein ganzes Gewicht gegen das Tor, um es schließen zu helfen. »Das war bloß – Ash.«

Jenkyns starrte ihn verständnislos an. Der Name sagte ihm nichts, und der Funke Hoffnung, der eben in ihm aufgeglüht war, verlosch wieder. Er sank zu Boden, doch Kelly schaute von einem Verwundeten auf, den er gerade behandelte und fragte scharf: »Ash? Sie können doch nicht – meinen Sie etwa Pelham-Martyn?«

»Ja«, keuchte Wally, noch mit dem Riegel beschäftigt. »Der ist da oben... in einem der... Häuser... da...«

»Was? Ja warum, um Himmels willen, tut er nichts für uns?«

»Wenn er kann, hat er es getan oder es jedenfalls versucht. Gott weiß, er hat uns oft genug gewarnt, aber es wollte ja keiner auf ihn hören – auch der Chef nicht. Lassen Sie den Mann in ein Quartier bringen, Doktor. Wir stehen hier zu nahe beim Tor. Gleich geht es wieder los! Zurück, alle miteinander!«

Kaum war das Tor verriegelt, stürzte sich der Mob wieder auf die Kanonen und richtete sie erneut auf den Mauerdurchbruch. Von allen Dächern prasselten Musketenkugeln gegen das feste Mauerwerk, auf das unbemannte Dach und in die schon zerfetzten Markisen.

In den Unterkünften war es dämmrig, denn die Sonne stand jetzt hinter dem Shere Dawaza, und das gesamte Areal lag im Schatten. Beim abnehmenden Licht verbreiteten die Flammen des brennenden Hauses jetzt deutlich Helligkeit, und als die Kanonen wiederum abgeschossen wurden, war das Mündungsfeuer als greller Blitz sichtbar, blendete die Augen und warnte vor der folgenden Detonation.

Diesmal wurden nicht beide Kanonen gleichzeitig abgeschossen. Das erste Geschoß sollte beide Tore im Mauerdurchbruch durchschlagen. Die Meuterer glaubten auch an ihren Erfolg, wußten sie doch nicht, daß das innere Tor offenstand. Sie sahen nur einen wahren Regen von Splittern, als das äußere Tor barst, und als der Qualm sich verzog, blickte man ungehindert durch den Hof bis zur jenseitigen Mauer.

Unter großem Jubel wurde die zweite Kanone abgeschossen. Das Geschoß fegte zwischen den beiden Unterkunftsblöcken hindurch und brach ein Loch in die Mauer vor der Quergasse. Jenseits davon lag der Innenhof der Gesandtschaftsgebäude, auf dem es von Afghanen wimmeln mußte. Sie brauchten nur die Gasse zu überqueren, um von dorther in den Hof zwischen den Unterkünften zu stürmen. Ein schöner Plan, der nur zwei Fehler hatte, von denen anfangs nur einer sichtbar wurde: das innere Tor des Mauerdurchbruches war keineswegs zersplittert, sondern unbeschädigt, und wurde nunmehr zugeworfen.

Der zweite und schlimmere Schönheitsfehler war zwar für die Belagerten erkennbar, nicht aber für die Angreifer: indem sie die Gesandtschaftsgebäude in Brand steckten, machten sie den Hof für sich selber unzugänglich; dort konnte sich niemand mehr aufhalten. Also plünderte das Gesindel, was es in der Eile fand, und machte sich davon, bevor es von den Flammen erreicht wurde. Es stand daher aus dieser Richtung kein Angriff zu erwarten. Wally brauchte sich darum nicht zu kümmern und konnte sich ganz auf eine einzige Front konzentrieren, um so mehr, als ja nun auch vom Dach der Gesandtschaft nicht mehr geschossen werden konnte und zudem der aufsteigende Qualm den Schützen auf den Hausdächern in der näheren Umgebung das Zielen erschwerte.

Von dieser Lagebeurteilung ausgehend, schickte Wally sogleich nach Schließung des behelfsmäßigen Außentores vier seiner Männer zur Treppe am Hinterausgang der Unterkunft, wo sie sich nicht blicken lassen und erst ihre alten Stellungen hinter der Brüstung über dem Mauerdurchbruch einnehmen sollten, wenn der Qualm der Kanonenschüsse sich verzogen hatte; dann sollten sie auf die Kanoniere schießen und sie am Laden hindern.

Die übrigen zogen sich nach den Seiten zurück, denn was nun kommen würde, wußten alle, und es geschah denn auch bald genug. Das äußere Tor zersplitterte und das durchfliegende Geschoß traf einen Pfeiler. Es regnete Dachziegel, doch wurde niemand verletzt.

Man wartete gespannt auf den zweiten Abschuß und schloß gleich danach das solide innere Tor. Die Kundschafter, die verborgen im hinteren Treppenaufgang warteten, rannten unter dem Schutz des Pulverqualmes nach vorn an die Brüstung und eröffneten das Feuer auf die jubelnden Kanoniere.

Das Laden und Abfeuern einer schweren Kanone ist für unerfahrene Männer nicht einfach, und die Meuterer waren keine Artilleristen. Nicht nur muß man jeweils nach dem Schuß das Rohr reinigen, sondern das Geschoß auch fest ins Rohr stoßen, das Zündloch mit einer Pulverladung füllen und mit einer

Lunte oder einem Streichholz anzünden. Das alles braucht Zeit. Wird man dabei aus kürzester Entfernung beschossen, ist es keine angenehme Arbeit.

Hätten die Mauern der Unterkünfte Schießscharten besessen, es wäre den Belagerten nicht schwer geworden, das erneute Laden der Kanonen zu verhindern. Man konnte aber nur vom Dach her auf die Kanoniere schießen, und das Dach lag im Schußfeld vieler anderer Dächer, die von Scharfschützen besetzt waren. Die Kanonen also stellten Trümpfe dar, die nicht zu stechen waren, und das war Wally bewußt.

Er wußte auch, daß die vier da oben bald keine Munition mehr haben würden und daß auch die hier unten nicht mehr viel davon besaßen. War die letzte Kugel aus dem Lauf, würden die Kanonen geladen und das Tor eingeschossen werden, soviel stand fest.

Das Ende war also abzusehen. Ihm war klar, daß er das schon seit einer Weile wußte, und alle seine Aktionen gingen davon aus.

War ihr Tod unvermeidlich, sollte ihr Sterben dem Regiment Ehre machen. Also hieß es, kämpfend fallen. Ihr Tod würde künftigen Generationen von Kundschaftern als leuchtendes Beispiel vorgehalten werden. Anders konnte man nicht handeln.

Es blieb nicht mehr viel Zeit, und sie verrann schnell. Ein Weilchen stand er reglos, in Gedanken versunken... Gedanken an Inistioge, an Eltern und Brüder, an das Gesicht der Mutter, als sie ihn zum Abschied küßte, an Ash und Wigram und die Kameraden. Sein Leben war schön gewesen. Auch in diesem Augenblick hätte er mit keinem tauschen mögen.

Abwegige Erinnerungen zogen überdeutlich an seinem Auge vorbei: Er mit den Brüdern auf der Suche nach Vogelnestern. Ein Ball auf der Kriegsschule. Die lange Reise nach Bombay, der erste Blick auf Indien. Die glücklichen Tage im Bungalow in Rawalpindi und später in Mardan. Die sorglosen Urlaubswochen, die er mit Ash verbracht... der Dienst und das Vergnügen, Gespräche und gemeinsames Lachen. Die zum Flirt bereiten jungen Damen, in die er sich verliebt hatte – fröhliche, kokette, schüchterne, gefallsüchtige, ihrer aller Gesicht verschmolz zu einem einzigen, dem Gesicht Anjulis; er lächelte ihr zu und dachte: wie schön, daß ich dich gekannt habe.

Heiraten also würde er nicht mehr, und das war vielleicht so übel nicht, denn wer hätte schon dem Ideal nahekommen können, das sie für ihn darstellte? Auch blieb ihm erspart, darüber zu trauern, daß Liebe nicht dauert, daß die Zeit, die nicht nur Schönheit, Jugend und Kraft raubt, auch Wertvolleres zerstören kann. Enttäuschungen würde er nicht erleben, auch kein Versagen und nicht, daß seine Idole von den Podesten fielen und ihre tönernen Füße zeigten.

Dies also war das Ende des Weges für ihn. Er bedauerte nichts, nicht einmal den Tod jener fiktiven Gestalt, des Feldmarschalls Lord Hamilton von Inistioge, denn besaß er nicht schon die begehrteste Auszeichnung von allen, das Viktoriakreuz? Das war Ruhm genug, und die Kundschafter würden ihn niemals vergessen. Fiel er in Ehren, würde sein Degen womöglich eines Tages in der

Offiziersmesse von Mardan hängen, und Kundschafter, jetzt noch nicht einmal geboren, würden eine alte, alte Geschichte zu hören bekommen: wie einmal, vor langer, langer Zeit siebenundsiebzig Männer des Regimentes unter dem Kommando des mit dem Viktoriakreuz ausgezeichneten Leutnants Hamilton in Kabul belagert wurden, sich einen ganzen Tag gegen eine ungeheure Übermacht hielten und bis zum letzten Mann fielen.

»Stat sua cuique dies, breve tempus, Omnibus est vitae; sed famam extendere factis, Hoc virtutis opus«, murmelte Wally. Ein sonderbarer Einfall, sich gerade jetzt der Äneis zu erinnern. Ash würde lachen, wenn er es wüßte. Doch paßte es gut: Jedem ist seine Zeit zugewiesen. Kurz und unwiederbringlich ist unser aller Lebtag, doch den Großen obliegt es, durch Taten unseren Ruhm zu verbreiten.

Heute oblag es ihm, den Ruhm der Kundschafter zu verbreiten. Das würde Ash begreifen. Gut, zu wissen, daß Ash in der Nähe war und alles billigte, daß er wußte, Wally hatte sein Bestes gegeben. Einen besseren Freund konnte man sich nicht wünschen. Daß keine Hilfe kam, war gewiß nicht die Schuld von Ash. Hätte er gekonnt…

Der junge Mann rief sich mit Mühe zur Ordnung und schaute die ihn umstehenden Vogelscheuchen in ihren blutigen Fetzen an, alles, was ihm von mehr als siebzig Mann geblieben war, die heute früh noch seinem Kommando unterstanden. Wie lange er da so stumm sinnend gestanden, ahnte er nicht, auch nicht, wie spät es war, denn seit geraumer Zeit lagen die Unterkünfte im Schatten. Das Tageslicht schwand dahin. Minuten waren jetzt kostbar.

Leutnant Walter Hamilton, Träger des Viktoriakreuzes, richtete sich auf, holte tief Luft und redete zu seinen Soldaten in Hindustani, jener Sprache, die alle Kundschafter verstanden, seien sie nun Sikh, Hindu, Pandschabi oder Pathanen, deren Muttersprache Pushtu ist.

Er bestätigte ihnen, daß sie sich heldenhaft geschlagen und die Ehre des Regimentes hochgehalten hatten. Niemand hätte mehr vermocht. Es bleibe ihnen nur noch, im Kampf gegen den Feind ehrenvoll zu fallen. Der andere Weg sei, zu sterben wie gefangene Ratten in der Falle. Er brauche nicht erst zu fragen, was sie vorzögen. Er beabsichtige, einen letzten Ausfall gegen die Kanonen zu befehlen. Diesmal aber sollten alle an die Seile und in die Speichen greifen; er allein wolle mit dem Revolver den Feind zurückhalten und ihren Rückzug decken.

»Wir greifen nur die linke Kanone an. Kommen wir hin, sieht keiner rechts oder links, jeder packt die Seile. Zieht die Kanone herein. Laßt euch durch nichts abhalten – durch nichts, verstanden? Ihr dürft nicht hinter euch sehen. Ich will tun, was ich kann. Habt ihr die Kanone hier, richtet sie aufs Arsenal. Gelingt es nicht, falle ich, fallen welche von euch, dürfen die Überlebenden nicht vergessen, daß sie die Ehre des Regimentes hochhalten müssen. Verkauft euer Leben teuer. Es heißt, ein großer Krieger, der vor vielen hundert Jahren dieses Land und die halbe Welt eroberte – es ist kein anderer als Sikander Dulkhan (Alexander der Große), den ihr alle kennt –, habe gesagt: Es ist ein herrlich Ding, mutig zu leben und ewigen Ruhm zu hinterlassen. Eure Taten werden nicht vergessen sein, solange man sich der Kundschafter erinnert. Eure Kindeskinder werden ihren Enkeln von euren Taten erzählen und euch rühmen. Gebt nicht auf, gebt niemals auf. Kundschafter, ki-jai!«

Der Ruf, der ihm antwortete, weckte ein Echo unter den Mauerbögen und in den leeren Unterkünften. Es klang, als riefen auch alle jene Kundschafter, die an diesem Tage gefallen waren. Als das Echo verhallte, rief Jenkyns: »Schottland allewege! Hoch lebe die Politische Abteilung!« Die Männer nahmen lachend Seile und Säbel auf.

Kelly erhob sich mit Mühe und reckte sich. Er war von allen bei weitem der Älteste, und wie Gobind hatte auch er gelernt, Leben zu retten, nicht zu vernichten. Jetzt aber lud er den Revolver, packte den Säbel, mit dem er nicht umgehen konnte, und sagte: »Na also, endlich ist es vorbei. Was für eine Erleichterung! Das war ein langer Tag, und ich bin hundemüde – und wie der Dichter sagt: Kann ein Mensch schöner sterben als im Kampfe gegen eine Übermacht? Hakim ki-jai!«

Wieder lachten die Männer. Wally fühlte, wie seine Brust sich weitete und ihm vor Stolz ein Kloß in die Kehle stieg, als er sie alle mit unaussprechlicher Dankbarkeit und Zuneigung ansah. Ja, das Leben war wert gewesen, gelebt zu werden, und sei es nur, weil er mit Männern wie diesen hatte dienen dürfen. Daß er ihnen befehlen durfte, war eine unermeßliche Ehre und größer noch die Ehre, mit ihnen zu fallen. Sie waren das Salz der Erde. Sie waren die Kundschafter. Wieder verengte sich seine Kehle, als er sie ansah, doch seine Augen glänzten. Er griff nach dem Säbel und fragte, mühsam den Kloß in der Kehle bezwingend, fast heiter: »Alles bereit? Gut. Tor auf!«

Ein Sepoy sprang vor und hob den schweren eisernen Riegel, zwei andere schwangen die schweren Torflügel zurück, und mit dem Kampfruf der Kundschafter ki-jai stürmte das Trüppchen durch den Mauerbogen der linken Kanone entgegen, Wally sechs Schritte voraus.

Dieser Anblick hatte eine sonderbare Wirkung: Nach dem letzten mißglückten Ausfall hatte der Pöbelhaufen geglaubt, die Landfremden wären erschöpft und nicht mehr imstande, noch einen zu unternehmen. Doch da kamen sie mit ungezähmter Wildheit. Das war unglaublich – es war gespenstisch. Man stierte sie mit beinahe abergläubischer Furcht an. Und im nächsten Moment zerstob der Mob wie Spreu vor dem Wind, als Wally mit dem Säbel um sich hieb und sein Revolver Feuer und Tod spie.

Und in diesem Moment kam von der Seite ein einzelner, turbanloser Afghane zu ihm gerannt, dessen Haar und Kleider weiß waren von Staub und Gips, und zwei Sowars, die ihn erkannten, schrien aus Leibeskräften: »Pelham-Dulkhan! Pelham-Sahib-Bahadur!«

Wally hörte die Begrüßung über dem Lärm des Handgemenges, blickte kurz zur Seite und sah Ash neben sich kämpfen – einen Dolch in der einen, ein Krummschwert in der anderen Hand, das er einem gefallenen Herati abgenommen. Er lachte triumphierend und rief: »Ash! Ich wußte, du kommst noch. Jetzt werden wir es ihnen aber zeigen!«

Ash lachte zurück, ebenfalls trunken vom Rausch des Kampfes. Nach einem Tage nervenzermürbenden, hilflosen Abwartens, nachdem er hatte zusehen müssen, wie ein Kamerad nach dem anderen fiel, ohne auch nur einen Finger rühren zu können, empfand er es als ungeheure Erleichterung, endlich am Kampf teilnehmen zu können. Sein überschäumender Kampfgeist teilte sich Wally mit, der über sich selber hinauswuchs und wie ein Besessener focht.

Afghanen sind keine kleinen Menschen, doch schien es, als überrage dieser junge Mann sie alle. Er schwang den Säbel wie ein Meister, wie einer der Paladine Karls des Großen. Und dabei sang er aus voller Brust. Wie stets war es eine Hymne, die gleiche, die Ash selber gesungen hatte, als er am Morgen vor der Verbrennung des Rana auf Dagobaz über die Ebene von Bhithor galoppierte. Als er sie jetzt hörte, griff sie ihm besonders ans Herz, denn Wally sang nicht die Verse, die er sonst zu singen pflegte. Ash, der ihn deutlich hörte, begriff, daß der Junge sich keinen falschen Hoffnungen mehr hingab. Dies war sein letzter Kampf, er wußte das. Er hatte diesen Vers mit Bedacht gewählt, denn es war sein Sterbelied. Ruhe und Frieden hatten ihn nie gelockt, und doch handelte dieser Vers von beidem. Er sang so jubelnd und laut, daß man die Wörter über all dem Getöse deutlich verstand:

»Der goldene Abend steigt herauf«, sang Wally und schwang den tödlichen Säbel, »und bald zieht Frieden in die Brust der Krieger ein. Süß ist das Paradies für die, die selig werden, Hallelujah, Hallelujah!«

»Gib acht, Wally!« schrie Ash, wehrte den Hieb eines Angreifers ab und machte einen Satz nach rückwärts, um seinerseits einen Afghanen anzufallen, der sich ungesehen von hinten angeschlichen hatte.

Doch selbst wenn Wally seinen Ruf gehört haben sollte, die Warnung kam zu spät. Der Dolch fuhr ihm bis zum Heft zwischen die Schulterblätter, und als Ash dem Mann den Kopf vom Rumpfe hieb, schwankte Wally, schoß seine letzte Patrone ab und schleuderte den nutzlosen Revolver in ein bärtiges Gesicht. Der Getroffene taumelte, stolperte und fiel. Wally nahm den Säbel in die Linke, doch sein Arm war zu schwach, er konnte ihn nicht heben. Der Säbel sank herab, die Spitze drang in den Boden ein, und als Wally über dem Säbel zusammenbrach, zersprang die Klinge.

Im gleichen Moment wurde Ash von einem Musketenkolben am Kopf getroffen, Sterne tanzten vor seinen Augen, dann wurde es schwarz. Krummschwerter blitzten auf, Staub wirbelte hoch und deckte alles zu, als der Mob über sie hinwegstürmte.

Wenige Schritte hinter den beiden war Jenkyns bereits gefallen, eine Klinge im Schädel, der rechte Arm unterhalb des Ellenbogens zerschmettert. Auch Rosie war tot, sein gekrümmter Leichnam lag kaum einen Schritt vom Mauerdurchbruch entfernt, wo eine Kugel ihn hingestreckt hatte, als er hinter Wally hervorstürmte.

Auch zwei der übrigen waren wie der Stabsarzt gefallen, bevor sie die Kanone erreichten, und drei verwundet. Die Überlebenden befolgten den Befehl ihres Kommandeurs buchstäblich: sie blickten nicht rechts, nicht links, sie beteiligten sich nicht am Kampf, sondern versuchten mit allen Kräften, das Geschütz in die Unterkunft zu ziehen. Doch fiel dabei einer nach dem anderen. Um die Kanone her lagen Tote und Verwundete, weggeworfene Waffen und Patronenhülsen, und der Boden war vom Blut so glitschig, daß die wenigen Verbliebenen den Versuch aufgaben. Sie konnten die Kanone nicht von der Stelle bringen, machten kehrt und rannten keuchend und erschöpft zurück in die Unterkunft.

Sie schlossen und verriegelten das innere Tor. In diesem Moment war den Angreifern klar, daß alle drei Landfremden gefallen waren, und sie brachen in ein Triumphgeschrei aus.

Angeführt von dem Fakir, der endlich aus der Deckung hinter den Stallungen hervorkam und sich, sein grünes Banner schwenkend, an die Spitze der Afghanen setzte, ergossen sie sich zu Hunderten gegen die Unterkünfte. Auf den Dächern erkannte man, was vorging und stellte das Feuer ein; man jubelte, tanzte und schwenkte die Musketen. Doch drei der vier überlebenden Kundschafter, die von Wally aufs Dach beordert worden waren, hörten nicht auf zu schießen, wenngleich langsamer und mit großem Bedacht, denn die Munition ging ihnen aus.

Die Sepoys auf dem Dach waren von den andrängenden Massen ganz vergessen worden, doch als drei aus dem Haufen fielen und zwei, die ihnen dicht folgten, von den gleichen schweren Bleigeschossen verwundet wurden, die den vor ihnen Laufenden den Tod gebracht hatten, besannen sie sich. Der Haufe verlangsamte irritiert seinen Ansturm, wieder krachten drei Karabiner, und wieder fielen drei von ihnen, denn die Kundschafter feuerten aus weniger als fünfzig Schritt Entfernung in eine kompakte Menschenmasse und konnten ihr Ziel einfach nicht verfehlen. Eine Kugel traf den Fakir ins Gesicht; er warf die Arme hoch und kippte um, vor die Füße seiner Anhänger, die im Laufe nicht innehalten konnten und über ihn hinwegtrampelten.

68

Daß Ash überlebte, war mehreren Umständen zu danken. Zum ersten trug er afghanische Kleidung, und seine Faust umklammerte ein Krummschwert; zum zweiten hatten nur wenige, ganz vorne laufende Afghanen gesehen, daß ein einzelner Mann, der aussah wie ein Bewohner von Kabul, Seite an Seite mit einem englischen Offizier focht. Drittens wurde der Bewußtlose in dem Gedränge, das entstand, als man dem gefallenen Sahib den Todesstoß versetzen wollte, beiseite geschubst. Als die Staubwolken sich senkten, lag er nicht mehr da, wo er gefallen war, auch nicht unter den toten Kundschaftern, sondern zwischen einem Dutzend toter Afghanen. Sein Gesicht war durch Staub und Blut unkenntlich, seine Kleider waren blutgetränkt, denn er hatte dem Herati, der über ihm lag, die Kehle durchgeschnitten.

Der Schlag, der seinen Kopf getroffen hatte, war nicht allzu heftig ge wesen; Ash verlor zwar das Bewußtsein, erlangte es aber nach kurzer Zeit wieder. Als er zu sich kam, sah er nicht nur eine, sondern zwei Leichen über sich liegen; die zweite war die eines untersetzten Afghanen, der den Kundschaftern einen Kopfschuß verdankte und über Ashs Beine gestolpert war.

Diese beiden Leichen hielten ihn am Boden fest. Er blieb notgedrungen eine Weile liegen, benommen und ohne klares Verständnis für seine Lage, ja, ohne zu wissen, was ihm eigentlich geschehen war. Er erinnerte sich nebelhaft, durch ein Loch gekrochen zu sein – ein Loch in der Wand. Danach kam dann nichts mehr. Doch nach einer Weile fiel ihm Wally ein. Er suchte, sich aufzurichten, mußte aber feststellen, daß ihm die Kraft fehlte.

Sein Kopf schmerzte fürchterlich, er spürte jeden Knochen einzeln und fühlte sich schwach. Allmählich aber kehrte sein Denkvermögen zurück, und er überlegte, daß er vermutlich außer diesem Schlag auf den Kopf keine Verwundung erlitten und wohl in dem Getümmel nur Tritte abbekommen hatte. Also konnte er sich auch von der Last befreien, die ihn am Boden festhielt, sobald er Kraft genug gesammelt hatte und das scheußliche Schwindelgefühl nachließ. Es war ihm nämlich klar, daß es sinnlos wäre, um jeden Preis auf die Füße zu kommen. Er wäre hilflos umhertaumelnd sogleich erschlagen worden und gewiß niemandem von Nutzen gewesen.

Das Gebrüll der Menge und das fortdauernde Knattern von Schüssen zeigten an, daß der Kampf keineswegs vorüber war. Obwohl sein Gesicht zerschrammt und geschwollen war, und die Lider von Staub und Schweiß verklebt waren, gelang es ihm zu blinzeln.

Anfangs verschwamm alles vor seinen Augen, doch nach einem Weilchen klärte sich sein Blick, und er erkannte, daß er ganz dicht im Rücken des Haupthaufens lag, der von den drei Sepoys auf dem Dach der Unterkunft immer noch durch gezieltes Feuer am weiteren Vordringen gehindert wurde. Die Pausen zwischen den Schüssen wurden aber immer länger. Ash war klar, daß den Burschen da oben die Munition ausging, und auch, als er die Blicke schweifen ließ, daß zwischen einigen Meuterern, die an den Kanonen standen, eine Art Beratung im Gange war.

Einer von diesen – der Kleidung nach zu schließen ein Ardale – kletterte auf ein Kanonenrohr und schwenkte die Muskete, an deren Lauf ein weißer Fetzen befestigt war. Dabei schrie er: »Genug jetzt, hört auf!«

Das Gewehrfeuer verstummte, die Sepoys hinter der Brüstung warteten ab. Der Ardale sprang von der Kanone, trat in das freie Gelände vor dem Mauerdurchbruch und rief hinauf, er wolle mit den Anführern unterhandeln.

Es folgte eine kurze Pause. Man sah, daß die Sepoys miteinander berieten, dann legte einer das Gewehr beiseite, trat an den Innenrand des Daches und rief den Überlebenden unten etwas zu.

Gleich darauf gingen drei weitere Sepoys zu ihm, und alle stellten sich hinter die Brüstung, aufrecht und unbewaffnet.

»Hier sind wir«, sagte der Kundschafter, der zum Sprecher gewählt worden war. »Was hast du uns zu sagen? Sprich.«

Ash hörte jemanden in der Nähe erstaunt und ehrfurchtsvoll flüstern: »Das sollen alle sein? Unmöglich, daß nur noch sechs am Leben sind. Gewiß sind noch andere hinter der Mauer.«

»Sechs«, dachte Ash benommen, doch sagte ihm die Zahl im Moment nichts.

Der Meuterer mit dem weißen Fetzen rief: »Eure Sahibs sind tot. Mit euch haben wir keinen Streit. Warum also weiterkämpfen? Werft die Waffen weg. Wir geben euch freies Geleit nach Hause. Ihr habt euch ehrenhaft geschlagen, ergebt euch also jetzt und geht.«

Einer der Kundschafter lachte. Auch die anderen hageren Gesichter entspannten sich; alle lachten laut und voller Verachtung, bis die Menge zu murren begann und nach den Musketen griff.

Der zum Sprecher ausersehene Soldat hatte seit Stunden nicht getrunken, und die Zunge klebte ihm am Gaumen, doch sammelte er genügend Speichel, spuckte über die Brüstung und rief: »Was seid ihr für Männer, daß ihr denkt, wir würden unsere Ehre verkaufen und Schande über unsere Gefallenen bringen? Sind wir Hunde, die jene verraten, deren Salz sie gegessen? Unser Sahib hat uns befohlen, bis zum letzten Mann zu kämpfen. Und das werden wir tun. Da habt ihr eure Antwort – Hunde!«

Er spuckte noch einmal aus und machte kehrt. Die übrigen folgten ihm. Während der Pöbel vor Wut laut aufheulte, erreichten die Kundschafter den hinteren Treppenabgang und stiegen in den Innenhof hinunter. Zeit vergeudeten sie nicht mehr, sie bildeten eine Formation, öffneten das Tor und marschierten dem Tode entgegen, Schulter an Schulter, Moslem, Sikh und ein Hindu, Reiter und Sepoys vom Leibregiment der Kundschafter Ihrer Majestät. Mit blankem Säbel marschierten sie hinaus wie zur Parade.

Der Afghane, der die Verhandlungen geführt hatte, sog hörbar Luft ein und sagte widerwillig bewundernd: »Das sind wahrlich Männer!«

Es sind Kundschafter, dachte Ash stolz und gab sich alle Mühe, unter den Leichen hervorzukriechen und sich ihnen anzuschließen. Doch wurde er im selben Moment von den nun Vorwärtsdrängenden niedergeworfen; Staub erstickte ihn fast, und die Sohlen schwerer Sandalen trampelten über ihn hinweg, als wäre er ein Strohballen. Er hörte undeutlich Stahl auf Stahl treffen, hörte das heisere Geschrei der Männer und ganz deutlich hell und schmetternd eine Stimme wie eine Trompete: »Kundschafter – ki-jai!« Dann traf ihn eine Sandale an der Schläfe, und er verlor neuerlich das Bewußtsein.

Diesmal dauerte es länger, bis er ins Leben zurückkehrte. Als er langsam aus seiner schwarzen Betäubung auftauchte, hörte er zwar von den Gesandtschaftsgebäuden her noch Geschrei und Stimmengewirr, doch wurde nicht mehr geschossen. Außer den Toten befand sich offenbar niemand mehr in jenem Teil des Areals, wo er lag.

Er machte gleichwohl keinen Versuch, sich zu bewegen, sondern blieb reglos; er war sich nur großer Schmerzen bewußt und einer zermürbenden Mattheit. Dann aber, nach langen Minuten, wurde ihm klar, daß es jetzt galt, zu denken und zu handeln. Sein Hirn war ebenso träge und lahm wie alle seine Muskeln, und die Anstrengung, scharf und klar zu denken, schien ihm einfach zu groß. Und doch, nach einer Weile griffen die Rädchen in seinem Hirn wieder ineinander, Erinnerung kehrte zurück und damit auch der angeborene Überlebenstrieb.

In der letzten Phase des Kampfes waren die Leichen, die auf ihm gelegen hatten, beiseite gerollt. Als er erste, behutsame Versuche anstellte, merkte er, daß er sich bewegen konnte, wenn auch nur mit Mühe. Aufstehen konnte er nicht, aber kriechen, und das tat er denn auch – sehr langsam und so unsicher wie ein beschädigter Käfer, auf Händen und Knien zwischen Leichen hindurch der nächsten Deckung zu. Das waren die Stallungen.

Diesen Gedanken hatte nicht nur er gehabt. Die Ställe waren voller toter und verwundeter Afghanen. Männer aus der Stadt und aus dem Bala Hissar, Angehörige der Ardalen- und Herati-Regimenter lagen dicht beieinander im stinkenden Stroh. Ash, von einer Gehirnerschütterung benommen, dazu am ganzen Körper mit Schrammen übersät und geistig und physisch erschöpft, legte sich zwischen sie und schlief fast eine Stunde. Eine Hand, die seine geschwollene Schulter packte und schüttelte, weckte ihn.

Der Schmerz brachte ihn so wirkungsvoll ins Bewußtsein zurück, als wäre ihm ein Eimer eisigen Wassers über den Kopf gegossen worden, und er hörte eine Stimme sagen: »Bei Allah, hier lebt noch einer. Nur Mut, Freund, noch bist du nicht tot, und bald darfst du aufhören zu fasten.« Ash blinzelte und sah einen untersetzten Afghanen, der ihm irgendwie bekannt vorkam, wenn er auch nicht gleich wußte, woher.

»Ich gehöre zum Stab des Sekretärs des Ersten Ministers«, fuhr der Mann fort, »und wenn ich mich nicht täusche, bist du Syed Akbar und dienst beim Munshi Naim Shah. Ich habe dich in seiner Schreibstube gesehen. Komm, Freund, es wird spät, nimm meinen Arm...« Der namenlose Samariter half Ash auf die Beine und führte ihn aus dem Areal der Gesandtschaft hinweg dem Shah Shahie-Tor zu, wobei er unentwegt redete.

Der Himmel nahm die sanfte Färbung des Abends an, die fernen Berge schimmerten schon rosig in der untergehenden Sonne, doch hier in den Gassen zwischen den Häusern hörte man immer noch die Stimme des Pöbels. Ash sagte verwirrt: »Ich muß zurück... ich danke für deine Hilfe, doch... ich kann nicht weg von hier...«

»Da kommst du zu spät, mein Freund«, sagte der Mann leise. »Deine Freunde sind alle tot. Doch der Pöbel ist ganz mit Plündern beschäftigt, er schlägt alles kurz und klein, und wenn wir uns beeilen, wird niemand uns belästigen.«

»Wer bist du?« fragte Ash heiser flüsternd und stemmte sich gegen den Arm, der ihn vorwärtszog. »Und was bist du?«

»Man kennt mich hier als Sobhat Khan, wenn das auch nicht mein Name ist. Ich bin wie du ein Diener der Regierung Indiens, der für die Sahibs Nachrichten sammelt.«

Ash wollte widersprechen, brachte aber kein Wort heraus; der Mann, der ihn dabei beobachtete, schmunzelte. »Ich hätte dir doch nicht geglaubt, erspare dir alle Worte, Freund. Vor einer Stunde sprach ich mit Sirdar Bahadur Nakshband Khan im Hause von Wali Mohammed. Er gab mir einen Schlüssel und trug mir auf, eine gewisse Tür zu öffnen, sobald der Kampf vorüber wäre. Ich sah, daß dein Zimmer leer war, dafür aber ein Loch in der Wand, groß genug, einen Mann durchschlüpfen zu lassen. Das tat ich und sah die aufgebrochenen Dielen, schaute hinunter und wußte gleich, wie du entkommen bist. Daraufhin eilte ich aus dem Hause, suchte dich unter den Toten und fand dich zum Glück lebend. Nun laß uns hier weggehen, denn sobald die Sonne untergeht, merken die Plünderer, wie hungrig sie sind und gehen heim, um das Fasten zu brechen. Hör nur –«

Er legte den Kopf schräg, lauschte dem brüllenden Lachen und dem Zerstörungswerk und sagte, während er Ash weiterzog, voller Verachtung: »Diese Narren glauben, weil sie vier Engländer erschlagen haben, haben sie auch das Land von den Fremden befreit. Doch sobald man in Indien erfährt, was sich heute hier ereignet hat, kommen die Engländer nach Kabul. Dann gnade ihnen Gott und dem Emir dazu. Und den Engländern auch – das steht fest.«

»Wie das?« fragte Ash ohne eigentliche Neugier, stolperte gehorsam mit und merkte zu seiner Erleichterung, daß seine Kräfte allmählich zurückkehrten und sein Hirn mit jedem Schritt besser funktionierte.

Der Spion Sobhat erklärte ihm: »Weil sie den Emir absetzen und gewiß seinen Sohn statt seiner einsetzen werden. Afghanistan kann aber nicht von einem Kind regiert werden. Bleiben seine Brüder; doch die sind ohne Anhang und können sich nicht auf dem Thron halten, auch wenn die Engländer sie dort hinsetzen. Und sein Vetter Abdur Rahman. Der ist zwar ein tapferer Mann und ein guter Krieger, doch dem trauen sie nicht, weil er bei den Russen Asyl gesucht hat. Ich prophezeie daher: In fünf Jahren oder auch früher ist Abdur Rahman Emir von Afghanistan. Dieses Land, gegen das die Engländer zweimal Krieg geführt haben, weil sie, wie sie sagen, fürchten, es könnte den Russen in die Hände fallen und ihre Position in Hindustan gefährden, wird von einem Mann regiert werden, der eben diesen Russen alles verdankt. Und daher... Ah, genau wie ich vermutete: die Wachen haben sich dem Mob angeschlossen und plündern. Niemand belästigt uns.«

Er zog Ash hastig durch das unbewachte Tor und bog in die staubige Straße ein, die an der Festung vorbei zum Hause von Nakshband Khan führte. »... und daher«, fuhr er fort, »war dieser Krieg vergeblich, und alle sind umsonst gefallen, denn meine Landsleute haben ein gutes Gedächtnis, und weder Abdur Rahman noch seine Erben und auch nicht sein Volk, das zwei Kriege und unzählige Grenzkämpfe gegen die Engländer gefochten hat, werden vergessen. Auf Jahre hinaus werden sie in den Engländern ihre Feinde sehen, Feinde, die sie besiegt haben. Doch die Russen, gegen die sie nie gekämpft und die sie nie geschlagen haben, werden sie als Freunde und Verbündete betrachten. Dies alles sagte ich Cavagnari-Sahib, als ich ihn warnte, es sei zu früh, eine englische Mission nach Kabul zu führen, doch er wollte nicht hören.«

»Nein«, sagte Ash. »Auch ich –«

»So warst also auch du einer von seinen Leuten? Das dachte ich mir schon. Er war ein großer Sirdar und sprach alle Sprachen dieses Landes. Doch bei all seinem Wissen und all seiner Gerissenheit kannte er Herz und Seele der Afghanen nicht, sonst hätte er nicht darauf beharrt, herzukommen. Nun, er ist tot wie alle, die mit ihm kamen. Es sind viele gefallen, und bald werden es noch mehr sein. Für Kabul war das ein schlimmer Tag, ein schwarzer Tag. Halte dich hier nicht mehr lange auf, mein Freund. Leute wie du und ich sind hier nicht sicher. Kannst du jetzt allein weitergehen? Gut, dann verlasse ich dich, denn ich habe noch viel zu erledigen. Nein, nein, danke mir nicht. Par makhe dakha.«

Er wandte sich ab und strebte durch offenes Gelände dem Flusse zu; Ash erreichte das Haus von Nakshband Khan ohne weitere Zwischenfälle.

Der Sirdar war schon seit einer halben Stunde daheim; sein Freund Wali Mohammed hatte ihn verkleidet aus dem Bala Hissar geschmuggelt, als die Schießerei zu Ende war. Ash wollte aber nicht mit ihm reden.

Er wollte jetzt nur einen Menschen sehen und sprechen, Juli, obschon er nicht einmal ihr alles sagen konnte, was er heute mit angesehen hatte. Auch ging er nicht gleich zu ihr, denn die entsetzte Miene des Dieners, der ihm öffnete, sagte nur zu deutlich, daß sein zerschrammtes Gesicht und seine blutige Kleidung ihn wie einen tödlich Verwundeten aussehen ließen. Juli wußte unterdessen, daß er sicher verwahrt gewesen und daher nicht zu Schaden gekommen war (soweit dem Sirdar bekannt), doch in diesem Zustand vor ihr zu erscheinen, hätte bedeutet, ihr noch nachträglich Angst zu machen; und sie hatte wohl den ganzen tragisch endlosen Tag über genug ausgestanden.

Ash ließ Gul Baz kommen, der den größeren Teil des Tages Wache vor den Räumen gestanden, die der Sirdar seinen Gästen überlassen hatte, um zu verhindern, daß Anjuli-Begum in den Bala Hissar zu ihrem Mann lief. Sie versuchte es nämlich gleich, als bekannt wurde, daß man die Gesandtschaft belagerte. Am Ende hatte die Vernunft obsiegt, doch Gul Baz ging kein Risiko ein und blieb auf dem Posten, bis der Sirdar die gute Nachricht brachte, er habe dafür gesorgt, daß der Sahib in Sicherheit sei. Diese Behauptung wurde allerdings durch den Anblick widerlegt, den der Sahib bot.

Gul Baz stellte aber keine Fragen, vielmehr tat er seine Arbeit so gut, daß die schlimmsten Schäden entweder behoben oder nicht sichtbar waren, als Ash seine Frau aufsuchte. Anjuli indessen, die auf einem Sessel am Fenster auf ihn wartete und freudig aufsprang, als sie seinen Schritt auf der Treppe hörte, sank zurück, als sie sein Gesicht sah. Die Knie wurden ihr weich vor Entsetzen; sie faßte sich an die Kehle, denn ihr schien, der Mann, der sie bei Sonnenaufgang verlassen, sei um dreißig Jahre gealtert, und ein Greis kehre zu ihr zurück. Er wirkte beinahe wie ein Fremder...

Sie stieß einen stummen Schrei aus und streckte ihm die Arme entgegen. Ash kam mit den Schritten eines Trunkenen näher, er fiel auf die Knie, verbarg das Gesicht in ihrem Schoß und weinte.

Im Zimmer wurde es dunkel. In der Stadt und am Hang des Bala Hissar gingen die Lichter an, als Männer, Frauen und Kinder ihre Gebete beendeten und sich zum Nachtmahl niedersetzten. Zwar brannten die Gesandtschaftshäuser noch und es waren an diesem Tag Hunderte gefallen, die abendliche Mahlzeit des Ramadan war aber dennoch überall bereitet worden. Ganz wie der Spion Sobhat vorhergesagt hatte, verließ der hungrige Pöbel den gebrandschatzten Trümmerhaufen, der noch heute früh ein friedliches Areal gewesen war, um daheim zu essen und zu trinken und mit seinen Taten zu prahlen.

In dieser Stunde traf auf der anderen Seite der Erde, im Außenministerium zu London, folgendes Telegramm ein: »Alles steht gut bei der Gesandtschaft in Kabul.«

Ash seufzte nach einer Weile und hob den Kopf. Anjuli nahm das zerschrammte Gesicht in die kühlen Hände und küßte es, immer noch wortlos. Erst als sie nebeneinander auf dem Teppich am Fenster saßen, ihre Hand in der seinen und ihr Kopf an seiner Schulter, sagte sie leise: »Er ist also tot.«

»Ja.«

»Und die anderen?«

»Auch. Alle sind tot. Und ich – ich mußte dabeistehen und zusehen, wie einer nach dem anderen fiel, und konnte nicht helfen. Mein bester Freund und fast achtzig Männer aus dem Regiment. Und viele andere dazu... so viele...«

Anjuli fühlte, wie es ihn schauderte. »Willst du darüber sprechen?«

»Nicht jetzt. Vielleicht später einmal, aber nicht jetzt.«

Draußen hustete jemand. Gul Baz klopfte an und bat um Erlaubnis, einzutreten. Als Anjuli ins Nebenzimmer gegangen war, brachte er die Lampen, und zwei Diener trugen Essen auf – eine warme Mahlzeit, Obst und Schalen schneegekühlten Fruchteises – und dazu eine Botschaft ihres Herrn, die besagte, er glaube, seine Gäste zögen es vor, nach den Anstrengungen des Tages allein miteinander zu speisen.

Ash war ihm dankbar für seine Rücksicht, denn während des Ramadan nahmen gewöhnlich alle Männer des Hauses gemeinsam die Abendmahlzeit ein, während die Frauen ebenfalls miteinander aßen. Er hatte befürchtet, ausführlich von den schauerlichen Ereignissen des Tages hören oder, schlimmer noch, am Gespräch teilnehmen zu müssen. Als dann später abgetragen wurde, fragte ein Diener an, ob Syed Akbar noch einen Moment Zeit für den Hausherrn erübrigen könne, der ihn dringend zu sprechen wünsche. Ash wollte ablehnen, doch Gul Baz sagte an seiner Statt zu; sein Herr werde gleich hinunterkommen.

Der Diener dankte und ging. Als die Schritte verklungen waren, fragte Ash ärgerlich: »Wer hat dir erlaubt, für mich zu sprechen? Du gehst jetzt hinunter zum Sirdar-Sahib und entschuldigst mich, denn ich will heute niemanden mehr sehen. Hast du verstanden?«

»Ich habe verstanden«, entgegnete Gul Baz ungerührt, »doch wirst du gleichwohl zu ihm gehen müssen, denn was er zu sagen hat, ist von größter Wichtigkeit und –«

»Das kann er auch morgen noch sagen«, versetzte Ash schroff. »Schluß mit dem Gerede. Du kannst gehen.«

»Wir müssen alle gehen«, sagte Gul Baz düster. »Du und die Memsahib und ich. Und das noch heute Nacht.«

»Wir – was soll denn das heißen? Wer sagt das?«

»Das ganze Haus, die Frauen am lautesten. Und weil sie den Sirdar-Bahadur sehr bedrängen, wird ihm nichts übrig bleiben, als es dir zu sagen. Heute abend noch. Das wußte ich schon, bevor du zurückkamst, aus einem Gespräch mit den Dienern von Wali Mohammed Khan, dem Freunde des Sirdar. Bei dem hat er sich versteckt, und sie begleiteten ihn heim. Seither habe ich noch viel mehr gehört und weiß so manches, was dir noch unbekannt ist. Willst du mich anhören?«

Ash starrte ihn an, bedeutete ihm sodann, sich zu setzen, und nahm selber in Anjulis Sessel Platz, während Gul Baz sich auf den Boden hockte und berichtete. Es erwies sich, daß Wali Mohammed so dachte wie der Spion Sobhat. Er hielt es für das Sicherste, seinen Freund aus dem Bala Hissar zu schmuggeln, solange der Pöbel noch beim Plündern war, hatte alles vorbereitet und war augenscheinlich erleichtert gewesen, seinen Gast loszuwerden...

»Er fürchtet nämlich, daß man nach Flüchtigen suchen wird, sobald es mit dem Totschlagen und Plündern vorbei ist. Schon heißt es, zwei Sepoys würden von Freunden in der Stadt versteckt gehalten, vielleicht gar im Bala Hissar selbst. Auch weiß man, daß ein Sepoy in den Basar ging, Mehl einzukaufen, bevor die Unruhen begannen, und nicht in die Gesandtschaft zurückkehren konnte. Das gleiche gilt für die drei Kundschafter, welche die Futtermacher begleiteten. Dies hörte ich von den Dienern Wali Mohammed Khans, als sie den Sirdar verkleidet herbrachten, nachdem der Kampf vorüber war. Der ganze Haushalt hat es ebenfalls gehört, und alle ängstigen sich. Man fürchtet, der Pöbel wird morgen auf die Suche nach den Versteckten gehen und alle töten, die verdächtig sind. Auch fürchten sie, der Sirdar-Bahadur sei selber in Lebensgefahr, weil er früher bei den Kundschaftern gedient hat. Sie drängen ihn also, in sein Haus in Aoshar zu flüchten und da zu bleiben, bis alles vorbei ist. Er hat zugestimmt, denn heute früh wurde er erkannt und schwer mißhandelt.«

»Ich weiß«, sagte Ash, »ich habe ihn ja gesehen. Er hat recht, daß er aus Kabul verschwindet. Aber warum wir?«

»Seine Angehörigen verlangen, daß er dich und die Memsahib noch heute fortschickt. Sie sagen, wird das Haus durchsucht und werden die Bewohner ausgefragt, erregt es Verdacht, wenn Fremde hier sind, die nicht sagen können, woher sie kommen und was sie hier machen – ein Mann zum Beispiel, der nicht in Kabul wohnt und sehr wohl ein Spion sein könnte, und eine Frau, die sich für eine Türkin ausgibt. Ausländer...«

»Lieber Himmel«, flüsterte Ash, »sogar hier...?«

Gul Baz hob eine Schulter und spreizte die Finger.

»Sahib, die meisten Männer und alle Frauen sind grausam, wenn sie ihr Haus und die Ihren bedroht sehen. Auch mißtrauen die Unwissenden überall den Fremden, überhaupt allen, die sich von ihnen unterscheiden.«

»Das habe ich zu meinem Leidwesen bereits lernen müssen«, versetzte Ash bitter, »doch überrascht es mich, daß der Sirdar-Sahib mir das antut.«

»Er tut es nicht, er sagt, das Recht der Gastfreundschaft ist unverletzlich, und er wird es nicht brechen. Er macht die Augen zu und will nicht auf die Bitten seiner Angehörigen und der Dienerschaft hören.«

»Ja, warum –« Ash verstummte. »Ich begreife. Du tatest gut daran, mir das alles zu sagen. Der Sirdar-Sahib hat sich als ein wahrer Freund erwiesen, man kann ihm seine Freundschaft nicht so übel lohnen. Und die Seinen haben überdies recht: Unsere Anwesenheit im Hause bringt sie alle in Gefahr. Ich gehe jetzt zu ihm und sage, meiner Meinung nach sollten wir unverzüglich aufbrechen... unserer eigenen Sicherheit wegen. Er muß nicht erfahren, was du mir erzählt hast.«

»Das dachte ich auch.« Gul Baz stand auf. »Ich bereite unterdessen alles vor.« Er verneigte sich und ging.

Ash hörte die Tür zum Nebenzimmer aufgehen und sah Anjuli auf der Schwelle stehen.

»Du hast zugehört.«

Sie nickte, obschon es eigentlich keine Frage war. Er stand auf und schloß sie in die Arme, betrachtete ihr Gesicht und dachte, wie schön sie doch ist, heute abend schöner denn je. Angst und Spannung, die in letzter Zeit ihr Gesicht gezeichnet hatten, waren fort, die wachen Augen blickten wieder heiter und nicht umwölkt. Im Schein der Lampe glühte ihre Haut golden. Das Lächeln auf ihren Lippen griff ihm ans Herz. Er neigte sich über sie und küßte sie. Nach einem Weilchen fragte er: »Fürchtest du dich nicht, Larla?«

»Aus Kabul fortzugehen? Wie sollte ich? Ich bin bei dir. Gefürchtet habe ich Kabul und die Festung. Nach allem, was heute geschehen ist, bist du frei. Du kannst gehen, wohin du willst, und das muß dich beglücken.«

»Ja«, stimmte Ash nachdenklich zu. »Das war mir noch nicht eingefallen. Ich bin frei... ich kann jetzt fort... Doch Gul Baz hat recht, die Menschen fürchten überall das Fremde und sind argwöhnisch. Wer sich von ihnen unterscheidet, ist ihnen verdächtig. Und wir sind beide überall Fremde, Larla. Meine Leute wollen dich nicht, denn du bist nicht nur Inderin, sondern auch ein Halbblut, und deine Leute wollen mich nicht, denn ich bin kein Hindu und darum ohne Kaste. Für die Moslem sind wir Ungläubige, Kafirs...«

»Ich weiß das alles, Liebster, doch sind viele Menschen unterschiedlichen Glaubens gut zu uns gewesen.«

»Gut, das ja, doch als zu ihnen gehörig haben sie uns nie betrachtet. Ach, ich habe es so satt, die Unduldsamkeit, die Vorurteile... wenn ich nur wüßte, wo wir ungestört miteinander leben könnten, glücklich sein dürften, ohne von Regeln und uralten Tabus eingeengt zu werden, wo niemand fragt, wer wir sind, welche Götter wir verehren, wo man uns in Ruhe läßt, solange wir niemandem ein Leid antun und andere nach unserem Bilde formen und unseren Gewohnheiten anpassen wollen. Irgendwo auf der Welt muß das doch möglich sein, irgendwo müssen wir doch wir selber sein können. Wo sollen wir nur hin, Larla?«

»In das Tal, wohin sonst?«

»In das Tal?«

»In das Tal deiner Mutter. Von dem du mir früher erzählt hast. Wo wir ein Haus bauen, Obstbäume pflanzen, eine Ziege und einen Esel halten. Das kannst du nicht vergessen haben.«

»Aber Liebste, das war ein Märchen oder... jedenfalls habe ich immer gedacht, es ist nur eine Geschichte. Früher glaubte ich, sie sei wahr, es gäbe dieses Tal, und meine Mutter kenne es, aber später kamen mir Zweifel, und jetzt glaube ich, sie hat es nur so erzählt...«

»Und wenn schon. Wir können es Wirklichkeit werden lassen. In den Bergen muß es Hunderte solcher Täler geben, die niemand kennt, Tausende. Täler, in denen Bäche fließen, die eine Kornmühle treiben könnten, wo wir Obstbäume pflanzen, Ziegen halten und ein Haus bauen könnten. Wir brauchen uns nur gründlich umzusehen, weiter nichts.« Zum ersten Mal seit Wochen lachte sie, jenes seltene, bezaubernde Lachen, das Ash nicht mehr von ihr gehört hatte, seit die britische Mission in Kabul eingetroffen war. Er lächelte aber nicht.

»Das stimmt schon... doch wäre es ein schweres Leben. Schnee und Eis im Winter und –«

»– und ein Feuer aus Kiefernzapfen und Zedernscheiten, wie in den Bergdörfern. Die Bergbewohner im Himalaja sind liebe Menschen, nicht laut, aber fröhlich und freundlich zu allen Reisenden. Sie tragen keine Waffen, kennen keine Blutrache, führen keine Kriege. Auch brauchten wir nicht ganz isoliert zu leben, denn was sind sechs Meilen für einen Bergbewohner, der das Doppelte an einem Tage schafft? Und niemand würde uns ein unberührtes Tal neiden, das zu entfernt von der nächsten Siedlung liegt, um als Weideland genutzt zu werden oder Futter von da zu holen. Unsere Berge sind nicht abweisend und verödet wie die Afghanistans oder Bhithors, sondern grün und voller Wasserläufe –«

»– und wilder Tiere, Tiger und Leoparden. Vergiß die nicht.«

»Solche Tiere töten nur, um zu fressen, nicht aus Haß und Rachgier oder weil das eine sich nach Mekka verneigt und das andere vor seinen Göttern Weihrauch verbrennt. Und seit wann lebt einer von uns eigentlich ungefährdet unter Menschen? Deine Ziehmutter floh mit dir nach Gulkote, weil du sonst erschlagen worden wärest, du, ein Kind, nur weil du Engländer bist. Später seid ihr wiederum geflohen, weil Janu-Rani dich töten lassen wollte. Und wir sind alle beide aus Bhithor geflohen, weil wir fürchten mußten, von den Leuten des Diwan ermordet zu werden. Und hier, wo wir uns sicher fühlten, müssen wir wiederum fliehen, weil unsere Anwesenheit alle anderen Bewohner gefährdet. Wenn wir bleiben, werden wir womöglich alle erschlagen – du und ich, weil wir Fremde sind, die anderen, weil sie uns Obdach gegeben haben. Nein, Liebster, da ziehe ich die wilden Tiere vor. An Geld wird es uns nie fehlen, denn noch haben wir den Schmuck aus meiner Aussteuer; den können wir Stück für Stück verkaufen, einen Stein nach dem anderen, wie wir es gerade brauchen. Also: Suchen wir das Tal und schaffen wir uns eine eigene Welt.«

Ash schwieg eine ganze Weile und sagte dann versonnen: »Unser eigenes Königreich, in dem alle Fremden willkommen sind... warum nicht? Wir könnten uns nach Norden wenden, gegen Chitral zu, das ist jetzt ohnehin weniger gefährlich als zurück über die Grenze nach Britisch-Indien. Und von dort durch Kaschmir und Jummu zum Palast der Winde...«

Die bleierne Verzweiflung, die mit Wallys Tod über ihn gekommen und die schwerer und drückender geworden war mit jedem Wort, das er von Gul Baz hörte, fiel ab und etwas von jener Jugendlichkeit und Hoffnungsbereitschaft, die er an diesem Tage verloren zu haben schien, kehrte zurück. Anjuli sah, wie sein Gesicht Farbe bekam, seine Augen Glanz, spürte seine Arme sie fester umfassen. Er küßte sie wild, hob sie auf und trug sie nach nebenan. Dort bettete er sie auf die niedrigen Polster, beugte sich über sie und flüsterte in ihr Haar:

»Vor Jahren hat Koda Dad, der Stallmeister deines Vaters, etwas zu mir gesagt, was ich nie vergessen habe. Ich klagte ihm, ich sei durch Liebe an dieses Land, doch durch mein Blut an England gebunden, und deshalb müsse ich immer zwei Menschen zugleich sein; da sagte er, eines Tages werde vielleicht ein dritter aus mir, weder Pelham-Sahib noch Ashok, sondern ein Ganzer und Vollständiger – ich selber. Hat er recht damit, ist es an der Zeit, diesen Dritten zu finden. Denn Pelham-Sahib ist tot, er starb heute zusammen mit seinem Freund und den Männern seines Regimentes, denen er nicht helfen konnte. Was Ashok angeht und den Spion Syed Akbar, so sind die vor Wochen gestorben, eines frühen Morgens auf einem Floß, das den Kabul hinunterfuhr, unweit Michni... vergessen wir diese, und suchen wir einen Mann mit ungeteiltem Herzen, deinen Mann, Larla.«

»Was kümmern mich Namen?« flüsterte Anjuli und schlang ihre Arme um seinen Hals. »Ich gehe, wohin du gehst, lebe, wo du lebst, bete, die Götter mögen mich vor dir sterben lassen, denn ohne dich kann ich nicht leben. Aber glaubst du wirklich, du wirst es nicht bedauern, wenn du Abschied nimmst von deinem bisherigen Leben?«

Er sagte mit Bedacht: »Ganz ohne Bedauern kann das wohl niemand... mag sein, Gott bedauert, jemals die Menschen erschaffen zu haben. Doch man kann solche Gedanken beiseite tun. – Ich habe dich, Larla, und das allein ist Glück genug für einen Mann.«

Er küßte sie liebevoll. Sie sprachen lange Zeit nicht. Endlich sagte er, nun müsse er zum Sirdar.

Dem geplagten Hausherrn war es willkommen zu hören, daß seine Gäste sich in Kabul nicht mehr sicher fühlten und darum noch diese Nacht aufbrechen wollten, doch war Nakshband Khan viel zu höflich, sich das anmerken zu lassen. Zwar gab er zu, falls der Pöbel Haus um Haus nach versteckt gehaltenen Flüchtigen oder Anhängern von Cavagnari durchsuche, wären alle in großer Gefahr, doch sollten sie anderen Sinnes werden und bleiben wollen, werde er sie schützen, so gut er es vermöge. Als Ash fest blieb, bot er ihm jede Hilfe an und gab überdies gute Ratschläge.

»Auch ich werde heute Nacht noch die Stadt verlassen, denn solange der Pöbel randaliert, ist Kabul nicht der geeignete Aufenthalt für jemand, der unter der Regierung Indiens gedient hat. Ich will erst eine Stunde nach Mitternacht aufbrechen, da schlafen alle, auch Diebe und Halsabschneider, denn die haben sich heute ausgetobt und brauchen Ruhe. Ich rate dir, auch um diese Stunde aufzubrechen. Der Mond geht erst eine Stunde später auf. Mein Weg ist kurz und leicht im Dunkeln zu finden, deiner aber nicht, und du wirst das Licht des Mondes brauchen, sobald du die Stadt hinter dir hast. Wohin willst du?«

»Wir machen uns auf die Suche nach unserem eigenen Königreich, Sirdar-Sahib, unserem Palast der Winde.«

»Eurem...?«

Der Sirdar schaute so verblüfft drein, daß Ashs Mundwinkel zuckten: »Genauer gesagt, wir hoffen, ihn zu finden. Wir suchen einen Ort, wo wir in Frieden leben und arbeiten können, wo Menschen nicht aus purer Mordlust auf andere Menschen Jagd machen oder weil eine Regierung es so will oder weil andere anders beten, eine andere Sprache sprechen oder ihre Haut eine andere Farbe hat. Ich weiß nicht, ob es einen solchen Ort gibt und ob wir ihn finden. Wir wollen uns selber ein Haus bauen, unsere Nahrung pflanzen, unsere Kinder aufziehen. Das haben auch in früherer Zeit viele Menschen getan. Und was andere getan haben, können auch wir versuchen.«

Nakshband Khan gab weder Überraschung noch Mißbilligung zu erkennen. Ein Europäer hätte Einwände vorgebracht, doch er nickte nur. Als er hörte, daß Ashs Ziel der Himalaja war, meinte auch er, die Karawanenstraße nach Chitral und von dort weiter über die Pässe nach Kaschmir böte sich dafür an. »Deine Pferde kannst du aber nicht mitnehmen, die eignen sich für das Gebirge nicht. Sie würden auch zuviel Aufmerksamkeit erregen. Ich überlasse dir meine vier mongolischen Ponies – du brauchst eines als Ersatz. Verglichen mit deinen Pferden sind es kleine, jämmerlich aussehende Biester, doch sind sie stark und ausdauernd wie Yaks und im Gebirge behende wie Bergziegen. Auch brauchst du Pelzwerk und Filzstiefel, denn je weiter du nach Norden kommst, desto kälter werden die Nächte.«

Er lehnte Geld für die Beherbergung seiner Gäste ab mit der Begründung, der Preisunterschied zwischen Ashs Pferden und seinen stämmigen, struppigen Ponies entschädige ihn reichlich. »Und nun geh schlafen, denn wenn du vor Sonnenaufgang weit genug von Kabul entfernt sein willst, mußt du lange reiten. Ich lasse dich eine halbe Stunde nach Mitternacht wecken.«

Auch dieser Rat schien gut. Ash sagte zu Juli, sie möge ruhen, denn um ein Uhr früh breche man auf. Auch Gul Baz sagte er, was er zu tun beabsichtigte und trug ihm auf, Zarin zu berichten, sobald er wieder in Mardan sei.

»Hier trennen wir uns. Du weißt, ich habe dafür gesorgt, daß du bis zu deinem Tode eine Pension bekommst. Das ist gewiß. Doch mit Geld kann ich nicht gutmachen, was du für mich und meine Frau getan hast. Dafür kann ich dir nur danken. Ich werde dich mein Lebtag nicht vergessen.«

»Ich werde dich auch nicht vergessen, Sahib. Hätte ich nicht Frau und Kinder in Hoti Mardan und alle meine Verwandten im Lande der Yusufzai, ich käme mit dir auf die Suche nach deinem Königreich und würde dort vielleicht selber leben wollen. Doch geht es nun einmal nicht. Trotzdem – heute Nacht trennen wir uns noch nicht, denn eine Memsahib kann dieser Tage nicht durch Afghanistan reisen, geschützt nur von einem einzigen Säbel. Zwei sind besser. Deshalb will ich dich nach Kaschmir begleiten. Wenn du dann weiterreitest, nehme ich den Rückweg nach Mardan auf der Straße nach Murree und Rawalpindi.«

Ash widersprach nicht, denn nicht nur wäre das vergeblich gewesen, Gul Baz würde sich auch als unersetzlich erweisen, insbesondere auf dem ersten Teil der Reise. Sie redeten noch ein Weilchen miteinander, dann ging Ash zu Juli. Beide schliefen sehr bald ein, erschöpft von den Anstrengungen dieses leidvollen Tages und zugleich erleichtert – dies galt vor allem für Anjuli – bei der Aussicht, das gewalttätige, blutbesudelte Kabul hinter sich zu lassen und endlich wieder in das Land ihrer Kindheit aufzubrechen. Welche Wunder erwarteten sie doch – riesige Kiefern und Zedern, Kastanien und Rhododendren, lieblich nach Kiefernnadeln duftende Luft, Wildrosen vom Himalaja und Farne, das Rauschen des Windes in den Wipfeln, das Rieseln der Bäche und endlich der Anblick der fernen, hohen Schneekämme des Palastes der Winde.

In solchen Gedanken überkam sie der Schlaf. Sie waren glücklicher als seit vielen Tagen. Auch Ash schlief tief und wachte erfrischt auf.

Er ging eine halbe Stunde früher aus dem Hause als Gul Baz und Anjuli, denn er hatte noch etwas zu erledigen, wobei er allein sein wollte. Nicht einmal Juli sollte ihn begleiten. Er verabschiedete sich vom Sirdar und ging hinaus in die Nacht, bewaffnet mit seinem Revolver, den er sorgsam verborgen hielt.

Die Straßen lagen verlassen, nur Ratten und wenige streunende Katzen waren unterwegs. Ash begegnete niemandem, nicht einmal einem Nachtwächter. Ganz Kabul schien hinter geschlossenen Läden zu schlafen. Die Nacht war zwar warm, doch fiel auf, daß fast nirgendwo ein Fenster offenstand; die Häuser wirkten allesamt wie Festungen. Einzig die Tore zur Zitadelle waren geöffnet und unbewacht; die Wachen, die hier Dienst getan hatten, als die Meuterei der Ardalen begann, nahmen am Angriff auf die Gesandtschaft teil und kamen nicht wieder, und als auch ihre Ablösung ein gleiches tat, beließ man es dabei – neue Posten waren nicht aufgezogen, die Tore nicht verschlossen.

Über dem Bala Hissar stand fahler Glanz am Himmel. Auch dort waren die Häuser wie in der Stadt verrammelt und verriegelt. Nirgendwo brannte Licht, außer im Palast, wo der schlaflose Emir sich mit seinen Ministern beriet. Im ehemaligen Gesandtschaftsareal bildete das niedergebrannte Kasino einen Gluthaufen, der immer mal wieder aufflackerte und dessen Schein den reglosen, starrenden Gesichtern der Toten einen sonderbar lebendigen Ausdruck verlieh.

Das Areal lag so still und verlassen wie die Straßen. Auch hier rührte sich nichts als der Nachtwind und flackernde Schatten; zu hören war nur das Knistern der Glut und das Prasseln aufflackernder Flammen. Hinter der Mauer der Festung rief ein Nachtvogel.

Die siegreichen Afghanen waren so damit beschäftigt gewesen, zu plündern und die Leichen der Feinde zu verstümmeln, daß die Dunkelheit sie überraschte und sie keine Zeit mehr fanden, die eigenen Gefallenen fortzuschaffen. Um die Stallungen herum und nahe dem Eingang zum Hof lagen noch viele. Es war nicht einfach, diese von denjenigen Kundschaftern zu unterscheiden, die als Mohammedaner, oft sogar als Pathanen, die gleiche Kleidung trugen. Wally aber hatte Uniform getragen und war daher selbst in dem fahlen, ungewissen Licht leicht zu finden.

Er lag mit dem Gesicht nach unten nahe der Kanone, die er hatte erbeuten wollen, den zerbrochenen Säbel noch in der Faust, den Kopf etwas seitlich gedreht, als schlafe er. Ein schlanker, ein wenig schlaksiger, braunhaariger Jüngling, gerade zwei Wochen nach seinem dreiundzwanzigsten Geburtstag.

Er hatte eine schwere Wunde davongetragen, doch anders als Jenkyns, dessen bis zur Unkenntlichkeit verstümmelter Leichnam ganz in der Nähe lag, war er nach seinem Tode nicht zerstückelt worden. Ash vermutete, daß seine Feinde ihm nicht die Bewunderung versagten und ihm deshalb die übliche Entwürdigung ersparten, die in der Zerstückelung der Leiche zum Ausdruck kommt. Ein Tribut an einen großen Krieger.

Ash kniete sich neben ihn und drehte ihn behutsam auf den Rücken.

Wallys Augen waren geschlossen. Die Leichenstarre hatte noch nicht eingesetzt; das Gesicht war schwarz von Pulver, von Blut beschmiert, von Schweißbächen durchfurcht, doch, sah man von einer Schramme an der Stirn ab, unverletzt. Und er lächelte...

Ash strich das verstaubte, wirre Haar sanft glatt, bettete Wallys Kopf auf den Boden und ging zwischen Toten unter dem gähnenden Mauerdurchbruch hindurch hinüber zu den Unterkünften. Im Hofe befand sich eine Zisterne. Er feuchtete darin sein Hüfttuch an, ging zu Wallys Leiche zurück und wusch Blut und Pulverdampf so zart von dessen Gesicht, als fürchte er, ihn zu wecken. Als das junge, lächelnde Antlitz gesäubert war, strich er den Staub von dem zerknitterten Waffenrock, richtete den Säbelgurt über der roten Schärpe der Kundschafter gerade und schloß den geöffneten Kragen.

Die klaffenden Wunden und die Blutflecke konnte er nicht verdecken, doch waren dies ehrenvolle Wunden. Als alles geordnet war, nahm er Wallys kalte Hand in die seine, setzte sich neben ihn und redete zu ihm, als wäre er lebendig: Seine Taten sollten unvergessen sein, solange sich noch jemand der Kundschafter erinnerte. Er jedenfalls werde ihn niemals vergessen, und sollte er einen Sohn haben, solle dieser Walter heißen – »auch wenn ich immer gesagt habe, was für ein scheußlicher Name, nicht wahr, Wally? Aber einerlei, wenn er nur halb so gut wird wie du, will ich stolz auf ihn sein.«

Auch von Juli sprach er zu ihm, von der neuen Welt, die sie zu schaffen hofften, vom Königreich, in dem man den Fremden nicht mißtrauisch begegnet und keine Tür ihnen verschlossen ist. Von einer Zukunft, die Wally nicht mehr erleben konnte, zu der er aber doch gehören würde, als eine niemals verblassende Erinnerung an Jugend und Lachen und unbezähmbaren Mut. »Wir hatten es schön miteinander. Es tut gut, sich daran zu erinnern, nicht wahr, Wally?«

Er achtete nicht auf die Zeit, wußte nicht, wieviel unterdessen verronnen sein mochte. Er war in der Absicht gekommen, Wallys Leichnam zu begraben oder zu verbrennen, damit er nicht in der Sonne verwese oder von Aasfressern geschändet werde, doch sah er nun, daß dies nicht möglich war; der Boden war zu hart, als daß er allein ein Grab hätte ausheben können, und die Trümmer des Kasinos glühten noch so stark, daß es unmöglich war, Wallys Leiche ins Feuer zu werfen, ohne dabei selber Verbrennungen davonzutragen oder von Hitze und Rauch ohnmächtig zu werden.

Auch stand zu befürchten, daß, verschwand Wallys Leichnam, das Gerücht aufkäme, der Leutnant sei doch noch geflohen und halte sich versteckt, und das würde unfehlbar zur Durchsuchung aller Häuser und zum Tode unschuldiger Menschen führen. Auch würde es Wally einerlei sein, was aus dem Leib wurde, in dem er nicht mehr anwesend war.

Ash legte die kalte Hand zurück, stand auf, nahm Wally auf die Arme und legte ihn sorgsam so auf das Rohr der Kanone, daß er nicht herabfallen konnte. Dreimal hatte er den Sturm auf diese Kanone angeführt, es war also sein gutes Recht, als Toter darauf gebettet zu werden. Afghanen, die ihn dort fanden, würden vermuten, die eigenen Kameraden hätten ihn dorthin gelegt in der Absicht, dem gefallenen Feind eine letzte Ehre zu erweisen – wie man ihm ja auch die Verstümmelung erspart hatte.

»Lebewohl, alter Freund«, sagte Ash. »Ruhe sanft.«

Er hob die Hand zum Abschiedsgruß und bemerkte erst jetzt, daß die Sterne verblaßt waren. Da wußte er, der Mond ging auf. Er war also viel länger hier geblieben, als er wollte. Juli und Gul Baz warteten auf ihn und fragten sich gewiß, ob ihm etwas zugestoßen sei, und Juli ängstigte sich bestimmt schon.

Ash rannte durch das Labyrinth der Gassen bis zum Shah Shahie-Tor, das immer noch unbewacht den weiten Blick ins Tal freigab, hinter dem die grauen Berge von Kabul im schwindenden Licht der Sterne und den ersten Strahlen des Mondes aufstiegen.

Anjuli und Gul Baz erwarteten ihn unter Bäumen am Rande der Straße, doch stellten sie, obschon sie in wachsender Sorge seit über einer Stunde hier ausharrten, keine Fragen, wofür Ash ihnen dankbar war. Einen größeren Dienst hätten sie ihm jetzt nicht erweisen können.

Er konnte Juli nicht küssen, denn sie trug die Bourka, doch legte er den Arm um sie und preßte sie an sich, ehe er beiseite trat und in die Kleider schlüpfte, die Gul Baz für ihn bereithielt. Als Schreiber gekleidet, konnte er nicht gut reisen. Der Mann, der einige Minuten später ein Pony bestieg, war dem Anscheine nach ein Afridi samt Flinte, Patronengurt, Krummschwert und dem gefährlichen, rasiermesserscharfen Dolch, den alle Afghanen trugen.

»Ich bin bereit«, sagte Ash. »Reiten wir los. Vor Tagesanbruch haben wir noch einen weiten Weg, und ich rieche bereits den Morgen.«

So ritten sie denn aus dem Schatten der Bäume, im Rücken den Bala Hissar und die glühende Asche der niedergebrannten Gesandtschaft, und trabten über das weite, flache Land den Bergen entgegen...

Und es mag wohl sein, daß sie ihr Königreich fanden.

Anmerkungen für Wißbegierige

Die folgenden Anmerkungen sind bestimmt für jene Leser, die gern wissen möchten, inwieweit ein historischer Roman auf Wahrheit beruht und was reine Erfindung ist.

Ash ist erfunden, die Kundschafter aber und seine Offizierskameraden in jenem Regiment nicht, und was von ihnen in diesem Buch berichtet wird, ist mit wenigen Ausnahmen ebenfalls zutreffend. Tatsächlich wurden die Karabiner gestohlen und auf die beschriebene Weise zurückgebracht. Auch der Wachposten, der den Reiter auf einem vermutlich gestohlenen Pferd beschoß, ist nicht erfunden. Mein Vater hat das Urteil selber gehört und mir die Geschichte erzählt. Und es war mein Vater, der den Kundschaftern den Dreieinigen Gott mit Hilfe der drei Wassertropfen erklärte; auch er fiel durchs schriftliche Sprachenexamen, weil seine Prüfungsarbeit fehlerlos war; anders als Ash wiederholte er jedoch die Prüfung, machte absichtlich zwei schlimme Fehler und bestand glänzend.

Walter Hamilton kam im Herbst 1874 nach Rawalpindi und 1876 zu den Kundschaftern; das Gedicht stammt von ihm. Ein einzelner britischer Offizier – nicht von den Kundschaftern – begleitete tatsächlich einen jungen Prinzen der Radschputen samt dessen zwei Schwestern zu deren Hochzeiten, und zwar war deren Gefolge noch viel zahlreicher, als ich es hier schildere: 2000 Elefanten und um die 3000 Kamele, um nur zwei Zahlen zu nennen. Als sie schließlich jenes Fürstentum erreichten, wo der junge Prinz heiraten sollte, benahm sich der Onkel der Bräute und der dortige Herrscher ungefähr so wie mein erfundener Rana von Bhithor; der englische Begleitoffizier verhielt sich genauso wie Ash. Auch der Bericht von der Witwenverbrennung basiert auf Tatsachen, denn es ist bekannt, daß wenigstens ein Engländer eine Witwe vor dem Scheiterhaufen rettete und sie später heiratete.

Abgesehen von Ashs Teilnahme daran, ist alles über den zweiten afghanischen Krieg authentisch. Die Informationen, die Cavagnari von »Akbar« erhielt, stammten von einem oder mehreren unbekannten Agenten. Kipling schrieb eine Ballade über das Malheur, das den 10. Husaren am Vorabend der Schlacht von Fetehabad zustieß, betitelt »Die Furt durch den Kabul«, und diese wird auf eine sehr dramatische Melodie gesungen. Die Untergebenen Wigram Battyes trugen den Leichnam ihres Kommandeurs tatsächlich auf den Lanzen nach Jalalabad, und als die Briten sich nach Unterzeichnung des Friedens von

Gandamak aus Afghanistan zurückzogen, wurde sein Leichnam ausgegraben und auf einem Floß durch unerforschtes Gebiet nach Indien gebracht und geriet unterwegs in einen Hinterhalt der Bergstämme, die mehrere der Begleiter töteten. Er liegt im alten Friedhof von Mardan; neben seinem Grab ist das seines Bruders Fred, der sechzehn Jahre später fiel, als er die Infanterie der Kundschafter befehligte, die zum Entsatz von Chitral ausrückten.

Was die Verteidigung der Gesandtschaft in Kabul angeht, so weiß man davon wenig. Was man weiß, beruht auf Hörensagen. Man kennt die Aussagen der Boten, die an den Emir um Hilfe abgesandt wurden, von denen aber nur Shahzahda Taimus wirklich am Kampf teilgenommen hatte, sowie die jenes Sepoy, der im Basar Mehl kaufte, als die Meuterei ausbrach und auch die jener drei Reiter, welche die Futtermacher begleitet hatten. Außer diesen hat keiner überlebt. Die Verteidiger der Gesandtschaft fielen bis zum letzten Mann, wie es Newbolt in seiner Ballade »Die Kundschafter in Kabul« beschreibt. Alles andere basiert auf Schilderungen, die später von Afghanen gegeben wurden, die aber selbst nicht Augenzeugen gewesen sind, sondern alles von Bekannten und Freunden gehört haben wollten. Aus diesem Grunde mußte ich nach eigenem Ermessen rekonstruieren, wie sich der Kampf etwa abgespielt hat.

Es geht die Rede, man habe Hamiltons Leiche am Morgen nach der Schlacht auf dem Rohr der Kanone liegend gefunden, die er zu erbeuten versuchte, und ich habe mich daran gehalten. Es gibt auch häßlichere Versionen, doch da keine der Leichen je gefunden wurde, weiß man nicht, in welchem Zustand sie waren; bekannt ist nur, daß Cavagnari in seinem Haus verbrannte.

Ashs Gastgeber in Kabul, den Sirdar, hat es wirklich gegeben; seine Gespräche mit dem Bevollmächtigten sind protokolliert. Zarin und Awal Shah sind erfunden, die konnte ich also nicht in die Eskorte versetzen, denn die Namen aller Kundschafter, die Cavagnari nach Kabul begleiteten, sind bekannt. Die Namen der dort Gefallenen sind im Cavagnari-Bogen in Mardan eingemeißelt, wo man sie auch heute noch lesen kann.

Ich möchte noch anfügen, daß viele Frauen und Kinder der Engländer während des Sepoyaufstandes von menschenfreundlichen Indern versteckt und gerettet wurden. Jahrelang erzählte man immer wieder von Kindern, die eigentlich Engländer waren, aber aus diesem Grunde aufwuchsen wie Einheimische. Am bekanntesten ist wohl die Geschichte der jüngsten Tochter des Generals Wheeler von Cawnpore, die in den Frauengemächern eines Inders gefunden wurde, der sie angeblich entführt hatte, die aber nicht die geringste Neigung zeigte, sich retten zu lassen. Es gibt von diesem Vorfall verschiedene Fassungen, von denen womöglich keine stimmt, doch sicher ist, daß es Kinder gab, die während des Aufstandes Waisen wurden, aufwuchsen, lebten und starben in der Überzeugung, Inder zu sein. Und daß die Geschichte von dem verwundeten Sepoy, der den Becher Milch von der Ziegenhirtin nahm, wahr ist, werden viele ehemalige Kolonialoffiziere bestätigen, die gerade diese Erzählung entweder aus einem einheimischen Dialekt ins Englische oder umgekehrt übersetzen mußten, um sich auf die Sprachenprüfung vorzubereiten.